KUWEI
酷威文化
图书 影视

时镜 著

坤宁

上册

终章

江苏凤凰文艺出版社
JIANGSU PHOENIX LITERATURE AND ART PUBLISHING

目录

卷一

笼中心，黄粱梦

卷二

追前尘，新雪里

番外

明月知此心寄予

卷一

黄粱梦，笼中心

第一章

交握

常言道，人生有四大喜：洞房花烛夜，金榜题名时，久旱逢甘霖，他乡遇故知。

然而此时此夜，或恐还要加上第五喜，那便是“坐牢遇劫狱”。天下真是没有比绝处逢生更令人高兴的事情了。

一眼望去，牢狱之中都是人，许多是犯下重案的待审死囚，一见着这种千载难逢的机会，都欣喜若狂，或者用力地摇晃着两旁还未打开的牢门，或者从里面奔出来大声呼喊着什么。

一群人声势浩荡地朝着天牢外面冲去。其中有那么几个身穿囚衣还未来得及脱下的人，反常地逆着人潮，手里都攥着柄长刀，正一间牢房一间牢房地找寻。

这些人明显不是天教的。有一些牢房他们看过后就不再驻足，有一些却是问得里面的人是谁后，便或是提刀或是用从狱卒身上摸来的钥匙将牢门打开，放人出来。

但他们越往后走，神情便越焦急。

姜雪宁被人潮裹挟着，也被张遮拉着手，一路往前走时，不经意抬头一看，便发现了这几个异常的人。她总觉得这几个人像是在找人，于是目光不由得悄然跟随在了他们身上。

又往前转过了几间牢房之后，几个人忽然看见了什么，向着中间一间牢房里喊了什么。

在这种所有人都亢奋起来的时候，里面竟然静坐着一个男人。脏兮兮的囚衣穿在他身上，也不知多久没有换洗过了，满满都是污渍和血迹，一双脚随意地随着两腿分开踩在冰冷的地面上，身躯则向后倚在乌漆漆的墙面上，两手手腕压着膝盖，手掌却掌心向下从前方低垂下来。

一条粗大结实的锁链锁住了他的脚踝。长长的头发很久没有打理，披散下来遮挡了他的面庞。他像是根本没听见外面的动静，甚至没有往外走一步。直到那几个人喊了他一声，他才抬起头来。

牢门迅速被人打开。

男人从地上站起身来，身形竟高大而魁梧，也不废话，都不用那几人帮忙，弯腰伸手，两只手掌用力地握住脚上锁着的铁链一拽，只听得“当啷”一声，粗大的铁链竟被硬生生地扯变形然后骤然断裂，足见此人力气之强悍。

姜雪宁还朝前面走着，远远瞧见这一幕便眼皮一跳。

这囚牢中本是混乱喧嚣的场景，该是谁也没时间顾及谁。岂料那蓬头垢面的男人似有所觉一般，竟然在这一刹那抬起头，向着姜雪宁的方向望来，锐利的目光鹰隼似的，在他的乱发缝隙中闪现。

姜雪宁后背一寒，只觉这目光中充斥着一种说不出的漠然与残忍之意，是那种刀口上舔过血的穷凶极恶之徒才会有的眼神。然而，她已经来不及细究。

只这片刻工夫，他们已经转过拐角，到了天牢门口，朝外头一拥而去。

押解勇毅侯府的兵士刚去，天牢守卫正是松懈的时候，被天教教众打进来时便不堪一击，如今哪里有半点还手之力？为保自己的小命，守卫都是边打边退，轻而易举地就被天教教众冲破了封锁！

那条寂静的长道上，谢危的马车依旧停在原地。

不一会儿，前去探查消息的刀琴回来了，到马车前便躬身道：“事情进展顺利，天牢已经被这帮人攻破，城门那边也已经安排妥当，只等着张大人那边带人经过。小宝也在，这一路应当失不了行踪。只是那孟阳……”

谢危畏寒，若非必要，下雪的天气都是不想出门的。见到雪，他总要想起些不好的事。

此刻坐在马车内，他连车帘都没掀开，一张脸因冷而显得苍白如玉。他淡淡地打断了刀琴的话，道：“危险之人当有危险之用，小卒罢了，坏不了大事。”

于是，刀琴不敢再言。

远远地，两人便听得隔了几条街的地方传来些动静，很快又小下来，想来大约是那帮天教教众和狱中囚徒从天牢出来后一路往附近的街道去了。

有的人逃出来之后并不随着人潮走，而是悄然隐没在黑暗中，独自逃命去。

大多数跟随着逃出狱的囚犯却下意识地跟上了天教众人，趁着夜色随他们一道朝着西面城门去。

隐约有人问道："不是说好去城东吗？"

然后便是张遮平静的回答："城东门设有埋伏，去恐将死，你们愿意去便去。"

于是人群忽然静了。

同一时间的天牢门口，却是另一番光景。

周寅之根本没反应过来发生了什么。

将姜雪宁藏匿在最偏僻的囚牢之中后，他便装作若无其事地出去查看禁卫军来提押勇毅侯府众人去流放的情况，事情结束后便准备回来带姜雪宁出来。可他没想到刑部、锦衣卫那边竟然有几位同僚拉着他要去后衙房里喝酒赌钱。往日这种事周寅之是不会拒绝的，今天拒绝了一次不成，唯恐落下破绽，只好先跟着这帮人进去赌钱，准备两把过后顺便套点消息，便找个更衣的借口回牢中。

结果他才赌了两把，外头就喊杀声喧天。

他浑身一震，按着刀便想起身冲出去，但负责看守天牢的那名官员见状竟拉着他重新坐下，笑着道："你们锦衣卫不知道，今儿个这座天牢里有大事发生呢，圣上下过旨的，别出去，别坏事。"

他再看三法司那边的人，个个气定神闲，完全当没有听见外面那些动静。

周寅之心中焦急，又不敢去找姜雪宁，只得捺住性子趁机询问，才知道今日有一个绝密的计划，仅透露给了少数人，如今还留在天牢中的狱卒都是不知情的，预备好了要被牺牲掉，只等那帮人顺利劫狱。

那姜雪宁……

周寅之不敢想里面会发生什么。

他只能寄希望于他给姜雪宁找的藏身之地在天牢深处，且中间最好没有连着关人的囚牢，只要她自己不出来，便是出了什么乱子，找到里面去的可能性也不高，未必会出什么事。

他面上强作镇定，继续同后衙这些人赌钱，却是赌多少把输多少把。有人调侃挤兑他是不是心里怕得慌，他都跟耳旁风似的没挂在心上。待得天牢外面的动静小下来，有人进来报情况，他才连忙随着众人一道走了出去，重新进入天牢查看。

这一下，他便控制不住脚步，急匆匆地向着天牢深处走去。

距离那牢房越来越近，他的心跳也就越来越快。然而，转过拐角终于看见那间干净的牢房时，他只看见空荡荡一片！

牢房里一个人也没有，唯剩下匆忙间被人随手塞到床下的女子穿的衣裙，从混乱的被褥中露出来一角。周寅之感觉脑袋里顿时“嗡”了一声，瞬间变作一片空白，整个人如同掉进冰窟里一般，浑身的血都冷了下来。

跟着张遮一路来到西城门时，夜风一吹，姜雪宁这被骤然间发生的事情冲击的脑袋终于退去了迷茫和混乱，恢复了几分清醒。

前后经过在脑海里转过了一圈，她不由得抬头望向拉着自己的手走在前面的这道身影，扑面的朔风里，他宽大的手掌包裹着她的手掌，掌心竟传递出几分潮热，也不知是他的手心出了汗，还是自己的手心出了汗。

张遮怎么会在天牢里？

那些人为何一副来救他的模样？

而且刚才张遮说，东城门外设有埋伏，倒像是预先知道点什么事情一样。可见她被卷入此间，他好像又很不高兴，有些生气。

以前的记忆告诉姜雪宁，此次劫狱乃天教的手笔。而张遮的品性，由真正被囚于狱中时无一判官敢为他写下判词，不得已之下竟是他自己为自己写下判词定罪来看，端方可见一斑——他绝不可能真的参与到什么劫狱的事情里面来。

这里头似乎有一场自己尚不知悉的谋划。她深知自己或恐是这一场计划里的意外，怕为张遮带来麻烦，一路上都紧闭着嘴巴紧紧地跟随着他，不敢擅自开口问上一句。

好在此刻气氛紧张，也无人注意到她。

那名方才一把扯断锁链的蓬头垢面的男子也泯然众人一般跟在人后，不起眼极了。

方才刚出天牢时便有人质疑，原本天教这边计划好的是从东城门出去，毕竟他们教中有人已经上下打点过了。

可张遮竟说那边有埋伏。

天教这边那为首的蒙面之人将信将疑，可看张遮说得信誓旦旦，便朝旁边的人使了个眼色，干脆兵分两路：不管是不是有埋伏，东城门那边也有天教的兄弟接应，怎么着也该叫人去看看情况。

从囚牢中逃出来的人也有一些跟去了。但大部分人，尤其是原来被关在牢狱中的那一拨，好像对张遮颇为信任，都到了西城门这边来。

此刻那为首的汉子嘿嘿笑了一声，在坊市高楼的阴影里停住脚步，一双精光四射的眼眸看向张遮，竟说道：“我在教中多年，倒不知还有朝廷命官也是我们教中之人，张大人可真是了不得。不知张大人是哪一年进的哪座香堂？”

纵然是面对着眼前这帮穷凶极恶之徒，张遮也没变一下脸色。

他冷淡地抬起眼皮看了这汉子一眼，只是道："此事也是你过问得的吗？眼下既到了西城门，为防万一，你派个人同我一道去城门前，确认西城门没有埋伏之后，再带人随我一道过城门。"

那为首的汉子眉毛上有一道疤，显得有些凶恶，听见张遮此言，神色便冷了几分。然而手掌紧握着刀柄的瞬间，他又像是想到了什么，却没有发作，而是道："那便由我同你一道吧。只是张大人也得给个理由，我等原本计划得好好的，你凭什么说那边有埋伏？难道是怀疑我香堂中的人泄露了消息？"

天教之中讲的便是帮扶信任，入了教大家便是生死相交的兄弟，此乃教规。

众人一听汉子这话都不由得窃窃私语，看向张遮的目光也古怪了几分。

张遮自然知道这天教为首之人的话里藏着的凶险之意，可既入此局，便当将安危置之度外。顾春芳于他到底有知遇之恩。

他镇定地回道："我乃为救公仪丞才涉足险境，朝廷放出风声让我等以为公仪丞在天牢之中，可想必诸位也都看见了，并不见公仪先生的人影，由此可见朝廷对我等早有防备。既然公仪先生不在，此局必定有诈。你们不觉得此番攻入天牢也太简单了吗？我若是朝廷，必定将计就计，请君入瓮，在城门口设下埋伏。东城门未必真有埋伏，可若有埋伏，你们原本要经过东城门，必定是九死一生。你们若信不过我，便不必同我来了。"

说罢他竟轻轻松了手，回眸深深望了一直闭口未言地看着他的姜雪宁一眼，抬步直向着城门方向走去。被松开的手掌顿时感觉到了冷风从指缝间吹过，姜雪宁的心跳骤然一紧，有些喘不过气来。

其他人也完全没料到这位张大人说话竟是这般态度，倒并非傲慢，而是一种本来就站得比他们高的平淡。

那天教为首之人眉头紧皱起来。

也不知是谁在人群中嘀咕了一句："听着很有道理啊，我们被关在牢中的时候，这位大人便手眼通天，悄悄向我们打听公仪先生的下落。不过他怎么敢直呼公仪先生的名姓？胆子可真是太大了。"

直呼公仪先生的名姓？人群中一些有心之人，忽然都心头一跳。

须知公仪丞在天教是教首身边一等一的军师的角色，地位比各堂口的香主还要高上几分，可以说是仅次于教首，任谁见了都得毕恭毕敬地唤上一声"公仪先生"。教中有几个人有资格直呼他的名姓？

只这么掐指一算，众人不由得悄悄生出些自己的思量。

却说那头的张遮，到得城门下之后自然免不了被人喝问一句，然而后方守在阴影之中的众人分明看到，近处守城的兵士见是张遮之后都不由得噤了声，一副恭敬而畏惧的样子，竟然悄无声息地就把城门给打开了。

张遮走回来，道："可以出城了。"

众人都觉得有些不敢相信，一时之间面面相觑，也没一个人敢先上前去。

张遮看了他们一眼，径自抬步朝城门外走去。

姜雪宁思量片刻，眼珠一转，二话不说地跟了上去。

因刚才从牢中救他们出来时没几个人看见，她又穿着一身男子衣袍，乍一看背影虽瘦削了些，却也分不清男女，这一跟上去便像是有了第一个敢跟上去的人似的。

城门就在眼前，自由就在眼前，谁能不心动？

有了第一个人之后，很快便有了第二个、第三个，一时众人呼啦啦地全跟了上去。

守城的兵士个个低着头不看他们，没有半分阻拦的意思。

这简直是前所未有的体验，所有人在大摇大摆地安然通过城门时，都有些不敢相信，他们这些平日里都要夹着尾巴躲避着官差的人，竟然也有被这帮守城兵士毕恭毕敬地送出来的时候，可真有一股说不出的爽快和刺激感在心头！

有人出了城门口竟忍不住大笑起来。

"厉害，厉害，还是张大人厉害！老子这辈子都没有这样爽的时候！"

"哈哈哈！是啊，教首真乃神人，竟还在京城藏了这样厉害的一手，可惜拿出来得太迟，不然我们以前哪用受那气？"

"竟然真出来了……"

那天教中为首的汉子不由得皱紧了眉头，再一次仔细打量张遮，在自己的记忆中搜寻着那位比公仪先生更神秘之人的一些线索，然而一无所获。

他上前恭维了几句，然后便试探着开口道："实在是粗人眼拙，不知张大人的厉害。想来大人在教中该不会用如今的名号吧，不知可是有别号？"

张遮的目光顿时冷了几分，直直地落在了那人的面上，竟很久没有说话。

姜雪宁微微屏息。

张遮却又转开了目光，平淡地道："没有别号，只是往日竟不曾听说黄香主勇武之外，也是个心思缜密多疑之人。"

"黄香主"三字一出，黄潜瞳孔瞬间紧缩。

他蒙着面，旁人看不出来，可在蒙脸的面巾底下，他早已面色大变！

天教策划这一回劫狱之事也是绝密，乃教首亲自下的令，他也是秘密从通州赶来京城做统帅，今夜行动之人则都是从京中召集而来，按理说不该有人能道破他的身份！

眼前这位张大人……

某个猜测先前就已隐隐扎根在他心中，此刻更是令黄潜额头上冒了冷汗。

若是那一位……

他再无先前颐指气使的态度，甚至连问都不敢再多问一句，忙躬身道："是属下多嘴了。"

张遮却不再说话。

寂静中，姜雪宁的目光从黄潜的脸上移回了张遮的面上，她却看出了些许端倪，眼神不由得古怪了几分：张遮假冒的是天教那度钧山人？

这倒是个不错的选择。

在她的记忆里，这位度钧山人神龙见首不见尾，直到天教被谢危杀了个干净，也没露出确切的行迹，说不准根本就是个不存在的人，假扮这样一个人再合适不过了。

她立在张遮身后，身上穿着的衣服换过了，也没了披风，颇为单薄，被外头的风一吹，便有些瑟瑟发抖，一双手更是冰凉，不由得抬头看了张遮半晌。

但张遮就那么立着，好像没有再回身拉她的手的意思。

姜雪宁藏在人群中，轻轻咬了咬唇，只觉得自己这辈子从未有过如此胆小的时候，心脏再一次剧烈跳动。

她悄悄伸出手去，握住了张遮的手。

那一瞬间，张遮浑身一震。

他回首便对上了一双水灵灵的、明显看得出强作镇定的眼眸，与他的目光对上的瞬间还因有几分羞赧而闪躲，但下一刻便理直气壮地看了回来，好像这是理所应当一般，然而那白玉似的耳垂已若染了胭脂般红。

张遮知道自己应当放开。然而这一刻，贴着他掌心的那只手掌竟那般冰凉，他注意到了她单薄的衣衫，还有手指间那隐约的颤抖，心里面便忽然冒出一道蛊惑的声音：这并不是任何隐秘的想要靠近她的私心，你带她出来，便当护她周全，这不是私心。

于是他受了蛊惑，任由那柔软纤细的手掌拉着，然后慢慢地收紧了自己的手掌，却小心地不敢太过用力。

★

天教教众原本打算从东城门出来，如今却随张遮从西城门出来，且先前又有一小拨天教教众去了东城门那边，黄潜不免暗中生出几分焦虑情绪。

若如先前张遮所言，去东城门的那些人只怕是凶多吉少了。

他见张遮一直淡定自若，心内越发相信此人身份非比寻常，于是更不敢开罪他，斟酌之后才道："如今既然已经出得城来，该算暂时安定了。教中原本派了人来接应，不过城东那边的人还没有消息，今夜又出了这样大的事情，城里面必定不平静。今夜天色已晚，张大人、诸位教众还有剩下的一同逃出来的朋友，不如与我等先在城外找个地方歇脚？"

谋划这样大的行动，天教必定在外面安排了接应之人。

众人一听都没什么意见。

那伙儿趁乱从牢狱之中逃出来的囚犯闻言更是眼睛大亮，有人性情爽直，径直抱拳道："那可真是求之不得了，早闻天教义士之大名，原以为还有几分吹嘘，今日一见才知所言非虚。我等便沾沾光了。"

天教传教，自来是来者不拒。

入教之人有普通百姓，也有商贾小贩，失田失产的农户是大多数，里面更有许多绿林中的豪强，甚至盗匪流寇仇恨朝廷者，皆在其中。这帮从天牢里出来的死囚若也能加入天教，可真是再好不过。

既然已经被张遮道破了身份，面上蒙着的黑巾便取了下来，黄潜听得这些囚犯口中的感恩戴德之言，脸上终于露出了几分笑意。

姜雪宁也在此刻看清了这人的面容，寻常的一张方脸，不过眉头上有一道刀疤，便添了几分江湖气，一双倒吊三角眼有些锐利，倒也的确像是个天教之中位置不算低的话事者。

众人既已议定，张遮也无更多意见。

于是一行人趁夜潜行。

京城外头有好些镇落，住着不少人家，只是容易被人发现。天教这边早就找好了暂时的落脚点，便由黄潜带领着众人一路往西南方向的荒郊野岭行去。

到子时末，一行人终于在前面一座矮山包的脚下瞧见了一处供上了灯的破败庙宇，大约是以前聚居在此处的山民用以祭祀山神的所在。黄泥堆砌的围墙已在风雨的侵蚀下倾颓，腐朽的门板倒在地面上，风一吹窗上糊着的残纸便瑟瑟发抖，乍一看还有些瘆人，但待走得近了就能看见里面竟有人影晃动，是有人正在里面打扫整理。

一听到前面山道上传来的动静，庙外颓墙的阴影下便走出几个人影，一抬头看见来的人比预想之中的要多，不由得呆了呆，才问："都救出来了？"

黄潜下意识地看了后面的张遮一眼，摇了摇头。

那人便轻轻皱眉，道："公子那边的人也还没到，怕要等上一会儿，外头风大，先进来说话吧。"

姜雪宁好歹也是个大家小姐，便是往日随婉娘在一起时也不是素来能吃苦的那种人，这一路走过来路可不短，且称得上崎岖险阻，有好几次她都差点摔倒。

还好张遮一路都看顾着她，话虽然没一句，却都及时将她扶住了，手与手的温度交换着，她竟觉格外安心。

为了怕旁人注意到她，一路上她都忍耐着。但在进到这破败庙宇里的那一刻，姜雪宁终于绷不住，喘了口气，先前忍住的那股疼便从脚上蹿了上来，两腿酸软乏力不大站得住，于是便跌坐在了地上。

她身上穿的乃张遮的衣裳，透着点儿朴素，简单而宽松，人跌在地上，衣领便散开了一点，露出脖颈上白皙的肌肤，眼角染着些水光，透着些可怜的狼狈。便是先前张遮为了遮掩抹黑了她的脸，有这样一双灵动的眼睛，也足以流露她的光彩。

好在此时旁人也都进来了，骤然到得这样一处暂时安全的地方，都不由得跟着松了一口气，举止也未比姜雪宁好到哪里去。

这破败庙宇四面漏风，但暂为歇脚之用，是足够的。

黄潜走出去与那些人说话，其他人则自发地在这庙宇里围坐下来，有的靠在墙脚，有的倚在柱下，大多是亡命之徒，哪里顾得上此地脏还是不脏？

众人一律席地而坐。

张遮却环顾四周，勉强从那已经倒塌的香案底下找出一块还算完整的陈旧蒲团，放到地上，也不看姜雪宁一眼，只低声道："地上冷，你坐这里。"

姜雪宁原本已经累极了，连根手指头都不想再动弹一下，然而听见他这话，轻轻抬起眼眸便看见了这男子半隐没在阴影里的侧面轮廓，脸颊清瘦，双唇紧闭，唇线平直，好像刚才什么话也没说似的。

这是个不善言辞也不喜欢表达的人。

然而她方才分明听清楚了，于是如同感受到他先前在城门外回握的手掌一般，一种极其隐秘的甜蜜感悄然从她心底泛了出来。分明处在这样扑朔迷离的险境之中，可她竟尝到了一丝丝的甜意。

姜雪宁也不说话，眨眨眼看着他，嘴角便轻轻地弯了几分，十分听话地挪到了那实在算不上干净的蒲团上坐下。

张遮仍旧静默无言，垂下了眼帘，并未回应她的眼神，只平静地一搭衣袍的下摆，席地盘坐在了姜雪宁身旁，看不出有半分官架子。

这庙宇早已经没人来祭拜，周遭虽然有墙壁，却大多有裂缝。墙壁上绘着的彩画也早已没了原本的颜色，只在上头留下些脏污的痕迹。正面倒是有一尊看不出是什么的佛像，但也掉了半个脑袋，看着并不恐怖，反而有些滑稽。

天教接应的人早在此处收拾过了。一名盘着发髻的布衣妇人此刻端着一筐炊饼，还有个十来岁扎了个冲天辫的小子一手拎着个水壶，一手拿着几个粗陶碗，一前一后地从外头走进来。

“各位壮士都累了吧？”

那妇人生得微胖，面皮也有些黝黑，一双手伸出来颇为粗糙，看得出是平日里在地里劳作的普通人家出身，笑起来很是淳朴，让人很容易生出好感。

“这大夜里的也找不出什么别的吃的，这是家里做的炊饼，勉强能填个肚子，还请大家不要嫌弃。”

从牢里面出来，这一路逃命，一路紧张，一直到得此处，谁不是身心俱疲？神经紧绷着的时候没知觉，此刻坐下来松快了众人方觉出饥饿，正在这种时候竟然有炊饼送来，真算得上是及时雨了。

一时间周遭都是道谢之声，更有人感叹天教考虑周全，很是义气。

那妇人给众人递吃食，那十来岁的小子则给众人倒水。

小孩子瘦得跟猴精一样，却脑袋圆圆，眼睛大大，动作有一种不符合年龄的机灵劲儿，笑起来也很是喜气，张口就叫“这位大哥”，让这帮人听了很舒坦。

只不过他们准备得也的确匆忙，虽然有水，碗却不大够。还好众人都是走南闯北不拘小节之人，同一个碗装了水，你喝过了接过来我再喝，倒也没什么大不了的。

然而到姜雪宁这里，却有些尴尬了。先是那妇人将炊饼递过来，姜雪宁接过。那妇人初时还没留意，等姜雪宁伸手将炊饼接过时却看见她露出来的那一小截手腕雪白一片，便怔了一下，但也没有说什么，只是微微朝她笑了笑。

姜雪宁便觉得这妇人该看出她是个女儿家了，心下有些窘迫，忙把手缩回宽大的袍袖里，拿着炊饼啃了一小口。

那小子则跟过来倒水，手里那个碗是前面已经被旁人用过的。

姜雪宁不大饿，却有些渴，看着这个倒了水的碗，心下犹豫。就在她微微咬唇，要鼓起勇气伸手去接碗的时候，旁边一只手却先于她伸了过来，将那个碗拿走了。

那小孩子顿时愣了一下，不由得转头看去。

碗是坐在姜雪宁旁边的张遮拿走的。他也不说话，只是就着那碗中的水细细将碗口边沿全擦过，又将水倒掉，再从那小孩子的手中接过水壶将余污冲掉，才重向碗中倒水，将碗递给了姜雪宁。

姜雪宁不由得怔住，之前的记忆顿时涌现在了脑海中。

还是他们遇袭。那时就他们两人逃出生天，可随身携带的只有一只从折了腿的马身上解下的水囊。

她渴了便解开那水囊直接喝了水。然后待她停下来抬起头时，却见张遮注视着她，似乎方才有什么话想说，然而并没来得及说。

初时，她倒没有在意。

两人循着山道往前走，姜雪宁停下来喝了两次水，也并未忘记把水囊递给张遮，问他渴不渴。但这把刻板写在脸上的男人只是沉默地将水囊接了过去，然后塞上，并未喝上一口。

姜雪宁只道他是不渴。

可等到日头晒起来，她偶然回头望见他干裂的嘴唇时，才挑了眉细细思量起来，故意又拿过水囊来喝了一口水，然后注视着他，戏谑似的笑着。她道："是本宫喝过，嘴唇碰过，所以你不敢喝吗？"

张遮在她面前垂下了眼帘，既不靠近也不回视，仍旧是那谨慎克制的模样，道："上下尊卑，君臣有别，还请娘娘不要玩笑。"

于是姜雪宁生出几分恼恨之意。她就是不大看得惯这样的张遮，前后一琢磨，便"哦"了一声，绕着他走了两步，故意拉长了语调道："上下尊卑，君臣有别，说得倒是好听。那方才张大人为何不告诉本宫，这水囊是你的，是你先前用过的？"

那时张遮是什么神情呢？

大约他是微微变了脸色吧。

姜雪宁只记得他慢慢闭上了眼，两手交握着笼在袖中，倒让人看不清心绪如何，过了好半晌才垂首，却并未为自己解释，只是道："是下官冒犯。"

她和他共用了一个水囊，只这样便令此人坐立难安，如受熬煎。

这无疑给了姜雪宁一种前所未有的戏弄的乐趣，她当然知道张遮先前不说一是因为她已经喝了，二是因为他们只有这一只水囊。可她偏要戏弄他，递给他水囊他不喝水，她便故意当着他的面喝，然后拿眼瞧他，观察他算不上很好的细微神情。

仿佛被冒犯的那个人是他似的。

于是她想，听说这人连个侍妾都没有。

直到后来，走过这片山找到了水源，她这段乐趣才算作罢。

如今又一碗水递到她面前，而旁人沾过的地方都已被细细地洗净。

这个面上刻板的男人，实则很是细致周到，很会照顾别人。

姜雪宁想想过去，也不知自己那时候到底是着了什么魔，竟舍得去作弄他、作践他，抬眸时眼睫轻轻颤动，眼底便蒙上了些许水雾。

她注视着他，刚想要将碗接过，不想张遮方才的一番举动已落入旁人眼底，有个模样粗犷的汉子见着竟大笑起来："都是大老爷们儿，喝个水还要把碗擦干净，忸忸怩怩跟个娘儿们似的！"

张遮垂了眼帘没有搭理那人。

姜雪宁听了这话却觉心底一簇火苗登时蹿起来烧了个燎原，霍然起身，甩手将方才啃了一小口的颇硬的炊饼朝着那人脸上砸了过去！

虽然两人中间隔着一段距离，饼砸到人脸上也带着点疼。

那人可没想到自己的一番话能惹来这一遭，被砸中时都愣了一下，接着火气便也上来了，然而抬起头来却对上了一双秀气冰冷的眼，那股子冷味儿从瞳孔深处透出来，甚至隐隐溢出几分乖戾之气。庙宇门口一阵冷风吹过，竟叫他打了个寒战，火气顿时被吓回去大半。

要知道在场的可有不少人是从天牢里出来的，杀人越货，为非作歹。外表看上去邋遢瘦小其貌不扬，保不齐就是个狠辣的角色，忍一时气总比招惹个煞星要好。

那人竟没敢骂回去。

姜雪宁心底的火却还没消，她待要开口，一只手却从下方伸了出来，用力握住了她的手臂。

张遮抬眸望着她，平静地道："喝水。"

那一碗水还平平地端在他手中，并未洒出去半点。

眼下终究不是争这一口气的时候，更何况也未必争得过人，姜雪宁到底将这口气咽了回去，重新坐下来，低下头，双手将碗从他手中接过，小口小口地喝着水。

那碗很大，她的脸却是巴掌大，低头时一张脸都埋进了碗里，像是山间溪畔停下来慢慢饮水的小鹿。张遮看着，便觉心也跟着软了下来。

庙宇之内一时寂静无声。

那汉子自顾自地嘀咕了几句，又瞥了张遮一眼，想起城门口的情景，料着此人在天教中身份不俗，更不敢有什么意见，也只好当作什么都没发生过，闷头吃饼。

倒是角落的阴影里一个蓬头垢面的男人，目光隔着乱发落在姜雪宁的身上，表情若有所思。

★

众人其实多少都注意到了姜雪宁，毕竟这人自打从牢里出来，便一直紧跟在张遮身边。只是“他”衣裳穿得随随便便，一张脸也脏兮兮的，只是看着个子小些，五官隐约有点秀气，别的在这大晚上纵然有光照着也影影绰绰看不大清楚，且还要忌惮着旁边的张遮。

明眼人就算看出点端倪来，嘴上也不会说，只在心里面嘀咕：没想到天教里也有这样的人，当过官儿的就是讲究，出来混身边都要带个人。就不知道这是个姑娘扮的，还是那些秦楼楚馆里细皮嫩肉的断袖小白脸了。

庙宇中人各有各的心思，也没人对方才这一桩小小的争端置喙什么。

很快就有人主动转移了话题。

能被朝廷关进天牢的人可说是各有各的本事，一打开话匣子讲起各自的经历来，再添上点油，加上点醋，便成了活生生的话本子，比天桥底下的说书先生讲得还要精彩。

那妇人送完炊饼便拎着筐出去了，那十来岁的小孩子却听得两眼发光，干脆坐在门槛上，一副就打算在这里听着过夜的模样。天教那帮人好像也不管他。

姜雪宁倒是一早就有些在意这小孩子，毕竟在这种地方竟还有个十来岁的孩子，实在有些不可想象。如今的天教是连小孩子都不放过了吗？

听着天牢里出来的这帮豪强吹嘘自己入狱前的经历，姜雪宁也喝够了水，还剩下大半碗，犹豫了一下便递向了张遮。

他便是席地而坐，身形也是挺拔的，此刻转过头来将水碗接过，姜雪宁心头顿时跳了一下，但他接下来便垂眸将这碗水放在了前面的地上，声音很低地回她：“我不渴。”

到底还是张遮，迂腐死板不开化！

姜雪宁在心底哼了一声，但转念一想，只怕也正是这人清正自持，自己才会这般难以控制地陷入其中，毕竟这个人与她全然不同，几乎没有任何相似之处，就好像是站在那光里，让人抬高了头去仰视，摸都难摸着。若哪天张遮像那萧定非一般成了个举止轻浮的孟浪公子，她多半就看不上了。

此番意外被卷进这劫狱之事，实在出乎她的意料，也打乱了她原本的计划。然而与张遮同在一处，她又觉得什么计划不计划、意料不意料，都没那么重要了。

这个人就在自己身旁，便是此刻最重要的事。

只是于张遮而言就未必了，既然他与天教打了这样近的交道，必然是有所图谋的。她在此处，势必会对张遮这边的筹谋产生一定的影响，是以她首先要做的是自保，不拖后腿，其次便是见机行事，毕竟对天教……

她好歹有优势在，对天教有些了解，只希望此次的事情不要太复杂。

不知不觉，姜雪宁的眉头悄然锁了起来。

破庙里却正有人讲自己当年的经历："那一年老子才二十出头，狗官假借朝廷律令，把乡里的税都收到了十年之后，老子抄了一把杀猪刀，在那狗官的轿子过来的时候一刀就捅了过去，那家伙的肠子都流到地上去了。我一见成事立刻跑了，跑了好多年，没想到在五里铺吃碗馄饨遇到个熟人，那人转头报到官府，竟把老子抓进了天牢。嘿，也是运气好，竟遇到这么桩事，老子又出来了！"

说到这里，他面上都忍不住带上了几分得意之色。

蹲坐在门槛上的那小孩子却忍不住"啊"了一声，引得众人回头向他看来。可他既不是惊讶，也不是骇然，而是疼的。

原来是这小孩儿手里捏了半块饼一面听一面啃，结果听得入神没注意饼已经吃到头，一口咬下去竟咬着自己的手指，便吃痛地叫了一声。

周围的人顿时笑起来。

"怎么你吃个饼还能咬着手？"

"这是有多饿？"

"小孩儿你今年多大，叫什么名字，难道也加入了天教？这时辰了还不回去，你爹娘不担心？"

那小孩儿便慢慢把刚才咬着的手指缩了下去，摸了摸自己的脑袋，看着有些腼腆，说话却极为爽脆，道："刚满十三呢，没爹没娘，也没人起名，大家都叫我'小宝'，诸位大哥也叫我'小宝'就是。别看我年纪不大，入教也有三四年了呢！"

众人顿时惊讶。

小宝大约也是觉得被这么多人看着十分有面子，连背都不由得挺直了几分，脸上跟着挂上笑意。然而他正要开口再说点什么，却随着挺直脊背的动作，肚子竟十分不配合地"咕咕"叫唤，声音还颇为响亮，不少人听见了。

"哈哈哈……"

众人一下又笑起来。

他这般的年纪，正是长身体的时候，一天三顿都不够吃的，何况刚才只啃了半拉炊饼？

小宝有些难为情，一下红了脸，一根冲天辫扎着是顶朝上竖了起来，脑袋却埋到了膝盖上。

然而这时候，旁边却响起一声有些生涩粗哑的嗓音："还吃吗？"

小宝闻声抬头，便看见半拉掰过的炊饼递到了自己面前。

拿着饼的那只手算不上干净，手掌很宽，手指骨节也很大，甚至满布着新旧伤痕，只是被脏污的痕迹盖去了大半，倒不大看得出来。

小宝顺着这只手看去，是一身同样脏污的囚衣。

那人就坐在小宝旁边，即便有大半边身子隐在阴影之中，可一看就是个身材魁梧高大的男人。然而直到他说话这一刻，众人才注意到此地还有这样一个人。

小宝平日算机灵的，记性也好，然而此刻都没忍住怔了怔。因为连他都对这男人毫无印象。

大概是被关押在天牢里的时间太久了，他也没有机会和别人说话，声音就像是生了锈的刀擦在磨刀石上磨出来的，让人听了难受。他的头发也太长了，挡住了脸，乍一看去辨不出深浅，很是平平无奇的感觉。

小宝下意识地便将他递过来的炊饼接到手中，道了声谢。

张遮手里那块饼还没吃一口，他似乎打算要递出去，但此刻手腕一转，无声地收了回来，目光却落在了先前那并未引起旁人注意的男人身上。

姜雪宁却先看了张遮一眼，唇边溢出了些许笑意，才转眸重新去看小宝那边，然而目光落到这小孩子的手指上时，却不由得怔了怔。

小宝坐的位置比较靠外，破庙里生了火堆，先前也不大照得到他那边。但当他伸手从那男人手中接过饼时，便正好被跳跃着的火光照着。

姜雪宁一晃眼瞧见了他的无名指，手指指甲的左侧竟有一小块乌黑的痕迹，只是很快便被其他手指挡住了，仓促间她也无法判断到底是磨出来的血泡、胎记，或是不知哪里沾上的痕迹。

她垂头看了看自己的无名指，脑海中瞬间浮现出的竟是她们一帮伴读在仰止斋读书时提笔练字，用无名指支着毛笔的笔管。因为功夫还不到家，所以那一侧总是会不小心磨上些许墨迹。

天教这小孩儿身穿粗衣麻布，看着不像是个读书识字的人。

她目光流转，心里生出些想法，但暂时压了下来，没有询问，也并未声张。

倒是角落里那男人因为递饼这件事引起了旁人的注意。男人穿着一身囚衣，必定是天牢中人。可眼下这破庙里除了天教来劫狱的人之外，其他人都是从天牢里出来的，对这么一个人竟然全无印象，完全不知道他从哪儿冒出来的。

有人好奇，拱手便想请教他的名姓。

没料想先前出言讥讽张遮喝水擦碗娘娘腔的那个汉子，睁大眼睛看了那蓬头垢面之人好些时候，原本颇为壮硕的身子竟没忍住颤抖了一下，手里没吃完的炊饼都掉到了地上。他声音里藏着的是满满的惊恐，整个人骇得直接站了起来，指着那人道：“你、你是孟阳！”

孟阳？！

这两个字一出可以说是满座皆惊！

知道这名字的人几乎齐齐倒吸了一口凉气，原本也没留神就坐在了孟阳旁边的其他天牢里出来的犯人更是毛骨悚然，几乎没能控制住自己那一刻下意识的举动，朝后面撤了撤。

以此人为中心，顿时就散开了一圈。

姜雪宁看见这场面，眼皮便跳了跳。“孟阳”这个名字对她来说实在是陌生，根本连听都没有听过，可此时此刻无需听过，光看周遭这帮人的反应便知道此人绝非什么善茬儿！

要知道，这些人可都是从天牢里出来的，哪个人手上没条人命？

然而众人见着这人浑如见着煞星凶神一般，还隐隐透出一种自心底里生出的惧意！

那这人该是何等恐怖？

张遮的目光先前就在孟阳身上，也不知是不是之前就认了出来，听得旁人道出他的名姓，张遮倒是没什么反应。

其他人就完全不一样了。

先前还大肆吹嘘自己杀人越货如何作为的江洋大盗们，这会儿全跟被人打了个巴掌似的哑了声，甚至带上了几分恭敬地向那仍旧箕踞坐在角落里的男人拱手：“先前竟不知孟、孟义士竟也在此，实在失敬，失敬！”

众人称呼他“孟义士”的时候，话语里明显有片刻停顿。

猜也知道他们是不知该如何称呼。

义士？若提着一把戒刀从和尚庙里回家，把自己一家上上下下五十余口人全剁了个干净的人也能被称作“义”，这天底下怕是没人敢说自己是“恶人”了！

孟阳喉咙里似乎发出了一声哼笑，身子往后一仰，也没去撩开那挡脸的头发，直接靠在破败的门板上把眼睛一闭，竟半点没有搭理这帮人的意思。

众人顿时有些尴尬，又有些惧怕。

天牢里也讲个大小，善人没办法论资排辈，但作恶作到孟阳这地步，便是在恶人里也要排头一号。

好在这时候先前出去说话的天教香主黄潜回来了，只是脸色不是很好，环顾了众人一圈，目光最终落到张遮身上，道：“走东城门的教中兄弟现在还没有消息，沿路派人去看也没有谁到这里来，只怕是出了事。黄某方才与教中兄弟商议过一番，既然有张大人在，也不惮朝廷随后派人追来，便在此处休息一夜。明日一早教中来接应的人便会到，届时再一同前往通州分舵，那里比较安全。天牢里出来的诸位壮士也可在那边转从水路去往各地。不知诸位意下如何？”

天牢中出来的众人都没说话，有些下意识地看向了张遮，有些则下意识地看向了孟阳。

人在屋檐下，这里可没他们说话的份儿。

孟阳仰靠着动也没动上一下。

张遮听得“通州分舵”二字，便知此行必有所获，点了点头，不动声色地道：“既出了京城，便全听教首那边的谋划。”

于是众人就地休息，只是地方实在狭小，多有不便。

这破庙后堂隔了一堵墙，还有两间小屋，其中一间勉强能拆出半张床来，张遮便极为平静地开口要了。

于是众人的目光自然而然地汇聚到了他和姜雪宁身上。谁都没反对，只是待他带着姜雪宁走到后面去时，众人转过脸来对望一眼，却都带了点心照不宣的暧昧意味：这种时候还不忘那事儿，当真是艳福不浅！

荒村破庙，大约也是有别的人在这里落过脚，或者是先前的天教之人在此处盘桓过，后面这间小屋简陋归简陋，床却是勉强躺得下去的，只是凌乱了一些。

张遮也不说话，俯身上前去整理了一番。

姜雪宁望着这场景，忽然便有些愣怔。

张遮收拾停当转过身来，她才想起小宝的事情还未对他说，于是开口道：“张大人，刚才我……”

张遮轻轻对她摇了摇头，抬手往外面方向一指，还能隐约听见外头人说话的声音。

姜雪宁便懂了，隔墙有耳。她一时有些为难，想了想之后伸出自己的右手，指了指自己无名指指甲左侧那一小块，接着做了个握笔的动作，然后在自己面前比出个比自己矮上一截的高度，最后竖起一根手指在自己的脑袋上比了个冲天辫的模样。

这一番比画可有些令人费解。

张遮看了她半晌，竟大约明白了她的意思，点了点头。

这会儿也不好说话，可看见他点头，姜雪宁便很奇怪地觉得，眼前这人肯定是理解了自己比画的意思，于是跟着笑起来。

只是此处只有一张床，她看了却有些尴尬，有些不知如何是好。

张遮的声音很低："二姑娘睡在此处，我在门口。"

幽暗的房间里，沉默寡言的张遮面容上这会儿也看不出什么别的东西来，只有瘦削的轮廓上映着破窗里透进来的三分月光，如刻刀一般划进了姜雪宁的心底。

彼时也是这样，他们好不容易寻着了住处，可她是皇后，他是外臣，自然只有她睡的地方。

那会儿她对此人全无好感，自顾自进去睡了，浑然不想搭理外面这人的死活。她累极了，一夜好梦到天明，睁开眼时便见淡薄的天光从窗外洒进来。

她伸了个懒腰，推开门，然后一眼看到了他。

那迂执的男人坐在靠墙的一张椅子上，眼帘耷着，一身深色的官袍沾染了清晨的雾气，颜色好像更深了，都被晨露打湿了似的，透着几分寒气。

她以为他睡着了。没想到在她推开门的刹那，张遮那一双微闭的眼睁开了，看向了她。他大约是这样枯坐了一宿吧，眼睫上都凝了些水珠，深黑的眸底却一片清明，瞳孔里映了她的身影。

那可真是一个煞是好看的清晨，雾气轻灵，天光熹微。

贵为皇后的她站在这名臣子的眼底，心底高筑的城墙却在这一刻轰然坍塌，有什么东西轻轻将她抓住了，让她再也挣脱不开。

此时的黑暗里，姜雪宁前所未有地大胆望着他，不怕被人窥见自己深藏的秘密。

她张了张口，不想他再熬一宿，然而开口却是："那大人等我睡着再出去，好不好？"

张遮终究没能拒绝。

她和衣侧躺下来，面朝着墙壁，背对着张遮，一颗心却在微微发胀，只觉得满脑子念头乱转。

她想不如自己睡上一会儿，然后叫张遮叫醒自己，换他来睡。可这一夜发生的事情实在是太多，她太累了，实在有些恍惚了，脑袋一沾着那陈旧的枕头，意识便昏沉起来。

张遮坐在旁边，听见她的呼吸渐渐变得均匀。

她已睡熟了。

只是睡着的少女蜷缩着身子，大约是觉得有些冷。于是他解下了自己的外袍，无声地走上前来，轻轻为她盖上。

有些粗糙的衣角不慎搭到了少女的颈窝处。她便无意识地伸手轻轻抓了一下，极其自然地翻了半个身。空气里氤氲着一股清甜的香气。

张遮还保持着那为她盖上外袍的动作，此刻借着那透进来的一点光亮，便看清楚了这近在咫尺的人，紧闭的眼、小巧的琼鼻、柔软的嘴唇。

她这样怕疼、怕苦也怕死的人，怎么敢为他自戕？

他好想问她，疼不疼？

可他不敢。

这一瞬，张遮胸臆中堆积的所有浪潮都翻涌起来，汇成一股灼烧的火，让心肺都跟着焦疼一片。

有个声音在耳旁蛊惑，他逐渐向着她靠近、靠近，面颊几乎贴着她的面颊，唇瓣几乎要落到她的唇瓣上。然而在将触而未触的那一刻，脑海里似洪钟大吕般的一声响，撞得他心神难安，他一下退了回去！

黑暗里响起克制的喘息声。

退开的那一刹他才醒悟自己方才是想要干什么，竟不由得出了一身冷汗，从心底里生出凛然之意，甚至有几分羞愧：不欺暗室，对着她，他怎敢生出这般僭越之心！

张遮胸腔鼓动得厉害，从这房里出去，走到外面时，便给了自己一耳光，发出“啪”的一声轻响。

他微微闭了闭眼，被外头的风一吹，才终于恢复了几分清醒的神志与冷静。

这会儿外头的人也都缩在角落里睡着了，四下里寂静无声。只有那孟阳坐在火堆前，听见动静转过头来望了他一眼，待瞧见张遮那一张冷脸上留下的手指印时，便不由得一挑眉梢，神情变得古怪了几分。

★

已经快后半夜了，山野里一片茫茫，破败的庙宇外面隐约还能看见天教的人在守着，一是防备人偷袭，二是对先前去东城门的那帮人还怀有些希望，想着也许过一会儿那些人就回来了。

但在庙宇里面，只这一堆火。

张遮的目光与孟阳对了个正着，看神情张遮便知道对方误会了什么。但他也不解释，只踱到火堆前，坐在孟阳旁边，捡起边上一截树枝，轻轻地折了投入火堆。

微红的火光映照着他的面颊，沉静之余却似有几分惘然。

这会儿孟阳那遮挡着脸庞的头发倒是被撩开了许多，露出大半张脸来，竟不见半分凶恶，反而有一种禅定似的平和，怎么看他也不像是能杀自己一家上下五十余口的人。

但世间真正的穷凶极恶之徒又有几个明白地长着一张恶人的脸呢？

他唇边挂上了点笑意，目光从周围已经熟睡的人身上扫过，竟也不惮自己说话被旁人听见，用那刀磨着嗓子似的嘶哑声音道："早两年没入狱时便曾听闻河南道顾春芳手底下有个能吏，洞察秋毫，断案颇有本事。张大人清正之名，孟某人可真是久仰了，只是没料到会在这种地方遇见。连您这样的人都与天教同流合污，真是……"

后头的话便没有说了，但他"啧"了一声，意味已不言自明。

孟阳手里拿着一根粗些的枝条，在火堆里轻轻拨弄着，便有点点火星在热气里飞腾起来。人坐在旁侧，寒气也被驱散许多。

张遮将目光落在孟阳手中这根枝条上，听得对方言语，有好半晌没有说话。直到看到那根枝条拨过火之后也被火舔上来烧着，张遮才平静地道："你乃昌平人氏，家中殷实，二十岁那年娶了娇妻过门。不想还没两年，娇妻便在家中上吊而死，一尸两命。你伤心之下上山出家当了和尚，法号'湛尘'，本已算遁入空门，没想到又几年后，竟无意中得闻发妻乃为家人所害，一为取其财，二为让你娶高官之女。你一怒之下，身上僧衣未脱，提着寺中武僧用的戒刀便回了家中。为了防止众人逃脱，你先在后门放了把火，又闩上了大门，再往里面逼去，见一个便杀一个，里面包括你的父兄、弟侄，年岁长者六十有二，年岁小者方十三。半夜杀下来，还活着的只有你多年前养的一条狗。"

"啪"，孟阳手里那根树枝忽然被拗断了，断裂的那一截掉进火里，很快烧着。他目中终于透出了几分血腥气，却扯着嘴角笑："不愧是张大人，这也知道。"

张遮说起这些来并不觉得有什么，他经手过的惨案太多，纵有悲悯之心也不至于情为之牵、心为之系了，只是道："你被押入天牢待审已久，本是要秋后处斩，卷宗正好经由刑部过。我供职于刑部，自然看过你的卷宗。"

换句话讲，张遮比其他人更了解孟阳。

这是孟阳绝没有想到的。他忽然感觉到了一种说不出的危险气息，竟对眼前这看上去平平无奇的刑部清吏司主事张遮生出了几分先前未有的忌惮。

张遮好似对这种忌惮一无所觉，冷漠的眸底映着庙宇里这团火光，视若寻常般道："你杀一家五十余口人，其罪属实，无论事出何因都是情法不能容、不能饶的。

卷宗方递到刑部时，便画了你秋后处斩。没有想到竟被人压了下来，说你发妻上吊之事尚有疑点和可酌定之处，只将你收监入狱，暂不发落。是以事情才拖到现在，悬而未决。”

孟阳这样的人，万死难抵其罪。

虽身陷险境，可张遮对自己的爱憎也半分不掩饰，转过目光直视着对方，道：“我倒很想知道，你背后站了谁，竟有这样大的本事，能压下秋决这样的事？”

孟阳手里还拿着一截树枝，平和的面容上虽然有些脏污，可映着这暖融融的火光，竟像是庙堂上高坐的佛陀。他道：“孟某在白马寺出的家，为我剃度的大和尚当时法号圆机，精研佛法也有四五年，张大人这么好奇，不妨猜上一猜？”

白马寺，圆机和尚，那不正是如今被皇帝沈琅钦封的当朝国师吗？

剃度这件事大抵是真的。

张遮却不接话了，因为事情实不会如面上看到的这般简单。若是圆机和尚做这件事，未免太露痕迹，满朝文武都看着呢。

入了冬后，天亮得便晚。

但谢危夜里一贯睡得不是很好，又习惯了早起，睁开眼披衣起身时，外头还黑漆漆一片。昨日雪夜里出门受了些寒气，他有些咳嗽起来。

剑书在外头听见他起身，便叫人进来伺候。

听见他咳嗽，剑书道：“刘大夫先前给您开的药挺好用的，让人给您煎一服来吧。”

谢危轻皱起了眉头，道：“不必。”

他洗漱后便走到了案前，翻起堆在案头上的这些信函，只是这些要么是朝堂的公文，要么是天教的密报，一眼看过去，件件都令人生厌。

剑书本已经准备好天教这边一应事宜来报，可抬头一看谢危坐在案前半晌没动，不由得纳闷，主动道：“劫狱的那帮人刚走，城门口留了个记号，看模样是往燕庄方向去的。教首那边亲自下令另派了一拨人去他们暂时的落脚点接应，但具体去的是谁还不知道。属下怕打草惊蛇还未多问，要问问吗？”

谢危却没理，忽然问：“没别的事吗？”

剑书愣住。

谢危又咳嗽了两声，灯火的光芒照着他发白的脸，眉眼的轮廓之间透出几分缠绵的病气，竟不想做什么正事，只一把将面前的案牍都推了，起身向前面的斫琴堂走去，一面走一面道：“翻过节便是正月，也没几天了。倒有一件，你着人去打听打听如今京中的小姑娘都爱什么东西，拟张生辰礼的单子呈上来，我琢磨琢磨。”

小姑娘爱的？

生辰礼？

谁正月里要过生辰吗？

剑书在脑海里搜寻了一番，竟不记得谁在正月里过生辰，然而再一想谢危这话里用的“小姑娘”三个字，便忽然明了了，暗自咋舌。

他可不像是吕显那般动辄敢在谢危面前咋咋呼呼的，只敢在自己心里咋呼了一阵，面上却半点也不显露，好像接了个重任似的，郑重地道：“是。”

斫琴堂里还是昏暗一片，谢危走入，点上了灯。

窗前那制琴用的台上，榉木木板已经按着琴的形制做好，只是还未拼接、上漆。他把灯搁在窗台上，又挽起袖子拿了一柄刻刀，只是方要雕琢细处时，手指却又顿住了。

他忽然想到的是，那小丫头的琴虽是古琴，可旧琴便是旧音，养得再好也恐有不如意之处，自古说“新不如旧”，想来是谬论罢了。新斫一张琴当生辰礼大约不错，只可惜自己近来太忙，斫琴也慢，怕琴未毕，她的生辰都过了。

只这么个念头闪过脑海，谢危手上一顿后便埋下头去斫琴。

剑书看着，总觉得他像是心里装着事，可先生的心里什么时候不装着事呢？勇毅侯府的事情虽是有惊无险，甚至算得上是一着妙棋，只等着往后派上用场之日。然而到底是离开了那座宅院，离开了这座京城，先生面上不说，暗地里只怕积攒了太多的不痛快。

他也不敢问堆在案头上的那些事要怎么办，只好在门口候着，也不敢入内打扰。

这样早的时候，大多数人还没起身呢，四下里静悄悄的，所以一旦有脚步声就会变得格外明显。

剑书才站出来不久，就听见了一阵脚步声从前院里传来。

一个仆人来到斫琴堂前小声道：“门外有人求见，说有要事相禀，请先生拨冗，对方自称是锦衣卫千户周寅之。”

周寅之？

这人剑书倒有耳闻，只是也没留下什么好印象。

听见时他便皱起了眉：“说是什么事了吗？”

仆人道：“没有。”

剑书猜谢危是不见的，可这人他们以前从未接触过，也不敢如旁人一般直接回绝，是以又进来问谢危。

谢危果然道："不见。"

朝中官员来拜会他无非那几个因由，时间一长便惹人厌倦，若非有事要谋划，他向来更愿意独善其身，不爱搭理旁人的事情，更别说是今日了。

剑书一听，便要出去打发那周寅之离开。

只是他脚步才到门口，谢危手里的刻刀便停了。

谢危忽然道："叫人进来。"

剑书也搞不懂他怎么又改了主意，愣了愣才反应过来，领命叫人引了周寅之入内。

大半夜过去，周寅之还穿着昨夜的一身衣裳，那飞鱼服的衣领袍角上既沾着汗气，也沾着雾气。

人才从外头进来，谢危就看出他昨夜似乎没睡，不然锦衣卫千户又不必上早朝，没必要一大早穿成这样。

谢危只问："谢某一向与锦衣卫无甚交集，周千户天还没亮便来找，不知是有什么紧要的事情？"

周寅之也的确是头一次来拜会谢府。可昨夜发生的事情已经远超出他如今处理的能力，眼看着天将明，却还找不到姜雪宁的下落，他便知道自己必定要知会旁人了。可是他要先告诉姜伯游吗？周寅之实在不敢。事情一旦败露，一则是暗中找关系放人进天牢探视勇毅侯府之人，二则是官家闺秀下落不明，任何一个名头落下来他都吃不了兜着走，且还未必能解决问题。

坐在那牢房内足有半个时辰，他将心一横，干脆拜上谢府。

无他，他只想赌一把！

谢危乃姜雪宁在奉宸殿的先生，闺中女子年纪不大，却知道许多朝堂上的事情，上一回从天教手中赎信的事情他虽从头到尾没明白姜雪宁是怎么个用意，却隐隐感觉出她与太子少师谢危关系匪浅。好歹是当朝"三孤"之一，若谢危肯出手，怎么着也比他自己想办法来得稳妥一些。

周寅之刀刻似的眉上皆是凝重之色，甚至有几分豁出去似般的凛然，他躬身向谢危行礼的同时便闭上了眼，道："天教乱党劫狱，姜二姑娘彼时正在天牢之中，如今下落不明。"

"嚓！"

寂静的斫琴堂内传来一声刺耳的轻响，竟是谢危手中的刻刀在琴板上划下了一道粗痕，深深地陷入了木板里面，连着右手指腹都磨破了点皮，渗出血来。

这琴做不成了。

谢危心里忽然冒出这么个想法，目光却在那刻痕上停了片刻，然后缓缓转过头来，凝视着周寅之，仿佛没听清楚一样，轻轻问：“你刚才说谁？”

同样是清晨，破庙里歇息的众人也相继醒转。

火堆也熄灭了，只留下一点泛红的余烬。

发白的雾气将周遭山峦淹没，把远山近影都调成了黑、白、灰的颜色，然而浓重的雾气里却有马蹄声传来。

在庙宇外盯梢的人已候得久了，听见马蹄声便道了一声：“来了！”

众人听见，一下都振奋起来。

姜雪宁一夜好眠，刚醒不久，睁开眼睛坐起身来便感觉到一件外袍从自己身上滑落，这才注意到张遮早已不在房中，自己身上这一件分明是他昨日穿的外袍，那衣袍上沾着些许清冽之气。

她怔了片刻，轻轻地抚过衣袍领口、袖边细密的针脚，只觉一颗心怦然跃动着，又酸又涩。能见着他好好的，她已很开心，可老天爷待她也太好了，竟还让她有与他共患难的机会。

姜雪宁忽然笑了笑，虽然睡得浑身酸痛，也还是利落地下床来，两下将这件衣裳叠了，从这屋里走出去。

但这会儿众人都站在了破庙外面。

她一眼看过去，张遮倒还立在那门槛里面，只是也朝外面看着。昨日那似乎引起了一阵骚动的孟阳倒依旧靠角落坐着，连姿势都差不多，也不知是一宿没动过还是动过了又坐了回去。

反正姜雪宁也不关心，她径直从这人旁边走过，便到了张遮旁边：“张大人，衣服。”

似乎是天教那边来接应的人到了。

张遮正想着来的会是谁，听见声音回头，才见方睡醒的少女已经站到自己身边，大约是昨夜那床榻不舒服，她的睡姿不是很好，左脸上还带着一道微红的睡痕，像是枕头或是他的衣领留下的红印子。

他怔了怔才接过衣袍。只是这衣袍上又沾上了少女身上带着的馨香，他拿在手里，却没有披到自己身上。

庙宇外那一片浓雾里，来者终于现出身形，竟是一队精干的人马。一行二十余骑，两骑在前打头，堪称风驰电掣，停在了庙宇前头。

黄潜立刻迎了上去："左相大爷、定非公子，可把你们等来了。"

那当先的两骑是一老一少。

老的那个鹤发鸡皮，做江湖郎中打扮，叫冯明宇，乃金陵总舵派到通州分舵的坐堂，统管分舵事务，教内一般人要唤"左相大爷"，"左相"是左丞相，"大爷"则是江湖里的俗称，足可见此人地位之高。

少的那个却面容俊秀，五官出挑，身穿锦绣，腰佩宝剑，一身的风流游侠姿态，一双桃花眼勾魂摄魄，单单眼角那流转的光华，也足以叫姑娘们脸红心跳。

旁人见了，都不由得暗道"好个一表人才"。

姜雪宁一见之下却面色骤变，一股恶寒之意陡然从脚底蹿上来通到后脑勺，嘴角都不由得微微抽了一下：糟糕，怎么是他？！

少的这个不是旁人，正是那个萧定非！

冯明宇位置要高些，身子骨已经老了，哪禁得烈马这么颠簸。扶着旁边人的手下来的时候，脸色都不大好，只喘着气道："若非教首之令，谁一把老骨头还来犯这险境？怎么样，公仪先生呢？"

他这时才来得及扫视周围，然而这一看，便看出情况有些不对，除了他们天教本来的人之外，更有许多人身上还穿着脏污的囚衣。

黄潜知道事情棘手，忙凑上前去低声对冯明宇细说昨夜的情况。

萧定非也下马来，很自然地站在旁边听。

姜雪宁立在张遮身旁，分明见着那黄潜说话时眼睛向张遮这边看了好几回，一颗心便狂跳起来：过去她便知道萧定非与天教有千丝万缕的联系，不承想这次竟让她亲眼看见！这人将来可是要"回"萧氏去的，位置如此重要，那他是否知道真正的"度钧山人"是何身份？

冯明宇听完之后两道灰白的眉毛便皱紧了，下意识地也看向了人群后方的张遮。

萧定非也将对话听了个清楚。

不过……度钧山人？

他斜飞的长眉轻轻挑了一下，随意地按着腰间的长剑，脚底下走了两步，竟站到了庙宇前头，上下打量着张遮，唇边噙了一抹玩世不恭的戏谑笑意，道："你便是我们教中那神龙见首不见尾的'度钧山人'？"

张遮听得那黄潜喊"定非公子"时便皱紧了眉头，隐约觉得这名字自己好像在什么地方听过，却不知眼前之人到底是什么身份，开口想要回答。

这时，站在他身边的姜雪宁却毫无先兆地拉住了他的袖子，扯了一下。张遮将要出口的话下意识地便收了回去。

这动作算不上大，可在周遭肃穆的时候，也算不上小。萧定非就站在近处，轻易便注意到了。

他不由得向旁边看了一眼，没料想不看不知道，一看旁边立着的这“小子”，面上虽然脏兮兮的，五官却好看至极，那伸出来的一小段指尖白生生的，指甲粉嫩，未压紧的衣领里雪肤吹弹可破，叫人细细一品之下，竟觉能畅想出几分销魂滋味儿。

女人？

萧定非可不是什么正经人，一见之下什么紧要的事都抛到脑袋后头去了，一双漂亮的桃花眼里浮上了些许兴味，目光竟落在姜雪宁身上不转开了：“没想到这样要命的时候，还能带女人。不知姑娘怎么称呼呀？”

昨日就有人看出张遮身边这人不对劲了，要么是姑娘，要么是小白脸。可大家都是老江湖了，也没谁去戳破，哪里料到这天教也不知什么来路的“定非公子”居然直接一语道破，断言对方是女子，还直接搭讪问起了芳名？！

姜雪宁忽然想：这坏坯就该立刻被送回萧氏去，好叫那一家子知道什么叫“报应”！

第二章

宫花

后头的冯明宇和黄潜可没料着这一出，然而萧定非的身份毕竟与他们不同，实打实是金陵总舵那边出来的，是人就要喊一声“定非公子”，一则怠慢不起，二则训斥不得，两人只好在后头装模作样地咳嗽提醒，以暗示萧定非不要太过轻浮。

萧定非哪儿会搭理他们？便是在教首与公仪丞面前的时候他也不收敛，当下更是看都不回头看一眼，摆摆手赶苍蝇似的道：“知道知道，问问而已又不怎么样。”

在场众人顿时面面相觑，目瞪口呆。

张遮的眉头已经皱了起来。

姜雪宁见着这位“老朋友”，不由得扯了扯嘴角，下意识地便想拿出曾经对付此人的架势来，然而余光瞥见自己身边站着的是张遮，也不知怎的，立时就不敢轻举妄动了，只看了萧定非一眼，连半句话都没有回。

这模样落在萧定非眼底，自然有了一种别样的意味。于是他的目光自然地回到了张遮身上。

张遮蹙着的眉头没有松开，心下对这萧定非已然不喜，且他知道过去此人与姜雪宁交厚，不知怎的就更多了一重成见，眼神有几分冷，道：“舍妹无意之中被卷入此事，还请定非公子勿要胡言乱语。”

舍妹？亲妹妹？

萧定非可不相信，心底一哂：情妹妹还差不多吧？他“哦”了一声，半真半假地道：“原来如此。”

众人皆是一怔，也不知有没有信张遮的话。

姜雪宁却愣住了，在听见“舍妹”二字时有一种怪异的失落感，然而转念一想：

如今她意外被卷入此事，不得已与张遮同进同出，若不是兄妹，难道要说是“夫妻”吗？张遮正人君子，又怎肯在这上面占人便宜？所以仅片刻她就敛了心神，抹去了那股怪异的失落感。

她向张遮看去，张遮却垂下了眼帘。

萧定非面上挂着那种轻浮的笑，又问：“大人便是度钧山人吗？”

这回张遮道：“你看我是，我便是。”

萧定非抬眉：“那我看你不是，你便不是喽？”

以公仪丞为饵诱天教上钩，再借朝廷本身之力，假称是天教最神秘的度钧山人，趁乱混入天教，乃谢危在朝中提出的计策。

这计策有一个基础，那就是从公仪丞身上搜到的一些关于天教的密报和教中之人的关系。以公仪丞的身份自然知道许多秘辛，是以谢危才敢说借此假冒与公仪丞同名的度钧山人。可这里面并未提到萧定非半个字。

若张遮还是往日的张遮，此时此刻面对着一个完全不知根底的定非公子，只怕面上不显，心神也早就乱了，然而曾经的记忆终究不是虚妄。他敢应下此事，除却从公仪丞身上搜到的那些东西之外，自然也有一些自己的倚仗。比如过去萧定非初回京城时，可给萧氏找了好些麻烦，里头有一些实在算得上乌七八糟，今次正好派上用场。

周遭所有人的目光都落在张遮的脸上，见他有片刻没说话，刚来的那伙天教之人甚至戒备起来，竟隐隐堵住了其他方向的去路。

姜雪宁心中暗凛，屏息以待。

张遮终于平淡地开了口：“定非公子向来不受约束，八方赌坊的债尚且没还，十九楼的妓子为你痴心殉了情，腰间虽佩宝剑，但在练家子手下走不过十招，张某也想问，这浑水公子怎么搅和进来了？”

萧定非瞬间面色一变，一句“你怎么知道”下意识地便要脱口而出，话到唇边时才暗自一惊，舌尖一卷忙将话头收回，只盯着张遮，神色凝重极了。

这些事情件件是真，可发生的时间横跨了好几年，便是他身边亲近之人也未必记得，如今在此人口中竟件件清晰，实在叫人生出几分寒气！而且对方还问他怎么搅和进这浑水。

刚才初听得黄潜说此人身份不简单，或许便是教中的“度钧山人”时，他心里只觉得好玩，暗想朝廷实在没脑子，真当天教里也没人知道度钧是谁吗？所以见着张遮，萧定非便想要拆穿他。

然而这一番对答的结果大出萧定非的意料，迫使他灵活的脑筋瞬间想到了另一种可能：是了，这人既然在朝为官，必定与那人相识。有那人在，怎可能任由旁人假冒自己？且天教这边还未收到半点风声！

萧定非只这么一想，背脊骨上都在冒寒气。

冯明宇、黄潜等人却听得一头雾水，还不大明白："我等久在分舵，便是有幸前往总舵面见教首，常常也只见着公仪先生，却向来无缘得见度钧先生，久闻大名却未见其人。定非公子久在总舵，总应该见过，所以……"

萧定非想也不想便道："所以什么？"

黄潜顿时愣住。

萧定非皱起眉头，好像觉得对方很过分似的，很不客气地道："我久在总舵怎么了？久在总舵就该见过度钧先生吗？那等神仙样的人物也是你我见得到的？"

他忍不住腹诽了一句：就那个人，真让这俩傻货见着能吓尿他们的裤子！

冯明宇与黄潜还不知道自己在这位总舵来的"定非公子"心里已经被划入了"傻货"之列，听了他这番话还有些反应不过来："您的意思是……？"

萧定非毫不犹豫地道："没见过！"

只一听这姓张的死人脸刚才说的那番话，他便觉得这浑水只怕是那人的手笔，心里一则大骂糟老头子还不死，二则大骂姓谢的心狠手辣不做人，却万万不敢戳破张遮乃假冒之人，唯恐坏了那人的事吃不了兜着走。

至于天教？

狗屁天教，干他何事？！

他这否认的话一出口，冯明宇和黄潜都是万万没想到的。张遮却觉出里头有些端倪。姜雪宁凭着对萧定非的了解，知道方才片刻之间这人心底已不知绕过了多少弯弯绕，"没见过"三个字只怕是假的！

萧定非说完之后却一甩袖子便不打算再搭理此事。要知道，上回他从青楼出来，留话骗来找他的人追去酒坊，实则是回了京城分舵，结果在门外就听人说公仪丞去了那人府上。

当时他就骇得亡魂皆冒，一缩自己的脖子，哪儿还敢在京城多待？脚底抹油一溜烟地跑了，只是才到通州，他又接了总舵来的密信，要他配合众人劫狱，把被朝廷抓了的公仪丞救回来。

开玩笑！

救公仪丞？

去了那人的府邸，公仪丞这老乌龟还能被朝廷抓了？只怕朝廷不想杀公仪丞，那人也要第一个把公仪丞弄死，好叫他不能开口说话。

这里头铁定有诈，只是总舵教首的命令在，他实在推辞不得，装病也糊弄不过去，一想自己反正也不用真的去劫狱，只是接应，该伤不了小命，所以才硬着头皮来了。

然而在他的目光随意地从人群中晃过的瞬间，他却忽然瞧见了角落里一道不高不壮扎了个冲天小辫的身影。那小孩儿也正瞧着他。萧定非认出他来，吓出一身冷汗，顿时打心底里庆幸自己方才没有一时糊涂就说什么“见过度钧山人”这种话，不然那人新账旧账一起跟他算，只怕要叫他死无葬身之地！

此刻旁听的众人却自认为明白了：大概天教这位度钧山人十分神秘，连他们教中之人都不敢贸然确认身份，而这位张大人回答他们时虽模棱两可，却神通广大，本事不小，能直接让人开了城门将他们放出去。所以即便张大人不是度钧山人本人，也一定与其关系匪浅。

旁人这般猜，冯明宇与黄潜自也不例外。且他们想得还要深一层，定非公子在教中不过是表面光鲜的人物，内里实是蒸不烂、煮不熟、捶不匾、炒不爆、响当当一粒铜豌豆！张大人能知道他这些狗屁倒灶的事，必定是教中人。再细想“你看我是，我便是”这一句，便是暗示了张大人与度钧山人的关系，无疑是领命来的，张大人所言便是度钧山人所言。

他们还真没考虑过这是个局，毕竟这人在他们面前显露过本事，出天牢、过城门，都是他出了大力。天教往日再猖獗，朝廷也不过就是派兵扫荡扫荡，真没到赶尽杀绝的地步，有些地方官还巴不得他们闹，能上报朝廷拿些剿匪银款。突然之间，朝廷哪儿能冒着放走犯人、乱党的风险，做出这么个大局呢？

所以很快，众人对张遮的态度便定了下来，想来想去在这里称他为“张大人”有些怪怪的，叫“公子”又显得不恭敬，便干脆沿用了对教中谋士的称呼，一律称为“张先生”。

黄潜言语间暗问他是否为度钧山人做事。

张遮没有否认，且道：“山人最近隐逸超尘，不涉凡俗，已甚少出门了。”

这话落在众人耳中，无疑勾勒出了一幅世外高人的画像，便道这位度钧山人隐居化外，是懒得搭理世事，所以才派了张遮前来处理。

姜雪宁总算松了口气。

一旁的萧定非听了，却在别人看不见的角度差点把白眼翻上天去！

★

一干天教话事者请了张遮去外头人少的地方说话，看模样是要商议一些事情。

张遮自然不怕。他暗中还带着从公仪丞身上搜出来的一些天教的信物和密函，正好借此机会取得这帮人的信任，便转头交代姜雪宁一句：“不要乱走，等我回来。”

见着姜雪宁点头答应，他才同众人去了。

姜雪宁听话，也没到处乱走，只是姑娘家到底爱干净，反正女儿家的身份已经被萧定非道破，便干脆到附近的溪水边上洗了把脸。

清晨冰冷的溪水除去了尘垢，那一张白生生的俏脸便露了出来，纵然不施粉黛，在这荒山野岭中也好看得有些过分了。

天教其他教众与牢里跑出来的这部分囚犯大多是大老粗，平日里见过最好看的恐怕就是邻家姑娘或者青楼里涂脂抹粉的妓子，这样姿容艳丽的姑娘何曾有缘得见？

一看之下，不少人竟呆住了。

那少女只把一张脸洗干净了，眉睫上沾了水珠，身上还穿着不大合身甚至过于简单的男子的衣袍，却越发衬得她如清水芙蓉一般，顾盼之间神光流转。

于是张遮与众人商议结束，从密林里走出来之后，便发现情况似乎有些奇怪。一路上见到他的人竟都笑容满面，甚至有些殷勤。

一名已经换下了囚衣的江洋大盗在他经过时主动递上了炊饼，笑着道：“张大人早上还没吃吧，先垫垫？”

张遮看了他一眼：“多谢，不过不饿。”

又一名脸上被砍了道刀疤的壮汉豪爽地迎了上来：“张先生可真是神通广大，我老仇可许久没有见过这样厉害的人物了。昨夜倒是我们误会了，没想到那娇滴滴的小姑娘原来是令妹，您放心，这一路上有我们在，绝对不让旁人伤她分毫。”

张遮：“……”

还没等他回答，旁边一名正在整理马鞍的天教教众已经鄙夷地嗤了一声，竟插话道：“人家姑娘什么身份，你什么身份？想吃天鹅肉这么心急，你也不怕烫着嘴。”

那刀疤脸壮汉顿时变了面色。

张遮却终于有点明白这演的是哪一出了，因为他走回来时一抬头，已经看见了前面墙下立着的姜雪宁。少女身上还穿着他的衣袍，但那巴掌大的白生生的小脸已经露了出来，正抬眸看着墙上那些被风雨侵蚀得差不多的壁画，天光透过雾气轻灵地洒落在她的眼角眉梢，叫人移不开目光。而且这时候，她旁边还多了道碍眼的身影，正是那名大家商议事情时一脸无聊地找了个借口溜走的天教定非公子。

萧定非对天教那些狗屁倒灶的事情一点也不感兴趣，在看见张遮拿出信物的时候，就万般确信公仪丞那老家伙必然死翘翘了，左右一琢磨，还不如出来溜达。毕竟他心里还惦记着外头的美人。

他走回来的时候刚巧看见姜雪宁站在那倾颓的庙墙底下，有一瞬间竟恍惚以为那是画上的巫山神女，不由自主地就凑了过来。

庙宇外头的画像无非一些佛像，更何况倒的倒，塌的塌，颜色也早糊作一团，不大看得清了。

这有什么好看的？

萧定非不学无术，有心想要装个样子附会几句，但搜肠刮肚也想不出什么好词来，干脆异常直白地搭讪："姑娘有心于佛学吗？"

姜雪宁不过是在等张遮，又忌惮着天教与天牢里出来的那些人，不好靠得太近，所以干脆站在这墙下随便看看。她哪里又是什么饱学之士呢？在"不学无术"这一点上，她同萧定非倒是很像的。

早先她余光便扫到萧定非靠过来了，此刻听他搭讪也不惊讶，心底哂笑了一声，故意一副不大搭理的模样："没什么心。"

这几个字简直没给人接话的余地，若换了旁人，只怕早就被噎死了，但萧定非毕竟不是旁人。

他脸色都没变一下，竟然拊掌一笑："那可正好，我也是一点都看不懂，看见这些劳什子就讨厌。没想到姑娘也不感兴趣，这可真是志同道合了。"

这人真是一如既往地厚脸皮啊。

姜雪宁往旁边走了一步，没说话。

萧定非便极其自然地跟了上来："姑娘住在京城吗？我也在京城待过一段时间，却没听说过姑娘的芳名，真是懈怠了。我叫定非，姑娘直呼我的名便可。不知姑娘怎么称呼呀？"

姜雪宁抬眸，却意外地看见了萧定非背后正朝着这边走过来的张遮，一下也不知怎么就想到了这人方才对人说的那一句"舍妹"，于是朝萧定非露出了笑容，道："张大人姓张，我是他妹妹，那定非公子觉得我该怎么称呼？"

萧定非："……"

问方才那一句本就是因为他根本没信张遮说的鬼话啊！结果他反倒被姜雪宁用这理由噎了回来，好丧气！

他抬了手指轻轻撩开自己额边垂下的一缕碎发，一副风流倜傥的模样，迅速调整了自己脸上的神情，非常直接地道："那不知姑娘芳龄几何，有无婚配，家中几口人？"

姜雪宁的目光落在他身后，没说话。

张遮刚来到近处站定，正好听见萧定非此言，原本便没什么表情的脸上越显冷淡，声音冷冷地道："定非公子问的未免太多了。"

萧定非这才意识到自己身后有人。话是被人听了去，可他一琢磨，实也不怕此人。谁叫这人自己说这是他妹妹呢？

萧定非笑着回过头来，面上一片诚恳之色，竟不因为张遮过于冷淡的言语生气，显得涵养极好。他道："不多不多，一点也不多。其实在下年纪也不大，终身大事一直没有落定，只是身世不好，家中无亲故，是以凡事都要为自己打算着。方才一见令妹，便觉得很是投缘。张大人来得正好，您该有令妹的生辰八字吧？"

提亲才要生辰八字……

这人一把算盘打得倒是很响！

姜雪宁听到，嘴角都不由得微微抽了一下。

张遮对此人的印象更是瞬间坏到了极点，眉目之间都一片霜染颜色，异常冷淡，索性道："不知道。"

萧定非觉得没道理："她是您的妹妹，您怎么会不知道呢？"

张遮的脸色更差。

姜雪宁看得偷笑。

张遮便不看萧定非了，垂下眼帘，转而对她道："走了。"

姜雪宁也不知怎的就高兴起来了，眯着眼睛冲萧定非笑了笑，也道一声"走了"，便径直从这人身边走过，跟上了张遮的脚步。

天教这边已经商议妥当，料想朝廷那边出了劫天牢这样大的事情，必定四处派兵搜索，他们这藏身之处虽然偏僻，可一路难免留下行迹，还是尽快到通州最为安全。所以，众人即刻便要启程。

只是，商议这行程的都是天教之人，从天牢里跑出来的这些人不在其列。天教之人把计划一说，都没问过他们的意见，惹得有些心思敏感之人暗中皱了皱眉。

有几个人不由得悄悄向那孟阳看去。没想到孟阳从那角落里站起身来，竟一副浑不在意的模样，仿佛去哪儿都是去，根本没有半点意见的样子，跟着天教那帮人往前走。

马匹有限，但天教那边的人已经信任张遮，又道他为度钧山人办事，不敢怠慢，所以匀了一匹马给他。

张遮在整理马鞍。姜雪宁背着手乖乖地站在他身边，打量着他的神情，忍笑道："兄长竟然不知道我的生辰，这可不好吧？"

她这"兄长"二字听着正常，可实则带了几分挖苦揶揄的味道。

他对她也算了解，知她的性情，便听出她不大痛快。只是，他只能假作不知。

拽着缰绳的手停了停，他平静地道：“权宜之计，还请姜二姑娘见谅。”

姜雪宁道：“可张大人都说了我是你妹妹，若不知我的生辰，将来他人问起，不露破绽吗？”

张遮不言。

姜雪宁道：“张大人就不问问我的生辰？”

张遮仍旧不言。

姜雪宁便觉心中有气，可也不敢对他使娇纵脾性，委屈巴巴地道：“我是正月十六的生辰，没剩下几天了。”

张遮当然知道她的生辰。

她是皇后啊。

每逢正月十六，便是萧姝入了宫后，沈玠也总是要为她开宫宴，请戏班子，挂上满宫的花灯，还叫翰林院里前一年点选的翰林们为她作诗写赋，文武大臣们也愿讨皇帝欢心，献上各种奇珍异宝。

她见了珍宝便欢喜，听了诗赋却无聊。

他两袖清风，并无可献之物。

那晚御花园里琼林玉树，觥筹交错，满座华彩文章，高士云集，大多是有功名在身的人。

当时有皇帝派人赏宫花下来。

他性不合群，独来独往，或许旁人不喜，于是开他的玩笑，说这满朝文武官员大多从科举出身，琼林宴上都簪过花，唯有张侍郎吏考出身，少个好意头。

沈玠大约也是饮酒不少，竟笑着叫人给他递上来一朵宫花。

大乾朝文人有风雅之辈，也爱一“美”字，爱在头上簪花。张遮却非此类。他接了那朵宫花，谢过圣恩，拿在手里，却并未戴上。

宴毕离席，因事多留了片刻，所以他出去得晚了些，结果从廊上走，便撞见了姜雪宁。

那时她两颊酡红，也不知从哪里来，身旁竟没跟着宫人，一双清透的眼雾蒙蒙的，并不如何开怀的模样。可她见了他，便将那一点软弱藏进了厚厚的壳里，讥讽道：“别的大人好歹进献了寿礼，张大人倒好，一封帖子道过贺便敷衍了事。本宫就如此让你退避三舍吗？”

张遮道：“下官寒微，无物以献。”

她似乎也不过问一句，并无追究之意，然后目光一错，便瞧见了他手里那朵宫花，于是神情有了些变化，竟勾着嘴角问他：“寒微归寒微，可倒也有人喜欢嘛。”

方才皇帝赏下宫花时，姜雪宁不在，她该是误会了。

张遮想要解释，然而要开口时才忽然意识到：他为什么会想要解释呢？

姜雪宁见他不说话，便更恼上几分，面上却半点不显，一步步走到他近前来，唇边挂着点笑意，竟轻轻伸手将那朵宫花从他手里抽了出来。

她手指细长，最是漂亮，接着便慢条斯理地将那宫花簪在了自己的头上，宫花颤巍巍地盛放在那金步摇旁，道："想你也拿不出什么奇珍异宝，本宫便收下这朵花吧。好看吗？"

他不知如何回答。

姜雪宁便道："你若敢说'不好看'，本宫一会儿见着圣上，便去同他说宫里面有人看上了你，同你私相授受。"

他行得端坐得正，又怎会怕她去胡言？

只是那一时廊上五彩的宫灯挂了长串，她着雍容宫装的身影却在阴影里显得单薄，那一朵宫花点缀着金步摇颤着的流苏，让她苍白的面庞添了几分令人心惊的娇艳之色，扎了他的眼。

也许是鬼迷了心窍，他竟没辩解，只是道："好看。"

岂料姜雪宁听了，面色一变，那朵宫花竟被她冷酷地摘了下来，劈手便摔到他脚边上去，对着他冷笑一声："还真跟宫里的哪个丫头勾搭上了，我当你张遮是什么正人君子呢！"

说罢她转身就走了，廊上只留下他一人独立。过了许久，他才将地上那朵花捡了起来。

张遮本以为自己快忘了那一幕，此刻浮现在脑海中，却清晰到丝毫毕现。

姜雪宁还瞧着他，暗暗不满地道："我说一遍，张大人记住了吗？"

张遮想：你的生辰，我怎会记不住呢？

他只慢慢道："记住了。"

★

周寅之将事情原委一一道来，心里却少见地打起鼓来，并不是很敢抬头打量谢危的神情。

而谢危全程只字未言。

素日里抚琴执笔的手指是很好看的，此刻指腹上的鲜血渗出来，他却面无表情，只是松手放下那已经沾了血的刻刀，拿起案角上一方雪白的锦帕将血压住，破了皮的伤处便沁出几分痛感，算不上多强烈，也就那么一点，可偏偏绵延在指尖上。不压着血会冒出，压着了又会加剧伤处的隐痛。

周寅之说完了，道：“事情便是如此了。”

谢危却将目光落在刻刀刀尖沾着的那一点血迹上，问：“所以姜府姜侍郎那边尚不知此事？”

周寅之道：“兹事体大，下官不敢擅断。”

外头天光已经亮了起来，只怕姜府那边很快就要发现事情不对劲了。

事情不能拖。

这一瞬间，有太多想法掠过谢危的心头，一个一个都无比清晰，然而从脑海里闪过的时候却什么痕迹都没有留下，唯有昨夜与剑书的一番对答。

“事情进展顺利，天牢已经被这帮人攻破，城门那边也安排妥当了，只等着张大人那边带人经过。小宝在，这一路应当失不了行踪。只是那孟阳……”

“危险之人当有危险之用，小卒罢了，坏不了大事。”

并不明亮的光线从透白的窗纸上照了进来，驱散了由斫琴堂内摇曳的烛火为他添上的那一分融融的暖色，只剩下那一点带了些病态的苍白与冰冷。

某股阴暗戾气竟不受控制地滋长起来。

谢危的胸膛起伏了一下。

这一刻，他慢慢地闭上了眼，强行将其压下，停了片刻，才道：“有劳千户大人前来知会，我与姜大人乃故交，宁二乃我的学生，姜府那边便由我来处理，你也不必插手了。”

他说话的速度不快，像是要理清什么东西似的，每一个字都是缓慢而清晰的，听起来寻常而冷静，然而越这样寻常，越这样冷静，越让周寅之觉得万般不寻常、不冷静。

从他这个角度，他只能看见谢危镀了光的侧影、拿锦帕按着伤处的手掌，还有前面琴板边上沾了血的刻刀……

周寅之眼皮跳着，心底发寒。他不敢真的说此事与自己毫无关系，只得将头垂下，道：“下官不敢妄动，但此事与下官有脱不开的干系，下官位微力薄不敢与少师大人并论，唯请大人若有用得着的地方，尽管吩咐。”

说完这番话，他才告退。

剑书虽在堂外，却竖着耳朵将里头的情况听了个明白，暗觉心惊，待周寅之走后入堂内一看，见谢危竟伤着了手，心中更是骇然，道：“您……”

谢危平静地打断了他的话，道：“叫吕显来。”

砺琴堂内便有药膏，小伤不必他来操心。

剑书犹豫了一下，终究不敢违令，二话不说立刻打马去幽篁馆请吕显。

天知道这大冷的天气，吕显在暖和的被窝里睡得正香，梦里头玉皇大帝说他天纵奇才，于社稷有功，赏了他一座城的金银财宝，他刚要收下，就被人掀开暖被叫了起来。

金银财宝瞬间化作幻影。

他脸色都青了，一路来时问过情况，眼底便更见几分阴沉不耐之色，几乎是压着心底那一股火到了谢府。

谢危已经重新坐了下来。但剑书分明看见他的伤处并未上药，可此刻也不敢多言。

唯独吕显入内后把身上裹着的裘衣一甩，坐都不坐，语气不善地道："这等小事也要找我来，你谢居安什么意思？"

姜二姑娘丢了？丢了就丢了，她丢了正好！

要按吕显的脾气，甭管人是怎么丢的，全都遮掩成夜里要回府时在街上撞见天教之人被掳走的，趁此机会再为天教安一桩重罪。又因为姜伯游乃姜雪宁的父亲，谢危与姜伯游交好，便可挽回先前因顾春芳举荐张遮介入此事而生出的意外，顺势去"查"那帮人的下落，让事情重新回到掌控之中。

这简直是天赐良机！

"那来找你的周寅之也不是什么好货，区区一锦衣卫千户，心机深沉之辈，巴巴地主动来找你，凭你的本事收归己用不在话下，也不担心他出去嚼舌根。"吕显真是越说越生气，"那张遮未入刑部时便是查案的一把好手，极擅捕捉蛛丝马迹，容他介入此事便是祸根，早除早好。若我没记错，这姜家二姑娘也与他相识，小小姑娘沉得住什么气，必定到处都是破绽。且若此事还牵连官家小姐，朝中那些人必定觉得你提出这计策并不妥当，若攻讦于你，只怕连朝中的局面都压不住。不如略施小计，干脆叫这二人葬身一处，永除后患，实在不能更简单！你到底哪根筋抽了大早上叫人来喊我？"

大早上也没一杯水喝，吕显越发暴躁。他正打算自己倒茶去，一垂眸才看见谢危那压着伤处的锦帕上沾的血迹，忽然停了停，皱眉道："你伤了手？"

这时他转过头去，重新打量屋内，才发现了那边放下的木料和刻刀，心底不知怎么有了一分不好的预感。

果然，还不待他再开口，谢危已经道："我先去上朝，下朝后便率人追讨天教。京中不可无人，便暂由你来坐镇。"

他亲自率人追讨天教？

这话说得其实没有什么大问题，然而吕显敏锐地注意到了谢危根本没提要如何料理那造成意外的张遮与姜雪宁，于是注视着他，问："那这张遮与姜雪宁呢？"

谢危起身，垂下眼帘道："此事无须你挂心。"

于是吕显轻而易举地想到那一晚在他的幽篁馆里，他问起银票时的情形，又想起姜雪宁乃谢危的学生，那种不好的预感便悄然扩散开了。

他的目光已近乎逼视："你是要去救人？"

谢危道："事情未必那么糟，届时再看。"

吕显的面色便彻底沉了下来，思量这句话许久，看着他要往堂后去，知道他大约是要去换上朝服，吕显便道："我以为你都杀了公仪丞，便想好今后是怎样一条路了，如今你是要舍简就繁？"

谢危没说话。

吕显冷冷地道："你不想杀那姜家二姑娘！"

谢危停住了脚步，竟道："是。"

吕显道："妇人之仁！你可知如今天教是什么局势，京中又是什么形势？一着棋错满盘皆输的时候，容不得有半分风险！不过一个你教了没几天的学生罢了，你是不忍？"

这话里已隐隐有几分更深的质问了。

这一点，两人都心知肚明。

然而谢危背对着他，过了一会儿才慢慢道："她不一样。"

吕显最担心的事还是出现了。

门口的剑书已觉一颗心跳到了嗓子眼里。

谢危脑海中闪过的却是当日层霄楼外的长街边，那小姑娘小心翼翼地从他手中接过锦帕，轻轻拭去自己耳旁的血迹。彼时平南王一党的刺客业已伏诛，脑袋为箭矢洞穿，躺在地上，一片狼藉。她看了一眼，虽强作镇定，却仍面色发白，后头别过眼去，没敢再看一眼。

天教那帮人他知道，天牢里出来的更是穷凶极恶之徒，里头还有个孟阳，她若陷在当中……手指收得紧了些，那痛便也变得清晰了一些，殷红血迹透出锦帕，沾的却不是旁人的血。

谢危想，情况大约不是吕显以为的那么糟，他这算报恩。

于是这许多年来，他第一次对不知情的旁人吐露了那个深埋心底的秘密，平静地道："吕照隐，她不一样。她救过我，我欠她一条命。"

★

她的生辰，张遮竟然说记住了。

姜雪宁只觉得便是曾经两个人最平和的时候，这人对自己也没这般和颜悦色过，愣怔片刻后，心里竟有些压抑不住的欢喜情绪，然而转念间，眉眼又慢慢低垂下来。

天教那边的人不宜在此处待太久，一应事情收拾妥当后，便要带着众人离开。

萧定非来时就是骑着马的，这会儿便高坐在骏马上向姜雪宁伸出手掌，带了几分轻佻之意地笑道："此去通州路途遥远，姑娘这样娇弱的人，还是我来带一程吧？"

他竟邀她同乘一骑。

姜雪宁知道这人是个看人只看脸的登徒子，加上此刻心情忽然不是很好，看了他一眼，懒得搭理。

萧定非挑眉："你要同你'兄长'同乘一骑吗？"

姜雪宁恹恹地道："干你何事？"

只这四字便透出些许棱角，没有先前少女的五官面相给人的那种娇柔之感。然而萧定非这人天生贱骨，越是荆棘丛里的花朵，他越能生出几分跃跃欲试之心，闻言竟半点也不气馁，反而将那带了几分戏谑与审视的目光投向了不远处正牵着马的张遮。

张遮没有说话，只垂眸去整理马鞍。

过了好一会儿，众人要出发了，他才向着姜雪宁伸出手去，喉结轻轻滚动了一下，似乎犹豫了一下，才慢慢道："上马。"

萧定非没有说错，此去通州路途不算近，虽过不久就能到市镇上，马车却不可能有。姜雪宁一介闺阁小姐，难道要她徒步前行吗？是以虽有诸多于礼不合之处，他也只好便宜行事了。

姜雪宁见状轻轻一笑，递过去手，被张遮扶着上了马，抬眸恰好对上萧定非那并不是很愉快的目光，于是故意回了一个挑衅的眼神。

萧定非哄女人向来有一套，更别说凭着这张皮囊在秦楼楚馆无往不利，还从没见过这样不给他面子的人。他再一看张遮，面容冷漠，看不出半点情调，活像是阎王殿里审死人的判官，哪个正常的姑娘家会喜欢这样的人？

真是越琢磨越让人生气，他微微咬牙，从鼻子里哼出阴阳怪气的一声："哼，兄妹！"

但最终他也没有讽刺更多。

萧定非只是看着张遮那一张看似没有波动的面容笑了一声，径自一甩马鞭子，也不管旁人如何，当先驰上了那破败庙宇外的山道。其他人都跟在他后面。

这时候张遮才翻身上马。他坐在姜雪宁后面，两手牵住前面的马鞍时，便像是自然地将她搂在了自己怀里。

那属于他的清冽气息，自然地将她包围。

姜雪宁的身子有几分僵硬，看不见身后的张遮是什么神情，她只能看见自己面前那一双算不得特别好看的手。手指很长，骨节分明，有些粗糙，让人忍不住去想，这一双手的主人绝非什么养尊处优之辈，该是吃过苦的。

她不敢向后靠在他身上，只稍稍用力地抓住了前面马鞍的边缘。

马儿朝着前方行去，跟上众人。

冬日的群山，格外凛冽和寂静。四下皆是荒野，没有半点鸟雀之声，唯有耳旁呼啸过去的风声和马蹄踏在雪泥地上的声响。

与张遮同乘一骑和与燕临同乘是决然不同的感觉。

那少年炽烈骄傲，自小习武，一意奔驰在京城宽阔的长道上，好像前方没有任何事情能够阻挡他，而那些飞快地从她的视线两边闪过的，无不是繁华世界。

身后这人却克制持重，沉默寡言，蜿蜒的山道多崎岖险阻，在这马上一眼望过去看不到尽头，风雪盖得碧树青草失去颜色，刺骨的寒风里只有背后这怀抱还透着淡淡的温暖。

姜雪宁的心境也慢慢沉静下来。

她身后的张遮同样看不见她的神情，却觉出了她不同寻常的安静。那种默然注视着前方的姿态，竟然让他想起了记忆中她生辰那一晚的情形和京中那些有关她的身世的传闻。

她原本是姜伯游夫人孟氏所出的嫡女，可刚出生那一日，便被后宅中与孟氏有仇的妾室与自己的女儿暗中调换，阴错阳差之下随着那妾室被驱逐到田庄，被其养了十四年之久，才艰难辗转回到京城。

许多人说，她那一身与闺秀格格不入的尖锐刁钻脾气，便是那贱妾教坏的。

原本此事是没多少人知道的，便是连姜府都对外称她只是命格不好，一定要在外面寄养十四年方能消灾。可没想到，她当上皇后之后，种种有关她身世的传闻与流言也不知怎么不胫而走，在京城里传得大街小巷都是。

那么每到生辰之日，姜雪宁想起的是什么呢？

少女与成年的男子相比，终归是娇小的。即便是坐在他身前，脑袋也不过堪堪抵着他的下颌，细嫩的颈项露出来一小段，肌肤白得像雪，可在这种荒山野岭之间，格外给人一种脆弱的感觉。

张遮忽然觉得心里像是被什么敲了一下，有隐隐的痛楚。有那么一刹那，他很想不管不顾地将她拥入怀中，可任由马蹄往前踏过泥泞，他也没有动作，只是用自己宽大的袍袖默然无言地为她挡了那些迎面来的冷风。

通州距离京城不过五十里路程，若有好马，大半个时辰就到了。可如今这帮人并不是谁都有马匹，且里面还有不少是有案底的逃犯，连干净衣裳都没的换，是以并不敢以最快的速度大摇大摆地进城。

天教的人显然也考虑到了这一点。

路途中他们竟在一处临河的小村落外面停下。

此时正值日中，日头晒了起来，驱散了几分寒意，村庄里面搭建着一座座茅草屋，偶尔能听见几户人家的犬吠，在外头便能看见袅袅炊烟徐徐升起。

那黄潜在村外吹了声哨，也不见如何动作，村里面便有几个身着粗衣的青壮男子走了出来。

双方便在那边交谈起来。

姜雪宁搭着张遮的手下马，抬眼就瞧见了这一幕，看周遭人都停下休息，或是同其他人说话，或是四处查看情况，并没有注意到他们这边，才压低了声音问："张大人，到底怎么回事？"

她老早就想问了，只是一路上大多是同众人一起，实在没有在众人的眼皮底下交流的机会，纵然心里有疑惑，也找不到询问的机会。

张遮心知自己此次的事情本就是以身犯险，也有心与她解释原委，然而刚要开口，目光一转间竟看见天教那位坐堂冯明宇一张长满了皱纹的脸上亦挂着笑，朝他走了过来，于是到嘴边的话收了回去。

他看向冯明宇："此处村庄之人可信吗，可以落脚吗？"

冯明宇笑道："我天教教众遍布五湖四海，到处都是兄弟，这里面也早安排了我们的人接应。这些个从天牢里出来的大恶人，若不换一身衣裳，乔装改扮，只怕连通州城都入不了。一会儿还可顺便在这里用些饭，歇上一中午再行出发。"

张遮便点了点头，道："甚好。"

冯明宇又关切了几句，甚至问了问姜雪宁的情况，这才离去。

众人都在村外休息。

村民们竟端出了自家准备的午饭，有的丰盛些，有的简单些，对着这些朝廷口中的“天教乱党”，竟亲热得好似兄弟。

众人昨夜便没吃什么东西，何况还有大部分是吃牢饭度日的人。

当下大家都吃了个高兴。

姜雪宁也将就着吃了些。

那些村民也准备了一些干净的普通衣裳，只是显然也没想到这里头还有个姑娘，又转回头去叫村里一名妇人带了身干净衣裳来给她。

其他人都是大男人，不拘小节惯了，当场就换起衣服来的不在少数。

张遮的面色便不大好看了。

姜雪宁自然不能和他们一样，只同张遮说了一声，便寻了旁边一处树林，往深处走去换上衣袍。

只是她去了半天也没回来，张遮的眉头便慢慢皱了起来。

又等了一会儿，还不见人，他便对一旁的黄潜与冯明宇道：“还请诸位稍待，我去看看。”

黄潜与冯明宇自然不敢说什么，谁知道在这种荒郊野外一个姑娘家在里面是不是出了意外？可他们是不敢去看的。人是张遮带来的，自然该由张遮去看，也没人怀疑什么。

这冬日山野间的树林并不是特别深，只是重重遮挡之下也看不清里面是什么情况。张遮实在有些担心。可他走到深处也没见人，又走几步，竟看见前面的光线变得明亮起来，他已经直接穿过这片树林，然后一眼看见了此刻站在外头的姜雪宁。

这树林外面竟是一条河流，冬日没什么水源，河水都平静地躺在了凹陷的河滩上。阳光从高处洒下，雾气都从林间飞散。水面折射着金灿灿的日光，转而覆盖流泻到人的身上。

她已经换上了那身颇为简单的农家女子的衣裳，换下来的原属于他的衣袍则搁在河边一块大石头上。浅青色的衣料将她的身躯包裹，根本没有什么样式和颜色可言，实在有些配不上这一张好看的脸。

世间有些女子，似乎合该生在富贵乡。

但姜雪宁自己十分坦然，对这一身衣裳没什么意见的模样，好似早料到他会找过来一般，竟朝着他眨眼一笑：“现在可有说话的时间了吧？”

张遮微微一怔，便明白了。

想也知道姜雪宁一介女子避开众人去换衣裳，旁人与她无亲无故，自然不好说来看看是什么情况，只能由他一个人过来找。

而他也一定会来找。

只是他方才关心则乱，竟没想到这一层。

姜雪宁便问："张大人怎么会在此处？"

张遮简短地道："天教勾结平南王逆党犯了圣上的忌讳，朝廷那边剿灭天教时杀了天教一个名为公仪丞的首脑，知道了些天教内里的消息，便由我假扮天教那少有人知其身份的度钧山人，查一查天教内里的情况，也好将其铲灭。劫狱之事朝廷也是一早便知道的，只是没想到姜二姑娘彼时也在那里……"

姜雪宁当然是因为去探望燕临。她心道勇毅侯府的事情不小，若将张遮扯进去她于心不安，且张遮也没有开口问，所以她并未开口解释，只是这般看着他，一副想要蒙混过关的样子。

其实张遮昨夜便已经想过了——还有什么人能让姜雪宁大半夜里披着一身黑的披风冒险混进天牢呢？大约还是燕临吧。

张遮没有去追究，只是道："你无故失踪，姜大人必然担心。且这一路实在凶险，张某本该尽快使姜二姑娘脱险，只是眼下此处村庄也是天教内应之地，我不敢将你留在此地。天教在通州有一处重要分舵，乃他们在北方最大的据点，探得其巢穴时只怕便会有一番恶战。通州城里永定药铺乃朝廷接应之地，所以届时还请二姑娘装病，我便好以此为借口送姑娘脱险，回到京城。"

姜雪宁听得心头一凛，然而目光越过这茫茫水面投向外面这一片苍茫辽阔的天地，却横生出一个已经在她心头盘旋了一路的想法——她为什么要回到京城呢？这简直是上天赐予她的千载难逢的好机会！

如今，她主动做的或是被迫做的一切事情，无非都为了离开京城，远避彼时的囹圄。

皇宫那四面高墙实在已成了她的噩梦。不知多少次午夜梦回，她只想变作幼年坐在漏雨的屋檐下望见的飞鸟，飞过九重宫阙、前生梦魇，去到之前尤芳吟去过、燕临讲过的那些江河湖海，一骋自由。

现在她已经离开了京城，如果不回去，就此远走高飞，谁又能知道她的行踪？

她身上虽没带着多少银钱，可以先一路去往蜀地，那还有尤芳吟和任氏盐场，至少生计是不用发愁的。往后再去什么地方，她可以往后再想。

她不想回去，一点也不想。

她垂下头看着眼前平坦的河滩，竟不知该怎么接张遮这话，心里有些发闷，过了好久才低声道："可张大人，若我不想回去呢？"

张遮愣住。

姜雪宁终于转过头来直直地望着他，一点也不避讳地道："宫里的日子、京里的日子，都不痛快，我不想回去。”

这话放在谁身上，都是惊世骇俗的。闺阁女子、大家小姐，流落在外，岂有不想回去，反而愿意在外面浪荡的？

张遮却只无言。她那透亮的目光仿佛要一头扎进他心底去，让他觉得自己要疯了。

姜雪宁见他不言语，便又当他觉着她不受礼法、行止无状，于是怏怏地垂下头去，道：“我说着玩的，张大人……”

“不想便不要回。”

她还未说完，张遮的声音便淡淡地传了过来。

姜雪宁一下惊愕地抬起头来：“张大人？”

她对上张遮的目光，张遮却有些不自在地别开了眼，道：“通州无人识你的身份，到那边后你寻机藏匿，在朝廷围剿天教之前出城，也是一样的。”

姜雪宁的惊愕顿时变成了惊喜，就像是头顶压着的阴云一下散了个干净，心情便如这河滩上平铺的河水一般，顿时澄清光亮一片，实在有说不出的高兴。

她几乎跳了起来：“张大人真好！”

她原本蹙着的眉眼都舒展开了，一张巴掌大的小脸不施粉黛，却比往日更有一种璀璨的光彩，衬着那河面上荡漾的波光，让人目眩神迷。

张遮近乎珍视地望着这一幕。他甚少见她有这般开怀恣意的时候……

姜雪宁心情好了，脚踩着这片河滩，却瞧见了几块常年在河水冲刷下变得扁平的石头，想起什么来，于是转头拽他的衣袖，慧黠地眨了眨眼：“张大人，你信不信这石头我丢下去不会立刻沉？”

那几块石头都是扁平的，相对较薄，说是“石片”或许更为妥当。

他看见了，目光却微微一黯，没有说话。

姜雪宁却只当他不信，毕竟自己曾经这般兴起戏弄他的时候，他也不是很相信。

她便抬起手，真将那薄薄的石头扔了出去。

这是她儿时常与伙伴玩的游戏，乡间唤作“打水漂”。

扁平的石头从指间飞出，触着水面，瞬间打出“啪”的一声响，溅起些水花来，竟没有立刻沉落，而是沾了一下水面之后又向前飞起，在那水面上“啪啪”地又漂了两下，才力竭沉入河水之中。

原本平静的冬日河面上远远近近地泛开了三团涟漪，重重叠叠，皱了满湖波光。

姜雪宁本以为自己许久没玩手生了，不想当年称霸乡间的本事还在，自己都觉得自己厉害。她再转头看向张遮，便偷笑着将剩下那两块石头往他手里塞："张大人要试试吗？"

那两块石头落在张遮干燥的掌心里，还沾着些许泥沙。他沉默地看了一眼，轻轻捡起其中一块，抬手时顿了顿，才将其扔了出去。

"咕咚"一声，那石头跟喝醉了似的一头栽进了河里。

姜雪宁见了，偷偷笑起来，差点没岔气。

这位张大人固然不是什么好出身，也吃得下苦头，然而于玩乐一事却半点不知，更不要说这种乡间不学无术的小孩儿们玩的游戏了。

以前便是她教了他半天，他也不会。

张遮也不是很想学，偏偏架不住她是皇后，就想看他的笑话，拿他寻开心解烦闷，张遮纵然不愿，也要顶着那不大好看的脸色任她胡闹。

如今又见着这一幕，姜雪宁心里真是十分满足，然而看张遮垂首瞧着掌心里剩下的那块石头，想起他曾经对此好像无甚兴趣，且并不高兴，终于还是一吐舌头，收敛了几分。

正好树林另一头有人大声喊着，大概是他们俩都没了踪迹，让天教那帮人有些担心了。

姜雪宁便耸了耸肩，情知出来太久会让他们怀疑，于是道："我先回去，就说在另一边，没看到你。"说完她捡起地上的衣袍就往回走。

张遮看着她的身影进了林间，渐渐不见，才又慢慢转回头来，垂首望着掌心里这块石头。

远山覆盖着白雪，午日照耀着河面。

他在这河滩乱石间站了许久，面上没有什么起伏的情绪，修长而骨节分明的手指拿着那块扁平的石头轻轻向着河面一掷，那石头便"啪啪"地擦着河面漂了三四下，然后沉进水底，涟漪荡开，堆叠成纹。

他拿着石头时，手里沉甸甸的；可把它扔出去了，又觉空荡荡的。

河面渐渐平静。

张遮看了一会儿，才擦去掌心里沾着的那点泥污，转身往回走去。

第三章

设计

姜雪宁先回去的。

旁人惊讶她怎么一个人回来了，姜雪宁便按着计划好的做出一副惊讶的神情，说自己没看到张遮。

萧定非扯了根草芯子叼在嘴里，本百无聊赖，一听见这话就意味深长地看着姜雪宁，眼睛里明明白白地写着：不知干什么见不得人的事去了，此地无银三百两！但他琢磨，天教这帮傻货脑子笨，该不会多想。

果然，这帮人也真没多想。

不一会儿张遮回来，一问是两个人去的方向不一样，倒也没人怀疑他们是私底下说过话了。当然，即便这帮人怀疑，也顶多与萧定非一般，怀疑这两人的“兄妹关系”，琢磨他们是干什么卿卿我我的事去了。

一行人在这里歇过脚后，便重新启程前往通州。

姜雪宁的心情难得地好。

午后的阳光晒了出来，即便是冬日也有几分暖意，天教这帮人也不知是不是得了什么消息，比起上午多少有些紧张的脚程，现在的却透着点不紧不慢的感觉，倒好像是不急着赶路。

她小声嘀咕了一句：“这真是奇怪了。”

张遮听见，十分自然地低声道：“是在等通州那边来报。”

姜雪宁不由得挑眉。

张遮便又接了半句：“他们尚未完全信任我的身份。”

是了。

平白无故冒出这么个人来，这帮人就算是信了八成，剩下的两成为了求稳也还是要向天教那边验上一验，以求万无一失，若不小心引狼入室，会一发不可收拾。

姜雪宁念及此，眉头便锁了起来，难免有些担心，只是与众人同行，又到了不好说话的时候。有什么疑问她都只能收着了。

萧定非那边却感觉到了无聊。

早晨从破庙那边出发的时候，他邀姜雪宁与自己同乘，被无情拒绝，便自己打马走了一路，到中午都憋住了没跟姜雪宁打招呼。然而此刻打马在前，他却老忍不住要往后面看一眼。

这小姑娘实在是太好看了，衣着朴素时，其实乍一看上去没有那些个浓妆艳抹的人印象深，可五官和骨相在那里摆着，多看一眼就好看一点。那一点天然的神态，之前一路行来的隐隐的忧悒，已经换成了几分跳出樊笼的开怀，眼角眉梢都沾着点放松的意味，越发婉丽。

萧定非一直知道自己是个看脸的俗人。可偶尔他也希望自己有点骨气。然而在这样一个身份不明甚至都不乐意搭理他的女人出现时，他发现骨气什么的，要留住实在太难了。

他终于还是拽了拽缰绳，让马儿走得更慢些，很快就与张遮、姜雪宁并行，面上挂起笑容，浑然像是早晨姜雪宁拒绝他的一幕没有发生过一样，貌似关切地道："这一路上都要低调行事，因而只有这一身衣裳给姑娘，实在是我天教有些怠慢。等晚些时候入了城，再给姑娘换身漂亮的衣服。"

姜雪宁老早就注意到他过来了，此刻闻言，目光落向了萧定非胯下那匹雪白的骏马：不愧是将来要折腾得萧氏一族跳脚的纨绔子的坐骑，真是富贵逼人！

马脖子下面挂着红缨，缀以白玉珍珠，还挂了个金色的铃铛。马蹄一动，铃铛声响，是个人都知道他到了哪里。

马和人一样，打扮得那叫一个花哨。

张遮在后头没说话。他并不是能说会道之人，且也与萧定非没什么话说。

姜雪宁则是轻轻扯了一下嘴角，道："这就不劳定非公子费心了。不过您和您的这匹马，倒是真够'低调'的。"

萧定非也不知有没有听出姜雪宁话里嘲讽的意思，反而像是得了夸奖一样，蹬鼻子上脸，坐在马上，优哉游哉地晃着："毕竟出门在外，有正事在身，不想低调收敛也不行。喏，看前面那两位。"

他说着朝前面冯明宇和黄潜的方向努了努嘴。

姜雪宁向前面那两个人看去。

萧定非道："别以为这俩人看着人模狗样，其实就是教首派下来看着我的罢了。唉，人生得意须尽欢，这些人啊，就是不懂得享受。成天干这种脏活儿累活儿，何必呢？"

人家若不干点脏活儿累活儿，只怕也没你的享受。姜雪宁忍不住腹诽了一句。

她得体地笑了笑："定非公子说笑了，您既然在天教中有这样高的地位，想来也曾有闻鸡起舞、悬梁刺股之勤，卧薪尝胆、宵衣旰食之苦，实在是自谦了。"

萧定非茫然地道："你说什么，鸡有胆吗？"

姜雪宁："……"

是她忘了，这人不学无术，听不懂这么文绉绉的话。

唇边的笑容隐隐出现片刻的皲裂，她及时调整了过来，简单明了地道："我是说，您一定是吃过苦的人，所以才能有今日的地位。"

谁料萧定非听了竟然大笑几声，连连摆手："错了，错了！"

姜雪宁怔了怔："错了？"

萧定非张扬的眉眼间凝着几分放旷之气，那风流的味道酥到骨头里，随意抬手虽然是花架子，可也有点指点江山的意态，只道："我可不是吃得苦的。姑娘你不知道天教，更不知道在教内混出头有多难，十个人留下两个，其中一个还要去掉半条命。这天底下，有人就是运气好，投胎好。比如本公子，不知哪个犄角旮旯的爹娘给了一张恰恰好的脸，靠脸吃饭，也靠不要脸吃饭，怎么样，好看吗？"

说着，他还指了指自己那张脸。

长眉、挺鼻、桃花眼，眉骨高便显得轮廓深，薄唇带着点微润的光泽，嘴角总是弯起来几分，有点不那么驯服的味道，乍一看觉得英俊潇洒，可若盯着那五官的细节看，隐隐之间就会给人些许难言的熟悉感。

若换了旁人来听，只怕听不出这话的深浅。可姜雪宁心底浮现出的是萧姝与其弟萧烨，甚至是定国公萧远的面容，与这张脸一重叠，便有三分像。至于剩下的……据传萧定非与定非世子的生母，也就是勇毅侯燕牧的妹妹燕氏很像。

靠脸吃饭，也靠不要脸吃饭，这话意思可深了。

萧定非就是仗着没人能听懂，瞎说大实话，末了还冲姜雪宁眨了眨眼："我可是天命之子，跟着我能享福的，姑娘不考虑考虑吗？"

姜雪宁淡淡一笑："天下没有白掉的馅儿饼，如有所予，必有所取。公子的福气，旁人不敢肖想。"

如有所予，必有所取。

先前一张嘴还叭叭个没完的萧定非忽然安静，面上的神情也凝滞下来，也不知是想到了什么，竟变得有些阴郁。过了一会儿，他才不大高兴地哼了一声，抬起下巴，端起那副倨傲的姿态，终于不大客气地嗤道："你懂个屁！"

姜雪宁竟也没有生气，只是笑看着他。

萧定非不知怎么竟觉得有点发怵，明明是头一回见着这个姑娘，可对方既不为他所动，也不因此羞涩，反而坦然大方，不大害怕的模样，刚刚好能掐住他的脉门似的。

只这一眼，有点把人看透的感觉，让他不禁想起那个姓谢的。

想当年他还是个城隍庙外头要钱的小乞丐，衣不蔽体，食不果腹，大冬天里裹了条麻袋被人赶走，摔在地上，磕得膝盖和额头上全是血，一抬头才发现自己碍了一行贵人的路。

这帮人的穿着也不见得很富贵，打头走着的是个四十多岁的男人，脚下踩了一双粉底的靴，穿着藏蓝杭绸圆领袍，看模样倒是颇为精神，只是眉宇之间过于凝重。按城隍庙里那算命的瞎子的话来讲，这是有煞气的面相，命格很硬，非常人行事所能比，是遇到了绝对要退避三舍走路边躲开的那种人。

他当即吓了一跳，又看这人后面跟着浩浩荡荡好几十号人，仿佛要往那城隍庙的方向去，连忙要躲开。

可他没想到，后面竟忽然有人叫他站住。

他以为自己要倒霉，二话不说拔腿就跑。当然他没能跑多远，很快被抓回来，重新拎到了这帮人面前。他顿时求爷爷告奶奶，请他们放过自己。

那为首的中年男人向自己身后看了一眼，先前叫他站住的那个声音便道："擦干净他的脸。"

萧定非的一张脸被人擦了个干净。

这时候他才被人捏着下巴，被迫抬起了脸，于是也终于看见了前面三步远的地方，站在那中年男人不远处的少年。

那人又或许是介于少年与青年之间，他不是很好判断。

因为那人身量比寻常人高些，又比寻常人瘦些，眉眼冷峻，面上凝着一股浮动的戾气，几分病气更纠缠其中，看清楚他的长相之时，原本平静的目光便忽然变作凛冽的冰霜。

十几年过去了，萧定非都忘不了那个眼神，那总是让他想起时便后背发寒的眼神。

当时他就被吓得一动都不能动了，接着便听那中年人唤道："度钧？"

那少年过了很久才收回目光，然后道："义父，他最合适。"

什么合适？萧定非是半点也听不懂。

不过，等到后来他听懂了又怎样呢？

好像也不怎样，他从当街行乞的乞丐变成了锦衣玉食的公子，可说是从地上到了天上。他已经吃了太多苦，不想再吃更多苦了。旁人生下来就是王侯将相，世袭爵位，老子为什么不能爽一把？

何况这是那人不要的。

而在接下来的这十几年里，他也无比庆幸自己做出了一个正确的选择。因为失去这个名字的人所过的日子，是他无论如何咬牙都不可能过得了的。即便他才是那曾经出身低贱的乞丐。

“你知道放弃这名姓对你来说意味着什么吗？”

“知道。”

“那还是要舍弃吗？”

“母已去，父不配，名成其辱，姓冠我恨。这样的名姓，我不要。唯谢天垂怜，境危见性，虽居安不敢忘，愿舍旧姓，去旧名，弃旧身。天潢岂不同庶民？纵万难加，我不改志。”

天潢岂不同庶民？

纵万难加，我不改志。

萧定非想，对这三字名姓，那个人是真的很恨很恨吧？

也不知怎的，他忽然觉得有些意兴阑珊。或许这漂亮姑娘说得对，顶着这名字的确有得有失，可谁叫他生来便是个乞丐呢？便是日子过得没有一开始想的那么痛快，他也好过跟那些没有名字的人一样遭受磨难，十命不存一吧？

他没道理再计较什么得失。

他方才说了一句“你懂个屁”，姜雪宁竟也没生气。只因她知道自己戳中了人的痛处。

萧定非也懒得同她再说，脖子一拧，脑袋一转，一夹马腹，只道一声“对牛弹琴”，便重新往前去了。

姜雪宁压低了声音对身后的张遮道：“张大人觉得他这名字耳熟吗？”

张遮当然知道：“定非世子。”

姜雪宁心里那算盘就扒拉了起来，只觉这一次可是大好的机会，这样一个极品祸害，若能在她从通州逃离之前安排妥当，给萧氏那一大家子送回去，岂不美哉？

想了想，她下意识地回头想跟张遮商量。

没料张遮见她半响没说话，也正低头要看她。

同乘一骑，即便张遮君子，姜雪宁克制，两个人中间空出了一拳的距离，可也会因路途颠簸时不时碰上，何况是这一扭身一低头？

猝不及防间，张遮那两片干燥的嘴唇便擦过了姜雪宁的额头，在她的额角停住。

这一瞬间，两个人都僵硬了。

少女光洁饱满的额头，像是一块精心打磨过的美玉。然而不同于面上给人的冷硬刻板，男子的嘴唇却并不硬，只是因为毕竟是冬日，一直有风吹着，所以显得微冷。

姜雪宁却觉自己被烙铁烫了似的，心跳都停了一下，继而又以更猛烈的速度跳动起来，将浑身的血液往脸上挤，脑袋一下就空白了，完全忘了自己方才想要说什么，几乎立刻就退开了，道一声“我失礼了”，抬手抚着额角，飞快地转回身去，怕被人看出什么似的。

只是她背对着身后人，一双雪白耳垂已嫣红欲滴。

张遮还牵着缰绳，原本已经放松下来不少的身子重新紧绷，僵坐在马上，久久未动一下。

前头萧定非虽然走了，可一想起在姜雪宁那边吃过的瘪，仍旧心有不甘，所以还是忍不住回头看，结果一回头就瞧见这一幕，心里面顿时骂了一句“狗男女胆大包天光天化日下伤风败俗”，脸上也出现了十分不悦的愤然神情。

冯明宇和黄潜正在说要派个前哨去通州那边打探消息，回头看见他打马上来，神情不悦，都不由得愣了愣。

萧定非没好气地道：“照这断腿的走法什么时候才能到通州？”

黄潜皱眉。

冯明宇却知道这是个祖宗，惹不起的，叹口气道：“正要派人前去探分舵的消息，公子这么急，是有急事吗？”

萧定非嗤道：“废话！”

黄潜干笑一声，尝试着道：“您有什么事，要不说一下，让前去的哨探代您先料理了？”

萧定非看他一眼，却冷笑一声：“本公子急着进城寻欢作乐，你让旁人代我去？”

冯明宇、黄潜：“……”

这都什么时候了，怎么不降道雷下来劈死这孙子？！

★

萧定非那匹“低调”的马，一路行走时都发出丁零零的声响，初时听得人有些心烦，然而渐渐地众人竟然也习惯了，甚至觉出了一种奇怪的乐趣，就仿佛是在这单调枯燥的路途上注入了一抹格外迥异的颜色。

天近暮时，他们终于到了通州城外。

姜雪宁想起午时与张遮在河边上的计划，以为马上就要进城，还紧张了几分。没料想骑马在前的黄潜竟然先行勒马，将冯明宇从马上扶了下来，对众人道：“请兄弟们先在城外歇息一会儿，我们等等再入城。”

京城到通州，慢也不过几个时辰，如今却走了一整个白天。

下午时不仅是姜雪宁与张遮，便是天教自己的教众和牢里面逃出来的那些江洋大盗都感觉出来了：队伍行进的速度很慢，好像在等待什么，顾忌着什么似的。

众人心底犯起了嘀咕。尤其是那些身犯重罪有案底在的人，当即便有些不满：“都已经到城门外了，且已经改头换面，大家分成几拨各自进去就是了，怎么还要在城外等？这是什么意思啊？”

冯明宇、黄潜两人乃天教的话事者，一朝劫狱没得着公仪丞的踪迹，所以把天牢里其他人都放了出来，心里自然也存了拉拢这帮人、将他们收为己用的想法。

只是听到这质疑的时候，两人仍旧忍不住皱了皱眉。

天教教众自然对他们言听计从，所以黄潜并不担心他们，只是朝着天牢里逃出来的这帮人拱了拱手，貌似和善地解释道：“诸位好汉少安毋躁，今时不同往日，平南王一党的案子刚牵连了勇毅侯府，我等又是劫狱出来的。若只有我天教之人，当然直接入城，可诸位好汉都是有案底在身的，甫从牢中逃出，还是该小心为上。我教的哨探路途中已经提前出发，去到城内探查消息，一会儿回来若说城中无异样之处，我等自然可入城。还望诸位好汉海涵。”

有人脾气暴，听出了点言下之意：“黄香主这意思是我们拖累贵教了？”

黄潜面色一变。冯明宇却是头老狐狸，笑眯眯地道：“我教绝无此意，实在也是为了诸位好汉好罢了。”

那说话的汉子身材壮硕，横眉怒目，显然是个脾气不好的人。但如今实在是形势所迫，若无天教劫狱，这会儿他们都还在大牢里面受刑等死呢。

因而也有那聪明机敏之人生怕在这里发生什么冲突，连忙一把将这人拉住了，笑言规劝起来，当起了和事佬：“黄香主也是江湖上赫赫有名的英雄人物，李兄你胡说八道些什么呀？”再说了，这真不是他们能说话的地方。

眼看着那李姓汉子眉头一皱，似乎还不服气，这人便急忙向他使了个眼色，竟将目光投向了旁边已经不声不响地坐下来的孟阳。

中午在半道上那村庄歇脚的时候，众人就已经将身上的囚服换了下来。

此刻孟阳身上穿了一身灰袍。他在牢里被关了许久，身上的伤痕盖不住，从胸膛延伸到了脖子上，原本乱糟糟的头发用一条布带绑了起来，露出那一张神态平和的脸，连目光都没太多凶气，反而显得平平常常。

他照旧听见了这番有那么点刀兵气的争论，可在众人的目光落到他的脸上时，他却有些不大明白地抬起头来，冲众人露出一笑，两排牙齿雪白雪白的："怎么都站着，不坐？"

这简直称得上是儒雅和善的一笑，然而所有瞧见这笑容的人却都没忍住地打了个冷战，无端觉出几分本不该有的胆寒来。

原从天牢里逃出来的这帮穷凶极恶之徒登时没了话，纵使心中对天教这般磨磨蹭蹭的举动颇为不满，也都强咽了下去，战战兢兢地不敢出声，乖乖地在这郊外的荒野丛里坐了下来。

按理说这帮人没闹起来，这孟阳好像也什么都不在乎的模样，天教这边的人应该高兴了，可黄潜与冯明宇见状，却都悄悄皱起了眉头。

姜雪宁与张遮都将这一幕收入眼底，极为默契地对望了一眼：天教救这帮人出来，是想要将其吸纳入教中，可这帮人个个都是不受管教的，并不容易被驯服，暗中压抑着不满，虽没明说，但隐隐之间是以这孟阳为首的。

他二人势单力薄。进了城之后朝廷固然有援兵，可那计划本身就有风险，谁也不知道天教那边的哨探会带回什么消息。最怕的是眼前这帮人铁板一块，找不到缝隙。可如今两方有互生嫌隙的迹象，倒是可以思量一番，看能不能借力打力，找着点什么意外的机会。

两人没说话，但心照不宣。

天教的人要停下来，他们没有什么意见，也不敢有什么意见，当即下马，与众人坐在一起。

这城外该是常有人停留落脚，边上搭着茅草棚，众人将马拴在一旁吃草，天色将暗，便在外头生起了熊熊的篝火。

明亮的火光燃了起来，也驱散了几分寒意。

从村庄离开时众人便带了干粮，身上也有水囊，便都围着篝火坐下来，一天下来有逃难的情谊在，说话都随意了许多。

张遮性冷寡言，姜雪宁内里却是个能说会道的。旁人见着这样好看的人，也愿意多听她说上两句。原本是小宝坐在她的另一边，萧定非把马鞍甩下之后却上来便将小宝赶开了，厚着脸皮挤在姜雪宁身边坐下。

姜雪宁侧目瞅着他这与以前一模一样的无赖样，觉得好笑："定非公子路上说您是命好，我还不信，如今却信了。从来听说天教有凛然大义，与天下庶民同忧同乐，您看着却半点也不像天教的教众。"

萧定非翻了个白眼："你可不要胡说八道，本公子面上看着浪荡，内里也是心怀天下的。那话怎么说来着？先天下什么什么后天下什么什么……"

冯明宇和黄潜刚走过来就听见这句，只觉一股血气往脑门儿上撞。

冯明宇气得瞪眼。黄潜也生怕旁人觉得他们天教教众都是这般货色，连忙上来圆道："是'先天下之忧而忧，后天下之乐而乐'，不过本教的教义乃'天下大同'，我们定非公子同大家开玩笑呢，不要介意。"

谁看不出萧定非是个什么货色？

有人皮笑肉不笑，也有人很给面子地点了点头。

姜雪宁属于很给面子的那种，也不知听没听懂，反正点了点头，道："那可真是厉害了，这可是先古圣人之理想啊。"

黄潜心道这小姑娘竟还有点见识，正要承了这恭维，没想到斜刺里竟传出了嘿嘿一声冷笑，有人讽道："天下有什么狗屁大同？如今这世道，我看贵教这教义实在没意思。"

这声音嘶哑而粗犷，撞着人的耳膜。

姜雪宁听得眼皮一跳，与众人一道循声望去，赫然是先前的孟阳，也不知打哪儿弄来一坛酒，此刻箕踞坐在那篝火旁，胸怀大敞，竟是一面喝着酒一面说的这话。

冯明宇一张皱纹满布的脸上顿时浮出了几分忌惮之色。

姜雪宁也不大看得出此人的深浅，只凭直觉感到了几分危险。

一时无人接话。

但孟阳方才所言也实在激起了一些人的感慨，过了一会儿才有人摇头长叹了一声，道："其实孟义士说得何尝不是呢？如今这世道真不像话。我还在牢里的时候就听说朝廷竟把勇毅侯府一家子抓了关进来了。那可是为我大乾一朝打过无数次胜仗的一门忠烈啊，无缘无故被扣了个和逆党联系的帽子就下了狱。你们昨日来劫狱，却是晚了一步，那侯府一家子都被流放黄州了，实在可怜。当今朝廷之昏聩，赋税日重，民不聊生，还说什么'天下大同'啊！"

勇毅侯府之名，大乾朝的百姓多多少少知道。

毕竟早些年侯爷燕牧在外领兵作战，击退了边境上夷狄的屡次进犯，打得这些蛮子害怕了，臣服于大乾，这才使得万民有了些休养生息的日子，边境上也终于有了往来的生意。

可最近这段时间，边境商人们的日子都变得难过起来。

不提起这个还好，一提起便难免有人想起些旧事，笑起来道："说来不怕你们笑话，老子当年被逼在山上做大王的时候，也想过下山投军，就投在燕将军麾下。听闻那燕小世子年纪虽轻，却承继父志，也很不弱。可惜啊，还没成行，老子就被朝廷剿匪抓进了牢里。谁能想到，嘿嘿，竟在牢里碰见燕将军了！"

这话说到后面，不免有几分凄凉。

孟阳在角落里喝着自己的酒，却不接话了。

先前出言怼了冯明宇与黄潜的那李姓汉子却再一次发了脾气，不屑地道："有本事的朝廷抵御外敌，没本事的朝廷残害忠良！就二十年前那三百义童冢都没解释清楚，闹得满城风雨，听说燕将军的外甥也死得不明不白，现在好了，燕氏一族都被送进去了，坐龙椅上的那位说不准是杀鸡儆猴呢。嗐，都是什么事？！鞑靼的使臣都入京了，竟然敢求娶咱们大乾的公主以作和亲之用，简直放他娘的狗屁！"

鞑靼、和亲、公主，姜雪宁本是竖着耳朵在听这些人说话，有心想要了解些天教的内情，却着实没有料到竟然会有人提起和亲这件事，拿着水囊的手指，忽然轻轻颤了颤。

那人还在骂："鞑靼是什么玩意儿？茹毛饮血的蛮族！老子死了，老婆还要留给儿子！简直罔顾人伦！早几年跪在咱们面前求和，还要献上岁贡，如今勇毅侯府一倒，什么妖魔鬼怪都蹬鼻子上脸来，朝廷如今就是个软蛋！和亲、和亲，就是把公主嫁过去求和罢了，还要赏他们一堆好东西，我呸！"

张遮听着，想起了乐阳长公主沈芷衣过去惨烈的结局，不由得垂下了眼帘，却没忍住，转头又向身旁的少女看去。

她竟一无所觉。

人坐在他身边，浓长的眼睫覆下，遮盖了眼底的光华。原本被炽烈火光照着的温柔面颊竟慢慢褪去了血色，变得脆弱而苍白。

★

鸣凤宫内，灯火煌煌。

宫人们都垂手肃立在微微闪烁着的光影里，大殿之内竟高高地堆着许多番邦献上的贡品，有珍贵的整片雪貂毛，有难得一见的拳头大小的明珠，还有白玉雕成的九连环……被光一照，都散发着莹莹光亮，晃在人脸上。

苏尚仪从外面走进来的时候，轻轻问了一声："公主呢？"

宫人心有余悸，怯怯地道："在里面，不出来，也不叫奴婢们进去伺候。"

苏尚仪便觉得一颗心揪痛。她是看着长公主殿下长大的，说句不敬的话，是将长公主当作半个女儿来疼的，如今却眼看着鞑靼来的使臣在大殿之上与圣上举杯相庆，三言两语便将公主许配出去。

"我进去看看。"

苏尚仪走过去，抬手撩开了珠帘。

窗户没有关上，外头有冷风吹进来，那珠帘上的珠子触手竟是冰冷的，放开时则撞击在一起，发出悦耳的声响。

可沈芷衣听了，只觉那声音像是冰块撞在了一起。她白日里好看的妆容都已经卸下了，脸上那道曾用樱粉遮住的疤痕在这张素白的脸上便变得格外明显，就像是皇家所谓的亲情，在大浪打来洗干净地面的砂砾过后，终于露出了点狰狞丑陋的本色。

沈芷衣从镜中看见了苏尚仪的身影，倒显得格外平静，甚至淡淡地笑了笑，道："我没有事，苏尚仪不必担心我。若回头让母后知道，说不准还要找你的麻烦。"

往日的殿下哪是这样的？

那时的她是张扬恣意，想说什么她便说什么，现在遇到这么大的事却这样平静。

沈芷衣没哭，苏尚仪差点先红了眼眶，只是她素来是规矩极严之人，并不愿显露太多的情绪，忍了忍才道："听说殿下晚上没用膳，我实在放心不下，让小厨房重新做些东西，便是喝碗汤暖暖也好。"

沈芷衣却只望着自己面上那道疤，指尖轻轻抚过，垂眸道："暖不了心。"

苏尚仪的眼泪顿时就下来了。

沈芷衣终于返身抱住了这看着自己长大的嬷嬷，要从她身上汲取什么力量和温暖似的，却避开了和亲的话题，而是问："尚仪，宁宁明天不来吗？"

要与鞑靼和亲的消息传下来后，沈芷衣倒是没哭也没闹，平静地接受了。大约是她这样平静，反而激起了沈琅这个兄长少有的愧疚感，他便问她有没有什么想要的，都尽量满足。

她却只说，想要伴读们回宫读书。

为了哄沈芷衣开心，沈琅当即答应了下来，让原本被选上的各府伴读的小姐晚上入宫。姜府那边却递了告罪的折子，说姜雪宁病了，受不得风寒，也怕过了病气给公主，得等病好之后才能入宫。

苏尚仪也打听过了，宽慰她道："姜府请了好大夫去看，说病情来势虽猛却已经稳住了，过不了几天就能入宫，还请您千万别担心。"

沈芷衣竟觉心里空落落的。宁宁不来，其他伴读来了也和没来没区别。

何况……

她无声地弯了弯唇，道："也是，便是宁宁现在入宫也没什么好学的。谢先生都率人去平什么天教的乱子了，也不在宫中授课。等谢先生回来，她的病也好了，说不准刚好。"

苏尚仪对朝堂上的事情不了解，只好点了点头，道："殿下这样想再好不过。"然后她就像以前一样，将沈芷衣头上的珠翠拆下。

浓云似的长发散落下来，镜中却是一双平静得近乎死寂的眼。

为天教劫狱这件事，朝堂上着实有一番议论，毕竟一开始可没人想到会有那么多逃犯跟着跑出去。

计划是谢危提的，自然也招致许多非议。

虽然他向来是文官，可既有人质疑他的计策，怀疑如此有放虎归山之疏漏，他自然要站出来一力将责任承担下来。

事实上，这也正是谢危的目的所在。

顾春芳举荐张遮涉险假冒度钧山人，对谢危来说是坏了计划；如今他正好借朝中对此颇有微词的机会，自请担责，去追查这帮人和天教逆党的下落，完成收网，如此也就自然而然地将这件事收回掌控之中。

只不过，总有那么一点意外。

最初姜雪宁他们落脚过的破庙外头已经驻扎了一大队官兵。原本破败的庙宇，竟都被收拾了个干净。

剑书从外头那片影影绰绰的枯树林里走回来，抬脚跨入庙中，便看见谢危盘坐在角落里一个干净的锦垫上，正抬眸望着那没有了脑袋的菩萨，一双深沉的眼眸半藏在阴影之中，晦暗难明。

他穿得很厚，薄唇也没什么血色，虽仍是平和模样，眉宇之间却多了几分薄霜似的冷意。

剑书躬身道："在外面一棵树的树皮上发现了小宝留下的记号，确有一名女子与张遮同行，颇受对方庇护，或恐是姜二姑娘。还有……"

与张遮同行，颇受对方庇护……她倒不担心自己的安危。

庙宇里的菩萨只有身子没有脑袋，光线昏暗时看着格外吓人。谢危望着，只问：“还有什么？”

剑书犹豫了一下，声音小了几分：“小宝说，除了黄潜与冯明宇之外，定非公子这一次也来了。”

谢危双腿盘坐，两手便自然地搭在膝盖上。

他袍袖宽大，遮了手背，露出来的手指修长之余，却有些青白颜色。右手无名指指腹上小小的伤口已经处理过了，结了血痂，搭在膝上时已经不如何作痛。

听见这名字，谢危弯了弯嘴角：“那倒是凑巧了。”笑里有点森然味道。

剑书心知这“凑巧”二字指的是什么，便道：“定国公那边领兵在前，也是直往通州去的。您几个时辰前交代的事情已经派人办妥，定国公那边的消息已经送到。”

若是萧定非在此，听见这话只怕要跳起来！

好端端的，那该死的萧氏定国公怎么也掺和进来了？

这事还要从朝议那一日说起。

本来以公仪丞为饵引天教入局的计策是谢危一人出的，出了些意料之外的岔子也该由谢危自己来收拾。不想定国公萧远竟然跳出来说，谢危乃文官，没有领兵作战的能力，不如由自己来更为稳妥。

皇帝一想也是，把手一挥，便让萧远与谢危共同处理此事，干脆兵分两路，分头追踪，争取用最少的时间收网擒获反贼，捉拿重犯归案，顺便把涉险的张遮救回来。

中午时候，萧远带着自己的亲兵就出发了。

谢危倒是不急不缓地跟在后面。

剑书担心得不行。谢危却只对他做了一番吩咐，道：“地狱无门偏来闯，他既要找死，少不得让他长点教训了。”

剑书听了吩咐后，愕然不已。只是他跟在谢危身边实在已经很多年了，静下来后一琢磨，着实吓出了一身冷汗，暗道这回是一石三鸟之计，不能善了。别说是天教和萧氏，就是那张遮，先生也……

庙宇里生了火，可朔风呼啦啦地吹进来也很冷。

谢危的面色又苍白了几分，然而下一刻便泛上几分潮红，他眉头一皱便咳嗽起来，肩膀抖动着，在墙面上被拉长的影子也跟着晃动。

于是，站在阴影里不动的人反而变得清楚。

那是眉清目秀的刀琴，穿了一身暗蓝的劲装，背着弓箭和箭囊，如影随形一般立在谢危身后。

剑书知道，自己的剑出鞘未必杀人，但刀琴的箭若离弦，就一定会夺命。

“姐姐面色不大好，是不舒服吗？”

姜雪宁还在听着众人谈论朝野上下的事，已经很久没有说一句话，冷不防听见这样关切的话语，抬起头来却看见眼前一根冲天辫在晃。

又是那年纪不大的小宝。

对方眼睛大大的，正蹲在火堆旁边添柴，回头看她时，好像有些担忧，便问了一句。

姜雪宁这才回神，想着沈芷衣和亲的事情乃皇帝下旨，自己充其量不过是个官家小姐，有何能力左右朝局，阻止这件事的发生呢？

她管不了。

何况她真的要为了旁人再回到京城那座囚牢里去吗？须知机不可失，失不再来，也许她以后再也不会遇到这样好的机会了……

这是她管不了的。

这不是她力所能及之事。

这就是人各有命数。

她在心里这样告诉自己，强迫自己将满脑子混乱的思绪拽了回来，下意识地道：“没事。”

小宝却很不解，眨了眨眼道：“可您看着像是病了。”

病了？

姜雪宁想起了与张遮的计划。进了通州城之后她便要装病，然后去医馆看病，通传消息，便可脱离险境，接下来神不知鬼不觉地离开通州，离开京城。

她从现在开始装倒是刚好……

于是她也不打起精神，只一副恹恹的模样坐在张遮旁边，没什么力气地笑了笑，道：“可能是路上吹了风，有些头痛吧。”

姑娘家身子娇弱，何况是姜雪宁这样的？众人这会儿都没多想，觉得很正常。小宝却目光一闪，若有所思。

萧定非原本挤在姜雪宁身边，眼皮一抬瞧见小宝过来给火堆添柴后，心里着实发怵，拎着自己的水囊悄无声息地就溜了，到冯明宇那边去问：“左相大爷，城里还没来消息吗？我真的等不及了！”

这要还不赶紧结束，他怕是要等来煞星。他心里慌得厉害，恨不得立刻进了城就溜。冯明宇却还记着他路上那些荒唐话，脸皮抖动了一下，道："应该快了。"

他话音刚落，黑暗里忽然传来脚步声。

众人有刀剑在身的，都一下按住了刀剑。

黄潜却听见了黑暗里的一声哨响，连忙起身来压下了众人的反应，笑着道："该是哨探回来了，我去看看。"

黄潜走了过去。那边有条黑影同他说话，递上了什么东西。

黄潜的身子似乎震了一下。

他将那东西拿了回来，转交给冯明宇。

那是一个细细的信筒。

冯明宇初时接过来还没在意，可待拆开信筒，将里面小小的一页卷起来的信笺拉出，瞧见那信笺右上角画了枚小小的黑色徽记，线条流畅宛若群山蜿蜒，简单到有返璞归真之感，面色便骤然变了变。

待展信一读，他更是瞳孔紧缩。饶是他多次告诫自己切勿打草惊蛇，剧烈闪烁的目光仍旧不受控制地向着张遮所在的方向飘了飘。

张遮隔得太远，只隐约觉得对方的目光往自己这边转了转。他心头微微一凛。萧定非却有些等不及了，连声问："怎么样、怎么样？"

冯明宇径直将那信笺塞回信筒又收入袖中，没让旁人看见那枚徽记，心念急转间，走回来却脸上带笑地道："让诸位久等，哨探复信，一切安平，大家这就可以入城了。"

众人都高兴起来，纷纷起身。

张遮也站起身来。

姜雪宁却觉得心里有种难言的不安感，轻轻拽住了他的袖子，嘴唇张了张，没来得及说什么，冯明宇已经踱到他们面前，一张脸背对着后面燃烧的火堆，虽然在笑，可在阴影覆盖中却有点瘆人的意思，姿态倒是毕恭毕敬："张大人，一起走吧？"

★

冯明宇竟叫他"张大人"……

张遮轻轻反握住了姜雪宁的手掌，不动声色地问："有新消息？"

冯明宇点了点头，笑眯眯地道："是有些不一般的消息，不过如今在这城门郊外，也不是说话的地方，我们还是入了城后先找一家客栈落脚，再与大人详谈此事。”

他用的仍旧是“大人”。

这一回连姜雪宁都听出了这用词里藏着的微妙感，不禁手心微汗。

张遮知事情有了变化，然而不管怎么变化，天教这帮人并未立刻对他们下杀手，便证明此局还未成死局。

他走过去牵马。没承想冯明宇竟跟上来道：“我天教通州分舵虽在城中，可如今带着这一帮江洋大盗，不好招摇过市。稳妥起见，我们想大家伙儿还是分批走比较好。”

姜雪宁顿时皱眉。

冯明宇感觉到她的不悦，看了她一眼，宽慰她似的解释：“张大人与令妹虽是一路同来，可谁也不知道在过城门的时候，那帮人是不是会惹出什么乱子来。按理您应该同令妹一起，可一旦一个人出事，另一个人也跑不了，怕您心有不安。所以老朽想，若您信得过，二位分开入城，让黄潜带姑娘一道，老朽陪着您入城。不知妥不妥当？”

妥不妥当？

当然不妥当！

只是姜雪宁抬眸一看四周：天教教众环伺，人多势众。那黄潜更是按刀立在近处，双目一眨不眨地看着这边。

这架势，便是不妥当，也得十分妥当了。

她语带讥讽地道：“贵教真是思虑周全。”

她在旁人眼中是张遮的妹妹，任性些也无妨。

张遮则凝视冯明宇片刻，淡淡地道：“那便恭敬不如从命，有劳了。”

大部分人已经收拾妥当，马牵了，火灭了。

天教的人与天牢里那些逃犯都三个一伙五个一群地搭着走。

最高兴的要数萧定非。一得了要进城的准信儿，他二话不说直接翻身上马，马鞭子一甩，径直纵马向城内奔去，黑暗中远远地只传来他畅快的笑声：“本公子先走一步进城玩去了，你们慢慢来就是！”

众人齐齐无言。

以萧定非为首，众人分批陆续进入城中。

通州乃南边诸地进出京城的要道，城外几十里还驻扎着兵营，原由勇毅侯府统领，治军严明，因而历年来并无多少兵患匪患，南来北往的商户极多，关城门的时间也相对较晚。

只是侯府一倒，通州大营闹过一次哗变，便有些乱起来，到这时辰，难免有些人懒怠。天黑时，守城兵士便不大睁得开眼睛了，连连打着哈欠，见进出都是些衣着朴素之辈，更提不起精神。

前面几批人都无惊无险地进了城。

张遮与冯明宇在后面，两人弃马步行。前些日下过雪，泥地有些湿润，然而冬日天气太冷，土都被冻住了，踩上去倒是颇为坚实。

只是夜里风越吹越冷，张遮身形瘦长挺直，料峭的风里倒有几分料峭的气度。

冯明宇在教中也算见过许多意气豪杰，只是毕竟江湖里的教派多有些流俗之气，可眼前这位张大人一身谨严，叫人挑不出半点错处。光这气度，便让他忍不住赞了一声。

可惜在得了那封信之后，冯明宇第一个怀疑的便是他，此刻便笑着道："方才令妹好像不大高兴，想来是与张大人感情甚笃，兄妹情深，骤然分开，瞪着一双眼睛好像要把老朽啃了似的。唉，倒叫老朽觉得自己是做了个恶人啊。"

他这说的是方才他将张遮与姜雪宁分开时的情形。张遮也还有印象，天教将他二人分开，必定是存了试探之心。姜雪宁不会看不出这一点，可看得出来未必就一定要受这口气。谁叫她是个姑娘家，演的还是张遮的妹妹？

所以她眼见着张遮要同冯明宇走时，冷嘲热讽道："糟老头子明明就是有什么事情找我兄长，冠冕堂皇地找什么借口？！"

说完她哼了一声，眼珠子一转，竟用力踩了冯明宇一脚！

冯明宇目瞪口呆。少女却踩完就不管了，谁也没看一眼，娇俏地一扭头，径直往黄潜那边走去。

张遮险些失笑，只好向冯明宇道歉，说什么"舍妹小孩脾气，还请冯先生海涵"。

冯明宇哪好意思计较？他年纪这般大，又是这样特殊的场合，纵使心中有气也不好显露，只能僵硬着一张脸说着"无妨无妨"，当作无事发生。

现在张遮一垂眸，还能看见冯明宇靴面上留着的脚印。少女古灵精怪，是睚眦必报半点不肯吃亏的性子。

他想起方才的场面来，唇边多了几分连自己也未察觉到的柔和之意，只道："舍妹从小经历不好，自归家后便被大家宠坏了，脾气不是很好，偏劳左相担待了。"

那叫"脾气不是很好"？除了那市井里的泼妇，冯明宇可还从没见过这样的姑娘家！这位张大人的心可真是偏到天边去了。只是他眼下开口也存了试探的心思，便道："经历不好，她不是您妹妹吗？"

于是张遮知道自己猜对了。天教这边接了那封信后的确对他和姜雪宁起了怀疑，尤其是他一个人身犯险境却还带了个姑娘家，怎么想怎么不合常理，所以想要从中刺探出点什么来，这才将他与姜雪宁分开。

只是姜雪宁的身世……

张遮张口，又闭上，最终回避了这个话题，面上归于冷漠，只道："陈年旧事，不愿再提。"

这是有所顾忌，也不愿提起的神态，倒不像是作假。

冯明宇也是精于人情世故的人了，心念一转便换了话题，半开玩笑似的道："那这小姑奶奶可有些难伺候，老朽算是得罪她了。不知令妹有没有什么喜欢的东西？吃的玩的都好，老朽先问一问，待会儿进了城便叫教中几个兄弟去张罗一下，也好让令妹开心开心，消消气。"

明面上，张遮乃奉度钧山人之命来的。俗话说，不看僧面看佛面。冯明宇对张遮客气些，连带着对张遮的妹妹客气些，也无可厚非，所以说这句话并没有什么大问题。可张遮在牢狱里审犯人早已是驾轻就熟，深知若有两名犯人共同犯案，将这两人拆了分开审讯，必定能使其露出破绽。

天教打的也不过是这个主意罢了。

只是这问题……姜雪宁喜欢什么呢？

张遮想，她喜欢华服美食、游园享乐，曾满天下地找厨子为她做桃片糕，又挑嘴地说做的都不好吃，折腾了小半年，腻味之后便又叫人将那帮厨子赶出宫去了。沈玠还为她叫戏班子入宫。宫女们一度为了讨她欢心干脆连皇帝都懒得勾引，成日侍奉在坤宁宫里，给她看些外头的时新玩意儿。

她喜欢云雾茶、桃片糕、踩水、蹴鞠、听戏、玩双陆……一切好玩的，一切好吃的，她都喜欢。

但这也成为朝野上下清流大臣们攻讦她的把柄，厌恶她的享乐，厌恶她的没规矩，参她不知勤俭，没有母仪天下的风范。

姜雪宁一怒之下，把御花园里的牡丹都剪秃了。

那一阵他们入宫，在御花园里所看见的牡丹，一丛丛都是花叶残缺，惨不忍睹。

有大臣便说莳花的太监玩忽职守。

伺候的太监便小声回禀说："这是皇后娘娘亲自拿剪子剪的，说是知道近日圣上多召几位大人在御花园里游赏议事，专门剪了给大人们瞧瞧阳春里的好颜色，解解烦闷。"

那些个老大臣立刻被气了个吹胡子瞪眼。

沈玠打乾清宫里来，一见那狼藉的场面没忍住笑出声来，咳嗽了几声才正了脸色，但丝毫没有追究之意，只是和事佬似的敷衍道："皇后也算有心了，虽然瞧着是……是……"

"是"了半天之后，他终于挑出个词，然后说："有些与众不同罢了。"

冯明宇见张遮有一会儿没回答，不由得道："令妹没什么喜欢的吗？"

张遮顿了顿，道："她什么都喜欢。"

冯明宇道："可令妹看着似乎有些……"

有些挑剔，这话冯明宇没明说。

张遮却忽然想起了那只漂亮的鸟儿，蓝绿色的羽毛覆盖满翅，长长的尾巴却像是凤凰一样好看，据传唤作"凤尾鹊"。

那时还在避暑山庄，头一天他在荷塘边的石亭里遇到那位传说中的皇后娘娘，受了一场刁难，次日沈玠便带着文武百官去猎场狩猎。

姜雪宁自然也在。

她穿着一身华服，手里还拿了把精致的香扇，只坐在帐下远远看着旁人，一副兴致缺缺的模样。

直到那山林间飞过了几只漂亮的鸟儿，蓝翠的颜色漂亮极了。她一下便被吸引住了，站起来往前揪住了沈玠那玄底金纹的龙袍袖角，指着那几只小小的鸟雀道："我想要这个！"

沈玠当然由着她，当下便对参加狩猎的那些年轻儿郎说，谁要能射了那几只凤尾鹊下来，重重有赏。

那些人自然跃跃欲试，可忙活了半天也不见有结果。

姜雪宁便不大高兴起来。沈玠安慰她："小小一只鸟雀，若是真喜欢，改日叫内宫给你挑上几只，都给你挂到宫门外，可好？"

姜雪宁却道："宫里养的有什么意思？我就要外面的。"

沈玠也没了办法，叹了口气。

正在这时，御林军里有些兵士忽然叫嚷起来，插嘴说："太师大人的箭术不是很好吗？我上回见过，百步穿杨的！"

原本承德避暑，谢危不来，他留在京城为皇帝处理些朝政大事，只是近来有几桩不好定夺之事要与皇帝商议，所以昨日才驰马赶到。皇帝留他歇上一日，今日还没走，适逢其会。

此言一出，所有人的目光顿时都汇聚到了他身上。

这位年轻的当朝太师穿着一身苍青色的道袍，轻轻蹙起了眉。

沈玠却笑起来请他一试。

姜雪宁仿佛不是很待见此人，嘴角微不可察地撇了一下，在后头不冷不热地加了一句："要活的。"

彼时谢危已经弯弓，箭在弦上，闻言却回头看了姜雪宁一眼。

张遮当时觉着这位素有圣名的当朝太师大约与别的大臣一般，都很不待见姜雪宁。

"咻"的一箭，穿云而去，如电射向林间，箭矢竟险而又险地擦着其中一只凤尾鹊的左翅而去！

那鸟儿哀叫一声，斜斜地往下坠到了草地上。

姜雪宁彻底没了那母仪天下的架子，忍不住欢欣地叫了一声，仿佛忘了自己对谢危的不待见似的，忙叫身边的宫人去抓那鸟儿。

宫人将鸟儿捡回，鸟儿竟真还活着，只不过翅膀伤了一些，却仍旧艳丽好看，正适合养在笼中，挂在廊下。

从此阖宫上下都知道，皇后娘娘在坤宁宫养了一只漂亮的鸟儿。

那几天所有人都高兴。因为皇后娘娘笑起来很好看，那比鸟羽还艳丽的眉眼温柔地弯起来，便胜过那洛阳牡丹，灿烂得让人觉得心里化开了一般。

她喜欢坐在廊下看那鸟儿，一坐便是大半天，只是一日一日过去，笑容却一日比一日淡。

终于，小半个月后，笑容从她的脸上彻底消失了。

宫人们悄悄说，娘娘将那笼子挂在廊下，自己坐着一看半天，却一日比一日郁郁寡欢。

有一天夜里雨下得很大，第二天一早，宫人们起来一看，竟瞧见那精致的鸟笼跌在廊下，小小的门扇打开了，笼中那只漂亮的鸟儿却不知所踪。

宫人们吓坏了，战战兢兢地将此事禀告给姜雪宁，姜雪宁却没什么反应。

听说她在宫里闷头睡了两天，皇帝去了也不搭理。从这一天以后，坤宁宫的廊下干干净净，再也听不见半声鸟雀的啼鸣。

也许，华服美食、游乐赏玩，都不是她真喜欢的吧？她爱的只有那只羽毛艳丽的漂亮鸟儿。只是有时人在山中，反倒不知本心罢了。

张遮抬起头来，看了看那沉沉的天幕，却想起少女在村落的河边对他说的那番话，忽然很为她高兴。

险境又如何呢？

他回看冯明宇一眼，平静地道："她不挑剔的。"

还不挑剔？

冯明宇心说自己可没看出来，想若要和这死人脸绕弯子，还不知要多久才能套出自己想要的话，干脆舍了那杂七杂八的话，开门见山地问道："可老朽不明白，令妹这样娇滴滴的一个姑娘，您怎么舍得把她带出来，若有个万一怎好处理？"

这问题他回答不好，一个不小心可有毙命之险。

"这……"

姜雪宁一路上都在与黄潜说话，回应对方的试探，却半点也不担心自己露出破绽。毕竟她喜欢张遮是不作假的，知道许多关于他的事情。

直到对方问到她跟张遮到底是何关系，她才心头一跳。

然而仅仅片刻，她便有了主意。

黄潜与冯明宇自有一番谋划，都琢磨着度钧山人来信中所提到的那个人究竟是谁，这里面最值得怀疑的非张遮莫属。

而张遮所带着的姜雪宁更是个不合理的存在——谁身犯险境还带个妹妹？

这实在让人困惑。

可他没想到，自己问出这话后，原本嘴皮子利索、妙语连珠的少女，一张素面朝天的脸竟微微低垂，嗫嚅了起来，仿佛不好意思回答。

黄潜忽然想到了什么，面色古怪起来："你与那位张大人，莫非……"

姜雪宁轻轻垂着眼帘，没人瞧见那浓长眼睫覆盖时掩去的嘲讽之意，心里只想反正张遮也不知道她的胡说八道，于是轻轻咬着唇，却是一副逼真至极的含羞带怯模样，低声道："我与兄长乃两情相悦，无奈家中不允，此番私奔唯恐为人所知，还请舵主保守秘密，不要外传。"

黄潜整个人像是忽然被雷劈了：我刚才到底听到了什么？！

第四章

机会

从城门外入城后，天教这边的人早已经找了一家客栈落脚。

张遮与冯明宇到得早些，已经在堂内坐着。

黄潜带着姜雪宁入内，神情却有些古怪，尤其是目光瞥到张遮的时候。

两边寒暄几句后，冯明宇左看右看，始终觉得黄潜看张遮的眼神不对，便向他使了个眼色，把人叫到一旁来，皱眉问他："你怎么回事？我们如今只是怀疑他，你怎么能这样明显？万一他不是内鬼，你让他知道我们怀疑他，岂不连度钧先生也得罪了？是问出什么了吗？"

问出什么？

不提这个还好，一提黄潜整个人都不好了。

他心说：我也不想那样看张遮啊！可谁能想到，看上去这样端方谨严的正人君子，内里竟然和自己的妹妹有、有那种事？！简直禽兽不如！

黄潜虽是江湖中人，却也知道"礼法"二字，忍了忍，没忍住，道："冯先生，你附耳过来……"

这头二人嘀咕起来，冯明宇的面色变了好几变。

那头姜雪宁却毫无负担，回想起方才黄潜听见自己说"兄妹私奔"这几个字时的表情，甚至忍不住想笑。

她拍了拍手，轻松地打量起眼前这家客栈。

入通州城已经入夜了，他们从城中走过的时候，大多数商铺已经关门，只有少数还冒着寒风，叫卖馄饨饺子。一路上冷清得很，只有远处的秦楼楚馆很热闹，但自无法与京城相比。

这家客栈也透着几分寒酸，大门上刷的漆已经掉落不少，一应摆设都很陈旧，也没挂什么别的装饰，唯独眼见着近年关了，门楣上、楼梯旁都贴上了鲜红的福纸，倒是在这冷透的冬日里沁出几分热烈的暖意。

通州显然是天教一个重要的据点，进了这家客栈之后，天教这些人明显都放松了不少，坐下来吃酒的吃酒，说话的说话。

掌柜的也不问他们的身份，一径热情地招待人。

幸而这时节客人很少，也没旁人注意到。

张遮可不是瞎子，打从过城门后重新与众人碰头，他就感觉出黄潜看自己的眼神不对，反观姜雪宁却是寻常模样。

此刻黄潜与冯明宇过去说话，他便把姜雪宁拽了过来，面上的神情变得有些严肃。

张遮皱眉问她：“路上黄潜问你什么了？”

姜雪宁双手一背，一副乖觉模样，老老实实地道：“问张大人和我是什么关系，这样凶险的一次行动，张大人又为什么会带我。”

这在张遮的意料之中。

他又问道：“你怎么说？”

姜雪宁便变得忸怩起来，轻轻咬了一下唇瓣，却在暗中打量着张遮的神态，只见对方严谨刻板与曾经无甚差别，反倒越发激起人撩拨戏弄的心思，于是眨眨眼低声道：“我跟黄舵主说……”

她说完了。

张遮蒙了，垂眸望着近在眼前的少女，反应不过来。

姜雪宁却以为他是没听清，凑过去便想要重复一遍，声音也比方才大了些：“我刚才说我们乃兄妹私……”

一个“奔”字还未来得及出口，张遮已然面色一变，因她离自己很近，便径直抬手把她这张闯祸的嘴巴给捂住了，两道长眉紧锁，带了几分薄怒地斥道：“胡闹！”

凛冽冬日，他的手掌却是温热的。

姜雪宁微凉的面颊汲取着他的温度，润泽的唇瓣则似有似无地挨着他的掌心，有那么一刻，她想伸出舌头舔他一下，看他还敢不敢捂着自己的嘴。可张遮这老古董怕是会被她吓死。

所以这念头只是在心底一转，她终究没有付诸实践。她只是眼巴巴地望着他，貌似纯善地眨了眨眼。

于是张遮意识到自己行止有失当之处，立时便想要将她放开，然而放手之前却板着一张脸警告她一句“不许再胡说”，见她眨眨眼答应下来，这才松了手。

姜雪宁假装不知自己做了什么：“是我说得不对吗？”

她这神态一看就是假的。

张遮目视着她，并无半分玩笑之色，道：“二姑娘往后是要嫁人的，女儿家的名节坏不得，如此胡言乱语成何体统？”

她要什么体统？反正她也不想嫁旁人。一句“以后旁人不娶我你娶我呗”就在嘴边，险险就要说出去，可最终她还是怕他被自己激怒越发不高兴，忍了下来。

站在张遮跟前儿，她委委屈屈地低下头，小声地为自己辩解：“那人家能怎么说？一时半会儿我又想不到别的说辞。万一坏了事怎么办？”

她有多机灵，张遮是知道的。眼下明知道她这委屈的模样有九分是装的，可张遮一口气憋在心口，也不知为什么就发不出来了，只迫着自己咽了回去，心底里反倒烧灼出一片痛楚来。

有一会儿，他望着她没有说话。

姜雪宁静静盯着自己的脚尖，等他发火，可半天没听见声音，抬起头来对上了一双隐隐藏着几分克制的苦痛的眼，陡地呼吸一窒，竟想起自己以前叫他失望的时候。

她素来没心没肺，却一下有些慌神了。原本戏弄他的心思顿时散了个干净，她竟有些怕起来，小心地伸出手去牵了他的衣角，软软地认错：“都怪我，都怪我，往后我再也不说了，你让说什么我就说什么！”

张遮没有来由地沉默着。

那牵着他的衣角的手，仿佛牵动着他的心。

他想，怎么对她发脾气呢？

垂下眼帘，顿了顿，他只是道：“他们开始怀疑我了，明日要去分舵，你今晚便装病，等天一亮便去永定药铺看病。京城那边应该也有人在找姑娘，朝廷自会派人护送。”

她今晚装病，明晨便走。

姜雪宁愣了愣，抓着他的衣角还不愿放手，下意识地想问：那你怎么办？

可正在这时，冯明宇、黄潜已经走了过来，她便只好作罢。

显然已经从黄潜那边得知了什么，冯明宇原本世故的笑容里多了几分勉强，目光在姜雪宁与张遮身上打量，倒意外地发现两人也算是郎才女貌很登对。

只可惜……两人竟是兄妹。

眼下一个牵着另一个的衣角，过从甚密，可不是有点什么吗？枉他一路行来还觉得这张遮的确是个正人君子，没料想……人不可貌相。

只是比起张遮说的什么“舍妹正好要去通州城”这种鬼话，显然是“兄妹私奔”更站得住脚一些。冯明宇自然不至于挑明，默认张遮也是要脸面不好说出口的，所以只拱拱手请张遮到楼上客房里一道议事。

张遮答应下来。只是上楼途中想起姜雪宁同黄潜的一番胡说八道，他不愿坏了她的名声，难免要同冯明宇、黄潜二人澄清几句，然而冯、黄二人都是“没事没事，我二人从未误会，您兄妹清清白白”，一副很理解张遮的模样，反倒让张遮彻底没了话，明白自己说再多都没用，只会越描越黑了。

末了，他只能重新沉默。

姜雪宁自不能跟着他们去议事，只在楼下看着张遮的背影消失在拐角处，才转身想在客栈里要点吃的。

只是那扎着冲天辫的小宝似乎早瞧着她了，一见她转身便连忙在一张桌旁向她招手，笑嘻嘻的，很是亲近地喊她道：“姐姐来这边，有热汤和烧乳鸽呢！”

姜雪宁只觉这小孩儿一路还挺照顾自己，有时递水有时递干粮，虽然始终觉得第一次见的那晚对方手上那团墨迹使人有些生疑，可倒不好拒绝，便坐过去，向他道谢：“有劳了。”

寒星在天，北风呜咽。

定国公萧远带着浩浩荡荡一队人马疾行，终于到了通州城外。

前锋在城外勒马，上来回禀。

年轻的萧烨也佩了宝剑骑在马上，望着近处那座黑暗中的城池，忍不住笑了起来，志得意满地道：“还是爹爹高明，正所谓财帛动人心，有钱鬼推磨。什么天教义士，还不是给个百八十两银子便连自己老巢的位置都能吐出来？！这回我们人多，拿这帮乱党简直是瓮中捉鳖，手到擒来！”

“哈哈哈……”

萧远许多年没有带兵打过仗了，这一遭却将自己将军的行头找了出来，抚须大笑道：“此一番拿乱党事小，要紧的是趁此机会在圣上面前表忠心，立一回功，所以才要抢在谢少师前面。倒不是本公看不惯此人，实在是事情要紧。烨儿，你知道这通州城外是什么吗？”

他伸手指了指东南方向。

萧烨顺着他手指的方向看去，虽然一片漆黑的天空下什么都没瞧见，却答道：

“是屯兵十万的通州大营。”

萧远的目光便锐利起来。他望着那个方向，好像一头择人而噬的老鹰，阴鸷地要探出爪来，道：“燕牧那个老家伙一倒，没了勇毅侯府，这通州大营十万屯兵正缺个将帅来统御，圣上那边也正考虑着呢。只是你也知道，朝堂上的人对我萧氏一族颇有非议，太后娘娘也不好太偏帮着，所以万事都要有个说得过去的由头。眼下便是极紧要的一遭，捣毁了这天教通州分舵，该抓的抓，该杀的杀，就是立下了头功！”

萧烨乃纨绔子弟，听得此言早有些按捺不住，当即兴奋起来道：“那我们这便入城，杀他个痛快？”

萧远笑了一声：“这可不急。”然后他一摆手叫身后兵士下马来休整，道，“不急，等明日天教的两拨人还有天牢里逃掉的那些个恶徒齐聚一堂时，咱们再将人一网打尽，把这事办得漂漂亮亮的。”

萧烨立刻道：“还是父亲高明！”

萧远便忍不住畅想起自己一人独掌三路兵权时的煊赫场面，于是得意地大笑起来。

姜雪宁身娇肉贵，过惯了好日子，连日来赶路，睡不好吃不好，到了这客栈之中总算放松下来几分，就着客栈这边准备的酒菜倒是难得多吃了一些。

小宝招呼完她便凑过去跟天教那帮人一起玩色子了。

她想起张遮方才的话，心念一转，便上了楼，琢磨起装病的法子来。

儿时在乡野之间，她可见过不少行脚大夫，在脑袋里记了不少乌七八糟的东西。有个招摇撞骗的道士教过她一招——拿颗土豆夹在腋下，便摸不准脉搏，跟得了怪病似的。

姜雪宁心道舍不得孩子套不着狼，装病也得装得像一些，便先起身来将门闩了，把带着体温的外袍脱下，拉开紧闭的窗缝，就站在那吹进来的风口上，不一会儿已经面皮青白，瑟瑟发抖；然后听着外头吵闹玩色子的人散了，才轻手轻脚地打开房门溜下楼，去找客栈后头的厨房。

夜深时分，周遭都静了。虽不知天教分舵到底在通州哪一处，可那帮人明日要去，这一夜多少也有些顾忌，并未闹到很晚，都去歇下了。唯独天字一号房还亮着，大约是张遮还在同黄潜、冯明宇二人说话。

天下客栈都是差不多的格局。姜雪宁有惊无险地摸到了厨房，屏气凝神左右看了看，四下无人，便伸出手来慢慢将两扇门推开，轻巧地闪身进门，再将门合拢。

空气里竟飘荡着些酒气。厨房里有酒很正常，她没在意。可她万万没想到，刚一转身，后颈上便传来一股大力，竟是一只强而有力的手掌重重地将她扣住，另一只手更是迅速将她的嘴捂住，将她推到了门扇上！

姜雪宁吓了个半死！然而借着没关严实的门缝里那道不是很明亮的光，她却一下认出来人，竟是孟阳！

孟阳一双眼眸阴沉，嘴唇紧紧抿着，满面肃杀，然而掌下的肌肤滑腻，过于柔软，这才觉出来人是个女子，眉头不觉皱了皱，一想便认出她来了：“是你？”

姜雪宁在牢狱中初见此人时，便觉危险，然而不久前在篝火旁听这人说起勇毅侯府时的神态，对此人又有些刮目相看，眼下不敢说话，只敢点头。

孟阳头发乱糟糟的，看她片刻，发现她的确没有要大喊大叫的意思，便放开了她，道：“你来这里干什么？”

姜雪宁扯谎：“饿了来找吃的。”

孟阳嗤了一声，也不知信是没信，竟转身摸黑在那灶台上提了个酒坛子起来喝。

姜雪宁便知道这是个误会，对方大半夜不过是来找酒喝的罢了。她也不好与此人攀谈，又琢磨起一个人在旁边，自己要找点东西都有所顾忌，行动上便磨磨蹭蹭，在极其微弱的光线里摸着个土豆，犹犹豫豫着不敢揣起来。

岂料孟阳在黑暗里看了她一眼，双目里锐光闪烁，竟然道：“大家闺秀也会这种江湖伎俩，要装病？”

姜雪宁顿时觉得毛骨悚然！

孟阳却自顾自地喝酒，没有搭理旁人的意思，道：“你们这帮人各怀心思，都能唱出大戏了，拿了土豆赶紧走，别碍着大爷喝酒。”

姜雪宁由惊转愕。

她想了想，这人行事的确古怪，也不像是要与天教那边拉帮结伙的，该是江湖上那种谁也不服的浪荡人物，索性心一横把这土豆揣进袖里要走。

只是临转身时，她又脚步一顿。姜雪宁回头看着黑暗里那个影子，考虑着自己方才脑海里冒出来的那个想法，却有些犹豫。

自发妻去世后，他活在世间便如行尸走肉，杀了自己一家上下后更无半分愧疚之意，只是被关在牢里却无多少酒喝。京里那位谢先生倒是常使人来送酒给他。可孟阳知道，这样看似好人的人送的酒，往往是不能喝的，所以从没沾过一滴。

他莫名笑了一声，看姜雪宁不走，便道：“你装病是想脱身吧？那什么张大人是你的情郎，不一块儿走吗？”

姜雪宁道："正是因他不走，所以我才想是否能请孟公子帮个忙。"

孟阳也是大户人家出身，却很久没人叫过他"孟公子"了。

他觉得有趣："你俩倒是苦命鸳鸯。"

姜雪宁心道她与张遮要真是苦命鸳鸯那也算值了，可张遮于她而言终究是那天上的明月，站在最高的楼头伸手也只能摸着点光。

她心情低落，却不否认自己的一腔情意，只道："我确对张大人有意。听闻孟公子当年也是极好的出身，乃为了发妻报仇才犯下重罪。听您先前于篝火旁为勇毅侯府说的话，我想您并非真的穷凶极恶之徒，又闻您武艺高强，而明日还不知有什么凶险，所以斗胆想请您保他安全。只是不知能帮您办点什么事……"

她竟想请他这样的重犯保护朝廷命官？

孟阳差点笑出声来。然而看着眼前这姑娘一腔赤诚，却想起许久以前也有这么个人真心待他，于是沉默下来，又想起那个张遮，过了很久忽然道："你心甘情愿地为那位张大人，可假若他对你有所隐瞒呢？"

他的亡妻，也是藏了很多事不曾告诉他呢。后来他才知道，那些都是"苦"。

姜雪宁没料着孟阳会问这样一句话，只觉一头雾水，奇怪极了。张遮能有什么瞒着她？

如今的她于张遮而言恐不过是个成日给他找事的刁蛮小姐，令他头疼极了，话也不好说上几句，本来就不熟。她不知道张遮的很多事是正常的，可张遮坦荡，绝谈不上什么刻意的"有所隐瞒"。

她道："那怎么可能？"

孟阳便奇怪地笑了一声，但后面也没说什么，既没答应她，也没有明说拒绝。

姜雪宁等了半晌也没听到他回话，心里便憋了一口气，一跺脚走了。

她揣着那颗土豆溜回楼上，和衣躺下，原是打算睡一会儿，明早天亮便按计划装病，可不承想睡到后半夜，迷迷糊糊间竟觉得浑身恶寒，腹内一阵绞痛，难受醒了，额头上更是冒出涔涔冷汗，整个人似犯了一场恶疾！

她不过是站在窗前吹了风，顶多是受点风寒，怎会忽然之间这般？

姜雪宁踉踉跄跄地起身，却发现自己四肢无力。

不……这不是装病，她这是真病！

走得两步，她却无意中撞了杯盏，"啪"一声，杯盏摔在地上，声音在黎明前的寂静里传出老远，惊动了附近的人。

没片刻外面便有人敲门，是张遮的声音："怎么样了？"

姜雪宁想说话，喉咙却很嘶哑。

于是便听“砰”的一声响，有人将门踹开了，竟有三五个人一道进来了，其中便有先前招呼她去用饭的小宝，一见她惨白的面色便叫嚷起来：“姐姐怎么了，犯了什么病吗？”

★

姜雪宁眼前一片模糊。

她看上去是病得狠了，一张巴掌大的脸上血色褪尽，因为骤然袭来的痛楚，额头上更是密布冷汗，四肢百骸有如针扎一般疼着，一只手扶着桌角却摇摇欲坠。

小宝立时要上来扶她。却没想到旁边一人比他更快，一双原本总是稳稳持着笔墨、翻着案卷的手伸了过来，径直将眼看着就要跌倒在地的她拦腰揽住。

姜雪宁费力地抬眼，却什么也没看清，只是感觉到那将她揽住、用力的手掌间竟隐隐带了几分寻常没有的颤抖之意。

“哎哟，这是怎么了？快快快，把人放到榻上。”

冯明宇自打在城外接了那封信后，便试图从张遮这个可能是“内鬼”的人嘴里套出点什么话来，是以到了深夜还拉着张遮“议事”。姜雪宁这边出事的时候他们正在不远处的客房里，一听见动静立刻就来了，哪里料想到会看到这么个场面？一时之间也惊讶不已。

“晚上吃饭的时候还好好的……”

姜雪宁被张遮抱了放回床榻上，尽管他的动作已经很轻，可只要动上一下，她仍旧觉得腹内绞痛，甚至隐隐蔓延到脾肺之上。偏她又不愿让张遮太担心，一径咬了牙忍着，一张惨白的脸上都泛出点青气。

张遮固然同她说过天亮便装病，可眼下这架势哪里是装病能装出来的？他素来也算冷静自持的人，这时竟觉自己手心都是汗，险些失了常性。站在床榻边，他有那么片刻不知所措起来。

冯明宇见了这架势心知张遮关心则乱，便连忙上来道：“看上去像是犯了什么急病，又或是中了什么剧毒，老朽江湖人士通些岐黄之术，还请张大人让上一步，老朽来为令妹把个脉。”

那疼痛来得剧烈，喉咙也跟烧起来似的嘶哑，姜雪宁怕极了，虚弱地伸出手去拽张遮的衣角。

张遮便只挪了半步，对她道：“不走，我在……”

大半夜里闹出这样的动静，不少人知道了。

萧定非这样肆无忌惮爱凑热闹的自然也到了门外，这时候没人约束，他便跟着踏了进来，还没走近，远远瞧见姜雪宁面上那隐隐泛着的青气，眼皮就猛地跳了跳。待他瞧见小宝也凑在近处，心里便冒了寒气。

冯明宇抬手为姜雪宁把了脉。众人的目光都落到了他的脸上。可没想到他手指指腹搭在姜雪宁的腕上半晌，又去观她的眼口，竟露出几分惊疑不定之色，张口想说什么，可望张遮一眼又似有什么顾忌，没有开口。

张遮看见，只好问道："冯先生，舍妹怎样？"

冯明宇有些犹豫。

张遮眉间便多了几分冷意，甚至有一种先前未曾对人显露过的凛冽之气："有什么话不便讲吗？"

"不不不，这倒不是。"冯明宇的确是有所顾忌，可一想他从未吩咐过手底下的人对姜雪宁这样一个女儿家下手，是以倒敢说一句问心无愧，便解释道，"令妹此病来势汹汹，看着凶险得很，但不曾听过有什么急病如此，倒、倒有些像是中了毒……"

小宝大叫起来："中毒？！"

张遮的目光顿时射向冯明宇。

冯明宇苦笑道："老朽便是心知张大人或恐会怀疑到天教身上，所以才有所犹豫。只是老朽一行已到通州，实无什么必要对令妹一小小弱女子下手。不过老朽对医术只通皮毛，看点小病小痛还行，大病大毒却是不敢论断。当务之急，还是先为令妹诊病才是，这样下去恐有性命之忧啊。"

黄潜皱眉："可这会儿天都还没亮，去哪里找大夫啊？"

小宝却灵机一动道："有的，永定药铺的张大夫是住在铺里的。只是姐姐病得这样急，去叫人怕耽搁了病，我们把姐姐送过去看病吧！"

听到"永定药铺"这个四字，张遮心底微不可察地一震。

他霍然回首看向了小宝。这到了天教之后才遇到的小孩儿一张圆圆的脸盘，用红头绳扎了个冲天辫，粗布短衣，穷苦人家寒酸打扮，一双看着天真不知事的眼底挂满忧虑之色，似乎只是出于对姜雪宁的关切才提起了"永定药铺"。

然而此刻已经不容他多想，一是担心姜雪宁有性命之忧，二是永定药铺确乃朝廷所设的消息通报之处，姜雪宁能去那里自然最好。

他当即俯身便要将人抱起，让人带路。

没料想冯明宇见了却面色一变，与黄潜对望一眼，霍然起身，竟挡住了张遮，道："张大人，眼见着离天明可没多久了，原本您是山人派来的，我等已经向教中通传，说一早便要带您去分舵。您若带了令妹去看病，我们这……”

是了，天教现在怀疑他，怎可能放他带姜雪宁去看病呢？张遮的心沉了下去。

众人说话这一会儿，姜雪宁已经没了精神和力气，也不知怎的痛楚微微消减下去，反而一阵深浓的疲惫感涌上来，她竟手上力道一松，原本拽着张遮衣角的手滑落下来。

张遮的面色便变了变。他不欲退一步，天教这边以黄潜为首的人却都按住了腰间的刀，显然是得了密令，隐隐有剑拔弩张之势。

这时候，小宝立在屋里，看了看左边，又看了看右边，也不知到底有没有看懂眼前的局势，咬了咬牙，怯怯地举起一只手来，道：“要不，我带姐姐去看病？”

张遮的目光近乎森寒地落在他身上。

黄潜则喝道：“你胡闹什么？！”

冯明宇却思量起来，没说话。

小宝脆生生地道：“这通州城里就没有我不熟的地儿，我上过几天私塾，得先生教导识得几个大字，‘永定药铺’四个字我肯定不会认错的！张大人和左相大爷若不放心，多派两个人跟我一块儿去就好。”

黄潜想呵斥这不知天高地厚的小子。

冯明宇却抬手一拦阻止了他，竟对张遮道：“张大人该也知道，您乃度钧先生的人，若是有贼子对令妹下毒，必然有所图，我们可不敢让您出半点差错。小宝年纪虽小，人却机灵，对通州这地界儿的确也熟。我们多派两个人同他一道，即刻送令妹去永定药铺，一则不耽误令妹的病情，二则也不耽误您去分舵的行程。若令妹的病情有了分晓，便叫小宝立刻来分舵禀报，如此可好？”

张遮的目光定定地锁在小宝身上。

小宝却难得正色地向张遮躬身一揖：“还请张大人放心，小宝一定照顾好姐姐。”

他双手交叠拱手行礼。

张遮微一垂眸，看见了他无名指左侧指甲缝里的一线墨黑痕迹，心内交战，已知道这背后另有一番谋划，可为保姜雪宁安全，终究缓缓闭上眼，默许了。

他亲自把昏睡的姜雪宁抱上了马车。

她昏过去后，疼痛似乎减轻了不少，只是仍旧锁着眉头。

张遮掀帘便欲出去。只是犹豫了片刻，他还是怕外头风寒吹冷了汗让她着凉，抬袖慢慢将她光洁的额头上密布的汗擦了。

天教这边除了小宝外，果然另派了两条好汉，正好一个驾马，一个防卫。小宝则在车内照顾姜雪宁。

张遮从车内出来时，小宝立在车边，背对着天教众人竟朝他咧嘴露出个笑来，然后便埋头进了车内。

马鞭在将明的夜色里甩动，车辕辘辘滚动，不一会儿马车便消失在寒冷的街道尽头。

“刺啦。”

黑暗里有裂帛似的声响传来，又仿佛是什么东西炽烈地喷溅在了墙上，紧接着便是“咚咚”两声倒地声响。

姜雪宁迷迷糊糊之间听见，紧接着便感觉一阵异香向着自己飘了过来，在她呼吸间沁入了她的脾肺，就像是一场清凉的大雨哗啦啦下来将山间的尘雾都洗干净了似的，原本困锁着她的那昏昏沉沉的感觉也倏地散了。

又有谁往她嘴里塞了枚丹丸。她也没品出是什么味儿，入口便化了。

恍惚间梦醒后，她只觉得自己像是梦里去了一遭地府，被小鬼放进油锅里炸过，睁开眼时，周遭一片寂静。

她竟是在马车上，只是此刻马车没有行驶。小宝就半蹲在她面前，身上还带着股新鲜的血气，见她醒了，才将手里一个小小的白玉瓶收了起来，一双炯炯有神的眼睛在黑暗里仿佛在发光，竟道：“姜二姑娘醒了。”

姜雪宁悚然一惊。

她先前昏睡过去，并不知道中间发生了什么，乍听见这熟悉的称呼，头皮都麻了一下，紧接着才认出眼前之人是小宝，瞳孔便一缩，已明白大半：“是你下药害我？”

此刻小宝脸上已没了先前面对天教众人时的随性自然，反而有一种超乎年龄的成熟，解释道：“权宜之计，也是为了救您出来，昨夜不得已才在您的饭菜里下了药，也就能顶一个时辰。还好事情有惊无险地成了。”

姜雪宁盯着他没有说话。

小宝却拿出个小小的包袱，里面还有几锭银子，道：“这是盘缠，天明之后通州将有一场大乱，对面街上便有一家客栈，您去投宿住上一夜，千万不要乱走，顶多一日便会来人接您。”

由危转安，不过就是这么做梦似的一场经历，姜雪宁听完他这番话后竟不由得呆滞了半晌，回想起这一切的前因后果，便已经明白：朝廷既然是要撒网捕捉天教之人，自不至于让张遮一人犯险，暗地里肯定还有谋划。可张遮与她约好装病在先，这小宝却横插一脚给她下了药，显然双方都不知对方的计划。也就是说，至少张遮绝不知有小宝的存在！

姜雪宁心底突地发冷。坐在马车内，她动也没动上一下，声音里带了几分寒意，忽问："你是谁的人？"

小宝惊讶于她的敏锐，可除了知道眼前这位小姐乃先生的学生和自己要救她之外，也不知道什么旁的信息了，出于谨慎考虑，他并未言明，只是道："总之不是害您的人。"

姜雪宁又问："张大人呢？"

小宝顿了一下，镇定地道："您也知道永定药铺有布置，朝廷早有天罗地网，无须担心。"

是了，永定药铺是朝廷接应的地方。

对方一说，姜雪宁才道自己差点忘了，一下笑起来，心里虽还有些抹不去的疑惑，但也安定了几分，向小宝道了谢："有劳相救了。"

"您客气。"

这时辰，冯明宇那边的人也该去分舵了。

小宝知道先生还有一番谋划等着自己去完成，不敢耽搁，但仍旧再一次叮嘱姜雪宁在客栈等人来接后，才一掀车帘跃了出去，一身不起眼的深色衣裳很快隐没了踪迹。

在客栈里等着，不出一日便有人来接……姜雪宁在车内撩开车帘朝街对面看去，果然有一家看着有几分气派的客栈伫立在渐渐明亮的天色中。可为什么她看着竟觉那像是座森然的囚笼？

她转回目光，几锭银子就在面前放着——一百两，足够她去蜀地了。

这念头骤然冒了出来，像是魔鬼的呢喃，她压都压不下去。姜雪宁垂眸看着，抬手拿起一锭银子来，耳畔只回响起那日午后的河滩边，张遮那一句：不想便不要回。

★

年关既近，游子归家，浪夫还乡，道中行人俱绝，鸡鸣时分，格外安静。

然而在官道旁那一片片已经落了叶只剩下一茬一茬枯枝的榆杨树下，却集聚了黑压压的一片人，个个腰间佩刀，身着劲装，面容严肃。

人虽然多，可竟没有发出半点声音。众人的目光或多或少落在最前方那人身上。

浓重的雾气越过了山岭，蔓延出来，将前方平原上的通州城笼罩了大半，是以即便距离不过寥寥数里，城池的轮廓也模糊不清。

谢危照旧穿着一身白衣，身材颀长，高坐在一匹枣红色的骏马之上，虽未见佩什么刀剑，却脱去了朝堂上的三分文儒之气，反而有一种寻常难见的锐气，渊渟岳峙，如刀藏鞘。

清冷的雾气扑到人面上，却有一股肃杀之意。

刀琴、剑书皆在他身后。

眼下所有人虽然没有拔刀亮剑，可尽数面朝着那座通州城，紧紧地盯着什么。

东方已现鱼肚白。

几乎就在清晨第一缕光亮从地面升腾而起、射破雾气的刹那，城池的边缘一缕白光自下而上腾入高空，如同一道白线，转瞬即逝。

刀琴、剑书顿时浑身一震。

一场好局筹谋已久，正是绝佳的收网时刻，只是他心底竟无半分喜悦之意。谢危自也将这一缕白光收入眼底，眼神幽深，面上却无半分神情，如神祇般不可企及，抬手轻轻往前一挥，垂眸道："走吧。"

京城和宫廷对她来说意味着什么呢?

从马车上下来的那一刻，姜雪宁凝视着街对面的那家客栈，思索了许久。

城池中轻轻浮动的雾气随着冬日的冷风扑到了她的面上，沾湿了她朴素的衣裙，让她垂下头来，忍不住打量了下此刻的自己。

没有满头的钗环，没有束缚的绫罗，她不用去考虑俗世的礼教，不过在这距离京城仅数十里的通州城里，就已经没有人识得她的身份，没有人见过她的样貌，自然更不会有人知道她是姜家倒霉的二姑娘，是宫里乐阳长公主的伴读。

所有的包袱在一瞬间都丢下了。

人若没有经历过，只凭着幼年时那些臆想，永远不会明白对自己来说什么最重要。

曾经婉娘告诉她，女人天生便要去哄骗男人，天生便该去求那荣华富贵，世上最尊贵、最成功的女人就该坐在皇帝身边，执掌凤印，让天底下其他的女人看她的眼色过日子。

她受够了乡间那些势利的冷言冷语。后来回到京城姜府，得知自己真正的身世，她更生不平之心、不忿之意，想那高高在上的老天爷是欠她的，便一意钻了牛角尖，千辛万苦地爬到了那六宫之主的位置上。

荣华有了，富贵有了，可她拥有了这些，旁人便会觊觎，日子反而没有在乡野之间安生。想出宫更是做梦，她想看个灯会，央了沈玠，这位儒雅懦弱的九五之尊也不能带她去市井之中体会真味，固然为她在宫里准备了一场灯会的惊喜，然而落到那一起子清流大臣的口中又成了她奢侈靡费、轻浮粗浅。

这样是错，那样也是错，若按她当年乡野间的脾气，她早拎起根棍子来，一个个朝着这些胡说八道的老学究敲打过去，不打个头破血流不放过。

可她偏偏是皇后。

她后悔了想扔了凤印走吧，依附着她的权臣弄臣不允，更有六宫之中的宠妃虎视眈眈，指不准她前脚走，后脚便横尸荒野。更何况前有不答应的沈玠，后有谋反软禁她的燕临。

一座宫廷，竟是四面高墙，十面埋伏，渐渐她连觉都睡不好，长夜难安眠。

"犯不着，实在犯不着……"姜雪宁一跺脚，终是想清楚，下了决心，"本宫手里有钱，还有芳吟这大金主，离了京城就是海阔凭鱼跃，天高任鸟飞，去哪里过不了好日子？管他们斗个你死我活呢！料想张大人那边我一介弱女子也帮不上忙，不如趁此机会先走了，免得被他们抓回京城还要受气！"

一念落地，她最后看了那间客栈一眼，竟直接转身，不进客栈，反趁着清晨时分通州城刚刚在光亮里醒来，道中行人不多，脚步轻快地一径朝城门的方向行去。

身上带的银两足够她去蜀地。昨夜她入城的时候就注意过，沿途有一家租赁马车的店铺，自己手里的钱足够买个丫鬟和车夫，如果买个身强力壮的护卫，一路去蜀地也就安全些。

冬日天亮得晚，来往城中的外乡人虽然已经少了，可商铺的生意照做，无不是想趁着这年关时节多卖些年货，也好过年那一天给家中多添上几碗肉。

所以姜雪宁走着走着，路上的行人就渐渐多了起来。

马车行就在前面。

一杆旌旗从寒风里斜出来，大门里正有人出入。

距离马车行不远的地方，却有人在街上支起了茶棚，刚烧上水要给落脚的人沏茶。

"今年这天可真冷啊。"

"这怎么就算冷呢？那塞北才叫冷呢，我才从京城回来，听人说今年鞑靼派使臣来进贡时路上都冻死了几匹马……"

"呸，什么进贡啊，人家那是来求和亲的！"

“一回事，哈哈，一回事……”

……

姜雪宁原本只是从这茶棚旁边经过，要去前面的马车行，闻得“和亲”二字，脚步便陡地一顿，转头向那茶棚之中看去。

茶棚里坐着的那些人衣着各异，贫富皆有，面容也尽陌生，可她看了却恍惚觉得熟悉。

她依稀又回到尤芳吟远嫁蜀地那一日，出了京城，过了驿站，仿佛相似的茶棚里坐着仿佛相似的商客，连说的话都仿佛相似。

日头照亮的天幕一下漫卷灰云，鳞次栉比的房屋与陈旧静默的城墙顿时退得远了，坍塌倾颓成一片长满衰草的平原。

尤芳吟系着红绸的马车已经远去，禁卫军却在马蹄滚滚的烟尘中靠近。

她想起自己压不住那股怆然的冲动，去问沈芷衣：“殿下也不想待在宫里吗？”

那一身雍容里带着几分沉重的女子分明与自己年纪相仿，却好似已堵了满怀的积郁，但将放远的目光收回，寂静地望着她，仿佛看开了似的一笑，表情云淡风轻。

谁想呢？

她说，谁想呢？

谁又想待在宫里呢？

“让一让、让一让！”

大街上有伙计推着载满了货物的板车急匆匆地行来，瞧见前面路中立着个人，动也不动一下，不由得着急地大声喊着。

姜雪宁脑海里那些东西这才“轰隆”一声散了。

没有衰草，没有灰云，没有原野，也没有沈芷衣，只有这灌满了烟火气的市井里喧嚷的人声，还有周围人异样好奇的目光。

她醒悟过来，连忙退开。

推车的伙计也没注意她长什么样，慌忙把车推了走，只嘀咕了一声：“大清早在路上梦游，搞什么呢？！”

姜雪宁看着这人走远，才记起自己是要去赁马车的。然而当她重新迈开脚步，却觉脚下重了几分，心里面竟涌出一阵空寂的惘然，攥着那小包袱的手指慢慢紧了，走着走着也不知怎的就走不动了，停在一处还未开门的商铺前面，怔怔望着前面不远处的马车行。

大约是她站得久了，旁边这铺面里头一阵响动，紧接着便是门板被翻开的声音。

一名穿着青衣的药童打开门，手里拎着块方形的写有“永定”二字的牌子，正待挂到外头，一抬头看见外头立了个姑娘家，便下意识地问了一句：“您是来看病的吗？”

姜雪宁心里装着事，心不在焉，转头一眼看见这药童手里拿着招牌，才发现自己又碍着了人开门做生意，便道一声“不是”，道过了歉，往前面走去。

然而才走几步，她便觉出不对。方才那药童手中拎的招牌电光石火一般从她的脑海里闪过，只留下上头的“永定”二字，让她一下停住了脚步，转过身走回来问：“这里是永定药铺？”

小药童才将招牌挂上，见她去而复返，有些茫然，回道：“是啊。您又要看病了？”

姜雪宁向这药铺一打量，周遭人来人往，却没有半分戒备森严的样子。

她心下一沉，又问：“方才可有个十几岁的小孩儿来过？”

小药童只道她是来找人的，道：“没有见过，可是姑娘丢了亲眷？”

姜雪宁的眉头狠狠地跳了一下：“没来过？！”

那小宝方才却故意同自己提了永定药铺……

她本以为对方会来传信！

不对，这件事真的不对！

姜雪宁想到这里实在有些冷静不下来，二话不说踏进门去，径直道：“你们的大夫在哪里？我有要事要见他！”

永定药铺的张大夫的医术在这通州城里算得上是人人称道，这一宿睡醒才刚起身，倒是一副老当益壮、精神矍铄的模样，刚拿了一副针从后堂走出来，见有人要找他，只当是谁家有急病要治，还劝她：“老夫就是，姑娘莫急，好好说说你家谁病了，什么症状，老夫也好有个准备……”

姜雪宁哪里要听他这些废话？

她根本不待对方说完便打断了他，道：“张大人有败露身份之险，已随天教去了通州分舵，朝廷的援兵在哪里？”

张大夫睁大了一双眼睛，听了一头雾水：“什么？”

姜雪宁忽然愣住：“你不知道？”

张大夫还从未见过这样莫名其妙的人，只疑心是来了个有癔症的，秉承着一副悬壶济世的仁义心肠，回道：“您是不是找错地方了？”

姜雪宁浑身的血一寸寸冷了下来。

她问道：“请问大夫，通州城里有几个永定药铺？”

张大夫道："就老夫这一家啊。"

姜雪宁脑海里瞬间掠过了张遮、小宝、冯明宇、黄潜等人的脸，身形顿时晃了晃，险些没站住，退了一步才勉强稳住，脸色已然煞白。

永定药铺是假的。

朝廷有支援也是假的。

那张遮怎么办？

张大夫瞅着她："姑娘，您看着气色不大好啊。"

姜雪宁却梦呓似的问："大夫，去衙门怎么走？"

张大夫没怎么听清，还道："药铺里也没病人，要不您先坐下来歇口气？"

姜雪宁此刻心急如焚，哪儿能听这老头絮叨？她面色一变，已显出几分肃杀之意，大声问他："我问你府衙怎么走？！"

★

"天教创立由来已久，三十多年了，原本是江南一些失田失产的流民啸聚山林而成，专与官府作对，在江湖上称作'大同会'，也不成什么气候。直到教首他老人家途经此地，以道化之，在山中讲道十余日，会众皆以为是神仙下凡，推举为首。之后他老人家便改'大同会'为'天教'，说我等不再是绿林中的流匪，而是与佛道两家并举的新教派。一来免了犯上作乱之嫌，二来传教布道于五湖四海，多的是人信奉加入，各省广建分舵，兄弟们若有个万一，照应起来实在方便。"

通州城内，黄潜一边走一边笑着朝前指。

"张大人看，前面就是通州分舵，还依了数十年前的旧规矩，建在道观里。兄弟们早在后山恭候。"

张遮抬眼看去，果然是一座道观。

这通州城城西靠山，乃天然的屏障，山势虽然不高，却也有几分秀美之色，栽种的乃经冬的老松。山脚下建了个门，顶上挂了"上清观"三个字，看匾额与建筑都有些陈旧了，是上了年头，甚至外面看着已经很是破败，想来平常没什么香火。

自看着小宝驾车送姜雪宁去永定药铺看病后，张遮就有些心不在焉，冷漠的面上微有凝重之色。

见了道观，他也只是点了点头。

天教的渊源在民间传得神乎其神，然而在他这样知道其底细的朝廷官员眼中，无甚诡谲神秘之处。

黄潜说得大致不错，早年天教乃没了田产的流民聚成的“大同会”，为的是对抗乡绅或者打劫来往客商，以求得一席生存之地。但先皇登基十五年左右的时候，也就是德正十五年，佛道两教之中出了一件不大不小的事。

道教是本土教派，盛行中土已久，无奈二百余年前佛教自西传入，正逢乱世，大江南北一时信众无数，隐隐不输道教。两家修庙的修庙、起观的起观，不时争夺教众与地界，互有摩擦。

及至先皇登基时，佛教已蔚然成风。

当时佛教以白马寺为首，先皇甚至亲临过白马寺祈福上香，住持方丈便是本朝如今的国师圆机和尚；道教则以三清观为尊，据传有千年道统，观主道号“真乙”，人皆尊称一声“真乙道人”，也是精通道法。

未料那一年，两教相争，闹得很大。

两教都有心要在地位上争一争，于是圆机和尚与真乙道人约在泰山脚下论道，各凭佛道真法较量个高下。一时间修者信众云集泰山脚下听二人讲道。

因时日已久，当年盛况只留下只言片语，最终的结果却广为流传——道教这边真乙道人惨败。

坊间传言圆机和尚在与真乙道人论道数日后，当场戳穿了许多道观掳掠民女，藏污纳垢，有如娼寮，更指那真乙道人乃妖魔降世，祸乱天下，是一名“妖道”，作法使其显形。

人皆哗然。

三清观被人砸了个干净，真乙道人落荒而逃，从此销声匿迹。圆机和尚经此一役则是声望大涨，白马寺的香火更是日渐鼎盛。

然而少有人知道的是，真乙道人并未真正消失。他摇身一变，为自己改了个俗家名字，取“万事皆休”之意，唤作“万休子”，瞅准了一个民不聊生的好时机，以“大同会”传教布道，竟藐佛弃道，自创“天教”，卷土重来，其教义却是以“天下大同”为旨，海内互助，皆是兄弟，因而广为传颂。

天下是贫苦百姓居多，得闻教义无不欣喜，因此没用数年天教就成了气候。二十年前平南王谋逆更是得其襄助，才能一举打到京城，差点便推翻了大乾皇帝的龙椅。

到底当年论道的真相如何，张遮自是不得而知，可依常理便可推论，如今唤作“万休子”的正在天教当教首的这位“真乙道人”，必然还记恨着当年的仇怨。圆机和尚四年前襄助沈琅登上皇位，功劳还压了谢危一头，又因在佛教德高望重，被封了国师，只怕更让这位教首视之如眼中钉肉中刺。

天教既是自比佛道，分舵鸠占鹊巢，藏在寺庙、道观之中，便也不稀奇了，只是不知其中有多少凶险正待人踏足。

眼下随行的天教众人几乎都从通州分舵来，往这上清观走时，皆轻车熟路。

狱中逃犯们尾随在后，皆面有忐忑之色。

萧定非大冬天的手里还摇着把骚包的洒金折扇，四处打量，五官虽然俊俏风流，神情里却有点不安分的感觉。

他看了看那道观门口。外头守着几个道童，都是机灵模样，远远见着他们来便通传去了。

萧定非便觉脚底灌铅似的沉。眼看着要到那道观台阶前了，他眼珠子骨碌碌一转，顿时“哎哟”了一声，抬手捂住自己的左肋称自己肺疼，也要去看大夫。岂料冯明宇早知他的德行，虽不知他为什么临到分舵前要装这一出，却谨记教首给的要看好他的吩咐，半点也不买账地道：“吴舵主就在观里，公子既如此不适，还是进去老朽先为公子看看，不行再为公子找大夫，如何？”

萧定非一张脸顿时就绿了。

他左右一看，都是天教教众，要走实在不行，末了只能与众人一道进入道观。

这“上清观”乃通州本地道观，自多年前佛道论法道教式微后，里头的道士便渐渐跑光了，倒便宜了天教占之为巢穴，背靠一座矮山，端的是得天独厚。

道童在门口相迎，见面却说“恭迎黄香主”，手一摆，脚一动，便引众人入内。

外头看着冷清，可还隔着一道门，一行人就听见里面人声喧嚷，高声大笑。张遮随黄、冯二人穿过这道门，便见宽阔的大殿外有一片平地，黑压压地挤满了人，衣着各异，却是一样的壮硕草莽。十数缸烈酒排在走廊下头，大冬天里酒味飘散开来，竟像是要将这一座道观都点燃般，充满了辛辣味！

那引他们进来的道童大喊了一声：“黄香主、冯左相回来了！”

门内众人顿时一静，旋即便是一声震动耳膜的朗笑从那大殿之中传来，人随声出，是个身材适中的中年人，下巴上蓄了一把黑须，披着件玄青外袍，步伐沉稳矫健，双目精光四射，径直向冯明宇等人迎来：“哈哈哈，冯先生、黄香主终于功成归来，可喜可贺啊！”

这便是天教通州分舵的舵主吴封了。

冯明宇、黄潜二人立刻自谦起来：“都是分舵的兄弟们出力，我二人可不敢居功。”

吴封扫一眼就看见了“多出来”的那部分人，十分满意：“这一回不仅救出了咱们教中弟兄，还从牢狱中带来了这许多义士，又为我教势力壮大添砖加瓦。这功劳报上去，教首必定重重嘉奖！”

牢里这帮人以孟阳为首，的确算是蒙天教的恩惠才从牢狱中脱身的，一路跟着天教的人来了通州，也的确有加入天教的打算。

可如今都未寒暄一句，问过他们，吴封就说是“为天教势力添砖加瓦”，说得倒像他们是来投奔的一样。这让许多人暗自皱起了眉头。

这帮江洋大盗实不是什么善类，来时便与天教教众有过些口角，现在听到吴封这话着实不大舒服。

孟阳就站在后面，唇边浮上了一抹笑，目光从天教这帮人身上晃过，落到了张遮身上。

张遮人在贼巢，倒是半点也不慌乱，转头也看向孟阳，片刻之后便平静地垂下了眼帘，暂未有什么反应。

冯明宇却趁此机会将话题转到了张遮身上，笑着道：“便是连这个我等也不敢居功。想来舵主已经听说，此次除了咱们通州分舵之外，度钧先生在京城也派了强援呢。若无这位张大人施以援手襄助，我等可不会这么顺利地救出人来，说不准还要中朝廷阴险的埋伏！”

于是吴封“哦”了一声，目光望向张遮，精光四射，藏了几分探究之意，面上倒是豪爽模样，拱手便道：“久闻度钧先生之名，却从来无缘得见，今日能见大人，也算是见着先生他老人家一面了。张大人人在朝中，也肯躬身效命天教，实在是深明大义，忍辱负重啊！吴某佩服！”

江湖人有江湖人的行事作风，可张遮不大习惯，又不善言辞，敷衍谦逊两句便没了话。

吴封也不觉尴尬，只叫倒酒来。

挤挤挨挨一道观的人都把粗陶碗举起来高呼“敬天敬地敬大同”，仰脖子咕噜噜地就喝下去三碗，倒是一副豪气干云的模样。

张遮不惯饮酒，但在这局面下推拒不得，仰头与众人喝了三碗，但觉烈酒割喉，烧到心肺，呛人欲咳，心里却越发冷静，未露丝毫怯色。

众人见了都为他鼓掌叫好。

只是喝完酒，冯明宇便面露为难之色，道：“舵主，老朽这里有件事，不知该说不该说……”

说完他看了看周遭。

吴封会意，笑道：“那就进去说，请！”

他一摆手，请众人到殿中去。

大殿里列着三清祖师像，上首两把交椅，吴封坐了左边那把，右边那把竟留给了萧定非。余下众话事者依次落座。

大约是因“度钧山人”，冯明宇等人请张遮坐在了左下首第一的位置。另一些教中有资历的人，则都留下来簇拥在众人身后或者站在殿门外。孟阳没座位，长手长脚地抄了双臂站在角落里，唇边挂了一抹怪异的笑容看着。

方才在外头还好，众人一进到殿中，莫名有些安静。

这地方依山而建，本就阴冷，安静下来更有一种诡异的紧绷与森然气氛，再环顾四面，气氛已隐隐有了变化。吴封问冯明宇：“左相是有何为难之事？”

冯明宇便从自己袖中取出一页卷起来的纸，上头写有小字，还点了个极特殊的远山徽记，只向吴封一递，拈须道：“此乃昨夜老朽于通州城外收到的密函，吴舵主也是教中老人了，想必一眼能看出这徽记从何来。”

吴封见到那徽记顿时一震，声音都微微抖了一下，道：“竟是度钧先生亲笔来的密函！”

冯明宇笑了笑，目光却有变化，又似有似无地看张遮一眼，道：“正是。教中皆知度钧先生与公仪先生共为教首左膀右臂，神机妙算无遗策。可这封密函，老朽却有些参不透。”

张遮察觉到了冯明宇的目光，眉眼低垂，没有言语。

吴封细读那密函后，脸色却变了三变。

萧定非自打在右上首坐下后便跟坐在了钉子上似的，屁股不老实，恨不能一蹦逃个老远，他一直在暗中关注众人的神情，一见吴封这般，心里便打了个突。

他问：“写了什么？”

吴封的面色彻底冷了下来，微寒的目光竟从这殿中所有人脸上扫过，然后才道：“先生密函指点，此番入京劫狱，教中行动提前泄露，乃有内鬼作祟，且这内鬼随教众一道回来，欲对我教不利！”

“内鬼！”

“轰”的一下，吴封此言一出，整座殿内顿时人声鼎沸，炸裂开来！

尤其是此番从京中回来的那些人更是满面惊愕，相互打量，眼神里充满了怀疑和戒备，独张遮岿然不动，孟阳冷眼旁观。

冯明宇一路与众人同行，虽已经对张遮再三试探，心里的怀疑却始终未能抹去，因而首先便向张遮发难，貌似和善地笑起来：“张大人既效命先生麾下，今次又特为劫狱之事而来，不知是否清楚这‘内鬼’是谁？”

张遮饮了三碗酒，太阳穴突突地跳，但他依旧面冷容肃，正襟危坐，道：“张某奉命协助劫狱之事，早几日便已离京，密函却是昨夜才来，左相大人来问张某，却是为难了。”

冯明宇似乎料着他会说这番言语，又道：“那张大人既是先生的得力门客，缘何先生密函中竟未提及大人半句？”

张遮敛眸：“事大情急，区区张某何足道？”

冯明宇嘿嘿一笑：“张大人说话可要想清楚啊，令妹人在病中，我教感念大人出手相救才派人悉心照料，大人若不以诚相待，实在让人寒心！”他这话一出口，俨然是以姜雪宁相要挟！

须知陪着姜雪宁去看病的那两人都是天教教众，小宝年纪小，冯明宇怕交代他，他管不住嘴说出去，是以只暗中叮嘱了那两名好手，要他们无论如何把姜雪宁控制住，成为他们手中重要的筹码。

果然，他此言一出，张遮面色微变！

他身上穿着深色袍服，一手搭着座椅扶手，一手轻轻搁在膝上，长指蜷曲，只一刹眉梢眼角已沾染了寒气。

他抬眸与冯明宇对视。

这一刻，冯明宇也不知怎的，竟觉整条脊骨都颤了一下，像是被剔骨刀敲中了似的，一阵悚然，紧接着竟听此人冷冷地道：“原本一路还不敢确定，毕竟左相常在金陵总舵，自称是奉教首之命来协理劫狱之事。然通州已有吴舵主坐镇，并不缺主持大局之人，可左相大人得信函后忙着撇清自己，抹黑张某，终是露了马脚。”

冯明宇万万没料到他竟倒打一耙，骇得直接站了起来，一张脸赤红如猪肝，勃然大怒：“竖子安敢血口喷人？！”

殿内众人不由得面面相觑。

张遮却平静得很，只轻轻将衣袍下摆上一条褶皱抚平，道：“张某乃朝廷命官，若非投在先生门下，效命本教，何至于身犯险、舍利禄来蹚这浑水？于情于理，皆属荒谬。”

“你！”

冯明宇整个人都惊呆了，根本不敢相信这一路上寡言少语的张遮此刻一句句话都是口吐刀剑，看似平静，实则藏着万般凶险！

是啊，要探消息，朝廷派个小喽啰便可，何必派这么个断案如神、素有清誉的朝廷命官？

冯明宇心里已经乱了几分。

他想为自己辩解，一时却没整理清楚思绪，半截埋进土里的身子发颤，只道：

“老夫在金陵总舵谁人不知谁人不晓？好个张遮，倒会颠倒黑白！吴舵主，你听老夫一言，先将这张遮抓起来，但请教中发函给度钧先生，以此事相询，此人必将原形毕露！”

冯明宇在金陵的确是一号人物。他想自己说了，吴封该会照办。不承想说完后半天不见动静，他转头一瞧，吴封踌躇的目光从他身上转到张遮身上，又从张遮身上转回了他身上，却是一副为难模样。

冯明宇心里顿时叫了一声：好啊！个人有个人的打算！

总舵远在金陵，与通州是一南一北，通州分舵虽听总舵调遣，暗中监视着京中动向，但毕竟相隔太远，“将在外，军令有所不受”。况且通州离京城实在是太近了，吴封一面要听总舵调遣，一面只怕还要忌惮着度钧山人这边。若张遮确系度钧山人门下，先将张遮绑了再发函问询，只怕会触怒度钧那边。

吴封也有自己的顾忌。

眼见场中气氛已是剑拔弩张，人人都朝他看来，他不由得再三考量，试图缓和气氛：“劫狱一行回来之人众多，倒不该急着下定论，只怕没抓着那真正的内鬼，反倒伤了和气，不值当。”

张遮垂了眼帘不言，外人看他是半点也不心虚，着实不像是朝廷的内鬼。

冯明宇哪里又肯听吴封之言？若论在教中地位，他实比吴封还要高出一截，对方之言此刻已触怒了他，他当即摸出腰间令牌便要发作。

然而就在这一触即发的时刻，边上一道不大有底气的声音却响了起来，竟是右上首玩了半晌扇子的萧定非。

他那一柄洒金折扇已经收了起来，扇柄轻轻一顶自己那轮廓分明的下颌，唇边仿佛带笑。他咳嗽了一声，一副不大好意思的模样：“那什么，吴舵主，度、度钧先生的密函，可否借我一观？”

所有人都愣住了。一路上回来，现在谁不当这位逃难全当游山玩水的公子哥儿是绣花枕头一包草？没人指望这种场合他会说话，可这时候他竟插话要借度钧先生的密函一观？

张遮陡然忆及在破庙外初见时，萧定非打量自己的怪异目光。他不着痕迹地看了角落里的孟阳一眼。孟阳站着没动，目光掠过张遮，却一错不错地注意着场中所有人的神态动作。

吴封对教内这位定非公子倒是有所耳闻，迟疑了片刻，道：“您看这个……”

萧定非风流的桃花眼眯了起来：“密函给我看看，我告诉你内鬼是谁。”

观内静了片刻，随即众人窃窃私语起来。

冯明宇也错愕了片刻，倒不知这自己和吴封都没看出深浅的密函，萧定非能看出什么名堂。但萧定非的身份到底不一样，吴封一想，便将密函递了过去。

萧定非接过密函打开细看。

这一时观内忽然静得落针可闻，众人的目光都落在这浪荡公子的脸上，恨不能从他的眼缝里看出点什么端倪。

那密函也就薄薄小半页，萧定非却看了许久。

吴封、冯明宇等人觉得心跳都快了，一会儿后没忍住问："公子，怎样？"

萧定非把头抬起来，轻轻将纸页折了，却看向张遮，向他一扯嘴角，竟道："张大人，路上忘了同你讲，在下非但见过度钧，且还知道先生从来不住在山中。"

他话音落地的刹那，张遮眼角一跳。

冯明宇骤然大笑起来："好啊，果然是你！"

吴封更是高喝一声："拿下！"

周遭早有人握好了刀剑，听命向张遮砍去。

张遮皱起了眉，眼见刀近身，他没动。斜刺里却有一道白影暴起，竟比任何人都要快上三分，也不知从何处夺来柄刀，劈手便将距离张遮最近的一名教众撅翻在地！

利落狠辣的一刀从面门划进胸膛，哗啦啦飙了一腔血，持刀人浑似沐浴在血中。

冯明宇等人见着，不由得骇叫出声："孟阳！"

第五章 相救

体格精壮的男子随便穿着一身葛布粗衣，甚至有些不能蔽体，乱糟糟的头发大半披散下来，轮廓清晰的下巴上满布着青色的胡渣。方才在外头喝过了酒，身上还沾着浓重的烈酒的味道，这般看上去竟有些落拓颓唐气。然而那一双锐利的眼浑无半点应有的醉意，利得像是出鞘的刀剑。

他手里提着一柄寻常的朴刀，不寻常的是刀尖上滴着犹带余温的血。

此刻的孟阳俨然一尊杀神！

先前动刀的那天教教众一双眼还朝天瞪着，人却已经仰倒在地，喉咙里发出沙哑的声音，片刻后气绝身亡。

众人见之不由得胆寒，一闪念间便想起了有关孟阳的种种可怕传闻，纵然他们人多势众，却也不是什么大恶之徒，一时间都吓得立在当场，竟没跟着扑杀过去。

直到此刻，张遮才站起来，衣袍上溅了鲜血，他瞧见也没皱一下眉头，只是将那椅子往旁边拉开些许，给自己挪出条道来，向孟阳淡淡地道：“有劳了。”

孟阳也不回头，洒然得很：“客气。”

这架势实在有些旁若无人。

若说冯明宇等人先前是骇多，眼下便是怒多，火气蹿上已拍案而起，沉声喝道：“孟阳你是什么意思？！”

孟阳被关在牢里久了，有些时日没舒展过筋骨，暴起杀了一人，四肢百骸都有久违的快慰。

人若放弃人性，便只剩下了兽性。

他轻轻一转手腕，刀尖上那沾满的血便都被抖落在地，他的声音依旧沙哑难听，笑道：“没看出来吗？老子与你们不是一条道儿的！”

“好、好！”

冯明宇一张脸已然阴沉至极，心里只想小小一个孟阳杀了也不足道，毕竟他们天教这边人多势众，料他一人也翻不出什么风浪来，于是把手一挥又叫众人动手。

然而孟阳既然站了出来，又知道这一回乃深入龙潭虎穴，这天教更非善与之辈，哪里能没有半点准备？几乎在冯明宇喊人动手的同时，他的声音也响了起来，竟向门内一侧喝道：“愣着干什么？抄家伙！”

要知道，这一回天教劫狱可跟着跑出来一帮江洋大盗，黄潜、冯明宇这边理所当然地认为他们救了这帮人，这帮人就要归服天教。

可这些被放出来的人，哪个不是一匹凶悍的狼？

区区一天教岂能让他们服气？

这些人里，他们唯独就怕孟阳一个，一路上虽然不说，可事事都要看看孟阳的脸色。方才张遮的身份败露，天教的人猝起发难，孟阳出手，他们是看了个目瞪口呆没反应过来。可现在孟阳都开口说话了，谁还敢傻站在那里？

天教这些年来再发展、再壮大，也不过是从平民百姓之中吸纳信众，即便有些身强力壮的人入了教，也不过是普通的兵卒，更不是乱世，他们撑死了也就是聚众闹事打打架，搞出人命的是少数。

牢里出来的这帮人就不一样了，几乎个个身上都背着人命官司，狠起来别说是别人的命，就连自己的命也不在乎。是以人数上虽然处于劣势，可真当他们夺来刀剑，冲杀起来，气势上却有了压倒性的优势。

整座道观虽然依山而建，可殿内就这小小一片地方，打斗拼杀起来时，天教人数再多，大多也只能在门外干着急，根本挤不进来。

里面的局势几乎立刻乱了，刀剑挥舞间，白光红血，人影纷乱，连冯明宇、吴封这边都险些遭了殃。张遮有了这帮天牢死囚保护，加之过去也是历经过谢危燕临谋反、看过周寅之人头高悬宫门这等大场面的人，倒是这混乱场面中难得冷静镇定之人。

旁人都在拼杀，他却忽然想起什么，于乱局中眉头一皱，向原本右上首的位置看去。

可那边哪里还有萧定非的人影？

在一句话揭穿张遮的时候他就已经暗中准备着了，眼见着两边打起来，他立刻意识到这是个跑路的好机会，趁着众人的注意力都没在他身上，当即混入人群，嘴里发出点含混不明的声音，挨着墙根偷偷摸摸地就从门旁边往外溜。

老早在那破庙外头听见张遮说度钧山人隐居山中的时候，萧定非就知道这人和度钧绝对没有太深的关联。毕竟度钧是什么人他太清楚了，只是当时一抬眼看见旁边还有个小宝，想起多少在度钧那边见过，心里便直打鼓，琢磨小宝这王八羔子都没出来说话，他何必置喙？万一姓谢的有什么谋划，自己无意之中破坏，岂不是又闯下一桩祸事？

直到瞧见那封密函，萧定非才清清楚楚地知道：不管前面到底有什么谋划，在这封密函被送到天教的时候，度钧是不想留下张遮这个人的！

他闯下的祸已经够多，唯恐被姓谢的记恨，这种时候哪能不卖个乖呢？万一哪天落到他手里被他翻起旧账来，自己好歹也拿得出点东西抵赖，是以方才才话锋一转，捅了张遮一个猝不及防。

他是惜命的人，一怕死在这里，二怕落到度钧手上，是以早就练就了一身滑不溜手的逃脱本事，一路从观内往外蹭，竟有惊无险。

上清观大门就在前方，跑出去就安全了，萧定非一见之下心头便是一喜。

然而他脸上的笑容才挂出一刻，原本守在门口的几个道童忽然屁滚尿流地跑了进来，大叫道："不好了、不好了！朝廷带人围剿来了！"

这声音一出，观内所有人悚然一惊。萧定非更是直接愣住，没呆上片刻，外头山呼海啸似的喊杀声立刻传进了耳朵。

"砰"的一声响，观外那两扇扣着黄铜门环的大门被外头的人大力撞倒，砸落下来，溅起满地烟尘！

紧接着便是潮水似的人涌入，来袭者身上所穿的竟非衙门官差的皂服，而是一身兵甲，抬眼望去黑压压一片，竟慑人无比，使人胆寒！

前方兵士冲杀了过去，稍后方一些却是萧氏父子高坐马上。

萧远都没想到事情会进展得如此顺利，简简单单就直破了天教老巢，只道自己拿这帮乱党乃瓮中捉鳖、手到擒来，一时得意地大笑道："胆子大得竟然敢到京城劫狱，今次犯到本公手里，一个不饶！通通杀个干净！"

萧定非还不知道这傻货是谁，只是听见这声音便已经知道朝廷真是围剿来了，心里面顿时大叫了一声倒霉。原本他已经快跑到门口，眼下非但没能逃出去，反而首当其冲，一时没忍住骂了起来："你个奶奶的腿儿！"

但骂归骂，转头就跑的机灵他还是有的。在天教中他地位高，只管把旁人拖来挡在后头，自己径自朝人少的地方逃去。

天教这边的教众原本只用对付孟阳那帮人，哪里能料到骤然之间竟有朝廷的兵士来围剿？

一时间都多了几分慌乱，人人骇然不已。

“朝廷怎么会知道这地方？”

“果然是有内鬼啊！”

……

死亡的恐惧袭上心头，人人都变得面目狰狞。

然而冯明宇与吴封这时竟有几分诡异地对望了一眼，出人意料，没什么慌乱之色。黄潜同他二人交换了个眼神，便吹出口哨，向众人大喝道：“兄弟们勿要慌乱，边打边退，我们往后山退去！”

后山？

天教这反应可不在张遮的意料之中。

他遍寻萧定非不见，便知这滑不溜手的“定非世子”只怕已经跑路，神情已变凛冽；再听外头朝廷来援，声音竟透着点熟悉，分明是那定国公萧远，更是眉头紧蹙。

眼见冯明宇、吴封要带着人后撤，他直觉有地方不对，然而此刻局面实在太乱。原本是孟阳一帮人与天教起冲突，早已混战成一团，萧氏这边带来的兵士哪里分得清哪边是哪边？更何况萧远早说了通通杀掉一个不留，便只道他们是出了内乱自己打起来的，要么是天牢里跑出来的死囚，要么是犯上作乱的逆党，完全不需要分辨，提刀砍杀就是。

这一来何其骇人？

他想要抬高声音交涉，却被淹没在喊杀声里，无人听见。

朝廷援兵这边的攻势节节攀升，极其猛烈，逼得张遮、孟阳这边的人往后退，转眼就被包夹在了朝廷与天教中间，竟成腹背受敌的劣势！

孟阳杀了十来号人，“当”的一声将旁边一名天教教众砍来的剑挡开，一刀把人搠死后，那刀收回来刀口都卷了刃，他咬牙道：“你们朝廷真有意思，怕是连你这个官儿的命都不在乎！”

这帮死囚打天教还能压对方一头，可朝廷援兵一来，便不免左支右绌。

张遮虽非会武之人，此刻却也提了一柄刀在手。只是他心念急转，正考量天教这边后撤的目的，不想一时分了神，没注意身边，被人一刀砍在左肩之上，顿时血流如注！

孟阳见机趁势一刀戳到了那人的心口上，这边厢又倒下一个。

冯明宇与吴封那边却虽惊不乱，神情间隐隐竟还有几分兴奋：度钧先生既然已经提前警告过了随他们回来的人里有内鬼，又岂会不知朝廷的动向？

先前他们拿出来的密函不过是同时送来的两封密函之一罢了，另一封密函早将萧氏带兵来围剿的行程告知！到底是瓮中捉鳖还是偷鸡不成蚀把米，就看大家的本事！

天教这边带着人迅速往上清观后方撤去。

冯明宇眼看着孟阳、张遮那边要支撑不住，心里便起了歹念，阴森森地道："那张遮一路上随我们来，探知了不少教中秘辛，如若不杀，后患无穷！"

他直接吩咐左右的人："去，务必取了此人的项上人头！"

守在他们几名话事者旁边的都是天教里武艺高强的好手，一听便逆着人潮往张遮那边去。

孟阳等人防守的压力顿时更重。

眨眼间地上都是七零八落的尸体。

眼见着张遮这边就要支撑不住，没承想观后的山林之中竟传来一阵喊杀之声，萧氏、死囚、天教这三方人马听见都愣了愣，竟似都不知道这方人马的来历！

仓促之间，三方都起了警惕之心。

可这方人马乃从上清观侧翼抄上来的，切的是近路，正好截断前后，狠狠地楔了进来，身上穿的都是差役皂服，手里拿着朴刀。领头的是个身材五短的胖子，穿着的官服差点被沿路的枝条剐破，头上戴着的官帽都歪了几分，口中却偏偏义正词严地大声喊道："通州府衙剿匪来了，你等乱党还不速速投降？张大人何在？下官带人救您来了！"

所有听到这番话的人嘴角都不由得微微抽了一下，一眼扫过去便知此人腹内乃草莽。可架不住他带来的人实在是多，一拥而上之时，天教这边的人立刻有些支持不住，往后方败退。

嘈杂的人声中，竟隐约能听见那胖子问："哪个是张大人？"

有道娇俏的声音夹在刀剑的声音里急道："这么乱我哪里看得清？"

张遮听见这声音时浑身一震，霍然回首向着那声音的来处看去。

那帮差役也不知是不是横行乡里惯了，下手皆极不留情，砍杀之间已冲出一条血路，于是便听得一声惊呼，一道窈窕身影飞也似的朝他奔来。

她素面朝天的一张脸已没了先前送她去永定药铺时的惨白，还因一路奔来染上几分红晕，从上清观侧翼的山上抄近路，让她白皙的脸颊上留下了几道被枝条划破的细细血痕，可她无半点知觉。

她一见着他，一双潋滟的眸子里顿时盛满灼灼光华，到他近前时却差点连眼泪都掉出来，带着哭腔唤他："张遮！"

张遮左肩的伤处已淌了不少血，染得半边衣袍深红，他见她没有离开通州而是跟着人一道来救他，胸臆之间便有一团火轰然炸开。数日来未休息好，眼底布满血丝，他竟少见地发了怒，厉声斥她："你回来干什么？！"

★

开在街边的长乐客栈，原本迎来送往，城小事少，既没出过什么贼也没遭过什么兵。不管是掌柜的还是店小二，都是本地人，去过最远的地方就是直隶，见过最厉害的人物就是县官，哪里见过什么真正的大场面？此时此刻，一个个垂首哆哆嗦嗦地立在大堂角落里，大气儿都不敢喘上一下，唯恐触怒眼前这帮人。

只是堂内静立的那名男子实是个神仙人物，一身雪白道袍，神姿高彻，渊渟岳峙，眼角眉梢仿佛还沾着一路上的湿寒露气。他只平平看人一眼，便教人觉着自己已被这一眼看了个通透，生出几分无处可藏之感。

随他一道来的那黑压压一片人大多数并未进门，只将客栈围了个水泄不通，闲杂人等莫能进入。还好临近年节时候，来往住客栈的人实在不多，倒未引起太多的恐慌。

剑书带着人很快将整座客栈搜遍，从楼上下来时却空着手——这里并没有他们要找的人。

剑书瞥了下头脸色微白的小宝一眼，心下也有些打鼓，走到谢危近前，道："先生，没人。"

谢危没有言语。

小宝在听掌柜的说黎明时分并无女子入住客栈时便知道事情有变，此刻听见剑书的话，埋头便跪了下来，请罪道："是我疏忽大意，考虑不周，失了二姑娘的行踪。"

小宝在天教之中，自是谢危养的暗桩，年纪虽小，办事却很机灵。

只是毕竟他在通州，谢危在京城，便是暗中传信让他先将姜雪宁救出来，也无法把事情交代详尽。是以小宝按常理推论，既已经将姜雪宁救了出来，到得客栈前面，这位姑娘手无缚鸡之力，看着也不像是有什么大本事的，自然会乖乖进到客栈里面。

他哪里能想到大活人能凭空不见？姜雪宁竟从头到尾就没进过这家客栈！

大堂里人声俱无。

谢危没有叫小宝起来，但也并未出言责备，只是抬手轻轻一扶桌角，坐在了剑书仔细擦拭过的一张椅子上。

没片刻，刀琴带着人进来了，躬身便道："先生，府衙那边的人。"

这人穿着一身藏蓝绸袍，乃府衙的师爷。被刀琴拎着进门时，他趔趄了一下，几乎是屁滚尿流，狼狈地摔在谢危面前，五体投地地把脑袋磕到地上，战战兢兢地道："小人拜见少师大人，确……确……确实有位姑娘半个时辰前到府衙来，指名道姓要见我们知府老爷。"

谢危垂了眼帘："怎么说？"

师爷额头上冷汗如雨，回忆起来道："说是天教教众聚集通州有谋逆之嫌，有刑部来查的朝廷命官身陷其中，亟待驰援。知府老爷本来不信，可很快就听城门守卫那边说定国公率兵入城，直向上清观而去，于是连忙点了府衙的一干差役兵丁，抄近道去助一臂之力了。"

谢危问："她人在何处？"

师爷乍听一个"她"字，下意识地想说知府老爷去了上清观，可转念一想，心头一跳，连忙将到嘴边的话咽了回去，改答道："那位姑娘一定要跟着知府大人去，拦都拦不住，按脚程算，现下怕已到了上清观。"

侍立在一旁的剑书几乎立刻倒吸了一口凉气。姜二姑娘乃手无缚鸡之力的一闺阁女儿家，安敢如此涉险？！

小宝也瞪圆了眼睛。

唯独谢危，好像对此有那么一点预料，竟突地笑了一声，那真是说不上什么味道的一声笑，喉咙里呛着什么似的，含混辛辣，末了化作沉沉的两字："好、好。"

他倒是小瞧了她的胆气！在宫里当学生时她乖觉听话，到了外头却一身反骨，为一个张遮敢同他作对了！

一股萦绕不散的戾气从谢危的眼底深处蔓延出来，他站起身来，拂袖便朝客栈外面走去，冰寒地道："去上清观。"

村落河滩那一日午后，姜雪宁对张遮吐露过心声，说过自己不想待在京城，不想待在宫里，想要趁此机会逃得远远的。

他想，他是历尽浮华，寻回本心，便是往后不能常相见，也盼着她达成心愿，去得远远的，海阔天空，再也不要回来。

可她偏偏回来了，还回到了这样危险的境地中。

张遮一恼她糊涂，二恨她莽撞，声音出口时，那一分疾言厉色便是连自己都惊了惊。

他身旁的孟阳都没忍住向他看了一眼。

姜雪宁见着他，只觉心里一块大石落了地，自也没想到他劈头便这般吼了自己一句，顿时怔了怔："我……"

"为了你呀"这几个字终究没能说出口。

永定药铺既然根本没有朝廷接应这回事，那张遮一定也被人蒙在鼓里；小宝既费了一番周折将她带了出来，可知至少小宝背后的谋划者是想救自己的；小宝又以永定药铺的事哄骗她定她的心，却根本没去过药铺，便知张遮的死活他们是不在乎的。

朝廷若无驰援，张遮必陷危局！

她去到府衙之后，更听闻率人来围剿天教的乃萧氏父子，越发觉得心惊肉跳，索性铁了心地跟着府衙援兵一道前来，孤注一掷——她赌的是背后谋局者不想她死！

她若来了，在张遮身边，这帮人若是想要袖手旁观或是想要连张遮一并坑害，也要考虑一二，甚至被迫来救他们！

赌赢了，她能救下张遮的命；赌输了，也不过是她这条命偿给张遮。

所以在张遮的怒意迎面而来时，她心底有那么一刹的苦涩和委屈，然而转瞬便知道张遮的怒更多是因为担心和气恼，于是又变得暖烘烘的。

姜雪宁眼眶红红的。以前就是她欠张遮的，欺负他，针对他，对着他发脾气，这次就当是还给他。总归，她甘之如饴。

她不想掩饰自己的心意，仍旧定定地望着他，眼泪还"啪啪"往下掉，带了些哽咽地道："我担心你。"

她细嫩的脸蛋上划出的那几道红痕格外扎眼。张遮便有十分的火都被她浇灭了，心底竟横遭鞭挞似的痛：她本可以一走了之却偏偏回来，还能是为了什么呢？他明明知道的，却没能控制住那一刹出离理智的怒意。

然而此刻也不是多话的时候，眼见着天教那边暂被打退的教众又朝这边反扑而来，他顾不得再说什么，冷了一张脸，径直抬手把姜雪宁往自己身边一拉，横刀往更安全处避去。

姜雪宁被他攥着，所感觉到的是一片黏腻，垂眸一看，竟沾了满手的血。是他握着她的那只手掌被左肩伤处流下来的鲜血染红，刺目极了。

她忽然便恨起自己的孱弱与无能，在这种时候无法帮他更多，只能亦步亦趋地跟在他身后，尽量不拖后腿。

原本是天教、逃犯与萧氏这边来的人三方一场敌我难分的混战，加进来府衙这帮救急的差役之后，倒是忽然规整了许多，至少张遮、孟阳这边的压力陡然一轻。反是天教那边被打了个措手不及。

先前来杀张遮的那伙人被刀剑拦下，明显是不成了，冯明宇没料着会横生枝节，气得大骂了一声。

吴封这边劝道："小不忍乱大谋，不必单计较个张遮。"

冯明宇这才强咽下一口气，道："还有多远？"

吴封抬目向周遭打量：眼下天教这边的人已经完全撤出了上清观，绕到通往后山的一条半山腰的山道上，再往后便是荒草丛生的山谷。

他眼底异芒一闪，道："十五六丈，退！"

几方混战之中，天教教众这边传来一声哨响。战线拉得长了，听到的人不多。远远跟在后面的萧氏父子更是没有听见，在看见前方一阵骚动，半路杀出通州府衙的人时，父子二人的神情都变得难看了几分。

萧远此次为的便是独得头功，为此连谢危都故意撇下了。哪里能料到这里还有个不知死活的知府敢来分一杯羹？

越是如此，他越不能让对方抢先！

他眉头一皱，双鬓已经有些斑白，可半点也不妨碍他发号施令时那一股凛然的气势。他高声大气地喝道："不许后退！死死往里面打！谁若退后一步，回去军法伺候！"

这帮兵士都是禁军里带出来的，向来听萧远的话。再说不过就是打个小小的天教，比起边境上真正打仗来说实在是小事一桩，他们本没怎么将此事放在眼里，萧远一说往前冲，顿时一个惧怕的也没有，挺起刀剑便往前逼近！

张遮隔得虽远，可两边的话都听了个大概，轻而易举便觉察出萧远这边竟有贪功冒进之态势，再想天教前后行动的诡谲之处，心内始终不安。

眼见萧氏众人越逼越近，连他们都要被裹挟着往后山去，他的眉头皱了起来。不能再往里进了，张遮断然道："对方是在诱敌深入，小心埋伏！"

那通州知府一脸懵，萧氏父子则不屑一顾。然而根本还没等他们发出自己的疑惑或是嘲笑，就在张遮话音刚落的那一刹，山腰之上忽然传来"轰隆"一声恐怖的炸响，所有人脚底下都摇晃起来，根本来不及再躲了！

坚硬的岩石飞起，朝着人群砸落。

泥土四溅，偶有小石子激射到人的脑袋上，直将人的头骨都打穿，楔了进去！

连孟阳这等练家子都站不稳了，骇然道了一声："火药！"

这东西乃道士炼丹时无意之中炼制出来的，辗转几十年后被用到了战场之上，制成大炮，往往有以一杀百的奇效，当其发时若天雷滚动，威势皇皇。

只是此物研制不易，且事关重大，一向只有朝廷军中能用，天教怎么会有？！

别说是孟阳，但凡是少有见识一点的人，都已经感觉到大难临头。

一声炸响只不过是个开始。仅仅片刻后，便像是开启了一道恐怖的闸门，“轰隆隆”炸响之声不绝于耳，种种惨叫更是接连响起。

上清观这一座山本就不高，土层山石都不够坚固，几处埋好的火药一炸，山石剧烈摇晃，竟由下而上地垮塌下来一片，立时便将一半人拖入了泥土中，另一半人被埋进了山石中，打了个血肉横飞，炸了个尸横遍野！

张遮便是料到有埋伏，也绝没有想到天教竟能搞出火药来，半山腰垮塌的瞬间，他只来得及拉着姜雪宁往前面天教众人所在的方向避去！

身后几名衙门差役几乎立刻没了。

萧氏父子那边更是万万没想到会出这样的变故，他们已经往前冲得太狠，再退不及，两人的位置竟都正好在这炸药埋伏的范围之内，顿时被炸垮的山体拖了下去。

萧烨发出一声惊惧的惨叫，是上方滚落的一块石头砸到了他的腿上。萧远运气好些，只是擦破了点皮，但是也吓得惊魂未定，乍见自己这宝贝儿子竟被砸了腿，大叫了一声“烨儿”，冲过去便要救人，可一个人力量有限，哪里推得开那块大石？

他要唤众人来帮，旁人却又自顾不暇。

“哈哈哈哈！先生这一招便叫作‘请君入瓮’，又叫作‘关门打狗’！”

天教众人大多数已退到了安全之地，撤至后方山谷里，眼见着山腰之上山石垮塌，一片人间地狱景象，冯明宇大笑起来，难得地有些得意。

“早等你们来送死了！”

天教这边竟早知道朝廷要派兵来围剿，提前做了准备和布置，要给他们留下一个狠狠的教训！纵然也有一部分教众误死其中，可比起换来的朝廷这边近乎全军覆没的情况，实在是不知道有多划算！

朝廷这边驰援的兵士，活下来的也不过是散兵游勇。天教这边反冲上去便将其扑杀，场面一时十分惨烈，情势骤然逆转！

张遮是拉着姜雪宁往天教这边的安全地段躲避的，固然及时避开了火药炸山的威力，可也将自己送入了另一重险境——天教正愁杀他不成。

黄潜一看见张遮竟然羊入虎口主动朝他们靠近，哪里能不抓住这机会，朝他猛攻？

张遮要护着姜雪宁，身上又早有重伤，更非武艺高强之辈，几乎立刻便左支右绌。对方也看出他在乎姜雪宁，索性刀刀剑剑去逼姜雪宁。

张遮护她之心比保己之心更切，难免落入对方的伎俩，又遭人一剑刺到肋下，整个人脚下一个踉跄，差点倒下去。

姜雪宁大叫："张遮！"

黄潜却大笑了一声，趁此机会把姜雪宁扯了过来，直接一刀横在她的脖颈上，对张遮道："把刀放下，也叫你的人把刀放下。"

张遮提着染血的刀，自己也染了满身的血。他沉默地望向姜雪宁，没有说话。

她只慌乱了一瞬，紧接着，就生出了一种奇异的冷静。

即便命就悬在黄潜这一柄随时会削下她的脑袋的刀刃上，可她竟觉得再没有比自己此刻被挟持更好的处境了。

姜雪宁镇定自若地道："黄香主，现在你还有机会。"

黄潜诧异地问："什么？"

姜雪宁声音都没抖一下，道："现在弃暗投明，或有一线生机。"

黄潜简直觉得自己是听了天大的笑话。这女人是疯了吗？

然而这世上的事情就是这般诡异，又或者是这女人的确有自己的依凭。就在他想要开口冷笑的同时，前面那座道观的后墙、楼宇上，竟出现了一道道迅疾的黑影！

那是无数隐藏在暗中的弓箭手！

通州分舵主吴封几乎立刻知道大势不好，近乎嘶哑着嗓子大喊了一声："退开，退开！"

可天教这帮人好不容易扭转败局，正要乘胜追击痛打落水狗，追着萧氏带来的那些残兵已经追得太深，几乎都追回了前面上清观的后墙下，完完全全送上门去，怎么退得了？

"嗖嗖嗖"，箭矢破空，发出尖锐的声响，因数量庞大，密密麻麻一片，连天射来！

许多人根本来不及反应，就已经被入体的箭插成了只刺猬。

一波箭雨落，倒下来一片；又一波箭雨落，再倒下一片；待得第三波箭雨落，后山之上除了仍留着一口气的伤者哀号惨叫，其余人已是阒无声息。

因为这箭雨所覆盖的根本不止天教众人，连着萧氏所率的那些败退的残兵也毫无差别地一应殒命！

鲜血汇成了水泊，从上清观后墙流到了近处的山道上。

萧远仍抱着昏死过去的萧烨恸哭，然而别处皆是一片死寂。那哀号痛叫的声音越大，越衬出这一片死寂的恐怖。

荒草丛生的山谷里，冯明宇还在，吴封还在，一些运气好的天教话事者都还在。黄潜也在，然而此刻他已经忘记自己先前想要说什么了，刀架在姜雪宁的脖子上，手却没忍住抖了抖，一双眼不自觉地怀了几分恐惧地望向那上清观后院不知何时竟已紧闭的大门。

冷风吹着荒草，阴沉的天空密布着阴云。

除了风声，他们分明什么也听不到，可所有人的目光汇聚到那紧闭的门扇上时，却仿佛能听见门扇后渐渐靠近的脚步声。

终于，门开了。

隔得太远，众人只能看见那是一道白影。

然后白影向着他们走来。

被炸毁的山道上还有些坚固的岩石突兀地耸立着，这人便立在了其中最险的一块上，朔风涤荡着他的衣袍，他却平静而漠然地俯视着山谷里所剩无几的天教余孽。

姜雪宁看清了这个人的脸。

黄潜压在她脖颈上的刀传来彻骨的寒意。

她也看清了这个人的一双眼，与彼时谋反后的那个谢危一般无二——褪下了圣人的皮囊，露出了魔鬼的心肠。

天教这边似乎无一人识得他的身份。

本来想要逃跑、阴错阳差又没跑脱的萧定非，一身锦衣早已脏污，此刻见了谢危，只悄然往后面退，藏在众人后面，把头埋得低低的，仿佛唯恐被谁看见。

冯明宇、吴封二人却是不敢相信——他们是螳螂捕蝉，却不想还有黄雀在后！

一帮人只剩下百来个，比起那山岩上俯视他们的黑压压的一群人，实在显得毫无抵抗之力，何况对方那边多的是弓箭手。

但还好，他们手里有人质。

黄潜强作镇定，道："没想到朝廷竟然派了两拨人来，倒是我教失算。可你们的朝廷命官，还有这个女人都在我们手里！你等若靠近一步，我便立刻杀了她！"

谢危道袍迎风，猎猎鼓荡，看了黄潜一眼，平淡地问："她是谁？"

黄潜顿时错愕，然而下一刻，一股寒意便自心头升腾而起：是啊，她是谁？他们一路以来都不知这女人的身份，只知道张遮在乎她。可张遮在乎，不代表这高高在上掌握他们的生死的人也在乎！

他们拿姜雪宁做人质，根本是不可能的事！

这念头一起，黄潜额上便冒出了冷汗，心慌之际不由得分了一下神。

但听得吴封大叫一声：“小心！”

斜刺里一道寒光闪过，竟有一柄雪亮的匕首从背后的荒草丛里袭向了黄潜，闪电似的切断了黄潜的后颈，用力之狠，差点削掉黄潜的半个脖颈！

血顿时如雾般喷洒开来！

同时一只手及时伸过来攥住了黄潜手中那一柄刀，避免了它因掉落而割破姜雪宁的喉咙！

直到这一刻，所有人才看清这道鬼魅似的身影——身量不高，甚至矮了姜雪宁一头，用红绳扎了个冲天辫，可脸上已完全没有了所有人熟悉的那分喜气，只有不符合其年纪的凛冽肃杀之意与老成！

“小宝！”

冯明宇万万没有想到，更没有看到小宝是何时又回到了众人之中。他原是天教之人，便是回来也不打眼。也正因为如此，旁人都没有注意到他，才给了他这样一个将功折罪的机会！天教这边的人要反应也晚了，姜雪宁已然脱险。黄潜倒在地上瞪圆了眼睛，却没了气儿。

小宝将他的长刀一把掷在地上，反过来面对着天教众人，扣紧了手中的匕首，俨然是谁要对姜雪宁动手，他都拼命！

至此，天教一方大势已去。

冯明宇惨笑了一声：“未想一番谋划到底入了旁人之瓮，度钧先生的一番谋划竟也棋差一着！形势比人强，我等也非贪生怕死之辈，只是我教中兄弟本也是仁善之辈，实无反心。尊驾神仙人物，杀我等不足惜，却还望放过寻常教众，万不要牵连无辜之辈！”

他这番话一出，残余天教教众皆动容不已，便是上方虎视眈眈的弓箭手们也有几分佩服。然而谢危岿然不动，甚至连话都没有回他一句，只是看着下方，向着身侧轻轻伸手，摊开掌心。

那一侧立着的是刀琴。他看了谢危一眼，无言地解下了背上的长弓递至谢危掌中，又取出一支羽箭，交到谢危手里。

那一双手平日里是抚琴的，长指若玉雕成，修如青竹，此刻紧扣着弓弦弯弓搭箭，几乎将一张弓绷成满月，身形却似遒劲古松钉在了地上似的，未曾晃动一下。

君子六艺有射，由他做来，动作实在行云流水。

然而过于平静的一张脸，毫无情绪的一双眼，却叫人在这赏心悦目的动作间看出了一种冷酷的漠然以及凝滞的杀机！

下方天教众人见状齐齐面色一变！

然而下一刻众人却发现谢危的箭矢所指的竟不是他们之中任何一个，而是另一侧血已浸透衣袍的那名朝廷命官——张遮！

冷观残山，圣人弯弓！

张遮一手压着肋下的伤口，指缝里犹渗出血来，抬首仰望，视线隔着冰冷的虚空与谢危那毫无波动的视线相撞。

谢危的手，没有半分发抖。

上清观后山，人虽挤挤，却寂静无声。

他能看见自己的箭尖隔着这段虚空，与张遮的头颅重叠，若轻轻松手，当例无虚发。

可就在这一片寂静中，另一道人影挡在了张遮身前。那人单薄、瘦削，荒草丛里一张惨白的脸带了几分恓惶，却固执地张开了纤细的手臂，磐石般坚定地站在了他的箭矢所指的最前方！

姜、雪、宁！

若说在客栈中那戾气仅有一分，此时此刻便是十倍百倍地升腾上来，他压抑不住，也不想再压抑。面容封冻，浑无温度，有那么一刻，谢危真想一箭撕碎了她，只当自己没教过这个学生！

“嗡！”

弓弦发出一声震响，箭矢如电飞去！

★

那一刻，姜雪宁浑身的鲜血仿佛都沸腾了，又瞬间封冻住，脸色更一片煞白。她感觉不到半分温度。

张遮却只是无言地笑了那么一下，沾着血的冷漠面容竟添上了一丝暖意，然后抬起手，轻轻搭在她单薄的肩膀上，慢慢紧握……

谢危所立之处与下方山谷，距离不过十数丈。

刀琴、剑书二人都变了脸色。

纵然甚少在人前显露自己的箭术，可谢危从不是什么手无缚鸡之力的真书生，一箭的去势何其猛烈？箭矢破空而去时甚至发出了尖锐的啸响！

只是此箭既不是向着姜雪宁去，也不是向着张遮去，而是迅雷般掠过了二人的头顶，径直射向了他们的后方——萧定非！

天知道他在看见谢危现身的那一刻就已经知道大事不妙，矮身准备偷跑。他原以为谢危并未注意到他，谁能料想这一箭是朝着自己来的？

只听得“嗖”一声响，雕翎箭力道何等刚猛？箭矢一刹便穿透了他的肩膀，带出一道血之后，竟将他整个人射得向后翻倒在地！

场中所有人都愣了一下，这时候回头向萧定非看去，才发现这人已经在不知不觉之间躲到了后面去，若再有一些时间，只怕他就要退进后面的荆棘丛里藏起来了。

然而谢危这冷酷的一箭显然灭了他全部的希望。

俊秀的眉目间顿时涌上了清晰的痛楚之色，额头上的冷汗更是瞬间淋漓而下。然而他跌在染血的荒草丛里，伸手用力地按住自己的伤处时，唇边却不知为何挂上了一抹冷笑，竟有点不似他寻常懒散胡闹的桀骜样子。他抬眸看向立在高处的谢危，面上是讽刺的嘲弄之色。

度钧终究是厌恶他的。

纵然度钧披了一张圣人似的皮囊，寻常也不置喙什么，可萧定非从来很有自知之明，心里看得清楚，早知道他不会轻易放过自己了。

一滴鲜血顺着犹自震颤的弓弦上滑落，在昏暗天光的照耀下，显得有些触目惊心。

谢危慢慢地垂下了手臂。

这时刀琴在些微的错愕间回过神来，先瞥见了弓弦上的血珠，转而看向谢危那低垂在宽大袍袖中的手指，才发现他的指腹已经因为方才扣弦扣得太久、太紧而被弓弦割伤，鲜血正顺着指尖滴落。

然而他浑无反应。

山谷上下一片寂静。

刀琴看了半晌，竟不敢出言提醒。

谢危一箭将萧定非射倒后，只道：“拿下。”

剑书眼皮一跳，便带了人下去，立刻将受伤的萧定非按住，并且下手极快地掏了块净布，把他的嘴巴塞住了，使人押了下去。

其余人等则被团团围住。

姜雪宁还保持着将张遮护在自己身后的姿势，眼见着那支雕翎箭从自己的头顶飞过，竟不知自己心中究竟是什么感觉。唯一的暖意，来自搭住她肩膀的那只手。

谢危放下弓的那一刹，她觉得浑身的力气都消失了，差点脚下一软跌倒在地。她这算是赌赢了吗？

明明结果是自己想要的，可风吹来时，她仍旧觉得身上一阵阵发冷，只为高处谢危那静默注视着她的目光。

她又开罪了他。

谢危伸手把那张弓递回刀琴手里，仿佛自己方才什么也没做一般，寻常地吩咐道：“看看张大人的伤。”

立刻有人下去扶张遮。

他伤得的确是很重了。

姜雪宁站在旁边，犹自怔怔，不动一步。

谢危便平平淡淡地向她道：“宁二，上来。”

若说当初在宫里他给她吃的桃片糕，让她渐渐消除了对谢危的恐惧；那么今天他弯弓曾对准张遮的这一箭，又重新唤回了她对这个人的全部恐惧。

这是屠戮过皇族的人。

这是灭绝了萧氏的人。

这也是将她的心腹周寅之的头颅钉在宫门上的人。

他从来就不是什么善类圣人！

可为什么他要对张遮起杀心呢？明明他们都是同朝为官的。

何况今次竟有萧氏插手进来，谢危实不像是在乎被谁抢了功劳的那种人。

她回头看了张遮一眼，见两名兵士的确在为他包扎伤口，便垂眸轻轻握紧垂在身侧的手指，终于还是一步一步朝着谢危走过去，每一步都有种踩在刀尖上的惊心动魄的感觉。

他宽大的雪白氅衣被风扬起，平静的目光随着她的靠近落到她的面上，更有一种压得她喘不过气来的感觉。

姜雪宁埋着头道了一声：“先生。”

谢危看着她被荆棘划了几道血痕的脸颊、有些凌乱的乌发，又看了看她发青的唇色和身上那皱了些的粗布裙，眉宇间一片冷色，道：“方才我搭箭，你怎的挡在张大人前面？”

姜雪宁嗫嚅着不敢回答。

谢危若有若无地低笑了一声：“小姑娘家家胡思乱想，该不会以为先生要杀你的心上人吧？”

字字句句，绵里藏针。

姜雪宁想，世上怎会有谢居安这样的人呢？那一刻她分明觉出了他的杀意，然而他此刻的平静和低笑，又仿佛真是她杞人忧天误解了他一般，只叫她生出了万般的惶恐难安情绪。

她在发抖：“我……”

谢危却道：“看你冷的。”

他解了自己身上厚实的鹤氅，抬手披到了她的身上，把她纤弱的身躯裹了起来，又顺手拂开了她颊边一缕垂下的乌发，才淡淡地道：“姜大人很担心你。”

那鹤氅还带着些余温，山间风大，一下都被挡在外头。姜雪宁下意识地抬手将这氅衣拥了，却觉得这温暖虽裹着她，却隔了一层似的，难进心底。

下头一干天教人等早已束手就擒。萧氏那边残兵败将也都相继被人或抬或扶地带了出去，萧远更是紧张着自己那宝贝儿子，喊人把压着萧烨的石头搬开后，便令人抬着萧烨赶紧出去找大夫了。倒是没看见人押着萧定非上来。

张遮的伤处只是草草裹了一下。随行而来的兵士不过略懂止血之法，真要治伤还得看大夫，因而见血不再涌出后，兵士便想扶他上来。只是他摇首谢过，自己往上走来。

谢危垂了手，转头看见她，道：“你失踪之事并未声张，京中不知，只当你病了。长公主和亲之事已定，倒有些想你。想来你受了一番惊吓，小宝，就近在观中找个地方，收拾出来让宁二姑娘休息。”

他这意思是让她走。

小宝怔了一下，躬身答应，去请姜雪宁。

姜雪宁踌躇，看了那头的张遮一眼。

谢危便淡笑道：“此次伏击天教乃我牵头，同张大人还有些话讲。”

原来这次的事情本就是他的谋划，难怪一切都在他的掌控中。

姜雪宁只觉心中苦涩，虽并不知这后面藏着多少深浅，可猜自己该是坏了谢危的一点事的，眼下她纵然担心张遮，似乎也于事无补。

她欠身再行过礼，这才转身，移步时望见张遮，张遮冷酷刻板的面上毫无情绪，唇线抿直，沉默不语。

很快，她去得远了。

头顶的天空越见阴沉，竟是要下雪了。

谢危身上只余下那雪白的道袍，有些畏寒的他在风里立着，便似一片雪，却负手望着下方谷底那些个已经受制于人、引颈待戮的天教教众。

先前接回了弓后，刀琴便带了人下去，在这帮人身上搜寻着什么东西。不一会儿，人回来，却紧皱着清秀的眉头，低声对谢危禀道：“似是丢了，没见着。”

谢危垂下眼帘，随意一摆手，道：“都杀了。”

弓箭手们一直站在上头，听得他此言，紧紧拉着的弓弦俱是一松，“嗖嗖嗖”又是一阵箭雨，向着下方早已手无寸铁的天教教众落去，一时鲜血淋漓，教众全数扑倒在地，被杀了个干净。

山谷里弥漫着一股浓重的血腥味儿。谢危想，也该下雪了。

张遮看着他这般半个活口也不留的狠辣手段，寂静无言，竟想起彼时的牢狱中，他受尽酷刑，为自己写下判词后只待秋后处斩，未料那一日倒春寒正冷的天里，迎来一位意想不到的访客。

已大权在握的当朝太师，还是那般波澜不惊。只是他那时竟觉这人身上有种说不出的深寂悠远气质，像是大雪盖了遍地，寒枝雀静。

他说，宁二殁了。

张遮不知他说的是谁，只感茫然。

然后他好似才意识到，平平淡淡地改口说：你的娘娘殁了。

张遮如在梦中。

他却还笑了笑，对张遮讲：她留了话，请我放了你，可这叫燕临恨你恨到了骨头里，在她灵前醉醺醺地哭了几日，方才摔了酒，提剑要往这边来杀你。张大人，可真是太厉害了啊。

张遮于是感觉坠进了一片云雾中，那片云雾又掉下来，化作一片泼天的豪雨，笼罩了接天的莲叶。

恍惚又是避暑山庄午后骤雨里的邂逅场面，他是那个脾气又臭又硬谁的好脸色也不给的张侍郎，她是那个嬉笑跋扈不作弄人不高兴的皇后娘娘。

她故意踩了他的袍角。

他想，若是给他重选一次的机会，他不会弯腰把袍角撕了，且让她踩着，由着她高兴，愿意踩多久便踩上多久。

然后他便听见那人起了身，让人将牢门打开，对他说：你走吧。

牢门上挂着的锁链轻轻晃动出声响。张遮穿着一身染血的囚衣，在牢里坐了良久，才笑起来，道：我想去为家母上炷香。

后来……

后来。

张遮远远地看着眼前的谢危，只觉这人于世人而言是个难解的谜团，不过这次仿佛多了一点有迹可循的人味儿，倒不像是那远在天边的圣人了。

谢危既不走过去，也不叫他走过来，只是道：“定国公向圣上请命，抢在前面入城，坏了谢某的计划，倒累得张大人遭了一难，还好性命无虞，否则谢某便难辞其咎了。”

张遮道：“您言重了。”

谢危道：“我那学生宁二顽劣脾性，有赖张大人一路照拂，没给您添什么麻烦吧？”

张遮听着这“宁二”二字，想起眼前这人彼时所选的结局，只觉或许有些自己并不知晓的内情，然而他对这注定要成乱臣贼子、谋天枭雄的谢危，竟没什么厌恶情绪。

是天下已定，英雄当烹？又或是因为别的？

他慢慢地道：“姜二姑娘她，很是机敏聪颖……”

只是她仍不是很能压住脾气。

谢危看他始终不走过来，便笑了一声：“张大人对谢某似乎并不十分认同。”

他看了下方那天教众人堆叠的尸首一眼，目中无波。

张遮却垂眸，自袖中取出一物来，平平地道：“谢少师方才是着人找寻此物吧？”他指间是薄薄的半页纸，赫然是先前天教那左相冯明宇所拿的度钧山人的密函！

谢危的眼角轻轻抽搐了一下。

刀琴更是心中一凛。

张遮将这页纸递向刀琴，回想起曾经的种种困惑，都在得见这页纸上的字迹时得了解答。谁让他见过这般字迹呢？

只是纷纷扰扰，同他又有什么干系？

他看向谢危道：“下官方才便想，这既是天教那神龙见首不见尾的度钧先生所送来的密函，也许能从中一窥究竟，将一干乱党一网打尽，是以留了心，趁乱将此函收了。一路琐碎，一言难以道尽，谢少师若无多事，便待下官容后再禀。”

刀琴接过那密函时，另一只手实则悄悄扣紧了袖间的刀。

他同样看向了谢危。

暗地里，杀机一触即发。

谢危不禁要想，这个张遮此行到底知道了多少？将这封密函交还是否真的一无所觉？若是吕显在此，多半已一箭穿了这人的头颅，便一时鬼迷心窍留他活到此刻，见了密函只怕也要一不做二不休，宁杀错一千，不放过一个。

他慢慢抬了手指，觉出一分痛时，垂眸才看见方才张弓搭箭竟让弓弦割了手，不觉品出几分荒谬感，于是望向张遮，忽然好笑地道：“宁二喜欢你。”

张遮的身子陡地僵直。

谢危看在眼里，扯了嘴角，饶有兴味地道："我这个做先生的颇为好奇，你也属意于她吗？"

★

一行人一路从后山走回前山，道中所见皆是山石乱崩，尸体遍地，偶然一瞥或还能见到残肢断体，双目不瞑。

姜雪宁虽也是死过一次的人，可见了这般场面也不由得心惊肉跳。

小宝猜出她大约惧怕这样血腥残忍的场面，便走在了她的斜前方，用自己的身影将大部分残忍的场面挡住，一路过了后山院墙。

上清观虽为天教所占，但道观的基本格局没有任何改变，前面是道观，后面是道士们的住所。

只不过眼下早没有什么真正的道士了，徒留下观后许多空置的房屋。

小宝便为姜雪宁收拾了一间出来，道："先生吩咐，姜二姑娘便先在这里休息吧。料想先生与张大人那边还有话聊，且定国公那边的公子受伤好像也不轻，只怕暂时不能回京，要在此地盘桓几天了。"

他还沏了一壶茶来，末了同外头的人说话，甚至还带了两套全新的换洗衣裳来："这是临时着人去城中买来的衣物，剑书公子说比起京城里时兴的样式自然差远了，但也只能先委屈姑娘将就几分。"

姜雪宁身上还披着谢危方才为她系上的鹤氅，内里嵌着一层雪貂皮，只贴着身子便暖融融的。

她看了那两套衣物一眼，一套水蓝一套浅紫，虽的确比不上京中那些精致的做工，可样式倒也淡雅适宜，可见是用心挑过的。只是这衣物由谢危的人送来，于她而言，到底透出几分古怪。

她心里忐忑，也笑不出来，只看向小宝道："原来你是谢先生的人。"

小宝道："若无内应，先生也不敢行险。"

他说话时板着一张脸，完全不似前几天与姜雪宁接触时姐姐长姐姐短地叫她的样子，垂着眼帘甚至不看她一眼，倒像是不太愉快，有些置气的模样。

姜雪宁便想起清晨时，这小孩儿在她的饭菜里下了药，让她以看病为由离开了天教的视线，交代了她到街对面的客栈之中躲藏起来。可她并不想回去，在发现那永定药铺之事有假时，更是赶赴府衙，不惜以身犯险。

一切大约都不在谢危的意料之中，所以谢危才会那般生气。这小孩儿受命救她，可谢危若没在客栈见着她，只怕他也要受些责罚吧？

姜雪宁并非全无心肝之人，想起这一节来也不免为连累他人而生出几分愧疚之意，可张遮所以为的永定药铺有接应之事是假，又实在让她怀疑谢危的居心。毕竟谢危在她心目中原本就不是什么好人。所以心里虽有万般的念头掠过，她最终也只是陷入了沉默。

小宝收拾好一应物什，又在屋里生了火炉，才道："我出去了，就在不远处，姜二姑娘有事唤我便可。"

他退出去关上了门。

姜雪宁却无法静下心来休息，一闭上眼，满脑子都是张遮与谢危的脸交叠闪过，让她心惊肉跳。身上披着的鹤氅被她解了下来，轻轻地放在了那折叠整齐的两套女子的衣裙旁。雪白的缎面上半点鲜血尘土也未沾上，倒与它的主人一般，有种高高伫立在云霄俯瞰众生似的孤高冷漠气息。

谢居安……

他同张遮有什么好说的呢？

姜雪宁在屋内坐了一会儿，终究还是坐不住，起身去了外面屋檐下，朝着后山的方向望去。

院落里栽种着不少古松，从后山的大门有一条长道通向此处，此刻有许多兵士把守在两旁，谁从这条道上经过，在她这里都能看个清楚。可她看了许久，也不见张遮，一颗心不由得高悬。

直到过了快有两刻，她才看见把守着的兵士朝着后面的方向望去，微微向前躬身，像是向谁行了礼。

姜雪宁顿时心头一跳。接着，她终于看见那道熟悉的身影从后山走了出来。来人身上的伤口已经草草包扎过，但一身深蓝色的衣袍早已经被鲜血浸染成了一片墨色，面色更因失血过多而显得有些苍白。

没事。

他没事！

在看见他安然无恙的那一刻，姜雪宁只觉一颗心饱胀得要满溢出来，控制不住地向他快步走了过去："张大人！"

张遮的神情竟如槁木一般。

她乍见他只有满心的欢喜，也不曾注意到这小小的细节，唇边已绽出笑容："你没事可真是太好……"

话音未落，整个人眼皮却重了几分，她费力地眨了眨，身子轻轻一晃一歪，竟然直接往后昏倒过去。

张遮心底一惊，还好反应快，一把将她接住了。

少女纤弱的腰肢不盈一握，面颊白皙而消瘦，却是因为这些日子来的奔波而疲惫，眼皮轻轻地搭上了，两道细长的柳叶眉也舒展开了，竟像是睡着了。

小宝原就在屋檐的另一旁看着，眼见着姜雪宁昏倒过去时，吓了一跳，便要冲下来扶人。但看见张遮将人接住时，他又不由得脚步一停。

隔着一段距离，他看见甬路那头的谢危静静地立着，看着远处这一幕，却并未走过来。而近处这位张大人面上的神情几经变化，最终还是归于一片冷寂的沉默，只将那位早已沉沉昏睡过去的姜二姑娘拦腰抱了，从他身旁走过，轻轻放回了房中的床榻上，仔细地为她掖好了被角。

终于下雪了。

通州城上空阴云密布，冷风呼啸，自日中时分开始便又冷了几分，及至暮时，便纷纷扬扬地下起了大雪。鹅毛似的雪片从空中飞落，没半个时辰便盖得城中屋瓦一片白，上清观矮山的劲松之上更是堆叠了一丛丛的雪，远远望去竟似雾凇沆砀。

如果萧定非没记错的话，这是谢危最厌恶的天气。

金陵在南方，甚少下雪，但时日久了难免有些例外的时候。

就有那么一年，寒气南下，夜里一阵风敲窗，清晨起来一看，假山亭台俱在雪中。金陵城内外，雅士云集，倒是兴高采烈，邀约要去赏雪。

当然也有些纨绔子弟来请他。彼时谢危尚未参加科举，但在金陵已素有才名。萧定非想自己绣花枕头一包草，这些个人附庸风雅，少不得又要写诗作画，不如喊上谢危同去，正好他也难得在。

可没想到他去到院中时，竟见门庭紧闭，院中一干仆人都在忙着扫雪。

萧定非觉着奇怪："这雪尚未停，看着还要下些时日，你们便是这时扫干净了，过些时候又堆上，岂不白费工夫？"

度钧那院子的人都寡言少语，也无人回答他。倒是廊上的剑书端了碗药走过来，看见他，脚步一顿便道："定非公子，先生今日不出门，您请回吧。"

萧定非纳罕："他病了？"

剑书道："偶感风寒。"

萧定非顿觉无趣，一耸肩膀便欲离开，只是临到转身的那一刹，余光一晃，竟瞥见剑书端药打开门时，门里飘出了一角厚厚的不透光的黑色帷幔，大白天里，隐约有几线灯烛的光亮照出来。

他心里顿时跳了一下。很快那门便关上了。萧定非却有几分奇异感，然而好奇心起时，也不免思量思量自己在教中是什么位置，终究不敢问什么，更不敢多在这院落中停留。

外头扫雪的仆人仍旧忙碌。

他压下自己暗生的疑窦，赶紧溜出去与那帮纨绔赏雪。

只是这么多年过去了，当日所见的那一幕仍旧时不时地从他心头闪过，在他记忆的深处留下一个巨大的谜团。

本来今日这么大的事情，谢危一箭射伤他，显然是要来找他的。可眼见上清观大雪，萧定非冥冥之中便觉得此人不会来，至少白天不会来。

果然一直等到天色发昏发暗，整座道观完全被黑暗笼罩，前面才有一盏昏黄的灯笼，照着已经被清扫干净的甬路，朝着他这间屋子过来。

剑书、刀琴两人都跟在他身边，一人提灯，一人撑伞。

到了阶前，两人将灯笼一挂，油伞一收，才上前推开房门，先瞧见了他，倒是极为有礼地唤了一声："定非公子。"

萧定非已经躺回了床上。屋内烧了暖炉，热烘烘的，他仅穿着白色的中衣，原本射穿他肩膀的箭矢已经被取了出来，伤口涂了上好的金创药，早止住了血，只是大夫嘱咐不要随意动弹，须得静养。

谢危随后才进来，面容平静，目光深沉，长衣如雪，木簪乌发，确是一副真正世外隐士的雅态。

剑书在他身后将门合上。

明亮的烛光照在窗纸上，倒驱散了几分外头映照进来的雪光，让他的面容看上去越发平和。

谢危道："你的腿脚倒很好。"

萧定非吊儿郎当地笑道："可跑起来也没有先生的箭快。"

谢危却没笑："可惜准头不够，怎没把你的脑袋射下来？"

萧定非知道他对自己有杀心，凝视着他，却半开玩笑似的道："谁叫我于先生还有大用处呢？我知道谢先生是最恨我的。"

谢危一手搭在桌沿，未言。

萧定非面上也没了表情，只道："谁叫我用了你最恨的名字呢？"

这么多年来，他只怕是听一次，便恨一回，怨恨一重叠一重，越来越深，永不能消解吧。

第六章

无眠

萧定非。

萧氏，定非世子，多尊贵的一个名字？

他顶着它，天教上上下下对他都是恭恭敬敬的，等到将来更有说不出的妙用。只可惜，有人厌憎它，宁愿舍了这旧名旧姓，受那千难万险之苦，也不要什么荣华富贵。

与谢危相比，萧定非一向是那种与他截然相反的人。但不可否认，他是受了此人的恩惠。因此在面对谢危时，他也从来不敢有太多放肆言行，更不敢像对天教其他人一般乖张无惮——即便教首做得干干净净，当年那些个知道真相的人相继死于“意外”。

对他这句隐隐含着嘲讽的话，谢危不置可否，只是道：“我曾派人去醉乐坊找你，醉乐坊的姑娘说你去了十年酿买酒，待找到十年酿，方知你根本没去。”

萧定非靠在引枕上：“这不是怕得慌吗？”

谢危盯着他，他放浪形骸地笑了笑：“听说公仪先生没了音信，可把我给吓坏了。”

谢危波澜不惊地道：“公仪先生在教首身边久了，到京中我自不能拦他，也不知他是做了什么，竟意外地在顺天府围剿的时候死在了朝廷的箭下，我骤然得闻此事也是震骇。只是事发紧急，朝廷也有谋算，连公仪先生的尸首也未能见到。只怕消息传回金陵，教首知道该要伤心。”

岂止伤心？只怕教首还要震怒。公仪丞素来为他出谋划策，乃教首真正的左膀右臂，去了一趟京城就不明不白没了，说出去谁信？

萧定非向剑书伸手："茶。"

剑书白了他一眼，却还是给他倒了茶。

等茶递到他手里，他才絮絮地跟剑书说什么"你人真好"，然后转回头来咕哝道："京城是你的地盘，自然你说什么就是什么，我也不敢去怀疑公仪丞是你弄死的嘛。"

谢危笑了笑："我竟不知你何时也长了脑子。"

萧定非喝了口茶，难得得意地道："只可惜没跑脱，但反正试试又不吃亏，万一成功了呢？"

谢危道："可是没成。"

萧定非便觍着脸笑起来："那什么，先生可不能这么无情，毕竟此次我也算是立了一回功的！"

谢危挑眉："哦？"

萧定非喝茶是假，实则是悄悄打量着谢危的神情，面上半点也不害怕，心里却在打鼓。过去这几天发生的事情全浮现在他的脑海中，他又想起白日里被射死在山谷内的那一地曾经相熟的天教教众，绞尽脑汁地琢磨怎样才能在这看似风平浪静，实则暗藏危机的局面下为自己赢得一线生机。

他道："那张遮的身份是我揭穿的！"

谢危道："是吗？"

萧定非道："真的，而且不早不晚，就在今天。我是什么人，我有多听话，先生您还不知道吗？这么多年了，保管错不了。打从一开始他们说要去劫天牢，我就觉得这事不大对。待见到那姓张的带了个姑娘出现在庙里，还说什么'山人住在山里'。这狗官必然是瞎说啊。但当时又看见小宝在，我便没声张，以为您暗中有什么谋划。直到今早看到小宝把姜二姑娘带走了，又在这观里看见了您写给冯明宇、吴封那俩孙子的密函，我才把姓张的揭穿了。"

要说这一次从京城到通州，沿途险峻，形势错综复杂，有谁看得最清楚，只怕真非萧定非莫属。谁让他对两边的人都知道呢？

有些人既当兵又当贼，还喜欢自己演左右互搏的好戏，兵抓贼、贼坑兵，让两边以为是对方与自己作对，却不知中间另有推手。

公仪丞死，是一切的开始。不管谢危是否是出于冲动杀了此人，后续的一应计划足够缜密。

但顾春芳举荐张遮进来横插一脚，是第一个意外。谢危若凛然出言回绝，不免惹人怀疑，是以干脆将计就计，计划不变，只放张遮入了棋局，又命小宝暗中窥察。

不想很快又多了姜雪宁，这是第二个意外。

境况便变得复杂起来，若他贸然揭穿张遮，则与他一道的姜雪宁会受牵连，只怕落不了什么好下场。所以他自请率人去围剿天教教众。

这时出现了第三个意外，在勇毅侯倒了之后，萧氏力图得到丰台、通州两处大营的兵权，在皇帝面前立功心切，竟请了圣命，与他兵分两路前去剿平逆乱。

三个意外，一重叠一重。谢危一要保姜雪宁，二要除张遮，三要对付萧氏，四要借朝廷削弱天教势力，面临如此复杂的局面，几经谋划，便心生一条狠计，一步险着。

他先故意落在萧远后面，任萧远前去，暗地里却安排了两拨人，一边伪装是天教这边的叛徒，向萧远提供天教落脚在上清观的绝密消息；一边却以度钧山人的名义发密函警示天教的人，先言自京中回来的人里有朝廷的眼线，再将萧氏来袭的事情告知，使他们早做准备，以炸药埋伏，届时诱敌深入。

他之所以并不直接言明那朝廷的眼线便是张遮，是因为姜雪宁还在。

张遮深入天教，焉知会知道多少？若一个不小心为张遮窥知隐秘，只怕他谢危才是死无葬身之地的人。是以张遮必要被除掉。

永定药铺有人接应之事本来是假，是有心算计；密函里故意提到有眼线，是为了让天教的人对张遮生疑，控制他的行踪，却不至于直接对他下手，以至牵连与他同行的姜雪宁。

等小宝带走姜雪宁，张遮便可被杀。这时再将他的身份揭穿，天教必然暴起取其性命。纵然将来朝廷追究下来，也与他谢危没有太大的干系。更何况并不是他逼张遮去的，举荐张遮的是刑部新任尚书顾春芳，要追究也追究不到他谢危头上。

于是，若计划顺利，张遮身死，萧氏中伏，而天教残余的逆党也将被随后赶来的他带人除个干干净净。

届时，萧远即便不死，也会因贪功冒进吃个大亏。而后来赶到的他则是隐身在鹬蚌之后的渔翁、藏在螳螂与蝉后面的黄雀，会成为唯一的得益者、大赢家。

满盘计划，借力打力，铲除异己，可称得上是天衣无缝！

谁料想……出了个姜雪宁！

谢危坐在火炉旁，那亮红的炭映照出几分薄暮似的淡光，落进他的眼底，闪烁不定。他平淡地道："这么说，我非但不能罚你，反而还要赏你了？"

萧定非脊背一寒，忙摇头："不敢不敢！"他这涎着脸软着骨头的模样，浑无半分傲气，只像是市井泥潭里打滚的混子，叫人看了心中生厌。

只是他这模样恰好是谢危所乐见的。谢危轻轻蹙眉，又慢慢松开，才道："将养着吧，到京城才有你的好日子过。下次若还敢跑，我便叫人打折你的两条腿，总归有这一张脸便够用！”

这话里藏着的冷酷之意并不作假。萧定非听时，脸上的讪笑都要挂不住了。

谢危同他说完，也不管他是什么反应，起身便往外头走去。剑书、刀琴便忙一个撑伞一个打灯笼，跟着谢危一道出去了。

夜里仍有些细雪，不过比起暮时已小了许多。灯笼算不上亮，只照着附近的三四尺地，便不见有多少映射的雪光。刀琴把伞压得很低。

主仆三人从圆门中出去时，便看见门外廊上竟徘徊着一道有些高壮的身影，穿着锦袍，年纪大了身形微有发福，两鬓白了，白天里还耀武扬威的一张脸此刻仿佛挂着点不安和犹豫之色，一时是阴一时是晴，有几分骇人。

那人是定国公萧远。

剑书看见，回头低声禀了一句，谢危这才朝着那方向看去，然后笑起来道：“大夜里，公爷怎么在此？”

萧远没想到谢危会从里面出来，愣了愣，连忙将面上的神情收了，看了看他身后的庭院，忙道：“哦，没事，只是天教那帮逆党都死了，没能从他们嘴里撬出什么来，有些可惜。但听说谢少师抓了个天教里顶重要的人，有些好奇。”

天知道萧远听见这消息时是什么心情！

他当时正在问询大夫，萧烨这腿还能不能好，结果兵士匆匆忙忙地跑进来，竟同他禀报，说谢先生擒了个天教逆党，名叫“萧定非”！

真是雷霆从头劈下！

他抓了那兵士问了三遍，才敢相信自己没有听错，随即便眼皮狂跳，心里竟跟着涌出万般的恐惧：怎么会，一定是巧合吧？那孩子怎么可能还活着呢？三百义童尽数被埋在了雪下啊！

那么小一个孩子，那么小一个孩子……

萧远向来知道这谢居安最擅察言观色，唯恐被他看出什么破绽来，又道：“我听说，这个人好像名曰‘定非’？”说出这两个字时，他后脑勺都寒了一下。

深冬雪冷，寒风凄厉，这上清观建在山上，树影幢幢，冷风摇来时飞雪从枝头跌落，寂静里就像是有阴魂悄然行走在雪里似的，令人心中震颤。

谢危雪白的袍角被风吹起，被剑书拎着的灯笼一照，晃眼极了。

在这下雪的夜晚，谢危凝视着眼前这萧氏大族的尊长，轻轻一笑，却好看得过分了，也不知更像天上的神祇，还是幽暗里徘徊的鬼魅，只道：“是呢，人人都唤他‘定非公子’，倒是令谢某想起前阵子勇毅侯府一案，那燕牧与天教来往的密信中曾提起贵公子的踪迹，似乎还活在世间一般。”

大冷的天气里，萧远的额头上竟冒出了汗。他喉结滚动了一下，笑起来，却十分勉强，心神大乱之下甚至都没注意到谢危那凝视他的目光，磕巴道：“世间同名同姓之人如此多，或许是个巧合吧。”

谢危道：“我方才去看了看，这位‘定非公子’虽是不成器的样子，可观其眉目，与您的眉眼却有三四分相似呢。”

萧远大惊失色：“什么？！”

谢危眉梢轻轻一扬，仿佛有些迷惑：“这不是个好消息吗？”

萧远这才意识到自己失态了，连忙想要遮掩，然而想要弯起嘴角笑时，却觉得脸部的肌肉都跟着扭曲了，又哪里笑得出来？

他非但没笑，反显出几分阴鸷神色，心里既慌且乱，敷衍道：“本公只是不大敢相信罢了……”

剑书、刀琴都在谢危身后，冷眼看着萧远这破绽百出的表现。

谢危只觉得可笑。

他也真的笑了出来，清楚地看着萧远脸上恐惧、忌惮、杀意、心虚等情绪一一闪过，却无比恶毒地说了一句：“此事若是真，少不得要恭喜公爷、贺喜公爷了。定非世子大难不死，公爷后继有人，萧氏大有后福啊！”

萧远心底有一万分的阴沉暴躁情绪，可心虚之下不敢表露半点，笑起来比哭还难看，只道：“但愿如此。”

谢危明知故问：“定非公子还未歇下，您不进去看看吗？”

还未等萧远回答，他又恍然似的笑道：“忘了，算算有二十年未见，您也许也近乡情怯。何况这人也未必是真，您心里踌躇也是正常的。”

萧远只能道：“是、是。”

又是一阵风吹来，谢危身子发冷，咳嗽了起来，抬目一看周遭都隐隐映照出雪光，便重新垂下眼帘不去看，说道：“风冷夜黑，公爷见谅，谢某近来受了风寒，不敢久待，先告辞了。”

萧远便道：“谢少师慢走。”

谢危也不问萧远还要在这里站多久，掩唇又咳嗽两声，便由刀琴撑着伞下了台阶，往自己房内走去。

屋内灯火通明，谢危在靠窗的罗汉床一侧盘腿坐下，唇边竟浮出一抹嘲弄之色，末了又变得面无表情。

他抬手搭上眼。剑书自随身带来的匣子里取出一个玉瓶来，倒了一丸药，端了一盏温水递过来，服侍他和水服了那丸药。

谢危苍白的面容并无好转。一卷道经随意地摊在四方的炕几上，其上竖排铅字密密麻麻，他将目光落在上头，瞥见的竟恰好是一句“顺为凡，逆为仙，只在中间颠倒颠”。

道清心，佛寡欲，他是学佛也学道，看了这不知所谓的淫言乱语一眼，心内一阵烦乱，劈手便将其扔到墙角，砸得“哗”一声响。

剑书、刀琴都吓了一跳。

谢危一手肘支在案角，长指轻轻搭着紧绷的太阳穴，问：“宁二呢？”

剑书道：“大夫看过后，说是心神松懈之下睡过去了，半个时辰前小宝来报说方睡醒，吃了些东西，打算要去看看……看看张大人。”

谢危垂着眼帘，眸底闪过一抹阴鸷神色。今晚他是睡不着了。他既不得安生，那谁也别想安生了。他便冷冷地道：“叫她滚过来学琴！”

★

姜雪宁一听，气得差点从床上跳起来，愤怒极了：“大夜里大雪天学什么鬼琴？！”

欺人太甚！

他绝对是挟私报复！

姜雪宁白日里是终于见到张遮无恙，紧绷着的心弦一松，才陡地昏倒过去，一觉睡到傍晚，醒来才觉得自己浑身困乏，原是这些日来劳顿，身子骨娇生惯养早疲累了，只是前些天太紧张，自己都未曾察觉。于是她干脆赖在床上胡乱吃了些东西填肚子，又去问小宝张遮怎样。

小宝说，张大人也在观中养伤。

她便想要寻去看看。

谁料想她还未翻身下床，谢危那边的人便来了。

剑书躬身立在她的房门外，也不进去，听见里面的一声大叫，轻轻垂下了眼帘，仍旧平静地重复道：“先生请您过去学琴。”

姜雪宁气鼓鼓地道：“我没有琴！”

剑书道：“先生说，他那里有。”

姜雪宁差点噎死：“我是个病人！”

剑书道：“小宝说大夫来瞧过，您只是困乏，无甚大碍。”

姜雪宁："……"

那个半大小屁孩儿果然小肚鸡肠，他心里必定记恨着自己当时不去客栈反去府衙搬救兵的事，还给谢危打小报告！

话说到这份儿上，已推不得，她咬牙爬起来把衣裳换了，略整理后才走出房门。

剑书带了伞，要给她撑上。她却莫名有些不敢劳动谢危手底下的人，只自己把伞接过来撑在头顶，这才随剑书一路向着庭院另一头谢危的院落走去。

这该是上清观的观主所居的院落，小小的一座，独立在上清观后山的角落里，显得清幽僻静。

细雪纷纷，周遭却无一盏灯。

姜雪宁走到院中时都不由得愣了愣，抬目只能看见那屋内的窗纸里透出几分暖黄的光芒，映照着外头落下的细雪，倒是别有一番意趣。

也许是这道观年久失修，谢危这边虽带了人来，准备却也不是很齐全，不点灯也无甚稀奇的吧？

剑书上前轻轻叩门，道了一声："二姑娘来了。"

里面便传来一道平淡的嗓音："进来。"

姜雪宁来的一路上都还满肚子火气，一听见这声音，就像是迎头一盆冰水浇下来，再嚣张的气焰、再愤怒的心情，也忽然被消灭得干干净净，小腿肚子开始发软。

剑书推开门，姜雪宁走了进去。

屋里只点了一盏灯。

谢危盘坐在临窗的罗汉床一侧，灯烛的光亮只能照着他的半张脸，手指轻轻地压着太阳穴，面容上有淡淡的倦意，抬眸打量着她。她换上了那身浅紫的衣裙，样式虽不十分新奇，但也算得做工精致，比不得宫装的繁复华美，反而有几分小桥流水的恬静淡雅。

入内之后她便小心道礼："见过先生。"

修长的脖颈，淡红的嘴唇，白皙的脸颊，只是上头留着几道细小的划痕，虽用药膏抹了，却还未完全愈合，她当真是不怕自己嫁不出去啊。

谢危轻轻一摆手。剑书怔了怔，退了出去。

两扇门在姜雪宁身后"吱呀"一声，轻轻合上，她莫名颤了一下，紧张起来。

谢危便道："见了我便跟老鼠见了猫似的战战兢兢，又是哪儿来的胆子不顾自己的安危去府衙搬救兵、援张遮？"

姜雪宁小声道："人命关天……"

谢危向她抬手："过来，我看不清你。"

这屋子就这么大点地方，姜雪宁犹嫌自己站得太近，巴不得这屋子再大些，自己好站得远些，哪里能料着谢危会说这话？

他有什么看不清的？

可她心里打鼓，也不敢反驳，规规矩矩地往前蹭了一步。

谢危眉头轻轻一皱，笑道：“这两条腿若不会走路，那不如找个时辰帮你锯了吧。”

姜雪宁背后的汗毛登时倒竖！她端看谢危笑着说这话的神情，只觉他话里有十二分的认真意味，且还有一点隐约压抑的怒气，哪里还敢磨蹭？

这回她终于走到了近前去，可仍旧隔了两三步。

谢危向她摊开手掌：“来。”

那手指指腹上还有白日里紧扣弓弦所留下的伤痕，看着殷红的一道，竟像是美玉上所留下的一道污红瑕疵，叫人一见之下忍不住要道一声“可惜”。

姜雪宁实在有些摸不着头脑。她一面觉着谢危今夜诡异至极，该离他远些，一面又觉得害怕，不敢表现得太过违逆他，心里面一进一退两种念头相互争斗，让她犹犹豫豫地抬起了手，又不知该不该向谢危伸过去。

谢危终于生出了几分不耐烦之意，面上所有的神情退去，竟一把将她的手拽了，朝着自己身前拉去。

姜雪宁毫无准备，没有站稳。

谢危盘坐在罗汉床上，位置本就不高，她脚底下一绊，便跌坐在罗汉床前搁置的脚踏上，抬眸望着他，心内一片惊骇惶恐。

他的手掌是冰凉的，抬了来搭在她不施粉黛的面颊上，微微俯身凑近了看她。谢危这一张脸实在是无可挑剔，长眉、凤眼、薄唇、挺鼻，连那眼睫投落在眼睑下的阴影都仿佛经由天人笔墨细细描绘，神祇一般，让人生不出半分玷辱之心。

可大约是凑得近了，姜雪宁一眼撞进他的眸底时，竟见他的瞳孔里仿佛有一层阴影。他极其认真地看着她，目光锋锐得像是刀尖，只是没片刻，便稍稍退了一分，先前照着他的面庞的光线也暗了几分，让人一下看不分明了。

微凉的指尖激得她一阵战栗，姜雪宁声音都在发抖：“先……先生……”

指腹压着的肌肤实在细嫩，仿佛压一下便要留下个印子，吹弹可破。她仰着脸看人，纤细的脖颈便露了出来。

谢危看了一眼，仿佛想要感知出什么，也或许是藏在皮囊深处的恶意悄然溢出，让他仍旧没有撤回手来，只是道：“人之存世，先利己，后利人。我瞧着你在宫里步步小心谨慎，只当你是头脑清醒的，不承想出得宫去，倒损了心智。宁二，记不记得刚入宫时，我对你说过什么？”

他说，叫她听话些，别惹他生气。

谢危的杀心从不作假。

姜雪宁动也不敢多动一下，回道：“记得。”

谢危的指尖用了力，她脸颊边还有伤口，压得她疼得轻轻蹙眉，他才略略松手，声音却越发冷酷：“倘若此次不是我来，你死十回也有余了！”

他这般举动，无情之余，实有一分出格。可姜雪宁自来视他如圣如魔，在以前斗胆自荐枕席也不过自取其辱，更知他学道学佛清心寡欲不近女色，是以半点没往别处想，只当谢危是厌憎她，折磨她。

他怒意越显，她越乖觉。

姜雪宁是趋利避害的性子，纵然现在悔过，有许多行为已经改了，可惯来循着人心的缝隙往里头钻，早已经不是什么本事，而近乎一种娴熟的本能。但凡谁对她流露几分怜惜、不忍之意，她都乘虚而入，只因小时候便是如此讨婉娘欢心的。

这时她紧张之下，那种本能便丝丝缕缕地冒了出来。她小心翼翼地打量一番他的神情，下意识地觉得谢危对她终究是念着几分旧日恩情的，况有勇毅侯府的事情在，该对她仁慈许多。他大约只是恼她坏了他的计划，毕竟事关萧氏。

于是她大着胆子，赔了讨好的笑：“可学生运气好，正巧撞上先生嘛。”

少女笑起来时，像是枝头桃花绽了艳艳的粉瓣，实在是有说不出的娇俏颜色，一点点的讨好笑容却不谄媚，反而给人几分亲近信赖之感，让人忍不住想原谅她。

谢危见了，却陡地嗤笑了一声，手指用力，竟掐了她的下颌，迫她抬起头来，声音里半点仁慈都没有，反有一种清醒到令人恐惧的凛冽之意：“好歹也当了我许久的学生，谋略眼界没长，倒惯会使这不入流的下乘伎俩！谁教给你的？”

他毫不费力地便可拉个满弓，力道岂是寻常？

他稍一用力，已叫姜雪宁吃痛。她眼底顿时涌了泪出来，听见他这一声质问，只觉雷霆贯耳，方忆起自己这般情态只怕最让谢危憎恶，顿时惶惶不敢再说话。

谢危居高临下地俯视着她，森然道：“不杀你，是我当你本性不坏。只是世上人，坏的要杀，蠢的更不能留。我留你一命，你却舍了要当儿戏，想救人却连点更高明的法子都想不出来，非要搭上自己。宁二，你的学当真是白上了！”

姜雪宁愣住。

谢危却似已厌她至极，终于松了手，垂下眼帘不再看她，道：“滚去练琴。”

姜雪宁怔怔地看了他好久，才反应过来，带了几分狼狈地起身。只是方才被他拉得跌坐下去，膝盖有些疼，她微微蹙眉，也不知为什么，莫名有几分心虚，倒没了寻常的跋扈性子，也不敢叫屈，自己忍了，朝房中角落里望去。

另一侧果然有张琴桌，上面置了一张琴。姜雪宁一看便觉眼熟，竟是谢危那张峨眉。

这可是谢危自斫自用的琴，她眼皮跳了跳，往左右看也没见别的琴，心里已怯了几分，不大敢碰。然而眼见谢危坐在那边，又无指点她的意思，她只好硬着头皮坐下了。

只是她的确有些时日未曾习琴，手底已然生疏，才抬手弹了《碧霄吟》两句，便错了个音。她吓得抬头去看谢危，却见他手腕搭着膝盖，指尖垂落，竟似在那灯光昏暗处枯坐，神情晦暗，也不知是在想什么，总归没来骂她。

于是她稍稍定心，赶紧改了过来，假作无事，往下头继续弹奏。微颤的琴音在晃晃悠悠的琴弦间流泻而出，音质极佳，高时若清凤啼鸣，低处如间关莺语，在畅快抒怀处冲上霄汉，逢缱绻断肠时则幽咽沉郁。

剑书、刀琴都在外头听着。

静夜里阒无人声，只伴着松上雪压得厚了簌簌往下落的细响。

简单干净的屋舍内弥漫着一股浓重的药味儿，大夫才给张遮的伤处换了药重新包扎，还叹了一声道："好险没伤着要害，不然这么深的一刀，只怕得要了命去……"

张遮合拢衣袍，却忽向窗棂外望去。

黑魆魆的院落里伏着山峦树影，那琴音却袅袅不断绝地飘来，初时还有些生涩，弹得久了便渐渐添上几分圆熟，倒有了点得心应手的味道。

这般境地里还要带张琴出来的，只有那位谢少师了。

是他的琴，却不是他的音。

张遮垂下眼帘，任那大夫提了药箱出去，抬手慢慢抚上肩上之伤，那痛意藏在深处，连绵未消。

他听了好久好久，琴音才渐渐停歇。

姜雪宁实不知自己是弹了半个时辰还是一个时辰，只觉手指头都要被琴弦勒出伤来了，实在招架不住，才大着胆子停了下来。

她一看，原本坐着的谢危不知何时已倒伏下去。她站起身来，轻手轻脚地走过去，低低唤了一声："谢先生？"

谢危靠在旁侧的引枕上，双目闭上，纵然有柔暖的烛火照见几分，苍白的脸上竟也无甚血色，竟似睡着了。没了方才的冷厉戾气，平展的眉目静若深山，叫人不敢打扰半分，恐惊了他这天上人。

姜雪宁一见便噤了声。她站在前头，也不敢再叫，心里一琢磨，便想这是个绝好的机会，正该脚底抹油溜了。于是她跟猫儿似的，踮了脚往门外走去。

只是眼见到了门口，她回头看一眼，微微咬唇，犹豫了片刻还是重新走回来，扯了边上一条绒毯，屏住呼吸，一点点地搭在他的肩上。她这架势倒跟做贼似的。然后她才重新扒开门溜了出来。

剑书他们在门外已经候了多时，见她出来，便要说话。

姜雪宁忙将一根手指竖在唇边。剑书、刀琴登时一愣。她极力压低了声音，近乎无声地道："先生睡着啦！"

剑书、刀琴又是一怔，对望一眼，不由得愕然。

姜雪宁劫后余生，却像偷了油的老鼠一般开心，向他俩摆了摆手，便拾起先前靠在墙边的伞，也不用人送，自己脚步轻快地溜之大吉。

★

翌日清晨，薄薄的一层天光照在台阶上，屋里面似乎有些细碎的动静。

刀琴、剑书早着人备好了一应洗漱用具，在外头候着，听见动静却还不敢进去，只因并不知谢危是否已经醒了起身。

里面的人忽问："什么时辰了？"

剑书回道："辰正一刻。"

里头的人沉默了一阵，然后才道："进来。"

谢危一早睁开眼时，只觉那天光透过窗纸照进来，眼前一片模糊，抬手搭了额角坐起，才发现自己竟然一觉睡到了大天明。

冷烛已尽，屋里有些残存的暖意。他向角落里看去，那一张峨眉静静地摆在琴桌上，仿佛无人动过。

剑书、刀琴进来时，他已起身，只问："宁二昨晚何时走的？"

剑书道："大约亥时。"

谢危便又是一阵沉默，末了却没再说什么，只是换衣洗漱，用了些粥饭。

天教之乱既平，在这通州勾留两日，料理完一应后续的事宜，一行人便该启程回京了。怎奈昨日暮时好一场大雪，堆了满地，下面人回禀说从通州到京城的官道被大雪和落石埋了，尚在清理，一天两天怕不能成行。又加之张遮、萧烨及大部分幸存兵士都有伤在身。谢危听了下面的一番禀告后，便吩咐下去，再在通州盘桓两日。

一应大小官员昨日早得闻京中来了人，今日全都趁机来拜，原本清静的上清观门口，竟车如流水马如龙，好不热闹。

姜雪宁昨日晚上从谢危的房中溜出来后，本意是顺道去看看张遮的，但经过他的房门时见灯烛熄灭，一片漆黑，又想他连日来奔波疲累、殚精竭虑，正该好生睡上一觉，于是忍了没去打扰。

到第二日一醒，她便去找。

张遮的气色较之昨日自然好了一些，只是他惯来沉默寡言，两人又已经脱离了险境，再不像是路途中那般可权宜从事、相互依存的状况，是以任姜雪宁伶牙俐齿，也不知该对着这闷葫芦说些什么。张遮又恪守礼节，更不用说有医嘱在前，要他好生休息，姜雪宁也不便太过搅扰，只好早上看一回，晚上看一回。

张遮如何想不知道，她自个儿只觉得十分满足，倒是一点也没有想家的模样，成日里开开心心，笑容常挂脸上，上清观里谁见了她都觉得舒坦。

只是天公实在不作美，通州官员闹闹嚷嚷地来拜了两天，谢危也着手料理完了铲灭天教一役后的残局，还跟萧远议了好几回事，便准备启程离开了。

年关已近，若脚程快些，众人当能赶在节前回家。

可没想到第三日早上又下起大雪来，驿站那边传来消息，说前些日坍塌过的山道又塌了，是前些日雪化汇聚成洪流给冲垮的，仍旧走不得。

姜雪宁坐在窗前，以手支颐，听了小宝转达的话之后，不由得道："难道过年也留在通州？"

小宝把热茶给她换上，道："听先生的意思，多半是了。"

姜雪宁便皱起了眉。

小宝道："萧国公他们也走不了，前些天才和先生商量过，说除夕那日要找家酒楼大摆宴席，犒赏军士，以慰大家思归之心。您若想家想得慌，到时也可去凑个热闹。"

想家？姜雪宁轻嗤一声。她可不想家。

旁人过年，自然要回家。一大家人坐在一起团团圆圆，纵然平时有些纠葛打闹，在这种好日子里也都放下了。大家相互说些吉祥话，放爆竹，吃年糕，守岁，只盼来年更好，是世间难得的温情日子。

可对她来说，过年却越见冷清。

往年她与婉娘在乡下的庄子时，那些个山野之中的粗人农户大都轻视婉娘的出身，虽因为她们毕竟从大户人家来，农户都有些求于婉娘的地方，暗地里却给了不少白眼。婉娘也不屑与粗人打交道。

每逢过年，家家户户热热闹闹，婉娘带着她却与平常无异，随意吃些东西，连岁也不守，囫囵便往榻上睡了。

她年幼时不知有这回事，也没觉得有什么不对，待年纪稍大一些，开始和村落里那些孩子玩到一起，说上话了，才发现原来别人家是要过年的。

有一年她便回去问婉娘，婉娘根本没搭理她。

又一年过年，她忍不住跟了别的小孩儿到别人家里去，吃了饭，放爆竹，等到晚上溜回家的时候，推开门却发现本应该睡了的婉娘坐在屋里，冷冷地瞧着她，竟把她拎了关在门外。

外头又黑又冷，她吓坏了，抬手使劲地拍着门，哭着问婉娘怎么不让自己进去。婉娘仍是不搭理她。她哭累了，便靠着门糊糊涂涂地睡去，第二天一早就发了烧，婉娘这才带她去看大夫。

从这以后，姜雪宁便再也不敢提过年这回事了——她实在太怕了。

后来她回了姜府，倒是每逢年节都要吃团年饭，可好像总与她不相干。雾里看花、水中望月似的，隔了一层，看不真切。

她毕竟不喜欢姜雪蕙，也不喜欢孟氏。大家平日里不见，过年却要给对方添堵，能痛快吗？

至于后来她到了宫里……那就更没意思了。

除夕赐宴，朝野上下顾着君臣的礼仪，妃嫔们又争奇斗艳，纵然是高兴的日子，人人也在相互算计，哪里有什么意思？

更何况朝野上下也不是人人都来除夕宴，有的是官位太低，来不了，也有一些是能来却自己不来。

比如彼时已经是当朝太师的谢危，几乎年年称病，总不到；比如那油盐不进的张遮，总视皇帝的恩典于无物，上过折子谢罪，说要在家中侍奉母亲。

是以，姜雪宁还没在除夕佳节这种日子看见过张遮……

手指搭在冰冷的窗沿上，姜雪宁心头忽然一跳，转头问小宝："张大人呢？"

小宝愣了一下："什么？"

姜雪宁忽然有些紧张："张大人过年也不回京城吗？"

小宝这才知道她问的是什么，答道："前日张大人着人问过道中积雪和山崩的情况，提过要冒雪回去，可道路未通本就危险，何况他身上还有伤，大夫说还要将养几日。谢先生便没有答允，只说张大人若出意外，谁也担待不起。"

张遮也要在通州过年。一股热气忽然自心底涌出来，姜雪宁的手指都跟着颤了一下。

小宝纳闷："您也想回去吗？"

岂料姜雪宁浑然没听到似的，动也不动一下，过了半晌竟然直接转身往外走，连伞都没拿一把。

小宝吓了一跳："您干什么去？"

姜雪宁是想出门去，可走了几步才想起自己也不认识通州城里的路，回头道："通州有好的酒坊或酒楼吗？在哪里？怎么走？"

小宝："……"

姜雪宁原本意兴阑珊的那张脸像是被点亮了似的，有着焕然的光彩，竟笑着道："你带我去。"

小宝没明白她想做什么。可剑书公子那边交代过，着他把姜二姑娘照料好也看护好，别再出先前那种岔子。他可不敢任由姜雪宁一个人去城里逛，当下虽有满心的狐疑，也只好把伞拿了陪她去。

城里的大酒楼这时都还没歇业，也有一些好厨子逢年过节要去帮一些富户家里做席面。姜府逢年过节都会请得月楼的大厨到府里做一桌好吃的。

姜雪宁知道有这回事，便直接让小宝引路。

路上她看见些店铺还开着，卖的大多是年货。原本前些天见着时，她还不大感兴趣，这回却停下来仔细地看了看，甚至还买了几盏红灯笼，另买了只绣着"福"字的小锦囊、一方上好的印章，又去银号兑了一把铸成福瓜寿果等吉祥模样的金银锞子。

小宝在旁边看着，琢磨她这像是准备给谁过年。

两人路上耽搁了一阵，才到了城里做菜最好的四海楼，一问掌柜的，果然能请厨子去，只是价钱竟然不低。

买什么灯笼福袋不花几个钱，印章和金银锞子却不少，姜雪宁把自己手里剩下的银两一扒拉，皱起了眉："一百两，哪儿有这么贵的？"

掌柜的倒是和气，同她解释："实不相瞒，本楼的桂花酒是出名的，平时价也不便宜，今年没剩下几坛。别的厨子也老早就被别的府请去了，留下来的这位是咱们楼里的大厨许师傅，本是准备回去老婆孩子热炕头，热热闹闹地过个年。但生意到了门前，使得上价钱他当然也不拒绝。您要出得起这个价，我就帮您说项说项。"

一百两对姜雪宁来说，真不是什么大钱，往日花起来她都不眨眼。她一眼就看出这掌柜的是趁机抬价，杀生客，可为着这么点钱，也犯不着跟他斤斤计较。

眼珠子骨碌碌一转，她便道："也行。不过我身上没带这么多银子，您看我手里剩下这二十两，付给您做定金。剩下的那些，晚些时候您派个人来上清观取，我就住在那儿，除夕的席面也在那边做。”

掌柜的顿时诧异地看了她一眼。城里都传开了，上清观那边出了大事，这些天来就看着官府的轿子在观前出出入入。如今住在上清观里的，可绝不是普通人啊。

他对姜雪宁一下就恭敬起来，连忙答应。

小宝看着，欲言又止。

出了酒楼，姜雪宁问他：“怎么这脸色？”

小宝道：“太贵了，再说您哪儿有那么多钱？”

要知道，姜雪宁现在身上的钱就是先前他给的一百两，是先生交代给的，他身上也没多的。刚才姜雪宁却一口就应下了那个价，简直……总之小宝觉得不靠谱。

姜雪宁听了却挑眉笑笑，难得有些得意之色：“没钱？本小姐可多的是钱！”

她把印章揣了，又把那些金银锞子都放进了福袋里，沉甸甸地放进袖子里藏好，不让别人瞧见，便脚步轻快地回了上清观。

这些天来，谢危都没叫她去学琴，听说是事情忙。毕竟通州来拜会的官员太多，想必他挪不开时间来训她。而且从前两天开始，这位少师大人便声称自己病了，染了风寒，不见外客。

姜雪宁一琢磨就知道这是托词。一箭之力能穿过人的肩膀，他岂能是个年年冬天都要生病的弱书生？想来谢危只是懒得应酬通州这帮官员。

她一回到上清观，便破天荒地往谢危那院子走去。

剑书刚端了撤掉的冷茶从里面出来，看见她跟见了鬼似的：“二姑娘怎么来了？”

姜雪宁咳嗽了一声，向他身后紧闭着的门扇望了望，压低了声音问道：“先生睡了吗？”

她这模样有点鬼鬼祟祟。

剑书犹豫了一下，道：“睡下了，您要见吗？”

“不不不不……”

开什么玩笑，姜雪宁可不想主动找死！

她抬手把剑书拉到了一旁来，道：“我这话跟你说就行了。”

剑书看见她那白生生的手扯着自己的袖子，眼皮跳了一下，心底冒上几分寒气，道：“您说话，别动手。”

大男人这么小气！

姜雪宁也没往深了想，放下手，摆出了十分良善的表情，道：“你跟着你们先生出来，身上一定带钱了吧？随便给我个千儿八百两使使。”

随便给个千儿八百两使使……剑书抽了抽嘴角："您……"

姜雪宁及时道："你知道的啊！"

剑书道："我知道什么？"

姜雪宁可知道剑书、刀琴都是谢危的心腹，谢危的事他俩都门儿清，便一叉腰道："你们先生可还欠我好几万两银子没还，我要个千儿八百两不算过分吧？我想你们先生染了风寒，身子不好，也不好去打扰。你便给了我，回头跟他说就是。"

剑书怕自己答应下来回头被自家先生打死，可眼前这位主儿又实在有些特殊，还真不大敢不给，实在让他踌躇起来。

姜雪宁催他："不然我可就去打搅你们家先生了啊！"

看他们平时那架势，也不像是敢随便打搅谢危的，她觉着自己能顺利地拿到一笔属于自己的钱。

却没想，剑书幽幽地盯了她半天，竟然道："那您去吧。"

姜雪宁愣住了，这还是我认识的剑书？好像有哪里不对啊！

剑书却转身要去叩门，只道："我这就为您通传。"

姜雪宁激灵了一下，吓了一跳，忙去拉他："别呀，你干什么？！"

正在这时，方才还紧闭着的房门"吱呀"一声开了。

谢危站在门后，轻袍缓带，身形颀长，手还搭在门沿上，仿佛是才起身，松散的头发落了几缕在雪白的衣襟上，姿态间竟有那么一点寻常难见的慵懒，然而眉目间却有着清透的冷意。他的目光落在了门前这两人身上，然后落到了姜雪宁那还拽着剑书的胳膊的手上。

姜雪宁未觉得如何，剑书却只觉得背后汗毛都竖了起来，如在阎王殿前走了一遭，忙将自己的手扯了回来，躬身道："先生，宁二姑娘方才……"

谢危淡淡地道："我听见了。"

姜雪宁后脖子登时一凉，抬眸打量谢危，他的面色虽然有些白，却实在不像是染了风寒病到没法出来应酬的模样，便忽然开了个小差，在心里嘀咕一声：果然是装的。

谢危看向她："要钱？"

姜雪宁本是想直接找剑书要，反正他们先生欠自己的钱是事实，没有不给的道理，让他们回头去跟谢危说，谢危也不好吝啬地找自己计较。谁承想他竟然出来了……

她嗫嚅道："是要，听说先生在睡，便没敢打扰。"

听说他在睡？谢危知道这小骗子满嘴没一句实话，也懒得揭穿她给自己脸上贴金的这种小把戏，笑着问她："你可真是惦记着那点钱，说吧，做什么用？"

姜雪宁张口欲言，可话未出口，面颊却微微一红。

谢危原是笑着，看见她这副情态，眼底的温度便渐渐消了下去，唇边的笑弧虽依旧在，却没了方才叫人如沐春风的味道，竟是看穿了她："为张遮？"

她喜欢张遮这件事，在谢危这里可不算是什么秘密。

姜雪宁方才说不出口，只是难为情。但既然都被谢危猜出来了，她也就坦然起来，想谢危反正知道，便抬起头来眉开眼笑地道："还是瞒不过先生。我想张大人本想回家，可大雪封路走不成，要留在通州过年，便想好好筹划一番，热闹热闹。否则大年晚上也不出门，他一个人孤零零的……"

谢危看她俏生生地立在屋檐下，眼角眉梢都似枝头娇花含苞般的欢喜，往她身后一看，庭院里未来得及打扫干净的那些积雪却白得刺眼。

他心底含了万般冷笑的凛冽寒意，话出口却仍旧温和："你倒想得周到。"

姜雪宁还当他是夸自己呢，喜滋滋地道："那您是同意了？"

谢危轻声细语地笑道："是你的钱，自要给你的。"

★

铁公鸡拔毛了！

姜雪宁差点一蹦三尺高，只是碍着还在谢危面前，多少还端着点端庄的架子，隐忍不发而已，可眼底的笑意和欢喜已经毫不隐藏，溢美之词更是毫不吝惜："先生真是善解人意，体贴得不得了！"

谢危摆手让剑书去拿银票给她，却问："你这般大张旗鼓，也不怕旁人看见多有非议？"

姜雪宁眼珠子骨碌碌一转："张大人救了我的命，我这是报恩啊！"

报、恩。

谢危心里重重地念了一声，悠悠地掠了她一眼，道："由头倒是找得好，我还以为你要趁此机会同他表明心意呢。"

姜雪宁陡地愣住。"表明心意"这四个字就好像是几颗珠子，忽然砸落在她的心盘上，原以为也就震那么一下，谁知它们忽然滚开，骨碌碌响成一片，竟让她刹那间心乱如麻。

"怎……这怎么可能呢？"她下意识地反驳了，毕竟的的确确没有过这个想法。

谢危看她神情闪烁，倒像是被自己这句话吓住了似的，心底便是一哂：有贼心没贼胆罢了。

正好剑书已将银票取了来。

姜雪宁连忙接过，稍稍定了定神，便躬身辞别了谢危，走出院落松了一口气后，才发现自己面对谢危时竟一直是紧绷着的。

剑书把银票交了，就立在旁边不敢说话。

谢危扶着门框，看她那道影子消失在甬道拐角处，便放开了手走回屋中坐下来，却觉方才开了门被外头的雪照着，眼底犹似被一层光晃着。

他慢慢闭了眼，缓了缓，然后才道："叫萧定非来。"

那酒楼的掌柜果然傍晚时分就派人过来了，姜雪宁一千两银票到手，倒是这些天来难得地阔气，在小宝万分惊讶的目光下，立刻就把账付了。

酒楼这边自有专人和她商量酒菜。

张遮的口味偏清淡，素来不是什么嗜好山珍海味的人，所以也没有必要格外铺张，只要每道菜做得精致、出新意就好。至于酒嘛，这人素来也是酒量很浅的，大夫说已经将养了几日，稍稍喝点无碍。大冷天的，最适宜的当属上品绍兴花雕，在炉上热一热喝，最暖不过。

姜雪宁也就是以前在宫里的时候当着皇后，头两年为了逞能，操办过这类宴席，后面几年却是撒手懒得管了。她倒没想到这本事重新被自己捡起来用，是在这种情境下。

宫里的大宴她都料理过，小小一桌酒席自然不在话下，没花半个时辰便定了下来。

酒楼那边的人大约看出她身份不俗，倒也不敢马虎，先让厨子来看了看上清观这边的厨房能不能用，还提前送了些明日除夕饭要用的器具，甚至还送了酒来。

本来萧远他们就要犒赏随行未能归京的兵士，这帮人来来往往也没几个人注意。

姜雪宁在厨房外头看他们搬东西进屋，却看着看着就走神了。

"我还以为你要趁此机会同他表明心意呢……"

早先谢危那话，见鬼似的又回荡在她的脑海中，一颗心莫名跳动得快了些。她虽然知道自己原本的确是没有这个想法的，也不该往这个方向去想，可谁叫姓谢的说的这句话竟然充满了让人着魔的诱惑呢？

姜雪宁发现，她根本无法摆脱这句话。

常言道，男追女隔层山，女追男隔层纱。

她就是喜欢张遮呀。人去求自己想要的，去袒露自己的心意，有什么可耻的，有什么不能的？

所以，所以明晚……

“姜二姑娘！姜二姑娘！”

一只手忽然拍在了她的肩膀上，姜雪宁差点吓得魂飞天外，整个人哆嗦了一下，方才脑袋里的念头顿时藏匿了个干净。

她回头一看，竟是萧定非。

这浪荡子前些天被谢危一箭射穿了肩膀，惨兮兮地作为天教的贼子给押了下去，又因为身份特殊被软禁起来。谁让他就叫“定非”呢？

可以说在朝廷这边的人初步审讯之后，大家伙儿便注意到了他那同定国公萧远有几分相似的面庞，再一联想到这个名字，顿时种种猜测都传了开来。

听闻定国公萧远去见过他一回，进门前十分忐忑，出来后满面铁青。

人虽然是阶下囚，可在这上清观中竟无一人敢对他不恭敬，是以此人的日子过得反倒比在天教的时候还潇洒。

伤在肩膀，也不影响他四处溜达。昨儿他还带了两个看守他的兵士一道去逛窑子，见着那些个窑姐儿便说：“本公子这回发达了，知道本公子是谁吗？是京城里权柄滔天的皇帝都得怕上三分的定国公的便宜儿子！”

这话传回来，萧远气得肺都炸了。只是这毕竟是谢危抓的人，纵然他有心要对萧定非做些什么，将人押回京城之前也不能动上半分，唯恐做得露了行迹，惹谢危生疑，只好把火往肚子里憋。

啧啧，他可别提多糟心！

反观萧定非，照旧绫罗绸缎地穿着，大冬天里还拿把洒金扇在手里装风雅，也不知在她背后站了几时了，只用一种古怪的眼神望着她：“想什么呢，这么认真？”

姜雪宁一见着他就头疼，当下只道：“定非公子有事？”

萧定非笑呵呵地朝着厨房外头看了一眼，面上流露出几分垂涎之色，竟道：“听说姑娘请了厨子来做年夜饭？”

姜雪宁浑身一僵，警惕起来：“没有的事，你听谁说的？”

萧定非道：“这么大动静，上好的绍兴花雕，光那酒坛子从我屋门外头经过我就闻见了。嘿嘿，姑娘，咱们好歹也是共患难的交情了吧？蹭顿饭？”

蹭顿饭？！

姜雪宁若是只猫，这会儿只怕浑身的毛都奓了起来，冷冷地道：“你做梦！”

她知道这人是死缠烂打的性子，二话不说，甩了袖子就走，生怕这人掺和进来搅了自己的局。

偏生萧定非这人是个自来熟。他一副馋着那酒馋着那菜的模样，长得还比姜雪宁高，一步顶她两步，毫不费力地跟上了，锲而不舍地道：“别价啊，除夕夜啊，团年饭，可不得人多些热热闹闹地一起吃吗？姑娘苦心准备了这么多，自己一个人又怎么吃得完？还是说，姑娘请了别人？”

姜雪宁憋了一口气，黑着脸继续往前走。

萧定非却忽然用扇子一敲手心：“呀，你请的该不是那姓谢的吧？听说他是你先生……”

姜雪宁回头怒视他道：“你胡说八道什么？！”

萧定非把手一摊：“那我蹭顿饭有什么了不起的？哎，等等，你这顿除夕饭连你先生都不请啊，他知道吗？”

姜雪宁简直想找块抹布把他这张破嘴给塞了：“我先生不来！”

萧定非道：“请过了？”

姜雪宁是为张遮才折腾这一番，怎么可能请个煞星过来妨碍自己，且还有些自己没琢磨透的小心思，哪儿容外人在场？当下她急于摆脱此人，没好气地道：“先生自要去和你那便宜爹犒赏兵士的，不会有空的！”

萧定非惊讶地笑道：“连姑娘也知道我的身世啦？”

姜雪宁已走到自己的房门前，冷笑着。

萧定非便故意摆出一副风流的姿态来，朝她暧昧地眨了眨眼：“等回了京城，本公子可就是国公爷世子了，姜二姑娘不考虑……”

“砰！”

回应他的只是姜雪宁面无表情地关上自己的房门的声音，还没说完的话登时都给关在了外头。萧定非顿觉无趣，朝着门里嚷嚷：“京城里的姑娘都像你一样冷面无情吗？也太不把本公子放在眼底了吧？”

门内没传出半点声息。

萧定非站了半晌，终究跺跺脚走了。

姜雪宁竖着耳朵，听着那脚步声远去，才重新开了条小小的门缝，见庭院里果然没人了之后才松了口气，想自己总算是把这块牛皮糖甩掉了。

次日白天，萧定非也没出现。

姜雪宁心里安定了不少。

到得傍晚，酒楼的厨子早早来把一桌席面都做好了，特意挑了上清观观后僻静的一处道藏楼盘盘碗碗地给摆上。她这才先叫小宝去知会张遮一声，然后换上那身水蓝的衣裙，披了鹤氅出门，要顺路去叫上张遮一块儿。

可不承想才走到半道，一条人影便从斜刺里跳了出来，笑道："好呀，可算是给本公子赶上了，听说席面已经摆上了，现在就去？"

这一瞬间，姜雪宁脸都黑了。她停住脚咬牙："定非公子，我说过不请你！"

萧定非狡猾得像头狐狸，摆了摆手："哎呀，没关系，我下午的时候已经代你先去请过张大人了，这时候正好大家一块儿去，岂不正好？"

下午他先去请过张遮？！

姜雪宁鼻子都气歪了，指着他的手指都在发抖："我准备的席面你凭什么去请？不对，你这人脸皮怎么这样厚呢！"

萧定非耸耸肩，一副无奈表情："张大人回说晚些时候同去，唉，若姜二姑娘实在不愿，那我只好向张大人那边告个罪，实话实说了……"

姜雪宁噎住："你……"

这天底下总是不要脸的人欺负要脸的，厚脸皮的人欺负脸皮薄的，在这一点上，姜雪宁与萧定非还差着十万八千里的距离，实在及不上，一个闷亏吃下来，差点没把自己给气死。

她咬着牙、绷着脸，盯着对方，终于慢慢把那股火气给压下去了，转而嫣然地笑了笑，连道三声："好、好、好。"

今日又下了大雪。整座上清观没清扫过的地方都似被雪埋了，一脚踩上去能留个印。她站在雪里，撑一把油伞，一袭水蓝的裙裾被雪白的鹤氅裹着，扬眉一笑，实在惊心动魄。

萧定非觉得自己半边身子都酥了。他对长得好看的女人从无抵抗力，差点就想说"那我不去了"。还好话到嘴边时险险收了回来，讪讪一笑："这不也是没地儿吃饭吗？见谅，见谅。"

他这副模样真是见了就叫人生气。

姜雪宁往前走了两步，脾气上来，实在觉得心里有点过不去，扔了伞弯了腰，干脆两手一捧从地里团了个雪球朝萧定非打去！

萧定非哪里料到会横遭此等惨祸？

他叫嚷起来："哎，你这姑娘怎么回事？说不过人就动手，你还是君子吗？这可是我这两日刚买的衣裳，杏春楼的姑娘昨儿才夸过好看的！别，哎，别打啊！"

姜雪宁哪里肯听？

她一句话不说，只一意团了雪球打他出气。

萧定非爱惜那衣裳，不由得抱头鼠窜，一路朝着张遮的住所跑去，一面跑还一面喊：“打死人啦，打死人啦！”

姜雪宁不疾不徐地跟在他后头，谅他不敢还手。

没两步她便到了张遮那边，小宝正好在屋檐下站着，张遮也才从门里出来。

远远见着张遮，姜雪宁收了手，跟什么事也没发生过似的，从外袍已经被雪打得狼藉的萧定非身边经过，到屋檐下站着，又恢复了一副良善模样，熟稔地打了招呼：“张大人气色看着又好了些。”

张遮也从台阶上走下来，看见外头还洒着细面子雪，不觉蹙了蹙眉。

他道：“二姑娘出来没打伞吗？”

她自然是打了的，只不过刚才嘛……

姜雪宁刚想开口说自己是忘了，谁料想这时站在她身后的萧定非目光一闪，竟也不知哪里来的包天的狗胆，抓起地上一团雪捏了，就照着她的后脑勺丢去！

姜雪宁看不见背后的动静，自然察觉不到。

张遮却是面向她而立，清清楚楚地看个正着，那原本便蹙着的眉头皱得更紧了，只将还未来得及说话的姜雪宁往自己身前带了一步，然后抬了宽大的袍袖挡在她的脑袋后面。

“哗”的一下，那一抔雪全砸在了张遮的衣袖上，散了一片，弄得一片狼藉。

姜雪宁差点撞到他的胸膛上，直到那袍袖将她挡了，感觉到视线暗下来，又听见背后的声音，才知道发生了什么。她抬眸看着眼前这张刻板的脸，只觉心跳如小鹿撞。

呆了片刻，她才陡地反应过来，从张遮护着她的袍袖下转出身来，对后头那笑嘻嘻的萧定非横眉怒目道：“你找死啊！”

萧定非似笑非笑地看着她，却仗着自己腿长，拔腿就跑。

姜雪宁却觉得自己面颊烧红，只因今日来时心里有些不可告人的念头，便不是很敢去看张遮此时的神态，见萧定非跑了，便作势追上他拿雪团打他。

萧定非这回不敢还手了，只道：“可真不留情啊！”

姜雪宁骂：“人都是吃人嘴软拿人手短，你倒好，蹭本姑娘的席面还敢还手！”

张遮看着她那有点落荒而逃的架势的身影，无言地低垂了眼帘，轻轻抬手将袍袖上沾着的雪末拂去，才抬步跟上。

他住的地方距谢危住的地方也没两步，若要去道藏楼，正好会经过，转过小半条甬路就是。

姜雪宁一团雪还击在了萧定非的后脑勺上，出了口恶气，然后一抬头就看见这大夜的天，剑书竟然抱剑站在外头。他身后那半间小院落里的雪几乎扫得干干净净，一眼看去漆黑一团，屋里屋外都没点上半盏灯，好像根本没住着人似的。

姜雪宁不由得一怔：“你没同先生一块儿去？”

剑书远远就看见他们过来了，却奇怪地问：“去哪儿？”

姜雪宁道：“除夕夜犒赏兵士啊。”

剑书冷冷地道：“先生没去。”

谢危没去？

姜雪宁微微一愣，下意识地朝着剑书背后那漆黑的屋舍望了一眼：除夕夜不去犒军，又听闻他远在金陵的双亲都已故去，倒也没听说他还有什么别的家眷……

她张口想说点什么，可一念闪过又收了。谢危可不是萧定非这样的人。她慢慢地“哦”了一声，忽略了心底那一点隐约的异样感觉，笑笑道：“那就不叨扰了，我们先去了。”

在这地界，谁也不敢大声说话，原本一路追着打雪仗过来的姜雪宁和萧定非都安安静静的，一行三人带个小宝，便从甬路上走了过去，踩着那“咯吱咯吱”响的厚厚积雪，进到那道藏楼中。

小院前头，剑书却还立着没动。

每到一年的这时候，他们总也不敢离太远，只好都陪着一起熬。

想起方才见到的场面，剑书默然半晌，道：“宁二姑娘是个没长心的。”

身后院墙上的阴影里，有道声音竟反驳道：“有的。”

剑书回头看去。刀琴的身影在那一团黑暗里也看不清，他倒清醒得很，补了一句：“只是不在先生身上罢了。”

★

上清观是个道观，道观里自然藏着道经。

道藏楼原来便是藏书之用，只是荒废已久，也被天教占据久了，没谁去看那破败的道经，大半被人抢去烧在灶里，如今正好辟出来给姜雪宁摆年夜的席面。

小小一栋楼，上下两层，上头甚至有些破败了。

席面便摆在楼下。

屋里早已经生了炉火，煨了一壶花雕，中央一张圆桌上已经放了一桌上好的热菜。既然已经多了个萧定非来搅局，这一顿饭也就成了真正的年夜饭，姜雪宁干脆叫小宝别走，留下来一道吃。

小宝诧异地看了她一眼，但想了想，也并未拒绝。

萧定非在天教里就同小宝见过，此刻从鼻子里哼了一声，自己咕哝了几个字。

姜雪宁没听清："你说什么？"

她正将外面披着的鹤氅解下来，搁到一旁的椅子上，张遮则在外头收伞。

萧定非朝她凑过来，声音细如蚊蚋："你可得谢我啊。"

姜雪宁挑眉看向他。萧定非只要笑不笑地朝着刚要转身走进来的张遮投去视线，那意思再明白不过。

姜雪宁下意识地也朝张遮看过去。

方才在路上，原本没朝她还手的萧定非到得张遮门前时，却一反常态地团了把雪扔她。她看不到，张遮却看得到。

目光微微一闪，她明白了。

萧定非这意思是他刚才是故意的。

萧定非早发现这姑娘冰雪聪明一点就透了，得意地扬眉笑起来："怎么样？"

姜雪宁一转念，微笑道："到京城我罩着你。"

萧定非要的就是这句话，登时喜笑颜开，也不多言，在张遮进门的时候就退开了，结结实实地伸了一个懒腰，浑身没骨头似的瘫在了圆桌旁的椅子上，竟拿起筷子就开吃："为了吃这顿饭，我中午可故意没吃，把肚皮空了出来，让我先来尝尝这厨子做的菜怎么样！"

这架势一看就没什么教养，他在外头嚣张惯了，半点规矩和忌讳也没有。

小宝顿时露出一言难尽的神情。

姜雪宁看到他这样倒觉得真真的，过去她最喜欢的莫过于同萧定非坐在一起大快朵颐，什么食不言寝不语通通是狗屁。

没承想，如今他们竟还能碰着。

她实在没有太多的反感，只道了一句："我们也随意些吧。"

本来就是人在通州，几个交情或深或浅、身份又迥异非常的人坐在一起凑一桌年夜饭罢了，又不是京城那些世家大族，更不是规矩森严的皇宫，实在没必要穷讲究。

姜雪宁就坐在张遮旁边。

那壶花雕早就煨热，小宝提起来，她将其接过，便先给四个人都满上了一盏，举杯道："大家都算得上是落难通州，被风雪围困，纵萍水相逢一场，也算有缘，说不准往后便交成了知己。瑞雪兆丰年，我先敬上一杯！"

萧定非格外捧场："说得好！"

小宝默默地递给他一个白眼。

张遮抬目，恰对上姜雪宁在昏黄灯火的映照下亮晶晶的一双眼，端起面前那小小的一盏酒，到底还是和她轻轻碰了一下，然后便见她面上绽开笑来，同大家一道举杯饮了。

花雕正当热着喝，酒味浓郁，犹似一股醇厚的暖流在喉间化开，润到肺腑，让人觉着整个身子都跟着慢慢地暖起来，倒是消减了方才在外头沾着的几分寒气。

张遮惯来寡言少语，也就不怎么说话。

萧定非这人却是个自来熟，因为知道过不久就要去京城，若无什么意外的话只怕就要成为定国公世子，是以对着众人的态度前所未有地好，话里话外都要问问京城那些个世家大族的格局，俨然已经在为入京做准备了。

姜雪宁知道这么个坏坯定是萧氏一族的克星，巴不得这人在京中混个如鱼得水，要看看萧氏那一帮人见了萧定非之后是什么脸色，当然知无不言、言无不尽，把京城一干世家大族的老底儿都给萧定非扒得透透的。

谁叫她彼时是皇后呢？坐的位置高，能看到的东西就不少，虽然眼下自己用不着，但可以拿出来给别人用嘛。

萧定非听得连连点头，一副已经把姜雪宁当成兄弟的模样。

有他在，这顿饭几人吃得倒不冷寂也不尴尬，连小宝有时候听多了他阿谀奉承的话都要忍不住插嘴刺他一句。

萧定非也不介意。谁叫他知道小宝是谢危的人呢？且旁人刺他一句又不少块肉，他权当耳旁风，吹过就过了。

张遮酒量不好，素日里也不大喝酒。

那日围剿天教的时候，因形势所迫他喝了三大碗，便有些晕头转向，只不过没叫人看出来罢了。后来他被人一刀劈到肩上，痛起来，再醉的酒也醒了。

现下他却陪着喝了好几盏。

他饮酒易上脸，那一张寡淡的面容上已微微见了红，倒是难得消减了几分平日的刻板样，灯火映照之下，也是五官端正，面如冠玉。

姜雪宁夹菜吃时不经意瞥上一眼，只觉心惊肉跳，却有些不敢再看，便连自己原要与他攀谈的话都忘了。

她端了一盏酒站起身，道：“这杯酒我要敬张大人。”

桌面上顿时静了静。

张遮同萧定非完全两样，是个克己守礼的人，当下也执了酒盏站起身来。

在这小小一间屋子里，两人相对而立。

萧定非面上挂了怪异的笑。

姜雪宁也不看旁人，只看向张遮，异常认真地道："此番涉险辗转来到通州，一路上多劳大人相助才能保得周全，今日座中仅有薄酒一盏，堪表谢意，还望大人不嫌。"

张遮道："也该张某谢二姑娘。"

前面固然是他护着姜雪宁，可后面那刀光剑影的乱局中，若无姜雪宁带了府衙的兵来，只怕他也葬身于刀剑之下了。只是这话他不能明说，毕竟中间还牵扯着那位也不知是无心还是有意的谢少师。

姜雪宁那日带了人来救他，却被他厉声质问为什么回来，心中不免有几分委屈，眼下却没想到张遮会对着她说出这样一句话。

他知道，他记得。

也不知是方才喝下去的几盏花雕滚烫，还是此刻微有潮湿的眼眶更热，她忙掩饰般仰首将盏中酒饮尽。

张遮默然地看着她，也举盏将酒饮尽。

萧定非在旁边揶揄："哎呀，看二位说得这恩深如海情真意切的，知道的说你们在吃年夜饭，不知道的怕还以为两位是在拜堂呢！"

这人说话总没个遮拦。

姜雪宁皱眉道："你不说话，没人把你当哑巴。"

萧定非道："哈哈，快坐下、快坐下吧！来来来，我给你们倒酒，光这么吃着喝着也无聊，大家来行个酒令怎么样？"

说着他还真给众人斟酒。

张遮坐下后，却有了几分恍惚感。安静的夜里远远传来放爆竹的声响，他向窗外看去。

道藏楼修在山间，外面是泥径山影，古松堆雪，飘飘扬扬的雪从高处撒下来，格外有一种雪中围炉夜话的深远幽寂气氛。

只是……雪再好，终究是要化的。

萧定非已经不顾小宝的反对行起了酒令，转过一圈后正该轮到张遮，却不承想看向张遮时，却见这位张大人静坐在桌旁，静默地望着窗外。

他喊了一声，张遮才回转目光。

萧定非在察言观色上也是很厉害的，笑着道："难得良辰佳节，可看张大人神思恍惚，好像有什么事情记挂在心？"

姜雪宁也看向张遮。

张遮却低垂下目光，慢慢地道："天雪夜寒，京中该也一般。家母独居旧院，张某如今却身陷通州，未能归家侍奉，心有愧，且有些担忧罢了。"

萧定非顿时"啊"了一声，有些没想到。

张遮的母亲……

昏黄的灯光下，姜雪宁手搭着的杯盏里，酒液忽然晃动起来，摇碎了一盏光影，她的面色仿佛也白了一些，少了几分血色。

屋舍里忽然变得很安静。

后面萧定非又笑起来打破了沉闷的气氛，对着张遮说了好几句吉祥话，举杯遥遥祝愿京城里张母她老人家身体康健事事顺心。

姜雪宁却变得心不在焉，连后面还说了什么，行了什么酒令，都忘了，脑海里面浮现出的是彼时的一幕幕旧事。

夜里宫廷中，她拉了张遮的袖子，恳请他帮自己一把；坤宁宫中，乍闻事败，他被周寅之等人安了罪名投入大狱；然后便是那初雪时节，张遮家中传来噩耗……

那位老妇人，姜雪宁从未见过。可料想寒微之身，困窘之局，教养出来的儿子却这般一身清正，她该是一位慈母，也是一位严母，是个可敬的好人。

她想，张遮在狱中得闻噩耗时，回想那一切的因由，会不会憎恨她呢？那些日子，她都在惶恐与愧疚的折磨中度过，末了一死倒算是解脱。

如今忽又从张遮口中听他提起其母，姜雪宁那些愧疚几乎立刻像是被扎破了似的涌出来，让她觉出自己的卑劣。

万幸，一切得以重来。

她不由得感念老天的恩赐，只是无论如何想强撑起笑容，这一通酒、一顿饭，到底吃得有些食不知味了。

宴尽临别，要出门时，萧定非也不知是不是看出点什么端倪来，瞧了她片刻，低声道："二姑娘怎么也恍恍惚惚的？"

姜雪宁没有回答。

萧定非便觉得自己认识的这一帮人怎么都有点矫情，轻哼了一声："你懒得说本公子还懒得听呢！只告诉你一声，通州渡口子夜时有人放烟火呢，满城老百姓都出去看。"

说完他嘿嘿一笑，转身朝外头走去。

众人一道来的，自然也一道回，回去时路过谢危的那座小院，剑书的身影看不到了，那屋舍里仍旧黑漆漆一片。

萧定非拉了小宝说有事问他，先从岔路走了。

姜雪宁知道这人又是在给自己制造机会，暗示她邀张遮一块儿去渡口看烟火呢。只是她心里压着事，临到这关头竟有万般的犹豫和胆怯之意，那一腔奔流的勇气仿佛都被浇灭了。

直到与张遮话别，原本备的话也没能说出口，她一个人走回了自己的屋前。

台阶上已经盖了厚厚一层雪，姜雪宁走上去，抬手便要推门。只是那门框也早已被冻得冰冷，她一触之下，竟凉得惊心，原本混沌的脑袋一下子就清醒过来。

她在干什么？

她有什么可犹豫的？

她不就是要弥补遗憾，避免走向那些悲剧吗？

既然想要，那便去追，那便去求，忸忸怩怩岂是她的作风！

先前准备好却未送出去的福袋荷包还藏在她的袖中，里头沉甸甸地放着些好意头的瓜果样式的金银锞子，姜雪宁将其取了出来，能清楚地摸到里面装着的薄薄一笺纸。

我意将心向明月。

她胸膛里顿时滚烫起来，这一刻下定决心，竟连门也不推了，径直快步顺着原路返回，踩着甬路上还未被雪盖上的行迹，往张遮的居所行去。

寒风刮面生疼，她都浑无感觉。

只是到得张遮屋前时，里面竟也漆黑一片，没有亮灯，也无什么响动，姜雪宁不由得怔了怔。往返一回并未耽搁多久，张遮已经睡下了吗？

她犹豫片刻，还是伸手轻轻叩了叩门："张大人睡下了吗？"

里头阒无人声，回应她的只是那漆黑的窗棂，还有庭院里吹拂过的风声。

过了片刻，姜雪宁再一次轻轻叩了叩门："张大人在吗？"

门内仍旧寂静。

她便想，张遮有伤在身，酒量也不好，或许是睡下了吧？也或许他没在屋中，被谁拉着去与众人一道犒赏军士了。

只是她心里忽然空落落的，眉眼低垂下来，看着自己掌心里的锦囊，只道自己尿包，先前犹犹豫豫，以致现在连当面表露心意的机会都没有。

但决心已下，她倒不反悔。姜雪宁想了想，只轻轻将这绣着"福"字的锦囊系在了左侧那枚小小的铜制门环上，盼他明早能看到，然后才笑了笑，强压下满怀的忐忑之意，在门外望了一会儿，转身回去。

庭院的积雪里延伸出三行脚印。那雪在枝头积得厚了，压着枝条簌簌地落下，墨蓝的夜空里忽然传来一声尖啸：是城外另一边的渡口方向，有璀璨漂亮的烟花升上了高空，“砰”的一声炸开来，绽出明亮闪烁的华光。

张遮背靠门扇，屈腿坐在冰冷的地上，听着门外的脚步声远了、听不见了。顺着半开的窗，焰火的光照进来，铺在他轮廓分明的面庞上，落到他深沉的眼眸中，只映出一片烧完后残留的灰烬。

第七章
刺杀

姜雪宁回了自己屋里，洗漱睡觉。

本以为做了这么件大事，晚间必定辗转反侧胡思乱想难以入眠，不承想，席面上本就喝了不少酒，花雕不算很烈，但喝多了后劲也不小，她脑袋才一沾着枕头，想了一会儿张遮的事，就沉沉地睡着了。

只是她睡得不是很好，做了一夜的怪梦，可早晨一醒来睁开眼就忘了个七七八八。

桌上还搁着她昨日放着的那一方青玉小印。印章买来还是白的，要什么字得自己刻。像这样寸许的面，刻起来不花什么时间，就是琢磨怎么雕琢的时候颇费脑筋。姜雪宁看了一眼，暂没去动它，只是推开窗往外看了看："雪停了啊。"难怪早晨起来她觉得有点冷。

她伸了个懒腰，打了几个哈欠，没一会儿就瞧见窗外的甬路上，小宝穿着一身厚厚的衣裳走过来，对她道："二姑娘，刚来的消息，说是昨天后半夜里雪停之后，那崩塌的山道被清理了大半宿，今早已经通路了。看这天儿午间怕还要出太阳，定国公那边和先生商量后说要趁着这时候走，怕再过几天等雪化了又出什么岔子，所以来知会您一声，若有什么东西也好提前收拾，中午便走。"

通州到京城的路途本不遥远，他们走得早些，骑马乘车的话，晌午走，晚上差不多也能到了。

姜雪宁点了点头答应，只是眼看着小宝转身又要走，不由得"哎"了一声，把他叫住，问道："对了，张大人呢？"

小宝以为她问张遮是不是也走，便道："张大人也早知道消息了，自然同大家一块儿走，只是原本随同来的兵士或许要等雪化了再走，毕竟并无那么多马匹。”

姜雪宁无奈：“我是问他现在人在哪里。”

小宝这才反应过来，想了想，好像也不是很确定，犹豫了一下道：“方才看见了，因还有一批人要驻留通州，好像是定国公拉了先生同张大人一道去交代些事情，这会儿可能在府衙那边吧。”

“哦……”

那他就是不在了，也不知他今晨起来有没有看到自己昨晚留的东西。

想来张遮现在也忙得脱不开身，姜雪宁也不好前去叨扰，只能等回头寻个合适的时机再说话了。

她拾掇着自己的东西。

上清观里其余人等也都忙碌起来，准备马车的准备马车，收拾行李的收拾行李，等到中午随意用了些吃食，倒是正好出发。

通州城里大小官员自然全都来了，排在门口相送，有的恭维谢危，有的却向定国公萧远道贺，恭喜他找回了失踪多年的嫡子。

萧远站在人前，笑容看着多少有些勉强。

谢危无言地侧过目光，便将他这副实则压着阴沉的神情收入眼底。等到众人要登车起行时，谢危忽然道：“国公爷，不如让定非公子的马车走在谢某前面吧。他身份虽还有待确定，可撇开那一层，他也是回京后要重点审问的天教之人。通州动静闹得这样大，难免天教那边不想着杀人灭口。我身边的剑书武功虽然粗浅，却还懂些刀剑，若出个什么岔子，也好及时应付。”

马车分了好几驾，定国公萧远的在最前面。

姜雪宁是意外被卷入围剿天教的事情的，清清白白的姑娘家遇到这种事，若传出去难免会被坏了名声，是以京中那边一直是对外称病，说她在家里养病闭门不出。这会儿他们要从通州走，自然不能大张旗鼓，所以她的车在末尾。

似萧定非这样身份特殊的人，被当成是半个犯人，同样排在后头。

定国公萧远可没想到谢危竟有这样的提议，眼皮跳了跳，为难地道：“这就不用了吧？天教乱党在此次围剿中已尽数被灭，消息即便会传出去，也传不了那么快，路途又不算长，该出不了什么意外。”

“怎么不会？”

谢危笑着提醒了一句：“国公爷忘了，我等核对过逃出天牢的囚犯名单，大部分的确与天教乱党一并被灭，但也有一部分老早就跑了出去。其中更有一个穷凶极恶的孟阳，围剿的时候还在，围剿后清点尸首时却不见了踪影，只怕是装死蒙混过关溜走了。此人若将消息透出，怕也未必安全。”

孟阳竟然跑掉了？

姜雪宁不由得吃了一惊。她再回头想想，这位孟义士那日虽然没有答应她的请求，可与天教的人翻脸时却也是帮着张遮的。如此，此人虽然跑了，可她也并不为一个穷凶极恶的歹徒跑了而感到义愤填膺。

倒是萧远被谢危这番话说得一愣，登时没了拒绝的余地，才醒悟过来似的道：“确是本公糊涂，差点就忘了。我也想这一路最好安生些，想把他挪到前面，只是碍着怕人说闲话……”

这意思好像他是公正无私的，不因为对方是自己的儿子而大开方便之门。

众人一听都明白过来。

萧远向谢危拱手：“谢先生既然言明，原是我考虑不周，便让他的车驾在前头吧。”

这一来便调整了众人的车驾的位置。

大约是也相处过许久，熟稔了许多，姜雪宁向谢危看去时，总觉得他面上那外人看着完美无缺的微笑虚得很，假假的，甚至让她觉着内里藏着点嘲讽之意。

她不由得出了片刻的神。

大约是这注视的目光有些明显，谢危察觉到了，竟回眸向她看了一眼，瞳孔里冷寂一片。姜雪宁顿时被吓了一跳，脸上连忙挂出了微笑。谢危并未回应她什么，看了她片刻，收回目光，转身弯腰登上了车驾。

放下车帘，她也就同众人隔开了。

张遮在后头一些。他像是有什么心事，前面众人说话的时候他便心不在焉，此刻也不过是登上了自己的车驾，倒没向别处看一眼。

姜雪宁看见了，可当着这么多人的面，自然不好上前打招呼。

看见他这般模样，她便想：是我昨夜留的东西吓着他，或叫他为难了？

于是她心里生出几分紧张情绪，又多了几许窃喜。

萧定非却用手里那柄香扇的扇柄蹭了蹭脑袋，看向自己那辆马车时，眸底异光一闪，笑起来却毫无破绽，只道：“本公子能活下来可不容易，哪儿能轻易便又被人害了性命去呢？”

他当下将扇子一收，向姜雪宁道：“到了京城可记得你说的话！”

姜雪宁看向他。他潇洒地跳上了车，道了一声：“走了！”

姜雪宁想了一下，才记起自己昨晚说过到了京城罩着他，于是跟着笑了笑，倒不看其他人了，扶了旁边的小宝搭过来的手也上了车。

包袱就小小一个，里头装着两件衣裳、一沓没花完的银票，还有她那方印和一套刻刀。

路上无聊，她正好拿来刻印。

这也是姜雪宁以前闲着无聊时跟沈玠学来的“爱好”之一，只是车在城里走的时候还好，不大晃悠，出了城上了外头的官道，手里那柄细朱文小刀就变得有点发抖。

本来大半个时辰能刻完的东西，她愣是抠了一路，末了把印泥翻出来，蘸了盖上看了看效果，还不大好看。

“真是为难人，若是在京城，找些奇珍异宝就送了当新年束脩，哪儿用得着这样麻烦？”姜雪宁看着盖在纸面上的印记，撇了撇嘴，嘀咕了一句，又忍不住安慰自己，“礼轻情意重嘛，算了算了。”

正好这时候已经走了半路，定国公萧远提议大家停下来暂时休憩。

一匹快马从前面官道上来。

众人先是警惕了一下，接着才听那匹马上的人挥舞着手朝他们喊：“京中来的信函与最新的邸报，奉命呈交谢先生！”

原来这人是送信的。

谢危倒没亲自下去，由剑书出面将信函接了，返回车内呈递。

没一会儿，他又出来，竟一路走到了姜雪宁的车前，弯身道：“二姑娘，先生那边得了京中的信函，请您过去说话。”

姜雪宁有些惊讶。她倒也正琢磨着藏书印什么时候给谢危，没想到谢危那边先让人来请她，于是道：“稍待片刻。”

她匆匆把沾了印泥的印底一擦，便将其装进一个小巧的印囊里，往袖中一收，这才从车里钻了出去。

剑书带她到了谢危车前。姜雪宁冲着车帘行礼：“学生拜见先生，谢先生有何吩咐？”

谢危淡淡的声音从里面传出：“进来。”

姜雪宁犹豫了一下，还是提了裙角登上马车。剑书不敢去扶她，只替她拉开车帘。

姜雪宁弯身进去，便看见谢危坐在里面，面前一张小小的四方几案，上头散放着厚厚一沓信函，有的已经被拆了，有的却还没动。

这驾马车是谢危自己的，里面竟都用柔软的绒毯铺了，几案边上还有只随意搁着的手炉。两边车窗垂下的帘子压实了也不透风。唯独他身后做了窗格用窗纸糊了，透进来一方亮光，恰好将他笼罩，也照亮他面前那方几案。

姜雪宁一见之下，有些犹豫。

谢危低垂着眉眼正看着一封京中送来的信，淡淡一指左边："坐。"

姜雪宁道了谢，便规规矩矩地坐了。

谢危将这封信递了过去，道："姜大人那边来的信，你看看。"

姜伯游？

姜雪宁把信接过来细看，却发现这封信并不是姜伯游写给自己的，而是写给谢危的。信中姜伯游先谢过了谢危为此事的一番周全谋划，又说府里安排得甚是妥当，倒也没有走漏消息，唯望谢危路途上再费心照应；另一则却又说，兹事体大，到底没瞒过孟氏。

孟氏乃他的发妻，又是姜雪宁的生母，自来因旧事有些嫌隙，知道姜雪宁搅和进这些事里之后大怒，甚至险些大病了一场。近来临淄王殿下沈玠选妃的消息已经传出，礼部奉旨拟定人选，已勾了姜雪宁姐姐姜雪蕙的名字上去。若此时家中闹出丑事来，坏了家中姑娘的名声，也坏了这桩好事，孟氏怕要迁怒宁丫头。

是以他厚颜请谢危劝姜雪宁几分，待她回了家中，万毋与母亲争吵，做小伏低一些忍点气，怕闹起来一府上下不得安宁。

内宅中的事情向来是不好对外人讲的，姜伯游倒在给谢危的信上讲了，可见对他这位忘年交算得上是极为信任的，中间当然也有一层谢危是姜雪宁的先生的缘故，觉着姜雪宁入宫伴读后学好了不少，当是谢危的功劳。

信中他倒是颇为姜雪宁着想的模样。

然而她慢慢读完信之后，却觉得心底原有的几分温度散了个干净，像是外头的雪原旷野，冷冰冰的。

谢危打量着她的神情："要劝你几句吗？"

姜雪宁笑："先生要怎么劝？"

谢危想了想，道："父母亲情，得之不易，若不想舍，倒也不必针锋相对。有时候退一步天地阔，便能得己所欲了。"

退一步，天地阔。

姜雪宁垂着眼帘，没有接话，只是将这两页信笺放下。

谢危那张峨眉装在琴匣里，靠在角落。

她不经意间看见，于是想起了旧事。

此情此景，竟与当年初见谢危时有些像。

只是那时候没有这样大、布置得也这样舒适的马车，马车那样简陋朴素，后头还跟着几个聒噪的仆妇；那时候谢危也还不是什么少师，不过是个白布衣青木簪、抱着琴的“远房亲戚”，生得一张好看的脸，看着却是短命相，病恹恹的；那时候她当然也不是现在的姜雪宁，仅仅是一个才目睹婉娘咽气不久，怀着满心不敢为人道的恐惧去往京城见亲生父母的小姑娘，长于乡野，把周身的尖刺都竖了起来，用以藏匿那些仓皇难堪的自卑……

如今她又同谢危坐在马车里，还是去往京城的这条路。

有时候，姜雪宁觉着自己活得就像个笑话。

她想着想着，也真的笑了起来，抬眸望向谢危，便看见对方也正注视着自己，于是挑眉道：“先生劝完了？”

谢危看出她现在似乎不大想搭理别人，便收回了目光，以免自己显得过分冒犯，只把桌上那封信捡了，顺着原本的折痕叠回信封里，淡淡地“嗯”了一声，道：“劝完了。”

姜雪宁便道：“那学生告辞了。”

谢危没拦她。

姜雪宁作势起身，只是待要掀开车帘出去时，才记起袖中之物，于是又停下来，将那装了印的印囊取出，两手捧了放在几案上，道：“昨夜途经先生住所时，得闻先生休憩，未敢打扰相请。身无长物，只来得及刻了一方藏书印，聊表学生寸心，谢先生授业解惑之恩。只是拙劣了些，难免让先生见笑。”

谢危怔了一下。

只是姜雪宁的情绪却不怎么高的模样，说完她便又颔首行了一礼，从车内退了出去。

那印囊就放在一沓信函上，从外头看上去没什么格外别致之处。

谢危捡起来将其解开，里头果然有一枚长有两寸半、宽仅寸许的小方印章，翻过底来一看，还沾着些许仓促间擦得不十分干净的红色印泥，看上去很新。

外头忽然传来一声冷喝：“小心，树林里有人！”

是剑书的声音。

谢危抬眸从车帘的缝隙间看了一眼，便瞧见好像是几条身着劲装的黑影朝着萧定非所在之处奔袭而去，刹那间，车外俱是刀剑相交的声音。

他都懒得去看，收回目光来，只捏了这枚小印，往自己的左手掌心里一盖，那沾在印底的印泥便在干净的掌心里留下寸许浅浅的红印——斫琴堂主人。

谢危凝视着掌心的这几字片刻，陡地笑了笑，低低自语：“是丑了点……”

★

竟然真有刺客！

姜雪宁才回到自己的车里，外头就乱糟糟地砍杀起来，实在叫她惊诧不已。只是先前上清观谢危围剿天教这等不留情的大场面都见过了，眼下这一队刺客来，她竟不是很害怕。更何况那些个刺客都向着前头的萧定非去了。

谁能想到旁边的树林里竟然有人呢？一行人有些应对不及。

幸好剑书方才就守在附近的车外，及时发现了端倪，拦在萧定非的车驾前，长剑出鞘，挥舞起来气势竟极凌厉，完全不是谢危先才随口说的什么“武功粗浅，懂些刀剑”那般简单！

“当啷当啷”声一片乱响！场中不时有惨叫之声传来。树林外头的泥地上不多一会儿便洒满了鲜血，陆续有人倒下。

这些刺客的功夫竟个顶个地好，下手又极其狠辣，完全是不要命的打法。一发现剑书死守在萧定非的车驾旁不离寸步后，便有三五人上来齐齐向他举刀，竟将他团团围住，使其不得脱身。

另有两人却从侧翼抄过来，黑巾蒙面，仅仅露出一双眼睛，寒光闪烁，叫人一见心惊。

两人提刀便向马车内捅去！

“刺啦！”车帘顿时被划开了一条巨大的口子。

萧定非被困在车内，虽然是个草包，可身上也是带着剑的，早在得知有刺客的时候便拔了剑握在手里，此刻刺客的刀进来，他立时横剑挡了一下，紧接着就听得“噗噗”两声。两支雕翎箭几乎同时射到，准确无比地从两名刺客的眉心贯入，穿破了两颗头颅！

萧定非朝外头看去，树林边上一棵老树的树影里稳稳立了个人，正是谢危身边那并不常看见的蓝衣少年刀琴，持弓背箭，竟不疾不徐，一箭一人，没一会儿地上已躺倒一片。

直到这时候才见谢危掀了车帘，从车内出来，站在车辕上，举目一扫这惨烈的战况，淡淡地吩咐了一句：“留个活口。”

刀琴暗地里撇了撇嘴，心里虽有些不满，可搭在弓弦上最后那支雕翎箭到底还是略略往下移了移。

“嗖”，一声破空声响传来，箭离弦化作一道疾电射出，悍然穿过最后一名刺客的肩膀，力道之狠，竟硬生生地将这人钉在了萧定非的马车一侧的厚木板上！

萧定非还在车内，但见一截箭矢从木板那头透入，头皮都吓得奓了起来，登时没忍住骂了一句。

这到底是想要谁的命啊？！

这帮刺客来得快，死得也快。

随行众人这会儿才觉出自己已经出了一身冷汗，完全不敢去想若发现端倪晚上一些，以这帮刺客厉害的程度，还不知要死多少人。

众人再看向谢危身边那剑书、刀琴二人时，便带了几分敬畏之意。

姜雪宁远远看着，没敢下车。

萧远的车驾在前面，此刻一副受惊的模样从车上下来，向周遭扫了一眼，却立刻沉着一张脸道："好啊，竟然真有刺客！"

谢危倒没下车，只唤了剑书一声。

剑书剑上的血都没来得及擦，听谢危这一声已然会意，径直向那被钉在马车上的刺客走去，一把将对方蒙面的黑巾扯落。

刺客三十来岁的模样，左颊上有一道疤，一张脸早因为贯穿肩膀的伤痛得扭曲起来。然后在蒙面的黑巾被扯落的瞬间，这人眼底竟闪过一抹狠色，两边腮骨一突，像是要用力咬下什么。

他的反应的确快，可面前这少年的手比其还要快上三分！

根本不等他咬实，眼前残影忽地一晃，这名刺客只觉得下颌一痛，紧接着便没了知觉——剑书竟在这电光石火之间，直接卸了他的下颌骨！

萧定非在旁边看见，只觉自己的下巴都凉了一下。

那刺客眼底已露出几分绝望之色。剑书轻车熟路，半点也不费力地便从其牙下掏出了那枚小小的毒囊，回头向谢危禀道："先生，死士。"

谢危方将那枚"斫琴堂主人"印放回印囊里，半点也不意外，笑了笑道："看来是问不出什么了。"

萧远刚走过来，有些胆战心惊。

谢危轻轻摆手："杀了吧。"

那刺客着实没想到，惊诧之色方涌上脸，剑书已直接一剑划了他的脖颈，血淌了一地，然后干净利落地拔了箭，连着不瞑目的尸体一道扯了掷在旁边的地上。

众人都不由得打了个寒噤。

前头的张遮看见，只觉不合常理，眉心微不可察地皱了皱。

谢危却是寻常模样，回眸向一旁的萧远看去，仿佛才想起来一般，有些抱歉地道："瞧我，都忘了。这刺客似乎是冲着定非公子来的，实在罪大恶极，谢某没问过国公爷就叫人给杀了，国公爷不会怪罪吧？”

天知道看见死士自尽不成时，萧远心里有多怕！

可紧接着他就见人死在面前，又惊又骇之余，却颤巍巍地松了口气，直到此刻都还有些恍惚，道：“怪罪倒不怪罪，只是有些可惜了，虽是天教的死士，带回去严刑拷打审问，也未必不能叫他吐露些情况……”

天教的死士？

萧定非看了这满地狼藉一眼，心底冷笑了一声，一时有些齿冷，又有些怜悯。他重抬首向谢危看去。

晌午时出了太阳，这时候已近黄昏，正是日薄西山，残阳余晖，惨红一片。山林里起了雾，这位年轻的少师大人长身而立，原本一袭雪白的道袍，被夕阳的光辉覆了，仿佛是在血里浸过一般，又被经年的时光冲淡了，只汩汩地流淌着薄薄的红。

谢危好像安了心，淡淡地笑起来：“国公爷不怪罪便好。定非公子若是国公府昔年的定非世子，出了什么差池，谁也担待不了。毕竟曾听闻世子当年曾舍身救主，是圣上常挂怀着的恩人呢……”

萧远脸色微变，抬眸看向谢危。

可谢危背向西方而立，那余晖镀在他身上，倒叫人看不清他的面庞。他只向萧远略略拱手，便回了车内。

姜雪宁远远瞧着，慢慢放下车帘，若有所思，叹了一声：“要回京城了啊。”

★

一行人有惊无险地回到京城时，已是夜里。

姜府这边早派了人在城门口接应，竟是姜伯游亲自来的。自家女儿莫名其妙地陷入了这样一场争端，还安然无恙地归来。他见到谢危时不免又将信中那些感念之言一再重复，这才叫府里下人匆匆接了姜雪宁回去。

京城里早过了年节，大年初一的好日子里，晚上甚至有热闹的灯会。

繁华长街，房屋鳞次栉比，一切都是熟悉的，可姜雪宁坐在马车里看着，倒觉得有些陌生起来，远没有在外头看见的那些荒山野水来得真切。

那场短暂的梦一般的冒险经历，已经结束了。

姜府那高高的门墙镶嵌在周遭的豪门大宅之中，并不如何起眼，只透出一种墨守成规的死板教条感。门口还挂着喜庆的灯笼，若非自己便是亲历者，光从外面看上去，完全不知道这家人在过去的这几天里走丢了亲女儿。

姜雪宁才转进后院就听见了孟氏的哭声。

姜雪蕙在一旁劝着。

“她何曾把我当成过真正的母亲？自从被接回京城后，我也并非没有想过与她修复关系，不然何必逼她学琴、读书？可她呢？处处容不得人的性子，要作践府里的下人，还要作践你。手心手背都是肉，若你两个一样好，这一碗水我如何不想端平？”哭声里俨然透着苦闷。

“可她就是婉娘那个贱人故意教成这样来气我，来硌硬我，来报复我的，一门心思都是歪的，半点上不得大家闺秀的台面。说我不带她与京中淑女名媛交际，可她也不看看，这般不学好的乡野丫头带出去岂不坏了我们府中的名声？纵然是我脸皮再厚，也扛不住旁人的闲言碎语！”

这样的话姜雪蕙似乎也听得多了，长长叹息了一声，劝道：“母亲，妹妹自小便被……被婉娘养在膝下，十四岁多才被接回府中，纵您看不惯，有些习惯要改过来难免也要花些时间啊。这才四年多过去，何况妹妹入宫后，我见着已经好上许多了。她今次在外头一定受了不少委屈，到底她是您肚子里掉下来的亲骨肉，血浓于水，您若再苛责她，可不又将妹妹往昔日的老路上推？”

孟氏道：“她哪里像是我亲生的？”

姜雪蕙沉默了片刻，叹了口气：“总归新年佳节，事情又没闹大，想来妹妹这回回来必定也会消停不少，您又何苦斥责她？若反让妹妹着恼，她可不是寻常性子。”

孟氏听后，有一会儿没说话。姜雪宁站在院外的墙下听着，想着到底是姜雪蕙厉害，把孟氏给劝住了。她一抬脚步，便想入内请安。

谁承想就在这时候，里头忽然传来不知是悲是喜的一声笑：“有时我倒宁愿永远不知道她才是我的亲生女儿……”

长廊外头，紫藤花架冬日里只剩下些冷峭的轮廓，几片残雪堆在上头。

姜雪宁抬起头来看了看，只觉耳边所有的声音都远了。姜雪蕙似乎又说了什么，可她都没有再听清楚。

不一会儿，又有脚步声传来，是姜雪蕙想父亲已经去接姜雪宁，怕要不了多久便会回府，料想她该是不想在母亲这里看见自己的，是以找了个机会从孟氏这里告辞出来。可她没想到，才出院落，就看见了站在墙下的姜雪宁。

面对面的那个瞬间，姜雪蕙竟觉得那张半掩在黑暗中的俏丽面庞有一种说不出来的苍白，好似皎月下的一朵霜花。

然而事实是，姜雪宁竟冲她笑了笑。

姜雪蕙看见她转过身要走，也不知为什么，竟觉一阵不安，不由得出声，讷讷地唤住了她："妹妹。"

姜雪宁停步，回眸看她："有事吗？"

"不，也没有什么事……"

平日也算长袖善舞、八面玲珑的姜雪蕙此时竟也感觉到了词穷，不知应该说些什么，过了好久才慢慢地道："殿下也很想念你，问了我好几回，年节时也赏下了不少东西，我让人都放到了你的房中。"

姜雪宁眨了眨眼，想起了沈芷衣，无声地一笑，淡淡回道："知道了。"

夜深人静，整座京城都渐渐沉入了梦乡。

然而随着谢危一行人的归来，却有无数人从噩梦中惊醒。

消息很快传进了宫中。

萧太后年纪渐渐大了，觉也开始少起来，正同跪坐在旁边为她抄写经文的萧姝说着长公主去和亲的事："芷衣哪里知道什么轻重？看这模样分明是要与我起嫌隙，她嘴上虽然不说，却连一向亲厚的皇兄都不搭理了。只是家国大事又岂容她一个小姑娘使性子？"

燕氏倒了，军中不稳，鞑靼那一起子茹毛饮血的蛮夷自然虎视眈眈。然而偌大一个大乾朝，除了燕氏之外，怎么可能找不出半个能替代燕牧的将帅之才？只不过需要花些时间罢了。他们先答应下和亲之请，便是权宜之计。

待得燕氏的空缺为新的将帅之才填补上，自然便可重新将鞑靼拒于雁门关外，使这帮蛮夷重新对大乾俯首称臣。

萧姝自来在大族之中，对家国之事耳濡目染，也知道几分轻重。只是听萧太后如此说，她不免心有戚戚。

她停下了抄写经文的笔，迟疑了一下才道："可殿下到底也是您的亲骨肉，此一去大漠荒远，蛮夷凶横，却不知何时才能回来。"

萧太后竟笑了一声，眼角也拉出了几条笑纹，难得是副慈和的面容。可她越慈和，眼底的冷酷之色也越清晰。

她斜靠在那贵妃榻上，波澜不惊地道："有句话叫'天家无父子'，姝儿啊，你将来也是要进天家的人，该记个清楚的。"

萧姝先是心头一凛，紧接着却又听出了萧太后的言下之意，难得也紧张了几分。只是她转念一想，心里却不免覆上些许阴影，道："看临淄王殿下的模样，却是更中意那姜雪蕙一些。"

萧太后一摆手，胸有成竹得很，道：“你放心，有哀家在。”

有太后的保证，按理说万无一失，萧姝却并非会提前高兴的人，在事情没有落定之前，什么都有可能发生。是以她并未露出多少喜色，只是面带笑意地谢过了姑母。

伺候的宫人眼看时辰不早，便欲扶太后去就寝。

可就在这时候，外头忽然传来一阵急促的脚步声。

是太监总管满脸喜色地朝着寝殿这边跑来：“让开、让开，有好消息，有天大的好消息啊！”

萧太后不由得停下，倒是有些诧异地挑了眉，朝门口望去，问道：“什么好消息？”

萧姝也十分好奇。

那太监跑得额头上都出了汗，往地上磕了个头，一张脸都要笑出花来了：“启禀太后娘娘，国公爷半个时辰前已经回了京城，安然无恙，大获全胜！方才特着人递话进来，给您报个天大的好消息！说是二十年前没了音信的定非世子回来了！人还活着！好好儿的呢！”

定、非……

萧太后整个人脑袋里“嗡”的一声炸响，人站在殿上，身子晃了几晃，险些没有立住，恍恍惚惚地问：“你说什么？”

那太监还当她是太高兴了，换了更大更清楚的声音道：“回来了！国公爷嫡亲的血脉，圣上昔年的救命恩人，定非世子啊，全头全尾地回来了！哎哟，听人说定非世子不仅和国公爷年轻时长得很像，也很像当年的燕夫人呢！风流倜傥，一表人才，俊俏得很！”

萧太后眼皮狂跳，竟觉得眼前开始发黑，脚底下发虚，往后退了好几步，抬起手来，刚想要说点什么，却面色惨白，“咚”的一声倒头就栽了下去！

阖宫上下全都被吓住了，愣了一下才大呼小叫起来：“太后娘娘，太后娘娘！”

萧姝也是心神大乱，几乎是眼睁睁地看着她身边的萧太后栽倒下去，却不知怎么忘了伸手去扶一扶。眼看着众人七手八脚的模样，她站在一旁，面上神情也是有点难以置信的恍惚。

活着……定非世子怎么可能还活着？

如果真的是，如果真的是他……

萧姝心里打了个寒噤，在喧嚣又恐慌的慈宁宫中抬首向着外头的天幕看去，竟看见一片黑暗，半颗星子也无，寒夜里风吹来，让人禁不住浑身发抖！

毗邻着已经被官府封条封起来的昔日的勇毅侯府的宅子，便是谢危的府邸。

斫琴堂内灯火通明，一袭文人长衫的吕显背着手，在堂中踱来踱去，从左边走到右边，又从右边走到左边，不时朝着外头望上一望，显然是等得久了。

直到接近子夜，外头才传来声音，谢危终于回来了。

吕显看见人影终于从抄手游廊那边过来，少见地有些按捺不住，往外走了一步，急急地问："事情怎么样？"

谢危看他一眼，轻轻蹙了眉："差不多。"

自打知道张遮搅和进了这件事里，谢危还没有立刻除掉这枚绊脚石的意思时，吕显整个人就陷入了焦躁之中。这种焦躁情绪并非针对事情本身，更多的是因为越来越不对劲的谢危。

一听见"差不多"三个字，他险些炸了，直接得很："张遮杀了吗？"

谢危道："没有。"

吕显眼皮一跳："为什么？"

谢危进门来，拉开了靠墙的书架上的一个暗格，从袖中取出那个印囊，连着那一方小小的藏书印一并放了进去，平淡地回道："众目睽睽，恐授人以柄。"

"狗屁！"吕显一听，当即没忍住骂了一声。

"你若下定决心要除掉此人，自有一千种一万种妥当的法子不让旁人知道！更何况这回与你同去的还有萧远那等蠢货，用来背黑锅再适当不过！岂能错过这样的好机会？这还是你谢居安……"

话说到这里时，他突然卡住了。

吕显看着那重新被谢危合上的暗格，心里忽然涌出了几分不妙的预感："那是什么重要的东西？"

谢危道："学生孝敬先生的小玩意儿罢了。"

吕显盯着他："姜雪宁？"

谢危"嗯"了一声。

吕显有很久没有说话，也这般看了谢危许久，隐隐察觉出了一种前所未有的危险，于是意有所指地开了口："你真知道你在做什……"

"知道。"谢危少见地打断了他的话，然后回眸注视着吕显，并不回避他凝重而严肃的眼神，甚至十分平静地向他重复了一遍，以使他知道自己听得懂他的言下之意，"吕照隐，我知道。"

★

宫里来的赏赐果然都整整齐齐地堆放在她的屋里，有金银绸缎，也有玉石玛瑙，无一不来自乐阳长公主沈芷衣。

姜雪宁从外头回到屋内，棠儿、莲儿两个小丫头许久不曾见得自家姑娘的模样，眼看着她瘦了一圈，面色也不大好，简直是形销骨立的模样，不由得都心疼得絮叨起来，左一句问，右一句念。

姜雪宁一句话也没回答，由着她们伺候了洗漱之后，连京中的近况都没有问上一句，便遣了她们出去，自己一个人呆坐在屋内。

一盏明烛点在案头上，姜雪宁瞅着那一点跳跃的火光看了好久。一滴烛泪包裹不住地顺着蜡烛边缘掉落下来，她便眨了眨眼。

万籁俱寂，她起身走到妆台前，菱花镜里映照出她烛火下不施粉黛的脸庞。

“啪”的一声轻响，她打开了那紧扣已久的妆奁，拉开最底下的那一格，里面用粉色的绢帕包裹着一只上好的和田青玉手镯。

“宁宁，姨娘求你件事，你若回府，看到大姑娘，帮我把这个交给她吧……”

婉娘临终时那张哀哀戚戚的脸，又闪到她眼前来。

婉娘用力地攥着她的手，眼睁得大大的，好像生怕她不答应，又好像满怀着愧疚和痛苦之意。可那是给谁的呢？姜雪宁回忆起来，竟始终无法肯定。

她多希望那些也有一星半点属于自己。可直到婉娘没了气，京城里来的仆妇们用力掰开她犹攥着自己不放的手，姜雪宁也没有等到自己想要的答案。

“便没有东西是留给我的吗？”

她将那只手镯从妆奁里取了出来，背对着案头上照来的烛火看了许久，眼底终究滚下了一行泪，唇边却溢出了一抹讽笑，手指慢慢将那手镯攥得紧了。

有那么刹那，她想把这东西摔了，就当它从没有存在过。可举起手的那一刻，她又觉得自己不堪和卑劣，还有那两相映照之下衬托出的越发可笑的悲哀……

“哧。”于是她当真笑了一声出来。

姜雪宁终究还是将这只手镯往案上一掷，慢慢躺回了床上去，却睁着眼怎么也睡不着了。

新年里的京城正是热闹的时候，灯会连开三日，走亲戚的走亲戚，逛街市的逛街市。天气虽骤冷，可难得走到哪里都是人。

茶楼酒肆，多的是平日里当街遛鸟斗蟋蟀游手好闲的老爷们儿，一坐下来难免胡吹乱侃一顿。

其实众人说来说去也不过是鸡毛蒜皮的事，今年却来了一桩不一般的事。

吕显昨夜在谢危那边吃了瘪，一晚上没睡好觉，干脆起了个大早，准备去蜀香客栈看看那任氏盐场的银股涨得怎么样了。

只是他来得太早，银股的消息还没到。他便要了一碗茶，往楼上一坐，正好嗑一把瓜子，听楼下的人热热闹闹地讲。

“听说了吧？”

“听说了。”

“我也听说了。”

“哈哈——这不就是吉人自有天相，好人终究有好报吗？！”

“哎哟，大早上的几位爷这是打什么哑谜呢？”

“您还不知道呢？”

“您这话可叫我一头雾水了，是我孤陋寡闻了，近来京城里还出了大事？是剿灭天教那一件？”

“有点关系吧，可不是这件。”

“到底是什么？”

“哈哈哈！周老爷是七八年前才到的京城吧？不知道是正常的，您几位可好好心，别拿他开涮了。倒是这位定非世子，实在叫人不敢相信，竟还能活着回来。也不知这么些年他在外头吃了多少苦，遭了多少罪啊！”

“可怜白塔寺碑林那三百义童冢啊……”

下头坐着的那位周老爷真是越听越糊涂，不由得追问起事情的原委来。

这才有年纪大的人带着几分炫耀地同他解释了一番，于是当年平南王谋反前后的事就被讲了出来。

吕显听着，无非那么回事。

平南王打进京城了，打进宫里了，没抓着当时的太子，于是想出个残忍的法子，把京城里上上下下所有年纪适当的孩童全都抓了来辨认，发现全都不是之后，便以这些孩子的性命胁迫藏匿在京中的皇后和太子现身。

一共三百号人呢，当爹娘的人哪儿能见孩子这样？城里头一片哭天喊地的哀声。

“那可是大冬天，真是可怜，老百姓们都跪在长街上，求着逆党高抬贵手，抓他们都好，别抓孩子。哎哟，我当年可也是听着的，真是揪心。你说但凡是个人，听了能不动点恻隐之心？可见平南王那老王八孙子就是个畜生！”

“太子殿下天潢贵胄，怎能受人挟制？”

“他若落入逆党手里，逆党的奸计不就得逞了，咱们大乾朝不就完了吗？这种关键时刻，还是忠臣良将靠得住啊。”

那周老爷怔了怔：“莫不就是你们说的那位‘定非世子’？”

“可不就是？

“那时候小世子才七岁呢，父亲是如今定国公府萧氏的新国公，母亲是昔日勇毅侯府老侯爷的掌上明珠，这可真是含金衔玉生到世上来的，打小一股机灵劲儿，听说除了学琴慢些之外，别的都称得上是过目不忘的神童了。先皇在时，国公爷老早就为他请封了世子，将来就是板上钉钉要继承国公府的。勇毅侯府没出事之前，你们听着那燕小侯爷的厉害了吧？

“可要我说，还差当年的定非世子八丈远呢！”

听者不由得一阵耸动。

吕显在楼上听得乐和。这人讲起来绘声绘色，倒好像自己当年亲眼见过似的。话倒基本没错，只是那人的琴技嘛……眉头轻轻一蹙，他心里不由得骂了一声：人比人可真是气死人。

楼下却是所有人都把耳朵竖了起来。连掌柜的都忘记了打算盘，抬眼去看。

说话的那人喝了口茶润润嗓子，才继续道：“当年定非世子很受宫里皇后娘娘的喜欢，出事时正和燕夫人在宫里，自然护着殿下和娘娘一道藏了起来。要不然怎么说萧、燕两氏忠肝义胆，鞠躬尽瘁呢？当时一面是三百个无辜孩童的性命，一面是身处危困之中的太子殿下，那会儿才七岁的定非世子啊，竟然主动站了出来，同太子殿下换了衣袍！”

场中顿时有不少人惊讶地“啊”了一声，显然是都猜到了几分。

那人便道：“不错，这竟是个李代桃僵的法子！定非世子自小在宫内行走，太监们都认得他，他也熟知宫内礼仪，且自己七岁，与八岁的太子殿下年纪相仿，身量相差不远，性极机敏。若由他假扮太子，主动出现在平南王逆党面前，让平南王依诺放了那些孩子，便是一桩造化。”

周老爷想起了点什么：“可白塔寺那些碑林……”

有人接话：“平南王那等穷凶极恶之徒，一旦以为自己拿着了太子，哪里还会留别人的活口？自然都杀了个干干净净。待得援兵入城时，拿定非世子做要挟不成，大约才发现手里的人是个假的，一怒之下自然也将其一杀了之！只可怜个七岁的小孩子，芝兰玉树尚未长成，倒横遭这一桩变故夭折！萧、燕两氏的人在宫门口那一堆被冻成冰的尸山里挖了好久，才寻着他身上假扮太子时戴的龙佩和那一身衣裳，余下的都是些残肢断骨，可都不知是谁家的了……”

“造孽啊！”

“听说那几个月京城里一到半夜都是小孩儿的哭声，可瘆人了。直到朝廷把这些可怜的孩子的尸骨都收殓去了白塔寺，埋在潮音亭旁边，立了碑林，刻了名姓，请寺里的高僧日夜诵经七七四十九日，才把这冤死的戾气给去了，把这些个孩子的亡魂超度了……”

“可如今定非世子是活了？”

那人显然也觉得这是一桩奇事，不由得咂摸咂摸嘴道：“这可不！今天一大早起来京城里就传遍了，简直不敢相信世上有这种死而复生的事情！但想想也合理啊，毕竟当年燕夫人说没找着人。虽有衣裳有玉佩，但那雪化时，人一碰也早就血肉模糊了，哪里还认得出个人样？谁家孩子都长得差不多。听说惨得很，好像是落入了天教手中，多亏当朝少师谢大人，这回才把人救出来。可见苍天有眼，这等忠君良臣，到底福大命大啊！”

市井里信的就是“福报”二字。听得那人如此说，众人无不点头表示庆幸，倒有些为这位定非世子高兴。

唯独楼上坐着的吕显不冷不热地笑了一声，忽然插了句话：“楼下的兄台倒像是知道很多，怎么跟自己亲眼见到似的？难不成当年是在宫里面当差？”

那人可没料到会有人出来挑刺，抬起头来一看，竟是幽篁馆的吕老板，不由得一正面色，忙起身拱了拱手，涎着脸笑道：“嗐，敝人这不也是道听途说，给大家说话凑个乐子吗？不过您这话还真没猜错，敝人这消息可是当年听一个在宫里当过差的太监被放出来时说的。不过他身子不好，好不容易带着钱从宫里出来没多久，一病竟然死了。说来惭愧，敝人如今能发家，还多赖了他当年留下来的钱财呢！”

这人在京城商人里不算什么大人物，毕竟天子脚底下厉害的人多了去。只是谁也没想到中间还有这一层渊源，都不由得惊讶了几分。但也有几人同他认识，倒知道他说的话不假。

吕显虽是个商人，可一则当年是翰林院里当过差的进士及第，二则暗地里还为谢危做点狗屁倒灶的事，心里弯弯绕一重接着一重，实在不像下头这人那般简单。

那人虽是随便一说，他却听出了端倪。宫里当过差知道这件事还被放出来的太监，可不死得快吗？

他又嗑了颗瓜子，饶有兴趣地挑眉：“话要照你这么讲，那当年这定非世子是和其母燕夫人在一块儿的，按理世子主动舍身救主这件事，燕夫人该知道也同意。可我怎么听说京城之围解了后不久，燕夫人便同萧国公闹翻了，直接回了侯府，萧、燕两家再没有过什么往来？”

下头那人登时怔住。其他人也不由得怔了怔：先前光听人说得热闹，怎么被这么一问，还真觉得这事有点古怪呢？

有人试探着道：“吕老板看着知道点东西？”

吕显翻了个白眼：“我要知道还问你们做什么？！”

这模样真得不能再真，众人释怀了，转而又想：天家的事情，哪儿是他们寻常老百姓能知道的呢？唯一能可怜的，也不过是那实打实的三百个埋骨雪中的无辜孩童。

大清早，冷冰冰的日光从东面升了起来，斜照在皇极殿前那连成一线的汉白玉栏杆上。

群臣已至，垂首肃立。

皇帝沈琅穿着一身玄色五爪金龙袍，头戴着十二旒冠冕，高坐在御案后的龙椅上，一张脸在金銮殿里竟有些晦暗难明。

谢危在左下首的文臣列中，难得一身规整威严的朝服，比之寻常穿的道袍少了些许隐逸旷远的气质，可依旧不损他渊渟岳峙之气，倒显得多了一点锋芒，却仍旧不过分寸，刚刚好。

他面上浮着三分笑意，只抬眸注视着沈琅，嗓音淡淡地提醒：“圣上，定非世子在殿外候召已久了。”

★

沈琅经他一提，仿佛才想起来这是在朝堂上，于是宣萧定非拜见。

群臣的目光立刻齐刷刷地投向了大殿门口——

这可是传说中的定非世子，救过皇帝的命，且还身具萧、燕两氏的血脉，就算如今燕氏已倒，光凭他萧氏嫡长子的身份，都能在京城掀起不小的风浪。此次他竟然如此阴错阳差地在剿灭天教的过程中回来，实在是太让人好奇了。

“罪臣萧定非觐见，吾皇万岁！”一道响亮的嗓音响起，悲恸里强压着一分激动。

众人心头皆是一震，定睛一看，走进来的是位身形颀长、五官出挑的男子，穿着一身石青锦缎压金线的长袍，眉宇之间同立在前方的定国公萧远果真有些相似之处，只不过那唇边眼角多几分风流不羁的笑，竟也有些让人不可小觑的贵气。

打他从外面一进来，沈琅的目光便钉在了他的身上，几乎将他从头看到了脚。

刹那之间，沈琅心中已翻江倒海！

只是他已坐在皇位之上四年有余，更莫说前朝夺嫡时早历经朝中种种倾轧，喜怒不形于色，反倒“哈哈”两声笑了起来，显得龙颜大悦，连那张原本因挂了几分病气而显得有些阴沉的脸都透出几分红润来，道：“二十年了，二十年了，朕可万万没料到还能见到你！快快平身，快快平身。”

这皇帝真能装。

萧定非跪在地上只觉得膝盖疼，想在天教的时候都没人敢叫他跪，到了这狗屁朝廷来还一堆规矩。只是眼下这情况，一个演不好连脑袋都要掉，他也只敢腹诽两句，面上却是一片感动地起了身，眼泪更是说来就来。

他那十几年前当乞丐在街上要饭时的卖惨本事，可谓一点也没丢下，人在大殿上就泣不成声：“二十年一去，远别京城，身陷天教，不能解救圣上于危难、不能效忠于朝廷，罪臣……罪臣……”

定国公萧远就在旁边站着，可以说他是一路看着萧定非回来的，只觉他像个陌生人似的，也没什么接触，哪里能料到他上殿一拜竟然如此？

一时间，萧远整个人都惊呆了。

沈琅还镇定些，目光微微闪烁，一副十分疑惑的模样：“好端端的，怎么自称起‘罪臣’来？”

萧定非早把词背了个滚瓜烂熟，张口便道：“当年平南王攻入京城时，罪臣与圣上皆年幼，岂敢令圣上涉险？忠君爱国乃臣子本分，一去赴死，不曾想过能活下来。平南王那狗贼见到我时，便立刻派人拉了宫中的太监来辨认。臣自幼为圣上伴读，宫中太监也大多认得。只是不出当时皇后娘娘，不，现在该称太后娘娘了，不出太后娘娘所料，那起子阉人虽然认出我来，却也知道天潢贵胄谁是正统。臣依据太后娘娘的交代，还不待那阉人开口，便厉声自称‘孤’，斥责了对方。那阉人果然不敢戳破我的身份，平南王便以为我才是太子。”

朝野上下知道当年的事情的人也不多。无他，二十年前平南王大军入京时，先将满朝文武杀了个干净，压根儿都没活下几个人来。之后被提拔上来的官员，年纪自然也比原来小了不少。若非如此，似文臣中如谢危者，纵功劳再大，不到而立的年纪，是断断不能坐到朝廷三孤之一的“太子少师”之位的。

此刻听萧定非叙来，大臣们不由得心惊，这才明白原来当年的事情还多亏了太后娘娘坐镇，出了奇谋，敢用李代桃僵之计，才保住了圣上的性命！

萧定非心里嘲讽，面上却真真切切地抹了一把眼泪，续道：“平南王乱臣贼子，恨先皇至极，当即便叫人把我绑了起来，要用以要挟先皇。我便要求他们兑现承诺，将那三百余男童放了。平南王当时就笑了起来，说大丈夫一言既出，驷马难追，然后……然后……”

说到这里时，他竟有些说不下去了。

十二旒冠冕垂下来的细细珠串在沈琅的脸上覆上了淡淡的阴影，也让旁人难以窥探他的面色，只听得他问了一声：“怎样？”

萧定非便骤然跪回了地上，竟然恸哭：“然后他便把所有人都杀了！三百个小孩子，尸身全都从门楼上扔下去，堆在宫门外……”

金銮殿上登时一片死寂。谁也无法想象那是怎样一幅令人不忍目睹的惨状。

萧远的面色也沉了下来。

谢危静静伫立在前方，眼帘低垂，眼睫也垂了下来，挡住了眼底的神色。

沈琅则叹道：“此乃朕的过失，朝廷的过失！”

此言一出，满朝文武都战战兢兢，却谁也不敢接话。

唯有萧定非的声音一直传来。

他也不起身，仍旧跪着道：“罪臣一见之下，也有心想要抢出去阻止，奈何人为刀俎，我为鱼肉，实在没有反抗之力。平南王见我不老实，便使人将我囚禁起来。不久后，通州、丰台两处大营的援兵来了，反攻京城救驾。平南王欲以我为要挟，将我绑到两军阵前，岂料援军早知圣上当时已安然无恙，照打不误。平南王这才知道中计，盛怒之下，举刀便要杀我。那天教的万休子打了我两个耳光，厉声问我到底是谁。罪臣生在公侯之家，既知贼子大势已去，当凛然赴死，便说我叫萧定非。平南王与万休子这才知道罪臣的身份。罪臣本以为必死无疑，不承想这二人贼心不死，狗急跳墙之下竟绑了臣到城门楼上，那时率军而来的正是国公爷。”

“国公爷”三字一出，所有人都是心头一跳！天下岂有儿子不叫老子，反而如此生疏地唤作“国公爷”的道理？便连一向不动声色的沈琅，也不由得微微眯了眯眼。

萧远却没注意，也不知是不是因为萧定非的话想到了当年的场面，面容一片铁青，神色难看极了。

谢危仍旧岿然不动。

同在文臣那一列的顾春芳拧了拧眉头，接了一句：“那平南王与万休子既知道了世子的身份，想必又起贼心，要以世子来要挟国公爷了。”

萧定非便朝他看了一眼，见是个糟老头儿，本不想在意，但看他站的位置比谢危还前一点，便知道多半是头老狐狸，于是也算恭敬地道：“大人您猜得不错，那两个贼子打的正是这个主意。罪臣当时年纪虽幼，却也知道轻重，万不敢让来援的大军陷入两难之中。那平南王叫阵之时，对罪臣鞭打责骂，臣咬紧了牙关，未敢哭上半声。”

那才是个不满七岁的孩子啊！锦衣玉食的天之骄子，两军阵前受人鞭打折辱，竟能咬紧牙关半声不吭，当是有何等的心志和毅力？

朝野百官也都算是有见识了，听得萧定非此言，想象一下当时的场面，不由得都有几分唏嘘怜悯。

沈琅的目光却投向了萧远。

事情已经过去二十年了，萧远如今回想起来，涩声道：“当年出事时，臣不在宫中，待率军驰援京城时，的确曾与平南王逆党两军对垒于城墙下。对方的确远远抓了个小孩儿称是臣的嫡子，可远远地看不清楚。一则那小孩儿并未发出半点声音，不哭也不闹；二来为人臣者鞠躬尽瘁死而后已，即便那真是臣的孩子，臣当时也顾不得，是以犹豫片刻，未做理会，径直打入了城中。臣本想要生擒两名贼首，不想那两人脚底抹油溜得太快，终究让他们给跑了……”

如此说来，当年的事情，前后一应细节竟都是对得上的。

只是沈琅仍有些不确定……当年与他同窗伴读的那个孩子临走时回望的一眼，如同水面下降时露出的废墟一般，缓缓浮现在他已经很是模糊的记忆里，与此刻下方萧定非的那一双眼重叠起来，又逐渐清晰。

难道竟是他误会了？萧定非确是忠君之臣，当年替他去时并无半分怨气，而母后当时防他一手，留了燕夫人在宫中做人质，实是杞人忧天？

沈琅将手搭在那纯金铸成的二龙戏珠扶手上，慢慢道：“可后来城破时，却未找着你。彼时国公爷也十分担心你，可在宫门前那冻成山的尸堆里只找到了你当时的衣裳与玉佩。是他们并未杀你？”

萧定非道：“这便是臣的罪处！”

他又朝地上磕了个头：“臣咬紧牙关不出声时，那平南王已经怒极，要取臣的性命。天教那贼首万休子却说，留臣一命有大用。臣当时便欲了却性命，可那万休子见机太快，将臣拦住后，竟绑了臣一路带出京城去，逃至江南囚禁起来。臣求死不成，便想知道他们到底是何打算，熬了一阵之后便假意顺从。过了好些年，博取了对方的信任后，才偶然偷听到，原来万休子这老贼留臣一命，要收服臣心，是为了将来有朝一日找机会使臣重回京城，恢复身份，便可名正言顺地掌丰台、通州两处大营的兵力，当他们的傀儡。且臣之死必将给萧、燕两氏之间带来嫌隙，燕夫人乃臣之生母，燕牧乃臣的舅舅，若以臣还活着的消息诱之，未必不能拉拢侯府。”

满朝文武皆心中一凛，听到这里时无一不想到了先前勇毅侯府暗通反贼一案！当时便风传搜出其与平南王、天教等逆党往来的信函，其中一封信函说，当年的定非世子还活着。所有人在南书房议事时都认为这是天教故意用来引诱勇毅侯府的饵，没想到竟然是真的！众人再回想侯府一案，前前后后的不合理之处忽然之间都变得通透起来。

顿时有人长叹了一声："唉，乱臣贼子实在是可恶，所算之深，所谋之厚，实在令人发指！只是往昔勇毅侯府也实在太糊涂，无论如何也不该同这些人往来啊！便是定非世子当年没了，也是尽忠而殁。侯府这般作为，难道竟是还对圣上有所怨怼吗？！"

谢危垂在身侧的手指悄然紧握，一股邪戾之气在他的胸膛里激荡奔涌，却被关得死死的，找不到一处宣泄的出口，反将他这一身皮囊撞得满是流血的创痕！

萧定非跪在地上，视线所及处只能看见谢危垂下的袍袖与衣角。可纵然瞧不见他的神情，听见有大臣说出这话时，萧定非也不由得心寒发颤，向这人看了一眼，心里直接在这人的脑袋上画了个叉，全当他是个死人了。

沈琅又问："那此次你竟在通州……"

萧定非便道："天教中听闻公仪丞被朝廷抓了之后，生恐他受不住刑，说出天教的诸多秘密，遂派了重兵前去劫狱。且若将公仪丞救出来，便可使他筹谋将臣送回京城的事情，是以派了臣一道前去。这才阴错阳差，机缘巧合地让臣为这位谢先生所救，得以从天教脱困，活着来面见圣上，陈明原委。"

众人听着，都没觉得有什么问题。

沈琅也叹了一声："原来如此。"

唯独下首立着的张遮，眼帘一抬，冷不丁问了一句："倘若真如定非世子所言，世子在通州时知悉劫狱而归的人中混有朝廷之人，心里该十分高兴才是，缘何危急之时，竟反向天教乱党拆穿张某乃朝廷所伏之人？"

第八章

狂言

眼下可是圣上同昔年好友相认的时候，听着过去那些事，朝野上下站着的这些官员里，谁人不感唏嘘？

结果张遮忽然说出这么句话来，也忒不识相了，煞风景啊！众人齐刷刷地看向他时，莫不如此想。

萧定非演得连自己都要相信自己说的是真的了，仿佛自己便是二十年前那位大难不死的定非世子，眼瞧着再卖一把力就要收场了，谁能想到斜刺里杀出个张遮来？

嘿！这死人脸长得浓眉大眼，没想到也不是什么好玩意儿啊，敢情是在这里等着他呢！

是了。当时在通州上清观，自己的确是关键时刻反水，坑过张遮一把，险些累得此人没了性命。只不过要论其中的原因嘛……他不动声色地朝着旁边的谢危瞟了一眼。

张遮乃顾春芳举荐的人，向来是眼底不糅沙子的直臣，人品很是信得过。沈琅有时虽觉此人让人头疼，眼下却不由得挑了一下眉。他将目光递向萧定非，问："定非，怎么回事？"

萧定非在市井里打滚，谎话张嘴就来，脑筋活泛，只一眨眼，便做出不大好意思的模样，摸了摸自己的鼻子，讪讪地道："误会，这都是误会……"

顾春芳老神在在地立在旁边，瞥了他一眼："误会？"

萧定非心里面直接将这接话的陌生老头儿骂进了棺材里，嘴上却道："当时这位张大人自称度钧山人的门客，想必诸位大人对天教也有所了解，这度钧山人在教中与公仪丞那狗贼齐名，向来是无恶不作，坏得透顶，且比之公仪丞，更是神龙见首不见尾，我心里自然害怕。实不相瞒，从京郊破庙一路到通州，我看着那个叫小宝的孩子，总觉得他古里古怪的，途中略加试探了几回，且对方对我名为‘定非’这件事似乎颇为在意。所以，当天教那些匪首说教中有朝廷派来的眼线时，我自以为此人乃小宝，而非自称度钧山人门客的张大人。当时的情况下，我打的是让天教内斗、鹬蚌相争的主意。谁承想……谁承想……”

他越说，神情越发惭愧，当下竟有模有样地躬身向张遮一揖：“谁承想竟误伤了张大人，还差点害了大人的性命，在下惶恐，还望张大人见谅！”

张遮站得不近也不远，身形笔直，目光冷得有些不近人情地注视着向自己一揖到底的萧定非，似乎并未打消心中的疑虑，也并未言语。

金銮殿上，气氛竟有些安静。

这种时候谢危却出列，向沈琅道：“那叫小宝的孩子乃臣的一名属下的同乡，臣偶然得知他在天教，便充作了眼线。因张大人伪装身份潜入天教，事有险处，本为暗中照应，不承想竟会遇到定非世子，才招致如此误会，弄巧成拙，险些害了张大人，请圣上恕罪。”

张遮看向他，到底没说什么了。

众人早知计策是谢危出的，他暗中有所准备，实在不是什么稀奇事，倒不起疑。

沈琅也有自己的打算，笑起来，竟当了个和事佬：“所幸张大人深入虎穴，有勇有谋，安然归来，此番更救回了定非世子，当加官晋爵，重重有赏！”

当下他竟向顾春芳问道：“若要加官，顾老大人可有合适的位置？”

顾春芳道：“张大人长于断案，刑部署司郎中一职正好空缺。”

沈琅便道：“那即日起便擢张遮为刑部郎中，掌管署司，专司详复平反之事。”

话音落时，顿时一片歌功颂德声响起。

张遮就这么升了官。

接下来论功行赏，谢危算了头功，正好工部侍郎的位置空出，由他顶上。一般侍郎乃三品，但谢危身为“太子少师”，有衔加身，便算从二品。想来若宫中那位温昭仪一举得男，诞下龙子，只怕“太子太师”的位置是少不了他的了。

至于定国公萧远，就有点倒霉了。本是他最早得了消息去剿灭天教，谁想中了天教的计谋，不仅未能剿灭乱党，还带着好些军士几乎在对方的埋伏下全军覆没！此乃贪功冒进，他不仅无功，反而有过。

沈琅颇为不悦，竟直接罚了他半年的俸禄。

这点钱对偌大的萧氏来说自然九牛一毛，可要紧的是面上无光，让他整个人都抬不起头来。

最风光的那个当属萧定非，赏金千两，银万两，丝绸布匹，珍玩古董，香车宝马，甚至直接被封作了“典军校尉”。这算是西园八校尉之一，官比四品，手底下能管一些兵。别人辛辛苦苦也爬不到这位置，他倒好，一回来就有，实在是羡煞旁人。

只是等论功行赏完，沈琅又与萧定非叙话一阵，说了些年幼时在宫中的往事后，忽然问了一句：“方才定非提起旧事时，言必称‘国公爷’或‘定国公’，却不称其为‘父亲’，不知是何缘故？”

朝中都是心细如发的精明人。这一点不少人打从萧定非说萧远率领援兵到京城护驾时就发现了，只是一直不敢提出，听得皇帝一问，目光不由得都在这一对“父子”之间游移起来。

萧定非本来就是故意的，天知道他要敢叫这狗屁萧远一声“父亲”，回去不得被谢危剁了脑袋？

金银才到手，他可舍不得死，当下一张俊脸上竟露出三分嘲讽、七分冷笑，凉凉地道：“流亡二十年，臣未悔为圣上尽忠，但只一桩憾事，长铭在心，日夜熬煎，奈何不可补。燕夫人乃不孝子生母，因忧思故，去不到一年，国公爷已续弦。便是有皇命在先，臣也耿耿于怀。”

嚯！他这明明白白是斥责定国公萧远对不起结发妻子啊！

殿上忽然有倒吸凉气的声音。便是沈琅都没想到，愣了一下。

谢危垂眸静静看着自己投落在地上的影子。

萧远一张脸则瞬间涨成了猪肝色，勃然大怒：“孽障，你胡说八道些什么？！”

萧定非皮笑肉不笑地反唇相讥道：“能生出个孽障来，你也不是什么好玩意儿！”

萧远气结：“你！”

萧定非乃市井里打滚长大的，嘴皮子利索，可不是什么好相与之辈。他早看这老王八蛋不顺眼，骂起来也就格外顺溜：“公侯之家，名门高户，娶个续弦进门，怀胎七月产女竟也没落下不足之症，活蹦乱跳！国公爷可真是太对得起家母了！”

满朝文武目瞪口呆！

精彩！刺激！

定国公萧远当年匆匆娶了现在的夫人卢氏入门本就受人诟病，只是偌大一个国公府也的确需要女主人来打理，为发妻守个把月便续弦也无可厚非。可娶进门来，生下长女，恰恰好早产，这就有那么点耐人寻味了。

众人原以为这位定非世子回到京城，回到萧氏，与昔日父亲见了面，当是父子情深，催人泪下的场面，哪里能料到这是个惹不起的主儿！

他当着皇帝的面啊，几句话简直像是“啪啪”的几巴掌，狠狠地往自己老子的脸上甩！

同朝为官，谁能见谁好了？何况还是势大压人的萧氏。此时此刻所有人面上看着正经，其实心里面早就搬了板凳，握紧拳头，就差呐喊高呼：打起来，打起来！

萧远更是不敢相信自己听见了什么，一口气差点没喘上来，抬了手来指着萧定非，整个人直打哆嗦：“你竟敢对你嫡母不敬，真是反了天了……”

萧定非不耐烦地道：“你这玩意儿老子都不想认，那臭婆娘算什么？！”

金銮殿上顿时一片哗然！

★

市井之上的粗俗言语，许多人不是没听过，可这是在朝堂之上！

站在沈琅旁边的太监都被吓蒙了！

直到这时候，所有人才意识到：这个定非世子实在不是他们想象中的模样。他毕竟是进了天教那等贼窝的，光听听说的这话，只怕有萧氏受的了！

礼部的官员向来讲究一个“礼”字，若是往常遇到这种事，只怕早站出来斥责了，可眼下瞅瞅萧定非，瞅瞅皇帝，琢磨着这可是皇帝的救命恩人。不敢说，不敢说，一个个都把脑袋埋了下去，当起了缩头乌龟。

萧远愤然道：“圣上！”

沈琅乍闻如此粗言，面上神色也一阵变换，眉头皱了起来，却有些为难。

萧定非却早准备好了话，同样向着他道：“百善孝为先。为人子者，报不得慈母之恩，已是不孝。臣乃情非得已，心结难解，圣上若要强逼，不如以天教乱党为名，将臣绑了投入大狱，臣一了百了，死个干净！”

沈琅立刻道：“这如何使得？！”

他看了萧远一眼，叹了一声：“清官难断家务事，朕也断不得。你救驾有功，当着天下人的面，朕岂能恩将仇报，这不是陷朕于不义之地吗？你既回了京城，自有时间与萧国公解开心结，倒不急于一时，且先将养着，改日入宫也拜见拜见太后。余事容后再议吧，退朝。”

话音落地，他竟像是怕这些事缠上身似的，一甩袖便从金銮殿上走了。

太监们跟着喊退朝。

萧远纵然有天大的怒气，也被憋了回去，胸口生疼，不得已跟着众臣一道俯身拜下，高呼“恭送”。待得起身时，他黑着一张脸便要揪了萧定非发作，可抬眼一看，殿内哪里还有人？

萧定非早已经一骨碌从地上爬了起来，到得殿外向垂手侍立的太监打听：“哥们儿，京城里最好的青楼在哪儿？圣上说赐下来的金银，什么时候能送到我那儿？”

外头守的不过是些小太监，哪里见过这阵仗？他顿时被吓了个面无人色。

萧氏固然势大，可多年来嚣张跋扈，自然得罪了不少朝中同僚，有那一起子心坏的人已经看出了端倪。才刚下朝，就有三五官员围了上去，口称恭喜，同萧定非凑近乎说话，没一会儿便勾肩搭背地走了，竟看都没看萧远一眼！

几乎可以想见，堂堂定国公，不日便将沦为笑柄！

谢危远远看着萧远那气急败坏的模样，面上平平淡淡的，甚至走上前去宽慰了几句，笑道：“国公爷何必介怀？想来令公子多年不在京城，对您多有误会。您立身既正，时日一长，定非世子必知是误会一桩，会向您道歉的。”

他不说还好，一说简直是火上浇油！

可萧远敢对着萧定非发作，却断断不敢对着谢危发作，只好咬牙切齿地道：“劳谢少师宽慰。”

同是去通州剿灭天教，萧远挨了一顿骂，谢危却掌了工部实权，算是官升一级，可称得上春风得意，面上挂笑时让人觉着是仙人从九天的云气上踏了下来。众人也围上来向他道贺，如此越发衬得萧远灰头土脸，狼狈至极。

谢危应付完，正要走时，一名小太监匆匆地来请他去南书房，想也知道是沈琅宣他。

谢危去到南书房，入内一看，沈琅竟正同人下棋。坐在他对面的是个模样并不十分慈和的和尚，甚至带了几分凶相。一见着谢危来，他便十分自然地起身，合十一礼，微微笑着道：“阿弥陀佛，谢大人，有礼了。”

谢危欠身，也笑道：“许久没见过圆机大师了，如今看着越发平和，看来是佛法又有进益。”

圆机谦逊得很：“在您面前，不敢讲佛法。”

这两人一个是当朝国师，一个是皇帝的帝师。当年沈琅能顺利登基，便有赖这二人鼎力相助，因而他二人间也很熟悉。

沈琅都不需多说什么。他将手里的一枚棋子投回棋盒之中，道：“方才朕正与大师讲天教那万休子的事，此獠昔年与大师论法输了，贼心不死，如今为祸世间，实在是朕的心腹大患。今次回来的定非世子，先生怎么看？”

谢危反问道：“圣上怎么看？”

沈琅道：“朕与定非实在是二十年没见面了，又岂能全然记得他的模样？且二十年时光匆匆，幼时模样作不得数，人会变。只是朕在殿上同他提起幼年事时也有过试探，有些趣事他还记得。朕故意编了些没有的事，他便没印象，或者也不敢确认是不是有，这反倒真了几分。只是朕实不敢信，昔年的定非竟成了这般模样……”

他目光闪烁，神色竟有些难测。

谢危道：“若定非世子在殿上所言是真，天教养他乃想要将其当作傀儡，必不可能授之以文韬武略。便是昔日仲永之才，后天不学而废亦是寻常。比起此人的身份是否为真，圣上恐怕更担心这是天教所设的计谋吧？”

沈琅便叹道：“知朕者，先生也！”他站了起来，负手在南书房中踱步，“若天教真想将他当作傀儡，焉知他如今到京城就不是天教的计谋呢？万休子诡计多端，不可小觑。只是……”

谢危接道：“只是此人毕竟是圣上昔日的救命恩人，又有天下万民的悠悠众口，圣上很是难办。”

沈琅道：“棘手之处便在于此。”

谢危一听却笑了起来：“圣上何必烦忧？”

沈琅同圆机和尚都看向了他。

谢危道：“圣上既然念着旧情，又有天下悠悠众口，加倍对定非世子施以恩德乃寻常之理。金銮殿上圣上容他胡言乱语，足可见恩德之厚。若此事乃天教计谋，迟早会露出端倪。与其放了定非世子，不如留他在眼皮底下看着。若他确与天教再无瓜葛，圣上自然无须两难。若他还与天教纠缠，圣上先已待他甚厚，届时杀了他也是他咎由自取，天下谁能指摘？”

沈琅沉吟良久，道：“如此，也算朕仁至义尽了。对了，听闻你等回京途中曾遇刺杀？”

谢危点头：“一行刺客皆是死士，似乎是冲着定非世子来的。”

沈琅问：“可留下了活口？”

谢危平淡地道：“最后倒是留下一个，只是臣看其乃死士，自知问不出话来，便命人将其杀了。”

“啊，这般……”沈琅似乎有些没有想到，垂下眼来思索了片刻，仿佛觉得有些遗憾，“那实在是有些可惜了。”只是他也没有半点追究的意思。

谢危道："是臣太草率了。"

沈琅连忙摆手，道："无妨，不过是个死士罢了，想来是天教那边贼心不死，要杀定非世子灭口。想他在天教日久，必定知道不少天教的内情。如今他刚回京城不大合适，往后却可叫他多说上一些，可要偏劳谢先生费心了。"

谢危躬身道："臣自当将功折罪。"

沈琅笑起来："谢先生可是言重了。"

如此才算是把正事说完，又请谢危坐下手谈一局，沈琅这才命身边伺候的内侍太监亲自送谢危出宫。

待得谢危离开南书房，圆机和尚看着棋盘上杀得难分难解的黑白子，目中有些思索之色，道："死士抓了活口，若带回京城，未必不能撬开他的嘴，毕竟谁人能不怕死呢？尤其是阎王殿前走过一遭的人，谢居安抓了竟直接杀掉，着实与他沉稳审慎的性情不符。"

沈琅却长长地吐出了一口气，抬手轻轻一掀，方才棋盘上的棋子竟都被震落在地。他冷笑道："谢先生若不杀这死士，焉知真抓回了京城，审出来的幕后主使会是天教还是别人？他若不拦着刺客，死的或许是朕的'救命恩人'；若抓了刺客回来，审出来的或恐是定国公萧远。两难之间取其中，不如将这死士杀了妥当。毕竟天教若真有这么厉害的死士，早前干什么不用？大小官员一律杀干净。要么一击必杀，要么就别出手。萧远虽是朕的舅舅，可实在坏事，做事不干净还要谢先生来替他料理！若今次不是遇到先生，他背后的所作所为被人抖搂出来，岂不是要令天下人怀疑当年出过什么事吗？！"

他说这话间，语气已是一片肃杀之意。

于是圆机和尚便知道皇帝已动了对萧氏的杀心，萧定非或恐真能成为一步好棋。

只是……

他却更好奇另一点：比如，谢危手底下的刀琴、剑书两个人未免也太厉害了，定国公派了一队死士去，竟都不能从中讨着好。

萧定非只觉得往常的人生就没有过这么风光的时候，狐朋狗友、酒肉之交，满座都是朝廷官员、世家子弟，端起杯盏来都称兄道弟。甭管这帮人是什么用心，大家一起喝酒一起吃饭，那就是哥们儿！

他完全把自己多年养出来的纨绔架势给演绎了个淋漓尽致，种种荤话趣言张嘴就来，时不时赢得满堂喝彩。

喝完一顿酒，往雅间暖阁里一躺，他竟一觉睡到黄昏。国公府派来接他的管家在楼下早气得半死。他却不慌不忙，睡醒了才慵慵懒懒、一脚深一脚浅地踩着楼梯从楼上下来，见了下头候着的那帮人，竟睬都不睬一眼，自个儿跳上了外头候着的马车，却忽然想起什么似的，站在车辕上不动了。

管家难免咬牙切齿地催促他。没料想他竟然道："先去一趟姜侍郎府上，有蒙姜二姑娘在通州多有照顾，我得亲自去谢一趟。"

管家登时目瞪口呆。定国公府有意要接萧定非回去看个深浅，一家子人可几乎等了他一整天了，这当口上他竟然说要去姜府？

管家本是如今定国公夫人卢氏的心腹，听说半路杀出个"定非世子"时自然知道不好——世子之位可只有一个。原本萧烨公子对此乃十拿九稳的，可多了个萧定非，还是皇帝的救命恩人，天知道国公府里要起怎样一番争斗。

管家跟着卢氏，也忠于萧烨，看萧定非自然哪里都不顺眼，当下便想拒绝。可他转念一想，萧定非如此不懂规矩，岂不正好？这样的名声传出去，萧定非再想要抢国公府世子之位可就是痴人说梦了！

于是管家眼珠子骨碌碌一转，竟没有反对，真吩咐了车夫驾着马车送他去姜府，递上帖子，直言想拜会姜二姑娘。

这一来可让姜伯游吓着了，紧接着涌上的却是怒意。早上金銮殿朝议时他可看得清清楚楚，岂能不知道这位刚回京的定非世子是个怎样荒唐的浑人？这人来姜府就罢了，却连他这个一家之主都不拜会，直接说要见他女儿！

岂有此理！

姜伯游人在书房，气得直接一拍茶案站了起来，大声道："荒谬！成何体统！速速让人把人撵出去！我女儿的名声岂能让他坏了？！"

屋里伺候的常卓战战兢兢，头上冷汗都冒了出来。可他立在原地，就像是脚底下生了根似的。

姜伯游见他站着半天没动，不由得怒道："怎么还不去？"

常卓苦笑："二、二姑娘方才路过听见，已经去见了。"

姜伯游整个人都惊呆了。

★

花厅里，姜雪宁坐在左侧，不由得瞅着自己右边坐的这人，纳闷不已：看着也是身量颀长瘦瘦高高的一个人，可肚子里这颗胆怎么就长得这么肥？

她想过对方会来找自己，可没想到这么快，才过了没两天呢。

萧定非压根儿就没带那碍事的管家进来，端起茶喝了一口，眯着眼睛一副享受的模样，笑眯眯地道："二姑娘不是说过罩着我吗？"

姜雪宁一哂："你倒记得清楚。"

萧定非两手捧着那茶盏，唉声叹气道："二姑娘不知道，我在京中可是举目无亲，今儿上午在金銮殿还把我那便宜爹给得罪了。"

姜雪宁很给面子："哦？"

萧定非便添油加醋地把早上朝议的情况讲了一遍，可没有半点自责模样，反而手舞足蹈，言语之间竟有点得意，好像做了什么了不得的大事似的。

姜雪宁就知道，这压根儿是一个坏胚。

以往萧定非就很亲近自己，究其因由，一是她当时与萧姝、萧氏都是敌对关系，斗得正狠，敌人的敌人就是朋友；二嘛，萧定非这人做什么都看脸，登徒子好色鬼，偏她又是爱吊着人撩拨的，两人可不是臭味相投撞一起了吗？

她也喜欢萧定非这号人。没办法，一把好刀，常能捅得萧氏一族跳脚，还拿她没办法。便是萧姝那样高高在上不变脸色的人，也常被气得喝药降火。

姜雪宁看了看对方那说什么话目光都在自己脸上转悠的架势，心里认定"看脸"这一点是没变的，可另一点原因大约是她与勇毅侯府的关系？勇毅侯府乃萧定非的外家，燕临是他的表弟。京城里谁不知道她同燕临关系好呢？

姜雪宁一想到燕临，心情低落了几分，回过神来时只听眼前这位越说越夸张，什么皇帝都差点对他感激涕零，萧远被他气得跺脚哭号……牛都要吹飞到天上了！

她顿觉头疼，不得不及时出言打断他道："世子，我已经知道了，所以你想让我怎么罩着你？"

萧定非正吹到兴头上，恨不能说连那姓谢的都要给自己跪下了，乍然被人打断，心里还有点不高兴。可他抬起眼来一看，打断他话的这姑娘唇红齿白，皎若太阳升朝霞，灼若芙蕖出绿波，细细一弯罥烟眉柔柔地画进人心里，使人觉得连着心尖尖那一块儿都麻起来，通体舒泰，哪里还记得什么不快？

他讨好似的向她凑了凑："也没什么，想讨教讨教。"

姜雪宁挑眉："讨教什么？"

萧定非掰着手指头："你看啊，我有一个便宜爹，一个便宜妹妹，一个便宜弟弟，还有一个便宜后妈。唉，我这么个人一回来，他们肯定不痛快，想搞我。听说你当年在京中也是赫赫有名的混世魔王，当年回来就折腾得一家上下不得安宁，我本是想向你学学，可一琢磨，萧氏可比姜府厉害多了吧？你说，我要不要当一阵缩头乌龟，先保命，把地皮踩熟了再跟他们搞？”

姜雪宁：“……”

她怎么就成“混世魔王”了？

萧定非眨了眨眼：“怎么，哪里不对？”

姜雪宁微笑：“不，没有。我只是在想，你想当缩头乌龟怕也没用吧？”

萧定非不解：“有讲头？”

姜雪宁一副过来人的架势，慢慢地道：“这里面学问可大了。要知道人都是挑软柿子捏的，你想想你往日在天教过的是什么日子？如今你回了京城，回了自己家，难道要过得比在天教的时候还憋屈不成？那你回来干什么？何况你已经得罪他们了，缩着又有什么用？”

萧定非点点头，道：“有道理啊。”

姜雪宁瞅他这模样，不信他想不到这一层。但人跟人不就是装吗？

她笑了笑，道：“定非公子在世上有什么志向吗？”

萧定非不假思索地脱口道：“吃最好的东西、喝最辣的酒、睡最漂亮的女人，活得痛痛快快，谁也别想让老子回去过苦日子！”

嗯，和他彼时的回答一模一样。

姜雪宁放心了，脸上挂着十二分良善的笑容，道：“那你知道是谁妨碍了你过好日子吗？”

萧定非心道：除了那姓谢的家伙还能是谁？可他又一想，没谢危他也没今天这日子。只是这话他不能对姜雪宁讲。

他摆出一副洗耳恭听的表情：“谁呀？”

姜雪宁忽悠他：“正是萧氏啊。”

萧定非正色起来：“怎么讲？”

姜雪宁循循善诱道：“你知道勇毅侯府吗？”

萧定非道：“知道，我的外家嘛，都倒了。”

是啊，都倒了。

姜雪宁微微垂下眼帘，想起燕临生辰那一日，萧氏姐弟双双出现在宴席上，那所言所行，加上后来萧远的一番嚣张作为，眉目间便多了一分冷意。

只是她很快收了回去，眨眼又笑起来，继续道：“我都替世子觉得可惜，一别京城二十年，却被人鸠占鹊巢。那萧烨一个续弦生的，却把自己当成世子，位置还没下来呢，就在京中作威作福。姐弟两个都甚是嚣张，霸占了你的名分、你的位置，花着你的钱财，享着你的福乐！这口气，我想想都不能忍。倘若侯府还在，燕夫人未因心思忧郁身故，必定站在你背后为你撑腰，哪儿轮得到什么国公爷在金銮殿上训斥你？当年要不是燕夫人嫁给他，这国公爷的位置他只怕还拿不到手呢！一帮恩将仇报的小人！世子，你堂堂一介男儿，不该在这样一帮畜生面前弱了气性吧？”

萧定非若有所思地道：“是不该。”

姜雪宁注视着他，心知这是个一肚子坏水儿的人，今日来找自己只怕也没打好主意，可她也不介意相互利用一下，于是慢悠悠地道：“你初到京城，若不知怎么搞事，要不我教教你？”

萧定非终于灿烂地笑了起来：“二姑娘对我可真是太好了。”

绕了半天，他要的就是这话！

光他自己可不敢去搞事，天知道那姓谢的不得拿自己开刀？可倘若他从姜雪宁这里“学”了招数去，姓谢的可就怪不到他身上了吧？何况他顺着姜雪宁的话一琢磨，姓谢的虽从未对他交代过回了萧家要怎么做，可他若真当了缩头乌龟，姓谢的嘴上不说，心底必在冷笑。

当下姜雪宁便扬声叫外头守着的小厮滚远点，等人走开了之后，才叫萧定非附耳过来，叽叽咕咕地说了大半个时辰。萧定非频频点头。

末了告辞时，他满面春风，看姜雪宁跟看庙里供的菩萨似的，拱手道：“皇帝赏赐了我好些东西，怕该送下来了，改日我叫人抬了来孝敬二姑娘。”

姜雪宁看着他，也觉得心情大好，客气两句，就目送他从厅内出去。

国公府的马车在外头候了已不知多久。

管家和车夫脸色铁青，在入夜的寒风里缩着脖子，冻得瑟瑟发抖，眼见萧定非脚步轻快地从姜府出来，差点没恨得咬碎一口钢牙！

萧定非可不搭理他们。他从姜雪宁处告辞之后，就跟拿了免死金牌似的嚣张，鼻孔朝天，谁都不看一眼，跳上马车便道：“还愣着干什么？小爷回府看看去。”

管家险些气晕过去。可他毕竟也是在国公府这样的地方混出点资历和位置的，倒也忍得气，且还想萧定非这样的人必定成不了大器，等回去之后禀告夫人，夫人一高兴说不准大大有赏。是以他一路都压着火，只等着回府看公爷和夫人治治这狂徒。

定国公府可是京中豪门，宅邸占了有半条街，钉着门钉的朱红色大门外头的两座石狮子，看着异常威武。

这会儿府门大开，马车却要往侧门去。萧定非从车里出来便瞧见了，眉头一挑，竟根本不搭理那管家的引路，抬脚就往大门走去。

管家吓了一跳，拦在萧定非面前："公子，这大门可不是给您走的。"

萧定非可不是什么好脾气的主儿，他就是个横的。他冷笑一声，一脚就朝这阴阳怪气的老东西踹了过去："你小爷我是二十年前先皇就钦封过的世子，再瞎叫一声，老子就砍了你的脑袋提到宫里去！看看谁能给你个公道！"

管家一路接他回来，虽觉得他不大爱搭理人，可也没觉得他这般嚣张，哪里能料到他一下车来就变脸，径直给自己一脚。膝盖上一痛，管家就直接被踹翻滚了出去，跟个滚葫芦似的，地上灰尘沾了满身，脑袋也磕到了正门前的台阶上，痛得他叫唤起来。

萧定非却看都没多看他一眼，在天教里更惨更狠的事见多了，这点连个屁都算不上，他甚至懒得挪个位置，顺便一脚踩在这人的胸口上便踏上了台阶。

守门的侍从早就看呆了，谁敢拦他？就这么眼睁睁地看着他走了进去。

这会儿宫里来送赏赐的传旨太监刚走，厅里面萧氏的一干人等都在，桌上摆的饭菜早凉得差不多了。

萧远一张脸难看至极。萧烨在通州坏了一条腿，如今带着伤也坐在旁边。国公夫人卢氏年纪比萧远小上几岁，如今看着还是风韵犹存的模样，保养得极好，只是聚拢的眉目间难免也多了几分阴沉之色。

萧姝今日也特意出了宫。在听到萧定非回京的消息时，太后就昏厥了过去，太医诊治说是情绪太激动。慈宁宫对外都说太后娘娘是看到萧氏的骨血回来，高兴得昏过去的。

可萧姝知道，根本不是那么回事。对整个萧氏来说，甚至对皇族而言，"定非世子"这四个字都像是一道魔咒，打落下来便能激起人心底最深处的恐惧，让人且惊且怒且怕。

打从萧定非踹了管家从大门走进来时，就有人一溜烟地跑在前面进来通传。萧远一听便冷笑起来，决心要给这不孝子一个下马威，好生治治他，是以故意端了架子，远远见着人进来，坐在位置上动也不动一下，只道："还知道回来！"

萧定非一路从大门走到此处，只觉萧氏这府邸实在是太大了，入目所见假山亭台，雕梁画栋，简直称得上是富丽堂皇，太奢侈了！

想想以后这都是自己的，他可真是高兴得不得了。因而他抬脚走进门时，脸上也挂着真挚至极的笑容："哎呀，都在等本世子呢？你们懂事可就再好不过了，本世子也正琢磨刚回来，要给你们立立规矩呢！眼下大家都在，倒省得本世子一个个去寻你们。"

什么？！

萧远眼珠子都差点瞪出来，猝不及防之下甚至没想到要接什么话。

萧烨可以说是心里那口气最不平的人。往日京城里谁不敬他是未来的定国公世子？父亲、母亲也一直告诉他，待得他及冠之后，便可名正言顺地向圣上为他请封世子之位。

可半路杀出个程咬金！如今竟然告诉他，他当年那个救过皇帝、被先皇封过世子的兄长竟然没死！

他一见到萧定非，一双眼都要红了，骂道："凭你是谁也敢立规矩？长幼尊卑，父亲可还在呢！你不先向父亲行礼吗？"

萧定非这才注意到旁边还有人。

他不由得转过头来，左瞅瞅，右瞅瞅，对对方的斥责倒没什么感觉。毕竟他当乞丐从小被人打骂大，可不是三两句就会被激怒的性情。

只是他瞅着吧，觉得这小公子长得也实在太次了，眼睛眉毛固然好看，拼起来却显得刻薄阴毒，一股小家子气，纵然他素来不想承认姓谢的神姿高彻，可打量着萧烨，实在赶不上谢危十中一二。

萧定非不由得摇摇头，叹了口气，道："你过来。"

萧烨愣了愣，没明白这人是什么意思。

萧姝看着这人的做派，不知为什么，竟然想起了当初在宫里，姜雪宁公然栽赃尤月时那种有恃无恐、嚣张到目中无人的架势，微不可察地皱了皱眉。

萧定非见他不过来，心想这小朋友不大好骗，于是走过去，十分自然地抬脚踩在了他面前那一张摆满了珍馐的方案上，左手拿起盘里一只鸡腿啃了一口，笑了笑道："你这么紧张干什么？"

萧烨坐着，他却抬脚踩着桌案。这俨然是一种侮辱行为！

萧烨从小到大哪里受过这等气，开口便冷笑着想要羞辱他："果真是天教贼窝里学来的下等人架势……"

可他根本没把话说完！

亮堂堂的厅里只听得"啪"一声脆响，萧定非抬起右手毫不留情地给了他一耳光，力道之狠，打得他脑袋都偏了过去，差点一个趔趄摔到旁边的地上！

"烨儿！"

"你做什么？！"

两声怒喝几乎同时响起，萧远和卢氏万万没想到萧定非竟忽然向萧烨动手，终于没能坐住，霍然起身，对他怒目而视！

萧姝也没好到哪里去。她何曾见过这样的浑人？

那一巴掌之狠，让萧烨半张脸都高高肿了起来，看着触目惊心！

她眼皮跳了起来，寒声道："定非兄长才回家中，便这般容不下手足兄弟，传出去怕要败坏名声吧？"

萧远则沉着脸朝萧定非走过去。

萧定非瞅他一眼，回眸看见刚才被自己一巴掌打蒙的萧烨好不容易又坐直了，张嘴似乎要对他说什么，喉咙里便发出低低一声笑，反手又一个耳光打了过去！

厅里萧远等人简直不敢相信自己看见了什么。厅外伺候的仆人更是全都吓傻了！

萧定非把眼看着便要昏过去的萧烨拎了起来，回头似笑非笑地对萧远道："劝你冷静一点，要知道我可是谢少师这一趟带回来的重要的人，圣上剿灭天教可还指望着我给消息呢。你要敢对老子动手，老子就能让你这两个'续弦生的'变成'奸生的'！"

萧远只觉得脑袋里一阵气血上涌，人年纪大了，何曾受过这么强烈的刺激？他抬手捂着自己的胸口，眼前一片花，竟站不大稳当，身子一阵摇晃，险些跌坐在地。

卢氏惊惧交加，眼泪都出来了，忙抢上去将萧远扶住，哭道："老爷，老爷你怎么了？"

萧远好不容易才喘匀了气，颤抖着道："你……你到底想要干什么？"

萧定非只觉得这家人安生日子过惯了，这一点折腾都受不了，实在太扫兴，不由得摇头叹了口气，凉飕飕地道："不想干什么。只是吧，你们这帮人好过了，老子的日子就好过不了。"

实在不是老子想跟你们作对嘛！他心里想，要不搞死你们，老子不好交差。

萧姝自来是难得的聪明人，曾在脑海中无数次构想萧定非回到萧氏之后的情况，却没有一种能跟眼前的场面对上。

不按常理出牌的人，谁见了都觉得棘手。

只是她还算得上冷静，悄然握紧了手指，强迫自己不要发作，挂上笑容道："圣上器重兄长，世子之位总归是兄长的，他日国公府也是兄长的。同是家人，一荣俱荣，一损俱损，兄长实在没有必要对我与弟弟如此忌惮……"

"你这臭娘儿们再敢叫一句'兄长'，我保管你往后死都不知道怎么死的。"萧定非听了这"兄长"二字，只感觉出了万般的虚伪，瞧她虽然有一张好看的脸，可从头发丝到衣角，没一处不透着让人厌烦的假，看一眼都觉得倒了胃口，不由得轻轻嘀咕了一句，"长这样，脱光了求老子上老子也不上。"

他虽是嘀咕，声音却不小。

萧姝读的是诗书礼仪，何曾听过这样的污言秽语，瞬间脸色大变！

★

第二天一早，姜雪宁听说昨晚国公府打起来了。

世家大族里做事的下人到处都是，随便出去个人采买，消息就传遍了全京城，进而传到了主子们的耳朵里，更别说大清早事情直接闹到宫里去了！

萧定非着实是个狠人，一句话得罪了萧姝。哪个大家闺秀能容忍他口出如此狂言？

她盛怒之下一言不合，竟叫了人，两相动起手来。本也没准备真对萧定非怎样，岂料这无赖一点亏也不肯吃，口出狂言之后还半点不觉得有错，下人们想要上去按住他，他一脚踹一个，拉扯之间，难免有些皮肉上的小伤。

这下好，萧定非不干了，大晚上就跑到那院墙上面坐着号，口口声声控诉萧氏一族容不下他，要谋财害命。他号完就溜了，当夜住在了京中最奢华的青楼藏娇阁里，抱着那温香软玉睡了一晚不说，还挂了房账，说他日定国公府的人自会来结。

他嫖个妓都要让萧氏掏钱！

天还没亮，直到凌晨才好不容易把气血顺了睡过去的萧远，睡了还没一个时辰就被人吵醒了，竟是管家哭丧着一张脸战战兢兢地来报说，藏娇阁的龟公来府里要账。

萧远一口气没喘上来，气上头来，一头栽倒在地！

公府里顿时哭天抢地一片。

这边厢慌忙去请大夫来看，那边厢宫里却直接来了传召，要宣萧氏这一干人等觐见——原来萧定非这孽障从青楼里出来，一大早便直奔皇宫，竟然恶人先告状！他递了牌子入宫，向皇帝状告他们容不下自己，称萧姝区区一个大小姐，没名没分却敢唆使府里的下人责打他。

在皇帝面前，他将衣裳一解，好家伙，果然是有青紫的伤痕，分明是昨夜的新伤！

沈琅虽也略得知如今的定非世子已非当年的定非世子，多半已经成了个混账，只是人才回去一天就闹成这样，实在让他这个当皇帝的面子上过不去。甭管暗地里他怎么想，明面上萧定非还是他的救命恩人，天下万民可都看着呢！

当时沈琅便勃然大怒，立刻叫人去宣萧氏上下入宫来听训。

萧远年纪大了，身子骨本就差些，昏倒之后好不容易被救起来，却身子发软不太站得起来，皇帝又要召见，无奈之下只好叫人抬着入宫，也好在皇帝面前卖一回惨。他想自己昔日受宠，萧氏又是太后的母家，皇帝该不会真把萧氏怎样，多半也就做做样子。

可谁能想到，沈琅竟不买账！

大殿之上，沈琅声色俱厉地斥责萧氏的人，质问他们是否容不下萧定非，若真容不下，那也不要萧氏容了，即刻便将他这定国公的位置交出来给萧定非，萧氏一族干脆搬出京城来分作两支，也好过成日闹事，没个体统。

萧氏上下顿时大惊。皇帝的态度着实在他们的意料之外，谁都没有反应过来，吓得腿都软了，这一来哪里还敢谈追责萧定非的事情？

萧姝倒不觉得自己没有道理，声称是萧定非出言不逊，冒犯了自己。可要问她萧定非究竟骂了她什么，她又说不出口。

女儿家面子薄，只是其一；临淄王沈玠选妃在即，则是其二。她固然不曾做过什么出格的事，可萧定非那句污言秽语若是传了出去，纵是她清白，也能传得难听，名声轻而易举就被坏了，是万万不敢再说给谁听的。

她一时真是哑巴吃黄连，有苦说不出。

临走时，皇帝还冷着脸直接下了令，拨给萧定非一队亲卫，护他安危，另外责令萧远以“以下犯上”之名惩戒当日敢对萧定非动手之人，若有再犯，决不轻饶。

可怜那帮下人，是听了萧姝的命令动的手。主子们入宫回来却还要对他们严加惩戒，由萧定非一一指认，凡是昨晚出手拉过他哪怕一下的，全都被拉出来摁在院子里打了五十大棍，两条腿血肉模糊，不养几个月绝对下不了床。

为主子尽忠，主子却护不住自己，甚至反将他们推出来当替罪羊，当下人的哪里能想到会遇到这种事？

挨打的那几个人且不说，在定国公府做事的其他下人冷眼旁观，难免感到几分心寒，且由此一遭轻而易举就认清了萧氏如今的形势：什么世家大族荣华富贵，都是狗屁！刚回来的定非世子才是国公府未来的主人，有皇帝亲自罩着的，谁要再不长眼睛同萧定非作对，那就是找死！

本来姜伯游昨日听说姜雪宁去见萧定非了，还颇有微词，认为姜雪宁不该同这种登徒子搅在一起，坏了自己的名声，也损了姜府的清誉。

姜雪宁却说：“父亲别忘了，我同此人是在通州认识的。”

姜伯游乍一听还没明白。

姜雪宁便又淡淡地笑道：“这样的混世魔王，若顺着他的意还好，总归还在京城地界儿上。他是什么浑人，女儿也看得清楚，绝不是咱们府里招惹得起的。倘若女儿不见，惹恼了他，把女儿一路被天教乱党劫到通州的事情抖搂出去，怕才真的会坏了大事吧？咱们府里还有一位不是要选王妃吗？”

姜伯游便没了话。次日听说定国公府发生的事情之后，他更是长叹一声，终于绝口不再提姜雪宁同萧定非往来的事情，只叮嘱她行事注意着些，也别太过。

姜雪宁心道：萧定非这种滑不留手的，被打到哭着入宫告状，身上还都是青紫的伤痕。天知道是昨晚楼里的姑娘留的，还是真被打的！

只是这人是她罩的，她犯不着拆穿他。眼瞅着这位满肚子坏水的主儿开始折腾萧氏，她高兴还来不及呢，恨不能端盘瓜子去定国公府嗑着看戏，连着年后到元宵这些天，什么烦恼都忘了个干净，心里快慰得很。

元宵那一日，尤芳吟的信函也从蜀中那边寄了过来，说是初到蜀地一切都好，除了有些当地的话听不大懂之外，乡民也都甚是和善；卓筒井做得热火朝天，任氏盐场重开，招了好些长工；任为志读书人出身，对她颇为照顾，只是有点一根筋，埋头折腾卓筒井便不管其他，是以人情世故方面由她帮着照料一些。

看模样一切进展得都很顺利，只是姜雪宁在看完这封信之后，反而锁了眉头，只抬头看着外面冷风吹拂的天气：冬日里天干物燥，正是要小心火的时候。举凡所有新物新事，刚出世时总要经历些挫折，很少有顺顺当当、简简单单就成了的。但愿芳吟还记得她的告诫，看着点任为志，让他勿太过激进才是。

自打勇毅侯府出事，姜雪宁把任氏盐场的银股出手了大半之后，手里便只剩下两千股。盐场大多数的银股只怕都在吕显手中，另有一小部分在尤月手里，剩下的便是自己这些，还有些随便买买的散户。

元宵节后她便要再次入宫伴读。她想了想，让棠儿、莲儿吩咐人备车，难得往蜀香客栈走一遭，看看情况。

一路上她自然不免又听说了萧定非这些天来创下的种种“丰功伟绩”——他行事本就霸道专横，自打府里上下都知道他说话是什么分量之后，还有几个人敢不听他的？于是宝马香车、美玉美人，有什么好的他都往自己屋里捞。

原本好好一个定国公府，奢华归奢华，到底是经年的氏族，被点缀得很是雅韵。可萧定非这人俗，什么破木头、破柱子全都涂了给包上一层金，地毯要铺大红的，屏风要用牡丹的，连睡觉那屋的脚踏都换成了赤金打造。

从此以后，他出门再也不提自己是世子，逢人便笑，说：“你们别不信，其实萧氏一族上上下下，甭管老的小的，通通是小爷面前洗脚的孙子！”

自打有任氏盐场的银股在客栈里挂牌之后，蜀香客栈就成了商人们常来的地方，又因为附近就是琉璃厂，常有上京赶考的士子读书人往来，客栈人多热闹了，路过的读书人自然也乐意在里面落脚。

士人比起商人，更爱论政。

最近京城里发生的事可太多了，姜雪宁打外头进来被小二引着到楼上的雅间入座时，便听见下面有几桌人在说话。

“我看这定非世子吃喝嫖赌样样俱全，实在不像是什么好东西，可怜萧氏一族竟被如此折腾，足见老天长眼，往日他们嚣张跋扈，也终究有更恶的人来治。”

“这话可说差了。”

“是啊，哪儿有面上看着那么简单呢？你也不想想萧氏往日如何受宠？勇毅侯府都倒了，他们又是太后娘娘的母家，按理说圣上得护着啊！可这回好，圣上非但没护着，还打了萧氏的脸。我看啊，圣心难测，只怕是萧氏要倒霉了。圣上不过是借这定非世子敲打敲打他们罢了。”

此言一出，满座皆惊。

便连正要踏上台阶的姜雪宁都不由得停了脚步，惊疑地朝着此人所在的方向看了过去。

那是个长衫儒生，看模样是读书人无疑，生得倒是一副不错的好模样，可两道长眉飞起来，有几分不羁的洒脱。桌上其他人喝茶，他却喝酒，也不知是不是喝多了，平白有种疏狂之态，竟目无下尘，有点恃才傲物之感，谁也不放在眼底。

旁边人都吓了一跳，忍不住朝左右看了看，压低声音劝他：“岂凡兄，酒可乱喝，话却不敢乱讲，你喝醉啦！”

那儒生推了他一把：“翁某清醒得很！”

他面上挂着笑，又喝了一口酒，抬起手来颇有指点江山、激扬文字的架势，慨然道：“看看你们，看看朝廷！真是一帮废物！他萧氏处心积虑地搞倒了勇毅侯府，累得边关无人，不能拒鞑靼于关外，如今人家的使臣逼到京城来，还要堂堂一个大乾朝推出个女儿家去和亲，保得一朝安平！可真是太有骨气，办得太漂亮了！圣上可也真舍得妹妹，要翁某说，祸是谁闯的，便该叫谁去填，干脆把他们萧氏的女儿推出去和亲不好吗？身份够贵重，样貌也好，保管鞑靼满意！”

他真是越说越吓人。旁座之人真是连待都不敢待了，生恐这人祸从口出，连忙将他的嘴巴捂了，一路道着“借过借过”，七手八脚地把人拽了出去。

客栈里顿时一片嗡嗡的议论声。

姜雪宁眼底暗光一闪，眉头轻轻一锁，细琢磨之下却忽然觉得“翁岂凡”这名号隐约有点耳熟，好像在哪里听过，便笑了笑，声音和缓地问旁边的小二：“刚才楼下说话的那位是谁呀？”

小二“哦”了一声，显然是知道的。他一面殷勤地给姜雪宁引路，一面笑着道：“别看他常喝得糊涂，却是个湖北来的举人老爷，叫翁昂，大伙儿都叫他‘翁岂凡’，才华高得很。”

翁昂？

姜雪宁的面色顿时变得古怪了一些，她终于想起在哪里听过这个名字了——以前那个倒霉的榜眼。他分明会试高中，却偏在放榜前一日因喝醉酒同人起了争执，被几个市井混混失手打死，一时震惊了整个京城，被人引为奇谈。

★

众所周知，有功名在身的举人，便是堂上见了官也不必下跪，走到哪里人都要敬重几分，递个名帖去普通人的府邸，旁人供吃供喝还不够，得送上点银子见礼，可以说是不愁吃，不愁穿。

一般来讲，混混们欺软怕硬，都得有点眼色，京城里不是什么人都能欺负的。有人曾说，这件事很不合理。但也有人说，喝醉了谁认得谁是谁？肯定还是酒误事。

总归打死人的混混跑了，到头来也没被抓着。从此便成了一桩悬案。

彼时姜雪宁还忙着为选临淄王妃的事情处心积虑地筹谋，可没工夫关照科举场上的种种。翁昂这事也是她嫁给沈玠后才听人当乐子说的。

今日意外得闻此人狂言，得见此人狂行，她仔细一想，竟觉得这里面恐怕有点东西能说道。

推萧姝去和亲……这话从翁昂嘴里说出来，真能吓死一帮人，落到姜雪宁耳朵里，则长了根似的。

直等到她看过了任氏盐场飙升的银股价钱，回到姜府睡了一觉起来，开始打点收拾年节后入宫伴读的一应东西，这话都还时不时在她的脑海里晃荡一下，无论如何都无法消失。

已是午后，残雪化了，挨着窗沿的案角上摆了两本棋谱。那是姜雪蕙那边来人知会她准备的，说是她不在宫里的那段日子，谢先生虽然领旨一路追讨剿灭天教，没教什么新的东西，可另一位先生兴之所至却教了大家伙儿下棋，今次入宫怕还要继续学。姜雪宁现在盯着它们，怔怔出神。

莲儿那边正点着这一回为姜雪宁入宫准备的银票和几把打成各种式样的银锞子，预备着回头入宫打点宫人。

只是她一边数着，却一边撇嘴，然后絮絮地念叨：“这入宫的日子，不早一点，不晚一点，正好是您的生辰。中午夫人那边来人请您过去同大姑娘一道过生辰，您倒好，一句话给推了个干净，让他们在那边热闹。不知道的见了，怕要以为今儿个只是大姑娘的生辰。要换了是奴婢，谁叫我去我便去，非但要去，还要过得比他们都高兴！等您入了宫，规矩那般严，可不好再大张旗鼓地过什么生辰……”

姜雪宁听她说了一串，回过神来，才明白她是在想自己生辰的事。

彼时她何曾没去呢？

的确像是莲儿说的那样，她非但去了，还过了个高兴。毕竟那时的情况可和现在不一样。她讨好了沈玠，最终去选临淄王妃的那个人是她，且几乎是板上钉钉的事情，因而尤为得意，故意要在生辰这样的好日子里去寻姜雪蕙和孟氏的晦气，三言两语便叫所有人都变了颜色。

姜雪蕙当时朝她看了许久，然后什么话也没说，叫旁人都散了，自己也起身告辞。姜雪宁最厌恶的便是这位“姐姐”平静的一张脸孔，叫她有一种一拳打进棉花里的感觉，于是追出去喊住姜雪蕙，冷笑着问：“你不是喜欢沈玠吗？但如今临淄王殿下要娶的人是我。当年你鸠占鹊巢，顶了我的身份，过了这么多年衣食无忧的好日子。可恨老天爷不长眼，仍旧让你舒舒坦坦地活着，那也只好我自己来，让你知道报应的滋味了。”

姜雪蕙仍旧要走。她上前一步，拦着不让。姜雪蕙便终于停步，抬眸看向她，慢慢说了一句：“你真的高兴吗？”

她为什么不高兴？嫁了温文尔雅的临淄王，抢了当年占据自己身份、如今也还顶着嫡女的名头压着自己的姐姐的姻缘，阖府上下都要看她的脸色，荣华富贵指日可待……姜雪宁觉得自己原本是很高兴的。

可看到姜雪蕙仿佛不为所动的模样，那点高兴便像是长了翅膀轻轻一挥飞走了似的。等到真同沈玠行礼成婚那一日，她脑袋里竟然空空荡荡的，充满了茫然，整个人仿佛被人抛上云端，轻飘飘地不着地。

“二姑娘，夫人和大姑娘那边您虽然不去，可今日到底是您的生辰，吉祥的意头还是要讨一个的。”棠儿微微笑着，竟打自己袖中摸出一个荷包来，然后从中拎出一条手链，用红绳子穿了十九枚圆圆的小金铃铛，做工极为精致，“大前年您生辰的时候，燕世子叫人给您送来的，拢共二十颗铃铛呢，长一岁便加一颗，奴婢已经给您加上了。”

她将这手链递给姜雪宁看。

姜雪宁接过来，才恍惚想起的确是有这么件礼物的：是她十六岁时，到京城过的第二个生辰，燕临那天带她在灯会上疯玩了一整天，临到送她回去时，却把她拉到了旁边小巷的昏暗角落里。少年大约是红了脸吧，胡乱地往她手里塞了这串东西，窘迫地扭头便走。

那是燕临头一回送姑娘东西吧？

她当时纳闷，还觉得有些俗气。可架不住燕临的逼迫，她每年都要穿一颗铃铛上去，生辰时戴上。后来勇毅侯府倒了，这东西她自然也没有再戴过，久而久之便和婉娘那玉镯一般不知所终。

如今掌心里摊着这一串许久不见的旧物，姜雪宁脑海里想起的竟是已经成了将军的燕临班师还朝掌权后，低垂着头半跪在她面前，拿出那串早不知在她那里不见了多少年的金铃铛，系在她细细的手腕上，声音似梦呓般对她说："娘娘，当年我心里曾悄悄想，待这串铃铛加到二十颗的时候，我便能将那戴着铃铛的姑娘娶回家。可原来娘娘志向高远，究竟不屑一顾……"

棠儿看她神情似悲似喜，不由得忐忑起来，这才陡然想起勇毅侯府已经倒了："都怪奴婢……"

姜雪宁打断她道："无妨。"

她轻轻吐出一口气来，将这串铃铛递给棠儿，笑起来道："不是说讨个吉祥的如意头吗？帮我戴上吧。"

这次她同燕临已经说清楚，断了瓜葛，对这铃铛倒不必再有什么避讳。总归是少年的一番心意，她盼着他好，他也盼着她好罢了。

棠儿见她笑起来，心底才稍稍松了几分，犹豫了一下，还是为她戴上了这条金铃铛缀成的手链。

纤细雪白的手腕上，一串金色的小铃铛，末端的红绳打了个细细的绺子，垂落在肌肤细嫩的手背上，艳艳的。

莲儿不由得赞了一声："可真好看，怕也只有咱们姑娘的手才戴得出这般模样了。"

姜雪宁晃了晃手，细细的声响便会隐约传出，不大，却很有轻灵之感。

她道："行了，准备入宫吧。"

姜家两位姑娘都要入宫伴读，按理说该一道走，可姜雪宁对姜雪蕙终究有些介怀，故意找了借口说自己还没收拾停当，让姜雪蕙单独先出发，自己则叫府里重新备了一辆马车，迟了两刻才走。

可没想到，姜雪宁坐在车里，才驶过两条大街，迎面竟然驰来几匹快马。

马上之人皆着胡服，头戴皮帽，外族人长相，手里还甩着呼啸的马鞭子，相互大笑着。这可是热闹的街市，他们的速度居然半点不见慢！

姜府的车夫可吓了一跳，慌乱之间连忙赶着车往旁边避让，迎面来的快马倒是避开了，马车的车轮却撞了边上几个摊贩摆摊时撑在摊位下的硬石头，“咔”的一声便折了，再也滚不动。

姜雪宁在车内差点被甩出去，待车停下时，皱紧了眉头，掀开车帘便问：“怎么回事？”

车夫惊魂未定：“方才几个鞑靼人纵马过来，还好小的躲得快，只损了车没撞上人！”

姜雪宁向着街道另一头看去。那几匹马早没了踪影，可沿街之上到处人仰马翻。路人也好，商贩也罢，全都骂骂咧咧，显然刚才都被波及，遭了殃。

街对面的幽篁馆。

吕显坐在窗边上，皱眉看着搁在案上的这块琴板，显然是前段时间才雕琢过的，榉木料，木质、纹理都是上佳，只是在左侧半掌的位置上硬生生戳了一处败笔，明显是刻刀歪了。上头甚至沾着点没擦干净的血迹。

“我记得这是我两个月前给你找的那几块料里最好的，你不是已经拿去斫琴了吗？”吕显看向对面正在喝茶的谢危，声音里带着点不满，“一株老树长个百八十年，砍下来也就这么几块好木头，我上哪里再给你找几片同一棵树的来？谢居安，你斫琴的时候是做梦了还是撞鬼了？这都能斫坏！”

谢危近来琐事缠身，眼看着年后雪下了好几天终于化了，才从府里出来，特意到幽篁馆走上一趟。他自然知道这斫琴的木料难找，可若不难找，又哪里需要劳动吕显？

他坐时背对着那糊着雪白窗纸的窗扇，一张脸便有小半埋进晦暗阴影里，放下茶盏，道：“劳你费心，再替我找找。”

吕显真是一个头两个大。

他心知既然是谢危亲自来，这张琴怕比较紧要，所以揉了揉太阳穴，到底还是叫下面人来把前几个月的入库账本都拿出来，一一对着翻找，想从中找一块材质、纹理都和眼下这块木头差不多的，好能搭上谢危之前斫的琴。

他查了半天也没结果，倒是脑袋里灵光一闪，忽然想起什么来，道：“你今日都有空过来，那萧定非近来在定国公府无法无天，你该都听说了吧？”

这倒是一桩事。

十多天来萧定非做了多少荒唐事，无一不传到了谢危的耳朵里，只是他初掌工部，事情繁多，萧定非折腾的又是萧氏，他便暂时没多管。可这世上的事情过犹不及，真要扳倒萧氏，不是一朝一夕的事，萧定非闹一阵，便该消停下来图谋大计。若不约束，只怕萧定非连自己是谁都要得意得忘了。

这么想着，谢危便叫了剑书进来，吩咐道："一会儿让刀琴亲自去一趟，告诫告诫他，威风已经逞了，不要闹得太……"

话音刚落，外头忽然喧闹起来，听着像是出了什么事。

正查着账本的吕显不由得抬起头来，竖着耳朵听了片刻，眉头陡地一挑，竟把旁边的窗扇推开来，朝着外头街上看去："好像是年前入京的那帮鞑靼人闹市纵马……"

谢危闻言，眉尖也是一蹙，同向着窗外望了一眼。

外头果然一片纷乱，街边还斜着一辆马车，车夫正蹲下来查看车轮，旁边却是名裹了雪狐毛绲大红缎面斗篷的姑娘，巴掌大一张俏生生的脸竟冷若冰霜。

吕显也瞧见了，不由得转眸向谢危看去。

鞑靼来的一帮使臣可真是威风八面，真把京城当自己家了。

姜雪宁从姜府里出来得本就要比姜雪蕙晚上几分，若路上不出什么意外，差不多挨着宫里定的时辰到。可半道上遇见这种事，马车坏了，人在半路，还不知要耽搁多久，当真是一肚子火气没地方撒。

她正想说去附近雇一顶轿子，先入宫去，马车的事情留给车夫慢慢处理，结果还未开口，一抬头就看见街对面二楼的幽篁馆里竟下来一人，直朝着她走过来，当下便讶然了几分。

剑书腰间佩剑，看了一眼那马车，果然坏了，便向姜雪宁拱手道："二姑娘是要入宫吧？这下车坏了，一时也不能成行，外头风大，不如到楼上稍坐，先生也正在那边。"

姜雪宁便下意识地向对面临街的二楼看了一眼，当中一扇窗果然是半开着的，她一眼就看见了谢危那张轮廓分明的侧脸。

从通州回来后，两人已有十数日没见过了。

谢危也没再逮她过去学琴，加上萧定非闹了一出又一出的好戏，她难得过了个舒坦的好年。今次又要入宫，刚才在车里时她便琢磨，回头少不得又要被这位少师大人拎着，做小伏低。可她没想到，没等入宫便撞上了。

姜雪宁突然便想起了张遮，从通州回来他也得了晋升，大约也是在忙吧？心里虽这般念叨，可不知为什么她还是闷了一下。

谢危既叫她去，外头也的确风冷，她自然没拒绝，点了点头，便交代了车夫两句，随剑书上了楼，进到幽篁馆。

此地她随燕临来过，馆中一应布置倒没怎么变化。

剑书引着她往更里面走去。

掀开一道门帘，姜雪宁就看见了里面坐着的谢危，屋里搁着烧了银炭的火盆，暖烘烘的，他坐在窗下，穿一身苍青色的道袍，也正好抬了眼瞧她。

谢危在幽篁馆肯定是见吕显，现在却没看见吕显。

姜雪宁的目光从谢危对面那只尚未收走的茶盏上一晃而过，规规矩矩地上前道礼："谢先生好。"她行礼时双手交叠在腰间，纤细的手指尖便露出些许来，袖里却隐约有丁零的声响。

谢危道："撞见鞑靼的人了？"

姜雪宁不由得撇嘴，想起方才的事情来还有些上火，气道："学生可没完全撞见呢，真要打个照面，您现在见着的我只怕就是缺胳膊断腿儿的了。"

谢危的眉头皱了起来："正月十六，胡说八道些什么？"

正月十六还是我的生辰呢，我都不忌讳，你忌讳个什么劲儿？姜雪宁腹诽，不大爽他，可又不敢顶撞，只好把脑袋埋下来，小声道："哦。"

谢危看得出她不服气，盯了她片刻后，忽然道："这些天同萧定非往来，眼瞅着他折腾定国公府，连宫里赏赐的许多东西都抬了去送给你，你倒收得爽快，看得高兴？"

姜雪宁心里"咯噔"一下，可没料到谢危竟然会找自己说这件事，顿时抬起头来，可对上谢危那双通透的眼时，又莫名没了胆气。

她想，在这件事上是没必要瞒着谢危，索性说了真话，坦坦荡荡地道："反正他也不是什么好货色，看他折腾定国公府，学生的确高兴，非但高兴，还要为他喝彩。定国公府越水深火热，学生越高兴。"

说到底，她是睚眦必报罢了，一番话竟有那么点往昔刁钻跋扈的模样，秀气的眉蹙起时甚至带点娇气的乖张，连掩饰都懒得。

谢危看了她半晌，忽然道："眼下你在我面前倒是不装了。"

姜雪宁心中一凛，可转念一想，便自嘲似的笑了笑，道："我什么德行先生不是早知道得一清二楚吗？您在我面前懒得装，我又跟您装什么劲儿？"

他俩又不是现在才认识的，早四年前在荒山野谷里已经把面具扯了个干净，彼此都见过了对方最不堪的一面，如今装得越温雅贤良、越圣人君子，便越虚伪。

所以她对着谢危倒比对着旁人放肆些。可谢危私底下同她说话不也不大客气吗？

只是话才出口，姜雪宁脖子后面便冷了一下，她陡然间意识到：这话自己不该说的。当年她同谢危一道上京的那段经历，合该被埋进心里，再不拎出来说上半句。这是谢危的忌讳。

果然，她慢慢抬眸，便对上了谢危平静至极的视线。

姜雪宁难免觉得自己要倒霉，人在屋檐下，不得不低头，于是主动先认了错：“是学生口无遮拦，又说错话了。”

谢危又看她半晌，道：“伸手。”

姜雪宁一听见这两个字，头皮都麻了一下，还记得自己上回要银票朝谢危伸手时挨的打。她记疼，非但没伸出手去，还吓得往后退了一步。

谢危道：“你收萧定非的东西怎么说？”

姜雪宁这下把方才说错话的茬儿都忘了，嚷道：“折腾人这事学生是个中好手，他主动来求我教他，我对他指点一番，他交点束脩不过分吧？”

谢危冷笑：“长本事了，还能出师教人了？”

姜雪宁还想顶嘴，可看他一张脸已经有些沉下来，倒比刚才还吓人，不由得打了个激灵，及时住了嘴。

桌边上有把竹制的戒尺，不是学堂里教书先生用的那种，而是吕显去庙里听大师讲法时请回来的那种。正好称手，谢危抄了起来，仍旧对她道：“伸手。”

姜雪宁心知还是要挨打，眼睛一闭，终于把手摊开伸了出去。

谢危是真想打一下，好叫她长长记性。可那伸出来的手腕上系了串小小的金铃，轻晃间发出细碎的声响，红绳衬得她的皮肤越发白皙，内侧隐约有道斜划的旧疤。

他抬起来的竹尺，到底没有落下去。

姜雪宁等了半天，心里忐忑，没等来预想之中的疼痛，不由得悄悄睁了眼。

谢危问她：“今日是你的生辰？”

姜雪宁眼睛一亮，想也知道谢危这样的人不可能知晓她的生辰，该是瞧见自己腕上戴的手链了才有此一问，于是脑筋一转，惨兮兮地道：“对啊，今日学生可是个小寿星，但赶着入宫的日子，生辰都没过呢，既没吃好的也没喝好的，长寿面都没人做一碗，先生还要罚我！学生都知道错了，往后不敢再犯，要不看在学生生辰过得这么惨的份上，先生便饶过这一回吧？”

谢危没说话。

姜雪宁的胆子肥了点：“您默认啦？”

她便把手往回缩。

可就在这时候，“啪”的一声响，谢危手里那一柄戒尺毫不留情地落了下来，打在她的掌心里，疼得她一下缩回手来攥着，愤怒地向他看了过去。

谢危的声音里半点波动都没有：“今日的罚不留到明日。萧定非这等轻浮浪荡的纨绔，倘若再叫我知道你同他有过密的往来，便没有这般容易饶过你了。”

姜雪宁又惊又怕，含泪看着他。

谢危把戒尺一扔，却不向她望一眼，端起茶来扬声向外头道：“剑书，叫刀琴把我车里的奏折拿出来，送她入宫去。”

剑书进来请姜雪宁出去。

姜雪宁都没反应过来，脑袋里还想着“谢危这人冷血无情居然真在生辰这天打我”，捧着自己被打出一道红印子的手坐进了谢危的车里，还生气得不行。

刀琴驾车直接往皇宫方向驶去。

剑书回来便看见先前回避去了密室里的吕显不知什么时候又晃悠回来了，只用那种耐人寻味的目光瞅着自家先生。

剑书考虑了一下，道：“刀琴送宁二姑娘去了，那定非公子那边，属下亲自去一趟？”

谢危那盏茶放在手里，却没喝。他看了那茶汤上泛开的涟漪一会儿，竟道：“不必了，随他闹去吧。”

剑书愣住。

谢危蹙着眉，似乎有些烦乱之意，松了茶盖任其盖回茶盏，发出一声响，然后把茶盏放回案角，道：“总归有我兜着，出不了大事。”

剑书：“……”

吕显：“……”

呵呵，现在有你兜着了，先前哪位说要约束萧定非，叫他少搞事来着？

第九章

还钱

等等，她居然坐上了谢危的马车？！

姜雪宁在对着自己手心的那道红印子吹了半天之后，终于后知后觉地反应过来，不由得浑身一激灵，抬头打量马车。

车厢两边的车帘厚厚的，压得很紧，便是外头寒风呼啸，也很难掀起一片帘角。

确是谢危自己的马车。

唯一的光线来自身后雕了菱花的窗扇，照在铺满车厢的雪狐毛上，既有一种冬日的惨白，也透出几分柔软的温暖。小方几上的奏折已经被先行搬走，连一张碎纸片都没有留下，干干净净的一片，唯独隐隐的书墨香气还飘散在空气中。

左边的角落里搁着一摞书，姜雪宁也不敢翻，只仔细瞅了瞅，似乎都是些佛经道典，最上面那本是《楞严经》。大概是放在车里，时不时会被翻一翻的书，看着不是很新。

读这么多佛经，清心寡欲，难怪人虽在朝堂，彼时谢危年过而立却未婚娶，也没听说家中有什么姬妾，料想是个俗世里留头发修行的和尚道士……

“无趣，乏味。”

她瞧见“楞严经”三个字时便没忍住翻了一下白眼，一时倒把“自己居然坐上谢危的马车”这件事的惊讶抛之于脑后了。毕竟谢危是她的先生，她这学生遇到意外，谢危借辆马车给她用，好像也没什么大不了的嘛。

一路到宫门前，已是暮色降临，刀琴请她下车。

姜雪宁道过谢，因知道这少年看上去内向沉默，一手好箭却是箭箭夺命，且自己已经见过不止一次，所以并不敢伸手去扶他的手，只自己从车上跳了下来。

仰止斋中，众人早就到了。道上耽搁的姜雪宁无疑是最后一个到的。

萧姝坐在几名伴读中间，穿一身雍容的杏黄色宫装，一手捧着精致的错金手炉，一手则执着棋子，正同对面的陈淑仪对弈。

往日她是牡丹似的浓艳，可姜雪宁从廊上进来时瞧见，却觉得她精心描绘的眉眼间似乎藏着几许抹不去的阴郁之色，于是想起这些天来在定国公府连台上演的好戏，心底不由得一哂。

陈淑仪先瞧见她，目中异色微微一闪，笑道："还道姜二姑娘一病何时好，今日是不是又不来，没想到刚念完就到了。看姜二姑娘的气色，倒是将养得很好呢。"

姜雪宁仿佛没听懂这话里藏着的意思，同样笑着回道："可不是嘛。人虽病在家中，却不用来上这劳什子的学，成日听夫子们聒噪，日子过得可太惬意了，非但没消瘦，只怕还胖上了几斤呢。"

周宝樱原本趴在棋盘边上眼巴巴地望着，恨不得伸出两只手去帮着萧姝、陈淑仪下棋，一看见姜雪宁进来，听见她说了这话，原本就挂了几分苦相的脸，腮帮子便鼓了起来，又可怜又艳羡地道："宁姐姐在家一定吃了好些好吃的东西吧？唉，宁姐姐病了，姚姐姐也病在家里不来。我怎么就这么能吃，长得这么壮实，从小到大都没怎么病过呢？这大冷的天，藏在被窝里吃东西该有多好……"

众人顿时无语。

姜雪宁扫眼一看，才发现的确少了一人，不由得眉头一挑说道："姚姑娘也不在呀？"

棋盘两边是萧姝与陈淑仪，旁边是看棋的周宝樱；坐在角落里喝茶的是尤月，与她向来不对付，只用那含着冷笑的目光瞧她；站在窗前盯着那窗格的形状皱眉思索的是方妙，不知又在琢磨什么风水堪舆的问题；怯生生的姚蓉蓉拿了针线在尤月对面坐着，正绣着一方手帕；最显娴静的当属姜雪蕙，手里持了一卷书，坐在那插了红梅的半人高花瓶后面，抬眸看了她一眼，又埋下头去继续看书。

如今伴读应为九人，可连着姜雪宁自己在内，也还差了一人，正是与姜雪宁起过不少龃龉的吏部尚书之女姚惜。

直到这时候萧姝才淡淡抬眸，轻轻说了一句："病了多日，姚尚书报过了礼部，说是往后不来了。姜二姑娘想要见她，怕要失望呢。"

谁不知姜雪宁当初与姚惜起争执正是因为张遮？起初是姚惜要退亲，后来玉如意一案时在慈宁宫中得见张遮其人，改了主意又不想退亲了。可没料到这时候张遮主动来退了亲，措辞虽很谨慎，可姚惜从来好面子，只觉是此人不识好歹，与姜雪宁的仇，便结得死了。

如今前朝张遮官升一级，颇得圣上青睐，在百姓中也颇有声望，姚惜本人若是在此，不知是否会觉得脸疼？

姜雪宁虽然奇怪她怎么会病了，可想想在宫里能少见到个碍眼的人，便懒得去追究因由，只道："确是有些失望，不过来日方长，总有见到的时候。"

萧姝看她这恬淡神态，莫名想起了萧定非。听说她这位"兄长"前不久才把圣上赏赐下来的许多珍玩一股脑地送了大半去姜府，讨好姜雪宁，再想起父亲与弟弟说曾在通州看见姜雪宁一事，心底已冷笑了一声。

她捏着棋子的手指微微用力，强压下这些天来积攒的火气，若无其事地笑了一声道："姜二姑娘既然到了，咱们人也齐了，这便去慈宁、坤宁二宫向太后娘娘和皇后娘娘请安吧。"

立春已有五日，北地却还是寒风呼啸，一行八人从仰止斋出来时都罩了厚厚的斗篷，或揣着手笼，或捧着手炉，从朱红的宫墙下走过。

肃穆恢宏的宫廷有一种过于规整的逼仄感。见过外面粗犷自然的山川河岳，经历过了惊心动魄的冒险，重新见着这琉璃瓦、雕梁栋，姜雪宁心底不免压了一口气，行进之间有些出神。

尤月这些天来春风得意，一则是手里任氏盐场的银股飞涨。她眼瞧着情况甚好，已经特意派了个人赶往蜀地，名为伯府派过去帮衬、照顾尤芳吟的人，实则是看好尤芳吟也看好任氏盐场的情况，以让自己暗中拿到更多分红，手里的银股能卖上个好价钱。

二则是没了姜雪宁找她晦气，运气又好起来，临淄王选王妃一事她也得以报选上了名字。听闻临淄王殿下爱琴棋书画，是个雅人，待得遴选那一日，她只需好好地露上一手，再花大钱请人打扮得漂漂亮亮的，未必不能得沈玠青眼，一步登天当上王妃。

这时回头看见姜雪宁的神情，并不似往日那般明艳灼人，她心底不免生出了几分优越感——往日谁都知道姜雪宁是勇毅侯世子燕临罩着的，可侯府去年就垮了；后来临淄王殿下又同她认识，言语之间表现出对她的照顾，可惜如今沈玠选妃，姜府报上去的竟然是姜雪蕙，压根儿没有她姜雪宁的份儿；长公主殿下的确宠信姜雪宁，可今时不同往日啦，沈芷衣很快就要去鞑靼和亲，就算能护着姜雪宁，又还能护几天呢？

眼下的姜雪宁，可不是秋后的蚂蚱，蹦跶不了几天了吗？

尤月是好了伤疤忘了疼，浑然忘记往日在姜雪宁这里得着的教训，阴阳怪气地叹了一口气，道："这可是去见太后娘娘，姜二姑娘这愁眉苦脸的模样，又是何必？”

姜雪宁回神看她。

尤月披着件颜色鲜亮的斗篷，笑起来：“太后老佛爷前些日子得闻定非世子回来的消息，一激动高兴得昏了过去，缠绵病榻养了好些时日才好，你这一副脸色不知是要寻谁的晦气。如今可没人能护你了，又听说定非世子对太后娘娘分外孝顺，这些天常来宫中请安，且脾气还不太好。若让他瞧见姜二姑娘这架势，啧……”

她这话本意是要挖苦挖苦姜雪宁，毕竟她不知定国公府与定非世子有关之事的内情，是以语气格外尖酸。

可不承想头一个变脸的竟是萧姝。

姜雪宁尚未想好怎么回尤月，一抬头瞧见前面慈宁宫的方向竟然转出来一行人，眉梢不由得一挑。

萧定非近日来的确常常入宫看望萧太后，毕竟这老太婆听说他还活着，“惊喜”得都晕了过去，他当然要时不时地到老妖婆面前去晃晃，顺便跟几个能出入宫禁的王侯勋贵子弟混在一起，也打打自己在京城的关系。

此刻他便是已在慈宁宫请了安，和临淄王、延平王等人出来，这下正好和萧姝等人撞上。

萧姝在仰止斋一干伴读之中本就是颗明珠，众人皆以她马首是瞻，眼下又是去拜见太后，自然是她走在众人前面。

萧定非一眼瞧见她，当下将那轮廓分明的下巴抬起来，便是一副没将萧姝放在眼底的傲慢轻蔑姿态，背着手踱步上前，轻浮地哼笑一声，打量萧姝这华贵的宫装：“野鸡插上几根捡来的毛，也能唬人充凤凰啦！”

仰止斋这边众人一时有些目瞪口呆，一则没想到这位定非世子竟然口出如此粗鄙之语，二则没想到他竟会对同为萧氏血脉的萧姝这般无礼！

尤月心里几乎立刻打了个突。

萧姝面色已然铁青，自打从皇帝那边得了偏袒后，萧定非在定国公府的做派越发嚣张，早已经是无法无天，将萧氏一门的脸面直接践踏到了地上！纵她往日是天之骄女，遇到这种人竟也束手无策，显得捉襟见肘！

当着这许多人的面，她当然不能退缩，一开口便要呵责：“你在别处胡言乱语倒罢了，如今在皇宫禁内，也敢口出狂言……”

可还没等她把话说完，萧定非陡地眼睛一亮，竟是眼一错，忽然瞧见了后面的姜雪宁，顿时又惊又喜地喊了一声：“二姑娘！”

霎时，所有人的目光都汇聚到了姜雪宁身上。

姜雪宁头皮一阵发麻，嘴角微微一抽，心道“大事不好”！

果然，下一刻萧定非这惹祸精已经直接走到了她面前，一副兴高采烈的模样，简直跟异乡漂泊的游子见了亲人似的，哪里还见得着半点先前的嚣张样？他一抬手，向她见礼作揖，道：“没想到在宫里也能遇到姜二姑娘，可真是缘分大了！上回我请人抬到贵府的那些玩意儿，您收用着可还称心？”

周遭所有人的目光已经变成了不可思议，包括另一头的临淄王沈玠和尚且年少的延平王，眼睛都忍不住瞪得大了些，仿佛是看见了什么世所罕见的奇景一般。

姜雪宁却想起了谢危的警告。她硬生生地把自己脸上挂起来的笑容收敛了七分，显出些许冷淡来，还了一礼后，道：“世子厚赠，无功而受，实在惶恐，还请世子改日将之收回吧。”

萧定非那一张风流英俊的面孔顿时垮了下来，他简直不敢相信她说出了什么，也察觉出了她的谨慎和疏远，心中暗骂一声“不知哪个王八蛋暗中作梗妨碍他抱姜雪宁的大腿”，面上却瞬间换了一副可怜巴巴的表情。他幽幽地道：“二姑娘不爱搭理我了。”

声音不大，藏了小小的怨气；身材虽然高大，可他站在姜雪宁面前却甚是乖顺，简直像条听话的小狗似的，与刚才对着萧姝时相比，简直换了个人！

姜雪宁整个人瞬间不好了。延平王更是险些下巴掉到地上。连临淄王沈玠都不由得换了一种审视的目光，打量着萧定非与姜雪宁。

仰止斋这边，尤月简直看傻眼了：怎么可能……她才刚嘲讽了姜雪宁今时不同往日啊！走了燕临，不选临淄王妃，连一向护着姜雪宁胡作非为的乐阳长公主都要去和亲了！她本以为从此以后，姜雪宁就要夹着尾巴，仰人鼻息。可谁能想到，最近在京城如日中天的定国公世子萧定非又凑到了她跟前！

这女人……

这女人究竟是有什么蛊惑人心的妖魔手段？！

★

光看周遭人的表情，用脚趾头也能猜到众人内心究竟是如何震惊，姜雪宁面上勉强挂上的微笑隐隐有了几分裂痕。

她倒是想搭理他。可一想到谢危，想到搭理他的代价，姜雪宁是半个亲切的笑都不敢奉送，十分礼貌地撇清了关系：“我同世子并不熟识，还请世子莫要玩笑。”

玩笑？这女人变脸可真是比翻书还快。前阵子她还说着“到京城我罩你”呢！

萧定非眼珠子一转，心里嘀咕归嘀咕，可用脑子想想也知道这中间有点缘由，且姜雪宁傻了才会在这众目睽睽之下与他“狼狈为奸”，于是会意地换上先前那副众人都熟悉的恬不知耻的无赖相，咕哝起来：“京城里的漂亮姑娘就是傲气，难驯服啊！”

他身后有人变了脸色。临淄王沈玠站在后方，因得过燕临照顾姜雪宁的嘱托，且不清楚内情，只当是萧定非色迷心窍，言语之间占人便宜，眉头便皱了起来，难得有几分威严，声音微冷地道：“姜二姑娘乃皇妹最青睐的伴读，姜侍郎府上的嫡小姐，定非世子不可造次。诸位小姐要去向母后请安，便尽快去吧。”

沈玠今日穿了一身杏色的锦袍，金冠玉带，是一派儒雅俊秀模样。姜雪宁的目光越过萧定非朝他看去，正对上他看过来的目光。对方也是一怔，而后竟向她微微颔首。

姜雪宁心头一跳，并非为这目光有什么深意，只是这一张曾经熟悉的脸出现在眼前时，即便心知自己现在与此人毫无瓜葛，可仍旧会被他的目光拽回以前的记忆中，生出几分唏嘘的慨叹。

彼时温婕妤小产，沈琅无后，最终传位给沈玠这个一母同胞的弟弟。

此时的温婕妤避祸，若顺利诞下皇子，沈琅便有了后，只怕储君之选也轮不到沈玠了。

眼前这位临淄王殿下，是否知道他的命运已在不知觉间被旁人的手轻轻一拨，吹了口气，转过了一个大弯？

姜雪宁及时地垂下了眼帘，未露出异样神情，只随同众人弯身行礼，从这帮王公贵族子弟旁边经过，重新向慈宁宫方向走去。

沈玠怔了怔。他不由得向姜雪宁看去，但见这位仅有过几面之缘的姜二姑娘身姿袅娜，背影纤瘦，纵然走在众人之中，仍旧可以一眼分辨，眼底便慢慢露出几分困惑之色。他总觉得那一眼里透出了深奥的伤怀情绪。

约莫是他一时晃神，看错了吧？

萧姝走出去不远，一张脸却还是怒意未消，转头便似要对姜雪宁说点什么。

然而姜雪宁早有预料。在萧姝转身面向她的那一刹那，她唇边已经挂上了似笑非笑的表情，率先向萧姝发难，倒打一耙：“原听人传定国公府的定非世子年少时过目不忘，乃神童，不承想如今回了京城却是个言语轻浮的浪荡子，定国公府怎的也不好好管教管教？”

肚子里再多的话都被堵了回去，萧姝一时连自己原本想说什么都忘了。

近一个月没见，重新回来，姜雪宁还是那个让人束手无策、恨得咬牙切齿的姜雪宁！

姜雪宁本以为去慈宁宫能看见沈芷衣，可跟着众人入内请安时，抬眼却没在太后身边找着人。

老妖婆大病初愈，神情有些恹恹的。受了她们的请安后，她只问了萧姝几句话，反常地连沈芷衣都没提一句，更不敲打她们好生为长公主伴读，便摆摆手叫她们退下。

才从慈宁宫出来，姜雪宁便皱起了眉头。显然，疑惑的并不只她一个人。周宝樱小包子脸鼓鼓的，也有些纳闷："今天怎么没看见长公主殿下？"

萧姝没回答。陈淑仪却意味深长地笑了起来："宫里的大喜事，殿下很快就要去和亲，这些天来都在做准备，快有小半月没出过宫门了，自然没有同咱们一起来给太后娘娘请安。"

周宝樱掩口，"啊"了一声。姚蓉蓉眨眨眼，也不知是真不懂还是假不懂，竟然小声道："便是要去和亲，可连太后娘娘的安也不来请，是不是……是不是有些不合适啊？"

姜雪宁冷冷地看了她一眼。尤月打量着姜雪宁的面色，难免幸灾乐祸道："说是准备去和亲，可谁不知殿下的脾气呀？这怕是在和太后娘娘闹小性子呢。只不过家国大事，又岂能容殿下任性呢？唉。"

她假惺惺地叹了一声。

姜雪宁只觉得手掌心发痒，想要给她这贱嘴两巴掌，心里才能痛快。

可的的确确是今时不同往日了。她强压下了这股火气，冷笑了一声，却看向萧姝："我等到底是殿下的伴读，新年来入了宫，合该去给殿下请个安吧？"

若是以前，以萧姝八面玲珑的性情，必定会同意姜雪宁的提议。然而让沈芷衣去鞑靼和亲的圣旨已下，对一个即将离开这座宫廷，且几乎已经与太后、皇帝闹僵了的长公主，纵然往日的确熟识，然而掂量利弊后，她终究笑笑，淡淡地道："如今殿下心烦，连圣上和太后都不见，我等又何必叨扰呢？"

这滴水不漏的作风实令姜雪宁厌恶，她干脆连装也不装了，只凉凉地道："找什么借口呢？萧大姑娘趋利避害的本事是顶尖的，不去便罢了。有谁要一道去吗？"她转过目光，看向旁人。

陈淑仪向来同萧姝站一边，并未出声；姚蓉蓉害怕地低下了头；周宝樱皱着眉毛，看了看萧姝和陈淑仪，似乎有些纳闷，十分为难的模样；尤月冷哼一声，动也不动；方妙却迅速地从袖子里摸出了一枚铜钱，拢在手心里摇晃，闭上眼睛念念有词。

姜雪蕙动了动，可看了一眼姜雪宁，想到长公主同她交好，只怕心里不是很待见自己，所以又打消了要走出去的想法。她斟酌片刻，道："我同殿下所交不厚，不敢贸然前往，宁妹妹若见着殿下，请代我问殿下安。"

姜雪宁看她一眼，却没回答。

等了片刻，既无人站出来，也无人应声，姜雪宁于是冷笑一声，拂袖便走。

她走出去有十好几步远了，背后才传来急切的一声喊："呀，出来了，正东上上卦！等等，姜二姑娘，大贵人，可等等我呀！"

她回头一看，果然是方妙。这位打扮得体却满身神棍习气的姑娘拎着裙角，急急忙忙地朝着她跑过来，讪讪地向她举起了先才那枚铜板，微微喘气，却是笑得一脸神秘："卦象告诉我，是该跟您一起去的。"

仰止斋这么多伴读中，只有方妙看着是最不靠谱的那个，不管做点什么事，都要先求神问卜一番，方做决断。姜雪宁对此人的观感一直颇为微妙。这人到底是当真可算人的命数与气运，又或是只以求神问卜为自己的决定找些看似与利害无关的借口呢？

她瞧了方妙片刻，终于还是微微向她一笑，没有多问，径直向鸣凤宫去。

姜雪宁实在担心沈芷衣。在宫中的这段时间，都是沈芷衣在照顾她，对她好。她不是没心的人，又岂能心安理得？

天色暗了下来。她同方妙走到鸣凤宫时，外头已经掌了灯。

灯影里却见着一位女官站在寝宫外面悄悄拭去眼角的泪痕，近一月没见，好像憔悴了许多。不是那位素来与沈芷衣亲厚的苏尚仪又是谁？

姜雪宁心中越沉，走上前行礼："苏尚仪，殿下可在宫中？"

苏尚仪眼角还有些发红，抬眼看见她，却有些诧异："姜二姑娘，你们这是……"

姜雪宁道："今日入宫，来给殿下请安。"

苏尚仪向来是严厉而无表情的一张脸，听得此言却险些泪涌，只将她们带了朝宫内去，甚至有些哽咽："过年那阵殿下还念叨姑娘呢，您能来看殿下可真是太好了。"

外头宫灯明亮，鸣凤宫中却显得有些昏暗，只点了两三盏灯，冬日里走进去甚至给人一种凄冷的错觉。

姜雪宁打了个寒战。

前方一道纤细的身影投落在幽暗光滑的地面上。

沈芷衣穿着一身浅黄的飞凤纹宫装站在一座屏风前，虽仅点点光华照落在那宫装精致的绣线上，也衬出几分焕然的流光溢彩，当真是天之骄女，天潢贵胄。她正抬头看着那座屏风，似乎有些出神。

苏尚仪入内通传。她这才略略回首，看见小一月没见的姜雪宁向她请安时，竟没多少惊讶，仿佛姜雪宁这段时间一直在一般，自然地笑起来："宁宁来了呀。"

这一刻，姜雪宁心中大恸，只因沈芷衣转过来的一张脸上，竟异常平静，不起波澜，再没有了昔日爱玩爱闹甚至有点跋扈不讲理的刁蛮架势，仿佛对什么都没了兴趣，无可无不可。

那是一种倦怠的感觉。就像将一个人外表鲜艳的色彩剥落，留在里头的只剩下惨惨的灰白。

她的内疚与愧怍忽然潮水似的往外涌：对她千般万般好的沈芷衣还困囿于宫中，她怎么就敢生出趁着通州剿灭天教一役逃去天涯海角的念头呢？

以往她曾亲见沈芷衣去往鞑靼和亲，送亲的使臣与卫队从皇宫蜿蜒到城外，可归来却是一具冰冷的棺椁！

姜雪宁的眼泪猝不及防地往下掉。沈芷衣却走过来，拉了她的手，眼角下那一道疤再未用脂粉遮掩，明暗跳跃的光线下，是当年飘摇的社稷、流血的江山，在她的面颊上划下的一道创痕。

沈芷衣引着姜雪宁到那屏风前："看，很快我便要去往雁门关的另一头啦。"那竟是一幅舆图，用墨笔描绘着雁门关外属于鞑靼的那片疆域。

姜雪宁辨认得出边上一行小字乃外族所用，于是想起，当年鞑靼和亲，曾命使臣送来一幅鞑靼的舆图，献给沈琅——中原自古有典故，献舆图便等同于献上图上所绘的疆域与国土！

沈琅是有野心的君主，不过割舍区区一位皇族公主，却能换来鞑靼的臣服，何乐而不为呢？只可惜与鞑靼结亲终究是与虎谋皮，没过几年，鞑靼便撕毁和约，举兵进犯。身具大乾皇族血脉的长公主沈芷衣，自然牺牲在了权力的刀戟之下……

姜雪宁想说话，却说不出来。

沈芷衣便浅浅地笑："我还当你要来安慰安慰我，不承想一见了我便掉眼泪珠子，反倒要我费心来安慰你啦。听闻今日还是你的生辰，这样哭哭啼啼可不行，好事都被你哭倒霉了，本公主可不依。"

她叫宫人摆了酒菜进来，然后拉着姜雪宁的手，也看了一眼方妙，竟没问旁人为什么不来，只道："来都来了，今晚也正好喝上两盅，只当是为你庆贺生辰了。"

方妙自来与沈芷衣不大搭得上话，毕竟仰止斋诸位伴读里厉害的多了去，怎么排也轮不到她，是以沈芷衣虽然并未多关照她两句，她也不介意。

宫人们摆酒置菜，她便同姜雪宁一道坐了下来，同沈芷衣饮酒。大约也是知道眼下气氛不好，所以她尽量说些凑趣儿的话逗她们俩开心，偶尔倒是能笑上一笑。

酒过三巡，烦恼全抛，三个人都喝得醉醺醺了。

方妙酒量最差，头一个趴在了桌上。沈芷衣酒意也上了头，见方妙倒了，哈哈一笑，然后拉着姜雪宁要走出宫门去看十六的月亮，却脚底下发飘，跌坐在了外头的台阶上。

夜深露重，台阶上湿漉漉的。

姜雪宁喝了不少酒，昏过一阵，后面却越喝越清醒，也坐在了阶前，陪着她一道抬首望着中天那轮清冷的月。

沈芷衣仿佛觉得有些冷，轻轻抱了她的手臂，溢出模糊的声音："宁宁……"

姜雪宁不敢回头看，怕对上一双泪眼，只道："殿下，我在。"

沈芷衣呢喃："好怕去了就见不着你了呀。"

姜雪宁望着那惨白的月亮，任由它照得自己染了酒气的面颊也惨白，许久没有说话。有泪沾湿了她的颈窝，沈芷衣含着笑在叹："有时真恨生在帝王家……"

姜雪宁颤抖起来，可这一刻胸怀中亦有莫大的勇气冲撞起来，让她心底那个疯狂的念头又冒了出来，引诱着她开了口："殿下，不去和亲，我帮你逃得远远的，好不好？"

沈芷衣的脸挨着她的颈窝，人似乎喝醉了，模模糊糊地从喉咙里发出一声笑："嗯，宁宁带我远走高飞。"

肩上重了，是沈芷衣终于也与方妙一般睡过去了。

姜雪宁僵坐在台阶前良久，待冰寒的露水打湿她的眼睫。一旁的苏尚仪走过来扶起醉倒的沈芷衣，她才搭着宫人的手起身，与被人唤醒的方妙一道喝了半碗醒酒汤，由鸣凤宫的宫人提着灯笼送回了仰止斋。

方妙是一脚深一脚浅，早不知东南西北，一回到自己屋里，倒头便睡。

姜雪宁进到屋中，意识却还格外清醒。她点上一盏灯，打了水洗脸，站在水波渐渐平静的铜盆前，却盯着盆中的倒影，久久出神。

直到放得很轻的敲门声将她唤醒。

"叩叩。"

这大半夜，竟有人站在她的门外，低声问："姜二姑娘可睡下了？"

是有些尖细的嗓音，一听便知道是宫里的太监。

姜雪宁面上还挂着水珠，瞳孔陡地一缩："谁？"

外头那太监道："给您送长寿面的。"

姜雪宁顿时一愣。长寿面？她心有疑窦，上前打开门来，果见是一名小太监。小太监面生得很，穿的是御膳房那边的衣裳，手里拎个食盒，也是御膳房食盒的形制。

这大半夜还使唤得动御膳房的，能有几人？且这深宫禁内，又有谁知道今日是她的生辰？

她从小太监手中将食盒接过，恍惚又觉眼底潮热，垂下眼帘道："有劳了，谢殿下还惦记着。"

那小太监原有些畏缩地埋着头，听见这句话却有些诧异地抬眸，张口似乎想要说些什么，末了又紧紧地闭上了嘴。他没作声，悄然退走。

姜雪宁本没注意到这细节，自也不会深想，只掩上门，坐到桌前将食盒的盖子取下。简简单单的一碗面，面汤是熬煮的鸡汤，边上卧着个荷包蛋，面上撒了些嫩绿的葱花，刀切了细碎的肉丝搅拌在里面，热气腾腾，飘着层香。

姜雪宁拿起食盒里搁着的那双银筷，挑起来吃了几口，可竟尝不出是什么味道。唯有那眼泪珠子断了线似的往碗里掉，混进面汤里，越吃越咸。

末了，她抱着那空碗，竟大哭一场，只是哭也无声。

她坐在冷寂的夜里，听着外头玉漏一声声滴过三更子时，又是新的一日了。

★

次日一早起来上学，姜雪宁眼眶有些红肿。旁人自然看见了，只在心中想她昨日去鸣凤宫不知与乐阳长公主说了什么，方致这般，倒不敢多问。

方妙却差点没能起来。仰止斋这边的宫人掐着时辰把她从暖烘烘的被窝里挖出来，她胡乱洗漱一通后，头重脚轻地出来，见姜雪宁在外头廊下娴静地立着，便哭丧着一张脸："昨夜我是不是喝醉了？可没出什么丑，没说什么胡话冒犯长公主殿下吧？"

姜雪宁笑着摇头，方妙才放下心来。

周宝樱在旁边甚是惊讶："你们昨夜还喝酒了呀？"

方妙揉着脑袋道："公主殿下要喝，还顺道为姜二姑娘庆贺生辰，可不是只能跟着喝了？哎哟，我这头，晃晃荡荡，简直不像是自己的了……"

尤月瞧见，在旁边讥诮地笑。

昨夜无风无雪，今晨日起东方，薄云覆着宫殿群落里一片又一片的琉璃瓦，是个难得的好天。

上学照旧是在奉宸殿。

众人顺着宫中长道过去。其他人这些天大多混熟了，走在前面有一搭没一搭地小声说话，猜测着今日先生们又会讲些什么，新教的围棋又会考什么定式。姜雪宁走在后面，有一阵没一阵地听着，没一会儿便心不在焉。

只是待转过一个弯，到得奉宸殿前面那条宫道上时，最前面的陈淑仪已经忍不住"咦"了一声："那不是圣上身边伺候的人吗，怎么在这里？"

姜雪宁顺着声音抬头望去，竟是郑保。有日子未见，他被自己的师父——掌印太监王新义提拔之后，在宫内混得似乎好了起来，身上穿着的那件墨绿袍子簇新，手里还拿了一支拂尘，唇红齿白，模样清秀，正轻轻蹙着眉看着东面偏殿的方向，向立在他跟前的小太监问着什么。

小太监回了几句，略一躬身，往偏殿走去。

郑保立得端正了，回头就看见了这边走过来的仰止斋众人。

昔日坤宁宫前面，众人是看着郑保受罚，被临淄王沈玠说了情才救下的。后来得闻他一个后宫的太监竟有本事去了皇帝身边伺候，暗地里都是惊奇过一阵的。眼下看见他在此处，众人都不由得有些惊讶。姜雪宁心中也生出疑惑。

众人还未及多问，郑保心思细敏，观她们眉眼神情，已猜得大概，主动颔首道："昨夜谢先生与圣上并几位老大人议事到很晚，留宿宫中，睡在了奉宸殿偏殿。圣上本不欲大清早搅扰，不过下头又呈上来几件棘手事，须得先生前去商议，少不得来搅先生清梦，请他去一趟了。"

原来是请谢危。

这倒是了。姜雪宁还记得，彼时谢危有事在宫中待到很晚，宫门下钥后留宿在宫中时，几乎都在奉宸殿。一则离皇帝的寝宫近，方便及时听召议事；二则离文渊阁近，若有讲学，去也方便。

众人听得郑保此言，心中疑惑顿解，皆同他行了一礼，便从他身边经过，入奉宸殿正殿中等候来讲学的先生了。

姜雪宁眼观鼻鼻观心地走过，并未多看郑保一眼。

在殿中等了一会儿，沈芷衣才在几名宫人的跟随下前来。只是她来的时间实在不算早，刚看姜雪宁一眼，笑上一笑，国子监算学博士孙述便来了。

姜雪蕙先前叫人给姜雪宁找了两本棋谱来看，说她不在的这段时间，先生开始教围棋了，果然不假。

孙述的《算学十经》已经讲了小半。他比起别的先生尚算青年，虽不是个书蠹，却沉迷算学，摆开了架势便同她们讲，这天下许许多多事暗含了算学之道。譬如围棋，看似比谁深思熟虑，可实则比的是谁脑子转得快，计算更长远。

姜雪宁可万万没料想还有这一出，她围棋本来下得也不好，前面又因通州之事好些天没在，根本不知前面讲了什么。人虽老老实实地坐在殿中，皱着眉头认认真真地听讲，可脑子里仍旧跟一团糨糊似的。

听不懂她自然就容易走神。

她的位置恰好在窗边，百无聊赖自然朝外头看看，开些小差。可没料想，她才神游天外没多久，一道身着苍青道袍的身影便从她的视野的左边闯进来，吓了她一跳。

谢危昨夜被御膳房那炉火的炭气呛了一口，犯了咳嗽，且回到偏殿已近子时，一晚上辗转反侧，并未睡好。小太监来请，他才起身，面色算不得很好。只是去岁入冬以来他的面色也没特别好过，旁人瞧不出来。

他略洗漱后，便从偏殿出来。

这时正殿中已经开始讲学，国子监那位算学博士讲围棋的声音从里面传出来，他听见不免下意识地朝那边看上一眼。

结果就是这一眼，竟让他瞧见了姜雪宁。冷天里的窗扇半掩着，她一张白皙的巴掌脸嵌在窗缝里，手掌撑着削尖的下颌，一双平日潋滟的眼瞳显出几分无神的呆滞，好半天不动上一下，明摆着是在开小差！

谢危一见，脚步一顿，眉头已经蹙了起来。

姜雪宁隔他甚远，可在看见他停下脚步朝她看过来的瞬间，已经觉得背脊骨上蹿上来一股寒气，打了个哆嗦，也不知脑筋怎么转的，竟一伸手“啪”地把窗扇给关上了。

视线顿时被隔绝。

只是这突如其来的声响也不免惊动了殿上正在讲围棋的孙述，他瞧见是窗边的姜雪宁，不由得皱眉道：“姜二小姐干什么？”

众人都朝她看来。姜雪宁讪讪一笑，解释道：“外头吹风，有点冷。”

毕竟她坐在风口上。

孙述虽然对她在自己讲学时闹出动静来略有不满，却也没说什么，转过头便继续往下讲了。

姜雪宁又听了片刻，眼瞧着孙述没注意自己了，才又凑上去悄悄把窗扇扒开一条缝。

殿外霞飞檐角，光盈玉阶，却已没了谢危的身影。想是沈琅那边还等着他，他无暇为这些小事停下来同她计较。

还不准人上学开个小差了怎么的？姜雪宁心底这么嘀咕着，越想还真越觉得自己有道理，于是放下了心。

可她没料着，上午的学才上完，下午便有人来“请”她，是以前见过的在奉宸殿伺候的小太监，恭恭敬敬地垂着脑袋对她说：“先生说，姜二姑娘有好些日子没入宫进学，功课该落下了不少，让您下午过去，由先生考校考校。”

姜雪宁顿时如丧考妣，双脚灌了铅似的，一步步挪回到奉宸殿偏殿，进到殿中，果见谢危已经坐在了那熟悉的书案后面，手中执了一管细笔，正写着一封奏折。

她上前见礼。

谢危眼皮都没抬一下，手中的笔也是行云流水般不见迟滞，只问：“通州瞎玩几天，心玩野了，回到宫里连课业都不听了？”

姜雪宁心道冤枉：“今日是听了的。”

谢危长指轻轻一转，已隔了笔，从旁边匣子里摸出一方印来，抽空朝她看了一眼，淡淡地道：“听外头花什么时候开，雪什么时候化，好出去放浪形骸？”

千不该万不该，她不该开小差还被谢危抓个正着。姜雪宁两手背在身后，手指绞紧。想了想被谢危打过的手板心，又听他“放浪形骸”四字仿佛意有所指，她不由得想起自己昨日去慈宁宫的路上同萧定非说过话，生怕被翻起这些账来，到底不敢顶嘴，只埋着头。

谢危把印盖在了奏折落款处，重新合上，便叫了外头小太监进来，递去内阁那边。回头来看见姜雪宁跟只鹌鹑似的闷着，他心里也不由得跟着闷了一下。

她这模样，没半点活泛气儿。他看了半晌，忽道：“孙述讲的你听不懂？”

姜雪宁顿时惊讶地抬起头来看他。

谢危道：“缺了好些日的堂，你能听懂才怪了。这也不难猜。”

姜雪宁惊讶的其实不是他猜着这一点，而是他愿意去猜这一点。毕竟先前他似乎要责问她开小差的事情，可一旦说“听不懂”，便跟她没什么关系了。

谢危这样子竟不像是要追究。她眨巴眨巴眼，心里萌生出个大胆的想法，试探着道：“孙夫子讲得枯燥又乏味，学生绞尽脑汁都跟不上他。听说先生琴棋书画皆是大才，要不您教教我？”

这话先把孙述踩到脚底下，再把谢危抬起来，是再明显不过的吹捧和讨好。谢危觉着，若按自己往日的脾性，必定会皱了眉叫她端正态度。

毕竟在国子监里，孙述可不是个庸才。

只是看她乖乖地背着手在他面前立着，上午在窗内开小差时呆滞的一双眼已填满灵动光彩，像是林间溪畔没见过人的驯鹿，他不觉气顺不少。嘴角僵了片刻，终于还是扬起一丝微不可察的弧度，谢危道："摊上你这么个不学无术的学生，也不知我是发了哪门子的癫。"

他起身坐到窗前，把棋盘摆上。姜雪宁打蛇随棍上，立刻道一声"先生真好"，然后坐到了谢危对面。

她发现谢危这人是实打实地吃软不吃硬，只要不浑身带刺地同他对着干，哄起来总很容易。不不不，这可是杀人不眨眼的谢居安，她真是吃了熊心豹子胆，居然敢用上一个"哄"字？要不得，要不得，她该放尊重点！

姜雪宁被自己心里蹦出来的那个字吓了一跳，然后及时把自己跑偏的念头给拽了回来。

谢危把旁边的棋盒放了过来。他一身苍青道袍，衣袖上绲着暗色云纹，似松涛云浪，在窗下坐着，半点不见通州那日的杀伐冷厉气势，又恢复了平日那一点闲听落花的悠然隐逸姿态。

"下棋须算计，确系一法。只是我辈若论围棋，更多讲'势'。"谢危对孙述教的那一套倒并不排斥，看了她一眼，许是觉着姑娘家都喜欢白色，便将那一盒白子搁到她右手边上，"算计乃术，若能得'势'方为得道。"

姜雪宁看向那盒棋子，不经意间一抬眸，却发现谢危右手五指修长，煞是好看，可无名指中间的指节处裹了一层细细的绢布，隐隐透出几分药膏的清香。脑袋里转过个念头，她想起在通州时见到他手上有伤，却记不得是什么地方，哪根手指了，于是道："先生手上的伤还没好吗？"

谢危去拿棋子的手指一顿。他自然垂着的眼帘抬了起来，唇线抿直，看着对面的姜雪宁，许久没有说话。

姜雪宁心里打鼓，莫名觉得这眼神里浸着点寒意，嘴唇嚅动，想说点什么，可临了又不敢开口。

半晌令人心悸的静默过后，终究还是谢危先收回目光，压根儿没搭理她方才那一问，全跟没听见似的，续上了先前的话："围棋盘上可演兵，拼的便是心智。棋盘若疆域，棋子若兵卒。自古水能载舟亦能覆舟，一子得失或许微不足道，若久积成势，则难以疏导，积而成患。是以，执棋者当因势利导，如治民、治水。这棋盘上的学问，你若能明白些，做人也好，做事也罢，也就不会这么糊涂了。"

做人做事，这么糊涂？姜雪宁觉得他是话里有话。可她一则对谢危知之不多，二则也不知道是自己哪里又做错了，只当这位当世半圣是奚落自己这颗蠢笨的脑袋，并不敢追问。且谢危方才之言，忽然让她想起了沈芷衣和亲这件事……

水能载舟，亦能覆舟，这话姜雪宁不是第一次听，知道是朝堂上常说的一句话，可也从没把这句话太当真。然而谢危说，下棋如治民、治水，却让她起了心思。

须知过去萧姝之所以能压她一头，除了自小在京中大族长大、见多识广之外，姜雪宁私下琢磨，怕当年在奉宸殿进学时，萧姝实学了不少东西，日积月累，是以深厚。

如今，谢居安这等人便在自己眼前……

她摸起一枚棋子，用指腹轻轻蹭着，目光闪了闪，道："人和棋子也一样吗？棋子由执棋者拨弄，人心却是各有一颗，长在自己肚子里。下棋能拨弄棋子，可人心要说拨弄……"

谢危想起昨夜小太监来回禀的话，眼下只想把姜雪宁这颗漂亮的脑袋摘下来搁在棋盘上，叫她自个儿好生反省反省，对她问了什么却没在意，只漠然接了一句："英雄造时势，时势推英雄。人心向背虽然难料，也怕豪杰揭竿。若不慎思明辨，旁人稍加煽风点火，心随势走，又有何难？"

实则人心比这棋子还不如。一阵风吹过来，棋子尚能静止不动；几句话拂过去，人心总要飘摇跌宕。

姜雪宁垂下眼帘，隐有所悟。有些东西总是要有个用处，方能使人虚心刻苦地去学。她今日学来，便甚是认真。

谢危为她答疑解惑，讲了一个半时辰的棋，她恭恭敬敬地谢过了。因心里面的念头翻江倒海，临走时她也没注意到谢危那若有所思的眼神。才离了奉宸殿，她掐指一算时辰，便在去慈宁宫的必经之路上候着，不多时果然看见萧定非出来。

她故意打前面宫道上走过。萧定非看见她是一个人，思索片刻，走出去一段路后，便借口有东西丢在慈宁宫要去找，回转过头来找姜雪宁。

这会儿天色都暗了，姜雪宁站在宫墙角下，也不废话，单刀直入地道："定非世子多年来混迹市井之中，该认识一些人吧？我有事想托你去做。"

萧定非那俊秀的长眉顿时一挑，他半点也不推辞，直接问："什么事？"

姜雪宁便让他附耳过来，如此这般，如此那般一说。

萧定非听得大为疑惑："你想干什么？"

姜雪宁道："你就说办不办得了？"

萧定非笑了一声，哪儿能在美人面前丢了面子？拍着胸口道："这事简单，只不过嘛……"

姜雪宁看他："什么？"

萧定非挠了挠头："人若多了，得花点钱的。"

姜雪宁皱了眉头，在脑海里把自己手里有的钱都盘算了一遍，想起还有大几万两银子在谢危手里，不觉有些发愁。

只是她脑筋再转过一个弯，眉心便重新铺平——尤月养了许久，也该找个机会宰了。

她道："这简单。"

★

萧定非虽不知道她怎么敢说拿出这么大一笔银子是简单的事，可也根本不多问。得了托付，当晚他便去宫外忙碌奔走，完全是看热闹不嫌事大。

姜雪宁回了仰止斋，则盘算起钱的事情来。她想到的办法其实十分简单，眼下也并没有第二种方法。而以前那个尤芳吟，将她这种行为称之为"奸商"。

只是她要当奸商，手里首先得有一笔钱能用。这段时间以来，萧定非虽然"孝敬"上来不少东西，可许多是御赐的珍玩，倒不好拿去换成钱财。

姜雪宁盘算着盘算着，就惦记起了谢危。

于是，接下来的这些天里，大名鼎鼎的谢先生发现，自己这调皮捣蛋的学生不知道是吃错了什么药，在他面前忽然变得温驯乖巧，甚至有一种狗腿似的讨好。

殿中进学时，她一双眼睁得大大的，总是看着他；下学到偏殿学琴学棋，她又一反常态地对他嘘寒问暖，时不时倒个茶、递支笔；就连偶尔在宫里别的地方撞见了，她也是恭恭敬敬，再没有半点往日的不耐烦和不情愿。

事出反常必有妖。

她什么脾性，谢危早已摸得一清二楚，老早就看出她是"无事献殷勤，非奸即盗"，可也不拆穿，乐得享受这原本刁蛮的学生的伺候，就想看看她这"孝顺"模样还能装多久。

时光飞快，终于又快到了出宫休沐的时候。

姜雪宁这一日早早就到了偏殿里等候，把从沈芷衣的宫里讨来的好茶仔仔细细地沏上一壶，还提前把谢危要考校的琴曲给弹奏了一遍。

待得谢危来，她就先奉上好茶，接着又纯熟地弹奏了琴曲。

谢危难得得闲，端着茶一面喝一面听，不时打量打量姜雪宁的神情，发现她琴音止后有一搭没一搭地抬头悄悄打量自己，心底便是一哂。

果然，接下来这小骗子嗫嚅着开了口："先生看学生这些天来还算长进，也算是改邪归正了吧？”

谢危故意平淡地道：“就那样吧。”

姜雪宁憋了一口气，想到自己“存”在对方那儿的几万两银子，强忍住了翻脸的冲动，面上的笑容非但没淡下来，反而更加真诚了，道：“先生用心教我，往日都是学生不识好歹，不知先生严苛要求乃为了我好。学生已经知道错了……”

她的花言巧语当真是一套一套的。

谢危的目光在她脸上转了一圈。

她规规矩矩地站着，看着懂礼识义，好像是个温良贤淑的大家闺秀的模样了。可里子嘛，一双眼珠子不安分地转动着，带着几分勾人的灵动，可不是什么“改邪归正”的眼神。

他似笑非笑地问：“有事求我？”

姜雪宁早知此人不好对付，可也没想到对方会直接问，顿时讪讪地道：“果然瞒不过先生，我在想什么先生一清二楚。其实也没有什么大事，也就是近来长公主殿下要去和亲，她待学生极好，学生想要挑些珍贵的东西送她，可手里余钱不多，捉襟见肘。学生还有些钱保管在先生这里，不知道能不能……”

谢危瞧着她的目光渐渐变深。

姜雪宁被他这样看着，声音越来越小，只觉最初开口要钱的胆子都飞到了九霄云外，后脑勺直冒冷汗。这一瞬间，她甚至已经琢磨着放弃了，回头把自己的家当清点清点，或者把萧定非送的东西变卖变卖，也差不多能凑出一笔银子来的。

可她没想到，谢危瞅了她半晌之后，竟然道：“明日来我府中取。”

姜雪宁简直怀疑是自己耳朵坏了，睁大了眼睛不大敢相信地看着谢危。

谢危看她这目瞪口呆的模样，只觉好笑：“过午不候。”

姜雪宁立刻点头如捣蒜。她灌迷魂汤似的，好话一串一串地往外说：“多谢先生！先生对学生可真是太好了。常言道，一日为师终身为父……”

前面那些话还好，谢危听着只当耳旁风，可“一日为师终身为父”出来时，他面色便僵了僵，又听姜雪宁一张小嘴叭叭说个没完，终是觉得她粲然的笑容竟有几分碍眼。

姜雪宁还在说他的好话：“往后学生一定学得更努力，以求将来好好孝敬您……”

按捺住将手里这盏茶泼她一脸的冲动，谢危微微一笑：“你可以滚了。”

姜雪宁：“……”

假圣人当面一套背后一套，果然还是喜怒无常！罢了，看在他肯还钱的分儿上，她大人有大量，就不跟他计较了。姜雪宁也没觉得自己先前的话有什么不对，收敛起那一点小小的不愉快，便行礼告辞。

下午出宫休沐，次日一大早，她就去找了谢危。她原以为可能还有点阻碍，不承想对方竟十分爽快地给了，总让她心里有些疑惑。

只是等她揣着银票从谢府走出来，才想起这本来就是自己的钱啊！是谢危先前扣着不给，现在看她听话了，爽爽快快地给她，不是应该的事吗？

于是连那一点疑虑她也干脆地抛开了。

姜雪宁拿到钱，便偷偷去找萧定非筹谋接下来的事情。

斫琴堂里，谢危却盯着吕显刚送来的那一块木料思考了许久，末了还是笑了一声，吩咐剑书道："宁二拿了钱去，必不老实，暗地里找人盯一盯，看看她想干什么。小骗子不知又要骗谁去。"

★

买人一张嘴并非难事，可同一句话，从市井中的潦倒乞丐的一张嘴里说出，和由士林里博学高才的一条利舌讲出来，却是完全不同的分量。

这样简单的道理，姜雪宁当然懂。只是要买后者的喉舌，价钱也不便宜。且光买喉舌还不行，手里必得有软硬两张牌，毕竟文人骨头软，不拿出点"硬"的手段作为防备，焉知一夕之间对方不会改口？

她一番算下来，开销不是小数目。

从谢危处拿到钱后，她当即给了萧定非两万两先花着。萧定非到了京城后也算见过世面了，可见着姜雪宁这样的闺阁姑娘出手便是两万两，俨然是"花完了再找我要"的阔绰架势，还是狠狠地吃了一惊，自然也就觉得自己抱住的这条大腿透出点深不可测之感，办事时那叫一个尽心尽力。

姜雪宁自己则开始折腾银股的事情。

随着蜀中那边任氏盐场一应事宜进展顺利，消息不断传回京城，盐场银股价钱已经一路走高。三天前一匹快马到了蜀香客栈，说第一批雪花似的井盐已经制了出来，还带了一小袋来给京中买股的诸位东家看看。姜雪宁当时在宫中，自然无缘得见。可在她入宫伴读之前，银股是一千二百文一股，等她休沐出宫，价钱已经飙升到了一千五百文一股，且还有市无价。

比起当初一股五百文的价格，眼下任氏盐场的股价已经翻了两番！

为了勇毅侯府抄家时那件事，姜雪宁手里的两万银股大多已经卖了出去，被吕显“趁火打劫”买走不少，留在手里的只有两千股。她眼看此刻价格高，正是出手的好时候。

做奸商这件事，按以前那个尤芳吟的话来讲，其实是不大厚道的。且自己知道的消息本就比别人多，与市场中其他买卖银股的人相比，占尽优势，十分不公平。所以在做出决定的时候，姜雪宁心里并不是没有犹豫和心虚的，可想到宫中她生辰那一日，沈芷衣对她的种种好，又怎能容她那一点犹豫坏了大事？

是以姜雪宁咬咬牙，到底还是将这两千股银股直接抛出。

市面上有人抛售银股的消息传来时，尤月正在自己的闺阁中试着闲云坊绣娘们新给她制上来的衣裳。上好的蜀锦，浅青的颜色，裙摆上绣着几枝漂亮的夹竹桃，她身量纤细，穿上时略略转身，腰肢也有了那么一点不盈一握之感，叫她看了大为满意。

身边的丫鬟把马屁都拍上了天：“咱们姑娘真是天仙下凡，这衣裳穿着再好看没有了，衬得气色都无比好看。那什么姜府的大姑娘，哪里有我们姑娘这样好看，这样有才华？听说临淄王殿下乃文雅之人，那姜雪蕙无趣乏味，岂能得着殿下青眼？待得擢选那一日，您就把这一身穿上，保管叫旁人看傻眼。这王妃的位置，非您莫属！”

这些日子以来，尤月着实春风得意。

本来伯府因出钱保她从牢里出来那件事，对她很是怨怼，毕竟拿出去的都是真金白银，一万五千两银子，换谁都得吐口血。可出了这件事后，反而激起了她的脾气，她一怒之下将自己全部的积蓄都拿去买了任氏盐场的银股，足足四千股在手。

后来任为志求娶尤芳吟那小贱蹄子，怕她从中作梗，前后塞给她两千两银子的红包，她手里自然又宽裕起来。

一开始伯爷和夫人得知她如此败家，把钱都拿去买了盐场的银股时，差点没气病，当时就要把银股拿出去卖掉。还好她以死相逼给拦了下来。

如今任氏盐场的股价节节攀升，伯爷和夫人见了她都是眉开眼笑的，成日里比她还关心那股价的涨跌。她在府里的地位自然跟着水涨船高。且伯府一开始也没将那求娶尤芳吟的任为志看在眼里，不过就是个蜀中偏远之地的破落穷小子，完全是看在彩礼的面上才把尤芳吟嫁过去的。毕竟尤芳吟是个妾生的女儿，三千两银子不亏。

可在任氏盐场的情况好起来后，清远伯和伯夫人就渐渐起了心思。

清远伯说："她怎么说也是我们伯府嫁出去的女儿，没道理人到了蜀中之后就跟家中断了联系。那姓任的小子之所以能把盐场做起来，不也多托了伯府的名声吗？商人娶了官家女，他占便宜占大了！任氏盐场那么大地方，还事关月儿手里银股的价钱，无论如何不能由着他们乱来。咱们挑个办事利落的管事过去，好好教教他们，也盯着点盐场的情况。他在京城也不过才发了四万银股，占盐场的四成分红，剩下的还有六成，怎么着也该再拿出一点来孝敬孝敬岳丈家！"

所以年后伯府这边就已经派人去往蜀中。

像任氏盐场这种地方，一旦开始产盐，那雪花似的井盐便是雪花似的银子，谁见了能不心动？

尤月可没想到尤芳吟那种贱人生的还能交上这样的好运。只是她也不嫉妒，但凡是尤芳吟的东西，她只要想要，便都能抢过来。旁人将嫁衣做好了，她再去穿，不也是件省事的事情吗？所以尤月这些天放松得很，只在家里捣鼓捣鼓脂粉衣饰，准备在临淄王妃擢选那日大放异彩。

听见外头进来的丫鬟说蜀中客栈有人开始抛售银股，她整个人都愣了一下，接着便笑起来："任氏盐场如今的情况大好，想也知道这什么卓筒井能源源不断地收进银子来，旁人就是想要模仿都需要很长一段时间。手里有银股却这么早抛了，这人不是缺钱就是鼠目寸光！"

丫鬟们都有些疑惑："那姑娘您呢？"

尤月眼珠子一转，却突地一笑，眸底放出了异彩，拿了钥匙便打开自己装银两的匣子，有些按捺不住兴奋地道："旁人鼠目寸光，却是本小姐的大好机会！如今我正愁没地方买进银股呢，有市无价！这笔银股，我一定要趁机拿下！"

接着她拿了银票与印章，便往蜀香客栈去。

只是这些天来任氏盐场的银股行情是何等炽热？那抛出来的两千银股共分作四批放出来，尤月到的时候，前面两批早就被人抢走了，她以一千六百文的高价，也只来得及抢下最后两批，共一千股。加上她自己手里的四千股，她便有了五千股银股。

另一千股实则是被吕显派人抢先买入了手中。因这批银股量小，也无法确定到底是从哪边出来的，他并没有十分在意。

银股入账后，他便去谢府找谢危喝茶。

彼时谢危正听剑书禀报姜雪宁那边的情况，听完后，眉头便皱紧了。

剑书琢磨着吕先生与自家先生认识多年了，且同为先生效力，银钱的事情他一向十分在意，视财如命，所以犹豫了一下，问道："姜二姑娘动了银股，像是有所筹谋。这事是否先知会一下吕先生那边？"

这会儿穿着一身文人长衫的吕显已经从长廊那头走了过来，闲庭信步，好似走在自家一般自然，满面春风的样子。

谢危抬起眼帘，便看见了他，片刻后收回目光，长眉轻轻一挑，竟道："知会什么？"

剑书顿时愕然。

谢危神情淡然，毫无异样："生意上的事情，吕照隐自己有数，用得着你插手？"

剑书哑口无言。道理好像是这样，可他怎么就觉得有哪里不大对呢？

两千银股，其中一千以一千五百文的价格成交，剩下的一千以一千六百文的价格成交。姜雪宁手里顿时多了三千一百两银子。先前她给了萧定非两万，加上自己两千的体己银子，再加上抛售银股的这三千多两银子，拢共剩在手里的便有三万三千多两银子。

在她将手里的银股抛出去之后，蜀香客栈里银股的价格还往上涨了几十文。

莲儿、棠儿听说后都直说卖亏了。姜雪宁对此却无动于衷，半点也不搭理，只再三跟她们强调，一旦尤芳吟那边有信送来或者蜀香客栈那边有新的消息，需要立刻想办法着人将消息递给自己。

接下来一段时间，她自然又是入宫伴读。

只是二月十六便是临淄王沈玠选妃的日子，宫里面难免人心浮动；乐阳长公主沈芷衣去鞑靼和亲的日子也定了下来，在三月廿一，宫中不少人向鸣凤宫道贺；身怀有孕的温昭仪更在一月底过了个盛大的生辰。阖宫上下一片喜气洋洋的气氛。

只是渐渐地，有人发现，市井之中好像多了许多流言蜚语。

比如，鞑靼来的使臣在京中凶横霸道，简直把京城当成了自己的跑马场。

比如，若是勇毅侯府还在，何至于还要送公主去和亲？

比如，力主送乐阳长公主沈芷衣去和亲的便是太后娘娘的母家萧氏，自己养个如花似玉的闺女在家里备着选临淄王妃，要过锦衣玉食的生活，却要让苦命的婴孩时遭反贼在脸上划过一刀的长公主去和亲。

比如，乐阳长公主幼时便曾遭逢不幸，命里带煞，送她去和亲说不准会更为大乾带来大祸。

……

刚开始的时候，不过就是大家茶余饭后瞎传。就连朝野的文武百官都没当一回事。毕竟市井中对国家大事的非议时常有，也就是大家随便说说，没有能成气候的，像这些猜测谣传，过不了多久自然会散。

可这一次，事情好像和之前任何一次都不相同。

眼见着已经进了二月，市井中这些谣传与非议的声势非但没有小下去，反而有愈演愈烈之势。

二月二龙抬头那一日，甚至有个上京赶考的士子，名叫翁昂，在踏青酒酣时直接说出了“萧氏狼子野心，就该让他们自家姑娘去鞑靼和亲”这样的话。

彼时在场士子不在少数，翁昂又是饱学之士，此言顿如一石激起千层浪，传开了。

本来赞同与反对这话的人各占一半，可没料想这话不知怎的，辗转竟然传到了好不容易在家把伤势养好的萧氏二公子萧烨的耳朵里。萧烨小公子在府里受了萧定非一肚子的鸟气，好不容易出个门还要听这帮人非议，不由得怒从心头起。他打听到这些话的来源之后，便直接使了银子，让人暗地里去教训教训那翁昂，好叫对方不敢再胡说八道。

就是这一顿教训，闹出了大事。

翁昂性极放旷，身上本无几分银两，这些天来也不知交了什么朋友，送了他不少银钱，使他越发恣意，成日里泡在酒缸中。

那日他才从花楼里走出来，便被一伙人蒙了麻袋，拳打脚踢，言语辱骂。文人的身子骨可不禁打，当时他便受了重伤，口中吐血。还好当时锦衣卫的人夜巡到暗巷，千户大人周寅之武艺高强，阻止了匪徒行凶，还将这一伙小混混给抓了起来，押到衙门受审。

锦衣卫的刑罚何等了得？没用半个时辰，这帮软骨头便哭爹喊娘，把背后指使的萧烨招了个干干净净。

定国公府自然花了大力气买通审问的这些人，以避免消息外传。可天底下哪里有不透风的墙？加上这一回出事的乃入京赶考且有功名在身的翁昂，顿时就跟捅了马蜂窝似的。京中士子群情激愤，仗义执言，几乎是指着国公府上上下下所有人的鼻子在骂！

原本也有人觉着和亲之事与萧氏没什么干系，可翁昂不过醉后胡言一句，萧氏二公子萧烨便要使人暗中打杀他，天下岂能容忍这等恃强凌弱之事？

萧氏便是十分有理也成了无理！

南面来的暖风方将梢头吹绿一分，一夜间，京城大街小巷里已都是“萧氏心虚要灭翁昂之口”的消息。真真假假都已经不再重要，重要的是萧氏之行已犯了众怒，种种矛头立刻掉转过来，齐齐朝着这昔日尊贵的门楣投去！

一时间，朝野上的文武百官都惊呆了，万万没想到是这么个发展。

外面闹得这样大，宫里自然清净不了，消息多多少少会传进来一些。

姜雪宁老神在在地看戏。旁人则是事不关己。唯有萧姝，连日来得了外头传进来的消息，心内越发压抑，偶尔在人前时都会为些小事发作情绪，明显是被京中那些传言所影响。

旁人或许会觉得这些事都是巧合，可在萧姝看来，这些天来发生的事，都像是精心筹谋过的。否则一件连着一件，怎么能巧合到这个份儿上？向来是软骨头的文人，又怎敢在春闱之前闹出这样大的事来？

暗中仿佛有一只手在操纵这些事。她只觉得，桩桩件件都是冲着她来的！

二月初七离宫这一日，萧姝连陈淑仪都没搭理，径自乘了马车出宫，直接回到定国公府，准备亲自应对此事。

姜雪宁却是慢悠悠的，她和其他人都在后头，眼见着萧氏来接人的马车扬起滚滚烟尘离去，唇边挂上了三分笑。

再过八日便是临淄王选妃的日子，加上天气开始暖和，仰止斋里这些出身官宦人家的伴读小姐大多换上了新衣，尤月更是穿得花枝招展。

姜雪宁没参选临淄王妃之后，在宫中便越发低调，不显山不露水，且那位定非世子也没有再来献过殷勤，于是又让尤月觉得姜雪宁不过尔尔。走出顺贞门的时候，她故意抢在了姜雪宁前面一步，撞了姜雪宁一下。

姜雪宁抬眉看她。尤月轻轻掩唇，一副不大好意思的模样，笑起来：“真对不住，姜二姑娘近来蔫头耷脑的，也没几句话，总让我觉得像是没这人似的。这一不小心走过去，还道前面没人，可不就撞着踩着了？”

姜雪宁打量着她，竟没发作，而是若有所思地道：“尤姑娘近来好像变了。”

尤月一怔：“什么？”

姜雪宁扯开嘴角，意味深长地笑了笑：“胖了些。”

大乾到底还是以纤瘦为美。尤月一听她这话，顿时变了脸色，下意识地抬手一抚脸颊，心道自己这些日来为了选临淄王妃做了许多准备，皮肤都好了不少，也注意着没吃太油腻的食物，断不至于胖了。于是她冷笑一声：“没话找话！”

说罢她拂袖便把姜雪宁甩在身后，自向清远伯府来接她的马车去了。

只是才走到近处，她心里便“咯噔”一下。因为平日府里伺候的丫鬟此刻就站在马车旁边，一脸仓皇无措、害怕又惊慌的模样，见着她时唤了一声“姑娘”，眼泪珠子都滚了下来。

尤月心底涌起一阵强烈的不安，问：“怎么了？”

那丫鬟害怕极了，哆哆嗦嗦地道：“蜀地，盐场……盐场那边着火了，银股的价钱……”

尤月脑袋里顿时“嗡”的一声炸开，面色瞬间变得狰狞起来。她一把掐住了那丫鬟的胳膊，厉声道：“你胡说八道些什么，好端端的盐场怎么可能出事？！”

这声音有些大，站在宫门口的人都能听见，众人好奇的目光全都投了过去。

姜雪宁站在边上，目光悠悠地从尤月身上掠过，投向茫茫远处：湛蓝晴空下已有了少许飞鸟的影子，城外河湖上结的冰该化得差不多了，再过月余，山花开遍，正是踏青赏玩的好时节。

第十章
嫉妒

雕漆长案上置着一座汝窑白瓷的笔山，一管小笔轻轻搭在笔山左侧，笔管上是湘妃竹的斑驳泪痕，墨迹则在细软的羊毫上凝结，看得出有许久没动过。边上一方端砚里的墨水也早就干涸。

任氏盐场来通传情况的人就立在帘外。姜雪宁坐在案边，深沉的目光与窗外渐渐昏暝的天光一起，落在面前这两页薄薄的信纸上，听着外头那人的声音，却有些出神。

“半个月前还好好的，只等着第一批盐出来，甚至已经找好了买主。可没想到，最顺当的时候出了这种事，整座盐场都已经烧了起来。蜀中井盐本就大部分是火井，引气燃烧煮盐。今次不慎却引燃了盐井里的炎气，地火烧成一片。及至属下自蜀中出发时，盐场里搭建的卓筒井已经全部被烧光……”

“家主知晓事大，派人先来京中通传。”

“信函乃家主亲自写就，特意嘱托小的跟姑娘说，夫人手指略有灼伤，虽不严重，却不能亲自写信，所以由家主代笔，还请姑娘不要太过担心。”

信笺上的字，比起以往尤芳吟写回来的信，的确是字迹流畅、漂亮的馆阁体，一看就知道是任为志亲笔所写。

信中大致交代了盐场如今的状况。只是盐场起火的程度和遭受的损失有些超出姜雪宁的预料：过去她听闻卓筒井初建，因防范不当引起着火，点燃了炎气，引发了地火。这次既是尤芳吟嫁了过去，她即便不挂念任为志及盐场如何，也提点过尤芳吟要多加小心，做好防范。本以为这样即便不能完全避免失火，也当能防患于未然，尽量减少损失。可她没想到，非但没能避免，反而还严重一些！

棠儿、莲儿都在外间候着。

傍晚的庭院有余晖洒入，姜雪宁朝窗外看了一眼，抬手轻轻压住眉心，只问：“蜀中引气煮盐，地火的防范向来是重中之重，便是任公子不当一回事，煮盐的长工也不该不当一回事。如何会失火，又如何会发展到这般境地？”

帘外立着的那人顿时有些支吾。姜雪宁便看出事情似乎没那么简单，于是道：“是人祸？”

那人便抬起头来，声音里透出了几分不平与愤怒，道：“正是人祸！姜二姑娘远在京城，家主与夫人本都不想让您太过担心盐场的事情，所以特意叮嘱过小的不用讲，他们自有解决之法。可小的一口气压在心里，实在咽不下去。您有所不知，清远伯府大老远从京城派了个人来，说是照看夫人，到了盐场却作威作福。”

原来大半个月前，任氏盐场来了位不速之客。此人拿着清远伯府的腰牌，自称是伯爷担心尤芳吟嫁得不好，特来看看情况，若盐场有点什么事情也好帮衬帮衬，毕竟是大户人家出来的管事，见的世面多，有个什么对官府的应酬也可派他去。

可这不过是把话说得漂亮，此人刚住下的第一天，便要好酒好菜好房间地伺候着。蜀中自然不比京城繁华，任氏盐场又正在筚路蓝缕之时，哪儿能叫他满意？

于是没过三天，对方便大发雷霆，甚至指着尤芳吟的鼻子骂贱种。

尤芳吟是何等好相处的脾气？她嫁到四川后，同任为志相敬如宾，举案齐眉；该给长工的钱，一个子儿也不少；平日待人不管尊卑，都是面有笑容，温温和和的。

有个这么好的夫人，谁不夸赞两句？上上下下，所有人都喜欢她。

京城来的这管事仗着自己是夫人的娘家人，仗着自己背后是清远伯府，一个做下人的，反而要往主人的头上踩！他对伺候的下人和盐场的长工也是动辄打骂，还时不时进出盐场，对他不懂的事情指手画脚，便是旁人停下来歇口气喝口水，也要被他斥责成偷懒。

没过几天，盐场所有人对此人便已厌恶得无以复加。

说到这里时，蜀中来报情况的人声音里的憎恶也达到了顶点：“那天盐场里一位老长工正在引气煮盐，没留神拦了他的路，他喝了酒也不听旁人解释，一意揪着老长工便要打。旁人看他早不高兴，上来劝架。没料想他发作得更厉害，拿起边上的竹竿就连着别人一起打。他一打打出了事，引气的竹管断了。卓筒井是用竹做成的，加上地涌炎气，沾火便烧起来。很多弟兄为了救人受了伤，这老王八蛋却吓得躲了出去，还拉踩别人做垫背！”

清远伯府竟然派了人到蜀中去？

姜雪宁着实吃了一惊，眉头紧蹙。心念一动间，她却片刻就想明白了原因，脸色也渐渐沉了下来。

最初尤芳吟嫁去蜀中，伯府是不管不顾的。可随着任氏盐场银股价钱走高，尤月手中又握有不少银股，伯府内里更是个被掏空的破落户，自然上下都会对盐场起心。伯府以照顾尤芳吟的名义派人去，却行监视、插手、蚕食之实，所图只怕不小。

只是那管事既怀了这般坏心思去，必不可能做什么好事。盐场失火，也就在意料之中。即便这一次侥幸没出事，他日也未必能够幸免！

人心不足蛇吞象。看今日宫门前尤月那大惊失色仿若天塌下来的模样，大概她无论如何也想不到，这一遭乃她作茧自缚吧？

姜雪宁对这一家子人的厌恶更深。她轻轻敲了一下桌案，问："其他人怎样？"

那人道："回姜二姑娘，因盐场地势开阔，见机得快，倒是无人折损性命。只是有些长工煮盐一辈子，舍不得见那些雪花盐白白毁在火里，拼了命想去救下一些来，有些被砸伤了，可都不算很严重。眼下应该都请了大夫来诊治，夫人连自己的体己银子都拿出来抓药了，除了盐场没了之外，都还好。"

姜雪宁点了点头："那就好。"

尤芳吟"嫁"任为志去蜀地之前，姜雪宁便交代过若遇到意外的处理之法，想来尤芳吟与任为志都会采用。那接下来的事情，对她而言便很简单了。

姜雪宁抬眸看向帘外，道："任公子派你来得正好，我这里正缺个人办事。"

任氏盐场出事的消息如同一团烧起来的火，眨眼便烧穿了外头包裹的纸。

蜀香客栈几乎炸了锅。店里的客人不减反增，一个个都想知道任氏盐场先前摊子铺这么大，眼下要如何收场。

清远伯府中，尤月更是焦躁得嘴唇上都起了个泡，时不时朝着门外望去。

清远伯坐在书房的书案后面，看着她这模样便气不打一处来，前些天还对尤月和颜悦色，如今却变了一张脸似的，声音里透出尖刻严厉之意："早说过他们这些商人没有一个靠谱的，你偏要自己逞能耐，花钱买什么劳什子的银股！这下好，盐场被烧了！有多少钱都竹篮打水一场空！趁着现在消息刚刚出来，银股的价钱还没跌得太厉害，你赶紧都卖出去！原来的银子能收回来多少是多少！"

尤月本来就上火，一听这话面容都扭曲了几分。她少见地没遵循往日的尊卑规矩，目光转回来时看向自己的父亲，却狠狠地冷笑起来："父亲如今可真是站着说话不腰疼！早些天不还巴巴地问我涨了多少吗？如今出了事又好像自己曾未卜先知一样，还来斥责起我了！"

清远伯窝囊归窝囊，可在自己家里向来是拿架子拿得最狠的一个，岂能听得她这般尖锐的讽刺？一股火也从心里蹿出来，他拍案而起就要教训教训这逆女，指着她的鼻子大骂起来："反了反了！府里养着你、供着你！说什么你的私房体己钱，那还不是府里给你的？！"

清远伯夫人也不懂生意场上的事情，只知道盐场出事，银股价钱必定会跌，女儿手里的生意就是亏了。她虽然也忧心忡忡，可尤月毕竟是她的亲女儿。

眼看清远伯发作要闹将起来，她便举袖擦泪哭着上前将人拉住，一面哭一面道："伯爷，月儿可是要去选王妃的，打不得！再怎么说她也是你亲生的闺女啊。如今银股的价不还没跌到底吗？我们规劝着她早些把银股出手就是了。"

说着她又转头劝尤月："这节骨眼上可别闹出什么事情来，若让京城里的人看了笑话，我伯府的颜面又往哪里放？你既中意临淄王殿下，便是让他知道也不好。女儿啊，退上一步就此作罢吧。这时候卖出去总归还是赚的。"

尤月哪里肯听？她简直觉得自己的父母愚不可及："卖出去赚？这种时候消息都已经传开了，你们以为京城里那些都是善人吗？盐场出事了，谁还买这种注定收不回来钱的银股？你肯卖只怕也没人肯买！既然这样我为什么不赌上一把？盐场出事了，那姓任的和小贱蹄子不还没死吗？他们手里有点钱，未必不能东山再起！"

她瞪着眼睛一意孤行的模样，甚至透出了几分骇人的戾气。

所有人都惊呆了。

清远伯夫人一愣之后，哭得更伤心欲绝了。伯爷更是被怒火焚没了理智，抄起旁边不远处的藤条便向尤月冲了过去，大骂起来："逆女，逆女！"

尤月见清远伯发作到这般狰狞的程度，心下也有几分害怕。只是她无论如何也不肯接受自己做的这件事就这样失败，硬生生哽了一口气在喉咙里，昂起头来，挺直脊背，决然道："赚是我的，亏也是我的，与你们又有何干？该卖的时候我自然会卖！"

她一甩袖子从屋里走了出去。不多时便听到后面的书房里有瓶罐摔碎的声音，可她没有停下脚步，而是直接走回了自己的房中。直到进了门，把门合上，没有旁人在了，她才不住地打哆嗦，面上的血色也消失殆尽，显出一种惨淡的青白来。

"怎么会，怎么会呢？"尤月捂着脸，身子渐渐滑了下来，终于在人后露出了几分仓皇无措的神色。

接下来的一段日子，她过得堪称痛苦煎熬。

明明距离临淄王选妃的日子已经没有多少了，她却为着任氏盐场银股的事情茶饭不思，辗转反侧。原本这些天来好不容易养得玉润的一张脸，肉眼可见地憔悴下来，眼圈下积了一层青黑痕迹，便是用最好的脂粉也难以遮掩。她整个人甚至变得有些魂不守舍，有点什么动静都会一下站起身来，问是不是盐场那边来了消息。

可蜀香客栈那边的消息始终没变，那就是盐场失火严重，几乎烧了个干净，但任为志和尤芳吟都没事，将会着手重建盐场。

光是这样的消息如何令人信服？天底下做生意的人多了，倒下去爬不起来的更是比比皆是。大多数人心底并不看好盐场。

在盐场失火消息传来的当天，便有人慌忙想要将自己买入的银股出手。怎奈这消息传得太广，所有人都知道出事了，也没几个愿意花钱接盘的冤大头。是以银股虽然挂出，却没人肯买。

那价钱便一天天地往下跌，最开始还是一千六百文一股，接着便是一千五百文、一千四百文。

第四天，价格更是直接暴跌五百文！因为在这一天，京城里那位持有银股最多的幽篁馆吕老板都没扛住盐场出事的刺激，仔细想了想之后，大概为了求稳，先往外抛了一万股银股，试图为自己止损。

消息传到姜雪宁这里时，她正坐在棋盘前面打谱，黑白二子已经铺了有半张棋盘，闻言却目光有些古怪地抬起头来，过了好半晌竟笑起来。那乌黑的眼仁中隐约闪过一抹狡黠的光，只用那枚棋子轻轻搭着自己的下颌道："当初趁火打劫压低价钱买我的银股，我还当他有多沉得住气呢，没想到也抛了……"

外头站的正是前段时间盐场来报消息的人，名叫刘扬，已在京城逗留了好些天，却不是很看得透这位姜二姑娘的种种心思。他迟疑了一下，问："要趁此机会买入吗？"

姜雪宁把棋子按回了棋盘上，挑眉看他一眼，道："慌什么？眼下还是九百文的高价，等它再跌两天不迟。"

更何况……她看着棋盘思索起来：头回遇到这种情况，连吕显都稳不住了，怎么尤月这等蠢人反倒纹丝不动，半点也不慌的模样，居然还是个孤注一掷的赌徒不成？

姜雪宁想了想，算了算清远伯府的情况，忽然心生一计，向外头的刘扬道："清远伯府的人没见过你吧？"

姜雪宁叫刘扬进来，压低声音交代了一番话。

刘扬目瞪口呆。

姜雪宁却只淡淡地笑了笑，道："纵然有人想要孤注一掷赌上一把，可我猜旁人未必会让她如愿，你且按我说的去做。"

★

吕显抛出一万银股后，任氏盐场立刻崩盘，银股价钱断崖似的往下掉。八百文、七百文……到了第六天时，干脆连最初的五百文都没了，只剩下四百文。

清远伯夫人在府中几乎以泪洗面："早同你说过，大家闺秀做什么不好，何必折腾这劳什子的东西？出了事你也不肯听人劝，若赚够一些早点把那银股抛了，又何至于到如此境地？！月儿，伯爷都被你气病了，你就听娘一句。选王妃的时候快到了，你可别这样熬下去……"

房内的尤月直愣愣地坐着，一双眼死死地盯着面前的匣子里那几张银股交易的契约和凭证，连日来睡不着觉，让她眼底都满布了血丝，看上去竟有几分狰狞可怕。

对清远伯夫人的话，她置若罔闻，只是不知第多少遍问身边的丫鬟："有新的消息了吗？"

伺候的丫鬟这些天也慌得很，府里人瞧着尤月这几天来不大对劲，也不敢逆着她的意思来，几乎每隔半个时辰便要派人去蜀香客栈打听打听最新的消息。

可眼下新的消息还没来。丫鬟战战兢兢，声音细如蚊蚋："没，暂时还没有。"

尤月的神情便陡然一厉，她站起身来，竟然一巴掌朝这丫鬟的脸上甩了过去，呵斥起来："都已经过去一个时辰了，还不见回来，都是干什么吃的？"

丫鬟的半边脸立刻红了一片。

清远伯夫人惊叫起来："你疯啦，这又是要干什么？旁人回不回来与后宅里的丫鬟有什么相干？你可真是鬼迷了心窍啊，月儿，不过区区几千两银子，放下便放下吧。你若被选上临淄王妃，他日荣华富贵还不是唾手可得？"

这位置，往日的尤月也不是没有肖想过，可如今清远伯夫人的话在她听来却格外刺耳，更刺激了她这些天来备受打击的心，让她反感极了。她竟冷笑一声："有那么容易吗？"

清远伯夫人愣住。

尤月却恶狠狠地道："京城里名媛淑女都要去选，上有一个萧姝，下有一个姜雪蕙！别人府中多阔绰，我们府中又是什么样？若连这点银子都没了，我连点拿得出手的头面都置办不下来，纵是去选了，不也是叫别人看笑话？！"

眼见着府中去探消息的人还没回来，她已经等不得了，竟不顾清远伯夫人的阻拦，把桌上装契约的匣子拿锁锁上，钥匙却揣进自己怀中，然后大声叫起来："为我备马车！"

清远伯夫人问："你干什么去？"

尤月头也不回地道："我要亲自去客栈那边看看，你们故意不叫我知道消息，休想！"

她在府中惯来霸道，自打被选进仰止斋做伴读后，在府里便是她姐姐尤霜都要矮她一头，是以下人虽然为难，也不得不为她准备马车，唯恐受她的责打。

清远伯夫人在后面叫她，她根本不听。

马车出府的时候，有一名身材高壮的青年策马而来，停在府门口，若是平时，尤月是一定要问问此人身份的，可如今她整个人都跟魔怔了似的，只看了一眼便转移开目光，催促着车夫赶车去蜀香客栈。

这些天来任氏盐场的银股价钱一路往下，九头牛都拉不回来，刚开始的时候还有许多人来看热闹，可跌得久了，也就见怪不怪，只当这盐场是废了，买了银股的人是栽了。

所以尤月本以为今日到时人该不多。可没料想她才刚下马车，就听得客栈之内一片人声，竟颇为热闹。

"可真没想到，这种节骨眼上谁有这种胆量竟敢接下那一万银股啊？"

"都跌到三百文，无人问津啦！"

"不是蜀中那边传来消息说盐场正在重建吗？只是那任为志琢磨出什么卓筒井来，倒让周遭盐场眼红得很，趁火打劫起来，非逼着他教其他盐场打卓筒井才肯施以援手，不然便要横加阻拦。我看任氏盐场不值钱了，可这卓筒井怕还值点钱。三百文一股买这个，倒也不算亏！"

"可这办法一旦告诉了别人，也就不值钱了啊……"

"是啊，到底谁胆子这么大？"

"说不准是有钱没地儿花呢？"

尤月在外面听见这话时，心里便陡地一跳，一时完全忘了自己还是个矜持的大家闺秀，走进去就向方才说话的一人问道："吕老板的那一万股有人买了？"

客栈里大多是大老爷们儿，可没想到会蹿出个姑娘来。那人抬起头来一看，这姑娘五官虽然清秀，神情却有点偏执凶狠，瞪着一双泛红的眼睛，隐隐紧咬着牙关，叫人看了心里直冒寒气。

那人看她穿戴不是普通人家，倒也不敢怠慢，当下回答道："是有人买了下来，可还不知道背后是谁，一个时辰前的事情。不过前段时间还值一万五千两的银股，如今只卖了三千两，吕老板这生意做得可也是亏本极了。"

尤月的心跳骤然加快，一丝隐秘的希望生了出来：只要有人肯买，银股的价钱就有可能稳住，说不准还能涨上去！

“掌柜的，楼上备雅间。”她大概算过，按照任氏盐场以前的习惯，最晚今天也该有盐场那边的确切消息传过来了，她无论如何都没办法待在府里听着，不如亲自来等。于是她皱着眉便对柜台边上的掌柜说了话。

掌柜的不由得一怔：“这位姑娘，今儿来的人多，楼上雅间已经没了。”

尤月顿时皱眉，瞧见楼上分明还有个雅间的门窗开着，便冷笑一声道：“我乃清远伯府的嫡小姐，你这里连个雅间都挪不出来吗？”

民怕官，何况掌柜的是商？他也抬头看了那空着的雅间一眼，却十分为难地道：“姑娘，楼上那雅间是另一位姑娘早就订好的，做生意讲究一个‘诚’字，我实在是无法做主啊！”

尤月扫了周遭一眼，轻轻抬了抬下颌，不屑地道：“你这里来往的都是贩夫走卒，本姑娘来是看得起你的地界儿！谁订好的，叫他让出来便好，料想他也不敢有什么不满。”

周围的“贩夫走卒”们不由得面色一变，连掌柜的脸色都难看了几分。

就在这时候，外头忽然传来一声清脆的笑：“怎么尤姑娘连我订下的雅间都要抢上一抢了？”

这声音……尤月面色骤然一变，浑身都紧绷起来。纵使万般不愿，转过头来时，她也还是看见了那张令她深恶痛绝的脸——姜雪宁！

近来宫中又是准备选王妃，又是准备和亲，伴读们已经不必再入宫，所以尤月已经有好些日子没见过姜雪宁了，再次看见，真有一种目眩神迷之感。

天气开始转暖，姜雪宁穿了一袭鹅黄的百褶裙，春衫透薄，更衬得她腰肢纤细，乌黑秀发蓬松有若鸦羽，体态纤秾合度，巴掌脸上更是五官明媚，目光流转，使人自惭形秽。

在她后面竟然还跟了一人，正是昔日在宫中打过一回照面的那位定非世子。定非世子一身富贵风流气，一双邪气勾人的桃花眼，人往姜雪宁身边一站，若忽略其唇边隐隐带着的一抹玩味的坏笑，两人倒是男才女貌，养眼至极。

他二人是一前一后进到客栈的，旁人并不知他们相熟。尤月见了却立刻在心里骂：淫男荡女！

她与姜雪宁结仇已深，不欠这一点半点，可对萧定非回京后的一干行径却有所耳闻，便不大敢造次。

姜雪宁今日却一反常态，对她和颜悦色地笑起来，好像同她没有半分过节，竟道：“难得能在这种地方遇见，我同芳吟也交好，有些担心她在蜀中的情况，是以也来等消息。尤姑娘既然没寻着雅间，若不介意，不如与我一道？”

姜雪宁今日吃错什么药了？这是尤月脑袋里冒出来的第一个想法。

她警惕起来，半点也不相信，反倒没了对雅间的想法，冷笑一声道："谁不知姜二姑娘想害人有千万般的手段？我可消受不起。"

姜雪宁盘算着现在刘扬正在伯府里劝说清远伯，要把尤月手里那四千股银股算计下来，可不能让她这时候回去，坏了那边的事。是以她脑筋一转，便想要用激将法。

可正当她要开口时，余光一晃，忽然瞥见了那道正从门外走进来的身影，还未出口的话便顿时忘了个干净，一时竟生出几分隔世之感。

他仿佛不爱穿那身官服，只一身无趣刻板的墨蓝长袍，目光即便不从人脸上过时，也透出比寻常人多几分的肃然，冷若磐石，寂似寒潭，刀裁似的长眉微微低下，骨节分明的手从简单宽大的袍袖中露出几分来，拿着一卷纸。

他看见姜雪宁时，也看见了同她站得颇近的萧定非，脚步顿了顿，但仍旧走了进来，身后还跟了两名差役。

掌柜的吓了一跳，忙从柜台后面转出来，拱手作揖："哎哟，何事竟劳动差爷们亲自来一趟？"

市井百姓很难见着官，掌柜的自然也认不出张遮。张遮却也不道明身份，只将手里那卷纸展开来，请掌柜的细看："画像上的人，近日是否来过贵店？"

掌柜的凝神细看，摇头道："若长这样，来过小人肯定记得，完全没有印象。"

张遮的眉头轻蹙了几分，两名差役都低声同他说着什么。他却沉默，只将那画像收起，向掌柜的道了一声谢，便往客栈外面走去。

那一刻，距离分明不远，可姜雪宁竟觉这人仿佛在天边，一下有些魂不守舍，只想：他分明瞧见我了，却像不认得我似的。

尤月可记得清楚，自己同姜雪宁最初便是因为一场与张遮有关的口角结仇。看见张遮进来时，她先愣了一下，接着便下意识地去看姜雪宁的神情。

眼见那张遮进来却浑似不认识姜雪宁一般，她几乎立刻掩唇笑了起来，讥讽之言在幸灾乐祸之余，脱口而出："啧，我还当姜二姑娘与人家张大人两情相悦，原来是恬不知耻一头热，倒贴呀！也难怪，听说这位张大人可不是登徒子，哪儿会搭理某些朝三暮四、水性杨花的女人？"说着她还意有所指地看向了萧定非，言语之间那鄙薄与暗示之意，已是明明白白。

姜雪宁心内涌起一股没来由的躁意。众目睽睽之下，她竟半点没带留情地直接一巴掌甩在了尤月的脸上！

"啪"一声脆响，整个楼下茶堂里顿时安静了，人人目瞪口呆，多少带了几分震骇地朝着姜雪宁看过来。萧定非更是听得面皮都紧了一下，断没想到自己瞧着温软漂亮的美人还有这般令人心底发寒的一面，不由得打了个哆嗦。

尤月捂住脸，愣了片刻后才大叫起来："姜雪宁你这贱人！"

姜雪宁冷冰冰地看了她一眼，却一句话也没说，转身直接从客栈里走了出去。若方才没看见张遮，逢着今日这样特殊的收网时刻，她或许会捺住性子同尤月周旋。可张遮只出现了那么片刻，便将她的心思搅得一团乱。

她明知这时若出去，只怕明日京中便会传遍流言蜚语。可连暗中筹谋逼迫萧姝去和亲这种事她都已经做了，那一点既不能害了她的命、也不能改变她的心的闲言碎语，又算得了什么？

姜雪宁不在乎！

她脚步很急，直追向张遮，离得近时便朝着他的背影喊了一声："张大人！"

张遮停步，转过身来。

他身边跟着的两名差役诧异地回头，看见姜雪宁时都不由得愣了愣，迟疑的目光也转向张遮。

张遮却沉默不言。

姜雪宁根本不在乎旁人的目光，仿佛那两名差役根本不存在似的，挺直了脊背，站在他面前，再不遮掩自己的心意，直接问道："除夕那夜我送的东西，张大人收到了吗？"

两名差役的目光顿时变得震撼。

★

说实话，张遮进入刑部的时间虽然算不上太久，可有眼睛的人都能看出他是什么为人性情。

去年侍郎陈瀛大人在洗尘轩请客，这种场合，免不了唤一些容貌昳丽的女子进来"伺候酒水"。有些放浪形骸、习惯了声色犬马的官员当场便开始毛手毛脚，与这些姑娘调笑。

这位张大人五官端正，相貌清冷，坐在众人之中却格格不入。

风尘女子见了，不免意动。毕竟有些貌似正人君子的人，实则比那些直截了当的人还要下作几分。他既来了这样的场合，就不可能出淤泥而不染。退一步讲，即便他是真的正人君子，撩拨起来岂不更为有趣？

于是，就有那么两个姑娘没长骨头似的，想往他身上黏。可还没等她们靠近，他便站了起来。旁人顿时笑闹起哄。

这位张大人却低眉敛目，直言自己不胜酒力，不能喝酒，不便在此搅扰众人的兴致，先行告辞，说完转身便走。

那时，洗尘轩里众人面面相觑，陈侍郎的脸色都不大好看。

那回结束后，刑部暗中都是风言风语，说张遮此人既不识趣也不识相。

两名差役当然也听说了此事，且他们还听说过张遮与姚府千金退亲的事。

本来这事八字只等一撇了，忽有一天就黄了。虽不知到底是哪边先要退亲，可人姚府高门大户，张遮出身寒门，总不能是张遮自己傻了去退亲吧？毕竟当年定下亲事，他自己也是同意的。所以多半是那位高贵美丽的千金姚惜小姐嫌弃此人木讷无趣，一张寡淡死人脸，这才退了亲。

这位张大人什么做派，他们实在太清楚，一天到晚脸上不见一丝笑。刑部衙门里，他往往到得最早、走得最晚，成日里同卷宗、凶案、牢狱、律例打交道，便有些小家碧玉相中他，也总因这一副不近人情、不解风情的做派屡屡碰壁，久而久之便无人问津了。

可眼下……两名差役简直不敢相信自己的眼睛！

方才在蜀香客栈时，他们就已经看见了姜雪宁，毕竟这样好看的姑娘实在是惊艳至极，只晃眼一扫便让人难以移开目光，比他们见过的任何一个女人都要漂亮！同她一比，什么倚红楼的娇蛾、偎翠阁的柳眉，都是下乘中的下乘！若非有公干在身，他们必定贪看不走。

可万万没想到，他们刚走不久，这位姑娘竟然追了出来，而且叫住了……张大人？两名差役看向姜雪宁的目光很快由最初的震撼转为怜悯：可惜！这般漂亮的姑娘，脑子竟不好使！她有这样好的样貌，嫁谁不是飞上枝头，怎么瞎了眼偏看上了张遮，除夕甚至送了东西？

街道上行人往来，车马络绎不绝。

两人相对而立，静止不动，像是平缓细流里两块沉底的石头。

张遮本以为自己已经做好了决定，也一遍遍地告诫过自己，可再次见到她时，心里那堵高高筑起的墙便摇晃起来，一点一点往下坍塌。

身静心难静，他甚至没有想过姜雪宁会追出来，更没想到她会抛却矜持，这般直截了当地问他。可他转念一想，这不正是她的性情吗？她张扬、跋扈、明艳，不大会往里收。若畏畏缩缩，患得患失，反倒不像是她。

姜雪宁微微仰着脸看他，一双盛了光的眼底隐约有几分气闷和委屈，可她并未宣之于口，甚至带了点霸道地又重复了一遍先前的问题："张大人收到了吗？"

明明句句都是在乎的话，张遮却觉字字如刀。他看似无恙地站在她面前，心里却遍体鳞伤，鲜血淋漓，要用力地攥一下手中那卷画像的纸，才能保证声音平稳如常：“收到了。”

旁边两名差役对望一眼，几乎都疑心自己听错了。他们再看看这位张大人似乎如常的神情，却罕见地觉出了一种不寻常的情况。

到底张遮如今正得圣眷，他们若不知死活听了人的私事，焉知人将来不会忌惮、防备？这两人一躬身，悄无声息地退了开来。只是走出去老远他们还忍不住回头望上一眼，显然有压抑不住的好奇心。

姜雪宁却浑然未觉，在听见张遮肯定回答之时，心跳骤然快了几分，可伴随而来的是一种隐隐的不祥预感，让她心底如扎了暗针一般刺痛。有道声音在她脑海里喊：不要问了，不要再问了。话都到这里了，她还有什么不明白的呢？

可那绵绵不断的刺痛已经让她有一种呼吸不过来的错觉，也使她执拗地忽略了那道声音：“那里面写了什么，张大人也看见了？”

张遮道：“看见了。”

姜雪宁还笑了笑，前所未有地坦诚：“旁人都道大人冷面寡情，不好相处。可通州一行，雪宁有幸蒙大人一路照顾，识得您实则冰壑玉壶、清介有守。张遮，我属意于你。”

张遮，我属意于你。

她没有寻常女子那种羞怯，只有一腔不撞南墙不回头的孤勇。

张遮觉得她好像快要哭出来了，可微显苍白的脸上，那一抹微笑始终不曾退去，好像她相信自己一定能得到自己想要的答案一样。

屠酤市井，俗世喧哗，他却忽然被这一句话拉回了以往的场景。

过去姜雪宁也说过这样的话。只不过彼时她还是看不惯他，只因他同周寅之乃死对头，宫内宫外一有机会她便恣意妄为地作弄他，给他气受；调侃他，使他难堪。

因知他为人刻板守旧，她便故意调笑。若他稍有不慎，露出片刻的窘迫之色，便常能引得她拊掌大笑，倒好像是打了什么胜仗似的。

他虽是坚忍沉默的性情，被捉弄久了，也难免有沉不住气时。

那一日是深冬，朝臣奉召入宫议事。

他住得离皇宫远些，道路湿滑，来得也晚些。他到了乾清宫，却见一干重臣包括已是太子太师的谢危在内，皆在偏殿等候。

众所周知，谢危乃帝师，且体弱畏寒。圣上召见众臣，谁在外面候着都不稀奇，可让谢危在外头候着，却是闻所未闻，见所未见。

当下有位老大人走进来，纳罕得很：“不是圣上召咱们这时辰来议事吗，怎的反叫这么多人在外头等着？”

谢危立在阶上，倒还淡泊，回头答了句：“皇后娘娘在里面。”

众人顿时面面相觑。那位老大人噎了片刻，低下头去嘀咕了一句，终究没有再说什么。

张遮向乾清宫里望了一眼，竟莫名一阵心烦意乱。

又候了大半刻，司礼监的秉笔太监郑保才亲自弯身送了一人出来。

是姜雪宁，华服高髻，抱着精致的错金手炉，白皙的脸颊艳光逼人，点作樱桃色的唇瓣，色泽却似比寻常时候浅了一些，像是在哪里蹭掉了原本的口脂。她出来后先看见了阶上的谢危，眼底飞快地闪过了一丝厌憎神色，把目光转开来。

下台阶时，她才看见他，于是眼底那一点华光转而变得玩味，故意挑眉勾出了一抹笑。到底是乾清宫门，她也没敢当着这许多大臣的面为难他，脚步轻快地带着一干宫女走了。

随后沈玠召他们入殿议事。

行礼后起身时，张遮恰巧看见那年轻儒雅的帝王将翻起来的一段衣袖整理回去，一点樱粉痕迹不大明显地染在他右手无名指那透明的指甲盖边缘，仿佛还残留着柔情缱绻的余温。

他不知还有没有别人注意到。但长达一个时辰的议事中，他虽对答如流，可不说话时比起往日的沉默，更多了一点难以察觉的沉闷。

众人告退，从乾清宫中出去时，谢危却停下脚步看了他一眼，道：“江南科场舞弊一案牵扯甚广，张大人今日的话，比往日还要少些。”

张遮与这位帝师并不相熟，可那一刻心中一凛。

他答道：“兹事体大，性本寡言，更不敢妄言。”

谢危面上总带着点笑，待人接物亦十分圆熟，即便冬日里也常叫人觉得如沐春风。可听了此言后，他却没有接话。

旁边那位老大人正好走过来邀他同去内阁，谢危便似什么都不曾提过一般，与其余辅臣一道往值房行去。

张遮在阶下站了片刻，才朝东面的文渊阁走去。

科场舞弊一案错综复杂，甚至牵扯到了过往几任会试总裁官，他总要找相关的人问问口风才行。只是一路上竟有些心不在焉，连姜雪宁什么时候带着宫人远远走过来，他都未曾看见，自然也就没能避开。

她似乎去了一趟御花园，身后几名宫人，其一端着剪子，另外的几名手里各自拿着几枝雪里梅。

天气正寒，梅花开得正艳，有的红，有的白，有的黄，独姜雪宁自己手里那尺许长、欹斜的细细一枝竟是如豆的浅绿色，甚是稀罕。

听闻宫中御花园东角栽着一株世所罕见的绿梅，乃先皇沈琅登基一年后，那位国师圆机和尚同帝师谢危打赌输了后种下的，每逢冬寒时节开放，梅瓣皆是浅绿之色。宫人们都很爱惜，不敢擅动。可落到姜雪宁手中却可随意攀折，轻轻巧巧地捏了赏玩，半点看不出它的珍贵之处。

他自知撞见姜雪宁便没好事，躬身行礼后不欲惹事，是以让行左侧，从旁离开。不想他往左边走，姜雪宁便往左边站；他往右边走，姜雪宁便往右边站。无论如何她都正好把他堵住。

张遮便知道她又起了捉弄之心，原就冷漠的面上越发没了表情，瞥见她弯着粉唇似笑非笑地看自己时，更觉一股烦乱情绪冒了出来。

他道："下官有事在身，娘娘容让。"

姜雪宁摆手叫宫人都避得远远的，偏挡住他的路，瞧着他那冷峻的眉，竟执着那枝绿梅，抬起他削尖的下颌，打量他这张脸，语藏戏弄地道："张大人脾气又臭又硬，可这眉却生得好看。倘若本宫偏不让你过呢？"

她这般言行，哪里像是母仪天下的皇后？

张遮终于拂开了她，肃着一张脸，冷冰冰地道："娘娘乃一国之母，位极坤宁，行止当有其度，事圣上是夫亦是君。如此轻佻之言，恐惹朝野非议。"

姜雪宁仿佛没料着他竟会说话，先是怔了怔，随即才像发现了什么好玩的事似的，拍手道："还当你是个锯嘴的闷葫芦，为难你许多回，以为你修炼成了谢居安第二，正觉没趣，不承想你也有压不住火气的时候嘛！"

张遮不为所动，只道："娘娘如此，置圣上于何地，置下臣于何地，又置礼义廉耻于何地？"

他头回在避暑山庄见到姜雪宁时，便是这般。

岂料姜雪宁听了此言，方才玩笑般的神情虽然没变，眸底却泛起一分戾气，反让她的一张脸艳色倍增。她走到他面前，几乎脚尖抵着他的脚尖，一扯嘴角："谁叫本宫头回见了，就属意于张大人呢？"

这本该是缠绵缱绻的情话，可从她口中说出来，却轻浮乖戾，暗地带有十分尖刻的嘲讽！

那一刻，张遮的忍耐到了十分。他知对方戏弄自己，退了一步垂眸道："下官立身正，不惧流言；娘娘之言行，却未必不惮飞语。朝野非议，恐非您所乐见，还请娘娘慎重。”

他低垂着目光，只能看见姜雪宁那绣着凤尾的一片衣角。

片刻安静后，接着便是几瓣绿梅进入视线，竟是姜雪宁那一枝绿梅点在了他的眼角。随着他轻一抬眸，那细瘦的枝条末端有微冷的尖锐木刺在他的眼角划了极淡极细的一道血痕。疼痛十分微弱，却切实存在。

姜雪宁换了一副若有所思的神情，打量他道：“张大人恪守礼义，素性忍耐，怎的今日被本宫随口几句胡言一激，就沉不住气了呢？”

张遮没有说话。

姜雪宁的梅枝没有收回，仍旧点在他的眼角，目光则移到他冷峻沉默的眼中，探究地看了许久，唇边忽地绽开了一抹笑，仿佛连自己也不敢相信般，竟问：“你在嫉妒？”

那一刻，忍耐仿佛达到了极限，张遮径直拂袖而去。

姜雪宁却在他身后笑弯了腰。

回到自己的府邸，他自当姜雪宁乃与往日一般胡言乱语来搅扰他的心神，翻了卷宗来看，可脑海里那荒谬的两个字竟挥之不去。姜雪宁暗中支持周寅之，周寅之却是朝中一大祸患，他又怎会被色相所迷，甚至心生嫉妒？

不过是她故意以言语辱他。

可他把卷宗翻过一页又一页，却连半条线索都未理出。

孤灯一盏照亮长夜，脑海里浮现出的竟是那薄了色泽的口脂、染在帝王指甲上的樱粉痕迹，张遮头一回恨起自己事无巨细的洞察之力来。便有那一点细碎的蛛丝马迹，也能叫他窥知冰山一角，竟惹得心浮气躁，他再看不下去一字，只想：天底下怎有这样坏的女子？

然而许久许久以后，他身陷囹圄，透过那小小一方铁窗朝外望时，旁的坏竟都忘光了，反而总想起那一天她含着戏谑而尖刻的笑，同他说的那句戏言：谁叫本宫头回见了，就属意于张大人呢？

那时的戏谑与尖刻、戾气与嘲讽，都从回忆里的那张面容上褪去，只余下清风灵动，雪梅淡绿。

她作弄过他，也曾恳求于他；她挤兑过他，也曾展露偶尔的柔软。她拉拽着他进了旋涡，可最终贪生怕死的人，也将那一条命舍了偿还给他……

而此时此刻，她就站在自己面前，不再总是戏谑地唤他“张大人”，而是异常认真地喊他“张遮”，坦坦荡荡地承认自己属意于他。

现在她不是皇后，他不是臣子，他们本可以在一起的。

张遮整个人都好似被命运的钝刀割成了两半，一半的他显露在外，冰冷而理智；一半的他沉沦地狱，惨怛无望。

恍惚间，他像是又回到了通州上清观那日。

谢危一身道袍猎猎作响，立在嶙峋的山岩上，问他："你也属意于她吗？"

他停步，沉默了良久，一字一顿地道："我爱重她。"

那真是他最坦荡的一刻，甚至抛去了所有的负累，得到了一种全然的释放。

可谢危眼角微微抽了一下，只笑了一声，仿佛很好奇地问："那真是奇怪。谢某怎觉得张大人对着旁人，反倒比对着心上人更坦诚呢？"

他久久地立在原地，同谢危对视。

谢危却轻嗤一声，对他全无温和之态，淡淡地说："宁二是个傻子，你若心有顾忌，还是别去招惹她了。"

拂面风已不冷，京城里人们都换上了新制的春衫，街旁的垂柳也泛出了隐约的绿意。可百花将放，寒梅却都凋零了吧？

张遮回过神来。姜雪宁望着他，只觉这双眼底好像掠过了永世的挣扎，竟隐隐透出一种熟悉感。

可她没来得及深究，因为下一刻，张遮的话便叫她脑袋一下变成了空白，"嗡嗡"地响起来，生出一种头重脚轻踩在棉花上的感觉。

张遮注视着她，慢慢地道："姜二姑娘容谅，在下心中已有属意之人了。"

★

姜雪宁甩了人一巴掌，转身就走，可挨打的尤月哪里能忍气吞声？她情知方才众目睽睽之下，姜雪宁这个大家闺秀竟为一个男人打了她，实是千载难逢的机会，便趁势抹泪哭将起来，一面哭一面还委屈地不停用言语抹黑姜雪宁与张遮——尽管她其实什么也不知道。

蜀香客栈中的众人没料到不过三两口茶的工夫，就上演了一场大戏，且还是京城里的官宦人家的大戏，一时不由得交头接耳，窃窃私语。

萧定非倒是颇早一些时候就知道姜雪宁与张遮之间不一般。毕竟从京城劫狱去通州时，这二人就同乘一骑了。

可这关系他也没看明白，有时觉得这两人心意相通，都对对方有意；有时又觉得他们相互之间克制且隐忍，好像中间隔了一层什么，谁也不敢洒脱恣意。

听着堂内尤月假惺惺的哭泣声，言语之间还在说什么姜雪宁与张遮有私情，若非姜雪宁水性勾引，堂堂姚尚书府的大小姐姚惜又岂能与张遮退婚云云，萧定非有种撕烂这女人那一张臭嘴的冲动。

可他转念一想，忍了，莫名地笑了一声，竟悠闲地一撩衣袍下摆，在堂中一张桌旁坐了下来，只心里琢磨姜雪宁什么时候能回来。

只是他没想到坐了足足两刻，等得都有些不耐烦了，也没等到姜雪宁回来，反倒是一声勒马的响动落在了蜀香客栈门外。

马上的汉子还没进客栈，那因为连日奔波而干渴上火的嘶哑声音便传了进来，疲惫中充满了狂喜："任氏盐场的消息！上上大吉的最好消息！"

尤月脸上还浮着那稍显红肿的一道巴掌印，正用帕子蘸了水敷上，一面心中恶毒地想着他日得势一定要姜雪宁好看，另一面却也焦急任氏盐场的消息怎么还不来。此刻听见外头的声音，她霍然起身，竟头一个没忍住问道："什么好消息？"

一时间，蜀香客栈里几乎所有人都拥了上去，询问的声音此起彼伏，下一刻便将尤月的声音盖住了，倒也没引起太多人注意。

那汉子早已风尘仆仆，一身棉袄沾满灰土，面上黑黄，头发乱糟糟的，嘴唇更是早已干裂起皮。可他一双眼睛炯炯有神，亮得发光，藏着谁也按不住的兴奋，高声呼喝起来："诸位安静，诸位安静，先听我说！我们家主，也就是任公子，已经与夫人合力解决了盐场眼下所面临的危机！盐场重建不过就是一个月内的事情。"

众人顿时惊讶至极："竟有这样的本事？"

掌柜的忙挤进人堆里给他递了一碗水。

那汉子连忙道谢，接过水先灌了一大碗，才简明扼要地同众人说了最新的情况："盐场出事之后，有许多人受了伤，连官府都介入了此事，许多长工的家里人也到盐场来要讨个说法……"

当时可真说的上是"捉襟见肘"。

盐场失火出了事，且还是尤芳吟娘家派来的人所引发的，到底还是激起了众怒。有些青壮长工养家糊口全靠一副身子，失火却或多或少地让他们受了伤，短则半月长则半年下不了地，做不了活儿，这等损失自要向雇他们做工的主人家讨要。

任为志与尤芳吟皆是仁善心肠，出事当天就请了许多大夫来看，又以本就所剩无几的银钱赔偿安抚长工。

这本是一件大善事，大好事，长工们都没了意见。

可世上总是落井下石者多，雪中送炭者少。

这边厢盐场一应残局还没料理好，那边厢便有其余盐场的场主与管事寻来，先是假惺惺地说一番对任氏盐场的同情，还送上了些许薄礼。任为志与尤芳吟还当他们是好心，岂料这帮人话锋一转，便涎着脸向他们讨要那卓筒井的造法，说什么反正任氏盐场都垮了，既然手里攥着这好东西，不如教给别人，留在他们手里也没用。

卓筒井的技术乃任为志能重新支撑起任氏盐场的重要原因，他又岂能在这种关键时刻拱手送人？

他勉强没翻脸请人送客，本以为这帮人要一次没成也就罢手了，毕竟人活脸树活皮，不该苦苦相逼才是。可他没想到，蜀地这一部分盐场的人早看他不顺眼，打定了主意要趁火打劫。要卓筒井的技术不成，这帮人便暗中联合了采买的盐商，甚至纠集了一帮混混，警告所有做事的长工，让人不敢再为任氏盐场效力。

如此，任氏盐场就被孤立了。

到这时候，任为志与尤芳吟哪里还能看不出来这帮人绝对不会轻易罢手？

众人先前虽已经听了这汉子说有好消息，任氏盐场已经开始重建，可听到这里时仍旧忍不住为之心头一紧。

有人破口大骂："这也太无耻了！"

有人笑："天下熙熙皆为利来，天下攘攘皆为利往，实在没什么稀奇的！从古到今，见得还少吗？"

有人性急地追问："后来呢？这怎么解决的？"

小二端了两盘厨房刚做出来的小菜并几个馒头出来，都给放到了桌上。

那汉子一路从蜀中来，道上不是赶路就是睡觉，吃的东西都少，说了几句话眼前都在发晕，见小二端东西上来，连忙谢过。

他先啃了两口馒头，又喝一口热汤冲下去，才继续往下讲。

可以说，到这时候，任氏盐场已是山穷水尽，被四处催逼。任为志都差点放弃了。可他们那位才嫁到蜀中不久、来自京城的夫人，看着温温和和，面对此事时竟决然极了，不肯退让半步。也不知她使了什么法子，竟把知府大人请到了盐场之中，说要请他做个见证之人，接着还广发请帖，邀蜀中尤其是自流井一片以开采井盐为主的盐场主赴宴。

蜀中自贡的井盐产出在数量上虽比不得沿海出产的海盐，可大大小小的盐场也有百余之多。

宴席一摆，好酒好菜伺候，知府大人坐在中间，其余盐场主则都陪坐一旁。

酒过三巡，谁也没先说话。

直到座中最大的那位盐商十分直接地发问："任老板说邀请我等共同商议分享卓筒井的事情，如今菜也吃了，酒也喝了，还是开门见山地说正事吧。"

任为志同尤芳吟对望一眼，这才起身。

旁人全都看向他夫妇二人，二人却叫了管家端进来厚厚一摞早已写好字、盖好印的宣纸，给在座的盐场主人手发上一张。

这可大大出乎众人意料。待众人低头一看纸上所写的内容，更是皱起眉头来，面面相觑，更有甚者冷笑一声问："任老板这是何意？！"

这下连萧定非都好奇起来："那纸上写了什么？"

汉子又夹了一筷子菜塞进嘴里，嚼了几口咽下，咧嘴一笑还有点乡下的土气。

众人把他围在中间，也都着急得很——显然，就是这纸上所写的东西扭转了乾坤！

其实内容并不复杂，甚至说得上简单，无非两点：第一，任氏盐场愿意与人共享卓筒井制造之技艺；第二，共享有条件，凡用卓筒井之盐场，接下来五年之内须将其利润的半成作为分红付给任氏盐场；第三，凡能接受以上两条者，可当场签订契约，由知府大人见证，当即生效。

在场的盐场主们根本不需花上多久便看完了纸上的内容，半成利润虽不多，可在座的有上百人啊！

这简直是荒谬绝伦，异想天开！

几乎看完纸上内容的同时就有人想直接将这契约扔开，可转头再看周遭人的表情，细一思索，竟不由得惊出一身冷汗！

大盐场主们吝惜自身的利润，手握巨富，占据着最新开出来的那些盐卤充足的盐井。可在座更多的是小盐场主，本身经营就已步履维艰，被大盐场挤占市场，每年所得利润甚少，不过勉强应付收支，所占据的盐井更大多已经被开采殆尽。

井盐所谓的"开采殆尽"，其实并不意味着盐井不出卤，而是说现有的开采之法无法汲取出地层更深处的盐卤，所以才成了"废井"。

可任为志所研究的"卓筒井"能深入地层深处！原本的废井能重新出卤，一如他自己所经营的任氏盐场，岂能不让那些已到穷途末路的小盐场眼红、意动？区区半成利润，却能换废井为新井，变无为有啊！

尤月听得眼睛都在发光。

萧定非更是怔了怔，没想到还有这般釜底抽薪之法。

客栈里大部分人是商贾，岂能听不出其中的利害？

当下便有人拍案叫绝："可真是个绝处逢生的将军之法啊！那些大盐场主未必肯吐出半成利润，可对小盐场主们来说这是无本买卖，有利润之后再给任氏盐场，不签白不签！如此一来，大盐场主们势必陷入被动局面。卓筒井小口汲卤的法子往外一推，原本废弃的盐场就能重新兴旺起来，盐价也必定更低，产盐后足以挤占大盐场的市场，对他们形成威胁！倘若他们签了，任老板非但能成功渡过危机，还可为任氏盐场带来源源不断的分红收益，相当于整个蜀中所有盐场将来五年的利润他都要分上半成！倘若大盐场主们不签，将来势必被小盐场围困，倒在围攻之中也不稀奇。稳赢不输的境地，绝了，绝了！”

那汉子听他夸自家主人，乐得直笑，打了个饱嗝道："这还不算完呢！咱们那位夫人瞅着他们脸色不好，还在旁边补了一句，说过了这村没这店，当场签下的人只用出半成利润，可要等到三个月之后再来签，就得出一成的利润了。哎哟你们可没看见那场面，当天晚上便有六七十号人签了。任老板干脆连咱们盐场的事都先放下了，开始去各大盐场督工，建造卓筒井，现在蜀中那边可热闹得很！”

众人全都赞不绝口，直道这位任老板与夫人都是厉害人。谁能想到任氏盐场还能硬生生地被盘活呢？原本众人都以为盐场没救，银股的价钱已经一跌到底，可若是这般，只怕明日银股便要往上疯涨了！

当下便有人面色古怪起来，小声道："那吕老板前些天卖出去的那一万银股，岂不是……"

"亏了，亏大了！"

"四百文一股扔出去的啊，谁能想到今天就传来了好消息……"

萧定非不知道生意场上的事情，可"吕显"这个名字他还是常常听说的，一听见有人说这人这回亏大了，心里一乐，差点就要笑出声来。

旁边却有一人真正笑出了声。尤月这些天来的形容已经憔悴了许多，此时此刻却容光焕发，心内大喜之余竟然大笑起来，连道三声"好"："我便知道，我便知道一定会涨起来的！哈哈哈，哈哈哈哈……"

众人全都惊讶不已。

她却顾不上在意旁人的目光，想起自己这些日来与爹娘对抗，无论如何不肯卖出银股时所承受的压力，整个人身上竟涌出了一种报复一般的畅快感，迫不及待地便要回到府中，拿出自己那些银股的凭证来，好好让她目光短浅的爹娘兄姐看看谁才是最聪明、最正确的那一个！

这一回任氏盐场不仅挽回了局面，甚至打了个漂亮的翻身仗！若是计划顺利，任氏盐场绝对能成为蜀中首屈一指的盐场！

不敢想象，往日的任氏盐场银股价钱都能飙上一千五六百文的高价，如今消息传回又会有多少人想要购入银股，银股的价钱会翻几番？

那可都是白花花的银子啊！

马车原本就在客栈外面，尤月直接叱骂着车夫，兴冲冲地奔进伯府，经过游廊时竟又看见了自己出府时看见的那名青年。

兴许是哪里来拜见父亲的人吧？

出府时她惦记着银股的事，回府时一腔狂喜地要去向家中人炫耀，是以两回见到此人都不曾像往日那般多问上两句，而是径直跑向了自己与姐姐所住的院落。

可她没想到，刚进月洞门，竟看见伯爷、夫人都坐在她的屋中，皱着眉头似乎正在说话。

尤月心道他们是在这里等自己？当下一身骄矜气便回到身上，她颇为傲气地笑了一声，大声道："早同你们讲过了，任氏盐场那银股……"

她刚说出这话时，一名小厮拎着一柄铁锤从她屋里出来，正撞上从外面进来的她，吓得连忙低下头去，赶紧走了，好像刚做了什么见不得人的事似的。

尤月心底忽然生出了一种不祥的预感，声音戛然而止，她从外面走进去，紧接着就看见了屋内的情形——临走时她那用来锁银股凭证和契约的匣子就摆在中间的桌上，可原本坚固的黄铜锁头，竟然被什么东西砸歪了！匣子朝外大打开，里面空无一物！

那一瞬间，尤月整个人像是被晴天里的一道霹雳劈中了，她停了一下，冲过去捡起那盒子，一阵翻看却怎么也没找到自己那几张银股的凭证："银股，凭证，契约！我的东西呢？我的东西哪里去了？你们都干了什么？！"

理智已全然不见，她一双眼都红了。

清远伯早知道她回来要发一场神经，这些天来早已经厌烦了她这般不知轻重的模样，冷冷地哼了一声："今日难得萧氏那边竟然派了人来给咱们送东西，我看你也未必就要去选什么临淄王妃，若能成定国公府的世子妃也不错。人家人可好了，闲聊时恰巧说起任氏盐场的事，定非世子手底下的人二话不说掏出了银票来，竟肯花三百三十文一股的价钱买你那劳什子的银股！我和你娘做了主，已经替你将银股卖了个干净！我看你啊……"

"萧氏的人？三百三十文，三百三十文！"尤月一颗心都在滴血，简直不敢相信自己听到了什么，一双眼几乎立刻变得赤红，竟像疯了一般抄起那空匣子朝着自己的父母扔去，"谁让你们卖的？我的东西你们凭什么处置？！你们知不知道，你们知不知道任氏盐场的股价到底会值多少？！凭证呢？契约呢？！我管他萧氏不萧氏，你们都给我要回来！"

清远伯与夫人顿时都愣住了。

桌案边上倒还压着一页纸，并两张薄薄的银票。尤月发疯之余看见，顿时跟抓住了救命稻草似的将纸抢在手里，翻开来看，只见契约上白字黑字写得清清楚楚，已出价一千三百二十两银，将她的四千银股买了个干干净净。而那落款处所盖，赫然是萧定非印！

清远伯与夫人完全不知外面发生了什么事，只隐约听出好像是盐场起死回生，都连声追问起来。

尤月脑海里却一片空白。她捏着那张契约，颤抖了一下，又颤抖了一下，近日来前后种种细节全都浮现在脑海之中，连成一线："不是萧定非，不是萧定非！而是她，是她在算计我！是她……"

这喉咙里出来的声音竟如含了血一般。她咬牙切齿，一副恨毒了的表情！尤月捏着这页纸，终于承受不住这大喜转为大悲、希望燃起又瞬间灭绝的刺激，眼前一黑，"咕咚"一声栽倒在地。

身边人哪里料得着这情况？

众人一时措手不及，竟眼睁睁地看着她的脑袋磕在门槛上，直接昏死过去，失去了意识，手指却还死死地抠着那一纸契约。

刘扬幸不辱命，完成了姜雪宁交代的所有事情，有惊无险地从清远伯府出来，路上正好撞见萧定非，便连忙从怀中取出一应印信、契约、凭证交到他手上。

萧定非只知她借自己的名头办事，却不知是何事，这会儿才恍然大悟，摸着下巴笑了一声："原来是这样，真不知什么仇，什么怨。嗯，这女人，招惹不起，招惹不起啊！"

他摆摆手叫刘扬先走，然后就去找姜雪宁，只是眼下还不知人在哪里。从蜀香客栈出来后，他循着她去的方向找，一路都没看见人，直走到前面一座避雨的街亭下时，才终于瞧见了一抹静坐的身影。

外头行人已少，姜雪宁独自一人枯坐在亭下的台阶上，双眸呆滞地望着前方，好像是看着什么，可萧定非觉得她什么也没看，因她面上的神情，好似在一场大梦之中。

他走过去唤了一声，她才如梦初醒地抬起头来看向他，竟与寻常一般无异，只问："拿到了？"

萧定非将那些东西转交给她，目光里却多了几分审视，只觉得她刚才的模样绝对不寻常，又想她是追着张遮出去的，不免心底沉了沉，有些担忧。他迟疑了片刻，才问："你没事吧？"

姜雪宁眨了眨眼，只是想，她怎么忘记问张遮那个姑娘是谁呢？不过话都已说明白了，多问倒显得她放不下，死缠烂打。

“我没事。”她这样回答萧定非，埋下头去清点那些契约与凭证。

萧定非立在她面前，却分明看见一滴又一滴的眼泪掉下去，把那几张契约都打湿了，她的声音却仍旧无波无澜：“等过两日股价涨上来，转手再卖，钱便不差了。”

“你说什么？！”

谢危府邸的斫琴堂内，吕显一个手抖泼了自己一腿的热茶，烫得他整个人顿时跳了起来，连声音都变得扭曲了几分，却只揪住眼前的小童，难以置信地问：“任氏盐场起死回生？！”

那小童在听闻这消息时便知自家掌柜的会炸，毕竟前不久才低价抛出了一万银股，结果没两天工夫就涨回来，简直像是跳崖登天一样刺激！

纵然吕显是个久经商场的老狐狸，这一刻仍旧难以接受现实。他颓然地坐下来，整个人几乎已经傻了：“怎么可能，怎么可能？……”

那可是一万银股！一万银股啊！

吕显觉得就是割了自己一身的肉也没有这么疼，抱住自己的脑袋便在斫琴堂里走来走去：“天底下哪里有这么巧的事情？一定是有人在背后算计！不可能这么巧！谢居安，谢居安！这可是一大笔钱！你快派个人，就剑书，不，刀琴也行！帮我往深了查，老子一定要看看，哪个乌龟王八蛋吃了熊心豹子胆连老子的钱也敢吞！查，我要查！”

谢危已从幽篁馆找到了合适的琴板，又开始斫琴了，此刻听见吕显那暴跳如雷的声音，只把滑下来的一截雪白的衣袖重新叠回手臂上，声音里不带半点烟火气地道：“剑书听见了？帮吕照隐查上一查。”

剑书一愣，他可还记得不久前得知宁二姑娘动银股时，自家先生那一句“生意上的事情吕照隐自己有数，用得着你插手”，此刻再抬头去看谢危那张淡漠超尘的脸，又瞅瞅一旁险些咬碎钢牙、气到升天的吕显，心里默默把这位吕老板往后排了一个位次。

谢危没听到他回答，转头看向他，轻飘飘地道：“查查，知道？”

剑书额头上瞬间冒出冷汗，已然会意，躬身道：“是，属下这便去查。”

查得出个鸟来算我输！

★

伺候姜雪宁的棠儿、莲儿隐约觉察出自家姑娘这一趟回来，好像有些不对劲。

清远伯府的人下午来过姜府一趟，说是自家的姑娘在众目睽睽之下被姜雪宁打了，明明白白地想要个说法。姜伯游好言好语地把人劝走了，说等姜雪宁回来问个清楚，再给伯府一个交代。

府里上上下下都道二姑娘闯祸了。可她回来听说老爷夫人那边等她去时，竟淡淡地吐出两个字：“不去。”

姜伯游自然是气了个倒仰，孟氏更是在屋里大发脾气，指责姜雪宁在擢选临淄王妃的关键当口添乱，是存了心不想看到自己的姐姐好。

姜雪宁回了屋，只拿出十两银子来交给莲儿，让莲儿拿去给姜伯游和孟氏，话只留了一句：“是我打了尤月不错，这点银子赏给她去治治脸吧。她若不服气，尽可一纸诉状递到衙门拉我去见官，届时官府怎么判我就怎么赔，只要他伯府丢得起这脸。”

一整晚她几乎就说了这点话，接着便照常用饭，洗漱，甚至比往日还早半个时辰地躺到床上去睡觉，看似寻常极了。

可棠儿、莲儿伺候她已有一段时间，敏锐地察觉出她是心里有事，都暗自提了一口气，越发小心翼翼，也不敢让人去搅扰她。

次日一早清远伯府就传来消息，说是尤月昨日在蜀香客栈里被姜雪宁打了一巴掌回去后，不知怎的发了疯，气晕过去，一头磕到门槛上，破了相不说，人还昏迷了好几个时辰。好不容易请大夫救过来，醒了后便有些疯疯癫癫的，满嘴只念叨什么“银股”“涨了”“跌了”，大部分时候不认得爹娘，可一旦认出来便扔东西、扯头发，破口大骂，又哭又闹。

有人说这位伯府小姐用自己所有的私房钱买了任氏盐场的银股，好不容易熬过了跌到谷底要涨上来的时候，回家却发现爹娘代她做主刚巧把银股卖了，谁受得了这刺激？所以磕坏了脑袋疯疯癫癫之后，她才会对自己的父母恶语相向。

流言蜚语传得到处都是，整个伯府丢尽了颜面。

事涉其中的姜雪宁自然免不了遭受议论，连带着蜀香客栈里尤月编造她与张遮那些真真假假的话也传得满大街都是。

大清早孟氏那边又来了仆妇叫姜雪宁过去，显然已经怒极了，一定要找她问个清楚。

姜雪宁正坐在妆镜前梳头。听完那仆妇的话，她面容平静至极，抄起旁边一只花觚便直接砸了出去，打到那仆妇的头上，淡淡地道："这还只是开始呢，现在就要来找我算账，还太早了！且等着再看两天吧。"

前两年她嚣张跋扈时，不是没有对丫鬟小厮动过手，可从没有一次这样叫人害怕。她的声音里甚至还带着笑意，面上却是一片冰湖似的寂静表情，好像心里半分波动都没有，抄起来的家伙却直接打破了人的脑袋。

那仆妇知道是姜雪宁闯了祸，来说话时口气自然不大好，可被那花觚砸到脑门上，一摸见了血，便什么胆子都吓没了，一时哭天抢地地叫喊起来。

姜雪宁却跟没听到似的，拾起妆台上一枚红珊瑚雕成的月牙儿耳坠挂到自己的耳垂上，先吩咐莲儿把自己早上写好的那封信交给人送去蜀中尤芳吟的手上，又吩咐棠儿着人准备马车出门。

临走时，她打开匣子，揣了任氏盐场一万银股的契约和凭证，连印信一块儿带上，然后直接出府登上马车，去了幽篁馆。

吕显一早就在楼上喝闷茶，抬起头来瞧见她从门外走入，眼皮都跳了一下，一种隐隐的不祥的预感袭上心头。他起身来迎："这不是姜二姑娘吗？今日登临敝馆，想必是又要选一张新琴了。"

姜雪宁却道："不是。"

吕显挑眉："不买东西？"

姜雪宁径直将那一万银股的契约和凭证搁在他面前的柜台上，淡淡地道："但卖东西。"

在她拿出这一沓纸的瞬间，吕显的眼珠子都差点瞪出来了，视线几乎黏在了她的手上，跟着一道落在柜台上，心里简直山崩地裂！这几页东西……天知道他看着有多眼熟？这不正是前几天从他手里低价卖出去的那一批银股吗？！怎么会……到了姜雪宁手中？

吕显太阳穴突突地跳动起来，只觉一股血气直往脑门上蹿，嘴唇都颤抖了一下，他不得不抬手压住额头，才能忍住咆哮的冲动："暗地里买下银股的人竟然是你？！"

换作姜雪宁自己处在吕显的位置上，只怕也无法冷静，是以对对方难得的失礼行为，她显得十分大度，毫不在意，和善地道："是我。"

吕显差点气疯："你现在转手又想卖回给我？！"

姜雪宁笑了笑："手里正好有点缺钱，吕老板若能买回去，再好不过。"

吕显："……"

你四百文从老子手里把银股买了，又要叫老子高价买回来，岂不是老子一出一进买的是自己卖的银股，自己还要白白亏出去新的一大笔银子吗？

当老子是傻缺，你做梦！

姜雪宁打量着他铁青的面色，会意了，便要将那些凭证与契约拿走：“看来吕老板并无兴趣，我找别人问问。”

“啪”！吕显一把按住了那几页纸，僵硬地道：“开个价。”

第十一章

兄弟

“二千五百文。”

“姜二姑娘，我的脑袋像豆腐做的吗？”

“任氏盐场值得。”

“你不值得。”

“还个价？”

“二千文不能更多。”

“二千二百文。”

“狮子大开口，您可已经赚了吕某人不少钱了，生意不是这么谈的！”

“不买拉倒。”

“哎，你真走啊？！行，二千二百文不改了！”

吕显到底是个生意人，纵然心里恨不能捶爆眼前这漂亮姑娘的狗头，可面上还是要保持着得体的微笑，让馆内的小童去取足额的银票出来，各自订立新的契约，然后盖上自己的印信。

他四百文卖，二千二百文买。四百文卖的时候比起当初五百文一股的买入价已经亏了一千两银子；如今二千二百文买入，每一股又在四百文的基础上亏了一千八百文，一万股就是一万八千两银子！

他觉得自己心里已经不是滴血那么简单了，而是血流成了瀑布！

二万二千两银票交付姜雪宁时，吕显手抖个不停，手指用力地抓着银票，半天没肯松手。

姜雪宁扯不动银票，闲闲地抬起眼皮来看了他一眼：“还买不买了？”

他用力闭上眼："拿走拿走你拿走！"

这一下他才终于松了手，那模样不像是同姜雪宁做了一场双方自愿的交易，而是姜雪宁活生生抢了他的钱，剜了他的心，要了他的命！

眼下任氏盐场绝地翻身的消息虽在京城传得沸沸扬扬，盐场银股的价钱也在往上飙升，可四百文要慢慢涨回原来的水平，显然需要花些时间。

可今时又不同往日了。以卓筒井作为筹码，拿到蜀中大部分盐场未来五年半成利润的分红之后，任氏盐场几乎可以说已经立于不败之地，至少这五年之内若不出什么天灾人祸，绝对不可能垮下来。

许许多多手里有闲钱的富商巨贾想入任氏盐场的银股还愁没地儿买，二千二百文的价钱比起以前和目前的市价来说虽然很高，可假以时日绝对会涨到这条线以上，甚至超出去不少，更不用说还有每年一算的分红了。

吕显绝对没有亏。

姜雪宁固然急着用钱，可其实并不是非卖吕显不可。只是一则此人的确算是被自己坑了一把，她心里稍有些过意不去；二则与此人交易不是第一次，奸商虽是奸商，却也讲信用，去找旁人未必不横生枝节；三则吕显聪明，绝对看得清形势，有二千二百文买银股这样的好事他不可能错过。所以她才找来。

如今双方银货两讫，她也不多留，拿了银票就走。

吕显却久久看着自己手中"失而复得"的一万银股，想忍想退，可忍一时越想越气，退一步越想越亏，半晌后一拍桌子站起来，揣了契约、凭证大步往门外走去。

小童傻眼："吕先生去哪儿？"

吕显头也不回地道："老子找姓谢的问问清楚！"

昨日刚下过一场春雨，街面上湿漉漉的，巷子里有些人正聚在一起打叶子牌。

吕显经过时听见，竟大多在聊和亲的事情。

偶尔有些光着脚从他身边跑过的乞丐，几乎个个拿着竹棒捧着破碗嘴里唱着"萧氏祸国，公主和亲；威逼皇帝，万年报应"之类的话。

这件事闹得真是越发大了。吕显心里这样想着，倒生出几分看戏的心思来，只想着萧氏这回也倒霉，不知背后是谁要搞他们，闹出这样大的阵仗来，便是在朝堂上也不好交代，很难善了吧？

毕竟民心是水，坐在高位上的皇帝其实未必需要分辨忠奸，可这位置要想坐得稳当，便一定要得民心，顺民意而行方得大治。

这时候谢危也才下朝，刚换下了朝服，沏上一壶茶在喝。

吕显来得正巧。他不请自入，走进来便直接坐在了谢危的对面，笑吟吟地看一眼立在旁边的剑书，问："查得怎么样了？"

剑书不愧跟在谢危身边多年，面不改色地扯谎："昨日方开始查，还未有什么端倪，不过有泰半可能是蜀中另外几个盐场的人暗中出手。"

吕显笑容不改："哦，看来不好查？"

剑书莫名觉得背后汗毛倒竖，顿了顿，才道："的确不是很好查。"

吕显便呵呵笑了一声，打怀里把那一万银股的凭证摸出来搁在桌上，然后清清楚楚地看到剑书面色一变，脑袋立刻埋了下去。

"我当剑书公子瞎了眼不认识呢。"他给自己倒了盏茶，呷了一口，意有所指地道，"谢居安，你说说你，手底下养个刀琴养个剑书，这点小事都办不好，一天到晚没眉目。还是人家正主儿今日找上门来，又给我开了高价叫我把银股买回来，我才知道背后的人是谁。要不你把这俩人都扫地出门吧，这点本事都没有，留着吃白饭不成？"

谢危看向剑书："听见吕老板说的了？"

剑书："是……"

背个锅实在不算什么，他习惯了。

谢危又看向吕显，淡淡地道："连这点事都办不好，往后吕老板跌跤摔坑，折了胳膊断了腿，还怎么指望你上去拉一把呢？"

吕显沉默，他怎觉姓谢的这人话里有话？

他冷笑了一声："人家是有了媳妇儿忘了兄弟，你谢居安真是个本事人，媳妇儿还没讨着，先将兄弟卖了个干净！"

谢危也笑，冰消雪融："这不看兄弟值点钱吗？"

吕显："……"

是可忍孰不可忍？！

他拍案而起："姓谢的，我吕照隐今日……"

谢危淡淡地道："你想过姜雪宁拿那么多钱干什么去吗？"

吕显顿时怔住。

原本他想说割袍断义来着，被一打岔，忽然忘了个干净，眉头一皱，正色起来："我方才拿银票给她时也正在想，按理说这姑娘手里的钱可不算少，好几万的银子少不了的，可回回折腾银股这事都是手里缺钱。她做什么，你知道？"

谢危道："你来时可见到什么、听到什么了？"

吕显道："来时人少，屠酤市井间还能听说什么？无非和亲那……"他说到这里时，眼皮陡地跳了一下，心底一惊，无端生出几分骇然，"这件事是姜雪宁干的？！”

岂止姜雪宁？还有个萧定非为虎作伥呢！

谢危用手指轻点着茶盏杯壁，道：“差不离。”

吕显觉得不对：“她一个待嫁的姑娘家，为什么要牵扯进这些事里来？何况事情闹得这样大，若一个不慎事情败露，焉知不会引来萧氏的报复？但凡想在京城里过安生日子的人，便不可能去招惹萧氏，此事并不合理。除非……”

说到这里，他忽然瞥了谢危一眼。谢危望着茶盏中沉浮的细细叶芽，沉默许久，自是知道吕显话中未尽之意——除非，姜雪宁已不打算继续留在京城了。

★

有关和亲的议论在京中已越闹越大。

自打萧烨一怒之下叫人打了那名叫作翁昂的士子，便跟捅了马蜂窝似的，不仅是市井中人议论纷纷，连士林中也多有非议。本来与鞑靼和亲这件事，朝野之上就有一小半人不同意，这事一出，立刻就有人旧事重提，给了萧氏极大的压力。

一时是翁昂状告，一时是衙门来查，更不用说家里面还有个唯恐天下不乱的萧定非，上至萧远、萧姝，下至仆人管家，头一回被折腾得这样焦头烂额。

若仅仅是市井中的议论就罢了，毕竟萧姝虽然被封为县主，可本朝还从未有过县主和亲的先例，萧氏上下虽乱，却也不惧。

可他们万万没想到，几天前情况忽然雪上加霜。

萧氏本就是京中首屈一指的大族，根基深厚，荫蔽甚广，平日气焰嚣张，明里暗里欺压百姓、卖官鬻爵的事情做过不少，也不是没有苦主状告举发，可都被萧氏大手一挥给压了下来，许多苦主莫名其妙没了声音，而萧氏更未受到什么损害。

最近，这些事、这些人却都重新冒了出来。有的旧事重提，在京中各处张贴告示；有的击鼓鸣冤，直接状告到了衙门要求官府主持公道；还有的直接请士子联名上书，意图上达天听……更可怕的是，有些萧氏暗中做下、秘而不宣的事，竟也被人刨了出来，传到市井之中，引得多方震骇，进行口诛笔伐！

“赣州赈灾粮款的事情从上到下也不过就那么几个人知道，怎么可能传到外面？”刚听了下属奏报消息的萧远暴跳如雷，一张脸全黑了下来，一掌拍在桌上，震落了昂贵的砚台与笔山，“难道……难道是当初那几个人落井下石？”

赣州侵吞赈灾粮款案是在三年前发生的。事情查下来时，整个赣州官场被清洗一空，秋后处斩六十余人。然而少有人知道：被处斩的这些人固然不无辜，可真正的黑手——京城萧氏，却安然无恙！大部分赈灾粮款被层层克扣，最终都落到了萧氏的口袋里！

当年的知情者，如今要么是朝上的高官，要么已经成了地府的亡魂。

谁会旧事重提？

谁能旧事重提？！

萧氏那些宿敌、曾经结下的仇怨，都在萧姝的脑海里一一过了一遍，可苦无头绪："我们这位暗中的对手，似乎既不想要乐阳长公主去和亲，又想要针对我萧氏，更重要的是对方仿佛蛰伏已久，暗中收集了不少我们的把柄，这一次一股脑地放出来，明摆着是要背水一战，不让我们好过。"

这个对手要有这心，还要有这能力。

萧远屏退下属，忽然压低了声音道："我总觉得，自打除掉勇毅侯府后，圣上的态度便怪怪的。尤其是那孽子回来之后，圣上的种种行为便让人有些看不清了。"

萧定非回来，几乎是处处与萧氏作对，给萧氏难堪，可圣上竟一力站在萧定非那边。此事倒也罢了，毕竟表面上看萧定非乃皇帝的救命恩人，皇帝不站在他那边站在谁那边？

可这一回市井之上对和亲之事议论了那么久，甚至提出了要让萧姝代替公主去和亲这种荒谬的想法，作为皇帝的沈琅对此却从未有斥责之言，反而置之不理。他虽从未支持，可也没说反对。

朝廷里有多少墙头草？一看皇帝不表态，众人也就不掺和。

另外那些本来就对萧氏有意见的人自然受到鼓舞，趁此机会扩大战场，越发嚣张无礼，一副誓要把萧氏拉下水的架势。

萧姝听了萧远这话，心情越发沉重，道："改日我入宫再见一见太后娘娘。只是如今不管暗中的对手是谁，又到底是哪些人，事情都是因和亲而起，推我代替沈芷衣的言论甚嚣尘上，决不能让他们得逞。"

她生来便是身份尊贵的女人，天底下唯有六宫至高的后位才配得上她。让她与鞑靼和亲？

做梦！

萧远一惊："你有办法了？"

推举萧姝代替乐阳长公主去和亲的事情虽然闹得沸沸扬扬，可对京中许多有适龄女儿的高门来说，却完全不关注，甚至有些幸灾乐祸。

毕竟临淄王选妃在即，萧姝还是热门人选之一。而姜侍郎府的大小姐姜雪蕙的名声，前阵子也因为姜雪宁在蜀香客栈里的那一桩闹剧受了些牵连，不大好听。谁让姐儿俩同出一府呢？

大户人家娶亲都是要看家里情况的，倘若有哪个姐妹名声不好，同府里其他的姐妹都要受到影响，稍有不慎便不好嫁人。众人都说，摊上姜雪宁这么个妹妹，是姜雪蕙倒霉。

孟氏在家里生了好一场闷气。

好在这件事传一阵也就过去了，没有闹太大，很快又被和亲之事盖了下去。

可才过去一天，更汹涌的流言蜚语竟如狂风暴雨一般朝着姜府砸来！

“哎，你们听说了吗？姜府的小姐可不大检点啊！”

“我知道，是跟那什么张遮大人吧？听说众目睽睽之下就追了出去，真是连脸皮都不要了……”

“还不止呢！”

“人家跟定国公府那位定非世子才是实打实有一腿，没听说世子对她言听计从，连皇上赏的东西都送到姜府去讨美人欢心了吗？”

“这俩人怎么能有一腿？”

“这就是你不知道了吧？去年年底通州那件事，我兄弟就在通州当兵，看得清清楚楚的，那什么姜府的二小姐竟然跟一群逃犯、一群大男人混在一起，哎哟，那定非世子是什么风流鬼你还不知道吗？一来二去，眉来眼去可不就勾搭上了？那时候张大人也在呢，啧啧，了不得……”

“有伤风化啊！”

……

街头巷尾一时各种说法都有，天教乱党劫狱这件事在京城闹得本来就大，一个女儿家竟陷到这种局面里，更是惹得无数人好奇，添油加醋一番，传起来那叫一个有鼻子有眼。

孟氏出门时偶然听见这些流言蜚语，怒上心头，差点背过气去。直到这时候她才隐约明白，先前蜀香客栈出事时姜雪宁那一句“这还只是开始”是什么意思。一回到姜府，她便沉了脸，先把姜伯游请了过来，又叫人去唤姜雪蕙与姜雪宁来。

因知姜雪宁不大服管教，她还特意冷着脸加了一句：“带上小厮一块儿去，倘若她不来，绑了都要给我带过来！小小年纪这般败坏自己的名声也便罢了，这关键当口还要连累姐姐！她也真是有脸！”

可她没想到，手段都没用上。姜雪宁早准备好，人一来传，她面上挂着微笑便去了。

姜雪蕙参选临淄王妃本是姜府最近的头等大事，连姜伯游都很上心。毕竟姜雪蕙似乎颇得沈玠好感，之前在御花园里她又救了怀有身孕的温昭仪，在宫中算有了贵人赏识，可以说天时地利人和，就差成事了。可这节骨眼上偏抖搂出去年姜雪宁搅和进天教劫狱被掳至通州的事情！

姜雪宁一来，孟氏便把茶盏砸了出去，气到浑身发抖："你看看你做的什么好事！我还当你入宫之后学好了，没料想禀性难移，甚至变本加厉！"

盛怒的人失了准头，姜雪宁轻松避过茶盏。她瞅了旁边皱眉坐着的姜雪蕙一眼，却一副好整以暇的模样，绕过地上那茶盏碎片，躬身向姜伯游行了一礼："见过父亲。"

姜伯游是一个头两个大，叹了口气叫人先把孟氏劝住，又叫姜雪宁先坐下，接着才道："天教劫狱与通州之事本就是已经发生了的，且也不是宁丫头自己能控制的，如今怪她又有什么用？既不能解决麻烦，还会自乱阵脚，不值当。"

孟氏冷笑道："还不怪她？！"

姜雪蕙轻轻叹了口气，道："母亲息怒，当务之急是想想如何应对。"

姜雪宁没骨头似的坐在旁边的椅子上，埋头弄着自己的指甲，一副懒洋洋的模样附和道："是嘛，都出事了，难道把我塞回娘胎里便能当事情没发生过吗？人家背后算计你的人可巴不得你们一块儿弄死我呢！"

孟氏道："阴阳怪气的，你还有没有尊卑？！"

姜雪宁诚实得很："没有。"

姜伯游则是终于忍无可忍，沉了脸怒喝一声："吵够了没有？还嫌事情不够乱吗？"

这一下，屋内终于安静下来。

姜伯游听出了姜雪宁方才那话里的端倪，直接问："宁丫头说有人背后算计，是什么意思？"

姜雪宁眯眼笑起来："无利不起早，显然此事的祸因不在我身上，而在姐姐身上。圣上去年可提过想要立皇太弟的，温昭仪娘娘肚子里的孩子还不知是男是女，京城里大把姑娘盯着临淄王妃的位置呢。父亲人在朝堂，对这种事该看得多了吧？这一回本来是女儿受了姐姐的牵连才是，结果还怪到女儿身上，可真好笑。"

孟氏登时愣住。

姜雪蕙话虽不多，对事却看得明白，轻轻点了点头。

姜伯游心里不是没有这种想法。表面上看这只是事起偶然，是宁丫头去年的事情被人翻出来讲，可往深一层看，间接受影响的却是即将参选临淄王妃的蕙姐儿；

再往深一层看，由此事得益的该是蕙姐儿这一次最大的对手。

只是这对手……他皱起眉头，许久没有说话。

姜雪宁则难得有一种事情很快就要成了的期许与畅快感：如今京城里有关和亲的议论，几乎是由她一手推波助澜掀起来的；过去萧氏覆灭后，谢危曾罗列萧氏的诸条大罪昭告天下，她按图索骥去寻找一二破绽，自能戳着萧氏的痛处；通州一役本就有萧氏父子带兵前去，知道她的存在，关键时刻，“聪明人”自然会想起这一茬儿来。这会儿萧姝该很不痛快吧？

她打量了姜伯游一眼，轻飘飘地在他本已深重的怀疑上加了一味猛料：“谁是最大的获益者，谁便是暗中的黑手。京中皆在议论以萧姝替代长公主去和亲一事，倘若萧氏不想让萧姝去和亲，最简单的方法无非是把萧姝嫁出去。临淄王殿下一表人才，玉树临风，且前途无量，不正是最好的选择吗？若临淄王殿下选了她为妃，便是圣上动摇了心思，也不好夺下弟弟未来的妻子送去和亲吧？”

这中间的算计一环扣着一环，本质上萧氏已经沉不住气，被京中有关和亲的议论逼到了山穷水尽处。

孟氏先前不曾想这么深，如今却恍然大悟。

姜雪蕙垂下眼帘没说话。

姜伯游却深深地看了此刻唇边挂着一抹讽笑、显然并不那么简单的二女儿一眼，到底还是没有问是不是她在背后推波助澜，只是道：“箭在弦上，萧氏欺人太甚，我姜府岂能任其揉搓？”

第二日，这位素来与人为善的户部姜侍郎将一张奏折递上朝议，请求重查三年前赣州赈灾一案，狠狠捅了萧氏一刀！

朝野震动，众人议论纷纷。

消息传到市井中时，姜雪宁正倚在二楼窗前，与萧定非一起听下头的名角儿唱戏。

萧定非为她当牛做马，心甘情愿毫无尊严地给她剥了一盘瓜子，放她手边上，却忍不住好奇地问：“赣州赈灾一案你是怎么知道的？”

姜雪宁翻了个白眼：“干你屁事。”

萧定非被噎了一下，好好的姑娘跟他混久了，怎么也学了一肚子粗话？

他皱眉道：“你可是个女孩子。”

姜雪宁嗤笑一声，把那盘瓜子端到自己面前来，抓了一把扔上去张嘴接住，半点大家闺秀的温雅贤淑样子也见不到。

可那股子恣意妄为的劲儿……萧定非看得有些痴了，色胆包天，悄悄凑上去想拉她那只白生生的手。

姜雪宁轻轻一巴掌甩到他的脸上，挑眉道："找死？"

萧定非捂着脸委屈地道："我可才帮你办了那么多事，连点奖励都没有吗？"

姜雪宁把那盘瓜子推过去："给你？"

萧定非："……"

这不是老子剥的吗？

他气闷，但眼看着姜雪宁又要把这盘瓜子收回去，连忙抓了一把在手里，也站在窗边与她一道朝下面看去。

下头演的是一出黄粱梦，怪离奇伤感的，萧定非看了一会儿，忽然定定地瞧了她好久，道："你当真只是想救公主离开囚笼吗？"

姜雪宁抓起一枚瓜子的手指停了一下，似乎觉得他这问题奇怪，她回眸看了他一眼："不然呢？"

萧定非没有说话。他固然是个草包，可从小看别人的脸色混饭吃，在体察旁人的心情上便练就了不俗的本领。

过了半晌，他陡地笑了笑："我只是在想，你是不是看公主便像看自己。"

★

姜伯游一封奏折请查萧氏，简直称得上是敢捋虎须，萧氏一族从上到下自然极为震怒。更有甚者，朝野之上，市井之中，已经有不少人在猜想姜伯游什么时候会倒霉——萧氏可是如今当权者的外戚，太后娘娘的母族！

作为皇帝的沈琅在过去几年里对萧氏的态度，所有人都看在眼中，已经称得上"纵容"二字。一个户部侍郎放在朝廷上虽然也算个不小的官儿，可在皇帝面前又算得了什么？

"这姜侍郎平时好像也不是多事的人啊，怎么这回昏了头，竟然跑来和萧氏抬杠？"

"只怕他是为了自己的女儿吧？"

"是啊，听说为了选临淄王妃，京中这些豪门大族暗地里可都憋着一股劲儿呢！姜家姑娘的坏名声，最早可不就是萧氏那边的人传的？"

"胳膊拧不过大腿，为这一口气何必呢？"

"可惜了，可惜了。"

没人觉得姜伯游能从萧氏这里讨着好。

果然，朝上议论归议论，可真站出来力挺姜伯游的人没有几个，一个个都怕枪打出头鸟，倒霉到自己身上。奏折递上去后，也没得着批复，而是被沈琅扣了下来，留中不发。

于是萧远志得意满，扬言要姜伯游好看。

可谁也没想到，才过了仅仅一天，原本被压下来的奏折便直接发到了内阁，交由几位辅政大臣票拟，商讨是否准复。

虽然这只是一个微小的动作，可落在有心人眼中却大有深意。各家都不由得暗中盘算起来。

内阁诸位辅臣围着那张端端摆在桌案中央的奏折坐着，更是面面相觑，静默无语，生怕自己猜错了皇帝的意思。

当天下午，萧远便慌了神。但他到底是外臣，且若这时候入宫面见太后未免太露痕迹，也恐被旁人抓住把柄，于是叫萧姝这个晚辈去给太后请安。

傍晚的慈宁宫笼罩着一层暮气。

伺候晚膳的宫人们鱼贯而出。

穿着一身华服的萧姝在天际昏黄光芒的映衬下，显出了一种与慈宁宫格格不入的勃勃生气。她静立片刻等里面宣召，才从宫门外入内拜见。

萧太后看见她，笑起来道："我像你这般年轻的时候，也有这般风华呢。你来必定是为了近些天发生的事情吧？我都听说了。"

萧姝心底蓦地一冷，隐隐觉得不对，这位昔日主宰六宫的尊贵姑母，语气何时这般沉闷，又怎开始回想当年了？

"便是如今姑母的风华，阿姝也难以企及，遑论当年？"萧姝躬身行礼，起身照旧像往常一般亲昵地凑上去，"姑母也料事如神，近日来父亲心中难以安定。您知道他向来是个拿不定主意的人，又惦记着刚开春，忽冷忽热，节气变幻无端，所以特着阿姝来给您请安，也好请您指点一二。"

萧姝说话向来滴水不漏，且极讨人欢心，若是往常听了，萧太后这会儿保准已经笑了起来，把她拉到自己面前叙话。

可此刻萧太后却只盯着她看。过了好半晌，一直看到萧姝面上的笑渐渐挂不住了，萧太后才慢慢地道："哀家当年哪里及得上你？你也说了，需要哀家出主意指点的是你父亲，是我那不成器的哥哥！你又何曾需要呢？"

此言一出，萧姝俯身便跪在了她面前，声音听上去有些惶恐："姑母，何事如此言重？"

萧太后面上却是一丝笑也找不见了，甚至已经出现了几分凌厉之意，咬着牙道："我那糊涂哥哥可真是养了个好女儿！哀家平日里只知道你聪明，趋利避害，是这京城里唯一配坐在这六宫之主位置上的人！你倒也的确不辜负哀家的期望！人在家中，真给你爹出了条好计策！"

萧姝抬眸愕然地看着萧太后。

萧太后便冷笑道："有关和亲的议论甚嚣尘上，萧氏本就是旁人的眼中钉肉中刺，摆着的活靶子！你爹拎不清，你却不可能不知道，越是这种时候越不能轻举妄动！可你给你爹出了什么主意？你们竟然借着通州之事给姜伯游的女儿泼脏水！"

萧姝好像仍旧没听懂太后的话，道："姜雪蕙便是阿姝最大的对手，倘若没了她，临淄王妃之位非我莫属，是阿姝做得不对吗？"

"糊涂！"萧太后见她这时候还没听明白，怒急攻心之下，一巴掌就扇到了她的脸上！

"啪"！

萧姝被打得趔趄一下，跌坐在了地上。

萧太后指着她的鼻子，恨铁不成钢地叱骂道："枉费哀家教了你这么多年，没料想你到底是我那糊涂兄长和外头的蠢女人生的，平日里看着聪明，其实都是白费，关键时刻脑袋里装的都是蜡！你借姜雪宁之事给姜雪蕙泼脏水，固然使姜雪蕙受了损害，可你竟没料着人家也会反击吗？何况如今市井朝堂上都在议论你，要推你替乐阳去鞑靼和亲，玠儿但凡拎得清眼下的形势，又怎可能选你为妃？天下悠悠众口，一人一口唾沫便足以淹死他了！他便是不选姜雪蕙，也还有陈淑仪、赵淑仪！哪儿轮得到你？"

宫女们老早就退到了外面去，整个大殿中一片寂静。萧姝低垂的眼帘轻轻颤动，她再抬起头来时，却好像才想到这些关窍，整个人失了神似的。

过了片刻，她似乎慌了，跪行至萧太后身前，叩首道："是阿姝气糊涂了，竟然忘了还有这一层，可如今大错已经铸成。姑母、姑母，您在宫中多年，圣上乃您的骨肉至亲，您一定有办法吧？我好怕他们真的送我去和亲……"

她说着眼泪就往下掉。

萧太后平时都把她当作至亲来教导，因她不那么贪玩娇纵，是以有时候对萧姝甚至比对作为自己亲女儿的沈芷衣都要好上几分。

可此刻见她竟乱了方寸，心下便有些厌烦失望，萧太后冷酷地道："倘若你不出这昏着，或许哀家还能保你。毕竟我萧氏势大，若将你送去和亲，皇帝心里只怕也跟扎了刺似的，要防备着萧氏和鞑靼勾结，谋朝篡位。可你倒好，硬生生将刀子递到了皇帝手里，让他有了先削弱萧氏的借口！”

萧太后闭上了眼睛，对着她如对着一枚弃子，多看一眼都觉得浪费时间，道：“你出的馊主意，倒阴错阳差地试探出了皇帝的意思，如今留下一堆烂摊子还要哀家收拾，和亲这件事便是哀家有心，也无力改变什么了。你自己回去吧，往后便不必经常入宫来请安了。”

萧姝仿佛不相信她这般绝情，望着这位姑母，问道：“姑母难道要眼睁睁地看着阿姝去那凶险的鞑靼和亲吗？”

萧太后面无表情，不为所动地道：“芷衣是哀家的亲骨肉，她都能去，你有什么去不得的？”

萧姝垂下了头。

萧太后站起身来，也不管她了，只留下一句话：“天家无父子，是你太愚钝，不怪哀家太狠心。”

说完这句话，萧太后的身影已经消失在画屏后。

外头的薄暮也彻底坠了下去，殿内一片昏暗。所以不管是离开的萧太后，还是走进来的宫女，都没有看见在萧太后的身影消失、黑暗笼罩下来的那一刻，萧姝一张原本明艳光彩的美人面上，恭敬、惶恐、哀伤，全都仿佛画上的一层色彩染了水般褪去，只剩下一张漂亮的面皮上嵌着精致的五官，像个假人，甚至透出了一种诡谲之意。

她异常平静地起了身，面颊上还带着先前萧太后掌掴留下的五指印，从大殿中走了出来。宫女们提着宫灯要送她出宫，因略听到殿中太后盛怒，是以半点不敢仔细打量她，看了一眼便埋下头去。

只是才走到一半，萧姝就停了下来。宫女觉得奇怪，回头看去，却见萧姝立在一堵宫墙下头，抬起头来盯着上头某一处：朱红的墙沿上竟然趴着一只不大的壁虎，别处都不稀罕，唯独那尾巴短了一截，显得光秃秃的，原来是有着一处断痕。

宫女吓了一跳：“必是宫里太监不仔细，怎么还有这东西？”她上来便要将壁虎赶走。

那壁虎受了惊，顺着墙沿迅速爬走，顿时不见影踪。

萧姝垂下眼帘，神情却隐约阴郁了几分，心底更莫名地涌出了一种怆然之感：倘若以前有人告诉她，她会被人一步步逼至如今这断尾求生的地步，只怕她要当这人胡言乱语，使人乱棍打出去。

可如今……现实的处境就这样残忍地摆在她面前。

方才慈宁宫中萧太后冷酷的一番言语尚在她的脑海里回荡，可并未激起她半分的失望和伤怀情绪，她更无半点羞愧之情。她怎么可能不知道借通州之事抹黑姜雪宁的后果呢？她更不可能不知眼下的情况，别说临淄王沈玠，但凡京中有点眼力见儿的人都不会在这时候娶她，给自家招来无数麻烦。

姜雪宁！

萧姝不动声色，从宫女的手中拿过宫灯，说道："给我吧，宫中的路我都认得，想一个人静静，我自己出宫便好。"

宫女一来不敢多话，二来乐得轻松，是以犹豫了一下，便没反对。

可待宫女走后，萧姝脚步一转，去的方向竟不是东北角的顺贞门，而是位于整座皇宫中央的乾清宫！

★

"她？"

敬事房呈上来的绿头牌才翻了一张到手上，沈琅正琢磨着温昭仪脾气见长，今日不如唤那张贵人来侍寝，温柔小意也别有一番意趣，可待郑保上来附耳低声说了一句话后，他的眉头顿时一挑，眼底先是惊讶之色，后是玩味表情。

郑保有些犹豫："此事于礼不合，要不要将其赶走？"

沈琅把手一抬："不，朕倒想听听她要说点什么。"

郑保略有惊讶，心中暗道：朝野暗潮翻涌，这时候身处旋涡中心的定国公府嫡小姐竟敢大胆求见皇帝，究竟是有什么打算？

只是他不敢表露，去宣萧姝进来。

萧姝在外已候了许久。她本以为自己会为自己此刻的选择感到害怕、忐忑，可望着乾清宫那一扇窗里透出来的光亮，她的头脑却前所未有地清晰：姑母错了，大错特错！

这天底下最尊贵的人是帝王，纵然姑母贵为太后，是帝王的生母，可又怎能与帝王作对？更莫说是扶持临淄王！

沈玠固然温文尔雅，可还不至于让萧姝非嫁不可。原本她看中他，不过是因为临淄王妃之位，不过是因皇帝无子，要立沈玠为皇太弟。她为的不仅仅是王妃之位，更为了将来那可能性极大的皇后之位！

可如今一是温昭仪有孕，二是她借由抹黑姜雪宁一事触怒姜伯游，已经清楚地试探出了皇帝对萧氏的态度，那还有什么不明白的呢？

姑母的话没有说错，天家无父子。

事实上不仅天家没有父子，但凡权财在手的门庭，亲情都异常淡薄。市井百姓讲究父慈子孝，不过是因其除却亲情一无所有；而对有着权力的人而言，他们可以拥有天下的一切，亲情与之相比，又算得了什么？

所以，萧氏的兴衰于她而言，又算得了什么？更何况，她自身难保！

郑保出来通传，她道了一声谢，躬身入内，先行叩拜大礼。

沈琅居高临下地看着她，萧姝面颊上那一个巴掌印在昏黄的灯光下格外明显，但也衬出了几分楚楚可怜的味道。沈琅把玩着手中的绿头牌，饶有兴味地道："表妹对朕这个表哥可从来不亲近，如今宫门都要下钥了，怎么还到朕这儿来了？"

萧姝道："臣女今来，是向圣上投诚。"

沈琅目光微微一闪："哦？"

萧姝自知生死荣辱皆在今日，暗中握紧了手指，终是把心一横，道："姜侍郎当年从龙有功，向来是看着圣上的眼色行事，倘若您不首肯，便是给他十个胆子，他也不敢上奏。不管是有关和亲的议论，还是赈灾旧案，都在您的一念之间。臣女久在萧氏，对大小事宜悉知无疑。圣上若要向萧氏举刀，臣女愿献绵薄之力。"

沈琅看着她，神色渐深，却冷笑一声："凭你？说得如此冠冕堂皇，怕不过是不想去那蛮夷之地与鞑靼和亲吧？"

萧姝的额头上沁出了些许冷汗，她闭上眼道："恳请圣上开恩。"

沈琅终于站了起来，手中那写着张贵人的名字的绿头牌在指间转了一圈，竟伸过去抬起了萧姝精致的下颌，微微眯了眯眼，道："表妹不是要选临淄王妃吗，可要朕怎么个开恩法呢？"

帝王的手指虽没碰着肌肤，可行止间的轻佻之意却仿佛对着一名妓子一般！羞辱的感觉立刻泛了上来，可萧姝眨了眨眼，终究只能强行将之压下，手指轻轻颤抖，放在自己的领口，在沈琅灼灼的注视之下，慢慢将身前襟扣都解开，脱了个干净。

初春的夜晚，寒气犹重，雪白的肌肤甫一露出便战栗起来，巍峨处若山峦起伏，低陷处又有婉丽绮态，饱满处握之不住，纤细处又不盈一握……

跪伏在沈琅脚边，一滴泪滴进柔软的地毯里，她听见了自己低低的嗓音："恳请圣上开恩。"

第十二章

两清

春日静夜，雨露滋长。

郑保站在乾清宫外面，悄然皱起了眉头。

那敬事房的太监只见皇帝翻了绿头牌，还没来得及定下来呢，就来了一位萧氏的姑娘，着实生出了几分忐忑之情，不由得压低了声音问郑保："您看，还宣张贵人来侍寝吗？"

郑保听见里面的动静，清秀的面容在一旁的宫灯暖黄光芒的映照下却笼罩上了一层阴影，只道："怕是不用了。"

次日一早，皇帝罢朝。

天才蒙蒙亮便入宫准备朝议的大臣们全都一头雾水，唯独消息灵通的太监们凑到定国公萧远面前来，态度似乎比往日还要殷勤。

萧远自然没摸着头脑。往日萧姝留宿宫中侍奉太后乃常事，所以昨夜人没回来，在萧远看来也不算什么大事，一般第二天早晨萧姝便回。可没料到，他回府之后竟仍不见人，正要准备派个人去问问，结果外头管家就一脸震惊地来报说，宫里的太监传旨来了。

这一下萧远吓得不轻，以为出了什么大事，到了堂内听旨时，见来宣旨的竟是宫内权柄在握的司礼监掌印太监王新义，心情更是忐忑。

王新义却笑容满面地道："恭喜国公爷，贺喜国公爷！"

萧远错愕，一时茫然："何事恭喜？"

王新义乃宫里面的老狐狸，只当昨夜发生的事情都是萧氏精心谋划，而眼前萧远不过是在装，所以竟伸出手来拍了拍萧远的肩膀，笑容里有些拉拢味道：“令嫒昨夜留宿乾清宫，今晨可不敢叫萧大姑娘了，要称作‘贤妃娘娘’了！”

萧远先是愣住，随即却面色大变：“你说什么？”

“真的，今早来传旨的时候那阵仗，你是没看见！”萧定非两只眼睛都在放光，描述起今早的场面时更是手舞足蹈，唯恐姜雪宁不相信，“什么珍玩玉器、丝绸金银，全跟流水似的赏了下来。我大早上起来一看，摆了整整一院子！我一问才知道，萧姝那臭娘儿们去宫里面一夜把皇帝给睡了，可给自己挣了面儿，直接被封妃！哈哈哈——你是没看见萧远那脸色，我看他差点就要气吐了……”

姜雪宁攥着茶盏，手指一根根慢慢收紧。

眼下还是在那戏园子里，雪白的梨花已有早开的，缀在墙边上，风一吹，薄得像是乱颤的纸片。丝竹之音从下方的戏台上传来，配着南边那带了几分吴侬软语的缠绵唱腔，引得周遭看戏的人好一番喝彩。

楼上的雅座却安安静静的。

因在暗中谋划和亲之议，萧定非常要将外面的情况告知姜雪宁，是以这些天来两人时常见面，都选在这戏园子里。一则这里人来人往，最危险的地方便最安全；二则他们两个一般德行，都好玩享乐，也不乐意去找什么太过正经的茶园、琴馆。

萧定非还想跟姜雪宁说说自己一路来听的那些流言蜚语，好让她高兴高兴，可刚喝了一口茶润润嗓子要开讲，一错眼看见她阴沉的面色，心里陡地跳了一下，不觉问道：“你怎么了？”

留宿乾清宫，封妃！这些字眼简直如针一般扎进了姜雪宁的耳朵里，让她刺痛之余难以感觉出半分的快慰！

“她竟真做得出来……”

过去，萧姝是姜雪宁的死敌。

在奉宸殿伴读的那些日子，对方便是那天上的皎月、地上的明珠，出身比她好，学识比她高，又与沈芷衣交好，人人都跟在她身边。

后来对方也入了宫，母家强大，拉拢人心，背后更有太后那老妖婆撑腰，即便她彼时身为皇后，重重重压之下也很难在对方手里讨着好，明里暗里吃了不少亏。

在姜雪宁眼中，萧姝行止得当，算计周全，是这京城里的世家大族培养出来的贵女典范，绝对比她这野草似的性情更适合那皇后之位。

骨子里，萧姝该是傲气而自负的，即便是现在，姜雪宁也没有任何轻敌的想法。可她没有料到萧姝会这般自甘下贱，竟委身于沈琅。

一时间，一种前所未有的茫然情绪涌上心来，让姜雪宁如坠迷雾之中，随即便变作一种难言的荒谬感，甚至让她禁不住笑出声来："时易事变，她也有被逼到这田地的时候……"

萧定非莫名觉得背后发寒。

他小心翼翼地凑到姜雪宁面前，打量她的神情，道："她这样，难道你不应该高兴吗？没名没分，她打着探望太后的名头入宫，却留宿乾清宫，便是青楼里的妓子也做不出这种事来吧？出来卖的人怎么说也要先收钱，她倒好，先白送一场，也不怕皇帝不给钱。现在满京城的人都在议论她呢，她便得了个妃位，可在这昏着之下，名声也被毁了啊。"

"昏着？"姜雪宁冷笑了一声，"你当她真是白送，皇帝的妃位真是白给吗？"

萧氏如今正处于非议的旋涡中，皇帝的态度却始终暧昧不明。

虽然明日便是选妃日，可沈玠不可能冒天下之大不韪把萧姝选作自己的王妃。此人儒雅多情，可生性又有懦弱的一面，当年她嫁与他做了王妃，见他从来都是趋利避害，也不大肯沾染朝廷的诸多争斗。

可他皇兄沈琅是截然不同的人。尽管那时这位皇帝异常短命，在她嫁给沈玠两年之后便"因病暴毙"，和她除却中秋、除夕宫中的家宴外，并无更多接触，可姜雪宁很难忘记对方在御座上俯视人时阴鸷的眼神。

沈琅喜怒无常，纵欲反复。

她记得她身为王妃最后一次入宫觐见，是在中秋。

那时沈玠已经被立为皇太弟，而沈琅服食方士炼制的五石散已有许久。沈琅一脸迷幻地瘫在御座上，瞧见沈玠与她联袂而入，阴沉闪烁的目光便落在她身上，说了几句话之后，沈玠意识到不妥，便称有话单独对沈琅说，先让她退下。

她心底不安，埋着头告退。可直到退到偏殿里坐下等候，她仍旧觉得那毒蛇一般的目光还黏在她身上，起了一阵恶寒之意。

那日不知兄弟二人谈了些什么，一向平和儒雅的沈玠竟是铁青着脸从里面出来的，回了王府便入了书房，再也没出来过。

姜雪宁那时还是肯讨好这位夫君的，琢磨着让厨房炖了一盅鸡枞乳鸽汤，深夜里亲自端去了书房。

若是往常，书房是随她出入的，可这日外头竟有人将她拦下了。

小厮进去通传，沈玠才从里面走出来。

外头那道书房门被拉开时，姜雪宁竟看见里面坐了不少人。临窗靠着多宝槅的位置上赫然是一片雪白的道袍。谢危转过脸来，正好对上她的目光。只是还没等她反应过来，门缝已经掩上，立在她面前的是朝她温和笑起来的沈玠。

沈玠亲手接了她拎来的那盅汤，又说自己晚些时候回房，然后吩咐下人仔细送她回屋。

姜雪宁回去躺下后却好久才睡着。

直到天蒙蒙亮时，已经暖热的被窝里才钻进来一具有些发凉的躯体，将她搂住。她费力地睁开眼，瞧见窗纸上已是一片黎明过后的暗蓝光景。

等她下一次再见到沈琅，便是在皇帝驾崩时，被装入那盛大棺椁中的场景了……

所以对这个目前掌控着旁人的生死的皇帝，姜雪宁了解得实在算不上多，可从种种蛛丝马迹推断，他绝不是什么一心为了天下的仁君贤主。

沈琅更像个疯子。

萧姝年纪轻轻便以玉如意一事陷害自己，亦非良善之辈。倘若萧姝没有付出足够的代价，沈琅不会置天下悠悠众口于不顾而封她为妃。且这位帝王的心思也实难揣度，大早上不说差人将萧姝送回府中再行册封，竟直接让人留在宫中，还罢了早朝，真是半点面子功夫都不肯做，让萧姝落得被天下人耻笑的境地，不可谓不狠！

姜雪宁仔细将前后发生的事情梳理了一遍：皇帝对萧氏的态度显然让萧姝感觉到了危机，而慈宁宫那老妖婆连自己的亲女儿都舍得，萧姝一个侄女又算得了什么？

萧姝是高傲的心性。彼时同她争个皇后之位便费尽心机，做妃子被迎进宫来时排场比正宫皇后有过之而无不及，想要萧姝远赴番邦和亲，萧姝怎么肯呢？

是了，萧姝也的确只有这一条路可走了。

姜雪宁垂下目光，看着自己手中这漂亮的茶盏，自语道："断尾求生，绝地反击，我竟不知到底是高看了她，还是小瞧了她。"

她本以为萧姝该不屑做这等忍辱委身之事的。

萧定非已能清楚地感觉到她情绪不对，转念一想便明白了事情的关窍在哪里——乐阳长公主啊！

原本众人闹着要推出去替代沈芷衣和亲的萧姝已经被封为皇妃，天底下岂有让皇帝的女人去和亲的道理？萧姝看似坏了名声，却保全了自己！

那沈芷衣……

"啪"！

半满的茶盏陡地飞起来砸到了前面那漂亮的画屏之上，顿时粉碎，已冷的茶水四溅开来，污了屏中所绘的秀丽山水。

姜雪宁面无表情地盯着画屏，久久没动一下。

★

这一天姜雪宁在戏园子里枯坐到傍晚，平日里活蹦乱跳地跟她闹着玩的萧定非半点也不敢去招惹她，只悄悄把送来的瓜子花生剥得完完整整、干干净净，放到她的手边上。可姜雪宁没吃半个。

直到外面日头西斜，她好像终于做了什么决定似的站起身来，要往外面走去。

萧定非下意识地问了一句："外头翁昂那帮士子，还有街上的叫花子，还继续打理吗？"

姜雪宁道："为什么不？"

萧定非愣住："可这事已经……"

姜雪宁竟道："她叫我难受，我也不让她好过。"

萧定非终于无言，目送着她从这戏园子里走了出去。

朝野上下前一天还在议论重查萧氏的事，今日却无一不为萧姝被封妃的消息吃了一惊：在这节骨眼儿上，皇帝竟然封了身处旋涡中心的萧姝为妃，岂不是明着要偏袒萧氏，偏袒萧姝？

可傍晚的时候便传来新的消息：户部侍郎姜伯游参定国公萧远的折子被交到了内阁，经由诸位辅臣商议后，将重查当年赣州赈灾银一案。

这下文武百官都迷惑了：说皇帝秉公办理吧，他先把萧姝封了妃；说皇帝有心偏袒吧，在重查赣州赈灾银一案上又毫不留情。

便连萧远自己都琢磨不透，为此不安。

唯有姜雪宁能隐约猜出点什么来——帝王卧榻，最忌他人酣睡。

倘若萧姝不值得信，不应该信，沈琅不可能封她为妃。以帝王心术倒推回去，一个世家大族出身的贵女，如何才能获取皇帝的信任？

答案只有一个：自断羽翼，划清界限。

当萧姝自愿舍弃原本出身的倚仗，便相当于抛下了自己所有的武器，也就解除了对帝王的所有威胁。从此以后，她的荣辱都系在枕边那个男人身上，只能与他同进退、共死生！

对沈琅来说，萧姝一则能侍奉床榻，二则能助他搞垮萧氏。这样的美人，他有什么理由拒绝呢？

姜雪宁心里冷笑，回到姜府便听说孟氏十分高兴，叫姜雪蕙去自己房里说了一下午的话。想也知道，原本也要参选临淄王妃的萧姝忽然入宫封妃，那姜雪蕙就没有了最大的对手，而沈玠对姜雪蕙有意在先，料想选妃成事该是十拿九稳了。

她都懒得去凑那热闹。

次日天还没亮，阖府上下便忙碌起来，隔着院子姜雪宁都能听见丫鬟们为姜雪蕙描绘妆容、打点裙钗的声音，偶有做事手脚慢了的人，还会被孟氏斥责上两声。

姜雪宁躺在床上，盯着帐顶绣满的白牡丹，却想起那时节的这一日——府里也是这般忙碌。不过那时候处于众人之中摆弄着各式簪钗的人是她自己。孟氏虽也到了她房中，神情里的喜悦看着却多少有些勉强，尤其是她带着几分娇纵一眼看过去时，孟氏的面色便更不好看。姜雪蕙则站在孟氏旁边，深深地望着她。

那时她心底得意极了，因为姜雪蕙根本不知道她是在宫里见过了那方绣帕，故意冒名顶替了姜雪蕙，才有了如今的机会。

姜雪蕙抢了她的亲情，她就要抢姜雪蕙的爱情。

无论如何，她都不想让她们好过。

只是折磨了旁人，她何尝不是折磨了自己？

沈玠固然是个温柔儒雅的俊秀君子，身上有着文人的多情，可与天底下的男人一般，并不是什么痴情种，也或许是渐渐发现她并不是当初那个让他心动的人吧。早两年新婚宴尔时，两人如胶似漆，她轻而易举便哄得他不愿离开自己。可等他登基之后，朝堂非议，太后施压，擢选新人，萧姝入宫，到底换了旧人，他对她这皇后不过维持着面上的情义。

抢来的终究不是自己的，姜雪蕙有的，也未必是她喜欢的。

躺了好半天，姜雪宁才起身。倒不是要去看看姜雪蕙如何，而是今日正好也是宫里太监们轮流休沐的日子，她要去找一个人。

萧姝成了皇妃，原本的计划不可用了，留给她的时间已经不多了。

洗漱好走出自己的院落时，姜雪宁正好撞见另一边被诸多丫鬟簇拥着难得打扮得明艳了几分的姜雪蕙，清秀的面庞配以精致的妆容，倒是端庄沉静。

她手里拿着一方角上绣着红姜花的丝帕。

姜雪宁看她一眼，见孟氏也在旁边，干脆连招呼都懒得打，径直走了过去。

她已经改变了许多事情：同谢危的关系、温昭仪怀孕、燕氏一族的兴衰、临淄王妃的人选、萧定非入京的时间……

那么，她为何不能救下沈芷衣？

世人如孟氏也好，如姜雪蕙、沈玠也好，即便今日要选妃，也不觉与昨日、明日有太大差别。可于姜雪宁而言，她的每一日都是在与既定的命运殊死搏杀，不肯低头认输！

郑保今日休沐。

自打被师父王新义看中，调到皇帝身边伺候后，他在宫内的地位便不可同日而语了。倒非他贪慕金银，而是宫内本就如此，倘若旁人孝敬而你不愿收，便成众矢之的，旁人难免对你忌讳防备。所以他在乾清宫当差的时间虽然不长，也攒下了不少银子。

他将七成给了家中，让母亲张罗着添给兄弟做娶亲的聘礼；三成留给自己，终于搬出家来在三里胡同置了个小院。

从那日看见萧姝进了乾清宫开始，郑保心里便有了隐隐的预感，所以今日休沐未像往常一般出门走动，而是坐在屋檐下等候。

果然，清晨的雾气刚散，外头就响起了敲门声。

他起身走过去开了门。那位容色明艳的姜二姑娘就立在他寒酸的门庭前，披了深紫色的斗篷，眼底却似深夜静雪，明亮却又带着一点淡淡的凉意，望过来时便叫人心底为之一宽，好像万般杂念都肃清了似的。

郑保往边上让开。

姜雪宁一手拢着斗篷，却没往里走一步，只是看着他道："我是来请你报恩的。"

郑保在家中只穿一身简单的浅青色圆领袍，唇红齿白，闻言恍惚了一下。

他清秀的面容使人想起江南泛着几分灵气的烟雨。

姜雪宁忽然有些不敢直视这一双太过明亮的眼睛，于是慢慢垂下眼帘，压下那一丝愧疚之意，近乎残忍地道："对不住。那日坤宁宫前真正出言救了你的，该是长公主殿下。可否，请你报恩？"

作为皇帝平日里颇为信任甚至差一点就要立为皇太弟的临淄王，沈玠要选妃，绝对算是开年后今春里除却长公主和亲外第一等的大事。

宫里面老早就忙活开了。

此事虽由郑皇后亲自操办，可原本桩桩件件都要报与萧太后知悉，今日也该是太后来主持大局。不过昨日萧姝被封妃，消息传出来后，萧太后不知为何勃然大怒，发了好大的火，还气病了。萧姝前去侍疾，也被赶了出来。宫里消息灵通的人都觉得这件事不寻常，暗地里传了个风风雨雨。

郑皇后心里也犯嘀咕。不过这对她来说是个极好的机会，难得由她来主持大局，若办得好了，重入皇帝眼中，也可顺理成章地将六宫的掌控权从萧太后手中夺回来。因此郑皇后倒比往日更尽心尽力。

选妃的地点定在储秀宫，由宫人们一大早引了人入宫，毕竟是皇室选人，该查验的地方一项不少，最后一关才是放这些候选者到大家面前来，定夺出个结果。

沈玠入宫，先要去拜见太后和皇帝。

所以郑皇后坐在储秀宫的主位上先喝起了茶，与旁边有孕后晋了位分且养得皮肤白嫩的温昭仪叙话。

可没料到，她们还没说上两句，就听外头太监嗓音尖细地唱道："贤妃娘娘到……"

郑皇后与温昭仪的眼皮同时跳了一下，两人再抬眼一看，前阵子还是仰止斋的伴读、萧氏大小姐的萧姝，如今一头乌发盘作高髻，插了两支金步摇，眉心贴一枚梅瓣似的花钿，身着一袭天水蓝洒金曳地宫装从外面走进来，虽无盛气凌人的神态，却着实给了人盛气凌人的感觉。

宫里常常新人换旧人，何况如今圣上最是喜新厌旧。

郑皇后虽也觉得不舒服，可这种事见得多了，面上多少还挂得住，只心里不屑萧姝堂堂贵家小姐也做得出这等不要脸的事。

温昭仪就觉得难受多了。她怀有身孕，自己之前却半点不知，也无太医告知，可知这后宫都在旁人的把持之中。至于这"旁人"是谁，谁心里又没点数呢？如今萧太后病了，她侄女却又入宫来，还一封就是妃位！她肚子里可怀着龙种，也不过才晋了昭仪，想想实在意难平。是以见到萧姝，她脸色不大好。

宫里宫外都是流言蜚语，萧姝岂能不知？可心里再恨，做出决定的都是她自己。她自知取舍，也就强迫自己充耳不闻：无论如何，她已经达成了自己的目的，甚至一夜之间成了皇帝的宠妃，旁人议论又能把她怎样？

"臣妾见过皇后娘娘。"萧姝往日身份便不一般，对皇后行礼从来十分简单，如今同样没将皇后放在眼底，略略弯身一礼便作罢。

皇后笑得勉强，也不好多说："如今该叫贤妃妹妹了。"

温昭仪冷冷地一撇嘴，手抚在自己已经显怀的肚子上，故意没起身，懒洋洋地道："按理我该给贤妃娘娘行礼，可有孕在身，我这一胎弱得很，不敢折腾，便请贤妃娘娘见谅了。"

萧姝笑了笑："不妨事，往后再请便是。"

温昭仪距离妃位不过一步之遥，只要顺利诞下皇子，贵妃之位也不在话下；便是诞下公主，妃位也是顺理成章的事，她哪里还用得着再给萧姝行礼？

萧姝的话看似寻常，意思却恶毒至极！

温昭仪瞬间变了脸色，搭在扶手上的五指握得紧了，险些当场发作。

郑皇后忙打圆场，笑着问道：“贤妃妹妹封妃突然，一应宫室皆在准备，我等倒都还未来得及见上一见。只是今日储秀宫中将为临淄王殿下挑选王妃，不知贤妃妹妹前来，是……？”

旁边早有宫人搬了椅子来。

萧姝施施然坐下，才淡淡地回道：“圣上政务缠身，又放心不下临淄王殿下选妃的事，我便自请来一趟为圣上看着些，皇后娘娘不会介意吧？”

自请？

郑皇后一口气堵在胸口，竟不知自己该说些什么，缓了一下她才勉强笑起来，道：“圣上关怀，自然最好不过。”

萧姝轻轻笑了一声，不再说话。

不一会儿，临淄王沈玠去皇帝、太后那边请完安，进到储秀宫中。他穿着一身月牙白的蟒袍，腰间挂着玉坠，面庞也如玉一般儒雅温润，只是面色似乎不是特别好。

他进来看见萧姝，也愣了一下，但满脑子都是皇兄尤其是太后的训斥，倒也根本懒得去在意，向皇嫂行过礼后，便坐了下来。

这时宫人才将各府候选的贵女引入，经过筛选后人数也不多，六人一排站着，原仰止斋中的伴读倒有许多在其中：姜雪蕙、陈淑仪、姚蓉蓉，还有……一脸纠结的方妙。

方妙的父亲是钦天监，她又在仰止斋当过伴读，自然得以进入候选王妃之列。

方妙觉得这件事跟自己没太大关系，也就走个过场。可千不该万不该，也不知宫里什么毛病，要她们清早到宫里来。所以被丫鬟们收拾好了催着出门的时候，她掐指一算，卯正三刻，将明不明，将暗不暗，阴阳交替尚未结束，邪祟横行无定数，绝不是出门的好时辰。

到得宫门前，又见青光挂东南，方妙没忍住摸出自己藏在袖子里的铜钱来算，竟给自己算出个凶兆，一时间吓得心惊肉跳，恨不能立刻扭头打道回府，只恐这一遭有血光之灾。

她就站在姜雪蕙与陈淑仪之间，比起这两位出身书香世家、今日也穿得很是鲜亮的大家小姐，她虽也穿了一身很漂亮的鹅黄弹墨裙，腮边傅粉，唇上涂朱，可在两人的映衬之下，半点也不起眼。

进来瞧见上头坐的萧姝，方妙心里就嘀咕了一声。原本大家还是奉宸殿的同学，眨眼间人家屁股上已经插上几根好看的毛做了锦鸡孔雀，也不知今日来干什么。

姜雪蕙则沉静地立在边上，指间一方绣帕漏出一角。

她一进来，沈玠的目光便落在了她身上。旁边太监捧过来的漆盘里搁着一枚雪白的玉环，他拿了站起来，便要向姜雪蕙走去。

温昭仪顿时面露微笑。

萧姝瞧见却冷笑一声，淡淡地提醒道："圣上说了，殿下选妃将为皇室绵延血脉，正妃是要入玉牒的，要品性端庄，身世清白。"

沈玠的脚步便是一滞。他瞧见姜雪蕙低眉垂眼立在那边，便想起那日雨时，他约了燕临见面，驰马前去却险些惊了旁人的车马，好不容易拉住马，却不慎溅了满身泥点。

里头坐着的姑娘受了惊。他以为人家要追究，没承想过得片刻，里面却伸出一只骨肉匀停的纤手，将一方绣帕递给了他，一声压低嗓音的轻笑传出："多谢公子相救，先擦擦脸吧。"

那日见燕临，他竟走神了片刻。

燕临便问他怎么回事。

他把事情一说，燕临便要了那绣帕去看，眼神闪烁地琢磨了一会儿，同他说："你看这红姜花，那条道上坐马车的想必是姜家姑娘。"

沈玠便问："大姑娘还是二姑娘？"

燕临翻了个白眼，说："宁宁是本世子的，殿下那个自然是姜家的大姑娘。"

其实时间久了，那压低了的轻笑嗓音他也忘得差不多了，唯留下那一方绣着红姜花的手帕作为一抹绮思还放在身边。

沈玠想，若选王妃，该选曾令自己心动的。

可为什么他偏偏不能如愿？

姜家二姑娘前阵子在通州的那件事传得沸沸扬扬，连带着姜氏门庭里别的姑娘的名声也不好听，否则他今日大可不必理会母后与皇兄的斥责，径直选了姜雪蕙……

姜雪蕙救过温昭仪，温昭仪自然向着她一些，也希冀着姜雪蕙能被选上，成为自己日后的助力。可旁边萧姝一句话里口口声声所提到的"圣上"二字，到底令她咬牙切齿，生出几分忌惮来。既是皇帝发话，她自不敢硬顶。

温昭仪眼见沈玠站着没动，眼珠一转，却话锋一转，主动劝道："贤妃娘娘说得对，选正妃可不是得身家清白的吗？到底祖宗礼法在，罔顾不得。选过正妃，若有割舍不下的，一道纳作侧妃也无不可，总归不要违拗了圣上的意思吧。”

那代表着正妃之位的玉环在沈玠手中捏了半天，扣得紧了。纵然是皇家血脉，贵为临淄王……他的婚事却也不由自己做主。

沈玠自然瞥见了姜雪蕙手中那一方红姜花绣帕，可温昭仪之言掠过耳畔，他抬起头要向姜雪蕙看去，临了又觉心里堵得慌，只怕越看越堵，索性将目光往旁边转去。

边上也不知哪家小姐，埋着脑袋嘴唇翕动，像在默默念经。他看了虽觉面善，隐约记得是仰止斋里几个伴读中的一个，可也不觉得十分好看，转过眼就去看下一个，于是瞧见了陈淑仪。

这时萧姝又在后面说：“圣上毕竟还是看重殿下的，家世高、学识好的，最能辅佐殿下，料理王府事务……”

沈玠心里顿时涌起了说不出的厌恶情绪。便是他原本觉得陈淑仪看着端庄，很是不错，这会儿也犯了恶心。泥人尚有三分气，他心里不高兴，索性掉转头来径直将那玉环朝立在陈淑仪与姜雪蕙中间的那姑娘递去，不耐烦地道：“既是选入宫的，自然谁都好，就她吧。”

这一瞬间，整座储秀宫里都安静了。

方妙听着头顶那暗藏机锋、你来我往的一番话，只觉这些人个个都有不俗的道行，唯恐他们一言不合搞出什么事来，给自己带来血光之灾，是以虔诚地默诵《金刚经》，为自己驱邪避祸。

玉环递到她面前，她都没看见。

直到一旁的太监冒着冷汗提高声音喊了第三声“方姑娘”，方妙才陡地回神。她抬起头来只看见沈玠拿着玉环递向她，仿佛没想到自己会被人无视一般，一张俊容隐隐有些铁青，盯着她时难得有些不善之色。

方妙这时才意识到发生了什么，顿时打了个激灵。

沈玠没料到还有人在选妃时走神，好像还不大情愿的模样，便冷冷地笑了一声，问：“你不愿意？”

方妙想说这可不是本神棍能掺和的场子！

她张嘴，一句“不愿意”就在嘴边，可临了忽然想起自己出门时算出的凶兆，再一看周遭所有人的目光都落在自己身上，背脊骨上开始冒寒气。

这可是皇帝的兄弟啊……倘若她当众拒绝，只怕血光之灾真的眨眼就来。

先前呆滞的动作立刻一变，她十分迅速地将那一枚玉环接了过来，躬身道：“愿意愿意，臣女愿意！”

沈玠不知为什么，气非但没消，反而更大了！

郑皇后与温昭仪面面相觑，萧姝更没想到沈玠竟然选了方妙，霍然起身。

边上的陈淑仪面色难看。姜雪蕙则悄然收紧手指，慢慢闭上了眼睛。

方妙则朝着沈玠讪讪一笑，可笑得实比哭还难看：你大爷的天打雷劈啊！早知今日出门时辰不对，现在果然倒了血霉！

★

郑保送了姜雪宁出来，面上的神情倒没什么波动，仿佛方才过去的两个时辰里，两人商谈的并非什么惊天动地、一旦败露便会使人掉脑袋的事，立在门边道："和亲那一日守卫势必森严，留给姑娘行事的时间不多，郑保所能帮的也就如此了，余下的还请姜二姑娘仔细谋划。"

姜雪宁怔怔地看着他。

她来时脚步便不轻松，走时脚步更显沉重，几度张口，却没说出话来。

郑保一双平和清澈的眼仿佛看出了她心中涌出的愧疚与不安，朝她宽慰似的一笑，道："长公主殿下是个好人，在下有恩当报。况以姜二姑娘的计划来看，即便事发，郑保也多半只是失察之罪，既已做了决定，还请姑娘勿要踌躇。"

过去郑保是被沈玠所救，沈玠登基后郑保便常年伺候在沈玠身边，到哪里都能瞧见，做事也仔细谨慎、滴水不漏。只是这人着实不大起眼，姜雪宁平时也不是很关注。直到最后谢危、燕临谋反，这人不声不响地拔剑殉主，才叫旁人知道宫内原有这样一号铁骨铮铮的血性男儿。

她沉默了良久。

可要说什么歉疚的话吧，要人家"报恩"的便是自己，她实在没有资格与立场，唯独下台阶之前欠身向着这自己彼时并不放在眼底的人行了一礼。

因谋事甚密，她今日是自己出的门，回去时便在街上慢慢地走着。

市井烟火皆在耳畔，姜雪宁却有些恍惚，等到得琉璃厂附近时，又去找了周寅之一趟。周寅之在过去曾背叛了她，所以她不敢全信他，并未将自己的计划和盘托出，只交代他去办几件事，听对方答应下来后，才返回姜府。

此时已是日薄西山。临淄王沈玠选妃就在今日，若与过去差不多的话，这会儿该已经出结果了。没了自己搅局，姜雪蕙还带了绣帕，总该能称心如意了吧？

果然她抬脚进门，便见丫鬟们都笑着在说话，经过厅堂时也见里面摆了些宫里下来的赏赐。

姜雪宁思忖着，彼时她名声算不上很好，宫里那老妖婆更是极力反对，沈玠却直接选了拎着红姜花绣帕的自己；这次姜雪蕙的名声同样被自己带累，宫里只怕也是有些非议和阻力的，可沈玠还是没什么悬念地选了姜雪蕙。面上看着不显，他心里倒是很念旧情嘛。

孟氏和姜雪蕙的院子都靠着东边，猜想她们该是高高兴兴的，姜雪宁懒得去寻她们的晦气，脚底下方向一转，便准备从抄手游廊过垂花门绕去西边回自己的院子。

没料到她还没走到，另一头便传来一阵喧闹的声音，听着竟像是姜雪蕙的。

“母亲！这又是何必？您别去了！”

“你放开，别拦着！原本好好的一门亲事十拿九稳，若不是她坏了名声从中作梗，哪里能被人半道截和？都什么年岁了！眼看着就要出阁，她还朝着外面瞎跑胡混！往日里请人来教的教养早不知丢哪里去了，传出去又成什么体统？我非要去看看她什么时候才肯回来！”

“母亲！”

孟氏一肚子火气，紧绷着一张脸，快步走在前面。

丫鬟们不敢拦，姜雪蕙拦不住。

姜雪宁听着隐隐觉得这苗头怎么像是朝着自己来的？脚步一顿，她转头一看，已经同那边走出来的孟氏对了个正脸。

孟氏平素也是个有涵养的贵夫人，此刻面色却前所未有地难看，一瞧见她便立刻喝了一声：“回来得正好，还不给我站住！”

姜雪宁皱起眉头，没明白是怎么回事。她朝旁边的姜雪蕙看了一眼，才发现对方面容略显苍白，神情虽然平静，却难掩眼角眉梢的几分黯淡神色，竟不是很如意的模样。临淄王妃之位不是都稳了吗？姜雪蕙还有什么不满意的？

姜雪宁在心底冷笑了一声，对着孟氏已是十分不耐烦：“母亲什么事？”

“什么事，你还能不知道是什么事吗？我姜家，还有蕙姐儿，简直要沦为满京城的笑柄了！”姜雪宁不说话还好，一说话这副理直气壮的架势更让孟氏心头梗得厉害，“倘若不是你败坏了家中的名声，到处跟人胡混瞎闹，哪里有这些事情？”

姜雪宁这才听出端倪，眉梢一挑，真有几分惊讶地问：“难道王妃之位没选上？”

这一次是真的出乎她的意料，这惊讶并无半分作伪成分。可她这样子在孟氏看来扎眼极了，怎么听怎么像是挑衅，怎么看怎么像是嘲讽！

姜雪宁的目光则从她身上转到了姜雪蕙身上，她只觉这件事有些不可思议，一是因为那时沈玠没管旁人的言语选了她，二是因为她回来时分明看见厅堂内有宫里为喜事上下来的东西。

若不是姜雪蕙被选上，宫里哪儿会赐这个？

难道……脑海里冒出个念头来，可到底有些荒谬，她自己摇了摇头，嘀咕道："那可真是太奇怪了。"

孟氏终于忍无可忍。她从姜雪蕙院中出来时本就有许多丫鬟婆子跟着，结果半道上就看见姜雪宁这时辰从外头回来，如今京城里的大家闺秀有几个像她这样？早先她同燕临搅和在一起，如今又同那萧定非厮混！整个姜家内宅的脸都要被她丢尽了！

孟氏一张脸上覆了寒霜，冷然道："往日你被那别有用心之人教歪了，可你总能找人来护着，连老爷都治不住你，我无话可说。可临淄王殿下选妃一事，事关你姐姐的终身大事，却遭你的名声拖累，平白错过了正妃之位，便拿一个侧妃之位也还要遭人闲言碎语！你已过了十九岁生辰，早不是能在外面瞎闹的年纪，倘若再不对你约束管教，还不知他日你会闯出什么更大的祸事来！"

姜雪宁顿时愣住：还真是侧妃？她看向姜雪蕙。

姜雪蕙回想起的却是选妃那一时所面临的难堪场面，便有温昭仪为她说话，萧姝那些夹枪带棒的言语，还有旁人暗含了讽刺的眼神，依旧使她感觉到了几分罕见的难堪。

孟氏摆手叫了身边两个膀大腰圆的婆子，道："这就把二姑娘给我请回去，从今日开始禁足府中，把《女诫》好好给我抄个百八十遍！若没有我的准许，谁也不许放她出门！"

婆子们得令，立刻朝姜雪宁走过来。孟氏毕竟是主母，她们虽也知道姜雪宁不是个好惹的主儿，可这一回她拖累了大姑娘选临淄王妃的事，便是老爷来了，只怕也不会给她好脸色，所以咬咬牙狠狠心，已决定一看姜雪宁有要反抗的苗头便下重手。

事情的发展可半点没在姜雪宁的意料之中，姜雪蕙竟没被沈玠选为正妃。姜雪宁先是惊讶了一下，接着便自然地生出了几分好笑的幸灾乐祸之情。谁让她素来不是很看得惯姜雪蕙呢？

真是怪了，这次她可没怎么从中作梗，由此可见这两个人说不准没什么正经缘分。

只是孟氏将此事归咎到她身上，又让她由衷生出几分反感，眼见两个婆子朝着自己逼过来，她心底戾气陡涨，眉头一皱，抄起旁边搭花架的一根木棍便乱挥着打了过去！

心里有股狠劲儿，她下手自然不会留情。

木棍敲在头上、身上，实打实地疼，那两名婆子连姜雪宁的人都没挨着，就被打得一通乱叫起来。

孟氏素知姜雪宁顽劣不堪，可也没料着她不但敢反抗，还敢动手，险些气得晕过去，叱骂起来：“反了、反了！可真是要反了天了！”

游廊上这动静着实不小。姜伯游从衙门回来，才引着谢危要去自己的书房，走过来便瞧见姜雪宁抄着棍棒一脸戾气地敲打仆妇的模样，眉头立刻皱了起来，喝了一声：“这都是在干什么？！还不快给我放下！”

“砰”的一声，姜雪宁听见声音后，又一木棍打在左边那婆子的背上，疼得对方趴到了地上。姜雪宁回头看了一眼，才把棍子扔到地上，拍了拍手。

孟氏气得浑身打战，指着她道：“老爷，你看看她，如今这无法无天的模样，眼看着是管不了了！”

姜伯游在心里叹气，问道：“怎么回事？”

姜雪宁立在原地，唇边噙着一丝冷笑，并不回话。

谢危立在姜伯游身边，也停下了脚步。因是直接从内阁出来，他里头穿的是一件玄色交领深衣，层叠地覆到脖颈下方，露出突起的喉结，外面的官袍褪了，倒是少见地没有穿寻常的道袍，而是换上了深蓝绣银色云雷纹的鹤氅。

身如山巅一柄剑，眸似崖底两捧雪。

比起往日那隐世高人一般的道袍，他今日虽也清风明月似的超尘，可又多了几分凛冽贵气。

对姜府内的情况与姜雪宁素日的作风，他看似局外人，实则知之甚详，目光落在姜雪宁身上，又在孟氏、姜雪蕙与地上那根木棍上晃了一圈，唇边一抹笑便稍稍浅了些。

孟氏道：“她总出去胡闹瞎混，妾身有心管教她，可她猖狂惯了，半点不服不说，还抄起棍棒打骂下人！长此以往，我姜氏的门风还不叫她败个干净？！”

姜伯游着实有些烦乱。

谁也不愿外人瞧见自己家中不好的事，偏生眼下就有外客，他扫一眼便知关键在姜雪宁身上，便道：“这些日京城里风言风语的确传得到处都是，宁丫头，你母亲的话虽杞人忧天了些，可也是有些道理的。你也将双十之龄，预备着谈婚论嫁了，便是为着自己好，也该收敛些了。今日先不追究，你们各自先回去吧。”

姜伯游这话看似说了姜雪宁，可实在有点重重拿起，轻轻放下的意思。孟氏原就满腹怨气，此刻难免失了分寸，表露出几分不满之意：“可是老爷，若非她败坏家门名声，拖累蕙姐儿，今日蕙姐儿又怎会遭人耻笑，只落着个侧妃之位？！”

姜伯游瞬间变了脸色。

姜雪蕙也意识到孟氏这话在此刻说来十分不妥，一拉孟氏的衣袖便想要先劝她一道离开。

可没料到先前在旁边立着半天没说话的谢危突地笑了一声。他本谪仙面容，笑起来煞是好看，可温和嗓音出口，竟无端让人生出几分不安感，他向着孟氏道：“临淄王殿下的侧妃之位，夫人尚嫌不足吗？”

孟氏愣了一下。她往日也见过这位谢少师，姿态温文，有古圣人之遗风，说话也使人如沐春风，可此刻的话却让她有莫名的悚然之感。

她一下竟不知如何作答。

谢危连旁边的姜伯游都没看一眼，反而转头看向姜雪宁，看她怔怔地瞧着自己，好似没想到他会说话，心底便忽然涌起了阴郁情绪。可他面上仍不露半点端倪，向她一招手，道：“宁二，过来。”

姜雪宁不明所以，但打从通州一事了结，她与这位先生的关系也算和睦，以为对方有什么事，便没多想地朝他走了过去。

她到他面前，还矮大半个头。

谢危手里原就捏着方雪白的锦帕，打量她一番，眉头便轻皱了一下，而后顺手将锦帕递给她，却头也不抬地继续道：“通州之事，令嫒也是身不由己被卷入其中，夫人为此责怪一个身陷危难险些没了命的孩子，实在有些偏颇了。”

孟氏这才意识到他这话是对自己说的，而且是直言自己偏颇！

她面上顿时青一阵白一阵。纵然谢危是帝师，是姜伯游的忘年交，此刻话语却维护着姜雪宁，让孟氏不由得生出几分不满来。可对方身份实在不俗，连姜伯游平日里都不敢开罪，颇为小心，孟氏便勉强地笑了笑，道：“非妾身偏颇，我姜府内宅中事不足为外人道，谢少师实是有所不知。”

姜雪宁其实不是很在意自己身后发生的事情，接了谢危那锦帕后，却有些纳闷。是她脸上沾了什么东西？

她拿起锦帕往脸上擦了擦，可锦帕上干干净净的，半点污迹也无。

谢危垂下眼帘看了看，平淡地提醒她道：“擦手。”

姜雪宁低头一看，才发现自己两手上都是灰泥，该是方才抄起木棍打人时沾上的。她“哦”了一声，道一声“谢过先生”，便擦起手来。

谢危打量着她，竟没从她面上看出明显的喜怒之色，方才扔下棍棒时那一闪而过的悲哀与讥诮仿佛从没存在过一般，连带着身后立着的人似乎也不是她的至亲。于是他想起当日从通州返京途中，她坐在他的马车里看完姜伯游写来的那封信时，似乎也是这般麻木的神情。

有时世间越是至亲越是伤人。

这一刻，他想伸出手去摸摸姜雪宁的脑袋，叫她别伤心，可到底按捺住了这股冲动，看她把雪白的锦帕擦得一片脏污了，便淡漠地笑了笑，抬眸看向孟氏："贵府内宅阴私，外人的确不知。姜侧妃身世旧事虽过去许久，又养在夫人膝下，报作嫡出，原也应该，总归皇室未察。只是若不知足，旁人翻查追究，盖个欺君的帽子到底不好。宁二当学生虽然顽劣，可待先生也有孝心，小姑娘心性是难驯服些。谢某斗胆替她求个情，还请夫人宽厚相待。"

没有半点锋芒的声音，落入人耳中却溅起一地惊雷！

孟氏心底大震，抬眸看向谢危，却对上一双笑如春山的眼。

★

孟氏只知谢危是姜伯游的同僚、姜雪宁宫中的先生，却不知四年多以前姜雪宁从田庄回京，正有谢危隐姓埋名同行！早在那时，对姜府这些秘密他便了如指掌了。

孟氏顾及自己从小养到大的姜雪蕙的面子，假称姜雪宁这个女儿是大师批命送去庄子上住着避祸的，将二者的身世瞒得极好，哪里能料到会被一个看似八竿子打不到一块儿的谢危一语道破？光是"欺君"二字便让她禁不住心惊肉跳，面上也瞬间没了血色。

连姜伯游都有些没想到这场面。

谢危在朝为官，为人处世沉稳持重，行止挑不出差错，所有人几乎都已经习惯了，自然也包括姜伯游。可方才这看似温和的一番话语里，更藏着万般凶险！

只是比起惊慌来，姜伯游感觉更多的是意外——他原以为谢危在宫中当先生，纵然对自己这不成器的女儿多有照顾，可想来也只是看在同僚的面子上，该不至于发自心底地器重宁姐儿，对她另眼相看，可眼下看来，似乎并非如此。

话到此处，再多说一句只怕都要酿成不可挽回的大错，姜伯游为官多年，素知收敛的道理，也庆幸谢危这话面上说得温和，无论如何都有台阶下。

于是他笑了笑，道："居安说得甚是，宁姐儿就是淘气些，不打紧。"

他向孟氏摆了摆手："临淄王殿下品行贵重，又得圣心，该是良配。蕙姐儿这一桩亲事实在不算差，钦天监那边很快就要定日子了，家中需要准备的事情良多，千头万绪，夫人还是抓紧时间操持起来吧。”

孟氏被谢危的一句话戳了痛脚，抓了七寸，方才咬牙要斥责姜雪宁的气焰都小了，眼皮跳了几跳，到底没再多说什么，转身离去。

姜雪宁背对着她，没回头看一眼。

姜雪蕙面有惭色，似乎想说点什么，可眼下这场景实在不是她说话的地方，只好苦笑了一声，无言地向姜伯游与谢危敛衽行了一礼，这才退去。

姜雪宁还埋头用那锦帕擦着手。谢危垂着眼帘瞧她，见她擦拭的力道颇大，右手手背上都蹭红了一大片，分明已经擦干净了污迹，却还泄愤般没有停下，一张白生生的小脸上浑无表情。

他便道："人都走了。"

姜雪宁这才停下动作，原本雪白的锦帕抓在手里已经皱了，且污了一片，倒不好意思再递还给谢危，便留在了自己手中，低低道了一声："谢谢先生。"

谢危道："长公主准备和亲，宫里的学也不上了，功课没落下吧？"

姜雪宁一愣。她这些天来不是忙着推动市井上关于和亲的议论，便是忙着见萧定非与萧姝斗狠，脑袋里哪里还有"学业"二字？

她下意识地抬头看谢危，却是藏了几分心虚之意。

她虽未说话，可谢危一看她这缩头缩脑的架势，半点没有先前拿木棍打人时的气魄，便知她这段时间是荒废了学业，只道："业精于勤荒于嬉，你虽已经回了家，学业却不可废了。备不住我哪日再来你们府上，要考校你一二的。"

姜雪宁顿时一个头两个大。方才这位先生突然为她说话，实在让她意外至极。虽然她觉得自己也不会吃亏，可旁人的好意她岂能不识？只是思考个中因由，她倒不觉得谢危是对她格外特殊，只怕是自己的处境使谢危想到了点别的事吧？

她脑海里浮现出的是过去萧氏的事，心中一时凛然。

对谢危的言语，姜雪宁是半点也不敢违拗，老老实实地点头道："先生教训得是，学生今天就重拾功课。"

她这过于规矩听话的模样，难免让谢危觉得气闷几分，且旁边有姜伯游在，二人还有正事商议，他倒不好留她下来说点什么，便让她先去，备着自己改日考校功课。

姜雪宁自然趁机溜之大吉。

直到飞快地跑过了垂花门，消失在他们的视线之外后，她才慢下脚步，甚至忍不住回头望了一眼：谢危此人心肠冷热难测，可行止进退的分寸着实使人称道，便连她这般熟知对方内里的人都不免有被其迷惑的时候。那萧氏与皇族当年究竟对他做过什么，结下了怎样的深仇大恨，才能使此人撕下如此坚实牢靠的一副圣人皮囊，化身魔鬼？

那个尤芳吟彼时那微妙的言语和神情浮现在姜雪宁的脑海里，她心里竟生出了些许探究的好奇心。可一念及此，她瞬间就打了个寒战，立刻压住了这想法，眼下真正紧要的事还是筹谋如何在这危难的境地里救出沈芷衣，而自己与谢危的交集最好只限于此，不要再往深处进展——阻止沈芷衣和亲，与谢危的交集？

姜雪宁的心跳陡然快了那么一瞬，她立在原地，慢慢抬起自己的左手腕：纤细的皓腕上，一道浅色的伤痕斜斜划着，隐约还能让人想起血线自腕上滑落的惊心场景。

一个危险的念头才被她压下去，可另一个更危险的想法竟然完全不受控制、疯狂地占据了她的脑海，让她心跳加速，无论如何也挥不去这个念头！

如果过去她曾在自刎时以旧日恩情胁迫谢危放过张遮，那么这次她是否也能用这唯一的恩情，恳请谢危……

沈琅毫无预兆地直接让人开始查萧氏赣州赈灾银一案，着实让上下经办此案的朝中官员们抓耳挠腮，只因琢磨不透皇帝到底是什么意思，生怕办错了差事，非但没有半点功劳苦劳，还要失了圣心，引来罪责。

谢危此来姜府，主要也是与姜伯游谈论此事。

勇毅侯府被查抄后，政局的变动便使人提心吊胆，有时姜伯游都不得不求助一下谢危，只因这位年轻的少师乃朝中出了名的高瞻远瞩，运筹帷幄。

一通叙话足有大半个时辰，其间姜伯游对先前长廊上姜雪宁的事绝口不提。

直到叙完话，要送人出门时，他才笑起来，道："宁丫头的遭遇委实苦了些，可当父母的遇到这般弄人之事，也实难两全。她刚回来那两年，想要严格管教她吧，她流落在外本就吃了许多苦，一怕她敏感伤心，二怕她觉着我们不疼她；想要宽松些对她好吧，可管得太松，她不知规矩不通人情，又如何长进？且没多久她便同燕世子玩到了一块儿，世子纵着她，唉，不提也罢。"

谢危看向他。

姜伯游摇摇头，似乎想将那一点苦闷挥去，然后注视着谢危道："宁丫头入京以来的变化，居安该也看在眼底，算是瞧着她长大的。我见居安竟肯管教她，她在居安面前也颇为规矩，一时倒觉得是我这当父亲的不称职。"

同朝为官，谁不言谢危品行之高，为人坦荡？是以姜伯游半点没往别的地方想。

谢危另眼待姜雪宁的种种，他只当是师生厚谊，便道："居安之为人，我是信得过的，只是宁丫头若师从居安能学得一二皮毛，改改这顽劣不懂事的毛病，我便放心了。"

顽劣不懂事？

谢危回想那少女的姿态，扎人得像是荆棘上一根尖利的刺，脆弱得又好似悬崖顶上一朵艳丽的花，听了姜伯游这一番平和的话后，他竟少有地生出些许不舒服的感觉，于是停住脚步。

面上的笑意难得淡到看不见，他朝向姜伯游，慢慢地道："宁二的性情外刚内软，怕该是打小没得过什么好，吃软不吃硬。但凡旁人给她些好，她便死心塌地。姑娘家不该养成这般，动辄被人拐走。她难受才胡闹，受教养不足回到京中，姜大人与夫人果真不曾失望于她言行之无状，举止之粗陋？小姑娘心思细腻，便是没听人口中言，光看旁人眼色，也难免惊惶失落。她既不顽劣，也非不晓事，只是你们不懂，谢某不察，伤着她了。"

姜伯游怔住，无言以对。

谢危言毕，却似有些情绪低落，也不再多说什么，只道一声"告辞"，便缓缓行过那刚抽芽的紫藤花架，向府外去了。

他的马车便在侧门候着。可他走出门时却见剑书没坐在车辕上，而是笔直地立在车旁，瞧见他时面色有些古怪。

谢危顿时皱起眉头。

还没等他问出口，车后面立着的一道身影便走了出来，竟向着谢危一拜："学生见过先生，可等先生好一时了。"

姜雪宁忐忑极了，在外头等了多时，那一点骤然冒出来的勇气都快在这等待中被耗光，差一点就想要放弃，逃回自己屋里去了。

还好谢危这时候出来了。

她硬着头皮上前行礼，脸上勉强挂出笑来，心跳却剧烈如擂鼓。天知道就算是过去她自戕前出言请他救张遮时，都没这么紧张！

谢危没想到她会在这里等自己，于是看向剑书。

剑书冲他摇了摇头，示意自己也不清楚。

谢危目光流转，轻易便猜到了，想到她有事知道来找自己，声音都柔和了几分："什么事呀？"

姜雪宁的声音有些发抖："学生……学生想恳请先生帮个忙。先生洞察世事，明察秋毫，想必对市井中的风雨也一清二楚。宫……宫中长公主殿下待学生甚厚，却因形势所迫被亲族割舍，竟要远赴鞑靼和亲。蛮夷之族茹毛饮血，她不过一介弱女子，还身份特殊，焉知他日不会为蛮夷所害？学生虽有绵薄之力，却恐不能救她于水火。不知……不知可否请先生帮……帮……”

谢危的眉头顿时微皱起来。

姜雪宁一边说一边也在打量他的神情，一看这架势，生怕谢危不同意，立刻把自己的左手举了起来，赌咒发誓道：“只此一次，下不为例！非学生挟恩相胁，实在是力有不逮，才恳请先生襄助！此事之后学生与先生便互不相欠，恩怨两清，再无瓜葛！”

互不相欠。

恩怨两清。

再无瓜葛！

她这么想与他划清界限吗？

谢危注视着她，原本平和的心境竟似被狂风卷过一般狼藉，紧绷的身躯蕴蓄着一种难言的怒意，连负在身后的那只手都紧紧地攥住了。笑意从他的唇边消失，阴云慢慢爬上瞳孔。

姜雪宁过去挟恩要他报时，人在大殿内，只听到他毫无波动的一个“可”字，却不知殿外的谢危究竟是何神情，但料想该是平静无波，仿若不沾烟火的圣人。可这一刻……他立在那里，就像是一座不可测的深渊。她竟有一种触怒了对方，下一刻便会被掐死的感觉，悚然之下退了一步。

良久的沉默下，姜雪宁不敢说话。

谢危终于收回目光，竟平平和和地笑了，仿佛那汹涌的戾气与情绪只是旁人的错觉。他径直从她身边走过，话音出口毫无波澜，也不比彼时多出半个字：“好。”

★

直到谢危上了马车，都去得远了，姜雪宁还有点发蒙。

这人怎么回事？

她琢磨彼时燕临刚班师还朝的那一阵，她心中不安，也对谢危说过类似挟恩相报后大家便两不相欠的话，可对方好像也没这么大的反应啊？

这两回她总觉得谢危有些奇怪。可到底哪里奇怪，姜雪宁又实在说不上来。

想想既然没有头绪，她索性把这一团乱麻都抛开。毕竟谢危本就是个喜怒难测不好伺候的主儿，若花时间就能琢磨透他是怎么想的，在那风云起伏的朝堂上人家还怎么混？

要紧的是谢危答应了！

她虽然联系了郑保，在外面又找了周寅之，可以这一点力量若要成事，几乎称得上是赌命，还未必能万无一失。可若谢危这样在朝中地位举足轻重的人肯帮上几分，事情成功的可能性则大大增加。且即便事败，也可避免牵连诸如郑保之类的无辜者。

成事在望！

姜雪宁想到这里，差点一蹦三尺高，回了自己的屋子，更是风平浪静。经谢危那一番话的恫吓，府里上上下下连半个来找她麻烦的人都没有了。

她只担心姓谢的那人心不甘情不愿。不过十分出乎她的意料，对方答应了这事之后竟然异常信守诺言，次日一大早便有剑书亲自过府来请她，说是谢先生既受了姜大人托付，自当对姜二姑娘多尽心力，这一遭就请姜雪宁去谢府考校学问。

姜雪宁一开始还真信了，到得谢府之后十分忐忑不安，努力地回想着自己昨夜看的书、练的琴。没承想，她进了斫琴堂，里头竟空空如也，并不见谢危的身影。

剑书躬身道："昨日回来后，先生交代了我等先行搜集长公主殿下和亲的一应消息，有些公文案牍也不敢交由他人四处传看，是以干脆请了宁二姑娘过来看。先生他……他去了幽篁馆，已留了话说您有事便直接吩咐属下，属下必给您办妥。"

姜雪宁便明白了。谢危这摆明了是厌弃她，估摸着是知道她这一回要做的事情异常凶险，本不愿搅和进这浑水中，却迫于她以恩相胁，不得不答应，干脆眼不见为净，扔个得力的剑书来给她用，自己则避得远远的。

她也巴不得他这样呢。倘若姓谢的阎王爷似的往她跟前一坐，而她要一本正经地同他商量什么调包、劫人的事情，真是人没愁死先给吓死了。

姜雪宁乐得轻松，顿时觉得斫琴堂里过于紧绷的空气都松弛下来，立刻原形毕露地把这儿当成了自己家，还半点不见外地招呼剑书跟自己一起坐下，先研究那些与和亲有关的案牍。

剑书哪儿敢坐？

他就立在一旁，姜雪宁要看东西，他给递折呈纸；姜雪宁要写东西，他给润笔研墨。从头到尾他都不敢有半点逾矩行为，也不因谢危不在而放松半分。

谢危身边的人总跟他一般严谨得过了头，姜雪宁只记得过去偶尔几次单独同谢危手底下的刀琴、剑书两人说话时也是这般，只道他二人本是这般性情，唤他两回不见他坐，便也罢了，专心看起手中的东西来。

公主和亲这样的大事，是由礼部操办。

推萧姝出来和亲这件事行不通，皇帝也没有半点改主意的意思。也就是说软的法子不行，她必得硬来巧取，这时候摸透送公主去和亲前后的流程就变得十分紧要。

沈芷衣去鞑靼和亲的日子经由钦天监算了又算，定在三月廿一，距离现在只剩下不到一个月。工部着人打造了坚固的大车，挑选了四匹骏马来拉。

前一天公主要与皇帝一道祭祀宗庙，出发当日却要早早起来描摹妆容，凤冠霞帔，顶上盖头，拜别亲族皇帝后一路出宫。又按照历代和亲的规矩，配了羽林军里挑出的八百好儿郎护卫。出发时是暮春，向西北而去天气正好，不会太冷也不会太热。

这里便大致有两种救人的方案：

其一，待公主离京之后，护卫松懈，劫人或者中途调包都有机会。只不过倘若劫人那很简单，若要调包的话，护卫们路上若已见过沈芷衣的真面目，事情无论如何都会败露。

其二，在公主离京之前便下手。拜别亲族后，公主便会直接登上马车出宫，皇族之人只在城楼上观望远送。若胆子大些，找个体貌相仿、熟知宫中事宜且自愿行事的女子来替代公主，只要不被发现，踏上和亲之路后，护卫们从未见过公主，便是见着替身也不会起疑。

然而此计也有极大的弊端，那就是太过危险。

皇宫戒备森严，只怕不易行事。

姜雪宁在谢危的府里琢磨了几个上午之后，掂量掂量自己手中的力量以及谢危提供帮助的限度，果断将第二种方案画掉了。

最稳妥的是第一种方案。

她仔细翻了谢危府中的地图，几经揣摩，在上头画出了一条线，圈出了好几个点。然而中途劫人势必要有一队精锐方能成事，八百羽林军可不是儿戏。

她手里虽还有些余钱，可以做接应之事，也足以安排好沈芷衣接下来的生活，可若要从外面收买人来做劫和亲公主的事，动辄有掉头的风险，这恐怕难办，一则收买的人未必有这本事，二则未必有这胆气，三则一旦事败，谁都吃不了兜着走。

周寅之固然能用，可姜雪宁对此人也有顾忌。

这便是她向谢危求助的最好时候了。

姜雪宁向剑书说了自己的打算。旁人不知，只道谢危是个寻常文臣，可她光看剑书、刀琴的本事便知道他背后不那么简单，更不用说彼时谢危做过的那些事情了。他手中若无旁的倚仗，那才怪了。

剑书记下来后说等谢危回来便转达，请姜雪宁明日再来。

这些天但凡她在府中，谢危肯定不在。姜雪宁只道这人脾气越发古怪，但料想这事情不是特别难，他该会答应。

谁承想第二天她来时，剑书竟道："先生说，若寻常山匪劫了公主去，势必引得朝廷往内追查，长公主殿下逃得一时，也未必能逃得一世。宁二姑娘既已决议用此险招，不妨双管齐下，调包与劫人之计并用。羽林军的安排自有先生料理，接着只推个替死鬼出来替了公主，说是死在劫亲之中，配以公主的信物，任谁也想不到真的长公主殿下已金蝉脱壳。如此，方能消除后患。"

姜雪宁听了这话却心头一凛，她岂能没想过这计划？毕竟这样可以一了百了，绝了皇室寻找沈芷衣的心。

只不过劫人尚且好说，要推个无辜的替死鬼出来替沈芷衣死，一则难找人选，二则姜雪宁于心不忍。而且凭着她过去对谢危的了解……

姜雪宁抬起头来看着剑书，问了一句："这话恐怕没有说完吧？和亲事关两国议和，若公主出了事，个中牵扯尤其复杂。先生既同意了劫人的计划，又岂会浪费这天大的好机会？届时去'劫杀'公主的人，只怕不仅会假扮成山匪，还要留下点与鞑靼王室有关的蛛丝马迹，故布疑阵，令两国相互怀疑，甚至掀起战乱。"

剑书静默不言。

姜雪宁却觉心头发紧："有战必会用兵，萧氏乃纸糊的老虎，不堪一击，军情危急之下，纵然朝野非议、皇帝不愿，只怕也得千里加急地召回故将，重启忠勇之士。"

如此一来，勇毅侯府的人便将归来！

剑书实没料到姜雪宁竟会想到这一层，几乎与自家先生昨日的打算一般无二！

姜雪宁道："是也不是？"

剑书没有回答，只是垂下头道："总之先生说，您既求助于他，他也的确襄助于您，您谋划您能谋划的事，先生则谋划先生要谋划的事，并不妨碍。"

良久后，姜雪宁终于笑了一下。比起谢危所谋的大局，她这一点谋算实在是眼皮子浅还小家子气。她若与谢危闹翻，救沈芷衣之事便成了十成十的冒险行为，还不知姓谢的是不是会在背后使绊子。但她若答应下来，这件事的走向固然与她所料的有些不同，可至少救长公主殿下是十拿九稳之事。

她并没有选择的余地，所以末了只道："那自然按先生的法子走。"

于是一应事宜加紧准备起来。

临淄王沈玠选妃的事情着实热闹了一阵，同时选了正妃与侧妃也让京中好一番议论。三月里又是灯会庙会，游园踏青，百姓为即将去和亲的长公主殿下祈福，还庆祝了好些天……

沸腾的表象下，一个大胆的计划正在进行。

筹备与等待的时间流逝得飞快，离和亲之日越来越近了。

一切都进展得顺顺利利，只不过在奉宸殿伴读结束后，姜雪宁寻不到合适的理由进宫，也无法再见沈芷衣一面。但她也不着急，该准备的事情都准备好了，只等和亲前一日，她与旁人一道入宫拜别公主，届时再将计划和盘托出，仍旧天衣无缝。

可姜雪宁万万没料到，就在这节骨眼上，竟出了一个让她毫无准备的变故——

“宫里才传回来的消息，说贤妃向圣上提议，将原定的羽林军全换成了禁卫军。”剑书全程跟进此次劫救公主之事，此刻面色都跟着沉了几分，继续道，“原本羽林军中有不少人乃侯府旧部，已经由先生之手安插妥当，中途替换之事绝无差错。贤妃却一力主张将所有人都换成了圣上的心腹，力保和亲之事无虞。如此一来，当着这许多人的面要使瞒天过海之计替换公主出来，只怕难如登天。除非……”

贤妃，萧姝！

姜雪宁想，自己终究还是和这人对上了。

她道：“除非舍弃中途替换之法。禁卫军不曾见过公主，需在公主拜别后、出宫前便完成调包一事！”

“的确如此，只是此法太过危险，而且……”剑书说到此处，顿了顿。姜雪宁看向他。剑书这才道：“且先生觉得，贤妃此举颇不寻常，倒好似对劫救公主之事有所察觉，又向圣上自请操持长公主和亲一事，隐隐竟像是在与您针锋相对。”

姜雪宁明白他想说什么了。谢危的意思是，萧姝的目的如此明确，好像知道前阵子推她替长公主和亲之事的背后谋划者是谁，担心是不是她往日露出了什么马脚。

剑书问：“宫内换人不比宫外换人，危险至极，宁二姑娘是否……”

“不。”姜雪宁心里燃着一团火，霍然起身，冷笑了一声，“她敢自请操持和亲之事，也是有胆！趁此机会送她一份大礼岂不正好？”保管叫她吃不了兜着走！

正如当初玉如意案被人陷害，她没有证据便敢断定背后指使之人就是萧姝一般，萧姝隐约觉出和亲事件背后有人推动，断定此事与她脱不了干系，也并不稀奇。

有本事、做得出此事的人，本就寥寥无几。

姜雪宁对萧姝的忌惮，萧姝对姜雪宁的敌意，彼此都一清二楚，纵然有遮掩，也不会使她们怀疑到无辜之人的头上！

想也知道萧姝这一回必然张开了一张大网，等她去投。

可姜雪宁还真想去闯一闯。

铤而走险尚有三分希望，若就此罢手，她就真的要眼睁睁地看着沈芷衣命丧他乡了！

第十三章 亲吻

剑书看她这架势，想说点什么，最终还是没说出口。

姜雪宁前脚离开谢府，他后脚便去了幽篁馆。

谢危正同吕显下棋。

他是一副风轻云淡、举重若轻的姿态，对面的吕显却一脸生无可恋，恨不能伸手把头皮都抓掉，抬眼看见剑书从外头进来，简直跟看见救星般松了口气。谢居安这阵子也不知抽了哪根筋，天天来找他下棋，头都要给他下秃了！

谢危看着眼前的棋盘，径直问道："她怎么说？"

剑书暗捏了一把冷汗，道："宁二姑娘决意冒险一试，看样子是非要把人救出来不可。而且，她和宫里那位似乎有点旧仇，她没打算退不说，反而想借此机会坑害对方一把。"

谢危落了一子，终于抬起头来。

吕显偷摸打量着这主仆二人，趁着谢危转头的工夫，手指悄悄爬上棋盘，飞快地把右边角落里的两枚黑子捡起来藏到了棋桌下头。

谢危道："像是她能做出来的事。"

剑书当然瞧见了吕显的动作，目光飘了一下，回谢危道："那计划照旧，只是李代桃僵这一步提前？"

谢危道："此次本是难逢的良机。前有宁二花了大把银子在市井中掀起有关和亲的议论，我们也在背后推波助澜。虽因萧姝被封妃没能达成让她替代沈芷衣去和亲的计划，却在百姓之中引起了对和亲一事的质疑。且教首那边也虎视眈眈，虽则京城的事情他如今插不上手，可若和亲一事不成，他必不会袖手旁观。如此只需溅上一点火星，再推上一把，激起民愤，便可给朝廷造成内外交困的局面，届时沈琅即便不想召回燕氏一族，只怕也不得不就范。错过这一次，便不知要到何时了。”

吕显拿起了自己的白子，挑眉道：“也就是你不想收手呗，还真是半点机会也不浪费。”

谢危转头看向他。吕显没心虚，施施然将自已那一枚白子落在了棋盘上，继续道：“明着是你的宁二姑娘在前面冲锋陷阵，背后还有你这般心黑的算计。啧，玉如意一案之后，你在宫里的眼线都被清理了大半，人宁二姑娘倒好，比你可有本事多了，连近身伺候皇帝的太监都能收买。要我说，别那么麻烦，你越过姜雪宁跟那什么郑保勾搭一下，直接叫他给皇帝投毒，岂不一了百了？”

宫里投毒哪儿是那么容易的事？但凡要进皇帝嘴里的东西都要用银器盛，再在太监嘴里过一遍，投毒这件事设计不好，只怕皇帝没被毒死，郑保先把自己给毒死了。吕显只不过是随口开玩笑。

但玉如意一案的确是那枉死鬼公仪丞到了京城之后暗中操纵，未经谢危首肯，便动用了谢危在宫中的眼线，结果引起萧太后与皇帝的注意，在宫中进行了一场大清洗，以至于他在宫里没留下多少可用之人。吕显是在用这事来讽刺他。

谢危却不接这茬儿，平静地道：“郑保若是个品行不端轻易便可被收买的人，只怕便没那么容易被宁二拉拢，更不会答应暗中襄助宁二，帮她在宫中大开方便之门。”

吕显胡扯一通后见他的注意力已经不在棋盘上，暗中松了口气，自己落子之后便催促起来：“赶紧的，该你下了，我还不信今天赢不了你。”

谢危回眸看向棋盘，往上落了一子。

他没发现吕显暗喜，尾巴都翘了起来，假惺惺地道：“你说你，都把我这儿当自己家了，茶水钱不给也就罢了，旁人要我作陪那可不便宜。人家娇滴滴的小姑娘每天早上去你府里，你却避如蛇蝎不解风情。谢居安啊谢居安，你说你该不会是在跟人家吵架赌气吧？”

边上的剑书眼皮一阵狂跳。

谢危慢慢抬起视线，神情岿然不动，道：“吕照隐，倘若再有下回，你藏起几枚棋子，便给我吃进去几枚。”

吕显瞬间浑身僵硬：你后脑勺上是长了眼睛吗？！

次日早晨，鸣凤宫。

宫人们整肃静默，各捧着裙钗香粉。

苏尚仪亲自执了匣中的螺子黛为沈芷衣描眉，才画到一半，眼泪便止不住地往下掉。

反倒沈芷衣自己跟没事人似的，还替苏尚仪擦了泪，笑起来道："苏尚仪看着芷衣长大，如今芷衣要嫁人了，你该为芷衣高兴才是，怎么还哭起来了？"

她不说还好，一说苏尚仪连画眉的黛都拿不稳了。沈芷衣便从苏尚仪手中将那黛接了过来，凑到菱花镜前自己一笔一笔地轻轻描画起来，道："姑娘家双十年华，总归是要嫁人的，只不过是有人嫁得近，有人嫁得远。无论如何，苏尚仪也不能跟芷衣一辈子，外头的天地总要我自己去看一看，外头的风雨总要我自己去扛一扛。到了这节骨眼上，哭起来只会让人看低，何妨笑一笑，拿出点气魄来呢？"

两道眉画得细细长长似两弯柳叶，那一道浅浅的疤却还有些明显。沈芷衣放下螺子黛，拿起了妆奁上的细笔，蘸上一点樱粉，慢慢地描了过去，依着旧日那伤痕的形状，将其勾勒成了一瓣落樱。

搁下笔时她瞧了瞧，却忍不住笑起来。她想起了姜雪宁，道："这妆还得宁宁来，才画得炉火纯青，跟真的似的。不过我去和亲，远出雁门关，到了鞑靼可没有人再为我描这妆容，自己先描上几回，练练手也是好的。"

苏尚仪抹泪道："殿下今日拜别圣上与太后娘娘后，宫中旧日的伴读也会入宫来拜别您，到时再请姜二姑娘给您画一画。"

沈芷衣笑道："她来怕不得哭成个泪人儿，连笔都要拿不稳，哪儿能给我画？"

这一道疤是她还在襁褓中时，遭逢平南王与天教叛乱，刀剑擦破了她的脸，幸而乳娘临死前将她护在身下，她才逃过一劫。对宫中那些经历过此事的人而言，这一道疤无时无刻不在提醒他们皇室曾遭逢的劫难、所经历的耻辱。

年纪小时，她都不敢照镜子。

等她年纪渐渐大了，周围人都告诉她：她是高高在上的公主殿下，不管长成什么样，她都想要什么便能得到什么。因为她的身体里流淌着的皇族血脉，不会因为这一道疤有任何改变。

时间一长，她便也信了。

因为这些人说得的确不错，天底下几乎没有她不能得到的东西。宫里面无聊了，她便叫王公贵族的孩子们入宫玩耍，人人奉承着自己，人人陪伴着自己。她可以坐在父皇的腿上瞎玩御案上的奏折，也可以躲到皇兄的背后拽他的头发，去勇毅侯府玩闯出祸来还有燕临背锅……

可现在她不愿去和亲，曾经宠着她、纵着她、在意着她的人却一下都变了一副脸孔。他们变得为难、无情、冷酷、可憎，简直叫她都认不出来也不敢认了。

于是这时候她才明白：正如这道永远也去不掉的疤痕所昭示的一般，即便她贵为公主，命运有时也不容自己掌控，且正因为她是公主，命运才变得越发难测，越发难以抵抗。

二十年前对准她的，是反贼的刀剑；二十年后伤害她的，是血亲的抛弃。

整座鸣凤宫中一片华彩，她盯着镜中那张格外平静的面容，只觉这些日子好像又瘦了些，以至于有些不像是以前的自己了，但也并不如何留恋。

她垂眸起身时，外面正好传来一声催促，是一道华丽但冰冷的声音："长公主殿下，您已耽搁了一刻有余，圣上与太后娘娘该等久了。"

沈芷衣走了出去，远远看着宫门外竟有了两重守卫，严阵以待，比起以往的鸣凤宫不知森严了多少。宫人太监都埋着头立在朱红的宫墙下，才被封了贤妃月余的萧姝则立在最前头。

昔日还是同窗伴读、好好的表姐妹，如今萧姝却成了她的皇嫂。

沈芷衣向周遭扫了一眼："这一重一重的人守着，贤妃娘娘难道还担心我会逃走不成？"

萧姝的妆容艳色逼人，她似笑非笑地道："殿下未必会逃走，可保不齐有人想来救殿下呢？"

"哧。"沈芷衣陡地笑出声来，目光悠悠地转回了萧姝身上，"其实母后从小便对你颇为赏识，常叫我好生与你相处，本来你我乃表姐妹，我自然也对你亲近。可你如今摇身一变成了我的皇嫂，大换了模样，母后都被你气病了，你倒也真对得起她的栽培。最近本宫常有一句话藏在心里，很想对你讲。你知不知道……"

萧姝站在台阶下，抬眸看向她。沈芷衣往下走了一步，立在比她高上一级台阶的位置，忽然毫无预兆地抬手，径直甩了她一个耳光！

"啪"！

萧姝始料未及，发髻上插着的金簪都摔到了地上，瞳孔也跟着一阵紧缩，有那么几缕阴沉的怒意蕴蓄在她的眼底。可她竟没有发作，反而面无表情地回视着沈芷衣。

沈芷衣平淡地道："你这样子真的很下贱。"

★

此时此刻可不是她二人独处，而是在鸣凤宫门前，众目睽睽之下，沈芷衣这样响亮的一巴掌，可以说是半点给萧姝留面子的打算都没有。

她应当感到难堪的。

便连萧姝自己都以为自己会感到难堪，然而心里却只有一种“本该如此”的平静，她轻轻抬手扶了自己的脸颊，声音渺若烟云：“倘若能不下贱，谁不愿有尊严地活着呢？臣妾也有一句话早想对殿下讲了。”

沈芷衣几乎用一种怜悯的眼神看着她。

萧姝却不觉得自己有什么可耻的，放下手时摊开自己的手掌看了一眼，眼底的怒意也消失了个干净，道：“从很小的时候我便想，这样骄纵任性的公主，换我我也做得。您高高在上，不知人间疾苦，自然不知道为人臣、为人奴的难处。”

沈芷衣没有说话。

萧姝冲她嫣然一笑：“走吧，公主殿下。”

皇帝沈琅与萧太后的确已经等了有一阵了。

临淄王沈玠也在。兴许是月前选妃的结果不大如意，虽然要下个月才完婚，可他的面色已经有些消沉，看上去不是很愉快。

宫人在外先行通传，沈芷衣才从殿外走来，倒是一反往常的活泼娇纵，循规蹈矩地依着宫廷的礼数行礼，问安。

萧姝在她后面进来，面颊上微微泛红的巴掌印虽不扎眼，却也十分明显。面色恹恹的帝王坐在高处一眼就看了个清楚，眉梢跟着一挑，又看了沈芷衣一眼，嘴角却露出笑意，偏偏不问一个字，仿佛什么都没看见似的如常地与沈芷衣说话。

萧太后也偶尔关照两句，只是连萧姝看都不看一眼。

前朝风起云涌，萧氏因重查赣州赈灾银一案被人搞得左支右绌，种种证据竟跟自己长了眼睛似的往外头蹦，不得不使萧太后怀疑萧姝那日离开她的慈宁宫后当夜便被封了贤妃，是与皇帝有了什么交易。

偌大一个皇室，人坐了济济一殿，说着关心和祝福的话，却都显得冠冕堂皇又无关痛痒。

唯一有点人情味的还是沈玠。打从他看见沈芷衣进来开始，眉头便一直皱着，一会儿担心路上的风沙，一会儿叮嘱沿路的饮食，几次开口似乎还想要说些什么，可看看上首皇兄与母后的脸色，到底还是强忍住作罢了。

他并非皇族的嫡子，自幼在父皇、母后与皇兄的庇佑下长大，往日的夺嫡也与他毫不相干，既不担负众望，也因此免了明里暗里的种种争端，反倒有多情的资格，可多情也受限于他的懦弱。

沈芷衣往日只觉得这位王兄亲近好玩，今日人虽在局中，却冷眼旁观，反而注意到了一些往日没有注意的事，看清了一些往日不曾看明的细节。

一应叙话结束，又请香奉神，宣读御诏，授予大乾节符，以供沈芷衣到鞑靼后以大乾公主的身份调和两国矛盾。

待得礼尽，已过子午。

京中豪门勋贵中有与沈芷衣交好者，诸如昔日仰止斋的众多伴读，又或是延平王这般心思单纯的玩伴，都入宫来看她，与她同游御花园。

萧姝虽曾在仰止斋做伴读，却并未跟去，人只在假山旁远远看着，吩咐一旁的宫人道："鸣凤宫原本加的守卫都撤掉，退守西北、东北两道宫门，若无本宫之令，谁也不得擅动。另派个人仔细盯着，姜侍郎府上的二姑娘倘若来了，先来报我。"

宫人实有些迷惑。

萧姝却垂眸敛尽眼底的利光，也不再看御花园中的众人一眼，返回了自己的宫室。

姜雪宁姗姗来迟，一路经过几道宫门，只觉除却张灯结彩之外，倒与以前每次入宫没有什么差别。过去沈芷衣奉诏和亲时，姜雪宁已经被选为临淄王妃，待在自己的府中只等着完婚，且沈芷衣恨她捉弄自己，与她并不亲厚，她自然巴不得这碍眼的小姑子早走早好，哪儿还会来宫里送行呢？是以她也无从对比那时的情况与这次有何不同。

但宫里有郑保。才过两道宫门，姜雪宁还未走进御花园时，迎面便看见郑保从乾清宫的方向走来，擦身而过时飞快地说了一句："贤妃调动守卫，请君入瓮。替身已暗潜鸣凤宫，酉正三刻公主凤驾出宫，姑娘须在酉正二刻事毕，使公主扮作宫人从顺贞门走，姑娘自己也请尽快离宫。"

酉正三刻是钦天监算的吉时。春日昼夜长短相近，酉正三刻正是日隐月初，由阳转阴之时。

可姜雪宁琢磨，大抵与勇毅侯府半夜流放一般，民间对和亲之事颇有非议，朝廷怕大白天人太多闹出什么乱子不好处理，索性编了个冠冕堂皇的理由把时间改到晚上。

她闻言只点头，也不多说什么，便若无其事地走了过去。

宫人们自引她到御花园中。

沈芷衣见了她，若无其事地埋怨她来得太晚。

姜雪宁便红着眼眶说："那就罚臣女留下来多陪陪公主。"

众人在奉宸殿进学时便知道乐阳长公主对姜雪宁多有偏爱，这么大座靠山要走了，姜雪宁自然舍不得，这般惺惺作态也没什么可疑之处，多留下来说会儿话自也应该。而他们来得早，且二人说不准要讲些体己话，临到日头西斜时便都一道告辞，说将在城门外为公主送别。

众人在时，姜雪宁尚且能绷着一张脸，不让眼泪掉下来。

众人一走，她便拉了沈芷衣的手，哀哀唤了一声："殿下。"

暮春已至，御花园里盛放的花其实已没剩下多少了。

浓荫遍地，余晖斜照。

宫人都站得远远的，方才还言笑晏晏的朋友们也都散了，竟只余下满园的冷清。

沈芷衣华服在身，重重赘饰却过于烦琐，压在她的头上、肩上，颤巍巍地晃悠。她笑看着姜雪宁道："先前苏尚仪说要找你来为我上妆，我便说宁宁一见了我就要哭鼻子，方才见你没哭，我还以为自己料错了，没承想你半点不争气。"

日尽已是酉正，姜雪宁哪里还有心思接她的打趣，眼泪都不及擦一下，只拉着她要从这亭中起身，道："殿下，不剩下多少时间了，您快跟我一道先回鸣凤宫吧。"

沈芷衣怔了怔："怎么？"

姜雪宁向周遭一看，只远远看见有个小太监朝这边探头探脑，猜是宫里来监视的人，她心底便冷笑了一声，断然道："一应事宜已经安排妥当，您同我回到鸣凤宫中，换过身份改头换面便可出宫。和亲之事，自有最好的人来善后。只要您能安然出宫，余事便十拿九稳！"

她攥着沈芷衣的手就往前走，可走出去两步之后才感觉到身后传来一股阻力，回过头去，竟见沈芷衣立在原地，用一种迷惑的神情看着她。

这一瞬间，姜雪宁心底"咯噔"了一下。

沈芷衣重复了一遍："出宫？"

姜雪宁感觉自己的一颗心都被一根脆弱的弦高高悬在了半空中，连声音都被带得颤抖起来："是啊，殿下不记得了吗？那天我问过您的。"

沈芷衣似乎想不起来。

姜雪宁在入宫之前想过自己入宫之后会面临的种种情况，不管是事情败露，还是萧姝的堵截，可没有一种设想能与此时此刻的情景对上。

她感觉哪里出了差错。

那一天晚上沈芷衣的回答还在耳边回荡，姜雪宁重复起来，提醒她："就是我生辰那日，在殿下的宫中饮酒，我问殿下不去和亲逃得远远的可好，殿下回答了我，还说恨生在帝王家……"

天色暗了，御花园里的宫灯亮了，远近有鸟语虫声的喧嚣，却衬得此刻越发冷寂。

沈芷衣恍惚了一下，一盏又一盏宫灯映在她的瞳孔里，却只是毫无意义的影子，并不能带来多少温度。她眨了眨眼，那一瓣樱瓣跟着轻颤，像极了一滴粉泪。

她到底记了起来，心下动容，红了眼眶，笑时却觉满腔苦涩，抬起手来轻轻抚上姜雪宁那微冷的面颊，含着泪道："傻宁宁，你都说是饮了酒，那些都是醉话呀！怎可当真？"

"啪"的那么一声，那根弦终于被这轻飘飘的一句话给崩断了，姜雪宁悬在高处的那颗心摔了下来，她被摔痛了，摔醒了，也摔麻木了。她几乎不敢相信自己听到了什么，脑海里一团乱麻。

足足反应了好一会儿，她才禁受不住般退了一步，如坠幻梦一般道："怎么会呢？殿下分明是不愿去鞑靼和亲的。这不该您去，也不能您去。既然您不愿去，又为什么要去？我都安排妥当了，您只要回鸣凤宫，换一换衣服便可逃离这四方宫墙，为什么不走，为什么不走呢？"

沈芷衣没有想过她把自己的醉话当了真，几经压抑，眼泪还是在眼眶里打转。她竭力仰头，不使眼泪跌坠。

缺月一角挂上疏桐，清冷的霜辉覆在她本来苍白的面容上，却因颊边精致的一层胭脂而有了一种奇异的红晕。风吹来，广袖猎猎作响。

她想自己不该辜负宁宁这不知花费了多少心血的筹备，该由着自己以前天真放纵的性情一走了之，可偏偏有一种更沉、更深的东西压在她的肩上，沉入她的心底。

这一时，姜雪宁竟有些看不清她的面容，看不明她的目光，只听到她沙哑的嗓音。

沈芷衣慢慢地道："天底下谁都有资格逃走，可我不能，也唯独我不能。"

姜雪宁不解极了。

沈芷衣却立在那台阶之上，自嘲而悲哀地笑了笑，月华铺满身，平添一种难言的厚重感："人常言，食君之禄，忠君之事，实则话该反过来讲，食生民膏，为生民计。皇帝的宝座，皇室的尊崇，并不是天上掉下来的。天下赋税，万民徭役，锦衣玉食以供，顶礼膜拜以求，将自己当作牛马，将皇族奉为神明。我在宫中素性骄横，所知不多，可你在市井，长于乡野，见多忧难，该是知道的。战事若起，国有大贼，忠良无继，战岂能胜？皇族倾覆事小，黎民受苦事大。不管朝廷内里如何腐朽，我终究是这座帝国的公主。"

姜雪宁彻底愣住，心里面终于冒出了一个前所未有的想法。

沈芷衣则慢慢闭了闭眼，似乎想压一压心底翻涌的情绪，又或者让自己鼓起的那一腔勇气不要退却，继续道："宁宁，我并非出于什么深明大义，只是怕，怕极了。”

姜雪宁说不出话，喉咙像被堵住了。

沈芷衣注视着她，眼底已多了一分往日不曾有的凛冽与坚忍神色：“我怕，怕今日在命运降临时逃跑，从此不战而败，沦为一介畏首畏尾的懦夫；我怕，怕自己在责任到来时躲避，他日生灵涂炭，在婴孩的哭声里挺不直脊梁！”

彼时沈芷衣是怎么去鞑靼和亲的，姜雪宁并不清楚，只知道归来时，昔日明艳的公主已沉睡在棺椁之中。她从没想过这样一种可能——这位往日刁蛮骄纵的公主是自愿前往！

这次她接触沈芷衣，说是真情，实则利用的成分更多。她想救沈芷衣，只是想要回报恩情。

可直到这一刻，她才知道自己的想法有多荒谬，有多可笑，错过了多少……

话到这里，姜雪宁觉得自己不应该再执着，再强求，毕竟一个人的想法既定，旁人又怎能改变？

可她就是不甘，就是不愿。难道她要眼睁睁地看着沈芷衣奔赴那丧魂的命运，半点不加阻拦吗？

她拉住了沈芷衣的手，近乎哀求般道：“别这样，殿下，别这样。不管是不是醉话，你答应过我的，我带你出宫，我带你走！”

沈芷衣的眼泪滑落：“只当那是个永无结果的奢望吧。”

她转身就走，只怕自己多看姜雪宁片刻，都要心软反悔。

姜雪宁却追了上去，终于控制不住地喊道：“鞑靼狼子野心，和亲不过缓兵之计，这本不该是殿下背负的代价！您知不知道您这一去可能会……”

沈芷衣停下脚步。

姜雪宁到底不敢说出那个字来，只恐自己一说便成了真，望着沈芷衣的背影，颓然道：“殿下，去国万里，归途遥遥，我只是……只是怕您去太久，想您时也见不着。”

庭花落尽，树影斑驳，园角那一树珍贵的绿梅有着嶙峋的枝条，像极了雁门关外无人收殓的白骨。

空气里却有栀子的甜香。

沈芷衣背对着姜雪宁，望向墨蓝天际那一轮缺月，再环视周遭，过了好久，才回眸看姜雪宁一眼，却并未多言，只是倾身捧起树下一抔松软的泥土，走回她面前，然后将这抔土放入她的掌心。

说不上这土是轻飘飘，还是沉甸甸。

她向姜雪宁笑，一双眼灿若星辰：“宁宁，待得他日，燕临率大乾铁蹄踏破雁门关时，带着这抔故土来迎我还于故国，归于故都！”

泪水陡然模糊了姜雪宁的视线。

酉正二刻，沈芷衣再未停留，从那明亮的宫灯旁边走过。

等到她的身影都快消失，姜雪宁才跌跌撞撞地往前追了几步，可眨眼间黑暗中已什么都看不清了：“殿下，我向您允诺！”

殿下，我向您允诺——他日铁蹄踏破雁门关时，我将带着这抔故土，迎您还于故国，归于故都！

我向您允诺。

★

滴漏声声。

郑保今夜当值，总觉心神不宁，待得辅臣们与皇帝关起门来议事，他才悄然退出。

回到偏殿，门角里一个小太监冲他摇了摇头，郑保心头便骤然冷下。

通往顺贞门必经的宫道上，重重守卫的身影叠在宫墙下，黑黢黢一片。

萧姝等得已有些不耐烦了。张网这么久，却不见猎物来投，便是最有耐心的猎人只怕也不免要犯几声嘀咕。

她正要找个人再去探探，问个清楚，一错眼却看见先前被派出去的那个机灵太监快步朝着这边跑了过来。

萧姝立刻问：“人呢？”

那太监上气不接下气地道：“来了，可……可好像有点不对劲……”

萧姝眉头一皱，便想问怎么不对劲，然而前面原本安静的守卫中却忽然起了一阵窃窃私语声。

于是目光一转，这下再不用那太监解释，她已看了个分明——御花园那头走过来的，不是她张网等着的姜雪宁又是谁？

只是姜雪宁与平日实在大相径庭，完全没了人所熟悉的灵动与狡黠，人虽走过来，却像根木头似的，手脚是木的，心魂是木的，连那一张五官精致的脸上的神情也是木的。一双本来纤柔白皙的手却紧紧捧着一把脏污的泥土，她谁也看不见、谁也不搭理似的渐渐近了，仿佛被人抽了心魂，只余下这一具行走的躯壳！

这一刻，便是萧姝见了她这骇人模样，也不由得心惊片刻，随即眉头却狠狠地皱紧了。她朝姜雪宁身后看去，后面再无一人。

她只觉事情似乎并未朝自己料想的方向发展，先给旁边的太监使了个眼色，让人把姜雪宁拦下，又吩咐距离最近的守卫道："去顺贞门看看。"

太监过去拦人，姜雪宁的脚步才停下。她都不知自己是怎么从那座御花园里走出来的，人也浑浑噩噩恍恍惚惚，抬起头来瞧见这太监，只见得对方张嘴，有声音入耳，却根本无法分辨对方到底说了什么。

直到萧姝走进她的视野。

其实这时候萧姝已经隐隐预感到自己今夜最期待的事情不会发生了，可越是如此，才越使她对眼前这张漂亮得过分的脸孔心生憎恶之意。

她问得直接："暗推和亲之议要我替沈芷衣的，是你吗？"

姜雪宁回得更直接："那玉如意一案以逆言陷害我的，是你吗？"

萧姝道："你说是，那便是。"

姜雪宁便也道："你说是，那也是。"

两人面对面立着，四目相对，竟是谁也不肯相让。只是萧姝表情阴鸷，姜雪宁神情冷寂。一人是已将对方视作自己此生的仇敌，另一人却忽然超然于其上，并不十分在意了。

萧姝轻而易举地便察觉出了姜雪宁对自己的蔑视，瞳孔微微一缩，道："是人皆有自己的命数，你出身不如我，心计不如我，我竟不知你也有看不起我的胆气。"

姜雪宁只觉可笑，甚至在以往都没觉得萧姝这样可笑："往日我也曾想，你这样好的出身、这样高的本事，比公主殿下都是不差的。可到今时今日，此言此行，她是天上的皎月，但有三分清辉落在身上，我都觉快慰；你不过是地上的灰尘，便踩过去，我都嫌脏了鞋底。"

萧姝沉下脸来不再言语，瑟瑟的风隐约呜咽着。

姜雪宁捧着那土，仿佛捧着什么爱物，只看着萧姝慢慢道："我原未生害你之心，你却因忌惮构陷我在先。萧姝，很久以前我也像你一样，为达目的不择手段。可你若执迷不悟，报应终究会来，只争个早晚。"

萧姝冷笑一声，根本不信。

姜雪宁却知这是自己对这位宿敌最后的尊重，言尽于此，信与不信她都不再多言，抬步欲离去。

"站住！"萧姝目光闪烁，竟直接出言将她拦下。

"深宫禁内，你一副不人不鬼的模样，纵然你与本宫昔日同窗共读，值此非常之时，本宫也不知道你究竟做了什么，不得不谨慎些。来人，先请姜二姑娘去慎刑司稍坐，问明白情况再送人出宫！”

左右守卫立时逼近。

姜雪宁听完她的话便明白了：不管今日她是不是真带了公主出宫，对方都有借口将她拦下，纵然找不出证据来，留她一宿也足以让她吃尽苦头，说不准再发生点什么非常之事……一如玉如意一案时的伎俩。

何况她眼下这副尊容，谁能不怀疑？

只是正当那些守卫要将她围拢制服之时，另一头的宫道上忽然急急地响起一声：“贤妃娘娘且慢！”

萧姝的眉头顿时再次皱紧。

姜雪宁抬头看去，竟是郑保疾步行来，到得跟前时不卑不亢地行了一礼，匀了口气道：“娘娘，圣上那边议事方散，谢少师听闻姜二姑娘尚未离宫，特着奴才来请。人这会儿在宫外候着，您看？”

谢危？

萧姝身形僵了一下，锐利的目光钉向郑保。

郑保始终恭敬肃立。

宫里面谁不知谢居安？萧姝成为后妃的时间虽然不长，可仅凭在萧氏当姑娘时对朝堂的了解，便知此人是何等举足轻重的人物，更何况成为后妃侍奉在沈琅身边后，更知沈琅对此人的倚重。

沈琅对她毕竟不是真的宠爱。她本就是夹缝中求生，在这般境地中又怎敢冒险再为自已添一个可怕的劲敌？纵她心里万般不情愿，今日也只能放了姜雪宁。

萧姝悄然握紧垂在袖中的手掌，笑起来却毫无破绽，道：“既是谢少师开口要人，本宫自然不好留。不过只盼着姜二姑娘回去之后好生约束自己，可别做出什么后悔莫及的事情来。”

郑保垂首行了一礼方退。

姜雪宁定定地看了萧姝片刻，才转身随着郑保一道离去。

等走得远了，守卫不见了，宫人也不见了，她才突地笑了笑。郑保不知她在笑什么。姜雪宁望着前面渐近的宫门，神情却万般伤怀，只道：“你不知谢先生已避见我有月余，危难关头也敢抬出他的名头来救我，还好萧姝不知。可倘若被先生知道此事，你也是要吃不了兜着走的。”

郑保看了她一眼，张口欲言，可到底还是没有解释。

有他引着，姜雪宁顺利出宫。

只是才走出那扇偌大的宫门，抬头看见外头城墙下那一辆挂了灯的马车，还有车辕上静立等候的人时，姜雪宁终于怔住了。

郑保轻轻道了一声："姑娘回府，一路小心。"接着悄然退回。

姜雪宁看着那人，捧着那一抔土，却挪不动一步。

谢危一身道袍飘雪似的飞舞，他从高处看着她，目光落在她那麻木落魄的面庞上，也落在了她两手合捧的土上，只唤了一声："剑书。"

边上的剑书见机极快地从车后翻出个空的匣子来，将其打开递到姜雪宁面前。

姜雪宁却怔怔地站着没动作。

谢危神色渐沉，声音没了温度："你还待捧到何时？"

姜雪宁眼角的一滴泪才滚落下去，没入这抔土中，润湿了小小一块，眨眼间不见了痕迹。她慢慢松开手，任由泥土从指缝间滑过，落到匣中，装了小半。

剑书合上木匣便要转身。姜雪宁却道："给我。"

剑书看向谢危。谢危面无表情地道："给她。"

合上的木匣重新被递到姜雪宁面前，她紧紧地将其抱在了怀里。

谢危仿佛觉得她不成器，立在车辕上没动，只向她道："上车。"

姜雪宁走过去。

剑书不敢扶她。她一手抱着那木匣，一手扶着车厢边缘，几次抬步都未能登上马车，这才发现自己手抖得厉害，腿也抖得厉害，浑身都似在冰水里浸过，打着战。

谢危看她这般没用，眼角眉梢都似凝了冰碴，忍无可忍，弯腰一手拽她的一只胳膊，一手握她的腰侧，半搂着将人捞了上来，一掀车帘，把人推了进去。

姜雪宁整个人犹自浑浑噩噩的。

谢危见她这潦倒架势，无须问上半句便知事情没成，而一切计划本来安排得妥妥当当，宁二既不是被困在宫中，也不是事情败露，那只有一种可能——乐阳长公主沈芷衣并不打算逃跑。也只有如此，才能叫宁二失了魂魄似的，把自己搞成这令人嫌弃的鬼样！

外头的剑书问："先生，回哪儿？"

谢危沉默片刻，才道："姜府。"

姜雪宁两手捧过土，脏兮兮的，自己却完全不觉。

谢危没找见锦帕，皱了眉，索性把自己宽大的袍袖一扯，拉了她的手过来，一点一点用力地擦干净，口中却毫不留情地道："倘若她不愿意，也是她自己的选择，你就这般废物，替她伤心什么？"

车厢里昏暗一片，再无旁人。

姜雪宁憋了一路的泪，扑簌扑簌地全掉了下来，她出奇地没有抬杠半句，只喃喃道：“先生说得对，都怪我，不学好，一没本事，二有脾气，谁也救不了，谁也护不住，自以为能改人命天运，不过是个跳梁小丑。我的确无能，是个废物……”

谢危本是说的气话，哪里能料到素来不服管教的她竟全不反驳？察觉她哭时，他已意识到自己将话说重了，一时默然，竟有些不知所措。

过了好半晌，他才慢慢地道：“傻宁二，你已经做了很多，做得很好了。只是有些事，朝夕之力挽不得狂澜，小姑娘才多大点年纪便这般自怨自艾？你把往日的气性拿出些来，先生也不至于训你。”

也不知姜雪宁是听见了还是没听见，坐着一动不动。

车外却远远传来欢呼之声，是长公主和亲的车驾终于驶出了宫门，顺着笔直的长安大道一路往城外驶去。

姜雪宁记得这声音，在彼时她便听过。只是彼时听闻她冷漠无感，甚至心里还高兴走了个未来会给她使绊子的皇家小姑；这时听闻，却觉山遥遥水迢迢，雁门一去，或不复返，肝肠寸断，只忍得片刻，便哭出声来。

她哭得撕心裂肺，像是要发泄什么似的，倘若不这么放开了哭一场，就会被无尽的压抑和绝望埋进深渊。

谢危从未觉得从皇宫到姜府的这段路如此漫长、煎熬，入耳的每一声哭泣都像是钝刀在人心上割。等后面她抱着那匣子哭累了，把眼睛闭上渐渐睡去，世界才恢复静谧。可他的心里比方才她哭时更为喧嚣。

他长久地僵坐在自己的位置上，仿佛入了定。直到马车停下，外头的剑书唤了他一声，他才回神。

谢危应了一声，然后倾身想去唤姜雪宁，可凑近时，那一张泪痕未干的小脸映入眼底，梦里面她仿佛都不高兴，罥烟似的细眉轻蹙。他垂下眼帘，目光流转，终于还是缓缓伸手，抚过她柔软的乌发，两片薄唇压低，却只生涩而小心地印在她濡湿的眼睫上。

这时，剑书恰好掀开车帘。

谢危平静地转头看去，剑书登时觉得毛骨悚然。然而他转瞬间便发现，先生的目光在他面上停留片刻后，竟越过他投向他身后，于是跟着掉转目光看去——

姜府门口，姜伯游不知何时立在台阶上，原本一张中正平和的脸已经沉了下来，目中有震骇有沉怒，直直地看向了车内的谢危。

谢危的身形凝滞片刻，转瞬又放松下来。他退开少许，拉开了自己同姜雪宁的距离，仿佛方才什么也没发生似的，轻轻拍了拍她的脸颊，将她唤醒：“到家了。”

姜雪宁睁开眼，恍惚了一下，才道："有劳先生。"

她抱着那匣子下了车，脚步有些踉跄。

谢危伸手扶了她一把，她神思不属也一无所觉，只是走出去两步后，才像是想起什么般回过头来，一双微红的眼望着他："少师大人，中原的铁蹄何时能踏破雁门关，接殿下回来呢？"

谢危那片脏了皱了的袍袖在夜风里飘荡，一只手掩于其中，却悄然握紧，他慢慢弯了唇，认真地回她道："很快，很快。"

姜雪宁又看他片刻，才转过身去，见着姜伯游立在门口，也只木然地唤了一声"父亲"，便径直往内走去。

姜伯游却在门外站了许久，第一次见着这位同僚没有走上前笑着寒暄，反而寒了脸拂袖而去。

剑书自知闯了大祸，屈膝便跪在了谢危面前："方才是属下莽撞……"

谢危竟平淡地道："也没什么不好。"

他收回目光，看一眼自己的衣袖，便返身回到车内。

剑书却愣住，半晌没能回神。

★

乐阳长公主沈芷衣和亲车驾出京的那一日，据说大晚上都有许多人夹道相送，一路向着西北方向行去。

随着她离京，原本甚嚣尘上的和亲之议也渐渐平息。

京城里上至王公贵族，下至黎民百姓，所有人的注意力很快转到了今科春闱会试与四月里很快就要到来的临淄王殿下沈玠的成婚之礼上。

原本不怎么起眼的钦天监方府，近些日子来自然最热闹。其次便是户部侍郎姜府。

人人都说论人品、才貌还有出身，钦天监家的姑娘方妙实难与姜侍郎府上的大姑娘姜雪蕙相比，奈何名声受自家那不成器的妹妹所累，姜雪蕙到底没被选上正妃。可在选正妃的时候又选了侧妃，足可见临淄王殿下对她有多喜欢，而这位正妃方妙姑娘选得又是有多勉为其难。

婚期定在四月十八，正、侧二妃同时入门。

递名帖的、送贺礼的、套近乎的、拉关系的、打秋风的，姜府的门槛都要被人踏破了，连带着下人们也喜笑颜开，走起路来脚底生风，迎来送往面上有光。

只不过这里头并不包括姜雪宁院里的丫鬟婆子。她们非但不高兴，近日来反而越发愁眉苦脸，小心翼翼。

蜀中尤芳吟那边有新的信函送到，棠儿不敢假手他人，亲自去取，回来的路上却正好撞见要出去的姜伯游。

姜伯游看她一眼，皱起眉头道："宁丫头还是那样？"

棠儿战战兢兢地回道："姑娘今日睡到卯时三刻便醒了，喝了厨房准备的一碗粳米粥，又躺回去睡；日上三竿时起来对着窗外看了半天，厨房送来的菜只用了几片烤乳鸽、樱桃肉以及小半碗饭；定非世子派人送来些时新的玩意儿，她也只看两眼便扔下了，叫去看灯会也不去……"

姜伯游便长叹了一口气："这算什么事！"

棠儿大气都不敢喘一下。自乐阳长公主去和亲之后，自家姑娘便跟失了神魂似的，连自己的房门都懒得踏出一步，看着饭照吃、觉照睡，可伺候她的丫鬟们看在眼中，都觉得瘆人、发愁，谁也拿她没办法。

不过这些天来老爷倒是时不时要问问姑娘的事，倒好像比以前更在意姑娘。棠儿也不知这是不是自己的错觉，兴许是因为姑娘近日来的状态很让人担心吧？

姜伯游思忖片刻便摇了摇头，叮嘱了一句道："好好看顾着，过不两日便是她姐姐的婚期，她若不想去便不去，也别叫旁人打搅了她，且让她再养上几天。"

棠儿躬身道："是。"

姜伯游这才面带忧色地转身离开。

回到院中，棠儿看见莲儿坐在屋外头描绣样，便凑过去朝里面看了看，压低了声音问："姑娘还在睡？"

莲儿也叹气："刚睡下不久。"

棠儿无法，看了看手中的信，只好先搁在暖阁靠窗的炕桌上，自去料理屋中别的事。

春尽的初夏，天气还未十分炎热，两扇窗朝外开着，透亮的日光照着外头的碧树庭花，莺鸟啁啾，有清风徐来，吹动床榻外头轻薄的粉色帷帐。

姜雪宁侧卧于榻上，薄薄的春被盖了半身，搭着前胸，许是这些天来过得太过浑浑噩噩，觉也睡得太多，午后短眠时总是会做些不好的梦，一会儿是周寅之的人头，一会儿是沈芷衣的棺椁，梦境离奇，捉摸不定。

她行走在血淌了满地的宫廷中，周遭皆是迷雾，身后像是有什么东西在死命地追逐。于是她的脚步也越来越慌乱，最后她竟发足狂奔起来。

熟悉的坤宁宫就在眼前，她松了一口气，冲了进去，可才停下脚步，就看见里面立了一道清瘦纤长的身影。“芳吟……”在这瞬间，姜雪宁下意识地喊了一声。

对方转过身来，却有些迷惑地望着她。那是一张清秀的脸，但原本两弯淡眉被勾勒得多了几分凌厉的气势，带着见惯了生意场上沉沉浮浮的镇定，只是目中似乎又有些无奈和苦涩。

是尤芳吟，但不是此时的尤芳吟。她看见姜雪宁后，怔了一下，接着却有些惆怅地叹了一声：“富有半城也无用，两边下注终究开罪人，谁能想得到大局颠覆竟是源于二十多年前的旧怨？到这时，自然舍财保命为上了。”

旧怨，什么旧怨呢？

姜雪宁想要问个清楚，可那“富有半城”四个字跟洪钟大吕似的在她的脑海里回响，一声连着一声，竟让她心慌意乱，直接从这没头没尾的梦中惊醒了。

她瞬间睁开眼，翻身坐起，薄被从她胸前滑落。外头清风一吹，姜雪宁的额头、身上皆是一片凉意，她这才意识到自己出了一身冷汗，连背后的中衣都被打湿了，贴在后颈处，一阵阵地难受。

忘了，她一定是忘了什么关键的事。

最近这大半个月来，因未能阻止沈芷衣去和亲，她整个人都提不起精神来，活得像是行尸走肉，也像是没头的苍蝇，仿佛什么事都引不起她的关注，不值得她去在意。

可当真没有别的事了吗？

富有半城，彼时的尤芳吟，两边下注？

姜雪宁绞尽脑汁，反复思索，终于有一道灵光如闪电般在脑海中劈过。姜雪宁径直掀开薄被从床榻上起身，朝着外面大声唤道：“棠儿、莲儿！蜀中的信呢？”

莲儿在外头吓了一跳。

棠儿闻言则连忙去暖阁中将先前那封信拿了进来，本要递出，却被姜雪宁径直伸手抢过去，撕开信封便读了起来。直到这时候，两个丫鬟才看见自家姑娘这些天来的颓唐之气竟一扫而空，取而代之的是一种如临大敌般的凛然神色，好像想起了什么被自己忽略的大事。

棠儿难免担心她情绪起伏太大出什么意外，小心地道：“姑娘，您怎么了？”

姜雪宁迅速看完了那封信，却觉心中沉重。并非任氏盐场的情况不好，而是因为颓废了这些时日，她才终于想起：沈芷衣去和亲了，燕临也的确有一日会踏平鞑靼，可要迎公主还朝，却不是她知道事情发展的轨迹便可以做成的事了——缺了一个尤芳吟！

一个彼时的尤芳吟！

彼时的沈芷衣去和亲四年后，鞑靼彻底暴露了狼子野心，进犯中原。

燕临临危受命，力挽狂澜。

可待燕临击退敌兵，迎回公主的棺椁时，才知道在更早的两年前公主就已备受折磨，甚至被迫落胎，只因鞑靼人不想让她生下混合两族血脉的孩子。蛮夷举兵之前，先杀了公主祭旗。公主纵有高贵血脉，一身傲气，在那境地里也是孤立无援，只能任人宰割！

彼时萧氏势大，朝廷既要用燕临抗击蛮夷，又要提防他拥兵自重，是以在粮草和后方多有为难之处，可前线竟没受任何影响。那时朝中便有人起了疑窦，但直到谢危连同燕临谋反，所有人才知道，除了在生意场上纵横的吕显之外，他们背后还有那位富可敌国的“尤半城”！

打仗需要兵，养兵需要钱。

彼时他们背后有富可敌国的尤芳吟襄助，可如今呢？

姜雪宁慢慢坐了下来。她救了这个尤芳吟，那个尤芳吟因此并不存在。而她若想要兑现对沈芷衣的诺言，甚至比那时更早地将人救出，意味着需要等量的银两，甚至更多，才能补足这个由自己造成的缺口！

她能做到吗？不……已经不是能不能的事了，而是无论如何，她必须做到！

薄薄的一页信纸被姜雪宁慢慢地放回了桌上，她总算是清醒了，眨了眨眼，道：“准备笔墨，我要回信。”

这些天来，朝中大部分文官在为刚过去的会试和即将到来的殿试忙碌，姜伯游也不例外，所以今日也不去户部，而是径直去到翰林院。

皇帝点了谢危为这一科会试的总裁官，此刻谢危便立在书案边上，刚接过下面几位官员递上来的几份答卷。会试的结果早已经出来，如今是在遴选答卷中最好的几张，交由各处书局印发。

姜伯游抬头看见谢危，顿时皱起了眉头。

那日府门前的事着实让他吃了一惊，若非自己亲眼所见，只怕他是怎么也不敢相信，平素看着正人君子、具有古圣遗风的谢危，竟做得出这般轻薄的禽兽之事！

往日谢危对姜雪宁关照，姜伯游从未多想。一则他与谢危平辈论交，对方称呼宁丫头时也一直是看作晚辈；二则宁丫头入宫伴读，他也曾出言拜托；三则谢危不近女色，从未有过什么不三不四的传闻。

可就是这么个人……

最近一段时间，姜伯游也想，自家姑娘不是什么循规蹈矩的人，这中间是否存在什么误会，又或是二人两情相悦？

他找姜雪宁谈过两回。顾及着姑娘家面子薄，且不想让她知道有这么件事，他并未明白地问她和谢危的关系，而是旁敲侧击。宁丫头言语中对谢危哪里有半点逾越师生的情意？所以，还是谢危的问题大！

姜伯游心里硌硬，这阵子都未同谢危多说什么，眼下也只闷声不响地先料理公务。待到人少了些，那头找谢危的人也都退下了，他才终于走过去，先道了一声："谢少师。"

往日姜伯游都直称"居安"，谢危光听这生疏的三个字，便知道对方是有话要说了，回过身来微微一笑："姜大人，有事指教？"

姜伯游审视着他，道："少师大人年轻有为，可今年也二十有七，年将而立，久未成家；小女纵性顽劣，眼下却正当十九韶华，尚未通晓世事人情。少师大人为其师，教她懂礼知义，我这个做父亲的甚为感激。只是她恐还不懂事，要多赖少师大人约束言行，是以还请少师大人也谨言慎行，以免她年纪小，生出什么误会来。少师也知道，这女儿我养得不大好，怕闯出什么祸来。"话里隐隐有告诫之意。

谢危手中还执着那几份答卷，心底却生出些许不快，面上笑容未改，没接他的话茬儿，只道："姜大人养不好，不如给我养？"

姜伯游岂能料到他竟说出这番话来？面色登时沉了下来。他寒声道："谢少师之能姜某虽然不及，可有句话要告诫少师！我家宁丫头虽然名声不好，可心性不坏。谢少师误己便罢，切莫误人。倘若你们两情相悦，老夫睁只眼闭只眼便罢了，可少师乃宁丫头的先生，如此轻薄，岂不是蔑视祖宗礼法，罔顾伦理纲常？！"

这番话说到末时，声音都因怒意抬高了些许。

远处正忙碌的翰林院其他人都忍不住朝这边看了过来，显然是把"伦理纲常"四个字听了个清楚，面上都忍不住现出了几分好奇之色，必是在想：这两位怎么还扯上伦理纲常了？

谢危却垂下了眼眸。的确，他是宁二的先生，按伦理，先生岂能与学生在一起、有私情？

只不过……

手中那几页答卷被他随手撂回了案头，谢危回视着姜伯游，温然道："那又怎样呢？"

第十四章
将离

这一日之后，翰林院里有了传闻，说是户部侍郎姜伯游与太子少师谢危因为一份会试答卷争吵起来，好像事涉什么伦理纲常。那位素来与人为善的姜侍郎几乎是铁青着脸，甚至颇为不忿地朝着谢危冷笑了两声，只说什么“岂有此理，岂有此理”，便拂袖而去。

没人想到别的地方去。毕竟谢少师这样清风朗月、品性端良的人，怎么可能和什么“伦理纲常”扯上关系呢？

却说姜伯游与谢危一番交谈不欢而散后，心里便弥漫着一团阴云，隐约觉得自家女儿竟被这么个位高权重的人看中，绝不是一件好事。且谢危在事前与事后的面目变化之快，简直令他怀疑此人和自己以往认识的谢居安是不是同一个人。

考虑再三，当天回来他便找了姜雪宁说话。

姜雪宁下午醒悟过来后，已经开始吩咐丫鬟重新清点自己现有的东西，又回信给尤芳吟，打算这个月便启程前往蜀中。姜伯游使人来请她，倒是正好。

书房里，伺候在姜伯游身边的常卓把茶端上来，便退了出去。房内只留下父女二人。

姜伯游斟酌了一番才开口：“宁丫头啊，你姐姐的亲事如今已经落定，只待过两天便完婚。我看你自从宫中伴读回来之后，似乎便不大爱出门了。满京城里豪门勋贵家的公子，除却那个实在不大成样子的定非世子外，不知你有没有哪个看得上眼的？家中也是时候为你谋划一二了。”

果然她是年纪到了，家里人都开始发愁她的婚事了。

姜雪宁端起茶来，低下头只看见自己映在杯盏中摇晃的眼睛和眼底的波光，第一时间浮现在脑海里的那张面容，冷漠肃然，可并未给她带来太多柔情蜜意，反而有隐隐的刺痛。手抖了一下，她慢慢放下茶盏。

姜伯游打量着她的神情，连忙道："父亲也不是急着要将你许配给谁，倘若你与那位定非世子玩得好，他那花天酒地、玩世不恭的毛病能改，你又真喜欢的话，也不是不行……"

姜雪宁失笑道："父亲多虑了，我并不中意此人。"

姜伯游松了口气，心道她若喜欢那萧定非，只怕还不如谢危呢！

他继续问："那你确实有中意的人了？"

自然是有的，只可惜她中意的那个人似乎并不中意她。

姜雪宁觉得这话茬儿自己就不该接，所以索性没有接，竟直截了当地道："父亲，女儿现在并无谈论婚娶之事的心思。京中诸事烦扰，这个月女儿便打算去蜀中散散心。"

"胡闹！"姜伯游这一惊吃得不小，眼睛都瞪圆了，简直不敢相信自己听到了什么，"你多大一个姑娘家，山高路远的去什么蜀中？"

姜雪宁早知事情不会如此顺利，毕竟一个未出阁的姑娘家自己出远门，听起来实在匪夷所思。姜伯游有此反应，她并不惊讶。但既然敢提这话，她自然也有所准备，只淡淡地继续道："前段时间京中热议长公主殿下和亲之事，背后便有女儿掺和。提议让萧姝代公主和亲，也是女儿的主意。"

姜伯游骇然起身，撞倒了茶盏："你说什么？！"

姜雪宁却还没说完，补道："公主殿下和亲当日，我之所以迟迟未归，也是在谋划李代桃僵，且在半道要截杀和亲队伍之事，只不过殿下不愿，所以未能得逞。"

这一下姜伯游彻底说不出话来了。

任何一件，拉出去都是要被杀头的大逆不道之事！

姜伯游只当自己这女儿爱玩爱闹了一些，可也只限于在年轻人之中闹事，哪里想得到近来的风雨之中就有她的一番手笔？

认知被颠覆时，他完全反应不过来。

姜雪宁倒是冷静地为他分析着利弊："此事萧姝一清二楚，如今她在宫中乃新近得宠的贤妃娘娘，不知在琢磨多少报复我的法子。倘若女儿留在京城里，一则不知还要做出多少荒唐事；二则言行无状，恐还会牵累已经成为临淄王侧妃的姐姐；三则萧姝若盯着女儿报复，也未必不牵连家族。如此女儿倒不如先离开京城一段时间，远避其祸，京城里的人久不见女儿，自然渐渐忘了。又听说天府人杰地灵，女儿去到蜀中，便痛改前非，自然也无人知道女儿在京中是何等跋扈，说不准还能为父亲寻回个好女婿。还请父亲考虑一二。"

不过其实姜伯游同意不同意，对她来说都没差别。若是姜伯游同意，一应出行的事情自然简单；若是不同意，最差也不过是和彼时的尤芳吟一样，偷偷跑出去。至于路引这些东西，周寅之便可搞定。何况她比起彼时的尤芳吟，手中还有更多的银两，半点也不窘迫。

第一时间，姜伯游心中出现的是愤怒，可等听完姜雪宁的话，怒意反倒消减下去。他倒并不是被姜雪宁的这一番牵强说辞给说服了，而是想到了谢危。这个二女儿流落在外多年，回到京城后确是他没有养好，这般已经亏欠良多。倘若她对谢危无意，而谢危要巧取豪夺，他是万万不可能坐视不管的。可谢居安的本事他也比旁人清楚些，姜雪宁若留在京城，情况并不乐观。

如此姜雪宁去往蜀中未必不可。虽然山高路远，地处偏僻，可至少姜雪宁避开了京城这些纷扰之事，也可让谢危鞭长莫及，什么陷入"师生乱伦"这种恶名的风险，自然也可解除。

他皱着眉头想了半天，终于叹了口气，问："你意已决？"

听见这句话，姜雪宁便知道事情已经成了。她笃定地道："不错。"

姜伯游便道："待我考虑考虑，也好看看蜀地那边到底是什么情况，便是你要去，家中也得有些安排才好。"

姜雪宁起身敛衽行了一礼，道："多谢父亲。"

原本打算探听女儿的口风为她谈婚论嫁的一番谈话，因姜雪宁忽然提出要离开京城就此戛然而止。

姜伯游自是翻开案牍去看蜀地的情况。

姜雪宁则从书房中告退，又回到自己的房里。

丫鬟们将她所有的贵重东西都搬了出来，只因姜雪宁下午时吩咐说最近会出门，有些贵重的东西不便携带，都要拿出去典当。

只是待从妆奁里翻出那只青玉镯时，棠儿、莲儿有些犹豫。她们都不知道这镯子是哪里来的，也不是特别贵重的东西，可一直被姜雪宁放在妆奁最底下。且去年王兴家的之所以引姑娘发作，倒了大霉，便是因为这只镯子。

二人嘀咕一阵，倒不敢把这镯子放到要典当的那些东西里，而是单独搁在了一只小匣子里，放在桌案上。

所以姜雪宁回来，一抬眼便瞧见了镯子。

莲儿连忙凑上来解释道："方才在妆奁里看到的，奴婢同棠儿都不敢擅动，想问问您如何处置？"

和田青玉，玉色温润，纹理细滑，像是荡漾的水波，姜雪宁拿起镯子来，不禁愣怔住。

棠儿、莲儿都不敢说话。

过了好一会儿，姜雪宁才忽然问："沈玠什么时候成婚来着？"

众人都是称其"临淄王殿下"，乍一听"沈玠"二字，两个丫鬟都没反应过来，随即却为姜雪宁的大胆暗抹一把冷汗，回道："就这个月，十八，没剩下两天了。姑娘要去吗？"

姜雪宁把那只玉镯放回了匣子里，眼底却似掠过了几分风吹云散的寂寥，只慢慢道："还是该去看看的。"

★

临淄王沈玠成婚这一日，满京城张灯结彩，从皇宫到王府再到一正一侧两妃的府邸沿路的街道上，一应障碍都被清扫，近王府二里道旁都挂上了红色的帷幔。

文武百官全数赴宴。连皇帝都去了，素日极少应酬的谢危也到府赴宴，那些个身上有外差不能亲到的，丰厚的贺礼自然都特意托人先送了来。

方妙这人往日在仰止斋的众多伴读中并不如何起眼，给人更深的印象是没原则的墙头草，风往哪边吹，人往哪边倒，只不过她倒来倒去的理由倒不是什么利益争斗，完全是因为她的卦象，所以旁人虽然诟病她，倒也不好多说什么。

如今她忽然飞上枝头被选为临淄王妃，别人不说，当日同方妙一道参选的陈淑仪头一个不高兴，别说是人亲自前去道贺，连贺礼都没送上半份，全当京城里根本没有这么个人、这么件事。

姜雪宁倒因为当日乐阳长公主被禁足时，方妙与自己一道前去看望而对其有些许好感，所以提前两天带了自己的一份礼先行去看过。

方妙见了她，原本愁苦的一张脸顿时眉开眼笑，先是不住地说什么贵人来了，这桩亲事不妥也妥了，接着又半点不遮掩地向姜雪宁打听姜雪蕙的为人处世。

姜雪宁以为方妙是要跟姜雪蕙斗上一斗，或者提防着一些，没料想方妙听完之后竟然大失所望，用一副惋惜至极的口吻道："甭管是真是假，二姑娘这位姐姐谨慎行事，纵有那么几分名利之心，却也不会像旁人一般诸般手段用尽地去闹。我倒白高兴了。倘若她是个厉害人，把我搞下去，我好卷包袱走人；没把我搞下去，她作茧自缚的可能性倒很高，如此我在王府里吃软饭也吃得安稳。偏她这样谨言慎行，不上不下，可有点如鲠在喉，让我不知如何是好了。但愿相安无事，互不妨碍！”

姜雪宁没了言语。过去她嫁给沈玠，为的是可能性极大的皇后之位，所以把沈玠哄得高高兴兴，府里连个侧妃都没有；如今的方妙倒是极看得开，即将当临淄王妃，最大的目标却似乎是混吃等死？

这样看，方妙和姜雪蕙大约是打不起来的。姜雪宁虽然不喜欢姜雪蕙，可也不得不承认这位姐姐做事极有分寸，很少主动与人起什么冲突，虽有些事为自己谋利，倒不去坑害别人。

她又在方妙这儿坐了一会儿，直到方妙手痒，摸出那一堆东西来想要给她算命，她才终于找了借口连忙告辞——若是过去，这玩意儿她肯定不信。如今却觉得世事实在有些玄妙，可越是如此，她越不敢算命。倘若她真被批中了什么，又不是什么好的结局，那日子是否还要往下过呢？

她倒不如什么也不知道，想要的都去追，想留的都去抢，方称得上是痛快。

如此离开方府后，姜雪宁便继续准备自己前往蜀中的一应事宜，等沈玠成婚这一日，便不再单独去看望方妙，反而在一路送亲去王府后，留在了姜雪蕙的房中。

龙凤烛高烧，满屋都是红色装饰，只是屋子比起姜雪宁当年成亲时小了许多，位置也不是正屋，守在门外的丫鬟婆子少一些，凑上来奉承讨好的话没那么热情真切。

彼时姜雪宁是沈玠的正妃，且当时没有侧妃同日进门，心里没有对比。如今姜雪宁一看觉得姜雪蕙纵然当了沈玠的侧妃，可无论排场也好，名分也罢，都要矮方妙一头。今日坐在这屋里的若是她，只怕无论如何都忍不了，要把盖头掀了走人的。

姜雪蕙倒十分平静。自赐婚的圣旨到姜府后，她便已经知道了接下来要面临的一切。既是自己选的路，即便不那么如意，她也得咬牙走下去，对旁人倒无多少怨怼之心。

屋外道贺声喧闹着，姜雪蕙将红盖头揭了下来，轻轻搭在案角，仿佛知道今日姜雪宁有话要对自己讲一般，并不问她这时候为什么还要留在这里，只是坐在桌旁，倒了一盏茶放在自己对面。

姜雪宁便立在她对面，打量着她。

正妃、侧妃之别，与民间妻妾之别无异，将来若有子嗣，还要分个嫡庶，如今既体现在成亲的礼仪上，也体现在这屋舍的装扮上，甚至体现在了姜雪蕙这一件大红嫁衣上。嫁衣用的金线不如方妙那一件多，袖口盘着的不是牡丹，只是芍药，孔雀展翅欲飞，也终究难比凤凰引吭而舞。

姜雪蕙轻轻一笑道：“你是在可怜我吗？”

姜雪宁并不否认自己有些怜悯之情。可如今她没有去抢姜雪蕙的姻缘，可以说是顺其自然，所以姜雪蕙得到什么又或是失去什么，她其实也没有特别强烈的感觉，只不过是有些唏嘘罢了。

“此次你成婚，我本是不打算来的。”姜雪宁拿起那茶盏看了看，边缘上一片深蓝釉色的兰叶，倒是沈玠的品位。这人什么都好，就是不大适合当皇帝。若远避皇权的纷争，该能有个善终吧？

她莫名地笑了一声，又将茶盏放下：“只是无论如何，婉娘到底养我长大，她是你的生身之母，总盼着你好。如今你成婚，还是嫁给临淄王这样尊贵的皇室血脉，她该最是高兴。于情于理，我都该代她来看看，祝贺你。”

姜雪蕙听她又提起婉娘，便微微闭上了眼，沉默下来。

姜雪宁却少见地面色平和。以往她提起婉娘时，总带着不甘，带着点自怜自艾的恨意，既嫉妒姜雪蕙，又偏要对姜雪蕙不屑一顾，以保全自己那点可怜的自尊。

如今她决意离开京城了，反倒看得淡了些。许是经历的种种变故，终于让她找见了点比这些陈年旧事更重要的东西吧？

她想要救公主。

她该往前看。

“以往我的确嫉妒你、憎恶你，婉娘偷换了你和我，你用了我的身份，占了我的亲情，享了我的富贵，我却偏偏什么地方都不如你，处事笨拙，易躁易怒，越想做好什么事越不能做好，反而叫旁人看轻。”

姜雪宁从袖中拿出了那只玉镯。活人已去，死物依旧，她倒看不出这玉镯与婉娘临死前交到自己手中时有什么太大的区别。

“可最近一段日子吧，我反倒改了想法。往日在局中看不分明，如今抽离出来，我才发现你这般活着乏味得紧。我娘待你好，可也约束你，满京城都是大家闺秀，人比人倒使人不敢犯错。我便想，倘若要我享那荣华富贵，占那身份，却过这样无趣的日子，做这样凉薄的人，只怕我也心不甘、情不愿。”

今日是姜雪蕙大喜的日子，所以她上了异常精致的妆容，只是有些厚了，眉眼都被脂粉盖了，描出漂亮的轮廓，反倒将她那些真切的表情都压在了妆容下头，显出一种压抑而沉闷的木然气息。

姜雪宁轻轻将那只和田青玉手镯放在了两人中间的桌案上。

一只手镯，如一道鲜明的界线，将两人分割。

她淡淡地道：“婉娘临去前拉着我的手，一定要我把这只镯子交给你。她走后，我死死攥着这只镯子，哭了两三宿。等到了京城看见你，我就想，便是我死了，也不会把这镯子给你。可如今我知道，世上除了婉娘还有别人，就算婉娘恨我，也还有别人在乎我、需要我。以前的命不能由我，我认了。她不算对得起我，我却对得起她。”

彼时婉娘的遗愿，在此时她终究兑现了。

说完，姜雪宁好似也没有别的话了。她与姜雪蕙之间本来也没有更多的交集，说完她便转身离去。

屋内静悄悄的，姜雪蕙的目光落在那只镯子上许久，她慢慢将其拿在指间，触手只觉冰冷一片。

她想要笑一声，却发现眼眶里有泪。她扯了扯嘴角，只觉世事当真是荒谬极了：姜雪宁恨她、嫉妒她、为难她，可在她这个位置，她怎么做才能不算错呢？

她怎么做都是错罢了，倒也不必去争哪种更好，哪种更坏。

“砰”的一声闷响传来，姜雪宁才走到门口，听见这声音时心中一惊，回头望去，竟是姜雪蕙抄起了边上一方上好的端砚用力砸下！

那只和田青玉手镯顿时四分五裂，残破的碎玉躺在桌案边，静默无声。

姜雪蕙面上没有多余的神情，有些麻木地擦去了滑落到脸颊上的那滴泪，扔下那方端砚，道：“是人都有自己的命数，我已经是这样的人，你也就不必对我再心怀什么期待了。我明哲保身，她再爱我，于我而言也只是个素未谋面的陌生人罢了。”

姜雪宁怜悯地望了她许久，终究未置一词，往外去了。

王府里觥筹交错，宾客正自热闹。

这世间，对错往往难分辨，爱恨却很直接。

姜雪宁不知道姜雪蕙对不对，反正这人姜雪宁说不上讨厌，可就是喜欢不起来。

★

王府门口，门庭若市。

来往宾客递交着自己的请帖与礼单，外头的门房应接不暇，频繁地高声唱喏，请人入内，遇着位高权重者，往往越发热情。

周寅之在锦衣卫里也算个角色了，可如今递出一封礼单也只不过换得王府下人的寻常脸色，便可知今日有多少王公贵族聚集在此了。

姜氏嫁女，周寅之托赖姜伯游举荐才得入仕，本该备上一份厚礼。可前阵子他略一思索，想起姜雪宁与自己这位姐姐的关系似乎并不融洽，便把原来备的礼减了一半下来。

只不过长公主和亲那阵子，姜雪宁交代他去办点事，后来又说不用了，这阵子更是从未听说她在外面走动。原本通州一事里他拜见过的谢少师与她似乎只是寻常师生关系，而前段时间传得沸沸扬扬的那位定非世子本是个纨绔不说，萧氏还摇摇欲坠。

周寅之站在王府大门口，心里着实忧虑：圣上如今更重视锦衣卫了，卫所里原来的一位镇抚使得了提拔，其原来的官位便正好缺出。他有心于此，只是去年才升了千户不久，这镇抚使之位怎么算似乎都落不到自己头上。可他若错过这次机会，等下一次这个位置缺出，焉知要等到何时？

他正这般考量着，门外大街上忽然传来一声唱喏：“贤妃娘娘到……”

周遭立时安静了许多。

一驾奢华的马车停在门口，仪容端庄精致的萧姝搭着宫人的手，踩着太监的背从车上下来，向周遭扫了一眼，只淡淡地道：“本宫与临淄王殿下今日要娶的正、侧二妃皆是昔年同窗，所以特来赴宴，圣上与皇后娘娘还在后面未到，诸位大人不必紧张。”

众人全都向她行礼，只是心里面不免犯嘀咕：萧氏如今正身陷赣州赈灾银一案重查的旋涡，左支右绌，这位新封的贤妃娘娘倒是高调得很，怎么好像半点没受影响一般？

她一来，旁人自然要给她让路。

原本门口站的是周寅之，已经递过了帖，一只脚就要迈入门内。眼见萧姝朝这边走过来，他收回脚，往后退了几步，在萧姝走近时弯下身行礼。

萧姝原是谁也没看，见此却不由得向他看了一眼。这一下，她便看见了对方身上穿着的锦衣卫玄底飞鱼服，眉梢微微一挑。她近来都伺候在沈琅身边，自也知道他似乎有重用锦衣卫的想法，所以多留了个心眼。

她淡淡地笑道：“多谢大人。”

说完她也并未多留，径直入内。

周寅之微微诧异了一下，略一皱眉思索，眼底却闪烁着些暗光。

萧姝一走，外头才又恢复喧闹。

府里的下人来引宾客入内。各处厅中早已坐满了人，稍有身份的人都被安排在花厅里。

朝廷里的官员们大多到了，往日谨慎严肃，今日却难得把架子放下，至少面上抛开了旧怨，推杯换盏，谈笑风生。

六部的官员也坐得很近，分了两边。吏部、刑部、户部在一头，礼部、工部、兵部则在他们旁边。

谢危经通州一役掌了工部侍郎的实缺，正好不与姜伯游一起。姜伯游乃户部侍郎，无巧不巧地和张遮坐得很近。旁边不远处是刑部尚书顾春芳、吏部尚书姚庆余、刑部侍郎陈瀛等人。

因今日怎么说也是姜伯游嫁女，众人都向他道贺。

姜伯游喝了几杯酒便连连摆手，苦笑起来道：“可也没多值得高兴的，大女儿听话懂事，还有个二女儿混世魔王似的，可棘手呢！”

这话倒真没作假。

众人多少听过点风言风语，可也不好说破，反正天花乱坠地把姜雪宁一通夸，照旧劝他喝酒：“令嫒花容月貌，又曾是公主的伴读，必定是个端良淑女，外头的流言蜚语怎能信呢？”

陈瀛便附和道：“是啊，我一听便知道是假的。”

旁人奇道：“这是为何？”

如今刑部是顾春芳接掌，陈瀛惯来用些阴私手段，却是顾春芳所嫌恶的，也不知存了什么心思，陈瀛竟向张遮看了一眼，似笑非笑地道：“姜大人的爱女我等不识，可前阵子街头巷尾传的流言里的另一位主角不正在咱们眼前坐着吗？说什么姜二姑娘与张大人有些首尾，你看咱们张大人这样，像是会与什么女子有牵扯的人吗？”

众人皆是一怔，目光转向张遮，反应了一下——别说，还真是。

这位新晋的刑部署司郎中坐在这里也有一阵了，却寡言少语，以至于众人下意识地忽略了他。这时陈瀛提起，他们才陡然意识到，可不是嘛，前阵子那些流言里不就有张遮吗？

张遮是素来寻常的穿着，一身墨蓝长袍，腰上悬一枚普通的墨玉，缀着个黑色的银纹锦囊，脊背挺直地坐着，神色冷漠，让人觉得不好亲近。

帝师谢危，朝中公认的让人如沐春风。

可张遮嘛，刑部私底下都称他“死人脸”。连衙门里的主簿们见了他都要抖上一抖，把衣裳多加两件，谁能相信这么个人和哪个姑娘家有什么牵扯，又或是哪个姑娘家不长眼偏偏看上他？

自那日蜀香客栈被追上来问过后，张遮便再也没有见过姜雪宁，也下意识地避免再想起她，成日里只用卷宗与案子把自己掩埋，恐有一日得闲，便控制不住脑袋里那些使他痛苦的妄念。

眼下他忽然听见这名字，仿佛一记重锤敲在胸膛上。他本是冷肃神情，波动不显，搭在酒盏边缘的手指却紧了紧。只是这细微的动作也难以被旁人注意到。

姜伯游往日同刑部打的交道也少，那阵子流言蜚语传得很乱，他更多在留意那位荒唐的定非世子，唯恐此人跟宁丫头扯上什么关系，倒没怎么去管张遮。毕竟他听闻此人品行贵重，不是那样的人。

想来是旁人往宁丫头身上泼脏水，毕竟他这当爹的从来只见王公贵族的子弟围着自家女儿打转，还从未听说宁丫头主动去纠缠谁，那谣言简直是胡扯。

不过眼下他倒因陈瀛的话，抬起头来打量了张遮一番。

顾春芳知道张遮不善言辞，也不喜陈瀛挑事的做派，抚须一笑，淡淡地道："流言蜚语伤人，姜大人教女有方，两位姑娘都入选为公主伴读，听说姜二姑娘还甚得谢少师青眼。暗中散布流言的宵小也不过只能坏一时的清誉，时日一长，谣言自破，姜大人倒不必烦恼。"

他不提谢危还好，一提姜伯游整个人都不大好了。只是说这话的人是顾春芳，一则出于好意，二则不知内情，姜伯游不好说什么，勉强笑了笑，岔开了话题："便借顾大人吉言了。说起来小张郎中也有二十四五了，似乎还未谈婚娶之事？"

这一下轮到边上吏部尚书姚庆余脸色不大好了。谁叫他女儿与张遮议过亲呢？

原本他欣赏张遮，要将姚惜许配给张遮，谁想女儿竟看不上，死活要退亲。后来女儿在宫里因推了温昭仪一把，差点害得温昭仪落胎，被斥责回府。如今跟魔着了似的，一个劲儿地说是有人害她，犯了疯痴的病，再也无法出来见人了。

此事若说出来，很不光彩。

张遮正襟危坐，垂眸回道："一则冥顽不化，二则命格苦硬，不敢带累旁人。"

姜伯游不由得一怔。

姚庆余却看了张遮一眼，面色稍霁，只叹张遮竟不提之前退亲之事，可见人品贵重。可越知道这一点，他便越觉得自己的女儿实在是有眼无珠。

他叹了口气道："什么命不命，无稽之谈！"

众人多少听闻过张遮与姚府这一门亲事没成的事，原以为姚庆余同张遮之间必定有些龃龉，没料想张遮自称"命格苦硬"，姚太傅这样的身份竟反驳了他，面上是斥责之色，内里一琢磨，却是在为张遮说话。

到底为何退亲，外头无人知晓。

姜伯游在朝为官，多少也有点察言观色的本事，听到这里，倒是真对张遮起了几分好奇之意：姚太傅作为内阁辅臣，眼光可不低。能被他看上选为女婿，已经算是不俗；事情没成，还能让姚太傅帮着说话，可就更稀奇了。

张遮是朝中少见的以吏考出身的文官，比之满朝科举入仕的官员，其实不算多光彩。可他沉默寡言，克己慎行，比起京中那些纨绔子弟真不知好出多少。虽然看上去似乎不是很好相处，可他身上无半分戾气、浊气，心地该很不错，瞧着像是唬得住宁丫头的，也不会薄待姑娘家。

姜伯游心思微动，便貌似不经意地打听起来：“只听说小张郎中祖籍在河南，当年之所以投在顾大人门下，便是为父申冤，来京城似乎也没几年？”

张遮道：“是，不过三年。”

姜伯游便“哦”了一声：“住得还惯？”

张遮攥着杯盏的手指更紧，却垂下眼帘，如常答道：“物候相近，并无不适。”

姜伯游又道：“那令堂身子可还康健？”

顾春芳一头老狐狸，终于听出了点眉目，不由得朝姜伯游瞅了一眼，又转头来看张遮，可目光一落，却瞧见他那搭着杯盏的紧绷的手指，再看那沉默的轮廓，一时不由得生出几分异样感。

他这位门生好像并不如面上这般平静，反像是忍耐着什么煎熬一般。

这边厢，姜伯游与人聊得投缘，越看越觉张遮很是合适。

那边厢，谢危同其他人坐在一块儿，把背后姜伯游、顾春芳、张遮等人的话听在耳中，却暗中冷笑一声，眸底戾气滋长，面上仍旧分毫不显，只将盏中酒一饮而尽，烧灼到肺腑。

★

沈玠乃与当今皇帝沈琅同母所出的胞弟，既得圣宠，王府修建得也甚是豪奢，占地极广。新到的宾客若无丫鬟侍女引路，在庭园里走不得多久只怕就要迷路。

姜雪宁却熟得很——谁叫她过去在这府邸中住过两年多呢？这里的一切和皇宫给她的感觉差不多，闭着眼睛她都难走错。

从姜雪蕙的偏院里出来，她不大想回女客的席面上，懒得应付，便沿着花园小湖旁边的回廊走着，想去找个安静的地方躲一阵，等宴席将散再出去。

没料想，她才转过回廊，竟遇到了沈玠。

今日成婚的新郎穿着一身大红喜服，越发衬得面如冠玉，气质温润，身后还跟了一众侍从，越使人觉得芝兰玉树，众星拱月。看方向，他是从正屋方妙那边来，要往姜雪蕙那边去。

这一照面，两人都有些意外。

沈玠怔了怔，先反应过来，拱手欠身道："二姑娘有礼。"

姜雪宁却恍惚了一下，对方这身打扮倒和彼时一样。不过她当时见到，却不是在外头的天光下，而是在新房中。也不知是喝多了酒还是面皮薄，这位殿下持着一柄喜秤挑开她的盖头时，俊秀的脸在红烛的映照下隐隐泛红。那时她也生出了些微眩晕感，不过柔情蜜意都是错觉，因为她对此人本来无情，所以错觉之外，在心底蔓延开的便是无边无际的空茫。

她还了一礼，道："临淄王殿下的宅邸太大了，我原本只是想抄近路回席上，没料想才走两步竟迷了路。"

沈玠猜也是如此。

姜雪宁说完，凝视他片刻，忽然问旁边随侍之人："有酒吗？"

那些人愣了愣，下意识地看向沈玠。

沈玠也不知姜雪宁是什么意思。

姜雪宁便笑了笑，解释道："我与殿下虽然不熟，可在宫中也曾得蒙殿下照顾一二。殿下与燕临是旧日的好友，如今他被流放黄州，只怕不能亲自来贺。于情也好，于理也罢，我都该替自己，也代燕临，敬殿下一杯，贺殿下大喜。"

沈玠这才明白。只是提起燕临，他也不免有些黯然，叫人先去取酒，却道："原是个大喜的好日子，可如今燕临不在，芷衣也不在……"

与姜雪宁，他所交不深。外人都道这位姜二姑娘跋扈嚣张，可大约是听多了燕临的唠叨，又知皇妹沈芷衣待她非比寻常，沈玠倒不和常人一般看法。

先前在前厅待客，人人都道他今日同时迎娶正、侧二妃入门，是尽享齐人之福。他面上道谢，心里却没那么高兴。可按着旁人的眼光来看，他没理由不高兴。眼下姜雪宁提这话，本不是个愉快的话题，沈玠却忽然觉得一阵轻松，好像一下就有了个名正言顺不高兴的理由。

近处便有水榭，今日府中大喜，到处都为宾客备了酒水，下人很快将酒水取回，为二人各斟一盏。

姜雪宁端起一盏，脑海中浮现出的却是沈玠彼时待她的种种。他为她庆贺生辰，封她为皇后，弥留之际甚至将传国玉玺留给她保管，虽然后来此物成了她自戕殉葬的祸端，可作为帝王，他待对他无情的她，实在是无可挑剔。

只是他心性太善，善便懦弱。

她向他举杯，缓慢而认真地道："殿下是个好人，雪宁这一杯敬祝您此生所愿能偿，安平顺遂。”

所愿能偿，安平顺遂。这实在是再普通不过的祝语，甚至在他大婚当日说来，有那么点不合时宜的怪异味道。

沈玠微微蹙眉看向她。

她却平淡一笑，清澈的眸底并无算计，只有真诚，仿如细流淌过人的心田，让人渐觉熨帖。她将杯盏伸出来与他轻轻一碰，仰首自己先将酒饮尽了。

沈玠眨了眨眼，却觉一阵惘然。眼前这姑娘到底放下了什么呢？她好像浑身都轻松了一样。他不得其解，可也被她这般松快的姿态带得弯唇一笑，道一声“愿借吉言”，也仰首将酒饮尽。

彼时，她对沈玠无情，沈玠却对她仁至义尽；如今，她避开了与沈玠的交集，既还了自己自由，也希望没了自己的拖累，对方能得个好报。

姜雪宁把杯盏放了，再行一礼告辞，转身离去的姿态称得上释怀潇洒。

沈玠立在原地看了许久，却不知为何怅然若失。直到侍从提醒，他才垂眸看看手中的酒盏，将其放回侍从手中，继续往姜雪蕙所在的院落行去。

姜雪宁路上既遇到了沈玠，又说过自己不认路，找地方躲懒当然更不惧怕。前头小湖边上有个幽静的船舫，她便坐到边上，一面梳理着自己去了蜀中后要做的事，一面等着太阳下山。

前厅着实热闹了一阵，远远听着有山呼万岁之声，她便知道是皇帝和皇后来了一趟，没过多久又听到一片恭送声，于是知道皇帝又走了。

天将擦黑的时候，她料着时辰差不多了，才重新起身，朝着前厅走去。

这会儿有些公务在身的宾客已先行告辞。

姜雪宁从侍从口中问得姜伯游正在园东角的凉亭中，便寻了路去找。

果然，远远她就看见姜伯游面朝外面立着，正同几人说话，其中一人背向外而立。天色已暗，光线昏暗，她一时没看清楚，待走得近了，那人的声音传入耳中，身形略略侧转，她才一下辨认出来。

这一刹那，她当真有蓦然回首、灯火阑珊之感，隐约一片炽热情绪滚过心怀，留下的却是一道磨不去的灼伤。

蜀香客栈那一日，话已说开，姜雪宁虽觉自己不是死缠烂打之人，可见面也怕尴尬，既认出他来，便停下了脚步。

姜伯游眼神好，倒是看见了她，不过又同众人说了一会儿话，才相互道别。张遮不知她就在背后，转过身时，却一眼瞧见她立在那海棠花树下，身形便顿住。

但他没有说话。

姜雪宁也未言语。

姜伯游走过来，笑着道："怎么找我来了？"

姜雪宁一眨眼，收回目光，道："方才想起蜀中的一些事宜，觉得还要同父亲说上一说。"

姜伯游却朝周遭一看，仿佛忌讳着什么似的，一摆手道："正好，你的亲事我也有些想法，要同你谈一谈，回去的路上说。我先去同另几位同僚道别，你且在此候我片刻。"

姜雪宁不知他是有什么想法，但暂没深问，只点点头，看着他去了。

等她回过头去找张遮时，方才他驻足之地已空无一人。

彼时，两人有缘无分；如今，两人有分无缘。

她低笑一声，暗骂老天爷折腾她，只觉自己要走出来怕还要花一段时间。

站了片刻，她又觉得累，干脆往亭内走去。

只是上台阶经过旁边那一丛南天竹时，姜雪宁视线一错，却突见初夏那微红的叶片间挂着一个玄色银纹锦囊，像是谁经过这蔓生的枝条时，被不小心钩下来的。

她随手拾起，本没在意，然而拿到手中的瞬间，便觉熟悉——过去张遮身边可不常挂着这么一只锦囊？

有一回她疑心是哪位姑娘送的，抢了来玩。她本以为张遮已被自己折腾得没了脾气，不料他却板着一张脸要她归还，皱着眉头压抑了十分沉怒的模样。

她架不住，还了，后来才知道那是慈母一片拳拳爱子之心，一针一线缝的，里头虽没装什么紧要事物，对张遮来说却意义非凡。

若是在那时她拾得此物，必要好好嘲笑讽刺他一番，如今见了却满眼酸涩，只想他若发现东西丢了该很烦忧，便打算交由王府的下人保管，备着他返来寻找。

可待她一挪步，锦囊里竟传出了细碎之物碰撞的声响。

姜雪宁忽然呆住，手指一颤，垂眸盯着手中捏的这只锦囊，某些纷繁的念头闪过脑海，却茫茫如白雾，没留下什么痕迹。

过了好久，好久，她才慢慢将那锦囊解开。

"哗啦"数十颗新年时吉祥瓜果样的金银锞子从中滚落下来，散在她的掌心里。伴随着掉出的，还有半页折起来的薄纸，隐约能看到背面透出的墨迹。

姜雪宁的眼泪霎时往下坠落。她用力压住自己的心房，但觉溺水一般，下一刻便要呼吸不过来。

那夜将锦囊挂在他的门外时的忐忑心情、那日站在他面前直问他的心意的孤勇，尽数从心上滑过，这一刻却都化作一种不解的荒谬、不忿的悲苦……

“张遮，我属意于你。”

“姜二姑娘容谅，在下心中已有属意之人了。”

倘若你的确属意旁人，对我毫不动心，那留着这些东西又算什么呢？

第十五章

蜀中

张遮是半路上发现东西不见了的。

只是他自撞见姜雪宁后便心神不属，竟想不起是从什么时候开始不见，又到底是丢在回来的路途上，还是丢在了临淄王府里。

于是他去而复返。空寂的园林中已经没了姜雪宁的身影，凉亭中也空无一物，只有两名侍从在收拾亭中留下的狼藉杯盘。

眼见张遮去而复返，先前伺候的侍从对他有些印象，上前来弯身行了一礼，主动问道："张大人，怎么了，可是落下了什么东西？"

张遮问："你可见过一枚锦囊？"

那侍从顿时一怔："是玄底银纹模样的吗？"

张遮道："你见过？"

那侍从连连摆手，目光却变得有些奇怪，神情里也带上了几分为难，犹豫了片刻才讪讪地道："见是见过，不过方才小的等来这里收拾的时候，是见姜侍郎家那位千金立在这里，正拿着一枚锦囊，和您要找的有些像。她面上瞧着……小的们就没敢上去多问。"

张遮立在阶前，恍惚极了，腰际没了那枚锦囊，有些空荡荡的。

侍从便觉得眼前这位年轻朝廷命官的神情，一瞬间竟与他先前所见的那位姜二姑娘重叠在一起，是一种奇异的沉重神色，像是黑沉沉的水面下有一面镜子，让折射上来的光都显得昏暗。

过了好久，张遮才开口，问："姜二姑娘已经走了吗？"

侍从点了点头，道："对，好像已经和姜大人一道回府了。"

张遮便微微闭上了眼，沉默片刻，才道一声“谢过”。

侍从心里疑惑，却不敢多问，再一躬身，抬头就见这位大人已重顺着园径向外头走去，分明是暖风熏人醉的夏夜，他的背影渐渐隐没在层叠的廊下灯光尽头时，却仿佛是走在冷寂的秋霜里。

前日下过一场雨，冲刷了笼罩在京城上空的浮尘，长街的路面也被雨水洗了个干净。车马声渐绝，于是脚步轻踩在路面上的声音便变得明显起来，显得空寂、冷清。张遮的脑海里仿佛什么都想了，又好像什么都没想。

他住的地方距离王公贵族们的宅邸所聚之处颇有一段距离，过了这片寸土寸金处，两旁楼阁的高度便低了下来，渐次有些笑闹叫卖之声响起。

今早他不慎打翻家中茶壶，母亲叮嘱他回去时记得买个新的。

张遮便进了间打烊晚的瓷器行，选了套简单的邢窑白瓷茶具，却听瓷器行的掌柜的陪着一名雅客立在多宝槅前面叹气。

“清酤美酒，醉乡酒海，釉色清亮细薄，正称梅之瘦骨。周老板这一只梅瓶碎得可惜，我找了许多能工巧匠倾力修补，却也只能止步于此了。”

“远观倒与新瓶无异。”

“可近赏不得。您观这口颈处，细缝微小，便巧匠能夺天工，也难以填去旧痕。毕竟是碎过的，您本珍之爱之，往后就更得细心看顾，否则有点磕碰就得散架，不可同弥合如新、刚出窑浑然一体时相比啦。”

“唉……”

张遮朝那一边看去，一只尺高的梅瓶立在当中，天青如玉色，胎质细腻，本有天成之美，上面却有一道道细微的裂纹，乃经过修补后留下的，像是一道道被时光磨浅了却始终难以消去的疤痕。

柜台前面的伙计朝他看了一眼，问：“公子也想买只梅瓶吗？本店什么都有的，您多看看？”

张遮这才慢慢收回目光，道：“不用了。”

银钱付讫，他带了茶具回家。

张母知他今日赴宴，怕他免不了席间的应酬，喝多酒，所以备了醒酒汤热着，见他回来，正好端给他喝。

张遮心底一阵酸涩，有那么一刻甚至感觉万般颓然，末了却还是放轻了声音对蒋氏道：“回来晚了，又让母亲挂心。您身子骨不好，往后还是早些睡吧。”

怎么说也是自己养大的儿子，蒋氏岂能看不出他心事重重？连着好些天来，他都早出晚归，在衙门里一忙起公务来就没个完，若说的确是事多繁杂就罢了，可她瞧着他好像除了公务，余事皆不愿去想的模样，倒更像借此压住什么情绪一样。

可他自小便很有主意，什么事都埋在心底。蒋氏对他的事情知之不详，眼下看他若无其事的模样，便知自己问了他也不会说，索性不问，只道："便是你父亲当年都没你出息，他泉下有知定然瞑目。你呀，娘只盼着你安平些，遇到个喜欢的姑娘成个家就再好不过。至于荣华富贵，好虽是好，可要去追，要去逐，反倒让自己过得很累。"

张遮没有解释。

蒋氏叹了口气，便从这间普通的书房里退了出去，叮嘱他也早些睡，然后将门带上。

刑部有许多卷宗被他带回来看，如今都高高地堆在案头上。边上灯盏的光焰轻轻摇动，照着那一行行墨字，却无法进到眼底。

张遮觉得这光晃眼，便把灯盏移得远了些，于是纸面上的字也暗了下来。他枯坐在桌案后面，像是案头上砚台里渐渐干涸的墨一般，一宿都没动上一动。

初夏的天光来得很早，市井里的声音又喧嚣起来。

蒋氏一早醒来煮上粥，以为张遮与往日一般天不亮已经上朝，便打算趁着天气热起来之前收拾房间整理庭院。不承想到得他的卧房门前，才把手放上去，门便开了。里头床铺被枕整整齐齐，分明昨夜无人睡过的模样。

她再转头一看，书房门却是紧闭的。天未大亮，还有一点灯光从里透出。她犹豫了一下，到了门前轻叩："今日不去上朝吗？"

张遮坐于案后的身躯才轻轻动了动，像是终于被人从某个幽暗冷寂之所拉回来般，他却慢慢地道："今日不去。"

朝议叫大起的日子，他从未耽搁过，昨日也不曾说今日告假。蒋氏怔住，半晌没出声，然后才道："那我去市上买些菜，等吃了早饭你再去衙门吧。"

她收拾东西出门，拎了只竹编的小篮子。

早上的集市正是热闹的时候，她挑了一条两斤重的黑鲤鱼，买了些嫩姜、香葱、韭菜，还有新鲜的豆腐，最后选了一块看着不错的猪肩肉，一道放进竹篮，往家中走去。

她去集市时，天才蒙蒙亮，回来时，晨光已然熹微。

只是当蒋氏转过那熟悉的胡同，看到自己家那旧院时，忽然发现那长着青苔的台阶下竟立着一名年轻的姑娘。姑娘身上穿一袭月白广袖留仙裙，素面朝天，肤色在晨光里显得苍白，微微抬着头，似乎有些呆滞出神地望着那扇斑驳的木门。

这大清早的……蒋氏迟疑一下，走了过去，笑着问："这位姑娘是要找什么人吗？”

姜雪宁回过头来，才发觉自己站得久了。

她看见了蒋氏，寻常模样的妇人，独自抚养儿子长大所经历的风霜在对方面上留下了比同龄妇人更深的痕迹，两鬓霜白，皱纹细细，臂弯挎的竹篮里，是刚买回来的新鲜的菜。此时妇人略带着几分担忧地看向自己，眉目却十分慈和。

他该恨自己的。

这胡同深处仅有一户人家，姜雪宁已猜出了这妇人的身份，心底那股愧怍如热泉一般翻涌起来，勉强要笑，眼泪却往下掉。

她道：“请问，此处是刑部张大人家吗？”

这姑娘竟是来找自己那木头儿子的。蒋氏见着这么个光艳照人的天仙姑娘，根本没往张遮身上想，可见她话没说两句先掉了泪，便想起张遮昨夜及今早不寻常的种种，一时心里嘀咕：那小子榆木疙瘩敲打不动，别是招惹了人家姑娘又惹了人家伤心吧？

在河南时他还好好的，到京城反不学好！倘若他真搞出什么缺德事来，看她不请家法、替他那短命爹狠狠地揍他一顿！

“是、是，这儿就是。”蒋氏不免手忙脚乱，忙道，“他今日没上朝，正在书房里呢，你快先请进，我给你叫他去！”

她上前开了门，请姜雪宁入内，接着连手上挎着的竹篮都忘了放下，便要去敲那一夜未开的书房门，让张遮出来。

没承想，还没等她走上台阶，原本紧闭的房门竟然开了。张遮手搭着门框，站在门里，墨蓝的一身长袍挂在他身上，身体虽依旧挺得笔直，却给人一种沉默萧索之感。他静静地看向立在这简陋小院里的姜雪宁，过了好久才道：“姜二姑娘，请进。”

姜雪宁也看了他半晌，才抬步走上台阶。到得门前时，张遮向里让了让，她进了屋。张遮同蒋氏交代了一句，返身将门关上了。

两个一宿没睡的人，面对面坐下。

茶是昨夜的陈茶，已经凉了。堆满卷宗的书案上，灯盏灯芯的末端一缕青烟摇晃，已是燃尽。初升的日头从东方斜斜照在窗前这一张低矮的漆案上，驱散了几分寒气。

姜雪宁注视着他。

张遮却低垂着目光。

她轻轻地道：“今日本该上早朝，张大人却在家中，仿佛知道我会来一般，是在等我吗？”

张遮沉默。

姜雪宁双手交覆于跪坐的膝上，笑起来：“我曾表白属意于张大人，张大人却说自己已心有所属。那天我恍恍惚惚的，半点都不服输的性子，竟都忘了问，不知大人中意的这位姑娘到底是谁呢？”

张遮放在案下的手掌悄然紧握。他道：“京城人氏，寻常人家罢了。”

张遮也会说谎，也会骗人了。

姜雪宁眨了眨眼，又问：“张大人才与姚小姐退婚不久，便移情于此人，虽说是寻常人家，可想来才貌该不差，性情也在我之上吧？”

张遮沉默了好半晌，才道：“姜二姑娘无可挑剔，只是在下出身寒微，不敢误姑娘终身。她才貌不能与姑娘相比，性情也并非极好，只是……”

姜雪宁问：“只是什么？”

张遮终于抬头看向她，克制而忍耐，心下却异常荒凉，注视着她的瞳孔，似乎想将这面容刻进心底，慢慢地道：“只是我爱重她。”

姜雪宁突地笑出声来：“那她叫什么名字呢？”

张遮寂然无言。

姜雪宁突然好恨他，连那一点虚假的笑都挂不住了，将袖中藏了许久、也看了一夜的锦囊轻轻放上桌案，将那张薄薄的纸页展开压在锦囊上，道：“张大人说不出，我来告诉你可好？”

张遮闭上了眼。

姜雪宁却一字一顿、近乎发狠般对他道：“你喜欢的这个人，才不如貌，坏得透顶，不是好人，姓姜，叫姜雪宁！”

我意将心向明月。

那页纸上，难得端正的墨迹已经渗透纸张，却还未陈旧。

可张遮的心已千疮百孔。

姜雪宁红着眼问：“你怎么能说不喜欢我，你怎么敢说不喜欢我？”

张遮想起了那些往日的情形。鲜活的她，明艳的她，张扬的她，恣意的她……那时他克制不住那颗僭越的心，想要靠近她，可最终……玉山倾，锦屏碎。

他胸膛里那颗心都似被她锋利的言语剖了出来，血淋淋地挑在刀尖上，千百般的苦涌到喉头，又落了回去，满腹都是酸和涩——梅瓶到底碎过。

他望着她，仿佛从前世望到今生，终于还是低哑地唤了她一声：“娘娘……”

娘娘。

眼前这个人，怎么会叫她“娘娘”呢？

姜雪宁先是感到迷茫，随即便感觉眩晕。那声音低哑的两个字从她耳中传递到心里，眼前的张遮在轻轻摇晃，照进来的日光一片惨白，屋子里好像有雾气升腾起来，让周遭的一切都变得模糊不清，甚至轰隆隆地乱响。

她下意识地摇头，怎么会呢？一定是她听错了……

可心里面有个声音在冷冷地笑：知道的，你早该知道的！以此时来算你们才认识多久，他凭什么对你情深义重，喜欢你却还要瞒着你？你没有听错！

一股锥心之痛，连着无尽的愧疚将她捆缚，让她颓然坐倒。

这一刻，她什么都明白了。

像是有那高高的山岳、沉沉的深渊将她压垮，任她坠入，她到底承受不住，埋下头捂住脸，控制不住地恸哭出声。

张遮无言地走过来，只觉自己像是那残忍的刽子手，击溃了她最后的防线。他半跪在她身侧，喉结微微滚动，终于还是容许了自己这一刻的僭越行为，轻轻将她拥入怀中，道：“是臣不好，是臣不好……”

她哭着道：“你早没告诉我，你骗我……”

张遮说：“是臣骗了您。”

姜雪宁越发恨自己，甚至觉得自己不配在他面前饮泣。她的泪都掉在张遮的胸膛上，沾湿了他的衣襟，将他的一颗心浸在里面，也使他确认，的确不该告诉她的。

“娘娘，臣也怕，怕您知道您眼前这个是彼时的张遮。”

一旦她知道，往事便纷至沓来，生出无穷愧疚。她要自由，要得偿所愿。可这愧疚足以将一个已渐渐抛开前尘往事的人压垮、击倒。她所遇到的所有人都是新的，唯有他是她陈旧的羁绊，而太过沉重的过往所裂开的沟壑，纵然两个人都想尽力填补，又怎能弥合如新？

那样活着，她该有多累？

便是如今她在他面前时，也一点都不像真正的她。

★

圆圆的木棍在砧板上擀着，一只手熟练地转动，面皮便在拉扯挤压下慢慢变薄。蒋氏是想简单地下一锅馄饨。

只不过擀着擀着面皮，就听见书房那头传来哭声，她顿时一怔，不免有些忧心，有些迟疑地朝着窗外张望。

自家这根木头，往日几乎与女子没什么交集。那位姜二姑娘……莫不是传言中与他有些瓜葛的那位？

当时蒋氏还以为这是谣传。街坊邻居们打趣，她也只说，倘若真有点什么首尾，以那小子闷头只做不说的脾性，他该是一早就中意人家，早晚会将人娶回家来的。

没想到人家姑娘找上门来了。

瞅他那消沉样，该是对人家姑娘十分在意，只是他那不冷不热的态度，叫她这个当娘的看了都生气，活像是吞了黄连。也不知他说了什么，还引得人家哭起来。

蒋氏看那姑娘倒是赏心悦目，也不去想是不是姑娘对自己的儿子不好，反琢磨这儿子又臭又硬，半点不开窍。

炉子上烧了水，面皮也擀够了，她算了算时辰，怕里头那位姑娘早晨来时没吃饭，也不好进去多问，索性多包几只馄饨，一个个飞快地捏了，等着水滚沸后丢进去。

书房里的哭声过了好一阵才小下来。

姜雪宁坐在地上，抱着自己的膝盖，眼神空茫地落在张遮那颜色暗沉的袍袖边上，只感觉命运弄人。

她曾以为自己现在可挽回一切，重头来过。可怎么也没想到——她最在意、最不想伤害的人，也带着记忆归来。

在她哭的时候，张遮没有说一句话，只是陪在她身边，任由那一声声的哭泣将他的心肺撕裂，给予他一种强烈的存活于世的感觉。

唯痛苦与磨难最深刻，也唯有面对她的时候，那些素日里都深深压抑在冷肃躯壳之下的鲜活的喜怒哀乐、贪嗔痴怨才会爬上来，让他感知到一日一日无法自拔。

只是他控制不住自己的代价太过惨烈，连回想都仿佛蒙上了一层血色。

那日深夜下的宫中长道，她低垂着眉眼，放低了姿态，扯了他的衣袖，骗他说从此以后就当个好人，只恳求他帮帮她。

宫廷里危机四伏，萧姝有孕，她与萧氏斗得正狠，陷入太深，在那个位置上已不能够抽身，而输意味着死。

周寅之是她的心腹，心狠手辣，结党营私。无论出于法，还是出于理，他都没有理由放过此人，该要趁着对方结党营私、卖官鬻爵的事情被人挖出时，将其一网打尽，方不负自己治律多年、清正一生。

可三司会审那一日，他高坐在堂上，看着卷宗上那一条条罪证，提着笔，却久久未能落下——一旦被定罪，周寅之固然可除，可姜雪宁与此人捆绑已深。周寅之倒，等于她死。

他不仅是在断案，也是在断她的生死！

那是张遮入朝为官近十年来第一次下不了笔，也是唯一一次徇私……然后万劫不复。

他永远也忘不了，在飘荡着陈腐气与血腥味的牢狱里，与他相熟的狱卒带着不忍，悄悄递伤药给他时，告知他母亲的死讯的场景……

蒋氏独居，身子本就不好，乍闻他身陷囹圄，伤心欲绝，却要强撑着为他申冤，把衙门里的冤鼓都敲了个遍，哭着对人说："我养出来的儿子我知道，他做不出这样的事情来！他是清官，是好官，他对着他父亲的灵位发过誓的……"

可无人理会她。

她在家中无人看顾，早晨下台阶时一跤跌倒，再也没能起来。

足足过了七八天，街坊邻居才发现异常，搭了梯子爬上墙朝院子里看，才发现她摔倒，撞开院门进去，人已经……

张遮永远不敢去想那场面。

为人臣，他不忠；为人子，他不孝！

他别说在母亲跟前尽孝，母亲的丧事还是朝中的同僚冒天下之大不韪帮的忙，而他这个身受母恩的儿子，却连出去送个终都做不到。

姜雪宁颓然地坐着，一动也不动，心如死灰地问他："张大人，你该恨过我吧？"

张遮说："恨过的。"

姜雪宁道："该是如此。"

张遮沉默良久，然后才慢慢道："可我怎能恨你？不忠的是我，不孝的也是我；爱你的是我，害你的还是我。到头来，我只好怨憎自己。娘娘，张遮哪里有那样好呢？他为你迷了心窍，背弃原则，罔顾律法，成了这浑噩世间一介庸碌昏聩的凡夫俗子。娘娘不要再惦记他了，他只是一个不敢再去爱的懦夫，他不值得。"

姜雪宁抱着膝盖，摇头哽咽："不，是我不值得……"

是她太坏了。她身在深渊，贪慕他的高旷，嫉妒他的清正，伸出手去把他从高高的山巅上拽下，沉进了不见底的地狱里，毁了他的一切，纵她想以命相抵，又怎能偿还？

他们之间隔着好与坏，悖逆与忠孝，还有那本不该有的牢狱之灾、酷烈之刑，甚至还有着活生生的人命。

纵然一切都重新来过了，又能如何？

那些过往实在太痛，太惨烈，连她午夜梦回时都要难过不安，张遮偶然想起时又会何等煎熬苦楚？

神仙眷侣也会吵架，纵她与张遮在一起，又怎知他日不会因些许不快便互揭伤疤，或在某一个瞬间无意地伤害彼此？

两个人都记得过往，爱便太脆弱了。

姜雪宁道："你不想我知道，是不想我愧疚，愿我自在。可我爱的偏偏是你，我要怎样才能不去追逐你，不来找寻你？我心安理得，以为一切可以重新来过，就想要打破沙锅璺到底，没想到倒叫你的一番努力白费。你太了解我了，张遮……"

张遮沉默无言。

姜雪宁却觉自己从未有如此难过的时候："你不是懦夫，我才是。"

倘若两个人要在一起，这样的秘密，张遮怎能瞒她一世？到时再知道，她如何承受？可若他早早告诉她……她又怎么能心安理得、毫无愧怍地去爱他、想他、追逐他？

彼时她怎么对待谢危，如今便会怎么对待张遮。

彼时她当了高高在上的皇后，谢危却因为当年与她一道上京，而知道她不过是个言行粗鄙、什么也不知道的乡野丫头。于是她厌弃谢危，倘非因他位高权重，恐早找个理由将他贬谪出京，一点也不愿想起那些不愿回首的往事。

如今她要重新当一个好人，可张遮见过她所有的坏，所有的不堪。她明明爱这个人，却害得他身陷囹圄，寡母亡故，清誉折毁。一见着他她便觉得自己坏，一念着他便心生愧意，又怎能承受住熬煎，时时愿意见他呢？

她对谢危是厌，对张遮是愧。可本质上这两者并无什么差别，她都不愿意面对过去那个不堪的自己，也不敢再朝张遮走近哪怕一步。

姜雪宁抬起头来望着他，才发现眼前这一张冷漠的面庞、这一双沉静的眼眸，的的确确与彼时的他毫无差别。还有他与后来一般的字迹，那么多蛛丝马迹，只是她一点都没有发现罢了。

可是……一种恐惧忽然浮上心头，姜雪宁浓长的眼睫都被眼泪浸湿，声音颤了颤，问他："不，不对。那日他们逼宫，朝上那些清流都上书要我殉葬，交出传国玉玺。我答应了，谢危也允诺了我，不会杀你，你怎么会与我一般……"

这一刻，她心底的恨意陡然钻出，身体绷得紧紧的，她立时要起身："他食言了，谢居安失信于我！"

然而，一只宽大有力的手掌轻轻将她拉住，张遮静默地抬眼，想起那日那位已倾覆了朝野、扫清了六合的太师大人来到他无人问津的牢房，风轻云淡似的说出的那番话……

他凝望着姜雪宁，手还拉着她的手，过了许久才慢慢道："没有。"

谢居安没有失信。

姜雪宁顿时愣住，从高处看向张遮。

那一双清明的眸底映着她的身影，可她脑海里乱糟糟的。直到一个想法闪过，她喉咙里都跟堵了沙、卡了刀一般，泪珠扑簌地顺着面颊滚落。她艰涩地道："你……"

倘若谢居安没有失信于她，那么只有一种可能——

张遮平静地道："国有律，家有规，王子犯法，罪同庶民。张遮是个罪人，也已写下判词，罪由律定，刑由法处。情不可移法，我错得已经够多了，罪当处斩，凭何幸免？"

没有人忍心为他写判词，所以他自己写了，罪状与律例一应俱全，核准秋后处斩。他被推上刑台，天地苍茫，铡刀一落，身首异处，血溅三尺罢了。

姜雪宁终于站不稳，重新跌坐下来，怔怔地望向窗外。

是啊，那可是张遮啊！

她以旧恩相胁，要谢危放过张遮，可张遮治律一生，又有何处愧对于人呢？既然他亲笔写下了自己的判词，便是自认其罪，纵然放在面前的是生与死，他也会选择后者。

所以她才会喜欢他。

姜雪宁忽然觉得好累好累，眨了眨眼，才问道："谢危后来可算得偿所愿，登基当了皇帝吧？"

与其说这是个问题，不如说是句感慨。毕竟谢居安那样强的本事，灭萧氏，诛皇族，染得半座京城都是血，最终也拿到了传国玉玺，登上皇位是何等易如反掌？

可她没料想，张遮久久地沉默后，竟然说："没有。"

姜雪宁疑心自己听错，看向张遮。

张遮想起自己在那时从入狱到秋决那段时间听闻的事，却道："都过去了。娘娘，那些答案都已经不再重要。"

姜雪宁恍惚如在梦中。

蒋氏已经煮好了馄饨，犹豫再三，还是去叩了门。

姜雪宁手忙脚乱地起身，只觉狼狈。她实在无颜面对这位过去为自己连累亡故家中的妇人，不敢多留，擦了眼泪便要告辞离开。张遮却拉住了她，朝她道："留下来一道吃个早饭吧，娘该多煮了一个人的。"

一碗普通的馄饨，面皮擀得虽薄，却也没用什么珍贵的食材，不过是剁了肉馅，混了胡椒，点了姜末，煮好后盛到碗里，撒上葱花，略点了些干虾、米醋。

碗也只是普通瓷碗，端上桌来一片热腾腾的白气。

姜雪宁人偶似的同张遮、蒋氏坐到桌前，拿起筷子，却有一种不知身在何处的感觉。

蒋氏时不时地打量二人，却担心这位穿着打扮不俗的姑娘吃不惯这么粗的东西，有些拘谨："早也不知有客来，买了鱼回来吧，做着又太花时间，也就糊涂着包了碗馄饨，实在不怎么上得台面……"

姜雪宁心中酸胀，在雾气里睁着朦胧的泪眼，道："没有，伯母做的东西很好吃。"

张遮坐在她旁边，沉默无言。

寻常百姓，市井人家，烟火袅袅，却无一处不透着脉脉温情。

一口热汤喝下去，便熨帖到心里，姜雪宁隐约明白他为什么留自己吃这一顿饭了，他是想让她释怀。一颗一颗馄饨往嘴里吃着，她越吃眼泪却越往下掉。

张遮知道她惯来是食不厌精，脍不厌细，少食多餐，在宫里便爱折腾那些厨子，食量向来不大。

可此刻她吃了大半碗馄饨还没停下。

他心里便生出一种没来由的隐怒，看不得她如此为难自己，伸出手来拿走了她的竹筷，搁到一旁，开口时却心软得一塌糊涂，只低声道："够了，不要再吃了。"

姜雪宁却紧紧压住自己的心房，觉得难以面对。

蒋氏看出端倪，忙搁下碗筷道："是啊，我们家小门小户没有那么多规矩。是我担心姑娘一大早来，肚子饿，所以添得多了些。姑娘吃不完便搁着，没有什么失礼的。"

她不说话还好，一说话，姜雪宁已泣不成声。

蒋氏手忙脚乱地道："哎哟，可别哭、可别哭！我就知道，我家这根木头，从小爹去得早，孤僻寡言，不讨人喜欢，我尽管着他的学业，却也没个人教他怎么讨女孩子欢心！姑娘你可快别哭了，受了什么委屈，都告诉我，看我回头不修理他！"

姜雪宁哭得笑起来："张大人可坏了。"

张遮静静地看着她，心如刀绞。

蒋氏哪知道他们之间的恩怨，立时横了张遮一眼，又道："你都告诉伯母，可别闷在心里，这天底下哪有什么过不去的坎儿？我让他给你赔礼道歉。"

姜雪宁看向张遮，轻如梦呓般道："张大人坏就坏在太好了，您也太好了……"

蒋氏愣住。

姜雪宁却知自己来得已经够久了，她站起来，向蒋氏深深地躬身行了一礼，被泪水洗过的眼眸格外清澈，道："多谢伯母款待，我出来未曾知会家里人，现在也该告辞了。"

蒋氏不明所以。

张遮却道："我送你。"

他走在前面，拉开门闩，打开了院门。

姜雪宁同他一道走出去，尘世的喧嚣忽然扑面而来。她站立良久，忽然返身紧紧地抱住了张遮，在他胸怀里闭上眼："就抱一会儿。"

张遮终究没动。

姜雪宁说："张大人，你这样好，要我往后怎么把你忘了呢？"

张遮回答："遇见更好的人。"

姜雪宁委屈地道："你骗我，没有比你更好的人。"

张遮便默然，过了会儿才道："那便遇到一个更合适的人。"

姜雪宁贪恋着这点温度。就算是在那时，他们也没有靠得这样近过，因为她是皇后，他是臣子。此时分明靠得最近，却也是最远，因为他们都没有勇气顶着血淋淋的过往，当作什么都不曾发生一般相爱。

她笑道："我喜欢的才是合适的人，若不喜欢，哪儿有什么合适的？"

何谈"更合适"呢？

张遮久久无言。

姜雪宁抬起头来，却道："你低头，我就告诉你一个秘密。"

张遮看她半晌，依言低下头来。

她便踮起脚，怀着无限眷恋地去轻轻啄吻他的眉心。

这一次，是她僭越。

然后她退了三步，笑起来："不管你怎么想，其实打从避暑山庄里遇到你，看见你不识好歹地要避嫌，宁肯出去淋雨时，我便想占有你。这么个不解风情的朝廷命官，凭什么不能为我所用？只是可惜，我动了心，一败涂地，你也没有赢。所以我属意于你，不是因为你救我、护我，也不是因为愧怍，而是因为一见钟情。"

她以为张遮会愣住，可没料到，他脉脉注视着她，竟然也笑了笑，慢慢道："我知道。"

此一时真是千愁百感交织到了心底，无尽地流淌，可最终灿烂起来。

她仰着头，不想再掉泪，故作不在意地哼了一声道："笑起来这样好看，往年你却对我吝啬得很，连点好脸色都不给。我走了！"

张遮道："好。"

姜雪宁又道："虽然这天底下比本宫好的姑娘没几个，可本宫允许你找个不那么好的姑娘，别亏待了自己，看着可心的就娶回家吧。"

张遮又道："好。"

他却没有告诉她：天底下心性比你好的姑娘很多，可我都不爱，也都不想娶。

姜雪宁说完了，才又说了一句："我真的走了。"

张遮还是道："好。"

姜雪宁骂他："不解风情，又臭又硬，烂木头一根！谁喜欢上你是倒了霉，迷了心，瞎了眼！"

张遮没回嘴。

姜雪宁一跺脚走了。

可张遮立在后面，看见她绷着身子走出去十几步，到了胡同口时终于没绷住，肩膀耸动起来，抬起袖子往脸上擦。经过的人都诧异地看着她。

她一路走出了胡同口，被天光照得惨白的身影这才渐渐被人影和声音淹没。

张遮感觉心像是被人剜空了。

蒋氏从里面走出来，看了半晌，打量打量伫立在原地的张遮，试探着道："我看，这位姑娘倒是很好啊。"

张遮寂然道："是很好的。"

可她终归不是他的。

★

姜雪宁一大早出去，也没跟谁打过招呼，唯有出来的时候被门房瞧见，可门房不会知道她去哪里。家里面的人若发现她不见了，该会着急。

可去蜀中的事情已经和姜伯游谈定了，倘若她这一副魂不守舍的模样回到家中，不免要使人担心她如今的状态，以至去蜀中的计划无法成行。所以她半道找了个人少僻静处坐了许久，直到强迫自己心绪稍平，又掬了溪边清水将一张脸洗净，这才强作无事地回到府中。

姜伯游一大早听说人不见了，也没打听到她往何处去了，在府里训斥了几个下人，看见她没事人似的回来，眉头便紧紧地皱起，肃然道："你又去哪里了？连招呼都不跟家里打一声，这般到了蜀中，如何能叫人放心？"

姜雪宁其实无心应付他。可除却张遮之外，她还有自己不得不去完成的事情以及要弥补的过失，是以并未在姜伯游面前露出破绽，只道："女儿只是想起即将离开京城，到底有些眷恋的风物，又有些朋友已经不在京城，所以趁着早市刚开，一个人出去转转散散心，也看看离开京城之前要不要为旧日的朋友们备些礼物。本是心血来潮，又兼离愁别绪，是女儿的错，让您担心了。"

她看着似乎与平常无异，可的确不是很打得起精神的样子，姜伯游根本不知道她与张遮之间有过什么，自然也无从猜测她今早的去向，只当她说的都是真的。放在别的大家闺秀身上，这理由是漏洞百出，可放在姜雪宁身上，却合情合理。

只不过这番说辞也让姜伯游叹气："既然有几分眷恋，那你是否考虑考虑放弃去蜀中？倘若你不喜欢待在家里，那找个称心如意的人嫁了也未尝不可。"

姜雪宁抬头看向姜伯游。

姜伯游昨夜便想跟她提这事来着，但看她神思恍惚，只聊了去蜀中的一应事宜，到底没来得及开口就回了家，是以拖到了今日："昨日宴中父亲倒是相中了一位人品不错的人，左右琢磨其实与你相宜，若能成了，说不准是桩好姻缘。"

姜雪宁无心于此，摇了摇头。

姜伯游却道："那位刑部的署司郎中张大人，听闻在通州之役时也对你颇为照顾，看着虽然沉默寡言，却是个靠得住的人。昨日父亲还同此人聊了几句，此人倒是朝中难得的清流。你就不考虑考虑？"

姜雪宁万万没料到姜伯游所相中的这个人是张遮，一时心内百感交集，苦涩且荒凉，哭不出来，也笑不出来。她慢慢垂了眼帘，才道："父亲实在费心了，只是女儿去蜀中之意已决，一应事宜已经安排妥当。且女儿这般跋扈，还是不要去祸害旁人的好。请父亲打消这心思吧。"

姜伯游顿时无奈。他固然是欣赏张遮的，可宁丫头无意，也实在不好强求。原本他提出这建议也没抱太大希望，姜雪宁无动于衷也在他的意料之中，所以只好道："那也实在没办法了。可蜀中毕竟山高水远，我实在是担心……"

"父亲乃户部侍郎，掌权于六部之中，四川巡抚陆文英是您的同科，荣州知府昔年又曾受您恩惠，上面都已经打点妥当。"姜雪宁的确不曾去过蜀中，可心中竟没多少惧怕之意，"往下还有女儿旧日的好友尤芳吟，如今她嫁给了自流井大盐场主任为志，有她照应应该不差。另一则，听闻礼部樊尚书家的小姐樊宜兰，也就是去年与我一道去选伴读却因诗才被黜落的那位，这几个月也到了蜀地，居于成都。女儿若到了那边，并非无人做伴。"

樊宜兰落选伴读之后便游历四方去了，算起来与姜雪宁当然没什么交情。可毕竟这位才是开了先例的不凡之人，一介女子离开京城，游历写诗，最近几个月便有些诗作流传出来，已小有名气，且其父的官职比姜伯游还要大一些，又在蜀中，这理由自然更能说服姜伯游。

姜伯游想想，便终于没再反对，只道："既然如此，那剩下这两日你便看看京中还有没有什么故交要告别，好生叙话，毕竟这一去还不知多久才能回来。"

姜雪宁道："是。"

只是等姜伯游走了，她坐在自己屋外的花架下，看着挨着院墙那几棵高高的木芙蓉，春来夏近，绿叶生长，只是一朵花也无，便想起了燕临一身锦衣地翻上墙头摘一朵木芙蓉扔进她怀里时含着笑的眼。

那时候，意气少年未经风雨，娇蛮公主无忧无虑，尤芳吟还是个苦寻出路不得的可怜庶女，而她满怀着对一切、对张遮的憧憬。

可如今，物是人非。勇毅侯府一朝倾覆，燕氏一族流徙黄州；鞑靼狼子野心求和亲，乐阳长公主身赴番邦；尤芳吟脱胎换骨，借嫁任为志远去蜀中；而她所有的庆幸与憧憬皆被打破，在与张遮的这段爱恨里摔得鲜血淋漓，方知往事并不如烟。

这座京城，还有什么值得她眷念呢？姜雪宁想不出来。

若说原来她还有几分惆怅，只因张遮还在京城，如今不管她是否能够释怀，过往沉重的爱恨纠葛也只能在这一日画上终点，最后一丝不舍都随之湮灭。

她想，她从没有一日这样迫切地想过要离开这座繁华的囚笼，去到那片自己向往已久的自由山河。

家中已经开始收拾行囊。此事唯恐中途生乱，所以她并未对外声张。

姜雪宁仔细理了理，算自己这一去既是了却过去的心愿，也是为了他日能顺利救出乐阳长公主，京城的人脉倒不能废了。比如方妙、萧定非等人，虽未必派得上用场，可打点着总比不打点好，所以趁着最后两日，她让人准备了些礼物送到各人府上。

萧定非这些日子以来跟着姜雪宁搞风搞雨，充分体会到了为所欲为、无法无天的快乐，趁着萧氏麻烦缠身，不断地落井下石，简直把"纨绔子弟"和"伤仲永"这两个词演绎得淋漓尽致，正在爽到头上无法自拔的时候，乍然收到姜雪宁的临别之礼，惊得一蹦三尺高。

当天下午他就杀到姜府来，拽着她的袖子哭天抢地，也不知几分是真，几分是演，口里说着"你走了我以后靠谁去""你怎么可以抛下我一个人去逍遥""说好的罩我呢"之类的废话。但没能纠缠多久，他就被闻讯赶到的姜伯游着人乱棍撵了出去。

姜雪宁倒没什么感觉，心道萧定非这种能屈能伸、人做得鬼也做得的德行，在哪儿都吃不了什么大亏，所以并不把他说的话当真。

只是等萧定非走了，她反倒有些踌躇。谁都料理好了，唯独一人使她为难——谢危。

在彼时，此人谋反，杀尽皇族，诛尽萧氏之人，血染山河，她虽是咎由自取，可落得自裁殉葬的地步，到底是害怕谢危。

婉娘刚去，她被接回京中的路途上与此人同行，有多少狼狈不堪都被对方知道，所以也心有回避厌憎之意。

如今，她改了偏执乖戾的脾气，能顺则顺、能哄则哄，倒和他成了师生，既帮助过他，也得过对方的帮助，反倒在害怕、厌憎之外，多了几分感激。

种种情绪交织，实在复杂，但不管怎么复杂，谢危到底算她的先生，又与她有许多交集。况他人在朝中，他日燕临拥兵，要他在朝中照应；攻打鞑靼救回长公主，要他在前后斡旋……

谁都能忽略，他不能被忽略；谁都能开罪，他不可开罪。

姜雪宁能屈能伸，且现在的谢危好像也没那么可怕，想想决定投其所好，干脆去了一趟幽篁馆。

这些日来吕显的生意一般，也没卖出去几张琴，但蜀中那边捷报频传，任氏盐场的事顺风顺水，尽管他先前抛银股又买进亏过一笔钱，可如今看着股价慢慢涨回来，也不由得眉开眼笑。

幽篁馆的小童近来还能听见他喝茶时哼两句歌，心情别提多明媚了。

初夏午后，小睡半个时辰后，他正端了一把上好的紫砂壶在自家琴馆里走看着，一抬头瞧见有客来，先喜了一下。

待得吕显定睛分辨出来人，眉头便是一挑，笑得老奸巨猾地道："哎哟，贵人稀客，这不是姜二姑娘吗？来是制琴还是买琴，又或者要跟我谈谈银股？"

姜雪宁一听这话便知道吕照隐还对旧日任氏盐场银股的交易耿耿于怀，再看这神情便知道自己在对方眼里若一只待宰的肥羊。

好端端的进士出身、翰林储相，他怎么就变成了这副市侩的奸商嘴脸？

姜雪宁没笑，淡淡地道："买琴。"

吕显顿时有些失望、但一转念又振奋起来："那可好，最近几个月我这里可出了几张不错的好琴。老早我便想了，去岁姑娘那张蕉庵也弹了大半年了，该换了。您过来看看这几张，漆色细腻，秀雅端庄，正合您这样的大家闺秀……"

姜雪宁嘴角微微一抽："此琴非为女子所选。"

吕显"哦"了一声，迅速把手转到另外一面墙上挂着的琴上，殷勤地推荐起来：

“君子用琴都在这边，您看这张榉木所制，乃河阳一位独臂的斫琴师花费两年时间精心打造，与姑娘先前取走的那张蕉庵相比虽差了些，可送人绝对拿得出手……”

姜雪宁无言地看着吕显。

吕显察言观色的本事何等厉害，他轻易便发现了她好像不满意，于是眼珠子更亮了几分：“都不满意？”

姜雪宁瞅他一眼，实话实说：“送给谢少师。”

正准备用一张普通的琴狠狠坑上姜雪宁一大笔钱的吕显，面上那殷勤的笑容几乎立刻僵硬了，刚指向那张标价五千两其实只值一千三百两的琴的手也冻住了似的，慢慢收了回来。

他感觉喉咙里涌上一口老血。他要坑姜雪宁是简单，毕竟她瞧不出琴的好坏；可这张琴若真送到谢危那边，呵呵，甭管他这些年是不是为姓谢的当牛做马，若谢危看出是张劣琴，保管叫他哭爹喊娘！

吕显换了一种目光打量着姜雪宁，在思考这姑娘到底是不是故意的。但不管她是不是故意的，他原本的奸商想法立时退了个一干二净。

把里间的门帘一掀，他重新挂上了亲切温和的笑，道：“您里面请，我叫童儿把那几张琴请出来。”

不多时，姜雪宁掏了四千两银子买了一张琴，从里面出来。

吕显数着自己手里的银票，心里却在哀叹自己少赚了一半，要亲送姜雪宁出去时，却不由得好奇地问：“姓谢的，不，谢居安的生辰也不在这阵，姑娘怎么忽然想起要送琴？”

姜雪宁斜抱着琴，淡淡地道：“一场师恩，临别赠礼罢了。”

吕显心头一跳，顿时愣住。

姜雪宁却欠身行了一礼，转过楼梯，下了楼去，径直坐上在街边等候的马车，顺着长街远去。

这一趟，她便是直接去谢府。

★

斫琴堂后的内室，刀琴一身蓝衣静立在角落的阴影中，虽毫无存在感，目光却时不时掠过场中，尤其频繁地落在那名大马金刀地坐在下首的男人身上。

杂乱的头发用麻绳绑了起来，在这初夏的天里，男人一身简单甚至算得上是简陋的短褐，却轻易地勾勒出一身流畅的肌肉和宽阔的胸膛，眉峰如刀裁，文气退尽的眼底有一种危险的锋芒。

这人不是旁人，正是通州一役里逃了的孟阳。

眼下同室而坐的，有弯腰驼背的笑脸货郎，有挎着医箱的游方大夫，有颇有才名的清高士人，也有老成持重不苟言笑的商人……

一个孟阳坐在当中，倒不突兀。只是其余几人说两句话便要转头看他一眼，隐约有点忌惮，也有点困惑。

那手执折扇的士人呷了一口茶，考虑再三后，还是没忍住道："通州的事情闹得这样大，先生便不担心教首那边同您撕破脸，拼个鱼死网破？"

谢危淡淡地道："证据呢？"

那游方大夫蹙眉："那您接下来……"

谢危轻轻提起那茶盏盖，又轻轻放下去，磕出"啪"一声细响，无波无澜地道："公仪丞到京城，一应事宜都是他做的主；通州一役受朝廷埋伏，我若强行救他，岂不暴露自己？还未必能救成。这种情况下，我自然弃卒保车。便是此事报到金陵，又怎能怪到我头上？他顶多怀疑我袖手旁观，顺便算计了一把公仪丞。天底下情义靠不住，利益最牢固。京城的局势没我不行，公仪丞没了，再想除我无异于自断臂膀，倒不如虚与委蛇，大事成后再行争斗。所以当务之急，是让他腾不出手来处置京城的局势，给他找点事，我等方可坐山观虎斗。"

几人交换了个眼神。

那笑脸货郎拨弄着手中一面小鼓，几经思索，却将目光放到了孟阳身上，隐隐觉得谢先生此计该与这穷凶极恶之人有些联系，于是道："想必孟义士能派上大用场？"

谢危这才转头看了孟阳一眼。

孟阳却不是很买谢危的账。他平素独来独往，通州一役见势不好便先逃了，后来刑部的追捕他都逃过了，没想到谢危的耳目竟比朝廷还要灵通，正当他以为自己已经安全时，好几把刀便架在了脖子上。他们前夜将他绑到了此处，今天却将他带来听这帮天教的话事者议事，让他实在不知谢危有何居心，此刻便道："在下一介草莽，对你们的事没有兴趣。"

谢危对此人的耐心已经用尽，平静地道："你好不容易逃出天牢，既无物欲，也不贪生怕死，想来该是要为你的发妻报仇吧？只是我留圆机和尚还有些用，倘若你不懂事，来坏我的计划，即便谢某再惜才，也只得痛下狠手了。"

孟阳冷笑："老子若看见圆机，便一杀了之！要么你立刻杀了我，要么放老子走。"

谢危闻言并未动怒，只是道："你的发妻入土为安已有数年了吧？"

孟阳霍然起身："你什么意思？"

谢危眼角眉梢皆是淡漠之色："我不杀你，只是你若坏我的事，那少不得会牵累亡魂，请你亡妻的尸骸出棺，找地方吊了挂上。"

天教几名话事者皆不敢出声。

孟阳勃然大怒！

他本就精壮如猛虎，一动杀机竟将胳膊上的绑带一解便要夺向谢危的脖颈，只是后面的刀琴早防着他这手，根本还不待他碰着谢危毫厘，便已擒住了对方的利爪，一脚将人飞踢出去，踹得这身材比他壮硕上好几分的汉子往后撞倒了茶桌！

"啪嗒"！

袍袖罩住的手臂上一阵机括弹动之声响起，抬起来竟是绑在臂上的一架小弩，湛蓝的箭尖浸过毒，如毒蛇吐芯般对准了孟阳。

刀琴人狠话少，看着他不动。

谢危半点没把这场面放在眼底，只道："还不杀你不过是我惜才，你若不能为我所用，今日跨不出此门，且谢某言出必践，从不失信于人。你若不信，大可试试。"

孟阳双眼如猛兽般充血，与刀琴对峙。

这种时候，剑书急匆匆地走进来，看见里面这剑拔弩张的场面都不觉稀奇，只到谢危身旁压低声音禀报了几句话。

谢危微微一怔，道："来多久了？"

剑书道："刚来，属下想您在斫琴堂中谈事，就……就先请她到壁读堂等候了。"

斫琴堂与壁读堂都非常人能踏足的地方，壁读堂更是谢危的书房。

可谢危听了也没觉不妥，道："我去看看。"

内室中众人都不知道剑书来是禀什么事，谢危也并未同众人解释什么，只道自己出去一趟，便把众人都撂在了此处，出斫琴堂往后面的壁读堂走去。

夏木阴阴，蝉鸣阵阵。

壁读堂外临窗栽着两株杏树，这时节花期早过，枝丫上结着零星的青杏，小小的，掩映在叶片之下，只看一眼便让人想起那酸涩的味道，口中生津。

姜雪宁还是头一回到这地方来。

北面便是一面空空的墙壁，上头全无一物，有一种单调掩盖下的谨严，倒是暗合了"壁读"二字，与谢危本人衬得很——面壁思过，日三省身嘛。

她也只敢四处张望张望，并不敢乱动乱翻什么。

只是剑书先走，她等了一会儿不见人，又瞅着窗外那杏树半天，倒没忍住扯下来巴掌长一小枝，连两片树叶，带着颗小小的青杏，放在手掌心里甚是可爱，有点夏日里的勃勃生气。

谢危便是这时走进来的。

姜雪宁余光瞥见一道阴影落在了门口，立时把那枝青杏搁到了窗沿上，转身敛衽行了一礼，问了句安。

谢危看她一眼，又看了窗沿一眼，倒没说她什么，只问："怎么想起来我这儿了？"

那张琴抱着挺沉，进来之后不久就被姜雪宁放在了桌案上。谢危说完这句话，目光一转，就瞧见了琴。琴外头还裹了琴囊。

谢危眉梢微微一动："来学琴？"

姜雪宁嘴角一弯刚要笑，听见这三个字差点趔趄一下，忙道："不不不，没有。只不过念及先生爱琴，今日在幽篁馆里选看，闻听此琴极好，所以得之来献先生。"

谢危道袍雪白，渊渟岳峙，立在她面前扫她一眼，她便主动将琴取了递过去。

谢危道："这般乖觉，总让人觉着你没安好心。"

他说着，揭开了琴囊。杉木斫的琴，圆首，内收双连弧形腰，乃仿的伏羲式，根根琴弦映在琴身上，天光下留了几道淡淡的阴影。他轻轻抬手一拨，便有环佩之声潺潺而出。

这不是吕显那张昆山琴吗？

他一试便知是自己往日问过吕照隐的那张，只不过吕照隐奸商习性，藏着不给，非要赚高价。他于古琴又不是非取不可，索性晾着吕照隐，看吕照隐憋到何时。没料今日却被宁二送来了。

姜雪宁心道自己也的确不算安什么好心，只希望离京之前能给这位谢先生留下点好印象，等来日因公主之事有求于他时，对方能念着点旧情，襄助一二。

只是话里当然不能承认，她只道："自奉宸殿进学来，得蒙先生教诲，学琴习文，虽不敢说明事理，却也有所长进。师恩在上，学生心念庸俗，无以为报，只能选琴以悦。倘若先生不嫌，学生此次离京便也宽心了。"

"铮"

无名指轻轻钩过琴弦，却失了准力，化得刺耳一声响。

姜雪宁的汗毛都颤了一下。

立在她身前的谢危忽地不动了，只有窗外头带着几分燥热的风吹进来，掀动他雪白的衣袂。

她抬起头来，看见谢危停留在琴上的手指，还有那没了神情的面容上，一双静默注视着自己的深眸。

无言的威慑力下，姜雪宁也不知为何，一下觉得喘不过气来。

她今日穿着一身烟紫的百褶裙，单螺髻前垂下来两缕刘海，蓝色玛瑙耳坠挂成一弯月缀在她雪白的耳垂上，柳叶细眉下一双潋滟的眼里此刻却泛起了几分不安。

那种奇怪的感觉又出现了……

谢危听着外面的蝉鸣，只觉万般聒噪，却若无其事地问："要离京？"

姜雪宁的心跳都快了几分，她来一趟不过是为亲自谢过师恩，再简单道个别，没打算停留多久。闻言她忙埋头道："是，近日京城事乱，燕临也好，长公主也好，都已经远去。学生与父亲商量，打算出京一段时间，避开是非，也散散心，所以今日是来与先生告别的。"

谢危没有说话。

姜雪宁越发紧张，眼皮频跳，已经有些慌神："谢过先生教诲一场，他日学生回京必来拜会，眼下不敢扰先生正事，这便告辞。"

气氛着实不对。她也不敢抬头看谢危的脸色，躬身再行一礼，便从谢危身边退过，要走出门去。

可未料她前脚刚跨出门，一只手竟从门内伸了出来，修长的五指紧紧箍住了她的左手手腕，力道之大仿佛要陷进她的肌肤，竟给人以真切的痛感，同时有"砰"的一声落地之响传来。

姜雪宁魂惊胆丧，几乎被拽得回身，对上的却是谢危不知何时已变得冰冷的视线。他无比平静地问："你去哪里？"

姜雪宁听了这四字只觉如在梦魇之中，这时才发现谢危手中竟然是空的，她目光近乎僵硬地朝旁边地上一转——那张昆山古琴坠于地上。

他摔坏了一张瑶柱！

刹那间的安静下，她的记忆倒回了昔日学琴时。

琴摔了……脑海里轰然一声巨响，有多少算多少，全部炸开了，敢想的不敢想的，可能的不可能的，尽数奔涌而出，狂风巨浪、吞山赶海一般将她打倒！

她终于知道那种奇怪的感觉从何而来了。

姜雪宁被他抓着手腕，只觉像是有毒蛇爬上来，一种发自内心深处的恐惧将她整个人攫住，让她止不住地战栗起来，声音都跟着身体颤抖，却还残存着一丝渺茫的希望："先生，请……请您放开我。"

谢危没去看脚边坠落的琴一眼，只盯着她，声音毫无起伏波动地重复了一遍："你去哪里？"

★

越是平静，越显惊心动魄。

聒噪的蝉鸣藏在树影之中，却更衬出了此刻令人心悸的寂静。

姜雪宁仿佛什么都听不到，连近处门外、窗外的蝉鸣都好像远在天边，唯有自己一下快似一下的心跳，还有那透过紧握她的手腕的掌心传来的脉搏跳动，如此清晰，如此令人胆寒！

壁读堂不比斫琴堂。斫琴堂平日尚有下人伺候，壁读堂却是谁也不敢轻易往近靠一步，此时此刻，门口除却他二人，再无旁人。

姜雪宁过去也想过，谢危到底怎么看自己？厌憎？不喜？

无论怎样，她都不曾想过今日此时的情形。那是她不会去想、也不敢去想的，更是从一开始便被她排除在外的可能！

可谢危将这一切都打破了。

她自始至终都不是什么未经世事、不察人心的小姑娘。倘非谢危此人太过特殊，她恐不至于今日才有所察觉。

姜雪宁竭力地攥紧了手指，才能勉强地控制住自己。

那紧紧抓着她的手腕的手掌，毫无放松之意。

谢危仿佛什么出格的举动都没做，还是那般超尘脱俗的漠然模样，垂着眼帘看她，道："留在京城有什么不好吗？"

她在发抖。

谢危却好似没察觉，嗓音淡淡地道："家里已轻易不敢招惹你，外头有萧定非陪你胡闹，连你素日看不惯的姐姐都嫁了出去。他日燕临还朝回到京城，该乐见你在。公主去了鞑靼和亲，往来消息，朝中最快，你在京城也好第一时间知悉。便是你受不了家中的日子，改日我动议国子监增设女学，你离了家进学也一样，谁也无从非议。怎么就非走不可呢？"

没有一个字威逼强迫，甚至他在说出这番话时，眉眼间还是一片平静，浑无半分私心，全为她设想一般，却犹如撒下了一张缜密的大网！

谢居安每说一字，姜雪宁便觉这张大网朝着她收紧一分，一点一点挤占她立足的空间、呼吸的空气，让她难以挣扎，近乎窒息！

她竭力想要维持冷静，不敢激怒他，道："先生高看学生了，学生往日都是纵性胡为，若非先生襄助，只怕已酿成大祸。"

谢危道："那继续纵性胡为，有何不可？"

姜雪宁试图将自己的手往回抽，可那只攥着她的手纹丝不动。

谢危看着她，无比平静地叙述道："你是户部侍郎的嫡女，长公主的伴读，临淄王的妻妹，燕临的玩伴，萧定非的靠山，我的学生——你在怕什么？"

他的每一句话都敲击在她敏感的神经上，在"我的学生"四个字一出时，姜雪宁脑海中那根紧绷的弦终于"嗡"的一声断裂！

这天底下谁都可以——唯独谢危，绝不是她可以沾染的！

此刻的她便如同一只被逼进了死胡同的猎物，面临着步步靠近的猛兽，必须张开自己身上每一根利刺，绷紧自己的身体，才能使自己鼓起那少许的勇气，睁大微红的眼，对他道："放开我。"

她没有再唤"先生"了。

谢危眼底那丝丝缕缕的戾气终于悄然浮现，声音却比方才还轻："张遮不是还在，为什么想要离开京城呢？"

若往日他提起这名字，姜雪宁心里或许会涌起些许不可为人道的甜蜜，然而前日说开之后，这个名字带给她的便只剩下无可挽回的遗憾和可望而不可即的刺痛！

谢危踩了她的痛脚。她开始用力地挣扎，瞪视着他，咬紧了牙关尖声道："与他有何干系？！我是多坏的人、多糟糕的心性，先生不早一清二楚吗？乡野里的丫头哪儿登得上大雅之堂！京城本不是我该待的地方，在这里的每一日我都如躺在油锅里，不得一日安生，从无一日自在！我凭什么不能离开？"

每一日她都如躺在油锅里，不得一日安生，从无一日自在。

谢危眼睫覆下，凝望着她，却觉她这困兽犹斗的姿态十分可笑，甚至让他失望。他平缓的语调里带着一种冰冷的讥诮："懦夫才如此想。宁二，你不是小孩子了，不要再胡闹了。"

姜雪宁伸出手去掰他的手。他动也不动一下，只觉她这般歇斯底里，避他如蛇蝎，视他如洪水猛兽，他却不知自己到底哪里叫她如此惧怕……

那一刻，他心里竟涌上几分悲哀，到底放低了声音道："宁二，留下来吧。"

姜雪宁的泪涌上眼眶："放开我！"

谢危恍若未闻："公主去和亲了，我答应你的事没有做到，没有报你的恩，欠着你一命。"

姜雪宁无法挣脱他，哽咽道："不要你还了，我不稀罕！"

谢危想起了很久以前，那分明厌憎他的小姑娘看他病得糊涂，成日里流泪。她待在他身边，怕他死在她边上，同一个死人共处；想出去采药，又怕野外的山魈、夜行的豺狼。

那一天是节气里的大雪，深山里越发寒冷，高处更是飘了白雪。

那小姑娘哭了一宿哭累了。他迷迷糊糊地醒来，清晨里却不见人。

直到日中，他才瞧见一团白影从洞外走入。她满身都是寒气，头上肩上都是雪，两片嘴唇青紫，不知从哪里采了草药，哆嗦着手去打火石。可这种天气里的树枝都湿透了，她点不着，却没哭，只一点点将药草咬碎了，搁进那不知从哪处坟头捡来的一个破碗里。

他的刀插在石缝里，她拔了好久才拔出来，哆嗦着在自己的手腕上划了一道，那艳红的血便汩汩地淌出，蜿蜒着坠入那个破陶碗里，和深绿色的药草混杂在一起，成了浓重的墨紫色。然后她才端着碗凑到他唇边。

少女白生生的脸上没有半分血色，用带着哭腔的声音哄他："庄子上来过一个很厉害的大夫，用这个方子救活过死人，你把药喝了就好了……"

他至今仍难以分辨，那到底是不是自己的梦。只有那极端苦涩的药草混杂着铁锈般的鲜血味道，不时从记忆深处涌出。

后来他烧过了，好像就好了。

那小姑娘却糊涂起来。他出去探路，找些吃食，她却总拽他的袖子，意识昏沉，嘴里却还梦呓似的抱怨："我就知道，你好了要自己走……"

不得已，他便软了心肠，背着她深一脚浅一脚地走。

可她还觉得他不是好人，会丢下她走。他只好将已然脏污的衣袍撕下窄窄的一条，一端系在她的手腕上，一端绑在自己的手腕上，然后告诉她："现在我同你绑在一起，谁也不能先走，我在。"

她的梦呓才慢慢停了。

谢危回想，那真是他二十余年里最疯狂、最傻气的时候。

冥冥中仿佛有那么个信念——他相信在那等绝望的境地里，尚能寻觅一线生机。没有琴书，没有刀剑，没有身世，没有复仇，只有浩荡天地之间两个想要活下去的人。

可姜雪宁说，不要他还了，她不稀罕。她冰冷的神色里藏着厌憎，多像是后来在京城偶有几次他与她照面时？

谢危竟觉胸腔里一阵绞痛。

这痛楚来得如此迅疾，又如此陌生，以至他还来不及分辨，就产生了一阵眩晕和恍惚感，只道："不要也没关系，京城里什么都有……"

姜雪宁已被逼到崩溃的边缘，发了狠一般朝他喊："什么都有，除了自由！"

谢危道："你怎么不明白呢？"

姜雪宁道："放开！"

谢危一字一顿地对她道："天底下根本没有真正的自由。就算你逃到天涯海角，只要心中有牵绊，便永远被困在囚笼里！"

大抵世间所有的真话都太过残酷，包裹着一层又一层尖锐的荆棘，不但入不了人的耳，反会刺得听者竖起浑身的防御，将自己紧紧保护在里面。

那种恐惧不仅没有消减，反而更加汹涌，姜雪宁不知自己到底是更恐惧谢危这个人，还是更恐惧他这句话，终于忍无可忍，掰不开他钳制着自己的手掌，便埋头一口深深地咬了下去。

剧烈的疼痛从手背上传来，几乎透入骨髓，可谢危仍不愿放手，望着她，声音里甚至隐隐透出一丝哀求之意，近乎偏执地道："姜雪宁，不要走。"

可他痛到极致，手指一阵痉挛。姜雪宁到底还是挣脱了他，胸膛起伏，怒睁着眼往后退去，像是反驳他，又像是要告诉自己一样："胡说八道！都是胡说八道！"

她什么心绪都来不及收拾，更不愿往深了去想，就这样逃了，逃得远远的。

当晚她便乘着府内早已准备好的马车，带上她的行囊，出了京城，山水路迢迢，一去蜀中三千里。

谢危手中空空荡荡，鲜血从手背上顺着靠近虎口的位置淌下，留下一片锥心的淋漓痕迹。他到底站在门内，没有追出去一步。

那道不高的门槛仿若一道鸿沟，将他与外面的世界撕裂，谁也无法跨越，旁人进不来，而他出不去。

吕显来到壁读堂时，天已薄暮。

剑书立在外面不敢进去。

吕显顺着那道门向里面望去，只见里头昏暗一片，先前姜雪宁从幽篁馆取走的那张琴躺在地上，碎了根琴柱。而谢危立在阴影里的那面墙壁前，久久没有动一下。窗沿上搁了小小一枝青杏，落日余晖深红的光从青翠的叶片背面透入，还未长熟的果子嵌在枝边，也不知是谁人所折。

姜雪宁该是来过了。

吕显见得这场面，竟也不敢往里踏了。

倒是谢危，慢慢转过头来，看见他们，仿佛什么都没发生一般，面上并无异样，道："你来得正好，赶上议事，一道吧。"

吕显却看见了他的手。

谢危从那张摔坏的琴旁边走过，朝斫琴堂方向走去，只想众人应该等久了。

吕显与剑书还站在原地。

剑书一脸茫然，也不懂："为什么不强留呢？"

吕显回首望着那摔坏的琴，沉默许久，脸上少见地没了笑，慢慢地道："谢居安不是那样的人。"

马车飞奔出了京城。

身后巨大的城门在金红的落日之中慢慢合拢，夜色也随着离这座城池越远而渐渐笼罩下来，将天幕蒙成了一片黑，掩去了原本繁华的声音，让官道上那"嗒嗒"的马蹄声变得清晰。

姜雪宁静坐在车内良久，最终还是没有忍住，掀开窗边的车帘，朝着后方望去：城楼上明亮的灯笼在视线里越来越远，慢慢暗淡下来，像极了夜幕中那稀疏挂着的寒星。

她一直以为，若有一日自己终于抛却一切离开京城，该像是出笼鸟一般欢欣喜悦的。

然而事与愿违。临别时谢危那失望而断然的一句句话，简直如同恶毒的诅咒，化作一片乌云、一阵阴风，不断盘旋在她的脑海中，笼罩在她的心上，驱之不散，挥之不去。

天底下根本没有真正的自由，就算你逃到天涯海角，只要心中有牵绊……便永远被困在囚笼中！

他懂什么？他不过是威吓她、逼迫她，不想让她离开京城罢了！

姜雪宁收回目光，慢慢闭上眼。她强行清理了自己混乱的念头，只数着前面车夫挥舞马鞭时的声响，让自己不要再去想在谢危府上发生的那些极端出乎她意料的事情。

从京城到蜀地，路途遥远，足足有三千里。

朝廷往来消息虽有三百里加急、六百里加急甚至八百里加急，十数日甚至数日便能跑上一趟，可姜雪宁这一去带的行李虽然不多，却也装了一辆马车，另带了棠儿、莲儿两个丫头，还有府上的护卫同行保证她的安危，马匹纵然选得精良，也无法与朝廷相比，所以天气好的时候一日行上百多里已经算是顶天了。

夏日昼长夜短，本适合行路，可夏日里也多狂风暴雨，一旦遇着不合适的天气他们便只好在驿站或者客店停留，甚至在村庄借宿。

姜雪宁在京城里过惯了养尊处优的日子，偏又狠了心地要早些去到蜀地，一路吃住都不方便，倒把自己逼得瘦了一圈，有点形销骨立的样子。

一行人到得黄河边上时，赶上洪灾刚过，入眼遍地饥民，路有饿殍。也不知哪里跑出来不少天教的人，四处散布朝廷无能、昏君无道的谣言，说是皇帝做得不好才引来了天灾，又开粥棚布施，倒是把人心攥在手里。

姜雪宁不在朝，不为官，纵然见不得这样惨烈的场面，也无法救助如此多的灾民，虽把天教的谋算看得清清楚楚，心有忧虑，可回过头去一想天教散布的那些话实在算不得"谣言"，而谢危运筹帷幄，在那时连天教都灭得干干净净，想来对这些事情自有洞察，也无须旁人来提醒。

她到底狠了心，让车夫继续赶车前行。

过黄河，经洛阳，越蜀道，到成都，一行人几乎是从初夏行到了初秋，一路所见的景致也从莽莽平原换成渭河汤汤、蜀道天险，最后才是被崇山峻岭圈在其中的天府沃野。

尤芳吟早就收到了她要来蜀中的消息，提前用自己的体己银子在成都、自流井两地为她各置了一处宅院，一处常住，一处落脚，且掐算着时间提前半个月到了成都的驿站接应。

见着姜雪宁从马车上下来时，尤芳吟险些没认出来。姜雪宁精致的面容苍白且满是仆仆风尘，长日奔波的疲惫让她看上去比原来瘦了许多，整个人甚至有一种说不出的落寞、消沉之感，一见之下，几乎让尤芳吟眼泪都掉下来。

任为志有些尴尬，又有些好奇，站在远处，半天没有走近。

姜雪宁却笑着扶起了给自己行礼的尤芳吟，举目向着周遭看去，一应物候皆与京城不同，往来的行人说着蜀地的方言，除却来迎自己的尤芳吟外，处处都陌生得很，竟让她有了一种漂泊异乡之感。

有那么一个恍惚的刹那，谢危的那句话再次在她耳边回响。然而随之而来的便是新奇与欢喜心情，让她忽略了那种奇怪的愁绪与空茫感觉。

在接下来的两年里，姜雪宁隐身于任氏盐场之后，为了自己对沈芷衣的承诺，不计一切后果地扩张生意的版图，但凡来钱快的行当都有她掺和的痕迹，且通过发银股迅速敛财的手法，也渐渐在长江沿线的商业重镇里推广开来。

在第二年，她已经暗中联系上了燕临。

姜雪宁让自己变得没有时间去想其他事，吃穿用度之上从不委屈自己，下面的人都听从她的，上面也没人能管束她，更没有了那些虚伪烦琐的应酬。

可即便如此，她仍旧不敢停下。

她怕自己一旦停下，稍有一刻空闲用来安静思考，便会发现：纵使来到蜀中的选择没有错，可长达两年的叛逃，也只不过是身体力行地证明了那个人说得有多正确而已。

KUWEI
酷威文化
图书 影视

时镜 著

坤宁

下册

终章

江苏凤凰文艺出版社
JIANGSU PHOENIX LITERATURE AND ART PUBLISHING

卷二

新雪里，追前尘

第十六章
非礼

卫梁第三次掀开那块从波斯商人手中买来的精致怀表，看了看时辰，外头街面上景致变换，三千里淮扬地面，正是仲秋，凉风吹落叶，金橘缀满市，数不尽的温柔与繁华景象。

可他浑无心思欣赏，反生出几分压不住的忐忑心情。就要见到那个人了，他却开始担心这一回做得太过，是否会为自己带来什么祸患？

事情还要从去年夏天说起。

那时候卫梁还在扬州霜钟书院读书，虽说不上是才华盖世的头号才子，可在这江南地界上也算远近闻名，乃今年秋闱争夺解元的热门人物。

没想到一日游湖，他刚要弃船上岸时，遇到个奇怪的姑娘。

那姑娘身形细瘦窈窕，穿金戴银，光是耳垂上挂的明珠便不知价值几千两银，可鹅黄的杭绸衣裳上却满是泥水，活像是才从泥坑里爬出来的，就连头上、脸上都未能幸免。尤其是那一张脸，似乎是仓促之间她想要将泥水抹去，但未能成功，反而将一张脸抹得更花。见着他们一行学子登岸时，她立刻迎了上来。

与卫梁交好的这帮人自都是博学多识的青年才俊，平日里坐着游船游湖都有不少大胆的姑娘抛来香囊汗巾，这下见着有姑娘主动迎上来，下意识地以为是主动来献殷勤的，只是搞得这般狼狈的还是头一回见，一时都停住了脚步。

卫梁虽有才名，样貌却只平平，并不如何惊人，往日里都是同行的士子颇受青睐。所以当时他只站在众人之中，完全置身事外一般，等着看后续发展。

可谁也没想到，当同行的朋友颇为轻佻地问起“姑娘要找哪个”时，那位姑娘眨了眨眼，竟然朝着他的立身之地扫了一眼，半点不羞怯不害臊地道：“我找卫梁卫公子。”

湖边上顿时安静下来，卫梁自己也怔了怔，着实吃了一惊。旁人都朝着他看来。那姑娘仍旧大大方方的，明明顶着这样脏污难辨的一张脸，笑起来时竟给人一种璀璨的错觉，向他道：“卫公子，可否借一步说话？”

那些个同行的朋友向来是看热闹不嫌事大，故意在旁边嘘声起哄。

他当即觉得面上有些烧，脚就跟钉在了地上似的一动不动，一板一眼地回那姑娘道：“姑娘找在下有何事，不妨当场说了，就不必借一步说话了。”

那姑娘打量着他的目光便有些奇异，眼珠子一转，也不知在琢磨什么，过了片刻后便挑眉道：“你当真要我在这里说？”

卫梁便心头一跳，下意识地道：“事无不可对人言。”

她却认真地看着他，神神秘秘地重复了一遍：“卫公子，你考虑好了，当真要在这里说吗？”

那一刻，卫梁脑海里掠过了诸多念头，种种自我怀疑一股脑儿地冒了出来：到扬州读书后我可愧对过哪个姑娘？可曾与青楼勾栏里的妓子许下承诺却未完成？半夜里走在路上是否捡到过什么不合适的东西又未归还失主？在书院里是不是还不够谨言慎行以至惹恼了谁而不自知？

可答案全都是没有。

他家中虽不富裕，却也并不贫寒，基本的眼界他还是有的，一则不至于做什么被人找上门来的过分之事，二则即便做了也不至于给人留下明显的把柄。

可这姑娘的架势……莫不是自己漏掉了什么东西？

旁人的目光落在他身上，跟针扎似的，卫梁莫名紧张了几分。他到底还是没扛住脑海里的天人交战，咳嗽了一声，不大确定地道：“那就，借一步说话？”

后来他曾数次想起这个一时糊涂的糟糕决定，简直可以说是将自己的名声丢到了别人的脚底下——不心虚他有什么好避讳的？

从此以后搞得满书院风传他和一位神秘的姑娘有不同寻常的牵扯，时时被拿出来打趣，偏有人向他问起时，他还没办法说出所以然来，异常憋屈。

只不过在当时，脑筋没转过来，他也就对此行为产生的后果一无所觉。

倒是那姑娘笑弯了腰，末了还十分自然地同他的朋友摆摆手说：“小女子与卫公子先去叙话，一时半会儿说不完，诸位公子便不必等候他了，过后我自然送他回书院。”

朋友们自以为识趣，纷纷促狭地笑着，散了个干净。

残阳铺水，半湖瑟瑟，岸边柳枝已枯瘦，就留下他与那看不清面目的姑娘面对面立着，相互打量。

卫梁皱起眉头说：“在下与姑娘似乎并不相识。”

那姑娘背着手道：“卫公子不认识我，我却久闻卫公子的大名了。”

卫梁不解：“姑娘也爱读书？”

那姑娘摇了摇头：“最恨便是读书，近来倒是有点别的嗜好。”

卫梁不知该怎么接话。

那姑娘冲他笑了笑：“听闻卫公子于此一道十分有研究，所以今日特意前来请教。”

卫梁终于没按捺住心中的好奇，问：“此一道？”

那姑娘扯开嘴角：“种地。”

在听见这两个字的刹那，卫梁眼皮都几乎跳起来，甚至头皮发麻，有一种自己内心最深处的秘密被人窥知了的震撼感。

他大惊：“你怎会知道？！”

现在他回想起当时的场面，其实有几分说不出的滑稽感，可难以否认：至少在当时，他心中还存有一些恐惧，倒不是怕被人知晓此事，而是怕家中的人来寻他麻烦。

士农工商，士为最高，读书人十年寒窗为的不过就是一朝跃过龙门去当那人上人，往下则是农本商末。

世代诗书的家族自然看不上下面三等人。

然而卫梁从小与别人不同，见到天上下雨、地上淌水，要去问个究竟，成日去翻什么天文历书；见到田野劳作、布种浇水、秧苗抽芽，想去查个明白，摸进书店就偷偷买回来一本《齐民要术》；到后来旁人花盆里养兰，他却和波斯、色目那些个异族交往颇深，在青花瓷盆里栽一种长出来丑得过分的东西，叫什么马铃薯……

年岁小时，旁人还当他闹着玩。待得他年纪大点，家中长辈终于发现了他离经叛道的本质，把什么历书农书全搜出来烧个干净，狠狠给了他一顿家法，说他要考不上回头就要他好看。

卫梁这才“迷途知返”，把这一颗灵活的脑瓜子用回了读书上，写写策论，读读经书，没几年也算皇天不负有心人，混出了点名声。

他离开家到扬州进学，在霜钟书院里没人管，一旦得空便拿刀在那挖出来的马铃薯身上比画，还烤红薯似的烤了几个给朋友吃。当然其中一人吃了拉肚子之后，便再也没人敢吃他的东西了。

可以说，卫梁万万没想到在这扬州地界上竟然有人知道他其实不爱读书，偏爱种地!

那姑娘似乎早预料到他会如此惊讶，并不回答他的问题，只是笑眯眯地看着他道：“我若说眼下有数千亩地空着，就等一个人来种点东西，卫公子是否会感兴趣呢？”

卫梁觉得她在胡扯。哪里来的黄毛丫头就敢说有上千亩空地等着人去种？当时他几乎想也不想便拒绝了，可那姑娘不置可否，只递给他一张名帖，上头写了座别院的地址，说他若改了主意自可寻来，她随时恭候。

于是，卫梁终究没能抵抗住这等诱惑，回了书院之后不过熬了六日，便忍不住按图索骥，去了那座别院，只是竟没再见着那位姑娘。

留在别院中招待他的是另一位眉目清秀的姑娘，亲自将一封信并几本田产地契、账目册子交到他手中，并亲自带着他去了那所谓的“空地”查看。

从此，卫梁上了贼船，进了贼窝。

只不过……做了一堆事情，拿了不少银子，今岁稻谷的收成也着实喜人，可他竟然不知道自己究竟在为什么人做事，心里着实不安。

尤其是近日……

马车已到金陵地界。外头行人络绎不绝，热闹喧嚣，就算是眼见着太阳都要落下，也到处都是招揽生意的声音，甚至有些人直到这时候才出来摆摊。

临河漂满了花灯。

“吁——”马车外面车夫勒马，停下来向人问路，“小哥，请问乌衣巷怎么走？”

路人给车夫指路。

停车处大约是在茶舍附近，隐约能听见闲话议论的声音从二楼传来，卫梁凝神听了片刻便皱起眉来。

“要我说嘛，万休真人和圆机大师之间必有一场斗法，天教推的乃道教，白马寺必然崇尚佛法，光吵架就吵了好几个月，这肯定要打起来啊！我看还是收拾收拾包袱，这几日离江南远些，天知道哪天又要掀起战祸？”

“肯定是圆机和尚更厉害啊！”

“是啊，圣上那么信任他，这两年来听说圣上对谢少师都疏远了。要算起来，谢少师才是真正的帝师，圆机一个半路插到中间来的和尚，无功于社稷，无功于百姓，怎么还能被封个国师？”

“哎哟，这话可不敢乱说啊……”

“唉，乱，乱得很哪！”

“好在鞑靼这两年安生不少，没给大乾添乱，不然这内忧外患，一触即发，简直是要逼死我们小老百姓！”

“要我说，就是天教厉害！什么叫大同？人天教为的就是大同！我们村有几户人家没地种之后，当土匪也当不成，都加入了天教，还不都是被狗官和奸商逼的吗？”

“还好咱们江南乃富庶之地，受影响不大……”

“不说皇帝明年南巡吗？”

“可不是，你道这半个月来咱们金陵哪儿来那么多富商巨贾，到处都是宝马香车？就为着这事呢！皇帝南巡一趟劳民伤财，狗官们不想掏钱，可不得逮着这些富商巨贾薅吗？听说就是找他们出钱来的，谁出的钱多，明年官盐的盐引便多放给谁一些。”

“世道是越来越难啦……”

“谁说不是？”

车夫问得乌衣巷所在，驱车前往，渐渐去得远了，那些声音也都在后方慢慢变得模糊不清，混入辚辚的车马声中。

卫梁垂下眼帘，摸了摸自己袖里，这一季的账册安静地藏在里面，牢牢地绑在手臂上。

车夫道了一声：“卫公子，到了。”

卫梁这才掀了车帘下车。

长长的江南旧巷里，青石板缝隙里长着青苔，不知何处来的金黄秋叶飘了几片在地上。眼前的门庭一片冷清，并无半分豪奢，甚至连个具体的名姓也无，顶上仅有一块乌黑的匾额，上书“斜白居”三字。

他上前亲叩门环，不多时有人来应门。

来人是个眉清目秀的丫鬟，见了他并不惊讶，眼睛里却透出几分打量来，不冷不热地道：“卫公子来了，我家主人得您传信后，特在此地等了您半日，请您进来吧。”

外头看不大出来，斜白居里面却是一片清幽景象。

走廊上挂着几只鹦鹉，见了人便叫唤：“来者何人，来者何人？！”

卫梁无言，一路走至院落深处，过两重垂花门，才进得一处临湖的水榭。水榭的美人靠边缘设了一张倾斜的靠背椅，另有一张方几放在旁边，上头搁着瓜果盘，还有一卷翻开的账册。

坐在椅上的是位姑娘，且不是正常端坐，而是盘腿坐着，一副懒散样。乌黑油亮的头发上仅别了一枚赤琼满色的南红玛瑙簪子，面朝平湖背对水榭，以手托腮看着栏杆上架着的那根鱼竿，似乎百无聊赖，正等着鱼儿上钩。

卫梁从后面仅能看见她的半个背影，一时也不确定是不是自己去年见过的那姑娘。

引路的丫鬟禀道："姑娘，卫公子来了。"

那姑娘头也不回地道："拿着本姑娘的钱，种着本姑娘的地，扣着本姑娘的账本，压着本姑娘的收成，还敢以此作为要挟，死活要见我一面，问个究竟。卫公子，如今世道匪盗横行，你倒也不担心路上遇到点什么意外，一个不小心一命呜呼？"

卫梁听这声音一下就认出来了。声音浅浅淡淡，如风过耳，似泉水叮咚，无比赏心悦目，使人遐想。

他立在后面，自然也听出了这话里隐藏着的不满与威胁，但自问从未做过什么亏心之事，纵面对豺狼也凛然不惧，是以镇定自若地回道："去岁应姑娘之请，操持良田数千亩，收成颇佳，虽得姑娘许以重利，当时又因兴之所至，并未多想。可在各家农户报上收成时，在下思及雁门关外鞑靼虎视眈眈，中原腹地天教横行，便不得不对这些粮食的去向产生几分困惑。若说投入市中，方便百姓，倒也无妨，可倘若姑娘居心不良，使其为乱臣贼子养军之所用，那便是卫某的罪过了。"

前面那女子的身形忽然不动了。

卫梁开门见山地道："所以卫某今日来只为问一句话，姑娘这般本事，是效命于天教吗？"

效命于天教……她看着像是那么不怕死还敢跟天教搅和的人吗？

前面那女子忍不住嘴角抽了一下，终于转过头来，看向卫梁："卫公子果真是一心种地，不闻世事，怎么连这般荒谬的想法也往脑袋里装呢？"

跟过去一样，他只配种地啊！

这脑瓜，文章做得，地也种得，唯独上不了官场和别人斗个死活，她早该知道，不该对这人的脑子抱有太大希望！

她转过脸来时，面上带了几分不耐烦之色。

鹅蛋似的面颊上，雪肤细嫩吹弹可破，夕阳光影下更是镀了一层金红光泽，潋滟的眼眸里沉淀了这两年来的世事见闻，灵动里又添了几分稳重，只是嘴角似笑非笑地扯着，又在这无边的艳色里增添了一点嘲弄之意。

卫梁仅去年见过她一回。那时她污泥满面，哪里有这般容光？

素来便很少与女子打交道，更莫说是这样漂亮的女子，卫梁被她的一双眼看着，莫名窘迫了几分，只觉一股热气往脸上蹿，竟不大说得出话来了。

姜雪宁扔了鱼竿，挑了细眉："谁同你说我在给天教做事？"

★

她说着话，已经从座中起身。

这时卫梁才看见她穿的乃一袭绿色卷草纹湘裙，往前走得一步，裙裾便如细细的水波一般晃荡，她竟直接走到了他身边，绕着他踱步，上上下下将他打量了一遍。

卫梁只觉毛骨悚然。对方站在他面前时，他不敢抬头；对方立在他身后时，他脊背僵硬如一根石柱。

姜雪宁曾经会认识卫梁，纯属误会。

那时临淄王沈玠刚登基，带着她在京中坊市里游玩，遇到一行打海上来的深目高鼻的商人，正当街兜售一些长得奇奇怪怪的果子。

人围了不少，来看热闹，但要花钱买果子的却寥寥无几。

她与沈玠也就是在旁边看个热闹，没料想正要走时却见一名不高不壮的文人费力地挤开人群，来到那几名商人面前，开口就说自己不仅要买下那些果子，还想要买下那些果子的种子。

于是双方一通叽里呱啦地乱讲，价钱却没谈拢。

这名文人气得一张脸都红了，又似乎对那些果子和种子十分执着，立在街上不肯走。到底还是郑保眼尖，记得住人，悄悄附耳同沈玠说了一句："这不是今科您钦点的那位卫探花吗？"

沈玠这才认真地打量了文人一眼。姜雪宁也不由得诧异。

沈玠一琢磨，便让郑保替这位古古怪怪的探花郎解了围，出了钱，末了再让人把人引过来谈话。

沈玠贵为天子不大记得人，可作为探花的卫梁即便不记得沈玠长什么模样，也认得出当日金殿传胪时站在台阶前的郑保，所以立时就要上前来行礼。还好沈玠及时打住，然后万分纳闷地问他，买这一堆劳什子是想干什么。

卫梁头上都冒出冷汗了，只说自己有些上不得台面的癖好，惯好研究田间地头的事情，还望沈玠莫怪。

沈玠瞅了瞅他抱在怀里的那些果子，把脑袋摇了又摇，也不知是觉得这位探花郎不务正业还是有什么别的想法，但总归没有责罚，只道："正事之外有些消遣也无可厚非，拿回去钻研便钻研吧，好歹也是朕出过钱的，他日要真钻研出什么来，记得送进宫来孝敬便成。朕虽不好这个，皇后却贪嘴得很，指不定爱吃。"

姜雪宁立在他身后，大觉没面子，想要反驳，可又说不出口，只能往肚子里咽了一口闷气。

卫梁却逃过一劫似的长出了一口气。

之后沈玠与姜雪宁回了宫，此事也就告一段落。宫里面人跟人斗，鬼跟鬼拼，没多久她就把这事忘了个干净。

可谁也没想到，次年盛夏，她正在坤宁宫大殿外的廊下教那几只八哥说话，就见内务府那边的总管带了好几名太监抬着什么东西进来，一看全是奇形怪状的水果，还有个长满了尖刺，像极了巨大的流星锤。

她一问才知道，说是翰林院里一位编修大人叫卫梁的，特意献上，问过了皇帝，着人给她送过来。

姜雪宁完全想不起当初的事，内务府的太监一走，便与宫里的宫女们对着这些果子研究了半天，有的好吃，有的还不得其法。

末了全部人的注意力都放在了那长满尖刺的果子上，听说是叫什么榴梿，得开了外面的壳吃里面的肉，于是便叫小太监拿了刀来好不容易切开。

结果……那味道简直熏晕了坤宁宫上上下下所有人，令姜雪宁终生难忘！

这东西竟然能吃？

她勃然大怒，只当这姓卫的看起来老实，原来比起朝廷里那些反对她的清流老臣还要过分，这明摆着是借机羞辱自己！

于是某日御花园皇帝赐宴，姜雪宁找了个机会单独把卫梁拎出来说话。

卫梁好像对自己闯下的祸事一无所觉，还问姜雪宁那些水果吃着如何。姜雪宁差点叫人把他拉下去砍头。但怎么着这也是皇帝亲自点的探花郎，可轮不到她明目张胆地动手，所以她只皮笑肉不笑地同他说自己很喜欢他送的东西，既然他对什么瓜果蔬菜的事情如此上心，留在翰林院实在浪费，何不放出去当个父母官，教百姓种地去？她还能帮他跟皇帝说上一说。

按理说，朝中但凡有点脑子的官员听见这话，都要吓得两股战战、头冒冷汗。因为这话本身是一种明显的威胁。待在翰林院里可是“储相”，将来大多是可以留在京中做官的。还未熬出头就被外派去各省当官，那都是混得不如意的下等官，做的也都是苦差事。

可没想到，这卫梁怔了怔之后，竟然满脸喜悦，眉眼里都盛了光似的，连带着一张脸都红了，躬身磕磕巴巴地道：“这……这怎么敢劳烦娘娘呢？”

那会儿姜雪宁实在没看明白他这算什么反应。她又明褒暗贬地讽刺了几句，可也不知卫梁是真糊涂还是装糊涂，还以为她在夸他呢，笑得越发灿烂。

末了是姜雪宁一头雾水，见他半点不生气，自己恼得拂袖而去，当夜便跟沈玠打了小报告，说卫梁这人如何如何，一意逢迎自己，不是什么好官，干脆发去偏远行省，让他好好反省反省，爱种地就种个高兴。

沈玠免不了宽慰她，哄着她，让她不要生气。

那时姜雪宁想沈玠到底还是偏袒这个讨人厌的探花的。

结果第二天她就听说，上朝的时候沈玠一纸调令直接把卫梁从翰林院里拎出来，扔去了高邮当县令。

这下姜雪宁高兴了。沈玠也不说什么，晚上一起用膳时只看着她笑，问她这回算不算痛快。

姜雪宁尾巴便翘上了天。她想，有卫梁做前车之鉴，好好一个探花郎跑去当县令，日子过得不知有多凄惨，料想以后没别人敢来招惹她了。

然而……才仅仅过去一年，户部整理各省税赋时，骇然发现：高邮县交田税纳粮竟然比去年翻了整整一番！

第一次，姜雪宁开始怀疑老天故意搞她。

满朝文武都被高邮县的情况惊到了，有人怀疑他加重了百姓税赋，有人怀疑这里面有不可告人的猫腻，沈玠自然也大为惊奇，派人往下查。

查出来的结果却打了所有人的脸。

人凭的就是硬本事，高邮县的百姓自从跟着县老爷卫梁一块儿种地后，一亩田种出两亩稻，是自家粮先翻了一番，所以才给朝廷多纳了粮。

不消说，京中急召卫梁入京。

倘若高邮县稻谷亩产的提高方法可以推而广之，那一个大乾朝岂不是再无饥荒?

那两天姜雪宁忧愁极了，想这卫梁得了势，对自己来说绝不是一件好事，正琢磨着要怎么搞这人呢，外头内务府的太监又风风火火地抬着什么东西来了，竟是满满的三筐上好的高邮咸鸭蛋。

太监说，是高邮县令卫梁今次上京特意托人孝敬她的，感念皇后娘娘当年的举荐之恩。

姜雪宁简直蒙了，一时难以分辨这到底是嘲讽还是感念。

但总之卫梁好像半点不曾察觉她之前的恼羞和恶意，简直把她的“恩情”刻在了心里，因此连蹦三级在户部担任要职后，还逢人便说皇后娘娘是个少见的好人，旁人对她实在是误解太深。而且他动辄送些时鲜瓜果入京，那阵子御膳房都不用到外头采买瓜果了。

就这样，姜雪宁莫名其妙地笼络了一位被百姓奉为真正的“衣食父母”的能臣。

她忍不住想——旁人对本宫真的不是误解，卫梁你对本宫才是误解太深啊！

但反正天上掉下来的馅饼不接白不接，况且卫梁的脑子大约只用到了读书和种地这两件事上，于朝堂争斗实在半点敏锐触觉也无。

旁人都以为他是她的心腹。姜雪宁也少不得绞尽脑汁地为对方斡旋，对方但凡有莽撞得罪人或者挡了别人的路被别人算计时，都得她跟在后面当牛做马地善后或者回护。

有时候她都纳闷：本宫和卫梁，到底谁是谁的祖宗？

总之，久而久之，这脑袋缺根筋的卫梁便对她死心塌地了。

一开始是不是误会，自然也不重要了。

不管朝局如何改换，这样的人都是上位者最青睐、百姓也离不开的。所以姜雪宁想，就算过去她倒了，卫梁的结局应该也不坏，最差也不过就是回乡种地嘛，反正他喜欢。

这会儿，姜雪宁盯着对方，心情就变得十分复杂，半晌后扯开嘴角，貌似良善地微笑起来："卫公子，我问你话呢。"

卫梁哆嗦了一下："在……在下……"

姜雪宁拿出了自己过去哄人的耐心："谁告诉你的？"

卫梁恨不能挖坑把自己埋了："是……是在下自己有此担心，并……并无人告诉过我。"

姜雪宁默了默：谁也别拦着，她想把这人打一顿！

她眼皮跳了好几跳，抬起手指轻轻按住，才勉强绷住了一张即将撕裂的良善面皮，口不对心地夸奖道："卫公子真是思虑周全的有心人啊。"

卫梁没听出言下之意，以为她真是夸奖他，竟正色道："不敢当，在下也不过只是为生民计，倘若五谷丰了，家国却乱了，岂非得不偿失？"

姜雪宁深吸了一口气，道："那你可以放心了，本姑娘便是被猪油蒙了心也不敢与天教为伍，卫公子的担心实属杞人忧天。"

卫梁顿时长舒一口气："如此，倒是卫某多虑，东家姑娘既然这样说，那卫某也就信了。"

他自袖中解了账册递上，道："这是卫某私自扣下的当季收成粮账，还请姑娘原谅在下的莽撞冒失。"

账册先前系在他的手臂上，还带着一缕余温。

姜雪宁看着他像看着个傻子。

卫梁不明所以："有什么不对吗？"

过了好久，姜雪宁才幽幽地道："你大老远来就问这一句，我说什么，你就信什么，连点证据都不要？"

"哦。"卫梁仿佛这才反应过来，但出乎姜雪宁意料，竟不是问她进一步的证据，而是向她笑起来，长身一揖，道，"实不相瞒，在下觉得姑娘不是会撒谎骗人的人。田庄上的佃户虽没见过姑娘，姑娘却从未薄待他们，并不收以重租。在下来时还左右为难，只想姑娘这样的好人，倘若真为天教效力，在下还不知要怎样选。如今您既说自己并非为天教，在下便敢相信。"

彼时这位没被人搞死，那真是托赖了自己在背后照应啊！

姜雪宁无语望天。

她决定回头多放几个得力的人去卫梁身边，免得他哪天出门被人打，然后带过这话茬儿，只问道："既然来了一趟，卫公子喝什么茶？"

卫梁忙道："不了，在下还有事在身。"

姜雪宁想了想，道："可是要准备秋闱？"

卫梁愣了一下，似乎是在反应"秋闱"到底是个什么东西，接着才笑起来，说："秋闱倒不紧要，随便考考便是，但稻谷已收，卫某得回去琢磨冬日里能否种点小麦，或者试着种一下一种叫马铃薯的东西，长起来很快，且……"

姜雪宁感觉到了一种发自内心的乏力，只觉有千百只鸟雀在自己耳边叽叽喳喳地叫，听得她头昏脑涨，浑然不知自己到底是在蜀地还是在江宁，简直脚底下都要打滑了。

半晌，卫梁说完，然后眼底带着几分光彩地问姜雪宁："东家姑娘看如何？"

姜雪宁回过神来，不敢说自己什么也没听懂，想想过去对付此人的套路，弯弯唇笑起来努力使自己看上去十分惊喜，道："我看极好！"

卫梁立刻兴奋起来："那我回去便这样办！"

说完他躬身一拜后竟然道了别就走，半点也没有停留之意。

莲儿、棠儿在后头都看蒙了。

姜雪宁脸上的笑容瞬间拉下来，她问她们道："他刚才说种什么来着？"

两人面面相觑，摇了摇头。

行，她们都没听明白，他爱种啥种啥吧。

姜雪宁翻开卫梁递上来的那卷账册，只瞅了瞅末尾记下来的那几个数，两道柳叶似的细眉却慢慢锁紧：两年过去，鞑靼那边的情势也该有苗头了。做生意这一道上，她虽不如尤半城，可并不需要两边下注保稳，单独暗助燕临，压力倒少一半。她只不知够不够，又是否来得及？

★

已近傍晚，卫梁进斜白居一趟没花多少时间，满心盘算着等回了田间地头要种点什么东西，走出来时雇的马车还在外面等候。

不过此时外头多了一辆马车。他抬起头来，便微微一怔。那说不上是十分奢华的一辆马车，可打造马车车厢所用的木材皆是极好的，漆工精细，木质坚硬，两边镶嵌着雕花窗格，里面还加了一道窗帘。

赶车的车把式也身强力壮，一眼向着旁人看过来时，眸底竟然有锐光，两只臂膀上更是肌肉虬结，一看就知道是有些武艺傍身的人。

卫梁心底生出几分好奇来，朝着那马车多打量了两眼。

也是赶巧，车里正有人下来。那人身上是一袭姜黄百蝶穿花缕金的百褶裙，竟也十分年轻，模样清秀，面容沉静，只是似乎遇到了什么事，眉头微锁，扫眼一看时，同样瞧见了卫梁。

卫梁不认识对方，对方也不认识卫梁。两人相互看了一眼，都没打招呼，只猜对方与这斜白居主人的关系，各自点了点头，便一个上了自己的马车，一个朝着别院内走去。

直到马车重新绕出了乌衣巷，到了外面大街上，听着周遭重新热闹起来的市井言语，卫梁脑袋里才灵光一现，忽然想了起来："蜀中任氏啊！"

那马车的车厢上虽然没有任何明显的标记，可马身上有啊。马笼头顶上印了个雪花似的图案，那是自流井盐商会馆的标记。

来的不是别人，正是尤芳吟。

皇帝沈琅两个月之前在朝中定下明年要南巡，顺着大运河一路会到江宁。

谁不知天教在南方根基深厚？所有人都猜想这一回皇帝是要借南巡之机打击天教，也好彰显天威，让江南百姓一睹天颜。可近些年来国库虽算不上空虚，却也并不丰盈，皇帝南巡一趟兴师动众，要花费的银钱绝非小数。国库掏不出这笔钱来，自然要问之于民。

运河沿岸要接圣驾的一应官府各有各的法子，或向百姓加征税赋，或向乡绅寻求募集。

江南这一片最富的便是盐商，其次是米、布等行当的大商，官府那些个尸位素餐之人懒得多想，大笔一挥便在半个月前发函告之，要各大商会的话事者齐聚金陵，商量商量怎么出钱，美其名曰"定一定明年的盐引"。

任氏盐场虽在蜀中，可两年前姜雪宁到了之后，便开始着手将富余的银钱投去最容易发财的江南一带，或投给往来南北两地的商船，或吞并扬州一些中小盐商，且还借着当初与丝商打下的关系，进了生丝、布匹行当。

所以，任氏的根基虽然还在蜀中，可绝大部分版图已经扩张到了江南。

手里有钱，来钱更快，姜雪宁便亲自教他们见识了一回什么叫“钱生钱更快，有钱更容易赚钱”，投出去的钱亏了不要紧，但凡成的事比败的事多，赚的钱比亏的钱多，他们手中的财富便会不断往上增长。

江南这一带官府要接驾，要建行宫，要找盐商们出钱，本身算不上一件好事；可倘若与明年的盐引挂上钩，那就是一笔你不做别人就会做、放弃就一定会被人挤占地位的生意。

所以尤芳吟与任为志都来了。

只不过她今日之所以造访斜白居，并不仅仅为了商议此事。

才送走卫梁，姜雪宁翻了一下账本后，便去提自己架在栏杆上的鱼竿，收线一看，鱼儿早将饵料吃了个干净，鱼线那头只剩下光秃秃一个鱼钩，映着落日铺下的光影，闪闪发亮。

尤芳吟脚步有些凌乱，人还未走到水榭外面，便唤了一声：“二姑娘！”

姜雪宁回过头瞧见她，怔了怔：“芳吟怎么来了？”

尤芳吟“嫁”到蜀中后，虽与任为志乃假夫妻，可对方声称既演戏便要演得真些，当真把任氏家中一应事宜交由她操持，对内对外都不叫旁人说半句闲话。

如此尤芳吟便渐渐洗去了当年在伯府时的怯懦，操持得了庶务，肩负得起责任，便是与人谈生意也没有了当初的生涩，看着虽然还是寡言少语的模样，却已多了几分练达。

她本是为此事而来，到了姜雪宁面前，瞧见二姑娘那张带笑的明艳脸庞，却不知怎的停了停，无声片刻后，才道：“方才我们与徽商会馆的人谈事，遇到了……”

姜雪宁心头微跳：“遇到谁？”

尤芳吟目光定在她面上，慢慢地道：“幽篁馆那位，吕老板。”

吕显！

真是一股不祥的寒气激灵灵爬上她的脊背，姜雪宁这两年里也不是没有听过这名字，毕竟吕照隐生意做得大，且还持有任氏盐场大笔的银股，年末分红的时候少不了他一份。

可双方称得上井水不犯河水。她权当不认识吕显，吕显也从来不找她的麻烦。

如今……无缘无故，谈什么生意用得着他这么个大忙人亲自来一趟金陵？

旁人不知，她却比谁都清楚——此人可是谢危的心腹。

这两年都说沈琅倚重国师圆机和尚，对谢危这位帝师倒大不如前，可姜雪宁不这样以为。

外头百姓是因圆机和尚与天教教首万休子之争才觉得圆机和尚圣眷深厚，可谢危的名气与势力，一在朝堂，二在士林，与圆机和尚相比简直是八竿子打不到一块儿去，且都是寻常百姓触不到的层面，普通人又哪里知道此人暗中如何布局筹谋？

他被冷落，被放置，远离权力中心，甚至去五台山、三清观修佛寻仙……这些话她通通不信！

姜雪宁抱臂沉思，心情添了几分烦闷，皱眉道："皇帝明年要南巡，江南一带必定生出不少商机，吕照隐无利不起早，亲自来一趟也说得过去。且往年他都没什么动作，倒也不必太过担心。"

尤芳吟却咬了咬唇。

姜雪宁瞥见，察觉出事情不对，问："不对？"

尤芳吟回想起方才游船上的事情，一字一顿地道："往日我们同吕显遇见时，顶多打个招呼；可今次在秦淮河上见面，他向我问起姑娘的近况。"

姜雪宁的指尖轻轻地颤了一下。

倘若如此……那情况的确是很不一般了。

夜色渐渐降临，秦淮河上的渔船收了，条条装扮漂亮的画舫却将明亮而泛着脂粉腻香的灯笼点了起来，灯笼映在水面上，随着晃荡的波纹轻轻摇曳。

船上有附庸风雅的诗词吟诵，也有俗不可耐的划拳斗酒，丝竹之声乱耳，红巾翠袖惑心。

吕显已很久没回金陵了，一朝重游秦淮，还是一样满河香粉艳丽，人的面貌虽都不似旧日，眉眼间的神态和笑窝里藏着的心思却无甚改变。

瘦马们看似矜持，实则待价而沽；富商们怀抱美人，心里却盘算着生意。

徽州的商人名传天下，自有一番风度，可到得这金陵六朝王气养起来的城、上得这漂荡千古的秦淮河上的船，风没了，骨也软了。

对面的人醉眼惺忪地向他举杯。

吕显便也笑着喝了一盏，正要趁此机会拿下这回的布匹生意，再杀一回价，一错眼却看见条小舟破开水面靠近了这条画舫，搭了快船板到船头上。

一个穿着麻布粗衣的机灵少年踩着船板走上来，对着珠帘外守着的侍者说了什么。

那侍者便点了点头，掀帘进来，无声步至吕显身边，小声禀道："吕老板，外头来了个人，说是有您的急信。”

这回来金陵，吕显没带多少人。外头那人他虽然看不大清晰，可看身形也大致能分辨，不是小宝那小子又是谁？

他同旁边的几人道了声歉，起身走了出去。

入秋的河面上，风生凉意，扑面而来，倒驱散了他从船里带出的那一片使人头昏脑涨的脂粉香气。

吕显道：“什么信？”

小宝如今已长得高了些，一条革带扎在腰间，看上去精神极了，将信递到他手上，道：“边关来的密信，火漆封口，旁人都没敢先拆。”

边关来的？

吕显眼皮一跳，话都没顾得上说，先把封口的火漆起开，抽了信纸出来读。薄薄的一页纸，可上头写的内容着实让他吃了一惊！

小宝打量着他：“是要打仗了吗？”

吕显却顾不得回答他，反是急急问了一句：“此信可送抵京城了？”

小宝道：“信分三份，同时传江南、黄州和京城，先生那边该也收到了。”

吕显目光闪烁，神情却一点也不轻松，重新看了纸上的字句一遍，想起那人近两年来与往年无异的举止，心底却笼上了一层忧心的阴云。

他将信纸折了，递还给小宝。

小宝问：“没什么要交代的吗？”

吕显沉默良久，道：“等人来了就知道了。”

人来？

小宝顿时愣住。

京城的秋夜，比起江南秦淮要萧瑟不少。

宫室里秋风瑟瑟，没有关好的门扇相互拍打着，有时竟使人觉得鬼气森森。

奉宸殿偏殿里，只有靠着柱子的铜鹤衔了两盏灯，光影闪烁间将人的影子投在窗上，却模糊了形状。东墙上挂着一张琴，桌边的茶盏里，茶水早已凉透，映着半张静默的脸庞。远远地，窗外有嬉笑乐声传来，是御花园里后宫诸妃嫔陪同皇帝宴饮取乐的声音。

谢危垂着眼帘，面前的书案上是太医院的太医端来痛斥宫中方士的“罪证”，五只冰裂纹的瓷碗里盛着五种散碎的石块，边上有一只用过的瓷盅，药杵搁在漆盘角落，最前面一张纸上却散着一小堆已经混合在一处的药粉。

太医院掌院涨红了一张脸含怒而说的话仿佛还在耳边："五石散又称寒食散，本是用以医治病人，可无病食之，体生燥热，心出幻梦，虽使人飘飘然上得仙境，烦恼尽消，可于身体有大害，狂浪不知所以！这些江湖方士以此物进献圣上，荒谬绝伦，简直是其心可诛！"

心出幻梦，烦恼尽消，谢危盯着它们看了太久，慢慢生出几分奇怪的眩晕感，仿佛这几个碗扭曲起来，变作了阴暗里长出的口和眼，朝他传递着什么，叙说着什么。

他已经许久没睡过好觉了。

壁立千仞，无欲则刚，心无挂碍，无有恐怖，远离颠倒梦想，究竟涅槃。

……

道藏佛典儒经，他翻来覆去地看遍，苦海里却根本寻不到解脱之法。人生于世，仿佛就是一场历尽劫难的痛苦磨炼，却不知若忘怀自我，若此身陨灭，能否得解？

没有人知道，这位当朝帝师已在无底深渊的边缘游走了很久，很久……

苍白的手指被摇晃的光染上昏黄颜色，谢危朝着漆盘前面那张纸伸去，上面碾磨好的五色粉末混在一起，已难以分辨。将其拉至近前，轻飘飘的没有重量，他又停了片刻，终于以无名指蘸上少许，凝视了许久。

外头忽有叩门声，小太监在外头禀道："少师大人，边关密信，加急来的。"

谢危晃了一下神，这才将旁边一方锦帕抓来擦了手，淡淡道了一声："进来。"

★

吕显当年也曾进士及第，尤芳吟还在伯府受气被欺负时，他已经是京城里小有名气的幽篁馆馆主，手底下暗中经营着各种生意，一则学识深厚，曾供职翰林院，二则阅历丰富，老辣狡猾。如今两年过去，尤芳吟固然与任为志一道成了蜀中首屈一指的大商人，甚至与姜雪宁经营着许多其他产业，但若单独拎出来同吕显论个智谋、拼个本事，不能说全无一搏之力，可到底少了一点势均力敌的底气。

毕竟……这两年来，在这大输大赢的生意场上，他们奇异地从未同吕显交过手，连一点小小的摩擦都不曾有过。

尤芳吟注视着姜雪宁，不免有些忧虑地道："此次秦淮之宴，实则是由官府牵头，事关明年的盐引，我们往日虽与吕显毫无冲突，避免了许多损失，可也因此对他的底细一无所知。姑娘，倘若他……"

姜雪宁闻言回神，目光落在这张熟悉的面庞上时，忽然便想起了曾经的尤芳吟，比起现在的尤芳吟的内敛、温和，那个尤芳吟永远给人一种隐隐的出格之感，眼角眉梢虽带着忧郁之色，却也盖不去那一点对人世的淡淡睥睨与嘲讽。

可就是那样的尤芳吟与吕显碰上时，也不免折戟沉沙，一败涂地。因为她根本就不知道自己真正的对手是谁。

但现在不一样了，姜雪宁恍惚了一下，笑道："我们暗助燕临，吕照隐无论如何不会找我们的麻烦，反倒极有可能为我们大开方便之门。与我们斗，无异于内耗，就算他心里有口气，背后那位也未必应允。"

尤芳吟察觉到了姜雪宁的恍惚。这不是她第一次从姜雪宁面上看到这样的眼神，仿佛透过她看到了另一个人似的，有时也让她跟着生出几分迷惘：二姑娘是在通过她看谁呢？

她道："可他问我姑娘的近况，我推说不知，找个借口走了。倘若他继续纠缠……"

姜雪宁道："吕显祖籍金陵，做生意亨通南北，他若有心要知道我的近况，想打听我的行踪，现在想必已经知道了。都不用你说，他只需派个人跟着你来就是，问了反倒打草惊蛇。我琢磨多半有些别的事。"

尤芳吟便皱眉思索起来。

姜雪宁反倒不慌张了，道："兵来将挡，水来土掩，吕显没什么可怕的，眼下这局势，谢……谢危也不可能离开京城。就算是情况再坏些，他从京城到金陵，快马加鞭也得十天半个月，那时盐引的事情只怕已经商议落地，你我也离开此地了。"

尤芳吟考虑着，终于慢慢点了点头，可末了又忍不住为难起来："那吕老板倘要继续纠缠……"

姜雪宁笑了笑："那还不简单？"

尤芳吟不解。

姜雪宁唇边的笑意便多了几分促狭之意："男女授受不亲，好歹你还是任为志的妻子，吕显脸皮厚，你便叫任为志来对付他，不就行了？"

"任为志"这三个字一出，尤芳吟的一张脸立刻变得绯红。

她难得有些羞怯了，低下头去，小声道："姑娘取笑了。"

姜雪宁知道她与任为志当年还是假成婚，是尤芳吟先开出的条件，以与自己假成婚带自己离开京城作为入股任氏盐场的条件，之后她才去的蜀中。

任为志是读书人，常钻研些开采井盐的技术，对做生意却没太大的天赋；尤芳吟出身艰苦，虽没读过太多的书，却见惯了人情冷暖，能替他料理应酬琐碎之事。

这两年来，二人实在是配合默契。

明面上看，两人相敬如宾。契约写的是到蜀中一年后，二人便可和离，由任为志写放妻书。可真到一年期满，尤芳吟去找时，却怎么也找不到任为志。

她问管家，管家说任为志去了书房；去了书房，又被小童告知人去了盐场；去了盐场，还是没见人影，一问才知任为志竟然收拾行李出川了。大家伙儿还当这夫妻俩闹别扭了。尤芳吟也一头雾水。

姜雪宁旁观者清，只轻轻给尤芳吟支了个招，就叫她写信说想找他商议暂缓和离的事情，任氏盐场生意在前，两人是一根绳上的蚂蚱，但毕竟影响任为志娶妻，所以还要任为志回来一趟。

果不其然，任为志回来了。到家里时满身风尘，一个人在外头吃了不少苦，一张脸气鼓鼓的，也不知是在跟谁生闷气。

尤芳吟做生意有点内秀之才，在感情一事上却似乎一窍不通，还不明白任为志是为了什么，当真一本正经地同他谈利益，谈盐场，说什么和离是要和离的，但许多事情要交接，需要他这个掌家人慢慢接手。

任为志听得脸色铁青。

终有一日他给自己灌了斤酒，敲门叫尤芳吟出来，坦白了心迹，说两人既成了亲，这段时间过着也没有什么不舒心的日子，不妨将错就错，一错到底，权当这是老天赐予的好姻缘。

过去的一年里尤芳吟可没想过这件事，满脑子都是做生意。任为志这么一说，自然当场让她不知所措。

这俩人也有意思。

姜雪宁后来问她怎么处理的。尤芳吟结结巴巴地说："我也不知自己是不是喜欢他，往日从没往这方面想过，可这一年多我知道他对生意虽然不特别通晓，却是个不错的人，所……所以暂没和离，同他，再试……试看看。"

最近这一年，两人明显亲近了不少。任为志是真心待她。是以此刻姜雪宁才有如此玩笑，甭管吕显是什么德行，遇着护妻的任为志，保管讨不了好。

两人正说着话，外头就来报说，任老板看着天晚，亲自来斜白居接人了。

尤芳吟自然又闹了个大红脸。

姜雪宁知道她脸皮薄，也不多说什么，只又简单地问了些生意上的事，交代她回头从手底下挑几个得力的掌柜并一个拎得清的能干掌柜去卫梁那边盯着，便催她赶紧出门去，免得任为志等久了。

近些日子来富商巨贾汇聚金陵，秦淮河上夜夜笙歌，明明已到秋日，却比夏天还要热闹。有些赶场子的熟人更是每一场应酬都会遇到。

尤芳吟自与姜雪宁那边说过一回话后，之后三天便没有刻意避免应酬，而是与任为志一道赴宴，倒也没有再遇到吕显，心里还当此人也就是问上一句，说不准不蹚这浑水，已经离开金陵了。

没料想今日他们竟然在宴上撞个正着。

那时她正凝神听邻座几名陕甘的药材商人谈边关的事情。

“自长公主殿下去和亲后，大乾与鞑靼倒是真开了互市，鞑靼可有不少好药材。不过你也知道，那地方苦寒，没什么大生意好做。没承想今年走了大运，我正愁卖不掉好些药材呢，倒遇上个年轻人，长得可俊朗，也不知是哪位巨贾之子，张口就给我包圆了，虽然利薄，可销得多啊，这才让我早些回来，还能筹备点明年的药材。那位说了，药总是缺的，让明年有还给。”

“你那药材可有二万两银吧，这也有人买，阔绰啊！”

“谁说不是？”

“唉，可提不得边关！”

“老兄怎的愁眉苦脸？”

“嗐，这话我也是憋久了，咱们做药材的人多少认识几个大夫，这两年互市开了，医术传到鞑靼，也有几个人去了鞑靼王庭。我家那掌柜的有个小伙计的兄弟在王宫做事，前儿回来跟我说，殿下嫁去鞑靼两年似乎有身孕了。”

“哗！”

周遭顿时一片哗然，尤芳吟更是没忍住，一下回头看去。

众人都不解：“有身孕不是好事吗？”

那人嗤笑了一声道：“你们知道什么？那鞑靼王延达正当壮年，虽娶了公主，可又哪里将一个弱女子放在眼底？公主在王宫中毫无地位，鞑靼王更是拥有三妻四妾，格外宠信一个叫什么纳吉尔的鞑靼女人。公主哪里是去和亲的，分明是受辱！”

旁人面面相觑，不免叹息一声。

尤芳吟听得心惊肉跳，有心想要问问这人消息是否可靠，可宴席之上当着这许多人的面，是无论如何也不好开口的。

一顿饭她吃得心不在焉。

任为志坐她旁边替她夹菜，悄悄问她是出什么事了，她余光瞥见方才说出消息的那名商人出去，便低声解释了两句，也起身出去。

她心里记挂着那边关上的传闻，离座之时竟没瞧见角落里一人见她出去后，也放下手中的酒杯，跟了出来。

才上走廊跟着那人走得几步，她便听后面有笑声传来。有人在后面怡然道："宴席才过半，尤老板便匆匆离席，看不出竟对边关的消息这样关心，莫不是也要涉足药材生意了？"

这声音听着着实耳熟，尤芳吟心头一紧，转过头来就看见了吕显。他穿着一身文人长衫，虽做着铜臭生意，架势上却从来不肯亏待自己，永远一身笔墨香气，只可惜眉目里那点感觉精明市侩了些，与任为志恰好相反。

她停下脚步，警惕起来："吕老板也来了。"

吕显这几日没离开过金陵，只盘算着京中接了信后的反应，又料理了一些事情，今日听说任为志与尤芳吟要来，便跟着来了。

他走近道："前些天本想与尤老板攀谈两句，不想您半点面子也不给，也不愿多说半句，倒叫吕某有些伤怀。今日难得遇到，不知可否挪空？"

尤芳吟往后退了一步："今日乃参加宴会，他人府邸，实在不适合谈生意，我也有事在身，吕老板还请改日吧。"

吕显没当回事："不是谈生意。"

尤芳吟道："不是生意，那便是私事。还请吕老板见谅，妾身乃有夫之妇，除生意之外与人私下往来，实有不妥，还请吕老板注意分寸。"

不谈生意，私事她也不谈？

吕显这人面上看着圆滑，可恃才傲物，连当年考学遇到谢危都要争气斗狠，是后来服气才给谢危做事的。可若换了旁人，要叫他看得上，那是难如登天。他少有将谁放在眼中的时候。

听得尤芳吟以任为志作为推托理由，他唇边挂上了一抹玩味的哂笑，道："尤老板与任公子是什么关系，夫妻的戏有几分真几分假，尤老板自己心里有数，明人面前何必说暗话呢？"

尤芳吟万没料到自己与任为志的关系竟被此人一语道破。她身子紧绷起来，又退了一步，可后方已是墙角，退无可退。她道："吕老板这话便让人听不懂了，我与任公子乃明媒正娶的夫妻。"

吕显不耐烦同她兜圈子了，只道："我想见你的东家。"

这一刹那，尤芳吟的瞳孔都缩紧了。

吕显本是开门见山，也的确有事要找姜雪宁，可谁料话刚说完，抬眼一看，竟觉眼前这姑娘忽然变了个人似的，回视着自己的目光里也多了一分幼兽护主般的警惕与敌意。一种不妙的感觉忽然掠过心头。根本没等他反应过来，尤芳吟竟然转头便向着走廊另一边花厅的方向大喊了一声："非礼啊！"

非……非礼？！

吕显简直吓得一激灵，素来笑对泰山崩、冷看沧海枯的沉着人，都被这突如其来的字眼搞得慌了神。

想他吕显虽是个禽兽，那也是斯文禽兽！非礼姑娘这种事，他从没有做过！

倘若她叫喊起来，那还了得？

所以，他完全是下意识地立时上前一步制住了尤芳吟，伸手捂住她的嘴，又惊又怒："我何曾非礼你了？！"

尤芳吟反倒成了最冷静的那个。她直视着吕显，那意思不言自明。

吕显这才发现自己的手已经压到了人家的嘴唇边上，软腻的口脂蹭在掌心里，惊得他一下想缩回手来。可看着尤芳吟这样，他又担心松开手她继续诬蔑自己，乱叫乱喊地引来旁人，额头上险些暴了青筋。

吕显深吸了一口气道："我放开手，也请尤姑娘不要再血口喷人。"

尤芳吟眨了眨眼，吕显放开了她。

尤芳吟一动没动，盯着他道："我为姑娘做事，姑娘远避蜀地，便是不想生出纷扰。吕老板就算有事，往后好生说话，打扰我没关系，倘若想纠缠姑娘，但凡叫我见着，我都像方才那样喊。"

吕显气结。

尤芳吟却淡淡地提醒道："人要来了，吕老板还是赶紧走吧。"

吕显回头一看，花厅那边果然人影闪动，真是又急又恼，纵原来有一肚子的话想要说甚至想要骂，也找不到时间说出口，匆忙间只扔下一句"算你狠"，赶紧先溜。

等走得远了，他听见走廊上传来一阵喧哗声。尤芳吟轻声细语地对人说，是个身材高大的宵小之辈，藏在花丛里，吓了她一跳，已经往东边跑去了。

吕显简直气得脑袋冒烟。夫子说得好，唯女子与小人难养！

当年两人在蜀香客栈偶遇，她还是清远伯府一个忍辱受气的小丫头，如今摇身一变，钱有了，势有了，心眼也有了，瞧着寡言温和，结果是个狠角色！非礼这种话她都说得出口！她是在姜雪宁身边待久了，这不是"近朱者赤，近墨者黑"是什么？

★

吕显自己气了个倒仰，尤芳吟心里也并不痛快。离了宴席，她立刻回了斜白居。

这时候姜雪宁正吩咐人去扬州那边抓卫梁。眼看着江宁秋闱的日子近了，她本以为卫梁回了田间地头布置下那什么马铃薯的事就会返回金陵，哪里料到等了两日愣是没看见人。她派人去问，才知道这人竟然说种地事大，乡试随便。

这还了得？怎么说他过去也是得了探花的功名，就算喜欢种地、有种地的本事，在那时也是有了官身之后才好施展开手脚，被百姓奉之为农神。姜雪宁虽然用他做事，有自己的私心，谋自己的私利，可倘若耽误了他的仕途，心里岂能过意得去？所以她是气不打一处来。

看见尤芳吟来，她便苦笑一声："你来得正好，我这儿正让人去抓卫梁到金陵呢，好歹约束着他把乡试考完再说。天底下怎么有这样的读书人呢？"

这帮读书人可真是各有志向。吕显帮谢危经商也就罢了，毕竟谢危是个能耐人；可卫梁帮自己种地，那算怎么回事？

若是往日，尤芳吟听了这话只怕也要笑上一回，可此刻听闻也不过只是勉强笑了笑。

姜雪宁看出她是带着事情来的，眼珠略略一转，隐约猜着点什么，径直问道："又遇到吕显了？"

斜白居的假山之畔便是满湖干枯的荷叶，姜雪宁立在湖边，手里拿着鱼食。

尤芳吟心里犹豫，其实不大想使她烦扰，可隐藏的忌惮到底超过了犹豫，终是道："遇到了。"她将今日遇到吕显的事都仔细说了，只隐去了自己为难吕显那一段。

姜雪宁听后立时皱眉，良久沉默着。

尤芳吟道："我在席间听闻了鞑靼那边与公主有关的消息，吕显要找您，是否与此事有关？边关的药材商人说，长公主殿下在鞑靼王庭，或许已经有了身孕。"

姜雪宁觉得有些恍惚，她最担心的事情到底还是来了。因为事先已经做过太久心理准备，所以这一刻她竟没有太多的震骇，只感觉到了一种命运不由人更改的沉重和悲凉。

可她偏要与这无端反复的命运作对！

彼时她并未提前得知公主有孕的消息，而是鞑靼大举进犯中原后，才听闻沈芷衣横遭不测，在有孕之后被鞑靼阵前屠杀祭旗！鞑靼要举兵进犯，怎会留下敌国的公主与有敌国血脉的孩子？

一种反胃的恶心感渐渐蹿了上来，姜雪宁喉咙里都有了隐隐的血腥味儿。

常言道，好人有好报，可沈芷衣岂应落得那般下场？

她用力攥紧了自己的手掌，才能克制住那几分因恐惧而泛上的颤抖，果断地道："不管吕显是为什么事来找我，如今都该我去找他了。找个机灵点的人，去打探一下吕显在何处落脚，递一张拜帖过去，我要见他。”

金陵虽大，百姓虽多，可吕显这样的大商人，又是为盐引之事而来，交游很广，要打听他的住处不是难事，手底下的人没费多少工夫就找到了他所住的别馆，只是去递拜帖时竟得知吕显不在住处。

姜雪宁原打算将拜帖一递，自己随后便去拜访吕显，哪能想到他会不在？当下便疑窦丛生，她皱眉问：“他不在住处，去了什么地方？”

那名负责去递拜帖的小童躬身回答：“小的问过了别馆的门房，说他们吕老板有生意在扬州急需处理，下午时候就骑马出了门。吕老板走得很是匆忙，也没说什么时候回来。”

姜雪宁听了心底一沉。

尤芳吟在一旁道：“那或许要等他回来再见了。”

姜雪宁有一会儿没说话。

尤芳吟心生忐忑：“姑娘觉得不对？”

姜雪宁道：“若只是谈生意，金陵到扬州是顺长江而下，船行极快。去下游他哪里需要骑马？”

尤芳吟登时骇然：“您的意思是……”

姜雪宁闭了闭眼：“只怕他去的不是扬州。”

在这当口上，有什么事能让吕显离开金陵？她心中隐隐有些猜测，只是不敢下定论，当下先吩咐了人每日定时去吕显所住的别馆打听他是否回了金陵，另一边却立刻修书一封使人快马送去湖北黄州交予燕临，一则问问他那边有没有与沈芷衣相关的确切消息，二则问问吕显在不在他那边，又有什么打算。

吕显一去竟有整整小十天。

直到第十一日，两淮巡盐道的官员于清园设宴，邀所有盐商商议明年盐引与皇帝南巡之事，才有消息传回说，吕显快马驰回金陵，到别馆换过了衣衫，匆匆赴宴。

姜雪宁当即决定去清园外等人。

清园修在秦淮河边上，占地极广，一半对着河，本是前朝金陵谢氏盛极时所建，假山亭台，移步换景。只可惜到本朝时谢氏已然没落，园子辗转落到了贪官手中，后被朝廷罚没为官产，如今只用来招待出使江南的钦差大臣、王公贵族，或是用以公事宴饮。

金陵人都知道这地方。

姜雪宁自然也知道，毕竟谢危就出身金陵谢氏。当年他金榜题名时，人人都道他会重振谢氏。只可惜谢氏血脉已然稀薄，谢危似乎也并不十分偏袒自家，所以谢氏倒没有什么起色。过去众人评价谢危，都称他是“旧时王谢堂前燕”里那曾经庞大的谢氏一族在新王朝里最后一抹璀璨的余晖。

只是此地宴饮乃官府邀集盐商前去，姜雪宁隐身幕后，明面上并无盐商身份，且清园里人多眼杂，显然不是什么说话的好地方，干脆使人在清园斜对面的观澜茶楼包下了一层，等着清园里面结束直接见吕显。

这几天卫梁已经被她抓回了金陵。眼看姜雪宁要出门，他还窃喜了一会儿，心道说不准可以趁机溜走。他在这金陵城待着哪里有田间地头里舒服？岂料本已经走出去的姜雪宁回头，上下打量他片刻，竟然道：“你跟我一起去吧。”

卫梁心里一万个拒绝，恨不能坐在椅子上不起来，脸都绿了，道：“东家姑娘，您去谈大事，谈生意，我去干什么呀？”

姜雪宁看着他，似笑非笑地道：“带着你去也挺重要。”

一来是防着这位准探花说溜就溜，回头乡试开考见不到人；二来倘若鞑靼那边与沈芷衣的消息是真，她自有一番谋算，钱这一道卫梁不懂，粮这一道她不懂，带他去见吕显是正好的。

说完她都懒得再看他的脸色，直接把人赶上了马车。

只是姜雪宁半点也不知道，她的马车前脚离开，一行人驾着快马后脚就到。

为首之人勒马停在斜白居前。旁侧一名面有惫色的少年下马，询问门房：“敢问贵府主人可在？我家先生远道而来，有事拜候。”

门房打量着一行十数人，目光在为首之人身上转了转，也不知为什么竟有些紧张，觉出几分忐忑恐惧来，战战兢兢地答道：“我们主人刚出门。”

那少年怔了怔，回头看向为首之人。

为首者手中攥着缰绳，衣袂之上满是仆仆的风尘，只问：“去了何处？”

第十七章
误解

姜雪宁的马车一路驶到了观澜楼。

正逢秋高气爽，时人大多去了秦淮河边，或在附近山上赏桂拜庙，茶楼里正冷清，难得有人包场，老板见了客来简直喜笑颜开。

这茶楼布置得有几分雅趣。二楼靠栏杆的地方专辟出一处做了琴台，上置琴桌，桌上陈琴，角落里还搁着香炉，香炉里烧着一把还不错的沉水香。

只是眼下客少，并无琴师弹奏。

姜雪宁来等人，也不想被打扰，挥退了要来待客的茶博士，琴师也没让叫，只寻了一本书来看着打发时间，等着清园内议事结束，好见吕显。

卫梁就百无聊赖了。书架上都是经史子集、诗词歌赋，他无半点兴趣，捺住性子喝了半盏茶后，站起来又坐下，从这头走到那头，实在无所事事，只觉这茶楼人少，让人连趁乱溜走的机会都寻不到。

风光虽好，他却觉束缚，寻摸半天，便走到栏杆边朝外看，不经意间一回头，倒看见了那张琴。

种地乃他所喜，读书乃他所恶，可以说他厌恶一切雅事，偏爱那等俗事，可琴除外。往日读书他便偏好此道，如今无事可做，看见这张琴便有几分技痒，眼瞅着姜雪宁在边上读书，也没搭理自己的架势，便走上琴台，坐在了琴桌前。

茶楼不怎么样，琴自然也不是特别好的琴。但初勾弦试音，倒也不算太差，卫梁信手便弹奏了一曲。

姜雪宁本在看书，只是想到一会儿要与吕显见面，大半的心思没在书上，只琢磨一会儿要谈些什么，怎么谈，所以不是很看得进书。

乍听琴音起，她还怔了怔，抬起头来才发现竟是卫梁在抚琴。他弹的是一曲《青萍引》，正所谓“风生于地，起青萍之末”，在此秋高之际、层楼之上弹奏，忽然之间暗合了她此刻的心境。

多事之秋，不知风起何时。

姜雪宁放下手中那仅翻了几页的书，静听卫梁弹奏完，才道：“原来卫公子也会弹琴。”

卫梁弹奏纯是兴起，并没想到她在听，抬起头来看见她正用脉脉的目光注视着自己，也不知怎的一股热意便往脸上蹿，让他有了一种显摆卖弄于人前的窘迫感，慌忙之间便起身解释道：“闲着无事，技甚拙劣，恐污姑娘尊耳。”

他起身得急，袍袖挂着桌角，那琴在桌上都被带歪了。

姜雪宁没忍住笑道：“我自己弹琴才是污了旁人的耳朵，卫公子弹奏得极好，我岂有笑话你的意思？”

卫梁接不上话。他向来不是很善言辞，立了半天才磕磕巴巴地道：“您也爱琴吗？”

爱琴？她可不敢。

姜雪宁垂下眼帘，搁下书，走到近前，把歪了的琴扶正，道：“我技艺拙劣，也无一颗清心，是不配弹琴的。”

卫梁不由得愣住。眼前的女子站在琴台那侧，微敛的目光里似乎藏着点什么东西，细长的手指搭在琴身边缘，那手势分明是对琴之一道有所了解的人才有的。一股幽微的青莲香从她的衣袖间散出，竟为她艳丽的轮廓添了几分动人的清冷。

可这位东家不是爱极了钱吗？眼下她哪里像是满身铜臭的商人？

他的目光落在姜雪宁身上，一时迷惑了。

姜雪宁却想起了旧日的一些人、一些事，轻轻皱起了眉，刚要撤开扶着琴的手，楼下便有小童匆匆奔了上来：“姑娘、姑娘！”

她惊了一下：“清园议事结束了？”

那小童却朝外面一指，道：“不是，是外头有人说要找您。”

在金陵这地界儿，她认识的人可不多。清园议事没结束，找她的人也不会是吕显。

姜雪宁顿时觉得奇怪，人本就站在二楼琴台上，几乎是下意识地顺着小童所指的方向，朝着茶楼下方道旁望去。只目光所触的短短刹那，她整个人便如被雷霆击中一般，立时僵硬！

她几乎不敢相信自己的眼睛，脑海里第一个冒出来的念头便是不可能。京城到金陵，从北到南，两千多里的距离，沿路要更换多快的马、顶住多少日的不眠不休，他才能在这短短的十来日里飞度重关，来到江南？

卫梁本是背向栏杆而立，眼见姜雪宁向着下方望去，面有异样，不由得跟着转头望去。

只见道旁不知何时已来了一行十数人，大多骑在马上，身着劲装，形体精干，只是面上大多有疲惫之色，似乎一路从很远的地方奔袭而来，经历了不短时间的劳顿，连嘴唇都有些发白起皮。

边上一名蓝衣少年已经下马。

这帮人虽然不少，却没发出半点杂音，连马儿都很安静。

卫梁虽然迟钝，却也看出了几分不同寻常之处，更不用说最前方那人实在看得人心惊。

而姜雪宁的目光也正是落在此人身上。

两年的时间过去，这位当朝少师大人似乎没有太大的变化，仍爱那雪白的道袍。只是长日的奔袭似乎使他形容消瘦不少，白马的四蹄溅满泥渍，干净的袍角也染污一片，右手五指紧紧地勒住缰绳，以至上面已经覆了一层叠一层的血痕，他自己却似未察觉半分痛楚，抬起一张漠然的脸孔，看向高处的姜雪宁。

在卫梁的目光落到他身上时，他的目光也轻轻转过来，与卫梁对上。

这一瞬间，卫梁竟觉悚然。

分明是那样平静无波甚至寂然无痕的一眼，他却仿佛瞥见了其间隐藏的狂风骤雨、刀光剑影，然而再一回神，那眼神又如神明一般高旷沉静，没沾半点尘埃似的移开了。

吕显曾经问他，虽知道你不是那样的人，可倘若她这一去不再回京，你难道听之任之？

他不曾回答。因为他知道，风筝总是要去天上飞的，可只要那根系着的线不断，风筝飞得再远，终究会回来。她对长公主沈芷衣的承诺便是那根线，要有了这根线，他才能名正言顺地将风筝拽回来，或者顺着这根线去找寻她。

谢危觉得自己像个疯子，千里迢迢而来，到这时才想起自己好几日没合眼，于是忽然生出一种难言的厌倦感，也不说话，收回目光便欲唤人离去。

姜雪宁自然注意到了他看向卫梁的目光，心里原不觉得自己有何过失，然而在他敛眉垂眸那一刻，也不知为何生出了一种本不该有的心虚情绪。同时她也有万般的疑惑——这节骨眼上，谢危怎会来找她？

眼见对方要走，那一刻实容不得她多想，她脱口便喊了一声：“先生！”

谢危停住。

姜雪宁挂念着沈芷衣，一咬牙，也没管边上卫梁诧异的目光，提了裙角便径直下楼来到谢危的马前，抬首仰视着他，张口却一下不知该说些什么。

日光落在他身上，脏污的道袍袍角被风吹起，谢危那远山淡墨似的眉眼却被身周逆着的光挡了，神情她也看不清晰。他只垂着眼帘俯视她，过了半晌，才将一页已经在指间捏了一会儿的纸递向她，无波无澜地道："三日后启程去边关，你若考虑好，可以同往。"

如今她哪敢有半分怠慢？

姜雪宁用了双手将那薄薄的一页纸接过，目光落下时，才发现谢危手指边上那缰绳留下的勒痕，脑海中便一下掠过当日挣脱这只手时，那淋漓滴落的鲜血。

姜雪宁不敢看谢危。谢危也没再同她说什么。

只听得缰绳抖动的声音，沾满污泥的马蹄从地上踏过，刀琴匆匆给她行了一礼，便连忙翻身上马，带着众人跟上远去。

卫梁在二楼看得一头雾水。

马蹄声远去，面前的街道空荡荡的，姜雪宁却如做了一场大梦。

唯有手里这一页纸，提醒着她方才的一切并非幻梦一场。

★

她缓缓地将这页纸打开。纸上是密密麻麻的字迹，乃一封从边关传来的急报，末尾处却贴着朱红的丹砂御批！

在她通读完信的内容的刹那，一种无边的荒谬感将她淹没。姜雪宁简直不敢相信自己在末尾看见的那几个字，眼底的泪混着恨意与不甘倏地淌落下来，洇了那些已经干涸的墨迹。

卫梁从楼上下来，既不知来者的身份，更不知姜雪宁与方才那人有什么关系，可一声"先生"听在耳中，实有些不同寻常。

他何曾见过姑娘家垂泪？这一时他简直手足无措。

姜雪宁却缓缓收紧攥着那页纸的手指，只向卫梁道了一声："回去吧。"

若是方才他听见这句话，只怕立时大喜，毕竟这意味着他可以偷偷溜走了。然而此刻卫梁答应了一下，却想跑都不敢跑，担心她这架势会出点什么事。

姜雪宁在原地立了一会儿，将这页信纸收了，才叫上自己出来时带的人，留了话给清园中还没议事结束的尤芳吟，先行回了斜白居。

尤芳吟是知道她今日打算见吕显的，清园议事一结束便来了观澜茶楼，却没见着人，得了话后匆匆返回斜白居，却见姜雪宁屏退左右，一个人坐在水榭看着架在栏杆上的鱼竿发呆。

直觉告诉她，似乎出了什么自己不知道的事。

她犹豫了片刻，走上前去，声音已经放轻，像是怕惊扰了姜雪宁，问道："姑娘猜得不错，吕显这些天虽然没在金陵，可官府拨发盐引的日子一到便立刻风尘仆仆地出现在清园。方才议事结束，他就出去了。您没见他吗？"

姜雪宁回头看她一眼，慢慢道："不用见了。"

尤芳吟愣住。

姜雪宁却问："盐引的事怎么样？"

尤芳吟道："原本已经备了大笔银两，可在清园议事时，两淮巡盐道的官员却说我们既是蜀地来的，不该掺和江南盐事，连竞价的机会都没给。说来奇怪，吕显虽然去了，却只凑了个热闹，并没有竞多高的价拿多少盐引。"

姜雪宁并不惊讶。谢危在观澜楼下那句话反复在她的脑海里回荡，一重一重交叠过后，抽丝剥茧一般，却慢慢在她心底编织出一个近乎疯狂的推测！

这当口，京中朝堂局势风云变幻，天教佛门之争愈演愈烈，谢危来到江南便罢了，还说三日后将去边关……

若换了旁人，姜雪宁想都不敢想，毕竟那是何等可怕的猜测！

可偏偏，说出这话的人是谢危。

一个带着锁扣的木匣就搁在旁边的桌案上，那页纸也落在匣边。

姜雪宁转过头，开了锁扣，慢慢将木匣打开，里头既无明珠，也无珍宝，只一抔经年的陈旧黄土。

尤芳吟忽然意识到了什么。姜雪宁却朝她宽慰似的笑了笑，道："还劳芳吟提早清算一下我们手中可以动用的银钱与产业，我怕临了再筹谋来不及。"

尤芳吟沉默良久，道："是。"

姜雪宁便捧了匣子，收了那页纸，回了自己屋中。

她原本约了吕显却没去见，吕显竟也没再派人来问。

第三日下午，尤芳吟那边连夜将诸多繁复的账目都清点好了，姜雪宁便乘了马车出门，向前些日探听得的吕显所住的别馆行去。

别馆也算闹中取静，在秦淮河边上的一条小巷里。

马车才到巷口，她掀开车帘，便看见巷口坐着的一名卖炭翁瞧着像是那日在楼下所见的一行人中的某人。对方气息内敛，目有精光，虽然是一眼看见了她，却没什么反应，埋下头便继续叫卖起来。

姜雪宁知道自己来对了，下了马车，步入巷内。

昨夜下过一场秋雨，天气转凉，巷边院墙里隐隐飘来桂子香气，却十分安静。尽头有一座幽静的院落，门口有人把守，姜雪宁停下脚步时，却在这里遇到了一个意想不到的故人。

那是名恬静淡泊的女子，穿着一袭浅蓝的百褶裙，身无赘饰，只耳垂上挂了两枚月牙儿白玉耳珰，玉带束腰，竟也有几分松柏似的风姿。此刻她手中执着一册书，正立在台阶下。

这两年来，姜雪宁是见过对方的——昔年险些成为仰止斋伴读的那位尚书家的小姐，樊宜兰。

当初姜雪宁从京城去蜀中，樊宜兰也正好在，和她算点头之交。其人性情也寡淡，虽是女子，却很有高士做派，姜雪宁对她颇有好感。

在蜀中那段时间，两人曾一道游山玩水。后来樊宜兰离开蜀中，她们才断了联系。没想到，现在她们竟在这里遇到。

姜雪宁走过去，便听樊宜兰对着门口的人道："学生樊宜兰，昔日曾蒙谢先生一言之教，一日之恩，偶闻先生就在金陵，特来拜见。"

门口那人似乎认得她，只道："您已来过两次了。"

樊宜兰似乎有些不好意思："烦请通传。"

门口那人才道："那您稍等，我去看看。"

樊宜兰道一声谢，并无什么不耐烦之色，只看着那人去了，自己则立在原地等待。她的容貌并不十分引人注目，可一身清雅淡泊之感，令人艳羡。

姜雪宁走得近了，才看清她手里拿的是诗集。

是了，当年樊宜兰颇有诗才，本在参选仰止斋伴读，谁承想谢危一句"皇宫里没有好诗"，轻而易举地将她黜落，倒似乎点醒了她，成全了她如今令士人交口称赞的才女之名。

樊宜兰本有几分忐忑，姜雪宁在远处时，她同门口的人说话并未察觉。直到人走近了，她才发现，惊讶之余，定睛一看，顿时笑起来："姜二姑娘，你怎么也来了？"

姜雪宁对自己的来意避而不谈，略见了一下礼，却道："樊小姐这是……"

樊宜兰倒未多想，只道："前日到金陵，道中见到谢先生，还道是看错了，打听一番才知是真。我曾受先生点拨之恩，不敢忘怀，于是收拾了近年来几首拙作拜会先生，一来感谢先生恩德，二来请先生稍加指点。不过我头两回来，都说先生在休息，不敢惊扰，所以今日又来一回。”

姜雪宁没接话。

樊宜兰提起还觉纳闷：“说来奇怪，前日我是下午来的，得闻先生在休息后，昨日特挑了早晨来，也说先生在休息……”

前日到昨日……姜雪宁心底似打翻了五味瓶，也不知自己究竟出于什么心情回樊宜兰这一句，只慢慢笑了笑说：“兴许是初来金陵，一路舟车劳顿，太累了吧。”

初来金陵？

樊宜兰微带诧异地看了她一眼。此刻樊宜兰才忽然意识到，姜雪宁只问她来干什么，却没说过自己来干什么。

樊宜兰想要一问究竟。

这时身着一身墨绿劲装的剑书从里面走了出来，本是要出门办事，顺便来打发樊宜兰走的，跨出门来便道：“樊小姐，先生尚在休憩，还请您改日再来。”

话音刚落，他就看见了站在樊宜兰身边的姜雪宁。

樊宜兰登时面露失望之色，眼底掠过几分惋惜，只躬身道：“既然如此，我改日再来拜会。”

剑书的目光却落在姜雪宁身上：“宁二姑娘……”

姜雪宁方才已听见他对樊宜兰说的话，便道：“那我明日再来。”

剑书可不是这意思。他毕竟目睹过两年前自家先生那模样，知道姜雪宁有多特殊，当下忙道：“不，请您稍待片刻。”

姜雪宁怔住。

樊宜兰也向她看去。

剑书却没来得及解释什么，转身便回了别馆，又很快出来，步伐似乎急了些，重新来到门口时都有些喘，只道：“先生方已起身，您请进。”

樊宜兰默了默，这话剑书不是对她说的，她轻易便可判断。

姜雪宁也静默了片刻，才迈步从樊宜兰身边走过，上了台阶，往别馆里面走去。

剑书则朝樊宜兰欠了欠身，然后返回别馆，走在前面为姜雪宁引路。

原地只留下樊宜兰一个。

人立在别馆门外，她若有所思，心下有一阵涩意浮出，但片刻后又付之一笑。那由她带来的一卷精心编写的诗集，如一片轻云般被她轻松地随手扔了，却已释怀。

谢危是被剑书叫醒的。

窗外薄暮冥冥，这里却比北地暖和些，虚空里浮着湿润的水汽，他坐起身来，恍惚片刻，便知道这不是京城的气候。

梅瓶里插了一枝丹桂。

这一觉他睡得似乎有些久了。小厨房的粥已经熬了换，换了熬。听完剑书的话后，他披衣起身。

刀琴则立刻将准备好的热粥端上来，搁在桌面上，摆上几碟小菜，并不敢放什么荤腥。只因来金陵这一路上谢危实没像样地吃过什么东西，油腻之物一则怕吃不下，二则怕伤了肠胃，只用这点清粥小菜较为稳妥。

谢危也不说话，只坐下来喝粥。

不多时剑书将姜雪宁带到，谢危面颊苍白，喝了小半碗粥，眼皮都没抬一下，道："进来。"

无论是他面上的神情，还是说话的语气，皆与当年在京城当她的先生时一般无二，仿佛当初壁读堂内的一番对峙从未发生过。

姜雪宁走进来，规规矩矩地躬身行了待师之礼，道："见过先生。"

谢危听了也无甚反应，一手捏着白瓷的勺子，搅着面前的粥，看着那一点点上浮的白气，却半点不问她考虑得如何，反而问："用过饭了？"

★

谢危虽已披衣，甚至也略微洗漱，可身上只有简单的薄薄一件白袍，青木簪把头发松松一束，神情也淡淡的，便比平日衣冠整肃的时候多了几分随和散漫之态。

姜雪宁看也知道他这是才起身。毕竟谢危寻常时从发梢到袍角，都是令人挑不出错来的。

她在对着谢危时，到底是忌惮居多，是以比起以往的放肆，显得很是拘谨，想了想回道："回先生，已经用过饭了。怪学生思虑不周，未使人先行通传便来叨扰先生。倘若先生不便，学生改日再来。"

谢危终是看了她一眼，唇抿紧时便多了一份不耐，但只向她一指自己对面的位置，示意她坐，同时唤了一声："刀琴，添副碗筷。"

姜雪宁进门时便没敢走得太近，这时身子微微僵了僵，立着没动。

谢危冷笑了一声："你要站着看我吃完？"

姜雪宁终于醒悟过来。这两年谢危在朝中称得上韬光养晦，一朝离开京城来到金陵，分明是有事要和她商谈，且时间紧急，必要留她说话。她若不坐下来一道吃，反在旁边等着谢危喝粥，岂不尴尬？便是她不尴尬，对方这一顿粥也未必能吃个自在。

是她糊涂了。

这些年来她也算料理了不少事情，和许多人打过交道，怎么乍一见面，又紧张出错，连这点小弯都没转过来？心里不免气闷几分，姜雪宁暗骂自己一句，忙道一声“那便谢过先生，恭敬不如从命”，然后犹豫一下，还是走到桌旁坐下。

这位置正好在谢危对面，两人之间仅一桌之隔。

外头刀琴添了碗筷进来，拿了碗要替她盛粥。

谢危眼也不抬，修长的手指执着象牙箸，夹了一块莲藕进碗，道：“她自己没长手吗？”

姜雪宁听得眼皮一跳。

刀琴更是头皮发麻，眼睛都不敢乱看一下，低低道一声“是”，赶紧把碗放下退了出去。

这架势简直跟阎王爷似的。

往日的谢危总是好脾气的，天底下少有事情能使他冷着一张脸，便在过去举兵谋反、屠戮皇族，也都是温温和和的模样，不见多少杀气。

可如今……

若换了是两年前还一无所觉的时候，这会儿姜雪宁只怕已经堆上一张笑脸去哄这位少师大人消消气，现在却是半点逾矩行为也不敢有了。

她只当什么都没听见，心里宽慰自己兴许谢危是刚睡醒有脾气，忙给自己盛了小半碗粥，小口小口地喝着。

谢危也不说什么了。

他这样的人，纵冷着一张脸，举止也十分得体，赏心悦目，倒令姜雪宁想起当年上京时的情景。

那会儿他还不是什么谢先生、谢少师，她只以为他是姜府的远房亲戚，表得不能再表的病少爷，抱张琴半道上车，虽然寡言少语，一举一动却都与她以前山村里的那些玩伴不同，就像是山间清风，松上皓月。

她本就为上京忐忑。京城里那些富贵的家人会不会看不起乡野里长大的自己？她从未学习过什么礼仪诗书，听随行的婆子说了许多，可还是一窍不通……

遇到这么个人，让她忍不住低头审视自己。

惶恐与自卑交叠起来，反让她强迫自己把架子拿起来，抬高了下颌，抵触他，蔑视他，对这样一个人表现出了强烈的敌意。

她故意打翻他的茶盏，撕坏他的琴谱……只是暗地里又克制不住那股自卑感，悄悄地模仿他，想要学来一点，等去到京城后让人高看一眼。

她还记得趁着谢危不在车内，撕坏他的琴谱时，那一路上话也不怎么说的病秧子破天荒地拿着那本被扯没了好几页的琴谱问她："你干的？"

她装傻："什么？"

对方闻言，慢慢冷了脸，捏着琴谱的手背上青筋微突，却陡地对她笑了笑："这次我当你是年纪小不懂事，倘若有下次你再试试。"

坦白说，姓谢的纵然一脸病容，有些恹恹的神态，可到底有一副好皮囊，笑起来煞是好看，她年少时也难免被晃了一下眼，同时脊背寒了一下，有些受到了惊吓。

但对方说完这话便转身回了车内。

姜雪宁也没把这句话放在心上，只以为这人不过是放放狠话。一个寄人篱下的远房亲戚罢了，她可是京里面大官的女儿，他敢把自己怎样？

所以她不仅敢撕了他的琴谱，后来落难的时候还一怒之下砸了他的琴，也没见这人真的对自己做什么。

直到回京以后好一阵，她偶然得知谢危的身份，那一瞬间，真是一股寒气从脚底板冲到脑门顶，让她激灵灵地打了个冷战，生出几分后怕来。

无知者无畏啊！

姜雪宁默不作声地喝着粥，想到这里时，将勺子咬在嘴里，笑了一声。

谢危听见，抬头看她。

姜雪宁是一时走神，露出了点本性，一对上谢危的目光，身形立时僵硬。

谢危的目光落在她咬着的勺子上，姜雪宁讪讪地把勺子放了下来。

谢危问："笑什么？"

姜雪宁本是想敷衍着答一回，可见谢危冷冰冰的一张脸，也不似以往一般挂着令人如沐春风的笑，不知为什么竟觉得不习惯，也不大好受，更想起沈芷衣那边可能面临的困境，心里堵得慌，到底还是慢慢道："只是忽然觉得，物不是，人也非……"

她纵然妆容素雅，却仍是明艳的脸孔，精致的五官在两年之后已似枝头灼灼桃花，完全长开，浓密的眼睫轻轻垂下时，投落的几分薄影里有些许忧悒之色。

谢危一下想起了那个夏日，窗沿上那一颗小青杏，心底那股隐隐的烦躁感再次翻涌上来。他曾警告张遮，有所挂碍便莫去招惹她，可他的挂碍何曾少于张遮？然而他到底是越了界，露出了端倪。这绝不是他应该做的。

本也没什么食欲的谢危搁下了白瓷小勺，小勺落在碗沿上，头一次发出了一点细小的碰撞声，道："给你的密函已经看过？"

姜雪宁手指轻颤："看过了。"

她回想起那密函上的内容，眼眶陡地红了，哽咽着道："殿下好歹是一朝公主，皇家血脉，圣上乃她的至亲兄长，何以罔顾亲情，冷酷至此？！"

那密函原是边关急报，所陈乃鞑靼王庭之事。

其一是蛮夷之族狼子野心，两年养精蓄锐，已经开始暗中整顿兵马，恐将有异动，对中原不利；其二便是乐阳长公主有孕，所怀乃蛮夷骨肉，因察鞑靼事将有变，秘传消息向朝廷求救，希望能抢在战事起前从王庭里脱困逃出。

那是沈芷衣的求救啊！

彼时姜雪宁只知结局，却不知道作为和亲公主，沈芷衣曾在出事前向朝廷发去求救信函，更不知作为沈芷衣的兄长的皇帝沈琅，竟会做出如此答复——赐白绫三尺、毒酒一盏！

沈琅要她在鞑靼有举动之前，先行了断自己的性命，以避免沦为人质，欺凌受辱，维护公主之尊，家国之荣！

谢危早已看过那封密函了，淡淡地问她："明日我将启程去边关，你可同去？"

姜雪宁望着他："先生去干什么？"

谢危敛眸道："倘若你心中没数，今日又为何要来？"

姜雪宁没再说话。

谢危道："长公主不死，等明年春初开战，便将沦为人质，使本朝陷入两难境地。朝廷钱粮初动，备战尚急，绝不会为救一人提前开战。你是想迎回公主，还是迎回公主的棺椁，都在这一念之间。"

尽管的确早有预料，可当谢危说出这番话时，姜雪宁犹觉得心中发颤，有一种被卷入洪流之中的惶然难安感——有什么办法，才能让她迎回公主，而不是公主的棺椁呢？

她一腔心绪翻涌，闭上眼握紧了手。

谢危忽然发笑："怕了？"

姜雪宁咬牙："怎会！"

谢危本就是最后的大赢家，如今燕临羽翼已丰，纵然提前举事，也未必没有胜算！何况她怎能眼睁睁地看着公主被赐死？

她答应过的，捧那一抔故土，迎公主还于故国！

只是……

姜雪宁慢慢睁开眼："我答应过公主，自不会失约。可先生真的考虑清楚了？"

谢危淡了笑容，回视她，慢慢道："我也不失信于人。"

★

我也不失信于人。

也。

姜雪宁听见这句话时，是有一分茫然的，因为她并不知道谢危曾向谁许下什么诺言，直到模糊的记忆里浮出一幅画面，连带着旧日险些被她遗忘的声音一起在耳边响起。

"少师大人，中原的铁蹄何时能踏破雁门关，接殿下回来呢？"

"很快，很快。"

这一瞬间犹似冰面上破开了一道裂缝，有什么东西冲过来，骤然触碰到了她，让她嘴唇微微翕张，似乎想要说什么。

可谢危收回了目光，面色深沉冷静，有种拒人于千里之外的冷淡，在她开口之前，已经补了一句："况且，我有我的谋算。"

姜雪宁怔住。

谢危则道："一来燕临太重情义，你有夙愿未了，我固然可视而不见，燕临却未必能够。倘若你开口请他帮忙，他必定一意孤行，为你赴汤蹈火。边关战事凶险万分，但凡出了点什么意外，我数年的谋划都将功亏一篑，毁于一旦。"

他的声音越发漠然，人从桌旁起身，揭了一旁搁着的巾帕来擦手，道："宁二姑娘性情偏执，我无法劝你不去救公主，碍于旧日情面，也不能杀你先除后患，所以特从京中来金陵一趟。你虽不算什么聪明绝顶之辈，却该看得清形势，料想没来见我这两日，手中诸多产业，大小一应账目，应该已经派人清点好了吧？"

姜雪宁几乎不敢相信自己听见了什么。她霍然起身，直视谢危，清澈的眸底甚至带了些许怒意。

她的确是做了一番打算才来的。

谢危前两日来时对她说，要去边关。

尤芳吟本准备了一大笔银两参与明年盐引之争，可官府那边随便找了个借口竟不让他们参与，而大费周章地来此本应该插手此事的吕显也没投进去多少钱。

这证明什么？证明吕显的钱忽然有了别的用途，且希望她们的银钱不要为争夺明年的盐引交给朝廷！

什么事情需要谢危赶赴边关？

什么事情需要许多银钱？

最大的可能，便是谢危要向鞑靼开战！

更何况，就算谢危没有这个打算，沈芷衣身陷鞑靼向朝廷求救的消息已经被证实。姜雪宁既然对人许下过承诺，自然要去兑现。

的确如谢危所言，如果没有别的办法，她会去求燕临施以援手。

所以那日思索良久后，她让尤芳吟与任为志抓紧时间清点好名下能动用的所有钱财以及近期内可以变现的产业，为的就是能尽快派上用场。可她没有想到，谢危会一眼看破她的打算，且话锋一转，背后是如此冷酷的算计！

“是我忘了。”姜雪宁心底方生出的几分暖意骤然被冰雪封冻，让她垂在身侧的手指轻轻握紧，声音里却含了一分讽刺，“先生所谋之大，本非常人能料，又岂能有常人之心？”

谢危垂着眼帘，并未解释。

姜雪宁看他这般无波无澜的模样，更觉心底憋闷，想自己方才竟以为此人心中恐还残余几分温情，实在可笑！

圣人皮囊，魔鬼心肠，她竟敢轻信。可眼下除却谢危，她又能指望谁呢？长公主危在旦夕，她根本没有别的选择。

这一时，她也不知是恼恨谢危多一些，还是恼恨自己多一些。姜雪宁退了一步，向谢危弯身执礼，声音里多了几分冷肃之意，道：“学生涸辙之鲋，先生志存高远，能得您垂怜开恩，已是大幸，况乎谋事救人？钱粮财帛，悉已清点，账册傍晚便可交至先生手中。明日既要出发，便恕学生无礼，要回去稍做安排，先行告退。”

谢危把那擦手的巾帕放下。

姜雪宁没听他说话，只当他是默许了，一躬身后，冷着一张脸径直拂袖，从屋中退了出去。

外头吕显刚回，两人撞了个照面。

毕竟有两年没见过，吕显见着这明艳冰冷的面容，还愣了一下，然后才反应过来这是谁。

他本想要打个招呼，谁料姜雪宁看他一眼，冷笑一声便走了。

吕显心里顿时“咯噔”一下。他转过身来，重新看向前方谢危所住那屋的窗扇，犹豫片刻，还是轻轻一提自己那一身文人长衫，硬着头皮走了进去。

谢居安瞧着无甚异常之处。

吕显讪笑了一下，凑上去道："刚看见你那宁二姑娘走了？"

谢危回眸："事情怎么样了？"

吕显讨了个没趣，可看姜家那姑娘刚才走时的脸色，必定不是很愉快，所以不敢再触霉头，道："前几日接到密函后，我便跑了一趟黄州，提前打点好了一应事宜。燕世子昨日已经启程前往边关，先做部署。谢居安，鞑靼这一次可是精兵强将，不比以前在中原铁蹄下苟延残喘的时候了。倘若此战不利，我们将再无一搏之力！"

原本近两年谢危安排得天衣无缝：对南边以万休子为首的天教，他虚与委蛇，并不跟他们撕破脸，偶尔还会提供方便；对北方以圆机和尚为首的佛教，他置之不理，避其锋芒，任其发展。孟阳与圆机和尚有杀妻之仇，都被谢危暗中拦下。

皇帝疏于政务，只以心术权谋御下，民间自然怨声载道，天教趁机发展壮大；白马寺因圆机和尚被封为护国寺，在民间也卓有声誉。偏偏圆机和尚与万休子有宿仇，邪佛妖道自然争斗不休。

谢危居中韬光养晦，暗中网罗势力，襄助燕临，只等那两方相互消耗、斗个两败俱伤。即便有哪一方获胜，也不过是惨胜如败。届时他自伺机坐收渔利，如此便可不费多少兵卒，挥兵北上，造一个惊天动地的反！

可如今因为一个乐阳长公主沈芷衣，他竟然要先拿燕临这步棋去对付鞑靼，救下公主！

在吕显看来，谢危简直是脑袋有坑。可对着谢危他又不敢把话说得太难听，咕咕唧唧道："朝廷都不愿对长公主施以援手，你我一介外人，且将来还要做大逆不道之事。怎么说她身上流淌的也是皇族之血，便冒着大事不成的风险将她救下，等你破京城、戮皇族，她放在那里岂不尴尬，又何以自处？"

也就是说，救沈芷衣，对他们来说是有百害而无一利！

谢危听他一来就说了这许多话，有些厌烦，随手一端案角上搁着的冷茶递给他："你不渴吗？"

吕显皱眉："我不渴。"

说着他还是把那盏茶接过来，下意识地喝了一口，茶味深浓，透着股陈气。吕显瞬间将茶喷了出来，简直不敢相信："姓谢的，这茶是冷的！陈茶，你也敢给我递！"

谢危却只想起屋内那女子方才霍然起身时的神态，眼底竟似有那么一分失望之色？她难道不觉他是洪水猛兽，竟以为他还有救吗？

让她失望也没什么不好。

慢慢闭上眼，谢危真的倦了，坐于窗下，轻轻抬手压住自己紧绷的太阳穴，道："热茶堵不住你的嘴。晚些时候宁二那边有账册送来，按计划我明日启程去边关，后方便要烦劳你谋划照应，粮草辎重乃三军重中之重，万不能有闪失。"

"宁二姑娘那边的账册？"吕显眼皮陡地一跳，心道姜雪宁送账册来干什么？可此念一起，他一下就想起了方才姜雪宁离开时难看的脸色，一种不妙的预感顿时浮了上来。

他道："你怎么同她说的？"

谢危垂着眼帘道："想救沈芷衣，除我之外，无人能帮她。"

吕显倒吸一口凉气。他好半晌才回过神来，简直有点恨铁不成钢，跺脚道："可你明明……这样你怎能讨得姑娘欢心？"

谢危却沉默不语。

秋风萧瑟，梧叶飘黄，傍晚的金陵城被笼罩进璀璨昏黄的霞光里。几条小船拖着渔网，从河上返航。

姜雪宁回到斜白居，气不打一处来，把花厅里的花瓶摔了三四个，才勉强冷静下来，使人先将账册送去谢危所在的别馆，又差人唤尤芳吟来，做了一番交代。

账册交了，很多东西却还是要人料理，她要亲赴边关，中原这边却需要留尤芳吟坐镇，方可使大小事宜有条不紊地进行。

尤芳吟一听不由得怔神："姑娘为什么把事情都留给我处理？"

姜雪宁已经叫人在收拾行囊了，道："我明日就走。"

尤芳吟大惊："您去哪里？"

姜雪宁断然道："去边关。"

尤芳吟彻底愣住："可……可这般急，明日就走……"

姜雪宁将那一只装着土的木匣捧起，珍而重之地放入行囊，回眸看向尤芳吟，道："没有多少时间了，倘若春初救不出公主，往后再不会有机会。"

因为等到，鞑靼开战之时，便是公主罹难之际！

这也就意味着——倘若想要逆转命运，救出公主，他们无论如何必须抢在鞑靼向中原开战之前，向鞑靼开战，发动一场出乎所有人意料的奇袭！

★

鞑靼在中原以北，数十年前为大乾铁蹄击退，自此退出南漠，多年以来屈于北漠，不再向边境进犯。其地广阔荒芜，百姓游牧而居，少有定所，只鄂伦河流经领土，因水草丰茂，经年累月之下聚集成群落。

鞑靼王都便建在鄂伦河中游河湾地带。

入夜后，缀着五色丝绦的牙帐内点上了灯火，从外面远远看过去就像是一只巨大的灯笼。

远处有几座小山坡，其中一座朝南的山坡上隐隐还能看见一匹高大的骏马，骏马旁边则伫立着一名身穿胡服的女子。

婢女从远处走来，望见这道纤弱的背影，险些掉泪。

她好不容易才平复心情，面上挂着笑走上前去，高高兴兴地朝着前面喊："殿下，天色已经晚了，夜里头风这样大，你可谨慎着别吹坏了身子。我们还是回到帐里去吧！"

沈芷衣静立不动，她遥遥望着那被漠漠烟尘与深紫的幽暗光景淹没的东南故土，问："还是没有消息吗？"

北地天寒，气候干燥，风沙也重。

没有中原养人的风水，她旧日娇艳的面颊难免也留下几分风霜的痕迹，虽清丽如旧，可往日稍显丰腴的面颊已然瘦削了不少，直有几分形销骨立之感。

只是比起形貌的变化，最惊人的恐是那一双眼的变化。沉沉的暮色如同水墨坠入了她的眼底，昔年鲜活的神光在苦难的磨砺之下消失殆尽，却又像是一柄藏在鞘中的匕首，有着前所未有的隐忍锋芒！

婢女自然知道这些年来，公主都经历了什么。

初入鞑靼王庭，她们有整整二十余名宫人，然而不到一年的时间里，便只剩下了四个。离开的那些人，有的是受不了北漠的艰苦奔逃生活，有的是想念远在万里之遥的家园请离，也有的横遭鞑靼贵族的折磨刑罚，没能扛过去……

表面上看，沈芷衣是尊贵无比的来和亲的帝国公主，可在华美的冠冕之下，却是一副残酷的枷锁！与其说她是一朝公主、鞑靼王妃，不如说是命不由己的阶下囚。

婢女不忍吐露外头来的消息，走上来轻轻扯着公主的衣袖，道："密函才送出去不久，想必即便到了边关，那些人也不敢擅自行动，必要送到京城去禀告过圣上后才能定夺。您是大乾的公主，皇族的血脉，圣上和太后娘娘一定会下令发兵攻打鞑靼，救您出去的！"

一定会救她？

沈芷衣远眺的目光垂落下来，深秋时节，树木枯黄，衰草连天，她只看向脚下被马儿啃过的草皮，弯下身来，自黄黑的泥土中捡起一截腐烂的草根，陡地一笑。

紫禁城里的牡丹由人精心打理，吹不得风，淋不得雨。漠北的荒草却深深扎根在贫瘠的土壤中，抛却了娇艳的颜色，将自己放得低低的，只为在干涸与冰冷的环境之中求得生存的寸土。

朔风吹拂下，手指已经冰凉，她望着这一截草根，长长地叹了一声："我曾以为，变作一根草，总有一日可等到春来。可这秋也好，冬也罢，都太长、太长了……"

远远地，牙帐旁吹响了一声晚间的号角，萧瑟的风中，像极了长声的呜咽。山坡上最后一点天光隐没，沈芷衣的身影也终于与无边的黑暗融为一体，不分彼此。

临出发的这一晚，姜雪宁做了个噩梦。

她梦见自己站在京城高高的城墙上，身周的人的面目都模糊不清，声音也此起彼伏、嘈杂难辨。她似乎努力想要从中分辨什么。

那是从长街尽头传来的哭声。雪白的仪仗像是一条细细的河流，渐渐近了，一副盛大而肃穆的棺椁无声地漂在这条河流之上。

她在城墙上，分明隔得那样远，却一下看了个清楚，于是在看清楚的瞬间，脚下的城墙忽然垮塌了。她从高处跌坠而下，惊恐之间仓皇地大喊了一声："不要——"

姜雪宁霍然从床上坐起，额头上冷汗密布，梦中那朦胧吊诡的感觉却仍旧游荡在身体之中。姜雪宁在床帐内坐了好半晌，慢慢抚上胸口，余悸也未散去。

她起身推开窗，朝着外面望去，江南的天才蒙蒙亮，一盏孤灯挂在走廊上。

斜白居本就在乌衣巷中，附近并无商户，这时辰既无辛苦劳作的百姓，也无起早贪黑的商贩，是以一片寂静，仿若一座孤岛般与世隔绝。

今日他们便要启程前往边关了。姜雪宁不知道自己的梦到底预示着什么，也不愿去揣度世人是否各有自己的命数。她只知道，倘若想要改变命运，除了一往无前，别无选择，纵使与虎谋皮，为虎作伥！

卯时末，由两个丫鬟拎了行囊，姜雪宁从斜白居走了出去。

一辆马车已准时停在门外。

天色将明未明，立在马车旁边的，既不是刀琴，也不是剑书，竟是一袭文人长衫的吕显。这位来自京城的奸商拥有着同侪难以企及的学识与见识，纵然满心市侩的算计，面上瞧着也儒雅端方，令不知情者看了心折。

姜雪宁见着他，脚步便是一顿。

吕显昨日在别馆谢危门外同她打过照面，此刻拱手为礼，笑道："宁二姑娘瞧见吕某，似乎不大高兴呀。"

姜雪宁对他倒没多少意见，只不过昨日与谢危的一番交谈甚为不快。

她向来不愿被人摁着头做事。大小一应账目固然已经整理好，为救公主，她的确做好了付出自己全部身家的打算，可这些打算里并不包括受人要挟。

可谢危偏用长公主要挟她。

所以眼下看见这位谢危麾下第一狗头军师，她也就不那么痛快了。

她态度并不热络，只淡淡地还礼道："昨日已交代芳吟留在江南，凡吕老板有差，她便听遣。诸事庞杂，产业虽不算大，十数万的现银却是拿得出的。吕老板眼下该是忙得脚不沾地，今日亲来，莫不是有什么账目对不上，有所指教？"

吕显摇了摇头："倒不是。"

须知他此刻出现在这里，是连谢危都瞒着的。

姜雪宁挑眉："哦？"

吕显目视着她，道："我来是有事相托。"

有事？姜雪宁听得迷惑了。只是今日就要北上，她与谢危约定的乃辰初二刻金陵城外会合，可没太多时间浪费。

她问："长话短话？"

吕显怔了怔："说来话长。"

姜雪宁便一摆手道："我要赶路，那便请吕老板上车，边走边讲吧。"

吕显将目光移向那辆马车，脸差点都绿了，仿佛看着的不是一辆构造结实、车厢宽敞的马车，而是一座死牢。

姜雪宁奇怪："吕老板不上来？"

吕显按住了自己跳动的眼皮，咬了咬牙，心道也未必会那么倒霉，被人抓个正着，狠狠心眼睛一闭也就跟着上了马车。

两人相对而坐。

姜雪宁吩咐车夫先去城外，才转头对吕显道："吕老板有何事相托？"

吕显手指搭在膝头，却将姜雪宁上下打量了一番，过了好半晌才道："宁二姑娘这些年来贩丝运盐，行走各地，不知可曾听过一个地方，叫作'鄞县'？"

确如吕显所言，这些年来姜雪宁去过的地方不少，中原的舆图基本也刻在了她的脑海中。鄞县是浙江宁波一个不大的地方。

她想了想道："听过，但并未去过。"

吕显的面容之上便显出几分回忆之色来，他微笑着道："实不相瞒，吕某少年游学时曾到此地。此地民风淳朴，乡野皆安。只不过许多年前，这地方上任了个县太爷，那些年来收缴税赋有个不成文的规矩：平民百姓交税，以白纸封钱写名，投入箱中；乡绅富户交税，则用红纸封钱写名，也投入箱中。”

姜雪宁听到此处便微微皱起了眉。她虽不知吕显为何讲这些，可平民百姓与乡绅富户交税，用不同色的纸区分开来，想也知道是官府那边有猫腻。

果然，吕显继续道：“凡红纸交税，官府一应按律法办事；可遇着白纸交税，府衙差役便要百姓在朝廷所定的税赋之上多交钱款，称作给官老爷们的茶水辛苦钱，起初只多一成，后来要给两成。”

姜雪宁道：“狗官胆子够大。”

吕显笑起来：“是啊，狗胆包天，所以时间一长，赋税越重，百姓不乐意了，于是闹将起来，聚众请愿。正好有个识得文、断得字的人途经此地，既知官府之所为不合律例，便替他们写了诉状。一干人等以此人为首，自乡野入城，上了衙门，要官府取消红纸白纸之别，平了粮税。”

姜雪宁道：“官府有兵，百姓闹事简单，成事却未必容易。这士子既读书知律，还要多管闲事，怕是惹火上身了。”

吕显看她一眼，笑容淡了几分，道：“不错，无非一帮乡野村夫请人写了诉状檄文，县太爷岂会将他们放在眼底？正所谓杀鸡儆猴，县太爷不由分说，径直将这人抓起来关进了牢里，定了个‘聚众’的罪名。我朝律令，聚众是重罪，最轻也要被判斩立决。”

姜雪宁的眉头皱得更紧。她已经觉出吕显讲故事是其次，说这人恐才是重点，眼珠子骨碌一转，道：“你说的这人莫不是你自己？”

吕显顿时摇头，道：“吕某俗人一个，趋利避害，遇到这种事躲着走还来不及呢，哪儿会去蹚这浑水？”

姜雪宁不置可否：“后来呢？”

吕显道：“此人为百姓请命，忽然被判斩立决，乡野之间谁人不怒？且又逢灾年，内外交困，盛怒之下，竟然聚集了好多人拥入城中，围堵县衙，把人给救出来了不说，还把县太爷从堂上拉下来打了一顿，押到城隍庙外，示众辱凌，逼迫其写了从此以后平粮税的告示。末了，众人还一把火把县衙烧了。”

正所谓穷山恶水出刁民，民风淳朴不假，乡民剽悍也是真。

姜雪宁道：“这可闯了大祸了。”

吕显轻叹：“谁说不是？桩桩件件，都是枭首的罪，烧县衙更是等同谋反。县太爷做到这份儿上，自然不中用了。巡抚衙门很快派下一位新县官，叫周广清。宁二姑娘去过宁波，该知此人如今官至知府，有几分本事。”

姜雪宁好奇地问：“他是怎么解决的？”

吕显道：“周广清到任，先把这些闹事的乡民叫过来一一询问，是不是要谋反？”

姜雪宁心底微冷。

吕显嘲讽道：“乡民们做事一腔怒火上头，冷静下来才知烧县衙是谋反的罪，哪里敢认？他们原不过是想平粮税，在周广清面前，自是连番否认。周广清问明因由，却声色俱厉地喝问，衙门都烧了，还叫不反？乡民所见不多，所识不广，慌了神，都来问周广清该如何是好。”

乡民们不知律法，烧了衙门乃一时无法无度的猖狂，可刀要架在脖子上，谁人能不贪生怕死？

姜雪宁先前已经料到了这结果，道：“连哄带吓，这般倒是不费吹灰之力地把事给平了。”

吕显冷笑：“岂止！周广清为官多年，深知为官要治民，可赋税从民出，若要追究这么多人的罪过，只怕会官逼民反。所以他给这些人出了主意，说事情闹得这么大，朝廷必会派钦差来查，他们若怕，不如先将自己撇清，写封呈文到县衙，声明他们并未进城闹事。他又说立刻为他们平了粮税，要他们尽快将今年的粮税缴纳上来，证明他们并无反心。如此钦差官兵来查，也是擒贼擒王，只去抓那为首之人，抓不到他们身上。”

讲到这里，吕显停了停。

姜雪宁佩服极了：“分而化之，连削带打。只可惜这位管闲事的怕要倒霉。”

吕显听着车轱辘碾压过地面的声音，还有行经的街市上渐渐热闹的声音，淡淡一笑：“没过七天，数百撇清关系的呈文便递到了周广清的桌上，自陈并未闹事，听从调遣，服从律例，照常交税，与那‘带头人’划清了界限。此人已被救出，不知所终。官府便贴了告示通缉此人，悬赏三百两银子，不许窝藏，召集乡民向官府举报其行踪。”

姜雪宁忽然竟觉出几分悲哀来：“百姓养家糊口，生死面前谁又能不退缩？不过是人之常情罢了。只是这人到底帮过他们，他们该不至于向官府举报这人吧？”

吕显大笑，道：“宁二姑娘都说了，此乃人之常情。财帛在前动人心，且一日抓不到人，事情就一日不能了结，焉知官府会不会又怪罪到乡民头上？没过三天，就有人向官府举报。”

姜雪宁登时说不出话了。

吕显悠悠然道：“只不过这人最终不是官府派官兵抓来的，他是自己来投的案。”

姜雪宁陡然愣住，这可大大出乎她的意料：“怎会？”

吕显道：“当年我也这样想，怎么会？”

那是个风和日丽的午后，县城里一切如常，熙熙攘攘。

吕显在客栈里正琢磨作诗，忽然就听有差役从大街上跑过，一面跑一面喊，说是聚众谋反的元凶魁首自己前来投案，已往县衙去。

一时之间，万人空巷。乡民得闻，悉数前往。重建的县衙门口人头攒动，观者如堵。

周广清高坐堂上。

吕显挤在人群之中，向堂下看去。他向来是事不关己高高挂起，只想这人搅入局中，沾了一身的泥，已经够蠢，现在还自己来投案，不知是个怎样的书蠹、莽夫？

然而待得他看清那人，竟然惊怔。

其人立于堂下，一身雪白道袍，卓然挺拔，渊渟岳峙，丰神俊朗，哪里有半分暴民匪徒之态？

那人只五分泰然自若，五分坦然平静，虽立危衙之中，受诸人目睹，却没有半分忐忑与不安。反观周遭乡民，个个目光闪躲，面生愧色。

那一日是周广清亲自做的堂审。

吕显想，周广清该与自己一般，对那一日的情形记忆犹新：“此人对自己之所为供认不讳。周广清虽出了这离间分化人心的计，却也没料到此人会自己投案，当时大约觉得大丈夫当如是，不免言语激赏，称他是一人做事一人当。他却朝那些乡民看了许久，人人不敢直视其目光，低下头去。此人却还平静得很，面上也看不出喜怒，然后说了一句话。”

姜雪宁已听得有些入神，下意识地问：“说了什么？”

风吹起车帘，外头行人熙攘而过。

吕显将目光投落在窗外，回忆起此事来，恍觉如一梦，道：“他说，天下已定，我固当烹！”

天下已定，我固当烹！

史书上，韩信穷途末路时曾言：狡兔死，走狗烹；飞鸟尽，良弓藏；敌国破，谋臣亡。

正是天下熙熙为利来，天下攘攘为利往，人心向背，瞬息能改。

姜雪宁细思之下，寂然无言。

吕显则道："宁二姑娘以为此人如何？"

姜雪宁注视他半晌道："吕老板此来自陈有事，又是志高才满之人，天下能得你仰而视之的人不多。我倒不知，谢先生身上原还有这一桩往事。"

她果然猜出来了。吕显不由得兴叹一声。

姜雪宁却冷漠得很："可这与我有什么干系呢？"

吕显凝视着她，只回想起谢危这两年来殊为异常的表象，许久才道："吕某旧年科举出身，进士及第，却甘愿效命于谢居安麾下，姑娘可知为何？"

姜雪宁道："不是因为他也许不会一直赢，可无论如何不会输吗？"

吕显先是愕然，后才笑出声来，道："这也不错。"

姜雪宁轻嗤。

吕显却接着道："可不仅仅如此。"

姜雪宁道："难不成还是敬重他的人品？"

吕显沉默了片刻，慢慢道："说来您或许不信，我之所以效命于他，非只慕其强，更如路遇溺水之人，想要拉上一把。"

路遇溺水之人，拉上一把？

姓谢的何等狠辣手段，哪里需要旁人怜悯？姜雪宁觉得吕显脑袋有坑。

吕显道："在下此来不过想，天地如烘炉，红尘如炼狱，谢居安挣扎其中，也不过是个可怜人罢了。这一路远赴边关，难料变故。若真出点什么意外，刀琴、剑书虽在，吕某却知未必有用，是以特恳请宁二姑娘，菩萨心肠，拉他一把。"

这本是寻常的一句托付，听来却颇觉沉重，姜雪宁未解深意："能出什么意外？"

吕显只愿近两年来那些蛛丝马迹是自己杞人忧天，可到底不好对姜雪宁言明，只道："但愿是吕某多想吧。"

说完他却听外头车夫喊了一声："城门到了。"

他整个人登时一惊，差点跳将起来撞到车顶，跌脚悔恨道："坏了，坏了！"

姜雪宁茫然极了："什么坏了？"

吕显二话不说，掀了车帘就要往外头钻，然而此时马车已经停下，金陵城的城门便在眼前。

谢危的马车静静等候在城墙下。

他着一身苍青道袍立在车旁，注视着从姜雪宁的车内钻出来的吕显，瞳孔微微缩了缩，又向车内的姜雪宁看一眼，原本面无表情的一张脸上扯出一抹笑，只向吕显淡淡地道："你似乎很闲？"

吕显简直汗毛倒竖！

他从车上下来，几乎条件反射似的立刻道:“是宁二姑娘请我上马车的！”

姜雪宁:“……”

不是，虽然是我请你上的车，可这有什么要紧吗?

她还没反应过来，刚想说“是这样”，结果一扭头正对上谢危那双眼，也不知怎的，浑身激灵灵地打了个冷战。那一刻，对危险的直觉让她下意识地否认甩锅:“不，是吕老板说有事找我！”

吕显简直不敢相信自己听到了什么！他瞬间转头怒视姜雪宁——怎么能随便甩锅呢？这会出人命官司的好不好！

然而谢危的目光这时已经轻飘飘地落回了他身上:“吕显？”

吕显心中大呼:你又不是人姑娘的谁，还醋缸一个。求求你别喊了，再喊你爷爷我当场死给你看！

第十八章

涉险

正所谓为兄弟两肋插刀者，往往还要被兄弟和兄弟的心上人插上两刀，吕显觉得自己小命休矣。

他心头憋闷，却不敢把锅甩回去。开玩笑，姓谢的胳膊肘都拐出天际了，自己能信他？自己敢说姜雪宁一句，天知道后面会发生什么？

吕显绞尽脑汁，想为自己寻找一个合适的借口。

岂料谢危看起来并无什么异常，反而轻若浮尘似的笑了笑，继续道：“既然不闲，那还不赶紧回去忙？”

吕显顿时愕然：“哎？”

谢危却看都不再看他，径直转向姜雪宁道：“此行我回金陵，乃回乡祭祖。与你同路，明面上只说机缘巧合遇到，我本与姜侍郎姜大人是故旧，便顺路捎你一程。所以这一路并不直奔边关，先按回京的路走，什么时候改道向西，路上再看。”

姜雪宁也是错愕了一下，才明白他的意思。原本她就疑惑，谢危这样的天子近臣一朝离开京城，不知有多少双眼睛盯着，倘若没个合适的理由，只怕不好。她倒是忘了，这人明面上乃金陵谢氏的子弟，回金陵祭祖是个再充足不过的借口。

而他与她同行，也好解释。毕竟她离开京城已有两年，姜伯游要接她回去也说得通。

这人倒是任何时候都思虑周全……拿自己当挡箭牌呢。

姜雪宁心里嘀咕，面上却很快答应了一声：“好。”

谢危便道：“这便启程吧。”

姜雪宁本来就没下车，此刻又答应一声，便要钻回车里。

不过临转身时，她却没忍住瞅了吕显一眼。真是，看这人方才如临大敌的架势，搞得她以为他们无意中犯了谢危的什么忌讳，要出点什么大事，让她跟着紧张了一把，结果啥事没有。这人没毛病吧？

这一眼虽然短暂，可吕显是何等精明之人？愣了愣之后，他立时回过味儿来，品出了其中的怀疑与不屑，一时真是心里有苦说不出，气得干瞪眼。

也不知是不是觉着这场面有趣，谢危笑了笑。

吕显更觉闷得慌了。

刀琴、剑书都在，一人赶车，一人骑马。

随行的还有姜雪宁先前在观澜楼下看见的那十数名身着劲装的护卫，个个高手，都跟在了两驾马车旁边。

这会儿天刚亮，城门口笼着一层薄雾。

谢危也上了车。

一行人就这样大摇大摆地出了城。

诚如谢危所言，倘若他们直奔边关，落入有心人眼中，难免露出端倪，只恐误了大事。所以此行他们并不朝西北方向的滁州去，反而上了去往扬州的官道。

姜雪宁昨晚没睡好，在马车上正好补觉。这两年她出行不少，所以车厢里打造得很是舒坦，倒也没什么颠簸的不惯。

只是睡醒之后，她便觉无聊。一开始她还撩开车帘朝外头看看，可江南风光无非也就这样，天上既不会长出树，地上也不会飘着云，看多了便觉得没什么稀奇的。

这一路他们除了赶路，就是歇脚，人倒有大半时间在车上。

她只好看书。毕竟提前也料到了路途遥远，所以她带了几本闲书在路上看。可一则车上看书格外费眼睛，二则闲书也不怎么经读，才过六七天就已经被她翻得差不多了。

“唉，无聊……”躺在自己的车厢里，姜雪宁把最后那本书扔到了角落里，盯着车厢顶上木质的纹理，长长地叹息了一声。

她掀开车帘一看，外头衰草遍地。

这段时间他们一路往北，已经走了上千里路，江南的风景渐渐改变，天气也越来越冷，远山的红叶上都凝了一层薄薄的寒霜。

谢危的马车就在前面不远处。

这一路他们除了在驿站或者客店停下来打尖歇脚，几乎都待在自己的车上，很难碰上面，倒跟不认识似的，话都很少说上一句。

实在闲的时候，姜雪宁偶尔也会想到这个人，思考一下与这个人有关的问题。比如，她真的知道谢居安是个什么样的人吗？

毫无疑问，这人便像是那山上的大雾，让人难以琢磨，无法揣度。

他行止有度，甚少轻慢，身上有着与生俱来似的矜贵气质。纵使她知道他曾造了多少杀孽，又是何等心狠手辣，也很难否认他的确配得上世人“圣人遗风”之称道。

有时她甚至会想，当时别馆里对着谢危，她到底是愤怒多一点，还是失望多一点？

他以势压人，精心算计，一副冷酷心肠，为了保全大局才带着她去边关营救公主，固然让她有一种被人玩弄于股掌中的愤怒，可往深了去想，未尝不是她对谢危存有希望。

好像她觉得他不该那样。尽管他绝不简单，可姜雪宁潜意识里仿佛认为谢居安危险归危险，算计归算计，却有自己的底线与原则，绝不会与那些真正的阴险小人同流合污。

盯着前头那辆马车，姜雪宁出了会儿神，待得一股冷风吹到面上，才回过神来。她想这么多干什么？总归救完公主之后，桥归桥，路归路，她躲得远远的就好，谢危是什么人都同她没干系了。她还是想想怎么走完这漫长无聊的路途比较合适。

这么琢磨，姜雪宁的目光就自然地落到了一旁的刀琴身上。蓝衣少年背着弓箭，骑马跟在她的马车边。

她趴在窗框上喊：“刀琴。”

刀琴回过头，便看见她朝自己勾手，下意识地先向前面谢危的马车看了一眼，犹豫了一下，还是掉转马头，与她的马车并排前行，靠得近了些，问：“宁二姑娘有吩咐？”

姜雪宁眨了眨眼：“你会下棋吗？”

刀琴身子一僵，道：“会，一点。”

姜雪宁顿时两眼放光：“那可真是太好了，你上车来！”

刀琴眼皮直跳：“您想干什么？”

姜雪宁也不知他这算什么反应，怎么跟吕显那尿包一样如临大敌的架势？她纳闷归纳闷，却直接将自己车厢里放着的一张棋盘举了起来，道：“路上太无聊，来陪我下两把。”

刀琴幽幽地看了姜雪宁一眼，只觉自己是倒了八辈子的霉，实在没那胆气再接半句话，干脆没回答，直接一夹马腹催着马儿往前去。

姜雪宁原想谢危身边的人对自己也常给几分面子，言听计从的，一看刀琴有所动作，还以为他是要答应，哪里能想到他竟直接走了？

她再定睛一看，这厮竟是朝前面谢危的马车去的，人朝车窗靠去，似乎贴着车厢同里面的人说了几句话。

没一会儿他便回来了。

姜雪宁还未意识到事情的严重性，无语地道："就下个棋都还要请示过你们先生吗？"

刀琴望着她："先生请您过去。"

只一瞬，她所有的表情都凝固在了脸上，然后慢慢崩裂。

迎着姜雪宁那控诉的目光，刀琴莫名地一阵心虚，慢慢把脑袋低了下来，小声重复："先生请您过去，就现在。"

姜雪宁久违地体会到了想死的感觉。她慢慢放下棋盘，让车夫靠边停了下车的时候，冲刀琴扯开嘴角笑了笑："对你们先生这样忠心，我可算记住了。"

刀琴不敢回半句话。

姜雪宁去了谢危的车里。

一掀开车帘，她就瞧见了车里摆着的一张棋盘，黑白子都错落地分布在棋盘上，谢危手中还拿着一卷棋谱，竟是在研究棋局。

她一进车来，气焰便消了，小声道："先生有事找我？"

谢危抬起眼看她一眼："不是想下棋？"

姜雪宁顿时像吃了个黄连。

谢危闲闲一指自己面前的位置："刀琴说你无聊，坐吧。"

我是无聊，可不想找死啊！刀琴到底是怎么说的？

姜雪宁在心中咆哮，可对着谢危，就跟霜打的茄子似的，到底还是坐下了。

谢危问："想执白还是想执黑？"

姜雪宁看向棋盘，觉得头晕。

谢危道："白子赢面大，你执白吧。"

姜雪宁倍感煎熬："能……不下围棋吗？"

谢危正要去拿白子棋盒递给她的手一顿，他看向她，眉梢微微一挑："那你想下什么，象棋、双陆？"

姜雪宁弱弱地举手："五子棋行吗？"

为什么他忽然有种把手里这盒白子扔她脸上的冲动？

姜雪宁觉得自己离死不远了。

谢危！

这可是谢危！

运筹帷幄，决胜千里的谢居安！

她居然敢跟谢危提议下这种小孩儿才玩的五子棋！

可……围棋那么费脑，她真的不想下。说完“五子棋”三个字后，姜雪宁把脑袋都埋了下去，想要避开谢危那近乎实质的目光。

谢危有好半晌没说话，过了会儿才开始收拾原本摆在棋盘上的棋子，将白子、黑子分好，重新将一盒白子搁到她的手边上，道：“下吧。”

姜雪宁抬起头来：“下什么？”

谢危眼角一抽，轻飘飘地道：“你不下，我便把你扔下车去。”

姜雪宁打了个激灵，二话不说摸了枚白子，摁在了棋盘正中。

这是天元。若是围棋，敢下在这个位置的人，要么是傻子，要么是天才。但很显然她两者都不沾。她小心翼翼地看向谢危。

谢危盯了那棋子片刻，才摸出一枚黑子搁在她的棋子旁边。

姜雪宁一看：妥了，五子棋的下法！

她心里有点高兴，立刻纯熟地跟了一手。

谢危下围棋很厉害，姜雪宁是知道的。不过她想，五子棋比围棋简单，谢危棋力虽然高，在这种简单的棋局下却未必用得上，等同于她将谢危拉到了自己的水平线上，完全可以凭借经验打败对方。

只是下着下着，棋子越来越多，需要顾及的地方也越来越多，她只注意着右上角，却没想到左边棋子已经连成了阵势，谢危又将一枚黑子落在棋盘上，便连出了五颗。

她输了。

姜雪宁憋了一口气，想自己差得不多，并不甘心，便道：“再来再来。”

谢危瞧她一眼，也不说什么，同她一道分收棋子。

两人又下了一盘。这一次姜雪宁还是差一点，被谢危抢先了一步，大为扼腕，心里很不服气。

一直到下第三盘，她苦心经营，竭力掩饰，绞尽脑汁地往前算计，终于放下了自己诱导谢危走错的一步棋，然后不动声色地望着谢危，看他会不会发现。

谢危似乎没察觉，真把棋子放在了她希望的位置上。

等他的手指离了棋子，姜雪宁终于没忍住笑了一声，立刻把自己早准备好的下一步棋放了上去，道：“哈哈，先生你中计了，这一盘我赢了！”

谢危照旧没说什么，面容淡然。

可这落在姜雪宁眼底，就是强撑面子。她可不在乎，高高兴兴地收拾棋子，倒是忘了自己刚被谢危拎过来时的不情不愿，一心一意计较起眼前的胜负来。

总的来说，还是谢危赢得多。

可隔那么三四盘，他偶尔也会输上一把。

姜雪宁输的时候，都紧皱眉头，赢的时候也不是特别容易。

也正因如此，她格外难以自拔，下得上瘾。尤其是她偶尔能赢谢危一盘时，欢欣雀跃之情难掩，无聊苦闷一扫而空，简直别提有多快乐了。

第十三盘，她终于又赢了。

搁下决胜一子定乾坤时，姜雪宁眼角眉梢都是喜色。她乐得很："先生围棋的棋力惊人，换到五子棋这种小孩玩意儿，可派不上用场了吧？您这就叫智者千虑，必有一失；而我这叫愚者千虑，必有一得。"

谢危看向她，又低头看棋盘。风吹起车帘，午后深秋的阳光懒洋洋地照在一角黑白错落的棋子上，每一颗棋子都流淌着莹润的光泽。于是他顺着这束光朝外看去，山川河岳，沃野千里，南飞的大雁从远处掠过。

听着她那句"愚者千虑，必有一得"，他终是浅浅地一弯嘴角，阳光投落眼底，在瞳孔的深处酝酿出一种前所未有的温静平和情绪，连那墨画般清俊的眉眼都如远山起伏的轮廓一般缓缓舒展。

姜雪宁正要收拾棋子，抬头看了他一眼，只觉一团冰雪在眼前化开，竟不由得为之目眩神迷。这样的谢危，委实太好看了。这一时，她也不知是哪处心窍被迷了，鬼使神差地由衷呢喃了一句："若先生永远只是先生，就好了……"

谢危听见，转过头来看她，唇边那点弧度慢慢敛去。

姜雪宁方才实是恍了心魂，将心里话说出声也不知道，直到他的目光落到自己脸上，才陡然惊觉，身形立刻变得僵硬。

谢危面上已无表情，先前那使人迷醉的温和神色好像都成了人的错觉一般。他漠然地垂了眼帘，道："你滚出去。"

★

"滚就滚，输棋了不起啊！"

从谢危的马车上下来，姜雪宁越想越气不过，咬着牙小声嘀咕，愤愤地一脚踹在了车辕上，转身跺脚就往自己的马车那边走去。

剑书赶着马车不敢说话。

刀琴见着她也把脑袋埋得低低的。

姜雪宁一把掀了车帘，一屁股坐进车里，还觉意难平：旧日在京城时，她怎么会觉得谢危这人脾气不错？从金陵见面开始到如今上路这段时间，他简直称得上是喜怒无常！明明前面还在笑，瞧着心情很好，几乎就要让她忘了这人到底是什么身份，做过什么事情，又会做什么事情，结果一句话就翻脸无情！

不就是下个棋吗？这一路上没人陪着玩又不会死，等到了边关事情了结，姑奶奶有多远走多远！

姜雪宁嘴里念念有词，干脆倒下去想蒙头睡一觉，只是想来想去谢危那张欠揍的脸还在脑袋里晃荡，非但没有睡意，反而越来越精神。

她算是记恨上谢危了。

接下来的路途都不需要谢危给她甩脸，她先把脸给谢危甩足了，能不说话就不说话，非要说话也有刀琴、剑书居中通传，两人完全是老死不相往来的架势。

九月初一，他们到了济南。众人商议后决定入城落脚，稍做休整。

马车经过城门的时候需要停下来查验，姜雪宁在车内听见外头似乎有乞求之声，撩开车帘看去。

城墙下聚集着一群普通百姓，有男有女，都围着一名背着箱箧的僧人，质问不休。那僧人不住地解释着什么，哀求着什么，穿着的僧袍已经在推搡间被扯破。然而他越说话，似乎越激起周遭人的愤怒。终于有名拉扯着孩子的女人一口唾沫吐到了他的脸上，紧接着旁边一个高壮的男人便一拳打到了僧人的脸上。

事情立时变得一发不可收拾。

聚集着的人们面上似乎有恐惧，也有愤怒，有一个人出手之后，其余人立刻跟着出手，拳脚全都落到了那僧人身上。

这动静可一点也不小。

姜雪宁看得皱眉。

城门口本就有守卫差役，一见到这架势立刻往那边去，大声斥责阻拦起来。

谢危坐在前面的车里，将这一切看得更清楚些。

一名差役查验后正要放他们入城，谢危若无其事地问：“那边出什么事了？”

差役验过路引，瞧着这帮人非富即贵，倒也不敢敷衍，但想起城中近来发生的事情，不由得摇头道：“还能有什么事？叫魂呗！”

谢危挑眉：“叫魂？”

差役道："您从外面来的不知道，前阵子城里五福寺外头要修桥，有几个有贼心的和尚居然把人的名字写在纸上，贴在了要打下地的桥墩上。太虚观的道士说了，这是妖魔邪法，人的名字被写在纸上，魂就会被叫走，打进桥墩里。有了人魂的桥，修起来就会更坚固。这不，刚才这和尚拿着钵盂走来走去，被人发现箱箧里藏有头发，不是拿来作邪法的是什么？"

另一帮差役已经过去阻拦，可架不住群情激愤。

尤其是那个扯着孩子的女人，声音尖厉："你不是想叫我儿子的魂，问他的名字做什么？箱子里还藏着头发，还敢说你不是？！我儿子要出什么事，非要你偿命！拉他去见官，拉他去见官！"

那僧人被拉扯着，脸上已经青一块紫一块，哭道："小僧只是见令郎心善，想要为他祈福罢了……"

然而没人听他辩解。

差役们好不容易将情势稳住了，忙将他捆绑起来拉去见官。原地的女人这才抱着孩子大哭，其余人则簇拥着差役，一道往衙门去了。

谢危目视了片刻。刀琴、剑书都不由得回头看他。他却慢慢地一笑，半点没有要搭理的意思，轻轻放下车帘，道了一声："走吧。"

此时姜雪宁的马车靠上来，正好将这一幕收入眼底，真说不出是什么感觉。

谢危望着那群人，眼底光芒晦暗，却说不上是怜悯还是嘲讽，只这么淡淡一垂眸，便敛去了所有情绪，甚至透出了一种惊人的冷漠。

人的名字被写在纸上就会被叫魂？想也知道这是不可能的事情。百姓听了道士的话后却对此深信不疑，甚至为此恐慌。这妇人不过是听得僧人问了自己孩子的名字便吵嚷不休，周遭人更是又怕又怒，完全是宁可信其有不可信其无，不分青红皂白地把人打了一顿拉去见官……

姜雪宁心中微微发冷，尤其是想起谢危方才的神情。

从城门经过时，那喧闹的声音已经远了，她却不知为何一下回忆起了吕显给自己讲过的那个鄞县请平粮税的故事——对人，对世，谢危到底是怎么看的呢？

她因无聊积攒了几日的不快情绪忽然都被别的东西压了下去。

到得客栈，一干人等都歇下。

晚上用饭的时候，剑书出去了一趟，回来向谢危说了一会儿话。姜雪宁在远处听得不是特别清楚，只略知道"叫魂"这件事似乎是天教与佛教那边的争斗，暗中有人在煽风点火，推波助澜。

她以为谢危会有所动作，没承想这人听完便罢，没有半点要插手的意思。

他们在客栈只歇了半日，喂过了马，吃过了饭，带了些干粮和水，下午便又出了城，上了往北的官道。

她不由得纳闷："下午就走，为何不干脆歇上一日？"

刀琴还和以往一样坐在马上，走在她的马车旁边，道："越往北越冷，气候也将入冬，我们须在雪至之前赶到边关。"

姜雪宁皱起了眉，一琢磨也觉得有道理，便干脆不想了。

天色渐渐变暗，窝在车里没一会儿就发困，往前走了有七八里后，她打了个哈欠，有点想睡了，便将厚厚的绒毯一披，准备躺下去。谁料她刚要动作，黑暗中车帘陡地被掀开，一阵风吹进来，随之潜入车内的还有另一道暗影！

姜雪宁顿时大骇！

要知道刀琴、剑书与另外十数名好手都跟随在两侧，可刚才外头竟没听见半点异响，甚至此人进来的时候，车都还在继续行进，来者又该是何等恐怖的人物？

这一瞬她浑身紧绷，立刻就要尖叫。

然而来者动作无比迅疾，欺身而上，一把就将她的嘴捂住了。微有凉意的手掌沉稳而有力，对方的面庞也离得近了，几缕呼吸的热气洒在她的耳边，激得她起了一身鸡皮疙瘩。

这时她才借着吹起的车帘外那一点极为昏暗的光，看出了些许熟悉的轮廓。这人竟然是谢危？！姜雪宁震惊地眨了眨眼，这下终于不敢乱动了。

是了，外头明明有那么多人，若不是谢危，怎可能半点动静都没有？

可眼下这是什么情况？她生出了几分迷惑。

谢危轮廓清俊的面容在幽暗光线中显得模糊，竟像是一头蛰伏的野兽，给人以危机四伏之感。两片薄唇紧紧抿着，一双眼却透过车帘那狭窄的缝隙朝外窥看。

姜雪宁顺着他的目光朝外看去。花费了好大的力气，她才勉强发现前面是一条官道的岔路，他们这辆车继续向北，而谢危原来所乘的那辆马车在经过岔路时无声无息地朝着西边转去，上了那条岔路，渐渐消失在重叠的树影之中！

姜雪宁虽算不上冰雪聪明，可看了这架势，还有什么不明白的？

有人盯上他们了。

一时之间心跳如擂鼓，她一动不敢动，只恐自己一个不小心就坏了谢危的计划，任由他将自己摁在柔软的绒毯中，捂住自己的嘴，甚至大气都不敢喘上一下。

★

从金陵去边关，谢危与她同行，找的借口是帮姜伯游接她回京城。而刚才走上岔路的车是谢危的，谢危本人却不声不响地藏到了她的车里。

只一瞬间，姜雪宁就能判断——不管暗中的人是谁，似乎都是冲着谢危来的。

车内安静极了。

一半的马匹跟着谢危那辆车走了，连赶车的剑书都没从车上下来。

外头是马蹄如常踩踏在官道上的声音，还有随行那几名侍卫低声的交谈，姜雪宁也能听见马车的车轮从荒草丛间经过的碎响，甚至是距离她极近的谢危那谨慎地放轻了的呼吸声……以及，自己的心跳声！

时间在这样极端紧绷的安静气氛中似乎被拉长了。姜雪宁甚至难以说清楚到底过去了多久，只觉自己浑身都麻了，才听到外头刀琴悄悄靠近车厢，低声说了一句："似乎被引过去了，暂时无人跟来。"

谢危眉头紧蹙，紧绷的身体却并未放松。

姜雪宁动了动嘴唇想要说话。可方才情况紧急之下，谢危怕她一时慌乱之下惊叫出声，露出破绽，是以伸手捂住她时，捂得十分严实，掌心抵着她的嘴唇。此刻她想说话，嘴唇一动，便贴着他的掌心。

那是一种柔软的触感，贴在人的掌心脆弱处，更增添了几分润泽潮湿的暧昧感。谢危只觉掌心像是过了电般，微微麻了一下。他回眸盯着她，慢慢松开了手掌。

姜雪宁这才大喘了一口气，连忙靠着车厢壁坐起来，抬手抚向自己因剧烈的心跳而起伏的胸口，急急地低声道："怎么回事？"

原本一个人的马车，此刻进了两个人，尤其谢危身形颀长，与她同在一处，便更显得车厢狭小，竟有几分拥挤。

他盘腿坐在了车厢里，回答道："调虎离山。"

姜雪宁险些翻个白眼。谁不知道这是调虎离山之计？可问题是虎是什么虎，又从哪里来？

她深吸一口气，把这些日的蛛丝马迹理了理，忽然想起在济南城客栈里听到的那桩事，灵光一现："天教？"

谢危掌心里留下了些许润湿的痕迹，是浅浅的樱粉色。狭窄的空间里有隐约的脂粉甜香。

谢危的手指轻轻颤了颤，眼皮也跳了一下，他取了边上一方锦帕慢慢擦拭，眉头却皱得极紧，道："差不离。"

姜雪宁下意识地又想问，天教干什么要追杀他？

可一抬眸，视线触到近处的谢危，她只觉他低垂着头的姿态有一种深沉的危险，于是忽然想起过去的事。那时候天教连皇帝都敢刺杀，对谢危这样一个天子近臣下手，又算什么？这实在是太正常不过。

她叹气道："这帮江湖匪类，胆子倒是大得泼天，不过在这官道上，料想他们也不敢太过明目张胆，人数也不会太多。先生料敌于先，运筹帷幄，倒不用担心他们。"

姜雪宁对谢危有信心。谢危却沉着脸没说话。于是，姜雪宁心里"咯噔"一声，隐隐觉得这次的事情恐怕没那么简单。

果然，两人安安静静地在这车里还没坐上两刻，外面的刀琴便忽然喊了一声："停下。"

众人急急勒马。马车也停了下来。

周遭一片寂静。

这一条官道已经离济南城很远，靠近一处山坳，东西两侧都是连绵的山岳，几乎不再看得到什么人家，安静得连风吹过树林的声音都能听清。而在他们来的方向——树林间竟有一片寒鸦惊起，隐隐约约马蹄声近！

刀琴瞳孔顿时剧缩，几乎立刻抽了马鞍边上捆着的长刀，低低骂了一句什么，对前头的车夫道："跟上来了，快走！"

车夫"啪"一声将马鞭子甩在马身上。马儿扬起四蹄立刻向前，快速奔跑起来。

这可比之前颠簸太多，姜雪宁一个没留神，便向前栽倒。还好谢危手疾眼快，早有准备，及时在她的额头上垫了一把，才避免了她一头磕到窗沿，落得个破相的下场。

姜雪宁顾不得喊疼，捂住脑袋道："难道剑书那边已经露馅？"

谢危声音沉极了："不会那么快。"

剑书那边分过去一半人，看似不多，可个个是以一当十的好手，即便被发现动起手来，追着他们来的人也不可能在这么短的时间内便将其解决，还能掉转头来追上他们！

心念急转间，另一种不祥的预感忽然爬了上来，谢危掀了车帘出去，寒声喝道："刀琴，马！"

刀琴怔了怔，但是凭借着多年跟随谢危的经验与默契，二话不说一拍身下的马鞍，整个人飞身而起，径直将身下那匹马让了出来，自己落到马车车辕上。

谢危则直接翻身上马，然后朝着车里喊了一声："宁二出来！"

姜雪宁一阵心惊肉跳，根本来不及多想这到底又出了什么变故，连忙钻出车来。人都还没站稳，腰间便是一紧，眼前一花，她只觉天旋地转，整个人已经被谢危一把捞上了马，坐在他身前，被他揽入怀中！

几乎就在同时，身后的马蹄声已经变得清晰，隐约仿佛有人呼喝起来。紧接着便是“嗖嗖嗖嗖”一片破空的震响，竟是数十雕翎箭破空而来！

“咚咚！”马车车厢后半截几乎立刻变成了只刺猬！

刀琴一刀斩了两支箭，竟被震得虎口麻了一下，顿时有几分心惊，几分骇然，向谢危道：“教中绝不可能有这么厉害的弓箭手！”

乱箭纷飞，夜色里看不分明，谢危心底陡然滋生戾气。耳旁有破空的风声掠过，他神色凛冽，电光石火间，朝着身旁黑暗中弹指！

“啪！”黑暗中疾驰而来的箭立时被震飞。

姜雪宁只觉面颊前面一道凉意掠过，竟是那支箭紧贴着她的耳郭擦去，惊险万分！

追兵未现，箭雨先至！

不用想她都知道后面有多少人。

谢危手指紧紧扣住缰绳，向西面的深山密林里看去，迅速考虑了一番，声音近乎冻结，断然道：“你们继续往前！”

刀琴立时应声：“是！”

姜雪宁惊魂未定，还没想出谢危这话究竟是什么意思，便见他掉转马头，竟带着她驰马朝一旁幽深的密林间冲去！

重重的树影，在天幕山野中层叠。

马儿受惊，跑得飞快，不像是要带着他们穿入林中，反倒像是这幽深寂静的密林冲着他们扑过来，迎面的冷风淹没了姜雪宁的言语，让她不得不瑟缩在谢危的双臂之间，紧紧地闭上了眼睛。

后方很快传来短兵相接之声，时而夹杂着人和人的惨叫呼喝。只是太过混乱，很难判断战况，谢危完全没有回过一下头。

他的冷静，近乎冷酷。

马儿一径朝着山林深处奔去。

方才袭来的那些刺客箭虽然到了，人却离他们还有一段距离，黑暗中是不能立刻判断出他们出了马车，也不能确定人群中是否少了一匹马。

这便是最大的生机所在！

也不知往前奔了多久，前面的树林变得越来越密，地上也开始出现低矮的荆棘，山势在往下走，马儿不好下坡，渐渐不肯往前。

谢危便翻身下马，向姜雪宁递出一只手：“下来。”

姜雪宁下意识地将手放到他的掌心里。他用了力，另一只手搭在她的腰间，将她扶下马来。待她站稳后，也不及说上什么，他只将挂在马鞍上的箭囊取下来背在身上，然后握着弓箭用力地在马臀上抽了一下。

马儿吃痛，嘶鸣一声，前蹄扬起，便朝着林间疾奔出去，一路撞折了树枝，踩踏了腐叶，在其身后留下了明显的痕迹。

谢危却不向那边去，反而顺着前面的山坡往下走。

姜雪宁脑袋发蒙：“我们逃了，刀琴那边怎么办？还有剑书呢！”

谢危头也不回地道：“死不了。”

姜雪宁心颤不已，有些吃力地跟着他走，突然觉着这惨兮兮的情形有种说不出的熟悉感，于是笑了一声，有些自嘲地道：“我算是发现了，跟着先生你啊，就没什么安生日子。我一共也就和你同行过三回，回回倒霉。当年遇袭，现在被刺杀，小命全拴在刀尖上！”

谢危陡地停下脚步。

姜雪宁一没留神，正好磕在他挺直的脊背上，不由得疼得龇牙：“干什么？”

谢危回眸看着她，山林间只有些细碎的星光从枝叶的缝隙中倾泻而下，落在他的肩上，他静默的身影似乎与这幽暗的山林融为一体。

姜雪宁顿时有些紧张：“我不是……”

谢危沉默地转过身去，然后道：“你说得对。你跟着我没有好下场。”

★

姜雪宁觉得，谢危似乎的确不太对劲。

她原不过是一句戏言，得他这么回答之后，倒好像添上了几分沉重的阴影。不过她转念一想，其实也没什么不对的，毕竟她说的是事实。

当年她从田庄被接回京城，就有谢危同行，不同的是她只是回家，谢危却隐姓埋名，要悄无声息地入京帮助沈琅夺嫡。自然不会有人大费周章地来杀她，那一回半路刺杀找麻烦的人，明摆着是冲着谢危去的。

两年前倒是她误打误撞，被卷入谢危设局铲灭天教的事情之中，从通州回京的路途中，一行人同样遭遇了刺杀。

当然，那些死士不是冲着姜雪宁来的。他们都是冲着那位受上天垂怜、侥幸生还的“定非世子”来的。

至于这回，她左右琢磨，觉得自己也没得罪什么人，倘若是自己独自前往边关，该也不会引起什么人注意。坏就坏在她和谢危同路。

她想到这里，眉头皱得越紧，不由得道：“你知道是谁要杀你吗？”

谢危持着弓背着箭，继续往前走着，道：“想杀我的人太多。”

姜雪宁有些无奈地道：“那这回呢？刀琴说天教的人……”

不，不对，刀琴不是这样说的。

话音到此时，她脑海中某一根紧绷的弦陡然颤了一下，让她整个人跟着激灵灵地打了个冷战，仿佛被人扔进了冰水里，骤然清醒了。

先前危急时刻，刀琴说的不是“天教绝不可能有这么厉害的弓箭手”，而是“教中绝不可能有这么厉害的弓箭手”！

天教，教中，一字之差，里头所蕴藏的深意却有万里之别！什么人会说“教中”，而不是说“天教”？

姜雪宁眼皮跳起来，看向走在自己前方的谢危。

谢危却仿佛并未察觉她戛然而止的话语底下藏着多大的震骇，也或许根本不在意，只道：“江湖鼠辈藏头露尾，养不出这等精锐，算来算去都与朝中脱不开干系。是谁并不要紧，届时都杀干净，也就不会有漏网之鱼。”

姜雪宁说不出话来。

谢危在前头笑道：“我以为，你对我的真面目有所了解。”

了解归了解，可隐约知道与亲耳听见却不是一样的感受，姜雪宁不愿了解他更多。知道越多，危险越大，彼时她被卷入纷争太深，如今却是救完公主便别无所求。

她看向周遭的密林，却完全看不见道路，心里添了几分焦虑感，同时也不动声色地转移了话题，道：“我们不回去吗？”

谢危道：“马车里没人，他们迟早会发现，略略一算就知道我们是何时逃窜的，必将在先前的路上布下天罗地网。走回头路便是自投罗网。”

姜雪宁皱眉：“那我们去向何方？”

谢危道：“济南府。”

姜雪宁眉头皱得更深，不免怀疑：“先生知道路？”

谢危折断了前面挡路的一根树枝，坦然得很：“泰安往北便是济南，只需翻过这片山野。最危险的地方便是最安全的地方，明知山有虎，偏向虎山行。”

姜雪宁彻底无言。

明知山有虎，偏向虎山行？天知道他们是不是一不小心就会葬身虎腹！

深秋时节要在山中行路，绝不是一件容易的事情，何况放眼四周，丛林密布，阴风呼号，山势崎岖险峻，走不到多长时间，便让人气喘吁吁，精疲力竭。

谢危手长脚长，在前面开路。

姜雪宁一开始还能同他说上两句话，后面却既没心情也没了力气。才不过两刻，额头上就出了一层汗，她只顾得上低头走路，踩着谢危在前面留下的脚印，吃力地一步步往前走着。

深夜的山野万籁俱寂，枯枝腐叶在林间铺了厚厚一层，浅处能陷下去半个脚掌，深处却能埋掉人半条腿。他们行进的声音在空寂中被无限放大，有时甚至使人疑心那不是自己发出的声音，而是身后有别的东西跟着。

这种感觉格外熟悉，姜雪宁以为自己已经忘却很久了，可当相同的情形、相似的处境重新来临时，旧日那些不堪的琐碎记忆便都从某个已经被黑暗覆盖久了的角落里浮现出来，像是潮水退去后露出的礁石。虽然已经在流水的侵蚀和尘沙的堆积下改变了原本的形状，甚至已经挪动了位置，可它仍旧在，一直在，从未消失。

只有在这种天地间再无尘俗干扰、整个人都被恐怖的自然所笼罩的时候，人才能真正意识到自己的渺小，真真切切地面对自己满是创痕的心。

谢危已经有一会儿没听见她说话了，只能听见背后深一脚浅一脚的行进声，有时近一些，有时远一些，还有那渐渐明显的喘息声。可他始终没有听到她任何一句“慢一点”或者“等一等”的请求。她只是竭力跟上他的脚步。

谢危一下觉得像是回到了当初那个时候。他回头看向她。姜雪宁落在后面，原本精致的衣衫在行走中被周遭的枝丫荆棘划破了些许，显出几分狼狈，梳起来的乌发也凌乱地垂落几缕。她捡了根木棍在手里当拐杖，可毕竟没有他高，也没有格外强健的体魄，走得格外艰难，完全是紧咬着牙关，凭骨子里一股不屈的傲气撑着，像是一根原上的野草，沉默而坚韧。

她那样的神态，轻而易举地与当初那恓惶自尊的少女重叠在了一起。比起六年前，她只是长高了些，长开了些，其实没有什么真正的改变。

可谢危忽然想：她本该是园中花，不应是原上草。

走到近前时，头顶是一片高高的树影，遮挡了萧瑟寒夜里本就不多的星光，姜雪宁未免有些看不清脚下，没留神便磕着了边上一棵树延伸过来突出于地面的树根，顿时踉跄了一下。

谢危伸出手扶住了她。两只手掌交握，一切似乎一如往昔。只是那时候，她会紧抿着唇，皱着眉，宁肯摔在地上也要一把拂开他的手；而如今，长大的小姑娘只是抬头看他一眼，沉默片刻后，向他道：“谢谢。”

看似没变，又好像有什么东西悄然流转。

接下来的一路，两人莫名地越发安静。

两个人各怀心绪，都不说话。有时走得快了，谢危会停下来等上一等；姜雪宁也不一味逞强，有什么山坡沟壑自己过不去，也会抓住谢危递过来的手，尽量不使自己拖慢行程。

谢危说，要在下雪之前翻过这片山岭。

姜雪宁于是想起刀琴先前所说的要在下雪之前赶赴边关。刀琴说时，她未深想；可当相差无几的话从谢危口中说出时，她便有了一种不大乐观的猜想。

谢危却没解释什么，前面又是一根横斜出来的枝丫挡住了去路，他伸出手去，刚折断树枝，便听见了窸窣的动静，有什么东西“嗞”了一声，几乎同时，右手食指靠近手掌处便传来尖锐的刺痛。

他瞳孔陡地缩紧——有什么东西咬了他一口。可黑暗中他并未发出半点声音，只是反手就着那折断树枝的锋利断口，用力地将之刺入那物冰冷柔软的身体，隐约有“刺”的一声碎响。

姜雪宁走在后面，根本没看见，问：“先生怎么了？”

谢危怕吓着她，把那东西扔远了，道：“没事。”

两人又向前走了有小两个时辰，毕竟只是肉体凡胎，久了也会倦累，好在前面这一座山总算翻过了。

姜雪宁跟着谢危从树林里钻出来，便看见了两座山之间幽深的山谷，一条清溪从远处蜿蜒流淌下来。东方已亮起鱼肚白，细微的晨光从树影里洒落，薄薄的雾气如轻纱一般飘浮，在苦苦奔走了一路的人眼中，仿佛化作了一座世外仙境。

她欣喜不已，立刻就跑了下去，蹲在溪水边掬一捧水便浇在沾染了污渍的面颊上，舒舒服服地叹了口气，然后才想起谢危。她回过头去便喊：“先生，我们就在这里休息……先生？”

谢危并没有跟过来。姜雪宁转过头去时，只看见他靠坐在山坡一块裸露的山岩边上，闭着眼睛。听见她的声音，他也没有睁开眼看来。

她等了片刻，他仍旧坐着没动。

姜雪宁重新走回去，上了山坡，又喊了一声：“先生？”

谢危轻轻垂着眼帘，初出的天光照在他的面上，竟有一种病态的苍白。

姜雪宁几乎以为他是睡着了，伸出手去想要搭他的肩膀，却忽然看见他垂落膝上的右手食指上，赫然留着两枚深红的血孔！

这一瞬，姜雪宁感觉到了一种刺骨的寒意。

冰冷的溪水从她的面颊上滑落。

她静静地注视着眼前这张平静的面孔，竟生出了近乎恐慌的悲怆，停了片刻才反应过来，几乎是颤抖着执了谢危的手掌，将他的食指指节含入口中用力吸吮。血孔里顿时有腥咸的液体涌出，她含了一小口，朝旁边吐出，心里却没来由地慌张起来。

谢危动了动眼睫，平静地睁开眼，看着她，却浑无波澜起伏地道："你很怕我死吗？"

姜雪宁骤然愣住。她的唇瓣是微凉的，舌尖却带着温度，此刻她抬起头来，对上了那一双幽深的眼。他根本没有中蛇毒，也根本没有昏迷！

"你！"

霎时间，她才像是那个被蛇咬了的人一般，立时扔开了他的手，退至一旁，警惕且愤怒地看向他。

谢危缓缓地收回手来，手指尚留一分余温。他将目光落在姜雪宁身上，并未移开，却张口重将伤处含入，舌尖尝到一丝血味后，才慢慢道："当年那个行脚大夫、江湖骗子，没教你分辨吗？没有毒的。"

他这是在嘲讽她当年割腕喂血的蠢事！姜雪宁胸膛起伏，气得说不出话。

谢危的目光却更让她有一种被毒蛇盯上的悚然感，连他的声音都有一种使人震颤的冷意："我是你先生，虽禁衽席之好，潜心佛老之学，可从非圣人善类。荒山野岭，人如野兽，你若还想嫁个好人，不愿被我事后灭口，便奉劝你离我远些。"

姜雪宁不是傻子，光听"衽席之好"四个字便眼皮一跳。

然而人到极限易逆反，恐惧到极点，便成了愤怒。都落到这般田地了，姓谢的嘴里还没半句人话，浑身上下那股劲儿怎么看怎么像个"作"字，她也不知是哪根筋拧着了哪根反骨，冷笑一声道："是吗？谢先生修身养性素得很，荒山野岭该你避着我走才是，不然还不知谁睡谁呢！"

★

回应她的，是久久的沉默。

谢危虽然面色苍白地靠坐在那深色的山岩上，身体却微微紧绷，姿态犹如一只蓄势待发的猛兽，霎时锋利的目光几如刀剑般朝她落去。

姜雪宁却不当回事。

她等上半晌，果见谢危脸色虽难看至极，却慢慢握紧了另一手中的弓箭，并无真的要有举动的意思，于是嗤笑了一声。她谅他做不出这等事，也懒得再管他，径直朝着溪流旁侧的林间走去，只留下一句话："我去找些吃的。"

世事真奇，过去她走投无路，夜里专程拎了汤羹去向那位高坐明堂的太师自荐枕席，结果人向她邈若烟尘似的笑了笑，请她"自重"；如今她有自知之明，对这位光风霁月的圣人避如蛇蝎，没想到人反而莫名其妙地阴魂不散了，轮到她来对他冷嘲热讽。

姜雪宁心里就一个想法——什么狗屁倒灶的破事！

这一片莽莽的山野里，虽然人迹罕至，却并不是找不到食物。她年少在田庄上时便喜欢到处玩闹，什么能吃，什么不能吃，心里也有些数。

循着溪水而上，她倒也不敢太深入，只在山林边缘寻找，运气竟然不错，寻到了几个能吃的、自己踮踮脚也能摘下来的浆果。她啃了一口，剩下的都兜在怀里。

这一趟出去的时间虽然不长，却也不短，回来时她竟看见那块山岩上放了只已经剥皮去脏的野兔，下方流淌的山溪边隐约有股血腥气。谢危的弓箭放在一旁，一支箭上的鲜血并未擦干，显然是前不久才从那只倒霉的野兔身上拔下。而他本人随意地坐在刚生起的火堆边，手中握着一柄短刀，正不紧不慢地削去一根硬竹竹节上生长的枝叶。

那柄短刀……这一路上姜雪宁都没有见过。可许久以前，她是见过的，甚至还用过。

她走过去，放下怀里抱的浆果，看了那已经剥了皮的兔子一眼，暗暗皱眉，却没置喙什么，只是坐到那火堆旁边，捡起自己先前啃过的浆果来啃，道："先生这刀倒是几年不换一把。"

谢危没说话，削了竹，便拎了那只野兔穿上。

姜雪宁移开目光："您当个厨子不比在朝堂上折腾自在吗？"

谢危看她一眼，还是没接话。姜雪宁便也不说话了。

这会儿天光早已大亮，二人逃了一夜的命，早已精疲力竭，饥肠辘辘，只不声不响地相对坐在火堆旁，看着渐渐被火舌舔熟的那只兔子。

一切都显得静谧，仿佛不久前的暗潮汹涌与针锋相对根本没有发生过一般。

他们都知道——荒山野岭，人如野兽。在这里，既没有什么姜二姑娘，也没有什么少师谢危，生死面前谁也不比谁高贵，就连那些仇啊恨啊爱啊怨啊，都像是这清晨的雾气似的，缥缈地散向了天边。

接过谢危掰了递过来的一只兔腿时，姜雪宁还是客气了一下，道了声谢。

荒山野岭自没什么油盐酱醋，可谢危将这兔子烤得外酥里嫩，火候极佳，金黄的表面泛着一层油光，撕下一块肉来吃进嘴里，更觉肉质上好，隐隐还能品出下面松枝燃烧时送上去的松木香。

她差点没把自己的手指头吃掉，虽然的确难比有调料的时候，可于此时此地、此情此景之下，这已然算得上人间至味了。

这些年，谢危怎么说也算是位当朝重臣了，俗话说得好，君子远庖厨，可偏偏这人的手艺竟然没见跌？

姜雪宁吃得半饱后，没忍住看他一眼。

谢危早把火给踩熄了，连同生火的痕迹一并扫入溪水之中，漠然起身道："吃好了就走。"

姜雪宁看他将那柄短刀绑回了自己的腕间，又拿起了弓箭，连同之前射中野兔的那一支箭都擦干净装回了箭囊里。只是那食指指节上的血孔还有些显眼。她真怕这人死在路上，于是道："您的伤口真没事？"

谢危道："若没你添乱，现在该愈合了。"

她着实被噎了一下，微笑起来："我以为先生被毒晕了。"

谢危回眸："坐下养神罢了。"说完他又道，"你若能分辨分辨什么是昏倒，什么是休憩，兴许那点三脚猫的医术能少祸害几个人。"

得，都是她错了。

不知为什么，姜雪宁瞧他这不温不火的模样很是暴躁，忍了好一会儿才把和他抬杠的冲动压下，顺手将地上没吃完的三两个浆果捡起来，跟上他往前走去。

两人蹚过了山溪，进了另一边的山林。

赶路的日子实在无聊，老话有云，"望山能跑死马"。谢危先前说，走过这一片山，到得济南府便好。可这一片山野看的时候不怎么遥远，走起来却是三五日都看不见头。

姜雪宁这时候虽没什么娇惯脾气，可这副身子到底不怎么能吃苦，到第三天脚底下便已经磨出了水泡。纵然她不想拖累人，也很难走快。

这一天，他们要翻越一座山的山脊，山势颇为陡峭。她上去几步之后便冷汗直流，脚下发软，若非谢危在旁边用手拉着她，只怕她已经往下跌坠。

姜雪宁不由得苦笑，看向高空，掩藏起深深的忧虑，对谢危道："边关那边等着你过去主持大局，长公主殿下危在旦夕。我就是个废物，这一路本就难行，你带着我只怕雪上加霜。倒不如你把我留在这里，自己先去济南府，我就在山中，也不乱走，你料理好事情再派人来找我便是。”

谢危一言不发，只将自己的衣摆用力一扯。“刺啦”一声响，他竟从那已经沾上了几分污秽的雪白道袍上撕下一条来，径直绑在了姜雪宁的手上，然后将另一端紧紧系在自己的腕上，面沉如水地道：“走。”

姜雪宁觉得这人有病。明明她提议的是最好不过的办法，可谢危完全没有考虑一下、理会她的意思，一把握住了她的手，拉着她一道往前走。

然而，他们最害怕的事情还是发生了——在他们费力站上山脊的那一刻，朔风迎面呼啸而来！

北面天边阴云密布，登高而望远，分明该有万般开阔之境，可这一刻，姜雪宁却感觉到了一种大军压境般的窒息与沉重感。

她看向谢危。

谢危立在风中，道袍猎猎，看着那片漫天而来的云，眼底竟少见地变得澄澈，仿佛那深埋的尘埃与阴影都被凛冽的寒风吹卷干净。

她听到他嗓音平静地道：“宁二，要下雪了。”

第十九章

梦魇

姜雪宁问:“要往前走吗?”

说不准他们运气好,能与老天一搏,赶在大雪封山之前走出去,也或许雪下不很大,没多久就会停,并不影响他们的行程。

可谢危摇了摇头。他朝前方看了很久后,没有回答,只转过身往回走,顺山脊而下。

姜雪宁站在高处凝望他的背影,莽莽山野间他犹如一只孤鹤。

他们顶着即将来临的风雪赶路,的确太过冒险,可找地方暂时休憩也并不安全。如果风雪太大,下很久,他二人困坐愁城,就不得不考虑是否有冻死饿倒的可能。

——两种情况都有可能发生,谢危为何要择后者?

她想起谢危不喜欢下雪。可仅仅是如此吗?姜雪宁轻锁眉头,立了片刻,终究压下疑问,跟着他按原路返回。

这时阴云已经蔓延过来,山野里光线本就不明亮,被飘来的阴云一遮,渐渐充斥着一种压抑、不安的气氛。

树叶静止不动,虫蚁却逃难似的在泥土腐叶表面慌忙爬行。

他们花了好一阵才在后方不远处的山脚下找到一处洞窟,山岩上有水流侵蚀的痕迹,还有几块石头落在洞口,被风吹得久了,外头一摸就化。

洞窟里头不过两丈深,一丈宽,高不过丈许,有些地方比较低矮,人得低头才能通过,很是崎岖。

姜雪宁对这洞窟里的乱石和灰土略进行清理的时候,发现了几撮灰黑的细毛,像是野兔之类所留，估摸着以往风雨大作时，有些小动物也会进来避雨。他们这算是占了人家的地方了。

不过也好，在去外头找来许多深秋的枯草铺在地上时，她想，倘若晚些时候它们来，正好自投罗网，少不得落入她与谢危腹中，都不用自己找什么吃食了。

雪也许下一会儿就停，也许下很久也不停，不管是哪种情况，他们一怕的是冷，二怕的是饿。所以姜雪宁打整好洞窟后，便到处搜集树枝干柴。谢危则拎了弓箭往深山密林里走去。

直到天擦黑，姜雪宁才远远看见他从对面山坳里走出来，拎着一只拔了毛的野鸡、一只剥好的野兔，另一边竟是只不特别大的獐子，全都穿在竹竿上。他面容沉冷，连道袍上都沾了不少鲜血。

姜雪宁眼皮便不由得一跳：这些天来多赖谢危箭术不错，可在山中猎得一些野物果腹。可他本是爱洁之人，也知她不大能见血腥，所以猎得野物后一般就地处理，既不让她瞧见，身上也不沾上半点腥血。而眼下……她隐约觉出有几分不对，深感触目惊心。

谢危却对身上的血污毫无多余的反应，漠然地将穿着野物的竹竿插至岩缝中后，又出去了一趟，折了几枝树叶繁茂的树枝堆在洞口，权当是半面不特别厚实的墙，挡些外面进来的风雪，然后坐下来生火。

整个过程，他没有说一句话。

姜雪宁忽然感觉到了一种无与伦比的压抑气氛，不来自即将到来的风雪，而是来自眼前这个人。她没作声，只在他对面寻了处还算干净的地方坐下来，抱住膝盖静默地审视他。

夜幕悄然降临了，风声在外呼啸不绝，洞内的光线变得无比昏暗。谢危的面容也变得模糊不清。

但敲响的火石开始闪光，他那平静而冰冷的轮廓便一明一暗地闪烁起来，一时被忽然的闪光照亮，一时又陷入闪光熄灭后的黑暗，仿佛陷入了一场没有止境的拉扯中。直到那火星落在干枯的草团上，橙红色的火焰慢慢烧起来，周遭的黑暗才渐渐被驱散，将他整个人的面容照亮，只留下身后嶙峋凹凸的山壁上那摇晃不定的影子。

也不知为什么，在火终于生起来的那一刻，姜雪宁悄然松了一口气。

谢危看向她，她却避开了这道直视的目光，反而朝着洞外看去，然后轻轻惊呼了一声："下雪了！"

终于还是下雪了。

深夜阴沉的天像是一块暗色幕布，被风的利爪扯出一道巨大的口子，千千万雪花抛落下来，风吹飘如鹅毛，甚至有些落在了洞口堆着的树枝上。看这架势，只怕不用一个时辰雪就能盖得满山银白。

姜雪宁看了一会儿，心下着实沉重，却偏故作轻松地笑起来："看来我们是被困在这里，暂时出不去了。"

她以为谢危这时也该转头去看雪了。然而当她转回头时，谢危的目光仍旧落在她身上，沉默得就像是外头一片被风吹进洞来的雪。

他没有朝外面看上哪怕一眼，只是在看到姜雪宁嘴角那点勉强的笑意渐渐僵硬最终消失后，才重新垂下眼帘，朝着火里添柴。

谢危抚琴的手指很好看，折断几根树枝时仿佛也不费什么力气，然后便将其投入火中。有不够干的树叶被火焰舔舐，卷曲起来，发出细小的"噼啪"声响。

山洞里忽然安静极了。

姜雪宁同他守着这堆火相对而坐，谁也没有再出言打破沉默。

跳跃的火焰燃烧在瞳孔深处，这一刻，竟有一种淡淡的平凡感。在这与俗世隔绝的地方，任何语言都失去了意义。她和谢危好像有了种心照不宣的默契，既没什么可聊的，也没什么想聊的。

偶尔她也朝火里添上几根柴，思绪却好像一下飞远了，所有远的、近的、光鲜的、痛苦的回忆，都纷至沓来。

姜雪宁将脸埋进臂弯，看着那燃烧的火焰，到底感觉到先前忙碌的疲乏涌上来，渐渐生出些困意，也不知什么时候就闭上了眼睛。

意识迷糊中她却好像听见有谁压抑着的咳嗽声。

等到她重新睁开眼，却发现自己竟躺在先前铺好的软草堆上，肩头搭着件染血的道袍。而谢危身上少了件外袍，仍旧面朝火堆坐着，手指间拿着半根细长的树枝，一动不动地看着那团火。

姜雪宁想，她大约还是太良善了，否则怎会觉得鼻尖微酸？她张口想说什么，可看着谢危被火光照着的侧脸，到底没说出口，只是起身将那衣袍叠了叠，交还给他，道："谢谢。你不睡会儿吗？"

谢危这才回头看向她，将外袍接了，却没有重新披上，指尖在柔软的衣料上触到了些许余温。有那么一刻，他很想问：姜雪宁，你相信世上有魔鬼游荡吗？在无人的荒城，在空寂的雪夜。

——他不敢睡。

★

可谢危终究没问，只是回："我不困。"

姜雪宁去他对面坐下，弯腰拉过了边上几根树枝，咕哝道："我都睡了一会儿了，火有我看着，看这雪的架势一时半会儿停不了，就算不困，先生也去歇会儿吧。这种天气里，越休息不好越容易生病，您要是倒下了，麻烦的可不是我吗？"

这话她说得别扭，有点磨不开面子。她自己也知道，所以说完之后便埋头往火里加柴，并不抬头看他。

谢危莫名地低笑了一声，看着她添进去的柴，淡淡地提醒道："不禁烧，慢点扔。"

姜雪宁心梗了那么一瞬，抬眼就望见谢危唇边那一点微不可察的笑弧，便将已到嘴边的"还用你提醒吗"咽了回去，低声轻哼："知道了，睡你的吧。"

谢危瞅她半晌，到底还是慢慢闭上了眼睛。他没有去干草堆上躺下，只是抄了手，微微仰头斜靠在后方的岩壁上假寐。

谢危没有想要睡着，可这样一个夜晚注定不会平静。几乎就在他闭上眼睛的刹那，旧日那无尽带血的洪流便如噩梦一般向着他席卷而来，像是撞倒了壁立千仞的悬崖，击毁了茂盛的参天大树，将他裹挟……纵使他用了全力，也无法挣脱。

他跌入了不安的梦中。

清晨的天光里，九重宫阙的琉璃瓦一片叠着一片，巍峨壮丽。

新雪洁白，映得迎送宫人的脸庞都沾上了洋洋的喜气。

年轻的妇人停下来，为他整理衣袖，轻轻笑着对他说："瑞雪兆丰年。今冬下了雪，来年庄稼的收成才好，百姓就更高兴啦。"

那张脸应当是貌美明丽的，可无论他如何努力，也只记得一些模糊的细节，拼凑出一片不大真切的轮廓，只有那牵起他前行的掌心的温度，深深烙印在他心底。

他一步步踏入宫门，走过长道，上得台阶，又随着她躬身下拜。

身着华服的人们觥筹交错，相谈甚欢。

太子沈琅带着其余几名伴读进来，拉他去偏殿下棋。他下了几盘，便困了。那年轻的妇人来，使宫人带着他进暖阁睡一觉。

他做了个梦，梦见了夏天，舅舅府上那棵新栽的樱桃树结了鲜红的果；梦见了自己坐在屋檐下弹琴，原本怎么也弹不好的调忽然都顺畅起来；梦见府里的厨子终于做出了一碟特别好吃的桃片糕，他笑起来端了就要往外面跑……

然后他跌了一跤，忽然醒了，睁开眼时，外头竟然已经天黑，暖阁里一名伺候的宫人也没有，只有低低的哭声传进来。

他从榻上起身，走出去，看见几名年纪不大的宫人抱在一起，不住地流着眼泪，哽咽不已。那年轻的妇人则与那头戴凤冠、宫装华丽的女人坐得很近，面上难掩忧色，可看见他时仍旧露出笑容，招手让他过去。

他问："发生什么了？"

她说："没有什么，会好的。"

年纪不大的孩子虽然懂的事情还不够多，可也隐隐嗅到了空气里浮动着的恐惧，只是谁也不敢说。

子夜时，以前他见过的一名守卫宫门的将军冲了进来，身上披着带血的铠甲，朝着皇后跪下来磕头哭道："京城将破，请娘娘开密道，入地宫，保住殿下！"

于是他们被蒙上了眼。

黑暗里，只有那名妇人紧紧攥着他的手。

等到蒙着眼的绸布被解开时，他们已经到了地下一处暗室之中，隐隐能够听见头顶上沉重的脚步踏过去的声音，还有刀剑相交的声响，几乎持续了整整两个日夜。他睡着前能听见，睡醒了睁开眼还能听见。

直到第三天声音才渐渐小了，他听不见了。

躲藏在暗室里的人们已经憔悴了许多，几乎喜极而泣。皇后却厉声斥责，叫他们不许哭。

年轻的妇人将他搂在怀里，说舅舅和父亲都是大将军，率领着十万兵士，很快就能收到消息赶回来，接他们从这里出去。

他听了，心里却始终有些迷惑：假若他们不能赶回来呢？可看了看皇后姑母那阴鸷的脸色，他到底没有说出口。

时间在等待中消磨，到后来他已经分不清时辰、日夜，只是睁着眼睛听他们说话，或者闭上眼睛做起纠缠的噩梦。

但那一天，他罕见地没有睡着，隐约听到好像有人出去查探。

查探的人回来后叙说了没多久，就有尖厉的声音响起，有什么东西摔碎了，紧接着是带着哭腔的争吵，其中有一个声音十分熟悉。

他没有穿鞋，悄悄地走了出来。珠帘遮挡了他的身形，离得近了，他便听得更真切了。

"娘娘，天教与平南王来势汹汹，狼子野心，杀戮成狂，倘若不得太子殿下的踪迹，那三百孩童或还有救，兴许能撑到援军来救的时候！倘若依您所言，不管谁去，那三百孩童只怕都凶多吉少！殿下是真，他们一杀以绝后患；殿下是假，他们未必不会恼羞成怒。怎可李代桃僵？”

“叛党已经向全京城下了最后通牒！倘若再无人出现，岂不激起民变？届时即便驱逐叛党，平复叛乱，焉知不会引起朝野动荡，清流诟病？”

“可娘娘，他连七岁的生辰都还未过……”

“太子又才多大，难道你竟敢让我的儿子去送死？！”

“那又凭什么该是我的孩子？！”

“就凭我儿是君，他是臣！臣为君死——尊卑有别，贵贱不等！”

凭沈琅是君，他是臣。

凭尊卑有别，贵贱不等！

臣，当为君死。

他静悄悄地站在珠帘后，看见那年轻妇人哭干泪水，泣血般颓然地坐倒在地，捂住了自己的脸。

表情阴骛的女人说：“去请小世子来。”

边上的太监躬身应了，走到这边来掀开珠帘，在看见立于帘后的他时，吓得惊叫了一声跌坐在地，见了鬼似的颤声喊道：“世子，您怎……怎么在这儿？”

头戴凤冠的萧皇后身形僵硬了一瞬，脸上的戾气尚不及消失，却在转头看见他时，连忙换成了平日的亲近温和模样，还冲他笑了起来：“怎么，睡不着呀？正好，姑母有事要和你商量呢。”

他站在那边没有走过去。

萧皇后却走了过来，蹲在他面前说：“圣贤书教，该当忠君。现在外面有坏人要抓太子殿下，你是殿下的伴读，愿不愿意假扮成太子殿下出去呀？”

他抬起头向角落里看去。年纪和他相仿的沈琅瑟缩着坐在那里，触着他的目光时有些躲闪，可转瞬又恶狠狠地回瞪向他，霍然起身训斥：“君要臣死，你敢不去？”

萧皇后恼了，骂他：“闭嘴！”

等转回头来看向他时，萧皇后又和颜悦色地道：“本宫知道，世子自小早慧，是最懂事的，也该知道取舍。”

那哭泣的女人终于崩溃了，往这边冲过来，哀号道：“不，不要去！”

萧皇后一摆手，站在黑暗里的那些太监就上来将女人按住，拦在远处。他只觉得这些人如长在那片黑暗里似的，走出来时，像是从黑暗里血淋淋地剥出来的，却行尸走肉似的悄无声息。

萧皇后戴着珐琅护甲的手指轻轻搭在他的肩膀上，回头一指那个女人，笑着说："看，你娘亲这些天藏在这里都要憋坏了，憋疯了。她疼你，你也护她，对不对？"

侍卫的手上握着剑，不知道什么时候已经出了鞘，在幽暗环境中闪烁着惨白的寒光。他们制住了那个孱弱的女人，使她无法发声，不能动弹，只能悲切地呜咽。她含泪的眼，仿佛是在哀求。

他眨眨眼，慢慢收回目光，似乎有了一种超乎寻常的平静，回答说："我，愿代殿下；臣，愿代君。"

距离他最近的女人满意地笑了；距离他最远的女人却掩面哭倒。

他走过去。

有人拦住了他。

萧皇后看他半晌，摆了摆手，那些人便退开了。

他来到那美丽妇人面前，抱住她，轻声说："娘亲，不怕。"

她却哭得更厉害，拉住他不肯松手。

直到有人用力地掰开她的手。

他看见他们将她拉了下去，隔离到一旁，听见萧皇后在他背后说："姑母会看好她的。"

有太监把沈琅穿的衣服扒下来给他换上，从鞋袜，到玉佩。

在被人重新蒙上眼之前，他跪下来向那妇人安安静静地磕了三个头，她疯了一样用力地挣扎，却无论如何也挣脱不开桎梏。

黑暗在这时仿佛成了无底深渊，他在其中行走摸索，在听见一道机关声响，暗道打开后，一股寒意扑面而来。他摘下蒙眼的绸布，从乾清宫的丹墀旁走出，顺着台阶一级一级往下。宫人的尸体横了遍地，石缝里、低洼处，冻住的鲜血像是殷红的琥珀。

天上还在落雪。

他不知道是从进宫那一天开始，雪就一直在下，没有停过，还是中间停了又下了新雪，只觉得很冷，冻得人手指发疼。

梦境在行走间跌坠，黑的夜，白的雪，无不化作厉鬼，声嘶力竭地向他叫嚣。

忽然间，有无数陌生的脸孔重叠在他面前，阴沉，狰狞，森冷。

有人问："你是沈琅？"

他说："我是。"

然后他就听见长刀出鞘，雪剑嗡鸣，一声寒冷彻骨的冷笑响起："杀！"

杀——

眼前忽然被袭来的风雪遮挡，他步履维艰地走在一条河中，雪雾里传来猫儿的叫声。

他冲进去，大声地喊："你们在哪儿？"

没有人回应。

他脚下被一块石头绊住，摔倒在地，起身来却发现自己满身满手都是赤红的——原来脚下不是河流，而是无数淌不尽的鲜血；原来绊脚的不是石头，是一只小小的胳膊。

那一刻恐惧攫住了他，他往后退了一步。

可大风恰在此时卷来，扫清所有遮挡视线的迷障，露出那无数孩童的尸首堆砌成的小山：残破的四肢压着冷硬的躯体；割破的喉咙挨上撞碎的脑袋……

几只猫就蹲在上面，埋头吃着什么。它们浑身脏污，瘦如皮包骨，似乎没有半点肉，显得一颗脑袋有着怪异的棱角，浑身紧绷着转过头来看他时，两肋的骨骼在干薄的皮毛下显得十分突出。

一双双饥饿的眼睛在黑暗里发光，连叫声都透出一种低沉阴森的恐怖，让人几欲作呕！

"喵嗷！"充满了尖锐敌意的一声叫响起。

黑影闪电般朝着他扑来！

"娘亲……"

谢危一下醒了，手指尖一颤，睁开眼来，火堆的火还在燃烧，他却几乎感觉不到半分温度，甚至因为那翻涌的恶心感难以动弹。然而当他转过头时，便看见了山洞口那一双双在幽暗里发光的眼睛！

那是十数只山中的野猫，不知何时聚集在了洞口，从洞口堆着的枝叶间露出身影，虎视眈眈地看向他们！

几乎同一时间，最前方的山猫恶狠狠地龇了龇牙，一声厉叫从它口中发出，它顿时化作一道黑影，迅速朝着洞内扑来！

姜雪宁添了小半夜的柴，到得后半夜眼瞧着要天明的时候，到底还是犯困，有一搭没一搭地点着头打盹儿。

谢危隐约说了什么梦话，让她骤然惊醒。这一下她正好看见洞口聚集的那弓着背、奓着毛的一群山猫，霎时毛骨悚然，一股寒气从脚底顺着脊骨直蹿上后脑勺！

谢危那柄短刀擦干净了搁在一旁的山岩上。电光石火间，根本来不及多加思考，姜雪宁一把将刀捡了起来，在那山猫扑过来的瞬间往谢危面前一站，一刀朝着那只猫划了过去，刀法浑无半点章法。

刺啦！

风雪夜里似乎有一声裂帛声响起，锋利的刀刃划破了那猫的眼睛，拉开了半边肚肠，脏污的鲜血顿时迸溅到她身上，而这只猫摔了下去，落了一地狼藉，凄厉地惨叫起来！

姜雪宁只是下意识地做出这动作，并没有想到会见血，更不曾想会见到如此血腥可怕的场面，头皮都奓了起来，几乎想要埋头呕吐。

这一刻她想扔掉手里的刀，甚至差一点就要退后。

然而冥冥中却有什么东西浮现出来，有道声音告诉她，不能退。于是那股力量驱使着她重新用力将这柄刀握紧，强迫着自己不低头看一眼，忍着作呕的冲动，迅速一脚将地上已经没了声音的山猫尸体踢出去。

洞外的山猫顿时又发出一阵凄厉的嘶叫！

谢危冷极了，面容苍白，既看不到她的表情，也读不了她的心绪，只能看见这道背影，因极度恐惧而喘息，脊梁起伏，分明发抖的手指偏紧攥着那柄刀。

她像个傻子似的，逞强地将他挡在身后，用几不可闻的低哑嗓音对他说："先生，我在。"

★

最前面那只山猫的尸体擦着洞口堆着的树枝，滚到外面那群山猫之中，让这些眼睛发光的畜生纷纷蠢蠢欲动起来，察觉到了危险之后，纷纷龇牙。可外面还在下雪，温暖避雪的地方难找，谁也不甘心就此离开，只迈动着无声的脚步，似乎在寻找着进入的机会。

山里的野猫不比驯养的家猫，每一只都长着尖尖的利爪和獠牙，在洞口徘徊时的阴沉姿态，简直使人不寒而栗，毛骨悚然。

但同类的遭遇也让它们忌惮。

姜雪宁同它们对峙着，背后已经渗出了细密的冷汗，站上一会儿，小腿肚子都因为过度紧绷而打战。

不，僵持下去绝不是办法，她必须将这帮畜生赶走。

深山野林，人迹罕至。

她听市井行脚贩夫走卒们说过，野兽怕火。

姜雪宁紧紧扣着指间那柄刀，目光却悄悄移开，看向了山洞里还在燃烧的火堆，然后一咬牙，竟迅速从中抽了一根正熊熊燃烧的木棍，径直朝着包围了洞口的野猫们挥去！

灼人的温度瞬间靠近，几乎所有野猫都在她上前的那一刻弓起背，朝着边上散开。但也有那么几只躲避不及，被燃着的火焰燎了毛，被烧红的木棍烫到皮，顿时尖锐地嘶嚎起来，逃得远远的。

几只猫如何能与人斗？吃过痛后，纵然再凶悍的野猫也不敢再往前进一步。

姜雪宁更持着火棍驱赶野猫。它们已经退到了外面，风吹着，雪冻着，终究知道这山洞它们无法进入，又不甘地叫喊了几声，才慢慢地四散开。

眨眼间雪地上就没了踪迹，它们应该是去寻找别的遮风避雪之所了。

惊心动魄后，终于归于平静，姜雪宁剧烈喘息着，想要走回去，可不知为什么立在那里就是走不动一步，好像整个人都钉在了地面上一样。直到有一只手忽然握住她的胳膊，将她的身子拽了过去。

谢危的胸膛里仿佛燃烧着一团火。他一手扣住她的后脑，将她按进自己怀中，埋头深深地吻了下去，舐舔着她的唇瓣，撬开贝齿，侵略得像是一团滚烫的火，又紧绷出一种令人血脉偾张的压抑与狠戾。

姜雪宁脑袋里一片空白。

谢危像是一头野兽般啃食着她，呢喃道："我坏得透顶，你怎么这样心软？"

她的神思还未来得及回笼，待得被这强势的侵入惊醒时，已经成为被他的臂膀所束缚的猎物，挣脱不得，困厄混沌。

先前谢危坐在火堆旁，唇上、指上有着一层暖暖的余温，然而压得近了，姜雪宁便觉得这温度并未深入，因为从他的身体深处，只有一股冷意慢慢泛出来。

分明炽烈的吻，却使人战栗。

他紧紧地贴着她的肌肤，汲取着她的温度。

手中那根火棍被他夺了扔下，可那柄刀还在她的手指间。太过紧张，姜雪宁忘了放下，似乎这样紧紧地攥着那刀，才安全。

谢危的手指却顺着她的手腕往下，一点一点地掰开了她蜷曲的、近乎痉挛的手指，硬生生将那柄刀用力地往外抠。

可她攥得实在太紧了，手掌心都勒出了一条红痕。谢危的吻便变得轻了几分，柔了几分，注视着她，轻声哄道："没事了，把刀给我。"

眼泪毫无预兆地滚了下来，姜雪宁颤抖起来。他终于将那柄短刀从她的指间抠了出来，掷在地上，扶着她的乌发，任由她的额头垂下来抵住他的胸口，带着崩溃的余悸，瘦削的肩膀轻轻耸动，压低了声音哭着。

谢危静静地立着，眨了眨眼，只忽然想：倘若一辈子永远被困在这山中不出去，也很好。

然而几乎在这念头冒出的同时，就有另一道声音朝着他歇斯底里地叫喊——

你怎么敢？

你怎么敢！

你命途多舛，沉浮煎熬，半生要强，连睡梦的资格都没有，血海深仇尚未得报，怎么敢有这样的念头？

姜雪宁再有胆子，也不过就是在宫廷里与人钩心斗角、市井里和人吵吵闹闹，山猫夜啸这种奇诡恐怖之事却是从未遇到过。她静下来才发现自己怕得要死，哭了好一阵鼻子，把谢危推开了，自己又坐回火堆边添柴，都还没停下抽搭。

这场面有一种说不出的滑稽。

谢危慢慢笑起来。

姜雪宁看见，扬起手里一根树枝就朝地上打了一下，凶巴巴地冲他道："笑什么？你这样连猫都怕的人有资格笑吗？如果不是姑奶奶我在，你早被它们撕了个干净！"

谢危觉得她小孩儿脾气，没反驳，只是捡起被她打折的那段树枝扔进火里。

姜雪宁擦了一把脸，想起刚才都觉得委屈，又掉了会儿眼泪，哭到外头天都亮了，才觉腹中干瘪，干脆把穿着野兔的那根竹竿抽出来，朝谢危递去，没好气地道："我饿了。"

吃食从来都是谢危动手。他也没说什么，将野兔接了过来。

两人烤了只兔子。

姜雪宁泄愤似的吃了很多，谢危却似乎无甚食欲，吃了两片肉便放下了。

外面的雪似乎小了不少，只有些雪末还在飘。

漫山遍野一片白，既看不见什么飞鸟，也看不见多少走兽。

吃完后，姜雪宁皱起眉头，拿了根树枝在地上算他们的食物能吃多久，柴火能烧多久，回忆鞑靼那边这阵子是什么情况，眨眼就想到了沈芷衣的事。

地上画着的树枝忽然停了，她转头看向谢危，犹豫了一下，问："先前你们说燕临已经先行赶往边关，要想法子救殿下。可到底是什么法子，我们半道耽搁会否影响？"

谢危坐在那边，似乎出了神，并未回答。

姜雪宁本想重复一遍自己的问题，然而在她起身要朝着端坐的谢危走去时，却忽然觉得有什么地方不对。哪里不对？脑海中一个念头闪过，她再看谢危，才发现他竟坐在那边看雪！

白茫茫的雪地，给人一种空阔寂寥之感，天光落下又被雪地反射，全投入他的眼底。

谢危静默得像尊雕像。

姜雪宁却忽然生出一种没来由的不安感，更甚于先前与野猫的对峙，她唤了一声："先生。"

谢危头也不回地道："影响不大。"

可姜雪宁这时已经不在意问题的答案，只是想起过去尤芳吟所透露的那个可怕的猜测，看着谢危那仍旧注视外面的姿态，声音里已经有了一丝微不可察的恐惧："谢危！"

谢危问她："怎么了？"

她就是害怕，上前去拉了他一把，不让他再往外看："别看了！"

谢危望着她，眼瞳里飘过淡淡的光影，却问："你是不是知道了什么？"

姜雪宁心跳如擂鼓："知……知道什么？"

谢危笑了笑，说："不知道，你又在怕什么？"

姜雪宁强作镇定地道："我没怕。"

谢危便伸了手，顺着她的下颌慢慢搭在她的颈侧，微凉的手掌紧贴着她晶莹的肌肤，感觉到那涌动的血脉，他平淡地道："撒谎。"

姜雪宁悚然，一把挥开了他的手，将自己微敞的领口压紧，朝着后面退去，甚至带了几分薄怒，色厉内荏地道："你有病啊！"

谢危却无话了。

他果真没有再去看雪，只是轻轻靠在洞壁上休憩。

刚开始，姜雪宁还没发现什么异样，到了第二天，发现原本会在自己梦中偶尔响起的压抑的咳嗽声原来并不是梦——谢危开始咳嗽，在这样寒冷的天气里，他的脸色以一种肉眼可辨的速度苍白下来。

第三天，他烤焦了小半块獐子肉。

也是这天，她将雪装进水囊化掉后，递给谢危，而他没有准确地接住，停了一下才拿到手中。

那一刻，姜雪宁觉得有寒气朝自己的骨头缝里钻。

谢危那双眼实在瞧不出什么异常，他慢慢喝了一口水，对她道："现在我已经没有用了。如果我是你，够聪明，就该带着东西，找雪停的那一天走得远远的。"

姜雪宁想，这人怎么这样？

她不敢泄露半点多余的情绪，只道："你难道想死在这里吗？"

谢危又咳嗽一声，唇边的笑意轻轻漾开，道："死在这里有什么不好？"至少好过沦为人手中的筹码，现在好歹生由己，死由己。

姜雪宁却恍惚如在幻梦之中，看着眼前平静又平凡的人，竟觉一股莫大的悲哀情绪涌了上来，将她填满。

这是她始终都不曾见过的谢危。可怎么会呢？谢危怎么会是这样的呢？

她退了一步，胸口像压着一块巨大的石头，喘不过气来，于是转身直接出了山洞。

外头刮面的寒风一吹，她才渐渐缓过来那口气。

谢危从始至终坐在那边没动，慢慢塞上了水囊的塞子，将其轻轻靠在一旁。

他想，如果她真的走了就好了。可过没多久，脚步声便重新临近，进了山洞，她冷冷地说："外面雪停了，出了太阳，天气很快会暖和起来，我们很快就能启程了。"

谢危几不可察地笑了笑，又怎么会信她？

下雪不冷，化雪才冷，倘若真的出了太阳，雪还堆了满山，接下来他们的日子才难过。

姜雪宁根本不提走的事，仿佛从来没有听见过谢危的那番话。

从这一天开始，由她来烤吃的。

只是有时过火，有时不够，总要折腾上好几趟，他们才能顺顺利利地将东西吃到嘴里。

谢危并不抱怨，但也许是没力气抱怨。他的咳嗽在天气越来越冷后，也变得越来越严重，末了有些烧起来，一闭上眼，妖魔鬼怪横行，魑魅魍魉当道，一时是那些被关押在一起的孩童们天真恐惧的眼，一时是平南王与天教逆党耸峙如山的刀剑……

那妖道的脸孔因为气急败坏而扭曲。他们将他绑到了城墙上，刀架到他的脖子上，意图以他的性命要挟城下的军队退兵。

然后便是千军万马，尸山血海的画面。

有谁在冥冥中呼喊着他，于是他朝着那边走去。

可又有一只手从虚空中伸过来，死死地将他拽住，让他每走一步都像是踩在刀尖上，熬在油锅里，他好想大声地叫喊出来：救我——

然而天地间没有他的声音。他像是一只徘徊的游魂，顶着终将毁灭的躯壳，挣扎出满身疮痍，却凭着那口气在暗中窥伺！

一个声音从茫茫大雾的深处焦急地传来，对他喊道："活着，活下去，活下去！"

另一个声音藏在黑暗里，嘻嘻怪笑："你早该死了！这样苦，这样痛，为什么还不去死？！"

为什么还不去死？

为什么还不去死？

为什么还不去死？！

那魔鬼在噩梦中逡巡，从他的躯壳深处生长出来，如同一张巨网捆缚了他的心魂。他没有刀，没有剑，也没有人能听到他的声音。

直到在这什么也看不见、听不见的境地里，一只冰凉的手轻轻搭在了他的手腕上，谢危感觉到了一阵战栗，终于从那压抑的梦境中逃了出来。

他紧紧地抓住了这只手！

姜雪宁本是想要探探他的脉搏，看他已然意志昏沉，不辨日夜，怎料突然有此变化？一时心跳骤停，她惊呼了一声："你醒了？"

他的手指太过用力，抓得她生疼，于是她稍微用力挣扎起来。

然而他却握得更紧："你去哪里？"

沙哑的嗓音低沉极了，听得人心惊肉跳。

现下正是深夜，他们捡来的柴火即便省着烧，到这时候也不剩几根了。火堆上的火苗暗淡极了，连他们的轮廓都照不清晰。

那股不安再一次从姜雪宁心底浮了出来，她能感觉到他一双眼锁住了自己，却镇定地道："哪里也不去，我就在这里。"

谢危说："你是小骗子，撒谎成性。"

他五指深深楔入她的指缝，强行将两只手紧扣在一起，平静如深海的眼眸深处却隐约蕴蓄了一股蛰伏已久的疯狂。他掐住她的下颌，惩罚似的用力吻了过去。

这是一个带着血腥气的粗暴的吻。他咬破了她的唇瓣，卷着那一股鲜血的腥甜深入，逼迫着她的舌尖，让她喘不过气来，近乎窒息。

姜雪宁被他吓住了。

黑暗里她胸腔起伏，而他居高临下地压制着她，俯视着她。

谢危的大拇指用力地擦过她破损的嘴角，直到看见她眼底露出些微痛色，他才慢慢收了力，问她："你怎么喜欢张遮？他什么都不知道，只有我可以读懂你。"

沙哑的嗓音像是春日里的飘絮，可落入姜雪宁的耳中，却激得她一阵阵战栗。她终于察觉到了，在这副圣人躯壳下，有着深藏了不知多少年的朽败和阴暗、压抑的隐忍还有病态的偏执……

谢危将她抵在岩壁上，温热的唇顺着她的耳郭落到颈侧，另一只手掌悄然握住她纤细的脖颈，覆上那脆弱的咽喉：“你知不知道我现在最想做什么？”

姜雪宁感觉到有什么灼烫的东西坠入她的颈窝，流淌下去。

她为之发颤。

谢危却呓语似的贴着她的耳郭，说：“我想杀了你。”

曾经，他以为自己的心是一座固若金汤的城墙。

他缓缓地收紧手掌，却并不转头看一眼她此刻的表情，冰冷的声音浸染了绝望，又带着一种蛊惑，却不知是蛊惑她，还是蛊惑自己：“姜雪宁，就在这里，和我死在一起，好不好？”

姜雪宁慢慢闭上眼。那一刻，她竟觉得这个让自己怕了半辈子的人，可恨、可悲，甚至可怜！

她想要给他一巴掌，让他好好清醒清醒，眼泪却淌了下来。

他炽烈、疯狂的情绪将她裹挟在内，让她想起过去那些难熬的日子，喉咙仿佛被什么堵住，她近乎哽咽地道：“不好，谢居安，一点也不好。是我救了你，这条命不是你的，是我的！我还没有答应……”

谢居安，不要当懦夫，不要让我瞧不起你。

★

谢危终于还是慢慢放开了她。

黑暗是静谧的，只有在这样谁也看不清谁的时候，才有人敢剖开这具光鲜的躯壳，显露出里面比黑暗更黑暗的东西，让人一窥皮囊之下的东西。

他的手还同她的手扣在一起，十指相交。

姜雪宁道：“去睡会儿吧。”

谢危的手指却一点一点挪移到了她的手腕上，摸到了那道已经不剩下多少痕迹的浅浅疤痕，垂眸轻轻摩挲。

他说：“我以为你不稀罕。”

姜雪宁站起来，给已经快要熄灭的火堆添柴，也不管明天是不是还够，只看着那慢慢重新高起来的火焰将这昏暗冷寂的山洞照亮，一颗心才渐渐恢复平静。

她头也不回地道：“你也配死吗？”

谢危在她身后沉默了许久，才轻声笑道：“你说得对，我不配。”

这一夜，两人相安无事。

谢危真的睡着了，什么梦也没有做。

姜雪宁却守着火堆枯坐了一晚上，直到天明，干柴烧完了，慢慢熄灭，只留下些许暗红的余烬散发着温度。

她回过神来时，谢危不知何时已经起身，坐在她对面，平静地提醒："烤糊了。"

姜雪宁低头看去，的确，穿在竹竿上的獐子肉已经焦了一片，甚至发出了不大好闻的味道。

她意兴阑珊地道："眼睛看不清，鼻子倒很灵。"

谢危没有问她怎么知道的，因为那实在是太显而易见了，只问："昨晚，你为什么不答应？"

姜雪宁冷笑："答应和你一起死？"

谢危静默半晌，神情与昨夜相比却像换了个人似的，长眉挺鼻，狭眼薄唇，有种渺然的旷然，一点没有否认的意思："为什么？"

他还问为什么？哪个正常人想去死？！

姜雪宁用力地撕掉了烤坏的那部分肉，想说几句不客气的话，但临出口到底还是妥协了。因为她知道，昨晚这个人是认真的，于是道："我怕疼。"

岂料谢危竟然继续问："倘若不疼呢？"

死怎么可能不疼？

姜雪宁看着那片被烤焦的肉，恍惚了一下，才重新看向谢危，难得认真地回答他："活着可以吃，可以喝，万般东西享受不尽。我不仅巴望活着，还巴望能活得久一点。谢先生，你那句话我想了两年，人生在世无自由，你说得很对。我惦记殿下，挂心燕临，想念芳吟……那么多人需要我，喜欢我，让我去死，我舍不得。能活一天我就活一天，没有一天，哪怕一个时辰也快乐。"

从前她觉得谢危是圣人，后来觉得谢危是魔鬼，可其实都错了。谢危也是肉体凡胎，确如吕显所言，不过在这红尘炼狱里挣扎，是一个活得甚至还不如她的普通人罢了。

在他说出"只有我可以读懂你"这句话时，姜雪宁便也完完全全地将他读透了。

曾经的尤芳吟没有猜错，从始至终都没有承认过那个身份的谢危，才是真正身负萧、燕两氏血脉，得天垂怜，方侥幸活下来的定非世子。

他不需要认祖归宗，不需要血脉亲情。从皇族、萧氏将他推出去李代桃僵的那一刻起，他便是谢危，抛旧名，舍旧姓，再不会有一日过得安生，睡不得一夜好觉，只浸浴在仇恨的冷火中。

混沌之世，圣人不能活。唯有魔鬼可以借着枭雄的旌旗，洗去旧日不甘。

她终己一生，苦于“亲情”二字，谢危又何尝不是？

所以若他能看懂她，她便也能看懂他。

只是她知道得太晚，而谢危兴许在许多年前与她同车上京，得知她的身世遭遇时，就已经把她看得透透的了。

姜雪宁觉得世事当真有些奇妙，说完后想起那些从自己生命里经过的人，有的给她留下了伤痕，有的替她治愈了苦痛。

这样挣扎，人才是活着。

她忽然变得坦荡而平静，倒像是彻悟了，问他：“你雪盲？还能看见多少？”

谢危久久没有说话，或许还在想她话里那句“舍不得”。

姜雪宁撕了一块好的肉递过去。谢危没接，却抬眸问：“昨晚我神志不清，浑噩昏沉，有孟浪轻薄之举，你好像没被吓着，并不介意？”

被吓着？有那么一点。

可要说介意，她好像的确没那么放在心上。究其因果，到底两次亲吻，似乎更多的是一种浓烈到极致的情绪，反而不带有多少欲与色。

这时她看他，就像看自己一样清楚。

他身形岿然有若山岳。

姜雪宁凝视他片刻，把他没接的那块肉收回来，自己咬了一小口，嗤笑了一声，却难得郑重地道：“谢居安，你没有病，你只是疯。”

谢危闻言笑起来。

姜雪宁又看不懂这笑了，也懒得再想，只把穿着剩下那点肉的竹竿搁到他手边，自己嘴里叼了一小片，起身朝山洞外面走去。

雪的确已经停了，甚至化了一点。可她走到雪地上，踩着凹陷处，半条小腿都能陷进去。再向远山看，重重叠叠，即便路程所剩无几，他们也很难在这样的情况下往前面走，翻山越岭去到济南府。

不过……

姜雪宁极目远眺，目光落在远处那座山上。

其实昨天傍晚她就在看了，只是那时候光线太暗，看得不甚清楚。然而等到眼下天光大亮，昨夜模糊的一切都变得清晰无比。她才看清那座山的东南面竟没多少雪！

这时肉眼都能看见，山坡上茂密的树林一片枯黄……

她的心猛烈地跳动了一下，深吸一口气，连那片肉也不吃了，疾步返回山洞，对谢危道：“我们现在就往回走，绕到这座山背后！”

谢危循着声音望向她。可她身后白茫茫一片，看得他闭上了眼。

姜雪宁不由分说，已经开始收拾他们留在山洞里的一些能带走的东西，语速飞快地道：“我刚才看了，前面那座山的雪都在西北面，东南没有雪！如果风雪是从西北来，那我们这座山背后的山坡也不会有很多雪！不一定能脱困，可至少你能看见，我们饿不死！”

谢危坐着没动。

姜雪宁捡了他的弓箭，拿了水囊，末了看向他，犹豫片刻后，便拿了刀往衣摆上一划，撕下一段上好的杭绸，一端系在谢危的腕上，一端系在自己的腕上。

他觉得熟悉，抿唇笑：“我以为你烧糊涂，缺心眼，都忘了。”

姜雪宁轻哼：“宁愿想不起。”

谁愿意一天天地净记着往日倒霉狼狈的糟心事？

她道：“我们本就在山脚下，从西面绕着这座山往后面走就是，应该用不了多久。山脚下的路比起山坡也平坦许多，我走前面，你走后面。”

谢危被她拽着站起身来。两人的手腕被系在一起，可中间空荡荡地悬着，他没作声，却往前握住了姜雪宁的手。

姜雪宁转头看他，本想说上几句，不过目光一错，见他起身时袍袖飘荡，却有什么东西从他袖里落到了地上。

于是她道：“你的东西掉了。”

谢危低头看去。

姜雪宁想他眼下该叫“谢半瞎”，难得大发慈悲，弯腰替他捡了起来：是个两寸见方的纸包，外面用丹砂画了一笔，里头似乎装着什么粉末，乍一看倒像是药铺里折纸包的药，不过折法不大像。画的这道红印便更怪异，让她生出了点熟悉的感觉，她好像在哪里见过。

姜雪宁微微蹙眉，将纸包递还给他，道：“没病也备药？”

谢危接过那纸包的手指僵硬了一瞬，可他没有表露出分毫破绽，若无其事地将其收回袖里，道：“心病也是病。”

姜雪宁听到这话也没多想，有心想要挣脱他的手，可觉着两人的手腕都系在一块儿了，他眼睛又不大好，到底没有放开，反而坦荡荡地回握住，往山洞外面走去。

这山洞的位置本来也不高，他们从里面出来后便朝西面走，深一脚浅一脚地踩着堆起来的雪，没走一会儿，寒风便从衣领袍袖里灌进来，吹得人瑟瑟发抖，鞋靴更是深入雪中，两脚被冻得生疼，甚至渐渐连知觉都没有了。

姜雪宁步履维艰地走在前面，难免碰着石头树根，磕着绊着，动辄栽下去啃一口雪，有时连谢危都会被她拉下去。

这会儿她甚至恨起自己的名字来，人不住地打哆嗦，嘴唇都青了，还跟谢危开玩笑：“我以前就琢磨，我叫姜雪宁，你多半讨厌这名字，毕竟遇到就没什么好事。”

谢危说：“不讨厌。”

姜雪宁看他：“不违心？”

谢危下雪时虽派不上什么用场，可身子骨到底比她好了不知多少，眼见她立不住了，还能用力扶住她，道：“你又不是叫姜雪。”

雪宁。

冬末的雪遇着初春的风，都止了，静了，化了。

他为什么不喜欢呢？

姜雪宁一琢磨也是，喘着气站稳了，继续往前走，道：“那这么算我该是你的救星，也是，两回遇到都是我救你。若没我，就你这德行……”

脑海中浮现出过去的谢危的样子，她陡地停了下来。彼时宫变后她大费周折地去找谢危那一次的画面忽然都被极限地放大了，定格在御案边上摞着的几只精致漆盘上。那时，盘中就轻轻落着一张画了一笔红色印记的纸……

她终于想起是哪里熟悉了。宫里总有这样的东西，可她从来不会把这东西和谢危联系在一起。

谢危见她不走了，也停下了：“我怎样？”

姜雪宁缓缓转过身来，用一种失望又悲哀的目光望着他，紧咬着牙关，只恐自己此刻便因寒冷而发抖。

她向他伸手：“给我。”

谢危问：“什么？”

姜雪宁终于忍不住了，眼角都微微泛红，大声地向他道：“五石散，给我！”

谢危真不知她是怎么猜出来的。

他轻轻眨了眨眼：“宁二，有句话，很早我就想对你说了。”

姜雪宁睁大了眼看着他，仍旧伸着手。

谢危无奈地叹了一声，在这一刻抬手一掌落在她的脖颈间将她打晕，才轻声道：“你烤的东西，真的很难吃。”

她几乎不敢相信他做了什么，眼前晃了晃，便软倒下去。

谢危及时地伸手将她捞住，看向周遭白茫茫的一片，只想：上回她是个蹩脚大夫，治得他回了京城还有小半年闻不得血味儿；这回她是个差劲厨子，吃得他怀疑她烤的肉和自己烤的不是一种……

娇滴滴的小姑娘可真不怎么样。

五石散他带着，很难说没有一试的想法，可他至今没有真的尝过。宁二这担心的架势，真像是立刻要跟他翻脸。他们还在赶路呢，也不分个轻重缓急的吗?

谢危手指一翻，那装着粉末的纸包便在指间转了一圈。

他到底还是畏寒，看怀里的姜雪宁一眼，垂了眼帘，倒不像以往那般在意这玩意儿了，只张口咬住那纸包一角，连药散带纸一并吃了。待得一会儿，便有了几分暖意甚至热意从四肢百骸涌出，让人觉着周遭的风雪好像都小了下来。

谢危弯唇一笑，低头轻轻亲吻她微蹙的眉心，然后才小心地将人背到背上，往前走去。

★

姜雪宁几乎是眼前一黑，人就没了意识。后来浑浑噩噩间，她仿佛进入了一种半梦半醒的状态，初时感觉寒冷，后来渐渐能感觉到挨着的温暖躯体，再之后寒冷便消失了。

她竟睡了个特别好的觉。

大约是这阵子被困，她既要挂心所处的境地，又要担心谢危的情况，脑袋里总绷了一根弦。眼下终于闭上眼睛，纵然还是有些不安，可疲乏之意却压不住，她彻底地昏睡了过去，隐约觉着好像周围有一阵喧嚷，又经过了一番颠簸，才安静下来。

姜雪宁是被饿醒的，睁开眼时饥肠辘辘，眼前发花，看周遭的东西都蒙了一层水雾似的模糊光影。她能感觉到自己是睡在床上，柔软的丝被温暖极了，脚底下似乎还塞了个热热的汤婆子，锦绣床帐内有一种清淡的馨香。

她眨了几下眼，才感觉视线清晰了不少。

这里竟然是一间布置颇为雅致的屋子。桌椅皆是梨木清漆，墙上挂着竹梅字画，靠窗的方几上点了一炉香，点香的人似乎刚走，香箸轻轻搁在案角。几只细瘦的花觚里插了两枝白梅，素净极了。

姜雪宁反应了一下，几乎怀疑自己是在梦中。她怎么到这儿来了?

她脑海中念头猛地一闪，便想起了昏过去之前的最后一段记忆：她发现了谢危带在身上的五石散，生气地找他索要，这人却抬手把自己打晕了。而且……重点是这人竟敢嫌弃她烤的东西难吃!

一口气陡然蹿上来，姜雪宁掀开被子起身，所着内衫都换了新的，只是站起来便觉天旋地转，差点没稳住跌回去。

外头正好响起脚步声，一个年轻的声音传来，似乎在前面引路："大夫，您说姑娘是睡着了，什么毛病都没有，可算算人已经睡了有两日了啊，您别是看错了吧？"

走在后面的是个背着药箱的老头儿，下颌上留着一撮稀疏的山羊胡，眼皮下垂，发白的皮肤皱巴巴的，鼻子是红红的酒糟鼻，闻言斜睨了前面那破小孩儿一眼，冷笑道："老夫行医这么多年，不吹什么药到病除，人有没有病我还能瞧不出来吗？你们家先生都没这么多话，怎么你还要为难为难我？"

小宝腹诽，这不是怕出事吗？别看先生面上一副岿然不动的样子，指不定心里跟自己一样怀疑这老头儿是庸医，暗地里着急呢！

只是这城里好大夫难找，他得罪谁也不能得罪治病的。小宝立刻赔了笑，连声道："是是是，您说得对，都是小的糊涂。"

两人说着话，门便被推开了。

两人一抬起头来就看见屋里的床榻边上，姜雪宁披散着一头乌发，皮肤雪白，两道柳叶似的细眉却皱了起来，正盯着刚走进来的他们。

小宝顿时就愣住了。

过了片刻他才反应过来，眼底多少露出几分惊喜的意外之色，快步走进来道："姜二姑娘，您醒了？"

姜雪宁方才听见外头那年轻的声音便觉得熟悉，等人走进来一分辨，山羊胡老头儿她不认识，对这眉眼间有些喜气的少年却是有些印象的，是那回通州之役见过的小宝。

他怎么会在这儿？

她道："我怎么在这儿？"

小宝连忙先引大夫进来给她把脉，他还跟当年一样，也没太大变化，就是长高了点，面容轮廓清晰了点，原本扎着的小辫儿也改用木簪束冠，倒有点小书童的精气神了。

他道："您和先生一道来的啊。"

姜雪宁让他给自己讲清楚。

小宝便把来龙去脉说了一遍。

事情并不复杂。

原来那日路上他们察觉到有人一路跟着他们，似乎意图不轨，便先分了一辆车出去，由剑书跟着，迷惑暗中来的杀手。刀琴则跟着姜雪宁这一辆车，带人护着她与谢危继续走官道。半道遇人截杀后，她与谢危骑马遁入林中，余者皆由刀琴抵挡。

敌众我寡，难免左支右绌，刀琴往前奔逃，拖住了他们很久，直到剑书那边解决了跟踪之人也转到这条路上来，正好从后方突破，将人救了出来。

只是对方人数不少，他们在荒野之中不敢多缠斗，选择了先退回去，带着谢危的印信疾驰至济南府搬了救兵来。

对方自然不敢多留，次日于山林中搜索未果，便退走了。

剑书、刀琴这才带着人进密林寻找。

“亏得我们运气好，先生布下了疑兵之计，可那匹马儿被我们找到了，由它引着去到你们弃马的山谷前。”小宝说着，把窗户推开了，也不知朝着外头的谁大声喊了句“端粥来”，这才回头继续道，“那么大一片山啊，还下了雪，刀琴哥和剑书哥都着急得不行。还好往前翻过了两座山后就发现了你们的行踪，还看见有些大树的树干上用刀刻出的方向，这才翻山越岭，好不容易找见您和先生。”

用刀刻出的方向？

姜雪宁发现自己竟没怎么注意到，估摸是谢危出去打猎时留下的。

这人倒是心思缜密，而且对刀琴、剑书两人的本事很有信心。

一开始他不刻，是怕追兵也发现踪迹；但翻过两座山之后再刻，刀琴、剑书多半已经解决了难题，而且必定不会放弃寻找他们。那么两人自然可以发现留下的记号，再顺着记号找到他们，也就顺理成章。

倘若没有那一场意料之外的大雪的话，他们脱困的时间或许还要早上一些。

大夫已经号过了脉，道：“我说什么？就是睡着了，受了些寒，体虚罢了。姑娘，您没事，我给开个方子温养温养就好，要紧的还是吃饱穿暖。”

小宝道：“那就好。”

大夫站起身来就要去写方子。

姜雪宁眉头微皱，却问道：“大夫，您方才是看了谢危再过来的？”

大夫听她直呼谢危之名，愣了一下，但也没在意，回答道：“对。”

姜雪宁目光闪烁了一下，笑着道：“他服五石散，情况还好吗？”

这话里其实是有险境的，因为她本没有亲眼看见谢危服药，以前也不曾有过此类听闻，却偏不据此发问，反将这话说得稀松平常，好像她乃深知内情的人一样，一般人不会对此起疑心。

按理说这大夫也不该听出来。

可没想到他听了之后，竟然向姜雪宁看了一眼，好像是察觉出什么来，道：“姑娘不必担心。五石散又名寒食散，本是张仲景写了治病救人的方子，只是如今王公贵族颇好此物，加之此物本也毒性大过药性，倒使得此物贻害无穷。不过谢先生也就吃了这么一次，绝境之中用以起热，问题倒不太大，也不至成瘾。”

姜雪宁顿时怔住。

那大夫却笑了笑，道：“谢先生难得行险，出这么一回娄子，老朽绝对竭心尽力把他给您治得好好的。只不过心病难治，还要请姑娘多费心了。”

给她治？

请她多费心？

姜雪宁没反应过来。

那大夫却已经写好了方子交给小宝，自出了门去。离开这边之后，他便上了回廊，一路转去东厢，在外头听见一阵琴音，时断时续，似乎和抚琴人有些游移飘忽的心情贴切。

刀琴、剑书不知怎么都在外头候着。他一来，两人几乎同时回头看他。

刀琴立在原地。剑书走过来问：“老周，怎么样？”

周岐黄也是天教中人，背着药箱的身子骨虽然老迈，却还透着几分健朗，笑起来道：“醒了。”他又朝屋里一指，“在弹琴？”

剑书点了点头，但还是走上前去叩门，禀了一声：“老周来了，说宁二姑娘已经醒了。”

琴音便戛然而止，谢危还透着一分沙哑的冷淡声音响起：“请人进来。”

周岐黄这才走了进去。

屋内窗户关着，窗纸却一片通明，炕桌上置了一张炕几，上头斜斜地搁着一张琴。

谢危便坐在琴旁边，雪白的衣袍从边上坠下来，散发搭在微敞的凌乱衣襟前，清俊之余似乎有些落拓不羁的姿态。因他在雪里行走多时，腿上侵入不少寒气，此刻搭了一条绒毯，一腿屈起，一手支着头。

人进来，他没抬眼看，只问：“醒了？”

周岐黄则略略躬身道：“去得正巧，人刚睡醒，也就是身子虚乏了些，没有大问题。”

谢危手指轻轻抚过琴弦，又问：“她问什么了吗？”

周岐黄悄悄抬眸打量他，心里跟着打鼓，小声道：“问了您服五石散的事。”

琴弦震颤，不过被他的手指压着，并未发出声响。他却仿佛能听到那声音在他心中响起。

谢危停顿了片刻，才问："还有呢？"

周岐黄额头上的冷汗顿时冒了出来，簌簌往下落，手也不由得抖了抖，他竭力回忆，发现那位姜二姑娘也就问了两句，实在想不出别的了。

可谢先生……

他忽然意识到自己可能无意间踏入了什么修罗场，战战兢兢地哆嗦着道："就……就没问别的了。"

压着那根弦的手指静止不动，然后慢慢放开了。

谢危过了一会儿才道："知道了，你出去吧。"

周岐黄这才如蒙大赦，赶紧退了出来。

谢危却在他走后静坐了良久。有一种心绪顺着指尖爬上来，他头回这样清楚地意识到它，像一滴水打乱了他的节奏，却若有若无地游移，飘浮，难以捕捉触摸，分明微小若尘埃，却总使人为之牵扯心怀。

白瓷缸里养了几只金鱼，也跟被这空寂影响了似的，静静地停住不动。

谢危轻轻伸手，想朝琴弦搭去，可手指才一抬，又慢慢收了回来，只是看着那琴弦，直到外头传来动静。

某人娇气里藏着点不满的声音传来："别跟我说你们先生睡了，本姑娘有话必得现在当面问个清楚！"

鱼缸里的鱼一下游开，漂亮的鱼尾巴摆动，溅起一些水花。

谢危的手指轻轻颤了下，心绪里游丝般浮动的那粒微尘就这样落了下来。他抿了一下唇，笑意却还是浮起来几分，透过窗纸的日光映入他的眼底，剔透得像是琉璃。

姜雪宁是一把把门推开的，半点不客气。

第二十章

浮沉

刀琴、剑书本也不敢拦她，见她如此举动，心里虽吓得“咯噔”一声响，可竟愣是站住了没动。

谢危却好整以暇地转过头来。对方这近乎“破门而入”的举动竟也没使他有半点生气和不满，狭长的眉眼在温和的天光下舒展开，他只闲闲地笑问：“火气这样大，谁又招惹你了？”

姜雪宁醒过来看过大夫之后，浑身没力气，本应该喝一顿粥之后躺下来先将养一阵。可丫鬟端上来的粥她才喝了半碗，就越想越觉得生气，那股无名火在心里压了半天之后，非但没下去，反而如浇了油似的，猛烈地蹿上来。

于是她把碗一摔，干脆来了。

此刻站在屋里，她把斜坐在窗下的谢危上上下下打量了一遍，有点皮笑肉不笑地嘲讽道：“我现在琢磨，是我错了，谢先生这样的人原来是配死的。”

先前她说：你也配死吗？

如今她换了说辞。

谢危眉梢轻轻一挑，唇边笑意深了些许，却半点没生气，照旧是那不温不火的模样，问：“哦，你又改主意了？”

姜雪宁脸上原来扯出了点要笑不笑的表情，此刻立时冷了下来，终于懒得再同他开什么玩笑，径直问：“那日你带的是五石散？”

谢危注视着她：“你不是已经问过大夫了吗？”

姜雪宁呼吸一窒：“所以是真的？”

此地已经算是北地，纵然出了太阳，也还是冻人得很。她出来时穿了厚厚的锦衣，披了柔软的斗篷，整个人都像是被裹起来了似的，只是面容消瘦，更显得身形单薄。说话时脸颊都因为怒意而沾上了几分薄红，额头、鼻尖却因为虚弱而渗出了几分细汗。他真怕她站不稳倒下去。

谢危放软了声音，轻轻一指搁琴的方几对面，道："坐下说吧。"

姜雪宁的确是才醒，身子发虚，听见他这话时，脚步一动，下意识地要走过去坐下。然而就在脚步将迈未迈时，她猛地一个激灵就醒过神来——她坐了，气势矮一截，话就不好说了。

她硬生生地立住脚，动也不动一下，梗着脖子道："不坐。五石散，是真的？"

谢危终于慢慢蹙起了眉，先前那轻松的神态也消下去几分，沉默地望了她片刻，并未否认："是真。"

这答案本在姜雪宁的意料之中，可真听他亲口说出来时，她仍旧感觉到一种无法理喻的荒谬感："堂堂一朝少师，天下士人表率，你难道不知这到底是什么东西？只有那些昏聩荒唐、愚蠢轻狂之人才奉之为解忧药！你竟和他们一般自甘堕落吗？"

她说得其实不狠，可很久没人敢这样跟他说话了。

回首过往某些深夜长坐灯前等待天明的时候，谢危安静极了，然后认真地慢慢道："往后不会了。"

姜雪宁心头莫名跳了一下，紧接着连眼皮都跳了一下。分明是平凡的一句话，在谢危的注视中，竟说出了一种缱绻而郑重的意味，仿佛这是他对人许下的承诺。

而这个人，正是自己。

若说方才不客气地推开门走进来质问是怒极上了头，一时气不过，那在谢危这句话出口的一刻，姜雪宁所有的冲动与怒火都如潮水一般退了，只留下光秃秃的礁石，让她陡然惊醒——这里不再是山野了。

她若不审慎地与谢危保持距离，很有可能会使自己卷入一个身不由己的旋涡。她不应当对谢危有所僭越，有的界线一旦越过，不仅会引起误会，也会导致不可收拾的结果。

谢危仍旧温和地看着她："我不骗你，你不相信吗？"

姜雪宁心底越觉凛然。她悄无声息地收敛了情绪，眉眼也低垂下去，回想自己旧日与这位当朝少师相处的模样，勉强笑了笑，道："先生一言九鼎，自然重诺。如此学生也就放心了，方才之言多有冒犯，但实也心系先生安危，还望先生不怪。"

谢危嘴角弯起的那一点隐微的笑意忽然之间消失了。他是何等敏锐的人？几乎是瞬间察觉到了她态度的生疏，距离的拉远，好像意识到先前做了什么了不得、不应该的大事一般。也或许她是被他方才的某句话吓到了。

姜雪宁被他注视着，可也没听见他说话，莫名一阵心慌意乱，还有点对自己的埋怨。她与谢危有过格外特殊的共同经历，这导致她稍有不慎便会露出本性，不够小心，也不够谨慎。而谢危会因此寻隙而入，更进尺寸，她若那时再醒悟过来抽身，可就晚了。

此刻姜雪宁简直想夺路而逃，可她也知道倘若就这样走了，无疑默认两人的关系已经有了微妙的改变。而这并非她想要看到的情形。

所以她绞尽脑汁，终于想到了合适的话题，稍稍镇定下来，问："如今我等滞留济南，与边关尚有千里之遥。燕临乃罪臣之身，且已经提前赶往边关，没我们照应，不知会否遇上难事。他要救公主，就要打鞑靼，要打鞑靼就必须有兵权。先前一路上不敢询问，可如今……不知兵权从何而来？"

难道燕临就这样举义旗反了？可燕氏一族被流放，人都在黄州，就算豢养了私兵，也不可能远赴千里去边关作战。光那动静就瞒不了人，打草惊蛇之下，朝廷不可能眼睁睁看着。届时又如何成事？

所以姜雪宁的问题，可以说是问到了点上。

只是谢危此刻并不是很想回答。他静默地注视着她，似乎想要把她从皮看到里，挖个透透彻彻，明明白白。

过了好半晌，他才道："矫诏。"

矫诏？！

姜雪宁被这两个字惊得头皮一麻，然而迅速思考一番，便发现这几乎是个天衣无缝的计划！谢危常在内阁议事，对朝廷一应动向了如指掌，若由他出面，带着所谓的"圣旨"，将边关的兵权交与燕临，谁人敢质疑？等边关向朝廷确认，或者开战的消息传到中原，只怕仗都已经打完了！

待得公主既安，再举兵入京又有何难？至于届时公主会有什么反应……

姜雪宁却不愿往下想了，因为她并没有能力改变大局，也并没有资格阻止含冤忍辱的人们洗雪复仇。

她缓缓地舒了一口气，似乎想要借此平复被谢危这二字忽然激荡起来的心绪，然后便想顺理成章地说什么"先生果然高瞻远瞩"之类的屁话，就此告退。

没想到谢危忽然叫了她一声："宁二。"

姜雪宁怔了怔，抬头："先生有何指教？"

谢危抬了手指，轻轻拨弄了一下琴弦，那琴弦立时颤颤地震动，流泻出颤颤的余音。他眸底光华流转，望着她笑，只是那笑里有一种前所未有的揶揄和戏谑，他轻飘飘地道："我还以为，你是记恨，恼我说你做的东西难吃，来兴师问罪的。"

"你凭什么敢说这话？！"

姜雪宁顿时像是被人踩了尾巴的兔子似的，差点跳起来！正所谓"打人不打脸，骂人不揭短"，谢危这是明明白白的嘲讽！从昏迷时就积攒的怨怼瞬间全炸开了，她哪儿还记得克制审慎、疏远距离？

愤怒的话脱口而出。

"吃都吃了还嫌东嫌西！没本事马后炮，有本事你吐出来啊！"

她脸都涨红了，仿佛就要跟谁一决生死的小兽亮出獠牙，浑身紧绷。可落在谢危眼底不过就是只没长成的小兽，凶巴巴地露出并无多少威慑力的乳牙。

他舒坦极了，瞳孔里的笑意像是柳叶梢尖那一点清透的春日风光，只道："我没本事，吐不出来。往后做给你尝尝，但叫你心服口服，如何？"

他这是赤裸裸的打脸！

姜雪宁的脸跟那浸了水的工笔画似的，什么颜色都有，她只觉在这地方多站片刻都要被气死，趁着理智尚存，径直冷笑了一声："可不敢劳您尊驾！"说罢拂袖转身便朝门外走去。她怕自己一个忍不住，冲上去把这位讨人嫌的先生摁住暴打一顿！

谢危也不留她，就这么笑看着她离开。

只是姜雪宁走到门口，一手扶在门框上，却好像终于回忆起什么关键的事一般，身形忽然僵硬，真跟石化了似的。

谢危故作不觉，若无其事地问："怎么啦？"

姜雪宁这一瞬已经想明白，对方根本就是故意激怒她，自己万万不该奓毛！只这三两句话，便使她先前为与谢危保持距离所做的一切前功尽弃，全都白费！

但她要改正已经晚了。姓谢的阴险狡诈，老狐狸套路太深了！

她不由得为之咬牙切齿，声音近乎是从牙缝里挤出来的，一字一顿地道："我没事，告辞。"

说完她就迈步走了出去。

从刀琴、剑书身边走过时她还勉强能忍住，然而等转过回廊，到了无人看见处，终于还是抱住自己的脑袋，只恨小不忍乱大谋地中了谢危的圈套，懊恼至极，忍无可忍地大叫了一声。

"啊啊啊啊……"

谢危坐在这边窗下，能听见个大概，想想她捶胸顿足懊丧不已的模样，一根手指压在唇上，实在没忍住终于笑出声来。

刀琴、剑书在外头面面相觑。

谢危笑了一会儿，才慢慢停下，抬眸望着那雪白透亮的窗纸，菱花窗格在上面留有模糊的阴影，也在他眸底留了几道阴影。他静默片刻，皱了眉道："剑书，找几只猫来。"

别说是剑书了，就是刀琴也瞬间感到悚然！

两人都半晌没动。

谢危却已收回目光，垂眸掩去那一掠而过的戾气，把面前的琴推开，淡淡地道："去。"

★

九月底十月初，是秋末才入冬的节气。只是济南毕竟已在淮河北，天气几乎和南方的冬天一样冷。

姜雪宁这两年来大多在南方度过，已经许久没经历过这样干燥、寒冷的天气，乍又遇到，还有些不适应。随同谢危一道盘桓在济南府的这段时间，她连出门看个热闹的心都没有，一直窝在屋里。

她的身体恢复起来很快，毕竟在山中那段时间虽然过于紧绷，可被谢危背回来的一路上就睡了个好觉，醒来后身子虽然发虚，可大夫调养得好，没两天就跟普通人一样活蹦乱跳了。

谢危却着实有一番折腾。

那周大夫说是他在雪地里走久了，腿脚被冻伤，短时间内最好不要随便下地乱走。她又见着煎好的药时不时往屋子里端，大夫背着药囊带着针灸，推拿活血。

直到第六日，姜雪宁偶然推开窗，才瞧见他站在了走廊下。

谢危毕竟是皇帝近臣、朝中重臣。打他来到济南府之后，山东省的不少官员跑来拜谒，他也完全跟在通州时一样来者不拒，对人却分毫不提自己要去边关的事，反而说路上遇到了不明人的截杀伏击，责令济南府与沿路各省严加追查审问。

谁会对此起疑心呢？自然是各省官员回去彻查此事，只疑心是天教作乱，并且立即如实将此次的事情上报朝廷。

姜雪宁有时候都不敢想：果真不愧是将来能血洗皇宫的乱臣，这种冠冕堂皇、胆大妄为的事，他竟然也敢做，而且因为前期的借口找得好，根本不会有人怀疑他。

可怜这些个官员唯唯诺诺，战战兢兢……哪里知道这位圣人似的谢少师其实就是心怀不轨的反贼呢？

重新出得门来的谢危，气色比起她去看的那一日似乎又好了许多。墨发只用一根乌木簪束了，大半披散下来，身上也是轻袍缓带，只那雪似的道袍简单到了一种返璞归真之境，反衬出一种不染浮华的气质。

她瞧见他时，他也朝这边看了过来。

姜雪宁眨了眨眼，现在都还记得自己醒来那日去看他时所遭遇的“套路”，心里懊恼又发怵，纠结于自己要如何与对方保持距离的事情，后来几天却无论如何也不敢前去探望了。

可眼下视线对个正着，她总不能当没看见吧？她硬着头皮，抬起自己的爪子远远示意，打了个招呼。

谢危看她半晌，似乎打量着什么，末了只笑了笑，既没说话，也没有要走过去的意思，反而顺着长廊继续往前走，出去后便往南边走。

那并不是大门的方向。这些天姜雪宁虽然没出过门，可院落就这么大，平日散步都摸了个清楚，一眼就看出南边分明是厨房。

一时之间，她为之哑然，脑海里却冒出当日谢危那句“往后做给你尝尝，好叫你心服口服”的话来。

这人该不会是认真的吧？

姜雪宁心底打鼓，眼看着谢危的身影消失在走廊上，出于某种对事情成真的慌张，二话不说把窗扇给关上了，生怕自己看着点什么不该看的。

可一刻过去，两刻过去……她坐在屋里，总觉心神不宁，时不时就要按捺不住扒开窗缝来悄悄往外头瞧瞧。

约莫过去大半个时辰，姜雪宁正琢磨着谢危也就是开个玩笑，毕竟君子远庖厨，怎么着他也是半个圣人，不至于这么跟她较真吧？

可这念头才一闪过，窗扇便轻轻震动起来。有人站在外头，用指节轻轻叩击：“开窗。”

是谢危的声音！

姜雪宁简直汗毛倒竖，正坐在那窗扇下的身体立刻僵硬，抬起头来便瞧见隔着那雪白的窗纸，隐约能瞧见一道颀长的影子投落。

她心念直转，干脆不出声，想假装自己不在。

毕竟刚才打照面是刚才的事，难道不兴她出去散步了不在屋里？

只可惜，谢危并非那么好糊弄的人，声音再次隔着窗纸传进来，已挂上点似笑非笑的语气：“什么时候改属乌龟了？”

很显然，人家看破了。

姜雪宁不能再装下去，泄气地推开了窗扇，果然瞧见谢危站在外面，只是一边袖子已挽起来一截，一手端了碟糖色诱人的花生酥。微微清甜的味道和花生炒熟后的独特香味混合在一起，一下顺着小风飘了进来。

姜雪宁在窗里，视线飞快地往那花生酥上瞟了一眼，又迅速地转回了谢危身上，挂起笑容来，先是不尴不尬地叫了一声："谢先生。"

谢危把那碟花生酥给她搁在了窗沿上。

姜雪宁前阵子已经领教过了此人的深沉套路，早暗中告诫自己要提高警惕，此刻见状连忙道："先生厚爱，学生不学无术，怎么敢当？从来只有学生孝敬先生的，还请先生收回。"

谢危深渊似的眸子定定地瞧着她，倒无多少调笑之意，淡淡地道："口腹之欲都要忍耐，百般谨慎顾忌，你这般活着，又比我痛快多少？"

姜雪宁怔住。

谢危说完，却也不看她是什么神态、何等反应，便转身负手又顺着长廊去了。

姜雪宁过了好久才反应过来，重新低头看去。那碟花生酥就这样静静地搁在窗沿上。

她直觉谢危说这话不过也是"套路"的一种罢了，可脑海中一阵翻涌，偏偏觉得他这话本身对极了，振聋发聩似的，还有一种莫名的煽动力。

她一时不好判断是太过认同谢危这句话，还是眼前这碟花生酥散发出来的香味太过诱人，使她在忍了又忍之后，终于控制不住地伸出了自己罪恶的小手……

她一口下去，糖皮甜得正好，裹在花生仁上，犹如淋了一层油，琉璃似的凝固在上面，却偏是焦而不煳。花生又酥又脆，咬碎之后与糖混合在一起，那味道完全超越了糖或是花生的任何一种，完美地融合到了一起，在人的舌尖上炸开。

姜雪宁差点没把舌头一起吞下去。

太好吃了！

之前她也就有幸尝过姓谢的烤的野兔子，做的桃片糕，但毕竟野兔子是在荒山野岭吃的，桃片糕就那么几片，前者味道上差一筹，后者吃一会儿就没了。

这还是她头一回吃到谢危做的别的东西。她简直不敢相信，世上有人做东西能好吃到这地步！

还有没有天理？读书读第一就罢了，毕竟据传姓谢的早慧，自小聪颖；弹琴弹得好，谋略比人高，也就成了顺理成章的事。

可这人竟还下得一手好厨？

姜雪宁突然有一种被人狠狠拍脸、从上到下羞辱了个遍的错觉，手上却控制不住，吃了一块再拿一块。

不用说，她没能防住谢危的“套路”。

正如世上的男人找外室、养小妾一样，姜雪宁管不住自己，越了界，吃谢危的、喝谢危的，也只有零次和无数次的区别。

她吃都吃了能怎样？吐出来不成？

何况谢危那句话实在说得没毛病。纵然人世间的确没有真正的自由，可口腹之欲这一点小小的愿望都不能被满足，那活着还有什么意思？何况当初还是她对谢危信誓旦旦地说，自己舍不得死，就是舍不下这人世间的种种牵挂与欲求。

她吃就吃了，人在屋檐下，哪儿能不低头？

姜雪宁想自己还要去边关，找燕临，救公主，有求于谢危的地方多着呢，总有说软话的时候，人家愿意给她做吃的东西，她就受着呗。关系搞坏了，那她还不是搬起石头砸自己的脚？所以姜雪宁破罐破摔，干脆心安理得地跟着谢危混起了吃喝。

没过两天，别院里厨子烧的菜她就吃不下去了。

可谢危又不真是厨子能顿顿做，姜雪宁便只好瞧见他从走廊上往南边厨房走，便以“孝敬先生”的名义跟过去，守着那刚出锅的东西吃。

谢危本是隐士文人气，可外袍一脱，袖子一挽，做起菜来竟也像模像样。

偶尔她把视线从案板或者锅里那些食材上抬起来，看过去，倒觉得这般沾了浓重烟火气的谢危，比起高居庙堂、运筹帷幄的那半个圣人要顺眼得多。

这些天来谢危好像也不急着出发。山东省的官员们也都见完了，别院里清静下来，他就偶尔弹弹琴，看看书，做做菜，很耐得住性子。虽然耽搁了行程，他却半点不慌乱；明明心中有所成算，可除了给姜雪宁做点吃的东西之外，并无多余举动。

姜雪宁被他温水煮着，几乎都要忘记自己最初的警惕了。

她什么也不会，在厨房里只能看一下火，就这样还偶尔要被谢危嫌弃她控制不好火候，要坏了食材的口感。

今日已经进了十月了，冬日的凛冽初见端倪，厨房里一边是热着水的炉子，一边是烧着火的灶膛，倒是暖烘烘一片。

公主被困鞑靼的消息早传遍了大江南北，街头巷尾的人都议论不休。

姜雪宁往灶膛里添了根柴，想起这些天来好像都没看见刀琴，盯着那火焰半晌，便没忍住抬起头来看向谢危。

谢居安修长的手指压着砧板上那片新鲜的柔软的鱼肚肉，不疾不徐地下刀，一点一点地拉成薄片，神情间那种认真与读书、弹琴时没有什么差别。

面前的锅里有小半锅已经开至蟹眼的水。

他抬起眼看一眼水，都不用再看姜雪宁，就知道她不知又在开什么小差："添的柴不够。烧个火也走神，有什么想问的就问吧。"

姜雪宁一听便觉气闷，可如今指望着他做吃的，便老老实实地又往灶膛里加上两根柴，道："在济南已经待了这么久，不是说雪至之前就去边关吗？"

谢危片鱼的刀都没停："我都不怕，你怕什么？"

姜雪宁翻了个白眼："那你不是说燕临已经先去边关了吗？你要矫诏，可……"

谢危打断她道："'圣旨'已经在去边关的路上了。"

姜雪宁顿时震骇，脑海中想起这些天来不见了影踪的刀琴："我就说刀琴怎么不见了！"

只是……

她又不由得皱起了眉："我们不到，燕临那边能成事吗？"

谢危垂着头，手顿了一下，声音里竟有一种没来由的淡漠："倘若没我便不能成事，那他这些年的流徙之苦便是白受。"

姜雪宁心底莫名一悸。

过了好半晌，她才带了几分犹豫地问："那我们什么时候启程？"

谢危终于把鱼片完了，看她一眼，然后拿过边上一块生姜来切，声音平稳而镇定："不着急。"

残阳如血，边城荒芜。

朔风从西北方向刮来，陈旧的旌旗覆满尘埃，只在城头招展。外头便是边军驻扎的营房，连成一片。高高的点将台上，落叶飘洒，铜铸的麒麟爪牙无人擦拭磨砺，已然锈迹斑斑。

青年的轮廓比少年时更深邃鲜明了些，一双眼也比旧日多了些沉稳和内敛，只是偶然抬起，仍如无鞘的剑——灿若骄阳，锋芒毕露！

青年身着深蓝的一身劲装，袖口绑紧，结实的手臂有着流畅的线条，腰背挺直，更有种蕴蓄着力量的美感，因为刀剑磨砺而长了些茧皮的手掌，却慢慢从那锈蚀的麒麟铸刻上抚过。有什么东西顺着陈旧的纹路爬了上来，分明是如此冰冷，燕临却感觉到了一种久违的滚烫。

点将台离地三丈，宽有百尺。五万边军列阵于下！

只他一人独立高台之上，抬眼望去，唯荒野苍茫，旌旗迎风，天滚彤云，剑如覆雪！

★

“离开黄州，一路往北？”早朝过后，沈琅留了机要大臣下来议事，可就在这时候，外头忽然来了急报，他仔细听完后，一张本就阴鸷的脸越见阴沉下来，只道，“可查知了他将往何地？”

司礼监掌印太监王新义额头上都冒出冷汗来，哆哆嗦嗦地回：“听下面人说，看路线，似乎……似乎是往边关的方向去……”

边关？！

在场诸位朝中辅臣、六部要员无不为之倒吸了一口凉气，面面相觑。

张遮本要奏报今年刑部秋决事宜，闻得此言，更是眼皮一跳，脸上表情少见地由于惊诧而有了一丝松动，然而随即又平复。

他甚至恍惚了一下，目光垂落时，瞧见自己官服袍袖上那细密爬上的云雷纹，才想起，如今与过去是不同的。

过去，她同乐阳长公主沈芷衣交恶，也无力营救勇毅侯府于水火之中。而如今，长公主殿下在宫中待她不薄，勇毅侯府虽被抄家却保住了大半力量，只流放黄州。她甚至成了谢居安真正的学生，麾下更有那个曾经富能敌国的尤芳吟，若人在南方，势必还会遇到卫梁……

那样多的人，命运因她而改变。那么今时今日，燕世子更早地有所异动也就不足为奇了。

只是这件事大大出乎了沈琅的意料。

他高坐在御座上，太阳穴的位置却突突跳动，只觉一股气血往脑袋上冲，他抬手慢慢压住了，才咬牙切齿地继续问：“只他一个人擅离黄州？燕氏一族的其他人呢？！”

王新义跪到了地上：“发觉燕临离开黄州后，当地州府官员便立即搜索，可……可……”

沈琅骤然一巴掌拍在御案上，厉声道：“说！”

这“砰”的一声响过后，案上笔墨皆在震动。

王新义整个人立刻伏了下去，额头贴着冰冷光滑的地面，声音里带着惶恐之意：“回圣上，不见了！燕氏一族不见了，全都逃了！”

“胡说八道！”

沈琅的面容近乎扭曲，御案上所有东西几乎被他一把扫落在地，一片狼藉。

“燕氏一族上百口人，一个燕临跑了尚不足为奇，怎么可能一族上下都没了踪影？！他们哪里来的本事，能逃过朕的重重耳目，逃过州府的重重关卡？！”

这一下，所有大臣都跪了下来，齐呼“圣上息怒”。

毕竟这两年来，皇帝对政务越发疏懒，信奉长生之道，常服五石散，性情越来越喜怒不定。朝中官员动辄得咎，也不是一回两回的事了。

众人即便舍得这一身官服、一顶乌纱帽，也得顾虑一下自己肩膀上这颗脑袋。

唯独张遮慢了那么半拍。

年事已高的刑部尚书顾春芳心底叹了一声，先跪下来，转头一看自己的得意门生还扣着那封事关今年秋决名册的奏折立着，便抬起手来扯了他一把。

张遮扣着奏折的手指用力几分，便突出几分僵硬的线条。

他到底还是没拂顾春芳的好意。只是屈膝前一眼瞥见从御案上滚落到脚边的贡品松烟墨，似乎嫌挡着地上，便轻轻一脚拂开了。

顾春芳瞥见，不由得看了他一眼。

满朝文武都战战兢兢，唯边上立着的一名和尚格格不入。他生得面方耳阔，有些凶相，穿着一身大红僧衣，却偏做高僧之态。得闻燕氏一族遁逃消息，他也不过微微皱眉。

此人不是旁人，正是当朝国师圆机和尚。

这些天来，朝野上下就没什么好消息，内有天教作乱、搅得民不聊生不说，外有夷狄窥伺，原本绝密的乐阳长公主被困鞑靼王庭、向朝廷求助的消息，不知怎的竟走漏了风声，传得满城风雨，百姓议论纷纷，都在猜测朝廷要派兵营救。

可朝廷里的官员哪个不清楚？即便朝廷要同鞑靼开战，也不会选在这时候。嫁出去的公主就是泼出去的水，在她去往鞑靼王庭的时候就已经等于死了，当皇帝的怎会为了一个死人贸然开战？

坏就坏在消息走漏了！

有些事能做不能说。原本沈琅的打算是瞒着，等沈芷衣遭遇不测的消息传出，再举哀兵以为公主复仇的名义开战。可眼下倒好，若朝廷明知公主处境却不发兵，被百姓知道，势必失民心！天教在内作乱，本就巴不得抹黑朝廷，一旦此事有所纰漏，必然会给对方制造可乘之机。

就在这当口上，燕氏一族还不见了！

沈琅不由得冷笑起来：“好、好，朕看他们是合起伙来要让朕不痛快！”

众人无不噤声。

沈琅只觉万分暴躁，起身踱步，往下方一扫，却没看见谢危，不由得道：“谢少师回乡祭祖，人还没回吗？”

王新义只觉倒霉，也不知这一天天的怎么这么多坏消息，还全要由他来提醒，脑袋挨在地上，半点没敢抬起来，道："回禀圣上，您忘了，山东曾传急报，少师大人回京途中遇刺。不过昨儿个来了消息，说是人已经被救出来了，正于济南府休养，料想过不多时便会启程回京。"

沈琅皱眉："谁人袭击，可曾查清？"

大理寺卿跪在下头不敢说话。

顾春芳朝他看了一眼，才替他道："回圣上，事发突然，刑部与大理寺才派人前去督查，想必不日将有眉目。依老臣所见，少师大人乃朝廷命官，敢于在其返京途中行刺者，不是乱心便有反心，只怕与天教那起贼子有些关联。"

是啊，除了天教，谁吃了熊心豹子胆敢行刺谢危？

顾春芳之言不无道理。

边上的圆机和尚微微一笑，双手合十，宣了声佛号："阿弥陀佛，谢少师吉人自有天相，幸而无碍。天教贼人犯上作乱，其心实在可诛。不过倒要恭喜圣上了。"

皇帝正自暴躁，哪里有半分"喜"？众人都觉奇怪。

沈琅也不由得看向他，对他倒是颇为信任，神情好了几分："国师这话说得奇怪，喜从何来？"

圆机和尚竟道："一喜谢少师安平，贼子未能得逞；二喜燕氏一族异动，露了痕迹。边关有鞑靼虎视眈眈，贼子燕临偏往边关去，想必有里应外合之心，是以如今边关一事的处理必要慎之又慎。少师大人乃圣上股肱，深谋远虑，运筹帷幄，又深得圣上信任。老衲有一计，倒不妨趁此机会使少师大人去往边关，一则避开天教贼子的截杀，二则督查军情，严防生变，三则守株待兔，倘若燕氏一族生出反心，以少师大人之能，必使他们有来无回！"

众所周知，谢危虽无帝师之名，却有帝师之实。圆机和尚这两年来虽以国师之名在民间大兴佛教之风，以与天教抗衡，在信众之中颇有名气，可在这朝廷里，大臣们却还是认可谢危多一些。

毕竟能在朝中为官的，即便不说恶，可也没几个善的。哪个能真的信奉佛教？大家不过都是表面对他客气罢了。毕竟朝野上下都知道，一旦真遇到什么棘手之事，还是要与谢先生共议方能有所定夺。

如今听圆机和尚这话，众人倒是一点也不生疑。

沈琅也考虑起来。边关的形势比起朝内实在更为紧迫。他自不可能亲去督军，派谢危前去的确最好不过，所以当机立断道："拟旨！着令谢少师不必返京，在济南稍做休养后，即刻前往边关，督军严防，但有异动者立刻就地处决，绝不姑息！"

“圣上圣明！”诸位大臣都伏首称颂。

只张遮抬了眼，瞧着圆机和尚唇边挂着的那抹笑，觉得事情只怕没有那么简单。

“所以，到底是谁要袭击我们，查清了吗？”

姜雪宁看着谢危将片好的鱼放进漂亮的白瓷盘，撒上少许姜丝去腥，搁入蒸笼，仿佛已经能看见它被端出来时会是何等美味模样，不由得咽了一下口水，才这般问道。

她可不敢往深了猜。遇袭当时曾明明白白听见刀琴说了一句“教中”，她回想起谢危曾将天教连根拔起、赶尽杀绝的做派，心底都忍不住为之冒寒气。

谢危将蒸笼盖上，拿了一旁的巾帕将手上沾着的污迹擦去，眸中却有异色闪烁，波澜不惊地回：“天教反贼，胆大包天，还能有谁？”

姜雪宁不由得被他噎住。

谢危却抬眸瞧她，看她那清丽的面容被灶膛的火光覆上一层晃动的暖色，不由得有几分意味深长地笑起来：“你想是谁？”

姜雪宁恨恨地往灶膛里添了根柴，却道：“我哪儿能知道，我怕死问问还不行吗？”

谢危只道：“放心。”

事后他也琢磨了一下，来刺杀他的总共是两拨人。当时跟着剑书那边去的，是教中的好手，只怕万休子举事在即，恐他不受控制，欲先除为快；跟着他与姜雪宁的那些人却从京中来。若是皇帝已经开始怀疑他，不会暗地里动手。会在暗中动手的人，都是怕被人发现的。他再回想自己这两年算得上“对手”“仇敌”的，只剩下一个圆机和尚。

此人虽称僧侣，却心机深重，绝非善类。

沈琅对国事疏懒，帝王心术却重得很，这两年来用圆机和尚制衡他，也用他打压圆机和尚，从不让他们哪一方真正压过另一方，如此当皇帝的方能坐稳宝座，居中得利。

如今嘛……

谢危垂着眼帘，看一眼砧板旁那剩了不用的鱼头，随手便将擦手的巾帕扔在边上，取了两个小碗去调料碟，还问姜雪宁：“吃辣吗？”

姜雪宁登时把先前谈的正事都忘了，点头如捣蒜：“吃的吃的。”

谢危便在她的料碟里加了一勺辣酱。

待鱼蒸好被端出来，一片片白白嫩嫩，浮动着鲜香。两人也不转战别地，就在厨房角落里置了一张小桌，擦得干干净净，在旁边坐下来，就着料碟，添上小半碗米饭吃起来。

这些日子里，也没别人敢靠近厨房。两人一顿饭吃得清清静静，姜雪宁几筷子下去便找不着北了，一时觉得谢居安实打实是神仙菩萨、大慈大悲的大圣人，凡人做东西不可能这么好吃！

原本一路舟车劳顿，吃得都不算好，遇袭到济南休憩刚醒那阵，她看着是清减了不少的。可被谢危几顿饭喂下来，她的气色恢复了，脸蛋也圆润了些。姜雪宁甚至开始担心自己继续吃下去得胖。

不过这样的日子也没再持续多久，才过去没两日，京城里竟然来了圣旨，着令谢危前往边关督军！

姜雪宁目瞪口呆，那一瞬间甚至有种毛骨悚然之感，不期然就想起了当日谢危那一句“不着急”，只疑心此事在他的意料之中。否则遇袭之后他何必在济南盘桓？

谢危可才是那个实打实的反贼啊！如今皇帝竟然还被他蒙蔽，一纸调令命他前去边关，简直是嫌自己死得不够快，忙着给自己掘坟啊！

不用说，有了这一道圣旨，接下来他们一行自然是名正言顺地走官道上路，既不需要避人耳目，还有皇帝调令开道，遇关关开，逢隘隘敞。沿路各州府无人敢慢待，谢危一行自济南往边关通行无阻，仅仅十日，便已抵达边关！

雁门关在山西句注山，位于恒山山脉的西侧，外拒塞北，内守中原，位置险要，易守难攻，历代都是“三边冲要无双地，九塞尊崇第一关”。

大乾兵卒皆驻扎在关内，屯兵忻州城外。

谢危、姜雪宁一行人才到忻州，往外望去便能看见那荒芜的原野上点将台高高伫立，旌旗蔽日飘飞，兵卒甲胄在身，刀戟在手，往来整肃！

他们在路上便已经得了边关传来的消息，知道燕临得了那所谓的“圣旨”之后，已经名正言顺地控制了边关十万大军！

毕竟为燕临送去圣旨的乃当朝帝师。谁敢质疑圣旨的真伪？而朝廷随后还颁了真正的圣旨给谢危，派他前来督军，更是直接落入了谢危的圈套，使得这一出好计更加天衣无缝！

他们的马车还没入城门，就已有人飞奔前去通报。

待得一行人靠近城门，便见一骑从城内驰出。

姜雪宁才从车内钻出来，尚未在车辕上站稳，便听得一声朗笑传来，猝不及防地被人抱了个满怀。

旧日少年难得抛去了这些年风霜磨砺的沉稳，剑眉星目璀璨，用力拥紧她，欢喜地唤：“宁宁！”

那是成熟而明朗的气息。他长高了，轮廓锋利了，可那丝毫不作伪的惊喜却将眼角眉梢的锋利化得柔和了几分，姜雪宁怔怔不知所言。

城内的兵卒都吃惊不已地望着这一幕。毕竟年轻的将军这些日来调兵遣将，沉稳有度，十分压得住场子，便是原本不服他的几名将领也被他治得服服帖帖，虽有怨气也不敢有半分不敬。

可眼下众目睽睽之下，他竟这样直接拥住了那名漂亮的姑娘？

谢危随后走出马车，静静地看着这一幕，未有言语。

★

来的一路上姜雪宁不可避免地想，再见到往昔的少年，会是怎样的情形。两年的艰辛蛰伏，没有了勇毅侯世子的尊贵身份，他会不会苦楚、难过，又到底变成了什么模样？

可无论她怎样在脑海里描摹，也无法想象出少年的模样，反倒是彼时班师还朝的那位年轻将军的面容时不时从记忆的深处冒出来，让她出一身冷汗。

那是一个被世情与仇恨浸透了的人。

当年他远远地顺着京中长道，扶着沈芷衣的棺椁还朝，穿了一身素衣，却无半点该有的哀伤之色，满身沾着戾气，一双眼静而冷，寒且沉，看着人不说话时都似长了刺，锋利得扎人。所以纵然轮廓熟悉，姜雪宁竟也无法从这张面容上回忆起当年那鲜衣怒马的少年郎究竟是何模样。

可如今，他好像什么都没变。即便他高了，往日贵公子似的发白肤色也被晒得深了一些，眼角眉梢是他这两年来所经历的变迁与山水，可这一双粲然的星眸，仍炽烈温暖如骄阳，坦荡诚恳似明月，让人一听见这熟悉里带有几分陌生低沉的声音便心尖滚烫。

他身上穿着的衣料粗了些，有些刮脸。

可他原是京里锦衣玉食、要风得风，要雨得雨的小侯爷。

姜雪宁抬起头来望了他许久，喉咙发涩，才喊了一声“燕临”，便已忍不住眼眶一热，竟然哽咽。

两年过去，少女也越发好看，身姿亭亭，雪肤乌发。只是她眼底潮湿地望着人时，还是叫他心底柔软一片。燕临想起林间雾气里的小鹿，想把她小心翼翼地捧起来，哄她笑，陪她玩，让这张脸上绽出点让人怦然心动的笑。

将她拥入怀中这一刻，是他这两年来前所未有的快慰一刻。

侯府出事，被抄家流徙，他与家人一路从京城远到黄州，路中甚至遇到了好几次刺杀，只是都有人暗中保护。到了黄州之后，戴罪之身，更有深重的徭役，父亲的身体原本就不好，路上受了风寒，许久没有见好。

上下打点，请大夫看病，都要花钱，到这时候他才知道姜雪宁暗中派人送来的那只箱子到底有多沉重。不久后，谢先生的信就来了。更后来，所谓的"任氏盐场"的襄助也来了。

天高路远，那些信函要好些时日才送到一封，可在黄州那数着时辰熬过去的日子里，却像是凛冬里煮热的一壶烈酒，让人咬牙维持着那微末的希望，直到它在贫瘠的土里往深处长去，慢慢扎稳了根，甚至无视风雪雷雨侵袭的逆境，渐渐发芽，抽枝，散叶，像是石缝里的松柏一样，有一种格外强劲坚忍的力量。

他没有在绝望里滚打，每一天都满怀着对后一天的希望。

到今天，她终于来了。

天知道他在接到她要与谢危一道来的消息时有多开心，甚至早两日就在盼望，连料理军务时都有了少见的晃神状态。

直到此刻看见她，那满怀的期盼才全然落了地，化作一种熨帖的温暖，又使他全然克制不住高兴，将她紧紧地抱在怀里之后，他才意识到自己的失礼。

少年到底长大了，余光瞥见周遭兵士诧异的注视时，虽然所作所为全出于真心，可毕竟不是当年纵性胡闹的时候了，不由得面上一红，咳嗽一声，把人放开了。

于是，他终于看见了在车内注视他们已久的谢危。

这一刻有些安静。

燕临这时候才发现姜雪宁方才就是从这驾马车里出来的，两人是同乘一车而来，这个认知让他心底忽然感觉到了几分异样，然而值此非常之时，也并未深想。

停得片刻，他注视对方，倒是敛了方才的孟浪，整肃地躬身行礼："见过谢先生。"

谢危淡淡地垂下眼帘，道："先入城吧。"

燕临也知此地不是说话的地方，便答一声"是"，使一队兵士护送车驾，在前方开道，一路往城中行去。他骑在高高的马上，还问姜雪宁要不要骑马。

姜雪宁也是心大。自打谢危接了圣旨后，一路都在马车上，昼夜疾驰往忻州行来，骨头都要散架了不说，总闷在车里也没什么出来喘气的机会。骤然到得这风物迥异之地，她不免起了玩心，自是一口答应，小心翻身骑上一名兵士牵过来的小马，跟在燕临的马旁边一道入了城。

谢危只在车里看着，也不去拦她。

忻州城不大，城中建筑也不比京城的繁华、江南的精致，处处透出一种粗犷气息，墙壁都比较厚，看着十分结实。

城内走的兵倒比普通老百姓还多。只是她观周遭百姓模样，倒似见得多了，半点没有不适之感，照旧摆摊的摆摊，叫卖的叫卖。

这种地方的水土不那么养人，本地姑娘的皮肤大多粗糙。

姜雪宁这样京城繁华地养出来的姑娘，又在江南待了两年，实在是水灵灵得娇艳逼人，还夹在一堆皮糙肉厚的兵士之中，骑在马上，所过之处瞧见她的人无不惊艳，甚至有那不懂事的小孩儿手里举着馍，追在后头喊“仙女姐姐”，实在让人忍俊不禁。

燕临便像是当年刚带她到京城各处去玩时那样，一一指着路边的东西同她讲，只是嗓音听着比当初厚了一些，也不再完全是贵公子一般无忧无虑的模样。

他见过了沉浮，明晰了世情，便是讲那路边的一粥一饭，都有一种不同于旧日的悯恤语气，知道这些凡俗百姓何时作，何时息，一石谷打出来能得多少米，东街的铁匠铺里又是不是有个瘸腿的老婆婆……

姜雪宁听着，不由得转过头去看他。年轻将军的轮廓深邃坚忍。第一次，她觉得冷酷不停歇的时光竟也带上了一点温柔，将她记忆里的少年雕琢成这般动人模样，于是不由得笑了起来。

同路随护的兵卒，却都惊异又迷惑。燕将军初来乍到，手段算得上雷厉风行，虽然研究布防时经常与兵卒们同吃同住，半点不像是当过小侯爷的人，十分平易近人，可谁也没见过他这样对人啊。

这好看的姑娘，究竟是何方神圣？

★

边关城池多为屯兵之用。

将军府建在城池中心的位置，乃历朝驻扎忻州、驻守雁门关的将领的府邸，内设机要印房、册房、粮饷处等，可以说是麻雀虽小，五脏俱全。其占地在忻州这样的小城，已经算得上极广。

燕临一路带着他们到了门口。

“城中早得了谢先生前来督军的消息，军中有品级的大小将领都已经在内等侯。”他在门口下马，将缰绳交给了一旁的军士，还顺手扶了旁边要下马的姜雪宁一把，对从车内出来的谢危这般说道，然后摆手，“先生请。”

谢危未着官服，只一身素衣。

旁人只听说这两日边城里有个京中的大官要来，一直在心里揣度到底是个什么样的人物，如今瞧见都不由得愣了一下，随即便是惊叹。

这样的人竟然是官？

谢危倒没看其他人，下得车后随同燕临一道跨上台阶，走入将军府中，问：“议事要一起听听吗？”

姜雪宁愣了一下才反应过来：“先生问我？”

谢危向她看了一眼，没说话。

姜雪宁便莫名地打了个寒噤，觉着谢居安这眼神叫人发凉，她的脊背都挺得直了些，却下意识地看了一眼燕临，想了想这两人的关系，觉着自己还是不要搅和这事的好，便道：“不了，我哪儿听得懂？让燕临找个人带我先去休息便好。”

这一口一个“燕临”可听得边上的人冒冷汗，偏她自己不觉。

燕临也半点意见没有，唤来将军府的老管家，请他带姜雪宁去客房。

谢危则向剑书摆手，道：“你也跟着去。”

剑书低头便道：“是。”

他从谢危身边退后，自动就跟到了姜雪宁旁边。

这倒让姜雪宁有些摸不着头脑。不过她转念一想，说是燕临已经执掌了兵权，可毕竟时日尚短，这种时候谁知道会不会出什么意外？小心驶得万年船，谢危派个人跟着她总没错。她也就没说什么，转身跟着管家去了。

燕临看着她身后跟着的剑书，却不知为何忽然皱了皱眉，又有了那种隐约的异样感。他转过视线看向谢危。

谢危却没什么反应，只道一声“我们也走吧”，便过了穿堂，往议事厅走去。

边关驻军十万，有名有姓的将领也有十好几号人，且还要算上忻州本地的州府官员，所以谢危去见时倒是颇为热闹。

他镇定自若，这些人却多少有些忐忑。毕竟眼见着就要到冬日，从来没听说谁冬天主动挑起战役的先例，他们各有各的担心。

燕临是月前单枪匹马到的忻州。那时他身上既无调令，也无圣旨，甚至还是个擅自离开流徙之地的“罪臣”，不过好在边关上认识他的人不多，他正好趁此机会将边关的情况摸透了。

勇毅侯府原本便领兵作战，边关将领中有不少人是他父亲燕牧的旧部。这本来是一件好事，可偏偏侯府出事后，许多人也因此受了牵累，要么在军中不得更进一步，要么被撤职贬职，掌管忻州十万驻军的自然属于萧氏那一派。

所以刚掌权的那一日，为了日后调令能行，如臂使指，燕临做了一件事。

“斩了？”姜雪宁随管家往客房的方向走着，路上不免也打听点边城的事情，可听了点方才在街上时燕临自己没有讲的事，一时愕然，“临阵斩将……”

老管家上了年纪，腰背伛偻，却是半点也不为那掉了脑袋的倒霉鬼可惜，瓮声瓮气地道：“燕将军才到忻州，这可不为百姓做了件大好事吗？这些年边关没仗打，可不知养出多少废物，趴在咱们这些平头百姓身上吸血。那杀得叫个痛快，活该！”

姜雪宁忽地静默。

老管家却还在絮叨：“眼见着人家鞑靼都要打过来了，一帮饭桶还想避战。昨儿个是长公主去和亲，明儿个那些狗东西就能来掳掠城里的闺女！不想打仗的将军是好将军，可不敢打仗的将军，就要这样拖出去砍了。您来的时候都晚了，要早上几天，城外头点将台上流的血还没干呢，可好看。”

剑书悄悄向姜雪宁看了一眼。姜雪宁一副若有所思的样子。

老管家已经到了客房前头，说了半晌这才反应过来，连忙躬身道：“瞧我，年纪大了话也多，都不知道这些话在贵人面前是不是该说，您可别怪罪。”

姜雪宁不过是有些意外罢了，可其实没什么值得惊讶的。燕临要想在这样一个地方站稳脚跟，真正执掌兵权，杀伐果断的手段少不了。他也唯有杀鸡儆猴，才能让剩下那些人心有戚戚，才能让军中那些侯府旧部真正心服。

她只是有些怜惜旧日的少年——单枪匹马地来这样的地方，孤立无援时还要做出种种决策，个中不知遇到了多少艰险，遇着她时他却一句也不曾提，好像一切都顺心如意的模样。

姜雪宁谢过老管家，自己进了屋，发现这间屋子已经是精心布置过的，并无外头看着那般粗犷，妆奁上甚至摆上了新买的胭脂。

她不由得笑了笑，转头对剑书道：“我就在屋里也不出去，你先回去跟着你家先生吧，万一有点什么吩咐也好照应。”

剑书犹豫了一下，大约也是觉得忻州这样陌生的环境让人担心，躬身向她拜了拜，也没多说什么便告辞，回头往议事厅的方向走去。

谢危一来，自然要先了解一番城中情况。

这些将领最担心的莫过于粮草情况。

朝廷派谢危来说是督军，实则是为了防止边关哗变，自然不会准备什么粮草，甚至可以说连半点风声都没有。可谢危、燕临都另有打算，鞑靼是一定要打，沈芷衣也一定要救，是以回应有关粮草的质疑时并无半点慌乱，只说粮草辎重都已经在路上，请众人不必担心。

他这样来自京城的大官都这么说了，众人也就放心了一些，议事毕，只说晚上设宴为谢危接风洗尘，便都告退。

厅内只留下谢危与燕临，茶盏中的茶水已只余下一点温度。

谢危端起来喝了一口。

燕临却注视着他，眼底少见地出现了几分犹豫，甚至含了一种别样的打量。他试图从谢危的眉眼里分辨出什么来，试图与父亲这两年来的企盼和守望对出些许端倪。

当初勇毅侯府几乎面临被抄家灭族之难，幸而背后有人出手相助。这个人便是谢危。可谢危与侯府有什么关系呢？明面上一点也没有，只不过是他入宫读书时的先生罢了。

当初父亲在病中时，燕临有过自己的猜测，问他："谢先生到底是谁？"

父亲咳嗽得厉害，却不肯吐露更多，只是眼底含着泪，同他说："是你要完全相信的人。"

那时候，他心底便隐隐有了答案。

燕临沉默了半晌，才道："这些年，多谢先生照应。"

谢危垂着眼帘："侯爷可还好？"

燕临道："往年在京城总有些事情压身，病根是早就落下的，去黄州的路上严重了些。不过到那边之后日子清苦下来，后来又清闲下来，更好似打开了什么心结，反而养好了。我离开黄州时，吕老板前来照应，人已经安顿妥当。"

谢危便点了点头，不说话了。

他从来不是容易亲近的人。

燕临也很难想象旧日的先生竟是自己的长兄，眨了眨眼，到底改不了称呼，又问："先生此来，朝廷那边怎么办？"

谢危道："边关离京城尚有一段距离，打仗这么大的事，就算忻州在掌控之中，也不可能切断消息往来。所以战事要速战速决，否则等朝廷反应过来，说不准要腹背受敌。可若能在朝廷反应过来之前拿下鞑靼，救出公主，就算抢赢了一步棋。届时我只称到得忻州时边关驻军已经落入你的掌控，实在非我力所能改，只好随波逐流。你既掌兵权，又得民心，朝廷反倒不敢跟你撕破脸，会想方设法地招安你，封你个公侯伯爵。"

燕临顿时皱起了眉："公侯伯爵？"

谢危似笑非笑地看向他："不想要？"

燕临坦然道："不想。"

谢危便轻轻搁下茶盏，唇边那弯起的一点弧度多了几分高深莫测之意，道："不想要也简单。"

两人并未谈上多久。

谢危也是一路车马劳顿来的，晚间尚有宴席应酬，与燕临说了几句后，从议事厅出来，到得自己的客房，问过姜雪宁那边的情况后，便略洗漱先休憩了两个时辰。

待得天色渐晚，外面来人请，他才又出门。

接风洗尘的宴席就设在将军府里。

上上下下都知道京中来了贵人。除了那位神仙似的谢先生之外，最引人关注的莫过于那位"宁二姑娘"。众人倒是不知她的身份名姓，只是听得同她一道来的人都这般称呼她，便跟着这般称呼，都以为她姓"宁"，在家中行二。

燕将军待她是如何如何特殊，只一下午时间就传遍了忻州城。府里无人敢慢待她，加之燕临本有吩咐，夜里接风，自然也请了她列席。

外头庭院早换了一番布置，原本的议事厅里桌案摆放一新，难得的好酒好菜都端了出来。

姜雪宁来时，人都到得差不多了。

谢危落座上首。燕临在他对面。

她琢磨自己只是来吃吃喝喝的，没去凑热闹，只同一些官员将领带来的女眷坐得近些，听她们说些边关的趣事。

毫无疑问，姜雪宁在这帮夫人小姐中绝对是引人瞩目的焦点。人们不免好奇她的身份。她也不报自己家门，只说自己是谢危的学生、燕临的朋友，众人一听便都发出声声惊叹，还来敬她酒。

姜雪宁实没什么酒量。可这一路艰难，总算到得边关，等尤芳吟、吕显随后安排好粮草辎重，便可攻打鞑靼，救出公主，她心里到底有些期许，有些高兴，半推半就地喝了两盏，便有些晕晕乎乎了。

边关的女子实在豪爽，便是已经入了内宅的妇人也不似中原女子那般循规蹈矩，颇为放得开，眼见她并不真的推辞，反倒越发起劲儿地劝起酒来。

姜雪宁又喝了两盏后，顿生警惕。她可不敢在这种场合太过放肆，且毕竟不是北地长大的姑娘，实在招架不住，忙找了个吹风醒酒的借口溜了出去。

将帅们那边也是酒过三巡。

燕临远远看见姜雪宁出去，不免有些担心，便向边上的人还有对面的谢危道一声“失陪”，跟着放下酒盏，从厅里出去了。

身后顿时起了一片善意的笑声。

今日城里的传闻谁没听说？

众人虽不知那宁二姑娘的身份，可猜也知道该是燕临的心上人。眼看着人走出去，谁还能不知道他是干什么去吗？

于是席间有人调侃：“英雄难过美人关啊！”

旁人自是附和。

唯独谢危冷眼看着，端起了酒盏。

在座的可都知道这位乃当朝帝师，半点不敢怠慢，极有眼色，一见他端起酒盏来，立刻带着笑凑上来敬酒。

谢危执着酒盏，也不推拒。他手指修长如玉竹，饮酒的姿态也甚是文雅，只是面上神情略显寡淡，对人并不热络。众将领也不太敢放肆，反倒对他心生忌惮，越发谨慎。

走廊上挂着一盏盏灯笼，还有添酒端菜听候差遣的下人在里外往来。

姜雪宁从厅中出来，便坐在拐角处的美人靠上吹风。

北地风冷，一刮面就让人清醒了。

燕临出得厅来，一眼就辨认出了她昏暗处并不分明的背影，正要往前头走去，转头时却看见廊边开着的那丛小小的石竹，外头一圈白，里面一团紫。花虽只比铜钱大些，可在北地这寒天里也算娇俏可爱，分外罕见。

他驻足看了片刻，想起什么来，不由得一笑，弯下腰去摘了一朵，连着大约手指长的细细一根茎，生着不大的一小片叶。在指间转得一圈，他便负手向姜雪宁那边走去，待得近了才咳嗽一声。

姜雪宁回头看见他，不由得有些讶异地挑眉，站起身来笑道：“你怎么也出来了？”

燕临说：“看你出来了。”

姜雪宁抬眸，得微微仰着头看他了，咕哝道：“这儿可是忻州，你是三军统帅，哪儿有随便就离席的道理？这样任性，当心先生回头骂你。”

燕临想，有什么好担心的呢？她明明来了也有快一日，可一时是议事，一时是布置，两人除了来时的路上说了会儿不着边际的话，实则没有详谈的机会。

他望着她：“这两年还好吗？”

远处厅中觥筹交错之声传来，近处却安静极了。

灯笼在微冷的风中轻轻摇晃，也在姜雪宁的视线中轻轻摇晃。

她弯唇笑道："我怎会不好？"

沉默半晌，她又问："你呢？"

燕临一双深黑的眼眸被微暗的光芒照着，有点暖融融的味道，他慢慢道："没有想的那样差。"

两人一时竟然相对无言。

深蓝如墨的夜空里，明月高悬，那素练似的光亮，皎洁似寒霜。

燕临又走近了一步，才问："怎么会和谢先生一道来？"

姜雪宁想起谢危，没说话。

燕临却看她许久，竟问："张遮呢？"

这一刻，姜雪宁像是被什么击中一般。她已经有一阵没想起这个人了，乍然听得这名字，有一种已然生疏的钝痛翻涌上来，使她眼底润湿了几分，却不知该说些什么，有些黯淡地垂下了目光。

其实她也不必言语。燕临到底陪她走过了那些街头巷尾胡闹的日子，对她不算了如指掌，却也能分辨她的情绪，猜出大约没什么好结果。

犹豫片刻，他还是将那朵石竹翻出来递向她，笑道："多大点事？喏，刚才瞧见给你摘的，别不开心了。"

静夜里，小小的花瓣颤巍巍的。

姜雪宁的视线从他面上落到花上，他便想起了许久前的雨夜里那一串冬日的茉莉，泪珠到底沾了眼睫滚落，却只看着他，没有伸手去接。

燕临忽然好生气，气她这样。有那么一瞬，他想把她抱紧了揉进怀里，可他到底不是轻狂恣意的少年了，只道："即便没有张遮，也并非我，是吗？"

姜雪宁不敢回答。

燕临便陡地笑了。他看了那石竹片刻，终究抬手将顶端的花朵掐了，只将那细一截连着片叶的花枝递出去，语气又是宠溺，又是无奈，还有种淡淡的伤怀："我的一片心意，可别辜负了。"

姜雪宁这才接了过来。她鼻尖发酸，眼底发涩，几乎是哽咽着应了一声："嗯。"

燕临却笑着揉她的脑袋："两年不见，怎么还这样？难怪人家不要你。"

姜雪宁想，我和张遮那是要不要的事吗？

只是虽有满怀的伤心，也被他按着自己的脑袋一通乱揉给搅和了，她一时破涕为笑，嗔他："张大人若听你这样满嘴胡吣，再好的脾气也得揍你。"

燕临望着她，也不反驳，只道："外头风冷，回去吧。"

姜雪宁琢磨琢磨也累了，不想回席间，便点了点头，想回客房睡下。

只是她往前走得两步又停下，转过身来，手里拿着那细细的花枝，隔了几步看着身量已越发成熟的燕临，分外认真地道：“燕临，我没有不开心，我是真的很高兴。”

我很高兴，你还是那个肯为我摘花的少年。虽然……我已不再是那个能心安理得地收下你的花的姑娘。

她走得远了。

廊上灯火如旧。

燕临长身而立，身影在地面被拉长，手指因常年握剑而长了薄薄一层茧，那朵小小的紫白石竹便低垂在指间，寂然无语。

过了好久，他才轻轻地笑了笑。

第二十一章

战起

姜雪宁回到屋里就昏昏欲睡了，勉强洗了把脸，趁着天冷就窝到床上去睡觉。

等第二天她一早醒时，天色早已大亮。

整座将军府里安安静静的，也听不见昨晚觥筹交错的声音了，料想那接风洗尘的宴席已经结束，她打着哈欠起身，总归错过了吃早点的时间，便叫人为自己打了水沐浴，慢吞吞地收拾，准备中午再吃饭。

只不过她没想到，才把头发擦干，外头剑书就来了。

姜雪宁不知怎的，精神一振，还没等剑书开口呢，她的眼睛就亮了几分：“先生找我？”

剑书反倒被她搞得愣了愣，停了一下才回道：“是。”

姜雪宁又压低了声音继续问：“你们先生做吃的了？”

剑书幽幽地看了她一眼，也不知该不该对她吐露实情，可回想一下方才自家先生盯着那桌菜的眼神，背脊都在发寒，到底没敢多说，只点了点头道：“做了。”

姜雪宁闻言顿时跳起来，拍手道：“我就知道先生是神仙下凡，圣人降世，观世音菩萨都没有他这样好的心肠。这一路上也没什么好吃的，桃片糕都叫我吃腻味了。昨儿晚上宴席上我还想燕临这府邸的厨子不怎么样呢，没想到今日先生就做了吃的。你等我一下，我这就来。”

剑书心道：您的心可真是一点儿不小呢！

剑书应了声“是”，在外头立着，等她收拾停当，才带着人一路穿过庭院中堂，到得谢危屋前。

几片灰黑的砖砌在屋檐下，里头种着棵万年青，屋舍也平平无奇。只是这地方来的人少，格外安静，约莫也是燕临特意为谢危挑好的屋子。

这会儿靠窗的炕桌上已经摆上了好几盘菜。谢危坐在左侧，手边上放着一盏酒。

他才听得外头有脚步声，人都没进来呢，姜雪宁打招呼的声音就已经传了进来："先生，学生给您请安来了！"

姜雪宁扒在门口，先朝里面望了一眼，果见谢危坐在那边。

这与他们在济南府的厨房里悄悄碰头时一般无二，更别提那好菜已经摆上桌，都不用她再打杂烧火，姜雪宁眼底都冒出点喜色来。

谢危眼底云淡风轻，抬眸瞧她，笑了笑道："进来吧。"

姜雪宁从善如流地进来了。非但进来了，她还十分自觉地坐在了谢危对面，把搁在桌案右边的那双象牙箸拿了起来，低头看着这一桌菜，喜上眉梢。

菜足足有五六样，熏乳鸽色泽深红，白玉豆腐鲜嫩多汁，鸡丝银耳汤色鲜亮，白花鸭舌片片精致，更绝的是中间竟然放了一盘羊羔肉，也不知用了何法刷的酱料，每一片表面都泛着油油的光泽，边上搭了一些小葱段。只飘出些味儿来，便让人忍不住流口水。

姜雪宁差点就要伸出筷子去了，可一抬头看见谢危坐在她对面只饮酒，不由得怔了怔，朝他面前仔细看了看，又看了看自己的筷子，纳闷地道："先生那边怎么没筷子呢？"

谢危看着她说："昨儿个饱了。"

姜雪宁琢磨这意思是"不饿"，举着箸转了一圈，试探着道："那这些都是给我做的？"

谢危喝了一小口酒，笑道："你是我的学生嘛。"

姜雪宁莫名地觉得背后寒了一下。可美味佳肴当前，谢危这模样与平时相比其实也没什么变化，且最近一段时间他待她这样好，倒使她对此人原本的警惕都消失一空，此刻她更是没有深想，高高兴兴地举筷便夹了片羊肉送进嘴里。

肉质果然细嫩鲜美，只不过……这味道似乎稍有一点酸？

姜雪宁品了品，以为是刷的酱料比较独特的缘故，说不准是什么新口味，得多试试才知道，于是赶紧又夹了一片。

然而当她一口咬下去将肉嚼进嘴里时，好几股酸水混在筋肉的油脂中，一下全被挤出来，充斥了她的整个口腔。

"唠！"

不知搁了多少年的老陈醋，酸味儿刺激得她一张脸都皱了起来，她几乎立时就把嘴捂住了，朝着一旁的碗碟将那片肉吐了出来！

然而酸味还在嘴里，她狼狈得连话都说不出来，连忙伸手要去端水："什么味儿？"

谢危顺手便把自己喝了两口的酒盏递过去，姜雪宁看都没看便接过来仰头一口喝下。

然后……那本就已经皱成一团的巴掌脸瞬间变得铁青，她呛得丢了酒盏，捂住自己的喉咙便剧烈地咳嗽起来："咯，咯咯！谢、咯咯咯！谢居安你——咯咯！"

她简直像是得了痨病，一张脸涨得通红，极端的酸与极端的辣全在一张嘴里，跟团火似的蹿上她的头顶，想吐都吐不出来！她恨不能就地去世！

谢危半点也不惊讶地瞧着她："怎么，很酸吗？"

他想要谋财害命吗？！

姜雪宁从没吃过这么酸的东西！

听得对方这话，她哪儿还能不明白？他这根本就是故意治她啊！

只恨自己一没留神着了道——姓谢的心狠手黑，分明是地狱魔鬼，她是迷了哪门子的心窍敢觉着他是神仙圣人生得一副好心肠？

那味道一时难以形容，姜雪宁差点昏过去。她哪里还有什么工夫回答谢危的话，只满屋子找茶水，可愣是连茶壶都没找见一个，便按住自己的喉咙，一面用力地咳嗽，一面扶了把门框，跑到外头去。

谢危看她一眼，也不拦。

刀琴、剑书都在庭院里。屋里那翻箱倒柜的动静两人都听见了，然而瞧见姜雪宁这一副被人下了毒的样子出来，都不由得心中一凛。

姜雪宁跟剑书熟些，咳嗽几声已经让她嗓音嘶哑，此刻更怕被屋里那心眼比针小的谢某人听见，一把揪住剑书，压低了声音道："快，端杯水！"

说着她又想干呕。

剑书眼皮直跳，可不敢被她揪住太久，忙去端水。

好大一只茶盏，姜雪宁接过来咕嘟嘟就灌了大半盏，才觉得好了些，可那酸辣的味道仍旧有不少留在喉间，无论如何也去不掉！

姓谢的是要死！

剑书打量着她的神情，眼皮直跳，小声道："先生心里不痛快，做东西不好吃也是有的。"

姜雪宁险些出离愤怒。那是不好吃能形容的？简直是用最烈的烧刀子给她兑了一杯醋！那喝下去要人半条命！

她仰头把剩下的那半盏茶水喝了个干净，将茶盏递回剑书手里，摆摆手便往外头走去。

剑书问："先生那边？"

姜雪宁回头看一眼谢危那屋，只觉得整间屋子都在朝外头冒黑气，哪里还敢再往里走半步？她打了个寒噤，道："别，可别再找我了！你家先生脑子，喀，有毛病……"

她说着，声音都飘了几分，整个人好像踩在云端上，身形发软，脚下发虚，晃悠悠只剩下最后一口气似的，从走廊那头绕出去了。

刀琴、剑书面面相觑，过不一会儿，就听屋里传来平静的一声唤："剑书。"

剑书打了个激灵，进去了。

满桌菜几乎没动过，谢危清俊地立在边上，轻描淡写地揭过一边的雪白锦帕擦拭着方才沾在指头上的几滴醋酒，仿佛刚才什么也没做，淡淡地道："都端了去喂狗。"

剑书头皮发麻地道："是。"

他把桌上的菜都收拾了，端了出去。

刀琴瞅了一眼，摇头。

剑书心有余悸，压低声音道："因为宁二姑娘和世子？"

刀琴道："差不离。"

剑书纳闷地道："可先前不声不响的……"

刀琴道："能成早成了，哪儿用等到现在？先生犯不着费心。"

剑书示意他看自己手上："那这……"

刀琴一看，也不说话了。

两人又对望一眼。到底还是剑书先认命，从边上走过去，要去处理这些花了一早上心思做出来的东西。只是走没两步，他又停下来，犹豫了一下，转过头问："刀琴，你说狗要是不吃，怎么办？"

显然，这是一个极其可能的问题。

刀琴静默，认真地想了一会儿，才道："要么狗死，要么你死。"

剑书："……"

⋆

姜雪宁回去的路上，正巧撞见了燕临。看方向他是要去谢危那边。

瞧见她这服了毒似的脸发绿、脚踩云的架势，他不由得一怔，先向她身后望了一眼，才问："怎么了，刚从谢先生那边回来？"

姜雪宁嘴里、喉咙里甚至整个肚子里都在冒酸气，实在不想多说一句话，摆摆手道："谢先生今儿个好像不痛快，你要去找他可得小心点。"

燕临一头雾水。

姜雪宁说话间却险些没控制住又干呕一声，连忙别了燕临往自己屋里去。

这倒让燕临有些纳罕。他看了她的背影片刻，若有所思，不过照旧去找谢危。

道中不免又遇到剑书，他也问剑书端着菜干什么去。

剑书笑得不大好看，说去喂狗。

燕临又觉稀奇。

很快到得谢危屋外，只见刀琴立在外头，向他微微弯身道礼，他则上前在屋外向着门躬身一拜，道："燕临来见先生。"

谢危在里面叫他进去。

他进去之后打量谢危的神情，分明云淡风轻，与寻常时候无异，半点看不出姜雪宁说的什么"不痛快"。

两人聊的是粮草的事。眼见着已经入冬，北方天气越来越冷。既然要开战，粮草一天不到，众人心里就一天没底。而按他们原定的计划，本该今日就到的吕显迟迟没有音信，实在让人有些忧虑。

谢危这边也时刻关注着粮草辎重的消息，对此倒是了如指掌，道："吕显在前什么也没带，任氏盐场的人压后几天，负责的才是真正的粮草辎重。吕显没有准日到并无什么要紧，后面任氏盐场的人准日到就行。吕显此人心中有些成算，无须为他担心。"

他话里的意思明白得很——反正吕显不负责运送粮草辎重，便出了什么意外死在路上，也没什么可惜的。

还好吕显本人不在此处，否则听了他这话，非得气个七窍生烟不可。

燕临终于从这话里隐约听出了点"不痛快"的味道。

谢危略有觉察，问："有话？"

燕临抬眸，道："方才来时遇到宁宁，见着她不大舒服的样子，跟我说先生今日似乎心情不好。"

宁宁。

谢危长指翻过手底下的一页道经，远山淡墨似的眉挑了挑，浑不在意似的笑了笑，轻轻道："小姑娘不大听话，治治就好，我倒没什么不好。"

燕临看着他没说话。

谢危转头也看他一眼，却似乎不觉自己说了什么不对的话，仍旧淡泊得很，若无其事地把这话茬儿揭过，谈军中诸般事宜了。

姓谢的到底什么毛病?

姜雪宁回屋后，连着漱了好几遍口，又往嘴里含了几颗甜蜜饯，才勉强将那一股酸气压下去。可酸气压下去了，疑惑却慢慢冒出来了。

她半点没有猜测? 也不尽然。

有时候谢危这人把事情做得挺明显的。若说她猜不着半点端倪，那实在太假。可若她猜得太明白，未免又给自己添堵。

她倒不如装着点糊涂。谢居安总归也是个知道分寸的人，只做不说，约莫也是知道有些窗户纸不能戳破。真戳破了，大家都尴尬。

所以她琢磨这人就算心里硌硬，不高兴，也不会折腾她太久。再说了，便是他想折腾，她难道还跟这一回似的，傻傻地送上门去让他整?

姜雪宁觉得，这种事有一回不会有二回，于是放心不少。

半个时辰前，她才在谢危那边吃够了醋；半个时辰后，已经跟个没事人似的，让厨房那边给自己张罗几道好菜压压惊。

第二天，谢危果真没使唤人来找，姜雪宁到城里溜达了一圈，还买了只小陀螺；第三天，谢危与燕临出城巡视屯兵的驻地，姜雪宁带丫鬟打了一晚上的叶子牌；第四天，谢危召军中将领们议事，姜雪宁找了城中最好的酒楼，还小酌了两杯；第五天……

第五天，谢危终于得闲了。

当天一大早，姜雪宁才睁开眼，剑书的声音便在外头催魂似的请她。

她一个激灵就吓清醒了。

尽管百般推辞、万般找借口，心里打定了主意不在同一个坑里跌倒两回，拒绝的意志十分坚决，可她到底没架住剑书幽幽的一句："先生说，您若不想体面地去，那捆了去也是行的。"

姜雪宁屈服了。

她万万没想到，除了给人挖坑让人跳之外，还有这种无耻强迫的手段，简直卑鄙下贱!

到得谢危屋里时，自然又见一桌好菜，但姜雪宁吃得跟试毒似的心惊胆战。

然而出乎意料的是，这一回竟真就是干干脆脆的一桌好菜，酸令人食指大动，辣令人口齿生津，油里滚过的酥肉浸着飘了绿菜的白汤，一口下去从喉咙暖到胃里，麻椒里蘸过的鸡丁和着圆滚滚、嫩青青的豌豆炒一盘，拌个饭吃得几勺便从嘴唇颤到舌尖……

头先她看谢危像不折不扣的恶鬼，吃完再看他又觉像是那救苦救难的圣人了。

这顿过后，谢危好像清闲下来，燕临反倒忙得脚不沾地，总不在府里。不过想也知道，开战在即，燕临这当将军的不可能闲得下来。

于是接下来的几天，姜雪宁顿顿有饭吃，每一回都吃得高高兴兴，好像谢危已经消气了，她琢磨着自己大人大量干脆也把先前那噩梦似的一顿给忘了算了。

岂料这一天谢危忽然问她："现在又敢放开胆子吃了？"

姜雪宁哆嗦了一下，差点没被喉咙里的丸子噎死。

谢危递了杯水给她。

她喝完咳嗽两声，脸上才挂上笑："先生圣人心肠，本也不一定要做饭给别人吃的。倘若这人吃到了，该千恩万谢才是。就是有错，那也一定是她的错。"

她这话说得讨好，谢危却听得心里不畅，弯唇笑道："你可真是记吃不记打。"

姜雪宁心道：这不是你打一棒之后给一窝甜枣想看到的结果吗，怎么还绕着弯子酸起我来了？

她假装没听懂，只似糊里糊涂地道："谁让先生做得这一手好菜？实在太好，想记得也不能记得了。"

谢危看了她这假笑就讨厌，把酒盏在手里转了一圈，挑眉道："哦？"

姜雪宁握拳："肯为先生赴汤蹈火。"

谢危嗤笑一声："怕不是为先生，只为这口吃的吧？"

姜雪宁眼珠一转，却跟头小狐狸似的，眯着眼腼腆地笑道："世间若只先生做得如此至味，那为先生还是为这口吃的，不都一样吗？"

谢危久久看着她，没说话。

姜雪宁却觉手心开始冒汗。纵然她警告自己要镇定，目光闪烁之间，到底还是泄露了些许不安。

谢危盯了她许久才收回目光，瞧着自己手里的酒盏，却忽然道："你说，你和张遮两情相悦，怎么没能在一起呢？"

姜雪宁瞳孔骤然紧缩。与张遮的旧事乃长在她身上的一道疤，谢危这话却是一柄刀，毫不留情地将其挑开！

他是故意的，甚至是恶意的。

她目光都冷了下来，道："有情人并非总能在一起。世事难料，白瓷有隙难弥合，又与您有何干系？”

谢危真不是什么良善之辈，见得她这浑身竖起尖刺的架势，心里反倒痛快不少，只是注视着她的目光又不免多了三分嘲讽：“白瓷有隙？”

姜雪宁攥紧了手。

谢危只冷笑一声，随意地把酒盏掷在桌上，砸得“咚”一声响：“也是。倘若你能想明白你跟他为何没能在一起，也就不叫姜雪宁，今时今日也不会坐在这儿了。”

她这怕疼怕苦的懦弱样，合该叫他摊上。

他懒得再同这榆木疙瘩多说半句有用的话，拂袖起身就朝外头走，道：“吃得越多，脑子越笨。吕显与尤芳吟已在城外，甭吃了，一道来吧。”

★

有些人说话处处体贴，叫人如沐春风；有些人说话却无一处不刻薄，字字句句挑着人的逆鳞，偏生要人不舒服、不痛快。

往日的谢危是前者，毕竟有朝堂内外谦谨有度、周密妥帖的古圣人之遗风，博得美名一片。然而当着她的面，相互知道根底，他将面具一拆，话却一句比一句狠，一句比一句刻薄，浑然无遮无掩了。

有那么一刻，她的愤怒就要将她掩埋，让她有一种大声向他质问的冲动——你知道什么？你这样冷血狠毒的人知道什么？你什么也不知道。

可方才谢危望着她时那近乎洞彻的眼神，又莫名削减了她这突然上涌的勇气——她竟然不敢。

姜雪宁在桌前足足坐了好半晌，才起身跟着走出去。

谢危就立在外头的屋檐下看天。边塞的大风从北面吹卷而来，将浮云阴霾驱散，澄澈碧空如水洗净，蓝得令人心醉，竟是个难得的好天气。

刀琴、剑书先看见她。谢危随后转过头来，看出她眼眶似乎有些红，也并没说什么，只是等她跟上后，才顺着回廊走出府去。

大街上早已是一片欢腾。

远近驻地的兵士们都在城中往来，有的只着劲装，有的身披轻铠，可面上神情都是一般无二的兴奋。若谁静下来仔细听听，便知谈的都是城外来的粮草辎重。

路上还有许多城中的百姓与他们一般朝着东城门的方向去，俨然是都聚集过去看个热闹。

直到这时候，姜雪宁才从这样的热烈里感知到一种战事在即的紧迫。

道中甚至有兵士停下来给谢危行礼。很显然这些日与燕临一道在屯兵的驻地巡查，他们是切切实实地做了点事情的。

燕临刚到忻州，便斩了原本执掌大军的将军——王成。要知道，这可是萧氏的人。别管燕临是不是带着圣旨来的，萧氏树大根深，边关的人员变动更是牵涉着至关重要的兵权，调任不要紧，才调任来就直接把人砍了，若叫萧氏知道岂能饶过？他多半吃不了兜着走。

寻常将领当然是既不敢惹气势正盛的燕临，也忌惮着原本执掌兵权的萧氏，哪边都吃罪不起。有些人是作壁上观，望望风，暂不掺和；有些人则是利益相关，只等着朝廷派的督军到了之后给燕临好看。

可谁能料到竟来了个谢危？

一场幻想顿时成空。

人家非但是燕临往日的先生，到得忻州后半点没有制衡燕临的意思，光从前些日的议事与宴饮就能一窥端倪。有人在宴席上假作无意地提起燕临到任便斩王成将军的事，谢危也毫无反应，半点没有多追究、多过问的意思，没过两日还与燕临一道巡视军营，倒把全力支持燕临的架势摆足了。

暗地里等着看戏、等着燕临倒霉的那些人全吃了个大瘪。

正所谓“识时务者为俊杰”，谁要还看不清这形势那就是瞎。所以虽然才过去没两日，军中风气简直焕然一新，收心的收心，练兵的练兵。更有甚者已经悄悄猜测萧氏一族是否失势，连宫里那位宠妃娘娘都兜不住了，否则怎么偏派谢危前来督军？

他们哪里知道，其实从头到尾压根儿就没什么让燕临接掌兵权的圣旨，甚至派谢居安来督军的本意也不是扶持燕临，而是防止哗变？只是这计谋太大胆了，大胆到让人连去怀疑圣旨是假的想法都没有，更何况还有一位当朝帝师亲至，加深了可信度。

姜雪宁一路走一路看，说不佩服是假的，只是佩服之余，也不免心悸。

眼见着要到城门外了，她才想起问了一句：“原本不是说吕显先行开道，芳吟晚几日才到吗？可吕显前阵子没到，芳吟今日到也比原定的早了几日。”

谢危道：“天教作乱，官道不好走，一应事宜都要打点，兴许是中间出了什么变故吧。”

粮草到了就行。到底出了什么变故，他却不是很关心。

城门处已经是人挨着人，人挤着人，围了个水泄不通。

不过谢危带着姜雪宁到时，城门楼上便有兵士眼尖地看见了，立时有一队兵士下来在他们前面开道。

两人走过城门洞，外头的景象便一清二楚。

运送粮草的队伍从目之所及的官道尽头一路绵延过来，一眼就看出来自不同的地方。姜雪宁甚至看见了山西大同一些商号的徽记。

军中专门调拨了一批兵士来，等那头手里拿着账本一一点数核对的主簿点头之后，再将这些车都拉进城中专为军中屯粮的粮仓。

尤芳吟与吕显都在那记账的主簿边上站着，一人手里拿了本账册，似乎正低头说着什么。那主簿已经上了年纪，被这样两个人盯着，握笔的手都在哆嗦。

吕显几乎是冷眼瞅着。尤芳吟却轻蹙着眉，手指飞速地从账册的字迹上一行行滑过，神情里有种说不出的认真与严肃。

姜雪宁远远看见她一袭孔雀蓝的百褶裙底下一圈已经溅满了泥水，走近了更发现她正翻查着账册的手指冻得通红，甚至有些伤痕。

她皱眉唤了一声："芳吟。"

尤芳吟听见这熟悉的声音，一转头看见她，眉目一下舒展开了，连账本都没放就快步走了过去："二姑娘！"

姜雪宁拉了她的手看，又抬起头打量她的面颊，只觉她整个人都瘦了一圈，心里不知怎的就冒出一股火气来，有些不快："在江南待得好好的，押送粮草这种事叫任为志来就是了，你亲自凑什么热闹？"

尤芳吟顿时有些讷讷的，期期艾艾地道："同吕老板商议后，好些粮草辎重还是要在邻近州府调拨，光有印信我怕各家商号不肯卖这薄面，便想亲自跑一趟。前些日大同下了一场雨，道中湿滑不好走，来的路上才搞得这般狼狈，并没真遇上什么事情，您别担心。"

尤芳吟真是惯来的一根筋，押送粮草便意味着危险，比她与谢危同路到边关来安全不了多少，也是手底下有那么大一笔生意的人了，怎么连这点都不为自己打算？

姜雪宁生她的气，可看她这样又说不出什么重话来，末了只能埋头替她擦去手上的污迹，道："不是说过几日才到吗，怎么今天就到了？"

尤芳吟眼睛亮晶晶地看着她："长公主殿下被困鞑靼，只怕境况一日坏过一日，我知您心底担忧，若后方一应事宜能尽早就绪，想必也能尽快开战，所以路上赶了些。而且听说您去边关道中遇袭，我也担心您，想早一日来看看。"

姜雪宁笑她傻气，心底却暖融融的。

只是那头站得不远的吕显将二人这一番话听在耳中，也不知被戳中了哪根不对劲的筋，冷笑了一声。

姜雪宁听见，这才看过去。往昔京中幽篁馆的奸商吕老板如今瞧着竟也一身狼狈，长衫上泥水点点倒也罢了，还被不知哪里横斜出来的枝丫划破了几道口子。

见姜雪宁看过去，他也还是一张冷脸，甚至翻了个白眼，把原本拿在手里的账册朝那战战兢兢的主簿桌上一扔，转身就走了。

姜雪宁竟不好形容那一刻的感觉，是……敌意？吕显对她能有什么敌意？

那头谢危却没走过来，只立在边上看着。

吕显走近了就冷笑道："好心当作驴肝肺，为他人做一身嫁衣裳！"

谢危瞅他。

吕显越发不耐烦，骂道："忻州管军中粮草辎重的账册根本对不上数，以前每一年都是坏账，原本那王成就是个搜刮民脂民膏的老王八，他留下来的人一个也不中用，不知做了多少手脚。我手底下带了不少人来，正好全抽掉，换个干净！"

说完他好像更生气了，转身要往城里走去。

谢危在他背后挑眉："你的手脚就很干净？"

吕显差点跳脚，转过头来，声音都高了："谢居安！"

谢危也不知是看出了什么端倪，一下笑起来，赶在他说出"割袍断义"这四个字之前，一摆手道："好，听你的，换。"

没出口的咒骂一下全被堵了回去，吕显差点没被他这几个字憋死，好半晌才用力一甩袖子："以前我没发现，你也是个贱人！"

★

姜雪宁着实纳闷了半晌，眼瞧着吕显阴阳怪气地走了，不由得若有所思，转头看向尤芳吟，忽然问："路上出什么事了？"

尤芳吟摇了摇头。

姜雪宁打量她："那你们怎么同路来？"

尤芳吟看了看她，目光闪烁了一下，才微微垂眸道："刚进山西地界时，到处都乱得很，百姓还在抓什么'叫魂'的妖道、妖僧，便是手里有银子，想要筹集粮草也困难得很，远比预计的进展要慢。吕老板本是要先去前面开路的，不过半道上折回来帮忙协调。听闻他曾是进士，入过翰林院，如今山西省的官员有一些是他的旧识，凭着他的面子也能帮衬一二，所以才一起来的。"

这倒是了。吕照隐的功劳要不大，用处要不广，谢居安也不能瞧上他，彼时事成之后也不可能直接就坐到了户部尚书的位置上。

城外头到底人多眼杂，说话不便。姜雪宁也没往深了问，瞧见尤芳吟安安全全地来了，就放心不少。

战事筹备越发紧锣密鼓地进行。

她自问没什么谋略本事，无非这两年积攒下了不少本钱，可来忻州之前也几乎都交到了谢危手里，如今这城里聪明人更是一抓一大把，她觉着自己帮不上太大的忙，能不添乱就是最好不过，所以在边上看他们忙碌了一会儿，就回去了。

倒是谢危在城外留得久一些，一直等到燕临从屯兵的驻地过来，一道安排了一应粮草的后续事宜，又让吕显的人手接管军中账目，这才返回将军府。

傍晚便举行了一场简单的洗尘宴。

席间吕显冷眼打量着边关局势，喝了好几杯酒，结束后同谢危一道从厅中出来，便忍不住摇头叹了一声："对聪明人来说，果真没有无用的闲笔，便是原本的一步坏棋，也能被你走成环环相扣的狠计。到底是我吕某人眼皮子浅，还真当你是色令智昏没得救，没料想，疯归疯，病归病，竟然没误了大局。"

谢危道："你又胡说什么？"

吕显哼了一声，也不解释。他话说得含混，却不相信谢危听不明白。

谢危千里迢迢到这边关，来救什么劳什子的乐阳长公主沈芷衣，原本是一步坏棋，几乎找不到什么好处。吕显毫不怀疑——倘若世上没有姜雪宁这么个人，谢危不可能做出这么昏聩的决定。

然而偏偏就有。

只不过选了这条路，也并不意味着他就放弃了原本的计划。谁说鱼与熊掌不可兼得？

从金陵到忻州，谢居安做了三件事：第一,四处散布原本绝密的沈芷衣被困鞑靼的消息，引得百姓非议，连军中兵士都知道得一清二楚；第二，矫诏调遣燕临到边关，一封假圣旨就让燕临夺得了兵权；第三，自己将计就计，因燕临离开被流徙的黄州而得了真的圣旨，名正言顺地来到边关督军，非但支持了燕临，还稳固了军心，加速了攻打鞑靼的计划。

倘若最终事成，谢居安一得了民心，反使朝廷陷入不义之地；二将兵权牢牢掌握在手中，燕临矫诏，全军攻打鞑靼，无论知不知情，名义上都是头等欺君谋逆的大罪，伸头是一刀缩头也一刀的情况下，众人便都被捆绑在了一条船上，极有可能索性豁出去随他们反了；三则边关若起战事，中原天教势必趁机揭竿而起，届时朝廷内忧外患，想不垮都难！

“鹬蚌相争，你这渔翁稳坐边关，捞得好名好利，等他们搞得精疲力竭了，再挥兵中原，攻破京城，则大局定矣。只不过……”吕显忍不住瞅他，“这么谋大事，自没毛病，可就是不讨姑娘家欢心。”

谢危听了却不说话。

吕显想想自己还没琢磨明白呢，说不准谢居安心里比自己还清楚，他这一番话未必不是班门弄斧、丢人现眼，索性把嘴巴闭上，到得庭院前的岔路就告辞了。

将军府占地着实不小，他住的地方还在西边，便一路顺着回廊过去。

只是他到得院落前面时，竟听见有细碎的交谈声。

“边关也不太平，我看你还是不要在这里待太久，无论战事怎样起，总归打不到江南去。你啊就听我的，老老实实地忙完这一遭回江南或者蜀中去，这边的事情总归有吕照隐，他是谢危的人，该他劳心劳力卖苦卖命，你就别掺和了。”

“那姑娘呢？”

“我？等把殿下从鞑靼救回来，我自然也脚底抹油溜了，懒得掺和他们这烂摊子。”

这是姜雪宁和尤芳吟的声音。

吕显听着还提到了自己，心里老不痛快了。他本该在暗处等这俩人把话说完了再走出去，免得大家都尴尬。可莫名一股气蹿上来，他偏偏不愿，于是就往前走了两步。

姜雪宁背对着他，尤芳吟却是正对着，一眼看见。

吕显道：“宁二姑娘说得可太对了，合该我劳心劳力卖苦卖命。”

姜雪宁这才看见他，不过想想自己说的话没什么见不得人的，反倒看见吕显，让她想起白天的一些事来，便先没搭理他，而是对尤芳吟道：“你先回屋去吧，我同吕老板有些话讲。”

尤芳吟朝吕显看了看，似乎有片刻的犹豫，但还是听了姜雪宁的话，点了点头，转身离去。

原地就剩下姜雪宁打量着吕显。

吕显将目光从尤芳吟离去的背影上收回来，却对姜雪宁笑起来：“二姑娘有何指教？”

“指教不敢当。”姜雪宁也展颜一笑，同时饶有兴味地绕着他来回走了两个半圈，一面看一面摇头，几分促狭的语气里还带着点幸灾乐祸的奚落，“自古奸商都打了一手好算盘，怎的吕老板这脸色看着却像是没挣着夫人还折了兵？”

吕显面色一变。

姜雪宁却背着手踱步，越琢磨吕显这反应越觉得有意思，半晌后停下脚步来靠近他，忽然压低声音问了一句："闹了半天，你对我们家芳吟有意思呀？"

吕显冷了脸，冷笑道："你开什么玩笑？！"

姜雪宁挑眉。

吕显冷冰冰地补道："有夫之妇！吕某人还没下作到那地步。"

他这话一说，姜雪宁那原本轻松的神情便没了，眼底遮掩着点通透的光亮，道："原来你也知道。芳吟同任公子一路走过来并不容易，眼见着人家要好，我想吕老板这样的精明人，自然也掂得出轻重，就别横插一脚进来了。"

吕显嗤道："假夫妻也算吗？"

这下倒轮到姜雪宁惊讶了，他竟然知道？

吕显却懒得解释什么，拂袖要走。

姜雪宁静默半晌后，盯着他，却突地灵光一现，笑起来："哎，白日你对我那般敌视，难不成是因为芳吟更在意我，你嫉妒？"

她看见吕显脚步一停，整个人仿佛为她这一句话绷紧了。然而他到底是能忍，没有转过身来，好像真要证明自己不在意似的，头都没有回一下，径直往院中去了。

姜雪宁在后头拊掌而笑，差点笑弯了腰。

彼时嫉妒她的人也多了去了，可她浑不在意，毕竟那些都是女人。可如今竟然连男人都嫉妒起她来了，太好玩了！

不过芳吟淳朴，认准了人就是一根筋，姜雪宁虽不知她与任为志走到哪一步了，可倘若有吕显这样黑心的人暗中使坏，好事都能变成坏事。往后她得防着他点。也不是说芳吟就非任为志不可，这种事本来就全看她高兴，姜雪宁只是不希望她不高兴。

有那么一刻，她甚至想去谢危那边给吕显上点眼药。

可这念头也只是一闪她就放弃了。

谢居安是个要成大事的人，可她只想过点简单的小日子。如今虚与委蛇地听着话、不惹恼他、顺着他的心意，说到底还是为了沈芷衣，不想和他撕破脸。可眼下几乎就是界线的极致了，她若不知进退，自己将这条界线往下压，无异于让自己陷进去。届时事了，只怕她想从谢危手里脱身都不能了。

无论如何，被一个男人嫉妒，姜雪宁还挺高兴。

只不过晚上躺下，她偏偏做了噩梦，且这噩梦一做就是好几夜。

她梦见自己立在高高的悬崖上，山壁陡峭，几乎平直，连枯藤老树都无法在岩壁上扎下半点根。前方就是深渊，她只朝着前面看一眼，便是一片伸手不见五指、浓墨似的黑暗。

深渊下面有狂风，似从鬼蜮而来，呼啸不绝。她想要往里面张望，可站立不稳，几块碎石从她脚边跌坠悬崖，落入深渊里，好久都没听见半点回荡的声响。

于是一种恐惧将她攫住。好像怕那深渊里冒出什么怪物将人吞噬，她抬脚便要往身后退去，想要离这深渊远远的。

然而一只手从身后伸出来，竟然按在了她的肩膀上，另一只手则搭在了她的腰间。那个人的气息吐在她的耳边，紧贴于她的面颊上。

是谢危截断了她的退路，他附在她耳旁道："这样深，你不跳下去，怎么知道是生还是死？"那股力量从他的双手间传递出来，竟然猛地将她往前面的深渊里一推！

"不——"

她瞬间失声尖叫。

深渊扑面而来，人被失重感包裹，所有的恐惧都放大到了极限，使她冒出一身冷汗，再一次从这反复的梦中惊醒过来，耳旁回响的却不是梦里那句话，而是前不久谢危那不无嘲讽的一句："倘若你能想明白你跟他为何没能在一起，也就不叫姜雪宁，今时今日也不会坐在这儿了。"

姜雪宁整个人跟从水里捞出来的似的。她有些脱力地捂住了自己的脸，过了好半晌，才慢慢将那股发自内心的恐惧驱逐。

黑暗如丝如缕地浸入屋内，带着些许寒气，床榻边的纱帐被风吹开了一角。有少许光通过窗纸透进来，模模糊糊地映照出坐在她的床榻边的那道身影。他平静的声音仿佛与这黑暗融为一体，缥缈如雾："你梦见我了？"

姜雪宁悚然一惊！

她听着这熟悉的声音，放下手掌，仔细分辨，才从黑暗中瞧出这道身影，一时只觉连心脏都被人攫住，骇得说不出话来。

谢危也不知何时来的，只注视着她，仍旧问："你梦见我了？"

对方才的噩梦心有余悸，姜雪宁简直不敢相信这人大半夜坐在自己床边上："谢居安，你怎么……"

谢危却轻轻抚上她的脸颊，手指搭在她的眉尖上，道："宁二，沈芷衣一个皇室的人，死就死了，与我有什么相干呢？我有点后悔了。"

那手指透着点凉意，姜雪宁顿时打了个寒噤。

他却没有再说什么，良久后慢慢收回手，起身走了出去。

风吹进来，纱帐轻轻晃动，外头月光如银霜。有低沉的号角声从远处传来，传遍四野，为这寂静的寒夜添上一抹金戈铁马的肃杀！

姜雪宁拥着锦被，这时才想起——

今夜，开战了。

★

冬夜朔气传金柝，冷月寒光照铁衣。

忻州城外屯兵的大营外，兵士已经列阵于前。

步兵居中，骑兵分列两翼，弓箭兵则隐于前列步兵之后。步兵之中有一小部分为重步兵，一手持盾牌一手执刀剑，乃专门克制鞑靼游牧善射之兵，既可攻杀，也可防御对方弓箭。只不过更多的是轻步兵与轻骑军，负重少，行动快，易于调整。如果指挥得当，在这昏暗的夜色中，完全可以如一片羽叶，悄无声息地完成一场见血的拼杀突袭！

城楼上，战鼓声渐壮，黑夜里点燃的火把与迎风的旌旗一齐飘飞舞动。三万兵士的脸都被光影模糊成一般形貌。

点将台上，旧日的血迹已然清洗干净，只在铁缝木隙间留下斑驳的干涸血迹，燕临那一张轮廓清晰且坚毅的脸却因立在高处而显得无比明亮。

红日未出，他便是黑夜里的太阳。

灼灼的火光燃烧在他的瞳孔深处，使得这两年来压抑的抱负、复仇的野望，都在这一刻随着沸腾的心升腾而上，化作一股连天席卷的气魄，让他拔剑出鞘，将三尺青锋高举！

一时间，四野尽是山呼海啸！

“踏雁门，卫国土！”

“灭鞑虏，救公主！”

“死生抛，莫相负！”

……

忻州屯兵本有十万之巨，只是落在萧氏治下，一则军务混乱，二则疏于练兵，真正能在短时间内选出来上战场的人不到一半。值此冬日攻打鞑靼又非兵家常胜之招，当以奇胜，以速胜，以险胜。鞑靼虽为一国，可与大乾相比不过三省之地，三万兵足够打得对方措手不及，灰头土脸了。

“世子这般倒有些英雄出少年的感觉了……”高高的城楼上，吕显站在燃烧的火把一旁，感受着扑面的凛冽寒风，望着远处大军出击的场面，不由得深深感慨了一句，然而接着又有些沉默，“兴亡百姓苦，这一战不知又要死多少人？”

谢危就在旁边不远处。

城楼上这块平地上立了座箭靶。

他苍青色的道袍被猎猎的寒风吹起，浸透了凉意的冰冷手指搭在长弓之上，拽了一支雕翎箭，对准那箭靶的中心，道：“又怎样？”

吕显无言。他虽向来不是什么悯恤众生的圣人，可若见得苍生疾苦、人间罹难，也难免起几分戚戚之心。可谢居安貌似谦和忍让，仁善心肠，真到了这种血染千里、兵灾战祸起时，却隐约展现出了一种惊人的冷酷。

人命当草芥，众生做棋子。

然而不可否认，这种惊人的冷酷中，又有一种近乎遗世独立的烛照与洞彻。

“天本无道，人而主之，然世本庸常，民无其智。不破如何立，不亡如何生？这世间除却一个‘死’字，本无道理可讲。若不知死，又怎知生？”

“嗖”的一声震响，雕翎箭离弦而去，轰然撞上箭靶，力道之狠，竟将那木质的箭靶射裂，“咔嚓”一声，箭靶朝着后方倒下，在冷肃的夜里发出一声巨响。

谢危一张脸仍平静无波。

“我让他们知道自己还活着，他们该谢我。”

吕显为之屏息，许久才慢慢吐出一口气来，倒是比前两日更为肯定——谢居安的心情，真的很坏。

越往北，天亮得越晚。

卯正已末，鞑靼边境营帐还笼罩在一片昏暗的墨蓝夜色当中，安静极了。巡查的兵士正值交接之际，要么熬了一夜，要么才刚睡醒，大多有些困顿，正是警惕性最低的时候。

可也就在这时候，一声尖啸打破寂静！

“敌袭！敌袭！大乾的军队打过来了，敌袭——”

有些人甚至第一时间没听清，浑然以为自己是在梦中，走了好几步才反应过来，目瞪口呆，骇然无比。

所有营帐顿时人声鼎沸。

睡梦之中的兵卒匆匆披甲上阵，通传的哨兵则快步跃上马背，奔向王庭！

谁能想到今日会有这一场不同寻常的奇袭？既不在春暖花开的时节，也不在阳光普照的白日，偏偏是他们认为绝对不可能的冬日，绝对不可能的寒夜，大乾奇袭而来!

大乾攻其不备，以有备打无患。

正所谓“兵者，诡道也”。

鞑靼王延达正当壮年，昨夜与几名侍妾酣畅淋漓地大战一场，实则才歇下不久，骤闻外头传来警讯，只觉头疼欲裂，宣传讯兵入帐问询后，一时暴跳如雷，一脚便将铺在羊皮绒毯上的几案踹翻了去。

“好端端的大乾怎会攻打进来，难道是走漏了风声？”

他满脸髭须，眉目虽颇为英武，却失之阴鸷。

“那个女人，那个女人呢？！”

左右伺候的婢女全都瑟瑟发抖，跪伏在地，这两年下来早已经清楚地知道大王口中的“那个女人”，便是当年来鞑靼和亲的那位公主，连忙颤声道：“依大王吩咐，被看管在帐内，这些天没再让她出去过。”

延达胸膛起伏，提着刀便出了王帐，一路上立刻安排应对奇袭的事宜，脚下却不停，一直走到王庭东面尽头处一座三丈方圆的帐篷里。

此时天色已经微明，帐内亮起了灯光。一道窈窕细瘦的身影投落在雪白的帐幕之上，沈芷衣已经听见了外面喧嚣混乱的动静，起了身。

延达粗暴地掀开帐帘进去时，她背对着外面，发髻高高地绾起，露出一段修长白皙的脖颈，不知何时已经换下了鞑靼那多彩的服饰，只着自己当年的旧衣，打开了尘封已久的箱箧——那里头装着帝国公主的冕服。

上好的蚕丝织就的宫装，在不够明亮的光下也流淌着熠熠的光彩，金银绣线飞鹤转凤，仍旧簇新一般冰冷而华美。

延达径直拔了刀架在她的脖子上，狠厉地咬牙问道：“是不是你？！”

沈芷衣侧转脸庞看向他。她眼角下那一道淡淡的疤犹如一抹胭脂似的旧痕，烙印着她的出身与遭遇，也使她对这架在脖子上的刀毫无感觉，她只是轻轻地弯起嘴角，平静而森冷地道：“杀了我，你们都得死。”

第二十二章

轻薄

战事一起，便如荒原上的野草，略着一点火星，被风一吹便铺天盖地而去，呈现出燎原之势。

冬日寒夜的战鼓悍然若雷霆，惊了鞑靼备战之中的美梦，长枪利刃、刀剑寒芒将鲜血浸入冰冷的冻土，在朝阳将光芒洒遍大地时，便辉映出一片又一片凛冽的胭脂颜色。

轻骑兵行进最为迅疾，弩兵隐藏在轻步兵之中，为两翼所掩护，漫天箭雨早在鞑靼的兵卒靠近之前便一波飞去，射落阵中无数战马骑兵。

人从马上跌落，马又嘶嚎着倒地。后来者或为其牵绊，避之不及，撞个正着；或反应迅速，朝着两侧调整阵形，可也不免如蚁群一般就此被打散。原本整齐的阵形，几乎立刻被从中间撕开一道口子。

燕临立在战车的高处瞭望，当机立断，命鼓手变化鼓点，改了行军令。骑兵从两翼出发，即刻包抄对方出击之阵营；举刀持盾的重步兵则如一杆长枪从对方已然被撕裂的薄弱处突入，弓弩手的箭不再漫天飞射，而是同时掩护向对方阵中突入的重步兵行进！

此次攻打鞑靼，所挑选的大部分是行进迅速的兵种，兼之燕临下令果断，毫不犹豫，其变化出其不意，着实令鞑靼一方始料未及。

等对方将领意识到不对，已为时太晚——鞑靼军阵的右翼一片四五千人，眼睁睁地在轻骑兵的包抄与重步兵的突进之中硬生生被切割出来，与大军主力脱离！

而大乾这一方的轻步兵早已经在等着他们，喊杀之声顿起！

区区四五千人落入重围，纵使用力挣扎，拼杀不休，又如何能抵挡大乾这边人数和兵种的优势？且鞑靼军落入敌手的包围之中，本就有恐慌之处，猛烈的攻势袭来，更使得众人溃不成军！

所有战争的胜局，都是从最初的一点小优势开始，抓住机会滚雪球似的一分一毫往下推进。

在以有备攻不备的情况下，年轻的将军竟展现出了惊人的沉稳与果决，半点不因本身就有的优势而有半分懈怠，甚至没有贪功冒进。

初次交锋折损四五千人，对鞑靼来说，已经是巨大的损失。其后鞑靼军阵形几番变换，也始终不能重创对手。倘若这时还要与大乾做一时血勇之斗，无疑是打得上了头，不顾大局了，所以鞑靼一方在发起一波迅猛的冲锋之后，便直接鸣金收兵，着令所有兵士退守己方边城堡垒。

大乾这方将领有不少兴奋不已，几乎能看见军功就在眼前，想象着踏平鞑靼之后又该如何加官晋爵，当即力荐燕临乘胜追击，痛打落水狗，一鼓作气地将鞑靼的气焰铲灭，好叫他们知道大乾还是那个大乾，大乾的铁蹄才是他们应当惧怕的。

岂料燕临竟置之不理，几道号令下去，丝毫没有恋战，径直下令收兵回营！

军中难免有人有所非议。然而胜绩在前，便是他们有非议，也无法阻挡燕临在军中忽然高涨起来的威信与声势，更不用说军中粮草调拨早已经换上了吕显的人，对燕临言听计从，其他人根本没有说话调遣的权力。

粮草都没有，他们拿什么打仗？

便你肚子里有一千一万的不满，也只好忍耐着咬牙咽进去，营中议事时还要对这位年轻的将领俯首帖耳！

初战一场奇袭，快得犹如一场闪电。

接下来的几日大乾更将这种战术发挥到了极致，不断出兵滋扰，却又不以大军强行压阵，只如老鹰捕食一般一点一点啄食对方的血肉，一次又一次地削弱对方的力量，同时还在加紧敦促营中剩余兵力的整训。

最疼的就是钝刀割肉，鞑靼一方不过三次之后就已经看清了对方的意图，到得第四次时，王庭来兵增援，整整四万兵士齐聚边关，打算等大乾一方的轻骑故技重施再次来袭时迎头痛击，让对方有来无回！

然而真等到这一日交战时，出现在他们面前的却是狂潮一般的五万大军！

这五万人里，轻骑兵只占了少数，更多的是重骑兵、重弩兵、重步兵！

金戈铁马，坚不可摧！

方一交战，大乾军队便如同一辆庞大的黑铁战车，以碾压的威势，绞肉一般盖过鞑靼的军阵，将他们精心的筹谋摧毁！

鞑靼一方简直不敢相信，那忻州的将领王成领兵作战何时这般厉害了？

鞑靼一方前后派了三拨哨探前去打听。前两拨哨探都折戟沉沙，直到第三拨人才侥幸带回了消息——忻州军中哪里还有什么王成？此次将他们打得落花流水、节节败退的将领，姓燕名临，单字为“回”！

早在一个月前他已然到任，并且刀斩王成，用旧将领的鲜血完成了自己对兵权的控制，继而用最快的速度推进了今日这一场令人胆寒的战事！

战事不过才进行十日，鞑靼一方已经深感吃不消。

纵使延达暴跳如雷，也无法以一己之力扭转这从一开始就处于劣势的败局，在第十一日派去使臣，向燕临送了和书，且言语之间还提及公主怀有身孕，将诞下两国血脉之事，责战事之不该。

燕临剑斩来使，将人头送回了鞑靼王帐。

所谓狼子野心，非一日可磨灭。若要使心怀不轨之人不再作祟，光凭口舌与一纸和书实在不足为信，唯断其爪牙，抽其筋骨，打得对方恨了、怕了、再无还手之力了，方能得一日安生！

所以接下来，他照打不误！

他非但继续打，且打得比先前还狠！

军中士气都是打出来的，一路浴血，一路征战，气势如虹，简直一扫往日颓败之态！

十一月廿二，大乾大军势如黄龙，直捣鞑靼王庭，兵临城下，燕临的战马停在王帐前，三尺青锋映照着他年轻的脸，只对着满地瑟瑟发抖的鞑靼王族说了一句话：“燕某此来只为迎公主还朝。待迎回公主，我军自去，还请诸位不必惊慌。”

好一个“只为迎公主还朝”，听在鞑靼人耳中简直像是笑着扇在他们脸上的巴掌！

对方的大军可是从雁门关内一路杀过来，拔了他们的城池，杀了他们的兵士，甚至连倒伏下去的王旗都被沾了血的铁蹄践踏！

对方一巴掌接一巴掌地拍肿了你的脸，再笑着同你说——我们就想来接个人。

这真是好不举重若轻，好不冷酷嚣张！

边关战事如火如荼，这样大的动静，消息自然不可能盖得住。就在燕临率军踏平鞑靼王庭的这一日，边关的消息历经重重阻碍，终于还是在万般惊慌中抵达京城，穿过重重紫禁宫门，到得皇帝的寝殿里。

此时尚在长夜，铜漏声声，紫檀香浓。

萧姝睡得不深，服侍完沈琅用过五石散后，虽也在龙榻上躺下，可外头稍微有些动静，她便醒了。

宫里烧了地龙，暖烘烘的。

她披了轻纱似的薄衫起身，拂开华美的珠帘，远山黛眉轻轻蹙着，于昔年的明艳雍容之外又多了几分宠妃方能有的威仪。纵然她此刻一副惫懒神态，可六宫上下谁人不知她的手段？见者无不低下头去。

外头侍立的是郑保。王新义这些年来渐渐老了，许多事情便交给了这个徒弟。郑保手脚伶俐，心思细敏，也算得了王新义的真传，深知皇帝喜好，是以慢慢也得了圣心。

不过萧姝对这一起子阉人向来不大在乎。

她怕吵着沈琅，走出来才问："外头什么事？"

郑保躬身道："回禀娘娘，边关急报。"

萧姝陡地挑眉："急报？"

郑保低声将外头来的消息一说，她整个人便面色一变，霍然转回身去，将龙榻上的沈琅唤醒。

不出一刻，宫中急诏便传到了各大臣府中。

静夜中的京城一时都是鸡鸣狗叫之声，富家大户、公侯伯府灯火通明，一顶顶官轿、一辆辆马车，从各个方向朝着宫中汇聚。

沈琅甚至有些不相信自己听见了什么："燕临起兵了，那谢先生何在？"

传信者战战兢兢地道："听人传，谢先生到得忻州时那贼子已然矫诏掌控了兵权，派人将少师大人控制住，严加看管。不过……不过……"

沈琅面上浮现戾气："不过什么？"

传信者立刻使劲磕头："不过坊间也有传闻，说谢少师心怀不轨，到得忻州后竟帮助贼子整顿军务，也生了反心！"

"放肆！"

沈琅服食五石散已有近两年的时间，先前一帖的药力正盛，正在躁意涌动之时，听得此言，只觉一股气血直往脑门顶上冲，瞬间红了眼，抄起案上的砚台便砸了下去！

上好的端砚沉重极了，那传信者被砸到脑门，血流如注，痛得几乎要昏厥过去，却连擦都不敢擦一下，一个劲儿跪地求饶。

不少接了急诏赶来的朝廷命官见得这场面，甚至不敢踏入殿中，一个个全在殿外跪了下来。

沈琅阴沉的声音带着雷霆般的盛怒，从阴暗的殿内传了出来："国库未行，户部未动。自古三军作战，重在兵马粮草！便是他狼子野心，手握兵权，任何一场征战也要倾举国之力以备，他一时半刻从何处筹措出足够的钱粮攻打鞑靼？！难不成户部的人都死了，能在朕的眼皮子底下瞒天过海？！”

众臣都是初闻边关乱了的消息，连头绪都没有整理清楚呢。本来所有人都觉得谢危去了，一切自然妥当，谁能想到连这位当朝帝师如今都有可能为虎作伥，说不准还是背后真正的罪魁祸首？！

此刻听得皇帝质问，他们哪儿敢出声？大殿内外，一时间鸦雀无声。

沈琅当真是越看越怒，恨不能一道命令下去将这些酒囊饭袋都拖出去斩了！

萧姝已经披上了宫装。她静立在边上看了许久，眼见众臣无声息，眼底却不由得寒光闪烁，考虑片刻后，竟轻声道：“圣上，燕氏贼子边关举兵，却先去攻打鞑靼，此举颇为奇异，不合常理。依嫔妾愚见，事情并非毫无转圜的余地。至于兵马所需粮草一事，才是重中之重。”

沈琅声音冰冷地道：“你倒有想法了？”

萧姝立刻跪伏在地，让自己表现出一种绝对顺从的姿态，然而说出来的话罕见地清晰：“若无粮草，则大军不行。若能查明贼子举兵之钱粮从何而来，断其根基，方能成釜底抽薪之计。嫔妾想起有一人或恐知悉一二。”

众臣都惊讶地看向她。

连沈琅都不由得一震：“谁？”

萧姝抬眸，断然道：“锦衣卫副指挥使，周寅之！”

从燕临率领大军进攻鞑靼的那一日起，姜雪宁便每日到城外去看上一遭，连日来闻得捷报频传，却久久未有沈芷衣的消息，夜里惊梦时便不免总是见到彼时兵士护送回来的那具棺椁。

那种煎熬的等待，就像是乞求命运的铡刀不要落下。

她救了尤芳吟，改变了燕临的遭遇，甚至改变了自己的命迹，如今为什么不能救回沈芷衣呢？她有理由怀有足够的希望。

姜雪宁日复一日地将那一只盛着当年故土的匣子打开，看过一遍又一遍。

终于，前线传报的快马在一个雪后的月夜飞奔而来，满身疲惫却难掩兴奋的兵士越过大门，来到她屋前，用沙哑的嗓音向她报传：“宁二姑娘，传将军令，鞑靼王庭已破，公主殿下安然无虞，明晨将抵雁门关，请您前去相迎！”

那一刻，姜雪宁霍然起身，险些打翻那只匣子。

边城楼角，月照银雪，通明如昼。

谢危的车驾静候在城门外。他坐在车中，却不知为何解了腕间那柄刀来细看，过了一会儿才问："她还没来吗？"

★

姜雪宁没想到谢危在等自己。她抱着那只匣子走出府门，看见外边候着她的那辆车还有旁侧立着的剑书时，几乎有种记忆倒流回两年前的错觉。待得掀开车帘入内，看见谢危，她便越发恍惚起来。

他正低头慢条斯理地整理衣袖上的衣褶，见她进来只是抬头看了一眼，便道："走吧。"

谢危神情寡淡，倒不似等了她许久，眉眼的边缘略挂着点淡淡的倦意，但并不明显。这并非因为他不大倦累，只不过是因为习惯了，连自己都觉得无所谓，旁人也就不觉得有什么了。

除了他坐在她的床榻边那不知是真还是梦的一晚，开战这一段时间来，姜雪宁几乎没有再见过他。

前方战线迅疾推进，后方保障若不能跟上便会脱节。吕显厉害归厉害，管的也不过就是"钱粮"二字，且无官职在身，也不敢说有足够的眼界和权威能将后方的事情料理妥当，谢危自然是要处处照应。甚至可以说，战线的后方远比前方要忙碌。

姜雪宁轻轻道了一声"先生好"，便安静地坐到了谢危对面，手里还抱着那个匣子不松手。

谢危抬眸看了一眼，道："此次迎回公主后，你的心愿该了了。接着离开边关，你准备去哪儿？"

姜雪宁没想到他会如此直白，然而一转念又觉得实在正常：那晚吕显都听到了，谢危对她的打算有所了解也就不足为奇。何况他洞悉人心，倘若连她这么点小心思也看不穿，哪儿还配当什么当朝帝师？

只是……

她将手指搭在木匣的边缘，垂眸道："不敢告诉先生。"

谢危道："这时候又肯说真话了。只不过我若不让你走，你又能逃到哪里去？"

姜雪宁沉默下来。

谢危看她这样子也觉得万般堵心，有那么一刻是想不管什么话兜头给她骂过去的，把她给骂清醒。可他又好怕，怕骂醒了她，她就义无反顾地跑去找张遮。

马车出了城，朝着雁门关的方向驶去。

当年沈芷衣去和亲时，是暮色四合；如今他们去迎她还朝，则晨光熹微。

车内好一阵沉默。

谢危过了许久，又向她抱着的匣子看了一眼，想起当年那个泣不成声、抱着膝盖哭的少女，于是问："沈芷衣何德何能，值得你为她这般倾尽所有、赴汤蹈火？"

这言语间未免带着些讽刺。

姜雪宁只觉被这话扎了一下，抬眸望向他，瞳孔里多了几分冷淡，道："殿下对我很好。"

过去她对沈芷衣的印象着实算不上好。可如今，她不过是在清远伯府的重阳宴上为她描摹了一瓣粉樱，说了那样再明显不过的一句讨好的话，竟真的被沈芷衣以诚相待。

奉宸殿里读书，沈芷衣就是她的靠山。明知道她秉性不好，可相信喜欢之后，就纵容她、庇佑她，无论旁人怎样诋毁她，沈芷衣从始至终都没有怀疑过，原先怎样对她，后来便怎样对她。

可这样好的一个人，却因为她公主的身份，在云谲波诡的宫廷里沉浮，竟不得不背井离乡，远赴鞑靼和亲，接受身不由己的未卜命运……

姜雪宁忘不了两年前，几乎已经被软禁的沈芷衣在鸣凤宫中为自己庆贺生辰，还有子夜时分那碗由宫人悄悄端来的长寿面……

她只记得哭了好厉害的一场，面汤里都是眼泪珠子的咸与涩，到底好吃不好吃，反倒没有多少深刻的印象了。

姜雪宁眨了眨眼，慢慢道："殿下这样的人，先生做不了，我也做不了。"

她这话说得很认真。然而谢危只冷冷地扯起嘴角："身陷囹圄，受人掣肘，为人刀俎之下的鱼肉，这样的人，谢某的确做不了。"

姜雪宁被噎得无话可说，索性不说了。

随着外头天色渐渐放亮，修建在两山要隘处的雁门关终于渐渐地近了，关外的风沙将附近一片片夯土的城墙吹刮出了无数沧桑的痕迹。城门楼上高插着飘飞的旌旗，更有围城随着山势连绵蜿蜒，其外修筑着三道大石墙与二十余道小石墙，几乎将整座关城围成一座坚固的堡垒。

关内是中原沃土，关外是荒野风沙。

沈芷衣还记得自己一路从京城远道出关时所见到的种种景象。

物候变迁，从繁华到荒凉。

那时车过雁门关，她回头看，灰白发黄的城墙在暮沉沉的黄昏里染了血似的，凄艳而壮美；向着未知的前路望去，则是落日沉没，空阔的荒野上风声呜咽，一条蜿蜒模糊的道路一直往前伸展，却仿佛连接到天边，永无尽头。

两年的艰苦磨难，她没想过自己竟有活着回来的一天。

年少时的玩伴已经成为统御三军的将帅，此刻便在车驾的前方，骑在一匹乌蹄骏马的背上，渐渐明亮的天光都落在他的肩上。

沈芷衣只觉物是人非，甚至满心苍凉，并无太多喜悦之情。她隆起的腹部昭示着她即将为人母的事实，也不免使她忧心自己很快就要面临的窘境。

这一切在马车靠近雁门关时，都渐渐变得清晰。

此时此刻，关城内外所有兵士早已列阵，城墙上下，盔甲整齐，一张张面容之上或许还带着血迹未干的伤痕。可无论他们是青年还是壮年，无不朝着西北荒野的方向而立！

也不知是谁先远远看见了这一支蜿蜒如长龙的队伍，还有队伍前方的帅旗，顿时高声大叫起来："燕将军的帅旗，是燕将军的帅旗！公主回来了，公主殿下回来了——"

那一刻，姜雪宁浑身一震。

她到得雁门关后，便随着谢危登上了高高的城墙远眺，可东面升起的朝阳光芒炽烈，却不免使她不大能睁开眼，看得不是很清晰。

直到那长长的车队终于走过了姜雪宁视线里那几点闪耀的光斑，她才终于真真正正看个清楚，是队伍当中那辆摇晃着幔帐的车驾……

"殿下！"

心跳陡然变得剧烈，她竟然想也不想地拎着裙角，如一只振翅的鸟儿似的，一下转过身，从谢危身旁跑开，顺着城楼上那陡峭的台阶就朝着下方奔去。

谢危下意识地伸手，却只碰着了她的衣角。锦缎袍袖滑如流风，在他的指尖留下些许凉意。

他再抬眼时，人已经在城楼下了。

寒风刮面，姜雪宁跟感知不到似的，径直从城楼下无数伫立的将士阵中跑过去。周遭人不免都用吃惊的目光望着她。

她却一路穿过大开的城门，朝着那渐渐向雁门关行来的队伍奔去，朝着队伍中那最特殊的车驾大声喊："殿下——"

沈芷衣冷寂的心突地为之一颤。那熟悉的声音逆着风传了过来。她一下站起身来，霍然将前面垂落的车帘掀开！

那个当初抬手便在自己面颊上描了一笔的姑娘，那个仗着她撑腰在仰止斋为所欲为的姑娘，那个在御花园里拽着她的袖子说要带她逃离的姑娘，就这样从那座被风沙侵蚀已久的城门楼内奔了出来，带着一种久违而炽烈的鲜活气息，闯入她的视线……

她怀疑自己是在梦中，瞬间自眼底涌出的热潮几乎将她冷寒的心填得满满的。

什么都变了，但那个姜雪宁没有变。

队伍停了下来。

燕临静默勒马。

姜雪宁终于脚步急促地来到车驾前，抬眼望见立在车辕上的沈芷衣。旧年华美的宫装穿在她身上竟显得有些大了，在风中飘飘摇摇像页纸般晃荡。一种骤来的怆然忽然将她击中，于是姜雪宁停住脚步，明艳的眸底也闪烁起了泪光，然而下一刻，偏又带着点固执地弯唇。

那只木匣紧紧挨在她的心口。

在朝阳铺满的光辉里，在边塞疾吹的烈风中，姜雪宁在车辕下屈膝半跪，却高高捧起那只木匣，凝望着伫立的公主，明媚地笑起来："殿下，您的故土、故国，还有故都。"

待得他日，燕临率大乾铁蹄踏破雁门关。带着这抔故土，来迎我——还于故国，归于故都！

沈芷衣都快忘了，自己为了骗她安心，还许下过这般豪言壮语，与她有过这样的约定……

可她竟未当作玩笑。

含在眼底已久的泪，终是在从她手中接过那只木匣打开的时候，滚落下来。她弯身紧紧地将这年少时的伴读拥住，堵住的喉咙却变得艰涩无比，发不出半点声音。

关外旷野无垠，雁门关内外大军如潮，却都在这一刻向着车驾上那一位他们并不大能看清的美丽公主拜倒，齐声高呼："恭迎殿下还朝！"

那声音汇作浪潮，卷入高空，又化作洪涛，在人耳边震响。

风声猎猎，旌旗飘荡。

谢居安却高立于城墙之上，未动一步。他像是一座耸峙的山岳峭壁，不因人间的悲喜而改变，只这样冷冰冰地俯视离合的尘世，然后勾出一抹带着些淡淡戾气的笑。

沈芷衣的目光越过虚空，不期然地落到了那城楼之上，竟然正与他的视线撞上。是旧日那位奉宸殿讲学的先生。然而这一刻，她心中竟未生出多少久违的亲切与熟稔感觉，只有一股冰凉的寒意浸入骨髓，同时生出的还有一种难以言说的莫大讽刺与悲哀。

她到底是在宫里长大的，这些年在鞑靼也不是毫无成长，早在燕临率军踏破鞑靼王庭之时，就已经察觉出了一二异常。她问燕临，燕临也不说。直到此刻，她在边关看见本不该出现的姜雪宁，看见本不该出现的谢居安……

沈芷衣将姜雪宁搂得更紧，红着眼、哽着声地笑："傻宁宁。"

★

姜雪宁不明白她怎么忽然说自己"傻"，抬起头来看向沈芷衣。

只是她没料到，正在这时候，那紧挨着她的肩膀的身躯竟然晃了晃，接着便压在了她的身上，引得她惊呼一声："殿下！"

连日来的紧绷解除，疲乏涌上，沈芷衣腹中忽然出现了几分隐隐的阵痛，冷汗一下从她的额头上冒了出来。她眉头紧锁，眼前渐渐发黑，竟然连更多的话都没说出一句便昏了过去。

周围人顿时一片惊慌，连燕临都立刻翻身下马。

姜雪宁只觉得一颗心为之一沉，眼见着有些许血迹在沈芷衣的裙摆上晕开，一种不祥的预感升腾而上，她慌了神，叫喊起来："大夫，快，传大夫！"

沈芷衣本就怀有身孕，在鞑靼时因为大乾长公主的身份举步维艰，内里忍耐了多少苦楚只有自己清楚。更何况战起后，鞑靼王延达对其颇为催逼，她一则惦念故国，二则忧心战事，心弦几乎已经绷到了极致。到了雁门关，她得见故人，情绪更是大起大伏，岂有不出事的道理？

她这一下昏倒，竟是早产之相。

燕临几乎立刻传令全军去找接生的稳婆。可雁门关本是为了抵御外族入侵修建，平日里驻守的都是将士兵卒，眼下又是战时，大男人一抓一大把，女人却是瞧不见多少，更别说是为人接生的稳婆了。

还好有些随军医治伤兵的大夫。这些大夫平时基本都是在关内开设医馆为人看病的，兵卒花费了好一番功夫，总算问到几个为孕妇安过胎，接过生的，于是赶紧请了过来。

所有人几乎都在院子里等着。

姜雪宁更是面无人色。彼时沈芷衣是在鞑靼就遭遇了不测，那个身具大乾、鞑靼两族血脉的孩子自然是没能保住，所以她竟有些不敢去想这次究竟会是什么结果。明明人都已经救回来了，倘若……倘若因为这个孩子……

她立在门帘外，听着里面嘈杂的声音，只觉手指尖都是冰冷的，而沈芷衣从昏迷中苏醒过来后的哭叫，更使她心乱如麻。

几乎是从早上折磨到下午，经验不够丰富的大夫们几乎都要放弃了。

可就在昏沉沉的暮色终于降临的时刻，房内忽然传来婴儿的哭声，虽然不够嘹亮，不够有力，像是虚弱的小猫叫似的，可那到底响了起来。

这些个大夫险些热泪盈眶，跌跌撞撞地跑出来说："男孩儿，是个男孩儿，长公主殿下平安无恙！"

所有人这才彻底松了一口气。

姜雪宁僵立了一天，几乎立刻跌坐在地。过了好一会儿，她才扶着旁边燕临递过来的手用力站起身来，掀开门帘进了屋。

毕竟是边关荒凉地，这屋子也简陋得只有桌椅床榻，沈芷衣便仰躺在榻上。

婢女眼底含着泪，将那不足月的婴孩儿抱了给她看，她只伸出自己虚弱无力的手指，轻轻从婴孩儿的脸颊上抚过，然后看见了姜雪宁，嘶哑着嗓音唤了一声："宁宁。"

姜雪宁泪如雨下。她不敢想，沈芷衣这样锦衣玉食、天潢贵胄的出身，在鞑靼到底受了怎样的苦楚与屈辱。可偏偏在方才沈芷衣将目光转向那婴孩儿时，竟无限温柔。

姜雪宁走到床榻边："恭喜殿下，他也平平安安的呢。"

襁褓中的婴孩儿还没人巴掌大的脸红红的，还发皱，比一般足月出生的婴孩儿看着小了很多，头顶上还有湿润的胎发，两只眼睛都闭得紧紧的，发出点不知到底是什么意思的细小声音。

沈芷衣实在没了力气，抚着孩子面颊的手指也垂落下来，看向姜雪宁，竟然道："这么久，我都没有想到要给他起什么名字。我倒想是个贴心的女孩儿，没想到是个男孩儿。宁宁，帮我替他起个名字吧。"

姜雪宁顿时怔住，过了好半晌才道："'嘉'字如何？望他往后快快乐乐、健健康康地长大。"

沈芷衣轻轻念了一遍，眨了眨眼，便微笑起来："那便随我姓，往后叫'沈嘉'吧。"

随她姓沈？姜雪宁忽然意识到了什么，心内竟涌上一股酸涩。可她万不敢露出半分悲色，反而跟着笑，道："沈嘉，念念还挺好听的。"

既已接回了沈芷衣，边关战事便已告一段落。

鞑靼在这连日的战事中受创严重，没个三五年恢复不了元气。燕临、谢危自不至于对普通百姓做出屠城这种事来，且中原文化与鞑靼并不相通，即便占了城池，治理也要花费一番心思，且还会有无穷的后患，所以虽已直捣王庭，大军还是在随后一个月里分批撤出。

鞑靼自然也向忻州献来了和书。

消息传至关内，百姓更是一片欢腾。

姜雪宁因为沈芷衣产后虚弱，在雁门关陪着待了一个月，眼见着她身子渐渐好起来，才敢在腊月廿二启程返回忻州。路途中也不敢太过颠簸，所以原本不长的一段路，他们也走了两三天。

公主还朝的消息当然也早已经传到了忻州。百姓鲜少见到皇室的贵人，又是大军胜利班师的时候，一得闻消息，纷纷出来瞻仰公主天容，一观凯旋风姿，将街道内外堵了个水泄不通。

一行人中午入城，傍晚才进将军府。

府里早已经准备好了干净舒适的房间，另有些更厉害的大夫来为沈芷衣和诞下尚不足一月的婴孩儿请平安脉，还开了一些温补调养的方子。

如此一番折腾，就抵近了年关。

往年滋扰不休的鞑靼被新掌兵权的将军打了个落花流水，连王庭都没保住；当年为国和亲的乐阳长公主沈芷衣也被安然救回，甚至平安诞下一子。边关百姓欢欣鼓舞，军营内外意气风发，上下一同请命，各家出力，在城里大摆流水宴席，一则犒劳凯旋班师，二则恭迎殿下还朝，三则祝愿婴孩满月，四则喜庆除夕新年。

大年三十的晚上，将军府里自然也免不了一片张灯结彩。

沈芷衣身子养得好了些，这些天已经能下地在院子里走动。姜雪宁亲自为她描摹了妆容，也到得宴会厅中。

谢危、燕临、吕显、尤芳吟等人俱在，甚至连前阵子在后方押送另一批粮草来得晚一些的任为志也已经列在席间，其中更有军中将领，管弦优伶，场面热闹非凡，一扫边城往日的荒寂，竟有点火树银花、觥筹交错的繁华景象，让人觉着仿佛又回到了京城。

“我这辈子就没打过这么痛快的仗，要粮有粮，要钱有钱，别说是打一个月，就是再打上十年，老子也不㞞！”

“是啊，哪回这么舒坦过？”

“以往是末将小看燕将军了，如今可真是英雄出少年，老了、老了！”

“走走走，去敬燕将军一杯！”

……

席间有些人喝得上了脸，相互搀扶着从座中起身，端着酒盏来找燕临，要敬他酒喝。

今夜的燕临已经换下了沉重的盔甲，只穿一身深黑的劲装，宽肩窄腰，行止间不知引得周围多少优伶酒婢频频向他望来，秋波暗送，美目传情。

只是他都跟看不见似的。

眼见众人朝他走来，他虽然起了身，却没端酒，道："诸位将军容谅，燕某不饮酒，怕要却诸位盛意了。"

众人顿时愣住。其中年纪大些、留了把络腮胡的将领伸出手来搭上他的肩膀，大大咧咧地道："将军这样的英雄，怎么能不喝酒？男子汉大丈夫，当醉就要醉！大家伙儿都喝得这么高兴，您滴酒不沾，这像什么话？来人哪，为咱们燕将军端酒来！"

边上立刻有人应了声。

今日毕竟是全城摆的流水席，军民同乐，打成一片，将军府里原本的人手自然不足以应对这许多事，所以忻州城里有些酒楼的小二甚至掌柜都来帮忙了。

边城民风开放，甚至有些想要寻觅一桩好姻缘的妙龄女子都来了。毕竟她们若能在军中相中个好男儿，可不也是一门好亲事？

那应声的便是个穿着红衣的漂亮姑娘，为着今日还仔细描摹过了妆容，在眉心贴了金色的花钿，仔细分辨，眼角眉梢还有点妩媚之意。不知多少人的目光都落在她身上。

她正在席间为人斟酒，听见人唤，便拎着酒壶转过身来。

燕临倒没怎么注意，仍旧说自己的确不饮酒。

那姑娘目光向他身上一晃，两颊竟晕红些许，隐约有羞涩之意，在这般热闹的场合里看着，更增添了几分动人姿态。

她转身将案上空着的酒盏斟上，再将酒奉给燕临。

燕临轻轻蹙眉，没有伸手去接，只对那些个起哄的将领道："你们几个喝得有些多了。"

姜雪宁便是这时候扶着沈芷衣进来的。

一看见这热闹的场面，她不免笑起来，对燕临道："战场上一番生死作战，命都交过了，一盏酒又算什么？几位将军也是一番诚意，你倒不如顺从地喝了。"

燕临转头，突然静默地望向她。

她的心猛跳了一下。记忆倒退，她终于想到了什么，有些愣怔起来。

那些个将领见着忽然有这样俏生生的姑娘进来，便想起前些日里传闻的"宁二姑娘”，又听她对燕临说话这般熟稔，便都跟着笑起来：“是啊，宁二姑娘都说了，燕将军就算不看我们的薄面，也总要看一下姑娘的面子嘛！来，我们敬您一杯！”

燕临只道：“我不喝酒。”

那络腮胡将军不免纳闷了：“您这又不是七老八十了，有什么不能喝的？”

燕临收回了望向姜雪宁的目光，似乎有些不快，垂下眼帘道：“怕吓着人。”

姜雪宁心底竟有些隐痛。

他却跟没说什么似的，道：“诸位将军的好意在下心领了，不过好酒还是留待诸位喝吧。”

领兵打仗的人大多是大老粗，哪儿有这样被人拂面子的时候？何况燕临的年纪还不大，莫名其妙地不喝酒，着实令人有些不快。

还好这时候谢危同吕显在外面说完了话，走进来。姜雪宁瞧见，便解围道：“谢先生也来了。这回燕将军前线作战固然居功至伟，可若无粮草辎重迅速补给，这一战也断断不能打得如此痛快，不如大家一道敬先生一杯吧？”

谢危停步看向她。他虽不直接插手军务，可这忻州城里谁不知他的地位？且他话少，又是京中来的高位文官，这些个大老粗武将同他相处，总觉得不如与燕临说话自在，有几分拘束之感，偶尔被他平静的目光扫及时，甚至会莫名有些发怵。

姜雪宁此言一出，众人收敛了玩笑之色，顿时连声道“是”，转而端起酒盏来敬谢危。

谢危没说话。姜雪宁瞥见他两手空空，往边上一瞧，便看见那原先端了酒要给燕临的姑娘，于是顺手便将那酒盏从她手中取了，转而想递给谢危。

原本她只是想为燕临解围，然而在抬眸触到谢危的目光时，心底竟生出一种难言的复杂感来，无论如何，今次边军能直捣鞑靼王庭，救出公主，她第一个该谢的人便是谢危。

执着酒盏的手略微一停，姜雪宁到底还是双手奉盏，微微垂首，道：“先生请。”

琼浆在盏中轻轻摇晃。谢危看了酒盏一眼，又看她一眼，才将酒盏接了过来。指尖不免轻轻碰着她的指尖，她像是被什么烫了似的，往回缩了缩手。

众将领这时便齐声道：“末将等敬少师大人一杯！”

谢危仍不说话，倾杯将酒饮尽。

周遭顿时一片叫好之声，欢声笑语，他也没流露出多少高兴的神态，随手将空了的杯盏往边上一递，就有眼尖的侍者将杯盏收去退下。

众人重新入席。

姜雪宁也松了一口气。

谁也没注意到，边上那名先前为燕临斟酒的红衣姑娘在瞧见那盏酒被谢危饮尽时，面上白了几分，竟露出几分不安的神情。趁着众人没注意，她咬了咬唇，悄悄混入热闹的人群中，不见了影踪。

姜雪宁扶了沈芷衣坐下，自己也坐在旁边。

任为志和尤芳吟正低头凑在边上说话。吕显落座时无意间瞧见，也不知怎的便心里硌硬，索性转过眼眸不去看，要同谢危、燕临说话。

只不过他话还没出口，外头剑书竟然快步走了进来，附在谢危耳旁说了什么。

谢危神情微有变化，侧转头朝着花厅门口的方向看去。

这时只听得一声拉长的奏报在将军府门前响起："锦衣卫副指挥使周寅之大人到——"

宴席之上骤然安静下来。

姜雪宁更是陡地抬眉，惊诧之余，立刻皱起了眉头。

不一会儿，一身深蓝便服的周寅之便从中庭穿过，到得厅前，笑着躬身道："周寅之奉旨前来，恭祝边关攻打鞑靼大捷，见过长公主殿下，见过少师大人！"

★

两年不见，原本的锦衣卫千户已经摇身一变，成了锦衣卫副指挥使。近些年来，姜雪宁虽然远离京城，有关锦衣卫的传闻却还是听说过一二的，竟与彼时没什么区别——皇帝的兵刃，权贵的走狗，手段狠辣，雷厉风行。不同的是，彼时他的靠山是姜雪宁，而如今似乎换了人。

深蓝的锦缎常服上刺绣着暗色的瑞兽云雷纹，不大看得出来历，但他腰间佩着的那柄绣春刀，已经很昭然地显示了他的身份。

这些年来他位置高了，人看着也越发沉稳，已然有了点大权在握的威势。

只是他到得厅中时，浑无半分倨傲之色，将谦逊和恭喜的姿态摆了个十足。

姜雪宁听见他的名字时已悚然暗惊，此刻亲眼见得此人入得厅中，更是心底一悸。然而厅堂里就这么大点地方，周寅之若是从京城一路赶来，进了忻州听得一些风言风语，也该猜着她在这里，避是避不开的，倒不如坦然一些。

谢危、吕显等人骤然见了这"不速之客"，自知己方不是为了什么家国天下攻打鞑靼，静默里各怀心思；其余将领对自己无意间参与了谋逆欺君之事却半分不知晓，还当朝廷专门派钦差前来，是圣上那边得了攻打鞑靼大捷的消息要来犒赏他们，是以非但不惊讶，反而满是惊喜，态度显得尤为热络。

周寅之这人，边关将领未必识得，谢危、燕临并姜雪宁一干人等却都是识得的。

有片刻无人说话。

沈芷衣高坐上首，目光微微闪烁了一下，张口欲言，可看了旁侧的谢危一眼，又合上了嘴。

场中气氛竟显得有些微妙，末了还是谢危先笑一声，道："周指挥使客气，从京城远道而来，倒正好赶上庆功宴。来人，请周大人入座。"

于是众人与周寅之寒暄起来。

姜雪宁也在座中，且因为就坐在沈芷衣身旁，位置颇为显眼。周寅之与燕临道过礼后，几乎一眼就看见了她，也不知是真是假，微微怔了怔，竟向她道："没想到二姑娘竟也在此地，两年不见了。"

彼时，周寅之是她养的一条狗，不是什么良善之辈，为了往上爬可以用尽一切手段。燕氏被抄家，便有他的三分力气。

后来几易其主，他又攀附上了她，转而搭上了沈玠，专为朝廷干那些必须做又不大好听的事情。若说能力，他绝对不差。只可惜在她与萧姝的争斗之中，这条狗反过来咬了她一口，使得她落入万劫不复之地，更牵累了张遮。

如今，温婕妤腹中的孩子得以保住，顺利诞下了皇子，沈琅也并未神秘暴毙。所以沈玠还是临淄王，并没有被立为"皇太弟"，更没有登上皇位。周寅之所效命之人自然换成了如今在位的沈琅。而沈琅性情阴鸷，政务平庸，倒好摆弄帝王权衡心术，可以说比起曾经登基的沈玠，要更信赖、更器重这个什么脏活儿都能干的心腹利刃。

姜雪宁已经离京两年，本就不希望京城里的人注意到自己的行踪，所以几乎与那边断了往来，连姜府那边也懒得捎回几封信去。

这样的她，于周寅之的仕途自然再无助益。早些时候她还听闻他时常会去姜府走动，后来越得皇帝器重，在锦衣卫里独掌大权，姜伯游一个小小户部侍郎，见了他还得放尊重些，便渐渐不曾听说他有什么走动了。

对此人，她心中始终存着戒备与警惕，即便曾用他暗中提醒燕临、整治清远伯府甚至救出尤芳吟，可从不敢全然信任他。

此时两人已是两年未见，身份殊异。姜雪宁自然不会蠢得还以往日的态度相待，只是回以既不显得热络也不显得冷淡的一笑："两年不见，恭喜周大人平步青云，高升许多。"

一圈人都见过了礼，这才真正落座。

周寅之自陈是边关捷报传回京城，圣心大喜，龙颜大悦，特命他亲来嘉奖，以示天恩，还说什么勇毅侯府终于又能重回京城，谢少师后方筹谋亦立有大功，完全一副不知道真相的模样！

好像燕临不是擅自离开了流徙之地，好像他夺得兵权不是矫诏而真是皇帝的旨意，就连皇室原本对沈芷衣不闻不问、见死不救的态度，都仿佛从来不存在。

一切都是雷霆雨露，天恩浩荡！

要知道明面以燕临为首、暗中以谢危为首的这一干人等，实打实干的是谋反的勾当，周寅之坐下来却和他们谈笑风生……

这份胆气，就是谢危也得赞叹一声。只不过比起旁人深觉惊异诡谲的不安，他却出奇镇定与平静。毕竟仗打完之后，朝廷的态度本就在他的意料之中。

姜雪宁初时也不免惊疑不定，待静下来仔细一想，也就明白了其中关窍——边关之战已经尘埃落定，有了定局。

鞑靼狼子野心，既对沈芷衣生了杀心，来年必定进犯大乾。如今一战获胜，举国上下一片沸腾，原勇毅侯府世子燕临以戴罪之身执掌兵权，救回公主，踏平鞑靼，更是名扬万里，百姓称颂，连皇帝都得了许多赞誉。

反观朝廷，天教作乱，暗中窥伺，可称得上是“危机四伏”。沈琅自然知道边关这帮人是欺君谋逆，可揭破这事实，对他全无好处。一则不免自己证实了皇家冷血的传闻，有违孝悌的圣人教诲，失了民心；二则边关屯兵十万，真要治罪，只会倒逼燕临即刻谋反。朝廷外患未除，又岂能为自己增添内忧？

沈琅倒不如虚与委蛇，顺水推舟。既然你等谋逆反贼敢自称领了圣旨，我这当皇帝的便敢真当自己发过这一道圣旨，将假作真，反而能得民心，缓和局面，甚至能派个周寅之来边关收买人心。

有了皇帝的关注，高官厚禄在望，谁愿意冒着杀头的风险去谋反呢？

姜雪宁想到这里，抬眸再看座中人，觥筹交错，言笑晏晏，可哪个不是揣着明白装着糊涂？

于是她顿觉一股寒气涌上来，也不插话，只听着众人讲话。

周寅之这两年来越发长袖善舞，不但能与谢危、燕临等人谈笑，甚至连边上坐着的尤芳吟和任为志都注意到了，还笑着说：“当年狱中一别，便再未见过尤姑娘了。现在嫁得一桩好姻缘，也富甲一方，实在是神仙眷侣。”

任为志与周寅之不熟。尤芳吟当年苦于尤月的折磨，还真得过周寅之的照拂，连当年学算账的算盘都是周寅之使人帮忙找来的。她是记恩的人，倒是诚心感激：“多赖周大人当年费心照拂，只是微贱商贾末流，未得机会一表谢意。这一杯，便敬周大人了。”

她当真端了一杯酒来敬。众人大多不知他们有何故交，但看周寅之连尤芳吟都认识，不免又对他高看了几分。

姜雪宁却不知为何生出些不安情绪。

周寅之从京城来，沈芷衣则是在鞑靼两年，路途遥远，几乎已经对宫里的状况一无所知，席间不免问起，周寅之也一一叙说。

姜雪宁这才知道京城里又有许多变化，那些故人也各有遭遇。

姜雪蕙嫁给沈玠做了侧妃，自是端庄贤淑，帮着打理临淄王府里诸多庶务，初时还挺得沈玠偏爱。而方妙虽然是正妃，与其相比却不免算是小门小户出身，又一身神棍做派，与沈玠性情不大相投，三天两头拌嘴吵架，把堂堂临淄王气得七窍生烟。

京里人都以为这王府后院该是姜雪蕙的了。岂料这般折腾了一年，原本偏宠的怜爱渐渐寡淡无味，反倒是那时不时吵上一嘴的越发可人，妙趣横生，渐渐琴瑟和谐、如胶似漆起来。

周寅之刚从京中动身出发时，方妙有喜的消息已经传到了宫中，多少让久居慈宁宫已经失势的太后高兴了一些，略展愁眉。

至于往日仰止斋中的伴读，也大多有了去处。

除却姚惜疯在家中不幸夭亡之外，那刁钻跋扈的尤月也许配了一科的进士，只是对方进了翰林院也没多高的官职，更不受重视，庸庸碌碌；那总爱吃还喜好下棋的小姑娘周宝樱觅得了如意郎君，与燕临往日在京中的玩伴延平王定了亲，听说情投意合。

比较奇的是那姚蓉蓉，竟然进了宫。皇帝酒后一夜宠幸，姚蓉蓉运气极好，怀了身孕，经由萧姝举荐，封了个才人，住在钟粹宫的偏殿。

沈芷衣久不曾听闻伙伴的消息，如今知悉，不免生出几分物是人非之感，听得萧姝的名字时，唇边更浮出一抹冷笑。

她在宫中长大，怎能品不出萧姝将姚蓉蓉放在自己宫中的深意和野心？只是她已经不屑再问，反而抬眸道："当年奉宸殿的伴读，回想起来倒是难得韶光正好，如今大家都有了去处，不过怎的没有淑仪的消息？"

陈淑仪是内阁大学士陈云缙的掌上明珠，按年岁略略一算，也早已经到谈婚论嫁的年龄了。

周寅之闻言，端着酒杯倒似有些踌躇，没开口。

这不免更使人好奇。

边上的吕显笑了一声，轻而易举地道破其中的关窍，甚至有那么点半真半假的调侃："周大人如今乃锦衣卫副指挥使，满京城有什么消息是他不知道的？只是事关自己的终身大事，他怕不好意思细说。殿下有所不知，早在今年九月，周大人与陈阁老千金的亲事就已经定下，只等着年后完婚了。"

"啊……"座中顿时响起一片惊叹声。

沈芷衣怔了一下，似乎没想到。连姜雪宁都愣住了。

其余人等却迅速反应过来，连连大笑着给周寅之敬酒，恭祝他来年就有如此好事，当真是"先立业，后成家"，抱得美人归了。

宴席之上更为热闹，大多数人的目光已经落在周寅之身上，显然众人觉得这位锦衣卫副指挥使自己有本事不说，还有这样厉害的岳家支持，将来前途不可限量，都是说好话，趁此机会上来结交。

这种时候，却没人注意到谢危。他执着酒盏的修长手指不知何时已经微微颤抖起来，一股异样的感觉自下游走而上，渐渐变得明显而强烈，使得他正襟危坐的身体绷得紧了一些。

周遭还无人看出不妥。

他瞳孔微缩，今日宴席上发生过的种种迅速在脑海中掠过，又抬起头来扫视周遭，目光在席间添酒的那些侍从婢女身上扫过，捏着酒盏的手指用力，却悄无声息地放下了。然后他侧转头，先唤刀琴来吩咐一句，眼底已有肃杀之意。

刀琴不免惊异，领命离去。

接着他才唤来剑书，又交代一番。

剑书更是怔住，反应了片刻方意识到什么，向他端着的酒盏看了一眼，低声道"是"，连忙从厅中出来，让人去准备沐浴的冷水。

谢危则随后从厅中走了出去。只有坐得近的燕临、吕显等人瞧见，但他们只当他是有什么事出去处理，或是酒意微醺出去吹吹风，一会儿便回来，并未太过在意。

这一夜本是庆功宴，又逢除夕，是难得高兴的好日子，百姓各有心意献上，到得亥时末，便有热腾腾的面端了上来。

关中不产稻米，所以山西民间多用面食。城里有家面馆远近闻名，老板做得一手上好的龙须面，今日就在后厨里帮忙，特意使了自己的拿手绝活儿，为众人下了一碗好面，请乐阳长公主沈芷衣一尝忻州风物。

那面用白瓷碗装，漂在点了少许油的清汤里，当真是细如丝缕，边上还浮了少许配的绿菜叶，又添了两勺精选七分瘦三分肥的猪肉碎炒的肉臊子。

面才端上来，便叫人闻见香气。沈芷衣知道是百姓的一番心意，特地起身来端过相谢。

姜雪宁也有一碗，拿筷子挑起一簇吃得一口，又喝一口面汤，竟吃出了少有的鲜香，只是她到底被谢居安养刁了嘴，没觉出十分惊喜。不过她转头见沈芷衣安然坐在自己身边，竟有种难言的平静。

过去罹难的那些人，如今都好好的。

她不由得微微弯唇，凑至沈芷衣耳边，悄悄压低了声音，不无俏皮地道："这面一般，我生辰那晚殿下派人送来的面更好吃些。"

沈芷衣闻言侧转过头来，目中却浮出几分迷惑之色："面，什么面？"

姜雪宁忽然愣住了，执着筷子的手指变得僵硬。她抬起头来注视着沈芷衣，面上鲜活的神态都隐约有些凝滞。

沈芷衣被她吓着了："宁宁？"

姜雪宁如在梦中，呓语般道："两年前我生辰那晚，从鸣凤宫离开后，殿下不是派人特为我送了一碗长寿面吗？"

沈芷衣诧异："怎会？"她道，"那晚你同方妙能喝，我喝了没一会儿便醉了，第二天才醒呢。且宫里御膳房一过亥时便使唤不动了，做不出什么长寿面的。你莫不是记错了？"

莫不是她记错了？

这一瞬间，姜雪宁心底有一种茫然感，继而便是抽丝剥茧后渐渐清晰的慌乱。她也没分辨出自己乱糟糟的脑袋里究竟在想什么，下意识地往席间某个方向看去。

那位置空了——谢居安不知何时已经离了席。

★

到底是除夕夜，众人酒足饭饱，还要相携去城外看烟火。

姜雪宁却有些浑浑噩噩。隐约记得燕临和沈芷衣都来同自己说了什么话，她也面色如常地答了，回过头时却什么都不记得。直到被庭院里的冷风吹了面，她才陡地清醒过来。

宴席散了，众人去看烟火。

她借口困乏没与他们一道，独自上了走廊，可此刻定睛一看，才发现这竟不是回自己屋的路，而是往谢危的院落去的道。

年节的灯笼华彩在外院热热闹闹地挂满，到得这幽僻处却有些冷清。掉光了树叶的枝丫横伸在走廊边，昏黄的光落在她的脚边，将她的身影投落在地上。

姜雪宁实在不愿意去想，然而席间沈芷衣那番话却始终在她耳边回荡，挥之不去，搅得她意乱心烦。

彼时彼刻的宫中，谁人知她的生辰，又是谁人有本事使唤御膳房，还能差小太监神不知鬼不觉地送一碗面进仰止斋？

不是最可能的那个人，那么有这本事却本不该有这可能的人，便成了唯一的可能。

可那多荒谬？

她静立在走廊上，垂在身侧的手指竟不住地发颤，种种经历在脑海中浮现，一时是深夜宫禁中谢居安含着笑，飘飘忽忽的那句“娘娘自重”，一时又是初夏壁读堂中他发了狠似的拉住她，隐忍里近乎哀求的一句“姜雪宁，不要走”……

忽然间又是大雪苍茫，他在黑暗的山洞里用力掐住她的脖颈；继而一转，坤宁宫里发间的金步摇坠落在地，渐渐被蜿蜒淌开的鲜血所染……

那种痛，那种冷，竟好像从未离开过她。姜雪宁抬手用力地压住颈侧，仿佛那跳涌着的血脉被锋利的匕首划破了，若不紧紧捂住，便会有汩汩的鲜血流出来，好痛，好痛。

连燕临带给她的伤痕，她都尚未忘怀，又怎会愿意跳进另一座刀山、另一片火海？有些东西已经深深烙印在她心底，她注定不可能完全摆脱过往。毕竟没有那些过往，便没有现在的姜雪宁。

纵然那时她的遭遇能算成是她咎由自取、作茧自缚，可到底是他逼杀了她！

脑海里闪烁着的画面还在不断变幻，姜雪宁几乎痛得弯下身去，脚步虚浮，跌跌撞撞地转过身来，要寻路返回自己房中。

只是走得两步，她偏回想起当日谢危问她，沈芷衣怎么值得她为其倾尽所有赴汤蹈火，她回答“殿下对我很好”时，谢危那沉默着注视了她良久的眼神……

脚步到底不由得停住，那种万般熬煎的感觉俘获了她，让她觉出了一种难以解脱的痛苦，忍耐到极致，反而成了一股忽然涌出来的决心。

有些东西，已不再是她今生所求。她两世加起来也才虚虚活了二十七年，比谢居安尚少一年多，况她本中人之智，又怎能与谢居安天人之才相较？倘若她不说明白，断干净，受苦的终究是自己。

姜雪宁在冷寂中立得半晌，慢慢攥紧手指，竟强行将那爬上来的颤抖驱散，再次转身，往长廊那头走去。

屋檐下树影稀疏，往日总守在谢危门外的剑书今夜竟不知为何抱剑立在庭院外头，见得她的身影，惊了一下：“宁二姑娘？”

姜雪宁道："我有事要找先生。"

剑书顿时一愣，下意识地想说什么，可看她一眼，到底没说出来，眼神有点说不出的感觉。

可姜雪宁心里装着事，没去深想，见剑书虽没回答却也没拦她，便径直从他身旁走了进去，到得紧闭的房门前才停下。

屋里没透出一丝亮光，黑漆漆的，隐约似乎有水声。

她深吸一口气，轻叩门扉。

里头水声顿时一停。姜雪宁听着茫然了一瞬，仍旧道："谢先生，学生有事相询。"

屋内静默得没有半点声息。她几乎以为先前听见的那点动静是自己的错觉，而谢危说不准已经睡下了。只是片刻后她便听见"哗"的水声，比起方才明显许多。

紧闭的门扉很快被打开了。

谢危从冰冷的水里出来，连身上的水迹都未擦干，只随意披了件苍青的道袍在外面，头发有大半沾了水，连着面庞、脖颈、喉结都湿淋淋地淌着水。

他没穿鞋，赤脚踩在地上，道袍的前襟散开，浑无往日衣冠整肃的模样，顺着喉结往下，甚至露出一片结实的胸膛，薄唇紧抿，手搭在门边上，一双眼看向她，竟叫人生出点惊心动魄之感。

屋里虽然没点灯，黑漆漆一片，可外头廊上挂着灯。那光一照，姜雪宁已将他看清楚，这时才反应过来——谢居安刚才竟是在房中沐浴！

她顿时知道这时机不好，忙垂下眼，半点不敢往别处多看，只将视线低垂下来落到自己的脚面上，迅速道："学生冒昧，改日再来。"说完要退。

谢危却一把抓住了她的胳膊，牢牢地将她禁锢住，道："便这样怕我？"

他浑身分明在冷水里浸过，身上无半点热气，可抓住她的胳膊的那只手掌掌心竟传递出惊人的温度，隔着一层温软的绸缎都令人发颤。

姜雪宁越发觉得不对。她勉强保持着镇定，道："原只是有些未解的困惑想来询问先生，是席间多喝了两盏酒昏了头，竟深夜前来搅扰，还望先生见谅。"

谢危听她还是这般生疏口吻，又听她话中一个"酒"字，眼角便微微抽搐了一下。自宴会半途离席时所积压到现在的不快终于累积到顶峰，磅礴地翻涌出来，让他手上用了力，径直将人拽进了怀里，埋头吻下。

被水浸得冰冷的嘴唇冻得姜雪宁抖了一下。他湿淋淋的怀抱也让她沾了一身水汽，然而紧贴着的胸膛竟是滚烫的。

唇舌侵入，暗藏怒意，他没有给她留下半点喘息的余地，吻疾风骤雨一般使人难以招架，透出了一种前所未有的危险意味，比之当日遭遇大雪被困山洞时尤甚！

沉怒之外，还潜藏着令人心颤的浓浓欲求。

他舌尖抵着她的贝齿，又咬中她的唇瓣，使她吃痛地哼了一声，于是乘虚而入，迫使她不得不仰起头来承受这几乎令她窒息的深吻。

待得唇分，她便只剩喘气的力气了。

姜雪宁观他这听不进半句话的架势，心知不妙，想推开他，却偏被他握得更紧。

谢危唇边浮出一分冷笑："现在知道怕了，要跑？先前看也不看便敢端酒给我的胆气呢？"

姜雪宁惊慌之余，简直一头雾水："什么酒？"

谢危听得越发堵心，也懒得同她解释，不由分说地便将挣扎着想要逃开的她拉进了门。

姜雪宁怒极，抬手便往他的脸上甩了一巴掌，黑夜里传来"啪"的一声响，她冷声呵斥："深更半夜，还请先生自重！"

谢危被她这一耳光打得微微侧过头去。她转身便要夺门而出。

然而谢危目光深寒，已先她一步将她的两只手捉了制住，反手一掌把门压了关上，沾满水的身躯如一道墙，将她卡在他与门之间那窄窄的空隙里，居高临下地俯视她："自重？"

屋内一下变得更暗，只有廊上的光透过窗纸模糊地照进来。他的轮廓也显得模糊不清。

姜雪宁张口欲言，谢居安的手却已顺着她不盈一握的细腰往上攀附，埋头以唇贴上她的唇，声音似低喃："姜雪宁，圣人也有脾气的。"

他虽禁衽席，可七情六欲之扰人所共之，只是他忍得、耐得，不愿叫邪念侵身。偏她今晚端来一盏酒，搅得他尘心不净。一桶冷水浸没，尚未得以压制纾解，火气正盛，她还来他眼前晃，招惹他，没说上三言两语又叫人气得心口发疼。

这一时，他怎愿饶她？

谢危是存了惩罚之心的，然而越近她的身，触得软玉温香，却跟火上浇了油似的，反倒让自己有些失控。

姜雪宁这副身子实在柔弱。只被他碰了两下，她已没了大半力气，心中又是慌乱又是委屈，更生出了几分幽暗的恐惧，唇缝中便溢出几声低低的呜咽，眼角淌下泪来。

那温热的泪珠落到他掐着她的下颌的手指上，谢危压制着她的动作便停了下来。

这一刻他真说不上是怜惜多一些，还是气愤多一些，几乎菩萨心肠发作便要放过她，让她离开，然而这一身火气未消，又着实恼她恨她，不愿这样轻轻饶了她。

于是谢危一咬牙，掐着她的腰将她转了个身，面朝外抵在门扇上，将她压得紧紧的，吻却落在她微凉的耳郭上。姜雪宁软得腿颤，若非被他这样顶在门上，只怕连站都站不稳，更别说动弹。

谢居安嗓音格外低哑，狠声问她："你倒说说，想问我什么？"

姜雪宁手指无力地抠着菱花窗格，只觉一物烙在她的腰眼处，让她半点不敢轻举妄动，脑海中忆及自己今次的来意，终于还是道："想请先生，做一碗面……"

落在她耳廓上的唇停了停，下一刻动作便变成沾了点血气的啃，落在她白玉似的耳垂上，比之先前变本加厉，留下个清晰的牙印，又往她纤细的颈侧去："糊涂鬼也有聪明的时候，可惜，该被你气死的都已经气死了。"

姜雪宁看不见他的神情，只能听见他的声音，感觉到一只手似乎在她身后窸窣动作。初时她还头脑混乱没察觉，可等那喷吐在她肌肤上的呼吸渐渐重了、乱了，便突然明白了什么，脑海里炸得"嗡"一声响，顿时一片空白。

她混乱之下几乎不知时间是怎样流逝的。直到某一刻他重重地压上来，额头抵着她的后颈，用了几分力道地咬住她往后拉开的衣领里那一节脊骨，终于释放了什么似的喘息着，她才惊醒，颤抖着叫了一声："谢居安！"

然而谢危从未对人做过此等事，亦知如此行径并不磊落，稍一清醒后便知难堪，竟抢在她发作之前开了门，摁住她的后颈将她推了出去，嗓音喑哑地道："明日记得换身衣裳。"

接着门便合上了。

被推出门的姜雪宁简直不敢相信谢危对自己做了什么，更不敢相信这是那人所称道的"圣贤"，一时衣衫凌乱、腿脚发软地立在廊上，伸手向身后的裙摆一摸，触感直叫她面颊陡然烧红。万般难掩的羞耻涌上，她已然出离愤怒。

人在门外，她早忘记最初是什么来意，忍无可忍地朝着门一脚踹过去，大骂："你怎么敢？！卑鄙，无耻，下流！"

门后却无动静。

谢危屈了一腿，背靠着门缝坐下，由着姜雪宁骂了两声。过了会儿，他便听得她跺了脚，仿佛忌讳这是深夜，怕被人瞧见，又咬牙切齿地重复一句"下流"，才脚步凌乱，逃也似的跑了。

他垂首回想方才的胡作非为，忍了几回，到底还是没能忍住，胸腔里一阵震动，沉沉地笑出声来。

第二十三章

破绽

姜雪宁出去时，都不敢多看一眼外头立着的剑书，趁着天色昏暗回了屋，径直将脏污的衣裙拽了下来，还不好就这般放在屋中留待丫鬟收拾，索性一把扔进水盆里，浸得没了痕迹才消停。

只是躺在床上，她大半宿没睡着。

次日丫鬟进来伺候洗漱，瞧见她昨日的衣衫都浸在水盆里，不由得有些惊讶。姜雪宁只说是昨夜回来喝多了，没留神随便放了衣服。丫鬟们自然也都没有多想。

边关战事既歇，尤芳吟与任为志打算择日离开忻州。只是来都来一趟了，边关也有些边关的土宜，他们想着倒不妨带些回去，做上一趟顺便的生意，是以一大早就来问姜雪宁要不要一道去街市上逛逛，看看关中风物。

姜雪宁正心烦。本来昨晚好不容易打定了主意要同谢危说个明白，然而话没说两句就……就发生了那样的事，简直荒谬绝伦！若非一大早醒来还看见那水盆里浸着的衣裙，还有自己颈侧仍旧留有痕迹的淡淡牙印，只怕她都要以为是自己胆大包天，连这种梦都敢做了。

只是计划也被打乱了。

她深知谢危的本事，也深知自己的处境，拖得越久，不过越使自己陷入旋涡难以抽身罢了。

尤芳吟来找，她倒正好让自己离开这座不知为何变得憋闷几分的将军府，去街市上透口气，散散心，顺便想想清楚。

于是两人相携出了门。

节后大年初一的早晨，街市上一片喜气，商铺上的东西琳琅满目，到处都是出门游玩的人。

高高的城楼上，谢危与吕显远远看过了城外大营的情况，便往回走去。

虽已进了新年，风却还冷着，只不过吕显说着话，倒觉得谢居安的心情似乎并不受这冷风的影响，眉目舒展，意态萧疏，比起天上高挂的溶溶月，反倒像是柳絮池塘里飘着的淡淡风。

他往身后瞅了瞅，没看见刀琴，不由得道："今儿个一大早起来就听说刀琴昨晚抓了个姑娘，训了好一顿，哭得惨兮兮的，听说还要在牢里被关上好几天，是怎么了，犯什么事了？"

谢危眉梢轻轻一挑，回眸看了吕显一眼，道："刀琴性子孤僻些，爱跟人较真，估摸哪里开罪他了吧。"

吕显心道：你还能回答得再敷衍一点吗？我信你有鬼！

他索性不打听了，先向周遭看了一眼，见没人在附近，才开口道："如今朝廷派了周寅之来，算是将了咱们一军，你打算怎么办？"

沈琅这人，帝王心术着实不差，虽然没用到正路，可用在这等歪路上，对付寻常人是足够的，只可惜，谢危不是寻常人。

他垂眸看着眼前城墙的砖块，伸手抚触上头经年留下的刀剑痕迹，道："如今他来招安，忻州城的将领多少也领着兵，一朝举旗要反并不容易，眼下并不是最好的时机。不过……"

吕显道："你有后招？"

谢危收回手来，看着掌心细细的掌纹，道："天教还没出手，万休子筹谋了这么些年，岂能瞅不准时机？螳螂捕蝉，黄雀在后，这种事急不得。"

二人正说着话，下方忽然传来点动静。

二人转头望去，竟是周寅之从下方走了上来。两边兵士都给他行礼。他却一眼就看见这边伫立的谢危与吕显，怔了怔之后，走上前来："下官见过谢少师。昨日来得匆忙，又正逢庆功宴席，倒是没来得及说正事。不想正要去找燕临将军，这就遇上您了。"

谢危道："您有正事？"

周寅之目光微微一闪，看着他便笑起来："听说长公主殿下救回来也有月余了，先前是身体需要静养，如今殿下已经大好，圣上的意思是要接殿下回京。且您与燕临将军这一番攻打鞑靼救出公主，使得鞑靼臣服我朝，削弱其力量，又免去了边关接下来几年的战祸，立下汗马功劳，当要昭告天下，加官晋爵。礼部都已经在拟制加封的文书了，只是不知您与燕将军何日动身？"

边关有屯兵十万，京城是鞭长莫及，可他们要回去那就是赤手空拳，又入敌腹。谁敢冒这样的风险？

谢危觉着周寅之这话试探的意味更多些，只是也不慌不乱，反而先向周遭看了一眼，继而才看向周寅之，压低了声音轻叹一声：“周大人，朝廷当真就轻轻饶过此事了？”

周寅之的神情忽然有些凝滞：“您这是……”

谢危面上却凛冽了几分：“燕氏一族当年被查与平南王逆党有所勾连，对圣上、朝廷怀恨在心，此番燕临在边关看似举兵救了公主，乃百姓所称道的义举，可你我难道不知圣上根本就没有下过那所谓的调令？到得忻州后，谢某便知事有不妥，只可惜为时已晚，军权已然落入贼人手中。一为自保，二为大局，三为百姓，谢某便出了虚与委蛇的下策，先助他成事，再俟朝廷消息。只是周大人竟是孤身前来，昨日席间还与他谈笑风生，倒令人十分不解。不知朝廷到底是何打算？”

吕显在旁边听得想笑。

周寅之却万没料想谢危会有如此一番说辞。他到得忻州后也曾四处打听，几乎先入为主地以为谢危也参与了此次边关的矫诏谋逆。毕竟以他往日效命于姜雪宁时的所知，加上这两年来在朝中打过的不多交道，他从来不敢小觑谢危，甚至比旁人还要忌惮他一二。

然而谢危竟说与燕临乃虚与委蛇……

周寅之心念急转，一时倒不能辨明真假。可他在锦衣卫也沉浮一番，如今算个人物，见人说人话见鬼说鬼话却是会的，当下便轻轻苦笑一声，以一副低沉的口吻道：“原来少师大人也有苦衷，我便想，圣上视您为座师，当作左膀右臂，该不至于如此。只是一如您所言，事已成定局，实在难有扭转之机，倒不如将错就错，看看情况。或者您有别的高见？”

谢危敛眸，眼底光华流转，默然半晌，摇头道：“敌强我弱，苦无良计。”

周寅之继续道：“那回京之事……”

谢危向着城楼内侧那修建在瓮城之上的箭楼看了一眼，道：“燕世子方召集了城中领兵的诸位将领在箭楼议事，只是谢某一介文官，不便忝列旁听。周大人来得正好，不如先去探探口风，我等再做计议？”

周寅之也看向那箭楼，却不由得沉吟。对谢危的话，他连三成都不敢信，只恐多信一成，就落得万劫不复的境地；更恐落入圈套，或是一不小心吐露点不该说的秘密，为自己招来杀身之祸。

吕显却跟明镜似的，自然知道谢危这番话没有一句真，不过是在迷惑周寅之罢了，心里觉得可乐。但看周寅之说话似乎忌惮有旁人在的感觉，吕显便自己挪了步，要往一旁避去。不承想他才挪了一步，就瞧见下方的人影，一时竟下意识地脱口而出：“尤姑娘？”

尤芳吟正陪着姜雪宁看忻州城本地的一间茶庄，刚买了二两茶叶准备回去看看与自家经营的有无差别，哪能想到会忽然被人唤上一声？

两人循着声音抬头，这才看见吕显，顺带着也就看见了城楼上的谢危和周寅之。

姜雪宁顿时怔住。

谢危也有些意外，然而当他瞧见姜雪宁时，也就瞧见了她今日新换的一身浅碧色百褶裙，还有系在颈上的一条毛茸茸的围脖，将那纤细脖颈挡了个严严实实，也不知怎的，脑海里便翻出昨夜那些事来。

难得的一种不自在感让他僵了片刻。毕竟，自渎这种事……

姜雪宁看向他。

谢危虽没避开目光，耳尖上却不可避免地染上了少许可疑的红晕。只是旁人的注意力都在下方，倒没人注意他。

周寅之看见姜雪宁同尤芳吟在一块儿，目光又微微闪了闪，竟主动与她攀谈起来：“二姑娘这是与尤老板一道忙碌生意了吗？”

姜雪宁收回了盯着谢危的目光。反正做下那等丢人事情的人也不是她，是以她反倒格外坦然，唇边甚至挂了笑，道：“倒不是，逛逛街罢了。”

话都说起来了，她们自然不方便这就走。

何况她对周寅之始终有疑虑。这一下既然遇到，她便同尤芳吟说了一句，要往城楼上去。尤芳吟却摇了摇头，向城楼上立着的人看了一眼，说自己就在一旁的茶座里等她，并不与姜雪宁一道上去。

姜雪宁看一眼上头的吕显，心下了然，也不说什么，点了点头，便拎了裙角顺着城楼下方的台阶走到了城楼上面。

谢危似乎不是很自在，并没有说话。

吕显见尤芳吟没上来，有些不痛快，也没开口。

倒是周寅之颇为熟稔的模样，同姜雪宁寒暄，见她手里还拎了二两茶叶，不由得道：“关中市井的茶叶只怕比不上京城，毕竟好的都在江南或者送进宫里了。”

姜雪宁这些年的生意涉猎也颇为广泛，早年也算执掌后宫，知道各地如何向朝廷进贡的人，哪儿能不清楚这个呢？

周寅之当年对茶却没有这样了解。想当初她到周寅之家中去，仅有幺娘一人伺候，仔细沏了端上来招待她的自是家中最好的茶，可也不过就是那年次上一等的冻顶乌龙。

姜雪宁想到幺娘，不免一下想到周寅之与陈淑仪这一桩亲事，不由得道：“幺娘还好吗？”

周寅之怔了怔，似乎没想到她会问起幺娘。他哪里知道姜雪宁对他有多了解？

过去周寅之虽然娶的是姚惜，府内却有许多姬妾，幺娘的容貌虽然算不得最上等，受的宠爱也算不得最盛，却是他后宅中最长久的一个。后来姚惜莫名其妙地没了，姜雪宁虽不管周寅之的后宅私事，可也略听过些捕风捉影的传闻，说姚惜是想对付幺娘，这才出的事。是以她对这没见过几面的清秀女子格外关注。

周寅之有些谨慎：“您怎么问起她来？”

姜雪宁道：“只是提起茶便想起她，旧日替我沏茶的时候，茶虽不太好，沏茶的手艺却不错。眼下你将迎陈淑仪进门，可别委屈了她吧？”

周寅之忽然有些沉默，过得片刻才笑道：“她早年是茶农家的女儿，家道中落才随了我，确是爱茶的。我离京来忻州前，宫里的秋茶刚赐下，她倒喜滇红一味。二姑娘的关怀，我回去定转达于她。”

姜雪宁忽然抬眸，定定地看了他一眼。

这目光有一瞬间太亮，竟让周寅之陡然生出一分不安感：“可有不妥？”

然而这目光转瞬便归于寻常，姜雪宁若无其事地“哦”了一声，笑道：“罢了，周大人的事情我过问个什么劲儿？不过就是忽然想起来罢了，还请大人莫要挂怀，是我冒昧了。”

周寅之忙道：“不敢。”

谢危在旁边见他们寒暄了半晌，一句一句听着倒似许久未见的老朋友似的，心里堵了不快，便不冷不热地插了句话：“周大人，再不走，箭楼那边议事该要结束了。”

周寅之这才一惊，也听出谢危这话有点“送客”之意，立时感觉出点端倪来，于是不再与姜雪宁攀谈，躬身道：“瞧我，险些忘了正事。这便先行告辞，见燕将军去。”

说完他一一道礼，顺着蜿蜒的城墙往远处的箭楼走去。

姜雪宁却看着他的背影，眉头紧皱。

谢危要笑不笑地道：“你同他倒很熟稔？”

姜雪宁心底发寒，竟道：“周寅之不对。”

谢危怔了怔。

姜雪宁却心念急转，转过身来看向谢危，压低了声音语速飞快地道：“滇红茶产自云南，自来西南的秋茶采摘便晚，路途更遥，进贡到宫中向来是每年十一月中旬，便有风雪前后相差也不超过十日。皇帝再赐予宠臣，左不过就是十一月底十二月初的事。他自称动身来边关时宫内秋茶方赐，京城到忻州快马不过九日、十日的路程，缘何竟然拖延到昨日除夕，他才入忻州？”

谢危瞳孔微微一缩。

姜雪宁断然道：“要么他对动身的时间撒了谎，可没这必要；要么，中间缺的这段时间他去了别的地方，另有图谋！”

★

谢危刚才听他二人说话，以为是叙旧，并未太留神，闻得此言却瞬间蹙起了眉头，几乎立时意识到周寅之话中的确有小小的破绽。

他看向吕显。吕显也将姜雪宁刚才的话听了个清楚，心底暗惊，神情凝重几分，触及谢危的目光，便道：“我即刻使人查清楚。”

谢危补道：“使人暗跟他的行踪，事未查清前，勿让此人离开忻州。”

吕显道：“是。”

如今周寅之在锦衣卫里的地位可是首屈一指，平白有大半月时间不知踪迹，又是这样特殊的时候，个中牵扯不会小。吕显不敢耽搁，径直转身向城楼下面行去，找人安排诸般事宜。

姜雪宁也觉心惊肉跳，越想越觉此事不妥，却又不知周寅之的目的何在。但总归早些离开这是非之地比较好，她顾不上再说什么话，转身也要走。

岂料谢危眼明手快，竟然一把将她拉住，目光落在她的面上，竟道：“你对宫内的琐事知道得倒很清楚。”

姜雪宁身形顿时一滞。

宫中一年四季、大小节令都有各州府进贡，流水似的从无断绝，别说是谢危这等主要在前朝为官的人，便是内务府里执掌库房的太监都未必能知悉得这么清楚，得翻一翻册录方能确定。可她刚才不过听得周寅之那一句闲言，便立刻意识到其中的破绽，未免太敏锐了。倘若她不是熟记于心，又怎会知道得如此细致？

她听出了周寅之的破绽，而谢危听出了她的破绽。

姜雪宁被他攥着手腕，立着没动，回眸注视他，却不慌乱，道：“谢先生忘了，这两年来学生暗中经营盐场，可对茶米丝布亦有所涉。各地春秋新茶何时采摘，又有多少例当进贡，民间所余是何品次，自然有所知悉。云南在四川西南，并不遥远，怪周寅之运气不好，所提及的事我正好知晓罢了。”

谢危不置可否，也不知信没信，却道："在京城时，周寅之原是你父亲门下，后为你效命，算得你的'旧部'。可我观你方才与他叙旧看似熟络，实则并不信任，甚至十分戒备。"

不过"一朝被蛇咬，十年怕井绳"罢了，姜雪宁无法忘怀过去的惨剧。若非当时无人可用，她决计不会与此人有任何交集，必像是对谢危一般敬而远之。

她道："正因与周寅之逢于旧日微末，是以深知此人秉性。人之秉性若轻易能移，便不足称'秉性'。心肠狠辣、身负凶性之辈纵一时和善，他日也未免露出獠牙。此等人，可与之交一时，处须臾，却不应时时刻刻、长长久久，是以防备。"

她分明说的是周寅之，可谢危竟觉她此言意有所指，面上神情渐渐冷下来。他目光锁着她，质问道："所以我在你眼中，竟与周寅之一般，使你畏如蛇蝎？"

畏如蛇蝎？

周寅之再厉害，也不过曲意逢迎，欺下媚上，是个两面三刀的小人。谢危却是心志弥坚，身负大仇大恨，禁得大起大落，忍辱负重，一朝血洗宫廷，便在万万人之上！如此枭雄人物，周寅之岂配与他并论？

倘若周寅之只是蛇蝎，谢危便是天上的炽日，远观尚可，近了却要灼人心肺。

烈烈燃烧的太阳一旦从半空中掉下来，便不再是普照尘世的光明，而是毁天灭地的恐怖存在！

过去被软禁在宫中遭受欺凌时，她也曾对此人抱有一线希冀。她想，她是救过他的。即便两人数年无甚交集，她也曾戏言刁难，可毕竟都是无伤大雅的琐碎事情。倘若她求一求他，或许他能看在那喂血给药的旧恩情面上，解她于水火之中。

然而什么也没有。

直到后来，她才听闻那个尤芳吟的猜测：原来前朝那萧、燕两氏之子还活在世间。恐不是旁人，正是那权柄在握的帝师谢危。

谢居安竟是燕临的兄长。那他对她所遭受的一切凌辱视而不见、袖手旁观，又有何不可？

身处逆境，未必使人绝望；可若连那最后一点渺茫的希望都破灭，人在绝境之中当以何为继？

姜雪宁虽知固然不该将两世经历的人等同而论，可同一个人性情又怎会二致？谢危就是那个谢危。

她绝不敢对此人抱有一丝希冀，既然他偏要问，她也就将昨日不曾说出的那些话都宣之于口："先生志存高远，是天上云；学生浅薄短视，乃地下泥。燕雀未知鸿鹄之志，夏虫不可语冰。先生与我一个天上一个地下，本不般配。凡俗之辈尽其一生也不过只求‘安生’二字，还请先生高抬贵手。”

高抬贵手。

谢危听她到这一番话，如被冷水兜头浇下，连脉络中原本沸腾流淌的血都为之一冷。原来甜不多一刻，痛却锥心刺骨。

姜雪宁不闻他应答，还扯了嘴角讽刺地笑了笑：“若先生放不得，要不我陪您睡上两年，等您腻了、厌了，再放我走？”

倘若先前的话只是拿刀扎他，此刻之言却近乎剜了他的心。她竟故意拿这样的话激他。

眼底深埋的戾气终究浮出，然而谢危偏生将手握得更紧，一字一顿地道：“所以是我之所图其情其性，叫你害怕，生厌，想逃？你便这样怯懦，这样胆小，试都不敢试上一次，便当临阵逃兵，像你同张遮那样？”

他又提到了张遮。这已经不是第一次。

姜雪宁上次便甚为不喜，这一次终于深深地被他激怒，也许是因为他越界冒犯了她，也许是因为他话中的含义刺痛了她。她瞬间竖起了浑身利刺，厉声驳斥：“前面是无底深渊，明知跳下去会粉身碎骨，难道还要纵身往下一跃？”

谢危道：“不跳怎会知道？”

姜雪宁喊：“你是个疯子才会跳！”

谢危冷笑：“你还没明白，是吗？”

姜雪宁只觉理智的那条线越绷越紧，几乎就要将她拉拽到与他一样的疯魔境地，恐惧使她竭力挣扎后退：“放开！我要明白什么？我有什么不明白？！”

谢危眼角微微抽搐起来。这一时，他想起她曾说的什么“白瓷有隙”，但觉心内一片翻江倒海，无论如何也无法平静。怒意席卷，手上竟不松半分力，他非但不放人走，反而一路擒着她向着城楼另一端走去。

姜雪宁不愿走也由不得自己，只当他是理智全无：“你干什么？”

谢危却全不搭理，照旧往前。

城墙外是荒野连营，城墙内却是市井烟火，贩夫走卒。

她被谢危拽着往前，两人争执不休，途经兵士却个个充耳不闻，全都低下头来，更无人敢跟上来查看半分。

两人终于到得那城楼东端，下方却是一家锻造铁器的铺子，搭起来的瓦棚里立着好几个炉子，有大有小，里头烧着焦炭。大冷的冬天，身处其间的铁匠只着短褐，甚至有些打着赤膊，正抡了锤用力地敲打着烧红的铁器器坯，那飞溅的火星、赤红的铁块，甚至最顶上熔化的铁浆，无不散发着惊人的热意。

谢危向着下方一指："自以为是片瓷，碎过便不可弥合。姜雪宁，你以为你是谁？你也有资格当那一片瓷吗？你同我，都不过是在这烘炉里翻滚的铁浆！"

姜雪宁被他掐着下颌看去。

谢危那寒冷的声音锋利而冷酷，如同雷霆一般灌入她耳中："你的身世，我知；我的遭遇，你晓。生来老天便没给你我当孱弱废物的机会，你要受千般煎熬、万般打磨，才能成个模样！白瓷有隙难弥合，可你生来若只配当块铁，便该知晓自己没有那样脆弱，便是被人打断了骨头，也要重入炉中淌血忍辱，铸成新的模样！"

姜雪宁眼底忽然蓄满了泪。

谢危却紧紧攥着她，仍旧一字一顿地催逼："谁爱你，谁重你，又有谁需要你？人活于世，你不如我明白。既要痛快，不痛怎能快？处处只想得其快，避其痛，你这样活着与阴沟烂渠里那些蛇虫鼠蚁又有何分别？！"

姜雪宁感觉如受凌迟之刑，被他的言语剖开了皮囊，露出血淋淋的筋骨，浑身都在发抖："天底下如你谢危之人能有几何？我不是你！"

他冷酷依旧："所以你这般的懦夫才不能同张遮在一起。要么是他看穿了你，要么是他也与你一般愚不可及！"

她红了眼："你闭嘴！"

谢危道："痛了？"

姜雪宁往后退去："你就是不肯放过我！"

谢危被她的抗拒与恐惧扎得千疮百孔，然而越如此越不示弱，越被激起那深埋的戾气："你尽可逃往天涯海角去。"

她几乎声嘶力竭地道："难道你疯也要拉着旁人陪葬？！"

谢危却怒极："陪葬又如何？"

姜雪宁一下觉得他已经无药可救："谢居安，世间事不是强求就能有结果，只不过互相折磨。"

可谢危偏不肯悟："苦果亦是果！"

苦果亦是果。

好一个"苦果亦是果"！

自从上回被雪困于山中时起，她便对谢危这一身圣人皮囊下的黑暗与戾气有所知觉，然而到底未想到他的偏执、疯狂、恐怖已经到了这般地步。

脑海里那根理智的弦终于断了，姜雪宁堆砌在心口的万千情绪，连着敬与畏、怨与恨，尽数奔涌而出，无法自抑！

她红了眼，厉声向他质问：“倘若你杀过我呢？！”

城楼上凛冽的寒风吹拂，高高插着的旌旗迎风鼓动。

谢危与她相对而立。

姜雪宁本以为自己可以深埋很多东西，然而话出口的刹那，竟然觉出了一种卑劣和近乎报复的快感，甚至连一丝悔意都没有，仿佛她早该这样。

谢危目视着她，有那么一瞬有些茫然，不曾言语。

他想，该先问为什么。

然而望着她发红的眼眶，还有那浓烈的怨憎，他没有问。

那种疯狂非但没从他的眸底深处消失，反而更为炽盛。

谢危紧抿着唇，埋头从腕间解下那柄随身带着的短刀，竟然递到了她手里！

他向她道：“来，杀我。”

姜雪宁的手指触到了刀柄，其上留存的一寸余温并不能驱赶她身上的寒意。眼底所有的情绪忽然褪去了，那一刻，她攥紧了他递来的刀，竟真的向他捅了过去。

锋利的刀刃没入近在咫尺的血肉之躯，鲜血立时从腹部涌出。谢危雪白的道袍上晕染开了一片血红痕迹。

姜雪宁松了手。

他疼得几乎蜷缩，然而捂住连刀的伤处，却仍看着她，伸手如溺水的人想要抓住一根稻草般去留她：“宁二……”

姜雪宁一眨眼，便有泪往下淌：“谢居安，你真的好可怜。”

谢危到底没能够着她。

她如做了一场大梦，连眼泪都忘了擦，转身往城楼下走去。

⋆

刀琴刚拾掇完那不知天高地厚竟敢在酒里下药的姑娘，回到院门口，正撞上皱着眉回来吩咐事情的吕显，话都还没说上两句，便忽然听得外头一阵喧嚷声。

“周岐黄呢？叫周岐黄来！”

这分明是剑书的声音，只是失了素日的沉稳，凌厉之外添了几分惊慌。

刀琴与吕显俱是一怔，心底都划过一丝不妙的预感。待得走上前去看时，竟然看见谢危腹部一大团晕开的血迹，面上早已没了血色。剑书与一名兵士扶着他，周遭更是乌泱泱一群人左右围着，七嘴八舌，慌乱不知所措。

吕显惊呆了。

刀琴差点连怀里的刀都没抱稳，一怔之后立刻上前去，厉声呵斥开周遭闲杂人等，帮着将人扶至屋内躺下，问道："怎么回事？"

剑书没说话，匆忙去翻药箱。

吕显道："我走时不还好好的吗，出什么事了？谁干的？人抓着了吗？"

谢危人还没昏迷，只是痛得钻心，额头上冷汗密布，说不出话。

刀琴用力将人摁住躺下，使伤口尽量少出血，只是不闻剑书回答，少见地急了："你不是跟着吗？说话呀！"

剑书敢说什么？

他听见动静转过头去看时，只瞧见姜雪宁手上沾了血，面无表情地从前面走过，再赶去城楼那头时，先生已经倒了下去。

便给他一百个胆子，他此时也不敢多嘴。

刀琴还待要问，吕显却眼皮一跳，看出了点端倪，按了他一把，轻轻摇头。

刀琴怔了怔，突地也想到了什么，把嘴闭上。

早在人还没进府门的时候，就已经有人飞奔前去通传，周岐黄是前些天才来到边关的，也就帮着军中处理了一些伤兵的伤势，正苦无用武之地呢。不承想这战事都结束了，反倒火急火燎地传他。

他来时还在想这回要治谁。

可待他进得房中，一看见身上都是血的谢危，吓得差点没把医箱给扔了，连忙上来检查伤口："这是怎么搞的，来刺客了？"

吕显皱眉："看伤口！"

周岐黄查看一番，心倒定了定，松了口气："别慌别慌，问题不大。窄刃利刀，进得快，却不深，这刀刃都没全没，倒跟手下留情了似的。刀口也不大，没伤着要害，也就是多淌点血，要不了命。"

谢危唇色都发青了。

周岐黄却下狠手地用力将伤口边缘摁住，支使起旁边的剑书："我的医箱里第二层，把麻沸散拿出来，给先生和酒服了！"

剑书二话不说，找出麻沸散和酒端给谢危服了。

那药力要一会儿才能散开。

周岐黄感觉着谢危不发抖了，才蘸了一旁的烧酒来擦拭清理创口。

这时候，痛觉变得迟钝，谢危终于有了点说话的力气，然而咬紧牙关开口，却是对刀琴、剑书道："宁二，去找宁二……"

刀琴、剑书都愣住了。

谢危劈手将方才的酒碗掷在地上，戾气滋生："去！"

吕显只觉心惊肉跳。

剑书与刀琴对望了一眼，最终刀琴霍然起身，道："我去找。"

他出得院去，抓了方才跟回来的那些人问："瞧见宁二姑娘了吗？"

大部分人摇头。

有人道："原是看见宁二姑娘和少师大人一块儿在城楼上说话的。"

刀琴便一路出府去。

他原本想既是先生叫自己找宁二姑娘的踪迹，那宁二姑娘说不准是走了，所以想从城楼那边查起，多派几个人出去打探。

没想到，他还没出府，撞见了老管家。对方见他行色匆匆，不由得问："刀琴公子这是去哪里？"

刀琴也就顺口道："去找宁二姑娘。"

老管家顿时惊讶不已，道："宁二姑娘不是早就回府了吗？我刚才还远远瞧见人往东边院儿里走呢。"

刀琴怔住："什么？"

老管家不明所以。

刀琴却顾不得解释更多，二话不说掉转头便向东院那边去。他知道姜雪宁住哪儿，一路走过去，还有丫鬟端着茶水果盘，说说笑笑地朝院子里面走。

刀琴跟着走进去，才瞧见姜雪宁。

她跟没事人似的回了将军府，把手上沾着的血一洗，竟然叫上尤芳吟，来了沈芷衣屋里陪她解闷儿。三个人支了张方桌，点上暖炉，在窗户底下凑了桌叶子牌，这会儿早已经打了好几圈。

尤芳吟刚才在茶座里等她，瞧见她手上沾着血下城楼，差点没骇得叫出声来，一路跟她回来，却不敢问半句。这会儿陪着打牌，尤芳吟也只当什么都没看见，只捉着自己手里的牌，蹙着眉思考着打哪张。

沈芷衣还不知外头出了什么事，没留神拿了一手好牌，笑着问道："你俩去街上逛过了吗？宁宁前两天不是说准备走了，也不赶紧备着点行李，还来陪我打牌。"

姜雪宁道："这不是看殿下闷得慌吗？"说着她扔了一张牌出去。

尤芳吟看了看，没吃。

沈芷衣一瞅自己的牌，立时眉开眼笑，放下去一张刚好压住，道："那什么时候走？”

姜雪宁打牌向来是打好自己手里这些便够，也不爱算旁人的牌，点点手让她过了，回道：“不走了。”

尤芳吟顿时看向她。

沈芷衣也怔了怔：“怎么了？”

姜雪宁一副倦怠神情，倒似懒得多提：“人不要脸，树不要皮，怎么着都是活。胳膊拧不过大腿，算来算去也不是我跪着，安慰安慰自己，便当积德行善。日子随便过过吧，我人孱，没那胆气寻死觅活。”

沈芷衣何等敏锐，几乎立刻觉察出有点自己不知道的事。只是她看姜雪宁似乎不大想提的样子，想了想，到底没有往下问，只道：“别委屈了自己就好。”

一圈牌打到这里也见了分晓，尤芳吟输了不少。

姜雪宁是不输不赢，可一看尤芳吟手里放下来的牌，没忍住道：“手里有牌也不打，偏不肯吃我的。你这样心善好欺负，这两年是怎么做的生意？”

尤芳吟只抿唇冲她笑笑。

姜雪宁气乐了。

沈芷衣却拿着牌掩唇笑起来，大大方方地把桌上的银子收了，开玩笑道：“那算是我运气好，阴错阳差成了最后的大赢家。我可不客气啦！”

本来也就是陪她解闷，让她开心，这点银两谁也没放在眼底。

姜雪宁只跟着笑，不过一抬眼看见外头进来的刀琴，眉梢轻轻一挑，寻寻常常地问：“你们先生救活了，还没死吗？”

刀琴真觉得困惑万分，下意识地答道：“大夫说没大碍，正在治。”

姜雪宁把牌一撂：“命真大。”

刀琴云里雾里地道：“先生让来找您。”

姜雪宁懒洋洋地道：“这不是找见了吗？回去吧，可留心着叫你们先生别那么讨人嫌，回头再被谁捅上一刀，兴许就没这么轻松了。”

刀琴觉得这话自己听懂了，可仔细想想，又好像什么都没听懂。他观姜雪宁这般神态语气，又想想自家先生方才那样，反倒不敢多问什么，眼见人在，便道一声“是”，躬身行了一礼，真退了出去。

谢危房中，伤口已经料理了大半，大半盆被血染红的水被端了出去。

周岐黄额头都见了汗。

吕显看了半天，眼瞧着谢危的情况好转不少，才问道：“好端端的，怎么动起刀来了？”

谢危紧抿薄唇，垂着眼帘没说话。

吕显道：“你逼的？”他想不出宁二那样的性情，竟能狠下心来给谢危一刀，这人嘴得有多欠，事又得做到多绝？

谢危仍旧不言语。

姜雪宁巴望着要那点自由，想走，可他死活不肯放过她。咎由自取便咎由自取，便再问他一千遍、一万遍，他也还是那个答案。

刀琴这时候回来了。

吕显看了过去。

谢危悄然攥紧了手，问：“人呢？”

刀琴张了张嘴，真不知该怎么说，停得片刻才道：“在长公主殿下那里。”

谢危陡然怔住了：“她没走？”

刀琴摇了摇头：“没走。”

忍了忍，没忍住，他到底还是补了一句：“跟没事人似的，拉着尤老板和公主殿下一道坐屋里打叶子牌呢！”

吕显差点没把一口茶喷出来。

谢危却什么都听不见了——她没走。攥着那只手，面上有几分恍惚，他终于慢慢靠回了后面垫的引枕上，一直紧绷着的身体也一点一点放松下来，末了没忍住，嘴角的弧度越拉越开。

天光映着他苍白的面容，可谢危竟然笑了起来。那一刻，仿佛所有的苦难都离他而去，他拨开了阴云，驱散了沉雾，倒见得了光和亮。

吕显甚至从这笑里品出了一点点苦后的回甘，深觉迷惘。可瞧见他这般，吕显又头一回觉得：谢居安到底像是个真活着的人了。

★

谢危受伤的事情着实引起了忻州城内一番震动。所幸事发时在城门楼上，目睹的人不多。少数几个看见了始末的，都被暗下了封口令，倒不敢往外传。是以与那位“宁二姑娘”有关的风言风语，也就是极小一拨人知道。

大部分人当是来了刺客，而且没过上两天，就传得有鼻子有眼。除了光天化日行凶之外，飞檐走壁、摘叶伤人这种话都说出来了，而且还有人信誓旦旦地讲，这一定是鞑靼那边战败，一口恶气难出，是以专门派了个人来刺杀谢少师，以泄心头之恨。

“要不说怎么是鞑靼呢？虽然跪着求了咱们议和，可心里还是不甘心嘛！燕将军武艺高强，常在军中，是个硬茬儿。他们左右算算，可不就少师大人好下手了吗？科举出身探花郎，是个文弱书生，怎抵挡得了刺客？不过老天庇佑，长了眼睛，偏不让他出事，往后再想得手可就难了！”

……

城门楼下的茶棚里，几名闲聊的茶客说起话来简直是唾沫横飞，说的人手舞足蹈，听的人聚精会神。

文弱书生？在茶棚边坐着的姜雪宁听了，只无声哂笑。

当年通州围剿天教时，谢居安远远一箭射穿萧定非的肩膀的场面还历历在目。若要说他是什么“文弱书生”，只怕吃过苦头的萧定非要第一个跳起来把这人的狗头打破。

但到底这所谓的“刺杀”谢危一事是自己做下的，她也不会出去解释什么，只是随手拎起旁边的茶壶给自己添了半盏茶，然后往斜对面看去。

这些天她都在街市上，原本只是闲逛，可忻州城就这么大点地方，总是走着走着便到了城门楼下。当日谢危硬拽着她从城门楼上方看下去的那家铁匠铺就在旁边。

大约是临近立春，过不久田间地头的事情便要忙碌起来，是以打造农具的生意似乎不少，铺子里颇为忙碌。长着把花白胡子的大师傅正皱眉对底下的小徒弟说着什么，一会儿指着炉子，一会儿指着灶膛。

铁匠周是忻州城里为数不多的几个老铁匠之一，毕竟城镇不大，百姓有点什么需要都来找他，倒是远近的人都认识。只是他具体叫什么名字，大伙儿都叫不上来，唯一好记的是这人一把年纪，姓周，所以大家图省事，都叫“铁匠周”，或者尊称一声“周师傅”。

铁匠铺做的是打铁的事，也是一门生意，但凭“信义”二字，凡在他这里打好的犁头，拿回去之后翻不动土，或偷工减料，称出不足，都可拿来找他。这么多年来，铁匠铺几乎就没出过纰漏，算得上是忻州城这行当里首屈一指的。

所以铁匠周在附近人缘很不错。像隔壁茶铺的伙计，时不时给他们端点茶水过去。毕竟铁匠铺里热，大冬天的也出汗，不多喝点水进去可实在扛不住。

只不过今天的伙计又给他们沏了几壶茶拎过去时，铁匠周的目光却忍不住地落到了茶铺角落里坐着的那名姑娘身上。

雪白的留仙裙领边、袖口绲着一圈云纹的边，外头罩着薄薄一层樱草色绉纱，她也不怎么描眉画眼，便觉姿容若芙蕖出清波，比庙里面那镀了金身的菩萨看着还要好看许多。

若他没记错，这姑娘坐那边可有两日了吧？

要说是有什么事吧，她坐那边也不见往铁匠铺里进；要说是没有什么事吧，这些天的下午，他一出来，总能看见她朝着那烧红的炉火望。只不过一般天暮，她就走了，第二天的下午照旧来，有时早些，有时晚些。

不只是铁匠周，铺子里好些年轻力壮的伙计和徒弟也都看见了，只是人姑娘长得太好看，他们也只敢偶尔偷偷地看上一眼，私底下议论，倒没一个人敢凑上去搭讪。

今天的日头眼看着也渐渐斜了，铁匠铺旁边栽的几株杏树已经结了花苞，甚至有零星的几朵开在了枝头。粉白的花瓣上沾染一层天际投下来的暮色，煞是好看。

街市上行人少了，茶铺里说笑的茶客很快也走得差不多了。

那姑娘应该也要走了。

铁匠周不着边际地想了一下，喝过茶便把袖子挽起来扎紧，将那一柄插在火炭里烧红的剑坯提了出来，抡起锤便一下一下用力地敲打。一直到每个地方都敲打匀称了，拿起来掂了掂，他才停下来擦了把汗，稍做休息。

结果没想到一抬头，他竟然看见那姑娘不知何时走到了那早早开花的杏树边上。铁匠周不由得诧异，分明不认得她，可这一刻竟下意识地道："北地春迟，不过铁匠铺里常年往外头冒热气，这花也就经常开得比别的地儿早，年年如此了。"

姜雪宁微微怔了怔："是吗？"

铁匠周道："我看姑娘好像在外头坐了有几日了，只看着铺子里打铁，也不进来，可是遇着了什么难处？"

难处？也不算。

她只是静下来也想理一理自己的思绪，每每走到此处，不自觉一坐便是一下午罢了。

姜雪宁轻轻摇头："劳您挂心了，倒没什么难处。只是出来走走，瞧见这铁匠铺里总是热火朝天，敲打起来叮叮当当，看您这一柄剑似乎锤打了好几日了，也不见成，没留神便看得太久了。"

铁匠周朝那剑坯看一眼，便笑起来。他摸了一把下巴上的胡须，说到自己的老本行，便有了几分矍铄的神气，道："百炼钢嘛，本来矿从山里出来烧一遍，也就是生铁。正要这般烧红了千锤百炼，去其杂质，方能得其纯粹，且坚且韧，吹毛断发斩金玉。何况百炼钢那都是早年的事了，现在都冶炼铁浆，凡铸上等之器，须得'万锻'，十天半月能成那都是快的。"

百炼钢，万锻剑。

姜雪宁将视线投向铁匠周身后那高高的冶炼铁浆的熔炉，目光流转，道："可真不容易。”

铁匠周笑：“这哪儿能容易呢？”

说着他还弯下腰去，用力拉了拉下头的风箱，炉子里的火顿时旺了不少。

他头也不抬地道：“人活着还有三灾五难呢，剑怎么能免？”

姜雪宁听着，轻轻垂着的眼帘抬起，只向那绽放了粉瓣的枝头望去。

铁匠周忙碌完，起来看见，不由得道：“姑娘倘若喜欢就摘一枝吧。”

姜雪宁立着没动。

铁匠周的眉眼里便掺上了几分上了年纪的人才有的祥和，他道：“我家的小孙女年年看见这杏花开得早，都要折上两枝回去玩的，不打紧。”

姜雪宁确有些爱这开得甚早的杏花，听得铁匠周这般说，便也笑了笑，微微踮起脚来，只摘了边上仅比把巴掌长一点的小小一枝，然后垂首弯身：“谢过师傅了。”

十来朵杏花在枝头堆作三簇，有不少已经开了，还有一些仍旧腼腆地含着花苞，由她纤细白皙的手指执了，煞是好看。

铁匠周眉开眼笑，连连摆手：“当不得当不得，一枝花罢了。”

说着他一看外头日头将落，便指了指天：“这天也晚了，姑娘还不回家吗？再大的事又能大到哪里去呀，回家睡一觉，第二天就好了。”

姜雪宁敛眸笑笑，也并不多言。时辰的确不早，她忖度着也该回去了，便向铁匠周告辞。

斜阳西坠，街市空寂，姜雪宁去得远了。铁匠周在瓦棚下瞧了一会儿，只见这姑娘不知何时背了手信步离去，杏花松松地垂在指间，竟好像有点随遇而安的平和通透样。

姜雪宁回到将军府的时候，倒正巧遇到几匹骏马从侧门那边奔来，溅起些烟尘，只不过当先一骑似乎瞧见了她，竟在府门口勒马。

燕临高坐在马上，一身玄色劲装，倒甚是疏朗利落，只是注视着姜雪宁时，眉头却微微蹙着，似乎有许多话要讲，可他已不是旧日信口胡来的少年，便一时沉默。

这些日来她成日在外头闲逛，跟府里住着的人倒是不怎么碰面，更不用说燕临早出晚归常在大营里，自然更是连打个照面的机会都没有。

只怕燕临也琢磨着谢危那伤呢。

姜雪宁似乎看出他的沉默来，先笑着开了口：“又要去大营了吗？”

燕临不是旁人。那日城门楼上发生了什么，他虽未目睹，却也知道个大概。眼见此刻她跟个没事人似的，有什么话反倒不好开口了。

欲言又止半晌，他觉得别的话都没用，只对她道："宁宁，我站在你这边。"

姜雪宁微怔，片刻后才笑出来，但并不将他的话当作玩笑，而是认认真真地回了一句："好。"

燕临这才重新打马离去，其余人等迅速跟上。

那几匹马很快便消失在街道尽头。

姜雪宁这才入府，只是行至半道，瞧见一条冷清的走廊，停了半晌，到底还是顺着这条走廊往前去。

僻静处的院落里，也没几个人伺候。

她进得院中，在屋檐下驻足，刚从屋内端着空药碗出来的剑书一眼看见她，顿时愣住了。

这时房门尚未来得及关上，从门里看得到门外。兴许是从剑书停滞的身形和神态上看出了什么端倪，屋里的人顿了顿，竟然向着窗外道："不进来吗？"

姜雪宁听见他的声音，心知这话是对自己说的，却道："不了，今日只是来问问周寅之的事情，查得如何？"

谢危隔着窗道："暂无消息。"

姜雪宁便轻轻垂下眼帘，压下心底冒出的那一点烦闷，道："此人我总不放心，想了想，留他在忻州走动就是个祸患，倒不如一不做二不休，先把人抓了关起来，免得他使坏。等将来查清楚了，倘若他清清白白，再放人就是了。"

谢危轻轻咳嗽了一声："你不恐他生怨气？"

姜雪宁道："墙头草能有什么怨气？他识时务得很，不至于。"

谢危于是道："那交给刀琴去办。"

姜雪宁点了点头，又立了片刻，想也没别的事，转身欲去。

谢危却忽然问："明日也来吗？"

姜雪宁再次驻足，垂眸看了一眼指间那一小枝杏花，道："明日要送芳吟和任为志离开忻州，有的忙，改日吧。"

谢危便道："那便改日。"

姜雪宁听他声音与寻常无异，只是这院子里不免浮动着几分药草的清苦味道，倒使人鼻间舌头都微微发涩，于是心思流转，又想起那一日的情形来。

她把那杏花慢慢转了一圈，道："或许你说得不错，我与世间庸碌凡俗辈本无差别。只是世间一样米百样人，有的人喜欢一个人，必要千方百计地与人在一起，可有的人喜欢一个人，只想对方安平顺心，未必一定要求个结果。这两样人并无高下的分别。张遮之于我，是雪中炭、暗室灯、绝渡舟，纵然将变作'曾经属意'，我也不愿听人损毁他只言片语。谢居安，往后不再提他，好不好？”

剑书静立在门口，不敢擅动。

屋子里静悄悄的。姜雪宁看不见里面的人是什么神情，过得许久，才听见里面低沉平静的一声：“好。”

她也无法分辨这一刻自己究竟是何种心绪。

穿堂风吹来，粉瓣轻颤。

姜雪宁轻轻一抬手，在抬步离去之前，无声地将这一小枝杏花搁在了窗沿上。

剑书不由得愣怔。

在姜雪宁离去后，他先把放着药碗的漆盘在旁边搁下，将窗沿上这一枝杏花取了，回到屋内呈给谢危。

谢危靠在窗下的软榻上。周岐黄的医术无疑精湛，加上连日来的休养，伤口已经渐有愈合之态，除却脸色苍白，清减一些，看着倒和往日没有太大差别。

剑书小声道：“方才宁二姑娘搁在窗沿的。”

谢危伸手接过。小枝杏花的断茎处尚留着新鲜的折痕，初绽的粉红花瓣，在这残冬将尽早春未至的北地显得格外娇弱柔嫩，甚至不可思议。

哪里的杏花开得这样早？

那一刻，他注视着这枝头的粉红花朵，只觉一颗心仿佛都跟着化开，有一种得偿所愿后如梦似幻的恍惚，然而唇边的笑到底添了几分融融暖意。

目光流转，谢居安向门外看去。

落日西沉，周遭静穆。

剑书不敢惊扰，好半晌，等谢危收回目光后才轻声问：“先前姑娘说的事，属下让刀琴去办？”

谢危点了点头。剑书躬身便欲退走，只是退到一半，方想起点什么，停了下来，似有迟疑。谢危便看向他。剑书犹豫片刻，问：“宁二姑娘的意思是抓个活的，关起来防他生事。可倘若……”

谢危眉梢微微一挑，落在那一小枝杏花上的目光不曾抬起半分，浑不关心地淡淡道：“那就抓个死的。”

★

“殿下，燕将军与少师大人交代过，战事虽歇，可忻州城里也未必那么安生。倘若您要出府走动，属下等必要知会护卫随行。请公主容谅！”

院门口守着的兵士在沈芷衣面前躬身半跪，略为惶恐。

沈芷衣双手交叠在身前，目光落在他的身上，又缓缓移向院门外，终究还是慢慢收回了脚，忽然就没了什么出门的兴致，也不想为难兵士，只冲他淡淡一笑，道："也对，天色将晚，外头没什么可看的。我不出去了，你起来吧。"

那兵士将信将疑，不太敢起身。

沈芷衣在心底微微叹了口气，心知自己若不回房，只怕他还要继续跪着，便不再说什么，转身往回走。

只是没料到她方至廊庑下，一道声音竟从门外传来。

"微臣周寅之前来拜谒，请见公主。"

沈芷衣脚步一停，眉头都因为意外而蹙了蹙，转头看去，果真是周寅之。

对方从门外走了进来，兵士也不好拦他。

沈芷衣与周寅之几乎毫无交集，唯一的联系恐是此人乃奉她那位皇兄沈琅之命前来边关。但当年和亲时，她就已经看得清清楚楚了，身份再尊贵，在那九五之尊的人眼底也不过是随时可以推出去牺牲的棋子。朝廷原本就不顾她的死活，周寅之对她也只是在除夕夜庆功宴上行过礼罢了。

这时候他来干什么？

她注视着对方，道："本宫与周大人所交不厚，倒不值得大人亲来一趟请安。可是有事？"

周寅之虽知这位长公主殿下本是朝廷昔日的弃子，可弃子既然还朝，又是这般特殊的时候，反倒有了非同一般的价值。

他来时得了沈琅的令，此刻虽然察觉出沈芷衣的戒备与冷淡，却并不介意，反而走近了垂首躬身道："微臣虽与殿下无甚交集，不过奉命来忻州，一为传上谕，二便是为了接殿下回京。早些日是听闻殿下身体虚弱，小王子尚需休养，不好动身。不知近日可有动身回京的打算？"

沈芷衣静默。

周寅之却微微一笑，道："您本是至高无上的帝国公主，自然是想去哪里就去哪里，如今若没有回京城的打算也无妨，臣下回头传告圣上便是。只是京城路途遥远，圣上、太后娘娘还有临淄王殿下对您都甚是挂念。臣从京城来时道遇临淄王殿下，他特写了一封信着微臣亲手呈交殿下。"

本是至高无上的帝国公主，想去哪里，就去哪里。

沈芷衣隐隐觉得这话是意有所指。

她看向周寅之从袖中取出的那封信，一时竟没有伸手去接。以沈玠善良的性情，他的确有可能给她写信。然而沈琅绝非仁厚的君主。倘若这真是沈玠半道拦住请人送来的信，周寅之这般趋利避害的精明人，绝不会如此轻易便将这封信呈递给她。要么这封信已经被人看过，要么……这信根本不是沈玠写来！

周寅之见她未接信，也不收回手来，只保持着呈递的姿态。

过了许久，沈芷衣才伸手。

薄薄的一封信交至她手中，周寅之便望着她笑起来，道："圣上对殿下也颇为想念，得知殿下安然无虞，圣上也颇为高兴。他日回得京城，定为殿下一扫边关尘埃。"

沈芷衣看着信封，没接他的话。

周寅之知道自己在如今的忻州并不讨人喜欢，也不多言，躬身后告退，从院中出去了。

门口几名兵士依旧肃立两侧。

沈芷衣在廊下伫立良久，望向头顶渐渐发暗的天际，竟觉旧日那股悲哀并未因这两年的疾苦而消散，只是换了个模样，仍然盘桓在她的心头，萦绕不去。

人为刀俎，我为鱼肉。在宫中也好，在鞑靼也罢，甚至是在这忻州城、将军府……弱者终究还是棋。

忻州城里是什么局势，周寅之已经探得颇为清楚了，这时候不免慨叹沈琅的高瞻远瞩、帝王心术。倘若朝廷对忻州不管不顾，他日燕临必定起兵造反。可沈琅派他前来，不仅能将这帮逆党一军，还能令对方陷入两难之地——无论这帮人回不回京城，都落入被动状态。

他们要回京城，必定单枪匹马地回；不回京城，沈芷衣无论如何都是公主，又岂能真让她行动自由不受约束？

只是一路来，他到底没敢拆开信看。他暗地里摸了好几回，明显能感觉到有个不大的硬物，恐怕绝不仅仅是一页纸那样简单。

周寅之思忖着自己来忻州的目的差不多已经达成，只除了一件……

不知为何，想起来他竟有些不安。

他负手往前走去，刚过拐角，便看见前方一道身影走了过来。来人眉目清秀，颇为沉静，手里拿着几本账册，一面走还一面翕动着嘴唇，掐着手指，似乎在算什么东西。

周寅之便停了下来，拱手道："尤姑娘，倒是赶巧，又遇到了。"

尤芳吟怔了怔，这才看见他。她便也停了下来，只是并未离得太近，毕竟二姑娘他们对此人有几分疑虑的事，她心里还是有数的，便只道了一声："见过周大人。"

周寅之看了她手中的账册一眼，道："这几天看着府门口忙忙碌碌，你同任老板好像也采买了不少东西，这是很快就要启程回蜀中了吗？可真是想不到，两年过去大家都变了模样。当年周某在狱中为尤姑娘寻账册时，倒没料着姑娘他日会有这般厉害，实在是人不可貌相了。"

当年的确多劳周寅之照应，尤芳吟到底一副纯善心思，也不好对此人冷脸，面上稍稍缓和，笑了笑道："不过就是些茶叶布匹之类的小生意，忻州物产不太丰饶，做不大。"

周寅之本只是借机寒暄，可听得"茶叶"二字时，也不知怎的，突然想起了那天城门楼上姜雪宁与他谈及幺娘沏茶的事。

那日对方的神情始终让他隐隐觉得不妥。

这时他目光微微一闪，却若寻常般对尤芳吟道："我在京城喝的许多茶都是从尤姑娘做会长的商会里运出来的，岂能算是小生意？听说有些茶比宫里的还要好。"

一提到宫里，尤芳吟倒不敢随意应承，生恐沾上祸事，忙道："您说笑了，四方茶事，最好的茶一律先留着进贡。便是我等行商，也得等各州府进贡的时间过了才能与茶农相谈。便有时遇着州府的人来得晚了，也是等着他们先将顶尖的那批茶挑走，万不敢有所僭越。"

这一瞬间，周寅之的眼角微微抽搐了一下。

等各州府进贡的时间过了……他终于想起那日在城门楼上究竟是什么地方使他耿耿于怀，终日不安——他露了破绽！

周寅之的心沉了下去。

尤芳吟还未有所察觉，轻声道："此次忻州实在是人多事忙，腾不开时间，他日若到京城必登门拜访，再谢周大人当年之恩。"

说完她敛衽行了一礼，便要往前走去。

周寅之初时也没说话，直到拱手与她道别，两人都已经擦肩而过时，才跟忽然想起来似的转身道："尤姑娘今次也采买了许多忻州本地的茶吗？"

尤芳吟顿了顿，转身道："不错。"

周寅之便笑起来，仿佛多了几分不好意思，竟道："我是个大老粗，不懂茶，不过家中有一位内妾颇好饮茶，早年也是茶农出身，身世孤苦。我这几日也将离开边城回京，眼下倒有个不情之请。尤姑娘采买的茶想必是极好的，不知能否指点一二，匀我少许？我好顺路带些回去，让她品上一品。"

尤芳吟微微怔住。

周寅之忙道："价当几何，周某照付。不过尤姑娘若没空便算了，我再找别人问问便是。”

他态度谦和，又提及那位内妾，尤芳吟虽不知其人是谁，可想到周寅之昔日救过自己，如今千里迢迢地来忻州还记挂家中之人，心里便软了几分，想这也并非大事，便点了点头道：“不妨事的，只是边关的茶粗一些，怕不合她的口味。等我将这账册放下，周大人随我一道去取便是。”

周寅之便道了一声谢。

尤芳吟走在前面，他随后跟上。

只是在对方转过身去时，周寅之面上便笼罩了一层阴沉之色，犹豫过后，终究化作一抹狠色：破绽已露，眼下的局面实已没有他选择的余地了。一不做，二不休，或许还能富贵险中求！

姜雪宁用过晚饭，洗漱已毕，正准备散了头发睡下，却没想入夜时来了人。

剑书在外头，听得出声音不够和缓，带了几分凝重：“宁二姑娘，前些日派出去打探消息的人已初步传回了加急的消息。周寅之十二月下旬才入的关中，却不是从京城那条官道来，途中有人见着他是从西南蜀中折道，或许是从京城先去了蜀中一带，才至忻州！”

姜雪宁执着乌木梳的手指一僵，几乎瞬间她便感觉一股寒意从背脊蹿了上来，心念急转间，只觉不妙。周寅之去蜀中干什么？

梳子被径直拍回了妆奁上，她脑海里灵光一闪，一种不祥的预感竟然升腾而上，使得她霍然起身，拉开门，竟然直接越过剑书，迅速朝着尤芳吟所居的院落走去，口中道：“快找人知会任为志，在刀琴抓住周寅之之前，叫他们一干人等万莫乱走！”

剑书不敢有违，随她一道出了院门后，便立刻吩咐下去。

姜雪宁却是半点也不敢停步，越接近尤芳吟的居所，她的心跳就越发剧烈，远远瞧见廊上悬挂的灯笼都觉晃眼。然而在一步跨进院门时，她的脚步却骤然停住了。

昏暗的院落里竟隐隐散发着血腥味。

刀琴立在门边，面颊上划了一道未干血痕，手中还紧紧扣着没有放下的刀刃，却几乎带着一种惶然的无措立在那里。在听见门口的动静时，他看了过来，张了张口，却有些不敢直视姜雪宁，干涩地道：“宁二姑娘……”

这一瞬间，姜雪宁脑袋里“嗡”的一声，只觉头重脚轻，站都站不稳。

不亮的灯火照着，大开的房门里，鲜红的血迹堆积，慢慢沿着地面的缝隙流淌出来，汇聚在门槛处，浸出一片深暗颜色。

“芳吟，芳吟——”

第二十四章 霍乱

点在屋内的烛台已经翻倒在地，周围一片黑暗，仅有院中的灯光能模模糊糊地穿过雪白的窗纸，映照入这一间屋子。

姜雪宁都不知自己是怎样走过去的，又到底是怎样一种力量在支撑着自己的身体，使她不至于在行进的中途倒下。

刀琴脸上的伤口有血，甚至手上也沾满了血迹，仿佛是才替谁用力地按住伤口。那血从他的手指上滴滴答答地往下落。在姜雪宁从他身边走过时，这清俊寡言的少年几乎哽咽："是我慢了……"

姜雪宁却跟听不见似的，只能看见那顺着地砖缝隙漫延的血泊。

原本整齐的屋子里，箱箧书本账册几乎都已经被翻乱，几本账册与一沓宣纸散落得到处都是。那个昔日清远伯府的庶女、那个过去吃了好多好多苦的姑娘，就那样奄奄一息地垂着眼帘，无力的脑袋轻轻靠在多宝槅的底部，清秀的面颊已失去血色。腹部那一道狰狞的从后捅过来的伤口被她的手指捂着，可鲜血依旧寂静地流淌，一点一点带走她所剩无几的生机。

怎么会呢？不该是这样的。

姜雪宁还记得自己去清远伯府赴宴那天，几个凶恶的婆子从走廊那头冲过来，气急败坏地追赶着尤芳吟，尤芳吟又怕又急，撞到了她，弄脏了她的香囊。那一滴眼泪从尤芳吟大大的、清澈的眼睛里掉落下来，让人想起草尖上的露珠——局促、柔软、笨拙，而尤芳吟就像是那根草，微不足道，却有着顽强的生命力。

即便是被那帮坏人抓住，使劲地往水里摁，她也在用力地挣扎，拍打着湖面，溅起涟漪，搅得水波乱了，倒映在其中的天也皱了。

自己救了她之后，曾经误解了她，以为她毫无资质，不求上进。

可她给了自己惊喜。从宫里出来的那一天，她将那装着银票和香囊的匣子双手捧到自己面前，小心而又充满希冀地望着自己，却不知在自己心底掀起了怎样的波澜。

姜雪宁离开京城两年，几乎都是尤芳吟陪在她身边。

从蜀中到江南，外人眼中尤芳吟恐是不受宠的伯府庶女，温婉的任氏盐场少奶奶，甚至是会馆里诚信的尤会长，可在姜雪宁眼底，她永远是那个一根筋的、认定了便对人掏心掏肺的傻姑娘……

姜雪宁觉得自己此刻的身与心已经分作两半，反倒使她拥有了一种怪异的冷静。她来到尤芳吟身畔，轻轻地跪在那片血泊里，然后伸手帮助尤芳吟捂住那血已经淌得缓慢的伤口，声音里有种梦呓似的恍惚，道："芳吟，芳吟，我来了，没有事了。他们都去叫大夫了，周岐黄的医术那样好，你一定会没事的。"

尤芳吟的眼睫低低垂着，在听见这声音时，终于缓缓抬起，眼前却一片模糊。

姜雪宁背对着门口跪坐，视线也昏沉一片，就像是自己的魂魄已经被无底的深渊和索魂的地府拘走了一半，不大能看清尤芳吟的模样。

可尤芳吟能分辨她的声音，于是竟在这一刻露出了往日般寻常的神情，好像此刻不是生离死别一般，低哑地唤道："二姑娘，您来啦。"

姜雪宁对她说："不要说话。"

尤芳吟眼底渐渐蓄了泪："刀琴没有骗我。我叫他去找您，可好怕他不听，去找大夫，耽搁了时间，叫我见不着您的面……"

姜雪宁的声音已添了颤抖："不要说话……"

尤芳吟的眼泪却突地滚落下来，润湿了她乌黑的眼睫，透出一种前所未有的悲切之意："他拿走了印信，东家！他拿走了我们的印信，蜀中和江南的生意一定出了岔子……"

"不要再说了！"

这一刻，姜雪宁先前勉强堆积出来的那一点脆弱的平静和冷静终于被尤芳吟笨拙的执拗打破，大声地打断了她，然而紧接着，瘦削的肩膀就抖动起来，声音像是被什么堵住了一般低哑下去，不知是在对她说，还是在对自己说。

姜雪宁一遍一遍地重复："没有事的。你怎么会有事呢？盐场和商会还有那么多人在等你，还有那么多生意要做，你怎么会有事呢？乖，别说话，不要哭，周岐黄很快就来了……"

可姜雪宁说着说着，眼眶便红了，眼泪猝不及防地掉了下来。她竭力仰起头，想要止住它们，不使自己在这样的时刻看上去格外软弱。然而无常的悲怆却似岸边的浪涛，一浪接一浪地拍打着她。她不是那沙滩上的石头，只是只受了伤趴在石头上的水鸟，不断地被那凶猛的浪头按下去，整个浸没。

世界仿佛失去了根基。她什么也抓不住，什么也握不稳，在与这汹涌浪涛一次又一次的搏斗中，什么也没能得到，只留下染血的羽翼、折断的指爪，还有那累累的伤痕……

姜雪宁克制不住地恸哭，伸出自己的手臂，将尤芳吟紧紧地搂在怀里，却只感觉到冰冷的寒意将她包裹着，令她瑟瑟发抖："不哭，不哭，会好的……"

尤芳吟弯着唇笑，眼泪却前所未有地滚烫，明明是行将离去的人，却反而成了那个宽慰他人的人。她试图以自己微弱的言语，留下一点力量："芳吟本来就是会死的人，当年是姑娘救了我，把我从阎王殿前拉了回来。活着的这几年，都是芳吟不该得的。老天爷垂怜才叫芳吟遇到您。姑娘，不要哭……"

姜雪宁泣不成声。

尤芳吟却好像被自己的话语带回了当年。在她暗无天日的过往里，从没有见过那样明艳好看的人，也从没有遇到过那样明亮澄澈的天。

"我是死过一回的人，那底下好像也不可怕，就是有些黑，什么也看不见，连黑也看不见……"尤芳吟有些费力地抬起手指，似乎想要在冰冷的虚空里描摹什么，却破碎不成样子，"那时候我好像看见过一个人，她和我长得好像，一直看着我。后来您把我从水里救出来，她一下就消失了。我再也……没有看见过她……"

她乌黑的眼仁映着窗纸上的光晕，慢慢转动着，视线却落到姜雪宁面上。她仿佛又成了当年那个无措且笨拙的少女，用轻纱似的声音叙说："都怪我太笨了，明明您提醒过我提防他，可我想，他救过我……"

姜雪宁搂着她的手收紧了，用力地握着她的肩膀，却压不住那一股骤然袭来的锥心之痛——周寅之！

倘若没有用周寅之，当初的她没有办法救尤芳吟脱困离京；可也正因她救了周寅之，今日的尤芳吟才会遭此戕害，横遭祸患！

命运兜兜转转，同她开了个天大的玩笑！

她哽咽着道："没有，没有，你怎么会笨呢？你做成了那样大的生意，还来了忻州，筹备了粮草，连吕照隐那样厉害的人，遇着你都要吃瘪，任公子对你也赞不绝口……不是你的错，你没有错……没有人比你好……"

先前的痛楚竟渐渐褪去了，尤芳吟觉得这一刻好奇妙，仿佛整个人都重新焕发了生机，于是怀着一分希冀道："也比那个人好吗？"

姜雪宁望着她。

她眼底便出现了那种幻梦一般的恍惚表情："有时候我会觉得，您不是在看我。您偶尔出神，好像是透过我看见了别的什么人。我就好怕，好怕……好怕那个人出现把我赶走。我不会算账，不怎么识字，不知道怎么做生意，也做不来那些算计，我好怕帮不上您的忙，好怕您不要我，好怕比不上她……"

姜雪宁终于怔住了，然后泪如雨下。

除却上回与谢危，她从来不曾提及以前的事情。那些都是应该被埋葬在过往的秘密。她从来没有想过，在她看见与曾经的尤芳吟一模一样的那张脸，想起那个尤芳吟时，会有人从她细微的神态里发现端倪。

这个命苦的姑娘是如此柔弱而敏感，却默默将一切藏起。

她想起狱中那盏点着的油灯，想起灯下陈旧的账本，想起那个在伯府后院里长大的怯懦姑娘，忽然有一天来跟她说要同任为志立契假婚，以便逃离京城，投入宽阔天地，去做生意。

姜雪宁不住地颤抖着。她抬起沾满了血的手指，试图擦去尤芳吟面颊上的眼泪，可非但没擦干净，还在那苍白的脸颊上留下了触目惊心的血痕。

第一次，她如此无助。

她紧紧地抱着这个傻姑娘，如同一个罪人般抽噎着忏悔："没有，没有，你就是最好的。是你让我知道，我可以帮助别人，可以同命运博弈。是你让这一切开始，我没有救你，是你救了我，你才是那最仁善的菩萨……老天爷再给我一个，我也不要。你就是世上唯一的芳吟，最好的芳吟……"

尤芳吟笑了起来，那是近乎满足与幸福的笑，在这昏沉阴暗的黑暗里，竟有一种焕然生辉的光彩，如同骄阳皎月一般耀眼。可转瞬便黯淡下去，仿佛这一笑抽干了她身体里残存的所有力量，烧光了仅有的余烬。

在生命的最后，她用力地抓住了姜雪宁的手，就像当初在那湖面上挣扎一样。她哭道："姑娘，我舍不得，我好想活……"

然而连这挣扎的力量也随着她面上黯淡的光彩一道微弱下去。

汇聚的血泊静止了，冰冷了，就像是那打翻的烛台的火芯终于熄灭一般，曾在这个世间绽放过光彩的尤芳吟，也悄无声息地熄灭了。

周岐黄拎着医箱来了，听见里面的动静，不敢进去。

远处传来了任为志嘶喊的声音。

吕显走近房门，在看清里面的场景的时候，身子摇晃起来，竟眩晕一般，一步一步慢慢地往后面退去。

姜雪宁浑身是血，跪坐在血泊里，抱着那具渐渐变得冰冷的躯体。周遭都是沉寂的黑暗，有风吹进来，好像有一千一万的魔鬼藏身在幽暗之中，嗤嗤地怪笑，讽刺着凡人自以为能够掌控、实则为上苍所摆布的命运。

可她好不甘心。好不甘心！

凭什么？凭什么摆布我？

那种滔天的仇恨尖锐地包裹着她，姜雪宁为之战栗，哭红了的眼直视头顶那片压抑的黑暗，歇斯底里地向虚空质问："她是我救回来的，你凭什么向我要回去？你既然已经放过了她，又怎么敢这样冷酷地把她夺走？你是想告诉我，我什么也不能改变吗？我告诉你，你做梦！除非连我一起杀掉，否则你便睁大你瞎了的眼睛看着，这辈子，我绝不——绝不向你跪下——"

★

"得了先生传令后本是要即刻前去的，只是将去时听下面人来回，周寅之去过了长公主殿下那边，说了会儿话，好像还给了什么东西。"刀琴屈膝半跪，在台阶下埋着头，搭在刀柄上的手指握得紧紧的，似乎极力想要忍耐住什么，可仍旧红了眼眶，哑着嗓音道，"属下叫他们继续留心后，方去找周寅之。可我去时……我去时……"

他去时，周寅之已在尤芳吟的屋舍内持刀将人挟持。

尤芳吟有多重要，他岂能不知？

周寅之有人质在手便立于不败之地，刀琴固然武艺不俗，三番五次欲动手，可因为尤芳吟在对方手中，只恐伤了人。

投鼠忌器者，未免束手束脚。

对方一路能爬上锦衣卫副指挥使之位，本也不是什么庸才。电光石火间的一次交手，刀琴险些被其一刀削去脑袋，幸而及时退了退，才只划了脸。

然而也就是他这一退，给了周寅之机会。在那一刻，这人的狠毒与不择手段体现得淋漓尽致——他竟毫不留情地一刀从尤芳吟身后捅入。

染了血的绣春刀锋利地贯穿了她的身体。

刀琴彼时浑身冰寒，所能做的只是冲过去将尤芳吟接住，慌忙按住她的伤口，试图喊大夫来救。周寅之则趁此机会逃脱，顺着后院的院墙翻出去，没了影子。

谢危腰腹间的伤还未完全愈合，本该在屋中静养，此刻却立在厨房中，慢慢将一小碟新做的桃片糕放进食盒里。

门外正是午后，阳光懒洋洋地照着，却叫人觉不出半点暖意。

姜雪宁已独自在屋内待了一整日没出来。

尤芳吟出事的那晚，她用力地抱住那渐渐冰冷僵硬的躯体不松手，谁也没办法劝她，把她拉走。最终还是燕临回来，径直先将人打晕了，才送回房中。

整个府邸一片兵荒马乱。

最为诡谲的是即刻传令封城后，竟无周寅之的踪迹，直到他们子夜查过先前各处城门轮值的兵士，才揪出一干已被周寅之拉拢贿赂之人。原来从将军府离开后，周寅之没有耽搁半点时间，径直出城逃命去了。

人死了，凶手却没被抓着。

次日蜀中和江南的消息终于姗姗来迟，报称早在半个月前，任氏盐场与江南相关商会皆先以参与谋逆之罪被收监入狱，如有反抗者先杀以儆效尤。只是一则对方动手太快，下手太狠，连敢往外通消息的人都不剩下几个；二则周寅之勒令围城警戒，严防死守，扼住官道，几乎断了往西北去的消息；三则路途遥远，若不经朝廷驿馆以加急方式传信，寻常消息要到忻州，少说得一个月。

而周寅之也深知这一切。查抄的事情留给锦衣卫和官府做，自己则单枪匹马地来了忻州，演得一出虚与委蛇的好戏，伺机向尤芳吟下手，夺走印信，以便取得其余存放在各大钱庄、票号里的万贯之财。

如此雷霆万钧的手段，明面上是周寅之所为，背后却必定有帝王的支撑。

可姜雪宁醒来听了汇报后，只是木然地应了一声："知道了。"

她把旁人都赶了出去，把门关起来，什么人也不想见，什么消息也不想听。连送到房门外的饭菜都已经放凉了，她却不曾出来过一次，更不曾动过半筷。

谢危没有抬起头来看刀琴，只是垂着眼帘道："周寅之动手之前便料到，在追杀他和救尤芳吟之间，你必会放弃前者，选择后者。此人的心肠比你狠毒，并不出人意料。"

刀琴却不如此以为。他脸颊上的刀伤尚新，没忍住红了眼眶："倘若属下去得早些，或者晚些，尤姑娘都未必会遭他毒手。是我被人算计，束手束脚，才害了尤姑娘……"

刀琴跟着谢危的时日虽然久，见过的事情也不少，可生平少有对不起人的事，更何况是这样一个姑娘家？

他到底还是存着几分少年心气。气愤与愧疚尽数涌来，压得他抬不起头，竟然掉了眼泪。他又不管不顾地用力去擦，动作里只有一股压抑的狠劲儿，看上去格外狼狈。

谢危抬眸看了他一眼，轻轻叹了口气，却道："你没有错，别跪着了。"

旁边的剑书也不大看得惯他这少见的孬种样。他走上前去，要用力拉刀琴起来，皱着眉训道："有什么好哭的？哭能把人救回来吗？！"

谢危道："把凶手抓了，以祭亡者，方是弥补之道。"

刀琴不肯起身，只咬着牙道："刀琴愿为其效死！"

谢危将食盒的盖合上，也不管他二人如何折腾，拎了食盒缓缓从他身边走过去，只淡淡地道："且候些时日，等宁二来交代吧。"

只不过，走出去两步后脚步又不由得一停，他转身问："吕显近日如何？"

剑书怔了怔，片刻后才低声道："瞧着没事人的模样，终日埋在房中理军费账目。但昨日下面有个账房先生来说，算错了好几笔。"

谢危静默，便没有再问了，拎着食盒往姜雪宁的院子里走去。

伤势未复，步伐不大也不快，他到得庭院外面的走廊上时，竟正好瞧见沈芷衣。

这一位虽然被救了回来，却暂时无法回到京城的公主殿下，穿着一身颜色浅淡的素衣，静静立在刚发春芽的花架下，向着庭院里望去，目中却有些烟雨似的惘然。

谢危脚步一停，也向着那庭院中看了一眼，才道："殿下不去看看吗？"

沈芷衣看见他，沉默半晌，道："不敢。"

谢危道："宁二为了救公主来边关，尤芳吟追随宁二而来，如今人却因此没了，殿下心中不好受，所以不敢见吧？"

沈芷衣竟从这话里听出了一分刺。

她凝视着谢危。谢危却平淡得很，对生生死死的事情仿佛并不放在心上，只是道："谢某若是殿下，也必辗转反侧不能入眠的。只不过立在此处也改变不了什么，殿下如若无事，春寒料峭，还是不要立在此处吹风了，以免伤身。"

他往台阶下走去。沈芷衣看着他的背影，不清楚那一丝敌意是否自己的错觉。然而偏偏这时候，她竟不想管谢危究竟是什么身份，所以异常直白地问："谢先生是在嫉妒我吗？"

谢危没有笑，也没有回答，垂着眼帘便往前去了。

丫鬟们都战战兢兢地伺候在外面，防备里面的姜雪宁忽然传唤。

外面的饭菜早已放凉了，房门却还闭得紧紧的，半点没有要打开的迹象，里面更是安静极了。其实房门没有上锁，也没有从里面闩住，只是谁也不敢去搅扰她。

谢危来，都不需看那些丫鬟一眼，便知是什么情况，拎着食盒走上前去，便慢慢将门推开了。

大白天，屋里却十分昏暗，一片有些晃眼的光随着"吱呀"的开门声渐渐扩大，投落在冰冷的地面上。

某个昏暗的角落里传来冰冷的一声："滚出去。"

谢危听见了，没有生气，只是走进来之后，转身又将门关上。

他拎着食盒，循着声音的来处找到她。

姜雪宁靠着一面墙，坐在昏暗角落的地面上，两臂松松地半抱着屈起的双膝。在她听见靠近的脚步声时，没有半点表情的脸上陡然闪过一抹深重的戾气，抬起眼眸来便要发作。然而入目的却是谢危的身影。

她面颊苍白得近乎透明，身子好像一吹就能被吹走似的单薄，没有血色的嘴唇显得脆弱，一双眼却因着面颊瘦削而有一种惊人的幽暗光芒，像是夜里的刀光，利得能扎进人心里。

姜雪宁看着他："你来干什么？"

谢危在桌上放下食盒，将那一碟桃片糕取出来搁在她面前，道："吃点东西吧。"

他原想坐在她面前的，可腰腹间伤口尚未痊愈，实在坐不下去，便轻轻伸手从旁边拉了一把椅子来，在她边上坐下，对她道："周寅之跑了，只怕一时半会儿抓不住，倘若你先饿死，那可要被人笑话了。"

姜雪宁注意到了他比往日滞了几分的动作，平静地道："你不要命了？"

谢危却道："宁二，有时候不是人自己要站上山巅，攀上悬崖，是一路走到了头，才知道是悬崖。世间事便是你身后飞沙走石、摧枯拉朽的狂风。要么站在原地，让它将你吞噬；要么就被逼着闭上眼睛，往前头的深渊里跳。就算你想，也没有别的选择。"

姜雪宁眨了眨眼："凭什么是我，凭什么是她？"

谢危抬手，指尖触到她的面颊，将边上垂落的一缕乱发拨到她雪白的耳郭后，声音却如雨后的山岭，有一种水雾朦胧的感觉："人的一生便是不断失去，不是这样，也是那样。你不能抓住那些已经失去的东西，那会让你丢掉现在本还拥有的所在。"

这一刻的姜雪宁是如此脆弱，仿佛掉在地上都会摔得粉碎。他的动作是如此小心翼翼，袍袖甚至都没怎么搅动空气里浮动的微尘。

她觉得自己像是一只装满了仇恨与愤怒、不甘与悲怆的瓷瓶，明明内里一片冲撞，外表看上去却冰冷得如同一层死灰。

世间有好多事令人困惑。

她注视着谢居安，却一点也不合时宜地想起了过往的事，然后问："那天我说你杀过我，你为什么没有找我问个究竟呢？"

谢危垂着眼帘看着她，慢慢道："我不想知道。"

姜雪宁缥缈地笑着："你可真聪明。"

其实那句话对如今的谢危来说并不公平。她也知道，可这不是她所能控制的，因为过去发生的事情可以在别人的心头被磨灭，却不能抹平她心底的创痕。

谢居安总是一个敏锐的人，许多事情觉察端倪，能猜个大概，却未必一定要打破砂锅问到底。正所谓难得糊涂，他同张遮不一样。张遮觉得两个人若要在一起，倘若有秘密，便不能长久；可谢危太聪明，所以反而愿意糊涂，有秘密于他而言并无妨碍，甚至只是一件微不足道的小事。

他只轻声问她："你想说吗？"

姜雪宁说："我不想说。"

她慢慢后仰，脑后靠着冰冷的墙，眨了眨眼，却恍惚想起了很久很久以前的事，便同他道："其实打从年少时见你第一面，我就讨厌你。你穿着一身白衣裳，抱着琴，一副病恹恹要倒下的痨鬼样，看着叫人瞧不起，可行止与那些人一点也不相似，更与我不一样。你最叫人生厌的便是那双眼睛，好像什么都知道，什么都清楚，我甚至感觉你在怜悯我。你让我知道，人与人有多不相同，让我站在了鸿沟天堑的这一面。我什么也不是，离京城越近我越怕，也就越讨厌你。后来我真的想过，如果再给我一次机会，让我回到那个时候，我会拿走你的刀，摔了你的琴，把你扔在荒野里，让山里的豺狼吃了你。"

一滴泪从她的眼角滚落。谢危慢慢伸出手去将她揽住，让她靠在自己的腿上，低声道："你本该那样做的。"

她紧绷着的身体终于轻颤起来。姜雪宁到底还是在他面前露出了自己全部的软弱，却只盯着虚空里某一个固定不变的点，说："你是个很坏、很坏的人。"

谢危说："我是。"

姜雪宁哭了很久。谢危也听了很久，然后慢慢地道："有时候做不了一个良善的人，便当一个很坏的人，也没有什么不好。你要觉得自己可以变成不一样的人，才能真的变成不一样的人。打破那道给自己立下的藩篱，先相信，再去做，要么被压垮，要么走过来。幸运总是属于少数人的，而上苍不会那么眷顾我们。宁二，仇恨有时候是个好东西。"

就像他希望她能相信他们可以在一起一般，去打破那道藩篱。

姜雪宁抬眸望向他，弯唇时神色不无嘲讽，可过后又只余下深重的怆然、隐隐的悲哀，问："谢居安，你这辈子就是这样过来的吗？"

谢危轻轻点头："嗯。"

他低垂着眼帘想，以前是这样过来的。

★

姜雪宁的确想过：倘若自己是个坏人，便该防患于未然，扼险于襁褓之中。既然明知周寅之会作恶，何不敢在他做大之前，早早将人除去，以免有今日的祸患？

可她若真是个恶人，又怎么会救尤芳吟呢？如果救了尤芳吟，便证明她不是个坏人。她不是坏人，也就不会在一个人还未犯错之前便因为他将来可能会犯的错误而先将其除去。

所以她思来想去，竟成了一盘死局。

她就是这么一个人，所以必然会遇到这些事。

若一定要究个根底，或许是她还不够强。

可若这般，世间事也太没有道理了。当年萧、燕两氏联姻不强吗？可谢居安却身负血海深仇，忍辱蛰伏二十余年。彼时的沈琅、沈玠不够强吗？一朝朝堂颠覆，横死宫中，或者病死龙榻上。

任谁强，也只强一时。东风压倒西风，西风又压倒东风，没有谁能真的强一世。天下的道理，怎么能以强弱来论呢？

临走时，谢危仿佛看出了她心中萦绕的困惑，只淡淡地道："天下的道理，确不该以强弱来论，然而没有强弱，就没有道理。弱者总喜欢向强者讲道理，可道理从不站在他们那边。"

说完，他收回了目光。

那扇门又重新慢慢地关上了。

四下里寂静无声。姜雪宁闭上眼，仿佛能听到思绪浮沉的声音。

又坐了许久，她才慢慢撑着地面起身，拿起谢危搁在边上的那一碟桃片糕吃了几口。

黄昏时，她终于从屋里出来了。

丫鬟们慌忙去拿新鲜饭菜来。姜雪宁先喝了盅汤，然后就着菜吃了一碗饭，洗漱过后，便叫人去找刀琴来。

听见姜雪宁要找自己，刀琴愣怔了半晌，才一路怀着忐忑不安的心情来了，可立在台阶下时，那日尤芳吟罹难的情景又不免浮上心头。

他不敢出声。只不过房门本就只掩了一半，姜雪宁埋头在书案前写什么东西，一抬眼已经看见了他，静默了片刻，道：“你进来吧。”

刀琴攥着刀的手紧了紧，嘴唇抿成一条线，终于还是无声地走了进来。

案头上放着笔墨。简短的三封信已经写好，姜雪宁待其墨迹被吹干后，便将信笺都折了，分别放进三个不同的信封，以火漆贴好，递给刀琴：“周寅之一旦回京，忻州的事情便会十分棘手。你跟着先生多年，走南闯北，武艺高强，该有不俗的应变之能，所以这件紧要事我想托你去办。”

刀琴接了信，看着她。

姜雪宁继续道：“这三封信里，一封是写给定非世子的，这个人说不定你们比我更了解；一封是给郑保的，他如今该已经成了宫中的秉笔太监，是个‘滴水之恩，涌泉相报’的人。况谢先生在京中的根基想必也不会那么快就被完全拔除，正所谓打蛇打七寸，我希望你带着这两封信去京城，分交给二人后，暗中协调京中事宜，替我抓一个人。”

刀琴愣住。姜雪宁抬眸望着他，一字一顿地道：“是一个女人，在周寅之的后院，该是他的妾室，从其尚未发迹时便跟着他，唤作‘幺娘’。我不知她有没有为周寅之诞下子嗣，倘若没有便罢了，有的话一并带走。”

刀琴问：“第三封信呢？”

姜雪宁起身，走到盛了清水的铜盆旁，将自己沾了墨迹的手指浸入，声音平静无波：“抓到幺娘后，留给周寅之。”

她垂着眼帘，神情前所未有地淡漠。

刀琴静默许久，才道：“是。”

姜雪宁道：“事不宜迟，你尽快启程吧。”

刀琴却驻足原地，似乎有话想说。可唇分时，他又觉喉头发涩，那些话无论如何也说不出口。

歉疚又有何用？尤芳吟已经回不来了。

姜雪宁慢慢闭上眼，想起那个纯粹的傻姑娘，便是打叶子牌时也不忍心赢了别人，情绪险些没能收住。过了片刻，她强将它们压了下去，然后才对刀琴道：“你没有错，善也没有错，错的只是那些仗人善、行己恶的人。芳吟不会怪你的，但她一定希望你帮她讨个公道。”

刀琴原还强绷着，听得此言，却鼻尖骤然一酸，眼底发潮，掉下泪来，砸在了手背上。他扶刀跪地道：“刀琴必不辱命！”

然后他才起身，拜别姜雪宁，径直大步走出门去。

从忻州到京城，天下已经乱了。

周寅之这一路上甚至有种做梦般的感觉。

明明来时一切尚好，到处都传扬着边关打了胜仗的消息，士农工商一片喜色，可在他一路驰马回官道时，竟看见许多衣衫褴褛的流民携家带口，大多是从南边来的。而且他越往东走，流民越多。

终于在入京前一日，他觉得自己安全了，忻州那边的人即便想要追来也不能够，于是在驿馆换马的时候问了一句："本官从忻州一路回来，看见道中有流民无数，都是怎么回事？"

驿馆的驿丞难得接待这样的大官，唯恐伺候不周，忙谄媚地道："嗐，您先前去了边关，恐怕还没听说吧？都说是天教在南边作乱，好像是要……"

周寅之心头一跳："要反？"

驿丞也不大敢说，凑得近了，讪讪一笑："下官不敢讲，外头那些个流民都这样传，说不准是哪里来的谣言，所以都吓得往北边跑。"

周寅之的面色顿时寒了下来，他一手拽住缰绳，用力之大，几乎使得缰绳粗糙的边缘陷入掌心。

驿丞被他吓着了。

周寅之却再不多言，换过马之后，竟然连停下来歇脚的意思都没有，直接催马上了官道，在天将暮时抵达京城，第一件事便是回家。

在幺娘的伺候下，他也顾不得回答她关切的话语，换过一身干净的朝服，带上那没沾血却好似血染的印信，立刻入宫觐见。

他人到宫门口的时候，正遇上那吊儿郎当、晃晃悠悠地从里面走出来的定非世子。这不成器的纨绔还迈着八字步，一身都是富贵气，腰间丁零当啷地挂了一打玉佩，知道的说他身份尊贵，与人不同，不知道的怕还以为是街上那些个骗子小贩出来兜售一窝破烂货。

萧定非瞧见周寅之，眉毛便挑了一下，半点也不避讳地瞧他一圈，笑着打招呼："哎呀，这不是周指挥使吗？都从忻州回来了啊。不过你这一趟去得可不赶巧，里头正发火呢。"

怎么说他也是皇帝昔日的恩人。这两年他在朝里混了个礼部的闲职，倒结交了一帮与他一般不干正事的权贵子弟，还在京城里搞了个什么"逍遥社"，极尽风花雪月之能事，称得上纸醉金迷。

周寅之虽也不是什么手段干净、品行端正之人，可也不想与这样的人多打交道，更何况萧姝厌恶这个没死的兄长，他自不会与萧定非深交，所以此刻只微微颔首。连话都没搭半句，他便径直从对方身边走过，入得宫去。

乾清宫里的情况果然不好。

周寅之还没走近，就已经听见了沈琅暴怒的声音："好个天教！好个天教！吃了熊心豹子胆，也敢卷土重来！也不看看一帮流民匪类能成什么气候！当年先皇怎么叫这一帮乱臣贼子伏法，朕今朝便怎么叫他们有来无回！来人，去宣国公萧远来！"

郑保匆匆从门内出来，迎面撞上周寅之。

周寅之对着这种皇帝身边伺候的人向来是客客气气的，于是轻轻拱手，压低了声音问："郑公公，圣上那里……"

郑保看他一眼，道："一个时辰前的加急消息，兵起金陵，天教反了。"

尤芳吟下葬的日子选在正月十四。

南边渐渐乱了的消息虽然晚些，但也陆续传到了忻州。

前有朝廷，后有天教。天下将乱，黎民不安。

别说是百姓流离失所，甚至连他们想要扶棺回蜀也不行，几经计较，竟只能在忻州城外找了个风水不错的地方将人下葬。

万贯家财，被朝廷清抄一空；盐场商会，更已无半点音信。

这时候的任为志喝了几日的酒，操持着丧礼，一觉醒来看见外头惨白的天光，听见那喧闹的动静，跟着走到外面去，看见素服的众人，还有那一具已经抬上了车的棺木，竟有种一梦回到往昔的错觉。

孑然一身，形影相吊，除了自己，一无所有。

姜雪宁也立在那棺木旁。连那位很厉害的谢先生也来了。

任为志走过去时，就那样久久地注视着姜雪宁，想芳吟若不来这一趟，或许便没有这一遭的祸事。可若没有姜雪宁，芳吟当初也不会得救。

直到唱声起，他才恍惚回神。

这位曾经潦倒落魄又凭借大胆的银股绝地翻身的任老板，一身书生气，却又变回原本那潦倒落魄的模样，捧了牌位，走在前方。

出城。

入土。

安葬。

一座新坟便这样立在了山脚，纸钱飞满天。

姜雪宁静静地看着黄土越堆越多，最终将棺椁完全埋住，只觉得心内荒芜一片，仿佛已经生了离离的蒿草。

谢居安等人在后方看着她。她却在那新刻的墓碑前蹲下身来，轻轻伸手抚触着那粗糙的石面，道:“我有话想单独对芳吟讲，让我一个人多留会儿吧。”

众人皆无言。

任为志先转身离去，仿佛在这里多待一刻都是煎熬。

其余人看向谢危。谢危静默半晌，情知很快便要离开忻州，也知尤芳吟在她心中有何等分量，到底还是没有多言，只吩咐了几名军中好手隔得远远地看着。自己则与其余人等到山脚的平坦处等候。

谁也没有说话。

然而过得有大半刻，正当谢危想叫燕临上去看看时，那山林之中竟骤然传来了惊怒的暴喝:“什么人？！”

刀兵交锋之声顿起!

所有人都觉得头皮一麻，悚然震惊。

燕临的反应极快，他想也不想便抽剑疾奔而上！片刻工夫便到得新坟处，却只见数十黑巾蒙面之人似从山上重叠的密林之中蹿出，与周遭看护之人斗作一团。

这些人手持的兵刃皆奇形怪状，兼一股诡谲气息，呼啦啦一甩，便套在人的脑袋上，再一拽，整个头便都跟着被旋割下来，端的是残忍凶恶!

竟然都是血滴子!

燕临顾不得许多，扫眼一看，那墓碑前面哪里还有姜雪宁的踪迹？！对面山林中却隐约有人影迅速离去。

今日本就是丧葬之事，又是在忻州城外，谁能想到竟会有人神不知鬼不觉地埋伏在此地？一行人带了兵刃的都少，军中之人更擅群战，打仗拼战术，若论单打独斗，又岂能与江湖上这些刀口舔血的狠毒之人相比？一时半会儿众人竟奈何不得他们，眼睁睁被这帮人缠斗拖延，看着山林里的人影迅速消失!

“宁宁——”

燕临目眦欲裂，一剑豁开了面前那名黑巾蒙面人的胸膛，滚烫的鲜血溅了他满身满面，他却连擦也不擦一下，硬生生杀出一条血路向林中追去!

整座坟场，一时惨若地狱。

刀剑相交，肢体相残，鲜血抛洒，有那么几滴落了下来，溅到那座今日刚立起来的崭新墓碑上，也将上头轻轻搁着的一页纸染上斑驳的血点。

谢危伤势未愈，跟着来时脚步急了一些，不经意间牵动伤口，腰腹间隐约又洇出一抹鲜红痕迹。见得这场面，他还有什么不明白的？这一刻，他只感觉天底下别无所有，仅余下冰冷肃杀、风起如刀!

他踩着脚底下那些躺倒的尸首，从横流的鲜血当中走过，立到那座墓碑前，将那一页纸拿起来慢慢打开。

他已经有许多年不曾见过这字迹了。在这封信里，写信之人并不称他为“少师”，而是称他度钧!

“大争之世，聚义而起；汝本受恩，竟以仇报。苦海回头，尚可活命。正月廿二，洛阳分舵，候汝一人，多至当死！”

“万休子……”谢危面容苍白，竟陡地笑了一声，捏着那页纸的手背隐隐有青筋微突，慢慢地道，“正愁找不着你，倒自己送上门来。”

★

一瓢冷水泼到脸上，姜雪宁终于悠悠醒转，喉咙鼻腔里还隐隐泛着一点呛人的味道。她有些不适地咳嗽了两声，想要伸出手捂住口时，便发现自己两只手都被捆缚在身后，绑在一根有一尺粗的圆柱之上。那麻绳有些粗糙，绑得太紧，已经磨破了她腕间的肌肤，留下几道深浅的红痕。

水珠从她浓长的眼睫上坠下，挡了她的视线。她费力地眨了眨眼，眼前才慢慢由模糊变清晰。

一间有些简陋的屋子，木窗木地板，门口黑压压的都是人，正前方却摆了一张翘头案，一方茶桌，一个身穿蓝灰色道袍的白发老道就坐在旁边铺了锦垫的椅子上，正上上下下地打量她。

边上一名年轻的道童见她醒了，便将手里的水瓢扔回了桶里，退到老者身旁垂首而立。

姜雪宁终于想起来了。距离她被抓已经过去好几日，对方一行蒙面人忽然从林中蹿出，速度极快，她根本没来得及呼喊，便被人从后方以沾了呛人药水的巾帕捂住口鼻，没片刻便昏了过去。中途有数次醒来，她都在马车上，是被这些人弄醒叫她吃些东西。可看管极严，往往刚吃完东西便重新将她迷倒。

于是她整个人昏昏沉沉的。乍一醒过来，她晃晃脑袋都像是在摇晃糨糊。

只不过在看到这老头儿时，她忽然就清醒了——不仅因为这老头儿她从没见过，更重要的是，眼下醒来竟然不是在马车上，而是在一间屋子里，对方还将自己绑在了圆柱上，想必是要审问她了？

那老者虽然也穿道袍，却与谢居安不同。

谢居安的道袍是俗世间文人隐士惯穿的，虽是依道观里道士袍的形制改良而来，可从来是既不绣太极也不绣八卦的。这老者穿的却是八卦纹样缀在袖底袍边，加之头发在顶上束成盘髻，体形极瘦，脸颊两边颧骨高突，眼窝微凹，双目却精光内敛，若非面上有股隐隐的歪门邪道之气，配上那把花白的胡须，倒的确有点世外高人、得道真仙的架势。

他的小指留着不短的指甲，人虽老瘦，面上的皱纹却不太多，俨然是驻颜有术。

一名身段窈窕的妙龄女子，看着也就二八年纪，穿着一身石榴红的纱裙，也不知是故意还是怎的，衣衫微乱，胸前敞开，露出整段脖颈和一侧香肩，乖顺地跪坐在那老者脚边，轻轻为他捶腿。

老者的手则从她的脖颈滑下去，贴着她细腻的肌肤，轻轻放在她的后颈处，又换了手背挨着，竟是拿这妙龄少女当暖手炉！

姜雪宁的眼皮跳了跳。

那老者的目光却停在她的身上，仔细打量着她细微的神情，见她虽从迷药的药力里被冷水泼醒，却只看了一圈周遭，并未慌乱，不由得道："小女娃倒是很镇定，倒不愧能被他瞧上。"

姜雪宁不知老头儿说的"他"是谁。但左右看看，里外拿刀拿剑的人都有，穿常服、穿道袍的人不缺，可唯独这老头儿一人坐着，还有小美人儿捶腿，不用想都知道老头儿该是始作俑者了。

她哪里会惊慌呢？

她当下道："尊驾出动那样多的人，花费那样大的力气，将我迷晕抓来，除了绑起来之外也不打不杀，那想必我这个人还有不小的利用价值。既然如此，性命无忧，我急有什么用呢？"

老者便笑了一声，竟多了些赞赏之意："不错，识得大体。贫道修道多年，俗世的名都已忘了，道号'万休子'，你唤我'真乙道人'也可。此番大费周折地请姜二姑娘来做客，手底下那些小孩儿做事没轻重，路上若有怠慢，还请姑娘海涵。"

万休子！

真乙道人……

尽管心中已有准备，可真当这名号在耳旁响起时，姜雪宁心底还是冒了一股寒气。

万休子道："这也不惊讶吗？"

姜雪宁道："若我没猜错的话，去年在山东泰安府遇袭，便该是阁下的手笔，只是那一次没成罢了。天底下没有'千日防贼'的道理，想防也难。道长处心积虑，伺机而动，得手也不奇怪。"

万休子顿时拊掌大笑："好、好！"

姜雪宁可听说过这人。尽管曾经从未见过，也不知对方最终下场如何，可二十余年前他联合平南王一党攻入京城，杀得半座京城染血，连皇族都差点覆灭，可算得上是谋逆史上浓墨重彩的一笔了。

朝廷简直对此人恨之入骨。奈何天教在南边势大，而自打当年事败后，万休子便甚少再出现于人前，只通过自己手底下的亲信操控教众，非不得已绝不露面，行踪甚是隐秘。所以即便官府绞杀多次，也未有所得。

她一时倒不特别能猜透对方为何抓自己来，是以不敢轻易开口接话。

但是跪坐于地上给万休子捶腿的那姑娘听得万休子对姜雪宁这样和颜悦色，竟吃味儿了，朝她翻了个白眼，转过头却越发楚楚可怜地挺着胸脯往万休子面前凑，声音娇软得让人起一身鸡皮疙瘩："教首，今日已将暮时，您还不服仙丹吗？奴……奴这里硌久了……"

万休子垂眸看她一眼。那雪酥似的两团软肉里可不是还夹着一丸紫红色的丹丸吗？也没客气，径直将手探了进去，将那枚不大的丹丸取了出来，放入口中服下。

姜雪宁看得一阵恶寒。

万休子服食丹丸后面色稍稍红润了些，只拿手点过那妙龄女子的胸口、脖颈，最后掐着下颌，抬起她的脸来打量，又重看向姜雪宁，似乎在比较什么。

那女子酸得很："奴不好看吗？"

万休子原先还好好的，听了这一句话之后却不知怎的面色瞬间阴沉下来，竟然掐着那女子的下颌狠狠往后一推，冷冷地道："你也配同她比？"

那女子委屈得直掉眼泪。

万休子只把她穿着的纱衣都撕下来一片，倏忽间又恢复成先前那种平淡的口吻，道："度钧破了例，看得上她，她自然比你要好许多。"

那女子纱衣里头本就没穿其他衣物，这时便露出大片好景。周遭那些教众也有一些悄悄看过来，面上却个个都站得笔直。

姜雪宁瞧见那白花花的一片肌肤，整个人都有点不好，倒不是她没见过世面，被这点小场面吓住，而是觉着这老头儿着实令人作呕。

只是方才对方话中提及"度钧"……

这名字姜雪宁也是有印象的，当初通州一役，张遮便是假借"度钧山人"的名义混入天教！如今万休子竟然说度钧看上了她？

她心念急转直下，未免有些色变。

万休子将这看在眼中，他忽然意识到了什么，发白的眼珠慢慢转了一圈："你还不知道度钧的身份？”

姜雪宁心头一跳。若没万休子这一句，她自不明白。然而多了这一句，脑海中一道灵光闪现，几乎炸得她浑身一阵战栗，心里浮出了那说出去只怕也没人敢信的答案——谢居安！

万休子咂摸咂摸，似觉兴味，又将那妙龄少女扯来，上搓下揉，腹间发硬，神情却好像不为所动，只是在提起“度钧”二字时，便渐渐想起这二十余年的事来。

他冷冷地哼了一声，说话时却有点喟叹之感：“一晃许多年，本以为替天行善，却没想到引狼入室，养虎为患。贫道倒也不是捺不住气性，只是如今身子虽还进补得当，夜能御女，调和阴阳以为修炼之道，可到底年光易去，寿数有尽，再不举事只怕空为姓谢的做嫁衣裳。没想到上苍有好生之德，竟然助我，偏要他为女色所误，露出这样大的破绽！贫道岂有不笑纳之理？”

姜雪宁隐约听出点意思了：原来对方抓她，是为了对付谢居安。

那妙龄少女在万休子手底下哼哼唧唧地叫唤起来。万休子对她却只像对一件物品似的，虽玩弄，却无半分垂悯之意，看了叫人毛骨悚然。

他甚至笑了一声，道：“我天教乃道教正统，当淡欲求。只是不沾衽席之事算不得修炼，得是男阳女阴地调和，身与意分，身交融、意守中，不乱其性，方为‘得道’。我本当他有慧根，叫公仪寻了几个干净的，阴年阴月阴日生人，放在他床上给他修炼。我是想着‘孤阳不长’，女人那处终究是销魂窟，英雄冢。他不早修炼，他日紧要时见着什么尤物妖精，下半身走不动，到底会误事。岂料他倒不肯领情。”

万休子说到这里时，神情变得愉悦了几分，尤其是在看向姜雪宁时，竟透出几分满意之色。他这两年实在难得逢着这样得意的时刻，尤其是逮着谢危的短处，只等着人自投罗网，整个人都放松不少：“哼，这些年来我也知道他不安分，在京城里俨然已不将我这个教首放在眼中了。只是他自来行事缜密，欲情爱恨不沾身，便对付死他的几个亲信，他也是冷血得不眨眼、不过问，实在寻不着什么破绽。可惜呀，当初他不理会，我没拿捏成他，如今便成了他的死穴。这样厉害的人，终究没逃出个‘情’字，栽在了女人身上。老天爷都偏帮我，要我登临大宝，主宰天下啊！”

姜雪宁听这糟老道的污言秽语，脸色已差了几分，再想起自己身陷囹圄，却不知要为谢危、燕临等人带来多大的麻烦，便更没办法笑出来了。

万休子却似故意一般，又问：“他被你捅上一刀也不还手，想必是得了你陪着修炼，很是得趣吧？”

“修炼”……

姜雪宁眼角微微抽了抽，只当没听到，转而却道："宫中有方士以汞炼丹，专奉天子，能使人回到少壮之时。教首若担心年岁不久，倒可一试。"

"哈哈哈哈……"万休子竟然仰头笑出声来，根本不为她此言所动，"狗皇帝得了妖邪方士进献的丹丸，命不久矣！小女娃，你当我不知道汞有剧毒？道家修炼是养生之道，自然温补。你若想看我服食丹丸暴毙，怕是没这可能。"

姜雪宁想：这竟还是个正儿八经搞养生的邪教头目，在这遍地都是嗑汞丹的方士里，可真是一股清流。

她实在是服了。

万休子瞅了一眼外头渐渐昏暗下来的天色，道："没剩下两个时辰了，倘若度钧不来……"

他回眸看向姜雪宁。

姜雪宁在心里暗骂一声，想了想谢居安的为人，连白眼都懒得给这位教首翻，道："放心，谢居安肯定来，只不过肯定不是一个人来。我若是教首，这时候收拾收拾东西跑还来得及。"

万休子瞳孔微微缩了缩，似乎在考量她这话，半晌后，嘿嘿一笑，阴森森地道："本座也想看看。"

二人便不再说话了。

姜雪宁虽如此说，可也不过是基于她对谢危的了解以及与谢危的交集，心里并非真的有底。那人疯的时候是什么样，她实在是见识过了。他真做出单枪匹马、深入虎穴的事情，也不是没有可能。只是那样他便落入这老头儿的圈套了，非但救不了她，只怕还要使二人陷入一样的困境。

她心里祈祷着谢居安不要出现。

如是等到子时初，也不见人，万休子的面色越来越差。

眼见着子时三刻的更声就要敲响，外头一阵急促的脚步声响起，一名道童在门外禀报："启禀教首，度钧先生在分舵外请见！忻州大军未有异动，沿途无人跟随，确系独自归教！"

★

洛阳子夜，寒星在天，不见明月，眼前这座归一山庄的庄门外看不见半个人影。然而门旁守着的两个人手脚粗壮，膀大腰圆，抄着手还抱着刀剑，冰冷的目光扫过谢危时，透着浓浓的警惕，还有一点掩不住的惊讶与好奇。

天教上下见过他的人并不多，见过他且还知道他就是传说中那位“度钧山人”的人更是寥寥无几。

然而这些天与他有关的传闻，却传得到处都是。

都说公仪先生的死疑点重重，此人非但叛教，还恩将仇报，与教首起了龃龉。此次洛阳之行，便是教首终于要大显神威，出山来对付他了。

可谁能想到传说中的度钧先生竟是这般模样？

此人一身素净的道袍，虽有几分风尘仆仆之色，可墨画似的眉眼里带着一种波澜不惊的淡漠，虽孤身前来，也无半分惧色。更重要的是，此人竟不是什么糟老头子……

比起当初他们常见到的公仪丞，谢居安实在是太年轻了，以至于让他们有些不敢相信。

只不过，先前进去报信的道童很快就出来了，到得门口，倒还恭敬，竟然向谢危躬身行了一礼，只是表情未免有些皮笑肉不笑的味道，道：“教首与那位姜二姑娘一道恭候多时了，先生请进。”

满街空寂，风从无人的街道上吹来，拂过谢危的衣袂，使其飘摇晃荡。他却神情岿然，也不多说什么，眼帘一垂，无半分惧色，不像是受人掣肘甚至即将沦为阶下囚的倒霉鬼，反倒有一种处变不惊的从容镇定，仿佛进自家门一般，随那道童走了进去。

在天教的这二十余年，他一直隐于幕后，也从不以“谢危”二字发号施令、出谋划策，而是取“度钧山人”为号代之，为的便是他日潜入朝廷时，“谢危”这名字还干干净净，不致招来朝廷的怀疑，露出太多马脚。所以他也很少去各分舵。

洛阳这座分舵他并不熟悉。一路跟着道童走时，他便不动声色地朝着周遭看去，终于七弯八拐地绕到了山庄的一座跨院前。

外头挂着明亮的灯笼，灯笼下头黑压压一片都是天教教众。

道童道了一声：“度钧先生来了。”

那一瞬间，所有人的目光都转了过来，落到了他的身上。随即围拢的人如潮水一般慢慢分开，给他让出一条道来，目光却一路跟随着他，对他虎视眈眈。

可谢危视若无睹。他看都没看这些教众一眼，径直从这条分开的道中走入跨院，于是看到了里面开着的那扇门。

万休子大费周折、处心积虑地将姜雪宁抓来，便是觉得度钧对这女人十分特殊，觉得天赐良机，或许自己能抓住他的软肋。

只不过这从头到尾就是一种猜想。倘若谢居安收到他留下的信函后，今日置这女人的生死于不顾，没有前来，他其实也不会有半分惊讶。所以在亲耳得闻谢危来了，又亲眼看见他从外面走进来时，坐在椅子上的万休子不自觉地用力握了一下自己掐着那妙龄女子的肩膀的手，不由得大为振奋。

那妙龄女子可没料到会这样，轻轻痛呼了一声。然而万休子已一把将她推开了，双目精光四射，带着几分森然的寒气，迅速锁定谢危，笑起来："好，好胆气！你竟真的敢来！"

谢危立着，不曾见礼，甚至没有先向万休子看去，而是看向了姜雪宁。

自打听见道童来报说谢居安已经来了，她的心便往下沉去；此刻见得谢危走进来，她更觉心都沉到了谷底。

姜雪宁还被绑在圆柱上。连日来都是被药迷昏赶路，不久前又被一瓢水泼醒，她的面容显得有些苍白憔悴，尚有几分未干的水珠顺着面颊滚落，一双乌黑的眼仁望向他，目光轻轻闪烁，仿佛有许多话要讲，偏偏都藏在了静默里。

谢居安这些天已经无数次地想过在洛阳分舵见到她会是何等情形。大局当前，他当控制自己。所以在将一切情形，甚至是最坏的情形都在心里构想过一遍之后，他以为自己重新见到姜雪宁时，会心如止水，不露分毫破绽，更何况情况远没有自己想的那样坏。然而只这似有千言万语的一眼，含着点轻如烟雾似的愁态，便在他心上狠狠地撞了一下，让他险些在这一瞬间失控，泄露那深埋于心底的戾气与杀机。

万休子饶有兴趣地看着他，道："看来你还真在乎这小女娃？"

谢危这才转过了目光，只消往万休子脚边那委委屈屈、衣衫不整的妙龄女子身上扫一眼，便知道这屋里方才没发生什么好事，又一想到方才姜雪宁便在这屋里看着，眼底的寒霜便重了几分，口中却道："教首传唤，岂敢不至？只是姜雪宁乃朝中同僚的女儿，又救过我的性命，论情论理都不该为我所牵连。一个无关紧要的局外人罢了，且不是姜伯游府上很得重视的女儿，只怕没有什么利用的价值。"

他这是在撇清和她的关系，只不过……

姜雪宁心底忽然生出一丝狐疑，也不知为什么，见他镇定自若地与万休子对答，竟莫名觉得安定下来不少：谢居安一个身负血海深仇的人，仇还没报，当不至于真将自己置身于无法翻身的险境，该是有备而来的。就这撇清关系的几句话，便值得深思。

果然，姜雪宁能想到，万休子也能想到。他岂能相信这一番鬼话？

当下他便冷冷地笑了一声，不留情面地道："你在忻州风生水起，势头正好，为着个'没有什么利用价值''无关紧要的局外人'涉险来了洛阳，再撇清关系，不觉欲盖弥彰吗？你是什么人，我心里还是有点数的。你敢一个人来，想必该想过我会怎么对付你了。教中对叛徒的手段，你是亲眼见过的。”

谢危没说话。

万休子盯着他，一双眼里透出几分歹毒之意：“当年是本座救了你的命，免你命丧平南王刀下。人言道，滴水之恩当涌泉相报。你倒好！本座这些年来悉心栽培，竟然是为自己养出了一大祸患。恩将仇报，不愧是萧远的儿子，一脉相承啊！”

姜雪宁心头一跳。

谢危的面上没了表情，他抬眸直视着万休子，笼在袖中的手瞬间握紧。然而他不是会被人激怒的人，面临这般激将话语，也只是道：“你救我也不过是想留一步好棋，他日好叫皇族与萧氏好看。既如此，这么多年来我在朝中为你斡旋，为教中通风报信，便已还了个干净。本就是以利而合，两不相欠，谈何恩将仇报？”

万休子勃然大怒，一掌拍上椅子扶手，忽然起身，抬手指着谢危的鼻子便大骂起来：“好一个两不相欠！倘若你这些年兢兢业业，为我天教尽力也就罢了，可你当我不问教中事务，便是个瞎子不成？你暗地里做的那些勾当，我有哪一件不清楚？你明着为天教，暗里为自己！自打你去了京城，北方诸分舵何曾将我这教首放在眼底？个个都成了你门下的走狗！你眼里还有我这个教首，有我这个义父吗？！”

年少时的谢居安实是惊艳之才，天教上下，谁能与他并论？

万休子初带着这身负血海深仇的孩子回金陵时，倒没想过他有这样大的本事；眼看着他聪颖过人，心思缜密，只当是天教有了好大一个助力，处处市恩，甚至让他协理教务，与公仪丞平起平坐，想要对方因此对自己言听计从。岂料他是个主意大的，明面上挑不出错，暗地里却野心勃勃，渐渐已成长为庞然大物，甚至连自己掂量起来都不得不忌惮三分！

原以为可以掌控，为自己卖命的人，眨眼间成了悬在自己脖子上的利刃，此恨谁能忍耐？万休子自然憎恶他至极。

只是如今先没了公仪丞，后失了谢居安，天教上下未免有些人心涣散，且举兵造反并不是什么简单的事，他年纪大了，再如何重视养生，也不复昔年盛况，渐感心力交瘁。相形之下，他对谢危便更恨之入骨，这一番话说得火气十足，更有一种居高临下的凛然质问感。

然而那“义父”二字落入谢危耳中，只激起了他心中激荡的戾气，他甚至想起了那满是鲜血的宫廷、堆积如山的尸首，那种深刻在四肢百骸中的恶心泛了上来，竟然让他笑了一声。

他漠然提醒道："教首忘了，二十余年前，谢危已舍旧名，去旧姓，有母无父，有父当死。您的义子姓萧名定非，现在京城里享尽富贵。"

定非公子的大名，天教谁人不知，哪个不晓？教众想起来都心有戚戚。这一下有几个道童似乎回忆起了那位混世魔王的做派，没忍住打了个寒噤，把脑袋都埋得低了些。

万休子听得此言更是差点一口气血冲上脑袋，头晕目眩！那该死的萧定非这些年来不学无术，给自己添了多少堵，给天教找了多少麻烦？！

他突然醒悟："这混账东西原来是你故意挑的啊！好，好得很！"

谢危并不否认，只道："我已如约前来，教首若要论罪，该如何便如何。姜雪宁您也关了好几日了，眼下该放了吧？"

万休子看向姜雪宁："急什么？"他冷冷一笑，竟然抬手示意旁边的道童，"来都来一趟了，我天教也不是什么龙潭虎穴，便请她在此处盘桓几日，陪贫道看经下棋，解解乏闷也好！"

道童们走上前去。

姜雪宁心中大骇，虽知道这糟老头儿是在用自己威胁谢居安，可眼见道童朝自己走来，也不免毛骨悚然，终是没忍住心里那股火气，骂了出来："老妖道有话直说，站着说了半天都没叫人把姓谢的打一顿，我看不像是他受你威胁，而是你有求于他！装个什么大乌龟！你敢叫人动手动脚，姑奶奶脾气可不好，一个不小心咬舌自尽，看你拿什么做筹码！"

万休子没料到竟被这女娃一言揭破，面上顿时蒙了一层黑气。

道童们上去要堵她的嘴。谢危的身形终于晃了晃，他却忍住了没动，只冷冷地道："别碰她！"

这些个道童都是在万休子身边伺候的，外围教众不知谢危的手段，他们却一清二楚，听见这声音，几乎冻得打了个哆嗦，竟下意识地停了下来，看向万休子。

万休子眉梢一挑，满意地笑了起来："心疼了？"

谢危没回答，却道："公仪丞是我杀的。"

他的声音平静，以至于乍一听，只让人以为他是在说什么寻常事。然而等众人慢上一拍，终于反应过来他说的到底是什么时，只觉平地里投下了一道惊雷，劈得人头晕眼花，简直不敢相信他说了什么！

就连万休子都愣了愣，紧接着回想起两年前发生的通州一役，心里都不住地往外冒寒气，伴随而起的更有一股泼天的怒火！

他整个人都要炸开了！

公仪丞乃他的左膀右臂，对他忠心耿耿啊，甚至是他掣肘谢危的关键存在！

“你竟然敢认！”万休子的声音几乎是从牙缝里挤出来的，“我就知道，我就知道！”

谢危对自己的一句话造成的震荡仿佛浑不在意，而是继续投下惊雷：“我对天教尽了几分力，有目共睹。公仪丞一来京城便指手画脚，不识好歹，不怪我对他下狠手。杀了此人后，自京城到直隶，教中所有分舵全落入我手中，只假意听从总舵命令，实则非我之命不听。你如今举事，自南向北，若得北方教众里应外合，踏平皇城不过朝夕。只不过不赶巧，我料想教首不肯善罢甘休，留了一句话，倘若无我吩咐，战起时众人便向朝廷投诚。大战在即，即便要算账也不是眼下，相信以沈琅的手段，会先将这些教众编入军中，事后再慢慢算账。”

万休子道：“好算计！你为了同我作对，连朝廷和狗皇帝的力都借，倒把血海深仇都忘了。”

谢危道：“我固然有自立之心，却不到要仰仗仇人鼻息的境地。原本是打算自己举事，只是如今人在屋檐下，不得不低头。我并不想威胁教首，只是想以此换教首放了姜雪宁。报仇乃我心中第一等大事，自己举兵，还是与教首一道举兵，于我而言并无太大差别。还请教首高抬贵手，度钧不才，愿献上朝廷于湖北、安徽二省九大重城的兵力布防图，以助我教举事。”

正所谓敌人的敌人就是朋友。万休子早年对谢危如此信重，便是因为知道谢居安的身世，也知道他心底有多深的仇恨。这样一个被亲族舍弃，为皇族棋子的人，是无论如何也不可能站在朝廷那一边的。而为了有朝一日能复仇，他必然会竭心尽力地为天教做事。

虽然他后来做大，但也没有真的做出什么格外妨碍削弱天教的事。即便是此时此刻，万休子也有足够的理由相信，谢危对朝廷恨之入骨，为达目的不择手段。在他不能自己举事时，屈从天教，绝不是没有可能的事。

天教主要势力都在南方，北方虽因谢危入朝为官而暗中发展教众，可毕竟都握在谢危手中。公仪丞一死，更使得他这个教首对北边失去了掌控。

如今举事看似势如破竹，可他心知肚明，越往北越难打，湖北、安徽二省更是难啃的骨头，可对天教来说又至关重要，占据这二省，便算占据了长江下游，尤其是湖北江城，九省通衡之地，实在是一块肥肉。

要说他不心动，那是假的。

只是倘若放走姜雪宁，他手里便失去了威胁谢居安的筹码，虽然还不知道这女人在谢居安心里究竟占多少分量，可无论如何不能先放。

而且……谢居安来是来了，也不算在万休子的意料之外。可这一切真如自己所料，事情发展顺利，他又不免多生猜忌：连尝试都不尝试，忻州边关大军按兵不动，多好的态势？谢居安真能舍下，就为了一个女人，竟然孤身犯险？

屋舍内寂静无声。

万休子盯着谢危，似乎在考虑。

姜雪宁可没料到这人一个人来这等险地，竟然还有点反客为主的架势，而且居然声称要与天教合作？她怎么有点不相信呢？

谢危也不催促，等着万休子考虑。

半晌后，万休子终于拊掌而笑，道："都说英雄难过美人关，你谢居安也有冲冠一怒为红颜的时候！不错。只不过兹事体大，本座还是要考虑考虑，总归你二人都在这里，如今举事还一切顺利，不着急。倒是你们，有情人见了面，只陪着我这糟老头子说了半天话，实在不好。"

姜雪宁在心里翻白眼。

万休子却一下变成了好人似的，朝着周围摆手，示意众人出去，又对谢居安道："度钧，本座也不多为难你，便委屈你与这女娃在此休息会儿，也好叙叙话。待得明日本座再给你答复。"

说完，他竟笑眯眯地走了出去，剩下的人也跟着退出。

话虽说的是请他们留在这里休息一晚，可最后一名道童走出门时，半点也没留情，径直给房门上了锁。走廊上的教众也并未离去，显然是防备着他二人逃窜。

屋内便只剩下立在原地的谢居安与被绑在圆柱上的姜雪宁。

直到这时候姜雪宁才发现自己后脊发凉，竟是方才听谢危与万休子你来我往时，不自觉出了一身冷汗。如今人退了，那股紧绷的劲儿也就松了，若非还被绳子绑着，只怕她整个人都要软下来。

谢危默不作声，朝着她走过去，伸手要帮她解开绳索。

姜雪宁转头凝视着他清俊的面容，这一瞬竟说不出是什么感觉，安静下来时，竟眼底泛酸。这人竟真敢为了她以身犯险……

她说道："你真是疯了。"

谢居安垂着眼帘，顿了片刻才道："你不早知道吗？"

那绳索绑得太紧，略一动便让她手腕发疼。

姜雪宁笑了一声，故作轻松地道："我还当被天教劫走是个契机，他们威胁你，你不来，留着我无用，回头我耍些不入流的伎俩，再给那老妖道放点京中的情报，说不准因祸得福，逃脱你的掌控，就这么得了自由呢？你倒好，海角天涯不放过我。"

此刻两人身陷囹圄，她是不想气氛太沉闷，才说了这话。

然而谢危根本没有接话。他解着绳结，却未能第一时间将其解开。于是这时候，他才注意到自己那解着绳结的手指竟微不可察地颤抖着。

姜雪宁半晌没听他回话，还以为此人生气了，然而转眸向他看去时，目光顺着下移，便看见了他慢慢收拢握紧的手掌。

只是他没说什么，照旧不搭话，继续解那绳索。

姜雪宁目光流转，瞅了他半天，忽然道："谢居安，有件事我很好奇。"

谢危看了她一眼。

姜雪宁咳嗽一声，便咬了咬唇，一副憋不住又想要忍笑的神情："我看你那回挺会的。闹了半天，你没睡过女人，还是个雏儿呀？"

第一时间，谢危是没反应过来的。然而在他意识到姜雪宁究竟说了什么之后，一张脸几乎迅速黑了下来。

姜雪宁看见他这表情，终于没忍住喷笑出声。她这模样简直像是终于揭了人的短处，有那么点肆无忌惮、张牙舞爪的嚣张姿态，简直可恨！

谢危额头青筋都跳了跳。他到底没忍住，薄唇紧抿，直接一脚给她踹过去，示意她收敛点，老实点。

这一脚其实不轻不重，也不疼，只不过姜雪宁看他一副要杀人的表情，到底还是不想太过，憋了几回笑，硬生生收敛回去不少，只是面上的神情仍旧显得揶揄促狭。

谢居安这才重新低头为她解绳索，只是这回，方才那轻微的颤抖已消失不见。

看着姜雪宁腕间那些斑驳交错的勒痕，他忽然怔住，回想起她方才出格的玩笑，这一刻到底感知到了她并未言明的体贴周全。

谢居安是何等心如明镜的人？闪念间他已知道她是故意开这样的玩笑打岔，舒缓他的情绪。只是宁二，你知不知道，那并非因身陷险境，而是见着你平安无虞后心有余悸……

谢危终于将那捆着她的绳索解开了。

姜雪宁两手酸麻，动上一动都疼，心里不由得把万休子的祖宗十八代挨个问候了一遍。

谢危却压低声音道："在这儿等我。"

姜雪宁怔了怔："你想去哪儿？"

谢危不答，目光向北面那扇紧闭着的窗看了看，脚步便跟着移了过去，只透过那一道窄窄的缝隙朝外面望去。

姜雪宁也紧张起来，不敢出声。

谢危似乎想推开那窗，做点什么，然而刚抬起手，目光流转，又皱起了眉，转身走回姜雪宁面前，竟然抬起右手拇指便朝她的唇上抚去。温热的指腹用了点力道，似乎是想在上面留下什么痕迹。

姜雪宁先是一惊，后是一头雾水，嘴唇被擦得有些疼。她不由得问道："干什么？"

指腹一压上去，柔软的唇瓣便随之而动。单单用手指，并不如他所想一般那么容易留下痕迹，况这一时润泽的触感忽然间便唤醒了他心内的汹涌情绪。

手指顿在她的嘴角，谢居安毫无征兆，埋头便压下来一个吻，含吮轻咬，半是怜惜又半是凶狠，一番蹂躏后，微微喘气了，他才将她放开。那原本樱粉的唇瓣便添上了一抹艳色，甚至因为他的过分而显得轻微红肿。

姜雪宁睁大眼睛看着他。

好半晌，她终于反应过来，抬手抚上唇瓣，火气上涌，却恐声音太大叫外面的人听见，低声咬牙问："你有毛病吗？"

谢危抿了抿唇，耳尖微红，然而话出口却貌似坦荡："演一出好戏。"

姜雪宁一头雾水。

谢危被她盯得有些不自在，转身又往窗前走去，一面走一面问："万休子和你讲我以前的事了？"

姜雪宁心里不痛快，觉得他莫名其妙，于是冷笑："讲了，还挺多，什么修炼不修炼的。"

谢危压在窗沿的手指却忽然一顿，他回头看她："你怎么回的他？"

姜雪宁下意识地道："没回。"

谢危看她一眼："若他下回再以修炼之事试探，你就说有。"

第二十五章

解刀

这人究竟是想干吗？现在万休子明摆着是想用自己来要挟谢危，可他非但不撇清与自己的关系，还让她下回说他们两人修炼过？

姜雪宁实在没想明白。

谢危说完，却已经不管她是何反应，重将目光落在那窗缝上，看得半晌后，略略思索，竟然将自己宽大的袍袖一揭，将那柄总是绑在腕间的薄薄短刃解了下来。

姜雪宁低头看了看方才解开后落在自己脚边的那一团绳索，再抬起头来看了看谢危那插向窗缝的刀刃，眼角便微微抽了抽："你既然带着刀，刚才解绳子时怎么没用？"

既然他带了刀，还费力解什么绳子，直接一刀割开不好？

谢危已轻轻将那窗缝里扣着的楔子推开，被她问起时身形滞了片刻，静默良久后，回道："忘了。"

姜雪宁心道：这都能忘，您可真是太厉害了！

谢居安没说假话，方才为她解绳子时确实没想起旁的事。等到把绳子解开，想要按着自己定下来的计划行事了，他才自然地想起腕间的刀。

天教上下都道他是靠脑子行事的人，见着他身无长物地进来，搜身时都没警惕。何况此刃极薄，绑在腕间，只需用力握紧拳头，使得臂上肌肉坚硬，便摸不出太大差别，所以才这般容易地带了进来。

这扇窗不大，他略推开一条窄缝，即便是屋舍的后方也能瞧见。只是此屋本就在跨院里，东北角就是院墙。

谢危略一思索，便对姜雪宁道："我先出去，无论听到什么动静，你都不要惊慌。等上片刻，待我返回。”

姜雪宁怔了怔，还未回答，他已经无声地推开窗户，竟然称得上迅疾无声地翻了出去，紧接着便听见外头响起一声疾呼，声音仿佛有些惊诧恐慌，然而还未完成就已经被人截断，戛然而止。隐约有喷溅之声响起。

很快外头守着的天教教众就发现了异常，大叫一声：“跑出来了，他们要逃！”

姜雪宁顿时心惊肉跳。

外面的谢危却有条不紊，翻转刀刃先杀一人后，便迅速夺过了这倒霉教众的佩刀，又往那人脖子上划了一刀，掩盖掉先前由自己的短刀造成的刀伤。

有人追了上来。可这些天教教众知道他身份不同，有所顾忌，只想要将他抓住，动起手来不干脆，反倒被他寻了时机，一刀一个撂倒在地。

他往院墙的小竹林边隐去，只将刀刃上沾的血抛洒过东边院墙，在墙上留下个脚印，自己却并不从此处越过墙去，而是转身从东北角最高的一棵槐树下头翻过墙去。

天教这处分舵外松内紧，里头看管极严，外面却因为是官府的地盘，不大敢放太多人守着，也唯恐暴露。

但这恰好成了他的机会。

“人呢？！”

“墙上有血！还有脚印！”

“快，一定是逃出去了，往北边街上追！”

……

山庄内顿时火把大亮，到处一片嘈杂之声，教众往来呼喝，还有人迅速跑去禀告万休子。

这时候，谢危已经顺着外头的东北墙角从容不迫地转到了北面墙下，走了约莫二十步，便贴着墙听里面的动静。

一切恰如他所料。得知人跑了之后，里面的人顿时慌了神，立刻有话事人叫人拿钥匙打开门查看情况，道：“只跑了一个，那娘儿们还在！”

谁能想到，谢居安孤身前来，一副将生死置之度外的架势，现在竟然抛下姜雪宁，自己逃跑了？

可以说所有人都没准备，甚至有些百思不得其解：谢居安若是要跑，一开始又何必如此涉险？

但人总归是跑了，倘若他们不赶紧将他抓回来，回头教首发怒追责，谁也担不起责任。是以下头这些人根本顾不得多想，赶紧调动人手，大半出墙去追，还有不少顺着北墙寻找，原本守在跨院那间屋子前的人就少了。

谢危听着追他的那些人都渐渐远离，略略一算，便屏息从北墙翻入，这一来，正好是屋舍正前方。

留下来看守姜雪宁的教众就没剩下几个，且谁也不把屋里的姜雪宁当回事，男子身强力壮能跑，一介弱质女流让她两只手只怕也跑不出去，是以有些松懈分神，有两个还在纳闷谢危忽然独自逃走的事。

谢危提着的刀，也就是这时候落到他们的后颈上的。

“扑通”两声，人已经倒地。

先被杀的那人脖颈上流着鲜血，费劲地转过头来，才看见是谢危，顿时睁大了恐惧的双眼。然而伤口的血又如何能捂住？半点声音都没发出来，他便倒在了地上。

其余几个人更是直接惊呆了——不是说这人向北面逃走了吗？怎么又回来了？！

有反应快的人已经瞬间想到了这是声东击西之法，谢危故意调虎离山，转头再杀个回马枪来救屋里的女人，然而毕竟迟了。

与他们相斗，谢危到底是占优势的，腰腹间已经恢复得差不多的伤势虽然仍旧对他的行动造成了一些影响，可他动手杀人实在是干净利落，直奔要害，根本没等他们把动静闹太大就已经结果了他们的性命。

房门上挂着的锁先前已经被打开。谢危一身雪白衣袍上沾的全是血，径直将门踹开，快步入内。

姜雪宁难以置信地看着他。他却顾不得解释，拉上她便朝外面走去。

此时远去追他的教众未回，附近看守的教众还未明白情况，只要他能带着姜雪宁翻过方才他翻过的那道距离最近的北墙，便算跑出去一半。

谢居安面容沉静，脚下却不慢。然而就在他紧握着姜雪宁的手，一脚跨出院门时，一柄雪亮长剑锋利的剑尖赫然出现，恰恰挡住他的去路。但凡他再上前半步，这剑尖便将刺破他的眉心！

姜雪宁手心都冒了汗，惊得倒吸一口凉气，顺着剑尖抬头看去，便看清持着剑的乃一名面容冷肃的道童。而在这道童身后，天教一行教众已经打着火把，围在跨院前。

万休子从人群那头缓缓走过来。

谢危看向他。

万休子负手停步，扫了谢危一眼，又看向他身后的姜雪宁，目光在姜雪宁那留下了些许暧昧红痕的嘴唇上一停，又落在他二人紧紧交握的手掌上，说不清是嘲还是怜地冷冷一笑道："我就知道，你谢居安从来有主意，绝非束手就擒之人，早对你起了防备之心。今夜你若不动上一动，我反倒会睡不安稳！倒是小夫妻情深义重，果然是放在了心尖上，竟没大难临头各自飞！"

姜雪宁听见这句话，忽然间想起的却是谢危先前那句"演出好戏"，虽然不知他究竟有何计划，可冥冥中竟似明白了一些，当下心念一转，竟道："什么小夫妻，老妖道勿要胡言毁人清誉！"

她话虽如此说，目光却心虚闪烁。万休子见她这般，岂能真信她与谢危之间是清清白白的呢？她越不敢认越有鬼。

他心里有数，却不稀得搭理这小丫头片子，只看向谢危道："声东击西，调虎离山，是条好计。只可惜你的智谋有大半是我教的，这点伎俩也想瞒过我，真当本座老眼昏花了？"

谢危似乎自知事败，轻轻松手将原本握着的刀掷在了地上，一副听任处置的架势，却平淡地道："若非伤势不曾痊愈，举动较寻常稍慢，纵然你能识破我的计谋，只怕也未及反应。等你带着人来时，我早逃出去了。计谋固然紧要，时机也万不能缺罢了，端看怎么用、何时用、谁来用。此次是我棋差一着，只不过倘不如此尝试，心里到底不甘。"

这话说得入情入理。眨眼间沦为阶下囚，还要为他卖命，岂是谢危之所为？他非得要试过不行，才能老实。

万休子闻言非但不怒，反倒大笑："如今天教势盛，叫你重新辅佐我，也不算委屈你！只不过你也不是什么好对付的善茬儿……"

他面容陡地一冷，先前说得客气，今夜出了这样的岔子，却是半点也不会松懈，厉声呵斥左右："来人，将他们关去凌虚阁，日夜看管，便是飞出去一只苍蝇，我都要你们的脑袋！"

"是！"

教众早被今夜这一出岔子惊出一身冷汗，还好关键时刻教首听闻情况后立刻识破谢危的计谋，才免得使人逃脱。此刻他们早将神经绷紧，唯恐落罪，战战兢兢地齐声回应，这一来对谢危、姜雪宁二人更没什么好脸色。

很快谢危、姜雪宁就被押出跨院，关进了庄内中心一座小楼的二层。上下左右前后，看守之人密不透风。

姜雪宁被人推搡着入内，从上往下一望，心里不由得叹息：这回可算是插翅难逃了！

楼上这屋也不大，但比起之前关押她的地方倒是精致了几分，有桌椅、床榻、浴桶、屏风……

押他们进来的人狠狠训斥了他们几句，这才关上门退出去。门外再次重重上锁。

姜雪宁可没把那训斥当一回事，看了这屋里唯一的床榻一眼，没忍住又暗暗问候起万休子他八辈祖宗。

谢危却镇定得很。方才一番逃脱计划失败，似乎没有对他造成任何影响。沾了血的外袍被他脱下，于是便露出了那用革带束紧的腰，挺直的脊背到脖颈，比起穿着宽松外袍时的俊逸，更显出几分挺拔。

姜雪宁终于有机会问出自己的疑惑了："你究竟是什么打算？"

谢危淡淡地道："万休子是多疑的性情，我若规矩不生事，他才会起疑。"

姜雪宁道："可打消他的疑惑，又待如何？"

谢危看她一眼："我自有计划。"

姜雪宁想：这人上辈子是真没挨过打吧？

她深吸一口气，索性不多问了，总归用得着她的时候谢居安不会不开口，便道："那……那什么修炼，又为什么？"

谢危垂着眼帘，想起万休子来，慢慢地道："让他相信你对我来说非同一般，很重要。只不过人总是愿意相信自己本来就相信的东西，对他无法理解的事情却会保持怀疑。你若笃信凡是人活在世上没有一个不怕死，又怎么会相信一个人会舍命救人？万休子便是如此。"

他相信利，不相信义；相信欲，不相信情。

倘若要取信于人，自然要投其所信。

姜雪宁总算明白了，然而隐隐觉得好像有哪里不太对劲，可仔细琢磨又不知到底哪里不妥。

天色已晚，先前一番折腾之后，更是夜深。

屋内仅一张床榻，姜雪宁不得已与谢危同榻而眠。两人和衣平躺在床上，挨得极近，肩靠着肩，手挨着手，脑袋各搁在枕头一端。

屋里漆黑一片，谁也没有乱动，谁也没有说话。

姜雪宁能听到谢危细微平缓的呼吸，一时竟觉得很奇异：同榻而眠这样本该很亲密的事情，对他们来说好像都不算什么了。毕竟以前他们不是没有挨在一起睡过，只是不在床榻上罢了。

两逢生死，话尽说破，似湍流归于平静，沧海不起波澜。有那么一瞬，竟给人一种平淡悠远的错觉。

姜雪宁本以为经历了先前那样一场见血的风波，自己该要平复许久才能入睡，却不想躺下后心内竟一片安定，仿佛生死也不是那么大不了的事。

她很快便睡着了，只是酣眠到半夜，迷迷糊糊之中竟然被人推醒了。

姜雪宁几乎忘了自己如今身陷囹圄，困倦地睁开眼来，只看见谢危支着半边身子，坐在她身侧，手还搭在她的肩臂处。显然，就是他将她推醒的。

她尚未睡够，刚醒脑袋里简直一团糨糊，有点烦，梦呓似的嗔道："你干什么呀？"

谢危问："你会叫吗？"

姜雪宁还没反应过来，下意识地道："叫什么？"

谢危看她眼皮沉沉，又要闭上，薄唇一抿，索性不跟她解释，搭在她那瘦削肩膀上的手往下移去，在她细软的腰间微微用力捏了一把。

人的腰际最是敏感，一股又痒又痛的感觉从谢危下手处传来，姜雪宁被他一把捏得蜷了起来，一声猫儿似的娇吟带着点鼻音便从喉咙深处溢出，慵懒缠绵。他听得呼吸都滞了片刻。但这下她总算又把眼睛睁开了。

谢危向着紧锁的房门看了一眼，才转回头来凝视着她，重复了一遍："你会叫吗？"

若说先前还有迷惑，这一瞬间姜雪宁想起他方才捏自己时自己不由自主叫唤的那一声，又听他这意有所指的问话，便彻彻底底地被吓清醒了！

叫……

谢居安是想让她怎么叫？！

★

她近乎目瞪口呆地看着他，这时候终于后知后觉地反应过来是哪里不对了——要在万休子面前做戏，让人觉得他俩有点什么，半夜里孤男寡女被关在一块儿，又是"修炼"过的有情人，小别胜新婚，就算是在这种险地里，也毕竟躺在一张床上，如果不发生点什么，那还叫"有点什么"吗？

所以这戏还要演得逼真！

那"叫"，自然是叫……

姜雪宁躺在榻上，被子盖了一半，想到这里浑身都僵硬了。

谢危被她这样看着，难免也有几分不自在，只是黑暗里看得不甚清楚，单听声音听不出什么异样，好像只是说了什么寻常话似的，仍旧低声道："你叫一会儿。"

姜雪宁莫名紧张起来。她抬起两手抓住锦被边缘，喉咙都干涩了几分，声音发紧："要……要演到这么真的程度吗？而且都快下半夜了，会不会不太好？"

谢居安的手还搭在她的腰际，并未移开，闻言他只淡淡地道："听话，不要逼我。"

姜雪宁心里顿时大骂。

两情相悦，衽席之好时叫上两声也没什么大不了的，她也不是不会。可明明什么也没发生，还要当着别人的面叫，这样羞耻的事情，她从来没做过！别说是做，光想想她都有挖个坑把自己埋了的冲动，浑身都跟煮熟的虾似的发红。

她感觉出谢危态度的强硬来，可无论如何拉不下脸，微微咬紧唇瓣，显出几分抗拒。

谢危虽冷静自持，可到底活了许多年，从市井到朝堂，这种事即便不曾亲历，也多少知道个大概，有过一些听闻，想也知道要她配合不容易。

他凝视她片刻，只问："真不叫？"

姜雪宁听见这句话，顿觉不妙，但想躲已经迟了。床榻上一共也就这么点地方，何况谢居安的手一直搭在她的腰间，根本不待她反应过来，那只手便重新用上一点力道捏她。

腰间这处当真是又软又痒，她被他捏得受不住，一迭声地道"别……别弄了"，中间还夹杂着根本控制不住的惊喘，断断续续，想笑还想逃，跟一条鱼似的在他手下挣扎，又偏偏避不开。

一通闹下来，她额头上都汗津津的。

姜雪宁终于知道落在谢危手里不听话是什么下场，好不容易得了喘息之机，忙捉住他那只作乱的手，气喘吁吁地服软道："好了、好了，我叫还不行吗？"

这声音实在是委屈十足。她一双眼湿漉漉的，眸子里含着点朦胧的雾气。

谢居安只觉她整个人在自己手底下仿佛化作了一摊水，软软柔柔的，让人想起枝头那艳艳的杏花。听她答应，他顿了片刻，才将自己搭在她腰间的手收回去。

姜雪宁也想明白了。谢居安说一不二，说要演戏便就是要演戏，与其被他按在这床榻之间弄上半晌，搞得半死不活，气喘吁吁，浑身乏力，倒不如自己识相点，痛痛快快大大方方地叫了。

只是临到要开口时，到底还是有几分难为情，她咬了咬唇，朝他道："你能转过身去吗？"

谢危看她一眼，侧转过身去。

姜雪宁这才觉得好些，放松了身体，打喉咙里发出了一道模糊而暧昧的声音，像是难受又像是享受，仿佛浮在水面上，已经不大吃得住。

谢危看不见身后的情景，只能听见她的声音，身体几乎瞬间绷得紧了。明知事情不是那么回事，可若只听这声音，将眼睛闭上，浮现在脑海中的便完全是另外一幅不可言说的画面，让人血脉偾张，心浮气躁。

她的声音细细柔柔的，故意捏着一点从鼻腔里出来时，有一种说不出的靡艳感，像是想挣扎又无力，想逃离又沉沦，隐约带少许哭音的气声，更有种被人欺负的感觉，固然惹人怜惜，然而也更深地激起人心底某一种不可为人道的凌虐欲，既想疼她，也想更深……更深地……

他搭在膝上的手掌骤然握紧。

姜雪宁初时还不大习惯，叫上几声后便渐渐熟练起来，无非是发出点声音骗人，那自是怎么好听怎么来，而且还能时不时变换下声调高低，揣摩着声音里所带着的情绪和感受。

只是不经意间，余光一扫，她便瞥见了谢危。人是背对着她盘膝坐在床榻外侧，整个背部却呈现出一种紧绷的挺直，膝头上本该松松搭着的手指更是压得用力，仿佛是在忍耐什么。

于是眼珠一转，姜雪宁忽然就明白了。可这一刻，她竟然想笑。叫是他让叫的，如今他又是一副受不了的样子，这不是自讨苦吃是什么？

兴许是先前被此人作弄，也或许是记恨他出了这么个馊主意还让自己在这儿叫唤，姜雪宁肚子里那点坏水儿便渐渐泛了上来。

她非但没收敛，反而叫得更缠绵，甚至悄悄凑过去，贴着他的后颈吹了口气，嗓音里带了一点假假的哭腔："不……不要……"

谢居安被她这口气吹得浑身都颤了一下，听见这声音时，更是连那苦苦维持的心境都乱了，瞬间转头盯着她，却只见姜雪宁跟奸计得逞似的，表情带着点小得意，在他身后笑，连随后发出的娇吟都有了点愉悦的味道，仿佛得了点趣。

因为她是先前才被他从睡梦中推醒，头发、衣襟都带了几分凌乱，此刻眼角眉梢更有一种使人心惊的妩媚，芳唇微启，兰气轻吐，柔颈纤细，实在是艳色逼人，撩得人火起。

他岂能听不出她是故意的？原本他以为自己可以控制，冷静自持，修一颗不动心，可这一时，实在是忍无可忍。谢危眼角都微微抽搐了一下，终于伸出手去，一把将她压回了床榻间，捂住了她这张作孽的嘴，带着几分咬牙切齿地道："够了，不用再叫了！"

可还没叫完呢……姜雪宁眨了眨眼，想说话，然而唇瓣略略一动，便碰着了谢危的掌心。他只觉掌心传来些许痒意，一时倒跟被烙铁烫了似的，一下把手收了回去。

姜雪宁一双眼黑白分明，看着他，犹豫了片刻，试探着问："这就够了？"

谢危没说话。

姜雪宁自然知道谢危是个正常的男人，任谁听了身旁有个女人这样叫唤，只怕也忍得难受，是以听一声便是一声的折磨，可不知为何就是有点想笑。

可当着谢危她又不敢笑。姜雪宁咬了一下唇，强忍住，出于良善补问了一句："就叫这一会儿，时间会不会太短？"

谢危闻言，一张脸几乎瞬间黑沉如锅底！

姜雪宁问完这一句，心里却实在是很爽。只是同时她也察觉到了一点危险，深知再招惹他只怕就要自讨苦吃了，于是硬憋着一肚子的笑，慢慢把被子拉了起来，连自己的整个脑袋都盖住。

然后谢危就听见了模糊的闷笑。身旁被子里隆起来的那一团压抑不住似的耸动着，还隐约发出点捶床的声音。

谢危忍了又忍，可还从来没有过这样恼火的时候，一副圣人脾气，到底是被她激怒了，一手伸进去便把人拎了出来。

姜雪宁蒙在被子里，差点没笑断气，乍然被人逮出，还不待反应，带着几分热意的嘴唇便已覆过来，纠缠着一点难以消解的怒意，兼有几分欲想，完完整整地将她这张恼人的小嘴堵上。

初时他只是想要惩罚她，叫她也知道害怕，然而才含吮了两下，便变了味道。吻变得浓烈、炽热、滚烫，他想要占有她、征服她，让她成为自己的所有物，便像是她刚才哼叫一般，甚至比那更过分。

谢危的吻渐渐添上了一股不容拒绝的强硬态势。

她张口欲反抗，然而只是被趁势撬开贝齿，唇舌终于相抵，满口香软皆成了由他品尝的珍馐，疾风骤雨里于是交杂入几分难断的缠绵。她舌尖都发麻，几乎成了他的俘虏，昏昏然不知所以，手脚也没了力气，待得唇分，乌黑的眼珠已满是水雾。

幽暗里，两人四目相对，安静中似乎能听见对方剧烈的心跳和紊乱的呼吸。

这一刻，便仿佛天荒地老。

谢居安到底没有再对她做什么，只将她整个人塞进被子里一裹，便扔去了靠墙的里面，自己也转过身去，背向她道："睡吧。"

★

这一夜，谁都没睡好。

谢危睡不着不是什么稀奇事。可姜雪宁裹着被子面朝里躺着，安静下来，竟也有些心绪难平，兴许是前半夜已经睡过，后半夜当真不困。她睁着眼睛，天蒙蒙亮了才觉得眼皮发沉，小睡了一会儿。

早上她醒来时，谢危早已起身。从他面上倒看不出昨夜发生了什么，平平淡淡并无异样，连那身染血的道袍都换了干净的。

天教如今待他倒像是待客一般，送来了一应洗漱用具，规规矩矩。若非下头还有一干人等日夜不停地看着，只怕真会让人以为他还是往日的度钧山人，而不是如今的阶下囚。

姜雪宁眨了眨眼。她自知道如今被天教挟持，不得自由，本不该懒怠，然而后半夜毕竟没睡好，实在没什么力气，甚至有些头疼发虚。

她挣扎着坐起来，没片刻又躺倒回去。

谢危看见，莫名觉得这场景有点好笑，人在被子里，只露出个乱糟糟的脑袋来，倒没了昨晚弯酸他的神气，问她："醒了？"

姜雪宁在被窝里点了点头，然后补道："困。"

虽只一个字，可声音听起来与往日比有些差别，带了几分沙哑，倒透出点颓靡的慵懒。才一出口，连她自己都愣了一下，随即便想起什么，微微咬牙，有些着恼地看向谢居安。

谢危听见她的嗓音也是一怔，随即却移开了目光，手轻凑在唇边挡了一下，道："那你继续睡？"

姜雪宁冷笑了一声："还用你说？"

她懒得搭理他，气呼呼地一扭身，便重新转过头去，把自己裹成只大虫子，闭上眼睛不去管外头的情况了。

外面天光已亮，透过雪白的略显陈旧的窗纸映照在她身上，如瀑的青丝铺在枕边，谢危看着，只觉流淌的时光都在那柔软的发丝上变得缓慢了。分明是险境，可竟给人一种温情脉脉的感觉，他在原地立了一会儿，才慢慢一笑，走了出去。

万休子一早便派人来请他了。

山庄里三步一哨五步一岗，看守得比昨夜还严实，一路上他由不说话的道童引着，所见到的那些天教教众无一不对他投以忌惮的目光。

他到得一座临湖水榭方停。里面不止有万休子，除却他与几名伺候的道童外，另有几名高矮胖瘦不一的分舵主，有的做道士装扮，有的只如寻常江湖武人，但无一例外，看着都不是什么善茬儿。

昨日万休子说今日给答复，所以今日才叫他来。见得谢危进来，万休子便把手里端起来的茶盏搁下，道："昨夜杀了人，睡得可还好？"

谢危一向严谨自持，并非那些早早便纵性胡为被酒色掏空了身子的纨绔，无论是以往挑灯学琴夜读书，还是后来入朝为官急议事，偶尔一两夜不睡也并没有什么大不了的，从面上也看不出端倪。

万休子话中带刺他也不理会，只道："甚好。"

甚好？

万休子可不是没有耳目。昨夜他言语试探，那女娃恼羞成怒地反驳他，自陈与度钧没什么关系，可夜里被关在同一间屋子里睡一张床，却也不见有所反抗。早上送盆端水的人进去时，度钧虽然已经起身，也看不出他二人是不是睡在一起。可今早有昨夜在外头看守的人来禀他，说是前半夜没动静，进了后半夜，才听见里面传出点声音来。

这才是了。度钧素性稳重能忍，可美色当前，同在一室，要没点动静才是古怪。至于后半夜才有动静，更不难理解，甚至尤其可信，毕竟隔墙有耳，谁也不想做给人看。而后半夜守卫的人未免困乏，精神不济，便趁着这时候做点苟且之事也未必会被人发现。

只可惜，度钧哪里知道？他一早就叮嘱过，这帮人哪儿敢有所松懈？

万休子不信什么狗屁情爱，天底下或许有从一而终的女人，可哪里来什么要死要活的男人？女人于男人而言，无非泄欲之用，是一样工具、一件衣裳，只不过有的丑有的美，有的粗鄙有的娇弱罢了。闭上眼睛，谁都没差。若不为着那档子苟且之事，哪个男人愿意同女人谈什么情爱？

所以谢危若不碰姜雪宁，万休子反倒会生疑，如今却是有些相信谢危是一时被情爱的错觉迷了眼了。

只是这话茬儿万休子不会提起，只言道："昨日你提的条件，本座与几位分舵主已经商讨过了。你毕竟在朝中多年，知道九城布防图没什么稀奇的。我天教局势自金陵而起，已占有江浙、福建、江西四省，势如破竹，倒正好要向西向北鲸吞中原腹地。倘若你能献上兵力布防图，有功于大计，区区一个弱质女流，本座自然不会压着不放。"

谢危看向他，却没接话。

果然万休子也不是那么好说话的人，话锋一转道："只是对兵力布防图，教中也无人知道底细，更不能提前勘验正误。即便你随便画一张拿来糊弄，我等也辨不出真假。真金得要火炼，唯有等到真正交战时，才能知道你所言的虚实。若是你有心陷害，而本座依你之图调兵遣将，说不准便全军覆灭，大失其利。这条件，若你是本座，你会应允吗？”

他这是看上了谢危的兵力布防图，可又不想放人。

诚然，万休子说得不错。然而谁能不知道这般冠冕堂皇的话下面，是他想留下姜雪宁，将这姑娘作为一个拿捏谢危的把柄，永远叫谢危乖乖就范？姜雪宁没用了，谢危跑不出去；有用了，还能继续驱使谢危为自己卖命。

谢危道：“教首有话不妨直说。”

万休子却冷笑道：“你岂能不知我想说什么？”

周遭的舵主没一个插话。

万休子面上那点本就虚假的笑意被浮上来的阴沉压了下去，眼底更添上了几分算计的狠毒之色：“那女娃，本座现在是万万放不得的。九城兵力布防图事关紧要，出个差错，你有十个脑袋也担待不起。事到如今，你在本座的刀俎之下，已没有选择的余地。将布防图画出来，或许本座心情好了能饶你们。可布防图要画不出来，又或是画出来之后有假，前线吃了败仗，本座便叫她先为你殉葬！”

谢危面上瞬间闪过了怒意，目光也沉了下来。

万休子也不催他，只道：“轮到你考虑考虑了。”

可其实他只有一种选择。

的确如万休子所言，谢危没有选择。他献上兵力布防图，让自己有利用价值，尚可换得一线生机；若是负隅顽抗，现在便要掉脑袋，再没有半点翻身的机会。

聪明人都会选前者。谢居安也的确识相地选了前者。

在听见他给出肯定的回答，却看见他垂在身侧半笼在袖间的手指紧握时，万休子竟然感觉到了一种空前的快意——纵然你有千万般过人的筹谋，又能翻出什么浪来？有了弱点，你便只配被人拿捏！

而他恰恰抓住了这个弱点，于是便立于不败之地了。

这一天，是正月廿三，谢危先为万休子画了距离金陵最近的徽州的布防图，万休子看都不看一眼，便叫人径直送去前线。

他是从不与大军一道的。二十余年前他与平南王一道举事失败，狼狈地从京城退走，远遁江南。这些年来朝廷对他的追查就没有停过，是以他也养成了过分谨慎小心的习惯，光是在金陵就有不知多少住处。连当年的谢危也只知一二。

到如今这种关键时候，前线是险之又险的地方，一旦有哪一战失败，余者可能被杀，可能被俘，无论哪一种情况于万休子而言都是不能接受的。

所以他与天教军队的行进路线截然相反。天教从东往西行军，万休子则从西往东行进，大军在东边拔下一城，他便往东进一城。若不出意外，战事顺利，他将在途中某一座城池与大军会合。

这般狡兔三窟之法，纵然有谁想要对他下手，只怕也摸不着他的踪迹。

从洛阳传信到金陵，快马也就两三日。

前线已得了万休子吩咐，先从六万大军中分出两万来，按着兵力布防图所示的薄弱处进攻徽州。正月底出兵，二月上旬大军就已经占领其地，在城头上将天教的“大同旗”插遍。

消息传回洛阳，整座山庄都为之振奋。

这无疑也验证了谢危这一张兵力布防图是正确的。忽然间，往日他“天教智囊”“度钧山人”的地位好像又回来了。连万休子都对他和颜悦色，除却只字不提放了姜雪宁的事之外，倒和以前谢危在天教时差不多。

二月中旬，众人便启程往东行去。

离了洛阳，下一城乃许昌，照旧是在天教的分舵落脚，这一回是一座并不是特别大的道观。

谢危已得了些行动的自由，至少只要在旁人的眼皮子底下，可以在周遭走动走动，不必整日闷在房中，可天教对姜雪宁的限制半点没见少。

到得许昌的道观之后，只要谢危还在山庄之中，去什么地方都没太多人置喙，只要还能看见他在眼皮子底下，都不理会。

而看管姜雪宁非但没松懈，反而比在洛阳时更为小心谨慎，虽是好吃好喝地伺候着她，可大部分时候她连房间都不能出一步。姜雪宁实是跳脱的性子，差点没被这帮人给憋坏。

这段时间她对万休子那是日骂夜也骂，晚上她同谢危睡觉的时候，便讲：“如今是人在屋檐下，不得不低头，他日若这老头儿落在姑奶奶手里，非削得他连自己的祖宗十八代也认不得不可！”

谢危成日在外头算计，步步不敢错，脑袋里一根弦总是绷着，回来听见她这样好笑地生气，总忍不住跟着发笑。只是他也知她心中郁结了一口气，便宽慰她说：“快了。”

姜雪宁只翻了个白眼。

过得一会儿，她才犹豫了一下，问：“今晚叫吗？”

这段时间以来，两个人可算是已经把戏演得很真了，连沐浴都共用一桶水。虽然万休子似乎已经相信了他们的关系，可谁也不敢放松，以免哪天不小心露出破绽，所以还是隔三岔五地叫唤，折腾出点动静来。

谢危静了片刻，说："叫吧。"

姜雪宁却好半晌没动，仿佛有些顾忌、迟疑。

这些天来，谢危不止听她叫了一回，毕竟戏还要往下演。可约莫是火气并没有真正得到纾缓，他非但没有在一日又一日的折磨下习惯，反而越听反应越强烈，总忍不住对她做些什么，而且一次比一次做得过分。到后面她都不用捏着嗓子装了，而是真的被他欺负到讨饶，不免泪水盈盈，哭声细细。

只是太羞耻她反倒不叫了，只会咬住自己泛红的嘴唇或者纤细的手指，不愿发出太多声音。

每当这时候，谢危便会对自己有更清楚的认知。

他会发现那些深埋的坏。平日为圣人的皮囊所禁锢的那些东西这时都从压抑的内心深处涌了上来。他非但不放过她，反而偏要吻开她的唇瓣，移开她的手指，看她被自己逼得眼角含泪发红，终于委委屈屈地瘫在他怀里，将那些声音以一种更煽情的方式释放出来。

上一次是两天前，她分明已吃足了前些天的教训，叫得很是收敛了，可他仍难自已。或许是本来就坏，本就想放纵，想像个普通人一样，甚至比普通人更过分，于是他凑上前去，用喑哑的嗓音叫她含住。

她不肯。

他半哄半迫，她便抵着，眼睛看着她，泪珠子还"啪啪"地掉，到底把他的心哭软了，罚她转过身去并紧腿才了事。

所以今日姜雪宁自然㞞。

她深深觉得自己躺在谢危边上，就像是一只随时会被豺狼吃掉的兔子，甚至有一回做梦梦到当年初遇谢危时，她抱回来的那只兔子被他拎过去便剐了。

只是不叫她能怎样？难不成她还让谢危上？

别说是谢危本人了，就连她自己都无法想象那画面，只一个念头往上头转，都要忍不住打个哆嗦。

所以末了，她还是认命。

她本以为会和前几天一样，可没想到今日的谢危竟格外安静，既没有动手，也没有动脚。

叫到一半，她纳闷了，张口下意识地便想问"你今天怎么了"，可待话要出口时，一个激灵，才陡然反应过来。她问这个做什么，嫌自己死得不够快吗？于是她迅速把话咽了回去。

只是谢危却忽然在此时开口，道："你继续叫，我有话要跟你讲。"

姜雪宁怔了怔，立刻明白几分，便叫得大声了点。

谢危平躺在她身侧，凑在她耳旁压低声音道："万休子自西去东，前线拔一城，他才挪一城。从洛阳到许昌再到金陵，一共也不过九城要地。接下来我会继续给布防图，但若要脱困，必得在他与天教大军会合以前，至少是在第五城。九城往下数，含许昌在内，是南阳、汝宁、庐州、安庆……"

姜雪宁顿时心惊。

谢危孤身入虎穴，当然不可能真的毫无所图，便道："万休子如今留我也是与虎谋皮，我能看出第五城安庆乃要地，到得此地便没有再翻转大局的机会，万休子自然也能看出。他对我的戒备绝没有那么容易消解，所以他会猜我所猜。"

姜雪宁道："你要在安庆动手？"

谢危笑了笑："不，是一定要在到安庆之前动手。可你都能想到，万休子又岂会想不到？"

姜雪宁于是想，万休子能料到，那谢危一定不会选在此地动手，还要往前挪一城，那就是……

她道："庐州府？"

谢危道："我在揣度万休子所想，倘若万休子也在揣度我所想呢？"

姜雪宁的脑袋都要被绕晕了。她掰着自己的手指一个个算：从局势分析，万休子与大军会合之时，便是大局定时，所以如果谢危要动手，必会在他们抵达第五城安庆之前动。这一点万休子知道，谢危也知道。所以无论谢危是否选在第五城安庆动手，万休子都必定会在抵达第五城之前向谢危发难，那最晚便是第四城庐州；谢危猜得到万休子的想法，若等到在第四城庐州再动手未免太迟，所以会选在第三城汝宁，甚至更前面；可万休子就想不到谢危也在揣度他吗？

这么推下去，哪儿有尽头？

她被谢危搞得紧张起来，想不透，索性问："若一直这么推算，你岂不是下一城甚至在这里就要动手？"

谢危戳了一下她的脑袋："这地方前无兵，后无匪，两边不挨，哪儿能在这儿动手？"

姜雪宁迷惑不已。

谢危见她停下，不由得提醒："继续叫。"

姜雪宁愤愤然看他一眼，这才万分敷衍地叫了两嗓子，又问："那选在哪里？"

谢危目光一闪，说："汝宁府。"

第三城汝宁？

姜雪宁想开口问为什么，脑海中却一下浮现出大乾长江沿岸的行省舆图来，头皮几乎瞬间麻了一下，眼睛都微微睁圆了，看向谢危。

谢危却只平淡一笑。

汝宁府南边所挨着的州府，不是什么旁的地方，正是燕氏一族当年被流放之地——黄州！

而在过去的两年里，不管是姜雪宁还是吕照隐，都暗中往黄州输送了数额惊人的银钱。这笔钱的用处，她从来没有问过一句。

然而过去的尤芳吟暗助燕临，乃用以养兵！如今钱照给，可燕临从黄州离开去往边关时，是单枪匹马，打鞑靼用的是边关的驻军，何曾有黄州一兵一卒的踪影？

她想到这里不禁倒吸一口凉气。

汝宁府距离黄州最近，若选在此地动手，的确是最合适不过。可前提是……

姜雪宁道："汝宁府乃第三城，若万休子选在到汝宁之前动手，怎么办？"

谢危道："算计无穷尽，他同我都是赌一把。"

姜雪宁有些无言："这还能拼运气？倘若事败……"

谢危轻笑："怎会败？"

姜雪宁再次不解。

谢危便耐心地同她讲："若万休子选在第四城对我动手，他必输无疑；若他选在第三城动手，与我撞在一起，胜负便是五五分；若他选了第一、二城，他对我动手时我尚未动手，虚与委蛇，许以重利相诱，他仍旧不会杀我。他自以为攥了我的弱点，却不知他生性贪婪、多疑，这也是弱点。如此即便他选第一、二城，于我而言，最差也不过是与天教一并举事。原本打到京城便可，是谁打进去，确没有太大关系。"

这也是谢危敢以身犯险的根本因由，最差也就是帮天教打朝廷罢了。

姜雪宁听得目瞪口呆。

谢危看着她，埋头轻轻吻她的额头，眸底有那么点多智近妖、运筹帷幄的笑意，道："谢居安或许不会赢，但永远不会输。"

姜雪宁一句话也说不出来。

谢危却道："届时要动起手来，场面必定混乱。汝宁府的分舵我去过，且这分舵主乃公仪丞旧日的心腹，必定向我发难，按教中规矩，当上天台示众。天台是一座修起来的祭坛，下方自正东往北走二十步便有一处密室，是以前刀琴、剑书留下的，外人不知。你到时不要管别人，得着契机就去里面藏好，不听见燕临或刀琴、剑书的声音，便不要出来。可记住了？”

一番刀光剑影，几乎已迫在眉睫。

姜雪宁在心中默念，点了点头道：“记住了。”

谢危叫她重复了两遍，这才放心，又使她叫了一会儿，便叫人打水来，然后推姜雪宁一把：“去沐浴。”

姜雪宁还有点缓不过神。她这些天实在惫懒，昨晚到现在都没出过门，既没沾半点土，也没出半点汗，一身上下干干净净，现在便不大愿意动，嘟囔着想拖延：“怎么每日都叫我先？今日你先，我后面再洗。”

谢危一双眼深深地看向她。

姜雪宁还没明白，道：“你去呀。”

谢危眼角微微抽了一下，立在床榻边俯视着她，慢慢道：“倘若你想一不留神替我生个孩子，也不是不可。”

生孩子？

姜雪宁蒙了，足足愣了半晌才明白过来，一瞬间面颊上绯红一片。她气得从脑袋后面抽了枕头便往谢危身上扔：“无耻、无耻之尤！”

下作！

下流！

这个人沐浴的时候究竟都在做些什么？！

★

那枕头打人也不疼，谢危接了又给她放回去，自己立在一旁，抬了手指压住唇，低声闷笑。

这下姜雪宁可算是不敢赖了。她咬着牙恨恨地起身，赶紧去屏风后面沐浴。只是人坐在那装满水的浴桶里，即便明知道谢危方才那话约莫是玩笑居多，脑袋里却实在忘不了，不断回响，一时只觉得搭在浴桶边缘的那条帕子都是脏的，洗个澡非但没把自己洗干净，反而往脑袋里灌进去一堆乱七八糟的念头。

谢居安说完那一番惊世骇俗的话之后，却波澜不惊，镇定自若，还坐在窗下的桌案前摆弄了一下前几日寻来的一张素琴。琴非好琴，可这境地里能有一张琴，已经是下头天教教众极有眼色的讨好行为了。

两人这一晚又折腾到半宿才睡下。

次日一早，姜雪宁按惯例赖床，继续睡觉。

谢危则照常出去与万休子等人议事。

前线战事连连告捷，于天教简直是声威大震，分舵之中的教众更是一副意气风发的模样。毕竟只要这富庶的南方已经被打了下来，再往后想想也不过就是朝着北方推进的问题。就朝廷那帮酒囊饭袋，尸位素餐，之前都被他们打得落花流水、丢盔弃甲，简直称得上是“不堪一击”，往后便是再强只怕也不会好到哪里去。这般看来，他们直取京城也不是难事。

到那时，这天下就是天教的天下，而他们便是新王朝的主人！

几位分舵主说起话来那叫一个红光满面，对着谢危虽然依旧客气，可到底他也算是个阶下囚。

谁能承认这功劳是谢危大呢？他不就是画张布防图吗？

说到底，仗能打赢，归根结底是天教教众无数，整编成军队士气惊人，谢危这点伎俩不过是“锦上添花”，有固然好，没有也不那么紧要。

所以席间议事时，这些人蒲扇似的手掌把自己的胸口拍得震天响，眉眼间都有了点睥睨天下的气势，道：“教首放心，自占领江浙二省后，又有好几万人来投我军。如今我教的旗帜到哪里，民心就跟到哪里，朝廷望风披靡。彼势已竭，气数已尽，将来教首便是天下新主！”

万休子闻言，自然喜不自胜。他虽知道这些话多少有些恭维的成分，可几万人来投军确实不假，朝廷吃了败仗军心涣散更是不假，天底下谁又不爱听恭维话呢？

谢危袖手立在一旁，闻言也不做半点评价。

天欲令其亡，必先令其狂。

几万人投军又能如何？打仗可不像吃饭那样简单，有正经营生的普通百姓，谁愿意冒着掉脑袋的风险主动投军呢？这里面只怕大部分是流民山匪，各有习气。若有人约束，渐渐也能整编作战；可若无人约束或约束不当，天知道会发展成什么样！

只是这帮人不问，他自然不会主动提及。前面既是坑，他就这么看着他们往下跳，何乐而不为？

昨夜他已经将自己的计划对姜雪宁和盘托出，接下来大半月的进展也几乎完全符合他的推测。

他们到许昌分舵后，前线再传捷报——

天教大军再次拿下一城，这一次甚至没有太大的伤亡，打到一半守城的兵士抵抗不住潮水一般的进攻，开了城门投降。

这一战比起前一战更振奋士气。

朝廷都主动开城门投降了，这说明什么？说明他们天教的声威已经到了不战而屈人之兵的地步，彻底打垮朝廷不过是早晚的问题。

因为此战消耗不大，天教索性短暂休整，连口大气都没休息完，又往前急行军推进，去攻打下一城。

这种打法，谁能想得到？那一州府没有丝毫准备，也没有提前收到半点风声，等人打上门来才急急反应，已迟了。州府各官员都被抓起来游街示众，推上断头台，在城中百姓的围观下被砍了脑袋。

所以，他们在许昌待了十好几天才转到南阳，可到了南阳之后还没等上两天，便再传捷报。

乍闻消息，整座分舵的人都为之沸腾！

连万休子都没忍住，红光满面，大笑不止，连声赞叹他们干得好。既然前线又胜，他索性不在南阳多留，径直启程前往汝宁。

姜雪宁已经得知谢危的全盘计划，一路上自然不由得为他捏把汗，生怕万休子选择动手的时间在谢危之前。还好万休子一直没有动静。

可在听说马上就要去往汝宁时，她的心着实高高地悬了起来：因为汝宁就是谢危先前选好的动手之地，胜负在此一举！

眨眼已是江南三月，物候一新，杨柳依依。

这日下午，众人启程前往汝宁。

姜雪宁与谢危同车而行。马车前后都是天教教众，连赶车的车把式都是教中好手，两人并不敢明目张胆地说些什么。

谢危拿了一卷琴谱在看。

姜雪宁看他这般沉得住气，都这时候了还能静心看谱，不免佩服："你也真是还看得下去。"

谢危手指轻轻搭在书册泛黄的边缘，抬眸看她一眼，轻轻一笑，道："每逢大事有静气，你呀，躁得很。"

姜雪宁翻了个白眼。

谢危知道她内里就是这性子，可即便是看她翻白眼，都觉得有一种嗔怪的娇态，带着点不作伪、不矫饰的真性情，心内不觉缠绵，也不想如何忍耐，伸手便把人捞过来抱坐在自己腿上，把着那不盈一握的细腰绵密地亲吻。

换作以前，姜雪宁可不敢想自己能与谢危如此亲密，搂搂抱抱都这般视若寻常。刚开始那阵她自然是不免陌生抗拒，可躲不开，也不好躲开，一个多月下来，便渐渐没了最初那种防备不适，开始变得习惯。

就像是喝酒，刚喝几口辛辣不惯，可三五杯下肚便上脸上头，昏昏沉沉，飘飘忽忽，不知所以，她甚至能从这醺醺然的状态里觉出一种万事摒除在外、天地仅有其二的愉悦感。

她檀口小小，舌尖软软，被他含着舔弄，不觉便面红耳赤。

毕竟眼下还是白日。以往都在夜里时，再怎么也有一层黑暗遮挡，如今却是你能看清我，我能看清你，且马车的车帘还偶尔会被风吹起一角，让人看见外面奔走的马蹄、教众垂下的衣角。

姜雪宁即便脸皮厚，也不敢在此般境地下放肆。眼见谢危渐有过分之意，她不由得瞪视。

他便突地笑出声来，依了她，慢慢把手放下来，背靠着车厢后壁，只将她搂在怀里，目光则向那时不时飘起一角的车帘看去，瞳孔深处并没有他表现出来的那般轻松。

汝宁渐渐近了，天色也渐渐暗了。

姜雪宁轻蹙蛾眉擦拭自己嘴角晕开的口脂，只想谢居安早些时候做一些事还会难为情，可偏偏特别能装，很难被人瞧出来，如今倒是熟门熟路，跟吃饭喝水似的视若寻常了。

她暗自腹诽，倒也没注意谢危，过了片刻抬眸，却见他低头去解自己腕上那柄藏着的刀刃。

自从在洛阳那晚杀过人后，这薄薄一片刀刃就被谢危藏了起来，再也没有出现在人前。而他那日用此刀杀人后又在伤口上补了一刀更深的伤，天教人收殓尸首毕竟不是查案，轻易看不出伤口的差别，只当是都被他夺来的那柄刀杀的，自然从未怀疑，所以从头到尾都不知道他身上还有这么一柄刀！

此刻姜雪宁眼见他解刀，眼皮都跳了一下。然而谢危解下刀之后，竟然叫她伸手。

她不明所以。谢危却抿着唇，垂着眼帘，将她的手腕拉过来，将那片薄刃仔仔细细地绑在她的腕间，道："届时情况不知，倘若有乱，未必能顾周全。时隔数年，密室之中若出意外……"

眸底覆上了一片阴影，他没再说下去。

姜雪宁忽然有些恍惚，看着他，又缓缓低头看着自己腕间的刀刃，慢慢抬手压上，却梦呓似的问："给我刀做什么？"

谢危觉得她的神情有些奇怪，便先回答："身怀利刃，好过两手空空。万一有点什么，能用来防身，你虽未必会用，但带着总比不带好。"接着又问，"怎么啦？"

这一刻，姜雪宁眼前却模糊起来，眼泪扑簌扑簌地往下掉。

彼时，谢危也叫人送来过一把匕首，就安静地搁在漆盘上。来的太监一句话也不敢多讲，只说是谢太师选了送来给她的。而彼时朝野上下因着燕临频繁出入她的禁宫，纷纷斥责她伤风败俗，红颜祸水，贻害无穷，要她为先皇殉葬……

可她有什么办法？

燕临欺侮她，她想来想去，好不容易买通了乾清宫的小太监放她进去，像是抓住根救命稻草似的想要求他庇护，哪怕自甘下贱，自荐枕席。

然而次日一早她就听说那小太监受了罚。

傍晚时分，便有人送来了匕首，连着鞘，镶嵌了宝石，很是精致，然而残阳似血，覆在冰冷的刃尖上，实在寒得彻骨。

谢危见她哭，不免也多了几分无措，抬手为她抹泪，可泪珠子却跟无法断绝似的。

好半晌她才缓过来，将脸埋进臂弯，嗓音闷闷地道：“我没事。”

外面日光已斜，车马辘辘，一行人终于到了汝宁。

★

汝阳与凤阳毗邻，距离已为天教占据的安庆、徽州等地极近，更何况东南各州府已有诸多陷落，百姓惧怕战事，有家有口财产颇丰的早在听到风声时就收拾行囊往北面逃去。留在城中的人，要么是觉得天下兴亡都无所谓的，要么是觉得天教比朝廷好的，又或者只是无力出逃的孤寡妇幼……

是以众人入城时，城中连人影都少，举着火把提着灯笼从道中走过，城中满地狼藉，街门紧闭。

万休子自然不将这些看在眼底。

汝宁分舵乃旧年占了一个和尚庙，把庙里的和尚赶走之后修建的，佛像推了换三清，佛经扔了换道藏，还运来一块块大石料，在里面修建起了一座高高的天台，专为教中议事集会、公示赏罚之用。

众人才到分舵口，舵主鲁泰便带着教众在外相迎。

其人面黑身壮，环眼鹰鼻，阔口宽颌，做武人打扮，两手手腕与腿脚都紧紧地扎了起来，拳头握起来大如沙包，像那种力气猛起来一拳能捶死一头牛的，然而实非四肢发达头脑简单之辈。

只那一双眼睛扫人时便带着点天然不善的阴鸷，尤其是看见后方的谢危与他身边的姜雪宁时，目光停了停，同万休子见过礼后，鲁泰才问道："听闻此次我教中与公仪先生齐名的度钧先生也来了，属下久在教中，却从来只闻大名，未曾得见。不知教首可否为属下指点一二？"

万休子便向后看了一眼，随手一指道："这便是了。"

鲁泰便顺着他所指的方向，重新看向了谢危。这一瞬间，他眼中分明闪过了一分杀意，动作快得连万休子身边的道童都没有反应过来，竟然直接拔了一旁教众腰间所挂的刀，将冰冷的刀锋径直压在谢危的脖颈之上！

姜雪宁就站在谢危身后，惊得险些叫出声来。

所有人都吓了一跳："鲁舵主这是做什么？！"

万休子却看着没作声。

谢危想过对方会向自己发难，却没想到对方连一句话的工夫都不肯费，心底便微微凛了凛——看来万休子比他想的还要迫不及待，只是不知燕临他们何时能到了。

毫无疑问，鲁泰便是先前谢危与姜雪宁交代今日计划时所提到的那名分舵主，是公仪丞的旧部。

据传公仪丞早年救过他一命，是以他对公仪丞忠心耿耿。

谢危轻轻伸手，先将姜雪宁往自己身后挡开，示意她避远，才从容不迫地道："看来鲁舵主是有事指教。"

鲁泰可不管那么多，早在当年他就怀疑通州一役有鬼，此次更得教首暗中知会，必然不会让谢危安然无恙地从汝宁走出去，便冷笑道："三年前，上万教众还有公仪先生是怎样无辜枉死的，你难道不清楚？！"

周遭顿时一静。

几位分舵主早在洛阳的时候就亲耳听谢危承认过此事了，只是当时教首没提，谁也没有往外传，鲁泰如何这般肯定？其余身份微末些的教众更是从未听闻，因而不管起于何因，又是真是假，所有人的神情倒都是震惊至极。

谢危当日说自己杀了公仪丞时，就想过会有今日了——万休子不会放过这个机会。他既想要抢在自己之前动手，可又怕自己并无反心，一旦他先动手，试探失当，只怕要逼自己反过来与天教作对。那时若让自己跑了，是为天教增加了强敌；即便没跑，留下来也无用，杀不杀都会失去一大助力。

所以，他需要一个进得又退得的合适借口。

谁能比鲁泰更合适呢？

公仪丞的旧部忠心于天教，只要将公仪丞之死的真相告知，鲁泰必定向他发难。如此万休子身为教首，表面主持公道，作壁上观。若他有反心，自是立刻当着教众的面就地正法；若他没有反心，之后也无异常，则可大度地网开一面，对他施恩，以换他忠心回报。

这实在是一招难以舍弃的妙棋。只可惜，万休子恐没有想过，杀公仪丞这件事是谢危主动提起的，为的就是给他这么个合适的借口。

有了这个借口，万休子才会如他所想一般行事，而不会一个念头便狠辣不留余地地直接下杀手，如此尽管吃些苦头，却可以争取到足够的时间，等待着燕临那支从黄州杀来的军队！

谢危目视鲁泰，道："公仪先生与我也是相识已久，彼时我潜伏于朝廷，未能及时对他施以援手，使他遇害，我心中也甚是愧疚。鲁舵主有心责怪我，也是应该。"

"放你娘的狗屁！"

鲁泰最厌恶的便是同这样的文人说话，黑的都能说成白的！

他握着刀的手都在发抖，激动地道："好端端的，公仪先生的行踪为何会泄露？萧氏那一帮酒囊饭袋也能有那样的好筹谋？更不用说现在你身边这相好的女人当年就在通州！甚至与兄弟们的死有莫大的关系！"

姜雪宁单听"公仪丞"这三个字时还没想起来，可待听得"通州"二字，当年那血腥的画面便瞬间涌回了脑海，使得她激灵灵地打了个冷战！她没想到这人连自己都知道！

谢危更是瞳孔骤然紧缩，眼神冰寒至极，挺直的脊背隐约绷紧，却向鲁泰逼视："鲁泰，你因公仪丞之死对我有偏见倒是无妨，只是血口喷人未免下作。你既想要分辩个明白，不如今日上天台，看谢某是否给你一个交代！"

鲁泰登时冷笑一声："好！"

他倒也爽快，立刻将原本架在谢危脖子上的刀收了回去，竟然单膝向万休子一跪，躬身请道："教首明鉴，实非属下想要为难度钧先生，实在是当年一番恩怨事关上万条人命。我天教众弟兄岂能白死？今日即便赌上这条性命，属下也要向他问个明白！恳请教首恩准，为公仪先生、为通州一役中殒身的弟兄们主持一个公道！"

此刻周遭可是众目睽睽，且这本来就是万休子想要看到的局面，他自然不会拒绝。

只是他仍旧做出了一副略显为难的神情，看了看谢危才道："你二人都是教中难得的英才，本座实不愿见你们生龃龉。这中间是误会居多也不一定。只不过你二人既然提出要上天台一辩，那便一辩，也好叫大家都来听个明白，断一断是非！”

天教所谓的“上天台”，取的是“众生平等，无愧天地”之意，诸般是非皆由台下人定，不分身份，人人都有定夺之权。

只可惜，近些年来“上天台”已形同虚设，乍一听闻要上天台，所有人都议论纷纷，交头接耳。

万休子身为教首都已经发话，这事便是板上钉钉的了。

谢危原本就是如此打算，自无异议。不汇集教众于天台之下，他怎能一举将其全歼？且情况越乱，姜雪宁才越好趁乱逃走。若如以往一般，才到分舵便被锁入房中，那她真是连半点逃走的机会都没有。

众人入得分舵，纷纷聚拢在那离地两丈高的石台周围。

石台前有台阶，其实分作了两层，一层在一丈半高处，宽阔平台；一层还在更高处，竟然设了张椅子，乃专给上位者的位置——说是众生平等，实则仍分高低。

万休子当先走上去，端坐正中。

谢危与鲁泰也随之步上。

可没想到他们才上天台，鲁泰竟然躬身向万休子一拜，回首一指姜雪宁道：“今日既是要议通州之事，这个女人为官府通风报信，与度钧里应外合，也当上来，让教中兄弟们看看什么叫‘狼狈为奸’！”

后头立刻有人推搡了姜雪宁一把。她顿时摔在台阶上。

谢危垂在袖中的手指悄然握紧，一时已杀心四起，然而时机未到，到底没有发作，只是转身走过去将她扶起，淡淡地问：“怕吗？”

怕？

姜雪宁自然是怕的。只是当他将自己扶起来时，她指尖触着他温热的掌心，感受到他传递过来的力量，又好像没有那么怕了。这样糟糕的境地，倘若只有她一个人，那自然是该怕的。所幸，他们是两个人。

姜雪宁没有回答，只是扶着谢危的手站稳了，回头重新向身后看了一眼。

那些个天教教众都站在后面，原本都不觉得自己之作为有什么，可被她这样一看，竟不知为何生出几分心虚来：欺负弱女子倒也罢了，被欺负的人并未表现出受欺负的卑弱姿态，反倒透出了一种蔑视和坦荡。

全场安安静静。众人的目光都落在她身上。

姜雪宁收回目光后才垂下眼帘，拎了自己的裙角，向谢危道一声“没事”，而后一步步踏上台阶，站到了台上，正正好在鲁泰的面前，但并未说话。她甚至没有表现出过多的愤怒情绪，只是抬起手来向对方微微躬身行了礼。

这一瞬间，台下忽然就有了许多嘈杂的声音。人人交头接耳，议论纷纷。

姜雪宁即便是素面朝天也有着惊人的容貌，身形纤细却并不柔弱，脊背挺直倒有风骨。人在这春夜里立到台上时，晚风吹拂裙摆，四面高烧的火把照亮她的身影，像是一抹瑰丽的颜色点缀在暗淡世界里。

只这一礼，便煞是好看。

更何况，鲁泰可是骂她与度钧“狼狈为奸”啊，对个姑娘来说，这无论如何说不上好听。谁能想到，她不仅不哭不闹不害怕，甚至主动向鲁泰行了一礼？美人本就赏心悦目，根本不需多做什么，就已经分出了些许高下。

教中可不仅仅都是什么为了天教抛头颅洒热血的人，更何况他们原本就不知道通州一役的真相，只把这上天台当作一场真实的好戏，眼见得这般精彩的开局和强烈的对比，都不由得沸腾起来。

高位者的笑话谁不想看呢?

甚至有人已经忍不住笑起来，大声朝着台上喝起了倒彩：“堂堂大老爷们儿，还没个女人有风度！鲁舵主不行啊！”

第二十六章
谋世

汝宁城外，吕显正与燕临立在道旁，望着远方的城池，等着前方去探消息的人回来。比起往日，这位分明进士出身却跑去经商的大老板似乎消瘦了一些，精明算计的市侩眉眼里也多了一种奇怪的萧索之色，看着像没事人，实则不是。

燕临心知他是才从尤芳吟之死缓过来没多久，还要一阵子恢复，也不多问，只道："天教举义旗，看上去在南方的声势虽然不小，可要与我们抗衡只怕不能。我等只需虚与委蛇，假意与其联手便可交涉，虽或许会多费些工夫，可谅他们不敢不放宁宁。谢先生却偏要以身犯险，大费周折，我不明白。"

吕显心里有些懒怠。旁人看不清谢居安，是因为不了解，可在他眼底，一切却都是清清楚楚的。

本来他不想解释，可问话的毕竟是燕临，他也有心想走出这些日子来的阴郁，便吸了口气呼出来，答道："擒贼先擒王。"

燕临看向他。

吕显便问："如今天下，我们、朝廷、天教算是三足鼎立。倘若是你，当如何争得胜局？"

燕临略一思索，道："合纵连横，连弱抗强。第一该打朝廷，所以我们不妨与天教合作，纵然与虎谋皮，也先谋了京城，剩下的再争胜负。"

吕显笑了一声："所以你是正常人。"

燕临忽然蹙起了眉。

吕显却垂眸喝了一口水囊里装着的酒，才道："正常人都会想以二打一，可世子，你这位兄长是正常的吗？"

燕临回想片刻，慢慢地道："他不是。"

吕显叹："是啊。"

他不是。

他是疯狂。

谢居安冷静理智的内心深处，永远藏着一种近乎极端的疯狂。他想别人不敢想，做别人不敢做。

倘若朝廷和天教都看不破他究竟是什么人，为他旧日那一身皮囊表象所蒙蔽，但凡对他抱有那么一丁点儿的幻想，以为他就算有野心也不会与另一方同流合污，是一个能争取到己方来的人，那可就大错特错了。

可惜天教与朝廷都还没有意识到这点，而万休子也只是个正常人罢了。

他们或许对谢危还有疑虑，谢危却绝不会对他们心慈手软。天教也好，朝廷也罢，都是他要铲灭的对象，他已经忍了二十余年，一朝得机，只会用最快的速度、最残忍的方法将这两方一网打尽，以偿当年的血仇！

燕临闻言，沉默了良久。

他没有再问，所以吕显也没有再提：二十余年都忍过了，这一时半刻有什么忍不得的呢？以身犯险固然有利益的诉求，可他相信，倘若被天教挟持之人不是姜雪宁，谢危绝不会做出眼下的选择。

前方一骑疾驰而来，马上的兵士翻身下马，神情振奋，语速飞快地道："禀告将军，前方探得，天教诸贼首已于半个时辰前入城！"

燕临与吕显对望了一眼。

挥手间，停驻于城外的两万人迅速集结，在黑暗里如一片阴云般迅速朝着汝宁城卷去！

高台之上，鲁泰一张脸几乎已经难看成了猪肝色。姜雪宁的坦荡与教养，简直将他衬成了不入流之辈！更何况下面还有那一帮看热闹不嫌事大的教众，什么也不知道，还在下面起哄！

姜雪宁虽然容貌端丽，又向他行礼，可在鲁泰看来却越发面目可憎，甚至让人现在就恨不得撕了她！

无论如何，他也不愿还礼，索性就这般面带冷笑地立着。

下头顿时又响起一片嘘声。

谢危原以为姜雪宁会害怕，会无措，可在看见她一步步走上去，甚至就这样简简单单地将了鲁泰一军时，便忍不住笑了起来。小姑娘终究是长大了，能独当一面了。

若说姜雪宁的镇定还有几分怒火在强撑，他的平静便是真正的平静了。他同样不曾多言，很快也踏上了高台，同面向鲁泰而立。

郎才女貌，一对璧人，在火光下犹如花月交相辉映，若忽略这紧绷的情势，倒有几分养眼。

下方嘈杂声非但未消，反而更盛。上方高坐的万休子看着，皱起了眉头，只站起身来朝下头扫了一眼。下方教众都注意到了，顿时不敢再放肆。

场中立刻安静了下来。

万休子这才道："度钧向来为我教鞠躬尽瘁，效命多年，鲁舵主缘何敢这般肯定他害了公仪丞、害了教中兄弟，又怎么会与姜二姑娘有关？"

鲁泰面色总算好了些，因为他知道教首站在自己这边，是以多了几分有恃无恐，便拱手躬身道："属下既然敢言，自然不是口说无凭。朝廷的走狗机关算尽，自以为计划天衣无缝，然而这世间又怎会有不透风的墙？若要人不知，除非己莫为！"

说到这里，他看向了谢危，紧接着便一振臂，示意自己手下的人将人带上来，朗声道："鲁某这里有两个人，还要请度钧先生与您这位相好辨认一二！"

这人嘴里说话实在不干净，时时刻刻不忘贬损人。姜雪宁听得心头火起。只是人在屋檐下，她忍了并未发作，只抬起头来向着鲁泰示意的方向看去，忽然之间眼睛便睁大了，几乎控制不住地朝身旁的谢危看了一眼！

那被绑上来的是一女一男，一大一小，身上皆伤痕累累。

尤其是那个女人，头发蓬乱，泪水涟涟，看得出已经有三十好几岁，一身妇人打扮，看眉眼淳朴无心机，手脚都并不纤细，一看便知也是出身不好做惯力气活儿的苦命人。

而最令姜雪宁震惊的，是跟着被推上来的那看着年纪不大的少年……是小宝。

当初在通州一役救过姜雪宁的那个孩子，后来曾出现在谢危身边，机灵懂事，常帮着跑跑腿，只不过他没跟谢危去忻州，所以她已有一段时间没见过他了。

他身上的伤比那妇人还多，脸上更是一片污迹，被捆着手推上台来时，满面灰败，甚至还有愧色。他只看了她与谢危一眼，眼底便差点涌出泪来，不敢再抬头多看。

谢危一看还有什么不明白的？

小宝原就是教中的人，偶然被他瞧中才带了几日，教其识文断字，小宝自己也争气，练得一身好武艺，又因年纪小，旁人不容易注意，所以能办许多刀琴、剑书不能办的事情。只是小宝入天教并非因为他想，而是因为家中兄嫂入了天教，才带着他一块儿加入的。

那听闻中的兄嫂，谢危并未见过，只知道他每回得了什么好东西总要留起来，拿回家里去，想必将家人看得极重。

他或许受得住刑，咬牙不吐露一个字，可兄嫂就未必了。

何况天教把人一齐抓起来了。

若此事换了他来做，想必也是一般无二：知这孩子重视什么，便在他眼前鞭打其长嫂，铁打的人都是一颗肉心，又怎能真忍见待自己极好的亲人受苦受难？

果然，鲁泰紧接着就指着谢危与姜雪宁先问小宝：“小子，这两人你可认识？”

小宝咬紧了牙关没说话。

鲁泰便一脚踹在他身上，径直越过他走到那低头哭泣的妇人身边，一把抓住她蓬草似的头发，将人的脑袋提了起来，仍旧指着姜雪宁与谢危问：“认识吗？”

她抬起脸来，五官便变得清楚了一些。

姜雪宁终于想了起来。她见过的，这妇人也是她在通州一役时见过的。那时是她与张遮一道被逃出狱的江洋大盗裹挟着，与天教逆党在破庙里歇脚，这妇人作为天教接应的人之一，为他们端来了食物与水，还笑着向她递了个炊饼。

那妇人农家出身，跟着自家男人入了教，不过帮着做些吃食，平日里也不接触教务，更不知道这般大的祸事怎么会降临到自己头上，一双眼都差点哭红了。她顺着鲁泰指的方向一看，见着谢危自然不认识，然而在看见姜雪宁时，目光却停住，她仿佛抓住了救命稻草一般，喊道：“认识，认识！这个姑娘我认识的！”

姜雪宁的心幽幽沉底。

鲁泰顿时大笑起来，有些欣喜若狂，继续问道：“你何时在何地见过她？”

妇人哭着道：“两年，不，快三年了，就当年通州那事，死了好多好多人那回。我跟小宝去给大伙儿送刚做好的炊饼，那里都是大男人，这个姑娘穿着的是男人的衣服，可我一眼就看出她是假扮的，但想这也不是我该问的事情，便没有声张。后来……后来才听说通州出了事……”

台下顿时一片哗然！

鲁泰更是趁势厉声向姜雪宁叱问：“都已经被认出来了，你还有什么话好说？！”

这局面已然对他们不利。可姜雪宁的目光却落到了小宝身上，仔细考虑了一番，她竟然不慌不乱地反问：“不瞒鲁舵主，我也的确见过她，但仅仅是在破庙之中有一面之缘，此后便没有半点交集。难道我们同在一处庙中歇脚，便能证明通州一役与我有关，与度钧先生有关吗？”

“好，你既要负隅顽抗，今日便叫你死个明白！”鲁泰将女人推倒在地上，自己却向小宝走了过去，冷冷地道，“该你了，前日我问你时，你是怎么说的，今日便如实说出来！”

谢危将手背后，静静立着。

小宝抬起头来向他看去，又慢慢转过头向姜雪宁看去，一双乌黑的眼里闪过几分压抑的血性，竟然道：“我替先生做事，自然见过先生，也见过姑娘。可通州一役，甚至公仪先生的死，与先生和姑娘全无干系！我什么都不知道！”

“胡说八道！”鲁泰勃然大怒，几乎立刻伸手掐住了他的脖子，满面凶恶之态，甚至有些狰狞，“前日你分明已经招认得一清二楚，如今当着我天教众兄弟甚至教首的面，竟然敢撒谎！说，快说！否则我立刻剁了你的手脚，让你知道知道厉害！”

谢危从头到尾都很镇定，此刻一抬眼皮，仿佛小宝并非为自己做事的人，只事不关己一般淡淡地提醒了一句：“鲁舵主，他年岁不大，你又何必为难他？我竟不知我教什么时候也会屈打成招了。”

天教招募人入教，打的便是“大同”的旗号，向来厌恶官府衙门里那一套。早在鲁泰将人带出来的时候，就有人注意到了这两人身上的伤痕，见得鲁泰那般对付小宝，心里不免都有些不适。毕竟他们不是高位者。

鲁泰当年跟着公仪丞时还是个小角色，可这些年来位置高了，手底下有人使唤，床榻上有人暖被，甚至还有流水似的金银能花销，哪里还记得自己也是为了一口饭入的教？早不知把初心丢到了什么地方。

上天台他还当是在私底下，难免使人诟病。

谢危此言一出，下面便有些窃窃私语、交头接耳的声音。

鲁泰再蠢，这时也反应过来自己做得过了，一张脸一时红一时白，下不来台。但更令他狂怒的，是小宝先前招认，如今站在这高台之上竟然不顾他嫂嫂的死活又矢口否认，反而使得自己陷入不利之境。

而谢危方才这一句话，更绝了他用那妇人来要挟谢危的可能！

至少现在是不可能了。

场面一时竟有些僵住。

这时还是坐在上头的万休子咳嗽了一声，状似不经意地问道：“通州距离京城不是很近吗？这位姑娘当时也在通州？”

鲁泰瞬间就被点醒了，一下反应过来，即便小宝不开口，也不是没有文章可做，一时竟干脆放了小宝，站到中间来指着姜雪宁问他：“方才你说跟着度钧，所以自然认识这个女人。那我问你，这女人姓甚名谁，家住何方，是何背景，与度钧又是什么关系？”

小宝一听这话，面色便变了变，与此同时谢危的一张脸也沉了下来。

姜雪宁虽不知鲁泰为何问起这话，可只看小宝与谢危的脸色，便知道自己的身份在天教或许是一桩麻烦——这样一个与朝廷作对的教派，会怎样看待一名官家小姐？

鲁泰见小宝不开口，冷笑道：“说啊！你不是认识吗？！”

小宝喉咙干涩，开口道：“姑娘姓姜，是……是……”后面的话他却无论如何也说不出口。

鲁泰便冷哼了一声，自觉已经握住胜机，环视周遭所有人，大声道：“你不说，我却知道，我替你说！这个女人姓姜，叫姜雪宁，是狗朝廷里户部侍郎姜伯游的女儿！她父亲在朝廷里当大官，是皇帝的走狗；她姐姐嫁进了王府，是皇室的媳妇；而她自己入过宫，当过公主的伴读，而且还是度钧的学生！这样一个女人，我教号称与公仪先生齐名的度钧先生竟然罔顾伦常，还要与她‘修炼’，更为她孤身涉险！兄弟们，可还记得我教的教规？”

这女子竟然是官家女！

一石激起千层浪，高台之下一瞬间人声鼎沸，不少人又惊又怒。

“竟然还是皇亲国戚？”

“呸，难怪这架势，看着就不像普通人家的！”

“户部侍郎，年年苛捐杂税收着的户部吗？”

“度钧先生怎可与这种女人一起？”

“师生之间，伦常何在？！”

“呸！”

……

若说先前还是看戏的人多，眼下姜雪宁的身份被公之于众，大部分人先前那种看戏的心态便骤然转变了。大家都是贫苦出身，受尽了沉重赋税与徭役的苦，对朝廷、皇族都有着深深的怨气，不然又怎会愿意为天教卖命？众人求的不就是有一日能“大同”吗？

可这权贵家的姑娘就这样立在高处，还与他们教中大名鼎鼎的度钧先生搅和在一起，实在扎眼，甚至让人的怒气与怨念都有了一个明确的宣泄对象和出口。

教中有过明确规定，凡入教者，从此与权贵划清界限，有家者离家，有产者交产，更不许与这样的女人有染！

也不知是谁先在下头叫了一声："教规处置！"

紧接着便有人跟着大喊起来："按教规处置！"

很快下面的声音就汇聚到了一起："三刀六洞，先来一刀处置了！"

姜雪宁头皮都麻了一下，只觉被鲁泰看着，犹如被毒蛇盯上，背脊蹿上一股寒气。

所谓"三刀六洞"是江湖上的规矩，一刀穿过身体的一个部分，要留下两个窟窿，凡是要退出教派的人，都要给自己三刀戳出六个窟窿，以表决心。

而天教的教规……

"我教规矩，凡是教众，不得与权贵有染。度钧先生身在教中，为我教兄弟表率，却明知故犯！"鲁泰的声音一句比一句寒厉，"若你不是教中人，当然好说。可你既然是，也还没有退教，就与这女人在一起。不能轻轻饶过吧？"

谢危盯着他没说话。

下头又有人开始喊"三刀六洞"。

姜雪宁面色微微发白，心念急转，却偏偏什么也不能做。

万休子在高处冷眼旁观，倒是渐渐看出点意思来。

他其实只是想借鲁泰之手制住谢居安，又不让自己搅进其中，给自己留下一点余地。毕竟谢危虽在此处，可边关上他那表弟燕临还手握十万大军，不可小觑。若他能联合这十万大军去打朝廷，便如当年与平南王合作一般，自然最好。便是要杀谢危，他也得顾忌外面，不能让边关与朝廷联合。

不过他倒没想到鲁泰对谢危恨得这样深，公仪丞倒没白养这条狗。

他考虑片刻，竟然笑起来，一副和善的神情，道："度钧这些年来于我教有十万分的功劳，况这女子与他也不过就是一道'修炼'，并未婚娶。民间伦理先不顾，于教规虽有冲撞，却也不那么厉害。依本座所见，度钧也不过是一时糊涂，迷了心窍。"

全场都安静下来。

万休子却看了姜雪宁一眼，才将目光落到谢危身上，似乎全是为他着想，道："三刀六洞对有功之人未免太过。不如这样吧，度钧，念在你是初犯教规，我教也并非不讲道理，便给你一个走回头路的机会。只要你与这女人撇清关系，此事便当没有发生过，从此功过相抵。"

教首发话，谁敢不听？没人表示反对。

然而谢危知道，万休子断断不会这么简单就放过他：撇清关系容易，难的是如何证明！

果然，紧接着万休子便抬手示意身边的道童，让他将腰间一柄佩刀拔了，掷在下方的地上，然后指着那刀对谢危道：“无须三刀六洞，可太过敷衍，只怕大家未必心服，一刀还是要的。腿伤难治，身伤要命，便穿她一只手好了。倘若你不愿，这刀可就要落到你自己身上了！”

他话到此处，已显出几分森然。

万休子固然要向谢危发难，可姜雪宁这筹码握在手中，他总要进一步试探这筹码到底价值几何，有多重要。毕竟为情爱单枪匹马地到洛阳救人这件事，于他而言始终有些不可思议。而且谢危就这么跳进了自己的圈套，似乎又简单得离谱，以至于他不得不怀疑背后有阴谋诡计。

假如谢危与那女娃是装的呢？又或许这一路谢危就是为了让自己放松警惕，使自己觉得自己掌控了全局，好顺遂地踏入他设计的圈套。届时自己以为用那女娃能威胁他，说不准谢危反将这女娃推出来挡刀，打自己一个措手不及！

这一回，他就是想要趁机看看清楚，这种情况下谢危究竟是选择给姜雪宁一刀，还是给自己一刀？

姜雪宁听见他这话，下意识地看向谢危。

那刀就在谢危脚边。他也朝着她看来。

这一瞬间，一种不祥的预感就这样从心中生出，姜雪宁抬步就要向他冲过去，急急地喊道：“不要！”

然而边上的道童几乎立刻将她制住，无论她多用力挣扎，都不能逃脱掌控。

无数双眼睛看着，谢危弯身捡起了地上的短刀，刀身雪亮，轻易地映照出了他一双平静的眼，灼灼的火光则燃烧在刀尖上，透出一种格外强烈的杀意。

他的手是弹琴的手，手指修长，骨节如玉，犹如被上天精心雕琢打磨，又仿佛山间凉风吹拂时屹立的竿竿青竹，带着几分温润墨气。

姜雪宁想起的是最初的场景。她见着他时，一张脸病恹恹的，白衣抱琴，信手拂弦，便使人如见巍峨高山，如闻潺潺流水。连身陷险境，自己都走不动了，他还硬要连那张琴一起带着。她至今都不会忘记，在她发怒砸了那张琴时，对方看着自己的眼神……

还不起。这个人情她还不起！

恐惧升腾上来，将她整个人笼罩住了，姜雪宁试图阻止他，几乎是带着哭腔求他：“不要，谢居安，不要！我还不起……”

她的泪水已然滚落。

谢危看向她，微微显出几分苍白的面容上浮出一抹奇异的微笑。他攥紧了那柄刀，却只是云淡风轻地对她道："还不了，那从今以后，换你欠我，好不好？"

姜雪宁说不上那一瞬间的感觉，仿佛痛彻肺腑，又好像有什么拽着她坠落，从此无法逃脱……

鲁泰已不耐烦地催促，指着一旁惯用来行刑示众的刑台："教首难得开恩，选谁你想好了吗？我数三声——"

谢危垂下眼帘道："不用数，我选好了。"

周遭人甚至都还没反应过来。他已右手攥刀，平静地将自己的左手放在了凹痕遍布的刑台上。刀尖抵着手背，刺破皮肤，血珠顿时冒出，他停了片刻，似乎要彻底抛去什么，然后才紧抿着嘴唇，闭上眼暗暗咬牙用力，便将刀刃往下压去！

隐约似乎有"刺"的一声在姜雪宁的脑海中响起，可实则无声。

这一刀锋利地楔入，深深贯穿了他的整只手掌！

★

所有人都没想到会是这样的结果，包括万休子在内。

没想到一个人在自己和别人之间，可以如此迅速地做出抉择，连一点犹豫都没有，就如此决绝地对自己下了手……

一刀下去，鲜血立时顺着刀缝流了出来。刀尖抵在刑台上，下方那不知早已流淌过多少人的鲜血的沟壑里，便漫延出一片赤红鲜血，在这高台四面的火光的照耀下，触目惊心。

骤然袭来的痛楚让谢危蹙紧了两道眉，额头上都渗出了细密的冷汗，然而他咬紧了牙关没有发出半点声音。压在刑台上的手指几乎用力蜷缩着，连握住刀柄的那只手，手背上也陡然浮现几道青筋！

姜雪宁陡然失去了全部力气，颓然地跌坐在地。

道童们这时倒将她放开了。

她怔怔地望着那一摊血，仿佛那赤红的颜色是流淌在她眼底一般，让她觉出了一种刺痛，一直投射到心底去。

万休子乍惊之后，却忽然自心底涌出了万般惊喜的情绪，甚至没有忍住大笑起来："竟然为了一个女人！为了一个女人！本座还当你谢居安连日来都在我眼皮子底下演戏，没料想原来是真的情真意切，情根深种！连这只手你都舍得，那便是连你执着多年的琴也不如她了，世间竟真有这样的痴情种子，哈哈哈，好！好啊！"

当年在奉宸殿学琴，她与琴一道摔倒，谢居安下意识地救了琴，却由着她摔倒在地；后来在壁读堂辞别，她向他赠了张琴，谢居安伸手将她拉住，那张琴却坠落损坏；今日万休子催逼，要他在自己与她之间选，谢居安一刀穿过了自己那只弹琴的手。

姜雪宁也不知怎么，看着谢居安立于刑台旁的身影，悲从中来，突地失声哭了出来，泪眼已一片模糊。

鲁泰眼见谢危下手不曾犹豫，也有那么瞬间感觉到了几分悚然，只为这人的镇定与可怕感到害怕。

然而这种害怕只是一时的，他很快就想起了公仪丞之死的仇怨，目光在姜雪宁与谢危之间一阵游移，忽然间像是发现了什么似的，目中精光四射，大叫道："还是教首英明！原以为度钧先生是一时迷了心窍，才与这朝廷官家妖女有染，如今让你在自己与这妖女中间选，你竟肯为这妖女舍了自己的手！这难道能说是你对这妖女毫无留恋？你分明是对这妖女情根深种，毫无真正的悔悟之心哪！这妖女何等贵重的身份，好端端的当初又怎会出现在我天教众人所在的庙中，且还接了我天教教众递去的吃食？公仪先生之死、通州一役无数兄弟的性命，绝对与你们脱不了干系！"

台下的教众闻得此言，也总算是从震骇中反应过来了。谢危的举动固然令人震惊，可并不能挽回什么。姜雪宁的身份既然已经爆出，天教众人贫苦百姓出身，又哪里会有半分的同情之心？

有人大喊道："让那妖女受刑！"

鲁泰自然大为振奋。

然而就在他走上前待要再多做点什么严加审问的时候，却有一名年轻的教众身上染血，连滚带爬地冲进了高台下聚集的人群中，带着万般惊慌地大声叫喊："打进来了！外面有军队打进来了！"

什么？！

这一瞬间，整座高台下聚集的上千人几乎齐齐吃了一惊。

万休子更是头皮一麻，心里一个激灵，骇然从座中起身！

外头轰隆一声，仿佛是大门被人撞开，紧接着便是惨叫疾呼声响起。刀兵相接之声几乎是从四面八方传来，前面有，后面也有，他们完完全全被包围了！

怎么会？这里可是汝宁，从哪里来的军队能打过来？

万休子根本想不明白。

要知道他时时刻刻提防着谢危，提防着朝廷。东面战起，汝宁几乎已经成了一座空城；而边关大军驻扎忻州，若朝着这面行进而来，不说路途遥远，就是那行军的动静也不可能瞒天过海，必然早早被他知道。自打决定对谢危动手以来，他一直派人注意着忻州的消息，那十万大军一兵半卒都没动！

哪里来的军队？！

哪里来的援兵？！

脑袋里一团乱，万休子大叫道：“速速整顿抵挡！来人，先护我！”

两边的道童立时拔剑将他护住。

紧接着他目光一错，瞥见旁边的谢危，几乎立刻灵光一闪，抬手指向谢危，恶狠狠地道：“是你，是你在算计我啊！快，切莫叫他跑了！抓他！把他抓起来！”

然而这一场变故对万休子来说是突如其来，对谢危来说却是早有预料。在听见外头乱起来时，他已经咬牙忍痛将穿在左掌中的刀抽了，紧握在手中，先前刺穿手掌的刀刃瞬间成了他的武器！

在两名道童合身向他扑来时，谢危毫不犹豫地转手一挡，刀刃顺着对方的剑锋落下，电光石火间已削去了对方的三根手指，自己的另一只已然受伤仍旧血流不止的手却向身后的刑台一拍，借力旋身，又避开了另一道袭来的剑锋！

但这一拍也加剧了伤处的痛楚，他眉心紧蹙成一道竖痕，看向另一面跌坐在地的姜雪宁，却并没有出声提醒，只是这样惊心动魄地看了她一眼！

万休子遇险时第一反应是自保，所以叫台上的持剑道童都聚拢到自己身边；第二反应是让人去抓谢危，因为外头攻打来的势力绝对与谢危有关，先将他擒住或有回天之力，所以这时候自己的安危其实全系在谢危身上，制住谢危这个真正的幕后之人才有生机，于是那些个道童又都掉转方向，提剑朝谢危冲去。

可这样一来，就没人看着姜雪宁了。她仍跌坐在地上，在看见谢危投来的那一眼时，却不需只言片语，便全然明白——谢居安是让她按着他与她先前的约定趁乱逃跑。

此时几乎所有人都在她前面，她在他们背后。

姜雪宁牙关都在打战，却近乎麻木地从地上爬起来，判断了一下方位，便跌跌撞撞地朝着东面台阶下去。

她还记得他说的话——正东往北走二十步，就有一座密室。她只要藏在里面，等人来找便是。

整座分舵已经完全乱了，他们甚至不知道自己的对手是谁。

所有人都奋力地持着刀剑朝外面冲杀，手持利刃的谢居安则将万休子这几个人拖住，几乎没有人注意到在这座高台之上有一名弱质女流趁乱往下走去。

姜雪宁能听见怒斥，能听见惨叫，能听见惊慌，也能听见绝望……心里却空荡荡的。仿佛有一阵狂风从她心里刮过去，把这些声音都刮走了，只余下那一句："从今以后，换你欠我，好不好？"

明明是谢居安自己癫狂，以身犯险，拔刀换她，不是她逼的。她知道先前在忻州，她没有走，只是因为"人在屋檐下，不得不低头"。此刻他就在她身后拼杀，拖住那些人，为她换得一线生机……

可这些与自己有什么干系呢？她是想要摆脱他的啊！

倘若谢居安不死，那是他命大；倘若他死了，不也正好吗？无论是谁亏欠谁，谁束缚谁，人一死便一了百了，不用再斤斤计较。

可为什么她竟觉脚下一步比一步沉？！

那是她救了两次的人啊！他的命属于她，而不是阎王爷！

姜雪宁似乎终于被自己说服了，分明该头也不回地离去的这一刻，竟然停下脚步，朝着他看去。

谢居安肩上也多了一道剑伤，衣袍上沾着的不知是自己的血多，还是对手的血多，但那柄刀便像是长在手上一般，不曾松开半分，招架着那一寸长一寸强的利剑。冷不防一剑自侧面袭来，尽管他避得快，手臂上也被划出了一道血痕！

他已然是左支右绌，颓势渐现。

这一瞬间，姜雪宁眼底一片潮热。她轻轻地搭住了自己左手的手腕，那里绑着谢危给她的刀。

恐是跟疯狂的人在一起待久了，也会染上几分似乎本不属于自己的疯狂，她抬眼看向了万休子。

这位天教教首打心底不相信世间有人愿因一个"情"字放弃一切，平日也许还会想想，真到危急之时却下意识地直接忽略了也许原本最是紧要的姜雪宁。此刻他看着一片乱战的景象早已气急败坏，破口大骂。

道童们都在对付谢危。姜雪宁便朝着他走了过去。

她以为自己心底本该如浪潮翻涌，然而事实是心里面一片平静，仿佛大雪过后的山岭，掩盖了一切行迹，世界悄无声息。

根本没有人意识到她想做什么，甚至边上一名天教教众看见她向高台走去，都只是在提刀而去的间隙朝她投来奇怪的一眼，而并没有加以阻拦。毕竟她只是个手无缚鸡之力的姑娘家罢了。

这节骨眼上他们奇怪的甚至不是她朝着万休子走去，而是她面上竟然没有惊慌，也没有害怕。甚至就连万休子自己在一眼看见她走过来时，也没有在意。

前方的道童已经一剑逼退谢危，紧接着数剑将谢危包围！

万休子见状顿时大叫了一声：“好！”

然而也就是这时候，姜雪宁已经走到他近旁。

万休子不经意间向她看一眼，本准备继续让道童们赶紧将谢危制住，然而话未开口，想起方才一瞥之下姜雪宁面上的神情还有那笼在袖中看不见的右手，浑身突地打了个激灵：“拦住她！”

危险的感觉骤然袭来，可这时候已经迟了——根本不待距离最近的道童反应过来，姜雪宁笼在袖中的右手已经伸出，一柄薄刃被紧紧地扣在手中，飞快地抵住了万休子的喉咙！

锋利的刀刃一碰，便有血流出！

万休子一时连动也不敢多动一下，睁大眼睛，声音发颤地道：“你好大的胆子！”

道童们更是齐齐愣住了。尽管他们的刀剑已经将谢危围拢，他一身道袍都被血污沾染，可这时道童们也不敢轻举妄动。

谁能想到这一出？！一介弱女子不仅身怀利刃，且还有这样的胆气！

然而姜雪宁只是死死地扣着万休子，挟持着人往更高处的台阶退去，待离得那些道童远了，才转眸看向他们，冷冷地命令：“放开他。”

道童们立着没动。

谢危已有些力竭，眨了眨眼，抬起头来从人群中望向她。

万休子简直不敢相信自己竟有阴沟里翻船的一天，突然之间毫无防备地栽在了这样一个女人手中，听她这般威胁道童，气得浑身发抖：“你做……”

话音未落，已戛然而止。回应他的只有姜雪宁骤然往里压的刀刃！

刀尖几乎刺进了他的脖颈，温热的鲜血瞬间流下！

万休子惊恐地大叫起来。道童们更是浑身紧绷，攥着刀剑的手都能看见青筋！

可姜雪宁的眼神却比任何人都要狠上三分，她先前哭过的眼眶发红，此时更是仿佛有一股戾气侵袭而上，让她看上去浑无平常的温良模样，格外冷酷地俯视着下方：“谢居安的命便是要收也轮不到你们！不要让我重复第三遍，放、开、他！”

★

眼下这场面，万休子完全有理由相信这女人一个手抖一个激动就会结果掉自己，眼看着下面那帮道童傻了似的愣住不动，脖颈上尖锐的疼痛又使他感受到了生命流逝的威胁，一时便狰狞着面目色厉内荏地叫起来：“放开他，愣着干什么？放开他！”

只是虽喊着话，人却不敢乱动。

鲜血流下来已经染红了一片衣襟。

下方的道童们向着谢危看了一眼，到底还是心不甘情不愿地朝着后面退去。

谢危垂在身侧的手还在淌血，他却全然不顾，只仰首看着立在高处的姜雪宁。此时的她退去旧日少女的柔和，换上一身初露的锋芒，便让她恍惚想起当年她被逼急了砸自己的琴时的架势，于是嘴角慢慢弯起，竟笑了出来。

他浑身是血，可眉目格外柔和。

外头攻打进来的人本就不少，而且从四面八方围拢，几乎就没天教分舵众人逃脱的机会，很快就形成了碾压的优势，将场面控制住。

姜雪宁看见燕临和吕显从门外走进来，很快就是一阵喧哗之声响起。

剑书惊急的面容在众人之中一晃而过，好几个人几乎立刻上去查看谢危的情况，他却还是看着姜雪宁，同时向身边几个人冷静地下达着什么命令。然而话音落时，身子却微不可察地轻晃了一下，整个人毫无征兆地就倒了下去！

那一瞬间，仿若玉山崩塌，各种声音尖锐地进入姜雪宁的耳中，可只是无意义地交杂在一起，在脑海中形成混乱的嗡鸣，反而让她眼前所见的画面充满了一种矛盾的寂静。

世界似乎都随之塌陷，周遭静了一瞬，紧接着便大乱。

人如潮水一般涌了过去，将谢危围拢。她却像是岸上的一块石头，动也不动，视线被阻隔大半，看不见他了。

姜雪宁手指紧紧扣着的刀刃仍旧没有松开半分，她更没有放开万休子，整个人动也不动一下。直到下面的人慌乱地将谢危扶走，又有人迅速上来将万休子从她手中押了下去，她才抬起头来，就看见了一双担忧的眼。

燕临站在她面前，挺拔的身影被火光映照，只用一种格外深沉的目光望着她，眸底千回百转，过了许久，才慢慢地道：“宁宁，你喜欢上先生这样的人，会很累。”

姜雪宁却只看着地上那一小摊血迹，恍若未闻，人如在梦中一般，只想：我也知道，可这样一个人，叫我怎么去忘掉，又怎么敢忘掉？

“宁宁……”

沈芷衣本是来陪她下棋的，眼看着她下着下着，便怔怔盯着其中一枚棋子，一副魂不守舍的模样，眼底便添上了几分忧虑之色，轻轻唤了她一声。

姜雪宁这才回神。

沈芷衣是事后两天才到的汝宁。她本是要随燕临他们一道来的，可黄州有屯兵，怎会愿意叫她一个皇族公主知晓？是以燕临婉拒，只让人准备车驾，她晚了好些天启程。待得事定，她才抵达。

姜雪宁与谢危经历了一遭艰险的事，沈芷衣也听说了。只是她毕竟不再是当年天真的公主了，已看出谢危此人看似光风霁月，内里剖开却是颗污黑的心，她只担心此人犹如一座深渊，拽着姜雪宁往下坠落。

若是往常，姜雪宁只怕已经注意到沈芷衣欲言又止的眼神，然而这两天她连自己的事情都不是特别关照，所以有些很明显的细节都忽略了过去，不曾注意，当下还笑问："该我下了吗？"

沈芷衣看了她许久，心里实有千般话语想要对她讲，甚至是那件使她犹豫了许久的事，然而此时到底说不出口，只敛了眼底的复杂神色，笑了笑，道："该你下了。"

姜雪宁便胡乱下了几手。

末了还是沈芷衣赢。

她这糊里糊涂的下法，就算沈芷衣有心要让她，也实在让不出什么结果来，末了也知她现在没什么下棋的心思，拉着她说了会儿话，便叫她好生休息，自己离开了。

姜雪宁坐在屋内，却没有去睡觉。

两天前那一场突如其来的袭击自然将天教这座分舵剿灭，所有匪首包括万休子、鲁泰在内，尽数被擒，关押在地牢内。

谢居安的伤势不算轻，周岐黄等几名大夫忙前忙后也着急了好一阵。

只不过姜雪宁竟没有去看过他。她仿佛想花些时间彻底把自己的情绪整理透彻。也或许，她只是怕。

直到此刻她才垂着眼帘，问了边上来伺候的丫鬟一句："谢先生那边怎么样了？"

丫鬟是原本在将军府里伺候的，位卑也不敢瞎打听，只道："大夫们前一天折腾了小半夜，后来人醒了好像就没事了，据说只是些外伤，将养将养就好。"

外伤。

一只手而已，的确只能算是"外伤"。

姜雪宁听后，实在不好说自己心底究竟是有多少情绪交织在一起，索性不去分辨了，起身便走了出去。

此时正是午后，窗外有悦耳莺啼，碧树荫荫，日照明媚。

谢居安住处挑的仍旧是僻静院落，外头那一座石头堆砌的高台上，新鲜的血迹才刚刚干涸，她也不看上一眼，径直从庭院的边缘穿过，便看见了一树无忧花旁紧闭的门扉。

刀琴仍在京城未回，如今伺候在谢危身边的就剑书一个，并一个才打天教救出来的小宝。

两人见着她，神态并不相同。小宝是愧且疚。剑书眼底却掠过了一抹黯然神色，然而看见姜雪宁时，到底怀了几许希冀。

房中隐约传来一丝颤颤的琴音，只是并没有往日流畅，连音调都差了少许，带着一种僵硬的滞涩感。

姜雪宁心底骤然抽痛，险些没说出话来，她静立半晌，却再也不闻那房中琴音响起。

剑书低声说："先生谁也不愿见。"

姜雪宁立在房门外，朝着里面道："先生，我想进去。"

里面的人久久没有回答。

她便强忍下心底翻涌的情绪，面上挂上一抹笑，只当他是默认了，伸手将紧闭的门推开。

屋内弥漫着清苦药味儿，谢危穿着身简单的白衫，盘膝坐在窗下的罗汉床上，上头置了一张方几，几上搁着一张琴。他身上的伤口早已经被处理过，左手上了药，用雪白的绢布缠着，露出的修长手指上还隐约能看见点伤痕，面上那种病态的苍白却使她想起初次见他的样子。

只是那时候……

姜雪宁眼眶一酸，安静地走到他身旁去，在罗汉床边的脚踏上屈坐，笑着凝望着他："你故意的，是不是？"

谢危看着她，没有回答。

她拉了他的手来看，有一瞬间泪水险些滚出眼眶，可她强忍住了，不无调侃地弯酸他："别人都说你算无遗策，可有时候你明明一点也不精明，蠢得好厉害。我当年救你，可不是出于什么良善之心，就是不想让你死在我旁边，我害怕。"

谢危岂能看不破她在强撑？但他并未揭穿，只是垂眸也拉了她的手。那纤细的左手腕上，一道细细的疤痕犹未退去，温热的指腹轻轻压上，仍旧能抚触出些许痕迹。

他平淡地宽慰她："我也怕的。"

很难想象这样一句话会从谢危口中说出来。他杀伐果断，哪里会怕个死人？

姜雪宁看着他，心下难受，慢慢地道："为我不值得。"

谢危轻笑一声："不过是一时弹不准调罢了，本也只是个放不下的执念，如今放下了也好。"

他幼时学琴最差，可偏素来要强。母亲又说，世上本无不擅之事，怕的是苦心人，肯学，肯练，时日久长，总能卓然拔俗。天不厚才与人，人所赋予已罢了。所以他二十余年如一日，不曾毁弃，倒也堪堪成个琴中高才。

他平生不服，乃一"输"字，学琴不过其中之一。

姜雪宁却几乎要为他这云淡风轻的一句话落泪，心绪如在云端翻涌，几经回转，飘荡天际。可她不敢问他还能不能弹，许久后，只低声道："谢居安，往后我弹给你听，好不好？"

谢危手指抚过她的面颊，半带着嫌弃地笑她："弹得那样难听，琴曲都不会几首……"

姜雪宁凝望着他，然后慢慢直起身，仰起脸颊轻轻凑上去，在他的薄唇上落下鸿羽似的一吻，眼底却被水雾氤氲了一层湿润的光亮，道："那你以后教我。"

名师出高徒，他好好教，她能学会。倘若她学不会，那一定都是他的错。

★

谢危喉结微微滚了滚，声音略为暗哑，向她伸手："来。"

姜雪宁被他拉了起来。他一手搂了她的腰，将她圈在自己怀里，却没有多做什么，只是坐在窗下，这样简单地抱住她，又似要用这样克制的动作，压抑住内心某一种汹涌得仿佛要溢出的情绪。

她的脸贴在他的胸膛上，能听见里面有力跃动的心跳。

前段时间陷落天教的时候，他们更亲密的事情做了不知多少，可并不包括这般相拥。只因那似乎是比亲密更亲密的事，而谢居安从来不敢跨越这道界线，直到此时此刻。

姜雪宁原是不习惯与人靠得这般近，有这般亲密的姿态的，只是谢居安拥住她的动作是如此小心翼翼，甚至带着一丝不易察觉的颤抖。她到底没有抗拒，过得片刻，便也慢慢放松下来。

谢危说："你是我的。"

姜雪宁抿唇不言。

谢危注视着她，考虑半晌，笑："那我是你的。"

姜雪宁听了，只觉这人荒唐又幼稚，可心里知道与他辩驳这些不会有结果，说不准还要把自己绕进去，索性不搭理，唇边勾起一抹笑，便慢慢把眼睛闭上。

谢危便当她是默认了。

他看向窗外，春日的花树都在清风与天光之间摇曳，可往日他从没有一回觉得它们充满了这般焕然的生气。原来每一花每一叶都不相同，便如时光静默流淌，每一刻都使他真切地感知到自己平平凡凡地活在红尘俗世之间。

过了许久，他才说：“我便当你是答应了，往后不能反悔，不能不要我。”

姜雪宁静静地伏在他的胸前。

谢危久不闻她回答，低下头看去，才发现这小骗子竟然睡着了，怔了怔，不由得失笑。然而目光流转时，他却看见她眼睑下那一点淡淡的翕色。她这两日究竟是想了多少，熬了多久，才终于走进这间屋子，对他说出方才那话?

他竟觉得心里堵着。万千情绪都积压到了一起，然而又难以寻找到一个宣泄的出口，他想要用力将她拥得更紧，甚至揉碎了捏进自己的骨血里，可又怕稍一用力便将她吵醒。

他臂膀间有千钧力，可落到她身上时，只那样克制而隐忍的一点。

谢危终究没有忍住，眉睫轻轻一颤，俯首轻轻吻在她的眉梢上，没有紧绷的欲求，只有满满的炽情。

两人的身影在窗下交叠，细碎的天光散落在她的发间，柔软的青丝则铺在他垂落的袍袖上，映衬着像是暴风雨后平静柔和的虹光，仿佛相互依偎着，有一种难言的温情脉脉的感觉。

吕显来的时候，庭院里安安静静的。

剑书守在外面。

吕显看向那掩着的房门，蹙着眉间：“说好的未时末，我在那边等半天了，你们先生怎么没来？”

剑书低声道：“宁二姑娘在里面。”

吕显便不说话了。

但此处安静，房门虽闭着，谢危也能听见他的声音，此刻便动作极轻地将姜雪宁放了下来，将一只软枕垫在她的脑袋底下，又将那置着的方几撤到一旁。虽是春末，可他也怕她这般睡着染上风寒，于是拉过罗汉床另一侧的薄被，一点一点地轻轻替她盖上，然后仔细地掖好被角。

她睡梦中的容颜真是好看极了。谢危立在床畔，凝视她娇艳的唇瓣，忽然想起儿时侯府庆余堂外那掩映在翠绿叶片下红玉似的樱桃，于是又没忍住，俯身亲吻。

从房内出来时，他没说话，只转身缓缓将房门拉拢，对一旁的小宝道："照看着，别让人吵着她。"

小宝轻声道："是。"

吕显一听，没有立刻开口，而是同谢危一路走出了庭院，离得远了才道："按你的意思，都收拾得差不多了。"

谢危披上了一件鹤氅，从庭院里走出来时，方才的温和早已风吹云散般消失了个干净，眼帘一垂，冷淡得很："没弄死吧？"

吕显道："自尽了三个，骨头硬。"

谢危闻言，墨画似的长眉都没多动一下，道："没死干净就好，我还有些用处。"

天教既是江湖中的教派，自然不免常有争斗，无论是对付教外的人还是教内的人，都得有个地方。可天教教义压着，他们也不敢明目张胆地严刑拷打，所以都设成了地牢。

地牢阴暗逼仄，湿冷压抑，谢危到时，脚下的地面已经被水冲过了一遍，干干净净，若非空气里还浮动着隐隐的血腥味，墙角某些凹陷处尚有淡淡血痕，只怕谁也瞧不出在过去的两天中，这座地牢里上演过怎样残忍的场面。

早先万休子身边那些天教的舵主、堂主，有一个算一个，全部用铁链吊在墙上，淋漓的鲜血还时不时地往下滴落。

许多人已奄奄一息，也有人尚存几分力气，听见脚步声时抬起头看见谢危，便目眦欲裂地叫喊起来："狗贼！度钧狗贼！有本事便把你爷爷放下来堂堂正正地较量个高下！"

边上一名兵士几乎立刻狠狠一条铁鞭抽了上去，在那人已没有几块好皮的身上又留下一道血痕，鞭梢甚至卷起扫到了他的眼角，他的面容看上去便越发狰狞可怕。

谢危停步转头，没辨认出此人来，问剑书："他是谁？"

剑书看一眼，道："是鲁泰。"

谢危凝视鲁泰片刻，想这人不必留，便淡淡地吩咐了一句："将手脚砍了，扔去喂狗。"

他继续往前走去，没一会儿后面便传来可怕的惨叫声。

地牢内的血腥气仿佛又浓重了几分。

最里面的牢房里，万休子听见那回荡的凄惨叫声，几乎忍不住牙关战栗，被铁链锁在墙上的他也没多少动弹的空间，身上却没多少伤痕。

这些日子来他是地牢里唯一一个没有遭受刑罚的人，然而他并不因此感到庆幸，反而自心底生出更深的恐惧，一日一日来听着那些人受刑的声音，几乎是被架在油锅上，备受煎熬，睡都睡不下，只害怕着哪一日就轮到自己。

他知道，谢危这是在故意折磨他。

外头来的脚步声渐渐近了，他身上的颤抖也就越发剧烈，连带着锁着他的铁链都发出轻微的碰撞声，一双已经有些混浊的眼死死地盯着过道的右侧。

谢危终于来了。不再是那个穿着太子衣袍、七岁的孩童，二十余年过去，他已经变成了一个可怕的怪物，是潜伏在天教的魔鬼，终于悄无声息地将那一柄屠刀架到了自己的脖子上！

这一瞬间，万休子甚至是愤怒的。他紧紧地握住铁链，朝着前面冲撞，恶狠狠地瞪着眼睛，仿佛恨不能上去掐住谢危的脖颈，将这个一念之差铸成的大错重新扼杀！

可到底冲不过去，他仇恨极了，喉咙里发出嘶吼："当初我就应该一刀杀了你，让你跟那三百义童一起被冻在雪地里，也好过今日养虎为患，竟然栽在你的手里！本座救过你的命，本座可是救过你的命！"

剑书拉过了一旁的椅子，将上面的灰尘擦拭掉，放在了谢危身后。

谢危一拂衣袖坐了下来。对万休子的一番话，他无动于衷，只轻轻一摆手。

两名兵士立刻走了进去，将万休子摁住。

万休子疯狂地挣扎，然而挣扎不动。

靠墙脏污的长桌上已经整整齐齐地放了一排小指粗细的长铁钉，边上是一把血迹未干的锤子。

剑书便走上前去，拿了一根铁钉。

万休子预感到了什么，瞳孔剧缩，哪里还有前两日作为天教教首的威严？他声嘶力竭地大喊："你想干什么？放开本座！"

他的双手都被死死地按住贴着墙。剑书来到他面前，将那一根长长的铁钉对准万休子的手掌，深深钉入！

那恐怖的痛楚让万休子瞬间惨叫起来，一时挣扎的力气极大，可仍旧被那两名兵士死死摁住。

紧接着，还有第二根、第三根……

早在钉到第三根的时候，他就已经承受不住，向着先前还被自己叱骂的谢危求饶："放过我！看在我当年也饶过你一命的分上放过我！你想要什么都拿去！天教，天教要不要？还有存在银号里的很多很多钱，平南王……平南王一党余孽的消息我也知道！你不也想当皇帝吗？不也想找朝廷报仇吗？放过我，放过我，啊——”

下头有人在旁边置了张几案，奉上刚沏上的清茶。

谢危端着茶喝了一口，左手手掌还缠着一层绢布，痛楚难当。

他抬起头来注视着万休子，看着那钉满长铁钉已经血肉模糊的手掌，心里一点触动都没有，只嗤笑了一声：“天教？一帮酒囊饭袋，废物点心。靠他们能成事，如今你就不会在这里了。给我？养着都嫌费粮，你可真看得起自己。”

万休子终于挣扎不动，这两只手上终于也没有多余的地方了。他奄奄一息地挂在墙上，已一句话也说不出来了。

这般残忍的场面，叫人看了心惊。

谢危却始终视若无睹一般，将那茶盏搁下，起身慢慢走到近前，眸底掠过一道幽暗的光，竟似带上了几分大发慈悲的怜悯，道：“不过你当年放过我，的确算半桩恩。”

万休子几乎要昏厥过去，一瓢冷水又将他泼醒。他听清了谢危的话，尽管明知不可能，可人在绝境之中忽然抓着一丝希望，还是让他忍不住抬起眼来，死死地盯着谢危。

谢危唇边浮出一抹奇异的微笑，慢慢地道：“你不是想当皇帝吗？我放你一条生路，给你一个机会。”

万休子浑身颤抖起来。

谢危眼帘低垂，轻声继续道：“天教还是你的，义军也是你的，尽管往北边打，龙椅就放在紫禁城的最高处。”

这一瞬间，万休子竟感觉浑身汗毛倒竖！他也算是老谋深算之辈了，岂能听不懂谢危的话？

然而他别无选择——从这里出去，在这广阔的天下征战，他恐还有一线生机，否则今日便要身首异处！

先前被抓起来的那些天教上层魁首，连带着万休子在内，都被谢危放了。

没有人知道为什么。

但在万休子被放回去半个月后，原本偃旗息鼓的天教义军便重整旗鼓，如同疯了一般挥兵北上，一路见城拔城，见寨拔寨，几乎是不计后果地拿人命和鲜血去填去换！

天下已乱，群雄逐鹿。

朝廷发了檄文讨逆。

原本在边关打了胜仗、踏平鞑靼的忻州边军拥护旧日勇毅侯世子燕临为统帅，向天下宣称奉了公主的懿旨，冠冕堂皇地举起勤王的旗帜，同时集结忻州、黄州两地兵力，剿灭天教，卫护朝廷！

天教的义军在前面打，他们的“勤王之师”便在后面追。往往是天教这边费尽心力不知死了多少人才打下来一座城池，还未来得及停下来喘口气，后面的追兵便已经临近城下。

打根本打不过，天教的义军只好继续往北逃。

天教的义军边打便逃，边逃边打，简直像是一头被放出笼子生怕被抓回去的豺狼，顾得了头顾不了尾，为了那一线生机，只好疯狂地往前奔突！

猎人则不疾不徐地跟在后面，捡起他们丢下的城池，安抚他们惊扰的百姓，几乎不费一兵一卒便占据了半壁河山，赢得民心无数。

沈氏江山摇摇欲坠——短短不到五个月的时间，已经被逼红了眼的天教义军便打到了直隶，剑指京城！

紧随其后的，便是谢危所谓的“勤王之师”。

危如累卵的京师里竟还有人天真地相信忻州军确系勤王而来，且领军的乃当朝少师谢危大人，届时与京中八万禁卫军前后夹击，必能尽诛天教贼逆！

殊不知——割鹿的屠刀已在暗中高举！

第二十七章 会战

八月中旬，天教打入直隶，于保定府驻军；所谓的“勤王之师”则紧随其后，收了天教花费大力气打下来的真定府。

保定距离京城快马不过半日。真定在保定东南，距离京城稍远一些，但距离保定同样只有半日不到的路程。

燕临等人率军来到真定时，驻扎在城中的那些个天教义军根本抵挡不住进攻，本来就是军疲马惫，才打过朝廷，还未来得及喘口气就迎战忻州军、黄州军，哪里能有半点反抗之力？

没两个时辰天教义军就开城投了降。

燕临等人入得城中，周遭所见皆是战乱贻害，遍地狼藉，满目疮痍。

万休子也不是什么好相与的角色，深知自己若停下来守住打下的每座城池，必然面临前有狼后有虎的状况，遭受谢危与朝廷的夹击，届时更无半点生路。

所以最近两个月，他倒想出了些“削弱”谢危的法子，比如进得城中便烧杀抢掠，将乡绅官僚富户的家财洗劫一空，能带走的带走，带不走的便一把火烧掉，半点粮草都不愿意留给谢危。甚至若城中还有青壮，他要么强行抓了编入自己的义军之中，充当下一次攻城的牺牲品；要么当场杀掉，以免他们加入忻州军阵营。

所以天教义军所过之处，十城九空，前期是被万休子下令劫掠清理，后期则是百姓赶在交战之前便早早逃离，以避危难，等到燕临将军的勤王之师到了才会回城。

两相对比之下——万休子是魔鬼，谢居安是圣贤；起义军是悍匪，忻州军是王师。

可谁能知道，背后推动这一切的，根本就是那所谓的“王师”，所谓的“圣贤”呢?

燕临领兵作战，谢危谋划大局，吕显协调粮草。当然这里面免不了也有姜雪宁的一分力，毕竟自打从天教手中接管南边之后，蜀中与江南一带的生意便自然拿了回来，即便周寅之盗去信物，可也不过是劫走存放在钱庄里的十数万两白银。钱是死物，能使钱的人才稀罕。

她没闲着，一路随在军后，把没去参加科举的卫梁也给捎上了。每到一城，他必定先问民生，因地制宜，布置农桑，于安抚百姓之上倒是起了很大的作用。

只不过嘛……

剑书捏着手里那封京城来的信，往前走去，想起那位呆呆傻傻的卫梁卫公子，不由得轻轻撇了撇嘴。倒不是他对卫公子有什么意见，事实上这位只对种地感兴趣的公子事情做得多，却没半点架子，还挺得人好感。

可坏也坏在这里。谁让他是宁二姑娘手底下的人呢?

他长得将就，总跟着宁二姑娘走，话也聊得来，自家先生有一回眼瞅着这俩人手里拿着红薯在田间地头蹲了一下午，脸色简直黑得跟锅底似的。

可这人吧，还听不懂人话。

某一次宁二姑娘不在，先生正巧遇到他，留他坐下来喝茶，花了三言两语敲打他，卫梁愣是没听明白，而且不通半点人情世故，还颇为迷惑地反问：“东家姑娘不能一块儿去吗?可她管钱，大伙儿都喜欢她，事事要她点头，她总要去看看才知道。哪儿能隔着账本就把事做了、把地种了？”

那恐是自家先生心情最差的一天。

连带着宁二姑娘次日都倒了霉，学琴时走了神，还顺嘴提了一句卫梁，被先生抄起戒尺就打了手板心，又哭又叫，到头来都没明白先生那日火气怎么那样大。

剑书琢磨着自家先生闷声不响吃大醋的架势，都觉得脖子后头发凉，可也不敢多嘴。

好在先生心里有数，吃醋也就吃一时。毕竟宁二姑娘与那卫梁公子之间清清白白，并不是真的有什么，两人一心种地罢了，再不乐意先生也得憋回去。

此时的真定府知府衙门里早已经换上了忻州军的人，庭院里都是穿着盔甲的兵士在走动。

原先的知府在前阵子天教进城的时候便被万休子一刀砍了脑袋，其余官僚也被杀了大半，剩下没死的更是早跑了个精光。是以衙门就空了出来，正好挪给谢危、燕临等人住。

宁二姑娘住的当然是这府邸最好的院落。

时已入秋，枫叶渐染，走廊上飘来了泉水般流泻的琴音，已经算是摸着了门路，渐渐有种得心应手之感了。

剑书在外头听着，便也忍不住笑了笑，只是垂下头看见手中的信封时，面色又慢慢冷下来。

他步入了院中。

临院的窗扇开着，姜雪宁便坐在琴桌前信手抚弄琴弦，谢危则立在她边上静默地看着、听着。

一曲毕，她舒了口气，紧接着便喜上眉梢，回头道："怎么样？这回可全部弹对了吧？那接下来的半个时辰我可就要休息了。"

谢危闻言扯了扯嘴角，目光掠过她含着期待的眼，心里虽知道她这说是与自己打赌，说什么弹对了这首便算是她会了，接下来的半个时辰就能休息，其实就是讲条件，想偷懒。只不过来日方长，一日学不会便再学一日，宁二这小傻子是一点也不懂。

他也不为难她，笑一声道："那今日便练到这里吧。"

自打上回天教的事情后，宁二说到做到，倒是真的跟着他学琴。这几个月来，若逢着当日无战事，他不去商议筹谋，她不必打理生意，便窝在房里，一个教琴，一个学琴。

只不过宁二的嘴，骗人的鬼。她天性并不喜静，待在屋里便惫懒，出得门去又活蹦乱跳。她说是要学琴，往后好弹给他听。学是真学了，长进也是真有长进，但她不大能坐得住，待那儿半个时辰便浑身难受，要左蹦右跳，赖皮躲懒。

谢危向来是严师，若换作当年在奉宸殿伴读学琴时，早拎了戒尺抽她。

可如今……

她不练琴，他生气；她死命练，他又心疼。

他明明叫剑书备了两把戒尺，可直到现在两柄都还是崭新的，别说打断了，上头连划痕都没几条！

姜雪宁是不知谢危怎么想，只觉这人越来越好说话。

这段时间她倒不是不想练琴。毕竟对谢居安做出承诺时，她是认真的；只是眼见战事发展，快打到京城，旧年那些事情便一件一件清晰地往脑海里钻。这般心不在焉地练琴只怕是事倍功半，不如等心思清净的时候再练，所以她才向他耍赖躲懒。

坐得久了，脖子酸疼，她长舒一口气，没忍住转了转脑袋。

谢危立在她身后，见状便笑，伸手搭在她的后颈上，修长的手指使了力，一点一点地替她捏起来："就你这三天打鱼两天晒网的架势，只怕学到七老八十也未必能有我的七八分，这点时辰便累了……"

姜雪宁翻了个白眼，不过回过头去时，一眼就看见了门外来的剑书，同时也看见了他的面色，脸上轻松的笑意便慢慢敛了，问："消息到了？"

剑书入内，奉上那封信，躬身道："有定非公子襄助，刀琴已经带了人平安出城，今夜便到真定。"

姜雪宁将那封信接过，拆开来看，面无表情地坐了许久，才抬眸看向窗外的红叶，对谢危道："一眨眼，又是秋来百花杀的时节了……"

周寅之少见地不想骑马，也不想乘轿，只是背着手走在回府的路上，方才朝中议事的一幕幕画面又从脑海中闪过。

分明今日刚被授以九门提督之位，可与定国公萧远各自领兵戍卫京城，可以说距离位极人臣就那么一步之遥，可他竟没有半点高兴。

朝廷如今竟落到这般局面，是他无论如何都没有想到的。

自从忻州归来，萧姝面上有光，沈琅也对他大为赞赏，他本以为虽然对尤芳吟下了重手，算是得罪了姜雪宁，可这一桩买卖做得也不算亏。可谁能想到，他还没高兴两日，天教便反了，紧接着便是如今的一片乱局。

去过忻州，也了解攻打鞑靼始末的他，自然不会跟京城里那些天真的权贵一般，以为谢、燕二人真是勤王之师，是善类。

只不过谁也不敢明白地说出真相。

随着天教越打越近，京城所面临的危险也就越来越重，更别说天教恶名在外，城中许多勋贵之家已不大坐得住，有人暗中筹谋要先跑了避避风头，有人甚至在动投敌的念头。

沈琅岂能不管？锦衣卫最近就暗中抓了不少想要逃出的人，通通关进监牢，更有甚者直接被暗杀。

现在他不提谢、燕二人的"勤王之师"，尚且能稳住京城的局势；倘若将这件事明明白白地告诉所有人，那京城简直要不攻自破了。毕竟谁能相信这孤零零的一座城池，能抵挡住天教义军与谢、燕二人的共同进攻？

在周寅之看来，如今的朝廷便像是一枚悬在头发丝上的鸡蛋，随时有可能因为一阵小风便掉下去摔个粉碎！

通州屯兵、皇城禁卫，加起来拢共就那么一点人，这一战当真能撑住吗？

他再想起皇帝今日竟单独留下那个油盐不进的张遮说话，似乎是有什么事情交代，却不叫群臣旁听，实在不一般。

周寅之渐觉烦躁，抬头时已经到了府门口。

新修的府邸原本占地就极广，装饰雕梁画栋，自迎娶陈淑仪进门后，更添了上百仆从，珊瑚玉树，金银珠翠，甚是豪奢。

只是此刻他都没有心情多看一眼。于庭院中驻足片刻，周寅之想想陈淑仪那副端着的架势，心下厌恶，索性掉转脚步过了垂花门往西院走去。

往日外头都有丫鬟候着，可今日不知怎的，外头没人也就罢了，里面更没有半点声音。

这一时，周寅之觉得有些奇怪，但也没太在意。然而就在他脚步要跨过门时，却看见边上一盆往日照看得好好的金黄龙爪菊摔倒在地，心里顿时一凛，忽然生出了几分不祥的预感。

他快步走进门，入目所见，所有丫鬟竟都被塞住了嘴绑了扔在墙下！

周寅之眼皮一跳，立时按住腰间的刀冲了进去，声音里藏了几分恐惧："幺娘——"

屋内空空如也，地上落着一件还未绣完的婴孩儿衣裳。

一封信静静地搁在案头。

入了夜，走廊上挂起了灯笼，屋内的烛火则因风吹进来而带了几分摇晃。姜雪宁端丽的面容也因此闪烁不定。

一去京城数月的刀琴终于回来了，而且带回来一个女人，一个怀有身孕的女人。

女人面容清秀，神色腼腆，比起前些年姜雪宁第一次见她时，皮肤却细白了不少，身上的布衣也换成了绫罗绸缎，五官仍是温柔和善，此刻被姜雪宁沉静的目光打量，她露出了几分恐惧之色，不自觉地轻轻伸手护住了自己的腹部。

那里有些隆起，幺娘已经有了六个多月的身孕。

彼时，姜雪宁从未见过她；如今，两人也不过是两面之缘。倘不是因为周寅之，恐姜雪宁连她的名字都记不住。

姜雪宁莫名地笑了一声，抬手轻轻抓起她一簇垂落的秀发，思索着这个女人究竟能派上多大的用场，慢慢地道："不用紧张，我要杀的不是你。"

她不说这话还好，一说幺娘的面色几乎瞬间变得煞白。

她自然是记得姜雪宁的。自家大人何以能发迹，她当年一清二楚；后来大人去了一趟忻州，刚回来的那两日焦躁难安，总是后半夜都不能入睡；如今这位姑娘又回来了……

★

刀琴这趟去京城，并没有想象中那么顺利。

周寅之早不比以往未发迹时，如今府邸新修，又在锦衣卫担任要职，格外注重自身的安危，府里的护卫大多是好手，且日夜巡逻。刀琴想要神不知鬼不觉地把后院里一个大活人劫出来，着实要花费一番心思。末了还是那市井里摸爬滚打混上来的萧定非有主意，找了往日天教专门训练来刺杀朝廷命官的女刺客扮作绣娘，抬着一口装满衣裳的大箱子进去，又抬着一口装了活人的大箱子出来，简直是偷天换日，在周寅之的眼皮子底下变戏法。

出城门又是一番折腾，如此刀琴才把人给带到真定府来。

姜雪宁自然知道幺娘的恐惧，可谁又还她那个活生生的芳吟呢？

纵然有怜悯之心，也都被仇恨压下了。姜雪宁也不多说什么，收回手来吩咐道："把人带下去，好好看着吧，到底也是有身子的人，该小心些。"

刀琴便先将人带了下去。

幺娘似有千万话语想说，可本就笨嘴笨舌，说不出口。况且姜雪宁也不想听。

人走之后，她独自在屋里坐了一会儿，眼见窗外星河漫天，弦月高挂，竟觉心内有一股凄怆情绪蔓延开来，浑无困意。

于是她干脆起身往外走去。夜里巡逻的兵士都放轻了脚步，见着她便停下来唤一声"宁二姑娘"，她只点头示意，也不停留，径直向着谢危所居的那最僻静的庭院走去。

然而深夜的院落里静悄悄的，屋里虽点着灯，却空无一人。

只有小宝坐在屋外的走廊下，一看见她便笑，都不用她问就开口道："先生去了后厨。"

姜雪宁只觉纳罕，心道这大半夜的，谢居安还去后厨干什么？

她也不多问，转身便去。

到得后厨外面，果见里面点着灯，有刀不轻不重恰恰好地挨着砧板的声音细碎而密集地传来，听得出使刀的那人有着熟练的刀功，大约正在切菜。

姜雪宁走进去，看一眼便道："你饿了吗？"

厨台上搁着干净碗盘，炉子上文火煨着热粥。

谢危长身立在灶台边，挽了袖子，垂眸将砧板上的山药切成丁，推至一旁堆上，才抬眸瞧她，淡淡地道："我不饿，但琢磨着你今晚或许想吃点东西。"

后厨比不得书房，只点着两盏油灯，甚是昏暗。可这般不够明朗的光线却正好勾勒出他颀长的身形，将淡淡的阴影描在他的颈侧，像是蒙了一层真切的俗世烟火。

姜雪宁竟觉得心底泛出一股酸涩感。

这个人总是什么都知道。

她曾以为，假如真与谢居安在一起了，他那样厉害，又并不是真正好相处的性子，内里偏执又疯狂，该是燕临说的那般，很累，甚至不自在。

可这小半年下来，小半时间学琴，大半时间赶路，从吃到用，从人到事，两人之间竟然没有发生过一次不愉快的事。谢居安总是会把一切都安排得好好的，不该她操心的事，一件也不让她插手；该她料理的事情，他半桩都不多问。

学琴吧，有时他恼她惫懒，一样拿戒尺抽她。只是她假假地哭叫两声，他便攥着她的手，抿抿唇，也就不大能狠心打下去。末了他多半只能由着她去，甚至得给她沏壶茶，端盘点心，让她歇着吃会儿再继续。

但她也有惹他狠了的时候。这种时候，谢居安便很难轻饶她。有两回他被撩出火气来，大白天剥了她的半边衣裳，将她摁到墙边上，面贴着窗格，弄得她心里害怕，浑身发软，然后一声声问她：还敢不敢？

她说不敢，他才放过；倘若她倔脾气上来不认错，那就是自讨苦吃，等练完琴，手未必软，腿一定软。

只不过事后往往轮到谢居安来哄她，将她搂进怀里吻去眼角的泪痕，却偏只笑着说："让你下回还嘴硬。"

姜雪宁真觉得他是把圣人、魔鬼的两面都融为一体了。

但不管什么时候，他注视着她的眼神总是平和沉静的。有时她同别人说话，偶然间一抬头，经常会触着他注视她的目光。初时被她发现，这人还会有些不自在；只是久了，便光明正大，坦荡得很。

她也曾问："看不够吗？"

谢居安开始没回答她。一直等到他们打下了济南府，庆功宴上他被人多敬了两盏烧春，那夜不知从哪里揣了一把鸡头米，跌坐在她床边的脚踏上，一颗一颗地剥给她吃。

她当他是喝醉了。

谢危说："我清醒得很。"

那一刻屋里没有亮光，他一双眼眸像是浸过了水，然后凑过来亲吻她，像是怕碰碎了一场幻梦般小心翼翼，然后问她："你不会走，是不是？"

姜雪宁沉默，实在不知道那一刻心底到底是什么情绪在翻涌。

良久后她才回答："不走。"

姜雪宁没有去问他从何得知自己偶尔爱吃这些东西，但之后很少会见着燕临了，偶尔碰见也总有其他人在场，寒暄两句便各自有事情要忙。

而今天，她什么也没有说，什么也没有做，谢危却好像知道她在想什么。她的确想找个人说话，只是知道他都知道后，便都尽在不言中，似乎也用不着再说了。

姜雪宁在那火炉旁的小木凳上安静地坐下来，看谢危将那些切好的碎丁都放进快煮好的粥里，拿了勺在里面慢慢搅动，终于道："我还没有真的杀过人。"

谢危搅好粥，又将砂锅的盖子盖上。他也在火炉边上坐了下来，同她挨着，目光则落在烧红的炭火上，格外平静地道："总有第一次。"

姜雪宁便慢慢抱住了自己的膝盖，伏身下去，眨了眨眼，似乎想得多一些，没有说话了。谢危就在边上陪着她。

等了好些时候，外头都完全安静下来了，他才将熬好的粥盛了一些进碗里端给她。两人也不去多搬一张桌案来，只坐在火炉旁，在这微寒的霜夜里吃了半碗粥，等着那烧红的炭火渐渐暗淡了，才一道从后厨出去。

谢危送她回屋，知她心情并不十分好，守着把人塞进被窝里，在她唇上亲了一下，道："明早不练琴，你可以睡个懒觉。"

姜雪宁整个人都裹在被窝里，就一张脸露出来，笑道："你近来倒很正人君子。"

谢危抬眸，盯着她："这大半夜你要想死个痛快，我现在就满足你。"

姜雪宁顿时缩了下脑袋，接着又"哧哧"笑了一声，倒是真不敢再招惹他了，乖乖把眼睛闭上。

谢危看了好一会儿，才道："我走了。"

姜雪宁又睁开眼看他。

谢危的手搭在她的额头上，轻轻又在她垂落的眼睫上亲吻一下，才真的放开，从她屋里走了出去，离开时将门带上。

星月已稀，凉风扑面，他本是要回去，只是临到走廊转角又停了下来，向姜雪宁已经紧闭的门前看了片刻，才终于回到自己屋里。

刀琴刚回来，剑书正在整理桌案。

谢危进来，垂着眼帘，淡漠的眸底却染上了几许夜色的晦暗，在琴桌边上坐下，许久没有说话。

刀琴、剑书都在他身边许久，略猜着一些。剑书欲言又止，刀琴却快人快语地道："留着是祸患，待得事了干脆杀了，斩草除根。"

周寅之必死无疑，无论是姜雪宁还是谢危，都不会留他的性命。

这幺娘却是祸患。偏生她肚里还有个孩子，焉知将来孩子会被养成什么样？

谢危垂眸看着左手掌心里那道疤，想起方才姜雪宁温然注视着他的眼神，也想起许多年前宫里那场大雪，慢慢将手掌攥紧，过了会儿才道："不必了。"

刀琴、剑书都看向他。

谢危道："周寅之死，是咎由自取，我与宁二问心无愧，不必斩尽杀绝。"

放天教，逐天下，他什么都算计，从未心慈手软。有时候为保万无一失，又身处朝廷与天教的夹缝之中，沾满鲜血的事情他做了不知凡几，绝非良善之辈。

对幺娘，他确动了杀心。只因他自己便是一路这般走过来的，深知仇恨的力量有多大。只是三百义童冢，冤魂犹在，二十余年前那一场雪还堆积在他心头，尚未化尽……

谢危又问："京里情况如何？"

刀琴道："已生乱象，锦衣卫暗中捕杀了好些朝臣，到处人心惶惶。属下出城时听到风声，说圆机也收拾了细软，大概见势不好，偷偷溜出了城。"

谢危冷冷嗤笑了一声。

剑书问："早年此人常与先生作对，这一次……"

谢危道："自有孟阳对付他，说不准现在他已横尸乱葬岗了。早不过是用他制衡万休子，如今天教打到京城，他已没了用处，早些死了也好。"

剑书便点了点头。

只是刀琴蹙着眉头，似乎还有话没讲。

谢危抬眸瞥见，便问："还有什么？"

刀琴不大敢讲："宫里传来消息，似乎要派人前来游说，联手先剿天教……"

这事根本不可能成，但这不足以令刀琴犹豫。

谢危想到什么，眼角忽然轻轻跳了一下，沉声问："沈琅要派谁来？"

刀琴把头埋下，声音低了许多："刑部张大人。"

★

姜雪宁一觉睡醒时，外头已经有了些嘈杂的声音。她睡得还不错，所以也没有什么被吵醒的不快，起身梳洗时顺口问了一句："卫梁进城了吗？"

莲儿、棠儿两名丫鬟这阵子也跟在她身边。

这时候莲儿替她梳头，笑得甜甜的，便说："进了，早上时还来找过您，不过遇到谢先生，说您多半还在睡，便打发他先去看城外的农田。又说等您醒了，再知会您一声，去那边找他。不过等下午还是要您抽大半个时辰出来，早些回来练琴。"

姜雪宁顿时无言。她可还记得昨晚谢危说今早不用练琴，让她好好睡个懒觉，没承想，早上不练，下午照旧。这倒真是他谢居安说得出来的话、干得出来的事。

只是她也没什么意见。

听了莲儿说卫梁遇到谢居安，她也没有多想，用了些粥饭便先去看了看沈芷衣，又逗弄了一下已经会咿呀叫唤的小沈嘉，接着才叫人备车，出城找卫梁去。

在她离府时，消息就递到了谢危这里。

剑书说："宁二姑娘临出门前又去看了公主一趟。"

谢危坐在凉亭里沏茶，周遭栽种的丹桂已经有了淡淡的香气。闻言他轻轻蹙了蹙眉，眸底掠过一分隐隐的阴鸷，却用一副寻常的口气问："沈芷衣没跟她乱讲什么吧？"

剑书摇头："不曾。"

谢危这才垂下眼帘，夹了茶海，用滚烫的第一遍茶水浇了紫砂茶盖，过了会儿又道："她倒还算聪明。城中乱，时时刻刻紧着公主的安危。"

剑书明白地道："是。"

谢危便不说什么了，平心静气地沏茶，仿佛是在等什么人。

过了约莫半刻，刀琴引人入了园。

谢危攥了只空茶盏，立到亭边台阶上，抬眼看过去。

张遮未着官服，一身简单的藏蓝色长袍，冷漠的面容惯常不带笑意，像是扎根巉岩风雨不动的松柏，又像是耸峙峭壁霜雪不改的坚石，让人觉出几分静定。这人是什么性情，几乎一眼便知。他既不畏惧，也不遮掩，两三年过去，还是一身坦荡清正。

把玩着茶盏的手指攥得紧了些，又慢慢松开来，谢危慢慢将心绪压下，看人到得近前了，便像是见着熟人一般笑起来道："张大人自京城而来，谢某事忙，未能亲迎，只派了下面人去，还望见谅。"

张遮本是沉默寡言之人，对着谢危这般能言善辩的，自然更显得话少。且他自知与谢危并不投机，此刻只一拱手，道："朝廷有命，前来游说罢了，谢少师言重。"

他本是昨夜便启程从京城出来，到得真定府本该是晨光熹微的清晨，谁料想人还在城门外驿站里，竟就被一伙人截住暂不让走。

为首者正是谢危身边的刀琴，说是他们先生已经听闻他大驾光临，因世道颇乱，特意派人前来接应，免得回头出了事被朝廷斥责“斩来使”。只不过谢危也忙，恐要劳驾他等上一等，如此竟不让他入城。

眼见着将近中午了，真定府那边来了个人同刀琴说了什么，他们这才重新出发，到这里见到了谢危。

谢危打量他，道：“初时听闻，我还当朝廷是昏了头。张大人既不在礼部，也不在鸿胪寺，一个全然与此事无关的刑部侍郎罢了，且还不善言辞，皇帝派你前来当说客，可真是别出心裁，要令人吃一惊的。”

这话里隐隐有些刺探的味道。

张遮揣着两手，宽大的袍袖垂落，却并不转弯抹角地说话，道：“他们以为通州一役在下与少师大人共尽其力，且与姜二姑娘有故交，该是最合适的人。”

谢居安听着“通州一役”时尚无什么感觉，可待听见“有故交”三字，便不知怎的，只觉一股连着一股的酸气往外涌。

他冷笑了一声：“可惜朝廷想错了。”

张遮与他非但不是什么共同剿灭过天教的同僚，甚至在通州的时候就已经很不对付，或者说，是他非常忌讳这个人。

张遮没有说话。

谢危又道：“来当说客，该有个筹码吧。朝廷给了什么筹码？”

张遮道：“姜府。”

众所周知，不管是真是假，谢危对外自称金陵谢氏出身，一个人上京之后，府里上上下下就他一个姓谢的，无亲亦无故。而姜雪宁在他身边的消息也不难探听。一来二去，朝廷想到先将姜府控制起来，作为筹码以掣肘谢危，是再正常不过的事情。

张遮想起了这阵子朝廷里暗流涌动的情况，道：“姜大人有小半个月没上朝，姜府内外一应人等皆不能随意出入，便连买菜的厨子都要查过三四遍才被放行，虽未明言软禁，实则未差分毫了。”

谢危一听只觉得好笑。他将那白瓷茶盏在手里转了一圈，又轻轻搁回了茶桌上，眉目之间非但没有半分怜悯之情，反而浮出了几分饶有兴致的笑意：“这可好，近段时日我总想起宁二前些年受的委屈，他们倒霉，倒免了我回头专程去寻他们的晦气。”

张遮看向他。

谢危浑然不觉自己说了多过分的话，也不回避他的目光，甚至转头对他道：“说来当年姜伯游对张大人颇为青眼，我与他也算有些故交。待张大人回京，倒不妨替谢某带个话，请他不用太过操心，宁二我养得挺好的。”

话音落地，未免沾些戾气，分明还没说上两句，他就已有些不耐烦，道：“谢某与燕世子本就是护公主殿下还京，举的是勤王之旗，还请张大人回去如实禀告，待过得两日，大军休憩好，必定一举歼灭天教，救朝廷于水火，灭叛乱于紫禁。”

这是直接下了逐客令，张遮不会听不出来。

只不过依着沈琅的意思，派他前来游说本也不过是个幌子罢了。他见不见谢危与燕临，又到底能谈成什么样，并没有那样要紧。

一阵秋风吹来，原本覆盖着些许白云的天际飘来了大片低沉的乌云，原本懒懒地落在台阶前的晴照便跟着暗淡了几分。像是要下雨了。

他立于亭下，抬头看了一眼，此时此地竟想起彼时彼地。只不过夏已尽了，一场秋雨一场寒，这院中更无当年避暑山庄满湖的莲叶与菡萏。

这时，他本该向谢危道礼，随后告辞，只不过临到转身时又停步。薄薄的眼皮抬起，隐约有种并不圆滑的锋利，张遮凝视他片刻，竟然道：“沈琅派我前来游说是假，暗中面见公主是真，另有一物交付。”

谢危的瞳孔陡地一缩。

张遮却不再说什么了，向他一拱手，转身下了台阶，径直去面见沈芷衣。

刀琴、剑书侍立一旁，无不惊诧。

先前在忻州时，周寅之来，也曾将一物交付给公主殿下。

谢危是知道的。只不过一则她曾有恩于姜雪宁，二则尚有几分利用的价值，他并没有使人去查究竟是什么东西，沈芷衣也并未有什么异动。

如今又来一个张遮……

可本该遮遮掩掩地做的事情，张遮为何这般明白地告诉自己？

剑书皱眉：“要不派人将他拦下？”

谢危想起当初在通州，他使刀琴、剑书遍搜自己以度钧身份写给天教的密函不见，转头却在张遮手中，可张遮并未拿这东西做什么文章，只是交还与他。

眼下张遮又提及沈芷衣之事……

他与张遮的不对盘，是彼此心知肚明的。他不会觉得对方这般独来独往不合群的人，会拉帮结派地站在自己这边。事实上，当张遮在将那封密函交还给他时，他是动了杀心的。只是彼时张遮毕竟是宁二的心上人……

一念及此，谢危薄唇抿得更紧，面覆霜色，终究将翻涌的情绪都压了下去，道：“不必。”

他怕的不是事情本身，怕的只是不知道有这件事。

眼见着天阴阴欲下雨，他越觉烦闷，索性拂袖便走，留下话道："等见完沈芷衣，便叫他速速离开，一刻也别让他在城中多待！"

刀琴、剑书跟他多年，更何况从今早就开始办事了，哪里能不知道他这话下面真正忌惮的是什么？他好不容易支开了宁二姑娘，倘若叫这两人见上面……

刀琴、剑书对望一眼，心照不宣。

谢危回了房中，因心不是很定，便翻出一卷道经来读，静了一些，便听得窗外淅沥作响，竟是真下起雨来。

秋叶飘黄，萧条寒凉。

只不过看得一会儿，倒是洗去了他心底那一股躁意，这时他便想起宁二一会儿回来还要练琴，于是把手里的道经放下，取下悬挂在墙上的一张琴，解了琴囊仔细调弦。昨日他听着宁二弹的时候，有一根弦稍稍松了一些，奏出来的音虽只差毫厘，可若一日不调，每一日都差上毫厘，那便不知差到哪里去了。

修长的手指一点一点地绕紧琴弦，谢危想，外头既下了雨，那小骗子同卫梁也不会在田间地头继续忙，该会早些回来，手指便一停，吩咐剑书道："外头风凉雨大，叫厨房先备碗驱寒的姜汤。"

剑书奉命去了一趟，然而回来时神情却有些不对。

谢危立在琴桌边，一手斜斜地扶着琴，刚将方才那一根弦调好，信手轻轻一拨，颤音潺潺，唇边便浮出了几分笑意。只不过到底是买来的琴，不如自己制的得心，等往后闲了，他该为宁二斫上一张琴。

他见剑书回来，随口问道："人回来了吗？"

剑书一下屈膝半跪："宁二姑娘因下雨回来得早一些，车驾在城门口正好撞见张大人，她……都怪属下等办事不力！"

他垂着头不敢抬起，甚至连确切的话都不敢说。

谢危唇边的弧度有片刻的凝滞，然后一点一点慢慢地消了下去，像是一页放进水里的彩画缓缓褪去颜色，成了一片格外平静又格外叫人害怕的黑白颜色。

他竟没有责怪他们，视线停在那根犹自轻颤的弦上，轻声问："宁二找他去了，是不是？"

剑书只觉前所未有地压抑："先生……"

谢危只觉一股锥心之痛直直打进来，搭在琴上的手指渐渐收紧，到底没有忍住那一股深埋的戾气，垂眸间抄了那张琴便砸在桌角。

"哗啦"一声，琴散了，弦断了。

他只寂然而立，面无表情地看着一片狼藉，修长的手指垂在身侧，一缕鲜血顺着被断木划破的口子蜿蜒滴落。

窗外是潇潇雨骤。

★

天色已暮，提前备下的姜汤已经凉了，姜雪宁仍旧未归。

燕临那边派人来请他前去商议下一步的动向，谢危便垂着眼帘，捡了一方雪白的巾帕将手指上的血迹擦去，淡淡地道："我随后便去。"

他放下巾帕，让人将屋内的狼藉收拾了，又吩咐后厨将姜汤温着，便从屋内出去。

去议事的前厅正好要从姜雪宁那院落旁经过，他竟然在道中遇见了沈芷衣。

这位昔日的帝国公主已经不爱着旧日宫装，只一袭深红夹白的广袖留仙裙，看方向是才从姜雪宁的院落那边过来，但似乎没有见到人，眉头轻轻蹙着，神情并不是十分轻松的模样。

她眼角有着淡淡一道疤，那是二十余年前天教并平南王一党叛逆攻破京城时，在她的面颊上留下的伤痕。当初在宫中时，她总归还是个十分在意容貌的女子，以至对这一道疤痕耿耿于怀；如今历经千里和亲，边塞风沙，辗转又成傀儡，对外表的皮相反倒并不在意了，是以连点遮掩的妆容都不曾点上，倒多了一点坦荡面对真实的模样。

因为有些事，视而不见，粉饰太平，只不过是掩耳盗铃，欺瞒自己罢了，该在那里的并不因为虚伪的矫饰而改变。

下午时她见过了张遮，本是心绪翻涌，这偌大的府邸中人虽然多，可也想不到别的能说话的人，是以枯坐了一个多时辰后，还是决定去找姜雪宁。

只是不巧，姜雪宁竟不在。

转过回廊没走两步，沈芷衣抬头就看见谢危。这一时，两人的脚步都奇异地停下了，周遭暮雨尚未停歇，空气里却忽然弥漫着一股凝滞气氛。

有些事，不必对旁人道，他们之间是一清二楚的。

什么勤王之师，什么公主懿旨，什么护殿下还朝……通通是没有的事！

沈芷衣既没有下过任何懿旨，也没有说过想要还朝，一切都不过是幕后一只大手在操纵全局，将她当作一只摆上台面的傀儡，以为他们要做的种种事情寻找一个合适而正当的理由，让这一切可以名正言顺、冠冕堂皇地继续下去。

而所谓尊贵的公主……连那道城门都不能自由地跨出。

沈芷衣心里觉出几分讽刺，但终究没表现出来，只是先问："宁宁说下午出城去找卫梁，如今天色这样晚了，还没回来吗？"

她是前不久才见过张遮的。

谢危背着手，没有回答，反而问道："该回来自然会回来。中午时候她已经去看望过殿下，殿下晚间又来寻找，是想告诉她张遮来了，知会她去见上一见吗？"

身边伺候的人里有眼线，她的一举一动都有人往上呈禀，这对宫廷里长大的沈芷衣来说实在司空见惯，已经算不上什么稀罕事了。只是当她确实知道谢危对她的动向了如指掌时，仍旧忍不住为之发寒，甚至憎恶。

她面容冷下来几分，言道："只不过有些话想对她讲罢了，如今谢先生权柄在握，已将大半天下收入囊中，实不必对我这么个即将弃置的傀儡如此忌惮。毕竟你之所以还敢让她见我，不正是因为你确信我绝不会在她面前多言，令她为难吗？"

虽然姜雪宁赶赴边关，一道救了她，然而忻州军、黄州军却是实打实谋逆的反贼。一名皇族的公主为反贼所救，本身位置就已十分尴尬。倘若只是如此倒也罢了，偏偏她真正在意的人，与反贼的幕后魁首有着千丝万缕的亲密联系。

尤芳吟已经故去。

沈芷衣也知道这一切都是因为自己，心中即便有千万般的难处，哪怕表面与事实相去甚远，也决计不会向姜雪宁吐露、抱怨半分。只因她是姜雪宁唯一的朋友，不愿使姜雪宁增添任何烦恼，再将事态推向不可解决的深渊。

对此谢危心知肚明，也并不否认，只是注视着沈芷衣，没有起伏的平静嗓音带着一种格外无情的味道："你既知我忌讳，便不该总来找她。"

这哪里是昔日奉宸殿里那位谢少师？

沈芷衣几乎不敢相信他怎么能说出这样的话来，一瞬间怒气翻涌。

她寒声质问："这便是你喜欢一个人的方式吗？你可问过，她知不知道，又愿不愿意？天底下从来没有不透风的墙，也从来没有能被纸包住的火。她率真良善，性本自由，你却虚伪狡诈，步步为营，处处算计，什么也不让她知晓！你把她当什么？被你关在笼中的囚鸟吗？！"

谢危道："她该知道什么？"

沈芷衣冷笑道："对天教，你先抓后放，放任他们为祸世间，生灵涂炭！沿途多少人流离失所，罹难战火？！纵然你要反，这天下从来任人主宰，可百姓何其无辜？若说你力有不逮，确不能阻，倒也罢了，可偏偏你是有余力而不为，故意纵容恶行，只为一己之私！你想要灭朝廷，取江山，大可光明正大地打过去，实不必用这等视人命如草芥的下作手段！”

做了什么事，谢危心里有数。

他无动于衷，对所谓天下人的生死也漠不关心，只道：“那又如何？”

那又如何？

沿途所见满目疮痍，有被劫掠了毕生心血的商人，有被杀了丈夫的妻子，有无家可归的孩童……一声声哭，一声声喊，沈芷衣随军而行，不像是姜雪宁与卫梁等人，总要落后几日，但凡所见所闻皆入心间，常常夜不能寐。

此刻她看着谢危，就像是看着怪物。何等冷血之人才会说出这样一句话？

她眨了眨眼，到底还是平静下来，只一字一顿无比清晰地道：“姜雪宁一腔赤诚真心对人，值得所有人永远对她好，但你配不上她。”

说完她拂袖便走。

那“配不上”三个字，实在有些尖锐。

谢居安垂着眼帘同样不欲与她多言，只是走出去几步之后，过往的一切实在是浮现太多，太多，以至原本就萦绕在他心怀中的那股戾气越发深重难抑！

这一刻，他陡然停下脚步，回转身，声音里仿佛混杂了冰冷的恶意，竟冷酷地道：“弱肉强食，世间愚夫只配为人屠戮！公主殿下立于危墙之下，该当慎言。便有一日我杀尽天下人，也只怪天下人甘为刍狗！”

言罢他再不看沈芷衣一眼，径直向议事厅走去。

沈芷衣望着此人的背影消失在层叠廊柱之间，只觉那平静的躯壳下藏着一种即将失控的狰狞与疯狂情绪。

一阵风吹来，她才觉寒意遍身，轻轻摊开手掌，两块碎片拼凑起来的弧度静静地躺在掌心里。看得许久，她竟觉出一种荒谬的悲哀来，闭上眼，一点一点用力地攥紧，任由它们硌得手心生疼。

姜雪宁不知自己是怎么回来的，恍惚如穿行在幻梦中，周遭花树之影交叠而去，倏忽之间好像化作了她所见所识的那些人，让她头重脚轻，竟有点分不清自己身在何方。

直到斜刺里一只手掌忽然抓住了她的胳膊，她这才回神。

雨已经小了，燕临没有撑伞。他穿着一身劲装，看她失魂落魄的模样，不由得皱起了英挺的剑眉，只是胸臆中偏有一股异样的情绪在涌动，使得他第一时间没有说出话来。

姜雪宁看向他。

他渐趋成熟的轮廓为降临的夜幕覆盖，竟有一种说不出的低沉，本是该问“你去了哪儿”，话出口却变成了：“宁宁，我昨晚做了一个噩梦。”

姜雪宁怔住。

燕临的手还握着她的胳膊，漆黑的双眸凝视着她：“我有些怕，在那个梦里，我对你好坏好坏……”

梦……若说她先前还有些摸不着头脑，这一刻却被惊醒了，恐惧几乎瞬间袭上心头。眼前燕临的面容竟与彼时在她的寝宫中沉沉望着她时的样子有片刻重叠，姜雪宁心底狠狠地颤了一下，几乎没能控制住自己下意识的反应，一下挣脱了他攥着自己的手掌，往后退了一步！

燕临看着她，只觉心如刀割。在对姜雪宁说出这话之前，他甚至还在想，只是一场梦，一场梦罢了。

可为什么她真的如此害怕呢？

少年的声音里隐约带上了一点沙哑的哽咽：“你说的梦，我做的梦，都是真的，对不对？”

他不是曾经的那个燕临。姜雪宁望着他，意识到这一点时，便立刻知道自己方才的举动伤害了他，可她也没有办法控制。

世间还有这样奇异的事情吗？又或是今日她听了张遮讲述的那些事，生出了一种难辨真假虚实的错觉呢？

不……她摇了摇头，竟觉头疼欲裂，不愿站在这里同燕临再说上半句话。

只是她走出去几步，那已经褪去了旧日青涩的少年还像是被人抛下了一般，立在原地。

于是那股内疚感涌了出来，姜雪宁想，他们终归不是一个人。静立许久，她终于还是回过头对他道：“一场梦罢了，醒过来便都散了，别放在心上。”

燕临站在爬满了枯黄藤蔓的墙下看她走远，窈窕纤弱的身影被一盏盏灯照着，可落在他眼底，映入心间，竟只剩下一片荒芜。

到得谢危的院落前的时候，雨已停歇，姜雪宁心里面装着的事情实在是太多了，以至于她不愿去回想方才燕临那些话究竟意味着什么，甚至到得院门前，听刀琴说谢危还在等自己时，仍旧带着一种难解的空茫情绪。

她走进了屋里，桌上竟然摆了精致的碗盘，做了几道菜，放了一壶酒，两只酒盏已经斟满，但里面的酒液已经不再摇晃，显然是斟好之后已放了许久，以至杯中一片平滑如镜。

琴桌上摆了一张新琴。屋里原本的狼藉已经被收拾干净，谢危就坐在桌案的那一头，看着她走进来，面上没有半点异样神色，只端了一盏酒递给她，问："和卫梁聊什么了，这么晚才回？"

姜雪宁和卫梁遇着雨，自然早早就忙完了，但是回城路上竟看见张遮，追上去说了许久的话才回。

只是她不想告诉谢危这事。

接过他递来的酒盏，她垂下了眼帘，避开他直视的目光，笑了笑道："被一户农家留下来说了好久的话，没留神忘了时辰。"

谢危坐在桌旁，静静地看着她。

她的心绪究竟是比平常乱上一些，都没去想谢危为何备了一桌菜，还准备了酒，酒盏既递到了她手中，说完话她端起来便要喝。

谢危的目光便落在她执盏的手指上。

然而就在那酒盏将要碰着她的嘴唇时，他却霍然起身，劈手将之夺了下来，直接掷在了地上，"啪"一声摔个粉碎！

那一刻，他的神色是说不出的森冷。

也不知究竟是气多一些，还是恨多一些，他毫不留情地骂她："姜雪宁，你是傻子吗？！"

那飞溅的酒液有两滴落在银箸上，染出些许乌黑痕迹来，只是姜雪宁没看见。她甚至带了几分茫然抬头看他，没有反应过来。

午后傍晚下过一场雨，她从外头回来，鸦青的发梢上都沾着湿气，谢危的手伸过去抓住她的肩膀时，掌心里也是一片寒凉，于是那股怒意更为炽盛。

他直接将她拽进了里间，让人备下沐浴的热水，冷着一张脸将她身上被雨水寒气所侵的衣裳都扒了个干净，连着整个人一道扔进了浴桶。

姜雪宁跌坐进去，几乎整个被热水浸没，打湿的发髻顿时散乱，披落在白腻的肩头，搭在起伏的曲线上，人从水里冒出头来时，浓长的眼睫上都挂了水珠。

她只觉这人突然间变得不可理喻起来，刚想要开口问个究竟，谢居安已经一把按住了她的后颈，双唇倾覆下来，紧紧地将她掌控住，那种侵略里带着几分发泄的欲求，依着他探入她口中的唇舌，将她禁锢得淋漓尽致。

他将姜雪宁弄得湿淋淋的，但她身上沾着的水珠也将他原本整齐的外袍浸湿，她呜咽着，竟有一种窒息的错觉。

这一次的吻分明比以往任何一次都激烈，可谢危的眼神比以往任何一次都平静。

他说：“我想要你。”

姜雪宁看着他这一副偏执的疯样，不知为何，竟觉胸腔里跳动着的那颗心被人拿刀剖开，汩汩的鲜血顺着伤口涌出来，使她生出万般的怆然情绪，可一句话也说不出。

很难想象，她竟会心疼这个人。

谢危突然间厌极了她这样的眼神，抬手将她的眼眸盖住，然后埋头深吻下方绯红的唇瓣，最后压制着她，一点一点缓慢地深入。

一场近乎极致的欢愉过后，留下的却是狼藉的空白与不能填满的恐惧，还有一种对自己的憎恶。

她侧躺在他身旁。

谢危安静了一会儿，才问：“我们成婚，好不好？”

姜雪宁没有回答。她咬紧了唇瓣，一只手贴着心口攥紧，极力压抑着什么，泪已湿枕，是怕自己一松口便哭出声。

谢危等了她好久，却不敢再问第二次。

披衣起身，见屋内残酒歪倒，窗外清辉遍地，他想起的竟是吕照隐以往调侃他的那句话——谢居安固然不会一直赢，但永远不会输。

可倘若……

这一次他无论如何都想要赢呢？

★

次日一早，谢危便不见了踪影。

枕边空荡荡的，姜雪宁睁开眼坐起身时，倒是发现昨夜打湿的头发已经被人仔细擦干。跟卫梁在城外谈了几个时辰，到城门处遇到张遮，回来还伺候了个祖宗，她心绪烦乱压抑，都忘记自己是怎么睡着的了。

这里本是谢危的房间，只不过料想他有交代，棠儿、莲儿两个丫鬟早等在门外伺候，甚至还有个剑书在。

早晨用过粥饭后，周岐黄便来把脉。

她奇怪地问：“这是干什么？”

剑书躬身说：“先生走时交代，您昨日是吹了风回来的，怕您沾上风寒，让请周大夫来看上一看。”

姜雪宁便想起来：“你们先生人呢？”

剑书看都不敢多看她一眼，小声道："凌晨前线有急报，先生天还没亮就去了军中。"

天没亮他就走了？可真是"干净利落"！

姜雪宁有些愕然，竟生出一种被人"白嫖"的感觉，有点气不打一处来，险些没翻个白眼。她心里原本想的是等今早冷静一些，考虑得也周全一些，再同谢危谈将来包括成婚在内的一应事宜，该比较妥当。

谁能想到这人一大早就跑了？

她琢磨半天，还真没算出究竟是自己吃亏些，还是谢危吃亏些，总归一笔糊涂账算不明白。

姜雪宁气笑了，抬起纤细的手指压了压太阳穴，目光流转，不经意间发现剑书这低眉垂眼的架势，倒像是知道点什么，心思便微微一动。

昨晚谢危整个人都怪怪的。当时她脑袋空空，无暇多想，此刻一回想便发现了端倪。

她忽然问："他知道我昨晚去见过张大人了？"

剑书万万没想到姜雪宁竟然直接问出这话来，差点吓出一脖子冷汗，张了张嘴，一下不知道该怎样回答。

姜雪宁却已经不用他回答了。光看剑书这目光闪烁不大敢出声的架势，她还有什么不明白的？

说他谢居安是口醋缸，那都是抬举他了，这人得是片醋海。没风都能翻起点浪来，自个儿跟自个儿过不去。

只是静下来一想，她又觉得自己竟好像明白他。

谢危和她不一样。他们虽有相似的经历，可她是打出生那一刻起便没拥有过什么。彼时是渴望拥有，然而真等那些东西都到了手上，又发现不过如此；如今没再刻意追逐，但凡有幸拥有的东西，她都心存感激。谢危却是原本什么都有，只是年少时的一场变故，失去了一切，于是一切都成了创痕。

他活在世上，却没有丝毫安全感，所以宁愿再也不拥有。可一旦他拥有了呢？

姜雪宁心底泛出了微微的酸涩感，由周岐黄号过脉之后，只对剑书交代了一句："待你们先生回来，知会我一声，我有话想跟他说。"

剑书听得头皮发麻。

可他也不敢随意揣度这"有话想说"究竟是什么话，只能低下头应了一声。

平日议事或是去军中，谢危也不过就是半日工夫。姜雪宁想，下午就能见到谢危。可没料想，别说是下午了，就是第二天、第三天，她都没见着人影！

她一问才知道，在这短短的两三天时间内，原本每到一城便会安排停下来休整十天半月的谢危，这次竟然一反常态，与燕临一道迅速整顿兵力，竟一天也不愿意耽误，于第三日天明时分，便直接朝着天教如今所在的保定府出兵！

刚听见这消息时，姜雪宁几乎以为谢危失心疯了。

然而她冷静下来一想——天教知道了忻州军这边的动向该如何？要么停下来与忻州军硬碰，可万休子遇到谢危早就如惊弓之鸟，只怕不愿采取此必死之举，让朝廷渔翁得利；要么便如被猎人催逼的野兽，不得不疲于奔命，抢在谢、燕二人之前出兵攻打京城……

谢危这不是发疯，分明是懒得再等，硬逼万休子攻打京城！

这边厢，姜雪宁才想出个眉目来；那边厢，整整三日没露过面的谢危总算是又出现了。

马车已经备好，前线有燕临。

他进得房中便朝她伸手，道："走。"

姜雪宁还在低头看琴谱呢，见他向自己伸手，下意识地先将手递了过去，才问："干什么？"

谢危凝视着她，拉她起身，声音平静，内里的意思却惊心动魄，道："带你去杀人。"

第二十八章

弑杀

在听闻真定府忻州军有异动时，才在保定府歇了没几天的天教义军差点没被吓疯！

这几个月来他们几乎都已经习惯了背后的追兵。总归对方好像故意掐算着什么似的，每回虽然追着他们打，可也给他们留够了休整的时间，不至于使他们过于疲于奔命而损耗太多战力。所以这消息传来时他们简直不敢相信。

紧随而来的便是灭顶的危机感：难不成忻州军要跟他们来真的了？他们终于打到了京城，对方觉得他们已经没有利用价值了？

万休子自打被谢危放出来后，一双手几乎已经废了，延请多少名医也没治好，一把年纪还要随军作战，再好的养生之道都撑不住。几个月下来，他哪里还有昔日的神气？

只是一路被催逼着眼看着又打回了京城，他竟想起当年挥兵北上时的盛势与辉煌，到底被激起了几分血性，决意便是死也要死在那九五之尊的龙椅上！

于是他即刻下令，拔营行军，根本不管身后追的是狼还是虎，疯狂地朝着京城进攻！

保定府的城防如何能与京城相比？

倘若他能先一步攻下京城，以重兵守城，未必不能拒谢燕大军于城外，为自己博得那仅有的一线生机！

上头的教首为了执念而疯狂，下面的教众却因即将到来的追兵而涌起强烈的求生欲，自知再无别的选择，反倒咬紧牙关，在攻打京城时展现出了惊人的战力！

京城四座主城门，天教义军根本不分化半点兵力，一到城下便径直对准南方城门猛攻，俨然是不惜一切代价也要用最短的时间将之拿下！

万休子本以为恐要花费很多时间，可没想到原本他以为坚固的城防，这时候竟跟纸糊的差不多，一捅就破，脆弱到不堪一击！

城门被打开的那一刹那，所有人几乎都露出了狂喜之态，包括万休子在内，振奋不已，甚至都没心思去想这样的胜利来得是不是太容易。

倘若是对京城足够熟悉的谢危在此，必定能一眼看出其中的端倪：若朝廷有心要守，凭借天教这帮人的本事，即便可以凭借人数的优势获胜，可要打开城门最少也得花个三天五夜，决计不会如此容易。

兵者诡道，只怕朝廷真正的后招不在城门，而在城内！

升起的朝阳破开了黎明前的黑暗，金红的光芒洒遍皇宫金色的琉璃瓦，上头凝结着的白霜很快消融，只映照出一片耀目颜色。

太极殿前一片空阔。穿着一身龙袍的沈琅赤脚站在台阶的顶上，披散着头发，双目却一眨不眨地看着那一轮渐渐变得刺眼的朝阳，似乎在等待着什么。

周寅之不知道皇帝的计划究竟能不能成功，或者说……已经与他干系不大了。

作为新任的九门提督，他没有被分到城中伏击天教，而是被分来防守东城门，所率之兵不足一万，且少有军中真正的好手。倘若谁选择从这里破城而入，下手狠些，几乎可以使他们全军覆没！

身旁一名年轻的兵士握着枪的手在发抖。

周寅之却拿起装了烈酒的水囊仰头喝了一口，似乎也想借此驱散那随着秋意侵袭到身上的寒意。

没有人知道，他已暗向忻州军密送过三封降书，只是都如石沉大海，没有回应。

自从发现幺娘失踪后，他便知道厄运早晚会降临到自己头上。

可他没想到会来得这样快。

一生汲汲营营，他永远都在算计，为了往上爬，为了当人上人，可一位一位主子地换过去，不过也是一个接一个地低下头去。

半生筹谋，他终究选错！

南城门那边传来了已被攻破的消息，全军上下一片悚然。

周寅之的目光却始终放在前方，终于在两刻之后，一匹哨探的快马自前方疾奔而回，惊慌地大喊："来了，来了！忻州军也来了！"

那名年轻的兵士顿时问："大……大人，怎么办？"

周寅之道："慌什么？"

他将搁在城门楼上的绣春刀一抓，佩在腰间，竟然转身便向着城下走去，冷肃的面容看不出波动，只道："燕世子与谢少师所率乃忠君勤王之师，为追讨天教逆贼而来，有什么好担心的？"

周遭人面面相觑。

周寅之下得城去，已经振臂一呼，大喊道："开城门！"

东城门有多少兵力，守城的兵士心里都有数。天底下谁能不怕死？

若说先前还未听闻天教已经从南城门攻入城中的消息，他们恐还有几番犹豫，想想要不要舍命一搏。可如今南城门已破，作为提督的周寅之更下达了如此命令，那一点犹豫也就被强行驱散了。

他们也只是奉命行事，不会担责，于是左右兵士终于用力地将城门拉开！

前方烟尘滚滚而来，三军整肃列阵城下。

周寅之也不知自己赌的这一把究竟是对是错，可到底除此之外别无选择。在远远看见那辆马车驶到城门前时，他微微闭了闭眼，竟然将刀往地上一拄，朗声道："下官周寅之，恭迎少师大人与世子还京勤王！"

谢危轻轻撩开车帘，听见他的声音，唇边浮出一分笑意，先从马车上下来，但暂未搭理他，只是向车内递出一只手去。

姜雪宁好久都没听见过这个声音了。当日尤芳吟倒在血泊中的画面骤然又从脑海中闪过，她搭上谢危的手，跟着下了马车。

在看见谢危从马车上下来时，周寅之觉得是意料之中的事；然而当他看见谢危并未回应他，而是向车内递过去一只手时，心便陡地沉了一下；紧接着再目睹昔日旧主姜雪宁扶着谢危的手从车里出来，一股先前本已被烈酒驱散的寒意便骤然回到了心头，让他如坠冰窟！

刀琴、剑书侍立一旁。

谢危没有说话。

姜雪宁注视着周寅之，来到了他面前，又看了看他身后这洞开的城门，便突地笑了一声："不愧是周大人，能屈能伸，能为皇帝卖命，也能为命卖了皇帝！"

周寅之想过，天下人无非以利而合。只要他还有利用价值，便不会立刻被弃置，届时先归附谢危、燕临，即便吃些苦头也无妨，只要能保住一条命，过后总有慢慢斡旋筹谋之机。可他千算万算，怎会算到这种两军交战的关键时刻，谢危竟是带着姜雪宁一道来的？！

这意味着什么，他实在是太清楚了。垂在身侧的手指因强烈的不甘而紧握，这一瞬间，周寅之的脑海里掠过了太多太多念头。

然而越是身处绝境，他越想要垂死挣扎。

他眸底掠过一抹异色，抬首看着姜雪宁，一副悔恨模样，道："忻州之事是下官害了尤姑娘，只是彼时下官家中妻儿皆在京城里，一切受朝廷掣肘，实在别无他选！今日姑娘与少师大人还于京城，下官念及过错，悔之晚矣，是以开此城门，愿能弥补一二，只望姑娘念在往日情分……"

话到此处，神色却陡然变得凌厉！

先前拄在地上的绣春刀径直出鞘，周寅之面上的悔恨哪里还见得着半分？他竟趁着姜雪宁站得离他最近时，以说话忏悔的方式让她放松警惕，持刀向她掠去，欲在这绝境之中将她挟持，为自己换来一条生路！

然而刀琴的刀比他更快！

"当！"

电光石火间一声脆响，面容冰冷不带一丝笑意的刀琴分明离姜雪宁还要远一些，可竟抢在了周寅之的刀至她的脖颈之前，将他的刀刃重重挡开，手腕再转，更趁势划下。锋利的刀尖瞬间在周寅之的手臂上划出了一条长长的血口！

另一侧剑书则趁势以剑鞘击中他的腿部，随后一脚踢出，力道之狠几乎准确地击碎了他的膝盖骨，使得周寅之整个人立刻站立不稳，重重扑跪在地！

刀也脱手飞出！

周寅之几乎不敢相信原本站在两侧的这二人会有这样快的反应，仿佛是提前料到他会出手，早就在防备他一般！

刀琴曾目睹他对尤芳吟下毒手，以至自己空有一身卓绝的武艺，竟只能眼睁睁地看着那么个活生生的姑娘香消玉殒。因为当初他赶到时尤芳吟就已经被挟持，可如今面对面，凭周寅之这点本事，要在他面前对姜雪宁动手简直是痴人说梦！

眼看着周寅之那惊怒交加、难以置信的神情，刀琴只冷冷地道："早在方才的来路上，宁二姑娘已经提点过，说你禀性难移，若知自己难逃一死，势必不会束手就擒，必会铤而走险。如今果然应验。"

周寅之万万没有料到会是这样的局面。

他回想自己这一生，姜雪宁的确算他的一任旧主，可拢共也就办过那么几件事，真论交集实则不多，对方怎会对他之行事如此了如指掌？

而且……他咬紧牙关，死死瞪着她，声音似滴血一般从喉咙里出来："姑娘答应过的！那封信！你明明允诺过，只要我肯为内应出手相助，便不计过往，饶我一命，也放过幺娘与她腹中的孩子！"

姜雪宁怜悯地看着他："所以你竟信了？"

这一瞬间，周寅之面色铁青。

姜雪宁却只是抬起头来，看着这道已经大开的城门，觉世人很是荒谬。她慢慢地道："也是，我这样的人在周大人眼底当是良善好欺，所以一旦坏起来骗人反倒不易使人相信。"

她想，时辰也不早了，还是不要耽搁后面的大军入城，于是便向一旁的剑书伸出手去。

剑书将剑递向她。

她几乎从未握过刀剑，那锋利的长剑自鞘中抽离，仿佛将人性命的重量都压在剑锋之上，沉沉地坠着人的手腕，天光一照，寒光四射！

周寅之要挣扎，但左右已有兵士上来将他死死摁住。

姜雪宁持着剑，有些吃力。谢危便走上来，手掌覆盖在她的手掌之上，帮着她将剑握紧，朝着周寅之的脖颈递去，轻轻笑了笑："我教你。"

那剑锋瞬间刺破了皮肤，周寅之一双眼已经赤红。死亡临近时，他只有一腔强烈的不甘，困兽犹斗似的大声嘶吼："我便是杀了尤芳吟又怎样？这是皇命！你们举兵造反，使用权谋诡计，甚至刀下亡魂，哪样又输给我周寅之？！有什么资格杀我？！"

姜雪宁从未杀过人，几乎是被谢危的手带着，将这柄剑递出。然而在对方这质问乍起的瞬间，一股戾气陡然滋生出来，她原本有些颤抖的手竟然将剑握紧了，用力向他的咽喉处送去！

鲜血顿时迸溅出来，甚至从周寅之口中冒了出来。他张大了嘴想要说什么，可被刺破的气管只能发出"嗞嗞"的模糊声响，什么话也说不出来，只能死死瞪着一双眼！

姜雪宁猛地拔了剑，眼眶已然发红，一字一顿冰冷地道："我对你说过，若是行恶，莫让我知晓。天下权谋诡计者甚众，可你最不入流！没有一样手段上得台面，连个枭雄都算不上，只配做那蝼蚁不如的宵小！没有人想杀你，是你偏要自寻死路。"

周寅之终于记起，许多年前她的确说过这样一句话……

可已经晚了。

鲜血淌得多了，身后摁住他的人将他放开，他便一下面朝地上倒下，眼底竟涌出泪来，竭力地向着姜雪宁伸出手去，张口要说些什么："幺、幺……"

姜雪宁听出他是要问幺娘，可是她的心异常冷酷，只是居高临下地看他一眼，没有搭理，扔了剑，从他旁边走过。

对一个人来说，最痛苦的死法便是直到他咽气也不能知晓心系之人的安危！

当日尤芳吟遭受了多少痛苦，她今日便叫他如数领受！

★

大开的城门口，周寅之渐渐停止了淌血的尸体倒伏在道中，在掀起的漫天黄土烟瘴中，隐隐拉开了一道血腥的序幕。

燕临挥手，大军入了城。

姜雪宁从城门外走到城门内，那些熟悉的街道再一次出现在她眼前，依稀还是那般模样。只是没有一家开着的店铺，要么房门紧闭，要么破败狼藉，哪里还有往昔一朝都城繁华地的盛景？

很久以前，就是在这条长街上，燕临意气风发，带着她纵马驰过灯会；尤芳吟笨手笨脚，想看个荷包，却撞翻了人家的摊铺；沈芷衣去鞑靼和亲时，那看似欢喜实则悲切的队伍也曾蜿蜒自城中驶过；谢居安也还在韬光养晦，为了一根琴弦、几块好木，从自己的府邸背着手走去幽篁馆找吕显……

一切从这里开始，也终将在这里结束。

她以为杀了周寅之，报了仇，当很痛快，可好像并没有。站在这条长街上，眼看着那一列一列向前行进的兵士，姜雪宁心里生出的竟然是一种茫然，好像突然间不知道自己接下来还要做什么，又该往哪里去。

谢危就立在她身边，陪她看着，却一句话也没有说。

姜雪宁突然问他："你呢？"

谢危回首："什么？"

姜雪宁道："等报完仇，你要干什么呢？"

谢危望着她，久久没有回答。

二十余年的深重执念，身世颠覆的血海深仇，倘若一朝得报，他会感到快慰吗？又或者，与她这突如其来的感觉一般？

姜雪宁实难揣度。

深秋的落叶被风吹卷着铺满长街的角落，行军的脚步声一直延伸到街道的尽头，往前刺探消息的哨兵骑着快马，另一头吕显皱着眉正同燕临说着什么。而长街的那头快步跑来了一名穿着蓝衣的年轻僧人，只不过被沿途的兵士拦下了。他费力地解释着什么，直到突然看见那头的谢危，于是伸手一指，眼睛都亮了……

谢危忽然恍惚了一下，向身旁的刀琴道："让他过来。"

刀琴依言走过去，交代了那边的兵士，带着那名小僧走了过来。

姜雪宁有些好奇地看着。

那名小僧对谢危显然也有几分畏惧，但到得他面前时，还是十分有礼地先合十颔首，才道："前些日有位姓孟的施主满身是血来投，方丈问过后，说是要来知会谢施主一声。听闻忻州军已然入城，特着小僧来报。"

谢危知道他说的是谁，只略略垂眼，道："有劳了。"

姜雪宁看着这僧人却觉得很迷惑。

谢危忽然转向她问："去过白塔寺吗？"

姜雪宁心头陡地一颤。白塔寺之名，她是听过的，可从来不曾去过。话在喉间，未能出口。

谢危却拉起她的手，笑道："有位你也认识的故人在那边，我得去一趟。你与我同往，可好？"

姜雪宁没能说出拒绝的话。

谢危便拉着她上了马，径直将她圈在怀中策马离去，穿过几条街道，很快远远便看见了一座修得高高的白塔。

荒芜的城池一地肃杀景象，地上原本铺满了落叶，无人打扫，坊市中更看不见一个寻常百姓，纵然有些人没有离城，这时候也都将家门紧闭起来，躲避祸事。

然而前方那条道竟是干干净净的，陈旧的石板青苔上，留着扫帚划过的新鲜痕迹，一片落叶都没有。尽头处便是一座古老而偏僻的寺庙，寺中枫叶早已飘红，在这深秋时节倒有几分云霞似的灿烂。

谢危便在此处勒马，下马之后，他又向姜雪宁递出手去，扶她下来。

寺门前正有一名小僧端了水盆出来，往刚扫过的地面上洒水。他似乎没想到这时候竟还会有人来礼佛，刚看见他二人的身影时，目中还露出几分奇怪神色。

然而等他看见谢危的脸，便瞬间睁大了眼睛。

谢危知他是认出了自己，但也并不废话，只问："忘尘方丈在哪里？"

那小僧说话都结巴了，立了半晌后，赶紧把手里的水盆搁在了一旁的墙角，道："方丈正在禅房里打坐，小僧这……这就去通传！"

说完他竟飞快地往里面跑去。

谢危也没管他，只带着姜雪宁一道走入寺中。

墙下栽着不少菩提树，方丈的禅房还在后面，普普通通简简单单的一小座。

到得前面时，谢危便对她道："在这儿等我片刻。"

姜雪宁点了点头。

谢危便径直朝里走去，身形眨眼间被门扇挡了，禅房糊着发黄窗纸的窗内传来了一声佛号，继而是平缓的交谈声。

众所周知，谢危虽在朝堂上，可既读道经，也晓佛法，是以既能与士林交好，也能与早先的国师圆机和尚旗鼓相当。

只不过这还是她头一回见他真与寺庙有什么交集。

姓孟的施主，她还认识……是孟阳吗？

姜雪宁想想，发现自己对此似乎并不十分好奇，抬眸向周遭打量，于是便看见了前方不远处的那座石亭。

那一刻，她分明没有看见这座石亭的名字，冥冥中却有一种奇怪的感应，让她的心脏猛然跳动了一下，于是她抬步朝着它走去。

待得近了，她便看清了，果真是潮音亭。七级台阶将石亭垒高，亭内置着一张陈旧的木案，一只香炉搁在案上，似乎是早晨才燃过香，此刻虽没有袅袅香烟，却隐约能从虚空里嗅出已经淡了的沉香味道。

在这座石亭旁边，便是一片广阔的碑林，每一块碑都是六尺高、一尺宽、上面镌刻着一个又一个名字，更往后一些的连名字都没有。看得出它们已经在这里伫立了许久，每一块的边缘都留有风雨侵蚀的痕迹，甚至落满了尘灰。

姜雪宁慢慢走到里面去看，赵钱孙李，什么姓氏都有；有的有名有姓，完完整整；有的却似还没起大名，只一个乳名刻在碑上；更后头那些没有名字的也不少……

三百义童冢。

彼时她不曾看过，因为那毕竟是与她没有什么关联的事情，若非后来在坤宁宫被软禁时听尤芳吟提起，恐还不知晓，自己曾经的命运最终的跌宕，实则都系在二十余年前这一桩血色的旧事之上。

今日总算看见，她看得并不快，每看到一个名字都要停下来片刻，似乎想要让它们在自己的记忆中留下少许痕迹。

只不过在走到东南方角落里时，姜雪宁忽然停了好久，没有再继续往前。

眼前同样是一座石碑，但它与周遭那些石碑格外不同。旁的石碑上要么刻着清楚的名姓，要么空无一字。可这一块上，原本是刻有名姓的，但似乎没有刻完，就被人强行削去，只在上面留下几块斑驳的凹痕、几道杂乱的刻记。

一道声音忽然在她身后响起：“这是我。”

姜雪宁回头。

谢危不知何时已经从禅房里出来了，远处潮音亭下的台阶旁立着一名老和尚，身旁站着面色苍白的孟阳，但两人只是看着，并没有走过来。

第一时间，姜雪宁没有明白谢危的意思。他却来到了她身旁，深色石碑上积落的灰尘被他伸手轻轻拂去。

谢危看向她，笑了笑："本来这里也是要刻上名姓的，可她无论如何也不肯相信那堆雪化之后的枯骨与污泥便是我。匠人在上头刻名时，她便把刻刀夺了，把这上头刻的名字毁去，然后对旁人说，她的孩子未必就死了，即便是早已遭逢不幸，要归葬入土，也不要再姓萧。"

他分明是笑着说的话，姜雪宁听着，却不知为何眼底潮热，竟觉喉间有几分哽咽。

谢危却平静地道："我本是一个该在二十余年前就死去的人。"

姜雪宁伸手去握他的手，对他摇头："不，你不是。"

她手心有汗，甚至在发抖。

谢危于是笑道："你在怕什么？"

姜雪宁无法告诉他，只是道："无论如何，她希望你活下去。"

谢危喉结微微滚动，久久没有说话，垂在身侧的手指紧握，最终却没有回应她的话，而是道："往后不要一个人到这里来，该走了。"

他拉着她往外走去。

从潮音亭下经过时，孟阳看了他们一眼，那位忘尘方丈则向他们合十宣了一声佛号："阿弥陀佛，诸法空相！"

姜雪宁没有慧根，听不明白。

谢危则没有回应。

他带着姜雪宁从白塔寺出来，门外是燕临领着黑压压的兵士静候，吕显则立在台阶下面，见他们出来，先看了姜雪宁一眼，才走上前来。

谢危停步，吕显上来低声同他说了一句话。

谢危似乎不甚在意："随她来吧，不必拦着。"

吕显久久凝视着他，问："你真的还想赢吗？"

谢危说："想的。"

吕显于是道："但如果你想要的东西变了，你的赢对旁人来说，便是输。"

谢危平淡地道："我不会输。"

他没有再与吕显说话。

在他进白塔寺的这段时间里，燕临等人早已率军查清了城中的情况。天教的义军进入城中后，显然遭遇了一场蓄谋已久的伏击，西城、南城坊市中到处都是横流的鲜血，一路顺着长安街漫延到紫禁城。

倒在路边的，有的是天教的人，有的是朝廷的人，甚至还有受了伤却没断气的。在忻州军从染血的道旁经过时，他们便哭喊着哀求起来："救救我们，救救我们……"

大部分人看了，都心有戚戚。

然而谢危的目光从他们身上掠过，却只是勾起了往日的回忆，并没有多做停留，他一路与燕临等人直向着前方那一座过于安静的紫禁城走去。

宫门早已被天教攻破。尚未来得及收拾的尸首随处可见。原本金灿灿的太极殿，此时已经被覆上了一层血红色彩。

万休子环顾周遭，几乎不敢相信眼前所见。跟在自己身边的竟已经只剩下数千残兵，个个双目赤红，身上带伤。连他自己的腰腹之上都插着一根尚未拔出的羽箭，只折去了箭身，箭矢还留在体内，却暂时不敢取出。

大殿之前的情况，却也好不到哪里去。

数千精兵列阵在大殿前，卫护着中间的皇帝。只是沈琅这披头散发赤脚的模样，看着哪里还像是往日的一国之主？

他神经质地大笑着。

满朝文武，没投敌的，没逃跑的，一心忠君的，如今都战战兢兢地瘫软在大殿之中，心有余悸地看着已经逼到殿前，与他们对峙的天教义军。

临淄王沈玠、定国公萧远、刑部尚书顾春芳、户部侍郎姜伯游，甚至连萧定非都混在其中……只不过并不见张遮。

已是皇贵妃之尊的萧姝，这时立在角落里，看着大笑的沈琅只觉浑身冰寒，满心惨淡。

若只论心术，沈琅无疑是一个合格的皇帝。

他竟故意抽调了城门的兵力，转而使人埋伏在街市狭口处，在天教以为自己胜利之时，予以迎头痛击，着实打了对方一个措手不及，一路拼杀，竟然惨胜一筹！

如今虽被人打到了皇宫之中，可他竟一点慌张之色都没有，甚至有一种说不出的快意，让人怀疑这位帝王手里是否还留着其他的底牌？

万休子目光阴沉地看向他，这一时竟有点拿不准主意。

不管后面如何，那张龙椅就在太极殿的高处放着。二十余年前，他距离这个位置便只有一步之遥。只可惜平南王纠缠于皇家恩怨，非要将沈氏血脉赶尽杀绝，以至被援兵杀来，最终功亏一篑！

二十余年后，他再一次站在了这张龙椅之下！

太极殿前，日光炽盛，双方上万人对峙，可阵中只有风声猎猎吹拂而过，竟无一人敢发出半点声音。

这时，远处的声音便变得异常清晰。

那是许多人整齐划一的脚步声，一声一声砸在皇宫用石板铺得坚实的地面上，渐渐变得近了，仿佛每一声都踏在人的心上，左右着人心脏的跳动！

天教与朝廷两边都出现了一阵骚动。

沈琅与万休子都朝着宫门方向看去。

在远远看见那举起的忻州军旗帜时，天教这边的残兵感觉到一阵恐慌，而朝廷那边一众官员中的小部分却几乎立刻振奋起来，甚至有些喜极而泣的味道！

“是谢少师与燕世子的忻州军！”

“他们终于来了！”

“勤王之师啊，天助我朝，天教这帮贼子今日必将交待在此处！”

……

然而与之相对的是，沈琅的面色骤然铁青。

万休子更像是听见了天大的笑话一般，抬手指着这些愚蠢的脓包，扬声大笑起来：“救兵，你们还当是救兵来了！哈哈哈哈……”

谢危一身雪白的道袍不染尘埃，在疾吹的风中慢慢走近。

所有人的目光几乎都朝着他这个方向看来。

姜雪宁在他身旁，看着眼前这惨烈对峙的场景，只觉满世界发白，生出一种怪异的眩晕感。

成碾压之势的大军黑压压如潮水一般，列在太极殿前，几乎将所有人包围。

朝廷里那些人听了万休子的大笑，一阵嘈杂。

万休子只道自己已经是可怜可悲至极，不承想原来世间还有比自己更可悲、更可怜的人，笑得越发肆狂起来，竟抬手转而指向谢危，大声道：“在朝中为官七八载啊！就在你们眼皮子底下！你们竟然没有认出他来！这哪里是为你们朝廷鞠躬尽瘁的太子少师，这分明是随时向你们索命，要你们偿还血债的魔鬼！”

萧定非藏在人群里，轻轻叹了口气，心想：自己这骗吃骗喝的日子，到底是要结束了……

谢危走上了台阶，没有说话。

定国公萧远看着他，又看向万休子，突然想到了什么，心底骤然蔓延开一片无法言说的恐惧！

紧接着，那种不祥的预感便应验了。

在所有人惶恐不安的目光中，万休子那带着无比的恶意，又有几分得意的声音，在这空阔的太极殿前方响起，却偏带上了一股无比阴森的味道："放在二十余年前，彼时此地，他不叫谢居安，该称作——萧定非！"

朝野上下不少人脑袋里顿时"嗡"的一声响。

谢危却站定，异常平静地看向了众人，淡淡地道："这般热闹，我好像来得晚了些。"

★

万休子的话是什么意思？

有许多人第一时间竟然没有听懂。

谢危怎么会是萧定非？那位大难不死的定非世子现在不是好好在角落里站着吗？倘若谢危才是萧定非，那这个萧定非又是谁？且当年那些事情，他又为何能知道得一清二楚？

分明是简简单单一句话，却在瞬间弄乱了他们的脑袋。

二十余年前，天教乱党伙同平南王逆党杀至京城，那位早慧聪颖的定非世子舍身李代桃僵救主的事情，早已经在这些年传扬到街头巷尾。

然而谁又想过其中的真相？

毕竟这世间所有人自小所学便是忠君为国，没有一个人会想让一个孩子替另一个孩子去死是否合情，又是否合理，甚至究竟是不是真的。

他们习惯了。君是君，臣是臣，君可以要臣死，臣也当为君死！

人的贵贱，是由天定。凡人便想要往上爬得一步，也需要那些高高在上的贵人垂青，或者为人奴，或者为人臣，卖才华，卖性命，出卖自己能出卖的一切，只为求得上位者随意施舍下来的一点残羹冷炙！

天下人皆没有足够的觉悟。

所以今日，谢危站在了这里。

不知当年真相的人，惶然不安；知晓当年真相的人，却瞬间脸色煞白！

在他们眼中，此时此刻站在太极殿前的谢危哪里还是个活生生的人，分明是一个从坟墓里复活的鬼魂，用那来自九幽的目光凝视着他们！

"不，怎么可能……"

定国公萧远原本已经在先前与天教的交战中受伤，行动不便，此刻只像是看着一个怪物般看着谢危，睁大的眼底分明已经填满恐惧，却不知是告诉别人还是告诉自己一般，高声大气地叫喊起来："不！绝不可能！一点也不像，一点也不像……"

沈琅的瞳孔也陡然紧缩，先等来的竟是谢危与燕临的忻州军，这已经大大出乎他的意料，更不用说万休子突然投下的这记平地惊雷！

谢居安、萧定非……

饶是他已经对今日的乱局有所预料，自以为能镇定自若，可仍旧被这突如其来的消息炸得脑袋里空白了刹那，紧接着一颗心便如同沉进了深渊一般，冰寒一片！

因为，在听闻万休子这番话之后，谢危竟然只是立在那边，没有半分反驳的意思！

萧姝的目光落在谢危身上，同样落在他身旁不远处的姜雪宁身上，然后才带了几分茫然地转向萧定非。

这位自打“回京”以来，便不务正业、无所事事的“定非世子”，似乎也注意到了她的注视，这一刻竟然朝她抛来一个格外明媚的微笑。

天知道这两年他把萧氏折腾成了什么鬼样！

萧氏鸡飞狗叫，浑无一日安宁！

整个萧氏大族原本就不大好的名声，在他的糟践之下，更是一落千丈，市井之中人人唾骂！

然而此刻，他才笑眯眯地站了出来，假模假样风度翩翩地向众人揖了一礼，腼腆地道：“真对不住，其实我现在也真叫萧定非。只不过嘛，这名字是许多年前遇到先生时，先生不要了给我的。我琢磨你们其实也没找错人。不过这两年来，我吃你们的，喝你们的，玩你们的，还花了你们不少银子，实在是很不好意思！”

萧远一听，差点气得吐血！

年纪轻轻的萧烨更是目瞪口呆。

萧姝一张端丽的面容则一阵青一阵红，难看到了极点！

满朝文武都惊呆了。这个萧定非竟然是个冒牌货！

只见得这位定非世子吊儿郎当地走到了谢危面前，笑嘻嘻地道：“怎么样，本公子可没辱没这名姓吧？说教训这帮孙子就教训这帮孙子，可惜这两年你不在京里，错过了好多场大戏！不过即便没有人看，本公子也是兢兢业业，演得可好了！”

谢危淡淡一笑：“是没辱没。”

姜雪宁嘴角微微一抽。

萧定非却早已注意到了她，美人当前，好久不见，着实惊艳，嘚瑟之下忘了形，一双轻浮的桃花眼便没忍住向姜雪宁眨了眨。

然而还不等姜雪宁反应，谢危已经平平地看了他一眼。萧定非顿时浑身一激灵，立刻把眼神收了回来，站直了身子，老老实实地退到了边上去，一直站到吕显旁边才停。

吕显暗暗翻了个白眼。

在场之人看见这幅情景，还有谁不明白？

萧远想起这两年来受的窝囊气，整个人都忍不住因为愤怒而发抖，抬手便指着谢危斥道："原来这一切都是你算好的！连这个人渣王八蛋都是你故意安排的！你、你——"

萧定非翻了个白眼，有那么一瞬间想说"你他娘的骂谁呢"，只是余光一瞥谢危，又心不甘情不愿地把满肚子的脏话咽了回去，只在心里问候起萧氏一族的祖宗十八代来。

谢危却显得比任何人都要平静，慢慢地走上前去。

他每上前一步，太极殿下面那些列阵的兵士便会压抑着恐惧，谨慎地往后面退上一步。

萧远目光死死地盯着他。谢危打量着这个人，内心竟无任何多余的波动，甚至笑了笑，道："的确是一点也不像，是不是？"

众人的目光都落在他的脸上。毫无疑问，这位昔日的当朝帝师，长着一副绝无仅有的好皮囊，有山中高士的隐逸，有天上谪仙的超尘，倘若再配上这样极淡的三分笑意，天下谁能不对他生出好感呢？

两人的的确确是一点也不像。反倒是那已经缩到一旁去的冒牌货，眉眼之间竟与萧远有三四分肖似，简直不可思议！

可谁说，儿子一定长得像老子，女儿一定长得像娘亲呢？

萧远刹那间已面如槁木！

谢危看着他道："我长得和她不像，和你也不像。所以既不像她那般良善，也不似你这般废物。到如今，实在是正好。"

不良善，便狠毒；不废物，便恐怖。

所有人听了这话，简直都不寒而栗！

万休子眼见这般场面，却在后头拊掌大笑："妙！妙极啊！"

想当年他为何没杀谢危？为的不就是今日这样的场面吗？

报复朝廷，算计皇室，好于众目睽睽之下，将这所谓皇族的虚伪面具撕下，让天下都知道这些人内里到底藏着多少污秽，又配不配主宰天下！

只可惜，谢危并不是好操纵的傀儡。他的计划到底没能完全完成，但如今能瞧见其中一半，已叫他万般畅快！

谢危并不想理会身后疯狂的万休子，且留他多活上片刻，只是道："圣人言，生身之恩当报。”

萧远眼底忽然涌现出了一分希望，他立刻道：“对，对！当年太后娘娘推你出去替圣上，那也是没有办法的办法啊！她是你姑母，怎能不疼你呢？我萧氏一族，乃至皇族，都是你的血亲啊！”

他说话时不够仔细，只那一句里所含的“推”“出”二字，已让周遭众臣轻易意识到了这背后潜藏的真相，骤然变了脸色！

连沈琅一张脸都沉黑一片。

萧姝看向谢危，却没有与萧远一般从此人的脸上感觉到半分仁慈，相反，只有一股不祥的预感袭上心头！

这一刻，谢危听见萧远的话，竟然笑了起来，还附和道：“说得对，都是血亲，该要留些情面。”

萧远简直要喜极而泣了。然而谢危居高临下地看着他，云淡风轻地补上了一句：“你想要个什么死法呢？”

你想要个什么死法？！

此言一出，先前那种好说话的错觉几乎立刻就被击穿了！

别说是朝中众臣，就是他身后天教与忻州军的一众兵士，也不由得激灵灵地打了个冷战，为这云淡风轻的一句话里所蕴藏的笃定杀机而胆寒！

萧远愣住了，紧接着便涌出一种死亡即将降临的恐惧。他距离谢危最近，能够轻易看见他淡漠到没有一丝情绪的眸子，只让他感受到一种来自心底的寒意，仿佛当年那被埋在雪里的三百义童的亡魂都附着在谢危身上，更有一双眼睛透过虚空俯瞰着他！

“不，不，不要杀我……”

萧远本不是什么强干之人，在意识到谢危是真要杀自己的时候，竟然忍不住朝着后方退去。他想要逃跑，可这太极殿前的台阶从来没有那样长过，平日里短短一会儿就能走完的长度，却好久好久也望不到头。

谢危并不叫人去追他，只是向后方伸出手去。

刀琴便将背着的弓箭取下，递到他手中。

谢危看向那狼狈跌撞的身影，接过了弓与箭，随后弯弓搭箭，雕翎箭的箭矢闪烁着一片晦暗的寒光，远远对准了萧远的背影，他道：“今天这样好的日子，太后娘娘怎能不在呢？剑书，带人去找找。”

“嗖”的一声，手指轻轻松开，弓弦剧烈地震颤，雕翎箭离弦飞去！

萧远正急急地往台阶下去的身影骤然一震，一支箭就这样射入了他的后背，他的身子晃了晃，却没有立刻倒下，紧接着便是第二支、第三支！

第一箭只穿入后背，第二箭已射过心脏，第三箭则直接洞穿了他的头颅！

染血的箭尖从他的眉心钻出。头发已然花白的萧远，两只眼睛里的惊恐之意尚未散去，便渐渐失去了神采，“扑通”一声，整个人面朝下栽倒，鲜血从他身前涌出，染红了汉白玉的台阶。

弑父！

朝野上下所有人都惊呆了，谁也说不出话来。

沈琅立于众人之中，更是怒火炽盛。只不过更令他不安的，并非萧远的死，而是谢居安方才一箭射出时，对身边那几个人交代的话！

萧姝万万没有料到谢危竟敢这般当众动手！

萧烨愣了半天，却是不善遮掩的直脾气，几乎立时就红了眼，径直朝着谢危扑去：“你杀了我爹，我跟你拼了！”

然而谢危只是看了他一眼，甚至都没有动手。

刀琴握刀在手中，根本不待他靠近谢危，已经直接一刀捅进他的胸口，然后面不改色地抽刀。

萧姝花容失色，惊叫了一声：“弟弟！”

萧烨低头看去。胸前破开了一个血窟窿，鲜血几乎瞬间染红了半边身子，他摸了一把，眼底还出现了几分迷惑神色，就这样退了两步，倒在地上，年轻的眼睛大睁着，再也闭不上了。

整座太极殿前几乎是死一般寂静！

谢危身边的刀琴、剑书，朝野上下不少人见过，素日里跑跑腿，料理一些琐事，他们本以为只不过是两个有些拳脚功夫的书童罢了。

刀琴话少，武艺高些；剑书圆滑，通晓世事。

可谁能料想，如今一言不发地动手，竟这般残忍利落，连眼睛都不眨一下，便取了一人的性命！

而这个人，本该也是谢危的兄弟……

众人此时再看谢危，回荡在脑海中的竟只有先前万休子癫狂至极的那一句话：这哪里是什么圣人、帝师，分明是向人索命、要人血债血偿的魔鬼！

萧氏先后两人横死，于谢危而言，似乎并没有什么触动。

他只是看向了沈琅。仿佛能感觉到沈琅的不安与恐惧，三箭射死萧远，又观刀琴杀了萧烨之后，谢危仍是稀松平常模样，回过头来，淡淡地道：“别着急。”

别着急，很快就轮到你了。

众人也当真没有等上很久。

没一会儿，后宫方向就传来惊恐的呼喊声："你们是谁？你们想要干什么？你们怎么会知道密室的位置？！放开哀家，放开哀家！"

萧太后是被人拖过来的，凤钗歪倒，发髻散乱，一张已经有些老态的脸上满是惊恐之色。

她原本是躲在皇宫里那个只有皇族才知道的密室中，试图与二十余年前那次一般，藏身其中，躲过一劫，等待着叛乱的平复。

可谁能想到——就在方才，石门洞开，一伙她完全不认识的人竟然走了进来，如对待阶下囚一般毫不尊重，一路将她拖行至此！

剑书把人扔在了太极殿前，躬身对谢危道："先生，人已带到。"

萧太后这时才看见谢危："谢危？"

她内心尚有迷惑未解，然而一转头便看见了萧烨满是鲜血的尸体，吓得惊声叫起来，下意识地要去找萧远时，才发现群臣之中竟无他的人影。

原本高高在上的定国公，此刻连荒野上的横尸都不如，倒伏在那长长的台阶之下。萧太后找了好久才看见。

她的目光从沈琅身上扫过，看向万休子，又看向谢危，终于意识到了一种前所未有的危险，她大叫起来："来人，护驾，护驾！"

谢危毕竟是外臣。这些年来，他没有见过太后几次，可这一张脸总是烙印在他的记忆深处，一丝一毫都没有忘记。

只不过，眨眼是二十三年春秋，物换星移，人事变动。

如今他是持刀人，他们是阶下囚。

谢危并不看她，只是将手中那张弓递还给刀琴，又拿过一柄刀来，反而注视着沈琅道："趁着你要等的人还没来，现在选吧。"

沈琅听见这话，眼角抽搐了一下。

谢危却仿佛没说什么洞察天机的话似的。

他将那柄刀掷在了沈琅与萧太后面前，声音轻缓似天上飘着的云雾："你亲手杀了她，或者她亲手杀了你；又或者，我来帮你们选……"

当年皇族逼他在替代沈琅与保护燕敏之间做出一个抉择，今日，他便把同样的抉择抛到这一对天下最尊贵的母子面前！

满朝文武已骇得说不出一句话来。

谢居安何等狠辣心肠，这竟是要硬逼着他们在这紫禁城内上演一出母子相杀的好戏啊！

★

自古中原以“孝”治天下，他自己弑父杀亲就罢了，如今竟然还要在这等危难之时逼迫天家母子相杀！世间伦理纲常，完全被他践踏在脚下！

有些保守的大臣已经怒得满面通红，斥责之声不绝于耳。

然而谢危岿然不动，浑若未闻。他从来都是做自己想做的事情，不需要对任何人做出解释，也完全不需要旁人来理解个中因由。

纵然所有人都视他为魔鬼。

姜雪宁在人群里远远看着他，竟然觉得心底隐隐抽痛。

谢危看着他们，只是轻轻催促了一句：“不好选吗？”

不清楚当年内情之人，道他丧心病狂；然而有所了解或者有所猜测之人，却隐隐意识到他此举背后必定潜藏着当年的秘密！

二十余年前，是否也曾有这样一场抉择，摆在谢危面前呢？

谁也无法确认。

萧太后自打被拖到此处后，便接连受到惊吓，此时听见这话，终于反应过来。她分明不觉得谢危与萧远或是当年的燕敏很像，然而联想起本不该被外人知晓的密室位置，还有眼前这熟悉的两难抉择，脑海中那原本令她不敢相信的可怕猜想便浮现出来。

萧太后目眦欲裂，像是见着恶鬼一般，颤抖着手指向他，声音仿佛撕裂一般狰狞：“是你！原来是你！”

然而她的情绪实在是太过激动了，几乎所有的注意力都放到了谢危身上，以至于她根本没有看见在距离她不到五步的地方，披头散发的沈琅目光阴鸷，已经捡起了先前谢危掷在地上的那柄刀。

谢危眼底闪过了一分嘲讽的怜悯之色。

后方的萧姝发出了一声惊呼。

那柄刀被一只手紧紧握住，轻而易举地贯穿了萧太后的身体，从她背后透到胸前，当她低下头看去时，甚至能看见那染血的刃面上映出了自己带着几分茫然的面孔。

先前还在不断叱骂的朝臣突然像是被人迎面甩了一巴掌，所有话都戛然而止，再没有半点声息！

太极殿上，只闻刀刃缓缓抽离人身体的声音。

萧太后踉跄了两步，胸前背后的鲜血根本止不住，如泉涌似的朝着外面流淌。

她终于转过身来，看清了自己的背后——

那是一张何等熟悉的脸?

那是她亲手养大的嫡长子，她为他斗过宫里诸多宠妃，为他逼迫着当年不足七岁的定非世子顶替他赴死，甚至为了他同意将自己的女儿远嫁鞑靼……

“琅儿……”

萧太后看见他拿着刀，静默地站在那里，却不敢相信方才发生了什么。然而身体的痛楚是如此清晰明了，以至于她无法安慰自己这只是一场噩梦。

沈琅一双眼底掠过了片刻的不忍，然而转瞬便成了那种帝王独有的冰冷与无情，天下人在他眼底都不过是草木，即便这是他的生身之母!

他提着刀，凛然道:“社稷危难，此番委屈母后。只是当年之事，确与儿臣无关，乃母后擅作主张，强行以燕氏的性命要挟，迫使年纪尚幼的定非世子代朕受过！朕当年不知世事，这些年来每每念及却总为之辗转反侧，常思己过！如今他回来了，也该是母后幡然悔悟的时候了！”

谢危自己没提，然而沈琅等几人你一言我一语，倒是相继将当年的事情抖搂得七七八八。

朝臣们已经能据此猜测出二十余年前的真相——从来就没有什么忠君救主，当年年幼的定非世子不是自愿去的，而是为了燕氏的安危，被萧太后胁迫着李代桃僵，去叛军阵中送死!

只不过，这些话在沈玠听来，都是一片迷雾。他根本不知道沈琅在说什么。眼见着沈琅的刀穿过萧太后的身体时，他脑袋里已经“嗡”的一声，几乎不敢相信发生了什么。

沈玠素来知晓自己与皇兄、母后并非一样的人。可他以为，有血脉亲情维系，无论如何也不至于做出相残之事!

甚至方才谢危说出那话时，他都不认为那些事会真实地发生。

然而此刻……他只觉眼前站着的皇兄已变成一头嗜血的野兽，一时间竟被激起了胸臆中不多的血勇之气，上前便推开了沈琅:“你做什么？！”

萧太后已奄奄一息。

沈琅那番冠冕堂皇的话，简直让她觉得是天大的讽刺!

沈玠半跪下来将她捞在自己怀中，一声一声地唤:“母后，母后！”

萧太后眼底便滑落了两行泪。

临死之际，她竟惨然地笑出声来，也不知是笑这荒唐的老天，还是笑所谓皇家的亲情，又或是笑可怜可悲的自己:“哈哈哈，报应，报应，谁也逃不了！谁也逃不了——”

那声音在最尖锐高亢时，戛然而止。温热的血从她嘴里冒了出来，她无力地挣扎了两下，终于颓然地瘫了下去。

沈玠哭出声来：“母后，母后——”

但他只是个懦弱的人，既没有勇气向自己弑母的皇兄质问，也没有勇气向始作俑者复仇，只能抱着萧太后的尸体痛哭流涕。

谁能想到，前后根本没用半刻，沈琅竟然就已经做出了选择！

朝臣们只觉心底发悸。便是一路杀过来的天教义军都觉得不忍入目。

万休子都愣了半天，紧接着便拊掌大笑，连自己腹部的伤口都没顾及，抬手指着这太极殿前染开的血泊，兴奋地道：“看见了吗？天潢贵胄啊！这就是高高坐在紫禁城里的天潢贵胄啊！市井鼠辈都未必做得出这等丧尽人伦的惨事！天潢贵胄？我呸，猪狗不如才对！哈哈哈哈……”

他说着竟朝地上啐了一口，轻蔑之态溢于言表。

唯有谢危轻轻地叹息了一声，竟似有些惋惜：“死得太容易了……”

周遭在寂静之后，多少起了些议论之声。所有人的目光几乎都落在沈琅的脸上。

他手里还提着染血的刀，也大约能猜到众人都议论他什么，只是眼前这位旧日的帝师是什么性情，在方才已经展现得淋漓尽致！

如果他不做出选择，死的便会是两个人！

既然如此，倒不如他先给萧太后一个痛快。

沈琅看向谢危，道：“当年的事，你是知晓的，都是母后擅作主张。你原是朕的伴读，可朕这些年来竟不知晓。你又何必瞒朕呢？如若你早些告知，朕必向天下下达罪己之诏，为你讨回一个公道。”

他可真是做皇帝的人。

谢危看着他，唇边浮出一丝笑容，竟没有回答，而是抬起手来一指：“那她呢？”

他手指过处，无人不心惊胆寒，但最终大多数人是虚惊一场。那修长的手指，最终指向的是后方宫装华美却容颜惨白的萧姝！

地上已经躺了她的父亲、她的弟弟、她的姑母……如今，终于轮到她了！

这时候不用多说一个字，所有人也已经明白：谢危这分明是要将萧氏一族斩尽杀绝，不留任何余地！凡冠此姓者，皆杀！

萧姝与萧太后不同，萧太后是皇帝的生母，可她不过是皇帝的宠妃罢了。于沈琅而言，她只是个泄欲与权谋的工具。

她知道，倘若谢危要她今日死，她绝活不过明日……

可她这一生所为的，不过是不受人摆布，为何一步步往上攀爬争取，所换来的却是连命都由不得自己？

沈琅提刀朝着她一步步走近，萧姝眼底含着泪，却抬起头来，既没有看沈琅，也没有看谢危，而是在这一刻看向了远处凝望着她的姜雪宁！

那种被命运捉弄的荒诞之感从未如此强烈过。

她这短暂一生前面十九年几乎是完美的，甚至没有犯下过一件大错；然而一切的改变，便源自仰止斋做伴读，她忌惮姜雪宁，构陷其与玉如意一案有关，却失了手，从此结下了仇怨。

如今姜雪宁是谢危的心上人，而她虽成了皇帝的宠妃，却连个阶下囚都不如！

一步错，步步错，如此而已罢了。

刀刃穿过身体时，萧姝感觉到了无尽的寒冷，可终于收回了目光，看向眼前这个无情的帝王，到底再没了往日的温顺，近乎诅咒一般道："你以为你能逃吗？"

沈琅本就不在乎这女人的生死，闻得她竟然口出如此恶毒的言语，心中戾气上涌，竟然拔了刀出来，又在她的喉咙上割了一刀，使她再也发不出半点声音，倒了下去。

至此，萧氏一族最重要的几个人已经死了个干净。

姜雪宁记得曾经好像也是如此，虽然不是一样的死法，可结局似乎并无太大的差别。

她同萧姝争斗了那么多年，可其实谁也没斗过谁。萧姝先死在了叛军刀下，连带着萧氏一族都被谢危屠灭；而她在苟延残喘不久之后，也于坤宁宫自戕……

只不过现如今，她放弃汲汲营营，萧姝却走了一条比以前还要歪的路……

眼看着萧姝倒下时，姜雪宁说不出心底是什么感觉，只觉得好像也没什么错。

因果报应，到底谁也不会被放过。

此时立在所有人眼前的，已经不仅仅是谢危一个魔鬼了，比他更像魔鬼的，分明是那原本高坐在金銮殿上的帝王！

沈琅道："朕可以下令，夷平萧氏，绝不姑息！"

谢危只是负手笑道："不必对我如此虚与委蛇，且看看你等的人到是不到吧，时辰快了，是吗？"

沈琅先前就觉得谢危是知道什么，如今听得他如此清楚地挑明，心底已慌了三分。杀萧太后，杀萧姝，他都不觉得有什么，只要谢危不立刻对他下手，便未必不能等到翻盘的机会。是以他忍辱含羞，反过来对谢危大吐拉拢之言，可谁料谢危竟知道他的意图！

这一时，沈琅几乎以为对方会立刻向自己动手。

但也是在这一刻，先前忻州军到来时众人曾听闻的声音再一次于宫廷的远处响起，从东北角的顺贞门一路朝着太极殿的方向靠近。

没有旗帜，也看不出来路，一名又一名兵士身上所穿仅是黑色的铠甲，军容整肃，行进极快，光是能看见的都有上万之众，不知留守宫外未能一道入宫的更多几何！

而被这支军队簇拥于中央的，赫然是一名女子。

深紫色的宫装穿在她身上，可她面上未施粉黛，眼角的疤痕几乎与她的面容一道，第一时间为所有人注意到。

姜雪宁忽然愣住了，唤了一声："殿下！"

然而在她即将迎上前去时，一只手却从旁边用力地拉住了她。

姜雪宁回首，竟是燕临。

他不让她上前，眼底流淌过几分晦暗的光，低声问："还记得我以前对你说的吗？"

第二十九章
新朝

以前?

以前他对她说的话实在是太多了，姜雪宁想不起来到底是哪一句，于是只能迷惑地看着他。

但燕临只是笑了笑，并没有再多言。

只这一耽搁，这一支从来没有人见过的军队便已经来到近前，轻而易举地与忻州军呈对峙之势，若论兵力，竟然未必输上一筹!

吕显眼皮都跳了一下，看向谢危。

谢危只看着，没作声。

沈琅却欣喜若狂，再无先前在谢危面前委曲求全的姿态，那种帝王的风采突然间又回到了他身上，让他振臂大笑:“我就知道，到底是我皇族的血脉！绝不会辜负我的一番苦心！”

忻州军上下顿时如临大敌。

可谢危似乎并不觉得意外，凝视着沈芷衣，只笑了笑，轻轻抬手向身后一摆。

燕临看他一眼，便对全军上下道:“为公主殿下让路。”

这命令简直让人摸不着头脑。

然而从边关到京城，一路征战下来，作为他们的统帅，燕临已经建立了足够的威信，根本无须解释一句，所有人虽困惑，也还是迅速如潮水一般退开。

原本被围得铁桶般的太极殿前，便让出了一条道。

沈芷衣看向谢危，也看见了角落里带了几分疑惑望着她的姜雪宁，那一刻脚步有片刻的停顿，然后便垂下眼帘，竟无半分畏惧之意，带着一队黑甲兵，如同一支利箭般从忻州军阵中走过。

援兵既来，沈琅还有什么可惧怕的？

这都是当年先皇曾遭平南王谋逆一役后，为了防止此类叛变再次发生所留下的后招——用皇帝的私库，秘密地于直隶、天津两地交界之处豢养军兵！

这批军士世代只听命于皇族，非皇族血脉持兵符调遣不能动！

他认为胜券在握，倒觉得这个自己以往看不起的妹妹前所未有地顺眼，于是向着谢危冷笑道："你以为朕当真会束手就擒吗？早在得知忻州生变时，朕便有心筹谋，使周寅之给乐阳送去了半枚兵符。三日前，朕又在诸多朝臣中左挑右选，派了张遮送去剩下的半枚兵符。周寅之狡诈，朕许以重利；张遮清正，朕晓以大义。他们二人绝对能够保守秘密，还能在你的眼皮子底下把这两件事做成！"

张遮清正，保守秘密？

前半句话谢危是同意的，只不过后半句嘛……

他想起那日这位刑部侍郎一点也没遮掩地坦荡道明自己的来意，陡地笑了一声，竟向姜雪宁看了一眼。

沈琅对此却半点也不知晓，目光从地上那躺倒的尸体上一掠而过时，屈辱之色便浮现在他的眼底，使得他一张脸都扭曲了起来，一时便径直下了令。

他刀指谢危，朗声道："天教与忻州军合谋叛乱，尔等速速将贼首拿下，为朕平乱讨逆！"

太极殿前原本就有不少兵士，皇帝一说援兵来了，所有人都振奋起来。几乎在沈琅一声令下时，他们便操起刀枪，朝着前方冲杀而去！

忻州军与天教这边更是下意识地以为大势不好，早已如一箭紧绷在弦，一触即发！

持刀剑者怒发冲冠，后方的弓箭手更是数千支雕翎箭如雨般激射而下！

太极殿那点兵力，又如何能与忻州军相比？更何况对方占据弓箭之利。

顷刻之间，沈琅身后便倒下了一大片人，他面上忽然出现了难以置信的愕然神色——因为在他一声令下之时，立在台阶之上的沈芷衣竟然只是闭上了眼睛，纹丝未动！

沈琅蒙了："乐阳，你在等什么？！"一种不祥的预感升腾起来，他暴跳如雷，扯着嗓子叱骂沈芷衣身后那些同样未动的黑甲军，"你们都是饭桶吗？！朕叫你们讨逆！"

那些黑甲兵士面上也并非没有犹豫之色，只是沈琅刚杀过自己的血亲，又是这般疯魔之态，简直让人头皮发麻。

他们都看向了沈芷衣。

沈芷衣始终没有发令，他们便都扛住了叱骂，一动不动，默不作声！

谢危饶有兴味地冷眼旁观。

沈琅终于意识到了不对，换了称呼："芷衣，你想做什么？"

沈芷衣看见了地上的尸首，而她的兄长，手上拿着染血的刀。她不难猜出这里方才究竟发生了什么。便是和亲那一日，她也从未有过这样失望又绝望的情绪："你又做了什么？"

沈琅道："是朕让人将兵符交给了你！你身上流淌着皇室的血，就该肩负起自己的职责！难道你要看这江山白白落到外人手中吗？"

沈芷衣冷笑："我难道没有负吗？"

她在宫里时，性情虽然娇纵，可从来也算温顺。这突然之间的反问，几乎让沈琅愣住。

他面色铁青地道："你什么意思？"

沈芷衣有些悲哀地看着他："你残害忠良，致边关动荡，可去鞑靼和亲的那个人，是我！你身上固然流淌着皇室的血，甚至高坐在这九五之尊的位置上，可你做的哪一件事对得起自己的身份？天下之主，万民之宰，凭你也配吗？！"

变了，这个皇妹变了。

沈琅终于后知后觉地意识到：以前所做下的一切事，或许都不足以使他万劫不复，可眼前这一件，或恐将葬送他原本筹谋好的一切！

他道："你知道自己在说什么吗？"

沈芷衣大声道："我知道！"

沈琅双目赤红："我让周寅之与张遮带给你的话，你都忘了吗？"

沈芷衣道："正是因为我没有忘，所以今日才会来！"

谢危在旁边听了半晌，突然觉得他们皇室也有那么几分意思。

沈玠却已经不知道他们俩到底在争论什么，萧太后与萧姝的尸体都已经变得冰冷，方才的箭矢甚至落在了他身边。谁也没来关注他，只有人群边缘的方妙着急，趁着无人注意，将他拉到了一旁。

沈琅则看着沈芷衣不说话。因为情况几乎已经比他想的最坏的还要更坏！

自己竟白白将黑甲军拱手送了人！

可沈玠不堪用，其他亲族他信任不过，这才想起了沈芷衣。彼时她在忻州，兼有当年毅然和亲的民心，沈琅理所当然便觉得同为沈氏血脉，沈芷衣该站在他这边。

但他想错了。

沈芷衣回想起信上那些话，还有刑部那位张大人带到的话，只觉自己此前的人生全由旁人拨动，一时竟有无限的感怀，便慢慢道：“你让人带的那些话，都很对。弱肉强食，若为鱼肉，便不能怪旁人做刀俎。所以今日，我来了，只不过不是为你而来。”

沈琅牙关紧咬。

沈芷衣看着他道：“我为自己而来。”

在她说出这句话时，沈琅那仅存的一线希望便也破灭了。

绝望使人疯狂，他紧紧地扣着那柄刀，竟然朝着沈芷衣冲去。然而原本就围在周遭控制局面的忻州军几乎立刻反应过来，也不知是谁脚快，竟然一脚将人踹倒在地！

近些年来，方士们进献所谓的“仙丹”，沈琅又不断服用五石散，原本还算不错的身体早已经被药石与纵欲掏空。这一脚下来，他腿骨几乎折断，趴伏在地上根本爬不起来，一张脸更是彻底变得狰狞，然而所有的怒气都是冲着沈芷衣去的：“你怎么敢？你姓沈，你身上流着皇族的血，你怎么敢这种时候落井下石？！”

沈芷衣眼底的泪滚了出来，问：“我去和亲，是我身为一国公主所应当做的事，是我自愿的；可你们作恶在先，昏庸在后，软禁我、逼着我去往千里边塞、蛮夷之地时，可曾想过我也姓沈，我身上也流淌着皇室的血？！”

这一句话，到底透出了几分恨来。

沈琅的刀落到地上，人虽爬不起来，却叱骂不止，哪里还有片刻之前嚣张的姿态？

谢危走过去，捡起了那把染血的刀，叹一声道：“看来没有人能救你了。”

沈琅厉声喊：“沈芷衣！”

沈芷衣闭上了眼，似乎在隐忍着什么，只是这两年来的所见已经让她清楚地明白，有的人该活，有的人只配死。

但沈琅到底算她的兄长。

这一刻，她缓缓睁眼，看向谢危，放低了自己的姿态，请求他：“恳请先生念在往昔情面，留他一个全尸吧。”

谢危凝视着她，竟然笑了一声，答应了她：“好啊。”

然后下一刻，他手起刀落！

如瀑的鲜血溅红了所有人的眼，一颗脑袋骤然落下，骨碌碌地蘸着尚温的鲜血滚到了沈芷衣的脚边，一双眼正好翻过来，其态狰狞恐怖！

众人回神时，沈琅已身首异处。

有些文臣已经受不住这般血腥的场面，捂住嘴强忍胃里的翻涌。

沈芷衣僵了片刻，在低头看清沈琅那一张死不瞑目的脸时，垂在身侧的手指到底还是紧握着颤抖了起来。

她抬首看向谢危，这就是他答应的“留全尸”？！

这时便是最迟钝的人都发现情况似乎有些不对了：分明不是一定要生死相争之局，谢居安何以非要做到这般残忍决绝的地步？

连姜雪宁都愣住了。好像有许多她不知道的事情，已在暗中发生。

★

这样陌生的谢居安，谁能将他和旧日那位圣人似的谢少师联系起一分半点？

哪怕他的面容没有半点变化……

别说是朝中官员，就是对他已经足够熟悉的吕显，也没忍住眼皮一跳，被他吓得背后冒出一股寒气来！

然而谢危始终平静若深海，不起半分波澜，随意一脚轻轻将沈琅那没了脑袋的尸首拨开一些，仿佛这不是旧日高高在上的天子，只是一件微不足道任他摆弄的物件。

谢危目视着沈芷衣，道：“你说得对，我虚伪狡诈，步步为营，处处算计。世间生灵涂炭，世人流离失所，于我而言并无所谓。可我就是这般，皇帝要我磕头，我便砍了他的头。纵我视人命如草芥，天下又能奈我何？”

沈芷衣心底怆然，道：“先生昔年也曾饱受其苦，目睹三百义童之惨遇。人失其家，子失父亲，天下罹难，苍生哭号，竟不能使先生动哪怕一二的恻隐之心吗？”

谢危平静地回她：“不能。”

这巍峨的皇宫在渐渐下落的夕阳艳影里如浸了血一般，透出一种浓烈的精致气息，可他一点也不喜欢，当下甚至笑了一声。

他道：“我曾想，我与沈琅皆是肉体凡胎，为何我须跪他，还要为他舍己之命？天生万民，人人都是棋子，为何只有皇帝敢称天子？分明人人都是天子，可人人也都是草芥。万类相争，从不留情，想杀便杀，想毁便毁。倘若有人要问一句为什么，恐该向天问。毕竟天生人于世，真正的平等从来只有一样……”

一片寂静，所有人都看着他。

谢危眉目舒展，淡淡地继续道：“那便是死！”

只是千古艰难唯一死，有些人怕死。所以他今日不过是特意来送这些人一程罢了。

本来这天下除却一个“死”字，便没有更多道理可讲，他也不想和任何人讲道理。

此时此刻的谢居安分明平静而理智，可不知为何，所有人听闻他这一番话后，从心底生出的只有彻骨的寒意。

这样一个疯狂的人，纵然拥有比所有人卓绝的智计，可谁又敢让他执掌天下？

沈芷衣久久地静立不动。

燕临则若有所思。

太极殿前，两军对峙。气氛忽然间紧绷到了极点，战事一触即发！

然而就在这种时候，大殿内却忽然传出一声喜极的笑：“哈哈，皇帝死了！小皇帝也死了！这传国玉玺总算落到了本座的手里！”

所有人突然都怔了一下。对峙之中的双方差点没绷住向对方动起手来，这一时齐齐朝着太极殿中看去。

不知何时，万休子竟然到了那金銮殿上，站在高高的御案前面，手中捧起了那一方雕刻精致的传国玉玺！

谁也没注意到他是怎么过去的。他们只能看到他身上的伤口分明还在淌血，箭镞都尚未取出，他却浑然不在乎的模样，笑得格外快意，仿佛了却了一桩心愿，紧接着甚至朝着那最高处的龙椅走去！

在看见那方玉玺时，姜雪宁怔了片刻。这东西她再熟悉不过了……

可她没有注意到，立在她身旁的燕临同样注视着这方玉玺，眼底甚至闪过了一抹难言的伤怀之色。

这一刻，他沉了脸，竟然拎着剑抬步向殿内走去。

万休子正要坐上那龙椅，燕临抬脚便将他踹倒下来，一手拿过了他紧紧抱着的传国玉玺，另一只手则反持长剑向下，径直从其颈后一剑将其脖颈贯穿！

万休子面上的狂喜之色尚未完全消失，甚至手还向着那把龙椅伸着。

可燕临只是无情地拔了那柄长剑出来，于是他体内仅余不多的鲜血也尽数喷溅而出，那龙椅的底座都淹没在赤红的血中。

这突如其来的变故，谁也没有料到。甚至许多人还迷茫了一阵。为何燕临突然之间动了手？

有朝臣见他竟然染指玉玺，不由得怒喝一声：“乱臣贼子，还不速速放下传国玉玺？！”

然而燕临一手持着长剑，一手托着玉玺，深黑的劲装如同在他身上覆盖了一层浓重的阴影。他根本没有搭理那些人，甚至没有回头看上一眼，只是望向了谢危，又望向了沈芷衣，可最终目光落到了姜雪宁身上。

姜雪宁还不明所以。

吕显心底却掠过了不妙的预感，眉梢一动，突然意识到什么，一张脸骤然冷了，质问："世子这是要做什么？"

可他话音才落地，已闻"当"的一声！

燕临手中长剑竟脱手投出，正正钉在了他身前三尺的地面上！

"哗啦啦"！

周遭忻州军几乎是立刻举起了手中的兵刃，齐齐对准了正中的吕显！

这大殿前的局势陡然一变！

忻州军背后固然有谢危，可他并不带兵作战，纵然规划大局，可行兵指挥的那个人是燕临。在军中，燕临说一不二。所以此刻他剑落处，全军的刀刃几乎都跟了上来。

吕显顿觉毛骨悚然。

谢危也有那么几分意外，但并不像吕显一般有那样强烈的反应，只是注视着燕临，似乎想知道燕临究竟要做什么。

那传国玉玺四四方方一块，人若两只手一道去拿，刚好能完全拿住。历朝历代只有皇帝能拥有它。但此刻的燕临没有低头看它一眼，甚至连目光都不曾从姜雪宁身上移开，只是轻声唤她："宁宁，过来。"

姜雪宁愣住了。所有人的目光突然都汇聚到了她的身上。一种难以形容的恐惧忽然让她轻微地颤抖起来，她几乎是下意识地看向了谢危。

谢危突地笑了，对她道："去吧。"

燕临似乎并不是很喜欢谢危这般言语，根本不等姜雪宁回答，便重复了一遍："宁宁，过来！"

姜雪宁如坠云雾中，慢慢走了过去，抬眸注视着此刻的燕临，那种说不出究竟是陌生还是熟悉的感觉再一次冒了出来。

可眼前的青年用一种无比认真甚至近乎贪婪的目光注视着她，仿佛看一眼便少一眼，濡湿的黑眸里甚至沾染了一点泪意。

他竟将那传国玉玺放到了她手里！

姜雪宁在发抖，颤声问他："你是谁？"

燕临却像是没听到一般，用一种极轻的声音哄她："是我错了，我再也不要了，再也不拿了，都还给你，好不好？"

姜雪宁的眼泪一下涌出，刹那间痛至锥心！

她永远不会忘记，那时沈玠驾崩前留了遗诏，将传国玉玺交到她手中，让她甄选合适的宗室子弟作为新任储君。恐那个善良懦弱的人只是想留给她一道保命符，却不承想，传国玉玺到了她手里之后，反成了她的催命符。

那一日他们来逼宫，她实在活不下去了，才将这玉玺与懿旨一道放下……

如今燕临却对着她说，还给她……

姜雪宁咬紧了牙关，唯有如此才能克制住自己的颤抖，一字一顿泣血般问他："你究竟是谁？"

他想帮她擦去眼泪，可抬手又缩了回去，像个做错了事的孩子一样站在她面前，过了好久才说："我也不知道……"

可他到底是谁重要吗？不重要。

他终于又想起自己的打算来，拉着她走到大殿门前，抬手一指伫立不言的谢危与沈芷衣，对姜雪宁道："来，现在都由你来选！我站在你这边！这天下你想要给谁，我们就给谁！皇后哪里是这世间最尊贵的人呢？真正的人上人只有皇帝！倘若你谁也不愿选，那我便帮你把他们都杀个干净！"

★

到底是庄周梦蝶，还是蝶梦庄周？

刚开始的时候，燕临尚能分清，然而当梦境不断在深夜造访，另一段记忆从头到尾不断地注入脑海，他便渐渐分不清了。梦与真交汇在一起，终究使人无法分辨哪一个才是真正的自己，又或者，二者已融为一体。

但他唯一能清楚感知的是现在！

他想她爱自己所爱，得自己所得，一切心愿都得到满足，一切创痕都愈合……

被他拉到这恢宏大殿前方的姜雪宁却只有一种做梦般的感觉。传国玉玺就抱在她手上，目之所及的所有人，目光都落在她身上。

倘若是曾经，她或许要笑出声来，毕竟她想要的都没得到；可如今，她明明不想要，别人却偏偏硬往她手里塞……

一切荒诞得姜雪宁怀疑自己是在梦里。那传国玉玺上精工雕琢的龙鳞却硌着她的掌心，有些许疼痛缓缓地渗进来，一点也不假。

可是，怎么能呢？怎么能由她来选呢？

姜雪宁记得自己那时选中了一个年仅十岁的宗室孩子，刚过继为储君，尚未扶立登基，便被他们杀死在赴京的途中……

她怎么敢选？

那种恐惧伴随着这交付到她手中的玉玺，一道泛了上来。她摇了摇头，像是怕惊醒什么随时会择人而噬的猛兽一般，双手持着那玉玺，想要递还给燕临，说：“不，我不敢……”

然而燕临没有伸手去接，只像是一个受刑的罪人般，用一种沉默到近乎哀求的目光望着她。

前方一声冷笑陡地传来，谢危一双浑无情绪的眼注视着他们二人，话却是对姜雪宁说的：“这不敢，那不敢，你什么时候能长大一点？”

姜雪宁看向他。

谢危竟然没有丝毫反对的意思，只是话语一句比一句冷：“要么闭上眼睛，就当自己是随便选头猪；要么剖开你的心，好好看清楚自己想的究竟是什么！”

若说先前燕临之言只是让所有人震骇得失去了言语，好半晌没有反应过来，那么此时此刻谢危的一番话，便让那些被震得七荤八素的人唤回了已存不多的神志。

“事关天下家国的大事，岂能如此儿戏？”

“难道竟要这小小女子来决定？”

“你们都疯了不成？！”

“胡闹，简直胡闹……”

……

有几名年迈的大臣捶胸顿足，险些要急得背过气去。

天教这边数千残兵群龙无首，死了万休子，都十分茫然。但他们左看右看——什么公主，什么世子，什么姜二姑娘，全他娘的不认识！

怎么办？

众人面面相觑，也不知是哪个贪生怕死之辈先十分狗腿地喊了一句：“当然是选我们度钧先生！”

紧接着便是一片起哄声。

吕显先前因为燕临扔过来的那一剑而头皮发麻，尚未缓过来，这会儿听见这帮乌合之众的声音，差点没一口老血喷出来！

敢情没了万休子，他们还指望投靠谢危保命呢！

只不过这一帮草包起哄，还真引起了大殿前后左右一阵连着一阵的骚动。

忻州军之中也未必是人人服燕临的，各有各的想法，只是他们打量谢危，谢危似乎半点没有反对燕临的意思，一时也不好做些什么。

听从燕临号令的那一批人，自然按兵不动。

沈芷衣身后那人数众多的黑甲军也从未遇到过这般情形，只不过他们又与别人不同，本是先皇为保皇室而筹建，自然不可能容许传国玉玺旁落。

所以这一刻，无数人竟然拔剑而出，剑锋尽指向怀抱玉玺的姜雪宁！

只要沈芷衣一声令下，他们便会冲杀出去，无论如何先取姜雪宁的性命，再夺回她手中的玉玺。

然而他们等来的竟不是动手。

沈芷衣甚至比谢危还要平静："放下兵刃。"

她身后的几名将领惊呆了："殿下？！"

沈芷衣面色一寒，声音终于冷了几分："我说放下兵刃！"

黑甲军众人这一时是茫然的。然而沈芷衣态度强硬，纵使他们摸不着头脑，纳闷半晌后，终于还是带着几分心不甘情不愿，将举起的兵刃收起，退回了后方。

沈芷衣没有看谢危，也没有看燕临，只是凝望着姜雪宁，慢慢勾起了嘴角，浮出来的这抹浅笑，柔和了她所有的轮廓，便连眼角那一道疤看着都显得溢满了光彩。倘若世间只有一人能让她全身心地信任——那么毫无疑问，这个人是姜雪宁。

她轻轻对姜雪宁道："宁宁，你选谁，就是谁，我也永远站在你这边。"

哪怕她可能会选谢危。

可只要她乐意，沈芷衣想，好像也没有什么大不了，毕竟当皇帝也不是真的就能为所欲为了。

这一瞬间，理智尚存的满朝文武简直被炸得找不着北，只觉天都被捅出了一个窟窿！

一个谢危不够，加上个燕临，现在倒好，连长公主殿下都跟着疯了！

终于有人眼睛一翻脑袋一歪，昏倒过去，引得周遭一片混乱。

角落里的萧定非、方妙等人几乎用一种佩服和羡慕的眼神看着姜雪宁，隐隐还带了几分热切，仿佛期待着接下来要发生的事情。

然而吕显心里却"咯噔"一下。他的目光在谢危、姜雪宁、沈芷衣三者之间游移，只片刻他便突然想要骂人。

好啊，敢情他们是在这里等着！

他就说谢居安怎么疯到这境地，偏要一副与沈芷衣水火不容、你死我活的架势！

燕临方才所为显然不在谢居安的意料之中，但他没有任何制止行为，便证明此举正中他下怀！谢居安等的便是此时此刻，要的就是将人逼到这两难的境地！

若要在他与沈芷衣之间求个两全，留给姜雪宁的选择，哪里还剩下几个？

吕显简直怀疑自己都能看出结果了，只不过心仍旧在这一刻悬了起来——谢居安当真能赢，能得偿所愿？

姜雪宁真的不明白，怎么一切忽然就变成了这样？究竟是自己疯了，还是他们疯了？

捧着这传国玉玺，她头一回觉得自己像是背了座金山的乞丐，非但不高兴，反而快要被压死了，一点也喘不过气来。

明明自己什么也不是，可所有人都在这一刻注视着她的一举一动。

她先看向了沈芷衣，又看向了谢危，与这两人相关的回忆纷至沓来。

一个是公主，一个是帝师；

一个心肠仁善，一个疯魔偏执；

一个身为女子，一个当了反贼；

一个视她为知己，一个是她的先生；

一个远赴鞑靼和过亲，几经沉浮回到宫廷；一个身世离奇幼年遭难，忍辱负重复仇洗雪。

一个身上有着另一个人的仇人的血脉；一个先前当着另一个人的面杀了她的血亲。

……

然而这一切掠过后，唯一留在脑海里的，既不是沈芷衣，也不是谢居安，而是不久前那个下雨的傍晚，张遮含着极淡的微笑注视着她，那样笃定地对她说："娘娘，你可以。"

等待的时间被拉得无比慢，众人却很难分清，到底是才过去一刻，还是已经过去了半个时辰……

久久立在大殿门前的姜雪宁终于动了。她看了一眼谢危，眸底千回百转，然而只是向他露出了一个有些奇异的微笑，便转身走向了沈芷衣！

燕临目不转睛地注视着她。

殿前一片哗然。

谢危垂在身侧的手掌忽然用力地握紧了。

连沈芷衣都只能愣怔地看着她。

姜雪宁在她身前停步，想起自己与如今的沈芷衣的初遇，是自己提笔在她耿耿于怀的那道疤上画了一抹樱粉痕迹，从此她对自己好，自己也对她好。

天底下还有什么比这更好呢？

她只含着一点柔和的笑意道："其实，迎殿下从鞑靼回来，并不是我最高兴的一件事。我最高兴的是看见殿下再也没有刻意遮掩过面上的伤痕，您终于接纳了自己。不管将来发生什么，您扶立新皇也好，拥兵自立也罢，在姜雪宁心里，您永远是那个一无所有爱世人、留给我一抔故土之约的公主殿下。”

沈芷衣突然泪下。姜雪宁却抬起她的手，将那沉甸甸的传国玉玺放进了她的掌心里，说：“我想要相信您。”

在她话音落地之时，立于她身后的谢危身形却晃了晃，紧握的指尖深深陷入掌心，他几乎要将自己的手指握碎！

一无所有爱世人！

他不是没有料到姜雪宁会做出这样的选择，可那“爱世人”三个字像极了三枚极长的铁钉，楔入他的心脏，又如忽然翻涌而起的浪潮一般，将他所有强撑着的镇定和偏执都击垮！

喉咙里隐约有一股腥甜的血气上涌，谢危从未这样疲惫过，不愿再听半句，径直转身，拂袖而去。

金乌西坠，衣袍猎猎，然而他才行到那长长的台阶前，那熟悉的声音便在他身后响起：“谢居安！”

谢危到底停下了脚步。

片刻后，一只带着温度的手掌从他身后伸来，握住了他的手掌。

姜雪宁凝望着他：“来时我便说，我有话想对你讲。”

谢危怎会不知？那天她见过了张遮，第二天一早便说有话想要对他讲。剑书偷偷来禀告了他。可是……他转头望着她，突起的喉结上下一阵滚动，道：“我也说过，我一点也不想听。”

在马车上，她便几次三番想要开口，可谢危总是叫她闭嘴。

那时姜雪宁以为，大约是将到京城，决战在即，这个人或许需要静心定神，所以开口不成之后，便没有再打扰他，只想着过两日再说也不迟。然而此刻看着此人的模样，她还有什么不明白的？

这个人活得该有多苦呀。

她险些哽咽，却没有放开他，只是伸手去拿他右手一直紧紧扣着没有松开的那柄刀，像是当初在山洞里他哄自己时一样，轻声道：“把刀放下吧。我就在这里，不会走。”

谢危满心都是深重的戾气。他本不愿松开，可又怕那柄刀伤了姜雪宁的手，所以到底还是慢慢放开了。

她将刀扔到了台阶下。

这聚集了数万人的太极殿周遭，不知为何忽然静悄悄的。

那一方传国玉玺就压在手中，沈芷衣却没有看它，反而看向了与谢危站得极近的姜雪宁，问:“宁宁，你知道他是个什么样的人吗？”

姜雪宁说:“我知道。”

这个人过去逼杀了她，就算是现在，都还想过要带她一起去死，绝不是一个好人，她怎么会不知道呢？甚至可以说，她比任何人都要清楚，因为看过他最真实也最疯狂的一面。

沈芷衣又问:“你是喜欢他吗？”

姜雪宁想了想，道:“喜欢。”

这一瞬间，谢危的手掌轻轻颤了一下，脑海里却仿佛有万般光影掠过，最终什么也没剩下，他只是怔怔地望着她。

燕临站得太远，没有人能看清他模糊的神情。

沈芷衣也好久没有说话。她并不是完全认同谢危这个人的，怕她的宁宁选错了伤心，却不能去拦姜雪宁，万千担忧最终只化作一句:“那你真的清楚自己现在在做什么吗？”

姜雪宁朝她一笑：“我清楚。”而且她非但清楚现在在做什么，还知道将来要做什么，所以平静而坦然地道，“我要同他成婚。”

那一天晚上，他问过她一次，可她没有回答，他便再也不敢问第二次。

可现在她说，要同他成婚。

谢危突然无法分辨这究竟是真还是梦:她难道不是要离开他，去找张遮吗？

姜雪宁看着他，突然发现竟能读懂这人此刻的想法，于是忍不住笑了一声:“很久以前你跟我说，倘若是你喜欢一个人，便要永远藏在心里，不让那个人知晓。可是谢居安，你若真喜欢一个人，又怎么可能藏得住呢？”

谢危不明白。

姜雪宁也看出了他不明白:“你真的聪明绝顶，可就是不会喜欢人。”

在谈情说爱上，这个人笨得要死，一不小心便要钻进牛角尖里。

他太害怕拥有再失去，也仿佛觉得那些得到的东西终将会失去一般，所以偏执、偏激，还偏偏不肯对人示弱，不肯把那些话都讲出来。

姜雪宁忽然觉得，这个人和那时的自己实在是太像了，有些东西不明白，所以撞得头破血流。

她眨了眨眼，眼底隐现泪光，拉着他的手，踮起脚亲吻他微凉的薄唇，低声道:“谢先生，你教过我读书、写字、弹琴、做人，可从今往后，换我来教你，教你怎样好好地去喜欢一个人，好不好？”

……

这一天，谢居安究竟是怎么回答姜雪宁的，最终成了史书上一道始终无人能解答的谜题。

因为，就在大家都聚精会神的当口，整座被夕阳笼罩的太极殿前，突然响起了吕显终于咬牙切齿、恨之入骨、没忍住的大骂：“我就知道，我早该知道！雄才大略净拿来哄骗人小姑娘！不干，不干了！老子要改行做官去了！老子真是信了邪才跟你一起造反！”

★

“他骂了，然后呢？”

赌坊里众人个个聚精会神，连注都忘了下，听到此处，见他停下来，不由得着了急，连声追问起来。

萧定非嘴角一抽，白眼一翻，用力地用手指叩击着赌桌，大声提醒这帮“不务正业”的赌徒：“搞清楚，我们这可是在赌钱！你们以为小爷是天桥底下说书的吗？还‘然后’呢？然后赶紧给老子下注啊，愣着干什么？！”

这里是京城最大的赌坊，三教九流，什么人都有。

他原本就是这里的常客，还结交了一帮狐朋狗友，只不过天教与忻州军打进来之前，赌坊老板早早就怕死地收拾了细软离京逃难去，一直到这阵子一应事了，好像又平静下来了，才拖家带口地回来重新开门。

毫无疑问，憋在家闲得差点没长毛的萧定非得知消息后第一时间就来光顾了。

这赌坊里于是才有了点往日的热闹。

众人与他那是一道去青楼里嫖过的交情，可此刻一点也不搭理他，硬拉着他往下讲：“这不是只有您那天在宫里面吗？我们别说旁观了，就是连京城里都不敢多待。您就说说，那吕显骂了人，然后呢？”

萧定非看了看，是真没人下注。他现在恨不得回到半个时辰前，给自己两巴掌：让你憋不住想跟别人炫耀你知道的事，这下好了吧？钱都没的赌了！

无奈，他只能不耐烦地道：“还能怎样？这种时候大声吵吵，差点没被人揍一顿，他连点三脚猫功夫都没有，三两下就被人收拾收拾架了出去。”

有人唏嘘：“敢骂那位，胆子可真是够大的……”

也有人不大相信：“往日我也去过幽篁馆，吕老板是个财迷，内里奸商，按理说‘和气生财’，这么骂人不应该呀，这一段别是你编的吧？”

萧定非翻着眼睛想了想，其实他这人的记性不是特别好，事情都快过去两个月了，的确不记得吕显具体骂了什么，就记得那一张愤愤然仿佛遭受了欺骗的脸。别人一质疑，他还真生出点心虚来。

但当年到底也是十里八乡乞讨过、街头巷尾挨过打的二皮脸，萧定非可不会承认，三言两语就想把这话茬儿带过去，佯作生气道：“你们又要听，又不信我说的，怎么这么难伺候呢？我说他骂过他就是骂过，不爱听你们找别人讲去！还真把老子当说书的啊？”

说罢他作势要走。

赌坊里这帮人哪儿能真让他走呢？众人赶紧把人拉住了，好言好语地劝回来。

萧定非便顺顺利利地就坡下驴，推拒了两把之后，重新回到了赌桌旁。

这帮人总算是开始赌钱了，可一边赌，嘴也没闲着。

毕竟两个月前天教打到京城进了皇宫之后发生的事情，早已经在市井中传得沸沸扬扬，只不过这里头夸大或者附会的消息占了大多数，那一日究竟是什么情况，是一个人一个说法。

有人说皇帝是天教的教首杀的。

有人说皇帝是谢危亲手杀的。

甚至有人说是乐阳长公主预谋夺权，给算计死的。

但赌坊里这帮人已经听过了，最好奇的不是这个。

有人还是想不通：“这姜家二姑娘红颜祸水是没跑，可吕照隐怎么说是‘哄骗小姑娘’呢？”

萧定非心道：老子要是知道得那么清楚，不得当谋士去了，还坐这儿跟你赌钱？

他正想找话敷衍，这时坐在边上一名书生打扮的人笑了笑，道：“定非世子所言如若是真，倒也不难推测。谢太师要这天下，直如探囊取物；乐阳长公主彼时手握援兵，也有一战之力。姜二姑娘救过长公主，长公主无论如何也不会恩将仇报地伤害她，可对谢太师就不一定了。谢太师若掌控天下，天下恐不安生；长公主若掌控天下，谢太师就未必有好下场。所以姜二姑娘不就得选择吗？她若与谢太师成亲，长公主爱屋及乌，就算心里再讨厌、再忌惮谢太师，也该知道姜二姑娘心有所属，绝不会秋后算账。”

萧定非一听，还真觉得有点道理。

说这话的文士不是旁人，正是前两年考取了榜眼的读书人翁昂，当年还与萧氏闹出过一桩仇怨，为人任性洒脱，屠酤市井里走动，半点不拿翰林清贵的架子，倒是个异类。

只不过他做此番推测的前提，是萧定非说的都是真的。

事实上朝廷对外的说法是：谢危、燕临二人所率的忻州军确系勤王之师，一路追赶到京城来，与乐阳长公主联手剿灭无道之天教，匡扶了江山，所以谢危成了太师，燕临被封了大将军，长公主则暂时临朝摄政。

史书这东西嘛，得胜者高兴怎么写就怎么写。寻常百姓埋头过日子，谁去计较这个？

这帮赌钱的人不认识几个大字，但对着翁昂这样的读书人都恨不得舔着。毕竟人家这才叫高见。

于是有人左右看了看，凑过来压低声音问了一句："那往后谁会当皇帝呀？"

翁昂在翰林院里有官职，听见这话，看那人一眼，却没回答。

萧定非冷哼了一声："朝里成天吵，天知道！"

这两个月来，京城里发生的事情实在不少。

比如萧氏一族被抄，上上下下除了萧定非这个冒牌货幸免于难之外，所有冠"萧"姓的人都倒了大霉。

比如城外乱葬岗中竟然发现了昔日国师圆机和尚的尸体，查来查去也没查到是谁动的手，反倒查出这圆机压根儿不是什么高僧，牵扯不少命案，还曾淫人妻女，端的是禽兽不如。

比如紫禁城里的皇帝之位已经足足有两个月没人坐上去了，简直是历朝历代千百年来闻所未闻的稀罕事。

按理说，沈琅一朝身死，传国玉玺落在长公主手中，自该扶持皇室，便是从宗室里找一个孩子来当幼帝，都不能让皇位就这么空着。

可朝里有个谢居安戳着，谁敢？

皇族可是有不少人目睹过当日太极殿上那血腥一幕的，胆都被吓破了，更是不敢轻举妄动。更何况顶头有个摄政长公主在，他们想要这位置，也得问问她同不同意。所以愣是没选出个人来。

但天下各州府每一日都有许多事情需要朝廷调停，又才经历过一场战事，百姓需要休养生息，从户籍到赋税到军队，没有一样不需要人处理。

怎么办？

只能由文武百官坐下来一起商量着办，由原本内阁几位辅臣牵头，又引入各部大臣，每日于内阁值房之中议事，商定票拟。但少了以往皇帝御笔朱批盖印这一节，拟定后交由长公主沈芷衣过目，做个样子，便原封不动地下发各部省。

刚开始，朝臣们还有点不习惯。

可还没过一个月，便发现朝廷里有没有皇帝好像并没有他们想的那样重要。政令从中书省出，没了皇帝照样下达，甚至因为不需要再让皇帝批复，早晨来的折子下午就能发回各地或是下级，快了不知多少。而且有皇帝时，甭管多好的想法，总要被挑挑拣拣，皇帝又总有自己的亲信宠臣，是个人都要顾忌点。

现在好，众人完全不用顾忌。纵然也有官位高低，可谁也不真的压过谁去，即便很快就分出一些派系，可大家都有一战一辩之力，倒没有出现什么“一言堂”。

更何况，一个月前内阁里因“秦淮北到底种马铃薯还是种稻谷”争执不休，以至于谁也不服谁，抄起“兵器”大打出手后，刑部与礼部便共同拟出了一卷临时的《内阁疏律》，将“票拟”改为“票选”。

凡在内阁之人，皆有票权。政令拟定皆要票选，票众者令出中书省，下达各部省，严禁内阁“械斗”，包括戒尺、砚台、桌椅、瓶盏等物在内。

现在内阁还打不打，萧定非不清楚。但他琢磨着，皇帝怕是悬了。

这帮老王八蛋刚开始的时候总说什么“国不可一日无主”，催着立一个，可最近这个月吧，渐渐半点声音都没有了。毕竟他们都能干完的事，养个皇帝来给自己当祖宗，算怎么回事？这不是给自己找不痛快吗？

正好长公主好像也没有要把她那异族血统的儿子扶正的想法，他们当然睁一只眼闭一只眼，十分默契地把“立皇帝”这么一件原本“比天大”的事给“忘记”了。

萧定非没读过多少书，也不知道这究竟意味着什么，但反正朝廷怎么折腾都不影响他赌钱，想想便懒得往深了去思考，径直把自己手里的色盅开了出来，大笑一声：“看见了吗？四个五两个六！大大大，这些钱可都是我的了！”

众人顿时骂声一片，可输了就是输了，只好眼睁睁地看着他把那赌桌上的一大堆钱都捞进怀里。

窗外朔风寒冷，沿途有人叫卖热馄饨。

萧定非听见方觉得肚子有些饿了，脑袋探出窗去，就想叫住那卖馄饨的，叫人端几碗上来。只不过他刚要开口时，目光一错，便忽然愣了一下，竟然看见了刑部那位张大人。

大冷的天，他穿着便服，揣着手从街边上走过。

几个光脚丫的小叫花子端着破碗一路行乞，到他面前。他停下来看了这几个孩子一眼，便从衣袖里摸出了不多的两粒碎银并一小把铜钱，放到他们的碗里，然后抬手给他们指了个方向，似乎说了什么。小叫花们都露出惊喜的神情来，朝他弯身，便相携着朝那方向跑去。

萧定非知道，因为战乱恢复后，城里多了不少流民，又是这样的冷天，所以乐阳长公主沈芷衣同内阁提议在各地设粥棚，由国库赈济，同时各地重编户籍，均田安置流民，商议一阵后便拟定细则过了票选。

现在城东处就设有粥棚，衙门则就地重录户籍制发路引，安置这些人。

只不过这位张大人……如今都升任刑部尚书了，却还是一点架子都没有。

萧定非见了，便忍不住想起两个月前的情形——

皇宫里一番惊心动魄，最终刀光剑影竟归于无形。

那位年轻的将军看了许久后，仿佛在梦中一般，也没有笑，只是转过身便逆着人潮而去，连身边任何一名亲兵都没有喊，只是带着一种藏了几分沧桑流变的颓然与萧索，慢慢走出宫门。

姜雪宁看见时，他已经走得远了。只是她并没有追上去，就那样远远地注视着他，眸底凝聚着隐约的微光。

萧定非至今都无法形容自己那一刻产生的奇异感觉：她好像并不单单注视着某个人，更像是注视着渐渐远去的过往与前尘……

黑甲君与忻州军都撤出了紫禁城。天教那帮废物自然被抓了起来。

谢危、沈芷衣并一众朝臣留下来就地议事，其余人等自然是巴不得早早离开这血染的宫廷，能走时立刻就走了。他当然是脚底抹油，溜得比谁都快，只是出得宫门，走到街市，入目所见都是兵荒马乱，繁华的京师成了一座空城。

客栈、药铺高挂的匾额落在地上，摔成几块；秦楼楚馆精致的雕窗破开大洞，狼藉一片；有些酒家平日招展的酒旗被风吹卷到街面上，上头留下了许多脏污斑驳的脚印……

萧定非就是在这种时候看见张遮的。

人去屋空的酒肆门窗大开，桌椅倾倒，碗盘也碎在地上，可就在这满目狼藉之中，偏生辟出了一块安静整齐的地方，方桌一张，清酒一盏。那位张大人独自坐在桌旁，一个人慢慢饮了一壶酒，坐了会儿起身，在那覆了薄薄一层灰的柜台上放下几枚酒钱，然后才出来。

风吹过的街道上，一个行人也无，荒芜的城池像是一场梦境。

张遮却若旧日一般，从这一片荒芜里走过，转进一条寂静的胡同，向门里道一声“我回来了”，低下头推开门走进去。

那一天的京城，分明是风云汇聚，危机四伏，转瞬千变。

惜命的人或四散逃窜，或藏身家中。

一个什么样的人，会在这样一天觅得无人酒家，静酌一盏清酒，细留几枚酒钱，再与寻常无异一般回到家中？

萧定非着实恍惚了一会儿。

旁边的人叫他：“定非公子，怎么了，还赌不赌了？”

萧定非这才回神，再看时，前面街上已经不见人影，也不见了跑走的叫花子，更不见了挑着担子卖馄饨的小贩。

他回过头来笑道：“废话，小爷我今日手气正旺，当然要赌！这回非让你们把裤子脱了再回去不可！”

众人都嘘他。

他也不在意，高高兴兴地把钱收好后就准备重新下注。

有个人突然奇怪地问：“说起来，原来你叫萧定非也就罢了，怎么现在大家都知道你是个冒牌货了，你还叫这名字？”

萧定非怔了一下。他是谁呢？生本无根，飘到哪里是哪里，连名字都是捡别人不要的。

赌坊里忽然静了静，方才说话那人后知后觉，忐忑起来。

没料想，下一刻萧定非就把腿架起来嘚瑟上了，一副没心没肺的吊儿郎当样：“不然呢？叫什么张二狗、李二蛋？你不寒碜吗？！叫什么不重要，能不能骗吃骗喝才是关键哪！我这名字，翠红楼的姑娘叫起来可好听呢。”

先前还紧张的众人陡地哄笑出声，话题一下就变成了翠红楼的哪个姑娘更好。

萧定非一通赌到天将暮才打算回去，好好儿琢磨琢磨大美人和姓谢的过几日成婚，自己送点什么。只不过他前脚还没跨出赌坊呢，后脚就听见对面茶楼的小二不知从哪里跑回来，带了几分兴奋地同里面的人道：“刚刚朝里传出的消息，那位姜二姑娘要入主坤宁宫了！”

“噗”萧定非一口茶喷了出来。

开什么玩笑？皇帝的人选不都还没着落吗？！

第三十章
坤宁

近晚朔风夹雪，外头的天色将暗而未暗，隐隐如涂了一层晦涩的玫瑰色，抵在朱红的宫墙和金黄的琉璃瓦上，倒是为这座前不久才被血腥浸染的宫廷掩去了几分深沉的厚重感，在渐次点亮的宫灯昏昏的光晕里，添上了少许平和的静谧气氛。

内阁值房里烧着上好的银炭。

来报信的小太监吓得哆嗦，不敢抬头。诸位朝臣早已吵了个不可开交。

谢危却都跟没听见、没看见似的，只坐在窗旁，端了一盏茶，凝望着自那深寂高空飞撒下来的白雪，不着边际地想：沈芷衣这是成心跟他过不去，眼看着他与宁二婚期将近，上赶着给他添堵。

“胡闹，简直胡闹，坤宁宫是什么地方？且不说那姜雪宁一介外姓，如今皇帝的人选都还没着落呢，郑皇后才从里面搬出来，她转天就搬进去，什么意思？这是什么意思？”

“可这不是长公主殿下的意思吗？”

“甭管是谁的意思，现在天下无主，咱们也没说因为没皇帝就把议事的地方挪到乾清宫去啊，还不是空着？如今不过是请她替皇族料理些琐事，内务府地方还不够宽敞吗？原以为她识时务，昨儿个才说婉拒了长公主的好意，怎么今天就改了主意？”

“喀喀，姚大人慎言……”

“入主坤宁宫，她是想当皇后不成？！”

……

原本这些天都风平浪静，可前几天倒好，也不知怎么就来了想法，乐阳长公主沈芷衣忽然说要把坤宁宫给姜雪宁。

一个外姓人，又不是嫁给皇族，怎能入主坤宁宫？群臣自然反对。

那姜雪宁倒也识相，头天便婉拒了公主的好意。可没料想，这还没过几天，她突然又改主意了，今天闷声不响地就着人收拾东西搬了进去。非但如此，连挨得近一些的奉宸殿、仰止斋等处她也命人清理打扫出来，简直让人不明白她与沈芷衣合起伙儿来究竟是想要做些什么。

群臣吵着吵着，话也越说越过。

也不知是谁先反应过来，颇为用力地咳嗽了一声，挤眉弄眼地示意众人注意着点——谢危虽一语不发，可人就在边上坐着呢。

如今天底下谁不知道他与姜雪宁的关系？过几天两人便要成婚。他们竟然敢当着谢危的面编派姜雪宁，表达不满，是嫌命太长吗？

果然，众人陆续注意到之后，争执的声音很快就小了下来。

谢危轻轻搁下了茶盏。

几名辅臣的心忽然“咯噔”一下，悬了起来。

今时不比往日了，早在几年前，谁人见着谢危不赞一句“古圣贤人”“如沐春风”？那真是一万人里也挑不出一个的好脾气、好修养、好品性。

可这阵子诸位朝臣才像是重新把这个人认识了一遍，几乎不敢相信一个人前后的变化怎会如此巨大。

以往若是议事，谢危总是唇边含笑，偶尔一句话便有四两拨千斤之效，居中调停，有理有据，三言两语便能缓和原本紧绷的气氛，让众人相谈甚欢。便是他想说服人，都让人浑身舒坦。

可如今，人虽然依旧坐在这里议事，可作风已与往日大相径庭。不管旁人是吵架还是争论，他都懒得抬起眼皮看一眼，甚至连上回内阁里抄起砚台瓶盏打起来，他也没有多搭理，只是拿着手里一卷佛经走了出去，似乎是嫌他们太吵闹。

若是战战兢兢地拟定了国策民计，递到他面前，请他阅看，或问他有何高见，谢危多半是淡淡地说一句：随便。

天下兴亡，匹夫生死，他是真的一点也不关切，甚至完全不放在心上，连样子都不愿意装上一装。

只不过在这里头，“姜雪宁”三个字是绝对的例外。

众人可还记得，三日前乐阳长公主心血来潮，说想要在大乾广开女学，便如当年她在奉宸殿上学一般，推行至天下，使得女子与男子一般都能进学堂读书。

自古男女有别，男尊女卑。

当年沈芷衣能在奉宸殿进学，乃因为她是公主，身份高贵，格外不同罢了，也是因为她来年就要去和亲，当时沈琅为了哄这个妹妹高兴，使她听话才如此。

即便是当时，这件事都在朝野引起了一阵非议。如今内阁这帮老臣怎么可能同意?

当时姚太傅就皱着眉开口：“三纲五常，夫为妻纲，今本乱世，阴阳之位若再颠倒，天下还不知会乱成什么样。女子顶多读些《女则》，懂得孝悌之义，精熟内务，能打理后院的事情便足够了，圣贤书岂是她们读得的？”

众人刚想附和，岂料边上一道平平的声音传来，竟道：“为何不能读？”

众人方听这声音，第一时间都没反应过来。毕竟这些天来谢危几乎都不说话。内阁票拟或是票选，他也都不参与。

所以当他们循声望去，看见谢危放下了手中的道经，抬起头来注视着他们时，众人头上的冷汗几乎一瞬间就下来了。

姚太傅的官位虽与谢危相当，可两个月前的事情一出，谁还不知道谢危如今在朝中举足轻重的位置?

姚太傅也有几分紧张，可事涉伦理纲常，他心里对开女学一事实不能认同，便正了脸色，冷声道：“圣贤有言，女子与小人难养。定天下计本该由男子来，阴阳颠则乾坤倒，祖宗传下来的规矩万万不能坏！倘若要开女学，姑娘家难免在外抛头露面，成何体统！”

谢危一双眼似深海般毫无波澜，目光转向他，只道：“依姚太傅之言，尊卑有别，如若男子读的书，女子读不得，那君王读的书，臣下读不得；圣贤读的书，愚夫读不得。我读的书，姚太傅你读不得？”

众人听得心惊。

姚太傅面上更是一阵红一阵白，因为谢居安这话几乎是在指着他的鼻子骂他，说自己读的书他不配读!

谢危却不觉得自己说了何等过分的话，淡淡地补道：“人生世间本来一样，你乐意跪着没人拦你，可旁人若想站着，你却死活拦着，你又算什么东西？”

姚太傅气歪了鼻子。朝臣们更是差点没吓死。

然而谢危已经重新低下头去，将方才放下的道经捡起来继续读，只不冷不热地留下一句：“近来京中棺价渐贱，姚太傅年事已高，趁这时机不妨早些给自己买一副备着。”

他这不是明着咒人死吗？！

连日来谢危对什么都是“随便”二字，天底下的事都漠不关心，几乎已经要让朝臣们忘了当日太极殿上，这人三言两语间做下过何等血腥可怕的事。

此刻一听，众人全想了起来，顿时个个脸色煞白，哪里还有人敢说什么“开女学不对”之类的话，连先前还与谢危驳斥的姚太傅额头上都渗了冷汗，在接下来半日的议事中，愣是没敢再说一句话。

直到中午谢危走了，众人才如释重负。

姚太傅却还不明白自己究竟是哪里开罪了谢危。

末了还是吏部陈尚书一言将他点醒：“太傅您想想当年长公主殿下在奉宸殿进学，谁去当的先生，那些个女学生里又都有谁？”

姚太傅一听，顿时明白过来。

当年奉宸殿进学，去当先生的可不就是谢危？那会儿他在士林之中声誉正高，甚至被人称为“大儒”。

而那些学生里……其中一位，可不就是姜伯游家的二姑娘、那位在太极殿前叫满朝文武瞠目结舌的姜雪宁？

他不免一阵后怕，庆幸自己没有在谢危面前说出更过分的话来。

开女学这件事，更成了内阁禁忌。别看其他朝政上的事情，群臣那是撸起袖子来就吵，可这一桩是无一例外保持了缄默，就这么离奇地任由政令昭告天下，待得翻过年便要在京中试行。

而刚才沈芷衣将坤宁宫给姜雪宁、姜雪宁也真有胆子入主这件事，对内阁这些辅臣来说，着实是很难接受。所以方才吵闹中无意提及，言语间已是有些冒犯了。

先前还吵嚷得面对面说话都听不见的内阁，突然安静得能听见针掉在地上的声音。众人的目光都若有若无地落在谢危身上。

谢危却只是看着茶盏中那轻轻晃动的茶水，还有沉浮于其中摇曳的芽叶，想起了前段时间，初雪的那个早晨。

姜雪宁抱着他说：“喜欢一个人，是想要对方高兴，自己也高兴，而不是相互折磨。谢居安，倘若你心里有什么不快，都要告诉我。我笨，你不说我就不知道，对我好，也要叫我知道。不然有什么事，都一个人闷在心里，另一个人没心没肺，你呀就越看越生气，常跟自己过不去。”

他还是不懂。

多年来，他心里都埋藏着秘密，从身世到天教，再到各种各样层出不穷的计谋。倘若他心里藏不住事，迟早会害了自己。所以他习惯做，不习惯说。

谢危问：“我常让你不开心吗？”

姜雪宁面上便出现了一种很难言说的神情，似垂悯，似难过，又好像带着一种温温的包容，然后凑上来亲吻他的眼角。

她说："我只是想你放过自己。"

她的唇瓣是润湿的，落在他的眼角，便如一瓣倾覆而来、沾着些许清润露水的花瓣。

谢危将她搂在怀里，可人坐在窗下，却只是看着案上点的那一炉沉水香袅袅而上的烟气，久久不言。

姜雪宁曾说，他不会喜欢人。

姜雪宁又说，有什么不快要告诉她。

姜雪宁还说，想他放过自己。

可卸下防御对着旁人剖白自己，对谢居安来说是一件危险的事。他始终很难去想象。

只是这些天来，宁二注视他时那仿若蒙了一层薄雾的眼神，总是在他的脑海中浮现，让他觉得胸膛里跳动的那颗心像是浸泡在烈酒里一般，灼热滚烫，甚至带着一种饱胀的滞痛。

谢危突地起身，抬步便往外面走去。

内阁值房外挂了许多伞，他拿起一柄来，便伸手将其撑开。

内阁中几位辅臣都不由得吓了一跳，几乎是下意识地喊了一声："谢少师——"

谢危头也不回地道："有外姓人因公事入主坤宁宫，不正好吗？"

说完他已执了伞，径直步入纷纷扬扬的暮雪中，向坤宁宫的方向走去，不一会儿便行远了。

内阁中众臣乍听此言，皆是一怔，不由得面面相觑。

坤宁宫有主，这算好事？

然而众人刚要开口表示疑惑时，脑海里灵光一闪，总算是反应过来。

他们觉着乾清宫空着，坤宁宫就也该空着。可如今坤宁宫被长公主挪给了姜雪宁，这不正说明沈芷衣完全没有要扶立新帝的想法吗？不然将来立了新帝，新帝大婚，叫人搬进搬出，那多麻烦，多尴尬？

他们已算是知道没有皇帝的好处了，明里不说，暗里却都十分一致地不希望再搞个皇帝出来。

姜雪宁入主坤宁宫，几乎立时削弱了坤宁宫作为皇宫寝宫的特殊地位，连带着把整个皇宫的特殊性都给削了下去，可不是好事一件吗？

倒真是他们没想透啊。

只不过，谢居安也觉着这是好事一件吗？

★

坤宁宫内外，到处是忙进忙出的宫人。

郑保指点着他们重新布置着宫室，不用的搬出去，有用的搬进来。

姜雪宁倒用不着自己动手，交代完一些事之后，就同进宫来走动的方妙一道坐在偏殿里，一边剥着橘子，一边烤火，顺道聊聊近日京中的趣事。

殿里头暖烘烘的，方妙忍不住第一百次赞叹起来："当初头回见着你，我就知道你是个有'势'在身的大运之人，果然没叫我料错吧？你看看这座宫殿，往日那可是天下女子巴不得进来的地方，如今长公主殿下眼睛也不眨一下就给了你，甭管当不当皇后，这也是坤宁之主啊！"

沈琅虽然驾崩了，可皇族并未瓦解，朝臣也没有瓦解皇族的意思，所以沈玠还是临淄王，方妙也还是临淄王妃。

只不过谁也不提"报仇"的事。

二十余年前"三百义童"的惨案，是非曲直如何，各在人心，何况还得掂量掂量是不是有本事向谢危寻仇。沈芷衣手握重兵都没提这事，其余人等有点眼色的也该看出局势来了。

方妙自然也不瞎掺和。

她虽嫁了人，可眉眼间的神态与旧日在仰止斋当伴读时没什么变化，甚至端庄的衣裙边角不显眼处，还偷摸挂了一小串铜钱，时不时便悄悄摸上一把，眼睛看着人时也还透着点神神道道的打量。

只是看着看着，她又忍不住深深地叹息了一声："唉，太可惜了……"

姜雪宁闻言，不由得向天翻了个白眼：又来了，又要来了，这些天她耳朵都要听出茧来了！

果然，紧接着方妙就用一种恨铁不成钢的口吻扼腕道："真的太可惜了！其实这座坤宁宫算什么啊？你可是差一点就把整座皇宫握在手里的女人啊！大好机会放到眼前，天下唾手可得，只要你当时点个头，这天下说不准就换了女主！"

姜雪宁没接话。

方妙眼底更添了一分惋惜之色："到那时，说不准我能跟那个圆机和尚一样，骗吃骗喝，蹭着你混个国师来当当，岂不美哉？"

姜雪宁掰了一瓣橘子塞进口中，笑起来道："天刚好要黑了，挺适合你现在做梦的。"

她穿着一身浅青色衣裙，抬起手来时，那上好的绸缎顺着她柔滑的肌肤层叠落下，便露出了纤细白皙的手腕，上头松松挂着一串通透澄澈的蜜蜡黄手串，轻轻一晃便折射出柔和的光彩。

说是“蜜蜡黄”，可其实不是蜜蜡，而是和田黄玉之中比羊脂玉还要名贵的玉种。瞧着与蜜蜡黄玉相似，可价钱差出天去，除了少量为民间巨富所有，仅有的那些也进献给了皇室。

方妙还记得以前沈玠拿回来过一块。她当时瞧着欢喜，琢磨着是打块小玉佩戴在身上，还是做成抹额挂在头上，末了拿不定主意，也舍不得瞎动，便干脆锁在了匣子里。

可如今看姜雪宁，就这么漂亮圆润的一串挂在手腕上，十二颗珠子打磨得光滑细腻，乍一眼看上去只怕要以为是蜜蜡。毕竟哪家有钱也不是这样糟践的，拿着一方整的黄玉，做成一枚印章或是玉佩还好些，若要切碎了打磨成珠，不知要浪费多少好玉料，简直是暴殄天物。更不用说这和田黄玉玉色如此均匀，质地又都如此上乘，天知道要花多少工夫才能凑足！

方妙是前几天见她戴上这手串的，第一眼看时也没在意，后来对着光偶然瞥见，才发现这玩意儿竟是和田黄玉，差点没惊得把心给吓出喉咙，于是带了几分艳羡地说，这一串可真好看。

姜雪宁当时在做别的事，只漫不经心、不甚在意地回说：“上个月谢居安随手给的，也不大好看，在妆奁上搁着吃了大半月的灰，前两日把原来那紫玉手镯磕了，才勉强拣来戴戴。”

随手给的，吃了大半月的灰，勉强拣来戴戴……嗯，可能人跟人的差距就是这样吧……

当时方妙就不想说话了。

眼下不经意间又瞥见这串珠子，她便想起当日的堵心来，这回倒是真心实意地道：“也就是姜二姑娘才有这福气，往日吃得多少苦，今日才能享得多少福，过舒心日子，换了旁人还吃不住这样好的命格呢。”

姜雪宁不由得看她：“你这感叹来得没道理，府里什么事叫你不痛快？”

方妙与沈玠算是一对欢喜冤家，不打不相识，如今是床头吵架床尾和。

小两口的事情本也不需要旁人多掺和，只不过沈玠善良又心软，后宅里还有一个姜雪蕙，虽然方妙不争不抢，日子也能过吧，可与什么“神仙眷侣”就差多了，也就是凑合凑合比旁人好点。

方妙撇嘴：“你可不知道，早两年不是传过要立他为皇太弟吗？这阵子京里人人都在猜将来谁做皇帝，有些个没眼色的人便往他身上猜。如今王府里面可热闹了，金银财宝之外，什么妖姬美妾都往后院里送呢，今儿个赏雪偶遇，明儿个月下相逢，没事都能搞出事来，一团乌烟瘴气。今晚我可不想回去受那罪，你若不留我，我找殿下蹭个地方睡去。”

她说得轻巧，却未免带了点酸气。但凡动了真心的人，哪儿能那么心平气和地面对呢？

姜雪宁笑起来：“你这是在意了，吃味儿了。可他既然对这些人无意，那也只是那些人对瞎子点灯，白费蜡，你倒不用往心里去，总归就烦一时罢了。”

方妙道：“我知道他没错，可看着就是不高兴。”

这种事，总是没道理可讲的。能控制住不迁怒是很难的，说不心烦也是假的，她只恨不得把那帮心怀不轨的女人都赶出去，别在自己面前晃悠。

只不过抬眸一瞧姜雪宁，她却突然怔了一下。

姜雪宁道：“怎么了？”

方妙眨了眨眼：“你从来不这样吗？”

姜雪宁没反应过来：“哪样？”

方妙坐直了身子，注视着她，眸底多了几分探究的认真神色：“像我一样，通俗点讲就是‘吃醋’。比如别的女人靠近他，明明也不是他的错，可你就是不高兴，忍不住，甚至还要给他气受。你没有过吗？”

吃醋？

姜雪宁仔细回想了一下，还真没有，于是摇头。

方妙面上顿时闪过一分惊异之色：“这怎么可能呢？”

她忍不住想要追问，只不过这时候外头突然来人通传，说谢少师往这边来了。

方妙立刻就闭了嘴，同时还有几分莫名的心虚胆怯，赶紧起身道：“天色也晚了，我突然想起我在这儿跟你说了半天话，还没去给殿下请安呢，这就先走一步！”

说罢她脚底抹油便溜，那架势俨然是学得不好的学生怕遇着先生，能躲多远躲多远。毕竟方妙当年在仰止斋也算是混日子的一把好手，可不敢被谢先生看见。

于是谢危撑着伞从纷纷扬扬的雪里走过来时，就见偏殿里的姜雪宁手里掰着半拉橘子，用一种颇为无奈的眼神看着他。

一名新来的宫女立刻上前要接过他的伞。岂料谢危眉尖微微一蹙，跟没看见似的，自己轻轻将已经收了的伞斜靠在廊柱下，然后才从外头走进来。

谢居安凡事不爱假手他人，这一点姜雪宁是习以为常的，往日并不曾注意。可今日兴许是换了一名新来的宫女，瞧着眼生，她反倒注意到了。

方妙方才困惑的问题忽然从脑海中闪过。姜雪宁眨了眨眼，看着他朝自己走近。

大冷的天从内阁值房那边来，他眼角眉梢本就清俊，如今更染上少许寒意，一双眼看着人时，格外有专注深沉的味道，道袍雪白，不沾尘埃。

她几乎已经习惯了谢危这不食人间烟火的谪仙模样，好像除了胆大妄为的自己之外，也不曾听闻哪个女人对他投怀送抱。此人似乎天生不近女色，旁人也像是天生不招惹他。

但她想想怎么可能呢?

谢居安位高权重，又生得这样一副好皮囊，便是没有满身的智计才华，也不知是多少闺中少女梦里的良配，天底下想与他有点什么的姑娘，想也知道根本不可能少。

可自己就是没有听闻半点消息，甚至从来没有见过，自然也就不会像方妙一般烦扰。因为谢危不是沈玠。

姜雪宁并非不会吃醋的人，相反，她若闹腾起来，手段是一点不少。可打从与谢居安在一起，甚至没在一起时，她就从来没有过这样的想法，那些小性子和脾气更是再也没有出现过。

不是她收敛了，不用了，而是谢居安不声不响地做得太好，一点烦扰都不带给她，以至无论是小性子也好，醋坛子也罢，根本连派上用场的机会都没有。

她眼底润湿了几分，主动上前环住他的腰，问:“怎么过来了？”

他才从外头来，身上还是一片冷意。可她在这殿内熏得暖烘烘的，凑到他怀里，便将那冷意驱散了几分，谢危搂住她，笑了一声:“我要不过来，就你给沈芷衣卖命这架势，还不知要在宫里睡几天。”

姜雪宁咬唇笑:“谁叫你不来接我？”

她惯来强词夺理，这般理直气壮，谢危都习惯了，也不反驳，拿起旁边雪狐毛绲边的斗篷，便把她整个人都罩在里面，只露出巴掌大一张小脸，道:“我们回去吧。”

★

姜雪宁听他说“回去”，用的还是“我们”，眼底便带了几分促狭之意，偏要问他:“回哪儿去？”

谢危唇线紧抿，看着她不说话。姜雪宁便忍不住闷笑起来。

过了好半晌，他耳尖微红，面上却平静一片，道貌岸然地吐出了两个字:

"学琴。"

她差点笑倒。谢危却拿她一点法子也没有，索性一手持伞，一手把人环住，从坤宁宫偏殿前面带走。

郑保手里拿了一张清单来找。还没等他开口，谢危已经扫了他一眼，径直将他的话堵了回去，淡淡地道："不是死人的大事就明天来问。"

郑保顿时无言，一句话也不敢再说，只能这么眼睁睁地看着谢危把人带走。

姜雪宁踩着已经被雪盖上薄薄一层的台阶往下走，笑道："你也太霸道了，今日安排不好，明日还要他们布置，耽搁了可不好。"

谢危道："你有意见？"

姜雪宁连忙摇头，假假地道："那小的怎么敢？您说什么就是什么。"

谢危不接她的话了。

两人出得坤宁宫宫门时，许是今日人来人往，搬进搬出，宫内一应琐事无人照管，竟有一只毛色雪白的猫慢悠悠地从朱红色的宫墙上下来，可因着那一身毛与雪的颜色相近，乍一看还很难发现。

姜雪宁瞥见时，差点踩着它的尾巴。可这一瞬间脑海里想起的竟是身旁的谢危，手伸出去几乎下意识地就拽住谢危，要将他往自己身后拉。

没料想谢危倒没什么反应，只是垂眸看了一眼，眼见它挡路不走，便俯身拎着这小猫的脖颈，轻巧地将它提了起来，然后放到道旁去。

姜雪宁愣住，这一时竟有一种说不出的迷惑之感，又隐约像是猜着一点什么。她怔怔地望向他。谢危却只道一声"走吧"，便拉着她的手往前走。

紫禁覆雪，宫墙巍峨。

姜雪宁心有所触，唇边也绽出微微的笑意来，问他："不怕猫了？"

谢危道："猫哪里有人可怕？"

姜雪宁沉默片刻，又看见了夜幕下不断飘洒下来的白雪，问："那雪呢？"

谢危道："总会化的。"

那一刻，当真像是漫天飞落的雪都退去了萧瑟的寒意，反透出一种轻盈和缓的温柔。

刀琴驾着马车在宫门外等候。

两人出来，便掀了车帘入内，而后一路朝着谢危的府邸驶去。

道中无聊，姜雪宁便忍不住暗暗从他口中探听内阁那边的情况："女学的事，那帮老学究现在是什么口风？"

这小骗子，成天想从他这儿套话，后门走起来可真是顺溜。

谢危闭上眼睛，含笑道："没有口风。"

姜雪宁以为他这意思是不告诉自己，眼珠子一转就蹭了上去，声音都软了些："我知道，如今朝廷都是内阁议事，事若未定不外传，你在其中的确不方便总跟我说里面的情况。可稍微透露一点也无妨嘛，就一点，一丁——点儿！"说着她还掐了掐小拇指，比出来的是一个特别特别小的部分。

谢危被她这一声叫得耳朵都要酥了，斜眼看她，然后按住了她搭在自己左臂上的手掌，以防她再做出点什么来，叹了口气道："'没有口风'的意思是，他们心里有意见，却不敢反对，不是不告诉你的意思。"

姜雪宁明白了："哦。"她想想就要松手，只不过眼珠一转，突然又想起学塾的事来，非但没松手，凑得还近了些，"那你觉得，把以前的奉宸殿、仰止斋，就坤宁宫附近那一片改作女学第一间学塾，先收京中贵女，余者必闻风而动，然后再往京中其他地方，还有其他州府推行，怎么样？"

谢危想想，她这是觉得自己的利用价值还没尽。其实对什么女学、科举，他一点兴趣都没有，但此时若要说出"随便"二字吧，她一双眼又亮晶晶地看着他，让他无论如何也说不出口，于是想了想，才道："挺好。"

姜雪宁得寸进尺地道："然后呢？"

谢危考虑片刻，看她一副真心求教的模样，到底没磨过去，耐心地教她道："法子是没有错的，只不过鹰隼长有一双利眼，为的是飞在高空也能看清下方的猎物；农户给庄稼勤浇水，去虫害，为的是秋收时节千钟粟；天下读书人，十年寒窗，为的是一举闻名天下知，封侯拜相享庙堂。世间人多是无利不起早的，要推女学，怎么建学塾，收学生，都是外术，倘能我不动而人趋之若鹜，方是内道。长公主要推女学是个想法，提起来容易，但你们可想过学有何用吗？"

我不动，而人趋之若鹜。

姜雪宁心底一震，眨了眨眼，脑海里便突然闪过了几道灵光，隐隐已抓住了什么，顿生醍醐灌顶之感。

谢危知道她不算笨，这些事上还是一点就透的，便道："且凡谋事不可一味谋大，越是大事，越当从小处做起。凡能一蹴而就的，往往都是坏事。开女学，你是想使学生能学成科举之才，还是先识字为好呢？"

姜雪宁皱眉思索。谢危循序渐进，一点点地引导她："天下有白鹿、岳麓等几大书院，学子千里迢迢地也来求学，可知为何？"

姜雪宁道："因为书院的先生学识更厚。"

谢危笑了："不错。"

姜雪宁便轻轻地“啊”了一声：“所以，能开多少学塾，又开成什么样，关键不在有多少学生能来，而在于有多少先生能教，还愿意教！”

谢危见她抓住了关键，唇边的笑意便深了几分，安然地重新把眼睛闭上，靠坐回去，道：“谋事易，成事难，贪多嚼不烂，想清楚再做，别让人看了笑话。”

谋事易，成事难。

姜雪宁曾经总想，这人天纵奇才，做什么都很容易，哪怕是谋反这般大事，也仿佛信手拈来。然而世间哪里有什么真正容易的事？一切举重若轻背后，都是不为人知的心血……

她凝眸望着他，到底又为这人心折几分，服了气。

只不过嘛……某些事上，他是真的不开窍。姜雪宁琢磨，内阁里面如今可是全天下各种消息的汇聚地，她入主坤宁宫的事情按说也不小，这人怎么就能憋住不问呢？

回到谢府，她满脑子还都是关于女学的想法。

谢危问她：“想吃点什么？”

她随口答：“下碗馄饨？”

谢危便把她往壁读堂里一放，有笔有墨，留她一个人伏案飞快地写下什么，自己则往后厨去。

这两个月姜雪宁早把他这府邸摸熟了，跟在自己家似的，地龙烧着，地毯铺满，才一进屋便把鞋踹了，盘腿坐在谢危平日坐的太师椅上，铺了纸，提笔记马车上所得的指点和想法，没留神便是两刻过去。

她写了一会儿，思路便被困住，坐了半晌之后，没忍住下来左右踱步，考虑起来。

身后便是一排多宝榻，另一边则是一墙的书，有几只嵌在壁上的匣子，抽屉上连着祥云竹枝般的铜环。先前她没注意，偶一抬头，竟看见其中一角挂出一根细细的黑色丝绦。

姜雪宁便止了脚步，手指缠上这缕丝绦，本以为只是哪里不小心挂上的，没料想竟然连着匣子，于是扣着那枚铜环，便将那匣子抽了一半出来。

这时她便看清那丝绦系着的是一方印，里头还放着一柄眼熟的薄刃，下面压着几页纸，那字迹歪七扭八，拙劣得像狗爬，叫她这个曾经的原主见了都忍不住面上一红。

姜雪宁轻轻咬牙，便想要拿出来，没料想一只手及时伸了过来，竟赶在她去拿东西之前，将这抽出来的匣子压了回去，严丝合缝，再也瞧不见里面有什么。

姜雪宁怔了怔，立刻回头。

果然，不知何时谢危已经回来了，另一只手上还端了碗馄饨，此刻立在她身后，高出她半个头，僵着脸瞧她："谁让你乱翻的？"

姜雪宁可一点也不心虚，还稍稍抬起自己削尖的精致下颌，轻哼一声，像是偷着腥的小狐狸一样看他："怎么，翻不得呀？"

谢危把那碗馄饨放下了。

姜雪宁这人惯来是给三分颜色就能把染坊开遍全京城的，偏不放过他，还凑过去追问："我怎么觉得里头那张答卷那么眼熟呢？是谁这么大逆不道，竟敢公然宣称要搞出孔圣人的十八般做法来？这种答卷，真是，就应该把人抓起来，狠狠骂她……"

谢危抿直唇线，盯着她。

姜雪宁用脸贴着他的肩："谢先生，你说你到底是怎么想的呢？"

那时她在奉宸殿做伴读，见天儿地被他训斥，动辄得咎，旁人都下了学，她还要被拎去偏殿练琴。且他人前是叫人如沐春风的圣人，人后对她却总有一种叫她害怕的严厉。还有甄选考学的那一次……这人留她下来说两句话，差点没把她吓哭。

可这答卷……

谢危没回答，只转头问："你饿不饿？"

姜雪宁摇头。她现在才不饿呢，难得抓着谢居安的小辫子，眼底都是兴奋之色，浑然不知凡事得讲个"度"，还絮絮地追问："我记得你给我做了桃片糕，我给了周宝樱几片，你后来还生气了……"

接下来的话便被淹没了。

谢危的手臂突然紧紧地箍住她纤细的腰肢，僵硬的面庞上带着一种纵使被人揭了短处也镇定自若的冷静，然后封住了她的嘴唇。

她支吾着，声音细碎，半晌后被放开，只觉头晕眼花。

谢危坐在书案前那张太师椅上，然后抱她坐在自己的腿上，好脾气地笑着问她："想知道什么，我都告诉你。"

姜雪宁看着他，心底突然有些发怵。他人高腿长，抱着自己坐在他的腿上时，她只穿着罗袜的脚掌都不大沾得到地面，如此便越使她心慌意乱，几乎立刻怂了，换上一副委屈的口吻："不想知道，我什么也不想知道。"

谢危就知道她是属乌龟的，手把着她的腰，便在她腰侧的软肉上捏了一把，面上笑意未减半分："刚才不是还很好奇吗？先生一点点教你啊。"

姜雪宁猝不及防，顿时呜咽了一声。她的声音本就细软，这般来多带了少许惊喘，一双眼更是水雾蒙蒙，可怜巴巴地看他："我错了。"

还未成婚，晚些时候他还是要送她回府的。

谢危到底没把她怎样，只是静静抱着她坐了片刻，傍晚时分内阁里的听闻便渐渐浮了上来。

姜雪宁问他："你没有什么话想问我吗？"

谢危凝望着她。

这种感觉终究让他不习惯，但看她眼底带了几分期许地望着自己，许久后，他终于开口道："入主坤宁宫是怎么回事？"

这一瞬间，姜雪宁眼底便绽开了笑意。她伸手搂住了他的脖颈，然后一五一十如实地告诉他："吕显不是给朝廷出了个主意吗？"

沈氏皇族如今位置尴尬，但总不能放在那里晾着。

可人养着就要花钱，难不成还像以前一样，国库是他们家，予取予求？内阁辅臣自然不答应。

吕显回了朝廷，当了户部侍郎，新官上任三把火，第一把就烧给了皇族，提议：以往沈琅私库里的钱财归于皇族，朝廷既往不咎；但国库的钱不容许皇族再染指，从今往后，每一年国库只按定例，还要交由内阁审定，才拨给皇族一笔钱。就这两部分钱，皇族可以随便开销，一年花完朝廷都不管，反正他们不能再向朝廷多要哪怕一个子儿。

如今皇族是沈芷衣执掌，国库空虚，拨的钱不多，但沈琅的私库是承继自历朝历代皇帝的私库，纵使挥霍了大半，剩下的那一部分也颇为可观，只是若取用无度，久了仍会坐吃山空。

想要长久，就得有长久的法子。

所以，沈芷衣比旁人看得远些，力压沈氏内部诸多不满之声，径直将这么大一笔钱都交到姜雪宁手里，让她想做什么生意就做什么生意，得利之后抽二成做佣金。

要知道她手里缺钱的产业还真不少。且这么大一笔钱，将引动多大的力量？这绝对是稳赚不赔的买卖，姜雪宁没有拒绝的道理。

她掰着手指头给谢危算："你看，要当皇族的账房大管家，要推女学，那么多的事要调停，来来往往都是人，内务府那么大点地方，哪里装得下？比不上坤宁宫宽敞呀！"

谢危还是觉得沈芷衣给自己添堵，没说话。

姜雪宁看他这模样就知道他有闷气，不高兴，于是突然想起了彼时那个被她女扮男装气得红了眼的沈芷衣，眼帘微微一颤，轻声对谢危道："她只是想用她的方式对我好罢了。"

那天是她从内务府整理账目回来，经过坤宁宫。见许多宫人搬进搬出，她问了一句："这是在干什么？"

边上的宫女告诉她：圣上已经大行，坤宁宫历朝历代都是皇后住的地方，将来还不知道是谁当皇帝，如今再住是名不正言不顺。按祖制，郑皇后自然要从里面搬出来。从此以后，这座宫室便要空置了。

傍晚时分，夕阳残照，朱红的宫墙映着金黄的琉璃瓦，坤宁宫那道熟悉的大门里仿佛也流转着几分物是人非、朝代更迭的斑驳光影，让她一下想起了往事。

她费尽心机入主坤宁宫……可最终呢？入主成了入土，宫殿也是坟墓。

这一天，她站在外头看了一会儿，才一笑离去。

谁承想第二天沈芷衣就派了人来。

是郑保。

他师父王新义在两个月前已经因为想要暗中逃离京城被锦衣卫的人暗杀，所以如今皇宫上下大小事宜都由他来打点。

眉清目秀的一张脸还是以往模样，见着姜雪宁，他就微微笑起来，道："如今坤宁宫已经空置，地方宽敞明亮，比起内务府那点狭窄的地方更适合议事，且仅次于乾清宫，勉强也算在皇宫中心，去哪里都方便。长公主殿下说，还请您从仰止斋那小地方搬出来，入主坤宁宫，也免得成日劳累。"

姜雪宁目瞪口呆，她知道坤宁宫意味着什么，当时就拒绝了。

只不过……琼鼻轻轻一皱，姜雪宁想起那帮老学究就生气："我都识相没答应了，他们还叱骂我，我是那种受气的人吗？铺盖一卷第二天我就搬进去了，跟我斗！"

想她曾经是什么人？不管谁当皇帝，她都要当皇后。

如今沈芷衣不过送她一座坤宁宫，这帮老头儿就天天说个不停，讨厌的人还是一样讨厌！

谢危终于被她这样生动的神态逗笑了，嘴角弯起时，眉梢都挑了起来。

姜雪宁见了，便目眩神迷，突然鬼迷心窍，竟凑上去亲他。润泽的唇瓣带着一股清甜的气息，贴上他的唇瓣，描摹那薄薄的带着些许棱角的唇形，犹豫片刻后，尖尖的小舌悄悄探出，便朝他口中滑去。

心跳骤然快了几分，她少有这般主动的时候，还未做多少，面颊便已染上了桃花似的绯红，越是那一分欲说还休的羞怯，越是如擂鼓一般使人怦然。

谢危双目锁着她，声音沙哑地道："你一定要找死吗？"

姜雪宁立刻就后悔了。她只是想这人难得有什么不满都好声好气地说了出来，该给他些奖励，可不想在这儿被他留到半夜，于是身形一动就想跑。

可她人本就在谢危的腿上，能跑到哪儿去？早就迟了。

他轻易便将她把住，连地方都不挪一点，上手抚触，引她情难自已，沾不到地的雪白脚掌上，罗袜晃晃地挂着，指甲修剪圆润的脚趾都禁受不住似的绷直了。

她羞愤地捶桌："你这人怎么这么坏？！"

谢危捞她起来深吻，一双含着笑的眼眸里，神色无比认真："我总能比你想的更坏三分。"

这分明不是一句好话，姜雪宁却被这人眼底的认真打了个七零八落，溃不成军，抱了他一会儿，方问："为什么连刀都藏进匣中？"

以后他不用了吗？

或者，他不用防着出什么意外了吗？

谢危喉结上下动了动，沉默良久，凝视她濡湿的眼睫，终究没有回答，只是用自己带了几分热度的唇瓣，在她的眼角烙下一枚轻吻。

天下之刀，总为杀人。

许多刀用来杀别人，但不是所有刀都用来杀别人。

他贴她极近，语气带了一种近乎蛊惑的缱绻之意，声音低哑如允诺似的向她道："姜雪宁，我是你的。"

（正文完）

番外

明月知
此心寄予

番外一

大婚

（1）鸡头米

一晃已是六月，满街暑气，街市两边的摊贩都打起了蒲扇，在渐渐沉下的暮色里有气无力地吆喝。

谢危傍晚从宫里出来，瞧见路边有人卖新鲜的鸡头米，想起姜雪宁爱吃，便从马车上下来，亲自挑了半斤买下。

那小骗子现在该还在他府里呢。原是他揪她来学琴，没料想黄河水患，他忽然被叫去朝里议事，一去就是两个时辰，到现在才回。姜雪宁那性子，该等得不耐烦，不买点东西把她的嘴塞上，一会儿同他讲起歪理来，只怕又有一堆的借口不学琴。

剑书留在府里伺候。

谢危才远远到斫琴堂外面，就瞧见他愁眉苦脸地站在廊下，仿佛遇了难事。再一听里面，半点儿声音都没有，更别说是琴声了。

他走上来问："人跑了？"

剑书硬着头皮回道："倒没跑，就是，就是……睡着了。"

谢危默了默，真是一点也不意外。

他抬步走进去，便看见那张"蕉庵"斜斜摆在琴台上，而姜雪宁歪在窗下那张罗汉床上，眼睛闭着，香梦正酣，琴谱就正好掉在她手边的地上。西面的晚霞映满窗纸，光线便晕开了，均匀地涂抹到她身上，仿佛柔柔地上了一层水粉。

谢危静立在门口，看了片刻。末了还是轻轻叹了口气，放轻脚步，走到她身边，将那卷琴谱从地上捡起，放回桌上，坐在旁边剥起鸡头米来。剥完拿青瓷小碟盛了，一粒粒雪白。

姜雪宁是被那股淡淡的清香勾着馋醒的，睁开眼时，天色早都暗了。

斫琴堂里点了一盏灯，谢危就背对着她，坐在那灯旁，听见动静，头也不回地问：“醒了？”

姜雪宁原本只醒了一半，听见这清清淡淡的嗓音，剩下那一半登时也醒了。她一个激灵翻身坐起来，就跟老鼠乍然见了猫似的，警惕地道：“说好了今日你教我学琴，可你半道走了，我睡着那也不能怪我。你回来也没先叫我，所以也不能罚我……”

谢危停下来斜她一眼，姜雪宁立刻闭了嘴。

他轻轻一敲旁边的桌面，姜雪宁便会意，老老实实地坐了过来。这一下，才看见桌上已经剥好的鸡头米，一时望着他，倒有点怯：“给我剥的？”

谢危眉梢一挑：“不吃？”

这哪儿能不吃？姜雪宁可就是被这玩意儿馋醒的。听见谢危这句，她立时眉开眼笑，把那只青瓷小碟扒拉到自己面前来，美滋滋地挑拣着，先吃小的，大的留到后面。

谢危看得发笑：“你这吃法，倒像是不省着下顿就没得吃了一样。”

姜雪宁咕哝：“下个月就要跟你成亲了，说不准真就没得吃了呢？”

亲事是两个月前定的。

谢居安这人既不请媒也不邀妁，自己抄了一封庚帖，给姜伯游递了。

姜伯游眼见昔日同僚竟要成自己女婿，就算是早先有所猜测，也没料想到来得这样快，不免面色难看，气得在自己书房里面大骂。可谢居安早命人将流水似的彩礼抬了，绵延三五里，抬到姜府门口，便是早些年皇妃进宫也没有这样大的排场。

满京城便都知道这事儿是板上钉钉了。

姜伯游再不愿意，胳膊也拧不过大腿，只能忍气应下。孟氏的态度如何不得而知，反正谢危没让半点闲言碎语传到姜雪宁耳朵里。

婚期便落在下个月十六。

按着京中嫁女的风俗，这些天他们不该再见了，只是谢危这人霸道，仍旧以学琴的名义把姜雪宁抓来，气得姜雪宁每天悄悄骂他一回。现在这是借着他的话当面损他呢。

谢危心想，她胆子倒是越来越大了。只是一转念——还不是自己惯出来的？于是他一笑，也不去计较了，只道：“刚才在内阁听姜伯游说，你这两天在收拾东西，好像准备出远门？”

两年前，她跑过一回。那一次，谢危没留住。眼下他声音虽然稀松平常，可目光却静静落在她身上，错也不错半分。

姜雪宁刚拈起一粒鸡头米的手指，便忽然顿了一下。她搭垂着眼帘，慢慢将这粒鸡头米放了回去，过了好半晌，才抬眸看向谢危，轻声道："成亲之前，我想回去……看看婉娘。"

（2）野山枣

姜雪宁真的回去了，只不过这次有谢危陪着。

当年婉娘带着尚在襁褓中的姜雪宁被赶出姜府，栖身于远离京城的一座田庄。

那个地方叫青瓦庄，真就是瓦片大小一块地方。在群山环抱之间，东面临着悠悠长河。

人们种稻点豆，务农为生。只有富裕些的人家，屋顶上会盖有瓦片；穷一些的，便烧黄泥砖做墙，铺干茅草为檐。

夏天来了，有风有雨也有稻花香，姜雪宁就光着脚从田埂上跑过，去叫地里劳作的婉娘回家；冬天来了，有雪有雾也有山枣红，姜雪宁就爬上树摘下枣，用清溪水洗了唤她吃。

那会儿只有外人叫她婉娘，而她唤她"娘亲"。她们在这儿相依为命十四载。

只可惜，竟是一场谎言。

在她十四岁那年，婉娘一病，撒手人寰，从此命运向她开了个巨大的玩笑，将她推入了泥淖的深渊。

一辆光鲜的马车，载着惶然不安的她，驶向京城；病去的婉娘则被草席一裹，黄土一覆，埋在了青山脚下。

那座坟头久无人打理，已长满了荒草，连墓碑上写的名字也被经年的雨水侵蚀，刮得看不清了。

姜雪宁带了一小坛杏花酿，一小碟桃片糕，放到她墓碑前，轻声道："婉娘，我回来看你了。"

谢危立得远远的，并不靠近。

姜雪宁便把周围的荒草都压平了，抱着膝盖坐下来，同她讲姜雪蕙："她嫁给了沈玠，是个王爷，虽然只当了侧妃，但衣食无忧，人也不愁。她成婚的时候，我把镯子给了她，说是你送的。她……"

声音一顿，她笑了一下，泪却从眼底滚落。

姜雪宁撒了谎："她见了很喜欢，戴在腕上也很好看。还说，等回头得空了，就专程回来看你。"

山风拂过层峦，树里蝉鸣阵阵。

她的声音也风似的轻快："我也见过京城啦，就像你说的那样，真好，真漂亮，到处都是人。可我在那里待了好久，总也不如这里自在。你若是活着，怕要骂我不知好歹了吧？"

婉娘对她好，也对她不好。

可经年辗转，爱恨如痴，那些不好的固然为她留下了深深的伤痕，可经历的时间久了，竟慢慢淡了。

过去她恨，求自己所未得，最终迷了路；如今她爱，索性不去强求，却柳暗花明。

人活着，总归得往前走。

这一天，姜雪宁像是回到了童年时，向她絮絮叨叨，说着自己在外面的收获，结交的朋友，一直坐到雾隐山峦，夕深露重。

回去的马车上，她掀开一角车帘，远远地看着那座小小的坟冢。

谢危轻声问她："还恨她吗？"

姜雪宁久久没有回答，只是盯着远处，看四合的暮色将那座坟冢吞没，慢慢道："燕临说，她爱我。我想，她为我穿衣，给我做饭，就算没有爱姜雪蕙那么多，也至少分给过我一点点。除了姜雪蕙，我就是她第二爱的人。多也好，少也罢，总归有，不是吗？"

谢危的心，像是忽然被什么揪住了。他伸出手，揽住她的腰，摩挲着她的耳垂，转过了她的脸来，便见她眼睫濡湿，眼眶也红了。

姜雪宁望着他，却问："你恨过我吗？"

谢危静默不语。

姜雪宁便道："当年，婉娘的心里只有姜雪蕙，没有我，我恨过她。所以便想，那时我眼里只有张遮，没有你，你该也恨过我吧？"

谢危竟轻笑一声，一巴掌拍在她脑门儿上："恨？再胡说八道，信不信回去让你抄琴谱！"

姜雪宁怔住，捂住自己的脑袋，呆呆地看着他。

谢危也看着她，不住地摇头："笨，真是笨，无可救药的笨！"

姜雪宁怒了："说话就说话，你骂我是什么意思？"

她这一怒，方才泫然欲泣的眼泪也回去了，往日张牙舞爪那劲儿便也回来了。

谢危这才看得舒坦了些。

他一手搭着姜雪宁，一手却支着脑袋，靠坐在摇晃的马车里，倒是难得有了几分懒洋洋的温暾相，只道："我既知自己不会输，又怎会生恨？早也好，迟也罢，总归赢了，不是吗？"

总归赢了……

这便是谢居安。

姜雪宁看着他，本该笑出来，可不知为何，心里却只涌出了一片酸涩。他才智无双，素有圣名，可对着她，却从来不问一个"爱"字。仿佛他不在乎她是不是真的喜欢他，只要朝夕陪伴，便不奢求更多。

他这半生，分明比世人都苦。可倘若只看他这一身清冷出尘，谁又能窥知端倪？

姜雪宁轻轻靠了过去，小声道："先生总说旁人笨，可学生看，先生也不比旁人聪明多少。"

谢危看她，她却已闭上了眼睛。

马车摇摇晃晃，再一次驶向京城。只是这一次，车内的两人不再彼此戒备、生疏地相对而坐，而是相互依偎着，像是寒风里彼此依靠着取暖的鸟雀。

等到下车时，谢危伸手去扶她。

姜雪宁却将一枚野枣放到他掌心："谢居安，我的喜欢，来得迟了一些，或许还没攒得那么多，积得那么深。但你不要恨我，我请你吃枣，好不好？"

那是一枚半红的野枣，尽管还没熟透，却是她在回来路上，踮起脚尖所能够到的枝条上最红的那一颗。在马车上攥了一路，犹带着她掌心的温度。

谢危看着，竟怔了许久，而后一把把姜雪宁拥进怀里，抱得紧紧的，声音微哑："傻宁二，你话这样讲，我怎么舍得吃？"

夜里一片静寂。

他能听见自己鼓噪的心跳，涌流了一腔温热的血，驱走风里夹带的寒意。

（3）金寿钱

姜雪宁同谢居安成婚的那一日，天气极好，满京城都在议论。街头巷尾，无人不知；世家贵族，尽皆赴宴。

大红的嫁衣又一次穿在了身上，只是这回花轿去的不是临淄王府，而是谢氏宅邸。姜雪宁的心里，也一片安然。

谢危双亲不在。

两个父母缘不深的人也不愿请谁来拜，便索性拜了两张空椅子。

已是刑部侍郎的张遮，与众人一道坐在席面上，其母蒋氏同来观礼，不免小声埋怨他："还好人家姑娘找着个好归宿，不然你说你造多大孽！"

张遮不反驳，还"嗯"了一声。

礼成后，府里便有丫鬟端来一碗水饺，放在蒋氏面前，笑着说："我们姑娘，啊不，该叫夫人了，特意着人煮的福饺，长辈份儿的人都有。"

蒋氏一吃，竟吃出三枚金做的圆钱来，每一枚上头都刻了个"寿"字。

丫鬟伶俐，便在旁边说："这是长命百岁钱，天增福人增寿，您老人家一定长命百岁！"

蒋氏喜得眉开眼笑，还把那三枚钱给张遮看。

张遮却瞧得分明：那钱上的寿字虽努力做到了横平竖直，可刻字的人腕力不够，便显得有些稚拙。

这般的字迹，他是认得的。

于是万般情绪点滴浸上心头，末了却温温地晕开，染得他唇畔挂出一抹笑，只向蒋氏道："好兆头。"

那头坐的吕显原不是什么长辈，但为着谢居安拿天下当筹码公然搞儿女情长的事，他十分不爽，偏要占这便宜，充一回长辈，便硬要人给自己端了一碗来吃。谁承想，还真吃出来一枚钱。

只不过是个铜的，面上写的还是个"禄"字，简直像是明晃晃地讥讽他功名利禄求不成。

吕显差点没气歪鼻子，愤怒地嚷嚷起来："绝对是故意的，姜雪宁她绝对是故意整我的！没有这么巧的事！"

刀琴剑书都站得远远的，才不搭理他。

吕显到底也不敢拿了那枚钱去找谢居安说理，毕竟这种日子，若敢去寻他晦气，说不准会被乱棍打出来，到时颜面尽失，犯不着。

席面上，一时是欢声笑语，觥筹交错。

只是也有一道人影，在观完礼后，便出了厅堂，谁也没惊动，似乎是要悄然离去。

只不过谢危穿了一身喜服，站在外头廊下，淡淡地叫住了他："这么远回来，不多坐会儿吗？"

那道身影长而直，还沾着点仆仆的风尘。少年将军的轮廓已变得深邃而成熟，气质也完全沉了下来，眉目里却是点分不清是梦还是真的朦胧。

燕临道："看上一眼便罢了，倒也不必久留。"

谢危知他或有心结未解，只抬起头来，看了看院中浓荫，轻叹一声道："难得回来一趟，侯府庭中那一树樱桃已经熟了，你若要走，记得摘一捧，路上吃吧。"

燕临便看向了旁边一墙之隔的勇毅侯府，终究是慢慢笑了一笑，道："好。"

旧日的少年，到底还是步履匆匆地去了。

谢危在原地站了许久，才回过身，往那高烧着红烛的新房走。剑书叫他去宴宾客，他说不去；刀琴请他去见同僚，他说懒得。

一路回去，进了门，只把姜雪宁那盖头扯了，问她："想不想出去？"

姜雪宁傻眼。

他一笑，大半夜里，拉着同样穿了一身喜服的她，直接打院中牵了一匹马，扶她上去，自己坐在她身后，便纵马疾驰，竟往山上去。

姜雪宁被他吓得不轻："谢居安你发什么疯？！"

谢危只在她身后畅快地笑："我一直疯，你才知道？"

姜雪宁无话可说，心跳如擂鼓。

山间树影重重，十六的月亮异常地圆，偶尔透过树缝漏下来几缕光，便像碎银子似的亮着。虫声鸟语，都被马蹄声惊了。

谢危在山崖前勒马，拉着姜雪宁攀了上去。

山顶上视野陡然开阔。夜空里霜月大如玉轮，遍野山花渐谢，落蕊如雪，远远能看见斜对面的山上有座古寺，几枚星子便洒在那古寺檐角，坠在那山坳幽谷。

姜雪宁登时为之一震。

谢危便执了她的手，与她并肩而立，道："十五的月亮总是十六才圆，可见迟也有迟的好。我早年在江湖间颠沛，与人论道，访幽至此，到这山崖上，见过这般景致。当时从未想过将来要与别人一块儿看。可自打那天换过庚帖，与你定了亲，我便想，等成婚这一日，一定要带你上来看看。"

姜雪宁抬头仰望那轮大得离谱的月亮，不由笑出声来："别人成婚喝热茶吃热酒，你成婚却带我吹冷风，看爽月，可真行。"

谢危认真看她："不喜欢吗？"

姜雪宁也回望他："不，很喜欢。"

只不过……她突地叹了一口气，道："但下回这么高的地方，可别带我来了，万一摔下去，可怎么办？"

谢危道："这么怕死？"

姜雪宁白他一眼。

谢危笑她："人夙胆小。有我在，你怕什么？便是你不小心掉下去，我也会跟着你，纵身一跃。"

他眉眼清隽，衣袂飘摇。

姜雪宁闻言回望他，一时竟觉他是那天上的谪仙，乘着这一阵风，便要归去，于是伸手将他袖子拽住。

谢危一怔："怎么了？"

姜雪宁只是想起了那一天在城门外，遇见张遮。风和雨模糊了他的面容，也让她觉得自己所听闻的声音变得不真切起来。

她想，谢居安怎么会自戕呢？他颠覆了王朝，报得了大仇，从此该权柄在握，快意地活在世间，谁也不能拿他怎样。

可张遮说……

姜雪宁眼睫微微一颤，却不敢向眼前的谢危吐露半个字，只慢慢道："我想活久一点，一百岁不嫌短，两百岁不嫌长。"

谢危道："那不老成了妖怪？等你年纪大了，脸上会长满皱纹，头发也会变白，牙齿都会掉光。"

姜雪宁道："那又怎样？"

谢危敏锐地察觉到："你有心事，在想什么？"

姜雪宁笑："想你，想你长命百岁。"

谢危回首看她，她却将一枚刻了"寿"字的金钱，放进他手里。

山风吹乱了她鬓边垂落的长发，她眼底倒映着夜空的星斗，盛了满月的月色，认真地凝望着他，柔软得不像话。

谢危看着那枚钱静默了很久，才轻笑一声："好。"

番外二

余响

“我想吃樱桃。”

“冬天哪里给你找？”

“那妹妹想吃呢？”

“也没有。”

……

三岁多的谢添下了马车，同谢危一道朝着宫门方向走去，一面走还一面问。听得谢危说冬天没有樱桃，他便不高兴，还把他妹妹抬出来。

岂料谢危还是一样的回答。

他年纪虽小，可五官生得极好，粉雕玉琢，一看便知是全接着他父母好看的地方长。

前几天，他和妹妹争论，爹爹和娘亲哪个更厉害。

妹妹非说是爹爹。

谢添虽然只早她两刻出生，可既然当了哥哥，就有责任教她明事理，于是肃着一张小脸纠正她：“肯定是娘亲更厉害，你还小，不懂。别人都听爹爹的，可别人也听娘亲的，而且爹爹也听娘亲的。”

谢韫淘气得很，两只小手扒拉着翻出白眼来，气呼呼地道：“不听不听，王八念经！”

今日宫里面公主姑姑家那个叫沈嘉的小子过生辰，谢韫那丫头一听，巴不得就去蹭吃蹭喝了，一早黏着娘亲不放，非要早早地去宫里凑热闹。

娘亲没办法，才带了她去。

谢添现在想起，便跺了一下脚，也生了气："宫里的厨子有什么了不起？做东西那么难吃，哪里有爹爹好？"

谢危养女儿还有点耐心，养儿子……那可算了吧。

他一向爱静，听谢添叨叨不停，懒得搭腔，只放缓了脚步在谢添后头慢慢走着。

这会儿是下午，内阁议事早就结束了，宫门外的守卫都松快了几分。

谢危只琢磨着这两个孩子都不像他，更像宁二一些，打小就张牙舞爪，让人不省心，得找个法子收拾收拾，给他们紧紧皮。

冬日里雪还厚，便是早晨清扫过，此刻又铺上一层。

谢添踩着雪难免有些吃力，一脚深一脚浅，可也不抱怨，就那么一点点地往前走，将过宫门时，却忽然眼睛一亮，拽谢危："呀，爹爹你看，是绿梅开了！"

谢危抬眸朝前看去，先前还漫不经心的神情便收了几分。

那不是什么绿梅，是张遮。

他似乎才从宫里出来，两手叠袖交在身前，却携着一枝尺多长的梅。梅枝倾斜，枯瘦有节，枝头的梅花却或绽开或含苞，瓣瓣皆是浅碧颜色。

刑部这位大人素来冷漠，这一枝梅倒正好与他映衬。

这些年来谢危甚至懒得去内阁，能与张遮打上照面的时候屈指可数。

因为某些事情，谢危不可能待见此人，此刻见着，嘴角一勾，挂了笑，却浅淡得很，道了一声："梅花甚好。"

张遮袖手，官袍在风中被吹起一角，垂着眼帘，也不如何寒暄，只道："还好。"

谢危便不再说话。

谢添眨巴眨巴眼，目光却定在张遮身上，半天收不回来。

谢危拍了拍他的脑袋，道："走了，别让人久等。"

谢添这才"哦"了一声，转过身跟他一道往前走，只是走得没两步，又忍不住回头去看。

张遮略微颔首，待他们先经过，也出了宫门，清风振袖拂衣去，雪里留梅一段香。

谢危收回了目光。

谢添却凑到他身边来，道："爹爹，爹爹，那个是不是就是修新律的张大人呀？我听别人说过，他好厉害的！"

谢危听了这话不舒坦，眼见这小子一脚深一脚浅地在自己前面走，轻哼一声，轻轻一脚过去，都不用两分力，便把他推得一头扑进前面的雪里。

谢添蒙了。

他扑腾着挣扎了一会儿才从雪里把脑袋拔出来，有些茫然地朝后面望，看了看谢危，又朝谢危身后找了找：“谁推我，我怎么摔了？”

谢危凉凉地道：“你年纪小，走路不稳当，摔是正常的。”

谢添将信将疑。但这毕竟是他爹，他真没怀疑，又扭头往前面走，只是走着走着又想起方才那茬儿来，接着道：“您不是嫌我笨，说教娘一个就够费心的，不愿再教我，要找开蒙先生来教吗？那个张大人厉害，他行吗？”

“扑通”。

涉世未深的小年轻再次一头扑进雪里。

谢危就在他边上停住脚，一双眼这么不咸不淡地瞧着他。

若说头一回摔了，他还没反应过来，那摔第二次还反应不过来，谢添就是傻子了。

他吃了一嘴的雪，好不容易爬起来，然后心里委屈，嘴巴一张，“哇”的一声大哭起来。

只不过这回他倒是乖觉了，已经差不多知道自己哪里错了，呜咽着道：“爹爹说是什么就是什么，千好万好都不如您好，我都听您的。”

谢危背着手往前走，假假地道：“我们家从来不强迫人，你想请什么先生就请什么先生，不用昧着良心勉强的。小小年纪就出卖良心，多不好？”

谢添差点哭出血。

他摇摇头，坚决不往坑里跳，咬死了道：“修新律算什么？一点也不好，儿子没有卖良心，这话就是凭良心说的！”

小没良心的良心可真不值钱。

谢危哂笑一声，眼看着能瞧见重重宫殿了，也就不再对这倒霉孩子动手，往后有的是教他做人的时候。

已离得远了的宫门外，大雪纷纷扬扬，从寥廓天际飘洒下来。

立得片刻，雪便落了满肩，张遮驻足回首，向宫门方向看去，那一高一矮父子二人的身影已经渐渐变得模糊。

谢居安厌憎尘世，对这天底下的凡夫俗子漠不关心，每日所念，恐只那一粥两饭，袅袅烟火。

他还活着……只不过是因为姜雪宁还在吧？

朔风吹去，人间雪重。
圣人看透，唯其一死；
若生贪恋，便做凡人。

番外三

雪尽

（1）惩戒

夜里闪烁的星辰在东方渐渐明亮的天幕下变得暗淡，秋寒霜重。

两道朱红宫墙夹着的幽长狭道口，一干人等屏气凝神，半点声音也不敢发出，便是露水凝结在他们的发梢眉角，也未动手去擦上哪怕一下。

谢危立得久了，一身寒气。昏暗的天光投入他深沉的眼底，便如坠入乌沉沉的水潭中一般，不起丝毫波澜。

燕临从坤宁宫内出来时，身上的酒气虽还未散，酒却已经全醒了。

大仇得报，兵权在握，本该志得意满的少年将军这时看上去竟有一种近乎懊丧的颓唐，一种近乎无措的茫然，衣襟凌乱。待他走得近了，还能看见他脸颊上一道细细的已经结痂的抓痕。

昨晚他到底做了什么？那一双带着哀求与惊痛的眼眸，蒙着泪水，陡然又从脑海里闪过。燕临脚下竟然踉跄了一下，脸上不剩下多少血色。

一名反贼的统帅谋反软禁了前朝皇后之后，在天未亮开的清晨，从坤宁宫里衣衫不整地走出来，这究竟意味着什么，不言而喻。

谢危看见他时，眼角都微微抽了一下，这一刻说不上是失望更多，还是沉怒更盛。待他走到近处，谢危站在这座雾气弥漫的宫门前，抄起旁边人手中的长棍，用力往他背上打去！

这一下的力道极重。燕临未闪未避，几乎被打了个趔趄，喉咙里也泛出了隐约的血腥味。

他望向谢危："兄长……"

谢危面上看不见半分情绪，道："跪下。"

燕临咬紧了牙关，眼底竟出现了几分执拗之色，眼睛发了红，大声道："是她负我在先！我有什么错？便有今日一切也是她咎由自取！"

谢危一双眼终于寒了下来，半点都没留情，这一次是径直打在燕临的腿弯，厉声道："跪下！"

两人于宫道之上对峙，彼此仿佛毫不退让。周遭所立兵士皆不敢斜视，只暗自为这一幕所预示之事而心惊不已。

这些年来，燕临倾颓黄州，浴血边关，都是他在背后支撑。长兄如父，燕临看了他半晌，到底未能忽略从那座寝宫之中走出来时的慌乱与迷茫，仿佛做了错事的那个人的确不是她而是自己一般，屈膝跪了下去。

已为磨难与征战砥砺过的身躯颀长，面容也在风霜的打磨下褪去青涩，变得硬朗。他跪在那被露水沾湿的石板上，像是一尊雕像。

然而谢危没有半分触动，只是将长棍掷在地上，道："她毕竟是皇后！传家训，圣人命，便是让你做出今日这些事来的吗？人言可畏，前朝不稳，你若真想害她死，只管继续。"

燕临未回一字。

谢危向左右道："打。军法三十棍，叫他自己受着！"

言罢谢危转身，拂袖便走。

数十日前，周寅之的脑袋还被长铁钉钉在宫门上，此时上方的血迹都还未清洗干净。

燕临长身而跪，左右则面面相觑，过了片刻，才有人轻道一声"将军得罪"，继而抬手行刑，一时只闻得棍落之声，年轻的将军则攥紧了拳头，始终未发出半点声音。

（2）杀意

案牍堆得高高的，谢危没有去翻一页。

吕显来时，看见他手中持着一张弓，搭上箭拉满了，在自己的脚跨入门时，修长的手指便一松，"嗖"的一声，雕翎箭离弦而去，竟深深射入了书架的一方木格，震得上面摆着的书册都摇晃跌落。

旁人不敢乱传，只担心掉脑袋，可吕显毕竟不同，已经听下面人说了燕临受罚之事，再看谢危如此，便察觉到他心情似乎不快。

话在心中转了一圈，吕显斟酌了片刻才开口："世子的心思，谁都能看出来。你虽是长兄，可今日罚他，难免生出罅隙。"

谢危收了弓，望着那犹自震颤的箭羽，漠然道："若非他姓燕，凭这份荒唐，今日我已杀了他。"

（3）回忆

血洗半个朝廷，光谢危这个名字，便是笼罩在京城上空的阴影。

诸事繁多，每日都有人遭殃。

燕临在宫内受罚的事情只有少数人知道，并未传开。他似乎也自知不妥，此后数十日再未踏足过坤宁宫。

只是没料到，前朝竟有个叫卫梁的傻子，千里迢迢赴京，口口声声说他们犯上谋逆，软禁皇后，要他们将人放出来，请皇后宣读沈玠遗诏，另立储君。

朝野上下谁不骂姜雪宁一句"红颜祸水"？这个往昔的探花郎，分明因她被贬谪到州府，却偏偏忠心耿耿，便连她手底下那条叫周寅之的狗，看似忠心耿耿都背叛了，他偏一根筋似的要与朝野理论。

旁人若骂他，他不善言辞，涨红了脸时，往往只能大声地重复一句："娘娘不是你们说的那样！她不是坏人！"

那实是一种让人无法理解的执拗，甚至会使人暗生出暧昧的怀疑。

燕临到底被激起了妒火，借酒浇愁，可酒只会使人想起过往，想起她。五脏六腑无一处不觉痛，烧灼之中，爱极恨极，他又去寻她。

没过几日，原本只在私底下传的流言蜚语便跟乘了风似的，飘遍了宫廷。

"瞧她那样，一张狐媚子脸，要不是她勾引在先，燕将军那样好的人能看上她？"

"早两年我便觉得这样的人怎么也配母仪天下？"

"没规矩！"

"谁不知道她原来是什么没教养的野丫头，也亏得当年圣上喜欢，给宠着，白白叫朝野看笑话。可惜呀，人没这命，有这位置也坐不住，这不倒霉了？"

"要我说，往日的青梅竹马，如今不过是旧情复燃罢了。"

"她有的是手段呢，可别小瞧她。"

“知道原来的锦衣卫指挥使周寅之吗？都是被她惑的。”

“还有刑部的张大人……”

“害人精！”

……

话到底传到了谢危的耳朵里，燕临又做了什么，他也清楚。只是他突然想起了许久前某一日，群臣议事，却都在偏殿等候，姜雪宁一身华服地从里面出来，他们入内，抬眸却见年轻的帝王手指上沾着点粉艳的口脂，刑部那位平素清正的张大人，话便比往日少了许多；又想起前不久，他与张遮一道出宫，半路上竟遇着那位皇后娘娘在等，他忖度片刻，寻了个借口折返，那二人却留在道中相叙。

燕临到底是侯府的血脉。谢危想，实不能再对他做些什么了。

（4）五石散

入夜后，宫人掌了灯。

他头痛，好几日没有睡好。

那名手脚利落做事机灵的小太监便连忙使人将五石散与烈酒端了上来，服侍他服下。

沈琅便是服食丹药死的。五石散也不是好东西。谢危都知道。只是他服五石散也没有旁人药性发作时的狂态，浑身虽如烧灼一般，却只是平静，清醒，甚至能与寻常时候一般批阅奏折，筹谋算计。

人最痛苦的是清醒。

朱砂磨碎，砚台如血，他提笔蘸了朱砂，落在眼中便似蘸了血一样，勾画在纸面上，都是沉沉压着的性命。

上头端正的字渐渐在光影里摇晃起来。

深宫寂静的夜晚，灯花突地爆了一下，空气里散发出一股淡淡的香息。

谢危抬眸，便见她走了进来。

鹅黄的仙裙，白皙的面容，乌发上簪着轻轻晃动的金步摇，潋滟的眼眸里隐约有一丝畏惧之色，微启的檀唇却覆着灯火光影所衬出的润泽与可怜。

佛经上说，万念纠缠，挣扎难解时，邪魔易侵。

谢危静静地瞧着“她”。

她还提着食盒，来到他面前，带了几分小心翼翼地将一盅熬好的参汤轻轻放在了御案上，声音有一种掐得出水的柔丽婉媚，却失之忐忑：“夜深天寒，谢……谢太师，请用……”

谢危想，这幻梦当真奇怪。

他看了那参汤一眼，轻嗤了一声：“皇后也是这般蛊惑张遮的吗？”

那明艳得夺目的面容上乍然闪过一丝愕怔之色，随即却苍白下来，好似被人戳了一刀似的。她那白皙的手甚至还未来得及从盛汤的瓷盅上撤回，便已轻颤，透出一种无措的愧疚与仓皇来。

这样的神态，轻易便使谢危想起声色场里见过的那些交缠的身体、淋漓的香汗、如丝的媚态，欲拒还迎确能勾起人不可为人知的欲想。

他突地轻笑一声，见到她搭在案上的手腕，竟然伸出手去拿住了，滚烫的指腹慢慢摩挲过那片本该有一道浅浅伤痕可此刻却几乎白如玉璧一般无瑕的肌肤，戾气渐渐炽盛。

便在这药力发散的幻梦之中，她都好像怕极了她，仿佛又后悔了、不愿了一般，想要用力抽回手去，只带了一点哽咽对他道：“臣妾只是想起以前，曾与太师大人同路，如今身陷绝境，不敢盼先生饶恕，但求一隅以……以安身，还请先生，还请先生怜……怜……”

那一个“惜”字分明就在嘴边，可她竟怎么也说不出口。

谢危压着她的手腕的手指用力了几分，竟慢慢用指甲在上面划出了一道细细的血痕。

她痛得掉了眼泪。

谢危心底冷笑，也不知是觉得她堂堂皇后却来自荐枕席过于轻贱，还是觉得她无论如何也无法出口的那“怜惜”二字令人生厌，便将她拽到了自己面前，似笑非笑地道：“娘娘竟这般不知自重？”

她害怕，想挣扎，可又竭力地控制住了那股恐惧，没有挣扎，只是紧绷着身体，睁着眼看他。

佛经上说，邪祟若至，不可沉沦，不可甘堕，澄心则自散。

于是谢危静了片刻，转头提了方才滚落在案上的御笔，在那赤红的朱砂里蘸满，然后攥着她，慢慢从她的右颈侧，顺着喉咙、锁骨，一笔从那莹白滑腻的肌肤上画下，斜斜地落进左心房。像一道淋漓的血痕，又似一道利刃，将她整个人划开了，有种近乎残忍的艳丽感。

朱砂驱邪。

她是那样又惊又怕地看着他。

谢危好生憎恶这样的神情，心底萌生了恶意，淡漠地垂下眼帘，嘴唇凑到她耳边，舌尖一展，只轻缓又清晰地道："滚。"

邪祟似乎终于被他吓退了。

她如蒙受了巨大的屈辱一般，在他放开她的刹那狼狈地退后，连端来的那碗参汤都忘了端走，落荒而逃。

谢危却坐了回去，仰在椅子里，眨了眨眼，看见重新恢复了冷寂的西暖阁，手垂在一旁，蘸满朱砂的御笔便自松松的指间落到地面上。

某种巨大的空茫感袭来，谢危闭上眼睡着了。只是纵然借了五石散混上安息香的药力，这一觉也显得太浅。

他醒来时，暗香已去。他看着那堆得高高的案牍，才想起还有许多事情不曾处理，将伸手去提笔架上悬着的一管新笔时，抬眸却看见了案角那一盅已冷的参汤。

轮值的太监们守在殿门外，过了好久，忽然听见里面的人喊："来人。"

他们顿时吓了一跳，唯唯诺诺地进去听唤。

谢危坐在案后问："昨夜谁来过？"

大多数人面面相觑，茫然摇头。

谢危慢慢闭了一下眼，改问："昨夜谁当值？"

这下，众人之中立刻有名小太监腿软地跪了下来，连连朝着地上磕头，自知事败，哭求起来："太师大人饶命，太师大人饶命！实在是皇后娘娘相求，奴才一时鬼迷了心窍，才答应了她，太师大人饶命啊……"

谢危低垂在身侧的手指蜷了一下，好像有一种钝钝的痛觉，迟来了许久一般，从他的身体里经过，让他恍惚了一下。

门外，已是四更残夜。

（5）门外

经历过杀伐的皇宫禁内，宫墙四面皆是兵甲。

越是凛冬，越见肃杀。

宫人们都少了许多，平素不出门，若是出门，也不敢抬眼四下地望，是以道中无人，连往日总闹腾着的坤宁宫也如一座困着死人的囚笼。

在天还未亮开的时候，谢危驻足在宫门外看了许久。昨夜的朱砂还未从他的指掌间擦拭干净，他垂眸看了一眼，抬步缓缓走入宫门。

两旁的小太监见着他，无不露出几分惊色，向着他跪地伏首。

谢危却只轻轻一摆手。他们将要出口的请安便都归于无声，连头都不敢多抬一下，直到谢危走过去了，也未敢立刻起身。

旧日奢华的宫殿，一应摆设虽未改变，可少了人气儿，添上了一种世事变幻所镀上的冷清。

精致的窗格里镶嵌着雪白的窗纸。

他走到了紧闭的宫门外，又立了半晌，方才抬手，也不知是要叩门，还是就要这般推开。

然而就是在这时，里面隐隐传出了说话的声音。

是两名女子，恐一开始就有，只是他刚才站到这门外时心思不在，所以并未注意。

"娘娘……"

"谢居安不过是披着圣人皮囊的魔鬼，萧姝死了，周寅之死了，沈玠也死了，我还能怎么办呢？人在屋檐下，总要虚与委蛇。想想委身燕临也没什么不好，说不准我还能当新朝的皇后呢。"

……

她的声音没了昨夜的慌乱与忐忑，只有一种寂冷的平静，以至听了让人生寒。

谢危还未碰着门扉的手掌滞了许久，终于一点一点地慢慢收紧，重新垂落下去。然而清晨那一股原本已压下去的戾气却汹涌地翻上来。

他垂下眼帘，再抬起时已无任何异样，转身便从殿门外离去。等到他的身影完全出了宫门，身后那些宫人才敢从地上起身。

紧闭的殿门未曾打开。

深宫里是两名女子的絮语。

那位把生意做遍了大江南北却是个女儿身的尤会长轻轻地一叹，道："万事有因，若我料得不错，谢危此人也很可怜的……"

（6）匕首

回了西暖阁，谢危让人将那些五石散都扔出去，然后才想起指上的朱砂，便拿了一旁的巾帕一点一点擦拭。

一名小太监进来说："昨夜那人已经处置了。"

谢危静得片刻，道："去给我找把刀。"

小太监顿时愣住，只是也不敢多问，低头道一声“是”，便去内务府开了库寻，只是也不知谢危究竟要怎样的刀，只好不同式样形制的刀都拿了一柄好的，甚至混进去两柄匕首，才战战兢兢地呈到他面前。

谢危的目光一一扫了过去，末了，手指停在一柄匕首上。真是一柄好看的匕首，银鞘上镶嵌着一枚又一枚圆润的宝石，倒像是一件玩物。

他将匕首拔开，刀刃上寒光四溢，拇指指腹只轻轻碰了一下，便见了血，竟十分锋利。于是他将其合上，掷回漆盘上，道：“这匕首，给皇后娘娘送去。”

小太监上前来，等得片刻，却未等到他说别的，便醒悟过来，立时将那漆盘连着匕首端了下去，送至坤宁宫。

（7）逼杀

过去了一天、两天……

又过去了一月、两月……

什么事也没有发生。

燕临又有几次于深夜进出坤宁宫，宫中的非议终于传到了朝野上。

谁能容忍前朝的皇后如此水性杨花？

谏书雪片似的飞来，许多人要她为沈玠殉葬，以全天下夫妻同生共死之义。同时旧朝势力翻涌，借着沈玠的遗诏，要将姜雪宁选的那名宗室子接至京城来立为储君。

残冬将尽时，谢危已戒了五石散，却仍不愿出门，只立在蒙着黑布的窗前，问吕显：“那孩子几岁？”

吕显说：“七八岁。”

谢危便说：“年纪还小。”

费尽心力造反，皇族被杀了，萧氏被屠了，谁不觉得将来谢危或者燕临总有一人要登基为帝呢？

吕显自然希望是谢危，若是燕临也没什么关系。但听着谢危此刻的口吻，他心里竟萌生了几分警惕，忽然问：“你难道想立这孩子为储君？”

谢危没有回答。

对旧党要扶宗室子来京城，他也未有任何举动。

只是还没等得冬尽春来，外头就传了消息进来：那年幼的孩子惨死在了半道上，是燕临命人动的手。

他把燕临叫来问话。

燕临却如同被激怒了一般，冷冷地道："千百人都杀了，一个孩子有什么了不起？这天下是你我打下来的，难道要扶立一个字都写不出几个的小孩儿当皇帝？！"

谢危平静地看着他："你想当皇帝？"

燕临道："我为什么不能想？让那小孩儿当皇帝，她岂非要当太后？她怎么能当太后？！她该是我的皇后！"

"啪"！

谢危看着他这混账样，终于没忍住给了他一巴掌。

燕临被打得偏过头去。

这一时，几月前的缝隙便忽然成了裂痕，使得他把原本浮在表面的平静撕碎，冲谢危道："你从来看不惯她，甚至纵容那些朝臣进谏，想要置她于死地！可我喜欢她！谁若要害她，叫她殉葬，我便一个个都杀了！看他们还敢进言半个字！"

谢危沉了一张脸："谁要害她，谁让她殉葬，你便要杀谁，是不是？"

他突然唤来了刀琴、剑书，二人尚未近得燕临的身，便动起手来。

然而双拳难敌四手，到底是燕临被狠狠地摁在了地上，已经听出他话中所蕴藏的疾风骤雨，一时目眦欲裂："你想要干什么？！"

谢危捡起那掉落在地上的长剑，只道："那我便杀给你看。"

言罢他出门传令："命禁军围了坤宁宫。"

然后他命人勒了燕临的嘴，将人捆缚，一路推至坤宁宫外。

禁军甲胄沉重，行走时整肃有声，一将整座宫殿围住，里面所剩无几的宫女太监便都惊慌失措地乱叫逃窜起来。

禁军手起刀落，都杀了个干净。

燕临红了眼眶，竭力挣扎，几乎哀求地望着他。

然而谢危只是岿然地立在宫门外，持剑在手，雪白的道袍素不染尘，平添一种凛冽的冷酷，向里面道："皇后娘娘，人都死了，可以出来了。"

里面仿佛有说话的声音，又安静下来，过得许久，他听得里面忽然传来一声喊。

"谢大人！"

谢危不言。

她的声音却又平静下去，像是这铺了满地的白雪，压得紧了，也冷了，有一种沁人的味道："您杀皇族，诛萧氏，灭天教，是手握权柄，也手握我的性命之人，按理说我没有资格与您讲条件。我这一生利用过很多人，可仔细算来，我负燕临，燕临亦报复了我；我用萧定非、周寅之，他们亦借我上位；我算计沈玠，如今也要为他殉葬，与他共赴黄泉。我不欠他们……"

身后的燕临似在呜咽。

姜雪宁的声音停得片刻，已然沾了些许轻颤："可唯独有一人，一生清正，本严明治律，是我胁之迫之，害他误入歧途，污他半世清誉。他是个好官，诚望谢大人顾念在当年上京途中，雪宁对您喂血之恩，以我一命，换他一命，放他一条生路……"

那一瞬间，谢危是恍惚了片刻的。

然而待得她话音落地，那个名字便从他心里浮了出来——张遮。

朝堂上沉默寡言的一张脸，无趣乏味的一个人……

他无声地扯开嘴角，陡地冷笑。

只不过姜雪宁看不见。

心内仿佛有一团炽火烧灼肺腑，可他的声音仍旧带着那一种残酷漠视的冷漠："可。"

那一刻仿佛拉长到了永恒，然则不过是一眨眼之间。

宫门里先是没了声响，紧接着便听得"当啷"一声脆响，是锋利的匕首见血封喉、从人手中脱落，掉到地上去的声响。

燕临如在梦中一般，过了好久才反应过来。

连刀琴、剑书都愣住了。

他红了眼，终如困兽一般，身体里爆发出一种谁也无法抗衡的力量，竟骤然挣脱了桎梏，踉跄着向那宫殿中奔去，一声声喊着："宁宁，宁宁……"

鲜血从殿内弥漫出来。

那怕疼、怕死人、怯懦了一辈子的姑娘，此刻决然又安静地倒在血泊里。

金簪委地，步摇跌坠。

燕临冲进去抱起她。统帅过三军、攻打过鞑靼的人，此刻却慌乱得手足无措，像是少年时那般哭起来，绝望地喊："太医，太医！叫太医啊！"

他沾了满手的血，那样无助。

剑不知何时已落在了地上，谢危一动不动地站在外面，看了许久，没有往里面走一步。

姜雪宁终于死了。

（8）绿梅

燕临的魂魄似乎跟着她去了。

停灵坤宁，朝臣或是不敢，或是不屑，都未来拜。

只有他成天坐在棺椁前喝酒。他醉得狠了，便同她忏悔；偶得清醒，又一声声埋怨，恨她，责怪她，仿佛她还在世间一般……

也不知是谁忽然提了一句，说刑部那位张大人竟给自己写了判词，长长一页，三司会审，诸多朝臣没有一个忍心。

于是他忽然发了疯，提着剑便要往刑部大牢去，要杀张遮。

下头人来报，谢危才想起确还有一个张遮，收监在刑部大牢里，已经许久了。

燕临自然有人拦下来。

谢危想了片刻，道："前些日抄家，把姜府里那柄剑拿去给他吧。"

那应当是很久以前的东西了，姜伯游被革职，姜府被抄家，才从那沾满了灰尘的库房里找出来。

打开剑匣，内里竟然簇新，是一柄精工锻造的好剑。剑匣里面还镌刻着贺人生辰的祝语，一笔一画有些稚拙，可刻得很深，经年犹在。

去送剑的人回来说，燕将军看着那把剑，再没有喝过一口酒，只是在坤宁宫前枯坐了一整夜。

谢危也懒得去管他。只是晚上看书时，见得《说文解字》的一页上写了个"妒"字，后面解：害也。他便把这卷书投入了火盆。

次日天明，雪化了，他想起那为自己定下秋后处斩之刑的张遮，去了刑部大牢一趟，只是话出口，竟然是："宁二殁了。"

后来他才补："你的娘娘殁了。"

那一刻，谢危只觉出了一种没来由的讽刺意味，好像冥冥的虚空里，有个人看笑话似的看着自己。

接下来又说了什么，他竟没印象了。

从刑部大牢出来，他待要离开时，却见一人立在门外，同看守的卒役争执不休。

那人穿着的也是一身官服，只是看着面生，手里执着一枝晚开的绿梅，碧色的花瓣绽在枯槁的枝上，似乎是宫里那一株异种。

谢危想了想，才想起："是卫梁？"

刀琴在边上道："是。"

谢危道："他来干什么？"

剑书便上前去，没一会儿回来，低声道："似是皇后娘娘生前交代过，托他折一枝梅给张大人。"

谢危沉默许久，道："让他去吧。"

剑书再次上前，那些人才将卫梁放了。

卫梁也远远地看见了谢危，只是神情颇为不喜，非但不上前来，甚至连点谢意都不曾表露，径直向着大牢内走去。

谢危立在原地，片刻已不见卫梁的身影。

刀琴、剑书都以为就要走了。

然而那一刻，谢危眸底寒凉，也不知是被触着了哪一道逆鳞，竟然道："去抓了他，那枝梅也不要给！"

这话分明是戾气深重。

刀琴、剑书近来越发摸不着他的喜怒，只得追到大牢里面将卫梁抓了，连着他方才携入的那枝碧色寒梅也带了回来，奉给谢危。

谢危修长的手指执了绿梅，看得片刻，将其扔在地上，慢慢踩碎。

（9）断义

他回去时，街市上仿佛已经忘了前几个月才遭一场大祸，渐渐恢复了热闹，也有流离失所的百姓沿街乞讨。

一名赤着脚的小乞丐与人厮打作一团，挡了前面的道。

谢危坐在马车里，也不问。

剑书便来道："几个小叫花子打架，已经劝开了。"

谢危撩了车帘一角看去。

那小乞丐头上见了血，哭得厉害，一双眼睛却瞪得老大，恶狠狠地看着先前与自己厮打的某个大人，咬紧了牙关不说话。狼崽子一样的眼神又带着一种活泛的生气，还有满腔的不甘、不愿、不屈服……

谢危忽然道："把他带过来。"

刀琴将人带到了车前。

那小乞丐也不知深浅，更不知他是谁。

谢危问："几岁？"

小乞丐擦了擦头上的血，道："七岁。"

谢危又问："有名字吗？"

那小乞丐说："没有。"

谢危便慢慢地放下车帘，对剑书道："带他回去。"

他却不是去皇宫，而是去谢府。

只不过，当谢危走入壁读堂时，那面空无一物的墙壁前竟已经立了一道身影。

是燕临。

玄黑的劲装，让他看上去挺拔极了。只是听见脚步声，他转过身来时，一双眼里浸满的却是沉寂的死灰，还带着一种尖锐的嘲讽。

一柄镶嵌着宝石的精致匕首被他从袖中扔出，落在案上。

燕临问他："是你让人给了她刀？"

谢危没有否认："给了又怎样？"

那一瞬间，燕临几乎腾起了炽烈的杀心，腰间剑峭拔而出，便架在了谢危的脖颈上！

他简直不敢想象这个人做了什么！

坤宁宫里从来不敢留什么锋利之物，便连金簪他都叫人把尖端磨钝。这个人却送了一柄匕首进去！

剑锋挨着谢危的脖颈，已出了血。

燕临紧咬着牙关质问："你怎么敢，你怎么敢做出这样的事来！她活着于这天下又有什么妨碍？她没有害过你，你有什么资格逼她去死？！"

谢危道："你怎知我给她刀是要她自戕？"

燕临怔住。

谢危一双平静的眼眸注视着他，分明毫无波澜，却让人觉出了一种隐隐蕴蓄的疯狂，甚至让人浑身发寒："既是刀，便人人都可杀。"

燕临觉得他疯了。

谢危笑了起来："只可惜她是个懦夫，不敢杀你，只敢将刀对准自己！这样的人，便是死一千一万，又有何足惜？！"

这是他的兄长，也是他认识了将近十年、共事了五年的先生！

这人递刀给姜雪宁，原来是想让她杀他！

这一刻，燕临只觉出了一种莫大的荒谬，几乎想要将他一剑斩杀在此！

然而燕牧临终的嘱托，到底浮现在脑海中。

剑锋一转，最终从他的身侧划过，劈落在那书案上，将其分作两半："你我从此，有如此案。是我从来不曾看清你，你是个丧心病狂的疯子！"

燕临走了。

谢危似乎并无所谓。

（10）天下

那个小乞丐被刀琴、剑书带下去，洗漱干净，头上的伤口也包扎了，换上合身簇新的衣物，反倒有些忐忑局促起来，一双眼看人也带着浓浓的警惕，仿佛他随时可以抛弃这一切去逃命。

谢危问他："你想当皇帝吗？"

那孩子大概已经知道了他的身份，有些畏惧，然而又有一种说不出的渴望，直白利落，竟无半点遮掩地回答："想！"

谢危突地笑了起来。

他牵了那孩子，往高高的城楼上走去。

那孩子问："我要起个名字吗？"

谢危说："以后你可以给自己起。"

那孩子道："想叫什么便叫什么吗？"

谢危说："想叫什么，便叫什么。"

暮色昏沉，衰草未绿，城外的荒原一直延伸到天边。

谢危立到了高处。那孩子拽着他的衣角，站在他身边，也朝着下方望去。

谢危问："你看到了什么？"

那孩子道："光秃秃的地。"

谢危道："是天下。"

那孩子于是高兴起来："我当了皇帝，那天下就是我的！"

谢危却摇头："不，它不是你的。"

那孩子困惑。

谢危便抬手向下面一指："你看这江山，绵延万里不到头，可天下没有谁是它真正的主人。你贵为九五之尊，也只能使天下万万人匍匐在你脚下，却不能使这天地为你改一分颜色。甚至那跪伏在你脚下的万万人，也从来不比你低贱。你是乞丐，能当皇帝。他日你若配不上了，这万万人当中总会有人站起来，拼着一死也要将你从龙椅上拽下，为痴愚的世人讲一个他们恐一辈子也不会明白的道理。”

那道理究竟是什么呢？

许多年以后，已经成了一代贤君的皇帝还会时不时从噩梦中惊醒，回想起那个谜一样的人，留下的谜一样的话。

可他此刻忘了追问。

只是在回去的时候，他高兴极了：“那将来我有了喜欢的人，可以封她做皇后，还有喜欢的，也都可以封作妃子。”

谢危沉寂不言。

那孩子便迷惑地看他：“先生没有喜欢的人吗？”

谢危喉结滚动了一下，仿佛压抑着什么，最终却还是什么也没有说。

后来的贤君偶尔也会回想起这一幕，却仍觉在迷雾中一般：那样的神情，是真的没有喜欢的人吗？或许总是有过某一个极为特殊的人，曾为他划下一道深痕。

（11）雪尽

最后的那几天，谢危并不住在宫里，也不住在谢府。

他住在白塔寺。

住持方丈则在附近的山中修行。

春来的前一日，谢危上山去看望。

山中春来晚，越往高处越冷，茅屋前竟然飘了雪。

忘尘方丈在沏茶。他坐下来喝了几盏，看庭前的雪将屋檐下一只小小的水罐盖满。

忘尘方丈说：“世间事，有时看不破倒好，人在世间，活一条命，许多人庸庸碌碌便也过了。”

谢危却说：“那有什么意思？”

忘尘方丈轻轻一叹，宣了声佛号：“你这又是何苦？”

谢危枯坐良久，一垂眼帘，道：“倦了。”

人生世间，各有其苦。

接下来谁也没有再说话。

喝完这盏茶，他便告辞。

临走时，他又瞧见屋檐下那罐雪，于是向忘尘方丈要了，带下山去。

忘尘方丈说：“雪下山就会化的。”

谢危没有回答。

到得山下，他将那罐子置在潮音亭内那张香案上，里面的雪已经开始融化。

儒释道三家的经卷都被他堆在亭下，一把火点上，烧了个干净。

她说，求他念在当年的喂血之恩，以她一命换张遮一命。可张遮自定己罪，不愿苟活。那他到底不算同她两清，欠了命，得要还。

谢危盘膝坐在香案前，看那罐雪慢慢融化，也等着那些经卷渐渐烧尽，擦不干净血迹的金步摇搁在正中，边上是一方干净的绢帕。

他垂眸解下了腕间的刀。薄薄的刀刃折射出一缕明亮的天光，映入他的眼底，却未惊起周遭的半寸尘埃。

午后负责为碑林燃香的小沙弥进来，三百义童冢的碑林里，那一块被人划了名姓的石碑后，不知何时竟挖开了一座新坑。

小沙弥到得潮音亭前，只见许多血从上方顺着台阶蜿蜒下来。

雪白的道袍红了半片。

香案上一柄薄刃用过后被擦得干干净净，与那金步摇并排放在一起。

罐中无雪，只余一半清水。

这个曾如阴影一般笼罩在新王朝上空的男人，就在这样一个春将至、雪已尽的午后，离奇而平静地去了，没有为世间留下只言片语。

（全文完）

图书在版编目（CIP）数据

坤宁·终章：全 2 册 / 时镜著 . — 南京：江苏凤凰文艺出版社，2021.9（2024.1 重印）
ISBN 978-7-5594-6138-4

Ⅰ . ①坤… Ⅱ . ①时… Ⅲ . ①长篇小说 – 中国 – 当代 Ⅳ . ① I247.5

中国版本图书馆 CIP 数据核字 (2021) 第 141596 号

坤宁·终章：全 2 册

时镜 著

责任编辑 周颖若
特约编辑 薛天舒 夏君仪
装帧设计 卷帙设计 QQ: 2649686699
封面插画 宵空酱
责任印制 刘 巍
出版发行 江苏凤凰文艺出版社
南京市中央路 165 号，邮编：210009
网 址 http://www.jswenyi.com
印 刷 天津旭丰源印刷有限公司
开 本 680 毫米 × 970 毫米 1/16
印 张 45
字 数 800 千字
版 次 2021 年 9 月第 1 版
印 次 2024 年 1 月第 3 次印刷
书 号 ISBN 978-7-5594-6138-4
定 价 88.00 元（全 2 册）